清末民初文獻叢刊

天岳山館文鈔

（第一册）

[清] 李元度 撰

朝華出版社
BLOSSOM PRESS

圖書在版編目（CIP）數據

天岳山館文鈔 : 全5册 / (清) 李元度撰. -- 北京 :
朝華出版社, 2018.7
(清末民初文獻叢刊)
ISBN 978-7-5054-4274-0

Ⅰ. ①天… Ⅱ. ①李… Ⅲ. ①古典詩歌－詩集－中國－清代②古典散文－散文集－中國－清代 Ⅳ. ①I214.92

中國版本圖書館CIP數據核字(2018)第125263號

天岳山館文鈔（全五册）

作　　者 [清]李元度

選題策劃 楊麗麗　尚論聰
責任編輯 趙　倩
特約編輯 孫　開　秦錦霞
責任印制 張文東　陸競贏
封面設計 劉敬偉

出版發行 朝華出版社
社　　址 北京市西城區百萬莊大街24號　郵政編碼 100037
訂購電話 （010）68996618　68996050
傳　　真 （010）88415258（發行部）
聯系版權 j-yn@163.com
網　　址 http://zhcb.cipg.org.cn
印　　刷 藝堂印刷（天津）有限公司
經　　銷 全國新華書店
開　　本 880mm×1230mm 1/32　字　　數 644千字
印　　張 80.5
版　　次 2018年7月第1版　2018年7月第1次印刷
裝　　別 精
書　　號 ISBN 978-7-5054-4274-0
定　　價 600.00元（全五册）

出版前言

中國自一八四〇年鴉片戰爭以來，傳統的農業文明在西方的堅船利炮轟擊之下徹底被顛覆，有擔當的知識分子苦苦追尋，思索社會改革的途徑。從最初的『師夷長技以制夷』到『民主制度，天下之公理』（梁啓超語），他們發現要『强國富民』，首先要『開啓民智』，衹有民衆擁有了獨立思想和批判精神，國家纔能實現真正的强大。在此後一百年的時間裏（一八四〇—一九四九），思想者們從社會變革深入到國民性的改造，用每一部作品見證着中國近代化的遞變歷程。這是一個極其重要的時代，《清末民初文獻叢刊》正是收録了這一時期的作品，大部分書籍都是早期版本，有着極高的文獻研究價值。

清末的中國經歷了『三千年來未有之大變局』（李鴻章語），大清王朝面對西方列强的艦炮，表現得驚慌失措。尤其是鴉片戰爭，使『天朝帝國萬世長存的迷信受到了致命的打擊，野蠻的、閉關自守的、與文明世界隔絶的狀態被打破了』（《馬克思恩格斯選集》）。一批士大夫知識分子，尤其是在歐美諸國擔任使臣或者游歷的知識分子最先覺醒，着眼于對西方國家的考察，進而反省本國政治制度的劣勢，可以視作『啓蒙』的端倪。如曾擔任駐英公使（兼任駐法公使）的郭嵩燾在《使西紀程》中以日記的形式記録了自己對歐西諸國的觀感，他在考察了英國的政治制度之後，發現英國政府官員收入超過三百磅者與普通老百姓一樣同等納税，他説：『此法誠善，然非民主之國，則勢有所不行。西洋所以享國長久，君民兼主國政故也。』他明確提出了『民主』，在國家的管理問題上，人民也有參與的權利。他在該書中所披露的西方政治、經濟、文化等領域優于大清帝國這一事實觸動了保守派的神經，立刻遭到保守派群起而攻之，進士何金壽彈劾他『有二心于英國，欲中國臣事之』，他家鄉湖南的民衆對他更是痛加詆毁，以至于滿城揭帖，誣蔑他『溝通洋人』，在這種群情洶洶的情況下，朝廷最後下旨將《使西紀程》毁版，從而使該書成了禁書。然而，書雖被毁版，却不能堵死民衆的傳播與閲讀的途徑，上海的《萬國公報》依舊連載該書，張佩綸曾説：『朝廷禁其書，而新聞紙接續刊刻，中外傳播如故也。』從某種意義上來説，啓蒙是時代的需要，盡管清政府發諭旨禁了該書，民衆乃至一些朝廷大員却依舊在私下閲讀，以便瞭解外部的世界。進步的社會是開放性的，任何企圖『閉關鎖國』的努力都意味着歷史的倒退，衹有開放，與整個世界文明保持同等的步伐，纔能實現真正的强國之夢。當大批知識分子走出閉鎖的國門，親歷了文明的洗禮之後，也就把啓蒙的智識帶回了中華大地。容閎的《西學東漸記》，梁啓超的《新大陸游記》，崔國因的《出使美日秘日記》等一大批作品介紹了海外諸國的政治、經濟、軍事、外交、文化。雖然這些作品在認識上仍然帶有時代的局限性，然而却是那時最爲珍貴的聲音。

另一方面，在學術上，中國文化母體内『經世致用』思想與資産階級思想相結合，也喚起了變革，以康有爲、梁啓超爲首的改良派試圖通過自上而下的革新以實現變革。康有爲的《新學僞經考》《孔子改制考》就是借經學之表論資産階級學説之裏的著作，康有爲的弟子梁啓超更是通過《新民説》一書提出國民性改造。與早期啓蒙者『師夷長技』的器物文明引進不同，梁啓超上升到形而上的精神領域，從文化心理上更加徹底地進行變革。梁氏是清朝末年到民國初年一個橋梁式的人物，被譽爲『輿論之驕子，天縱之文豪』，其影響力不但在學術領域，同時還在文學領域，他所倡導的『詩界革命』得到了譚嗣同、黃遵憲、丘逢甲等人的響應，黃遵憲的《日本雜事詩》，丘逢甲的《嶺雲海日樓詩鈔》都體現了這種主張。這一主張要求反映新的時代和新的思想，用『我手寫我口』（黃遵憲語）的方式直抒胸臆，對長期占詩壇主流的擬古主義、形式主義產生了巨大的衝擊，解放了寫作者的心靈和頭腦。

與社會變革同步的是早期對西方思想著作的翻譯，這裏面影響最大的是嚴復，他翻譯的《天演論》《社會通詮》等書直接孕育了民國一代的知識階層。魯迅、胡適等人在文章中都曾提到《天演論》對他們思想所產生的震撼。與嚴復略有不同的另一位翻譯家是林紓，他的譯作雖然參差不齊，但却在更細膩的心靈層次對讀者產生影響，許壽裳曾回憶，他和魯迅都熱衷于林譯的小說，如《巴黎茶花女遺事》《黑奴籲天録》《迦茵小傳》等作品。

辛亥革命之後，進步社會思潮成爲主流，比之清末思想啓蒙者『求存』的追求，民國以來的知識階層深入到了更加細微的肌理，一方面呼喚社會變革，另一方面進行點滴的建設，革命并不能使所有的一切一蹴而就，在更加深廣的領域，事物的改變是由微觀而宏觀。通俗地說，比之于革命，建設的意義更大。如《中國商業史》《中國教育史》《中國倫理學史》《中國哲學史大綱》《中國小説史略》等一大批作品都是進行系統的梳理與建設的理論作品。其中，以胡適和魯迅二人的影響最大，他們的作品一紙風靡，從而成爲新文化運動的主力人物。

《清末民初文獻叢刊》收録的文獻大致上可以分爲三個階段，其中龔自珍、張之洞、魏源、郭嵩燾、薛福成等人的作品可視爲『早期啓蒙』，康有爲、梁啓超、黄遵憲、嚴復、林紓等人的作品可視爲『中期啓蒙』，胡適、魯迅、蔡元培等人的作品可視爲『晚期啓蒙』。當然，這種劃分并非嚴格意義上的，大部分啓蒙思想者隨着時代的變化，其思想在不斷進步。縱觀整個近現代史，可以發現，要求變革不是在某一個領域，由某一類人發起和完成的，而是全社會的要求。

變革，已經成爲全社會的共識。

從清末民初的文獻中，我們能够發現一種豐富性。這些作品涉及政治、經濟、軍事、教育、外交、宗教、心理、情感等方方面面，從内而外地净化着中國兩千年以來的封建積習。它不衹是對社會的改造，更是對人心靈的重塑；它首重國家社會之建設，同時亦重靈魂心智之喚醒；它是宏大的，也是微觀的；它是嚴肅莊重的，也是活潑靈動的；這些作品結構精巧，思想內容深刻，擁有濃厚的人文主義色彩，對推動社會主義建設，實現中國夢有重大意義，是近現代中國一百年來最宏富的智識與情感的寶藏。因此，整理這些文獻作品，無論是出于資料保存的目的，還是爲圖書館提供資料副本，都有不可估量的意義。

特定時代下的文獻，當它一旦形成（既指草擬，創作的完成，也指其成爲一個載體），就不可再複製了，也就意味着它將面對消亡。對于文獻資料而言，越接近歷史事件發生的時代記録，越具有研究價值。文獻本身具有不可再生性，它衹會消亡，而不會增多。盡管文獻本身的文字可以保留下來，并進行傳播，却失去了當時的時代氣息。當時的作品可能在技巧上，文字的成熟度上不及當代，但它所負載的信息，創作者的情感都反映了當時的歷史，也就是説，它具有不可替代的歷史意義。

影印的版本有三個特點，第一是擁有文獻的『原始性』；第二個特點是『未經改動的』；第三個特點是『歷史的原貌』。所謂『原始性』，也就是説，它是第一手資料，而非轉述的，回憶形成的；『未經改動的』，是指未被篡改、删節、挖補的；『歷史的原貌』是指在影印製作過程中，完全依照文獻的原來模樣……這樣製作出版的作品，無异延續了文獻的壽命。

近現代思想史上的一個最重大的思潮就是『開放』，從林則徐的『開眼看世界』到蔡元培的『兼容并包』，都是在倡導一種開放式的胸襟。而《清末民初文獻叢刊》最有魅力的部分就是『開放』這一主題，衹有融入到世界文明發展的進程中，中華文明纔能歷久彌新。

《清末民初文獻叢刊》編委會

二〇一七年四月十四日

凡例

一、《清末民初文獻叢刊》（以下簡稱『叢刊』）爲影印本，舉凡所用之底本，均爲該書之早期版本。有清末刊本，亦有民國印本。

二、《叢刊》均依底本影印，未予删改，僅代表作者個人觀點，不代表官方立場；原刊本有誤，不予校改，以保留文獻之原貌。

三、《叢刊》所用之底本，因時日久遠存在漫漶的情况，均進行了修復；底本闕文、印刷不清，均保留原貌。

四、爲讀者閲讀之便，《叢刊》中之舊底本目録未標記頁碼者，編了目次；原底本有頁碼和目録，未予重複編目。

五、爲保持文獻的原始風貌，影印本保留了原書書影（原書爲多册，則保留第一册書影）、扉頁等信息。所用底本無相應信息者，則不予妄添，以免錯訛。

目録

第一册

第四册

第五册

天岳山館文鈔四十卷

光緒九年正月開彫

爽籟精舍藏書之弎

予與次青方伯之世父遜吾廣文以同鄉舉久相善也至道光庚戌始與次青相識於京邸繇是往來無虛日其議論之符合幾不能判其爲兩人嗣寇事起予以才薄能鮮歸臥山中而君則從曾相國擁旄筦兵丕有顯功在社稷人方謂君出入戎馬閒必無暇用其畱餘之日力以涉於古其文章或未能並事功兼勝後屢以書抵予兼示撰箸文字予愕然竊怪君首尾十餘年犯瘴霧冒鋒鏑久屢瀕於死中又重廢黜重以連蹇內有憂傷怨誹之鬱積烏能復專力於此事以盡其能乃覩其所作較之委巷憔悴專壹之士無少讓焉得非所受者既異而又勤而不已每治軍書少暇輒手一編矻矻不之休及其沛於詞也凡身之所經與心目之所涉

無不畢肖之而出以恣其奇耶去年冬在黔南軍中都其生平所作爲一集遠屬論定並乞爲之序予受而讀之見其語皆心得多能發前人所未發而於交親久故併命於鋒刃者感悼之餘閒以喟歎詞旨激越悲楚足令讀者隱有所慽於中而大作其義烈之氣其於積忤僉壬阨死於危地者尤必詳其死事之本末終始使其節概有以暴白於當時而不泯於後世且使諸奸僉險狠陰賊之私亦無能掩焉足以爲世大戒是殆竊取魯春秋與楚檮杌之旨也日者鋪敦師旅深入鳥道窔菁中出百死奪賊老巢以欸徇各寨皆下思石遵銅五郡一律敉平偉乎伐哉君之文益增重天壤矣繇此天岳山當益爲世所景行云同治七年三月武陵楊彝

珍序於朗江書院移芝室

光緒四年春正月平江李元度排次所爲文寫定爲四十卷既迄事乃自序其端曰古無所謂古文也自韓退之氏掃除六代駢偶之體始以古文鳴古文云者別乎時文及儷體云爾凡文之用二曰議論曰敘事議論以理勝經與子之流也敘事以情勝史之流也是皆儒者之立言也而其法則當於經史求之夫經非可以文言也然孔子曰文王既沒文不在茲乎則直以六經爲文矣易書詩春秋儀禮之文各不相師亦各詣其極而論語尤簡括如化工肖物無遁形至孟子而辭益昌氣益盛實導韓蘇之先路時爲之也史肇自尚書左氏春秋傳繼之今並列爲經史記漢書又繼之史漢既經降一等然敘事之義法已大備劉氏七略阮氏七錄班

氏藝文志並以史漢附春秋後是史與經合也古立言之士若韓柳孫李歐陽蘇曾王諸家其議論未有不本諸經敘事未有不衷諸史者蓋文所以載道韓歐諸子因文見道其次求近道又其次求不畔道苟塙有心得能抒所獨見則皆可與經史相發明焉且夫六經之論文備矣易曰修辭立其誠又曰其旨遠其辭文又曰言有序又曰言有物惟其有物故能立誠不誠則無物矣惟其有序故稱修辭言之無文行不遠矣書曰辭尚體要詩曰有倫有脊記曰毋勦說毋雷同必則古昔稱先王皆此義也至孔子曰辭達而已矣則又舉修辭之恉顯揭之蘇氏所謂文至於能達則文不可勝用者也雖然不可不知其病焉曾子嘗言之矣曰出辭氣斯

遠鄙倍不專爲文言文之病實盡於此也蓋凡性質之柔而毗於陰者其失也多鄙鄙之病恆在辭性質之剛而毗於陽者其失也多倍倍之病恆在氣然則遠鄙倍當柰何太史公曰擇其言尤雅者雅則辭遠乎鄙矣韓子曰其皆醕也而後肆焉醕則氣遠乎倍矣是故爲議論爲敘事即經史求之有餘師也元度孤生失學頗嘗有志於古文初奪於制舉業繼誤於從軍今且老矣欲再從事於經史而心有所見力不足以赴之辭不足以舉之其得免於鄙倍者幾希然既略有所知見即不能自閟其說故言理不敢墨守先儒蘄就吾心所安者質言之以證人心之所同然而離經畔道者不敢出焉又身在軍中久所見鉅公名將烈士死職死綏者多

平生雅故爰就所聞見各爲別傳以存其眞亦史氏之支流餘裔也自念三十年日力多費於此姑過而存之以就正海內立言之士計爲類二十有八爲文五百一十有六不用漢唐寫書首尾相銜法冀續有所作可依類以登也而各類中仍略述源流派別及所以云之意而自發其例云

天岳山館文鈔目錄一

論

文家之有論體也自論孟始也劉彥和曰昔仲尼微言門人追記故卽其經目稱爲論語嗣是莊周齊物以論爲名不韋春秋六論昭列至於石渠論藝白虎講聚述聖通經論家之正體也斯言韙矣姚姬傳謂論原於古之諸子而吾師曾文正公每論文必探原於六經所見並與劉氏合惟論箸類文正僅錄孟子文凡八章則說猶未盡竊謂孔子論大哉堯之爲君舜禹有天下不與禹無閒然泰伯可謂至德殷有三仁夷齊不念舊惡是卽堯舜禹泰伯箕微比干夷齊之論也論管仲器小桓文正譎季文子三思臧文仲

竊位居蔡武仲要君甯武子之愚史魚之直蘧伯玉子產之爲君子平仲之善交令尹子文陳文子之忠清孔文子公叔文子之謚文以及子謂子賤南容公冶長賢哉回也諸章各以一二語定其生平皆論體也舜有臣五人回也其庶乎齊景公有馬千駟逸民伯夷叔齊諸章又合論體也至孟子則論尤詳備如禹稷當平世顏子當亂世曾子居武城子思居衞伯夷隘柳下惠不恭兩人合論體也其辨舜南面堯瞍北面禹不傳賢而傳子及伊尹割烹百里奚自鬻孔子主癰疽諸章就一事立論之體也柳下惠不以三公易其介子產惠而不知爲政仲子惡能廉匡章未爲不孝此就一人論其得失也舜發於畎畝之中及夷之清尹之任惠之和孔

子之時此合數人論定之也其議論波瀾意度直開蘇氏父子之先矣蘇氏諸論正祖述孟子也韓子亦時時學孟余學文時偶及茲體非敢云可存聊以寄讀書論世之意云爾

章氏學誠曰論說之文其原出於論語周秦諸子各守專家雖學有醇駁語有精粗然推其本意則皆取其所欲行而不得行者筆之於書而非必有意於爲文是論之本體也昭明文選諸論若過秦辨亡諸篇義取抑揚咏歎乃史家論贊之屬與唐宋文家諸論名同而實異然養生博弈諸篇則已自有命意斯固文集行而諸子衰之時會也

文章貴有獨見忌摹擬剽襲漢王丹弔友人之喪大俠陳遵賻賵

甚盛有德色丹徐以一縑置几上曰此丹自家機杼也遵慙而退

文家之機杼尤貴自出然亦未可概論昌黎送窮文仿逐貧賦毛穎傳仿驢九錫文平淮西碑仿舜典畫記仿顧命諫佛骨表仿無逸柳州賀王參元失火書仿叔向賀貧及說苑公子成父賀魏文侯御廩災老泉文甫字說本伐檀詩毛氏傳張文潛又襲之爲文論劉夢得許州文宣王廟碑又仿平淮西此類不可枚舉然猶僅橅其體段意境也若長卿大人賦全用屈原遠遊篇崔駰達旨全用子雲解嘲則并襲其辭矣近人劉海峯夷齊論與王荆公同袁簡齋金縢辨與王廉同一人之耳目豈能遍讀古人書殆暗合耳

余讀書偶有獨見輒筆之於簡及博考之多古人所已言又引用

古今人語往往不記所從來口熟焉遂如己出然則王丹所云蓋未易言哉

天岳山館文鈔卷一

舜論

平江　李元度　次青

戰國時邪說誣民孟子辭而闢之廓如也若堯瞽瞍北面朝舜及割烹要湯主癰疽侍人食牛干穆公諸說皆荒幻俶詭微孟子放淫息邪害將無所底獨惜其於萬章完廩浚井之問未據理辨其誣耳是說蓋齊東野語之尤不經者也何者舜年二十以孝聞實在帝堯之六十載越十載四岳揚之曰瞽子父頑母嚚象傲克諧以孝烝烝乂不格姦帝乃使其子九男事之二女女焉百官牛羊倉廩備以事舜於畎畝之中後舉而加諸上位此三十徵庸之本

末也當元德升聞時瞍及象已爲孝所諧烝乂不格姦矣所謂允若也又閱十年必益化於善使尙欲殺其子弑其兄盜其嫂則人倫之大變姦孰甚焉而何乂且若之有舜初耕歷山則人讓畔漁雷澤則人讓居陶河濱則器不苦窳所過者化行路之人皆被之況在骨肉若爲都君時尙有此禍則是頑者愈頑傲者且至於逆家不能正烏得爲聖人哉且以人情事勢揆之萬萬無此理方是時舜已徽五典宅百揆賓四門納大麓越二年卽受終文祖以位則都君也誼則帝之館甥也倉廩備矣何待舜自完浚井尤賤役也瞍卽使舜舜胡不轉使人百官俱在一矢口閒耳乃貿貿然自迫於險徒恃兩笠自扞而下及匿旁穴得免瞍能焚廩卽能焚笠

象能揜井卽能揜旁穴舜柰何以父母遺體天子之重臣效尾生抱橋之信以自速其死邪且其時九男安在二女安在百官奚在其立而疾視其死歟抑俱不悟其姦計歟萬一舜竟死吾不知九男二女百官何辭以謝帝也况井廩二役其一日事邪先令完廩焚而未卽死又令浚井雖三尺童子知其爲阱也若事非一日閱雖頑一擊不中術亦不堪再試矣大智如舜豈猶入其彀中邪抑豈明知之而自恃可以濟險姑從命以彰親過而益重吾名邪孔子以曾子芸瓜受杖爲非孝告以舜之事親小杖則受大杖則逃索而殺之未嘗在側惡成親之過也烏虖此所以爲舜也完廩浚井覩大杖何如而敢以身嘗試邪或曰舜純孝人也父有命知死

不敢逃其不死則天耳信斯言也又何以不告而娶觀其不告則舜非守經而不達權者矣申生不敢逃死論者猶以謂成君之惡僅得稱恭而舜豈其倫哉夫人無古今無聖頑其情與勢一也兄爲都君嫂爲天子女象即揜舜死九男二女百官必將請於帝以誅其逆象之肉其不足食矣乃遽入舜宮逼二嫂象自度能得此於嫂乎哉爲此說者葢欲甚瞍象之罪彰舜之孝不知適以傷舜之心也孝子善必歸親稱人之善亦必追美其親今誣其父若弟以絕無人理之大惡爲子者安乎不安乎然則孟子何以不闢其謬曰孟子立論往往就一二事以深求義理之精微而務引人於道公劉非好貨知與百姓同則不妨以好貨目公劉太王非好色

知與百姓同則不妨以好色目太王其論舜猶是也意在發明聖人處變之心以推極天理人倫之至故事之有無不暇深辨耳雖然井廩之說較北面而朝尤害理傷化不闢之而義實未安不甯惟是萬章問象日以殺舜爲事此亦傳聞之過也瞍初惑於後妻父欲殺子或有之弟未必敢殺兄且皆側陋時事也至克諧以孝萬無是事矣象果稔惡不悛舜爲天子即當放之流之不當親愛富貴之何也忠孝友弟人之大倫存之則人去之則獸以弟弒兄禽獸不若也封之是賞亂也周公誅管叔亦以其干犯倫紀也豈謂害於國則誅害於家則賞乎惟本無殺舜事則始即不恭厥兄既而悔之固宜不藏怒不宿怨矣有庳之封不爲過矣嗟乎天使

舜遭人倫之變。原欲立萬世人倫之極。舜克諧以孝。所繇爲法於天下後世也。論者顧以此誣之。舜之孝日益彰。卽瞍與象之惡日益甚。舜能無隱痛也夫。

皋陶論

孟子論道統首堯舜而以禹皋陶爲見而知之子夏亦曰舜有天下舉皋陶而不仁者遠言皋陶則賅稷契矣能知堯舜者莫皋陶若也然觀皋陶稱舜不過曰帝德罔愆罔愆者無過失云爾夫以舜之濬哲文明宜若智周萬物者而其命皋陶作士又誡以惟明克允是必賞當其功刑當其罪不失入亦不失出乃可謂明且允也然而舜不自信皋陶亦不自信也故不頌舜之大智而第以寬簡爲罔愆之本至指其寬簡之實則曰罪疑惟輕功疑惟重與其殺不辜寧失不經夫失不經豈可爲訓而對殺不辜而言則甯出乎此也且功罪皆曰疑是舜爲天子皋陶爲士猶不能使賞罰悉

當也但可疑者必從寬耳不能使罪人必得也但無辜者不至濫殺耳烏虖此舜與皋陶深體好生之德惟恐殺一不辜之苦心也所謂罔愆但求不失好生之本心而已其斯以爲舜其斯爲皋陶之知舜歟且夫世之治亂民之死生休戚繫乎君相之一心闇者無論已正恐天質英明恃其聰察而以擊斷行之自謂無疑而其失也多矣夫聰明睿智豈有過於舜者乃猶不能保其無疑與失後之人自視聰明孰與舜多而必謂功罪無疑刑罰悉中是欲求勝於舜也舜必不可勝而民之被其毒已不可勝道矣是皋陶所大懼也皋陶刑官也而其言若此然後知申韓商鞅之術武健嚴酷悖好生之德眞千古罪人也曾子曰上失其道民散久矣如得

其情則哀矜而弗喜宋歐陽觀曰求其生而不得則死者與我皆無恨也況求而有得則知不求而死者有恨也之二說者庶幾與皋陶之論相發明哉自申韓之毒中於人心後世酷吏不絕書即號稱儒者亦往往持論偏激鄙好生者爲婦人之仁自皋陶觀之皆堯舜之罪人也舜之稱皋陶也曰明五刑弼五教民協於中時乃功所謂協中者未嘗自信爲協也與其過也甯不及時時恐失中乃適得乎中耳烏虖舜臯陶明良一德若此宜其獨任見知之統而仁覆天下哉

伊尹論

昔者伊尹五就湯五就桀卒說湯以伐夏救民實古今未有之刱局不特放太甲而不疑爲非常之舉也尹爲聖之任有定論矣近世慤儒乃謂征誅之局始於湯事兩姓之君若循環則始於尹尹說始事之君以伐所嘗事之君尤不可爲訓故孔子無一言及尹所以立臣道之坊嘻此似是而非之說也今夫三代以上之情事與三代以下異夏商去唐虞未遠故俗尤近古古者民之初生榛榛狉狉無主乃亂有智過千萬人能治其衆者則戴之爲君有道濟天下能治衆君長者則戴之爲天子天子視諸侯其貴不甚懸絕其任之重則什伯千萬於諸侯以民之託命者衆也堯爲唐侯

帝摯不能治天下諸侯廢之立堯爲天子堯行所無事人亦不以篡兄位疑之本無所利而爲之也堯以天下讓許由由逃之自度不能任天下之勞也後以讓舜舜能任其勞及舜讓禹禹復能任之朱均坐視無異言亦自度不能任天下之勞也皋陶益稷與舜禹比肩事主而迭爲之臣既有君能任天下已則宜北面事之也古人以有天下爲苦人之具故無纖毫利天下之心非若秦以後天子尊嚴若神惟恐其子孫不世爲天子日防臣下之篡奪而爲之臣者亦必別嫌引分以自全也且夫任天下之勞者保天下之民也既爲天子而反毒天下之民則衆共棄之矣如桀如紂毒痡四海湯武爲諸侯安能坐視不救故不得已起而放伐之而人卒

無異議信其無利天下之心耳然而征誅之局自湯始湯豈樂開其端所以既得尹卽薦之於桀湯葢謂桀能用尹卽可救民於水火與已之用尹一也尹亦謂見用於桀卽可救民於水火與見用於湯一也就桀至於五則茍有一綫之機可轉猶不絕望於桀矣惟其下愚不移乃終從而放之不放不足救天下之民也曷嘗利天下哉湯既無利天下之心而尹之祿以天下弗顧繫馬千駟弗視又早足見信於人故能犯天下之不韙而無所疑其後放太甲迎太甲皆斷然行之與始就桀繼放桀其義一也使以三代後之情事度之則五就五去無異朝秦暮楚之儀秦矣既事之旋伐之無異放弒義帝之項籍矣卽其放太甲於桐亦無異操卓之挾遷

漢帝矣充斯類也堯取兄位律以春秋之義近於篡皋陶稷益歷事三朝繩以後世史法當入雜傳而豈其然哉古之人至公無私無形迹可避亦無積漸宜防故不可以三代下之情事概之也雖然抑惟三代以上可行耳後世人心險薄詐僞循生強效之適爲大亂之道是故燕噲子之效堯舜而亂者也宋襄徐偃之仁義唐高祖之義師效湯武而謬者也霍光效伊尹不能如尹之非道義不顧則身死而族赤矣故曰有伊尹之志則可無伊尹之志則篡也然謂尹爲不能有二則可謂尹之事孔子所不爲孔子所不言則大不可信如其言則稷契皋陶伯益仲虺傅說及召公太公孔子均未論及之豈皆有所不滿邪蘇氏論武王非聖人亦謂孔子

未嘗稱武。不知湯武革命。順乎天而應乎人。孔子繫易言之矣。惡
在不稱武哉。烏虖。欲知人者誠不可不先論其世也。
粵西彭昱堯子穆作伊尹論世頗稱之予不以謂然故復論之
如此

泰伯論

泰伯三讓，讓商乎，讓周乎？曰：讓周。奚以明其然也？曰：觀其與仲偕亡而決之矣。太王因季歷生子昌有聖瑞，遂欲傳位季歷以及昌。欲之云者，有是心而未見諸言與事也。夫舍長立幼，於理弗順，伯與仲初無失德，將焉置之？太王第有此欲耳，非伯覘無形、聽無聲，不能曲得其隱情也。情既得矣，將遂以位讓季，季必不受，太王必不安；將遂潛蹤以去而不與仲偕去，則季仍不得立，泰伯之心尤不安。昔者孤竹君三子，命立叔齊，猶太王之於季歷也。齊能不自立而讓諸兄，季獨不能讓兄乎？假令伯季皆逃，與夷齊不謀而合，而仲雍者，猶孤竹之仲子也，難辭國人之立矣。仲立而季仍不與非親志也故伯夷可子身先逃泰伯不能不與仲偕逃夷齊逃在父沒後雖直行己意無傷厥考心泰伯仲雍之逃當父在時苟不能泯然無迹則季知其因己逃也太王知其因己逃也已成其名使父與季皆愁焉不自安烏在能體親心哉惟其託辭采藥與仲同竄荆蠻長往不返則季不能不嗣父位欲讓無可讓矣此其隱衷微特王季終其身不知卽文武周公或均未之知觀武成大告及雅頌諸詩歷數先德不及伯與仲非夫子莫能表其微所以爲至德也後儒不察因詩言實始翦商遂謂太王陰有翦商之志而泰伯不從不知爾雅云翦勤也翦商謂勤商猶王季之勤王家也說文讀翦爲戩引爾雅戩字之詁以解之不知爾雅本有翦字也

泰伯不從史記作泰伯亡去是以不嗣謂不在太王之側云爾非不從翦商之志也且翦商出詩泰伯不從出左氏傳風馬牛不相及今聯而綴之武斷甚矣太王遷岐在小乙之世商中興又三十九年後二百有六年商始亡太王何自翦滅之就令有此志伯旣不從幾諫可也積誠以悟親移忠作孝可也俟他日嗣父位如王季之勤王文王之三分有二服事殷皆可也在我而已何必逃哉逃亦自行己志耳何必與仲偕逃哉然則伯果欲延湯孫之緒正宜纘舊服盡臣節誠子孫世世毋以商爲念卽或已去而仲立仲之子若孫未必皆有聖瑞也周一日不浡興商一日猶可後亡今乃明知季子昌有聖瑞而顧委曲輾轉以傳之俾其保世滋大是

欲緜商祚轉速商亡非讓商實覆商矣不自相刺謬乎且其時伯仲行矣王季立矣太王果陰有此志必將授意王季使爲所欲爲何以季爲西伯專征伐盡瘁終其身文王且率商之叛國以事紂卽武王十三年以前仍恪守藩服無纖毫利天下之心向非孟津之會不期而至者八百國商且未必亡也而謂太王於二百年前已陰蓄此志哉稼書陸氏謂讓周則區區小節不過與子臧季札等未爲至德不知子臧季札皆可直行己意與夷齊同伯則有萬難言之隱一直而顯一曲而微烏可同日語也且臧札正不易及今不欲使泰伯與臧札並論顧欲使太王與操懿並論乎其父窺伺王室致二子皆潔身而逃之若將浼焉太王而如操懿之跋扈

則可不然臣不貳其君子必不逃其父矣陸氏又謂太王翦商之志卽武王誓師之志泰伯不從之心卽文王服事之心似矣而有以處泰伯究無以處太王太王果不待天與人歸惟知利天下有愧於其子若孫矣豈知伯當日知有父而已知曲體父志而已不知有周何計有商本不圖商何從讓商今曰必讓商乃見至德然則伐商者將爲悖德又何以處武王乎且問果讓商何必與仲偕亡雖辯者不能荅也世儒因集註有夷齊叩馬之語遂舍經從傳以曲爲之說不知夷齊叩馬亦附會之辭太史公好奇采入列傳耳王介甫嘗辯之矣豈足爲典要伯之讓係父子兄弟之倫而在太王實關君臣大義不可以不辨

殷太史論

古有一言喪邦且貽禍天下萬世者殷太史之爭立紂是也呂氏春秋曰紂母生微子仲衍其時尚爲妾及爲妻生紂通鑑外紀曰帝乙及后以啟賢欲立爲太子太史據法爭曰有妻之子不可立妾之子因立紂是殷祀六百喪於太史一言也較平勃之許王呂氏勣敬宗之贊立武氏貽禍爲尤烈矣夫謂不可立妾子者尊嫡之常法然仍當視其賢不肖何如豈有明知嫡子不肖而必立之者哉況啟衍紂一母之子也何貴何賤而必謂前所生爲妾之子繼所生乃妻之子耶萬一既立爲后不復生子則將謂所生者皆不足爲子耶抑皆舍之別求子以立爲後耶公羊氏有母以子貴

子以母貴之說母以子貴禮也若子以母貴則曲說耳夫爲妻綱子皆統於其父不當以母分貴賤然使妃后並存貴賤猶可言也一人則何貴賤之有果如太史之說則成王生時邑姜尙未爲后宜舍之而立其弟叔虞矣不但已也漢惠帝唐太宗生時其母呂氏竇氏皆未爲后宜皆不得爲天子矣又況堯立舜舜立禹皆匹夫之子卽皆匹婦之子也其貴賤視嫡庶尤不侔矣匹婦之子可以傳天下妃所生之子反不可以傳天下乎且夫立嫡不立庶蓋懲並后匹嫡之禍而壹以前定者杜爭端耳若一母之子又以先後分嫡庶此何理乎況爭端正未易杜也三代下若唐立太子建成明立太子標標卒立其子允炆可謂前定矣而卒有元武門喋

血及金川門啟之變使唐高祖明太祖早知變通立秦王燕王爲嗣何至有推刃同氣之慘其不及此者則立嫡立長之說誤之卽皆殷太史迂謬之論誤之也抑攷宋明近事若宋眞宗仁宗哲宗皆妃嬪所出非后子也神宗母高后光宗母郭后寧宗母李后其生諸帝時皆在潛邸未爲后也使遇殷太史不得立矣惟欽宗生時母王氏已爲后帝㬎生時母全氏已爲后計有宋一代祇靖康德祐二帝合於太史之法而皆喪其邦明太祖立嫡長子爲太子未卽位薨然標生時馬氏未爲后也成祖英宗憲宗孝宗世宗穆宗神宗光宗熹宗莊烈帝皆妃嬪所出非后子也仁宗母徐后宣宗母張后當二帝生時母皆在潛邸亦未爲后也惟武宗生時母

張氏已爲后。莊烈帝太子慈烺生時，母周氏已爲后。計有明一代，爲殷太史所許者，惟武宗及慈烺二人。而武宗無道，幾失國，且乏嗣；慈烺不知所終。是后所生之太子多不吉也。此理數之不可解者。殷太史如在，將爭不勝爭，且不如不爭矣。有明諸臣拘常而不知變，呶呶然以爭國本爲務。至神宗時爭三王並封，則皆非嫡子，是又法殷太史而并失其義者也。則盍通觀於歷代繼述興亡之故也哉。

衛武公論

司馬遷作史記雜採百家傳記之言往往牴牾舛錯其尤誤者誣衛武公爲篡弒之君也衛世家稱衛釐侯卒太子共伯餘立共伯之弟和有寵於衛侯多與之賂和以其賂賂士襲攻共伯於墓上共伯入羨道自殺衛人立和是爲武公果爾則武公之罪擢髮難數矣顧何以淇澳之詩列於風賓筵抑戒列於大小雅左史倚相稱公年九十有五猶箴儆於國人使恭恪於朝夕以交戒及其沒也謂之睿聖武公季札觀樂亦以武公與康叔並稱曾謂篡逆之徒能如是乎記之引淇澳也釋之曰道學自修曰恂慄威儀曰盛德至善民不能忘葢與文王之沒世不忘者等矣使果弒兄自立

縱令逆取順守而倫紀旣虧萬事瓦裂詩人及倚相季札肯稱美之以獎篡乎記大學者肯引之以爲明德止至善之徵乎夫詩禮春秋傳經也史記後起者也以經證史史之誣也決矣柏舟詩序云衞世子共伯蚤死其妻共姜守義曰世子則未立爲君也曰蚤死則非死於弑也柏舟爲共姜所作但云母也天只不諒人只專以守節自誓不聞爲共伯鳴寃憤也遷作史記時毛詩左氏傳俱未行世故誤採雜說不能辨其誣耳且夫史記之誤卽衞世家證之已灼然矣康叔本武王所封故書曰孟侯朕其弟小子封康誥酒誥梓材皆武王之言也世家謂周公以成王命殺武庚管叔放蔡叔始以殷餘民封康叔爲衞君作康誥酒誥梓材以命之誤一

衞始封本侯爵書稱孟侯可證也世家因康叔子孫相承曰康伯考伯嗣伯疐伯靖伯貞伯至貞伯之子稱頃侯遂謂頃侯厚賂周夷王王始命爲侯誤二世家又因釐侯之後至武公稱公遂謂犬戎弑幽王武公將兵平戎甚有功平王乃命武公稱公攷春秋時凡公侯伯並稱公非必繇王命也武公果承王命晉爵稱公何以春秋二百餘年中經止書衞侯乎誤三世家載武公在位五十五年以九十五歲計之卽位時年已四十矣果弑兄而篡其位則共伯被弑時年必四十餘烏得爲蚤死髦者子事父母之飾也親死則脫之世家稱共伯自殺於釐侯之墓道則髦已脫矣詩安得尙云髧彼兩髦乎誤四觀此四誤則弑兄篡位之誣武公也益明矣

抑攷古人糾史記之失者如索隱正義史剡通鑑攷異古史大事記困學紀聞之類不可枚舉卽如三代世表稱堯舜夏商周皆出於黃帝則是堯崩下傳其四世孫舜舜崩復上傳其四世祖禹而舜娶堯二女乃曾祖姑也歐陽永叔辨之矣趙世家稱趙朔娶晉成公姊爲夫人屠岸賈殺趙朔趙同趙括公孫杵臼取他兒代武死程嬰匿武山中十五年乃出攷趙衰實娶文公之女若朔娶成公姊則亦文公女也父之從母豈可以爲妻況文公卒已四十六年莊姬此時尚少安得爲成公姊春秋於魯成公八年書晉殺其大夫趙同趙括不書趙朔觀左傳欒書將下軍則朔已前死矣朔死時武已七歲從母畜公宮無遺腹之說岸賈雖兇暴安敢索莊

姬子於宮中此必無之事也呂東萊洪容齋王伯厚諸家皆辨之矣足見史之不可盡信也顧其他失尙不盡關於名敎武公則睿聖之君也乃枉受篡逆之名於後世王魯齋尙循其說豈不厚誣古人哉故敢斷以經而決其無是事也

𥳑史遷卒於武帝末年而賈誼傳言賈嘉最好學至孝昭時爲九卿相如傳引揚雄語謂靡麗之賦勸百風一猶馳騁鄭衞之聲曲終而奏雅則其文爲後人所竄亂者多矣

鉏麑論

戰國時恢奇詭俠之士爭以死爲名而實非人情所應有其端已自春秋開之究皆傳之者妄耳未必有其事也左氏傳稱晉靈公使鉏麑賊趙宣子見宣子坐而假寐退曰不忘恭敬民之主也賊民之主不忠棄君之命不信有一於此不如死也觸槐而死噫此果可信乎夫伐國不問仁人麑果知有忠信必不肯爲刺客以事無道之靈公趙盾身爲執政其人果賢麑必先知之而不肯往刺既夜入其家則固不知忠信爲何物矣而謂片時之恭敬遂足格盜心而使之視死如歸無是理也且麑不忍刺盾詭稱將刺刃而或覺焉又或力言盾之賢以保全之公未必罪麑也必慮棄君之

命爲失信抑思君之命果治命邪亂命邪況旣觸槐死矣不忘恭敬數語又誰聞而誰述之邪公羊傳書此事謂入其門無人門焉者入其閨無人閨焉者上其堂則無人焉此於情事爲合向使盾之左右聞之則羣起而執之矣麑求死將不可得又烏能從容就死若是哉若謂言畢卽死則公之賊盾盾已具知之雖伏甲以饗盾盾必不往又何至有嗾獒之事邪雖然類此者非一端也程嬰匿趙武於山中十五年武出嬰自殺曰吾將報宣孟及公孫杵臼於地下趙襄子遊於圃及梁而馬不進使靑荓覘之則豫讓也荓曰子且爲大事而我言之非友道也子將賊吾君而我不言非臣道也乃退而自殺晏子厚養北郭騷之母及得罪出奔騷與其友

造齊廷曰晏子去齊必見侵與見國之侵不如死遂自刎也其友亦自刎柱厲叔事莒敖公不見知而去之海上及公有難而死叔曰吾以不見知故去今公死而我弗往死是果知我也遂死之之四子者與鉏麑如出一轍皆不當死而死者也太史公曰死或重於泰山或輕於鴻毛蓋非死之難而所以處死者難嬰既立孤報仇宣孟及杵臼自必知之何待自殺以報青荓雖自殺卒無救於豫讓之死且使荓覗而忽自殺襄子必知其故矣是殺讓者荓也晏子禍未至死騷儻力諫齊君晏子未必不復用何必死其友又何必爲騷死柱厲叔久去位則君雖死已可以不死其死也適重彰君之過也猶之鉏麑不死盾未必竟死麑卽死盾卒未至於死

而靈公且被盾弑是公之弑實麑階之厲也麑苟有知得毋悔觸者未誅此賊以負吾君邪凡此過中失正皆尾生抱橋之信并不足與召忽荀息同論戰國游俠多此類至東漢而其風未已以中道律之死傷勇者不少也嗟乎死生亦大矣古忠臣孝子所爭止在一死乃等死也或守死而未善其道則何異匹夫溝瀆之諒哉然吾謂不近人情之舉傳聞失實者過半直謂之無是事可也讀史者慎弗爲古人所欺哉

公山弗擾召孔子論

孔子欲赴公山弗擾之召且曰如有用我者吾其爲東周讀者疑焉弗擾非能用子者東周何自爲之程子謂天下無不可改過之人故欲往其終不往者知其必不能改也夫曰爲東周豈僅令公山改過且既未往又何以知其必不能改或謂東周本其素志不必專就弗擾言則又胡爲因欲往而發此論蓋嘗審時度勢而後知公山之召實與魯興周一大機會而東周可爲非空言而不能見諸行事者也魯自祿去政逮已四世五世矣至季孫意如竟敢逐昭公使野死及葬猶溝而絕諸先君之墓魯之臣民憤其大逆不道欲得而甘心者衆矣三桓既同惡相濟家臣尤而效之於是

是南蒯以費叛侯犯以郈叛而陽虎尤凶暴嘗囚季桓子及公父文伯盟公及三桓於周社盟國人於亳社至定公八年遂欲去三桓將享季於蒲圃而殺之季不敢不往也賴林楚御季如孟氏而虎遂劫公以伐孟氏其敗也猶竊寶玉大弓以出然且舍五父之衢寢而爲食乃入於讙陽以叛虎之視三桓蔑如也天道好還物極必反謂非意如逐君稔惡之報哉弗擾時爲費宰與季寤公鉏極叔孫輒叔仲志因陽虎以謀去三桓魯人遂目之爲叛實未嘗據邑稱兵亦未嘗共執桓子也觀定公十二年弗擾宰費如故則八年之役固未以叛聞計其召孔子必在是時矣當是時魯之大權在季氏季之大權在陽虎虎出奔而弗擾適爲費宰則亦一虎

也子嘗曰自大夫出五世希不失矣陪臣執國命三世希不失矣然則三桓之微固繇自取而陪臣執命抑豈可久之道弗擾必有不自安之心故召子以圖自全之策子果往則必乘機赴會因勢而利導之使弗擾亟歸費於魯君而使三家各循其分三家甫經變亂其氣已奪自不敢不從陪臣不敢干大夫大夫不敢干諸侯繇是隳都出甲强公弱私魯之臣民曉然於君臣之大義魯君定則諸侯皆將聞風興起同戴王室不敢干天子矣夫如是則國威可振周道可興豈非千載一時哉他日佛肸之召子之欲往猶此意也蓋趙鞅之惡不減季孫二子果能張公室則於家爲叛於國不失爲忠猶之洛邑之民於周爲頑於殷不失爲義也然皆不果

往者則有天爲以主之天而旣厭周德矣故不使夫子爲所欲爲而非料其終不能改過之謂也厥後孔子爲司寇將墮三都弗擾與叔孫輒竟敢率費人以襲魯則眞叛矣子故命申句須樂頎伐而敗之弗擾奔齊其自取也勢可因則因之賊當討則討之聖人豈有成心哉或曰然則夫子何以不與陽虎曰虎過於凶暴是又一季氏也故雖以禮來亦拒之弗擾當意如卒時陽虎欲以璠璵斂仲梁懷不與虎將逐之弗擾曰彼爲君也子何怨焉是其初蓋猶知有君者厥後在吳猶不肯導吳以伐魯謂不可以小惡覆宗國宜于欲因而用之也且夫子但欲因其勢以張公室耳抑豈必深求弗擾之爲人邪

有子請行徹論

有子以盍徹對哀公其論似迂實與魯之奇策也葢哀公念意如逐君之讐無時不以去三家爲念欲去三家非動衆不可欲動衆非足用不可適値年饑故有此問公葢志圖自强非但欲剝民自奉也有子心知其意而對之以此葢謂國勢視民心爲轉移權臣擅國而民不歸之未敢公然篡奪也若加以要結民心則其禍烈矣陳氏厚施於國所以卒篡齊也魯自宣公稅畝始有加賦之舉較徹法倍之此最得罪於民之處而祿去政逮亦卽始於宣公在宣公原因公室四分不加賦則臣用足而君用不足故不得已什取其二而利歸三家怨則歸己民心自此離矣民心離故國勢削

歷成襄昭定以及哀公凡六世卒莫能振卽昭公爲季所逐民亦莫之憐也失其民者失其心也幸三家肅闇無有能用陳氏厚施之術以結民者而季桓子且用田賦爲民心所不附故魯猶得僅存耳今哀公欲興魯則必收回民心收民心則莫先於減賦然無故減賦三家必持不可且生其疑惟因勢利導當洊饑之年惻然下哀痛之令改復先王先公之舊制以與民更始如此則事屬有因恩出自上三家不能梗議而民且愛之如父母歸之如流水矣民心一舉可回卽國勢一言可定三家雖悍勢不能違衆以自封由是法衞文布衣帛冠之儉師句踐生聚教訓之圖均無貧和無寡安無傾三家雖不去可也萬一仍欲違衆自封民且以戴君者

仇三家三家勢日孤矣去之抑何難哉是誠興魯一大機會也失此不圖而厚斂如故則當此凶年饑歲老弱轉乎溝壑壯者散之四方田卒汙萊民窮財盡卒亦無以供之恐君之不足有甚於今日者而使奸雄得借以爲資國益不可問矣然則盍徹之策卽不爲去強臣起見亦斷然必出於此况哀公更有隱衷邪惜其不悟欲除臣害而不收民心卒至去季氏反爲季去也悲夫

天台山會文錄 卷一

孔子誅少正卯論

家語孔子爲魯司寇攝行相事七日而誅亂政大夫少正卯戮之兩觀之下數其罪曰心逆而險行僻而堅言僞而辯記醜而博順非而澤荀子宥坐篇亦有此說朱子疑之以謂論語所不載子思孟子所不言春秋內外傳所不道獨荀況言之是必齊魯陋儒憤聖人之失職故爲此說以夸其權其論偉矣惜乎論語序說引史記世家仍存攝行相事誅少正卯之文而未之削通鑑綱目前編因之後且成爲不刊之典予懼果於殺戮者一旦乘權位或假孔子之說以遂其武健苛鷙之私而莫之返是不可以不辨也夫知人必論其世孔子爲司寇時祿去政逮已四五世矣自宿專魯政

意如且逐君昭不能正其終定不能正其始當是時歌雍舞佾旅泰山伐顓臾冒上亡等陪臣效尤而執國命於是南蒯公山各以費叛侯犯以郈叛陽虎且囚季桓子盜寶玉大弓以出其亂政之當誅倍蓰什伯於少正卯者可勝道哉然孔子不能操之過蹙也墮三都出藏甲張公室抑私家默爲轉移而已且公斂處父堅不肯墮成孔子亦末如之何不能立肆諸市朝也他日請討陳恆公命告三子三子不可亦付之太息而已而獨於無足輕重之少正卯誅之惟恐或後是柔則茹剛則吐也是放飯流歠而問無齒決也聖人顧若是乎豺狼當道安問狐狸聖人豈張綱之不若乎況專殺大夫諸侯且有厲禁司寇亦大夫也任意相殺魯君及三卿

能容之乎夫心逆行僻而順非誠不為無罪然視逐君叛主固大有間也若記醜而博更不足為罪矣聖人行法必取其萬不可宥者與衆棄之未有惡其為間人出不意而驟加顯戮者此穰苴孫武輩行軍立威之術也聖人肯為之乎據家語則子貢嘗疑之矣子曰此人之姦雄者也不可以不除昔殷湯誅尹諧文王誅潘正周公誅管蔡太公誅華士管仲誅付乙子產誅史何皆異世而同惡故不可赦也嘻異矣尹諧潘正付乙史何不見經傳事之有無不可考若管蔡則本末具在詩書豈少正卯比耶惟世稱太公誅海上華士與孔子誅聞人往往相提並論後世英君察相悍帥健吏動示不測之威以聾衆而立名未必非此語階之厲也前明之

季莊烈帝廷詰黃道周猶以言僞行僻見責口實之貽遠矣哉抑考家語史記並稱孔子爲司寇攝行相事相者相禮也郎夾谷之會傳稱孔某相是也若魯相自有三卿執政自係季氏孔子何緣攝相事哉此又不可不知也

東坡史評云孔子爲司寇七日而誅少正卯或以爲太速此叟蓋自知其頭方命薄必不得久在相位故汲汲及其未去發之使更遲疑兩三日已爲少正卯所圖矣此語尤滑稽害道故辨之

子產論

士大夫幸生三代時得聖人論定之可無遺議矣顧有聖人許之後儒反多異議者如子產是也孔子論子產曰有君子之道四曰爲命潤色之曰惠人也曰人謂子產不仁吾不信也曰子產足以爲國基矣曰子產猶衆人之母曰古之遺愛也曷嘗有不足之辭耶雖曰惠而不知爲政孟子但論濟人一事耳非以概其生平也乃吳氏棫獨曰數其事而責之者其所善者多也臧文仲三不仁三不智是也數其事而稱之者猶有所未至也子產有君子之道四是也朱子取入集註及其論管仲子產孰優則曰管仲德不勝才子產才不勝德然於聖人之學則概乎其未有聞也噫異矣君

子之道。卽聖人之學。孔子明言有君子之道。朱子則謂未聞聖學。豈道外別有學耶。抑聖人之行己事上養民使民別有道耶。況行道有得於心之謂德。子產德既有餘。非學又何能有得耶。夫管仲霸佐。謂之未聞聖學可也。然孔子論仲小其器。不沒其功。且許以如其仁如其仁。未嘗槪鄙夷之也。況在子產乎。臧文仲不仁者三。不智者三。已自絕於聖人矣。卽其躋僖公下展禽。隨舉其一。皆爲天理所不容。居蔡特昏迷之本耳。故夫子他日直斥其竊位。春秋於其告糴。復深罪之。安有如吳氏所云善多者哉。夫子嘗曰君子之道四。又曰君子道者三。又曰易有聖人之道四。其稱顏回亦曰有君子之道四。稱史魚曰有君子之道三。皆贊辭也。若謂數其事而稱之必有所未至則是以褒爲貶矣豈通論哉子產之相業見諸春秋傳者若攻盜於北宮斂伯有氏之死者立公孫洩及良止以止厲焚載書以安人心此應變之才也不毀鄉校不使尹何爲邑宣子請環弗與買諸賈人又弗許裨竈請以瓘斝玉瓚禳災弗與及火作請用又弗許龍鬭請禜亦弗許此獨斷之才也使都鄙有章上下有服田有封洫廬井有伍恭儉者與之汰侈者斃之鑄刑書則曰吾以救世作丘賦則曰苟利社稷死生以之此任事之才也知晉楚之將平知蔡侯之不免知陳之必亡知印堇父之必更幣而始歸知令尹之將行大事而禍不及鄭知晉師之不能救蔡知楚之汰而愎諫不過十年因楚子賦吉日而具田備因楚子

問諸侯而知魯衛曹邾之不至此料事之才也對晉人之徵朝諫宣子之重幣獻陳捷則士莊伯不能詰盟平邱則自日中爭承至於昏辭客幣則騶氏之位以定此折衝禦侮之才也其他論黃熊論實沈臺駘賦羔裘賦隰桑特其博雅之緒餘耳見諸史者則曰爲相一年豎子不戲狎斑白不提挈僮子不犂畔二年市不豫賈三年門不夜關道不拾遺四年田器不歸五年士無尺籍喪期不令而治是其於君子之道有計數所不能盡者夫子許其四舉重而言耳豈意吳氏反以爲有未至哉宋之儒者重心性薄事功故於子產之徒多不滿當其時偏安之局不能振君父之憤不能雪議論多而成功少其效略可覩矣誠得才如子產者任之南渡未

必不可支也或曰宋儒薄事功何獨稱諸葛武侯曰武侯有儒者氣象伊川程子之說也宋人最尊程子故甯違孔子之論不敢違程子之說平心而論子產之德固過於管仲其才亦過於武侯子產以蕞爾鄭介晉楚二大國之間視武侯之涖全蜀十不及一二乃武侯不免隨手喪失子產獨恢恢乎游刃有餘觀武侯自比管樂尚有不敢頡頏子產之意豈慮後儒之過爲軒輊也衡才者固當以聖論爲定哉

天岳山館文鈔卷二

伍員論

伍員逆黨非烈士也其自言曰吾日暮塗遠故倒行而逆施之爰書定矣而太史公稱之爲烈丈夫過矣哉世之議員者謂臣無仇君之義員鞭其死君太悖以班處宮太亂宜申包胥責其無天道之極又謂員諫夫差宜極陳父仇不共戴天若釋越是忘越王之殺而父也計不出此但言越必沼吳夫差方以霸主自命此言豈所樂聞員蓋忠有餘智不足也其說似矣然平王以讒故殺伍奢五十餘口生人之慘無逾是者雖奢固亦以復仇望員也員復仇誠不爲過且員既去國則君臣之義已絕孟子土芥寇讎之說正

指舊君舊臣言員虐其舊君雖甚悍戾其罪尚可末減至其諫夫差不從雖立言未善何至遂賜以死是員死更非其罪然則員無罪乎曰不然員之罪在進專諸於公子光弒王僚以成其篡耳今夫君臣父子大倫也員知有父子獨不計人之有君臣乎已報父仇欲藉手於人乃使人亟弒其君員其尚有人心乎史稱員初奔吳說王僚伐楚公子光尼之員知光有異志乃求勇士專諸進之光光喜乃容員員退耕於野以待專諸之事專諸遂弒王僚於窟室光立是爲闔廬用員爲行人與謀國事卒成入郢之功員非不知篡弒之爲大逆也正以日暮途遠欲用闔廬爲報仇地故不惜倒行而逆施耳員之罪視費無極殆又甚焉何者無極所讒殺者

同僚也平王輕信無極所枉殺者臣下也僚則光之君員既居吳則亦員之君而顧導之弒逆僚獨無子乎爲僚子者獨不當報仇乎古人行一不義殺一不辜得天下不爲況以報仇故謀弒君乎或謂光久蓄異志微員光亦必篡然觀窟室之宴僚設備甚周微專諸置匕首魚炙中不能刺僚也是成光之篡者員也伍奢嘗曰員爲人剛戾忍詢能成大事惟其剛戾所以甘爲逆黨也員初與太子建奔鄭鄭人甚善之旋適晉晉頃公命爲內應約滅鄭以封建建還鄭事洩鄭人殺建員與建子勝奔吳然則員之傾險負義其天性矣卒之闔廬死於戰亦員教之黷武所致也夫差能敗越卒爲越滅豈前後若兩人哉其父弒君自立其子必不能保其國

也。員諫不從，卒受屬鏤之賜。抑豈眞忠有餘智不足哉。人臣甘爲逆黨。未有能保其身者也。烏虖。員之罪在此不在彼。人顧就其小者訾之。抑末矣。而神其說者。且謂員之忠憤。激爲江潮。古今祠祀不絕。雖狄仁傑不能毀其廟。豈知自有宇宙。卽有江潮。員與大夫種未死以前。又誰實爲之耶。史遷乃以棄小義雪大恥名垂於後世稱之。不適以長犯上作亂之風哉。

陳平周勃論

呂后欲王諸呂王陵力爭陳平周勃皆曰可呂后喜及退陵讓平勃曰諸君阿意背約何面目見高帝平勃對曰面折廷爭臣不如君全社稷定劉氏之變君亦不如臣陵無以應吾謂此史氏附會之辭以成敗論人者也人非鬼神莫能前知平勃能預知八年以後必誅諸呂立文帝以安劉氏乎平勃苟能與陵合爭呂后雖悍必不敢違高帝之約以王諸呂呂氏不王則劉氏不危無待安也平勃阿后意所謂一言而喪邦者也且夫平勃之成功亦倖耳當是時微陸賈則將相之交不合微灌嬰則不能與齊連和以待呂氏之變微酈寄則呂祿必不肯解將印以兵授勃微紀通矯約太

尉則勃不得入北軍微曹窋告衛尉無入産殿門則産不[illegible]徘徊不得入微劉章入宮門遽擊殺産則變不能遂定然則平勃之成功倖也能預必之於八年前耶則何若早遏其萌之易耶雖然平勃卒誅諸呂能發能收尚可謝高帝吾之罪乎勃則以其誅諸呂而盡殺惠帝之子也攷史記漢書呂后以魯元公主女張氏爲惠帝后無子取後宮美人子名之殺其母以爲太子惠帝崩太子卽位太后欲王呂氏先立孝惠後宮子彊爲淮陽王不疑常山王太爲濟川王山爲襄成侯朝爲軹侯武爲壺關侯彊立五年卒以武爲淮陽王不疑立二年卒以山爲常山王更名義又明年太后廢少帝幽殺之立義爲帝更名宏以朝爲常山王太徙封梁王夫史

明言後宮美人子又曰孝惠後宮子是皆惠帝子也特非嫡出耳果係他姓子則當云取他人子名爲孝惠子也呂后性剛毅能佐高帝定天下豈肯以他人子爲帝絕漢之祀爲以呂易嬴以牛易馬之舉耶惠帝在位七年崩年二十三宮人魚貫必不至無子可知萬一無子呂后取他姓子一人立之足矣彼六王何爲者使皆取他人子名之其跡不愈彰顯乎高帝將崩呂后問孰可代蕭何曰曹參次王陵次平勃且曰安劉氏者必勃也后皆用之未嘗欲危劉氏而斬其祀也其王諸呂特以主少大臣強故假外家以權使相鎮壓耳果欲危劉氏何肯用安劉之人乎既不斬劉祀又何肯以他人子主社稷乎且平勃誅產祿時猶遣劉章入宮衛帝未

嘗以他人子覗帝也史稱諸呂既誅諸大臣相與陰謀曰少帝及梁淮陽常山王皆非眞孝惠子也呂后詐名他人子殺其母養後宮立以爲後今夷滅諸呂而置所立卽長用事吾屬無類矣乃迎立代王令劉興居除宮始訟言少帝非劉氏夜命有司誅滅三王及少帝平勃之罪於是爲大矣夫國賴長君平勃立文帝宜也廢少帝亦可也何必使一帝三王同日併命耶霍光廢昌邑王賀仍歸昌邑未聞復能爲變也諸大臣以少帝呂后所立懼其長爲呂氏復讎故加以他人子之目殺之爲有名是平勃止爲自全計絶不爲吾君之子計所以爲陰謀也且夫惠帝者高帝之嫡子也少帝及三王高帝之孫也平勃身事高帝既不能止悍后之謀以成

其亂幸而亂定又枉殺惠帝子四人何面目見高惠於地下況少帝立已五年平勃北面事之久矣果他人子則非劉氏而王且非劉氏而帝矣平勃何以不爭卽畏呂后不敢爭至齊王襄起兵討諸呂時宜直言以聲其罪矣乃其遺諸侯王書稱寡人率兵入誅不當爲王者是但言諸呂不當王不言少帝不當帝也平勃忽以此爲辭使無從自辨而通鑑諸書皆信其說謂二帝五王皆非孝惠子豈不寃哉平嘗曰我多陰謀道家所禁吾世卽廢亦已矣以吾多陰禍也後人以六出奇計當之不知奇計不足罪平平勃之罪在弒少帝及三王平多智必主其謀勃則聽從之耳平所自悔必此也其後平曾孫何坐法棄市勃子亞夫下獄死國皆除而劉

興居王濟北、亦以反誅、孰謂天道無昭報哉、司馬遷漢之臣子、於本紀則曰後宮美人子、又曰大臣相與陰謀、又曰絳侯乃與丞相平謀、於世家則曰陳平本謀也、烏虖、微而顯、志而晦、茲所以爲良史歟、

丙吉論

漢賢相稱魏丙、丙之賢在治巫蠱獄時力保全宣帝、至閉門拒謁者、令以免帝於死、及昌邑王廢、吉奏記大將軍光、請迎立宣帝、絕口不道前恩、帝久乃知之、後居相位、尚寬大、好禮讓、臨卒、舉杜延年于定國陳萬年自代、茲可謂賢矣、乃世獨稱其問牛喘一事以爲知大體、夫輦轂之下、羣鬬者至死傷橫道、政刑之弛極矣、京兆尹之不職、抑又甚矣、吉既見之、謂宜下敎切責主者、俾立治其獄、庶懲俗可挽救、乃曰民鬬相殺傷、京兆所當禁、宰相不當問細事、方春未熱、恐牛近行、用暑故喘、此時氣失節也、三公調和陰陽、職當憂、嘻異矣、論語記廄焚子退朝、曰傷人乎、不問馬、蓋貴人而賤畜也吉胡獨賤人而貴畜耶昔齊婦含寃死東海至三年不雨吉爲相不能使民無鬬殺死傷則已大干天地之和陰陽失調莫甚於此乃舍其大問其細彼其所燮理者果何事耶吉與魏相同朝相嘗上言風俗日薄水旱不時今年計子弟殺父兄妻殺夫者凡二百二十二人非小變也吉豈未之知耶然則其所燮理者又安在耶攷宣帝本始四年關東四十九郡同日地震山崩水出壞城郭室廬殺六千餘人帝素服避正殿地節元年日食星孛三年京師大雨雹地震九年山陽濟陰雨雹殺人飛鳥皆死是年霍氏族誅皇后廢尋自殺神爵元年星孛五鳳元年及四年日食者再黃龍元年有星孛於紫微天時人事之變多矣陰陽失調至此雖日

取百牛問之何益且夫寅亮天工燮理陰陽帝臣王佐之業也宣帝以刑餘爲周召以法律爲詩書嘗作色謂太子曰漢家自有制度本以霸王道雜之柰何純任德教用周政然則帝尙不欲用周政而爲之相者乃高語唐虞時鳥獸咸若之盛其孰從而信之況是時嚴延年守河南號稱屠伯每決囚血流數里路溫舒疏言獄吏尙刻深大辟歲以萬數而剛直公淸之司隸校尉蓋寬饒至自剄北闕下吉在相位未聞有所匡救也何獨愛乎一牛雖然吉長者非必飾辭干譽其說蓋有所本昔文帝問陳平歲決獄及錢穀出入幾何平曰有主者決獄問廷尉錢穀問治粟內史帝曰君所主何事平曰宰相上佐天子理陰陽順四時下遂萬物之宜外塡

撫四夷諸侯內親附百姓使卿大夫各得任其職吉之論本此此平以口給禦人耳其實非也錢穀刑獄皆大政欲佐天子遂萬物之宜不能外此未有兵刑錢穀皆茫然而曰吾方理陰陽順四時者蓋使民無訟卽在聽訟中今尚不能聽訟何論無訟道德齊禮卽在政刑中今尚不能出政刑何論德禮吉慕平言而效之誤矣不但此也史稱吉務掩過揚善掾吏有罪終無所案曰公府而有案吏之名吾竊陋焉此亦非也政府爲百僚庶司所觀法有罪不案何以用人或曰魏相好言陰陽嘗上明堂月令請選明經通知陰陽者四人各主一時帝從之吉大約宗相說耳烏虖是特眭孟夏侯勝京房翼奉李尋谷永輩所談之陰陽耳非帝臣王佐所爕

理之陰陽也。抑可謂不揣本而齊末矣。爲相臣者。尚其師吉之所長。毋徒以此爲識大體哉。

狄仁傑論

甚哉眾好不察而隨聲附和者多也，若通鑑綱目書周同平章事狄仁傑卒，而仍繫以唐，適足潰名教之防，爲貳臣所藉口耳，烏可爲訓哉，仁傑事高宗，官侍御史，凡八年，中宗立，武氏廢爲廬陵王，遷房州，遂臨朝稱制，立武氏七廟，除唐宗室屬籍，又七年改國號周，稱皇帝，改置宗廟社稷，殺唐宗室殆盡，明年以仁傑同平章事，又明年，來俊臣誣以謀反，下獄，貶縣令，又三年，遷魏州刺史，明年，復同平章事，又明年武后召還廬陵王，以爲河北道元帥，仁傑副之，又二年卒，計仁傑事武氏十七年，入僞周十一年，食周之祿，任周之事，猶得獨稱唐臣乎，仁傑卒後五年，張柬之等舉兵討武氏，誅張易之昌宗等中宗始復位仁傑嘗薦柬之有宰相才又薦桓彥範敬暉姚崇等卒成反正功論者遂謂仁傑能反周爲唐不知仁傑薦柬之僅遷秋官侍郎仁傑卒後四年以姚崇薦始同平章事年且八十矣人非鬼神莫能前知仁傑能必柬之成功於五年後乎藉令柬之未及八十而卒反周之任將誰寄事周之心迹抑何自明乎論者又以仁傑有姑姪與母子孰親之論及論鸚鵡折翼雙陸無子遂得召還廬陵王因以反正功歸之不知姑姪之論鳳閣侍郎李昭德已言於八年前矣其略曰天皇陛下之夫皇嗣陛下之子有天下者當傳之子孫豈得以姪爲嗣自古未聞姪爲天子而爲姑立廟者也又曰姑姪之親何如父子其論與仁傑正

同至雙陸不勝之問則王方慶與仁傑同詞對曰無子故也又吉頊嘗說易之昌宗勸立廬陵王不徒免禍且可保富貴與仁傑答易之之語亦同然而世幾不知有昭德方慶頊之言而但歸功於仁傑殆有幸有不幸耶且夫知人者當論其世仁傑之世何世耶三綱淪矣九法斁矣武氏淫穢兇殘遷唐之廟社戮唐之子孫以女子竄竊天位是高祖太宗高宗之讐仇也仁傑唐之舊臣事仇十餘載譬諸婦已改醮且成冢生子矣猶謂其心在前夫於其卒也仍繫前夫之姓氏此何義耶仁傑所與比肩事主者二張及武承嗣三思偕懷義周興來俊臣索元禮郭霸蘇味道楊再思之徒耳若楊炎劉禕之郝象賢鄧元挺魏元同格輔元岑長倩歐陽通

李安靜李昭德劉思禮等則皆爲興俊臣所誣陷仁傑疾視其死而莫能救但保己之名位以殉世吾不知仁傑何以爲心也且仁傑亦嘗被誣下獄去死一間耳使不遇救而竟死豈不輕於鴻毛哉然則仁傑當柰何孔子曰天下有道則見無道則隱孟子曰無罪而殺士則大夫可以去古今通義也仁傑本非貴戚之卿當牝雞肆毒時能爲直諫之柳奭韓瑗褚遂良及討賊之徐敬業駱賓王楊初成雖死猶不死也自度不能則潔身以去亂耳武攸緒爲武氏至戚封東平王棄官隱嵩山卒能行其志何有於仁傑哉而必含羞忍垢以圖不可必就之功此與事二姓之鄙夫何異宜爲爲盧氏姨所譏也仁傑在河南時奏焚淫祠千七百所古今偉之

玫是年武氏方立崇先廟作天堂武承嗣僞作瑞石武氏命曰寶圖因拜洛受圖告謝於郊大饗萬象神宮淫祀之尤也仁傑皆不能諫止是放飯流歠而問無齒決也或曰仁傑守正不阿能極言直諫雖立僞朝而本末皎然其心固無愧耳吾謂仁傑質美而未學者也武氏殺姊屠兄酖母弒后廢主自立始未嘗不惴惴然愳天下叛之也自有負重名如仁傑者委質事之同時若魏元忠徐有功裴行儉婁師德姚崇宋璟杜景儉劉仁軌陳子昂王及善輩皆正人也皆願立其朝而武氏心益安位益固矣至犯顏敢諫則武氏本不殺諫臣也王求禮嘗請閹懷義矣蘇良嗣批懷義之頰矣朱敬則劾侯祥醜慢無恥矣武氏皆能容之況斗南之國老乎

此何足爲仁傑難。且仁傑誠急欲復唐。則宜與徐魏姚宋輩先去以爲民望。俾僞朝之上羣邪顚覆。雖有天下。不能一朝居也。計不出此。而相率事女主。反各以風節自見。忘乎其在僞朝。是武氏篡位十餘年得保無事。實仁傑諸人助之也。烏在其反周爲唐哉。烏虖。三代以下之出處。所以多可議。而知進退存亡而不失其正者之所以難也。吾非敢苛論仁傑。懼後世之鄙夫貳臣。援仁傑爲口實。而潰名敎之防耳。通鑑綱目上擬春秋。而書仁傑獨近於衆好不察。循是說也。則揚雄泊然自守。又何不可謂之心存漢室。而必書莽大夫哉。

駁王夫之李綱論

宋宣和七年金人南侵徽宗傳位欽宗欽宗議東幸割地乞和李綱言祖宗疆土當死守尺寸不可與人帝納之明年徽宗幸亳州白時中李邦彥等請欽宗幸襄鄧綱曰天下城池豈有如都城者捨此欲何之宜堅守以待勤王之師乃以爲東京畱守會報中宮已行帝變色曰朕不能畱矣綱泣拜以死邀之乃止明日趨朝乘輿已駕矣綱言六軍家屬皆在都城萬一中道散歸陛下誰與守且敵知乘輿不遠以健馬疾追何以禦之帝感悟命綱繕守具金人來攻力戰禦之斬數千級統制馬忠復敗之金遂議和綱力言三鎮不可割又言敵孤軍深入宜扼河津絕餉道待其食盡力疲縱使

北歸坐渡擊之可必勝會姚平仲襲金營不克議遂寢尋罷綱以謝金陳東等伏闕力爭始復官然卒稱姪割三鎮納金幣以和京師解嚴出綱爲兩河宣撫使罷所起兵又罷知揚州又落職安置建昌軍明年四月金人遂以二帝北去宋事不可爲矣烏虖使綱終相位金人必不敢再至卽至亦有以禦之何遽罹此辱哉君子是以嘆息痛恨於任綱之不卒也明季王夫之作宋論乃謂國君死社稷天子則不然天子棄都城而固有天下未喪其世守也綱擁孤城遲回於棧豆卒使二帝俘六宮虜上下交絕其大命斁天之痛實綱爲罪魁烏虖是何其持論之偏激而好惡拂人性耶夫守城與棄城功罪不待問矣敵未至而遷是棄城也可守無過都

城若之何棄之況綱守城已著奇功所謂能發能收者也而反指爲罪然則都城必不當守遇警必委而去之視棄宗廟社稷宮室府庫百官兆民若敝屣而後爲識時務耶信斯言也臼時中李邦彥張邦昌耿南仲輩皆宋功臣矣不甯惟是澶淵之役請幸金陵之王欽若爲功寇準反爲罪矣土木之變請南遷之徐珵爲功于謙反爲罪矣古今有此公論乎哉且夫襄鄧去汴京不過數百里我能往寇亦能往欽宗卽出奔扞牧圉者不外時中邦彥之徒也金騎以健馬疾追二帝之北行不待改歲矣而謂棄都城仍不喪天下其誰信之況都城早棄則焚掠搜括之慘其受禍更速然後知綱之議確不可易也或曰王氏痛明閔帝之亡謂不用南遷之

議所致因遷怒於綱耳吾又以謂不然明至崇禎之季不遷亡遷亦必亡當是時文臣如范倪勳戚如劉鞏均無尺寸柄除一死外無可爲者卽欲南遷諸臣中不特無郭子儀李光弼其人亦并無李懷光其人與其託命於李國楨曹化淳之手以取辱不若死社稷之得正而斃也王氏身事殘明彼宏光之逃唐桂之播遷皆所目擊曾何足以救亡且就令南遷實可以後亡以責明季諸臣可也歸獄於綱不可也宋建炎之末亦嘗竄海上矣而終不獲延一日之祚然後知綱之議確不可易也王氏此論不足爲綱損吾懼後世謀國者祖其邪說敢犯千秋之淸議而以宗社爲嘗試是以發憤論之至其論陳東之伏闕爲胥動浮言而並以咎綱抑更不

足辨矣。

李東陽論

人臣之去就揆諸義而已矣道合則留不合則去義也若身爲重臣受先朝顧命不幸新王童昏爲權倖所蠱既不能爲伊霍之事卽當畢力維持以冀君之一悟而徐去其毒卽事或不濟而吾不惜委曲搘拄於其間則吾之心力已罄天下亦陰受其益義不可以決去也苟第悻悻然相率去位自爲計則便矣如君國何如先朝寄託何昔者明孝宗時閣臣劉健李東陽謝遷同心輔政君臣之際可謂盛矣及帝大漸召健東陽遷至乾清宮執健手曰東宮年幼好逸樂先生輩當勸之讀書輔爲賢主其付託抑可謂重矣亡何武宗立逆閹劉瑾亂政健等力諫不從韓文率九卿伏闕力

爭帝擬逐瑾未決健在閣推案哭曰先帝陵土未乾若輩敗壞至此臣死何面目見先帝時健遷聲色俱厲惟東陽語少緩明日諸臣再伏闕爭欲遂誅瑾瑾先泣訴帝前事大變健等並乞骸骨瑾矯旨聽健遷歸而獨留東陽東陽恥之再疏請罷不許健遷瀕行東陽祖餞泣下健正色曰何泣爲當日多發一言同去矣東陽用是蒙詬有伴食中書之謗侍郎羅玘上書勸退至請削門生籍易代後如王士禎輩猶詆之吾獨以謂不然夫武宗惑瑾特未悟其姦耳一旦覺寤猶棄犬豕也後四年太監張永發瑾逆謀遂磔於市瑾非必不可去之奸也又非若莽移漢祚武氏移唐祚立其朝者不可一朝居也健東陽遷皆顧命大臣與國同休戚豈一去所

能塞責瑾誅後健聞武宗盤遊無度輒歎息不食曰吾負先帝其歎也與推案之哭東陽之泣餞其義一也健初胡為出此言哉且其時韓文劉大夏戴珊馬文升楊一清劉忠等皆去位矣謂東陽必不可留則將舉國而空之使武宗益孤立瑾益得為所欲為儻扇藏之匕首竟遂逆謀健等何辭以謝先帝史稱瑾凶暴無所不訕侮於東陽猶陽禮敬東陽潛移默奪保全善類天下陰受其庇瑾嘗欲逮健遷籍其家又逮劉大夏楊一清下詔獄皆賴東陽力解一清卒與張永定謀誅瑾微東陽則一清且不免瑾益稽誅矣此外若陳熊安奎張彧崔璿姚祥張瑋等並以東陽救得免死至匿名書出瑾執朝官三百餘人下獄不有東陽不幾無噍類哉宋

青苗法行仕者多投劾去邵子曰正賢者所當盡力時也寬一分民受一分之賜但相率而去何益烏虖議東陽者其亦思此義也歟攷健遷去位後瑾令焦芳王鏊同入閣鏊雖持正不能與抗惟與東陽彌縫其間多所補救世未有訾鏊者遷罷相後越二十一年世宗復召入閣年七十九矣明年以疾歸使必以不仕爲高則遷多此一出世亦未有訾遷者而獨苛論東陽何哉東陽果貪位苟祿則立朝五十年宜坐致華膴矣乃猶藉賣文鬻書以給朝夕非是則設客不能具魚菜清節若此而與戀棧者同譏不平孰甚焉或曰子於狄仁傑嘗著論非之何獨寬於東陽曰時義不同也仁傑値革命之變義不當事僞朝東陽顧命元老非可以高蹈鳴

潔君臣之義無所逃於天地間也且仁傑薦張柬之其後柬之反周爲唐世盡以功歸仁傑東陽救楊一清其後一清定謀誅逆瑾獨未聞以功歸東陽且加詬病焉豈非衆好衆惡皆不察哉故論人者貴折衷孔子也

平江　李元度　次青

說

禮記少儀疏說謂論說史記索隱云說者諸子雜記也其體與論略同而疏解經義為多歐陽子曰六經非一世之書也司馬公曰經猶的也一人射之不若眾人射之其中者多也自來說春秋者三傳並存說詩者四家互異各尊所聞各行所知並存一家言以質後世豈必暖暖姝姝守一先生之言以自足哉說經之文至
國朝而極盛朱蘭坡侍講嘗輯詁經文鈔六十二卷可謂富矣然多箋疏體非文集體也是集所存但據隅見書之其舊說之最精確而人未盡知者亦表而出之不必其自己出也後附雜說則韓

柳諸家之舊例爾

論語說　讀論孟說　思無邪說　冉子聚斂說　宰我短喪說　格物說　孟子說　貞下起元說　甘誓湯誓說　金縢說　關雎說　將仲子說　檀弓說二　周禮媒氏說　雜說三首

論語說

讀論語而知聖人之衛道嚴也蓋舉異端及百家九流後起之流弊而悉杜之矣所謂異端神農之言也老莊也楊墨也申韓也釋道也孫吳穰苴商鞅李悝皆是也當孔子時未盡出已各露其端孔子則皆辭而闢之司馬談以陰陽儒墨名法道爲六家班固益以縱橫家雜家小說家農家兵家辭賦家術數家方伎家其類夥矣而聖人皆預知其流弊而有以防之如樊遲請學稼圃是卽爲神農言者之見端所謂並耕而食饔飧而治也蓋後世稱述上古多失其義理猶陰陽方伎家之稱黃帝漢人之稱黃老耳孔子目遲爲小人復進以大人之事卽孟子勞力勞心之說也此義明而

言神農者誣至許行始申之復爲孟子所距而其害息矣原壤母死而歌夷俟孔子老莊之流也晉人清談謂禮豈爲我輩設實作俑於此阮籍聞母死仍終弈局正與壤同宜夫子斥壤爲賊也子桑伯子不衣冠而處欲同人道於牛馬亦學老莊而失之太簡者有子謂知和而和不以禮節之皆爲自放於禮法外者警耳以德報怨老子守黑守雌之學也孔子折之曰何以報德而其說誣矣接輿荷蕢沮溺丈人廢君臣之義潔身而亂大倫已開楊子爲我之先路宜孔子早辨之也莊子稱墨子生不歌死無服桐棺三寸而無槨以爲法式韓非子稱墨者之葬也桐棺三寸服喪三月蓋以薄爲其道也其書以三年之喪爲敗男女之交宰我問短喪蓋

不覺浸淫於墨氏矣其間從井救人亦卽摩頂放踵利天下之恉也得孔子明告之而萬世之論以定楚直躬證父攘羊近於無父之教墨子稱帝堯土階茅茨采椽不刮食土簋啜土鉶以此爲萬民之率是又棘子成質而已矣之說所自來也聖門皆有以正之豈待孟子始距楊墨乎申韓之學名法家言也季康子欲殺無道就有道其意已專尚刑名孔子既非之又言齊之以刑民免而無恥所以遏申韓之燄於未起也後世酷吏之禍聖人蓋憂之矣釋道之恉近於老莊以淸靜寂滅爲教求脫離生死而因果輪迴及丹鼎符籙禨祥祈禱之事出焉衞人稱公叔文子不言不笑不取是寂滅之行也子既辨其不然又嘗言朝聞道夕死可矣以道爲

斷則生死不足言也及季路問事鬼神問死則告以事人知生而輪迴因果之說闢矣子疾病子路請禱則告以某之禱久而符籙祈禳之說闢矣後世人主好佛老服藥求長生齋醮禱祠貽譏史冊聖人皆已洞燭於幾先至讖緯之說班史所謂陰陽家術數家也子張問十世可知已漸墮術數之習孔子準之以禮而後王之信圖讖奉赤符者可以反焉孫吳穰苴班史所謂兵家也靈公問陳子路問行三軍皆獨重兵家言孔子皆不與而後世之爭地爭城者可以反焉商鞅開阡陌李悝盡地力縱橫家之屬也孔子罕言利又嚴斥聚斂之冉有則固預有以坊之虞初齊諧班史所謂小說家也子不語怪力亂神又以言不及義好行小慧者爲難則

於後世之造小說以害人心者亦預有以坊之公孫龍作堅白異同之論大約主變易是非自孔子明之曰不磷不淄而堅白之眞出矣不但已也其曰中庸民鮮能則逆知後世有索隱行怪之徒矣曰述而不作信而好古則逆知後世有蔑古妄作非堯舜而薄湯武者矣曰可與立未可與權則逆知後世有子莫執中之病矣曰下學而上達温故而知新則又逆知後世有金谿慈湖橫浦白沙姚江諸家之流弊矣故曰攻乎異端斯害也已蓋皆於異說初萌時力折之爲萬世慮者至深遠也至其曰有言者不必有德則又舉辭章家之失而砭訂之然則百家諸子莫能出聖人之範圍而其說具詳於論語讀者可不盡心歟

讀論孟說

程子以太和元氣目孔子以泰山巖巖象孟子又云孟子有英氣便有圭角以孔子之言比之如冰與水精非不光耀玉則有温潤含蓄氣象其論精矣然吾觀孔子之言論風節壁立萬仞正與孟子同無二道也請以論孟徵之如魯三家執政者也君子居是邦宜不非其大夫矣乃孔子於其舞八佾斥之曰是可忍孰不可忍歌雍詩斥之曰奚取於三家之堂旅泰山則責再有不能救伐顓臾則曰恐季孫之憂卽在蕭牆之內用田賦則斥其貪冒無厭且鳴鼓而攻附益之求其口誅筆伐之不遺餘力矣至其答季氏之問固所謂與上大夫言也乃患盜則曰苟子之不欲雖賞之不竊

問政則曰子爲政焉用殺子帥以正孰敢不正皆直抉根原不少假借其折季子然則曰弒父與君亦不從論祿去政逮則曰三桓之子孫微矣初未嘗有所忌諱及陳恆弒君毅然請討兩稱吾從大夫之後不敢不告此非聖門淸議足以奪權奸之魄耶不但此也平居論列當世卿大夫必明辨其賢否若齊管仲鄭子西魯臧文仲武仲孟公綽世所稱賢大夫也乃或斥其器小或外之曰彼哉彼哉或斥其不智不仁而竊位或斥其要君或譏其不可爲滕薛大夫及子貢問今之從政則曰斗筲之人何足算也曷嘗存不非大夫之見耶至若言衞靈公之無道悼齊景公之無德而稱歎夷狄之尙有君而於祝鮀之佞宋朝之美則曰非此難免於今世

於嘗禘之非禮則曰吾不欲觀以常情度之皆傷時語也而聖人不少婉曲曷嘗盡出於温潤含蓄耶外此如責原壤曰爲賊責宰我曰於予何誅責子路曰欺天行詐折王孫賈曰獲罪於天無所禱陽貨求見則拒之孺悲求見則辭之大抵嚴厲之意多渾含之意少獨於非招不往之虞人則稱爲志士不忘在溝壑勇士不忘喪其元可以觀聖人之所尚矣蓋其以鄉原爲賊以巧令足恭爲恥以色厲內荏爲穿窬之盜以患得患失爲鄙夫故其直道而行若此而春秋之衮鉞所以懼亂臣賊子者無論矣孟子學孔子者也其惡王驩猶孔子之拒陽貨也其因從子敖而責樂正子猶孔子因富季氏而絕冉求也其論齊王之不智梁惠王之不仁梁襄

王之不似人君猶孔子言衞靈之無道齊景之無德也其以儀衍爲妾婦以楊墨爲禽獸以求富貴利達者爲乞人以富桀輔桀者爲民賊猶孔子之以鄉原爲賊以內荏爲穿窬也其斥愼子殃民斥仲子惡能廉斥戴盈之不能速已猶孔子之斥文仲與武仲也其不見儲子不見夷之不答滕更之問猶孔子之謝孺悲也其料盆成括之殺其軀猶孔子料三桓之子孫也其云今之諸侯皆犯此五禁雖與之天下不能一朝居是卽不如諸夏之嘆也今之大夫皆逢君之惡是卽斗筲之嘆也孟子亦法孔子而已矣未嘗别露圭角也至其論說大人則藐之謂在彼者皆我所不爲也吾何畏彼哉楊龜山謂以己之長方人之短此等氣象在孔子則無之

此似是而非之說也。曾子曰。彼以其富。我以吾仁。彼以其爵。我以吾義。子思曰。以位則子君也。我臣也。以德則子事我者也。豈皆以己長方人之短耶。曾子傳孔子之道。子思之學出於曾子。孟子之學出於子思。孔門家法。固如是也。士品日降。因孔子有危行言孫之論。又謂居邦不非大夫。相率依違遷就。奄然自託於中庸。充其操。不至胥天下而爲鄉原爲鄙夫爲妾婦不止。彼且謂聖人之道在去其圭角。庸詎知孔曾思孟之言論風節。固大不然哉。然則學聖賢者寧拙無巧。寧介無通。寧直無曲。寧剛無柔。庶幾可與入德歟。

思無邪說

詩三百孔子蔽以思無邪一言則詩必無邪思可知也詩有美有刺美正固無邪刺淫亦無邪鄭衛諸淫詩皆刺淫之作其事有正有邪而刺邪之詩仍歸無邪漢唐諸儒悉主此論與聖訓合朱子力攻小序因鄭聲淫之說舉風雨青衿蔓草木瓜將仲子諸詩不淫者概以爲淫又不主刺淫而以爲淫奔者所自作同時呂東萊謂詩人以無邪之思作之學者當以無邪之思讀之朱子則謂彼以有邪之思作之而我以無邪之思讀之守其說甚堅平心而論東萊是而朱子之說未安也記曰誦詩三百論語曰誦詩三百皆就讀詩者言此章無誦字則直指詩人本旨與詩可以興觀羣怨

文法一例今以無邪一語屬讀者不屬作者則經文當於首句加誦字末句改無作毋文義方順且以無邪一言屬望讀詩之人又安可謂此足蔽三百篇義耶其未安者一太史公曰詩三百篇大抵聖賢發憤之所爲作也惟其刺惡所以發憤此足與聖言相發明若淫人廉恥蕩然津津樂道則何發憤之有史公又曰三百五篇夫子皆絃歌之以求合於韶武之音禮樂可得而述荀卿亦曰詩者中聲之所止惟其美正刺邪故可合於韶武故可爲中聲今錄淫人自作之詩則作者不特有邪思且有邪行又自述邪行以告人人將效之何懲創之有其未安者二古者採詩夜誦以諫君失漢王式龔遂並以三百篇諫昌邑王惟詩本無邪故誦之可以

止邪若邪人所自作誦之不反導邪乎古人思君懷友往往託爲男女之辭如蘇李贈答稱結髮爲夫妻及唐人棄婦辭之類皆以征夫離婦之思而寄愛國憂時之隱至風人諷刺邪淫每代姣狂自述下至六朝豔體如子夜讀曲歌等類亦多别有寄託不盡以邪論也必泥其辭而以爲其人之質言則温柔敦厚之旨與主文譎諫之用胥失之矣且古今一理不應古之蚩氓姝女矢口成章遠出後世文人之上其未安者三人既干名犯義自不免消阻閉藏誰肯播其惡於衆如詩所稱子充子都子嗟子國孟姜孟弋孟庸之類直指男女姓名惟恐人之不知悍然不顧一至此極乎果其人所自作聖人必不存存之必不如此其多後世香匳體無題

詩•動乖風教•未必非鄭衛多錄淫詩之說階之厲也•然此等詩究未有自吐姓名者•且遇有識者操選政•亦必擯之不錄•況聖人乎•其未安者四•刺詩之體•有鋪陳其事•不加一辭•而閔惜懲創之意自見於言外者•如淸人碩人猗嗟敝笱載驅叔于田之屬是也•朱子既言之矣•乃又謂賦之之人•必在所賦之外•豈有欲刺人惡•反自爲彼人之言•以陷其身於所刺之中者•不知淫人爲禽獸之行•方冀幸人無知者•而詩人刺之•則已曲繪其情形•明著其時地•直指其姓名•且登諸輶軒之採•彼其人知之•必無地自容矣•讀其詩者•必深恥而痛惡之矣•所以爲懲創也•不必如巷伯鶉奔諸篇•大聲疾呼•乃可謂之刺惡也•今云以是爲刺•不惟無益•恐不免鼓之

舞之而反以勸其惡抑思以是使讀者無邪思又豈見於鼓之舞之而反以勸其惡耶況既刺之則雖爲彼人之言必不至陷於所刺之中而不自知也其未安者五孔子惡鄭聲又曰鄭聲淫淫者聲之過非淫奔之淫水溢於地曰淫水雨過於節曰淫雨聲溢於樂曰淫聲其義一也子言鄭聲淫不言鄭詩淫卽有淫詩亦刺淫而非自爲淫所以有無邪之訓朱子謂詩與樂相首尾未有詩不淫而聲特淫者然則孔子放鄭聲何不刪鄭詩放猶託諸空言刪可見諸行事乃必留待後儒之補救乎其未安者六馬氏端臨引季札歌詩趙孟賦詩以證詩本無邪人猶有以斷章取義爲解者今以孔子之言折之木瓜朱子以爲淫奔也而孔子曰吾於木瓜

見苞苴之禮行焉。風雨，朱子以爲淫奔也，而孔子曰於雞鳴見君子之不忘其敬焉。蔓草，朱子以爲男女相遇於野田草露閒所作也，而孔子適齊，賦此以贈程子木。朱子是，則孔子非矣。其未安者七。朱子釋詩，不過自存一說，後世尊之太過，盡廢古義而從之耳。食者既舍經以從傳，復信傳而刪經，如王柏作詩疑，奮筆刪朱子所目之淫詩，自野有死麕至澤陂，凡三十一篇，且謂三百五篇經秦火不能獨全，漢儒取夫子已刪之詩以足數，非夫子之舊也。嗣是明人李大經刪之，湛若水復釐正淫詩十一篇，是自有朱子之說，而三百篇反因以不全，解經而經亡。其未安者八。善夫陳氏櫟之說曰：美善之詩，可以感發人之善心；刺惡之詩，可以懲創人之

遂志皆所以正人心而使無邪思也其斯爲得聖人之旨歟

冉子聚斂說

冉有爲季氏聚斂張敬夫謂卽哀公八年用田賦事孟子所謂無能改於其德而賦粟倍他日者也夫聖門政事才何至爲權門附益甘受聖人之責此其中有苦心焉有仁術焉固與子路之墮都有子之請行徹同一維魯之志也特反其道而用之耳蓋凡權奸篡奪必先結民心觀晉自桓叔以後陰謀布德以收民心至武公遂篡晉國齊陳氏厚施於國以家量貸以公量收其後亦篡齊其明鑑也孟獻子早見及此謂百乘之家與其有聚斂之臣甯有盜臣蓋以家臣聚斂則必喪其家故深戒之原爲保家計非專愛民也魯自宣公稅畝十取其二哀公欲因年饑加賦蓋皆計利而不

知害者有子請行徹正欲收回民心而哀公不能用當是時使季氏以厚施之術用之於魯民將愛之如父母歸之如流水魯之爲魯未可知矣蓋自意如逐君以後季實駸駸乎有篡魯之勢幸桓子康子無桓田之遠略忘獻子之大戒但知厲民以自養故民心尚不從耳使求也闇於大義但知有私家則薄取之不暇奈何反附益之惟其深恐季氏得民如晉之曲沃齊之陳氏則公室益危故於其用田賦特將順之雖以夫子之言不爲止蓋因勢利導反其道以行之陽爲季用陰使季斂怨於民民不附季必不敢謀篡奪魯猶可以後亡此冉子之仁術所以爲政事才也或曰如此則與戰國傾危之士何異曰不然子路爲季氏宰以恆情度之宜爲

季謀矣乃首先墮費爲強公弱私之計豈亦不忠於所事乎君子愛人以德使三都果墮正以保全三桓也使季氏以失民心故止其篡奪之謀亦所以保全季氏也或曰如厲民何曰兩害相形則擇其輕與其坐視季氏篡魯而魯亡寧使季氏朘民而魯存也然則冉子曷爲不去曰聖賢生長宗邦不忍去亦無可去且無日不爲張公室計不忍使周公之後爲權臣所奪也故冉有季路仲弓樊遲有子輩仕於季氏孔子皆不以爲非非甘爲季氏用正欲用季氏耳然當定公時孔子甚有用魯之志至哀公時則行道已無望而魯且日危故但使冉有輩陰圖所以存之其後田氏篡齊三卿篡晉季氏獨不能篡魯未必非聖賢維持之力也然則子何以

鳴鼓攻之。曰其故有二。一則權門最多猜忌。公伯寮之徒。能愬子路。卽能愬冉子。使季悉冉子之謀。冉子殆矣。而聖門淸議。又季氏所時竊聽者。使知冉子以忠於所事。故至見絕於其師。則且謂冉子愛已而益得行其所無事矣。一則爲臣而聚斂。究不可爲訓。有冉子之志則可。無冉子之志。則盜臣耳。而冉子之志。又未便明言。故寧嚴斥之以立萬世臣道之坊。但使於魯有濟。於季得全。於經常之道無所悖。則冉子寧受惡名。而不求諒於天下後世。此聖賢之所以爲聖賢也。若聚斂不如盜臣。孟獻子猶知之。曾謂政事才而出此乎。吾故曰有子之行。徹子路之墮都。正用其道者也。冉子則反其道以行之者也。其心一也。范氏乃責其心術不明。不能反

求諸身而以仕爲急豈知冉子者哉

案韓非子曰季孫相魯子路爲蒲令魯以五月起衆爲長溝子路以私粟爲漿飯要作溝者於五父之衢而飡之孔子聞之使子貢往覆其飯擊毀其器曰魯君有民子奚爲乃飡之言未卒而季孫使者至讓曰肥也起民而使之先生使弟子令徒役而飡之將奪肥之民耶孔子駕而去魯據此則季氏亦自知其無德於民而深忌人之得民也但不能克己以薄斂故冉子得投所好耳

宰我短喪說

宰我聖門高弟智足知聖人豈忍爲短喪之說蓋因當時自天子以至庶人皆不能行三年之禮不惟不行且共爲可以不行之說其說維何卽三年不爲禮樂必崩必壞及舊穀新穀鑽燧改火等語也宰我詳述之以爲時論若此子曰然則食稻衣錦安乎其曰安者亦謂人皆以爲安也人謂過期以後猶不許食稻衣錦則人子不安父母之靈更有大不安者故宜以安之者安親心非竟悍然不顧也及夫子舉君子居喪之至性以示之而其義已大著矣宰我可以出矣既出而子猶責其不仁以深動其三年之愛非責宰我也責衆人也非動宰我之深愛也動衆人也自得聖人論定

而大義炳於萬世矣然而宰我此問不慮其爲世詬病者以所述皆時人之言夫子所斥亦皆斥時人之言聞者共知之不待辯也記者詳書之以告萬世亦知其不足以病宰我也而集註乃謂其有所疑於心而不敢强又謂不察其本心又謂夫子懼其眞以爲可安而遂行之則淺之乎視宰我亦淺之乎視夫子矣抑攷墨子之治喪以薄爲其道也其書有節葬篇謂三年之喪爲敗男女之交故莊子稱其生不歌死無服韓非子亦稱墨者之葬也桐棺三寸服喪三月而尸子直稱禹制三月之喪世遂謂墨子之學出於禹然則春秋時不行三年之喪必有援墨氏以自文者司馬遷云墨翟宋大夫並孔子時或曰在其後今案季康子之母死公輸般

請以機封墨與般同時，康子與孔子同時，則遷史所稱並孔子時者信矣。孔子時墨氏之教已萌，故後世並稱孔墨。其服喪三月之說，便於時俗，時人酌之爲期，方謂較墨者猶從厚。宰我聞其言，必有大不慊於心者，故舉問之，以博聖人之論定歟。雖然，喪誠盡禮，期亦豈易言。後世名行三年之喪，察其實，或反期之不若者，比比矣。是又不可不知也。

格物說

格物之說程朱備矣程子謂或考之事爲之著或察之念慮之微或稽之文字之中或索之講論之際朱子則謂必使學者卽凡天下之物因其已知之理而益窮之以求至乎其極論者頗疑天下之物無窮格物者從何起訖王陽明嘗格庭前竹七日不能明幾至成疾遂力宗古本大學與程朱異趣固其樂趨簡易亦繇程朱之說無一定準繩以示之則故反疑其支離苦其空闊其實物字本有古訓曷若以經解經之爲確也周禮大司徒以鄉三物教萬民而賓興之一曰六德知仁聖義中和二曰六行孝友睦婣任恤

三曰六藝禮樂射御書數司徒之教卽大學之教也大學所格之物卽鄉三物之物也蓋古者人生八歲皆入小學教之以洒掃應對進退之節禮樂射御書數之文則所謂六藝者小學已啟其端矣及其十有五年皆入大學而仍必及六藝者誠以禮有五樂有六射御各有五書有六數有九皆至理所寓終身由之不能盡小學僅啟其端又洒掃應對進退之事多故必於入大學時益窮其理也然藝主文文不可無行故先之以六行行主用用不可無體故先之以六德若是者孔子嘗用之矣子以四教文六藝也行六行也忠信六德也先六藝而後六行六德者所謂博學於文約之以禮亦所謂下學而上達繇小學入大學之節次正如此也大司

徒之教先六德六行而後六藝者所謂入孝出弟謹信親愛行有餘力則以學文益孝弟六行中事謹信親仁六德中事學文六藝中事也緜本及末因源及流義固各有當也夫大學既爲初學入德之門三綱領八條目先儒謂學者之格式也既爲格式則必使學者確有所持循何至始基之一條反若虛懸無薄而又不爲之詮釋其義乎惟賓之以鄉三物則表裏精粗無一不備又係先王之大經大法載在周禮與大學之載在禮記可互相發明也周之盛時一道同風凡入大學者莫不奉爲憲典共知共行更不待作傳以釋之經所以有此謂知至之明文無此謂物格之文也使程朱以此爲訓不獨無支離空闊之疑亦無事乎補傳矣且此訓與

程朱正不悖也程子謂考之事爲非六行乎察之念慮非六德乎稽之文字索之講論非六藝乎朱子謂凡天下之物莫不有理物理之當窮又豈有大於三物者乎至程朱訓格爲至益從衆說中精擇以衷諸是者也而整菴羅氏訓格爲通徹無間義似尤精益通其格礙之謂格猶治亂之爲亂瀞污之爲污安擾之爲擾格于上下格于皇天古義皆如此也整菴篤信程朱非陽明比也而其論如此然則天下之義理豈有窮哉

孟子說

聖賢立言爲萬世植綱常理本各足也自後儒誤解語病百出雖曲爲之說而義終未安如孟子告齊宣王明太祖嘗讀寇讐之說而非之擬罷其配享賴諫者而止然諫者亦未能發明孟子本義究不足以服明祖之心而關其口此非孟子之失誤解孟子之失也孟子特與王論去國之舊臣耳王聞言卽以爲舊君有服爲問辭意顯然豈通論君臣之義哉其曰君之視臣如手足臣舊臣也視如手足卽下文諫行言聽以至去三年不反然後收其田里之謂也臣視君如腹心君舊君也視如腹心卽下文因三有禮而爲之服之謂也君視舊臣如土芥卽下文諫不行言不聽以至去之

日遂收其田里之謂也臣視舊君如寇讐則下文何服之有已明解之矣皆爲去國之臣言也惟其爲去國之臣名分已殺故爲舊君服彌見其厚然服止齊衰三月則與服勤至死方喪三年者懸絕矣若伍員去楚事吳因吳覆楚以洩父兄之憤此正所謂寇讐而君子猶諒之者以君臣之義早絕也豈所論於凡爲臣子者哉漢宋諸儒誤以孟子爲通論君臣之義則未免悖倫而傷化傳曰君天也天可讐乎食君之祿敬君之事敢以寇讐視君乎天下無不是之君父自古亂臣賊子惟有見於君父之不是故敢動於惡聖賢肯爲是言乎羑里操云臣罪當誅兮天王聖明孟子所見豈出昌黎下哉後儒誤解孟子遂使立論本指墮雲霧中二千餘年

明祖引爲詬病，非無因也。宋儒號精義理，反諸心而不安，乃別爲說以救之。楊氏時曰：君臣以義合者也，故深言報施之道，使爲君者知以禮遇其臣耳。若君子自處，則豈處其薄乎。張氏九成曰：人君當知此理，而人臣不可存此心。輔氏廣曰：此特爲宣王而發，所謂有爲之言也。然臣之報君，視君之所施常加厚一等。皆曲說也。使聖賢之言必待後儒補救，則不足爲聖賢，其言亦不足法矣。況如輔氏報施加厚之說，則腹心有加於手足，固也；寇讐有加於土芥，其可爲訓乎。至潘氏興嗣直謂孟子之言有迹，不若孔子對定公之渾然，以此爲聖賢之別。此又求其解而不得，因轉議孟子，孟子不任咎也。彼自爲去國之臣言耳，其與孔子意豈有倍哉。烏虖六經四子書誤解者多矣而此尤悖於倫紀故特爲之辨抑更有說焉舊君舊臣惟春秋戰國分疆裂土時有之孟子生晚周目擊蘇張之徒朝秦暮楚偶與齊王論及耳若天下一統則率土之濱莫非王臣君臣之義無所逃於天地間也尚何舊君爲服之足云哉

檀弓穆公問曰爲舊君反服禮與子思曰古之君子進人以禮退人以禮故有舊君反服之禮今之君子進人若將加諸膝退人若將墜諸淵無爲戎首不亦善乎又何反服之有此正與孟子合不解歷代註家胡皆未讀禮也

貞下起元說

元亨利貞天道也於德爲仁義禮智於時爲春夏秋冬萬物資始於元受成於貞自元而亨而利貞四德相循貞下復起元焉人知貞爲萬物之終不知貞正以涵萬物之始也何者天地之大德曰生一元而已矣猶仁之統四端春之貫四時也元能統天故稟元氣之全者生理無弗足物之生而不遂者稟元氣不全耳苗而不秀者有元而無亨也秀而不實者有亨而無利也雖然亨矣利矣而貞尤要焉蓋萬物生於春長於夏斂於秋藏於冬冬者風霜之所厲冰雪之所凝爲落葉歸根之候自非堅定不搖力葆其元氣有頹然澌滅以盡耳故曰歲寒然後知松柏之後彫也有松柏之

貞操則節以寒而愈勁後此之大生廣生悉基諸此如其節不能貞則生理一虧元卽無繇起萬物或幾乎息矣此貧賤憂戚所繇玉汝於成歟且夫天地之道一陰一陽天地之化一舒一斂天地之數一乘一除元亨者陽之舒也乘數也利貞者陰之斂也除數也乘之則一核散爲萬莖除之則萬莖收於一核愼葆此核勿爲冰霜風雪所戕則參天拂雲之勢卽此而具有陽春不能無冰雪無冰雪更不能成陽春故非貞無以起元也自古聖賢豪傑苦其心志勞其筋骨餓其體膚空乏其身行拂亂其所爲無往非嚴冬歲寒之象惟其動心忍性苦節能貞故卒承大任之降所謂元從貞起者此也世人秉節不堅植節不固遇貧賤憂戚則嗒然喪其

所守甚且無所不爲此蒲柳之質從風而靡者耳蹇之象曰君子以反身修德困之象曰君子以致命遂志夫處逆境必先反身以修德命可致而志不可不遂此聖人教人守貞之道也明乎此故能簞瓢陋巷而不憂肘見踵決而不以爲病凡以葆吾貞固之氣而不失乾元之生理耳齊邱子曰凋松所以凌霜者藏正氣也古之君子貧賤患難無入不自得毅然獨立於層冰積雪中而反己自修一息不容少懈其以此也夫

甘誓湯誓說

孟子曰盡信書則不如無書當其時書未經秦火也未壁藏而口授也未經後人以隸古寫定也孟子之論已如此況自秦火後伏生年過九十失其本經口以傳授裁二十餘篇魯共王於孔壁中得古文尚書皆科斗文字人無知者乃以所聞伏生書考論文義定其可知者爲隸古寫定之增多二十五篇又有張霸之僞書東晉晚出之古文尚書書之失其舊本久矣其不可盡信也滋甚余讀甘誓湯誓而知之一曰予則孥戮汝再曰予則孥戮汝罔有攸赦烏虖此孫吳穰苴所不爲三代必無之事也何者不用命戮于社所謂威克厥愛也然戮及其身止矣武王誓師亦但云爾所弗

勖其于爾躬有戮何至孥戮乎堯德之廣運也罰弗及嗣文王之行王政也罪人不孥惟武王數紂罪乃曰罪人以族紂所以罪浮於桀也啟與湯豈預開其端乎漢法降敵者誅其家屬防叛逆也啟湯以至仁伐至不仁何至慮其降敵而行孥戮之重法以劫其眾或曰戮辱也孥與奴同罪隸也蓋不用命者身旣被刑其妻子又沒入爲罪隸以戮辱之也然以上句證之不應一戮字而二義若云不用命辱于社有此理乎且詩云樂爾妻帑孟子云罪人不孥豈皆可作奴字解耶蔡傳駁之允矣蔡傳又謂禹之征苗止曰爾尙一乃心力其克有勳至啟乃曰孥戮湯又益以朕不食言罔有攸赦此可以觀世變蓋亦疑其言之過當不知此非啟與湯之

言。書經傳寫竄亂失其眞也。夫血流漂杵。孟子辨之。慮開後世殺戮之端耳。然猶指殺敵及敵人之自相殺也。若孥戮則殺從征者之家屬矣。視漂杵之辭尤慘酷害理。孟子必不舍其大而辨其細。其不及此者。知書之本文。不若是也。抑又聞之湯武革命。順乎天而應乎人。湯誓曰。有夏多罪。天命殛之。順天也。乃又曰。我后不恤我衆。舍我穡事而割正夏。又曰。夏罪其如台。是民皆不樂從湯。且怨湯也。尚得曰應乎人乎。孔子曰。使民以時。孟子曰。不違農時。湯之割正夏。未有奪民穡事而興大衆者。且君子信而後勞其民。未信則以爲厲己。以不教民戰。是謂棄之。湯豈未信而勞。不教而戰者乎。不然。何從得此怨咨也。湯一征自葛始。四海之内。皆曰非富

天下也。爲匹夫匹婦復讎也。湯能信於四海之民。何獨見疑於畿
內之民。以晉文之圖霸。猶曰民未知義。民未知禮。民未知信。必民
心洽而後用之。湯柄非常之局。以伐夏救民。曾晉文之不若乎。此
皆理之不可信者。近儒攻古文尚書。於今文則曲爲之說。此門戶
之見也。吾以孟子之說推之。而決其不可盡信者。此爲尤也。

金縢說

金縢僞書明初王廉嘗論之矣謂公既卻二公穆卜以爲未可戚我先王乃私告三王自以爲功此憸人佞子所爲也死生有命今以身代死是爲不知命且人子有事於先王而可以圭璧要之乎既別爲壇墠則不於廟中明矣乃私告也周公人臣也何得以私告之冊藏於宗廟況武王疾瘳四年而崩周公居東二年乃復周人尚卜豈有朝廷六年無事而不啟金縢者其說辨矣袁氏枚繼之遂條抉摘不遺餘力其說尤辨且精雖註家援孺子在滕下之詞爲公解究莫可解也雖然論者知金縢之僞而未知作僞者何人其人爲誰劉歆是也歆胡爲作僞成莽篡也史稱莽借六藝

以文奸言公孫祿稱歆顚倒五經使學士疑惑其罪當誅葢自向校遺書歆序七略因竄亂經文作僞以逢莽之惡其僞作明堂位文王世子及其增竄周官儀禮戴記家語史記方氏苞辨之詳矣方氏謂莽之竄無事不託於周公其居攝也羣臣上奏稱明堂位以定其儀故所記皆與莽事相應其稱周公踐天子之位朝諸侯於明堂以莽踐阼背斧依南面而朝羣臣也其篇首曰昔周公朝諸侯於明堂之位天子負斧依南鄉而立易周公以天子與當日羣臣所奏周公始攝卽居天子之位語相證也其稱夢帝與我九齡則以莽稱天公使者見夢亭長曰假皇帝當爲眞故僞附此記以示年齒命於天夢中得相與則亭長之夢可徵也其稱文王十

三生伯邑考則因平帝年十有二莽欲以女配故歆先竄此於大戴記見文王始婚亦年十二也其他莽之亂政皆分竄於周禮六官中方氏於周官之不類者既辨而削之并刪文王世子篇又辨儀禮大戴記家語史記世家荀子賈子之被增竄者其能辨古書之正僞識不在昌黎下惜未悟金縢亦歆所僞爲不特未嘗辨正反引王與大夫盡弁以證成王之年非甚少且曰幸而金縢之篇倘存不然歆之怪變竟無從得之焉虖方氏以金縢傳自伏生始出即列於學官歆未必敢譸張爲幻耳不知書經秦火出自壁藏中傳自女子之口武帝時雖置博士而自一二經師外傳之者寥寥歆文學足濟其奸又益以莽之權勢人即知其僞孰敢訟言攻

之莽嘗恐海內儒生或議其僞乃特徵天下有逸禮古書毛詩周官爾雅天文圖讖鐘律月令史篇文字者並詣公車至者以千數皆令記說廷中使歆典校而頒布之卽有知伏生本文者且謂歆所增竄或出於廷中記說而疑古書所傳或本有是也用此金縢遂得列二十九篇中至今不廢雖識如方氏能辨周官儀禮戴記史記之增竄而於此不敢置疑是歆之奸僞迄今千八百年未全破也然當時已有灼知其僞者故公孫祿痛斥之班史亦以借六藝文奸言罪莽又幸其情辭鄙倍絕不類周公所爲故王氏袁氏之徒各據理辨之雖百喙不能爲之解殆天奪其魄留罅隙以俟後人之糾正歟烏虖近儒攻古文尚書者衆矣而金縢在今文中

類弗深考則信乎六經非一世之書而亟索解人不得也

案史記魯世家載武王不豫周公禱三王武王有瘳公藏策金縢中與尚書合後又云成王少時病周公乃自揃其蚤沈之河以祝於神曰王少未有識奸神命者旦也亦藏其策於府成王有瘳及成王用事人或譖周公公奔楚成王發府見周公禱書乃泣反周公後又云周公在豐病將沒曰必葬我成周以明吾不敢離王公卒成王葬之於畢以從文王秋未穫暴風雷雨禾盡偃大木盡拔成王與大夫朝服開金縢書得公所自以爲功代武王之說王執書泣曰昔周公勤勞王家惟予幼人弗及知今天動威以彰周公之德惟朕小子其迎我國家禮亦宜之王

出郊天乃反風禾盡起於是賜魯以天子禮樂以襃周公之德是史記分書語爲兩事蓋亦劉歆所竄亂也公前代武王死復代成王何慣於代死若是耶荆舒周公所懲者也公方且膺之乃不奔魯而奔楚何耶至公欲葬成周王葬之於畢事見逸周書然與風雷示變開金縢無涉且公卒矣出郊親迎者復誰迎乎此不可通者也攷王充論衡並載二說史記蒙恬傳曰昔周成王有病周公自揃其爪以沈於河曰王未有識是旦執事有罪殃旦受其不祥乃書而藏之記府及王能治國有賊臣言旦將爲亂王大怒旦走而奔楚王觀於記府得旦沈書流涕曰孰謂公欲爲亂乎乃殺言者而反公旦漢書梅福傳云昔成王以

諸侯禮葬周公而皇天動威雷風著災後漢書周舉傳云昔周
公攝天子事及薨成王欲以公禮葬之天爲動變及更葬以天
子之禮卽有反風之應張奐傳云昔周公葬不如禮天乃動威
是諸說者果孰是而孰非乎又案洪範五行傳曰周公死成王
不圖大禮故天大雷雨禾偃木拔及成王寤金縢之策改周公
之葬尊以王禮申命魯郊而天立復風雨禾稼盡起尙書大傳
曰周公疾曰吾死必葬於成周周公死天乃雷雨自風禾盡偃
大木斯拔國恐王與大夫開金縢之書執書以泣曰周公勤勞
王家予幼人弗及知乃不葬成周而葬之於畢凡此皆本史記
後說也白虎通亦然夫盡信書不如無書孟子已有此論又更

秦火經莽歆竄亂無怪羣言淆亂人人殊也譙周云秦既燔書時人言金縢之事失其本末益見其不可盡信耳況尚書大傳伏生所作也今文尚書亦伏生所口傳何應自相矛盾至是益可見書被劉歆竄亂非伏生原本矣竊意武王既喪以下四節當係書本文別有歸徧作僞者刪節本文而增竄其前後以神其說耳此可以理斷者也

又按戴氏鈞衡解未可以戚我先王謂戚卽於我心有戚戚焉之戚趙岐注動也蓋僅卜未可以動我先王故特爲壇墠冊告而後卜耳果爾公胡弗與二公共爲壇墠冊祝以動先王而必自以爲功乎召公亦姬姓或曰文王幼子也獨不可以同禱乎

姚氏鼐謂爾爲祝史之常辭惟巫史之體既然故廟中得託其稱詩曰莫匪爾極爾后稷也實爲爾公允師爾武王也不必如蔡傳作人子膝下之辭也管氏同謂古人不以爾汝爲卑稱詩云天保定爾俾爾彌爾性用之於君也詩曰既昭假爾禮曰假爾泰龜有常用之於鬼神也其說似已余謂詩體限於四言故不能不稱爾亦不能不自稱我然辭氣温婉未有如爾之許我爾不許我云云之鄙倍者至假爾龜筮視告先王則有間矣今以詩有莫匪爾極既昭假爾之文遂以爲禱先王可稱爾之證然則詩有克昌厥後駿發爾私之文豈卽可爲周人名終不諱之證乎或又謂我乃屏璧與圭屏者藏也藏璧與圭不敢復有

所請耳瀆則不告道本如是也然公既竭誠以禱至不自愛其死則必哀痛迫切以求其許何必以許不許並陳耶不許則藏圭璧此不待言者也言及此則情轉泛意轉緩矣不能曲爲之解也總之此數節辭氣鄙倍其經僞竄無疑安得以今文故獨爲之迴護耶

關雎說

說關雎者言人人殊於夫子所云哀而不傷之恉率牽强不相入集傳謂求之未得不能無寤寐反側之憂求而得之宜其有琴瑟鐘鼓之樂夫寤寐反側思也非憂也憂也抑非哀也其何傷之有集傳又謂極其哀樂而皆不過其則夫思至於哀則已過矣尙何則之有小序曰哀窈窕思賢才此古訓也然使但爲妃匹計則第思窈窕耳胡哀爲故必先知文王后妃之本末然後能得關雎之解且可得聖人哀樂之解也夫關雎一詩爲文王繼娶太姒而作也於何徵之於大明思齋諸詩徵之也詩曰思齋太任文王之母卽所謂摯仲氏任生此文王者也曰思媚周姜則指文王元妃姜

氏也。蓋文王初娶亦姜氏，不獨前有太姜，後有邑姜也。思媚猶思齋，非謂太任之媚於太姜也。果指太姜，則不應稱周姜。太任爲婦，太姜爲姑，豈有尊稱其婦而獨殺於其姑之理。其曰京室之婦，蓋文王方爲世子，未卽位而周姜卒，故止稱京室婦，明其未爲國妃也。曰太姒嗣徽音，則姜氏卒而姒氏繼之，嗣者繼也，猶其言纘女維莘也，纘亦繼也。曰則百斯男，則姜氏止生伯邑考，及繼娶太姒，乃生武王、周公及管、蔡、康、聃諸叔季也。曰長子維行，篤生武王，武王實太姒長子，子以母貴，故文王舍伯邑考而立武王也。說者以姒氏爲莘國長子，支離甚矣。凡此非凡說也，詩固明言之矣。其曰文王初載，天作之合，在洽之陽，在渭之涘，大邦有子，親迎于渭，指初娶之姜氏也國君十五娶而生子古雖不盡然計亦在弱冠前故曰初載也既曰有命既集又曰有命自天命此文王于周于京纘女維莘明乎其爲繼娶故更端言之更迭舉之若均指太姒不應言重而詞複也且洽渭與莘地勢渺不相屬明其爲兩人兩地也凡人之情當少小時縱有室家之慕必不至寤寐反側蝃蝀之詩人譏懷昏姻者爲無信不知命聖人豈若是乎况文王之爲世子朝於王季者日三雞初鳴而盥漱問視又何暇及此乎惟當嗣位後開國承家中年喪偶任重而勢孤苟不得聖女以嗣徽音則無以奉神靈之統改哀情不能自抑哀則思思則求求而得之宜其有琴瑟鐘鼓之樂也序云哀窈窕思賢才正謂哀逝者而思繼

續者耳第詞意引而不發故說者胥失之且夫文王受命惟中身厥享國五十年年九十七乃終計其卽位葢四十七八歲矣又終王季之喪三年然則太姒來嬪文王年葢五十矣當元妃初逝內政無所統屬於是妾媵皆哀其無以共承宗廟幸而得姒妃乃作此詩葢嬪御之倫深知文王之隱微痌瘝故能為此言亦性情之正所感也然古無未立后妃先有妾媵者若非太姒為繼妃則方其初載作合安所得魚貫之宮人其人又安能備知主君之隱曲一至如此故惟先有周姜則妾媵之同侍文王者且數十年故能言之親切若此也明乎此而後哀而不傷之義為可通而大明思齊諸詩亦豁然見眞面矣

少讀姚姬傳經說有云文王受命惟中身其卽位蓋四十七八歲矣又終喪三年當太姒來嬪文王蓋五十矣未知其爲世子有妻而亡之與抑求聖女之難竟未有夫人與因此反覆推求知太姒必非文王原妃然不證以大明思齊二詩仍無確據也後晤張力臣觀察言中州蔣子瀟論關雎正主此說屢求其書不可得光緒丁丑乃得子瀟集讀之爲之大快第蔣說人不盡知且係箋注體不便讀誦因檃括爲此文以表章之

姬傳又云文王五十而娶太姒篤生武王文王崩時武王蓋四十六七矣又十三年而伐紂年可六十故告周公曰維天不饗殷自發未生至於今六十年又六年而崩蓋武王壽止於六十

六故周公陳無逸不及武王謂武王九十三而終者王莽令劉歆所竄亂之妄說也

將仲子說

將仲子刺段也序以爲刺莊公葢段失道而公弗制刺公正以刺段下二章序皆以爲刺莊公意亦如此特辭未盡耳集傳以爲淫奔者之辭今取其詩繹之其曰無踰我里無折我樹杞豈敢愛之畏我父母等語卽作男女之辭觀而其不惡而嚴與無感我帨兮無使尨也吠同一止乎禮義淫奔者能爲之乎乃集傳於召南則曰其凜然不可犯之意可見於此章則指爲淫奔豈在二南則爲貞在鄭必爲淫歟究之皆非也葢刺段而止其簒也毛傳謂指蔡仲亦非也鄭武公娶武姜生莊公及共叔段則段正仲子也稱叔者從其封號稱仲序其行次也段命西北鄙貳於己又收爲己邑

至於廩延又繕甲具乘將襲鄭武姜將啟之國人知其謀也久矣故刺而諷之曰無踰我里言段既居京京之外皆非其有不得侵軼鄭之疆里也踰牆猶言短垣不可踰也踰園猶踰牆也曰折杞折桑折檀猶所云落實而取材也曰畏我父母言仲子有母在謀敗則憂及父母後卒有城潁之寘也畏我諸兄謂莊公也公正仲子之兄也畏人之多言謂段之心路人皆知之不能如昔之曲沃我聞有命不敢以告人也義本明白正大合下二章觀之益見烏得謂無與於莊公叔段之事耶集傳泥於鄭聲淫之說舉風雨青衿蔓草將仲子諸詩不淫者槩誣以爲淫豈篤論哉

檀弓說

檀弓文義簡奧後儒誤讀誤解者多如孔子少孤不知父墓一章聖人人倫之至斷無踰冠尚不知父墓之理司馬遷作史記創爲野合之誣謂顏氏諱而不告鄭注因之尤爲悖謬惟近人高郵孫濩孫之說曰檀弓未爲失讀檀弓而不明句讀者之失也此當以不知其墓殯於五父之衢十字爲句蓋淹柩爲殯淺葬亦爲殯殯者掘肂膺之畢塗其上故有似乎葬也孔子生三歲而孤顏氏早寡淺葬其夫於五父之衢欲待將來改卜而與已合葬也至是顏氏卒孔子欲從周人合葬之禮卜兆於防惟以父墓淺深爲疑蓋殯淺而葬深彼時年幼既未臨其穴事隔二十年欲遷柩合葬於

他所則未知向者之果爲殯乎爲葬乎如其瘞在淺土禮應遷而合葬也若已成乎其爲葬則先人體魄安此已久未敢造次以取戾故必博訪而詳問之其愼也蓋謂夫子再三審愼不敢輕啟父墓也維時閱歲已久凡及見其事者恍惚莫能詳皆曰鄹大夫已葬於此也獨曼父之母言其爲殯然後知當日是殯而非葬既有此徵乃得合葬於防矣愼當讀如字鄭注改讀引去聲改經以就我此大失也又孔子既得合葬於防章封之崇四尺先反而墓崩因泫然流涕曰古不修墓解者謂孔子自傷不能致謹於修築致因雨而崩且言古人所以不修墓者敬謹之至無事於修也如此則聖人不能愼終厥咎重矣欒平鄒鳳池曰孔子之於禮從殷從

周皆斟酌古今而行之殷人墓而不墳不墳則不慮其崩亦無待於修此殷人尚質之俗亦欲順地道安靜不欲驚其體魄也孔子非不欲從殷制自度他日不免從事四方因從昭代邸封之制當封時亦既崇四尺矣其先反也修虞事也以餘功屬之門人不料雨甚而崩也墓之崩非繇築土之不堅實因驟雨之淹潰門人即時修之而後反度其崩亦未甚耳夫子聞言驚泣而曰古不修墓蓋古人所以不修墓者以其不墳也今以墳之故而崩以崩之故而修子蓋自悼其不能從殷致有違禮之事因以知墓而不墳古人固有深意也此章以吾聞古者墓而不墳吾聞古不修墓爲起訖其義甚明讀者自不察耳又伯魚之母死期而猶哭章解者因

孔子謂其已甚遂謂孔子出妻又因門人問子思曰子之先君子喪出母乎遂謂孔氏三世皆出妻此必無之理也豐城甘紱曰子之先君子喪出母乎此指孔子於前母施氏言非謂伯魚之於亓官氏也蓋叔梁公初娶施氏生九女無子正所謂無子當出者家語後序所謂梁公始出妻是也施氏無子而出乃求婚於顏氏生孔子孔子雖有兄孟皮乃妾母所生又以足疾廢則孔子實爲父後之子禮爲出母齊衰期爲父後者則無服周道尊尊其制然爾殷道親親雖爲父後者猶服之聖人以義起禮父既不在施氏非有大故不幸無子而出實爲可傷故孔子爲之服期蓋用殷制也門人之問明曰子之先君子喪出母是謂夫子自喪出母非謂令

伯魚爲出母服也子思云吾先君子無所失道謂前母因無子被出故寧從其隆而爲之服設有他故被出則當從其污不爲之服矣所謂無所失道者也若伯魚之母死當守父在爲母期之禮過則當除故抑其過而止之惡得誣爲喪出母耶是三說者並有功聖門足破千古之惑抑可見六經非一世之書前賢實有藉於後人也故特表而出之

檀弓說二

檀弓誤解者多。亦有傳聞失實者。如曾子責子夏喪明。非情理所宜有也。子夏嘗爲魏文侯師。年不下百歲。老而目盲。世所常有。適有喪子之戚。遂傳其因喪子而喪明。傳之者過也。師曠師冕左邱明之徒。未喪子亦喪明。其又何說。禮毁不危身。未聞毁可喪明。高子羔執親之喪。泣血三年。未聞遂喪明也。曾子少孔子四十六歲。其父曾晳與子夏共學聖門。子夏。曾子之父執也。方往弔時。曾子哭子夏亦哭。情之至也。子夏呼天而稱無罪。亦人窮呼天之常態耳。曾子遽怒遽斥其名而數以三罪。呼汝爾者十。臨之若父師然。曾子平日篤厚而謹慤。出辭氣遠鄙倍。必不以是加諸父執也。昔者原壤之母死。登木而歌。夫子爲弗聞也者而過之。曰親者無失其爲親。故者無失其爲故。以全交也。貍首之歌。與無罪之哭。孰輕孰重。夫子嘗以杖叩原壤。而於此獨容之。曾謂曾子遽出此乎。將不以子夏爲親故乎。弔人之喪。忽面數人之罪。前哀後倨。使人弗堪。則何如弗弔邪。且其所云三罪。亦未當。夫子爲生民以來所未有。子夏豈不知之。其設教西河。必不敢以夫子自居也。即西河之人尊之。或過。亦不足爲子夏罪。昔諸弟子以有若之言似夫子。欲以所事孔子者事之。強曾子。曾子不可。未聞罪有子也。何獨以此罪子夏。親喪固所自盡也。豈必欲使民有聞。即如檀弓所稱顏丁善居喪。高子羔之執喪。君子以爲難。衞之送葬者。孔子以爲善。孟獻子之禫孔子以爲加人一等敬姜之哭孔子以爲知禮以及將軍文子之中於禮延陵季子之合於禮皆有聞於民者也然豈有意使之聞哉有意使聞是因喪以爲名也若喪子而喪明則適逢其會豈非其罪矣檀弓記此蓋欲表曾子之直諒子夏之服善而不知誣子夏并誣曾子也蘇子瞻謝疊山楊用脩諸家並好檀弓第就其文論耳若其義理之失蓋不可枚舉而此章尤甚讀者其詳辨之

檀弓記曾子易簀亦理所必無之事禮天子之席五重諸侯三重大夫再重席有等級而簀無聞焉簀乃衾裯帷帳之屬有精粗無貴賤果爲大夫之簀季孫雖賜曾子必不受矣曾子臨終

啟手足曰吾知免夫自問無遺憾矣若僭臥大夫之簀必待童子正告而始知不猶有遺憾乎儻童子不告不幾不得正而斃乎此葢因啟手足數語附益之而失其實也必不可信

周禮媒氏說

地官媒氏中春之月令會男女於是時也奔者不禁方氏苞謂此劉歆所增竄也禮謹男女之制若會焉而聽其自奔雖暴君污吏能布此爲憲令乎葢王莽時坐私鑄沒入爲官奴婢者以十萬數至則易其夫婦民人駭痛故歆增竄媒氏之文見周官之法官會男女而聽其相奔則以罪沒而易其夫婦猶未爲已甚也其說似矣然歆所竄亂固多此卻爲其本文特解者誤耳汪氏中曰會計也讀若司會之會男子二十而冠有爲人父之道女子十五許嫁有適人之道媒氏令男三十而娶女二十而嫁所謂禮言其極亦不是過者也霜降逆女冰泮殺止至仲春則過時矣凡男女自成

名以上媒氏皆書其年月日名爲於是計之則其年與其人之數皆可知也其說與梁氏鴻翥合獨奔則不禁則仍誤解不及梁氏之碻梁氏曰會讀若雅王不會之會謂會計其數非令其合會也蓋男女自成名以上媒氏旣書其名矣娶判妻入子則又書之是匹夫匹婦其嫁娶具書於媒氏中春會男女謂會計其未嫁娶者令其及時嫁娶也古者女子有罪爲人妾而內則云奔則爲妾蓋嫁娶而禮不備謂之奔以其六禮不備故卑之也奔者不禁謂其時已過不責以備六禮耳聖王豈導人以淫奔哉較汪氏所云著之令以恥其民使及時嫁子娶婦者爲優矣汪氏引禮月令爲徵仲冬之月農有不收藏積聚者馬牛畜獸有放佚者取之不詰非

敎民盜也著之令以懼其民使及時收斂耳然以速其嫁娶故遂縱之使奔雖曰恥之不適以導之淫哉故當以梁氏說爲定烏虖經一也合數家之論而其說時有未盡則信乎六經非一世之書讀者當擇善而從之也

雜說三首

超園主人蓄文魚數十頭、以盆爲沼、壘奇石爲島嶼、上蒔佳卉望之蔚然蒼秀、魚游島嶼中、窮日夜不息、客曰樂哉魚乎、彼自謂入江湖濠濮閒、日踔數百里、無窮期也、主人曰嘻是終不離故步耳、所居不出盆盎、所知見安能出盆盎哉、天下大矣、義理匪一端矣、人智識各有所囿、或囿於見聞、或囿於氣習、或囿於專己自足、繇君子觀之、皆盆盎之智耳、古稱井底蛙、又稱坐井觀天、皆此類也、

客曰善哉、吾於觀物悟器識之宜焉、

主人在軍中掘濠、得古戟、苔繡斑然、察之異常材、加砥礪焉、其鋒可劃犀兕、他日又得古銅鏡、形圓、土花剝蝕過半、役人將棄之急

命磨以元錫光爛然鑑及毛髮客至出以相眎客太息曰戟若鏡非昨鈍而今利昨闇而今明也遇不遇故耳天下豈乏瓌材哉況於沙瘞於土識之者難耳主人曰管子不云乎蛟龍得水而神可立虎豹得山而威可載物必待遭其時也使管子不遇鮑叔牙死纍囚久矣戟鏡云乎哉

主人山居有以泰西火器見貽者器長不及尺火不然自爇轟發若循環客見而嗟異之主人愀然曰宇宙之殺機殆日甚一日乎古者不得已而用兵干矛耳斧戕耳自火器興雖萬夫之勇當之輒糜碎不圖精利更及此也烏虖三代以下琴瑟簫管之器數栩槤簠簋之名物日失日亡而殺人之具乃日加利吾惡知世變所

終極哉。

天岳山館文鈔目錄四

平江　李元度　次青

碑

儀禮士昏禮入門當碑揖禮記祭義牲入麗於碑賈氏注云凡宮廟皆有碑以識日影知早晚說文注云古宗廟立碑繫牲後人因於其上紀功德秦漢以來始謂刻石曰碑文章辨體謂碑始於李斯嶧山之刻文章緣始謂漢惠帝爲四皓立碑高車山然吾聞無懷氏封泰山刻石紀功崆峒山中有堯碑禹碣皆篆文則不始於秦矣劉彥和曰碑者椑也上古帝王紀號封禪樹石椑岳故曰碑也周穆王紀績弇山之石亦古碑之濫觴又曰宗廟有碑事止麗牲未勒勳績而庸器漸闕後代用碑以石代金同乎不朽自廟徂

墳猶封墓也蓋自是碑遂用之於墓道矣
歐陽公曰後漢以來始有冢墓碑文而門生故吏亦相與立碑頌
德孫氏何曰碑非文章之謂也後人假以載其銘銘名也述其功
美始可稱名也銘之不能盡者復前以序編錄者通謂之碑文余
爲此體凡二一廟碑一墓碑代作者亦附焉
漢魏人作碑誌本文中不入撰人名集中入撰人則自稱名用韓
退之法也韓碑體近西漢平淮西則上擬書詩然自平淮西外餘
皆廟碑及曹成王諸達官之墓碑耳至李習之作高愍女碑始表
揚節烈下及窮閭女婦之徽所謂表一人而天下勸也
蘇子瞻表忠觀碑全錄趙抃奏議卽綴銘辭此漢碑常例也柳子

厚壽州安豐縣孝門銘亦用其例章氏學誠曰原奏未必如此古雅史家原有點竄剪裁之法第文辭可以改竄制度則必從時篇首臣抃言篇末制曰可雖與孝門銘篇首壽州刺史臣承思言篇末臣昧死上請制曰可同仿史記丞相臣斯昧死言及制曰可等語然非唐宋時奏敕體也奏敕自有當時公式若過求古雅則臣抃言三字何如岳曰於制曰可三字何如帝曰俞乃舍唐虞而法秦漢安見其能好古耶

又曰汪堯峰撰睢州湯烈婦旌門頌其序全仿孝門銘及表忠觀碑篇首巡按御史臣粹然言篇末臣謹昧死以聞究屬非法蓋近代章奏篇首繫銜無不稱姓者粹然何姓豈可因摹古而删之又

銜名之下必書謹奏無稱言者一語僅四字已兩違公式矣婦人有名稱名無名稱姓此通例也近世案牘之文往往舍姓而空稱曰氏甚有稱該氏者尤爲俚俗不典汪氏於一定之公式改從秦漢而反沿陋俗稱氏不亦傎乎余案此論似苛而實正文章家不可不知

袁簡齋曰碑誌標題應書本朝官爵昔人論之詳矣然亦不必泥如昌黎作權文公神道碑應書同中書門下平章事而以故相二字標題作劉昌裔碑應書檢校尚書左僕射云云而以統軍二字標題震川作沈璧墓誌應書建安縣知縣而以建安尹標題猶之史記標題忽稱魏公子忽稱平原君也至序官有從古稱者如渾

瑊以金吾衛大將軍扈駕而權文公碑稱以大司馬翼從奚陟卒贈禮部尚書而劉禹錫碑稱追贈大宗伯宋子京馮侍講行狀稱大理寺爲廷尉平之類皆古稱也有從俗稱者如李珏牛僧孺碑稱宋申錫貶郡佐郡佐者唐時之司馬也昌黎鹽法條議稱院監巡院院監巡院者唐時之度支使鹽池監也永叔之桑懌傳稱閣職閣職者宋時之六部架閣也伊川作明道行狀稱漕司漕司者宋時之發運使轉運司也皆從俗稱也余按金石文字寧謹嚴毋通脫凡從俗之稱可避者避之不得已而用諸議論文中猶無害也敘事而沿大司馬大宗伯之稱則萬不可

又曰碑傳標題必書本朝地名亦昔人所論也然廬陵作李公濟

碑稱南昌爲豫章不稱隆興震川作王震傳稱震爲京兆尹不稱應天府尹則行文亦難泥論序地名有用省字法者如廬陵伊仲宣誌銘稱歷知汝州之葉鄭州之滎陽均省郤一縣字東坡趙康靖碑稱呂溱守徐蔡襄守泉趙小二冠廬壽介甫王比部墓誌稱願得蘇常閒一官南豐錢純孝墓誌稱爲尉於秀婺鄧云云均省郤一州字余案省字之例尚可仍至敘事則地名必從時制

敕建平江縣忠義祠碑　宗祠碑　家廟碑　敕建曾文正公祠碑　敕建駱潘張三公祠碑　敕建劉忠壯公祠碑　湖南省城隍廟碑　河泊塘新建屈子廟碑　昭顯眞人廟碑　明蘄國武康康公廟碑　前永州太守楊公生祠碑　李烈婦吳

天岳山館文鈔卷四

敕建平江縣忠義祠碑

咸豐十年七月己未　欽差大臣兵部尚書右都御史兩江總督臣曾國藩奏言臣伏見軍興已來
皇上褒崇節義凡臣工將卒死職死綏輒予　贈卹　賜祠謚有差其有一軍一邑死事獨多若湖南水師立祠江西之湖口湘鄉士民請建忠義專祠皆得　旨俞行所以激揚而褒顯之者甚厚

平江介江鄂之衝爲湖南行省東北門戶方賊據通城義甯躪長沙巴陵湘陰率與平接壤邑人士力戰固圉復應募爲義兵出境膊賊若江若楚若宣歙吳越閩粵川黔凡楚師轉戰地平人率負

戟爲軍鋒前後死綏者二千六百有奇烏虖烈矣邑學宮例設忠義祠地隘不足安衆靈署知縣陳鳳舞牒請建專祠卜地興築會鳳舞卒事幾寢邑人按察使銜温處兵備道李元度集貲潰成拓祠基而大之治其庭壇翼以東西序神厨庖湢皆具中祀領兵官四人曰　贈太僕寺卿知府銜湖北候補同知直隸州知州何忠駿　贈總兵銜謚壯節候補游擊童添雲五品銜候選知縣李原濬候選從九品黃錫宇東西龕祔祀武生候補把總李傳琛等六十有七人兩廊祔祀義勇劉滙湘等二千五百五十有三人購祀田三百畝籍其歲租供牢醴之用且以時修葺請眡湖口湘鄉成例　敕下所司列入祀典命守土官春秋致祭用安忠靈垂示永

久屬邊烽未靖邑人士赴敵者多脫不幸繼有死者請具上其名以次祔祀以稱　朝廷表章忠義勵世磨鈍之意謹與巡撫湖南都御史臣駱秉章合辭坿驛以聞得　旨如所請於是平之士民聞　命感踊筮日逆主入祠鐃簫殷雷高管噭噪幢身麾纛合沓棽麗旄倪夾道額手嗟喟具道

天子恩德嘉勞死事之臣至優且遠既　贈崇秩廕及嗣人復永報以俎豆死且不朽煒哉茲足慰鬼雄而扶人紀矣乃爲迎神送神之詩俾工歌以祀焉詩曰

汨之江兮水瀰瀰懷沙自沈兮哀屈子左徒去兮二千年嗟眾靈兮鬱起靈之來兮洋洋歆茘丹兮蕉黃翩然下擊兮披髮大荒朝

咨輿於蒼梧兮夕弭節於羅國亘妖霧兮江南北目眥裂兮手拳
握誓爲大厲兮搏賊靈之去兮遲遲驂赤豹兮駟文螭排閶闔兮
吐虹霓元精耿耿兮騎尾箕招忠魂兮賡楚辭

宗祠碑

古者大夫適士官師皆得立廟而以宗子主祭故有百世不遷之宗三代後仕者不世祿而宗法廢雖貴爲大夫猶祭於寢乃設宗祠以合祀其始祖或始遷祖俾族姓不忘所自出猶有宗法之遺意焉然古制有爵始有廟其有爵者亦止祀及二世三世至四世止耳若歷世以次祔祀實與古法不相應自程子以義起禮謂人本乎祖時祀宜逮高曾冬至宜祀始祖近代遂因之不變此論出而追遠之忱益無憾矣

國朝會典定品官家祭之禮於居室東立家廟以四室奉高曾祖禰高祖以上親盡則祧藏祧主於東西夾室其餘以次而差

聖朝錫類明倫典至備也。然子姓繁者或不能家立一廟。於是勼合族人立始遷祖祠，以次祔祀，春秋合祭，以序昭穆，則於敬祖中又寓收族之義，固議禮之君子所許也。吾李氏自碧山公諱承永，石晉天福二年由江西建昌遷平江，卜居埤山，實爲始遷祖。又八世爲仁昭、德昭、可昭、勝昭公及綱、純二公，爲五房。今蕃衍布濩於平者，皆五房子姓也。宋西坪公賓王以進士官司農少卿，祀鄉賢。仲秉公儒用以進士官制幹，受業朱子之門，學者稱練溪先生，爲邑九君子之冠。自後舉甲乙科，以宦蹟學行著者肩項相望，邑中稱右族焉。埤山舊有祖祠，燬於兵。乾隆癸酉，族先正建宗祠於北城，汔今百有八年矣。歲久弗葺，榱棟且傾。族父老有事於祠，顧瞻咨嗟。迺謀曰。舊祠犅樸。不足以揭虔妥靈。而又宗桷陊剝不治。木主黖昧。大懼弗稱堂構。稽　國典五品以上得立廟。今吾族仰承廕庥。用科名政績軍閥起家者。官自五品迄二三品。僂指不能畢數。法當易祠而廟。於是革故取新。拓舊址數百弓為廟五楹。祀始遷祖。昭左穆右。以次祔。中建　敕書樓尊藏　誥敕。東西序翼以修廊。庋祭器及譜牒。後有堂。為與祭者秩事之所。為門三。為級五。蔽以屏墻。崇閎嚴翼。工始於咸豐九年五月。落成於十年十一月。費緡錢萬一千有奇。增置祭田。歲入租三百石。以垂遠久。維我族眾均力一心。不戒用勸。廟成肇祀。宗卿咸序。登降受胙。耋艾嘆嗟。乃惟曰。侯其禕哉。茲足妥先靈而芘賴吾族矣。是舉也。考之禮經

衷之儒先定論上稽　昭代之典制以求合西坪練溪諸公承先翼後之心義皆有當允宜昭示來茲謹識其巔末而系之以詩詩曰

皝皝我祖自晉遷平劬躬肅後襲美樹聲爰逮五公如枝連理孝弟力田雲仍鬱起宋有西坪亦越練溪名鄉碩儒俎豆尸之達人朋生世引弗替耿耿祉哉有秩斯繼曰際熙朝厥聲隆隆文祓剡章武薦畯功偉玆後禩襲邵明德豈繄其才惟祖之澤城北通衢舊有崇祠歷祀維百榱崩級夷粵議鼎新如響斯應期月告成旄倪謳詠翼翼新廟孝孫之爲頭勢郎宜以諏以龜以平其巘植垕增庫孝孫來享來薦新廟於室於堂光遠

有燿有牲斯膰有酤斯清駿奔止止咸慶厥成念我宗功陟降庭止勖我後人報本返始匪本曷思匪源曷追刻詩牲繫以永厥垂

家廟碑

今宗祠遍天下矣然於時王之制則未協也伏讀大淸會典通禮凡品官家祭於居室之東立家廟一品迄三品廟五間中三間爲堂左右各一間隔以牆北爲夾室南爲房堂南檐三門房南檐各一門階五級庭東西廡各三間東藏遺衣物西藏祭器南爲中門又南爲外門左右設側門堂四室奉高曾祖禰四世南嚮高祖以上親盡則祧藏主於夾室歲以四仲月致祭每案俎鉶敦各二籩豆各六牲用羊一豕一自四品迄九品其制有差蓋秩無論崇卑家必立廟各祀其四世雖兄弟不能合也今人不能皆立廟乃合祭其始遷祖雖與古宗法相近而實不同蓋祠不

與寢相連屬則神不依人又祀至數十世以上旁親皆得入主族姓無賢愚貴賤並得執鬯以將事自非立專廟於家各祭其所當祭祧其所當祧詎有當於從周之義哉吾族宗祠在縣治北祀始遷祖碧山公旣增其舊制矣同治七年三月元度帥師平黔東敎匪蒙

恩起雲南按察使軍功隨帶加四級

覃恩誥贈先曾祖錫林府君先祖星垣府君先考小卿府君皆爲

光祿大夫曾祖妣余祖妣徐皆爲一品夫人母氏喻　封一品太夫人惟高祖石君府君例不獲貤贈乃援推廣例繇國子生追授

光祿寺典簿高祖妣曾　贈孺人時元度以母老請解官歸養

詔曰可六月歸里乃攷會典通禮建家廟居室東堂室房廡如制

越明年正月廟成會

制書至乃用新階題神主肇祀四室於堂行焚黃告祭禮既汔事謹拜手稽首爲之記曰祖宗者吾形氣所自來也分父祖之形氣以有吾又分父祖之形氣以有兄弟伯叔皆一氣所衍也等而上之吾父祖實分始祖之形氣以有其身吾始祖又分厥初生民之祖之形氣以有其身今雖莫舉其名諱然形已徹而氣相承氣者何吾今日之一呼一吸是也吾之一呼一吸卽吾父祖之呼吸卽吾始祖之呼吸卽自有天地以來始初之祖之呼吸使中有一時之息則氣不屬矣惟其一氣相承廟饗所以嚴也且夫人生以氣

不以形祖宗之死者死其形耳氣則發揚於上爲昭明未嘗亡也當吾祖若父生時非僻之行弗敢逞焉懼其聞而責之也及其死而罔知顧畏則之死而致死之矣不知祖宗之生爲人人以形治形不能無所隔其死也爲神神以氣治氣則無所不通一念之起無不知之故必事死如事生事亡如事存乃不盭於孝也或謂一氣相屬既上溯諸不可知之祖而廟止四世世親盡則祧何歟曰此禮之止乎義也七廟五廟三廟之制胥視此矣且無論始祖及不可知之祖也卽高曾祖禰四世抑豈易言事哉吾既祀高曾祖禰則皆如在其上矣高祖既如在而吾高祖之子姓苟有顚連窮困者吾不爲之所則高祖之神恫矣曾祖既如在吾曾祖之子姓苟

有顛連窮困者吾不爲之所則曾祖之神恫矣推之祖若父皆然卽上至始祖亦莫不然故君子一舉念不敢忘親一舉口不敢忘親一舉足不敢忘親懼其自私自利而不知本也不知本則一脈相承之氣我則閡之一絲不隔之神我則背之雖日具百牢五鼎如不祭矣詩曰無念爾祖聿修厥德世世子孫念之哉吾李氏之系前撰宗祠碑備矣茲不復著爲詩以聲之詩曰

衆萬之生横目芸芸如木有根其初一人析爲千百形氣則均生我者父父出於祖更溯厥初上及邃古元黄甫判無名可譜總此一氣呼吸相傳綿延不息亙千萬年反本追始廟饗斯嚴於赫

聖淸損益前制典垂一代品官家祭有本有文爲法萬世明明我

祖。五季遷平城。西卜築自宋汔明。繼宅爽溪。世讀且耕。積久而光。
褒綸載錫。有列於　朝。作廟翼翼。有庭。有榮。有堂。有室。遵王之
制。歲事攸宜。春秋匪懈。誠孝無違。本支百世。敬而聽之。

敕建曾文正公祠碑 代

聖清受命二百餘年

三祖

五宗重光襲慶承平既久物熾而豐蘖牙跧伏橫決嶺表越道光季年乃有廣西逆渠洪秀全等負嶮稱僞號旅拒 王師踰嶺跳湘犯長沙不克遂陷武昌殘安慶踞江寧爲僞都又分黨北擾河朔東躪瀛碣西略汾晉當是時中原糜沸所過幾無堅城咸豐二年湘鄉曾文正公以禮部侍郎典江西鄉試聞母訃歸里

文宗顯皇帝特詔公治團練於長沙公曰金革無辟誼不得辭然曷敢與居常比因疏陳將來卽幸立功終不敢邀甄敘又疏請以

東伍法部勒鄉丁使出境遝賊援羅忠節澤南李忠武續賓王壯武鑫李勇毅續宜張忠毅運蘭劉武烈騰鴻劉忠壯松山諸公為之將是為湘軍所自始明年命忠節援江西時主兵者為江忠烈忠源亦公所薦士也江西圍解乃疏請治舟師援今侍郎彭公玉麟總督楊公岳斌提督鮑公超黃公翼升等俾領水軍疏調胡文忠林翼以黔軍來會劾又疏薦塔忠武可大用且曰塔齊布如戰守不力臣甘與同罪其知人善任使皆類此四年公率水陸萬人東征初戰再失利尋大捷湘潭以師不全勝自劾未幾復岳州克武漢大聘田家鎮斷橫江鐵索燔逆舟萬數千遂圍九江進攻湖口居亡何戰舟深入彭蠡湖賊夜焚襲我師自北岸進陷武昌五

年春公帥羅忠節等援江西而令胡文忠及彭侍郎同扼長江上游規武漢羅軍克弋陽廣信義寧仍檄令援鄂時江境賊麕集公獨當之不留以自衛也六年江楚道閡公弟愍烈公國華及劉武烈等自鄂來援攻瑞州今粵撫劉公長佑自湖南攻袁州公四弟今威毅伯河道總督國荃自湖南攻吉安是年冬再克武昌七年公以外艱歸明年夏

命督治浙江軍務時王壯武張忠毅已痡殄江西賊劉武烈已克瑞州劉公長佑克袁州蕭壯果啟江江誠恪忠義等克撫建威毅伯尋拔吉安而愍烈公殉難三河鎮九年奉入川之

命中途改　命規安慶遂屯宿松克太湖十年江南軍潰蘇浙並

論於賊
詔公總督兩江充　欽差大臣遂渡江壁祁門舉今相國恪靖伯
左公宗棠肅毅伯李公鴻章分治軍務而威毅伯仍攻安慶明年
八月克之
穆宗毅皇帝同治元年月正元日除協辦大學士乃分道出師威
毅伯以湘軍會水師掃沿江逆壘直擣江寧左公以楚軍出衢州
規浙江李公以淮軍出上海規蘇常而公季弟靖毅公貞幹用苦
戰積勞卒於軍三年蘇杭以次底定六月乙酉威毅伯攻拔江寧
僞都粵賊平冊勳
詔封一等毅勇侯世襲罔替加太子太保　賞戴雙眼花翎尋晉

武英殿大學士總督如故。科爾沁忠親王勦河北捻寇死事。
詔以公代之。時湘軍凱撤。乃別簡銳卒。經略中原。議築長牆遏流寇。亡何疾作。
詔還鎮。以李相國代。公卒用公方略平寇。公謝弗如也。八年移督畿輔。天津民與西洋人鬭。
命公察治之。公疏言百姓小忿。不足肇邊釁。而密議儲將練兵。上方略甚備。局外不審。或用相訾議。公引咎而已。尋
命還鎮江南。有大事。咨而決之。十一年二月戊午。公薨。遺疏入。
穆宗震悼。
詔贈太傅。特謚文正。祀京師賢良祠昭忠祠。並於湖南江寧建

立專祠禮也既安徽江西湖廣直隸諸疆臣並據輿情入告請各
建專祠
詔曰可於是湖南度地小吳門內縱七十八丈橫四十八丈中建
崇祠凡四重上下亭各一爲門三門首牌樓一東西序稱是又西
爲思賢講舍又東迤南爲鹽務公所計堂室庭槃廂移庖湢百七
十有八閒有池廣袤十數畝爲橋一亭五臺二池畔壘石爲山雜
蒔花木翼以迴廊繚以崇垣垣周二百六十丈縻白金四萬有奇
自發帑三千外皆其舊部及湘岸淮鹽商所捐佽也工始於同治
十二年春考成於光緒元年冬蠲吉迎主官紳士民來會者萬人
既成禮衆請文其麗牲之石謹案盜起嶺西蹂躪遍十七行省

者盡靡公以書生帥鄉人子弟出萬死不顧一生之計誓滅此朝
食前後死事至二萬餘人而士氣不少餒豈可強爲哉誠繇
列祖
列宗厚澤漸人至深且久海內皆知敵王所愾公復以忠義勇敢
倡之克己而愛人辭巧而就拙一時忠誠所感召衆爭效其所爲
以避尋苟活爲恥藎氣機鼓動有莫知其然而然者宜其卒殄十
餘年負嵎勍寇解東南數十州之倒懸而繇
國家萬億年無疆之祚歟抑嘗考諸三代稽諸大小雅烝民江漢
常武崧高諸詩雖詠歌方叔召虎申甫吉甫仲山甫之功實以彰
宣王尊賢使能之盛德然則公功所繇成非偶

文宗
穆宗任賢弗貳抑烏能聲施及此哉故考次方略著公終始大節
聲爲銘詩以彰
兩朝先帝之明以稱
聖恩褒祀勳臣勵世勸忠之意其辭曰
嶽嶽文正魯國一儒少宗正學竺守程朱立朝謇諤吁咈都俞手
臯大憝卒汔王誅厥憝維何蕘苞桂管出柙蹂湘於鄂於皖遂窟
鍾山眾狂且悍九黠齊州潢煙欲滿
文宗赫怒有
詔起公曰予汝知惟汝予同其司九伐以孝作忠公拜且泣盟縗

從戎造攻自潭再奠岳鄂大捷田鎮斷橫江索九派潯陽驚濤夜
作迺入西江重樹方略公心如水萬折必東既清章貢旋指吳淞
銜
命再起厥聲熊熊
詔總師干節鉞是崇公有介弟鼓角壎箎靖毅殉勞懋烈死綏維
威毅伯電掣飈馳既克皖城疾擣南畿
毅皇初載厥齡尚沖
文母負扆眷公益隆元日命相枚卜協從
帝曰欽哉時亮天工登壇誓師左淮右楚二廣分馳摧其角距有
煒湘軍金陵獨舉遂復

皇輿
天子神武捷書夜至上慰
兩宮
毅皇曰都元輔之功告於
九廟帶礪酬庸躬圭信圭魯衞同封公拜稽首躹躹畏愼河朔視師碣石移鎭簡賢自代用贊廣運爰返三吳以資河潤六十攬揆
公朝京師
天子賜壽奎畫璇題國有大事事有大疑匪卜匪筮公爲蓍龜公之相度虛衷求闕神識洞中知人則哲名不已居功不已出人才我才用之則一公之勳德爛若三辰鄒枚而武李郭而文三代以

還乃有斯人伊呂諸葛庶幾等倫公薨於位
天顏雨泣何以贈之三公晉秩上諡飾終名稱其實吳楚津門專
祠林立湘江衡嶽實公故鄉
詔秩崇祠於粲丹黃公御雲車來饗斯堂刻詩牲繫以備樂章

敕建駱潘張三公祠碑 代

咸豐二年七月乙亥廣西逆渠洪秀全等自安仁攸醴間道犯長沙陝安鎮總兵謚壯武福誠潼關協副將尹簡毅培立寧陝營參將薩保西鄉營都司塔勒欒賊石馬埔沒於陳丙子賊踞妙高峰攻南門時巡撫花縣駱文忠公

內召銅山張公代之未至駱公督所屬文武吏士嬰城守上元潘忠毅公來爲布政使比至賊已薄城縋而入見城中市晝閉乃徒步叩市門反覆開諭肆盡關人心大安未幾援師集八月甲辰戰南門外朗洞營參將任大貴死之丙午張公縋城入視事賊自南門穿隧道乃調楚雄協副將後官浙江提督鄧忠武紹良永綏協

副將後官鄖陽鎭總兵瞿威壯騰龍各領勁兵入備不虞九月己未戰見家河貴州提標遊擊曾正川死之丙寅戰牛頭洲賓州營參將蕭逢春河北鎭標都司姬聖脈死之丁卯戰南門外商州營遊擊馬義死之丙子南門地雷發城圮越嶲營參將張協忠中礮死鄧紹良力禦之在籍紳士後官布政使銜迤東道黃冕善化知縣後官按察使銜督糧道王葆生等補築立完十月乙未地雷再發城大圮瞿騰龍力禦之丙申賊夜遁已亥官軍追及於益陽大定協副將紀冠軍戰死十二月瀏陽徵義堂匪目周國愚稱亂張公密遣將討平之明年張公署湖廣總督潘公權撫事駱公復任巡撫潘公以疾歸駱公撫湘凡九年治兵援鄂援皖援江西兩廣

川黔所至有成績尋督四川拜協辦大學士薨於位

詔四川湖南各建專祠潘公起署雲貴總督殉寇難得

旨祀湖南名宦祠張公擢雲貴總督調署黔撫免歸薨於里第有

詔復原官三公功德在湖南並家尸而戶祝者也同治十年某

膺　寵命擢撫是邦其明年邦人士合辭來言當悍賊犯城時勢

危甚賴三公帥諸將士戮力同心士民得免屠獮其後克金陵殄

粤逆卒用湘軍底績事在一城功實在天下今駱公專祠方擬建

潘公本祀名宦懇爲張公請專祠並合三公爲一祠庶同歆俎豆

於茀替至福誠尹培立薩保塔勒鄧紹良瞿騰龍黃冕並與祭法

所稱以死勤事以勞定國及禦大災捍大患之義相應請祔祀三

公祠以稱　朝廷褒崇忠藎之至意某曰諸君子言是爲具疏陳請　詔曰可乃卜地城隍廟西爲崇祠上下各五楹門廡稱是既考宮邦人士復合辭言是役力戰死綏之任大貴蕭逢春姬聖脈曾正川馬義張協忠紀冠軍功與福誠等埒登陴協守之升令王葆生功與黃冕等埒請一律祔祀庶足揭虔妥靈慰謳思者之望某又曰諸君子言是復附驛以請

詔皆如議行迺鍥石紀巔末昭示永永又作迎神送神之辭俾工歌以祀焉其辭曰

湘之水兮沄沄三公之澤兮與水俱深湘之城兮仡仡三公之烈兮與城並屹桂棟兮芝楣作新廟兮峩巍望公不見兮遺民悲同

堂肇祀兮薦蜼彝靈之來兮容與駕青虯兮驂縞虎有稌兮有黍
芼荃蓀兮潔筐筥坎坎鼓兮傞傞舞靈之去兮蹁躚歌受祉兮彈
神絃烝士於學兮宜稼於田時暘雨兮靖氛煙豺貘遠竄兮蛟鱷
深潛福我湘氓兮萬億年

敕建劉忠壯公祠碑 代

同治九年正月丁卯朔越十五日辛巳廣東陸路提督三等輕車都尉達桑阿巴圖魯劉公征甘肅靈州逆回督攻馬五寨中礮墜馬卒於軍時某以陝甘總督督治軍務具狀 聞
穆宗震悼 詔從優議卹 贈太子少保 予謚忠壯 賜祭葬
賞騎都尉兼一雲騎尉世職 敕祀京師昭忠祠其陝甘等省立功地及本籍並建專祠事蹟宣付史館明年金積堡平
上追念公功 命賜祭一壇十二年關內肅清 詔加賞一等輕車都尉世職光緒二年卜地建祠長沙會城小吳門內寶南街越二年祠成公兄子三品卿一等男爵錦棠走書乞某文其麗牲之

石謹案公諱松山字壽卿湘鄉人天性忠勇明大誼識量尤闊遠咸豐初應募入老湘營隸王壯武鑫戲下充第四旗營將轉戰永州郴桂暨湖北江西功皆最會壯武卒軍張忠毅運蘭領其眾公從征江西各郡縣克臨江撫州建昌暨吉水樂安廣昌南豐安仁等城援廣東之連州擒其渠遂轉戰至徽州屯祁門大破賊於盧村還攻景德鎮克之復浮梁尋克建德復徽州暨休寧黟遂下旌德張忠毅以疾歸督師曾文正國藩檄公與壽州鎮總兵易開俊分領其眾守寧國時公已積功　賞換花翎洊保提督銜　記名總兵　賜號志勇巴圖魯矣公之戰江皖也功績多歸統將事不甚著景德鎮之役各營窮追三十里將抵浮梁阻於水橋狹賊擁

不得前因反鬭城賊出乘之各營頗亂次後軍不相屬公獨率所部扼橋東力戰奪拔浮梁其攻徽州也各軍分屯民村夜半賊突出刧營勢匈匈諸營驚潰公帥所部山立不動月下遮道大呼曰我第四旗劉某也列隊在此必毋奔奔則咸禽矣是二役也微公幾失利曾文正聞之喜曰吾得一將才矣公自是名出諸將上在寧國大疫病者什七八悍賊數十萬更番來犯公激厲拊循士皆力疾戰守數出奇兵破賊得　旨署皖南鎭總兵尋補肅州鎭調皖南從文正請也當是時粵逆已蕩平而河南北捻匪棘曾文正奉　詔督師疏調公綜理營務湘軍既平吳會久役思歸休又南人不慣麥食他將奉檄率不願北征公獨投袂起立帥所部渡江

有譁餉不北渡者廉得其魁誅數人而事定抵臨淮易君開俊以病歸公遂總領湘軍自蒙亳進勦河南逆渠張總愚等謀竄山東公急扼濟寧賊回竄徐州公會淮軍擊敗之賊分擾西華上蔡公殲之於雙廟追逼至洪河溺死數千人及郾師之召陵又破之尋躡賊於南陽新野張總愚遂自河南犯陝西之同州朝邑陝軍迎擊於灞橋失利西安大震公帥步卒數千馳入關敗賊於晉成堡姜彥村賊悉銳旅拒公督將士鏖戰賊敗逋同朝圍解 優詔賞荷囊小刀諸珍品尋擢廣東陸路提督敗賊於蒲城躡勦至富平賊奔三原踰高陵東走公追及數敗之移攻綏德州一戰復其城賊由宜州踐冰渡河遂入山西陷吉州鄉寧公克吉州賊棄鄉寧

走追敗之平陽賊趨洪洞公夜繞出賊前大破之賊遂道絳出橫嶺關東犯直隸境突某時帥師入衛飛檄公繞踰大行迎截公冒雪兼程進日踔百數十里以七年正月抵保定　詔下所司先行優敘遂敗賊於獻於深州賊走祁州又敗之追殺至博野又追及深州撓　聞　賞換勇號曰達桑阿　國語也賊南渡滹沱河畿輔解嚴公追敗之於彰德至鹽山滄州連敗之遂塹長壕蹙賊七月捻匪平　賞穿黃馬褂及三等輕車都尉公馬首復西矣公從軍十有八年僅歸省親一次年逾三十聘婦二十餘年未娶婦家送女至軍中而公轉戰無定所妻父攜女歷湖北江皖居二年皆弗值至是僑中州以待公既平捻賊以回亂援陝道出洛陽始成

禮會北山土匪二十萬蔓及延榆綏屬羽檄日數至居旬日卽行旣入秦議先靖土匪乃專力於回匪目董福祥等讋公威信率衆降凡十七萬有奇公悉資遣之亡何所部駐綏德者爲會匪所蠱叛踞州城公馳歸斬倡亂數十人部曲縛首逆降綏德復公坐失察　詔奪職留任未幾公帥師度隴東越花馬池進勦靈州逆回破堡寨數百遂拔靈州　溫旨開復處分馬化隆者渠魁也性兇狡旣就撫復叛踞金積堡公急攻之破里仁堡九寨吳忠堡三十四寨又破金積堡附近二十餘寨九年正月騎賊數千自胡家堡竄踞石家莊及馬五馬七等寨公帥師馳勦賊於西南面築壘三乃揮軍奮擊各指一壘破之賊竄入馬五等寨公築壘設長圍困

賊。賊出馬步數千來援。公鏖戰敗之。奪馬百。斃賊千。明日進攻馬五寨。拔外柵。縱火燔寨門。策馬督攻益急。忽礮彈中左乳。親卒掖以歸。公創甚。猶大呼整隊。毋亂行。將卒齊憤。立拔馬五寨。殄殲之。公張目語諸將曰。我受　國恩未報。即死。毋遽歸我喪。當爲厲鬼助君等殺賊也。言訖卒。年三十有八。公治軍寬而有制。嚴而不苛。與人共事。無居功諉過心。語及時局艱危。輒義形於色。不復知有身家性命。自結髮從戎。轉戰十四行省。平粵匪捻匪回匪與賊相終始。尤偉者。保垂危之秦。救不支之晉。又速衞畿甸。以步當馬。爲天下先。其勦回也。無戰不克。西寗回目馬朶三。嘗以千五百騎陰助馬化隆。未半月。折其大半。逃歸。繇是河州臨洮靖遠各回酋莫

敢援化隆其威震西陲若此　諭稱其謀勇兼優無媿名將
上之知公深矣公既誓爲厲殺賊及官軍平金積堡訊俘稱公靖
節後夜輒聞戈馬聲如怒潮湧至賊疑官軍來襲莫敢解衣臥某
駐平涼時一夕聞大聲嗚嗚震山谷察之了無所見疑必有異未
幾捷音至化隆是日就擒矣烏虖公之神在天壤固無所不之湖
以南則公桑梓也廟食百世尤宜某與公馳驅王事以性情相許
追思輒悲痛公兄子錦棠領公舊部出關絕大漠蕩平西域亦由
行公之志也公事蹟在　國史人莫能盡知謹最公戰守方略及
其終始大節具於碑以稱　朝廷勵節褒功之意又詩以聲之其
辭曰

聖清光宅九有來同 重熙襲祉
三祖
七宗地大物博熾極而豐光豐之交蘖芽五管封狼貙羆衆猝且
悍闖嶺揭湘于鄂于皖穴有江左踞爲僞都橫噬六合流血成渠
誰其應之淮潁妖徒是曰捻匪背城走野甡甡往來中原萬馬倏
豫倏秦有地如赭花門旁面種埒羌氐仇殺搆亂荼毒西陲起相
應和噬必擇肥惟粵捻回是稱三蘖王旅濯征百戰蹀血夲汔
天誅梟渠鏺穴桓桓忠壯靡役不從初殄粵寇有煒其功繼夷捻
賊橫塞其衝星馳入衞耿耿孤忠
帝曰都哉 懋賞酬庸轉旆西征兇酋奪氣疾擣梟巢中礮溘逝

臣力竭矣死當爲厲爾竜鞭霆誓殲醜類

天子曰咨予爾藎傷乃命司勳銘于太常乃命祠官祝祭于祊世

選爾勞帶礪冠裳兕巢尋拔卒成公志

帝念尸臣遺官　賜祭闕內繼平爵加苗裔九原可作感極而涕

湘垣作廟孔碩且嚴何以奠之有敦有籩

帝詔有司薦馨萬年匪予爾私厥績楙焉公靈殛賊訊自囚俘告

禽巨憝厥聲嗚嗚神兮歸來風馬雲車鍥銘樂石萬世之模

湖南省城隍廟碑 代

城隍之文見於易・廟祀則不知所自昉・長樂圖經云・漢御史周苛爲項羽所烹・高帝嘉其忠烈・詔州縣廟祀之・然未聞遂名其神曰城隍也・惟鎭江慶元華亭蕪湖等屬・祀紀信爲城隍神・龍興吉安建昌臨江南康等屬・祀灌嬰爲城隍神・南雍州記亦云・南陽有蕭相國廟・相傳爲城隍神・然則城隍之祀・殆始於漢歟・若其見於正史・則自吳赤烏二年建蕪湖城隍祠・外北齊慕容儼鎭郢城有禱城隍神獲祐事・梁武陵王紀烹牛祭城隍神・有赤蛇繞牛口事・嗣是唐張說張九齡李德裕杜牧李商隱・並有祭城隍文・李陽冰有縉雲城隍祠記・則緜漢汔唐・廟祀已徧天下・宋頒封爵・錫廟額・禮

秩有加焉明初去廟爲壇自京師城隍神至直省府州縣封王公侯伯有差尋詔去封爵仍用廟祀稱某省府州縣城隍之神

國朝因之會典及通禮有祭都城隍及直省府州縣城隍廟之禮葢天生民而立之君有封畺吏暨郡守州牧縣令以理陽卽各有神以理陰陰之與陽猶晝夜寒暑之相倚理不誣也湖南行省治長沙府於漢爲長沙國後爲郡爲州爲路至明復爲府成化十三年分藩於長沙是爲吉王城隍廟在府治東北飛虎寨 關帝廟之右神像鑄金爲之有文曰都城隍像正德五年吉藩造葢郡既立國神卽爲國城隍矣入

國初復爲府城隍康熙三年分湖廣爲南北二行省移偏沅巡撫

於長沙法當立省城隍廟未遑也乾隆二十八年巡撫陳文恭公始即府城隍廟改祀之仍以府城隍配廟遂合爲一咸豐初重興設火藥局於旁舍九年二月局不戒於火廟轟毀無片甓存同治十二年議修復僉以兩廟宜分設乃先復府城隍廟於故基越光緒三年八月卜地　關帝廟左肇建省城隍廟廟三成各五楹門廡五楹繚以垣爲門二重歌榭一東西廡各八楹分祀九府三廳四直隸州各城隍神猶節署之有屬官廳事也其後爲寢宮爲齋廚神庫崇閎赫眄眂舊有加工竣於四年某月縻白金萬二千有奇董其役者候補通判涂鴻儒也新廟既作像設有嚴簠簋籩豆尊罍之屬咸飭酒醆日逆主肅將祀事時某以布政使權巡撫事

衆請文其麗牲之石爰縷述始末臮刱建落成之歲月勒貞石以詔來者且爲迎饗樂神之辭俾工歌以祀焉其辭曰

大湖南兮風泱泱礪峋嶁兮帶沅湘城伊減兮屹金湯有神縮轂兮綴是邦神之格兮逶迤駕蒼虯兮驂玉螭揭桂棟兮芝楣考新宮兮神是依坎坎鼓兮傞傞舞樽緹齊兮牲折俎神醉飽兮穀士女祛疫癘兮時暘雨宜稼於晦兮蒸髦於庠祭受福兮善降祥祚我湘氓兮惠千萬禩其無疆

河泊塘新建屈子廟碑

汨水源出義寧之桓山西流入平江又西逕漢昌故城北又西入湘陰徑玉笥山又西爲屈潭一稱羅淵是爲屈子懷沙自沈之所今平湘接壤之汨沙港蓋其地也劉氏異苑稱其山川明淨異常處民爲立廟在汨羅之西相傳屈子投川騎白驥而來今岸側磐石馬跡尚存廟食茲土久矣平與湘同爲古羅國屈廟在平湘不一處而沈沙港獨無之非闕典歟光緒元年邑人運淮鹺者僉議醵金立屈子廟卜地河泊塘之邸業操舟者聞之翕然輸金以佽越明年廟成糜白金萬有奇廟基廣輪十餘畮爲堂三成翼以東西序其前爲門廡廂簃庖湢神厨神庫之屬咸具像設旣肅籩豆

靜嘉父老歎嗟飲食水旱必祭祭必虔以恪爰屬元度文其麗牲之碑謹案屈子爲洙泗鄒嶧後一人其忠則關龍逢比干之殺身以成仁也其義則伯夷叔齊之舉世非之不顧也其文章則三百篇後漢魏作者以前屹然一大宗也元度嘗倡建新廟於天岳書院記之詳矣獨攷其逸事莫詳於唐沈亞之所作外傳傳稱屈子瘦細美髯丰神朗秀長九尺好奇服冠切雲之冠性潔一日三濯纓及放廢江南楚俗尚鬼祀必作歌以樂神辭甚俚因棲玉笥山作九歌託以風諫至山鬼篇成四山忽啾啾若嘯聲聞十里外草木皆萎死又見楚先王廟及公卿祠堂圖畫古聖賢人物神怪琦瑋僪佹因書其壁呵而問之時天慘地愁白晝如夜者三日晚

益憤懣不交世務採柏實和桂膏託遊仙以自適王逼迫之遂以五月五日赴清泠之水其神遊於天河精靈時降湘浦楚人思慕每值重五必以筒貯米祭而投之漢建武中長沙區回白晝見一人自稱屈左徒曰君見祭甚善然宜裹以楝葉五色絲縛之庶不爲蛟龍所竊今角黍其遺制也外傳略如此烏虖屈子至今二千餘年矣鄢郢既墟秦社遽屋亡秦者涉也心也劉也項也皆楚人也屈子之孤憤宜可以舒矣抑自嬴顛劉蹶已來滄桑岸谷類浮雲之變滅於太虛而子之節義文章獨能光日月動鬼神永與山川不壞然則昔之苦雨淒風今宜爲祥雲善氣矣庶幾時雨暘祛疫癘以永福我湘氓於弗替哉傳曰樂操土風又曰數典不忘祖

今之迎饗樂神也宜楚聲迺爲之辭曰
泝汨羅之漾瀉兮陟玉笥之嶔巇攬杜蘅以掩涕兮謇獨懷此湘纍縒靈均之姱節兮佩申椒與菌桂蓺九畹及百晦兮又紉之以蘭蕙悵靈修之恂愁兮信謠諑使嫉娥眉猶專佞以叨穢兮蕭又充乎佩幃忳鬱邑而侘傺兮曰余式乎前德寧赴湘流而葬魚腹兮循彭咸之遺則神溘埃風而上征兮望故都且焉止息鼂發軔於九疑兮就重華以告哀夕弭節於洞庭兮訴帝子而抒懷前羅孝子使先驅兮後賈生其許追陪神剡剡兮歸來作新廟兮汨之隈蕙棟兮荃堂辛夷楣兮葯房芰荷衣兮芙蓉裳神之格兮宴娭援北斗兮酌天漿神醉飽而降福兮驂青虬與赤豹俾江水其安

瀾兮駛蘭橈與桂櫂羅之國兮汨之邸家有慶兮歲有秋更千齡

萬禩兮薦角黍而飫靈庥

昭顯眞人廟碑

同治十年夏六月縣大旱衆愁甚乃奔走呼暑迎昭顯眞人之神自瀏陽祖師巖至縣南鄉除壇以禱越四日大雨槁者興呻者歆歲則大熟乃謀答神庥卜以筵尊凡數請弗僉卜建新廟則吉再卜地得廟基於爽源仙人洞又襲吉父老皆再拜曰洞幽勝有仙蹟雅與廟稱殆天作而地成之以妥神而祚我民者耶遂卜日匄工度材於岡陶甓於場伐石於山之陽既庀既飭不竄而艮越三月廟成糜緡錢三千二百有奇乃筮穀迎神期而集者萬人籩豆牢醴告備鐘鼓管籥聲相聞衆屬元度以文紀歲月不敢以不敏辭謹案眞人陳氏諱世賢字棨芳瀏陽北鄉橫塘人以雍正七年

八月十五日生少孤貧事母至孝爲縫人以養性不茹葷血母卒屏人事裹糧遊武當山得辟穀術及歸橐尙有餘粻隱瀏東大光洞祖師巖巖在福石山之陰面瀏背平人跡所不到以乾隆三十八年除夕坐化巖中春秋四十有五肉身不壞目灼灼有光所遺刀尺尙懸巖壁閒鄉人廟祀之嘉慶中歲旱嘗示夢居民禱雨立應咸豐二年土匪周國虞作亂四年粵寇竄醴陵六年自通城義甯疊犯瀏陽東北界瀏人練鄉兵禦賊並賴神力瀕危得免乃合詞籲大府乞疏請

封號答神勞巡撫侍郎駱秉章以

聞得

旨封昭顯眞人禮也先是平江士民踰福石山謁廟道險艱至是新廟成衆皆稱便飮食必祭疾痛痾癢必禱神亦屢出奇驗以震盪人耳目而作其恭其諸誠不可揜者歟雖然民之感神也以誠神之福民也以善傳曰作善降之百祥又曰黍稷非馨明德惟馨然則求格神者舍悔過遷善以對越神明夫豈有他術哉元度愳禱神者不反求諸己也謹發斯義以爲自求多福者告又作迎神送神之詩使工歌以樂神其詩曰

神之靈兮格思驂皓鶴兮駟玉螭溘浮雲而下降兮卓岑纚之靈旗合上池之丹藥兮採閬圃之瓊芝閔衆生之疢疾兮蠲沈痼而紹軒岐民無札兮物無疵痾瘝在宥兮爲民依膺眞誥兮褒功行

其巍巍。

神之逝兮徜徉。朝弭節於淮川兮。暮擊汰於羅江。紛總總其繁會兮。奠桂醑與椒漿。既醉既飽兮樂無央。福我民兮壽且康。田宜稼兮。時雨暘。砭疫鬼兮驅螣蝗。更牖我民兮。澡身滌慮。肩眾善而介百祥。誰謂神遠兮。森臨上而質旁。

明蘄國武康康公廟碑

古英傑非常之士生爲名將相成佐命勳没則廟食百世三代下若漢之蕭曹馬鄧季漢之關張唐之郭李張許宋之韓岳明之徐中山常開平沐黔甯諸公莫不生英死靈與天壤不敝若蘄國武康康公其一也謹案公諱茂才字壽卿蘄人通經史大義事母孝元末寇亂結義兵保鄉里官淮西宣慰司都元帥太祖克集慶帥所部來歸授水軍元帥屢破張士誠兵陳友諒陷太平約士誠合攻應天公與友諒有舊紿爲內應誘至龍灣大敗之以舟師從太祖克安慶破江州遂下蘄州興國漢陽克黃梅寨取瑞昌又從援南昌戰彭蠡友諒敗死從征武昌皆有功尋從大將軍達克廬州

取江陵及湖南諸路太祖擊士誠於鎮江士誠遁公追擊大敗之淮南平尋拔湖州進克平江路還取無錫累遷同知大都督洪武元年從大將軍經略中原取汴洛關守陝州扼潼關善招徠撫綏民立石頌德焉是年復從大將軍征定西取興元還軍道卒追封蘄國公謚武康此著在本傳者也吾平向未有公廟明吳景輝官四川通守署左有公祠比秩滿歸舟行已千里矣夜夢緋衣人曰予君比鄰康某也當血食君邑願同行盍還取我像景輝曰逆流不易達奈何曰鷁首第西向朝發可夕至也如其言果不爽及抵平奉像至長壽里擬暫移別墅重莫能舉眾異之遂廟於此今所稱太尉廟者也　國朝乾隆四年里紳吳於亥協君雲卿醵金重

修公廟雲卿父尊三復斥已貲建歌樹規制備焉嘉慶十二年雲卿子炳南映南拱南斗南匃工拓地擴舊制十之三語詳前記道光季年廟漸圮維時海口通商平東產茶以長壽爲都會泉刀之利歲入百萬緡商有羨財民有餘力乃相與謀曰微神之惠不及此非鼎新廟貌莫爲以揭虔妥靈仰答鴻貺於是雲卿子姓某某大集九社士民議撤而新之別建傑閣三層於廟前踞一鄉之勝工始於咸豐元年三月落成於三年八月縻白金五千四百有奇悉出衆輸乃屬元度爲之記元度嘗謁公廟見右楹有刀陷木中衆指曰道光甲午市儈負賴估客所寄貲爭不決偕質於神故事嗚神者各執雄雞一以刀劙其首曰予所否者如此雞估客如其

法。雞首立斷。市儈舉刀欲下。忽昏仆。刀失所在。僅柄存手中。迹之則飛陷楹端。事立白。逾年市儈家數口死且盡。神之彰癉赫濯能驚動禍福斯民多此類。其有裨於人心世教何如哉。宜吾平人俎豆尸祝之。與蕭曹馬鄧關張郭李張許韓岳諸公。並歆血食於無旣也。抑考太尉官始於秦。見月令。漢唐宋皆因之。明史百官志無太尉。世俗以稱公廟。葢由縣境別有康太尉廟。祀宋太尉康應字保裔者。誤合兩人爲一耳。旣以諗於衆。爰作迎享送神之章。遂以聲諸樂石。辭曰

神之來兮洋洋。朝蘄水兮暮建康。鍾山矹峍兮孝陵在望。駕玉螭兮宴娭。驂文豹兮翱翔。昔廟食於西蜀兮。尋改卜於衡湘。天岳山

兮峩峩汨羅水兮湯湯新廟有作兮薦蒻丹與蕉黃神嗜飲食兮醉飽犧牲雞卜兮來歆我觴

神之去兮遲遲乘元氣兮薄希夷紛總總兮揚靈旗杒弭節於昌水兮繼驂髮於瑤池穀我士女兮壽我蒸黎田宜稼兮蠶宜絲茶入市兮錣罍纍千艘萬舶兮瀛海之西無水旱兮無蝗饑驅厲鬼兮役鍾馗鼓坎坎兮舞僛僛神血食茲土兮更千秋萬歲其永與吾民相依

前永州太守楊公生祠碑

咸豐九年春二月粵賊僞翼王石達開率黨數十萬自南安入楚陷郴桂二州將乘虛取永州以犯長沙時督亢楊公知府事聞警與署總兵侯君光裕零陵令施君濟及郡紳共籌戰守策括存城兵止四百練勇止六十人乃檄施令暨守備駱光泰郡紳趙履祥募勇千餘入城守時侯選道劉公長佑知府江公忠義奉巡撫檄帥所部數千人援郴桂遊擊佘星元楊恆升都司李金暘各帥所部援江華公馳羽書丏諸軍改轍來援三月辛未朔越翼日壬申賊抵白水嶺防勇不能禦退保郡城人情恟懼公步出通衢誓衆以死守各授兵登陴癸酉賊薄城踞民屋爲窟甲戌黎旦賊攻城

鋭甚公及駱光泰守東門總兵守北門千總方振鵬守南門礮斃大旗賊賊少卻日午復攻且梯城我軍壘磴之比暮賊環屯城下爇火徹天公命丁男無老幼悉乘城婦女烈炬守門戶炊黍餉軍城上火光照十里五鼓風雨暴作燈火滅軍民露立寒噤不能支賊呌讙攀堞上當是時鎗礮聲與風雨聲相激怪鳥類鵂鶹悲鳴徹旦士民相顧失色公下令守卒擅離寸步者斬賊數上數擊卻之厥明雨止公募敢死士縋而下爇賊據民房賊退伏不動公捐俸錢五百貫犒軍軍心益奮乙亥賊再攻來愈衆望之不見其後公曰毋浪戰援軍且至其堅守以俟公之乞援於劉江也師適過祁陽祁陽令劉君達善力請赴郡城言之至泣下劉公投袂起令

江公先領一軍壁江口。又令都司王順慶帥三百人助守城。丁丑。自西門入。戊寅。余楊軍至壁城西。少選。劉公亦至壁接履橋。江軍告乏食。公餉錢四千貫。米三百石。各軍始合。會已卯。劉江二軍及賊戰。大捷。逼賊營而壘。余楊軍作浮梁渡湘。合擊。大破之。然石逆方率後隊至屯菱角塘。城圍尚數帀。內外閡不相聞。公募壯士凫水渡江。約諸軍夾擊。命郡紳趙肇光李榮賜等出爲前導。壬午。各軍大合戰。城上軍譟而出。自後夾攻。賊潰。從南津渡奪路奔。適李金暘自甯遠來援。抵香苓山驟與賊遌。出不意猛擊。賊自相跆藉死。方渡河。筏斷溺死數千人。遂破菱角塘數十壘。追奔二十餘里。殲賊凡數萬。生擒數百。悉斬之。癸未。賊遁石逆分黨犯祁陽。不克。

又分擾郡屬遂圍寶慶累月不能下乃繇粵竄川尋爲官軍所夷滅矣方事之殷公腰刀帕首衣短後巡城諭家人各爲自靖計賊退郡民數萬相率拜馬前泣曰公活我又私相慶曰微我公吾屬無噍類矣逾年公遷辰沅兵備道去之日傾城跽送趾相錯於路又九年有

旨內召公以母夫人篤老引疾致仕郡人聚而咨曰公歸不復矣公之德不可諼也迺謀築生祠衆皆趨赴不數月祠成郡紳何若泰等具事狀屬元度文其碑竊嘗論三代下漢法最近古漢之太守實兼將帥之任故治效多殊異朝廷愼畺寄臨事擇將不若先事而擇守公在永力拄危城藉固會垣門戶實無忝古太守之職

功豈勵在一郡哉抑攷生祠昉自漢張奐任延于定國鄭衆等而令甲弗著慮或干譽及貢諛也公去郡已十餘年去官且三年則無復前者之疑矣公名翰字海琴晚號息柯直隸新城人道光乙巳進士由編修出守官至辰沅靖兵備道加布政使銜　賞戴孔雀翎余嘗謂公以文章掩其政事其治狀上官或不盡知故未竟所施設而被澤之士民獨俎豆而尸祝之愈久弗衰抑可見三代直道之公之不容泯也記曰以勞定國則祀之能禦大災捍大患則祀之是祠也實應祀法故具記其本末以備　國史之採且詩以係之曰

古零陵郡介楚粵交二水來滙曰湘曰瀟實據上游會垣門戶粵

有猰貐貙吳轥楚瞰郡城虛悉黨來犯礪彼豺牙其威虓闞顯允楊公實守是邦登陴誓衆與城存亡迺召援師兼程雨集公帥貔貅外內合擊旬有一日賊踣而逋闔城耆庶祝延懽哼有叟皤皤有婦有子曰匪我公成蘙粉矣公之去郡十有四年民不能忘作堂嚴嚴八愚之壞左渠右邱抗手元柳並峙千秋公今歸只德音不已我作銘詩敢告惇史

李烈婦吳氏殉節碑

同治四年五月十四日夜教匪陷石阡府城經歷李雲昇星階之婦吳氏死之吳本徐州舊族幼讀書識大義兄青蓮貢生星階籍沅陵以咸豐二年從軍隸提督和春麾下由粵而楚而吳凡數載叙保今官與青蓮善寓常州聞吳氏賢委禽焉六年來歸九年生子鏞星階乞假歸吳氏事舅姑惟謹是歲星階奉部檄之官挈與俱石阡苗稱亂久黃平施秉開泰民應之曰教匪有黃號白號諸目列廳無完土在官日食常不繼吳安之家居飽閱亂離狀嘗從容語星階曰女以節爲本吾見被掠者俘係若犬豕然何苟活至斯也是夜賊襲城星階督民兵出禦被重創賊攀堞入吳氏見火

因起急挈子若女授僕媼使逃自以頭觸柱不得死拔刀自揕其胸腕弱末殊解帶自經乃絕年二十有七越日星階隨郡守徵鄉兵復城趨殮吳氏面如生刃猶陷胸閒也星階大慟曰吾婦不愧平生之言矣郡守上其事得

旨旌郡人就殉節處建亭立碑垂示永久銘曰

觥觥烈婦在皖之滁淸流關迴豐樂亭孤曰相夫子五溪是宅落拓一官羅施鬼國天狗宵墮沸聲若雷有猘其噬城門夜開烈婦聞變目眥迸裂頭觸不周天柱欲折飲刃不殊繼以繯首浩氣衝霄噴薄牛斗人誰不死死重泰山　詔立綽楔血碧土斑五老峰前牂柯江上琢銘貞石坤維藉壯

重修宋君子萬子靜先生墓碑

宋鄉賢崇祀君子祠萬子靜先生生於宋紹熙初壽六十有七以寶祐二年甲寅歲葬縣東渤頭古塘觜歲久碑碣不存越五百五十六年爲

大清嘉慶十六年辛未夏大雨土崩出古壙有石刻地劵載先生名諱及卒葬年月地主國子生余高遠及其子諸生澤琨葺治之又得地劵一知夫人毛氏實與先生合葬乃立碑志崖略又六十三年當同治十二年癸酉地已數易主有土人造屋隧道前先生裔孫克紹等慮其戕犯也亟諗於族衆圖免後艱先生之裔有居義寧州者曰承風乾隆中進士官禮部侍郎　贈尚書謚文恪文

恪元孫曰椿齡方以知縣需次湖北至是亦來會乃價買古塘嵜原山立石爲界又明年重修墓道屬元度以碑紀其事謹案先生諱鎮字子靜一字見春湻熙十年進士官澧州司戶參軍先是紹熙初朱子帥長沙吾平李君儒用吳君雄李君璠鄒君輗李君杞李君雄並親往受學先生則與方君輗魯君仕能同受學餘干饒雙峰之門實朱子再傳弟子也其學深究性命之旨與仕能齊名雙峰嘗語仕能曰天下讀書人鄱陽湯伯易第一子靜次之湯亦饒門高弟也賈似道帥荊南嘗辟先生爲公安書院山長拒不赴居鄉仿朱子社倉法積穀振饑有規約存邑乘中所著左傳十辨今不傳行誼詳通志一統志及楚寶宋元學案中元祀君子祠及

鄉賢所居曰萬家坊有橋曰萬婆相傳先生母夫人所建也先生夫婦合葬於斯殆距居宅不遠其後裔乃散居平江巴陵及江西之義寧德化云烏虖先生之墓歷六百餘年復昭顯於世殆將與天壤不敝而余上舍表章於前今子姓重加封樹皆義不容已也爰爲之銘曰

宋南渡之世汨水之濱傳紫陽學者凡十有三人孰爲後勁曰萬見春其幽竁卜藏茲土其神爽則揖讓陟降於洛閩諸先賢之門後有千載尙欽式乎茲墳

淩氏族重修遠祖清海公墓碑

古者墓而不墳不封不樹凡以葬者藏而已矣然禮系曰天子墳高三雉諸侯半之卿大夫八尺士四尺則高庳已有定制孔子修防墓封之崇四尺用士禮也周禮墓大夫掌邦墓之地域然則記所稱若堂若坊若覆夏屋若斧者蓋皆有職掌焉凡爲人子孫莫不慎守先人之邱壠而歷世久遠塋兆湮沒不可考往往莫可如何有能保世滋大閱千百年而馬鬛巋然則其祖若宗必有大功德足以覆露其後人抑又非得賢子孫不能及此也淩氏系出衞康叔支子爲周淩人以官氏吳偏將軍統其裔也世居丹陽五季時十五世孫修舉賢良中第丞岳州之平江卜居清水遂族焉數

傳至德朝遷小樫是爲小樫凌氏之始清海公諱泰來居小樫之萊翁坡曾祖雲翼宋建炎中領漕薦祖禹圭四川名山縣令父伯愷行誼詳邑志爲縣令楊侯寅所禮重其卒也主薄劉君平一志其墓有子四公其長也公之配單氏子曰萬單傳三葉至六世孫友清始生天富天貴天壽天祿凡四子今所稱下四房者也公之行實世遠莫能詳然自公至今傳世數十越時數百年子姓男女不下數萬指簪紱相仍取科第者踵接孰非公流風遺澤之所保艾歟公以元至正八年戊子歲葬楊梅江大竹園對岸今呼爲紫草坪煙竹塝癸首丁趾與單孺人合墓公之子姓懼其久而漸湮也乃增購墓之前後左右山重加封樹正疆界鍥貞珉而屬元度

祀其顛末余聞齊師伐魯獨於柳下惠之壟禁樵採漢高帝爲信陵君置守冢三十家重其人必式其墓也况子孫之於祖宗歟又况其爲繼別稱宗之祖歟迺爲銘曰

自至正八年至今五百三十年矣其閒陵谷滄桑變滅而湮沈者不可選紀而公夫婦之壟獨歷刼不磨若此禮器未發於青州前和弗蠲於灤水繇世澤之延洪抑雲仍之趾美繼自今于萬斯年式玆墳者尙想像乎高峙之祁連與尸祝之畏壘

先世父曁先府君合葬墓碑有序

古無兄弟合葬之明文洪氏隸釋錄郎中馬江碑述其中弟文緒事實跋云因與其季合厝故作碑併及之也望溪方氏表寗化雷氏先墓有兄弟八人葬同邱事在五代時而望溪亦與其兄舟弟柩納同穴葬同時甯都魏叔子兄弟亦然此禮之以義起者也先世父通議公終於嘉慶二十二年先府君光祿公終於道光四年原葬地皆不墨食十六年春得兆域於祖宅後山卜者曰吉先大父乃命孫元功等曰既得吉卜其遷爾父爾季父合葬之乃筮日改窆之庚首甲趾其時距世父卒二十年距府君卒十有三年矣又四十四年當光緒四年戊寅元度始勒石隧道銘其碑

世父諱傳郊字希宋號孟卿其曾祖諱萬才國子生追授光祿寺典簿妣氏曾　贈安人祖諱自芳縣學生　誥贈光祿大夫妣氏余　贈一品夫人父星垣公諱家庚從九品　誥贈光祿大夫妣氏徐　贈一品夫人先世來自豫章　國初自縣西門遷沙段乾隆十一年卜居今宅先大父有子二公其長也生而樸穀寡言笑尤敦內行視浮奢習去之若浼服御儉陋衣非數澣緝弗易嗜淡巴菰好徹夜危坐先大父兄弟五以食指繁析筯居曾大父故名諸生大父昆仲皆能文絀於試惟五伯父遜吾公早慧公同堂弟也公自以少廢學甚憾之既析居慮遜吾公或以家累輟讀乃言於大父請與伯祖合爨而自課耕牧俾遜吾公得壹意讀書二父

嘉許之會公得疾不果其後遜吾公舉拔萃科預鄉薦公皆不及見然每言及輒以公爲知已也公初娶於喻生女二繼娶吳生元功吳卒再繼丁生元勳丁又卒賴大母徐太夫人鞠之公旣屢喪偶踰年感傷成疾卒距其生乾隆五十六年某月春秋三十有七子元功 贈五品階孫積謙貴州補用通判加知州銜曾孫厚堃廕監生候銓縣丞次子元勳早世 贈三品階孫積經花翎運同銜加二級廣東德慶州知州署封川縣知縣嗣曾孫厚英光祿寺署正銜孫女四人曾孫女四人公初以積謙貴 誥贈奉直大夫繼以積經貴 晉贈通議大夫喻吳丁並 晉贈淑人

府君諱某字仲宋號小卿其生也後世父十六年世父旣未竟於

學大父益竱力課府君府君性穎特以大父績學未遇思自奮於甲科爲親慰從五伯父遊最久未冠有文名其注學籍顧獨在諸兄後則益悴於學終年閉特室手披口吟忘寒暑晝夜以求之得咯血疾諱不言道光三年受知督學祁文端公拔冠郡學再試愈激賞之曰業成矣科第可芥拾也時大父母年逾六十餘自世父世母先後逝所遺二女皆不祿積感憂傷及是始一開口笑明年府君將讀書嶽麓未行而病越數月病革語吾母喻太夫人曰吾不能終事兩大人反遺大人恫不孝孰甚死必以衰絰殮將屬纊問後事不答惟自引其衣申衰絰之命也時在九月十九日距其生嘉慶二年五月二十八日春秋二十有八府君篤孝友與人溫

摯閒雜以詠諧讀書日有程課手寫經史古文辭二十餘帙其卒
也大父母哭之幾喪明賴吾母守節奉舅姑字孤得有立越十年
大母考終又十四年大父乃終府君初奉　特旨誥贈奉政大夫
晉贈榮祿大夫　再晉光祿大夫吾母　晉封一品太夫人長
子恩覃奇慧甫周晬識字二千有奇四歲殤次元度道光癸卯舉
人花翎布政使銜浙江雲南按察使色爾固楞巴圖魯孫積琳花
翎三品銜江西補用道積璠拔貢生花翎四品銜兵部員外郎積
璿幼孫女六人曾孫厚荃厚蓀厚葵其出嗣積經者曰厚英曾孫
女五人銘曰
爽溪之邱羣山所宅元氣蜿蟺來自福石維我世父臬先府君同

氣合窆之有嶫其墳王考之命禮緐義起以奠幽宮以庇厥孫子其
萬億年膺天之祉

天岳山館文鈔目錄五

平江　李元度　次青

別傳　事略　行狀

傳爲史之一體方望溪曰文士不得私爲達官立傳韓退之傳陸贄陽城載順宗實錄不入私集也必阨窮隱約國史所不列文章家乃私錄而傳之劉海峰曰達官名人之傳史氏職之文士作傳圬者種樹之流而已其人既稍顯卽不當爲之傳爲之行狀上史官而已然歸震川嘗謂古作海內先賢傳及魯國楚國先賢諸傳者皆非蘭臺石室之臣也姚姬傳則謂古史傳不甚拘品位又實錄書人臣卒必撮敘其平生賢否今實錄不記臣下之事史館非一二品官及死事者不得立傳然則史之傳者無幾矣故特發斯

義使後之文士擇焉余攷唐李習之集有東川節度使盧坦傳東坡集有太常少卿贈工部侍郎陳希亮傳皆達官也又攷史記平原君傳徐廣註引魏公子傳曰趙惠文王弟則戰國時已有傳之名太平御覽書目列古人別傳自東方朔陸績至顧含何禎共百一十篇是古又有別傳之體別傳者明其別於史傳也既別於史傳何不可作之有

章氏學誠曰古經史無分科春秋三傳各記所聞依經起義雖謂之記可也二戴記禮各傳其說附經而行雖謂之傳可也後世以錄人物者爲傳敘事蹟者爲記然如襄陽耆舊記之類敘人何嘗不稱記龜筴西域諸傳述事何嘗不稱傳今必謂不居史職不宜

爲傳然則不爲經師又豈宜更爲記耶前明嘉靖後文人各分門戶因持高論以攻王李後儒和之不知傳記盡人可爲必拘拘於正史列傳則雖身居史職除史傳外又豈可別自爲私傳耶

又曰後漢書鄧禹傳范氏有所本則固先有私傳矣三國志裴注引東京魏晉諸家私傳相證明者凡數十家其見於隋唐經籍藝文志者如東方朔傳陸先生傳之類不一而足又文苑英華有傳五卷其中正傳之體公卿則有李華撰兵部尚書梁公李峴傳文學則有盧藏用撰陳子昂傳節操則有鄭亞之撰李紳傳貞烈則有李翱撰楊烈婦傳杜牧撰竇貞女傳此類凡十餘篇皆非史官作也論者但見文選及唐宋八家鮮入此體遂創此說以矜有識

耳
又曰史傳之作例取蓋棺論定兩漢以下如非有先生李赤諸傳皆以傳爲游戲圬者橐駝則借傳爲議論至何蕃方山子等傳則又兼作贈序之用沿至宋人遂多爲生人作傳非史法也然古人亦多有之三國志龐淯母趙娥爲父報仇殺人注引皇甫列女傳云故黃門侍郎梁寬爲其作傳唐李翺撰楊烈婦傳其時楊尚生存是未嘗不爲生人作傳也但包舉一生如史漢列傳體則必不可若傳其一節固無不可耳余案望溪海峰姬傳皆以唐宋八家爲宗故立論如此章氏通論文史則義非可以一端盡矣集中別傳皆已故之人生傳則自貞烈女婦外概不敢作

集中別傳獨多繇軍興以來節烈魁壘之士大半皆吾同事也不則亦嘗通音問者也耳目既相接故傳之以存其眞昔太史遷言荆軻徵夏無且言大將軍徵蘇建言留侯徵畫容貌而震川則自恨足迹不出里閈所見聞無奇節偉行可紀然則奇節偉行之多而有徵庸有過於今日乎此時爲之也

凡傳自漢書以下皆書名史記或書名或書字或書官或書爵集中既爲別傳故稱某公某君某先生明其與史傳別也又凡傳志之文官與地必書本朝之名紀實也惟序記中偶書古官名地名蓋自唐以後多有至今沿之存當時語耳若傳誌終以紀實爲正

章氏曰婦女有名者稱名無名則稱姓如曰張曰李之類左史以

來通例也後世文家史志家乃稱之曰氏甚且稱爲該氏則案牘之辭於文爲鄙僿矣又近人爲烈節婦女撰文往往不稱姓氏即以節婦烈女稱之雖本後漢書曹娥叔先雄二傳並以孝女冠首然此蔚宗之失也婦人守節比於男子効忠使爲逢比諸公作傳不稱其名而稱忠臣云云有是理乎且即以范史列女傳論曹昭不聞署賢母蔡文姬不聞署才女皇甫不聞稱烈婦龐氏不聞稱孝婦何獨於娥雄特異乎此亦習焉不察之一端也集中凡紀婦行皆書姓除標題外不以貞女烈婦目其人

顧亭林謂古人年不書甲子以爾雅歲名歲陰爲目攷太史公律歷志書閼逢攝提格而年表則書甲子司馬氏貞謂古鐘鼎從未

有以閼逢攝提格記年者鄭氏樵則謂今人編年以甲爲閼逢乙爲旃蒙是以一元大武爲牛也據此可知顧說之拘矣又惲子居曰尚書春秋皆書年數列史因之故記事之文以書年數爲是今參用之

古者婦人書姓男子書氏氏不可謂之姓鄭氏樵論之詳矣孔子弟子若有若曾參卜商仲由端木賜顓孫師等上一字或二字皆氏也非姓也集註云姓有名若姓曾名參等類皆誤閻百詩辨之矣集中傳志皆曰公某氏或曰某縣某氏不及姓者恩貽姓氏不分之誚也又滿洲蒙古人姓名與春秋時人同其名之上一字亦非姓也集中書滿蒙人必稱某某公不與漢人書氏者混

古書之以略名者若黃石公三略淮南子要略以及張溫之三史略魚豢之典略皆有取乎謨略之遺不特劉歆校書分七略鄭樵通志分二十略也漢丞相倉曹傅朝幹作楊原伯行狀見文章緣始江淹作宋太妃周氏行狀見本集是爲行狀所繇始二者皆傳之屬也故以附焉

王魯齋曰衞公叔文子卒其子請謚於君曰日月有時將葬矣請所以易其名者請謚之詞意者今世行狀之始也自唐以來有官不應謚亦爲行狀蓋將求名世之士爲之誌銘云爾

黃梨洲曰行狀爲議謚而作與求銘而作者稍異爲請謚作者如昌黎狀董晉柳州狀段太尉狀柳渾是也其文當上史館牒太常

宜將謚法配之可不書婿娶子姓然董晉狀則亦書子姓矣爲求文作者如昌黎之狀馬韓柳州之狀陳京白香山之狀其祖若父皆是也婦人之行不踰梱可不爲行狀然自江淹外任昉裴子野集中並有婦人行狀則婦人之狀固早有例矣

天岳山館文鈔卷五

林文忠公別傳

道光三十年春

文宗皇帝既嗣服下　詔求賢時太子太保雲貴總督侯官林公方引疾家居潘文恭世恩杜文正受田交章以公應　詔奉　召入都未卽至九月

上以粵逆洪秀全等稔亂　特命公爲　欽差大臣馳赴廣西督剿尋　命署廣西巡撫事公故嘗督粵威惠著聞中外想望丰采至是力疾出粵民額手相慶賊黨散大半秀全懼謀遁入海十一月公行次潮州薨遺疏入

上震悼優詔議卹 賜祭葬 予謚文忠自公薨後軍民失所倚賊寖不可制未幾踰嶺涉湘絕長江踞金陵爲窟穴蹂躪遍天下又十四年竭海內全力廑乃克之論者謂生靈多阨致天不憖遺使得假公數年賊不足平矣然公之身繫天下安危尤不始此也先是公總督湖廣時鴻臚卿黃公爵滋疏請禁鴉片以塞漏卮

詔下中外大臣議公條上利害

宣廟嘉焉十八年冬

命以 欽差大臣涖廣東查辦海口事務明年補兩廣總督公宣

諭 德威繕守備於虎門各海口添建礮臺設木桴鐵索奏移高廉道駐澳門撥隸水師資控馭時通商之國以十數咸傾心受約

朿惟英吉利持兩端九月夷目義律等以索食爲名糾師船犯尖沙嘴公遣參將賴恩爵擊走之斷其接濟尋六犯海口皆受創義律潛赴澳門倩西洋夷目遞說帖求轉圜公以其言未可信奏請　敕福建浙江江蘇諸督撫嚴防各海口復奏停其貿易英人屢撼之不動則大懼既以粵之無隙可乘也乃改圖犯浙陷定海掠甯波沿海騷動在事者莫能折衝禦侮爭歸咎公因中傷之代者至悉反公所爲恐和議之不速成也撤公所設各隘兵以媚之英人遂徑犯粵城公知事不可爲具遺疏以待　命以四品卿銜赴鎭海軍營効力尋謫戍伊犁海疆事自此益棘王文恪鼎湯文端金釗至以死生去就爭之卒爲忌者所持不能得向令公

得始終其事決裂不至此。公之爲天下重也。可勝道哉。公諱則徐。字元撫。一字少穆。父賓日。歲貢生。家貧力學。以經術掖後進。有子三。公其次也。生而警敏。長不滿六尺。英光四射。聲如洪鐘。每劇談。隔舍數重聆之。輒了了。年十三。補弟子員。二十舉於鄉。就某邑令記室。閩撫張公師誠見所削牘奇之。延入幕。嘉慶十六年。公年二十有七。成進士。選庶吉士。派習 國書。授編修。益究心經世學。雖居清秘。於六曹事例因革用人行政之得失。綜核靡遺。識者知爲公輔器矣。典江西雲南鄉試。分校己卯會試。咸得士。二十五年。補御史。海寇張寶投誠後。累官副將。至是擢總兵。公慮其愈驕蹇。不可制也。疏劾之。

仁宗韙其言授杭嘉湖道修海塘興水利士民德之會聞父病卽引疾不待命馳歸道光二年授淮海道明年擢江蘇按察使決獄平恕民稱林青天尋丁母憂明年奉旨赴南河督修隄工工竣仍回籍六年夏命署兩淮鹽政以未終制辭不拜七年授按察陝西遷江甯布政使父憂歸濬福州西湖以惠桑梓十年夏補湖北布政使尋調河南十一年復調江甯遂擢東河總督疏辭優詔不許尋奏言稭料爲河工第一弊端其門垛灘垛併垛諸名目非抽拔拆視難知底裏已將南北十五廳各垛逐查抗弊者察治得旨向來河臣查驗料垛從未有精核如此者十二年春調江蘇巡

撫吳中洊饑公奏免逋糧籌賑卹清釐各屬交代盡結京控諸獄昧爽視事夜過半方息數年如一日焉會考績疏言察吏莫先於自察必將各屬大小政務逐一求盡於心然後能舉以驗屬吏之盡心與否若大吏之心先未貫徹於此事之終始又何從察其情僞臣惟特此不敢不盡之心事事與屬僚求實際耳公此言蓋生平得力處也先是公任江藩以各屬水災建議倡捐煮賑貧送留養收骸瘞棺捐衣勸糶養佃典牛借耔種禁燒鍋凡十二則經江督陶文毅澍奏行至是事竣在事者得奬敘公之爲臬司也奉
詔綜辦三江水利以憂歸嗣經陶公奏允孟瀆劉河分年籌辦至是孟瀆工竣公以劉河爲三江之一淤墊尤甚請勘辦從之又言

江蘇錢漕倍他省其中有緩有急有舊有新勢難一律清款與其漫無區別徒令剜肉補瘡莫若專嚴於提新而暫緩於補舊新款果能全解則州縣無新虧舊欠亦可冀彌補得

旨竭力為之江南人文甲天下鄉試恆萬六七千人入鏁院時竭一晝夜之力不能畢有擁擠仆斃者公創設信礮立燈牌陰以兵法部勒之日晡而畢十七年春擢湖廣總督荆襄苦水患歲以為常公躬自監視隄工奏籌襄陽等屬鹽務緝私及辰沅道屬苗疆屯務各事宜皆如議行尋疏報南北兩省拏獲興販鴉片之奸民

璽書褒美又以江漢安瀾請列漢神於祀典從之十八年冬入覲

賜紫禁城騎馬遂有粵東之

命公之在粵也奏虎門收繳英吉利躉船鴉片已十逾其八得
旨褒敍及奏請勦撫兼施
手敕報曰既有此番舉動若再示柔弱則大不可朕不慮卿等孟浪但誡卿等不可畏葸先威後德控制之良法也尋請停貿易又
諭曰該夷自外生成是彼曲我直中外咸知尙何足惜公前後所
陳皆稱　旨爲忌者所中傷卒不安其位而天下自此多故矣公議戍時河決開封首輔王公鼎出視工疏畱公督辦工成仍就戍有門下士官陝迎謁公竊爲不平見公談笑自若不敢言退謁鄭夫人曰甚矣此行也夫人曰子毋然　朝廷以汝師能舉天下大局付之今決裂至此得保首領

天恩厚矣臣子自負　國耳敢憚行乎公在塞外奉　命勘辦開墾事宜親歷庫車阿克蘇烏什和闐喀什噶爾葉爾羌及伊拉里克塔爾納沁等城縱橫三萬餘里水利大興稍暇則以筆墨自娛公書具體歐陽詩宗白傅在官事無巨細必躬親家居必熟訪民間利病白諸當道求題詠者雖踵接不暇應也至是始得肆意遠近爭寶之伊犁爲塞外大都會不數月縑楮一空公手蹟徧冰天雪海中矣二十五年秋　賜環以四五品京堂用十一月　命署陝甘總督會野番肆劫先飭鎮將防護馬廠時承平久營政弛公出按邊命演巨礮舉營無知者一老卒能之公立授以官士氣爭奮尋剿捕番族及漢奸殆盡明年授陝西巡撫關中旱民不能耕

爭殺牛以食公曰如此則來歲又饑也飭官爲收牛償其值勸富民質牛予以息次年乃大有秋二十七年遷雲貴總督滇中漢回搆釁垂數十年焚殺無虛日議者各有所袒莫能決公至諭之曰止分良莠不分漢回適回民丁燦廷赴京疊控漢民沈正達等有司提犯解訊保山民糾衆奪犯燬官署搜殺回戶并抗拒鎮道兵公提兵出勦途次聞趙州之彌渡有客回句土匪滋事遂就近勦彌渡破其柵殲匪數百保山民股栗縛犯迎師公召漢回父老各諭以恩信復乘勢搜獲永昌順甯歷年拒捕戕官諸匪寘諸法得

旨加太子太保　賞戴花翎引疾歸滇人繪象以祀家居倡驅夷議外夷方爲斂迹而當事思中傷之會

璽書召用讒者乃止時方以西洋爲憂後進咸就公請方略公曰此易與耳終爲中國患者其俄羅斯乎吾老矣君等當見之然是時俄人未交中國者數十年聞者駭焉公之薨於行臺也易簀時呼星斗南者三年六十有六公服官江南最久以吳民苦賦重講求漕政不遺餘力在粵時

中旨詢江南漕務公條舉四端曰本原曰補救曰本原中之本原曰補救中之補救

宣宗褒許擬俟粵東事畢次第施行

文宗之召公也將使籌畿輔水利即公前疏所謂本原中之本原者也以

二聖知公之深任公之重以公報　國憂民之心一往無所卻顧而卒不果行惜哉然公於政事無所不盡心而其尤關天下治亂之數者則以辦夷務勦粵寇二者爲最鉅而皆齎志以終此海內士大夫下及婦人孺子所繇太息流涕共爲天下惜者也公天性孝友自奉儉而資助戚族歲必數千金尤愛士所至擇其秀異者召入官署勖以學行家居凡族姻中子弟讀書者約期治膳集而課之日親社性聰察摘伏如神馭左右嚴每黑夜潛行躬自微察無敢因緣爲奸然待人以恕接以誠人咸樂爲之用與人言必令反覆詳盡得達其情道人善孜孜若不及善飲喜弈服官後皆卻弗御好勤動與處數十年者未嘗見其袖手枯坐也咸豐元年滇

撫請祀雲南名宦祠。陝撫據輿情入告。請建專祠。皆報可。子汝舟。官編修。總彝浙江補用道。拱樞監察御史。

贊曰。語有之。同言而信。信在言前。同令而行。誠在令外。烏虖豈不然哉。公所至有殊績。牛童馬走。樂道其姓名。其誠能動物也。溫公曷加焉。粵海之役。能終用公。不至此。代者必悉反公所爲。何耶。然公自此名益高。齕公者乃其所以不朽公歟。而天下則受其敝矣。公身繫安危。固不僅奉 詔督師之不底其績也。噫。

曩嘗輯先正事略。卽以諸傳爲底本。蓋傳成於先也。然傳中人不盡入事略。故兩存之。自記

李文恭公別傳

公諱星沅，字子湘，號石梧，湘陰人。父曍，優貢生，桂東縣訓導。公天挺魁特，總角如成人，以遠大自敕勵。道光十二年進士，選庶吉士，授編修。明年奏辦院事，典四川鄉試。十五年分校禮部試，命督學粵東。公謂士習端則民風正，故必以扶持世教爲舉職。粵中人士多健訟，劄通省府州縣學籍生員之干訟事者，牒以文，仍詗其實而理之。士風爲肅。嚴覈丁胥，禁革規費諸名目，所頒條教大率以人才經學名義爲急，下至細務，皆手自屬草，吏莫敢舞文。秩滿，授漢中府知府，遷河南糧道，歷陝西、四川、江蘇按察使，除江西布政使，仍調江蘇。當是時，成皇帝識公於詞臣中期練習吏事爲畺圉重臣多歷郡國俾周知利病之原也尋擢陝西巡撫抵任勑牧令之尤不職者數人或自乞去固原提督胡公超戰功爲世所指名初裁西安總兵缺議每歲以冬春駐西安如湖南四川提督分駐半年例公謂關中方無事乃汰總兵而移提督轉令東道咽喉半年虛曠於地勢事勢皆不順力持於總督寢之修軍政定疑獄尤深疾吏役詐贓致斃命者手劄行通省愷切深至皆斂手奉法調江蘇巡撫蘇松漕事煩重其大弊尤在大戶小戶之不平公至力圖所以均之於無錫金匱兩縣革地總包總等名刊石示永戒二十六年授雲貴總督時緬甯回匪不靖公亟調官兵分道進腹背擊之首匪馬國海懼

亡走則潛結雲州回馬登宵海連升等劫囚作亂迤西大震公檄諸將迅擊而寬其被脅者不三月事大定捷聞加太子太保 賞戴孔雀翎疏劾前迤西道羅天池撥殺過多致衆回寒心滋亂得旨削籍旋調公兩江總督於是公三至江南矣耆老聞公來皆額手相告江南武備弛水師會巡尤不實公撫蘇時已引爲憂至是銳意整飭之奏籌海外水師事宜五則捐俸造艨衝四十艘爲倡鎭將憚公嚴明泄沓之習一變會俄羅斯商船抵上海圖就地貿易公引例卻回有

詔嘉獎陶文毅之改淮北綱鹽爲票也既以新章取速效而淮南課額重自銀貴錢賤銷數易虧公謂引滯課絀不盡繇私販而欲

圖補救必以嚴治私販爲首務先後疏奏無慮萬餘言皆得
俞旨褒勉逮公去江南而淮南亦改票並設倉於儀徵爲捷法於
是小販雜出鹺政亦狠戾不可收拾然後知公之先見也先是有
詔令兩江總督轄河務如舊制會河督缺
命公兼攝之乃疏陳河工積弊且言道廳應各駐汛地不得萃處
清江浦有
旨察禁二十八年秋江淮海並漲淹民廬萬計公親出籌振撫蒿
目怵心眠食虧損疾大作再乞假乃瀝情請開缺會江南監司有
入對者
上詢及公盡得公積勞成疾狀始得請仍

詔病閒卽詣闕公之以郡守陟監司也　朝廷方嚮用公每之官不久卽遷擢去地方興革有議擬未行者有創始而未竟者惟撫秦閱三年督江南及二年故闕綱鉅目悉修舉矜愼刑獄而不爲煦煦仁鋤奸暴尤力河南多滯獄獄囚有病死者公謂罪死死於法病死死於官罪非殊死則賊命罪當論死則失刑飭有司速治獄旣上日親錄之囹圄爲空蜀盜曰國匪陝盜曰刀客久爲民害公皆盡法懲之禽其尤置重典凶虓用戢其爲江蘇布政使也浙江方禦島夷戰不利江蘇戒嚴提督陳忠愍陣亡於上海夷船繇海入江陷丹徒犯江寧敗卒跳集於蘇勢洶洶且內訌蘇人大恐公白巡撫斬摽劫者以徇其潰兵潰勇暫招畱令立功贖罪免滋

擾七月英夷受撫於江寧客兵分起歸伍公卽牒請撤糧臺改爲報銷局節浮費也其督兩江也戶部以連年蠲復紬度支籌實庫爲備豫計於是廷臣條五事以上其大者則漕糧改徵折色入銀京師於奉天陝豫采買以充倉庾下直省有漕督撫議江南財賦甲天下弛張必自是始公疏言州縣兼收折色以錢抵銀本無定價若著爲令而示價於通省則銀價日昂民且重困奏入廷臣猶以爲言再下議公再疏言例價甚輕北方糧貴又水陸運費不貲勢不得不議增而例有明文迴非州縣通融辦法若就州縣分別重輕無論各州縣情形不同卽一州一縣中亦各不同且不能舍戶部定例而轉執州縣之勒價爲準多則輸納不前少則采買不

足此國計之難也至以漕項應折若干註明糧册糧票畸零細碎開載既煩且銀價時有長落將今日少完明日復多完乎歲收時有豐歉將今歲少取明歲復多取乎小民正愁穀賤兼值銀荒以有易無展轉虧折此民生之難也至州縣之私改折色祗以解費爲辭今若明示折改則張目而無所顧忌以公濟私浮勒必益甚而糧役之句串詐混亦必日出而滋弊多一名色卽多一利孔脂膏朘削究惟編氓任之此防州縣浮勒胥吏訛索之難也奏入
宣廟韙之事遂寢烏虖棄其所有而取其所無司馬溫公之諫罣倉也若乃折衆口而輟成謀則溫公所不能得之於其君者而公獨得所請於是歎

明良一德之盛遠軼前古而江淮之閒不至蕭然煩費者非公孰
貽之哉三十年正月
宣宗皇帝升遐疾馳入臨
文宗召對　恩諭肫渥公奏言臣病幸少差而母老多疾乞歸養
上鑒其誠允之十一月奉　欽差大臣督師之
命公入告太夫人卽馳赴粵時粵西羣盜如蝟毛金田賊洪秀全
楊秀清等尤橫恣公駐師柳州疏調黔楚兵合勦發縱指示所向
克捷時向公榮以宿將爲提督在諸將中爲能戰周公天爵爲巡
撫果敢任事公皆開誠以通之金田賊既竄出據大黃江擾武宣
我軍籌進止及駐軍地巡撫持議多異同於是有特簡將軍總統

之請公進亥武宣疾已作猶力疾見官吏料簡軍書激厲將士如平時憂心內焚寖至緜惙遂以咸豐元年四月卒於軍年五十有五遺疏入

上嗟悼　優旨嘉慼　賜祭葬　賜白金五百兩治喪　子謚文恭　賜其母陳太夫人人蔘十兩子槪桓令服闋後引見飾終之典盛矣公儀表瑰瑋聲如洪鐘為人整峻簡實識量尤恢遠既通籍受

兩朝特達之知署豫臬時奉

宣宗手敕命毋失書生本色抵陝撫任

諭以勉力認眞勿負委任調江蘇疏謝

手敕報曰朕見汝年富才明學優品正甚有厚望於汝汝當體朕
用人之苦衷也及　命兼司河務
諭曰卿年力甚強勉爲之以副重寄逾年請述職
批劄云朕非不願與卿相晤顧公事繁雜難離本任可暫停其乞
病也
手批云一俟痊愈卽來京朕切望之至卿當諒之其受
殊眷皆類此性至孝歲時祭祀哀慕不自勝宦遠方太夫人以春
秋高恆不就養公廑思輒至不寐洎陳情得請償所願不圖時事
之棘惟艱惟瘁遽殞其身此公遺疏所以憾賊之不平與養之不
終也所著有芋香山館全集若干卷子五杭官編修有學行早卒

槪鹽運使銜候選道桓麇生江西布政使署巡撫

贊曰嶺西盜起

詔林文忠出視師道卒　特詔公代之未數月卒賊遂不可制越十三年乃爲曾文正所滅賊蓋與楚人終始也異哉公少有異徵應童子試時外舅郭進士汪燦夢入公府見金册列公姓名爵里物色之妻以女旣館選諸姊中有召紫姑神者戲問公終身官秩皆不爽末署蒼梧懍節卒薨於梧州之武宣蓋前定云

群山會元 卷五

江忠烈公別傳

公諱忠源字岷樵湖南新甯人爲諸生究心經世學不屑屑章句充道光丁酉拔貢是科舉於鄉甲辰大挑得教職新甯地接廣西民猺雜處多盜公倡行團練法以兵法部勒子弟是爲湖南治鄉兵之始丁未秋猺匪雷再浩勾廣西賊爲亂鹽法道楊君炳堃總兵英君俊來縣會勦議徵兵公力止之自率鄉兵擣其巢再浩擒是爲團練殺賊之始事定　賞藍翎以知縣用戊申謁選發浙江權知秀水邑被水災公勸分設賑收棄孩釐正賦民忘其災計擒劇盜十數邑大治巡撫吳文節公待以國士補麗水會
上登極　詔中外各舉所知侍郎曾公具疏薦有

旨召見吳公疏留辦海塘工閱四月工訖以父憂歸時廣西賊首洪秀全楊秀清等稔亂　朝命大學士賽公出視師聞公知兵疏調軍前副都統烏蘭泰公忠勇負氣與他將多齟齬一見公深相倚重公募故所用鄉兵五百人使弟忠濬帥以來號楚勇是爲湖南鄉兵出境殺賊之始始至敝衣槁項諸軍皆匿笑時賊氛惡甚官軍數萬莫敢攖公築壘逼賊營賊以其少且新集易與也急犯之公堅壁如不敢戰賊近塹始開壁馳之斬首數百烏公拊掌語人曰君等蔑視楚勇今何如侍衛開隆阿者善射奇中嘗射虎十數軍中號打虎將者也公長揖過之意嗛公一日戰被圍矢且盡公登高阜望之曰必開公殆怒馬馳救之並轡歸開公拜曰活開

隆阿者君也遂握手飲極歡累功擢同知直隸州　賞花翎時賊

萃永安官軍環之闕城北一面公與烏公請掘長濠聚殲之弗聽

明年春以病歸賊果由北路犯桂林四總兵陣歿烏公中礮亡公

出私財增募千人與劉公長佑赴援至則都統巳前卒城圍逾月

公進扼東岸之鸕鷀洲三戰皆捷四月朔桂林圍解擢知府賊趨

全州公聞道敗之唐家司全州既陷賊銳意趨湖南公先諸軍扼

富塘埔賊度不能越則悉載輜重舟中期水陸並下公伐樹塞河

截賊蓑衣渡鏖戰兩晝夜逆舟拄樹不得前僞南王馮雲山中礮

死盡獲其輜重賊遂東走道州初公慮東岸虛空白當事請分兵

扼截弗許請躬率所部往又弗許至是賊果由東岸竄湖南矣賊

之踞道州也眾不滿萬公慮日久裹脇眾乃建議分防不如合勦遠堵不如近攻七月賊自藍山嘉禾犯桂陽旋陷郴州公上言後路追勦愈急前路攻陷愈多請仍申合勦議當事皆漫不省賊則益張公在郴州約總兵和春公由石子嶺潛師出賊前未至賊竄永興以萬眾留郴相牽制公策永興賊必繇茶陵醴陵犯長沙乃倍道繇衡州援省會賊已踞城南及小西門窟穴於民廛攻甚急南門外天心閣地勢高賊方柵其上公望見驚曰賊據此長沙危矣急帥所部爭之死傷二十人督戰益力賊敗退趣移壘壘去賊數十武共汲一井擊柝聲相聞自是長沙止南門受敵賊巢背水面城當絕地雖後隊踵至無能爲矣會僞西王蕭朝貴中礮死賊

數窵地道先後爲副將鄧君紹良瞿君騰龍所拒氣少阻逾旬洪楊大隊至勢燄復張公弟忠濟自郴尾之約公夾擊方戰賊伏叢冢閒挺矛刺公傷髀墜馬遇救免時新撫張公至前巡撫駱公與幫辦軍務前湖北巡撫羅公均夙器公就詢方略公以官軍四面集惟河西一路虛請調重兵駐龍迴塘扼賊竄路期盡殲張公尤韙之而河西諸將逡巡莫敢前當是時賽公罷免新帥徐公久不至城內外巡撫三提督二總兵十莫相統攝謀用不成公憤甚躬赴湘潭力請於徐帥不省賊卒由龍迴塘竄出掠舟西渡而東南大局隳矣十一月公追賊至臨資口屬巴陵土寇起檄公剿事平而瀏陽匪渠周國虞等故與粵西賊共爲邪會衆萬餘人粵賊

至郎起應之已復止當事姑掩覆之至是將乘官軍之下爲亂湖南公出不意進討張示散脅從許自首免誅賊來犯設伏敗之斬首七百首免者萬人瀏陽平公時以援湖南功擢巡守道矣三年正月張公權湖廣總督疏調公旋授湖北按察使時賊棄武昌東下公私掃地一切倚公辦又平民之起爲賊者通城劉立簡崇陽陳百斗嘉魚熊開宇等有眾數千皆討平之遂奏幫辦江南軍務之　命公拜疏言軍事請嚴軍法撤提鎮汰弁兵明賞罰戒浪戰察地勢嚴約束寬脅從凡五千餘言

上嘉納之是爲公通籌天下大局之始四月公帥軍東下廣濟賊宋關祐等抗糧爲亂戕守令聚眾數萬公就征之戰三捷斬首

五百有奇生擒百人釋其半令轉相解散詰旦賊大至又敗之訊俘多卽釋歸者乃駢誅之五月至九江賊自皖江泝流上距城四十里憚公威名不敢近改由彭蠡犯南昌時公奉　命援鳳潁卽抗疏改道援江西軍士方患暑疫汰之得人千三百以五月十六夜抵南昌凡三晝夜行五百里賊不意公乍至驚曰來何速也章江門最受敵公自當之徧譙樓爇城外民舍十八日賊舟蔽江至薄城礮擊之稍卻趨德勝門以門外民居阻雨未盡焚也方賊至營兵四人將縋城走公立斬以徇曉夜躬巡礮碎從者首不爲動賊穴地轟城公鑿隧道迎之三次藥發陷城各十餘丈公及弟忠濟力拒之賊死傷山積不能入

上頒賜玉翎管及抉拾各二。時湖南北援師先後集。賊氣阻。圖竄吉安臨江而安福泰和萬安寇復起。公乃分軍樟樹鎮扼賊衝。檄羅君澤南等勦泰和各屬。平之。時羅君方以訓導援江西也。八月二十二日圍解。

天子加公二品服。當是時。公義聲震天下。師及德安。聞賊上犯。公急往助守田家鎮。以二千人渡江。而令後至者間道趨武昌備緩急。時司防者武昌道徐君豐玉。漢黃道張君汝瀛。用戰艦扼江而南岸半壁山不設備。公至詗之。急揮兵據險。賊已先我至。水陸交訌。師遂潰。公至甫一日也。徐張二公死之。黃州漢陽陷。惟武昌以公援應得全。賊愳公躡其後。尋引去。初公以田鎮之失。鐫四級。至

是奉
命巡撫安徽公疏請增兵萬人當一路又念行省新改廬州爲南北樞紐去稍遲賊且北竄遂以二千人先發而湖北巡撫某强留公所遣援軍公於是益孤矣抵六安適舒桐告陷士民遮道留公公病入城繕守備人心稍定廬州警報日夕至知府某具言城中軍實裕團丁可萬人請速往公乃留千人守六安自率數百人入城知府來謁公詢守具糗糧軍火一無有公審其有異志擬誅之未果越二日賊大至團丁鳥獸散公力疾登陴誓死守城周十數里合主客兵裁三千賊仍用地雷轟大西門月城繼轟文昌門公親督楚勇殊死鬭殪賊數百人疏陳守禦狀

上特賞公霍隆武巴圖魯名號賊自十一月十二日合圍公堅守逾月賊奪氣將遁矣有內奸以城中食乏軍火且盡告遂增闢隧道以十二月十七日昧爽併力攻逾時水西門城塌十餘丈公且戰且修築忽傳賊自南門緣梯入人聲鼎沸公知事不濟掣佩刀自刎左右持之一僕負公行公不可則嚙其肩及耳血淋漓僕創甚委公於地賊逼公轉戰至水關橋被七創墮橋下死之同殉者同知鄒君漢勳參將馬君良勳自六安從公入城者也參將戴君文瀾縣丞艾君延暉自湖北來援乘閒入者也布政使劉君裕鈖池州知府陳君源兗同知胡君子雝副將松安縣丞興福二君皆死而知府竟降賊前以城中虛實告及置梯南門皆其勇目所爲

也公困孤城時援師十餘壁皆不能前十二月十二日公弟忠濬自湖南募楚師來援與劉君長佑殊死戰不利及再戰而城陷矣後八日舊卒周昌發冒死入城負屍出面如生事聞

上震悼追贈總督予諡忠烈　賜祭葬

命廬州及湖南江西各建專祠公性英烈見義必爲成敗死生無所惑治軍推赤心待人得其死力所過無秋毫犯每戰親陷陣踔厲風發誓不與賊俱生尤料敵如神能以至少擊至衆所向有功公薨海內識與不識下及婦人孺子皆爲流涕祠祀遍江以北五年援賊屯大蜀山上有公祠夜見列炬熒熒劍槊聲相摩賊驚遁祠得全喪歸柩尙在城別賊自東安犯新甯攻七晝夜敗去訊賊

黨具言酣戰時見監旂軍突出遂不支藍旂者公部向所用旂時實無此軍也世或謂公靈不昧雖死猶殛賊云公年四十有二父上景歲貢生母陳夫人昆弟四公長次忠濬累官廣西布政使次忠濟記名道陣歿通城次忠淑累擢知府子二孝椿以忠濬子嗣孝棠遺腹生同治癸酉拔貢

贊曰盜起嶺西嵩蠻耳王師且十萬環視莫敢先公以書生倡勇敢軍氣爲一變其後楚軍輩出功在東南皆公風聲所起也公薨後二年

上猶下其疏軍中

上之知公深矣叅嘗建三省會勦議請治舟師扼上游侍郎曾公

卒用此肅清江面烏虖公存亡實關天下安危豈僅以一死激頑懦哉江西危於公緐責聞警拔舍行臥病六安以數百人入廬州皆智巧士所目笑者而汔以是死悲夫公試禮部時同年生武岡曾如瓏暨湘鄉鄧鶴齡陝西鄒興愚先後客死京師貧不能反葬公皆身護其櫬歸嘻此其一節耳然赴義若渴已可見其槪云

塔忠武公別傳

公諱塔齊布字智亭姓托爾佳氏滿洲鑲黃旗人生而神識沈毅都統烏蘭泰公夙器之由火器營護軍擢三等侍衞咸豐元年發湖南以都司用二年秋賊犯長沙以守城功擢游擊 賞藍翎署中軍參將時在籍侍郎曾公國藩奉 命督治鄉兵用明戚繼光法訓鍊束伍每校閱公必短後衣躡屩帶刀侍曾公與語奇之試所轄兵皆精練副將清德方忌公嗾提督將加摧辱曾公乃劾罷副將薦公忠勇可大用且云塔齊布將來如出戰不力臣甘與同罪得 旨加副將銜三年勦茶陵安仁土匪 賞換花翎記名以副將用四年二月帥所部由平江進勦湖北通城崇陽賊會官軍

失利岳州賊乘勝上犯曾侍郎水師退保省河公隨有湘潭之捷公之剿湘潭也始至次高嶺賊卽奄至公手大旗麾軍士縱擊斬僞先鋒元帥九人賊敗潰逐北數里至城下明日賊大出犯公伏兵山左右設礮三重誘之及賊逼礮斃以百數賊大亂伏起夾擊之賊奪路走僵屍相枕籍遂薄城闉殪悍賊數百公深入幾中伏跳而免麾兵鏖鬥大破之城北賊柵皆盡其南則水師會剿焚賊舟數千并焚市廛使城外賊無所止火光燭天三日夜浮屍蔽江下其時領水師者楊公岳斌彭公玉麟及褚觀察汝航夏同知鑾也四月四日賊棄城夜遁凡八日湘潭平　詔加公總兵銜　賞喀屯巴圖魯名號　命署湖南提督未幾卽眞先是提督鮑起豹

以清德之譖屢斥辱公至是起豹罷公代其位軍民快之時敗賊猶駐岳州分黨陷常澧公馳抵新牆破土城三舟師亦敗賊雷公湖又敗之道林磯公與羅忠節澤南李忠武續賓合軍攻岳州敗賊於高橋閏七月二日盡破賊壘賊棄城退踞城陵磯未幾賊舍舟登陸將據險爲營分三路來撲公亦分三路擊之賊抵死抗拒良久始敗潰追至擂鼓臺殲賊八百有奇公臨陣好匹馬衝鋒戒從者弗從從亦無能及者尤好單騎薄賊壘覘虛實瀕危得免有天幸一日攜親卒四人進覘擂鼓臺突遇悍酋獰鬚睅目直呼公名橫矛刺其馬欲擒公親卒黃名魁躍起刺酋墜馬酋回刺名魁傷右脇公親刃酋殪之獲賊旗知爲僞丞相曾天養天養驍桀爲

賊魁。自楊秀清以外。皆爲之下。伏誅後。賊黨爲之茹齋六日者也。賊既失悍酋。奪氣。退踞武昌。公與羅公自臨湘進。剿長安驛羊樓峝佛嶺大沙坪等處。戰屢捷。復崇陽蒲圻咸寧。又敗賊於官步橋及徐李埔。遂與羅公進屯江夏之紫坊。初。曾公在城陵磯。約諸軍會紫坊。至是召諸將議攻取武昌策。定議羅公帥師攻花園賊壘。水師扼長江。公從油坊嶺趨扼洪山。山在武昌城東北。左近梁子湖。右隔湯孫湖。係絕地。爲竄賊所必經。時城賊恟懼。以八月二十三日啟東北門遁。公扼而截之。賊路斷。迎斬黃衣賊目數名。賊崩奔。悉趨山背。復麾軍圍逼於沙湖塘角閘。賊爭赴水死。塡尸幾滿。中多幼孩。公見之大哭。傳令拯救。得二百有奇。羣賊因而乞命者又七百有奇分別誅釋之武昌既復進攻大冶戰五里牌斬黃衣騎馬賊賊大奔燬賊壘二亡何賊反鬥伏突起刺傷公坐馬左右兩軍合擊賊復大潰爭橋渡橋斷多墮水死生擒百二十四人是日羅公有興國之捷於是兩軍會於興國籌進取羅公西擣半壁山公東剿富池口十月二日戰軍山鵲克之屯其地距羅軍十餘里中隔小河方造浮梁濟忽出賊千餘遏渡處別賊數千陣半壁山左右與羅公大戰公隔河爲聲援賊大敗既又踰富池口沿岸上冀襲我軍後公擊走之浮梁成初五日田鎭賊渡江來犯公與羅公夾擊之殪賊數百溺斃半之時賊所設橫江鐵鎖在南岸者已斷而北岸猶未破十三日水師大戰公及羅公列陣半壁山護

之燔逆舟數千北岸鐵鎖燬賊遁竄廣濟黃梅田鎮既克 賞穿黃馬褂予騎都尉世職二十日公及羅公渡江繞至蘄州及賊於蓮花橋遇伏我前隊稍卻公匹馬突陣手刃大旂賊追奔數十里遂復廣濟而黃梅爲賊必爭地悍酋秦曰綱陳玉成羅大綱併力守之以數萬賊分布小池口孔壠驛而立堅壘五於大河浦龍頭寨等處嚴密埒田鎮十一月朔師次雙城驛賊數路來犯公與羅公併擊之追奔十里破壘五斃賊三千餘生擒九十餘越日進次下新橋距城四里公與羅公登山望知北門可攻遂親進擣我兵肉薄而登多受創公被石傷首流血被面督戰益厲卒克黃梅會公疏陳戰狀有 詔戒公輕進公讀之感泣尋攻孔壠驛驛南通

小池口東臨水賊於西南北築土城公從西南路進攻累肩為梯卓矛而躍遂大破之賊悉竄小池口分黨奔湖口與九江相犄角為死守計公遂與羅公渡江攻潯城十二月朔攻西南門不下驍將童添雲死之會水師被賊襲喪失輜重而賊餫卒從江北接濟羅公從二套口渡江進攻小池口公帥壯士二十人渡江督戰以眾寡不敵敗且戰且退公匹馬衝突為諸營扞蔽有黃衣賊酋三人策馬來犯公以套馬竿圈一酋頸斬之且奪其馬餘賊皆靡公佚大隊沿江上單騎馳入鄉間馬陷泥淖中幾失道有田父匿置其家時除夕前一日也次日各軍以公未歸營洶洶失所倚有泣者夜三鼓鄉民忽送公渡江歸會公羅公皆躍起跣而出握手相

勞苦繼以泣公談笑自若曰飢甚速具飯啖我時合營皆驚喜歡聲如雷飯罷已元旦矣五年正月六日城賊出犯公擊斃二百有奇生擒二十有一公令暗伏地雷誘賊來撲而陷之果斃百餘賊其後戰屢捷而城終不下六月會公與公約會於青山會公謂宜移師東渡剿湖口及東流建德長驅直下公誓力破此城七月十八日傳令攻城忽患氣脫日中卒於軍年三十有九事聞 上震悼照將軍例 賜卹蔭襲如例許入城治喪 賜祭葬 予謚忠武公長身火色居平粥粥若無能及臨陣奮拳切齒口流沫若欲生啖賊者所乘鐵驪絕有力湘潭之捷殪賊酋所得也每戰不令士卒出已前他軍被圍或小卻必驟馬馳救背負火鎗一腰刀二

手長矛及套馬竿各一技皆精絕無虛發每逼賊壘覘形勢比賊覺去已遠賊中驚以爲神而公雍容恬退未嘗一自詡也天性忠孝自擢提督於左臂涅忠心報　國字左右嘗以海燕窩進公愀然曰吾母夫人在都不知能給朝夕否忍甘此耶深夜呼親卒與絮語家事每至泣下偏裨小校直入內幄白事不俟傳宣治軍紀律嚴秋毫無所犯與最下卒同甘苦德化令進莞席以士卒皆臥草土卻之及薨軍民逾時悲泣喪車過南昌所乘馬服鞍韉隨行將入城忽滿身汗溼人謂公靈實乘之云湖南江西及九江湘潭均奉　旨建專祠公娶于氏生女一無子以弟子永承嗣而其弟莽阿布先一年戰死獨流軍中

贊曰方賊踞湘潭時挾百勝之勢官軍莫敢攖其鋒既得湘潭長沙不攻自困且將泝湘源以達粵西老巢直下通金陵首尾一江相貫注微公及水師血戰數晝夜力摧其身距天下事尚可爲哉然公是時所部千三百人耳使天假公年平賊當可日月計顧以暴路行間久賫志卒軍此朝野官民所繇同聲一哭爲公悲且爲天下生民悲也公卒後十年江寧拔賊平公庶幾拊髀於九原也夫

羅忠節公別傳

公諱澤南字仲嶽號羅山湘鄉人幼穎悟十歲能文家酷貧溺苦於學夜無油把卷讀月下倦卽露宿達旦年十九喪母明年大父及兄嫂殁二十九長次子及三子皆殤是歲爲道光乙未大旱饑疫作公罷試徒步歸夜半敂門則其妻方以哭子喪明時飢甚索米爲炊無有也已亥補縣學生年三十有三矣又八年始食廩餼公自少篤志正學好儒先性理書賀制軍長齡唐太常鑑皆重之制軍延課其子咸豐元年　詔舉孝廉方正當事以公應二年粵逆犯長沙縣令屬公練丁設防號湘勇明年侍郎曾公奉　命督治團防江西上猶土匪竄桂東檄公進勦行次衡山忽草市冦起

衆千餘。公禽首逆劉積厚等。進擊桂東賊。走之。時粵寇圍南昌。公帥湘勇赴援。既至。土賊陷泰和安福。圍吉安。公與劉公長佑往援。勦賊解圍遁。公追至安福。復縣城。日夕賊大至。敗之。明日又至。我軍鏖戰。斬馘無數。敗賊竄入湖南。巡撫駱公秉章檄公回勦。賊尋遁。會永興土寇亂。會侍郎檄公往勦。戰於油榨墟。平之。公初以湘勇三百破安福賊數千。與李公續賓分典中右營。共七百人。至是增至千人。屯衡州。再平草市土寇。斬首逆王大漢。四年夏。湘潭賊退。公與提督塔忠武公會師東下。六月攻岳州。公以大橋路爲賊所必爭。帥所部扼橋守。三戰皆捷。殲賊千。閏七月二日。破高橋賊壘九。賊退踞城陵磯。公與塔公乘勝進擊。連破賊營三。賊宵遁。是役也公獨當大橋一面功最偉云尋自臨湘進屯長安驛賊分四路來犯公令偃旂息鼓乘閒突起擊之賊大潰又破賊羊樓峝追至百花嶺再破之佛嶺進攻虎爪市連破桂口大沙坪賊壘復崇陽時武昌賊分黨由金牛入咸甯公擊走之追敗之官步橋又敗之金牛遂進壁江夏之紫坊始會公約諸君會紫坊及是召諸將至金口議攻武昌策公出所繢圖言紫坊出武昌有二道一洪山大路一沿江出花園當以重兵剿花園而分兵扼洪山防反竄諸將未決公請身任其難遂自攻花園而令塔公出洪山時花園悍賊萬餘築堅壘一枕大江一瀕青林湖一跨長堤深溝堅柵列巨礮爲固八月二十一日官軍水陸進攻公直趨花園賊憑木城轟

拒我軍伏地進分兵奪賊舟數十舟賊退營賊亦亂乘勢踰溝壍其壘同時並下翼日攻鮎魚套賊營川勇卻公擊賊隄上隔溪不能救街口賊乘機出逼公奮擊敗之李公由江岸回援又大敗之賊竄洪山爲塔公所膊是夕棄城遁二十三日武漢城皆復距會議時七日耳鄂城之克實本公謀也九月師出金牛敗賊於沿埠頭克興國塔公復武昌大冶遂規取田家鎭鎭居大江北岸其南爲半壁山舊設防兵陷於賊賊更爲鐵鎖以截水師而用重兵屯半壁夾江以守十月朔公擣半壁賊數路來犯公策馬衝陣賊敗走江干蹙之墮水死者千初四日塔公造浮橋渡小河爲賊所遏賊自半壁傾巢出北岸賊渡江助戰者萬人僞王坐將臺督戰龍

旂黃蓋勢張甚時公所部勵二千六百人衆色沮有潛遁者李公飛騎追三卒囘手刃之軍心乃定公令堅伏弗動度賊銳已竭突起急攻賊大潰奔半壁山而後路爲我軍所扼不得上皆觸石墜崖死凡數千水師亦蔽江下斷橫江鐵鎖燔賊舟數千火光夜照數十里水陸夾擊田鎮平尋渡江攻菩提垻塔公已先至兩次伏賊起皆擊敗之擒斬千三百遂復廣濟十一月進軍雙城驛賊扼險而營一鼓登山平其壘抵黃梅與塔公奪柵入縱火攻之城復遂進軍濁港遇悍賊解衣出戰堆積市肆間公焚之斬馘千餘餘賊退保孔壠驛賊酋羅大綱復從湖口率萬人至公分兵抄襲街口賊賊敗歸壘攻破之大綱遁去是役以五千人破賊二萬賊遂

盡撤沿江各營併力守九江矣．塔公渡江圍潯城．公別剿盔山．遏
湖口上援之賊．攻梅家洲賊壘不下．會水軍自湖口入彭蠡．盡燔
賊艘．賊亦潛以小舟縱火襲我外江輜重船．水師潰．公回駐九江
會北岸小池口有賊．公與李公率勇千四百人進剿．塔公往助之
渡江．賊大至．刃既接．我前軍卻．公急斂兵歸．時十二月二十九日
也．五年正月．北岸賊由黃梅廣濟上犯．武昌復失．會侍郎入南昌
別賊由浮梁陷饒州及弋陽．檄公往援剿．時公所部三營．李公將
左．蔣君益澧將右．公自將中營．唐君訓方．劉君希洛．各率勇從之
三月．大戰五里亭．克弋陽．賊隨陷廣信．公壁城西烏石山．賊三路
來犯．公方築壘．不爲動．俟其疲乏．乘之．大獲．翼日．賊復大至．見我

軍不動亦不敢前相持兩時許忽起乘賊大敗之遂四面薄城賊啟東門遁初賊驟至民不及避殺戮甚慘公至不三日復其城士民歡躍焚香遮道迎遂復德興及景德鎮未幾有進剿義寧之役七月次梁口賊分兩路來拒我軍三伏以待之賊潰伏兵從山後出賊之抄我後者我軍反蹴其後斃賊六七百人越日進駐棋盤嶺以龍嶺爲州城屏蔽急據之嶺距州七里左曰鳳凰山其右最高者曰雞鳴峰峰下即西門攏百貨所輳也軍據此全城在目矣十四日大戰殪賊六七千賊奪氣閉城不出次日復戰又敗之盡焚瀕江賊壘是夕賊棄城遁義寧既克公上書曾侍郎其略曰武昌居吳楚上游九江爲豫章門戶今皆爲賊據崇通等處羣盜出

没江西之義寧武寧湖南之平江臨湘均無安枕曰欲克九江必繇武漢下欲克武昌必自崇通入曾公因奏派公回援武漢而以彭君三元普君承堯所部寶勇隸之九月進攻通城悍賊萬餘人見官軍至突出薄之公令軍士席地坐無譁待賊逼大呼奮擊斬賊將三人乃崩潰明日破城城外三營奪門入克之尋進攻桂口令會攻通城之李原濬何忠駿等率平江勇駐守而自率所部克崇陽尋以分兵攻梯木山有濠頭堡之敗公整軍再戰復大捷進攻蒲圻克之遂復咸寧自是武昌以南無賊蹤而逆渠石達開自崇陽乘虛入義寧江西賊勢日棘矣十一月師抵紫坊與巡撫胡文忠會合又會提督楊公岳斌於金口商進取策定議公率湘勇從

東路壁洪山胡公從中路壁城南隄上而令九溪營屯金口爲水師犄角時賊於武昌城外築堅壘十三高者與城埒公至方修壘胡公亦始至悍賊二萬從十字街出胡公擊卻之數卻數至公與李公潛師出賽湖隄分兩路繞抄胡公所部見湘勇至佯敗走賊追之旋反擊則公等已抄出堅壘北遂破十字街營盡殪追賊無脫者於是賊皆縋城入盡毀城東南賊壘造浮橋於鮎魚套進攻八步街以奇兵逼望山門襲賊壘後立平之於是西路賊壘亦盡尋攻塘角賊營毀漢陽門外一壘焚其船殲賊千城賊由竇出截我軍後路公與李公夾擊之又殺賊數百環西北城賊壘皆盡是夜賊於望山門外葺石壘二高與城等我軍蹋平之李公出窯

灣截賊餉道賊七八千人由塘角沿湖下抄其後公令劉君騰鴻等出洪山之東自率中營出洪山之西夾擊之殄賊千餘賊自此閉城不復出六年正月公率中營移屯洪山絕頂後右各營壁南岡賊乘夜襲中營摩壘矣我軍槃石投之登者皆殪嗣是每夕輒至公設伏痛殲斬首四百賊始不敢復襲營二月公分軍扼窯灣賊出爭大戰小龜山斬級六七百遂以二營駐其地明日賊由武勝門出萬餘人與我軍戰隄上殲賊數百公追至城下繞城審視賊不敢出二十九日夜有大星隕於西北三月朔大霧次日城賊出公親搏戰走之巳而賊窺我守壘兵少大舉來犯公追賊至城下賊礮如雨中公右額裹創戰逾時歸而創劇日夜危坐不寐越

三日病甚不能起語喃喃皆時事口占忠義祠楹聯使人書之忽開目索紙筆仰臥書曰亂極時站得定纔是有用之學初八日晨起汗出如瀋握胡文忠手曰武漢未克江西復危不能兩顧死何足惜恨事未了耳其與迪菴好爲之迪菴李忠武字也語畢而瞑年四十有九公貌樸氣沈究心濂洛之書通知世務期見諸施行在軍毅然以滅賊自任所部將弁皆其鄉黨信從者前後克城二十大小二百餘戰其臨陣以堅忍勝如其爲學或問制敵之道曰無他大學知止數語盡之矣左氏再衰三竭之言其注腳也公初以團練敘訓導晉知縣平安福晉直隸州知州克岳州擢知府賞戴孔雀翎武漢克復授浙江甯紹台道以田鎮戰功加按察使

銜克廣濟黃梅　賞葉普鏗額巴圖魯號凡勇號多由外請此出
特恩異數也義寧之役加布政使銜死事狀上　優旨照巡撫
陣亡例　賜卹父嘉旦　賞頭品頂戴子兆作兆升並　賞舉人
詔湖南湖北江西各建專祠　賜祭葬　予謚忠節同治元年
詔湖南巡撫遣官即家　賜祭一壇三年克復江寧　特旨加
雲騎尉世職所著小學韻語一卷詩文集八卷周易附說讀孟子
劄記西銘講義人極衍義　皇輿要覽皆行於世
贊曰　國朝武功邁前古所用皆八旗東三省勁旅及各直省綠
旗兵嘉慶初平川楚教匪始兼用鄉勇然十裁二三耳迨粵寇起
而楚勇湘勇名天下楚勇自江忠烈始公以老諸生帥湘勇轉戰

大江南北，往輒有功，所繇與忠烈江公同張大國楚也哉，雖然，公以戰績顯，時會使然耳，公邃於洛閩之學，淵乎莫測其際也，世所傾慕者，抑猶其外見之一端歟。

李忠武公別傳

公諱續賓，字迪庵，湖南湘鄉人。沈毅寡言笑，身長七尺，膂力過人，習騎射，能挽三石弓。羅忠節公講學里中，公折節受學。咸豐三年，忠節募勇殺賊，公秉父命往佐之，所練鄉兵號湘勇。從平桂東土匪。未幾，從忠節往援江西，公佐謝君邦翰將右營。邦翰，邑諸生，故忠節弟子，抵江西戰死，公代將其營，所稱湘右營者也。會土寇陷泰和、安福，圍吉安，遂同解吉安圍，泰和、安福賊皆敗潰，復馳勦永新。事平，敘從九品。師旋假歸，甫三日，趨衡州，尋勦賊油榨墟，進復永興，次郴州。敘功晉縣丞。初，公所部僅三百六十人，至是巡撫駱公命增爲五百人。明年，駐衡州，平常甯土匪。時湘潭賊敗竄，會公統水陸軍東下檄湘勇從六月抵岳州壁大橋時湘軍兩營才千人分防八路賊日夜來犯提督塔忠武約會攻賊巢兵始交我軍小卻賊追騎大至公左右止數人戒曰毋走徐行陟山岡賊不敢逼已而我軍漸集公親搏戰斬大旂賊數人餘賊爭登山公曰是可取也手劍策馬大呼而進斬賊目一人奪其旂追北十餘里明日塔公至營指所部贊曰壯士壯士與公語良久嘆曰名將也公自隨羅忠節從軍循循弟子列至是始以知兵聞時官軍日與賊戰斬馘數千公語塔公曰連旬戰賊不得擄掠食且盡可乘機薄其壘明日遂進兵風雨驟至眾欲退公曰天助我也與塔公並轡督戰頃刻破數十壘岳州平擢知縣 賞戴藍翎八月同羅公克

崇陽咸寧進規武昌二十一日破花園堅壘及鮎魚套賊營明日克武漢語在羅忠節傳公擢直隸州知州　賞花翎九月同克興國州擒僞進士胡萬智斬之十月進攻半壁山時南北兩岸賊無慮十萬鐵鎖橫江賊舟麕聚數十里塔公師抵富池口阻浮橋不克濟湘勇及寶勇才二千六百人軍士多失色逃者三人公飛騎追還揮淚斬之軍心乃固逾日大戰殺賊數千赭其巢遂破田家鎮擢知府　賞摯勇巴圖魯名號授安慶知府當是時公知兵之名震天下初陸師分南北進勦楊制軍霈勦北岸公隨塔公羅公勦南岸曾公督水師循江下僞丞相羅大綱守廣濟黃梅設卡壘數十田鎮破後僞燕王秦曰綱檢點陳玉成皆往附之勢張甚總

督不能前塔羅兩公乃渡江北勦公率爲軍鋒每攻壘與塔公逼賊壘十數丈席地坐礮彈雨下談笑自若忽躍起曰進則橫厲無前當者輒糜碎遂復廣濟及黃梅敗賊濯港再敗賊孔壠驛抵湖口敗賊梅家洲知九江未可驟下從羅公移營盔山十二月水師陷入彭蠡湖外江失利小池口賊勢復張湘軍退屯九江公憤甚請於曾公自率千餘人以歲除前一日渡江攻小池口僞城塔公率二十人偕往因衆寡懸殊戰不克比暮始收隊而塔公獨未返公涕泣不食誓渡江再決死戰明日塔公竟覓舟返無恙時除夕三鼓矣明年二月武昌復陷賊之從江北上竄也公知北岸官軍不能敵建議分南北兩軍夾江而勦令塔公益募勇三千合濤軍

五千專勦南岸別令羅公率軍三千益募勇五千勦北岸南北各
自爲戰一圖安慶一圖金陵庶大局克有濟曾公韙其言以餉絀
不果亡何曾公入江西饒廣告急檄湘軍援饒三月偕羅公進勦
敗賊大水橋復弋陽城賊趨陷廣信追擊之三日而城復移軍景
德鎭會義寧州陷江省大震七月進攻義寧奪鰲嶺要隘賊棄州
城遁語並詳羅公傳得 旨記名以守巡道用八月同羅公回援
武漢克通城崇陽而岳州警報忽至公分兵趨蒲圻之羊樓峒會
李君杏春彭君三元戰死崇陽之濠頭堡衆議馳救公曰死者無
及矣生者必來歸賊乘勝遠鬬利速戰宜堅守以持之俟其疲乃
可擊也明日賊至我軍憑壘固守比暮賊將休公揮衆突之賊大

潰追北至蒲圻復其城並復咸寧　詔加公鹽運使銜帥師趨武昌壁洪山十二月破塘角賊壘分壁小龜山六年二月與劉公騰鴻扼窯灣斬馘數千屢戰皆捷亡何羅公中礮卒當是時軍中新失大帥人情洶洶賊乘機築壘保安門外礮子及五里墩大營湖北巡撫胡公奏以公總統諸軍公涕泣受命遂掃平保安門賊壘而江西瑞臨撫建等郡賊蔓延北及崇通蒲咸西及瑞昌皆陷賊乃分湘勇四千屬曾公國華劉公騰鴻等由咸寧進剿賊詗知之屢出城來犯公敗之賽湖隄又敗之小龜山雙鳳山秋七月僞翼王石達開率援賊大至城賊將應之公分兵駐魯家港防援賊遣壯士數百人執所奪黃旂誘城賊賊信爲援至出城夾擊伏起殲

鹹過半及援賊既至禦之魯家港屢戰三日城賊鑑前失疑懼不敢出援賊遂敗奔追至小龜山斬首八百別將與城賊屢鬭簀湖隄公帥師援之賊望其旂幟走入城自是堅閉不出公募民夫開濠掘江水入湖爲長圍斷賊接濟賊益困十一月二十一日克武昌得　旨以按察使用尋分兵復武昌縣渡江克黃州旋克大冶興國遂直擣九江林啟榮者賊中最悍酋也前歲塔公圍攻時堅守弗下至是仍率衆死守夜無更柝望火城以內人聲寂然官軍潛薄之鎗礮應聲下七年正月公用攻武昌法闢濠困之閱數月濠成四月皖賊上犯號十萬犯蘄州及黃梅羅田公分兵援蘄州賊稍退六月賊傾巢上犯蘄黃告急賊於廣濟童司牌築壘伺我

軍。公渡江勦平之。八月破小池口僞城。仍回九江。先是四年秋。賊奪江西戰艦。沈塞湖口。築壘石鐘山。爲浮梁鐵鎖阻官軍。隔岸梅家洲矗僞城。環巨礮。我軍仰攻不利。其年十二月水師陷入內湖。曾公益治水軍章門。檄彭公玉麟統之。水軍復振。至是袁吉瑞臨以次復。衆議會勦九江。公謂不拔湖口。九江不可得也。乃定計水陸夾攻湖口。九月八日。公遣其弟績宜率馬步軍攻梅家洲僞城。躬率師。揚言勦宿松。漏四下。迂道八里江。伏湖口後山。士卒皆捫蘿上。犁旦。彭公率戰舟攻湖口東。游擊黃君翼升率戰舟攻梅家洲。提督楊公岳斌夾擊下鐘山。賊方悉銳旅拒公。率師從山椒破空下。賊大驚。遂殲其衆。湖口復。梅家洲賊棄城遁。於是內外水師始會合乘勝復彭澤夷小姑洑僞城得　旨除浙江布政使返九江適臨江逸賊竄興國冐雪遣兵往援擊走之八年水陸晝夜攻九江穴城城崩爲磚石所壅至稍遲賊旋堵禦公令壯士數百人擁盾自蔽先夕伏城濠四月七日地雷復發勇自濠內奮呼登城城拔殄賊數萬無脫者啟榮死亂軍中磔其屍九江平加巡撫銜
賞穿黃馬褂許專摺奏事方九江之破也公請假歸省甫抵鄂而悍酋陳玉成由安慶糾潛太英霍賊分擾蘄黃警報日數至未幾賊間道犯黃安公弟續宜分兵馳援不利公聞警取道黃陂約夾擊敗賊黃安門外賊遁麻城賊亦不戰走乃還鄂時皖中糜爛奉　命越境勦皖　詔將軍都興阿總兵鮑超率馬步軍由宿松

趨安慶公由英山趨太湖乃令續宜駐軍鄂渚自帥八千人啟行議者謂出境勦賊宜益兵爲四翼各三四千人而自帥中軍五路並進公以餽餉難之會曾公奉　詔墨經起視師與公會於蘄州公遣將朱品隆唐義訓分千人爲曾公衞議者又謂宜調鄂中守碉勇以換留防九江彭澤之湘軍六千人隨同勦皖公以更調需時日卽牽守碉勇以行抵太湖適署皖撫李公孟羣師潰廬州詔公及都公改道援廬公與諸將議曰由太湖救廬凡數百里廬已陷師至緩不能濟急且太湖圍撤賊由豫北竄是腹背受敵也遂決計取太湖掃蕩桐舒等縣直趨廬州時咸豐八年八月也是月克楓香驛小池驛賊巢復太湖乘勝復潛山遂進搗三河集三

河集者廬州要害也賊築城傳以九壘守以悍賊數萬三河破然後可進規廬州自克桐城後公令總兵趙克彰率六營守之又命副將謝永祜守舒於是所部僅五千人九月二十八日抵三河十月二日破賊九壘斬馘數千計忽僞英王陳玉成自江浦六合率大隊來援僞侍王李世賢自廬州糾捻匪來援衆十萬連營金牛鎮白石山等處烽火亘數十里諸將議退守桐城公曰軍事有進無退當死戰遂飛檄各防軍來援未至初九日援賊蝟集明日迎擊至黎家渡突遇大隊賊天大霧賊用衆抄擊我軍相繼潰副將劉神山參將彭友勝游擊胡廷槐鄒玉堂杜廷光等先後戰死公傳令軍中嚴守牆壘無何各壘皆破運同丁銳義馳入湘右營誓

同公死守或勸突圍出圖再振公曰軍興十年皆以退走損　國威吾當縱橫血戰多殺一賊即爲國多除一害且吾前後數百戰每出隊即不望生還今日固必死有不願從死者各爲計諸將士皆曰某等願從公死日暮賊攻益急公上馬開壁馳擊殺賊數百人夜二鼓總兵李續燾副將彭祥瑞等越壘衝出賊遂踞其壘決河隄斷我軍去路公知事不可爲具衣冠望　闕叩首取所奉　廷旨及　批摺焚之曰不可使　宸翰辱賊手乃躍馬入賊陣身被重創見黃旂知爲賊渠曰此吾畢命處也馳入死之同知曾君國華知府何君忠駿知州王君揆一同知董君容方知縣楊君德誾從九品李君續藝張君溥萬皆殉焉道員孫君守信與丁君銳

義猶激厲士卒死守中右營至十二日水火俱盡營陷皆死之是役也文武官弁死者數百人兵勇數千人而中右一營爲尤多云

事聞

上震悼 手敕曰詳覽奏牘不覺隕涕惜我良將不克令終尚冀忠靈不昧再生申甫以佐予也又 詔贈總督照總督陣亡例

賜卹入祀昭忠祠其父登勝 賞一品封典並銀五百兩子光久光令 賞舉人 敕湖北江西安徽湖南湘鄉各建專祠事蹟宣付史館尋 賜祭葬 予諡忠武公崛起田閒以平賊自任選士以知恥敢戰爲上每臨陣安閒靜鎭不苟接刃尤能以少擊衆大小數百戰未嘗挫衄在軍號令嚴明所至百姓懽迎耕市不擾轉

戰江鄂閒所過州縣不見客不索供張廣坐中言不輕發他將多以氣節相高公默然深藏恆曰事由心定毋張皇性至孝克九江後乞假省親既不果乃爲迎養計其父以書報之曰軍事方殷兒當壹意報　國勿以我二人爲念公省書掩涕及拔營握胡公手痛哭曰吾無繇復見父母也左右皆感泣公與諸帥共事和衷商搉胡公撥撫標兵萬人隸公戲下皆心服樂爲之用其臨陣專以救敗爲務全大局爲先遇賊則讓人禦其弱者而已當其悍者分軍則以强者與人而留弱者以自隸江楚兩軍每言肯接帶弱兵臨陣救人者塔忠武後公一人而已公卒年四十一　舒城難民覓其遺骸送霍山大營同治元年　詔湖南巡撫遣官卽家　賜祭

三年克復江甯　賞二等輕車都尉

贊曰太史公云余睹李將軍悛悛如鄙人口不能道辭及死之日天下知與不知皆爲盡哀彼其忠實心誠信於士大夫也烏虖殆忠武之謂歟公性廉軍中所餘俸餉纖毫不自私嘗寄助彭侍郎水師餉曾撫部吉安軍餉各萬金而元度駐軍貴溪公亦飲之五千金且侑以書曰戔戔者不足道聊分灼艾之痛耳烏虖卽一端不已得公之大凡哉

天台山館文集 卷五

王壯武公別傳

王公諱鑫字璞山湘鄉人年十歲母病疽甚劇公吮之籲天乞身代數日瘳尋從羅公澤南遊二十四補弟子員咸豐二年粵逆犯長沙公上書知縣朱君孫詒請練民兵討賊朱壯之令與羅公募鄉勇教練屯縣北馬托埔防縣城明年春巡撫駱公命帥三百人擊衡山土寇追及安仁滅之五月擊桂東賊未至賊走追及龍泉大破之師旋察得桂東積盜百餘人悉誘擒伏法七月廣東賊自樂昌陷興甯公簡死士百人疾馳三晝夜未明薄城鏖戰盡殪之復其城初保縣丞晉知縣及是還同知直隸州知州 賜戴藍翎會賊攻江西湖南援師失利死事者多公親舊公憤甚謁侍郎曾

公請增軍殄賊曾公令稍增募公遽募三千四百人曾公以進驟而費繁檄令裁省公觖望請併撤歸駱公閱其軍可用汰留二千四百人公令軍士足各縛鐵瓦習超距又以意爲陣法左右隊魚貫分兩行鼓作左馳右右馳左三馳而圜皆持滿外向再鼓之左右馳復其伍相向格鬭左起則右伏右起左亦如之三起三伏乃變圜爲方後軍分左右出蛇行繞攻前軍三合而退前左右軍皆然當嚴鼓時旗周麾卒周馳團聚爲城郭疾如風雨公手赤幟自校之四年二月賊自武昌上犯入岳州湘陰及靖港分黨陷甯鄉公敗賊靖港適訓導儲君玫躬亦擊敗甯鄉賊賊下竄公追及岳州未幾曾公親帥水陸軍抵岳三月公獨進剿崇陽通城師抵羊

樓崗縣與賊遇前軍失利退岳州賊躡蹤至曾公遣部將楊名聲鄒壽璋等禦之皆敗潰賊圍公城內糧盡殺馬以食曾公遣戰船迎公得脫城尋陷死者千餘人坐輕進失利削籍賊仍由湘陰甯鄉竄陷湘潭四月朔水陸軍大破賊於湘潭賊由甯鄉下竄分黨自易俗河口至石潭取甯鄉間道公時在馬玨埔急起截擊追至通湖橋賊皆落水死既而駱公令帥勇五百人防郴州道平嘉禾藍山土寇會廣西賊萬餘人嘯聚桂林地接江華之嶺東巡撫檄公赴江華與守備周公雲耀協防閏月賊犯江藍廳之錦田擊走之九月恭城賊竄永明之桃川灌陽賊圍道州州牧馮崑禦之糧且盡公及周公赴援屬疫作僅簡三百人自隨戰竟日賊敗遁公

策賊必乘虛襲江華與周公晝夜馳百四十里待賊至迎擊大破之進擣桃川出龍虎關破恭城賊於栗木街回擊甯遠藍山圍城賊圍悉解而江華永明賊復大至公回駐道州兄勳率五百人來會復破賊龍虎關分軍駐錦田嶺東備粤寇又削平甯遠藍山嘉禾諸醜類南部略靖公復職　賜戴孔雀翎五年春逆渠朱洪英陷富川江華永明大震公及周公往援屢創賊會僞鎮南王胡有祿自連州入楚境與朱逆合攻永明公與周公協勦設伏敗之功最擢知府賊遁出龍虎關陷灌陽尋繇全州竄陷東安公與周公進攻東安城自四月至七月杪血戰數十次陣亡三十餘人受創四百二十餘人乃拔之賊竄全州亡何胡有祿掠東安祁陽界公

敗諸桐子山越日擒有祿餘黨踞四明山又追殪之　詔以守巡
道用別賊何祿自宜章陷郴桂及永興分黨陷茶陵將繇耒陽犯
衡州巡撫檄公守衡命勳增募千人公以五百人駐耒自帥千人
攻桂陽再戰復之餘賊併踞郴城凡數十戰乃復遁者尚萬人公
會鄉團追勦十二月五日戰黃沙堡追至兩廣墟賊方食官軍乍
至奪其食而殲之先是朱洪英冦新甯爲邑人劉公長佑所敗竄
永州界周公雲耀連敗之及回粵復糾黨來攻永明知縣逃周公
力戰死城遂陷方公之攻郴也逆渠蕭元發率賊七千有奇攻桂
陽爲鄉兵所敗竄入甯遠九疑山參將蕭公永年追擊遇害遂陷
江華與永明賊相犄角公進戰復永明六年正月復江華窮追至

連州境盡殲之朱逆跳而免二月戰西岸三月屢捷於陽山賊竄英德之大灣 詔以楚境肅淸 賞四品封典當是時軍中瘴疫作死亡相屬公亦積勞思稍假休沐而江西州郡連陷羅公澤南戰歿武昌李公續賓馳書約公綴賊上游公卽拔秩起轉戰崇陽通城通山蒲圻界復其城斬逆首張庸忠陳華玉敘功加按察使銜七年春奉 詔援江西公自是屢奏奇捷竟以勞卒軍矣初官軍水陸圍吉安其攻臨江者亦掘長濠困賊逆渠胡壽階何秉權率數萬賊來援據水東與城賊夾江相望公至沿贛水而南自三曲灘濟壁水東東南山上賊鼓譟乘之公方眠大樹下欠伸徐起部署畢攜鼓登望樓令士卒俯首結壘仰視者斬賊大疑不敢前

稍進士仍結壘不輟俄而山後一軍出賊背賊遽退望樓鼓發士投畚操戈大呼馳出左右伏兵齊起斬秉權殪其左軍入水餘賊走入水東壁衆請具餐公曰今日不克水東不遑食也遂揮軍擣賊壘都司易曾照窺壘孔中鎗死衆奮曰當爲易將軍報仇爭入壘殺賊數千壽階遁五月賊自萬安屯藤田將出樂安解吉安之圍公與遇於流坑壽階忿前衂糾黨數萬自甯都據沙溪出藤田後公掩擊其前鋒於陂頭復敗諸沙溪越日賊悉銳犯藤田公先擊其左自帥死士百人擣其右賊崩奔再蹴之瑤嶺嶺險狹賊悉墜巖洞腹碎首以死遂擒壽階是役也兩廣凶猂賊俘斬殆盡閏月賊自甯都出數萬人據永豐之韶源冀援吉安公以千二百人

轉戰屢敗之追及甯都之釣峯賊爲背水陣既敗盡沒於水師踐積屍以渡斬僞將軍蕭復勝復破賊於古夏再破新城賊數萬於東山垻斬僞總制張宗相其時僞國宗楊宜清楊輔清等憤其衆屢衄糾黨十萬有奇據廣昌之頭陂誓與公決死戰傳令前者卻後則刃之公偵知喜曰賊散則難圖聚可一戰殲也乃勒兵大戰公先馳馬陷陣壯士從之呼聲震林樾賊大潰逐北六十餘里斬級萬別遣將復樂安公自渡贛九十日中大捷十有二皆以寡勝衆賊望見公旗幟輒膽掉呼爲王老虎士民鼓掌歎咤牛酒相屬於路於是江西兩湖三巡撫均以狀 聞 賜號愛什蘭巴圖魯會吉安軍敗丐援公密令鄉團張己幟僞爲趨建昌狀而潛返蘇

由吉安軍氣復振七月賊自宜黃窺樂安圖出永豐解吉甯圍撫州賊亦來會公抵樂安誘賊於城下敗之明日再敗之於崇仁太平市又明日大搏於林頭賊用騎兵數千突陣公誡藤牌軍俛首斫馬足自領精銳橫貫賊陣斬級數千獲馬二百匹俘八百人會疾作返樂安數日卒時八月四日也年三十有三　優旨悼惜贈布政使　敕江西湖南建專祠　予謚壯武　卹廕如公式公貌不逾中人膽力沈鷙負氣好奇用兵亦以奇勝疾馳掩捕嘗出人意表於風雨險艱一無所阻御眾嚴而有恩軍暇輒令讀孝經四書士卒化之嘗追賊乏食掘民間山藷各投錢於穴償其值民間爲立生祠嘗自憾用世太蚤學未充優禮文學士如不及甯遠張

老人者年百十有八矣貧不能自存公造其家厚恤之爲娶子婦比旋師經其地老人已抱孫矣乃以封公生日偕老人及賓佐登九疑張宴作樂遙爲親壽公以久違子舍語次欷歔老人執爵言曰公愼自愛第患功業弗建爲親恥耳服勞奉養抑末也衆韙其言公所著有練勇芻說陣法新編尺一偶存

贊曰公與曾相國同里閈相國檄令減竈葢未深悉其能也不且舉國以聽矣公自是別爲一軍乖翅後折節自勵卒能出奇兵以寡克衆每變益上能者固不可測哉士有靑雲之志不甘附驥尾卒顯名天下不尤足壯耶然觀其自憾用世蚤未竟所學公其非挽强鳴鏑中人歟

張忠毅公別傳

張公運蘭字凱章湘鄉人性沈毅有智略初從王公鑫募湘勇轉戰衡永郴桂各屬累功洊保同知　特旨賞封典咸豐六年武昌賊上犯從王公馳援獨勦通城賊敗諸石栫橋遂駐通城崇陽告急夜馳百二十里犂旦與王公會大破賊於白蜺橋論功　賞戴孔雀翎七年從王公援江西轉戰臨江吉安敗賊於樂安新城追擊至廣昌公功皆最王公卒於軍公與王公開化代其任會吉安賊竄永豐公敗賊於羅湖橋越日賊復大至公出奇兵敗之野甕橋　詔晉知府加道銜留防安福是年八月臨江援賊犯新喻公擬扼峽江之橋埠灘師抵獅子山賊忽兩路至勢張甚公揮軍敗

其西路明日復敗南路賊於張村盡破賊壘燔其輜重援賊遁遂移營吉水扼賊三曲灘相持數日血戰十數次斬逆渠黃錫崑賊不敢越贛江一步十一月僞翼王石達開悉銳來犯公急渡贛江扼之賊不敢逼既而連敗賊於朱山橋高橋中坑等處斬逆目數十八明日又及賊血戰朱山橋石逆大創焚屯遁遂解永豐圍

詔晉守巡道明年自永豐略定樂安宜黃破磁圭賊巢復南豐建昌　詔加按察使銜七月賊復犯南豐擊走之追及新城之杭山降其衆數千當是時　特詔起侍郎曾公國藩於家治浙江軍務會公行次江西賊已入閩擬援福建疏調公及蕭公啟江各帥所部從公赴廣信適賊陷安仁別將失利公進擊大破之殲賊數千

賜號克圖爾格依巴圖魯將入閩會新城告急公馳援至則劉公長佑已破賊賊竄閩公遂由杉關入閩破賊順昌賊出竄甯都劉公追擊之公以景德鎮官軍失利率所部往援十二月抵李村見數十騎列河岸公曰此設伏誘我也然我軍初至不濟賊且謂我怯乃揮眾渡伏賊萬餘突起逆渠八人跳水來犯公殲斃其一猛追之八人者皆殪遂濟河鏖擊斬馘二千有奇解散千計赭其巢時大雪振旅時衣盡白堅冰凝韈鞋不能動九年正月饒州軍敗於牛角嶺賊大至公分兵赴援再殲其眾於栗樹山六年大破景鎮賊賊竄浮梁明日我軍復浮梁　詔加布政使銜是年秋粵賊犯湖南公奉檄回援屯郴州破星子九陂石塘等巢殄賊萬有

旨除開歸陳許兵備道十年曾公以兩江總督授　欽差大臣
疏調公赴皖屯旌德遣將會同提督鮑公超復黟又同破賊於盧
村賊遁明年二月克休甯得　旨以按察使記名簡用五月再復
黟盡夷其壘賊踞徽州已一年至是懾軍威棄城遁公留徽尋以
病歸同治元年除福建按察使明年奉　詔援廣東擣陽山石壁
堅巢降其眾三千擒巨酋李復猷於連州復猷石達開餘黨也最
狡悍爲川黔楚粵患數年至是伏誅邊民酹酒相慶會英德降賊
鄧二復叛嘯聚鶴嶺山公帥師擣其巢擒斬之三年春平土寇陳
仰古屬閩賊鴞張公帥師往援駐武平九月十一日出隊擊賊逐
北數十里而廣東平遠賊適至乘虛攻陷武平公聞警急回賊從

閒道截出我軍首尾莫能顧總兵賀公世楨王公明高副將雷公照雄等皆戰死公力竭被執大駡不屈賊怒支解之賊竄後都司湯友德得公遺骨於亂屍中又得其元於學宮面如生狀　聞
天子悼閔加等　賜卹　贈巡撫　予謚忠毅　賞騎都尉世職
詔武平及湖南各建專祠弟運桂累功擢總兵　賞花翎　賜
號彥勇巴圖魯先公二年卒於軍

贊曰余初未識公聞王壯武卒後賊適大至眾兇懼公屹然不動聲色三曲灘諸戰力遏援賊使吉安得竟其功意其人必魁傑非常士及公隸湘鄉相國戲下余與合肥李相國同綜理營務始晤公貴溪恂恂書生耳而其後死事乃獨慘烈悲夫

天岳山館文鈔卷六

江誠恪公別傳

江公忠義字味根新甯人忠烈公忠源從弟也咸豐二年忠烈師楚勇回援長沙公年十八固請從軍每戰輒出奇創賊忠烈喜曰吾家將才也從轉戰湖北江西 賞藍翎忠烈殉難廬州遂分領舊部五年隨江南提督和春破廬州城外賊壘敘府經歷縣丞尋丁父憂和公疏留軍十一月廬州復 詔擢知縣明年歸以在籍防剿功加同知銜七年春候補道劉公長佑攻臨江失利南撫駱公檄公帥新練勇千人赴之八月從劉公大破僞翼王石達開援賊十二月復臨江 詔賞孔雀翎晉知府八年敗賊新城晉道銜

江西肅靖凱歸明年春石逆由南安陷桂陽將窺衡州為陳戶部
士杰魏主簿喻義所扼乃繞道嘉禾犯永州公奉檄援永敗賊煙
竹埔圍解　詔擢巡守道亡何賊陷東安公念賊仇視新甯久卽
夤夜馳回甫入城賊至敗諸摩訶嶺帥壯士火其巢賊遁時三月
二十八日也四月賊再犯新甯將趨武岡時劉公駐新甯公遂帥
千五百人倍道入武岡賊至見楚軍列幟城上驚曰來何速也遂
引去　詔錫四品封典及賊圍寶慶公繇武岡馳援每戰輒挫賊
圍解追擒偽將軍李定發等數十人斬級數百賊遁廣西　詔賞
勇號曰額爾德木巴圖魯十年春石逆終不釋意於楚由融縣窺
綏靖公帥二千人赴綏靖搤之十月母憂歸賊遂陷綏甯尋陷城

步趨武岡公分軍守新甯自援武岡賊至擊走之旋以新甯警將回援諜報賊謀潛襲東安乃從間道改援至則東安已陷一戰復之　詔加按察使銜方東安之復也賊改由零陵窺道州公兼程抵甯遠出賊前與賊遇於四广橋血戰五晝夜賊崩潰斬首數千十一年正月石逆遣黨由貴州獨山繞道犯全州道州戒嚴公扼四广橋敗賊白芒營又會剿於宜章粟源堡降賊衆萬人公回駐新甯當是時賊縱橫忽東則江華永州西則綏甯靖州北則武岡寶慶無夕無警報公一軍揹拄其閒卷甲疾馳無虛日遺民聞公至則皆喜至必大創賊石逆挾全力犯楚百計不得逞卒竄黔蜀以死繇公等擁其角距也四月廣西別賊竄義甯公遣參將江忠

朝等扼諸全州賊故畏楚軍僞丞相余成義斬其魁以降湖南解嚴詔加布政使銜冬十月特旨賞二品服署貴州巡撫公以母服未闋具疏辭得旨允其終制仍令墨經從軍在本籍帥師剿賊居亡何石逆復自粵竄楚衆號十萬公以三千人扼諸會同榆樹灣及浦市均大破之賊勢促乃結湖北來鳳賊黨撓我軍公會諸軍急擊拔來鳳賊遁入川方會同之陷也公繇洪江進攻哭遇賊值天大雨公整隊進石逆親率死黨來決戰公揮軍縱橫抉盪戰三時賊敗石逆墜馬者再千總江忠倬怒馬取之幾獲矣逆黨以死護之去自是不敢復窺楚矣同治元年移師援黔七月克天柱詔署貴州提督南撫毛公鴻賓疏調公征粵西遂克修仁

殪逆渠張高友大捷於蓮塘會皖南賊勢張兩江總督曾公疏調
公援皖而劉公長佑時已撫粵西屢疏請留公有
旨命署廣西提督二年皖賊勢益張江西孔棘毛公疏請　敕公
由江西赴皖時廣東高州匪未靖廣督晏公端書又疏請會勦
廷議皆報可諸將謀所向公曰陳金剛雖悍然粵中糧餉足他將
能辦之江西餉不給賊入境已十萬脫有不虞東南全局瓦解矣
吾豈可避難就易貽　朝廷南顧憂且江西吾百戰地父老聞吾
旦暮且至皆引領望此意可厚負邪乃奏請援江檄道員席君寶
田率前部先發會勦陶家渡破賊十餘壁軍勢乃振六月進攻湖
口逼賊而營僞堵王黃文金率死黨來爭黃文金者粵中最悍賊

衆呼黃老虎者也公出奇兵抄之賊無所得食悉銳突我軍軍植立不動相持數時之久乘其懈猛擊之賊大敗文金受重創氣奪引去江境肅清狀　聞　賞穿黃馬褂部曲獎擢有差八月青陽圍急城中食且盡公帥師往援時賊連營二百里公至賊皆有懼色中坂埔之捷逆黨望風崩潰公猛進距城十五里而軍別遣將繇五溪進賊悉銳趨五溪公統師由芳坳深入皁水渡躬徒泥淖中爲士卒先又分軍攀懸崖出賊後賊驚潰立破百餘壁圍解而太平石埭甯國諸賊皆決計降矣會公病甚還江西次鄱陽之石門就醫南昌未至卒於吳城旅邸年三十公身中軀饒膽略善調度能預策賊去向先期堵截搤其吭初石逆擾慶遠公策其必道

楚西入蜀疊請飭東南防兵急西嚮聞者迂之亡何賊果越綏甯而西乃服其先見治軍嚴而有恩不惜重賞厲有功而自奉約甚暇輒研究書史於生民利病時惓惓於懷嘗言治賊當清其源爲畺吏必以吏治爲本死事 上聞 詔贈尚書銜照總督例議卹蔭子如制 予謚誠恪 敕本籍及江西安徽靑陽均建專祠江氏自忠烈殉廬州後道員忠濟副將忠信總兵忠珀均力戰死綏及公而五戰功節烈之盛永寶閈罕與匹焉

贊曰公以記名道擢權黔撫辭不拜引禮請終制後兩權黔粵提督 朝廷破格用人其不主故常若此楚軍中宮保彭公亦嘗辭皖撫 詔改水師提督又辭漕督改侍郎烏虖古今智略士乘時

會答兵走萬里大率志在功名耳二公皆辭督撫視節鉞無關於
殿最其諸有國士之風歟

蕭壯果公別傳

蕭公啟江字濬川湘鄉人咸豐三年以國子生從羅公澤南剿賊永興四年從平岳州克武昌 詔除縣丞 賜藍翎再遷州同五年廣東賊犯湖南巡撫駱公檄公募兵協剿署曰果字營自是獨將一軍九月平茶陵踞匪功最明年僞翼王石達開竄江西公駐師瀏陽禦賊會知府劉公長佑奉檄援江各營歸節制公以師屬焉二月劉公出醴陵攻萍鄉公出瀏陽攻萬載敗賊樟樹潭旋出不意擣荆樹埔賊巢焚其壘進剿大橋賊宵遁時上高新昌賊已爲守備蕭君啟淮所敗逆渠憤甚糾袁州賊自樟樹潭直犯大橋公嚴陣以待擊破之平高城竹埠等處賊壘越日再敗賊於竹埠

遂復萬載將進規袁州偵知瑞州臨江賊謀復陷萬載公設伏以待賊至發巨礮擊之都司田興恕怒馬突陣公麾軍猛進賊崩奔自相蹂藉死者無算又敗諸斗門又敗諸南路賊自是不敢犯湘軍亡何崇通賊犯瀏陽賊意公必回援乘月夜來襲公蓐食以俟值大霧官軍迎擊賊不辨多寡大敗去六月金陵援賊至走之時公已累前後功洊擢知府矣尋進兵合攻袁州當是時賊久踞袁城不下公與劉公議分地責成於是劉公攻西南公攻東北盡平城外賊屯城中賊窘甚公策援賊且至設伏待之九月臨吉賊果大至伏起盡奪其輜重十月賊再至又敗之餘黨竄合山公率興恕擣合山巢盡焚其壘賊走分宜遂乘勝克分宜而城賊益困不

支矣李能通者賊酋之一納欵爲內應許之遂以十一月朔復袁州　詔加公道銜給　封典尋進勦上高斷臨江西北路上高賊聞風遁七年正月大捷陰岡嶺嶺爲逆渠老巢與瑞臨袁賊相犄角公奪而據之斬僞監軍高萬祥僞總制艾得勝臨江賊勢以孤二月鄂中援賊至敗之賊復謀抄襲爲我伏兵所殄改趨太平墟犯劉公營劉軍迎戰失利營被陷賊乘勝折犯陰岡嶺逼營而陣箕踞謾罵氣驕甚參將楊恆升突入其陣斬悍酋數人我師從之賊大潰次日盡夷各賊壘遂與劉公進逼臨江城十二月八日克之　詔晉巡守道加按察使銜時劉公以病歸知府劉君坤一代領其眾公遂及劉軍進勦撫州由新淦徇宜黃崇仁皆下撫州賊

次樟樹鎮將伺我軍渡贛襲臨江八年正月公與劉君迴擊大破之賊遁入撫州會江西軍復新淦公帥師渡江邀擊之馘敗賊甚眾三月再復崇仁屯上頓渡距撫城十五里築壘畢賊至迎擊大敗之斬騎賊數十四月進攻高橋賊棄城遁追斬千七百有奇撫州復　詔加布政使銜石逆之擾江西也連陷數十郡縣贛水以西無完土會城孤立勢岌岌公與劉公戮力並驅每克城輒爲招流亡建碉卡勸團練紀律嚴明所過無秋毫犯而公耳重聽人呼蕭聾百姓聞聾軍至皆拊髀雀躍悍賊遇之輒衄石逆不得逞於江西尋由楚入蜀以迄於誅實公等摧陷廓清力也九年正月援贛州石逆自信豐陷南安南康告急公改援南康偵知賊有老巢

二·一在新城·眾十萬·立僞城·踞村庄二十餘里·一在池江·賊數與新城埒·公念寡眾弗敵·當以計取·乃令團勇誘之·而伏軍村左右約聞礮聲乃起·及戰·團勇走·賊數萬猛追·伏發·賊首尾不能顧·大驚潰·斬級二千有奇·新城巢破·越日攻池江·以團勇輕進·爲所蹴交綏而退·已乃獨率湘勇盡燬其壘·將進攻南安·未行·而信豐警報至·乃輒師赴援·而是時南安賊一夕數驚·公詗知·即改道攻之·二月三日·賊奪路逃·俘斬數百人·南安復·仍冒雨援信豐·再戰解其圍·　詔賜額哷斯圖巴圖魯·當是時·江西郡縣皆復·石逆率黨由崇義竄湖南·於是郴桂所屬皆告警·公馳防郴桂·賊已竄永州竄圍寶慶·兵備道劉公長佑·李公續宜等禦之·公繇臨藍趨永州·

扼東安防賊竄逸分軍屯白牙市八月寶慶圍解官軍追賊至白牙公夾擊之擒僞將軍楊家廷馬繼昌等石逆竄廣西陷興安盡集悍黨踞大溶江遏追師遣別賊直犯桂林粵撫疏乞援師公奉檄由全州趨興安復其城八月攻大溶江大捷斬悍酋無算江水爲赤石逆時踞靈川連夜走義甯龍勝九月公拔營趨桂林賊自南路遁圍解得 旨記名以按察使用十月班師抵湘潭會石逆將由黔窺蜀 詔公帥湘軍入蜀截剿十年春抵蜀四月二十七日以疾卒於軍 溫旨視巡撫例賜䘏 賜祭葬 予謚壯果

詔湖南江西及湘鄉各建專祠公性果敢機牙四應臨陣英鷙無前攻茶陵時帥壯士數十人單騎薄南城奪門入賊自民壓擁出

攢矛環擊公橫槊躍馬手鏦數賊出城賊瞠視莫敢逼料敵尤有神算攻萬載及南安賊先棄城遁公曰此詐也將誘我入而反攻之耳法當按兵不動賊計窮城乃可得也已皆如其言

贊曰當文正公再起督師援浙時公及張忠毅公同隸戲下余綜理營務始見公於貴溪時公新復撫州撫州余百戰爭之未得者也以是尤敬公握手談攻取之略甚快公少嘗服賈入蜀語雜蜀音後竟卒於蜀烏虖苟非乘時會樹首功公且以貨殖老矣古今奇偉非常之士草澤中可勝道哉

周節愍公別傳

周公諱雲耀字光庭邵陽人少有膽略充寶慶協馬兵道光十二年從征江華逆猺趙金龍補外委纍擢千總二十七年剿新甯賊雷再浩有功　賞藍翎擢嶺東營守備時承平日久營伍廢弛以游手充尺籍值征調輒相向泣公力挽其敝汰羸弱勤訓練與士卒同休慼踰年新甯賊李沅發倡亂莠民蠭起應之公帥所部兵百五十人團結鄉兵與俱守界賊來犯擊走之咸豐二年逆渠洪秀全下竄陷江華公屯軍牛塘等處與賊戰屢捷三年夏粵寇鍾爾康犯江華公帥二百人迎剿大敗賊慮賊由間道襲嶺東乃冒雨夜馳歸翼日賊果大至出不意敗之擒逆酋彭如海當是時侍

郎會公方治團練駐長沙聞捷手書批牘云此次用兵若神鷹盤空飛疾而力勁不愧西南鎖鑰也四年擢江華營游擊地接粵西賊黨出沒無虛日公以兵法部勒鄉人使家自爲戰會粵寇劉紅貴犯濤墟公率所部往勦之賊敗遁別賊羅亞會犯嶺東界擊走之追及粵境赭其巢賊竄永明之桃川方擬躡勦忽報別賊來自灌陽圍攻道州甚棘公聞王公鑫帥湘勇來援急率兵會勦圍立解賊偵知公遠出策江華必虛將襲城公即夕循閒道歸遲明果與賊遇奮擊敗之遂進攻桃川賊聞風遁追及粵境之粟平街殲賊殆盡公自與王公合軍兩人深相得士氣百倍官民倚此兩人爲固婦孺皆知其名粵賊甚畏之未幾援甯遠援錦田往輒有功

十一月賊犯零陵公迎擊於青口板橋追至梅岗賊敗遁巡撫駱公上其績　詔賞孔雀翎擢參將五年春勦賊於錦田於富川於永明灌陽均大捷夏四月粵酋朱洪英陷東安公會諸軍圍勦克之敘功晉副將尋追賊道州大破之賊回竄圍廣西之全州公力疾馳援全州圍解又破賊於興安時軍威震甚賊當之輒靡恨公次骨然公所部裁七百人又數出境援勦馳驅勞乏賊滋欲困公遂繇灌陽回竄永明矣永明屢被賊城中死徙一空至是告急公兼程回援中途糧盡貸米於民家民聞公軍至輟已炊而餉之以十一月朔夜三鼓抵城下犂旦賊大至公倉猝戴草冠韡刀出城擊賊所殺傷相當旋以衆寡不敵歛兵固守賊詗知城中糧少兵

之悉衆仰攻期必拔公以忠義激厲兵民身受數創仍晝夜登陴督戰賊攻益急而王公方勦他賊遠不及來援城中勢益孤十二月初四日城陷公北向叩首曰臣以死報　國矣手刃三賊乃自刎同死者守備銜千總朱耀永明汛把總周佑外委官獻爵事聞照副將陣亡例　賜卹　予謚節愍　敕祀昭忠祠耀佑獻爵等皆　賜卹如例

論曰軍興以來楚勇湘勇淮勇名天下營兵不與焉湖南綠旗營將能戰者塔忠武外惟公耳有公及塔公爲之將則兵卒以敢戰聞夫豈不以其人哉然則謂兵必不如勇者皆目論也然公既以將略顯而所部纔數百人卒被困以死用公者曷嘗盡其才也噫

劉武烈公別傳

劉公諱騰鴻字峙衡湘鄉人少讀書應童子試不遇遂服賈浪跡江湖聞咸豐三年秋鄂軍潰於田家鎮公夜泊湘江有戎裝數十輩來掠舟公察其語音潮勇也舟有巨礮十數公好言慰之與俱至湘潭告邑令擒鞫之具得其潰逃擄掠狀寘諸法公繇是知名五年夏巡撫駱公命率湘勇五百人剿巴陵土匪李日逢於毛田平其黨數千遂駐岳州九月敗粵賊於通城之莊田十月再敗之羊樓峝乘勝復蒲圻以功敘從九品 賞戴藍翎未幾復咸寧敗賊於紙坊遂抵武昌會攻望山門敗賊鮎魚套當是時羅公澤南方統湘軍攻武昌一見公知爲將才命增募五百人六年正月進

壁城下會大雪公策賊且出刼營漏三下率壯士伏營外約諸營以火箭爲號亡何賊果至皆衣白衣火箭發諸營夾擊之無脫者越日又敗賊於青山得　旨以知縣用時羅軍壁洪山公移屯窯灣攻漢陽門苦戰十數次皆捷公所將曰湘後營樹黑幟賊望見輒走以爲不可當亡何羅公卒於軍李公續賓代領其衆僞翼王石達開自通城竄江西連陷瑞臨袁諸郡曾公國藩駐南昌江楚道梗軍報數月不通鄂撫胡公林翼檄公及同知曾公國華吳君坤修參將普君承堯帥師援江西命再增募五百人四月克咸寗敗賊於通山會江公忠濟敗沒通城乃繇蒲圻崇陽轉戰至通皆復其城追賊於毛田及湘陰之長樂賊遂繇瀏陽竄江西六月師

抵萬載復新昌上高遂進攻瑞州郡治貫蜀水有南北二城南曰民城北曰官城聯以石橋七月朔公帥將領察形勢猝與城外賊遇敗之越日進壁西門外僞北王韋昌輝自臨江來援比至我軍已拔南城月旣望六戰皆捷曾公國藩檄知縣羅君萱等帥江軍來會越日江楚兩軍會剿賊窺江軍新至壘未堅乃分黨犯楚軍而以全力撲江軍新壘鏖鬬竟日江軍有潰者壘垂破矣公帥銳卒數十人大呼出橫貫賊陣賊大奔追殺至城濠礮斃公坐騎公攻益力盡殄濠外賊始從容步歸未幾楚軍出隊迎餉賊分道出犯殊死戰又大創之於是曾公及江撫文俊公合疏上公功得
旨以直隸州知州留江西補用　賜號衝勇巴圖魯八月朔逆渠

黃酋悉悍黨來援衆四萬列陣山岡我軍靜以俟之相持一時許別賊自東北馳至預截我後路山岡賊乃下撲呼聲震屋瓦公俟其逼近發劈山礮擊之退而復進再擊再敗之乃崩奔追擊三十里賊方分路逃而石逆適自九江匃黨來勒敗賊還瑞築五壘於東北路與城賊犄角號稱十萬公與諸將議曰石逆新至不急剿之使壘成禍無底矣遂令楚軍防城賊江軍進剿公率死士三百人督戰行未數里賊大至繞出我軍之後瞰公兵少先犯之三百人植立如塑寂無聲待賊近始發劈山礮殪之賊卻三百人植立如故再近再殪之凡六七次賊氣沮各營併力猛攻遂大捷賊數返鬬數敗之公大呼破其一壘及囘軍復擊敗城賊之出犯者時

初四日也初江楚兩軍攻瑞不及萬人當往來數萬之賊勢危甚自有此數捷道始通尋分克上高敗傳家墟援賊方官軍之拔南城也賊黨盡萃北城路通臨江大小數十戰莫能斷其接濟公議於南岸築壘斷外援又於北岸石鼓嶺築新城視舊城尤險固至是賊惟株守舊北城耳十二月公移屯南岸七年正月闞長濠以困之先後遏援賊於馬鞍嶺陰崗嶺皆大破之四月西安將軍福公來視師歎曰吾行軍八年未見有結營平地扼賊而外不能援內不能突如此者會李公續賓進攻九江胡公疏調公回鄂公以功在垂成先遣一軍應之而攻城益力賊夜竄出公追殪之於灰埠六月奪賊南門礮臺七月攻東門毀其城樓十一日破南岸礮

臺明日公親督戰中鎗子凡五臥勿能起又明日坐肩輿裹創督
攻破卡三奪礮臺一遂攻橋北礮臺城且破忽亙礮中公左脅洞
穿遂死之弟騰鶴督勇奮進至夜而城拔矣公貌樸氣靜膽識絕
人攻武昌時獨巡濠上城賊大譟礮擊之公呼曰吾且不動任指
擊三礮不中者爾當獻城降也賊果三擊之見者咋舌公待弁勇
有恩信請告必允亦如期輒至而軍律特嚴無賭博吸鴉片者卒
取民間一鴨立斬以徇屯瑞經年民安其業鄉民助餉至二十萬
緡毀家無怨其卒也民哀思之作紀恩錄臚陳十四事立祠數十
處祈禱輒應其屯軍處一祠尤著靈異云公卒年三十有八　詔
視道員例從優議卹　贈光祿寺卿　敕建專祠　予世職同治

三年江寧復　優詔追錄前勳　賜謚武烈子一曰青甸
騰鶴字杰人將中營會攻瑞州咸豐七年四月戰南城礮傷左臂
創甚兄命歸休持不可七月十三日大舉攻城城垂破武烈中礮
卒君號痛督師急攻比夜城破賊盡殲而武烈不及見矣江西巡
撫命接統湘後軍遂進援臨江賊敗走乘勝破峽江賊數萬復其
城十月會攻吉安壁城下闕長濠困賊獨當西南路八年七月江
水漲賊乘勢衝出督隊截剿無脫者八月十日賊再由江干突圍
出擊走之仍逼入城十五日城拔君獨率所部窮追數百里斬馘
大半時臂創未愈方乞假省親而當事已調防九江不獲辭十月
屯彭澤九年二月戰勝於牯牛嶺遂進規建德擣風雲嶺賊巢破

堅壘二忽後隊火藥發賊乘隙來撲衆十倍圍之數重君力戰遂時已潰圍出矣慮全軍不支復大呼馳入陣力竭死之年二十有八時二月二十八日也是日以勇丁失火敗賴君力戰所損傷僅百餘人軍械無所失君累功保記名知府 詔視道員例從優議卹 予世爵如制

贊曰公父名象觀郡學生手書誡子諄諄以貪怯爲厲禁公兄弟皆服膺焉公性伉直同事有僉壬時或攘功推過公意常憤憤及卒公父書偶語弔之曰不死於賊必死於小人今而後吾知免矣未能事君惡能事父母已焉哉天實爲之烏虖其言沈痛若此公兄弟所從來有自矣

鄧忠武瞿威壯公別傳

鄧公諱紹良字臣若乾州廳人父士儼以歲貢官平江訓導有學行公幼入伍補新場堡屯把總道光末從征崇陽以功擢屯千總晉守備尋從征廣東　賞藍翎李沅發反新寧公帥五百人敗之窮追至黔粵斬獲甚眾明年沅發就擒公擢提標都司　賞揚勇巴圖魯換戴花翎咸豐元年從提督向公榮勦粵賊於慶遠敗諸索潭及陶鄧墟賊竄潯州踞大黃江公麾軍渡方對壘別賊自牛排嶺來犯公引精騎五百橫衝其陣張左右翼繼之兩路賊皆敗又敗賊於象州乘勝抵永安戰皆捷還游擊二年賊犯桂林公空壁躡之一日夜走三百里屯西城圍解授楚雄協副將賊竄湖南

公奉檄守寧遠旋守衡州賊繇間道走長沙公帥師馳援與永綏協副將瞿威壯騰龍壁南城外焚賊踞民廛敗賊阿彌嶺會賊鑿隧道隱隱聞鋤钁聲巡撫張公亮基檄公及瞿公帥勁卒八百人入城備緩急九月二十九日魁星樓側地雷發城裂十數丈賊蜂擁上公帥敢死士躍而前礮彈洞右臂血淋漓不少卻鏖鬭移時殲先登悍賊百餘督兵絫土城復完未幾賊解圍竄岳州直趨武昌公卷甲尾追三年擢壽春鎮總兵晉江南提督攻鎮江會援賊大至我軍不滿千敗潰 詔奪職仍協勦金陵尋以五百人援東壩克之轉戰至太平又遮敗之於采石移防寧國敗蕪湖賊於黃池追奔二十里斬馘近萬五年春 詔賞三品服及花翎帥師援

徽州進攻婺源克之尋赴江寧鎮擣沿江賊巢賊走石埭負嵎羊棧嶺嶺險絕仰攻多不利公遣將循別徑登嶺赭其巢賊越山而竄黟石埭以次復會蕪湖賊麕集老鴉山寧國告急公移師攻之三戰三捷賊望其旂幟輒反走遂復蕪湖沿江賊壘皆平授陝西提督六年春奉　詔攻揚州冒雨渡江帥精銳薄城環攻六晝夜奮身先登攀堞而墜者數誓必拔卒引軍上克之　詔調浙江提督幫辦皖南軍務戰三汊河拔其柵適寧國陷倍道進攻敗賊於雙橋趙村東溪橋等處進次望牛墩大小數十戰皆捷又敗賊於夏家渡於園山分兵平涇縣各村賊巢援賊至敗之於桃花園麒麟山遂克寧國伏屍百餘里七年復南陵會蕪湖賊犯灣沚公痛

勦之夏四月金陵賊大至復犯黃池灣沚分黨從紅楊樹內竄公擊走之四次攻蕪湖皆捷遂進攻繁昌敗賊孤山壩又敗之清水河又敗蕪湖賊於四合山適靑陽賊竄涇縣分兵擊卻之賊復走據南陵當是時公以寧國爲浙藩籬而涇尤皖南咽嗌自提兵遏其衝相持至兩年賊死爭不能入尺寸會丁母憂乞解官奔喪
詔改爲權提督仍督辦軍務未幾復南陵時別將攻瓜洲急賊謀解圍乃犯南陵涇公皆擊敗之尋破三里店賊巢南陵涇皆平八年江寧賊糾捻匪來犯黃池灣沚連屯四十里公自南陵回援力戰走之賊復犯南陵勢尤悍公與總兵周天受前後夾擊大破賊進攻桃木段賊巢破之追至孤山壩盡焚其壘繇是石硊施家渡

要隘皆奪回。尋遣將平太平阜村賊巢。遂進攻荻橋。適賊復犯黃池。乃分兵擊卻之。蕪湖賊同時來犯。亦爲公所敗。然公所部萬六千人。多分防各屬要隘。灣沚大營勢甚孤。而賊衆數倍。盡踞河北三里埂和尚橋等處。分番出犯。而寧防危矣。公飛檄請援。時軍餉久絀。孤山壩各營相繼失守。十一月初七日。總兵戴文英以金陵援師至。賊用大隊襲其後。文英戰死。援師潰。營中食盡。賊攻益急。公知勢不可支。具衣冠北面再拜。舉火自焚其營。死年五十有八。公死而浙遂不能支矣。　詔贈太子少保。　賜祭葬。　予謚忠武。

賞騎都尉兼一雲騎尉世職。　敕寧國及本籍各建專祠。　賞其父士儼白金四百兩。時父年八十有七矣。同治元年。　詔南撫

遺官　賜祭一壇

瞿公騰龍字在田先世居陽湖曾祖明誠任永定縣尉僑湖南遂爲善化人年十九入提標繇常德協外委游擢郴州汛千總道光十二年從征逆猺趙金龍以功　賞藍翎再征廣東八牌猺　賞五品服遷鎮筸守備乾州苗變帥師燔其巢　賞換花翎遷古丈坪都司署鎮筸游擊咸豐元年出師廣西屯武宣壘敗賊於桐木馬鞍山時患瘧力疾決戰上官勸少息公不可曰賊勢如此某敢愛身耶賊竄永安追勦至古排塘屢斬賊目焚其巢擢參將二年賊自永安犯桂林公繞道出賊前壁文昌門賊用攩牌呂公車來攻公力戰禦卻之圍解擢永綏協副將　賜號莽阿巴圖魯亡何

賊犯長沙公馳援與鄧忠武同奉檄帥勁卒爲游兵備非常賊用地雷法轟城初爲鄧公所禦十月十八夜五鼓魁星樓側地雷復發城再裂十餘丈公力堵斬悍賊三百有奇城復完明日圍解

詔加總兵銜公繇岳州追賊至武昌三年擢鄖陽鎮總兵進剿江寧亡何賊北犯　詔公帥師二千人赴河南山東防禦抵高郵

欽差大臣琦善疏留之會總兵雙來中礟死遂兼統雙營並總理營務充翼長時瓜洲賊悉銳援揚州公所部皆分防要隘戲下裁五百人公誓衆曰賊十倍我不力戰勢且盡今當有進無退敢囘顧者斬遂下馬持大刀督陣五百人皆奮勇衝殺呼聲震天五盪五決賊敗潰夜雷雨大作我軍乘電光冒雨衝擊賊不辦衆寡遂

大亂自相砍殺厥明賊退屍骸枕藉計斃賊二千有奇越數日瓜洲賊由三汊河揚帆至登東岸聲言復仇公帥眾渡河横截之賊敗走十一月克揚州並復儀徵四年二月公進勦瓜洲破其伏賊連敗之初五日公督師深入賊傾巢出拒復分黨襲我軍後公被圍血戰竟日手刃十數賊力竭死之年六十有四事 聞 贈提督 賜祭葬 予謚威壯 賞世職入祀 京師昭忠祠子輔廷候選從九品廣善藍翎從九品廷熊藍翎外委廷豹藍翎把總有

旨並賞守備廣善尋改文職累保布政司經歷加知州銜咸豐八年戰死於乍浦廷豹隸都統德興阿戲下充營官八年賊犯浦口力戰死事並 從優 賜䘏如例

贊曰自賊起嶺西長驅而東穴有江左獨賴吾湖南選將才下水陸軍輸糧糗用能乘機逐利收故所失地以汔王誅然當前犯長沙時穴火發賊呼譟乘城非得二公奮身各蔽陷處抵擊之城其危矣無湖南是無天下也然則保一隅遂全天下二公之功偉矣哉光緒元年 敕建駱文忠潘忠毅張撫部三公祠於長沙以二公配食諸死事者祔祀益旌城守之績云

蕭節愍周貞愍公別傳

蕭公諱捷三字敏南武陵人武生舉道光丁酉鄉試官湘陰汛千總咸豐二年以守省城功遷守備四年賊陷湘陰坐免曾文正奇其才檄領水師以功復職　賞藍翎補永綏營守備進攻武昌時水師分兩隊公率戰艦爲前部冒礮雨進先駛至鸚鵡洲擲火毬焚沿江賊栅後隊繼之賊不支揚帆下遁又急駛出賊前燔其輜重城賊喪膽八月二十二日渡江攻漢陽朝宗門外土城楊公載福時方爲游擊公隨之血戰見賊舟輒焚漢口以內船皆盡會陸軍破花園賊壘賊啟北門走武昌復晉都司　賞換花翎時餘賊尙據襄河水師扼新灘口二十四日賊駕戕艑浮襄河下大小千

餘艘水師迎擊敗之溯流追及上游有悍賊數舟用火彈撲營火灼公頭面手足幾死公裹創力戰追勦二十餘里尋敗賊蘄州釣魚臺骨牌磯等處遂大破田家鎮過九江直趨湖口初江西吳城戰艦數百淪於賊賊實砂石沈諸湖口截江路僅留隘口通舟阻以竹纜而於對岸梅家洲築僞城環列巨礮數百以拒官軍值水涸弗利仰攻十二月八日公駕火舟徑衝賊柵礮轟發如雷當者輒碎燔賊舟百數遂乘勝駛入內湖泊大孤塘十二日游擊孫昌國黃翼升等駕輕舸二十精卒二千自大孤塘至平峰出賊不意焚內湖逆舟二百有奇賊遂囊土塞湖口水益涸師弗克歸二十五夜賊用小艇雜外江巨艦中潛縱火水師驚潰輜重皆被燬曾

文正大營泊九江北岸亦被焚襲於是公等阻鄱湖內外鬲絕水師故有船供食宿自陷入湖內眾皆露處風雨中公等激以忠義軍心彌固五年曾文正入江西益治水軍公晉游擊四月乘霧襲賊雞公湖敗之遂復都昌五月賊由大孤塘上犯勢勁甚公逆擊之於青山決死戰賊大敗人舟俱燼遂奪回前臘所失帥船及賊魁艨艟巨艦七月十四日復敗賊青山當是時文正屯南康檄平江營陸軍渡湖約水師夾攻湖口二十三日平江軍攻克湖口城賊退保石鐘山堅壘時北風勁浪立如山公率十七舟猛進遙見陸軍圍石鐘氣益奮手自揮旗已衝越賊艘將上下夾擊而下鐘山及梅家洲賊壘林立礮齊發公中飛礮死之諸將憤極併力攻

盡焚下鍾山逆舟追三十里始還事　聞　贈副將　賜祭葬
予謚節愍　賞世職入祀　京師昭忠祠咸豐七年九月官軍克
湖口九年曾文正再出視師彭公玉麟建水師昭忠祠於石鍾山
曾公疏請列祀典首祀公及周貞愍公
貞愍諱清元字玉泉湘陰人也世業農兒時與羣兒角戲於牧場
立表數十步外飛石命中掘溝尋丈跳越之能往復十次羣兒皆
出其下同里左明志者以拳勇鳴於鄉招致門下傳以技嘗言天
下幸無事有事則周清元暨吾子光培皆驍將也咸豐二年冬賊
自益陽竄臨資口公混迹市人中默識其軍卒舟艦糧械之數聞
提督向公榮尾追至八字哨相距三十里公遮道見向公曰廣西

能戰賊不過三千餘人餘皆裹脅耳臨資口四面阻水湘包其東南資繞其西北數十里平原渺無障蔽賊所擄民船笨重不易行一炬可盡也請以兵扼要路使不得偷渡賊糧盡旬日當餓死何怯而不爲向不省公固以請向叱之退繞道樟樹港至湘陰賊從容駛去矣及東南糜爛公太息曰賊自走絕地向公縱之去能辭厥咎邪三年曾文正募水軍公謂光培曰時至矣丈夫當努力殺賊報國毋徒死牖下爲也遂同應募隸千總楊公載福戲下楊公嘗爲湘陰汛外委夙才公而蕭節愍官湘陰千總時亦知公驍勇及戰必與俱四年賊踞湘潭楊公及彭公玉麟等帥水師進勦時賊掠民船數千旗幟蔽兩岸我水軍本新募又經岳州新挫望之

多奪氣公言於介衆曰民船不能戰一炬可盡也何懼焉遂隨楊公猛擊逼賊巨艦賊倉卒以瓮盎來擲公手接而回擲之中賊渠楊公躍登賊舟公隨聳身入用火毬分擲左右舟時風烈火大熾賊爭赴水死從軍見火起急槳爭進分途縱火燔賊船皆盡公以功拔充哨官隨攻克岳州嘉魚各郡縣八月二十三日攻克武漢受重創力疾進剿戰蘄黃田家鎮皆有功五年武昌再陷公隨彭公回援駐金口扼上游每戰必身先不受創不止六年胡文忠督攻武昌經歲不下議先斷糧路困賊乃檄水師清江面賊船公時典水師副後營率先下駛越武漢二城直駐沙口賊數來犯皆敗之駐沙口八閱月賊糧斷城賊乃困十一月二十二日公繇沙口

帥師上擊先破賊浮橋斷其鐵鍊大戰黃鶴樓下公被礮傷力戰不退各營繼之遂克武昌十二月六日以創重卒於軍年二十有六公繇藍翎外委洊保參將加副將銜 賞驍勇巴圖魯名號並換花翎洎死事 詔眡副將例議卹 予謚貞愍 賜祭葬 賞世襲騎都尉祀 京師昭忠祠公勇而廉所得月俸半以充犒賞既卒不名一錢所部醵金送之還葬而左君光培戰勣與公埒後官至總兵

贊曰當節愍攻湖口時典平江軍者元度也既拔城進擣石鐘山壘登高望水師礮聲雷震煙蔽空日暮始罷戰不知公已死綏也公與周貞愍齊名昭忠祠祀死事將卒三千餘人二公爲之冠烏

虖壯哉。余嘗往來金陵。泊石鐘絕壁下。夜半。風怒號。萬竅齊鳴。與所謂鏜鞳噌吰聲相響答。豈諸公忠魄為之邪。拜其祠。益欲歔不忍去云。

陳威肅公別傳

陳公大富字餘庵武陵人起行伍道光三十年以外委從提督向公榮出師廣西戰永安解桂林圍回援長沙追賊武昌轉戰金陵常爲軍鋒洊擢常德協都司 賜孔雀翎咸豐七年從浙江提督鄧公紹良復甯國屬之灣址黃池晉遊擊尋援浙江勦賊金華處州除參將賊竄石埭太平皆擊走之又從復涇縣拔南陵擢副將八年十一月灣址師潰鄧公死之公左次南陵明年夏四月賊犯南陵力禦之賊百計環攻不得逞十年三月圍始解計苦守經年矣

顯廟嘉其績除皖南鎮總兵五月僞侍王李世賢圍甯國分黨攻

金壇及南陵當是時湖南提督周公天受守甯國高州總兵蕭公知音參將周公天孚等守金壇公仍守南陵賊衆數十萬我軍勢不敵日夜血戰各死守待援七月十八日金壇陷賊屠其城周公天受見事不可爲乃盡出甯城中兵民數萬人令各逃生獨誓以身殉甯民扶老攜幼走南陵投公公開門納之八月十二日甯國陷周公死之賊圍南陵益急城中食且盡餓殍相屬公自分死矣以忠義激厲軍民皆誓弗去夜遣壯士縋城出求援於水師前後數輩爲邏賊所獲最後乃得達時福建提督楊公岳斌統水師而欽差大臣兩江總督曾公方駐祁門亦檄水師援南陵楊公投袂起九月水師次樅陽會大雨揚帆泊魯港聲言攻蕪湖而密部署

各營扼要隘且結浮梁以俟十月四日水師驟起登岸出賊不意盡燔港左右賊屯呼聲與江潮聲相亂公方乘城見圍賊爭馳赴魯港衆囂且亂拊髀曰援師至矣乃枵腹出城夾擊憤甚手大旂衝陣十盪十決追殺十餘里與援師會計殲賊萬餘撲水死者無算圍立解是役也賊乘屢勝之勢視南陵掌中物氣驕甚圍攻六閱月竟爲我水陸軍所殲公於是再守南陵矣城中兵僅存皮骨民尤甚草根樹皮食盡雀鼠爲空楊公船粟來哺懽聲雷動公擬繕城垣固守楊公謂形勢不便乃帥師赴上游百姓從者十餘萬屯東流十一年正月公會水師復建德二月李世賢率黨數萬竄景德鎮江西大震乞援師公帥四千人自建德往援賊恨公次骨

知公勇難敵也思以計陷之盡伏悍賊於牛角嶺柳家灣迴龍嶺等處距鎮三十里公至湖田不見賊將還賊渠忽率馬步隊繇鎮南雙鳳橋竄至李村誘官軍公帥師迎擊賊不戰退次日大霧賊分黨潛逾橋伏各營左右日高春霧稍歛公率大隊躍馬直前參將田應科等繼之賊突從鎮東抄出師稍卻伏賊盡起公挺矛力禦礮洞左乳血如注仍裹創決戰賊從間道襲焚我營應科及遊擊蕭傳科胡占鼇都司胡鳳雝熊定邦吳定魁千總羅廷材等皆戰死公見營中火起下馬北向叩首曰臣力竭矣投李村河而死

詔贈提督　賜卹如典例　賞騎都尉兼一雲騎尉　予諡威肅　東南陵建專祠應科鳳凰廳人　贈副將　予諡果毅傳科

占鼇與應科同里定魁字玉堂長沙人鳳雝等佚其里籍各照本
階加等議　卹並祔祀南陵專祠
贊曰軍興楚人以善戰聞善守者推陳公爲最公守南陵殆被困
經年繼六閱月賊視前尤衆公以蕞爾城當十萬方張之寇羅雀
掘鼠忍死待援卒以此名聞天下方事之殷自謂無生理矣乃不
死於南陵卒死景德鎭烏虖求其故而不得者命矣夫

蕭剛勇彭果毅劉忠壯周愍烈彭武烈公別傳

烏虖當李忠武之師覆三河也員弁死綏多至數百人名將勁旅猝投一燼其中尤敢戰及死事尤烈應謚法者得五人焉此五人皆百戰之餘從克名城以數十計忠武帥所部深入豈輕試虎口哉抑倚諸將能戰守耳不自意爲援賊數十萬所乘天也而諸公廩廩然各以死報 國豈不誠烈丈夫哉余攬其事悲之作五公傳

蕭公意文字章甫湘鄉人隸羅忠節戲下以斬級功敘外委咸豐五年從克義寧州擢把總 賞戴藍翎是年冬再錄從征通崇蒲圻功晉千總湘軍攻武昌公數陷陣敘功遷守備武昌克晉都司

七年從勦蘄黃賊巢攻拔小池口僞城克湖口縣破走梅家洲賊擢遊擊加參將銜八年克九江以參將卽補 賞換花翎當是時李忠武奉 詔幫辦軍務進征皖北公帥所部從連克潛山太湖舒城桐城四縣遂進攻三河鎮三河鎮者舒廬適中地賊立僞城恃糗糧軍火以濟廬州及江寗賊營者也別築九壘以衞之堅甚忠武銳意取之十月二日各營分三路進勦公等攻河南街老鼠夾賊壘賊悉衆旅拒公冒礮雨先進各營繼之縱火焚其壘賊大亂公身受礮創殊死戰不退遂奪柵入九壘皆下壘中賊盡殲無脫者我軍傷亡亦千餘人公以創重歸營逾時卒 詔贈副將眡副將例 賜䘏 予謚剛勇

彭公友勝字雲臺長沙人初爲長沙協戰兵從征耒陽新寧粵寇起從征廣西以偵探功　賞六品服賊犯長沙隨瞿威壯入城協守尋從江忠烈援江西並有功江西圍解乃歸伍居頃之送戰艦於大營留爲水師營將賊擾漢黃公駐師沌口平賊壘二斬僞丞相一武漢既克隨官軍攻九江同敗賊於童司簰平其壘時已洊擢遊擊換花翎矣八年九江克復晉參將尋帥所部征皖及賊戰於三河鎮力盡死之公饒膽略水陸戰必衝鋒大小數十戰體無創痕軍中服其勇死事前夕忠武命公爲前鋒時九壘雖破援賊復大至衆十餘萬距三河三十里我軍僅五千人又多苦戰受創公上言宜堅守不可戰忠武笑曰若驍將今乃怯邪公默然詰旦

領所部大呼陷陣賊披靡會大霧覿面不相見公已逼賊壘不覺也亡何援賊四合遂遇害　詔贈副將眡副將例　賜卹　予謚果毅

劉公神山字佑甫湘鄉人咸豐初隸羅忠節湘右營從克武漢敘藍翎外委五年克義寧晉千總援湖北復通崇蒲咸進攻武昌大小七十戰公皆與遷守備武昌既克轉戰至黃州進都司七年從攻湖口破賊梅家洲擢遊擊　賞換花翎八年九江復再回援湖北有功遷參將湘軍征皖連克潛太舒桐公功最　詔以副將補用三河之戰公首陷賊陣斬悍目數人追逼賊壘被抄襲圍之數重公左右馳突不能出手刃數賊而死年二十二　詔贈總兵眡

總兵例　賜卹　予諡忠壯
周公福高字子祥湘鄉人從羅忠節援勦江鄂纍功擢守備　賞
戴藍翎李忠武接統湘軍再晉公都司以小池口梅家洲諸戰尤
用命　詔以遊擊於軍中候補咸豐八年十月戰死三河鎮我軍
之抵三河也援賊麕至諸將不欲戰知戰必敗相覷無人色公憤
然曰敗則死耳吾輩畏死不來矣既至此敢惜死以隳壯志乎力
戰而歿　詔贈副將眡副將例　賜卹　予諡愍烈
彭公志德字道一湘鄉人隸湘軍以功敘把總咸豐六年軍次洪
山攻武昌各營裹創喋血鏖戰五閱月不解鞍胡文忠遴敢死士
數十人彙奏請獎公與焉遂晉千總　賞藍翎武昌復以守備用

七年剿黃州克湖口平小池口堅壘梅家洲偽城公功皆最擢都司換花翎尋破彭澤宿松太湖諸縣每戰必爲前驅不肯後人敘功遷遊擊又以復麻城黃安功除參將加副將銜三河之役忠武殉節諸營皆潰公率所部貫賊陣突出死者過半公亦受重創走入中右營與副將李存漢等竭力死守越三日營陷死之　詔贈副將賍副將例　賜卹　予謚武烈以上五人並　賞騎都尉世職　賜祭葬如例祔祀李忠武專祠

天岳山館文鈔卷七

曾愍烈曾靖毅公別傳

曾公諱國葆。字溫甫。湘鄉相國文正公三弟也。幼出後叔父驥雲。生有大志。好讀史。能爲奇論。有特見。時雜以詼嘲。隨兄讀書京師。以國子生應京兆試。不遇。歸益講求經世略。咸豐五年。文正督師江西。冬十月。僞翼王石達開自通城竄江。廣東賊周培春等。復自茶陵州竄至。併爲一。疊陷名城。列郡無完土。當是時。江楚道閉。文報家問不通。凡數月。公請於封公。倍道走武昌。乞師以拯江西。六年三月。鄂撫胡文忠檄公與劉君騰鴻吳君坤修普君承堯帥五千人行。而疏請以公統領軍事。遂攻克咸寧蒲圻崇陽通城新昌上高六縣以六月杪抵瑞州自是江楚始得通問瑞故有南北城蜀水貫其中劉君軍其南公與普君軍其西北吳君別勦爲游兵賊於東隅通外援市易如故始至援賊與城賊合犯屢破之七年正月文正躬赴瑞郡督攻調吳軍至自奉新東路始合長圍掘塹周三十里斷賊接濟會公丁本生父憂隨文正奔喪歸是年七月瑞州拔八年二月降服期滿李忠武奉　命督勦皖中公與忠武姻家也忠武招公襄辦軍務連下潛山太湖桐城舒城四縣遂乘勝擣三河鎮以規廬州時湘軍挾百勝之勢鋒銳甚公獨以謂常勝之家氣將竭矣難可深恃時時與忠武深語悚切並以書告文正亡何援賊大至軍深入被圍十月十日公從忠武力戰死之事

聞　詔繇同知　贈巡守道眡道員例從優議　卹十一年官
文恭胡文忠合疏陳公兄弟忠藎狀請破格加　恩示激勸　特
旨賜諡愍烈　敕本籍建專祠
曾公國葆字季洪易名貞幹字事恆文正公季弟也少時落落自
將脫出畦町視人世毀譽及書史褒譏皦刺不甚措意亦不隨衆
爲疑信時或詰難參伍大破羣惑逾冠補諸生屢冠其偶已而厭
薄舉子業究心手搏擊刺法粵寇起文正奉　詔討賊公帥六百
人從咸豐三年冬平常寧洋崗土寇時楊公岳斌方爲把總彭公
玉麟方爲諸生皆客公所爲僚佐公亟薦諸文正曰兩君英毅非
常器也某願下之四年三月岳州兵敗公又亟白諸將無罪已願

獨坐之其後彭楊果以水師雄視東南而諸將亦次第登用多建
牙專閫獨公邑邑罷歸築室紫田山中柴門絕人事八年冬懸烈
戰歿三河鎮公聞變則大慟誓出殺賊以報兄仇雪前恥明年抵
湖北胡文忠與語大合檄分領千人署曰湘恆營自黃州進屯松
子關十年二月攻克太湖敘訓導加國子學正銜當是時公四兄
今宮保威毅伯國荃方帥師圍安慶公與威毅軍合用長圍困賊
明年八月克之晉同知直隸州　賞戴孔雀翎九月帥師駐樅陽
鎮固皖東門戶同治元年正月威毅伯統大軍渡江公師次三山
三山者宣池羣賊薈萃區也我軍深入援絕賊十倍於我乃用黃
君潤昌策招降三縣義民之陷賊者得四千人編伍約法遂解重

圍賊大創而去尋破魯港克繁昌下南陵　特旨賞迅勇巴圖魯號未幾克蕪湖而威毅伯亦以是時克東西梁山徇和州當塗奪采石兄弟復會師進薄江寧雨花臺江東久悴於兵沴疫繁興將士物故相屬公病屢瀕危方請急養病而僞忠王李秀成率援賊數十萬至公强起籌戰守自當西路衛餉道與賊血戰四十六日夜賊死踔不得逞解圍遁　詔晉知府而公不及見矣公以十一月十八日卒於江東橋營次年三十有五文正初不欲　上聞會有　詔詢知府曾貞幹見駐營何處文正始以積勞病故覆陳溫旨賵按察使即照按察使立功後病故例議卹以示優異蘇撫李公鴻章復臚陳公戰績及積勞致疾之繇奉　特旨照二品例

議卹　予謚靖毅加　贈內閣學士銜　敕本籍及死事地方各建專祠仍宣付史館立傳公在軍習勞能忍饑寒隆冬不御裘嘗跣足行積雪中了無所苦嗣子紀渠廕知縣江寧克復　賞直隸州知州

贊曰兵法云將受命則忘其家臨軍約束則忘其親援枹鼓則忘其身之三者文正昆仲兼之矣文正之墨衰從戎也疏陳雖有功不敢邀甄敘岳州敗靖毅登白簡及後有功未嘗輒以　聞愍烈援江西以急難故瑞州拔則功歸諸將烏虖茲豈恆情所有哉然兩朝詔書於愍烈有一門忠義之　褒於靖毅則曰朝廷早欲擢用以曾國藩再三辭賞罰待江寧之克抑何其　一

德相孚及此耶、未二年、兩兄卒克江寧、二公當拊髀九原矣、

贈太常寺卿孫君丁君別傳

孫君諱守信字小石長沙人少讀書不遇遂走京師供事內閣敘勞得從九品試用湖北工楷書總督署繕摺奏道光三十年李沅發反新甯君隨大軍進勦事平擢知縣咸豐二年粵賊犯長沙君以解餉入城協守有功圍解君隨江忠烈勦平巴陵土匪晏仲武擢同知　賞戴藍翎尋署蒲圻縣事有惠政五年武昌再陷羅忠節澤南自江西援鄂壁洪山君從之六年援賊古隆賢等悉銳犯洪山後路冀解城圍巡撫胡文忠命君與鄒君漢章蔣君益澧等迎擊破賊於豹子海追奔至樊口又敗之十一月武昌復以功晉知府換花翎官軍尋復大冶興國武昌諸州縣君皆在事有功擢

巡守道李忠武續賓進攻九江賊渠堅守未卽下七年援賊自臨江竄興國君與周副將寬世帥師擊敗之八年與趙副將克彰剿賊於麻城賊遁遂從忠武大軍征皖連克潛山太湖桐城舒城十月師次三河鎭會援賊大至我軍困重圍初十日忠武死之君與丁君銳義等猶以忠義激厲士卒堅守營壘鏖戰四晝夜至十三日鉛藥水米均盡壘破並死之　詔照按察使陣亡例議卹　賜祭葬　贈太常寺卿　賞騎都尉世職祔祀李忠武專祠

丁君諱銳義字篁村亦長沙人父敩忠世父敘忠叔父取忠並以學行重於時君性豁達習兵家言粵賊犯城集里中子弟籌守禦鄉人恃以無恐咸豐四年胡文忠方爲貴東道耳君名檄募壯士

百人同赴鄂旋益募至千人曰義字營累功擢縣丞六年羅忠節攻武昌以礮創卒賊渠古隆賢率黨萬餘犯官軍後路屯豹子海時軍中新失大帥諸將皆不欲戰君忼慨言曰我軍頓城下六閱月矣賊堅守不出今幸援賊來求我願假精兵四千出賊不意可一鼓破也文忠壯其言夜漏三下密檄君與唐君訓方蔣君益澧孫君守信等銜枚掩擊大破之斬首千餘級追敗賊至新店隆賢僅以身免遂自洪山進屯華容埠當是時賊水陸並宿重兵拒我師君等先自上游攻之會楊公岳斌水師亦至賊敗潰遂復武昌縣賊退走黃州　詔加鹽課司提舉銜　賞換花翎會大水諸將請回軍君奏記文忠曰今樊武破賊膽已寒興冶賊必不敢上竄

若再乘勢克蘄黃則糧盡援絕武漢不攻自拔矣文忠韙其策遂渡江壁黃州城外一夕賊來劫營營衆亂君帥所部奮擊賊敗入城諸軍固請回軍君爭之不得乃自請屯青山斷賊餉道十一月武漢復君擢知縣加運同銜八年春大破賊於黃泥畈青天畈等處夷賊壘數十擢同知五月再破賊於南陽河阿彌鎮復夷賊壘數十自是宿松太湖賊皆遁君乃招流亡勸耕種太湖大饑復倡捐貲粥以振　詔晉鹽運司運同七月李忠武征皖檄君從君以大父喪乞假不許遂同破石牌賊壘連克潛山太湖桐城進攻三河鎮君以三河爲廬賊必爭之地請先攻廬江廬江下則與將軍都公提督鮑公二軍合攻安慶然後水陸並進舒城三河廬州皆

可計日破。而忠武銳意攻廬州。九月舒城下。十月二日破三河賊壘。君再從弟藍翎把總曙樓死之。君以連日血戰。精銳多夷傷。請退屯桐城。濟師再進。忠武不可。已而援賊大至。餉道斷。初十日大舉來犯。我軍竟日不得食。遂敗。忠武死綏。君營亦被陷。乃衝入忠武營中。與孫君拒守四晝夜。至十三日乃陷。君以重創仆地。賊問爲誰。君罵曰。我義勇營統領丁某也。賊豈不知。何問爲。遂遇害。年三十有八。君寡言笑。耳重聽。衆號丁聾。而膽勇絕倫。嘗以孤軍遇衆賊。手大旂左右揮。賊疑有伏。左右顧。遂大呼乘之。賊大敗退。性廉。所得俸賞。悉分其部曲。家無餘財。　詔贈鹽運使。予祭葬。

賞騎都尉世職。　加贈太常寺卿。　敕本籍建專祠。所部陣亡者祔焉。而太湖士民懷君德。醵金建祠陳德園君舊駐師處也。

贊曰。兩君皆吾故人也。孫君恂恂吏才。未嘗獨將。而臨陣能執銳摧堅。丁君議論飈發。敢獨爲其難。而策三河進止。特詳愼。嚮從其言。安有覆軍之變耶。忠武名將也。是役獨違衆深入。烏虖。豈數有不可回者歟。然兩君並以千古矣。

贈太僕寺卿知府銜湖北候補同知直隸州何君別傳

君諱忠駿字龍臣平江人曾祖銘祖運隆皆縣學生父瞰增廣生以治團練功加翰林待詔銜子五君其長也君生有異禀五歲大父口授詩書易皆成誦十四入邑庠道光二十一年崇陽亂民鍾人杰犯平界君治鄉兵卻之敘六品銜充己酉優貢咸豐二年舉順天鄉試時廣西賊洪秀全等搆亂踰嶺涉湘圍長沙不克掠舟洞庭覆武漢徇長江而下遂踞江寧君以三年六月歸自京師則益治鄉兵爲扞禦計侍郎曾公督師長沙檄君與李原濬擴湖赴軍前擴湖余從兄故與君莫逆者也君以桑梓有急辭四年正月余從曾侍郎東征賊踞岳州龔自平江襲省會侍郎檄平江知縣

林君源恩練兵守北界以君及擴湖參軍事旋檄故提督塔忠武
公今湖北巡撫胡公濟師援平連破賊通城平界得完胡公尤器
君待以國士黔勇與楚勇鬭死者數人君力排其閒礮彈入左髖
創甚得不死既而塔胡皆別剿遂以君等任防務戰屢捷進克通
城論功擢知縣加五品銜明年武昌復陷崇通爲賊藪九月羅忠
節公自江西援鄂君及擴湖各將千人再克通城僞翼王石達開
由鄂入江敗羅軍於蒲圻通城之師亦潰擴湖死之君退守北界
賊不敢逼六年十月楚師克武漢崇通以次剗平平江解嚴於是
堅守已三載矣七年君入胡公幕擢同知直隸州加知府銜八年
四月安慶賊上犯陷麻城君率平江勇千人救之未至黃安繼陷

被劾既力戰復麻黃得還冠服君亦厭戎事遂散遣所部歸會李忠武公進攻廬州辟君掌機宜文字君固辭胡公趣之行當是時李公再克武漢拔九江威略震天下九月克潛山太湖桐城舒城進壁三河鎮鎮故舒廬適中地賊築僞城抗我軍者也官軍破城外九壘城旦夕下援賊數十萬自江甯來我軍止五千前後受敵賊掘堤斷歸路召援師則皆潰退李公顧諸從事苟得出無爲俱死君曰公不負國某等肯負公耶時親卒數人侍以銀數餅畀之且曰若歸告吾父母知吾死此足矣卒脫歸者二人夜三鼓君躍馬隨李公出衝賊陣死之同殉者同知曾君國華知府何君裕運同丁君銳義道員孫君守信知州王君揆一訓導萬君斛源暨將

領士卒殲焉時十月十日也事聞
天子贈君太僕寺卿予世廕李公遺骸尋收獲以識君狀者少遂
不克返葬君年四十八大母年九十有七父及母年七十餘皆健
在嗣子一年未十歲胡公卹以千金爲經紀其家君豐頤廣顙敦
孝友自負經世才與余及擴湖交最篤讀書嶽麓城南及偕計北
上三人者率相依寓京邸至傭書自給酣嬉淋漓無幾微不自適
擴湖性剛決不少假借君則旁皇周浹遇人得其歡心而所持屹
不可奪兩君意趣不同然皆後先死王事君則寸骨無歸視擴湖
尤慘烈云君初與同學丁君步賢試拔萃科名相次試未竟丁君
遭外艱赴至君誡勿使知丁遂中選君副之人以爲難學使者知

其事大賞異之卒以優行貢太學君所著詩文集八卷針砭錄八卷讀經蠡測四卷邑城特建忠義祠祀君及擴湖而以死事諸人祔

論曰君死綏前二日郵書抵曾侍郎以謂官軍連克四城鋒鋭甚然常勝之家難與料敵慮無以持其後昧其辭若有不自得者君在行閒久爲當事所倚蘊蓄宜稍稍抒矣顧猶不能盡行其志何歟然事前既慮之事至則毅然以死報何其偉也侍郎屢辟君以鄉井之難不克赴既紓矣又欲赴不可得卒死皖中非命也歟哉余既痛君之死而壯之而尤憾其勳名之不終其志故次其傳

贈道員湖南補用同知直隸州知州林君別傳

君諱源恩，字秀三，四川安縣人。道光丁酉拔貢，舉癸卯順天鄉試，謁選得平江縣知縣。咸豐二年秋，粵賊犯長沙，解圍後，瀏陽匪渠周國虞復煽亂，距平江界二十餘里，江忠烈討平之，君以保竟功擢同知直隸州。忠烈數譽之，以是爲同僚所忌，齮齕備至。明年，侍郎曾公起督師，君遂請練兵殺賊，侍郎命募平江勇五百人隨征。甲寅春，賊自岳州上犯，君至長沙矣，有他賊自崇陽、通城犯平江，檄君同援，壁北鄉之上塔市。三月四日，賊大至，環君壘，君逆戰大捷，追奔數十里。既而塔忠武公、今鄂撫胡公師克通城，平江解嚴。師刱剿則賊仍竄至，君屢戰卻之，以兵少增募川勇數百，忌者謂君賊退益軍爲虛縻君憤甚詣大府自陳而讋於辭卒莫能自達遂從曾侍郎九江軍命治羅忠節糧臺乙卯春從克廣信　賞花翎又治塔忠武糧臺旋任水師營務均邑邑不獲行其志會江軍六百人缺將以君代之又與共事武夫不相能君憤彌甚明年石達開犯江西官軍失利樟樹鎮余奉檄自湖口移攻撫州江西大吏募平江勇三千曰江軍以君及鄧君輔綸爲統將率師來會攻方兩軍之趨撫也江軍克進賢楚軍克東鄉鋒銳甚三月癸酉破文昌橋堅壘五赭其巢既薄城君壁南門余壁西南隅相去四里賊嬰城拒守堅不可卒拔當是時江楚道梗瑞臨袁吉四郡無一官軍援賊不時至至則合城賊來犯我軍迎擊三十里外輒重創

之破賊壘者九大小戰五十有六皆告捷然我軍血戰久盛暑無一日休裹創者十之三病者十四五會鄧君中蜚語去在事者多告退君勢益孤餉日絀宜黃崇仁兩令來乞師謂克宜崇則能拊撫賊之背且勸士民輸餉可得十數萬余猶豫不能決君曰無疑也譬居室者食指繁則必使分任工賈就食他鄉閉門坐斃何益哉遂分江楚軍共五千徇西路九月三日克宜黃九日克崇仁俘斬各數百忽皖賊數千自景德鎮來援急撤宜崇軍官民苦留不遣將士亦以久飢甫得一飽不能行余告急江西檄江軍曰彪勇者扼東鄉軍心稍定既而彪軍不果來賊直趨撫州十六日扼河而戰水涸賊騋馬飛渡追而敗諸城下君喜甚顧余曰我軍分出

太半決戰尙用命援賊當不足虞也先是君所部之右護軍遣赴崇仁留三百人守壘賊詗知之詰旦出犯先陷右軍遂圍君壁君慷慨諭將士曰好男子努力殺賊無走也衆皆應曰惟公命都司唐君德陞馳入壁掖君上馬君曰此吾死所也子受事日淺其行乎唐君曰君能死吾獨不能死耶從容解金條脫畀其從子某曰若馳去吾與林公死此矣壘破君手劍鏦賊力竭死之唐君素驍健格殺十餘賊始被害從死者三百餘人所殺賊相當余正與賊搏戰聞江軍急自率中營救之未至君營火起潰卒爭趨余壁余返壁賊已合圍余痛哭問君狀親卒謬應曰已得脫策馬南嚮去矣余遂潰圍出刃及馬腹者三行十里遇唐君從子某始得君及

詹君死事狀悲夫君卒年四十　追贈道員　賜卹如例子蔭光
甫七歲越二年撫建克復又明年曾侍郎督師駐撫爲立碑紀其
事唐君字彥遠甯遠人舊隸副將周鳳山部下以十五日奉檄來
江軍十七日及難　贈遊擊

論曰江楚軍之圍撫州也人數九千有奇耳其時列郡淪陷援賊
趾錯於道僅孤軍搘拄其閒三月不下衆謂是軍不可用雖君與
余亦若無地可自容者迨後官軍拔瑞臨及九江吉安水陸皆二
萬人又別以軍禦援賊經年厪乃克之然後知撫州之役君與余
所遭蓋獨苦矣烏虖安得起君於九原而與之搤掔一痛哭哉

贈按察使銜江西補用道郭君別傳

君郭氏，諱式源，字奎士，長沙人。年十六，補縣學生。性沈毅，有力，能開兩石弓。咸豐三年，曾文正招義旅剿賊，以候補縣孫第培將五百人，君佐之。明年，戰靖港失利，所部撤遣，文正獨才君，檄令隨征。五年，從入江西。時余奉檄募平江勇三千人，分中左右三營，君充左營百夫長，以敢戰聞。從克湖口，有功，敘訓導。六年，戰撫州，移防貴溪。七年正月，有賊萬衆踞弋陽，君等夜出隊進剿，比至，天未明，殺巡邏賊十餘人，馳入縣城縱火。賊在睡夢中大亂，我軍斬賊數百級。天漸曉，賊出隊斷我軍後路，諸將潰圍出，且戰且退。君與壯士十數騎斷後，追騎至，君回騎斬其人墜馬。君亦被刃，馬蹶，遂奪登賊馬急鞭之餘賊不敢逼振旅歸血涔涔袍袴皆赤數其創凡七賊尋遁三月大破賊於鷹潭得　旨賞藍翎九月貴溪解圍君遷知縣尋將右營八年七月賊圍玉山我軍力戰解圍君晉同知加知府銜當是時文正再出視師檄余充營務處所部平江軍已增至六營改隸九江道沈公葆楨戲下未幾知府屈君蟠率老中營別剿餘歸知府彭君斯舉接領所稱老五營者也九年會攻景德鎮克之十年彭君奉調援浙君總理營務四月克淯安斬首千級軍聲大震君以功擢知府　賞換孔雀翎六月自臨安出於潛昌化駐千秋關偽忠王李秀成率賊十數萬至我軍止三千餘人誓決死戰賊初至擊走之翼日大至各營鏖戰自朝至日昃死傷略

相當賊愈集愈衆君率壯士數十騎冒礟雨潰圍走腰受重創是役雖敗然浙人謂以寡敵衆從前未見此血戰也亡何賊自浙竄江西大府檄平江軍回援而彭君畱浙乃以老五營改隸君會賊復犯玉山君至力戰解其圍　詔以道員歸江西補用十一年春李秀成自閩竄江西圍撫州君在玉山聞警兼程至出賊不意襲其營圍解追至樟樹鎮再敗之遂進師新淦時賊衆十餘萬我軍數戰多傷亡衆擬請假少休息而當事嚴檄趣戰君激以忠義士皆扶創用命三月十六日追賊至峽江賊分黨竄臨江君馳擊敗之遂次瑞州太陽墟與賊夾水而營扼其渡李金暘者降將也歷保至副將奉南撫檄率二千人來助剿號和字營與君連屯所部

有異志君不知也四月朔賊濟河來犯和字營坐觀不擊君大駭旣濟則相率降賊叫讙聲如雷金暘亦降君憤甚獨帥所部迎敵賊圍之數重勢不支遂遇害年三十有八事　聞贈按察使銜照按察使陣亡例議卹　賜祭葬　賞騎都尉世職君從弟式相字尹生進士維城孫也縣學生從君於江西以功保訓導及軍變部卒有潰逃者掖之走式相曰烏有與人共事而逃其難者況同事爲吾兄乎遂相繼死得　旨賜卹世襲雲騎尉君同懷弟式瀚從弟式樾並以把總在江西先後戰死而李金暘尋自賊中逃歸江撫械送兩江總督大營論棄市

贊曰君書生好匹馬陷堅陣余數止之君笑曰此事克則爲卿不

克則烹固其所也烏虖語雖譎亦壯矣哉君卒後數年會城采忠書院有以符籙召仙者仙至自署漢司隸校尉鮑宣一署晉尙書令卞壼一署奎士獨不著姓名固問之書七言絶句三章去時坐客無知君者余久乃聞之曰嗟乎此吾故人郭君者耶味其詩意益允合云

布政使銜選用道屈君別傳

君諱蟠字文珍一字見田江西湖口人生時父夢神人授以二弓幼績學能文章尤練史事爲諸生廩於庠咸豐五年余從侍郎曾公入江西募鄉兵殺賊號平江軍三月駐南康時湖口陷賊君間道來軍忼慨言兵事每戰輒從六年移攻撫州奉檄勸富民輸餉君襄事金谿之許灣廉正無所擾會分兵取宜黃崇仁皖南援賊至與撫州賊合我軍失利移防貴溪君走南昌謁曾公力言平江軍自三月圍撫至九月瑞臨袁吉建饒諸郡皆賊窟以次來援大小戰五十有六皆告捷以餉竭故徇宜崇兵分爲賊所乘非戰不力也請益濟師復諸路語次聲與淚俱會公壯之屬潰卒釐至命

資遣之立散無譁者君尋赴貴溪令將中營悍者爭齕之余不爲動君益感且奮七年三月戰鷹潭有功得　旨以訓導用未幾分駐上清司距貴溪七十里賊衝也君以五百人搤險守屢卻賊已復分路大至乃檄他將代而令君進攻耳口寨寨去上清司又八十里尤險僻賊不意官軍驟至大敗奔斬首數百君自是以能戰聞矣九月僞翼王石達開圍貴溪君回援圍解遷縣丞　賞戴藍翎八年二月達開自撫州趨鉛山圍廣豐犯浙之衢州君以中營扼黃沙港及蔣家灣賊在水東號三十萬卒莫敢渡時西安將軍福興公持節駐廣信總兵饒公廷選率兵五千援廣豐戰大南橋潰君後至勒兵道旁俟諸軍畢退乃噪而馳之賊卻四十里福公

援衢州。檄君從君至玉山。空無人。知縣袁君翼堅臥待盡。見君至。始起。與共乘城。余率四營踵至。則君已赴衢。衆皆爲君危。賊之攻衢也。環城八十餘壁。勢張甚。閩粵兵出城與賊戰。皆反奔。天驟雨。饒公阻隍而立。露刃剚奔者。不能止。君適至。從上游三里亂流濟。大呼衝陣。賊愕。陣動。城中兵反乘之。追奔十里。爇賊屯二十。師旋。福公登陴望。問金頂藍翎騎而奔者誰。饒公曰。平江軍屈縣丞也。乃下城闉。拊君背曰。壯士壯士。君請進屯賊舊壘。遲且罔及。饒公未果。次日賊築壘。視前有加。違城僅四三里。饒公曰。悔不用子言。然微子莫敢攖賊鋒。請仍逼賊而壘。君許之。出結壘。賊力爭。殊死鬭不退。饒公亦以數軍從君壘。與賊共一塹。語笑聲相聞。鎗彈穿幄如緻網軍士不能炊乃別掘坎炊而致諸壘相持三十八晝夜賊不支退屯二里許六月五日解圍遁當是時君敢戰爲諸軍冠以功擢知縣七月別賊自閩出圍廣豐余分軍禦之遂圍玉山君自常山馳援余登陴督戰中賊鎗仆地血如注君大慟負余下尋用捷法破其地道圍九日賊敗而奔會曾公復出視師奏擢君同知君請率中營分防湖口許之自是遂獨爲一軍矣初官軍破湖口拔石鐘山夷其城君至率勇修復之城周五里爲門六不費公家銖金斗粟朞月而城成其後賊攻湖口不能入繫君力也九年冬會曾公駐宿松攻太湖前隊被圍小池驛檄君赴援以除夕奉檄茇舍行元日抵宿松會攻太湖賊夜棄城走君獨躡追俘馘亡算

功最擢知府奉檄防廣信增其軍爲千五百人屬賊大舉來犯連營百餘里相持數月君親出搏賊屢瀕危士戰益用命賊遁去而復犯者再皆擊走之戰甚苦累擢巡守道加按察使銜 賞孔雀翎 賜號利勇巴圖魯同治元年余駐軍江山力戰卻賊君從當事入浙余被劾復與當事忤決計歸君以爲然當事欲重困余君力爭未幾從攻龍游諸將莫敢屯城下君及潮勇獨壁其地戰屢捷會江撫檄君回援貴溪當事牒留君君不待命立歸以是積迕不悔也二年賊自皖南入鄱陽衆十萬君自樂平投袂往以寡衆弗敵用雕剿法牘之一夕駐某村賊諜知所在將圍攻忽心動躍起急引去賊至無所得驚以爲神既而賊萃陶家渡官軍數十壁

莫能破君夜遣死士燔其栅數重賊稍退遂以偏師獨扼章田渡
渡界鄱陽都昌聞逆酋憾君悉萃悍賊來決戰君誓將卒曰戰勝
則都湖彭三縣賊必皆退否則背水阻大河吾屬無噍類也衆皆
曰誓與公破此賊翼日君親突陣士皆以一當十都司張時雨等
戰死死者五十人士氣益厲殲碎互酋首賊崩奔斬馘千餘三縣
賊一夕遁江西肅清凱旋樂平諸民遮道爇香拜馬首獻旂纛銘
功凡數十輩以觸暑得疾八月五日卒於軍年四十有七母夫人
猶在堂將士哭皆失聲樂平為罷市方捷聞　詔加布政使銜卒
三日而　恩命至尋得　旨賜卹　敕章田渡建專祠以張時雨
李綿兆等祔并祔祀廣信羅忠節祠君貌不踰中人有血性不為

勢恍與人交不相背負在軍與士卒同甘苦戰必身先雖賊衆百倍命之往立往無所避畏所將中營余舊部改隸麾下凡七年纖悉循舊章將卒皆平江人雖久駐湖口一不以鄉人預也子念曾

候選同知

贊曰士方困阨時負俗之累得一言知己弗能諼及暴貴獲攝尺寸柄輒忘其所自或諱之一旦臨小利害棄此附彼不待再計決甚或權位埒則抵隙操入室戈烏虖可勝道哉余於屈君非有夙昔之雅君顧嚴事余久暫夷險一致方余遭抨擊君訟言當道語輒揮涕數寓余書勸少貶損紓禍其語尤深痛烏虖余何能得此於君哉君受知今使相會公中丞沈公侍郎彭公皆待以國士而

與人言必首及余余窮於世久矣其以待君者待人或不一而足於君乃獨得此此豈今之人也歟

鹽運使銜浙江簡用道彭君別傳

君諱斯舉字鴻軒平江人高祖昌鳳乾隆甲子舉人敦學行祔祀宋九君子祠君遜冠爲邑諸生好讀兵家言咸豐三年粵賊犯長沙平江令林君源恩募鄉勇扞圉屬君訓練君選壯士五百人日扃門教以坐作擊刺法綴鐵環足脛閒令習騰踔承平久人不知兵見者多迂笑之四年侍郎曾公治師東下檄林君帥平勇從君從抵長沙會賊陷崇陽通城檄平勇回援壁北界上塔市三月四日悍賊數千驟至君堅壁不動俟近塹開壁馳之勢若風雨賊敗奔斬數十級越日復悉銳來犯時胡文忠林翼爲貴東道帥黔勇七百援平合擊大破之忠武公塔齊布亦至遂偕克通崇既而塔

胡皆別剿平勇亦歸防北鄙君以功　賞戴藍翎選用從九品亡何林君中蜚語撤遣所部君以十一月抵九江謁曾公從戰小池口五年正月余從曾公入江西募平江軍以君將中營七月自南康渡湖破湖口每戰君必身先晉府經歷縣丞六年移攻撫州師次東鄉賊掩至敗之遂破文昌橋堅壘七馘首數千進圍城西南大小戰五十有六援賊不時至皆敗之九月以分兵克宜崇爲皖賊所乘師失利改防貴溪始至賊躪上清司擊走之七年三月賊環偪貴溪踞弋陽安仁東鄉鉛山金谿皆徧大膊於鷹潭各路賊皆退君擢知縣五月別賊自上清至君語余曰自軍興官軍止決死戰不用設伏張疑法非計也某請試之乃以千人伏店前賊過

及半伏發殲焉九月賊圍貴溪爲我軍所敗遂渡江竄安仁別將率八千人遏賊衝壁將軍嶺皆敗潰世以是益重平江軍是役君晉同知八年師防玉山君領千人屯古城江浙分界處也衢州賊分黨來犯君以計勝之會驟雨港水溢敗賊不能渡斬馘多逾月衢圍以解七月賊自閩出圍玉山我軍破其隧道賊來益衆城中食且盡君忽引余登陴曰賊潛遁矣詰旦將畢走問何故曰君視汲者曰昨千人跳河水如織今減太半矣炊煙亦漸稀不去安待乃伏兵截賊輜重果大獲　詔晉君知府　賞孔雀翎當是時會公再出視師余請急歸省以所部改隸九江道沈公葆楨未幾改隸君君自是獨將五營爲一軍矣九年駐廣信遣將會攻景德鎮

數月下之尋駐浮梁浙江提督饒公廷選以師至甚器君遂疏調援浙十年四月抵浙西有湻安之捷湻界皖越之交踞城賊數萬君壁威坪距城三十里賊迎拒圍其營三帀君遣死士潛出詐爲援軍至親出突陣賊崩奔酋自刃之不能止斬首千級是夕棄城遁居民遮道爇香迎軍聲大震浙撫王壯愍有齡上其功　詔以道員留浙用加鹽運使銜遂自嚴州抵杭王公待以國士六月自臨安出於潛昌化駐千秋關僞忠王李秀成率賊十數萬至或謂寡衆弗敵當引還君曰若此何以對王公遂誓師決死戰賊初至走之翼日大至君親搏戰自辰至未不少卻既而火藥罄乃潰圍出行列不亂故少所失亡王公遣材官數輩覘陣具得其鏖鬭狀

捬慰有加命增三營防海寧尋駐蘭溪遣水師會攻嚴州下之賊犯常山軼江西君馳援先是湖北大吏遣蕭公翰慶以軍三千援湖州曰訓字營戰比捷而蕭君死綏軍無所屬王公以隸君君慮弗習也辭之部將慫恿君乃令訓字六營守常山而自率舊部援廣信亡何常山軍潰爭環君索舊餉鬨於衢長久乃貲遣之君亦厭戎事而是時王公方檄君權金衢嚴道乃以舊部隸郭君式源令駐防江西會常玉道梗久不得報書王公乃改授代者十一年正月君攜親卒二百赴杭州乞假歸修墓王公慰留命充營務處君建議曰會城食米均自甯紹來由望江門入江岸距城三里許法當築甬道護以兵餉路通則城可守也王公善之有迂其說者

八月賊大至君固申前議將卽以屬君適閩中礮至檄君驗放礮裂傷君額角流血數升仆越兩月乃瘳議遂寢時賊已合圍先踞望江門外鑿塹數重柵以木杭紳胡光墉自甯波運米數千石至爲賊所閡城上望見之莫能致也城中鼠雀皆盡十一月二十八日力竭陷君分守湧金門親率戴迪英等勸隧城君不可曰若等各逃命吾當死此問後事無所言取玉抉拾及小皮冠各一授迪英曰家中見此二物如我至家也語竟持韓刀格賊遂被戕同治二年杭州復戴迪英等自賊中逸出哭訴諸當道始得君死事狀而抉拾小冠猶幸在以致其家君婦大慟曰此先夫故物也事聞得　旨賜卹入祀平江忠義祠君卒年四十有三以兄子澤濤嗣

龔雲騎尉世職・

論曰・浙爲東南大都會・財賦物產甲天下・而會城鮮蓋藏・米皆仰給明越二州・窒其源立涸・辛棄疾有言・斷牛首・天下無援兵・決西湖滿城皆魚鼈・第論形勢不利建都耳・若軍民乏食・猶未計及也・甬道議創自君・城中官民數十萬・無見及者・議果行・且足救敗・而衆且迂之・卒以同盡・悲夫・豈運數有不可回者耶・余次君傳・特表此議以諗後之人・見君議之行止・實浙存亡所係也・謀臧不從・汔用身殉・骨且腐・始得以死狀聞・烏虖・豈不悲哉・

贈知府童君別傳

君諱梅華字月村平江人世居縣城祖季愜父定泰有子三君其季也生而倜儻好讀書以貧故未竟其業咸豐五年春余從曾侍郎入江西募鄉兵三千殺賊自爲一軍曰平勇君應募充隊目尋擢百夫長晉充營官是年攻克湖口縣功最 賞藍翎以把總用又率所部殲賊於彭澤縣境之七里關以少克衆名日起明年三月破賊撫州之文昌橋又明年破賊鷹潭君皆爲選鋒擢守備九月力戰解貴溪圍以都司補用時我軍屯貴溪二載地當賊衝餉不繼嘗四面受敵君每戰必身先八年正月僞翼王石達開率衆二十萬自撫郡竄衢州繞道經貴溪凡三日夜不絕時我軍寡衆

不敵君與彭君大壽力請戰乃迎擊三十里外所殺傷相當賊不敢正視貴溪君之力也九年君從彭君斯舉援浙克湻安 賞戴孔雀翎十年四月金陵大軍潰曾公繼爲
欽差大臣督兩江余奉備兵溫處之
命奉檄增募平勇三千與彭君斯舉屈君蟠所領四千餘人合爲一軍分守廣信及衢州以君健戰得士心令將五百人以七月二日自平江成行君故有吏才氣宇恬穆衆勸君援例改文職就同知仍留花翎師次貴溪余奉
命調皖南道當改赴徽州於是彭君留浙屈君留廣信獨君等以新卒三千從先是防皖南者爲張副憲芾駐徽六年有卒萬四千

闞饟五閱月師屢譁適會公駐祁門副憲內召檄元度赴徽接防以八月十七日抵徽前五日甯國陷甯防潰兵萬餘人竄至沿途大掠僞侍王李世賢率衆十餘萬乘勝犯徽州徽防兵皆潰賊犯叢山關關在績溪東北距縣城四十里明季休甯金文毅聲築以拒外兵者也地險要爲徽郡藩籬至是聞警遣君及都司畢綬福各率勇五百人援之時各營甫抵防遠行二千里疲甚不得已投袂行十九日抵陽塘距叢山關十餘里有間道曰樓下原防兵皆潰君約單君扼樓下而自率所部禦諸關比至賊已闌入奮擊敗之追出關君素驍果又初至未諳地形追賊過銳關外路險僻騎不能相屬君下馬步戰遇伏手格殺十數賊歿於陣是日樓下官

軍亦獲勝會關失賊直趨郡城城周十餘里雉堞大半圯蓬蒿沒人副憲在徽六載熟視之若無睹也至是城外防兵皆大掠以去余以新卒二千攖守賊環攻四晝夜不能支二十五日城陷越明年官軍始復徽城君卒時年三十有三得

旨照同知例從優

賜卹世襲雲騎尉入祀平江忠義祠子文忠遺腹生

論曰自粵匪興而楚勇之名震天下楚軍中新甯勇最先出湘鄉繼之最有名卒復金陵殲首逆五等之封爛焉平江勇剽悍善鬭耐辛苦視新甯湘鄉無多讓特將領未得人耳而夭閼摧挫汔不獲一伸豈運會固不可強耶然溫雅沈毅如君爲軍中巨擘卒暴

骨沙場不竟其用宜吾軍之不復張也余是以論次君傳爲歔欷

太息而不自克云

清末民初文獻叢刊

天岳山館文鈔

（第二册）

［清］李元度　撰

朝華出版社
BLOSSOM PRESS

多忠勇公別傳

多隆阿公字禮堂蒙古正白旗人隸黑龍江部世居齊齊哈爾城咸豐二年粵賊自江寧分黨北犯蒙古科爾沁王僧格林沁公統義師入衛　詔徵黑龍江騎兵助勦公以參領帥二起馬隊入關隨征高唐州連鎮及馮官屯各賊巢平之五年奉檄援湖北隸江寧將軍都興阿公麾下六月從克武昌漢陽加副都統銜補協領充行營翼長進勦蘄州敗賊於曹家河復黃梅廣濟進次孔壠驛賊來犯廣濟公敗之當是時李忠武續賓帥湘軍圍攻九江悍酋林紹璋死守不下復於對岸小池口築僞城號新城縣環以堅壘

七年正月賊夜築土城於魏家園公曰舍此不擊賊將益據要害急擊之夷其城於是附近之桂家畈賊壘及土城悉破未幾賊復於段窯築壘以通餉道公破之尋會各軍攻拔小池口時三月九日也皖賊悉銳上犯都公命公分駐濯港扼賊衝別遣鮑總兵超帥霆字五營駐意生寺備策應賊於楚皖交界之楓樹坳陶家嶺獨山鎮一帶各築堅壘自固公揚言先取獨山鎮而暗襲楓樹坳拔之後二日復揚言先取二郎河而回軍擣獨山鎮又拔之賊自是見公旗幟輒喪膽矣僞英王陳玉成驍勇健戰衆稱四眼狗者也率悍黨踞黃梅縣境之停前驛號四十萬連營百餘里四月都公督兵進剿戰於渡河橋平賊壘二十有一賊黨移小弁大謀堅

守以抗我軍五月賊於大河埔迤北依山增壘遂攻黃梅縣城公與鮑公赴援連戰兩日賊始敗會捻酋李兆壽率黨六千人來援增壘於馬尾山錢家灣等處尋犯廣濟窺武穴公約鮑軍夜刼賊營陰伏兵要隘待之昏黑中賊不辨眾寡大敗潰伏兵乘之遂拔數壘然來者愈眾以數路牽制我軍餘上竄蘄州更分黨橫截童司牌黃蠟山以出我軍之後勢張甚會湘軍自九江來援公會戰大破之夷賊壘百餘追奔至宿松城下克黃梅於是楚境報二次肅清矣八月賊棄宿松遁公師馬步軍壁城外令鮑軍戍二郎河以防回竄九月賊陷太湖繇潛山石碑黃泥港三路來犯分黨踞涼亭河公與鮑軍約先剿涼亭遲明大戰自辰至午踏毀涼亭河

諸壘而悍酋僞陳天福等率四五萬眾仍踞石碑且結十三壘於楓香驛以犯二郎河之軍十一月公進次二十五里墩約鮑軍進攻賊殊死鬭公輕騎帥勁卒馳出賊後賊驚潰而潛匿民舍諸賊皆起賊見外援眾益憑壘堅守公督軍壓擊移時火其柵破十三壘擒斬四千有奇敗賊回竄太湖罷戰已二鼓矣八年正月僞地官燕等率黨七八萬緣渡船口等處上犯連營三十餘里將以緩我師而緩潯城之攻也公察其未成列急擊敗之擒其酋及四月朔而九江復矣八月公與鮑軍進攻太湖先破城外四堅壘賊棄城走潛山公遂與鮑軍進次石碑以規安慶石碑者地衝要與安慶爲輔車者也賊據山阻水用重兵築壘堅守之輔以礮船八月

公進攻上石牌鮑軍攻下石牌縱火焚木城破卡十盡平其堅壘而東岸賊壘四初猶死拒我軍奪賊礮船渡河進擊皆大潰計斃賊六千有奇其逃入安慶城者僅悍酋數十騎而已自石牌破安慶勢益孤公逼城而軍賊預從北門外築九壘引湖水灌濠以自蔽九月公與鮑軍合攻斬首數千級城賊出援又大敗反奔入城城酋急撤閘板不得入殲焉於是九壘悉破急移軍壁其閒城賊數出犯皆敗卻之又敗其掠食之衆十月賊將突圍遯爲官軍所遏勢窮矣亡何湘軍敗於三河舒桐潛太皆失陳玉成率悍黨七八萬回援安慶全局皆爲之動公不得已自焚其壘督騎兵殿後命步軍徐退賊數來犯數敗之行抵宿松決計守縣城次日賊大

至天霧咫尺不辨人馬公分五道迎擊三路策應令民團列高阜按劍觀戰俟我軍勝凡賊中輜重任恣取之比戰公親帥鐵騎陷陣敢死士隨之刃既接斫賊如瓜擲首陣外諸將夾攻呼聲震天賊稍卻民團立山椒觀者皆大呼曰賊敗矣遂驚潰自相蹂踐死者萬計鮑軍射陳玉成中肩賊引去是役值三河新敗後人心離逷得此捷實東南大轉機也於是楚督鄂撫交章薦公可大用然賊雖受重創猶不時來犯也乃命鮑軍戍二郎河而自當荊橋一路賊以全力犯鮑軍公濟師援之大破賊於黃泥港逐北二十餘里賊始不敢闚鄂疆然玉成仍糾黨三萬餘踞宿松所屬之花涼亭阻險結營二十餘壁十一月公出不意大破之赭其營玉成精

銑十亡七八乃痛哭潰圍公遂偕鮑軍進規太湖屯王家畈一日
賊犯霆營甚急來請援公誡勿輕動而張樂宴諸將酣呼達旦賊
偵知其無備遽舍霆營乘夜來襲公預伏兵要隘賊至大敗之其
出奇不測多類此是年冬都公奉　命督師揚州疏舉公自代遂
以皖事屬公矣當是時曾文正公方以侍郎持節督水陸軍東規
江寧而尤以取安慶拔太湖爲先務九年正月太湖賊屢出犯皆
擊敗之遂移營逼城下諸將謀稍遠避鋒公曰不入虎穴焉得虎
子敢言退者斬賊憑城出鬭師小卻公力戰挫之壘卽日成賊亦
增陴濬隍決上流引水入濠以相抗二月胡文忠檄督糧道唐訓
方帥所部來會攻援賊分三路大至距太湖數十里而石牌復爲

賊踞且築僞城公先破蠟樹柯茶婆嶺賊巢自三月至四月兩次攻城弗能下八月公以石牌與潛望宿太毘連必先取石牌而後太湖可下乃選精鋭自茶婆嶺進兵用火攻困之正鏖鬬間援賊一自潛山來一自安慶來公派馬隊分途擊卻之遂再克石牌令提督雷正綰駐之時太湖久不下　廷旨趣進兵胡文忠檄候補道蔣凝學來濟師時公已補授福州副都統各軍在太湖者悉歸公節制十二月陳玉成糾合捻酋龔瞎子張落刑悉黨十餘萬三路援太湖公令鮑軍壁潛山小池驛以當前敵移蔣營駐龍家涼亭而自帥馬隊駐新倉賊犯霆軍公親帥馬步進戰鮑軍夾擊之追至地靈港破東岸十一壘參領西林佈力戰死之其西岸賊壘

六為參領喀爾庫等所破喀爾庫追賊中礮死我軍殲賊數千計雖有傷亡猛氣愈厲而陳玉成恃其人衆兇狡亦自若也於是胡文忠檄趙克彰朱希廣二營移駐太湖東門以防賊竄玉成忌霆左營之扼其衝也築礮臺圍轟之子若飛蝗穿營幄如敝網士卒循牆蛇伏樵汲不通穴地以襲鮑公請他營來代公命雷正綰楊朝林等各分軍半代戍其壘移霆左於霆中營俾暫休養更以王可陞一營繼其後復派死士百人夜襲礮臺掩殺守礮賊又以蔣鮑兩軍相距遠急抽營結壘以彌其隙十年正月令唐營移駐蔣鮑兩軍之間又以一營駐霆左旁俾霆左仍駐原壘會胡文忠已派候補道金國琛帥六千人冒雪自潛山之天堂進兵與諸軍夾

擊。二十六日公親帥馬步隊分五路進擣。適東南風緊。火其柵館。
延燒七八里。破賊壘百餘。殪賊七八千。生擒三百餘名。敗賊復爲
桃花埔伏騎所截殺。直追至潛山城下。明日乘勝克潛山。捷聞。
詔賞公頭品頂戴。潛太克後。賊黨囘竄桐城。時湘軍攻安慶已合
圍。七月。公由挂車河進兵。駐桐城之西北。是夕賊來刧營。爲伏兵
所敗。公察城中守備嚴。惟西北隅求雨嶺有橫嶺一。綫高三丈許
曲懸如弓。山前有小岡號毛狗洞。賊築石砦其閒。護以木城。復於
城外築磚壘。水堡環之。公僞作攻城狀。別遣勁卒自山後屏風嶺
直擣求雨嶺之背。昏夜築礮臺三。比曉臺成。賊驚以爲神。乃大治
攻具。分二十道進攻。毀其木城水堡。賊三次出撲。並經擊退。遂奪

毛狗洞石砦。全城在目中矣。尋掘隧道轟城。不就。十月。玉成匈捻酋龔瞎子孫葵心等悍黨十萬。自舒城廬江援桐城。冀解安慶之圍。以逆眷在圍城中也。公迎擊於挂車河。敗之。賊於望鶴墩等處增築營壘。公分三路進攻。又大敗之。賊仍嬰城抗拒。時安徽按察使李續宜駐軍青草塥。公函約夾攻。自帥馬步各軍分路進。所嚮披靡。李軍亦破棠梨山賊巢。與公軍合。正酣戰間。各路兵馳至。遂毀賊壘四十有奇。賊館百餘處。殪賊八九千。墮水死者又數千。生擒千三百有奇。解散萬有數千。陳逆敗竄廬江。而桐賊遂閉城堅伏矣。　詔賞穿黃馬褂。是年冬。玉成仍匈合僞玕王洪仁玕僞璋王林紹璋等。衆號十萬。旁繞英霍。圖上犯楚疆。以牽掣圍皖之師公力扼其衝賊不敢逞十一年三月公進屯高河埔扼水而軍紹璋等來犯大敗之賊爭赴水死河水爲之不流遂分兵合攻安慶尋破賊於新安渡斬首二千級是日部將穆圖善亦敗賊於挂車河四月敗陳玉成於磨山又敗之於鮑家橋玉成復糾髮捻三萬衆分犯青草塥高河埔挂車河公先發制之以馬隊二支步隊一支爲伏兵又分步軍爲六隊戰於江家橋賊殊死力拒我伏騎衝入賊陣各營乘之賊大潰後路火起伏騎已焚項家河賊館賊衆益亂玉成奔竄桐城遂焚江家橋麻子嶺及黃家埔諸賊巢盡玉成挾全力圖解皖圍徼公五戰勝之安慶之圍弛矣胡文忠疏稱公謀勇兼全忠勤倍至雖古名將無以過之因奏幫辦軍務之

命六月賊乘秋穫大舉來刈稻公敗卻之七月玉成率巨股一繇英霍上趨太湖一繇潛山下踞高樓嶺等處連營數十里公命佯敗以誘之詐稱病甚不能督軍賊至偃旗息鼓閉關不出賊大詈如弗聞也者如是數日夕賊終疑之尋獲我間諜詷公實病林紹璋大喜以告玉成遂以十一夜來犯公預伏二十餘營於左右路賊至夾擊皆棄械奔桐城以追兵急不能入城爭竄蔣家山遂燬其木城及賊館二百餘處次日敗賊竄盧江為我伏騎所截殺斬首四百餘級天曉城賊出援又敗之遂將城外七壘踏燬是夕公登轆車遠眺曰賊衆十倍於我連戰皆敗今知吾所在夜必來刧營乃潛徙其軍賊夜至得空營大驚以為神遂引去八月二日五

鼓遥望高河埔火光接天偵之則壘已空集賢關之賊爭竄石牌一路公曰安慶破矣蓋曾公國荃業於朔日拔安慶也公急召穆圖善密授機宜俾進攻桐城仍遣輕騎分截竄賊皆殲之而是日穆公及雷公正綰已乘勝攻克桐城越四日遂克宿松又三日克黄梅廣濟賊亦遯矣先是桐城既克舒城賊膽寒公密諭穆公率捷師揚旗境上而於走盧州之路伏甲伺焉舒賊果棄城走盧州途次將蓐食伏發圍殲五百有奇於是舒城亦復捷聞 詔賞公雲騎尉世職十一月遷正紅旗蒙古都統又旬日擢荆州將軍蓋未一歲而已三遷矣時三河賊亦棄僞城遯公遂規取盧州同治元年正月公進兵盧州賊出數千人迎拒敗之遣騎軍斷其糧路

二月奪賊礮船二火大興集賊巢僞鑄天侯曾祥甫等率賊千餘投誠散遣之尋破西門得勝門賊壘四會袁端敏甲三檄建甯鎮總兵張得勝帥五千人營於廬北之橫店公以玉成恃水爲險乃令掘隄決水賊數來撲皆敗之然濠長水深不能盡三月援賊大上乃停掘隄之役四月敗賊於北門遂併力攻城破東門三壘玉成出援大敗不敢入城鬭板橋河一路竄去賊大亂各營肉薄登城乘風縱火遂拔廬州分兵追玉成玉成斷浮梁以數百騎奔壽州是役殪賊近萬生擒八百有奇斬僞官二百十有三解散七千餘衆時十五日未刻也陳玉成走投練總苗沛霖入壽州公令穆圖善雷正綰帥師追之距城四十里逼獻陳逆沛霖不得已擒玉

成解前督師勝保營誅之公以玉成成爲第一兇渠今竭數年之力得殲之賊不足平矣捷聞　詔加賞騎都尉世職五月捻匪自河南竄陝西逼西安官軍迎擊失利　詔公馳赴陝省督辦軍務公改轍而西途中兩奉　諭旨趣行其時僞扶王陳得才匃合捻首姜汰陵張落刑等二十餘萬三路窺秦公慮關隘爲其所奪命先鋒雷正綰以陶茂林等三千人兼程前驅令穆圖善等綴賊後而自帥大軍繼之七月抵商南陳得才已躡我軍之後截我餉道公與穆公同軍掩擊大破賊於荆紫關殲賊四千蹈水死者亡算遂復其城賊宵遁明日公令馬隊追賊步軍暫息自以單騎入商南而姜汰陵已率黨三萬驟至商南城陋甚賊繇富水關來適當其

衢公飛調留駐淅川之衢隊四營來商令官吏兵民男婦悉登陴協守洞開城門賊疑之終不敢逼迨夜來攻公已遣騎軍分伏城外爲疑兵而自帥衢隊開東門掩擊賊皆潰退詰旦公帥輕騎出城誘戰被賊圍抄公躍馬衝突立將部卒拔出賊不敢追是夕遥見火光燭天礮聲隱隱不絕偵之則部將朱希廣率四營自閒道來援夜半戰於穆家河距城十二里遲明再戰斃賊二千有奇以阻險囘駐三角池公以賊衆且悍預調王萬年三營來援賊於二十九夜解圍西竄而公已預調陶茂林等設伏扼武關截其去路擒斬以千計又親督王萬年等躡擊之商境亂山叢雜兵勢難於展布公棄馬登山持令旗覘賊所向以旗指揮一敗之於石馬寨

再敗之於武關·於山口·於捉馬溝·又大敗之於大平山三角池·前後殄賊萬餘·姜酋僅以身免·張落刑亦聞風遁·是役以數千疲卒破五六萬悍賊·

天子壯之·賞黃馬褂一件·及江紬袍料荷囊扳指小刀諸珍品·而部將雷正綰亦遷固原提督·奉　特旨幫辦軍務矣·會有　詔命勝保督辦陝西軍務·移公赴南陽·力籌防剿·公敗陳得才於樊城·又敗諸唐縣鎮·遂屯軍樊鄧間·亡何·勝保覆軍·回氛益熾·

詔授公欽差大臣·仍督辦陝西軍務·十一月·公入潼關·逆回圍同州·公擊其背·一戰大捷·解其圍·回酋倡亂九閱月·受創自此始·遂扼賊於洛河之南·其地林木叢雜·袤斜百餘里·古稱沙苑·產蒺藜·

公部多南勇跣足搏戰苦不便公多購草屨令以布裹兩足著之兵威始壯又以滾營法逼賊而壘二年春連破羌白鎮王閣村耒華喬店孝義倉渡諸賊巢馮翊悉平初公之破諸砦也沙苑林中零星伺巢未嘗遣卒搜捕諸將慮未盡絕公笑曰君等尚謂賊未空出耶我扼其吭彼不合併肅有生路乎不信盍覘之翌日往探果如公言五月師次交河口公適患暴下憊不能督戰迺擇諸將中持重者得穆圖善陶茂林令分軍跨渭爲營以驍將朱希廣趙旣發輔之希廣與旣發素相善欲併營於北岸當賊衝公慮以勇僨事弗應二將請益力公不得已乃許之復戒曰君等當聽吾言賊至堅壁勿戰吾自有法破之愼毋輕出也二將初尚耐守後以

公病久賊日辱罵不能堪遂背令而出果中賊計遇伏戰歿公聞信力疾乘肩輿以後隊二千人往援大破之克交口十三村等巢翦滅殆盡尋又破南岸馬烏什東沙河諸賊砦餘逆三落不敢迎戰公慮其遁走遣卒招撫賊詭應之而陰以車馬運輜重西去公覺其詐密令曹克忠繞道截擊自率大軍進薄高陵無戰不克旬日閒連克高陵涇陽縣城及塔兒寨永樂店咸陽之渭城灣蘇家溝馬家堡白起營各賊巢六十餘處縱橫二百餘里賊尸遍野馬不能行於是京兆亦定尋遣雷正綰援甘肅命陶茂林解鳳翔城圍進攻白吉原等處賊巢悉平之關輔肅清公欲度隴窮勦回匪先掃蕩漢南川賊以清後路賊偵知之乃東遁而悍酋藍大順自

西蜀竄至陷盩厔。公馳軍圍其城。盩厔城小而堅。藍酋又善守。誘以計不出。轟以地雷不墮。公迺選各營健卒數百人力攻月城。令將士曰。賊雖善守。月城破。彼不能安處矣。吾今分諸軍更番攻擊。以逸制勞。不出兩日賊必走。西門近山。必繇此出。吾已預設伏兵。藍酋可禽也。迺親上礮臺擊鼓督軍力戰。兩時之久。悍賊死者十九。公忽爲礮子中傷左目。而鼓音猶不絕。是夕賊果由西門遁。伏起。藍酋身中數槍。逸至南山。遂成禽。餘賊悉滅。公自提兵討賊。身經三百餘戰。克城砦二百有奇。酷暑嚴寒。未嘗安枕。至是以創甚卒於盩厔大營。同治三年四月十三日也。年四十有七。事聞。

天子震悼。卹贈太子太保。賞一等輕車都尉世職。入祀京都昭忠祠。其直隸山東山西河南安徽湖北江西陝甘等處立功省分。均着建專祠。賞銀千兩治喪。予諡忠勇。公天性忠毅。嘗誡其下曰。我輩受　朝廷爵祿。不能滅賊。何以問心。言次輒泣下。治軍嚴重。用法尤峻。每戰身先士卒。不避鋒鏑。兵勇被傷者。力撫慰之。至以己所乘騎載之歸。所得廉俸。悉以充犒賞。官文恭知其貧。郵寄三千金贍其家。公知之。馳卒追取。悉爲戰士購征袍。傷疾篤時。昏迷中頻呼殺賊。無一語及家事。料敵如神。尤知人善器使。賞罰無所偏。生平不識漢字。遇公牘。使人誦以聽。爲指瑕而易之。輒精當。羣服爲天授云。子雙全。襲各世職。併爲一等男。

贊曰。

國初以神武定天下東三省勁旅實爲根本所嚮輒有功近稍陵夷矣然得公及都公爲之將則旌旗爲之立變戰勝攻取若操劵烏虖豈不以其人哉乃者鄰氛狡逞三韓頗多故矣語云聽鼓鼙則思將帥之臣安得起公於九京俾奏廓淸摧陷之烈哉

童壯節彭勤勇二公別傳

童公諱添雲字鎭銘世居平江西鄉之板溆以貧故攜弟必發走長沙並入撫標充戰兵遂爲長沙人饒膂力能開五石弓射能命中道光二十二年西夷犯順公從提督果勇侯楊芳出師廣東一日夷撲城有警將在城外楊侯欲調之入火攻甚熾不能行令曰有能往者賞衆莫對公獨應曰某願往挺矛縋城出少選兵皆入城楊侯奇公賞六品服咸豐二年粵賊圍長沙公與弟必發從守城圍解公語人曰吾觀諸將中惟都司塔公及千總彭公膽勇過人將才也異日必能辦賊時忠武公塔齊布方以都司發湖南而彭勤勇公三元則以武科進士借補千總也會塔公鍊標兵公隸

其麾下別募寶勇五百人則以彭公將之公與彭公深相結期殺賊自効茶陵土寇作塔公帥所部進剿命公解火藥期三日至公踰宿即至吒曰何速也公曰遲恐有阻隔則貽誤大矣四年三月賊陷湘潭塔公帥標兵及寶勇道州勇征之公與弟必發從時賊踞城外民屋塔公好輕騎嘗賊覘虛實公兄弟輒隨行一日塔公策馬率壯士數人入黃龍巷必發先驅巷狹而長甫入賊數十人突出攢矛刺塔公必發急以背受之中肩以巷狹故塔公得跳而免必發死之越二日師大捷湘潭平公擢守備或賀之公憤然曰賊戕吾弟吾雖官至一品弗願也但願生啖賊肉耳何賀爲遂繇湘潭轉戰至岳州公輒先陷陣斬馘亡算擢都司再戰復武昌

詔以游擊補用。 賞換花翎。從克興國大冶蹔黃梅廣濟。破賊於田家鎮。 詔擢參將。公長身。面赤色。額以下痘瘢如錢。目炯炯若巖下電。每橫矛陷堅陣。礮彈雨下不稍卻。賊見其旗。輒相語曰。童麻子至矣。則皆走。十二月。塔公進攻九江。賊死拒不下。乃令諸將番休進攻。公帥隊薄城。礮彈穿其袍袴。千總某請收隊。公叱之曰。若怕死耶。何必從軍。益前進。忽賊礮傷公胸。舁歸營。創甚。塔公屢撫之泣。公曰毋然。但速攻城。越七日而卒。公善撫士卒。賞賜無所悋。身後發其篋。衣服外一無所有。同營皆哭失聲。 詔贈副將予謚壯節。 賜葬祭。 賞雲騎尉世職。祔祀塔忠武專祠。而平江縣城忠義祠亦設主祀公。

彭公諱三元字春浦善化人繇武生中鄉舉成進士歸湖南撫標試用期滿借補千總咸豐二年賊犯長沙前湖北巡撫羅公繞典奏 命幫辦防務檄公募勇丁助勦圍解以守備卽補 賞藍翎三年禮部侍郎曾公國藩奏 命治團防檄寶慶守魁聯募寶勇千人赴行省而以公及寶慶協都司普承堯分將之會江西泰和土寇竄茶陵安仁公從塔齊布公往剿平之擢都司公所部遂隸塔公麾下明年從破湘潭 賞換花翎師抵巴陵又破賊於新牆於是寶勇以敢戰聞八月官軍克武漢公扼截洪山斬馘多晉游擊會塔公與羅公澤南議分兩路進攻興國大冶等屬以羅公湘軍過單命公帥所部輔之九月復興國乘勝破半壁山賊巢十月

四日官軍盡焚南岸賊營明日賊連檣至公扼諸江岸會塔羅二
公至揮軍夾擊追至下游而上游賊數千舍舟登岸將乘虛襲湘
軍老營公馳至擊卻之賊揚帆上駛再登岸公沿江追擊會羅軍
掩至賊大敗溺死亡算論功晉參將十一月大軍渡江攻黃梅公
陣橋西阨賊衝湘軍競進賊御公遽踰橋從柵門躍入焚其營遂
復黃梅移攻孔壠驛入賊土城擒僞丞相余福勝遂同克廣濟於
是大軍復南渡攻九江賊堅守不下塔公百計攻城日與賊戰相
持幾一年五月二日武昌復陷八月塔忠武公卒於軍曾公疏請
以副將周鳳山接辦潯防而以公及普承堯兩營副羅公回援武
昌九月復通城進師崇陽賊夜遁會湖南防兵敗於蒲圻之羊樓

崗退保岳州羅公令諸營分扼羊樓崗遏賊上犯而獨與公及湘副中營李杏春駐崇陽時僞總制楊萬年踞梯木山分擾濠頭堡堡人乞援公與杏春帥所部進剿入山焚其巢將回軍僞翼王石達開前隊突至公迎擊斬先鋒悍賊而大隊蠭至賊鎗中公耳流血滿襟戰益力次日賊至益衆公前逆戰賊自後火其營公勒馬回救殺賊渠一人並格殺數賊力竭墜馬遂遇害李君杏春亦死之時九月二十五日也羅公復戰而捷卒克武昌成大功而公不及見矣　詔贈公副將　賜祭葬　予謚勤勇　賞世職祔祀塔公祠公忠勇識大體一子瑾光從軍濠頭堡之戰訛言瑾光陣亡左右以告公急止之曰速擊賊毋以吾子沮士氣督戰益急靖節

之日將出隊馬忽蹶齧三上三墜衆以爲不祥止之公不可易馬而出先是有 旨命曾公舉堪勝總兵之員曾公以公及楊公載福應 詔會公殉難不果擢瑾光以功保藍翎守備中武科舉人旋以疾卒於家

贊曰軍興已來知兵者首塔忠武公而爲之爪牙腹心者童彭二公其最也忠武賫志沒兩公先後死綏皆不竟其勳天之厄之甚矣哉然自諸公倡勇敢雖婦孺曉然知賊之可滅其卒成大功皆諸公風聲所起抑皆其同袍澤者所爲也其與忠武公廟食千載宜矣

贈參將候補游擊黃君別傳

黃君國堯字聰軒乾州廳人居廳東喜鵲營汛城少沈毅有識略道光二十七年冬苗匪楊貴倡亂三廳戒嚴時汛城兵調出過半民情恟懼父老推君爲團長練鄉丁偕汛兵守禦君以兵法部署明賞罰嚴斥堠村民避亂爭攜家入汛城明年三月事定眾以君知兵勸入伍遂隸鎮溪營從征新甯李沅發以功賞六品服咸豐三年曾文正公治水軍於衡州調充水師營隊長從克湘潭復岳州 賞戴藍翎尋克武漢敘把總田家鎮之捷以功晉千總亡何水師陷入鄱陽湖君從屯江西燔逆艘殆盡明年羅忠節公以湘軍克弋陽廣信君帥戰舟助勦遷守備六年副將周鳳山師潰於

歸江曾文正檄湖口諸軍回援於是南康爲賊踞六月水師復南康君擢都司　詔換花翎君爲人寡言笑重氣誼以樸勇見知於統帥彭公玉麟會皖北賊氛熾當事疏稱無水師不能制賊命而水師莫善於湖南請　敕湘軍選將領馳赴巢湖治戰艦創立水軍有　詔趣行彭公問孰敢往衆逡巡莫對君請行遂以君應詔七年夏君率匠卒繞道蘇浙出東壩從蕪湖渡江間關抵廬州謁巡撫福濟慷慨陳時務福公以國士待之越五月舟師成名曰巢湖水師盡破瀕湖賊壘淝水爲之一清以功晉游擊福公於旅見時嘗把臂語君曰壽春鎭一席微君將誰屬勉之葢公擬聯師進規安慶且大用君也八年夏福公　內召代者爲翁公同書時

大江以北遍地皆賊廬州尤受敵客兵約萬人饟奇絀兵屢鼓譟黠桀者遂與賊通當巡撫更代時軍心益不固君深以爲憂屢言諸廬州守馬君新詒相對歎息而已七月十二日馬守召君入城計事書日三至或尼君行君曰公事曷敢避難遂駕小舟帥水勇十三人赴之水寨距城八十里詰旦入郡城與馬守會議殘茗尚溫忽報賊入城馬請與君暫避入民舍君不可急上馬帥從者出當賊當是時賊驟入殺人如草火四起人馬騰踔聲如沸哭聲震地君大呼殺賊手刃數人賊初如入無人之境至是突遇君奮呼巷戰大驚疑中伏遂各披靡使得壯士百餘人繼之城可復也柰諸軍無應者賊環擊君君顧從卒慬存徐福田玉清兩人知事不

可爲揮令逃生躍下馬手擒一巨酋口嚙其面血如注曰吾且生陷汝賊黨叢刺之遂遇害年四十有三明日徐福歸水寨君從子兆槐密約水陸各營期復城亡何陸軍皆潰走賊塞淝水舟師困巢湖無出路又三日乃沈礮焚舟而散馬守出城後尋復官未十年至兩江總督君本無民社責又獨身計事非臨陣比使策馬潰圍出必可得生而君不願以彼易此也同治元年四月官軍克廬州彭公得君死事狀牒曾公具疏請　卹得　旨贈參將　賞雲騎尉世職入祀湖口昭忠祠君仗策從軍時四子皆幼稚君訓之曰勉讀書善事祖母無他言在巢湖甚得民心秋毫無所擾數登岸徼行與田更野老談穡事詢民疾苦困窶者輒周恤之又喜與

士大夫唱和其和落日詩有句云形雖入大地光自射長天時以爲詩讖而其英光不泯抑可想見之焉君三子補用直隸州知州長周有學行從軍甘隴具狀屬爲君傳乃稍詮次其語如右

贊曰廬州南北之樞也古爲攻戰必爭地自粵賊踞安慶大吏奏移省會於廬吾鄉江忠烈公以身殉城越五年而君繼之忠烈巡撫也職當死君則客軍耳臨難獨不苟免豈不誠烈丈夫哉余嘗登湖口石鍾山謁昭忠祠拜君栗主是夕泊舟山下風大作波濤怒號作金戈鐵馬聲猶想見氣吞凶逆之忠憤云

天台山會文鈔 卷八

李剛烈王武愍二公別傳

同治十年十一月二十二日有
旨下內閣故廣東從化縣知縣李福培揀發湖北知縣王恩綬於
咸豐四五年間先後守城殉難業經奉
旨優卹並准建祠該故員等死事甚烈著加恩准其予謚尋得
旨福培予謚剛烈恩綬予謚武愍二公皆江蘇無錫人本中表戚
同學相友善申以婚姻同以舉人充左翼宗學教習用知縣死事
相距五閱月壽皆五十有二同膺 卹典 賜祭葬同 贈知府
銜同 賞雲騎尉世職及恩騎尉世襲罔替又同以言官疏請
敕建專祠事蹟同付史館列傳至是同荷易名之典其與李公同

殉者有弟議敘從九品性培及僕周鏞勇丁蘇兆英等九人與王
公同殉者有仲子議敘從九品變及僕丁貴吳福壽二人皆祔祀
二公祠迹其生平出處大節無弗同者爰次其行實爲合傳
李公字仲謙一字心畬先世自松江遷無錫公事親孝母得風疾
久臥不起公扶侍抑搔無一昔違左右母卒將葬大雨雪以風公
哀號徹旦天忽霽得葬如禮道光二年年甫冠入縣學即以是年
舉於鄉試春官十三次不第充教習期滿以知縣用歸主錦峯書
院十年咸豐元年謁選知廣東從化縣地荒瘠頻年旱潦公至力
請上官爲緩征明年充廣東鄉試同考官始公未涖任時縣境有
匪徒戕汎弁至是總督檄將弁來會勦獲匪百餘人寘諸法三年

夏賊嘯聚縣境烏石墟公督勇擊之躬冒矢石受三創力戰不爲止斬匪目呂亞林等百五十人餘黨潰四年春捕斬匪目謝亞青等五人而鄰縣賊蠭起犯廣州擾佛山鎮從化介萬山中毘連七縣皆盜藪出没無常公牒總督請撥兵二千分屯花縣之石角及縣境太平場爲會城屏蔽且斷賊糧不報乃自募壯丁數百人與典史趙應端及其從弟性培分將之七月賊數千突至公迎戰賊分黨入北門公潰圍出會縣人以鄉兵來援潰卒稍集公帥以戰賊敗走遂復城自是連戰凡七捷斬八百餘級賊將遁矣而奸人惎之賊黨益麇集勢以不支九月二十五日賊大至公急解縣印授其子鎮衡使齎送省會請援兵而誓以死守越一日賊用礮轟

城東門陷公與趙典史及弟性培　馳登縣學尊經閣北嚮拜曰臣力竭矣惟一死報　國耳賊相戒勿犯好官冀脅公降公嚼血大罵桀石以投賊傷數人賊怒積薪燔閣公與趙君及弟性培並死之僕周鏞及練勇蘇兆英曾念聖關萬福李聲著李維諾邱仰壽龍用張巨鵬等皆從死事聞

賜卹如典例尋　許建專祠又允　科臣之請得　予謚皆異數也公就義處有血影漬地如人形濯之愈顯後任建石欄護之榜曰忠蹟昭然人以比侍中血云公子四長鎮衡襲雲騎尉官知州女子二季女適同縣王庭楨武愍公第三子也

武愍公字樂山一字佩綸無錫王氏其先來自金壇公幼慧未冠

爲諸生廩於官肄業紫陽書院爲撫部林文忠則徐所賞識招入節署讀書稱爲篤實君子屢試不遇道光二十九年以恩貢生舉順天鄉試充宗學教習勤其職時惠邸奉　命稽察宗學語人曰不視此職爲具文孜孜不倦者王教習一人耳咸豐初粵逆犯天津都城纂嚴所親勸移寓外城公正色拒之年例滿引　見以知縣用當是時湖北再陷再克復畺吏以闕員請揀發選人視爲畏途多巧避或勸公勿謁選公曰時事多艱正人臣效忠之日何避爲肅衣冠而往遂入選有　詔發湖北六年二月經南昌行抵長沙時賊從北岸上犯武漢岌岌或勸暫住公不可十六日抵武昌城閉不得入時胡文忠林翼方爲布政使帥勇駐沌口留公於營

已命支行帳矣公曰爲楚吏義當入楚城遂率仲子燮及僕丁貴吳福壽縋而入當是時餉盡援絕自巡撫以下皆束手待盡屬吏爭借符檄出城人無固志公入謁巡撫陶文節恩培及武昌守恭節公多山皆嘖嘖驚咤曰此旦夕死地人患不得出君獨患不得入此何時乃有此義烈男子耶即又好語慰遣之曰君無守土責尚可出就胡營留此身以待用公涕泣持不可乃奉檄登陴守禦公與共事者五人約以死守翼日城陷有勸公去頂帽者公叱之聞陶文節殉節於黃鶴樓下單騎走哭之賊大至公與多公手短兵巷戰同時被害仲子燮及丁吳二僕皆死之明年冬武昌克復當事上公父子死事狀疏稱其履險蹈危毫無趨避父忠子孝足

振頽風請加等優卹得
旨贈銜　賜葬祭如例其後御史汪朝棨請於本籍建專祠疏稱
公無守土之責視死如歸不特與草閒偷活者判若天淵即較之
城亡與亡者亦分難易且忠孝一門僕從皆知赴義尤足扶植綱
常巡撫郭柏蔭請於湖北建專祠疏稱公入城之日隔城陷止一
夕其從容就義實爲蹈道不踰皆得
旨允行公好宋儒書尤好讀名臣傳曰吾他日當以此自律赴楚
時與李剛烈公書曰大丈夫當此時勢與其老死牖下曷若埋骨
沙場及聞剛烈公殉節深韙之因而躍躍欲仕逾數月抵武昌遂
完大節蓋其素志定矣公七子燮行二字理齋寄籍順天爲諸生

以贍錄議敘從九品卒年二十八　卹贈主簿銜祔祀公祠並祀
昭忠祠　賞雲騎尉世職次庭楨由副貢官江夏縣知縣擢候補
道加三品銜襲雲騎尉

贊曰錫山爲理學節義之邦高忠憲顧端文之遺風遠矣李王二
公生同里死同志較然不欺平生之言甚哉道相高兩人又以心
相許也夫以百里之邑同時得兩忠臣又有孝子弟弟義僕爲之
輔梁溪東林之正氣固日出而未有艾哉二公事在　國史無藉
私家紀述余爲合傳藎勳於懿好之不容已云

饒莊勇公別傳

饒公廷選字枚臣閩縣人少涉書史倜儻多大畧未冠入伍道光十一年張丙反臺灣以千總隨將軍瑚松額東渡提督馬濟勝號知兵嘉公材致之麾下獲賊多　賞戴藍翎十四年遷守備十五年嘉義沈知等煽亂總督鍾祥以公習臺事檄之往事平　賞換花翎歷權各營游擊所至兵樂而民安之總督吳文節文鎔以曉暢軍事疏薦二十一年七月海上事起公統精兵七百馳扼海澄二十四年三月總督劉韻珂檄赴馬巷擒匪徒陳鈕等是時水師提督竇振彪治水軍有聲公以陸路營將隨之出洋首先擊賊船擒其魁竇公壯之二十五年擢都司二十八年擢漳州左營游擊

咸豐二年調署中營游擊漳俗勁悍一言不相下則聚族而鬭訟之官必互誣其鄉之最富者爲首官提兵下則焚村以示威必各飽所欲而後息良懦者苦之而文武兵役及其鄉之莠民則無所不利公嚴戢所部親入鄉召父老反覆曉以利害使縛獻眞犯置諸法株連者澌雪之守令感公誠無異議故漳民之戴公也如慈父母焉三年三月詔安械鬭官治之不服勢張甚總兵曹三祝以公及龍溪令趙印川得兵民心使往是時潮州小刀會轉相誘結浸淫漳境窺公之出也潛伏城市中四月初十日倉卒起鎭道皆遇害所部卒郭連城護公眷屬出公聞變疾馳歸已而偵知會匪羽翼偏諸鄉良善者亦爲所脅乃獨攜健卒葉騰蛟等閒道趨郡

城半途賊圍而蹤跡之有大姓某於衆中目公指謂羣賊曰此吾讐也無與諸君事吾將甘心焉遂翼公至其家再拜賀曰吾知公公再生吾等亦再生今郡城已陷公獨身歸死何益請爲公號召良民之脅從者脅從者聞公在必反正城中宜有應者賊不足平矣俄頃集千餘人公帥以行賊不敢逼始賊之陷漳城也與城中百姓約無相害百姓隱忍安之以待公至已而訛傳公及趙公爲賊所得驚走相告向賊索二公賊力白無之衆憤曰是必旣殺之而誑我也詬且鬬洶洶不可遏賊遂遁十七日公以鄉團至擬賊復大集圍漳城數匝公嬰城固守時時出奇勝之大小數十戰賊乃潰總督王懿德檄公護漳州鎮總兵外剿內撫期年乃悉平四

年三月擢貴州安義鎮總兵旋護福建陸路提督五年三月粵逆陷廣信浙江危甚王懿德檄公馳阨衢州適甯紹台道羅忠節澤南以楚軍復廣信賊知三衢之有備也從徽州遁浙境以安六年逆酋楊輔清圖踞廣信以窺江浙率數萬人繇吉安出永豐倍道行陷廣昌南豐新城瀘溪等縣疾若風雨無敢當之者當是時江西學政廉兆綸督廣饒防務委樂平紳士石景芬統三營駐貴溪聞瀘溪陷景芬提左右二營迎之於金溪賊緣山出耳口寨八月初四日襲貴溪中營郭守謙以數百人誓死血戰沒景芬回援初五日潰於弋陽時廣信守兵數百聞風皆潰署知府沈文肅葆楨從廉兆綸籌餉於河口初六日單騎歸城無居人縣重賞募士無

慼者惟與厥配林夫人枯坐待盡而已公時在玉山得告急書慨然趣治裝曰賊得廣信則玉山不可守是無江浙也東南大局視此一舉願諸君努力眾曰唯然夫役盡逃礮械鉛藥居後則無以爲戰從水路又舟膠不能下初七日賊諜入廣信城漏二下舉火爲號連甍累棟光燭數十里達旦大雨如注火始滅初九日雨益甚山水驟發河流漲丈餘公額手慶曰天贊我也師遂下前隊頃刻達沙溪去郡城五十里初十日公至方入館忽城中鼎沸公躍馬出有負裝且呼且走過馬前者立斬之眾然後定城中惟倉有餘米油鹽薪蔬闕如也卒或至暮不得爲炊無譁者是日賊軍城西四十里之太平橋十一日厥明亘北山賊幟如林前者按隊後

者立營部伍整齊望而知爲劇賊始諜之入廣信也以空城歸報賊喜不以爲慮故避雨於河口與安凡二日及逼城乃大驚以爲將軍從天下也盡殺前諜之言空城者而氣已沮矣公所部僅千餘人背城擊賊輒勝鄉民聞郡中有兵喜爭擔負冒險入犒軍十三日賊大至長圍合接濟斷巨礮環轟子下城中如雨隨營文員懼脅諸將請於公曰吾屬奉檄守浙境廣信存亡非吾事也今賊將以地道轟城兵少不能支城旦暮破將死之乎且使廣信幸存賊以全力東趨兩浙瓦解誰職其咎宜潛師夜出退保浙境遲則無及矣公部將守備畢定邦賴高翔怒曰君等怯何如勿來今我在城中賊不知我虛實以爲我能援廣信後路必有所恃彼舍廣

信趨浙江恐前後受敵必不敢出此若棄城遁我在虜目中一一可數情見勢屈追殲立盡尚何浙境之可保耶明日當決一死戰諸君於城上觀我破賊十五日定邦高翔開城出大呼決戰自晨至日昃毀其長圍軍聲大振是夜守令欲求觴酒豆肉爲公慶中秋不可得並巡城鐙燭無之時月明如晝星河斂耀倚堞望賊壘悄然無聲公命去刁斗與沈公瀹茗清談飄飄然作廣寒宮闕之想不知身在孤城中也十六日我師壓賊營賊不敢出次日賊遁事聞　賜號西林巴圖魯閩浙大吏素不慊於廣饒督防者曩以嚴檄召公歸詬誶備至旁觀咸爲不平公晏然俟接防兵到乃行曰吾不得不爲　國家疆土百姓性命屈也七年六月調補衢

嚴鎮總兵八月會同徽師復婺源八年逆酋石達開以撫建賊五
十餘萬傾巢出公從玉山飭參將胡定國援廣豐而自統所部馳
歸衢州公至而賊亦至賊乘驟雨盡毀護城營壁以地道撼城城
圮者三卒以堅禦得完凡九十餘晝夜目不交睫浙江巡撫晏端
書以公失所屬三縣又未能速解衢圍疏請奪職疏出而圍解江
常開三邑亦次第復奉
旨開復原官旋授贛南鎮總兵會閩浙總督王懿德檄公赴汀州
病甚未能進遽劾公奪職然
顯皇帝知公忠爲留贛南鎮缺九年正月病痊剿平白沙溪口土
匪奉

旨仍補贛南鎮兵部侍郎曾文正國藩奏調赴江代沈公葆楨防廣信從民望也已而楊輔清踞景德鎮公統平江等營扼之於浮梁十年逆酋李秀成陷浙江公繇江援浙四月復淳安奉
旨節制在防各軍五月授浙江提督杭州復後賊又來攻會同將軍忠壯公瑞昌巡撫王壯愍有齡擊卻之並復餘杭十一年九月進剿諸暨王公以省城危急飛咨回援二十九日至杭州時郡邑皆淪於賊數百里內無援師鄉民相率入城填塞閭巷糧爲之竭公舊部僅漳勇數百並江右所接統楚軍二千餘則他帥就地收集金陵潰卒事急以付公者又皆飢不任戰困守七十餘日米粟盡宰牛馬牛馬盡掘草根剝樹皮公惟以忠義涕泣激厲之至飢

踣載途無叛者十一月二十八日城陷巷戰手刃數賊死之年五十有八公性不嗜殺有以威克厥愛規公者公曰有罪不敢赦至於非其力之所及故殺之以示威吾不忍也善知人如畢定邦賴高翔皆拔諸儕伍之中並以戰功顯既而畢賴改隸他軍不竟其用以殞而公亦有思用趙人之歎矣 贈太子少保 予謚莊勇
賜祭葬世襲如例入祀昭忠祠並於廣信府建立專祠以副將畢定邦游擊賴高翔祔焉長子堃襲職次子新同治三年舉人三子霖幼四子鈐甫三歲殉 公難於杭城

贊曰沈文肅之守廣信也城空援絶誓身殉而已得公投袂赴援江浙並受其福當是時公義聲震天下文肅亦用此發聞於時而

閩浙諸大吏爭謷訾公且下石焉烏虖獨何心哉余嘗晤公建昌握手談天下事甚快公殉浙難屢擬爲公傳不果得文肅所爲公狀急錄而存之而文肅亦不可作矣悲夫

陳壯節江壯節蕭壯節三公別傳

陳公明志字澹如武陵人少入伍充湖南提標戰兵拔外委道光二十二年出師廣東補把總湖北鍾人傑作亂奉檄征崇陽以功賞六品翎頂稍遷辰州營千總二十九年李沅發倡亂新寗公進勦有斬馘功擢桂陽營守備遂署常德協都司明年提督向忠武榮出師廣西以公爲營將時賊勢陸梁官軍當者輒靡楚兵至連日與賊戰皆捷而公尤驍勇嘗大呼躍馬陷堅陣手梟賊酋於馬上軍中壯之敘功　賞換花翎咸豐元年春勦賊金田村大黃江公皆在事有功會感瘴癘得疾楚軍中病者三百有奇　欽差大臣李文恭星沅檄公領病軍回營休養病痊公赴桂陽任三年

向公充　欽差大臣督辦江南軍務奏調公赴軍前領乾州鎮遠河溪三營兵與賊轉戰數月四年補永順協都司五年遷廣西提標游擊帥師勦蕪湖大捷擢廣東雷州營參將六年奉檄進勦丹陽破賊數十壘斬級數百以功晉副將會官軍進駐紫金山戰事方殷檄公同大營充總理營務處五月十七日賊大舉來犯公帥潮雷各營弁兵奮力迎戰殲賊無數血濡袍袴皆赤而賊來益衆公激厲士卒血戰三晝夜十九日力竭死之年三十有七事聞眂副將例從優　賜卹　敕祀昭忠祠　賞雲騎尉世職　予謚壯節

江公忠信字誠夫新寧人少跅弛不羈饒膽力咸豐二年族兄忠

烈公忠源帥楚勇赴廣西助剿公年十六從行以獷悍數犯軍令忠烈將斬以殉眾爲乞免及遇賊驍捷敢戰常爲軍鋒攻永安州時楚勇壁城南賊悉銳來撲公斬數級以獻敘外委嗣隨忠烈援長沙戰湖北解江西省城圍皆在事有功洊擢千總及忠烈巡撫安徽公乞假歸亡何忠烈被圍廬州其弟忠濬及同知劉長佑募壯士赴援公躍然曰此吾立功之會也遂充哨官比至壁平西門外五里墩時廬城中兵單餉絀賊圍之數帀聲息不通公夜帥壯士十數人懷白鏹油燭潛越賊營縋而入告以援至因留營中賊屢用地雷轟城城崩數丈公率眾力禦斬悍賊數人城復完又數帥壯士下城攻賊壘斬馘多忠烈壯之奏以守備用　賞孔雀翎

亡何城陷忠烈死難揮公使速去公不忍忠烈趣之曰若歸爲我
復仇公跳而免時楚勇屯得勝門外七里站賊營羅列我軍與賊
相持五年春諸將議逼賊而營公首攖其鋒晝夜合諸營力戰遂
破賊營八擒斬三千有奇敘功晉都司及廬州復再晉游擊 賜
號毅勇巴圖魯會江忠濬假歸以所部屬公公遂爲楚勇統領六
年五月提督和春帥師克三河鎮公與提督熊天喜攻南路破賊
營二以功擢參將及克巢縣遷副將亡何總兵秦定三攻桐城久
不下公奉檄帥所部往援時道梗不能通聲息公以計馳抵定三
營中定議出奇兵夾擊遂破賊營十有六進逼桐城十六日賊大
舉出犯公帥衆迎擊賊敗退追至東門外賊踰濠堅拒公持矛躍

馬越重濠而進手殪悍賊數人賊壘礮雨下中公左脇死之　詔
眡副將例從優　賜卹　賜葬祭祔祀江忠烈專祠　予諡壯節
蕭公翰慶字黼臣清泉人咸豐元年從都司徐大醕剿賊廣西大
醕死綏公冒險扶其櫬歸三年曾文正治水師於衡州公投効軍
中以戰功洊保千總四年夏進攻岳州賊遁手紅旗報捷文正奇
其文雅詢知爲讀書士改敘從九品從克武昌擢府經歷再擢州
判六年改隸彭公玉麟部下充水師營官同攻武漢晉同知直隸
州冬十月武昌克復晉知府七年從彭公帥水師自外江會攻湖
口將戰公察山後炊煙起知有伏乃潛從山後進擣一鼓殲之遂
拔湖口　詔賞孔雀翎八年四月官軍克九江公與副將孫昌凱

等登岸截擊北城逃賊。無一漏網者。敘功加道銜。九年正月。僞翼王石達開自江西南安竄湖南。道郴桂。圍永州。長沙戒嚴。鄂撫胡文忠檄公帥礮船援湘。四月朔。抵祁陽。時沿江皆賊壘。公躬入小河。乘舢板督戰。平之。總兵周寬世及賊戰於長葉領。公帥礮船夾擊之。賊大敗。湖南肅清。乃回鄂。 詔以道員交軍機處記名 簡放。十年春。江寧賊犯杭州。浙撫羅公遵殿疏調楚軍援浙。公與羅公子忠祜有舊。遂請行。倉猝無見兵。得唐君訓方舊部號訓字營者四千人。益以池州降卒二千。馳赴之。抵徽州而杭城已陷。時左副都御史張公芾方治徽寧防務。疏留公辦賊。尋攻石埭太平。克之。 詔加鹽運使銜。方進攻池州。而常州趣援甚急。乃分降卒圍池躬帥訓字六營暨親兵二營赴之途次聞湖州被圍乃改援湖時前路賊騎充斥衆請緩行公曰湖州皖浙咽喉也儻有失則兩浙糜爛矣行抵禮義橋悍賊突出公截橋而戰勝之日暮大雨軍士竟夕持仗立風雨中平旦啟行距湖郡四十里甫半而賊復大至我軍且戰且進抵同心橋賊來愈衆圍公數重參將吳修玫鄧茂先戰死公血戰良久力竭死之年三十有四事聞　詔加等賜卹　予諡壯節原籍及死事地方並建專祠

贊曰軍興已來楚之南荷易名之典者百餘人而陳江蕭三公並得諡壯節外此則江公忠濟童公添雲金公國太也諸公文武殊途事蹟亦各別而其無忝於令名則豈有異耶諡法猛厲無前曰

壯好廉自克曰節烏虖諸公得此其皆無憾於九泉也夫

呂孝子傳

呂孝子敩孚字信臣湖南永定人父孟卿家貧以訓蒙自給咸豐二年父遊學未歸母張氏病垂危思肉食不可得敩孚年七歲出而貸諸屠屠不可泣而歸聞母呻吟聲益不知所爲計忽念有股肉可割以啗母乃取菜刀礪之手搦右股肉割四寸許無血以布裹其創令五歲妹就爐火炙之以進母母啖而甘之病霍然起踰旬父歸詢病狀喜其勿藥愈相慶更生然察敩孚足微跛詰之詭以瘡對勘其瘡則退而卻走迫褫其裹則刀瘢長四寸有奇方虹潰瘀未落也父大驚知爲割股噭然哭母聞亦大哭敩孚曰母然兒固無所苦且不痛楚也於是鄉人皆嗟異監生羅祥雲諗於衆

日七歲兒能是是不可不聞於官時合肥李公瀚章方權永定縣招斅孚赴治所驗之賚以金帛牒大府請　旌會粵寇犯長沙事上不果行同治三年學使呂公朝瑞取斅孚入縣學旣而知其事亦賚金帛且旌以聯有此後臨深履薄勉作完人之句當是時李公已巡撫湖南與學使會疏請　旌　詔曰可岳常澧道何公玉棻作童孝傳以章之斅孚尋食廩餼九年學使溫公忠翰疏舉優行請以訓導特用　詔許之異數也未幾授華容學訓導勤其職居數年以外艱歸母氏今健在年六十餘

論曰割股例不著　旌典愳戕生以近名或流爲詭激也呂孝子刲股時方七歲彼知有母而已豈有他哉宜　朝廷破格　旌之

且擢居學職以風世也二十年前余即耳孝子名今及見之詢前事則泫然曰某不足道某父孟卿公嘗因母病刲股及父病革口閉矣乃羨股肉抉齒以進之病立起活十有六年壽至八十二乃終烏虖豈偶然哉然孝子當七歲救母時固不知厥考有是事也

天岳山館文鈔卷九

李忠壯公別傳

李公諱臣典字祥雲邵陽人年十八隨曾公國荃討賊江西隸吉字軍繇萍鄉轉戰安福之固江進攻吉安敘把總　賞戴藍翎咸豐八年六月及賊戰吉安南門外曾公受重創營將張公勝祿亦中礮公瞋目大呼挺矛進賊始卻退迫吉安拔追殺至永豐新淦伏屍數十里以功超擢寶慶營守備九年湘軍克景德鎮並復浮梁公皆爲軍鋒十年正月從破僞英王陳玉成於小池驛晉都司　賞換花翎進規安慶與賊戰於菱湖會公傷礮墜馬以公馳救得免八月圍安慶援賊不時至會樅陽告急公與張公勝祿張公

詩曰赴援一戰克之遂塞樅陽河以屯水師十一年三月玉成以逆眷在皖城出死力營救身率悍黨與城賊夾攻營濠公等日夜鏖戰會提督鮑公超師至高河埠襲賊後賊宵遁仍留悍賊築壘菱湖北圖牽制我軍公逼城而營扼北門之路兼帥游兵衛主帥六月八日攻西門賊壘會公左臂受礮創仍以公等馳救得免而陳玉成復句僞國宗楊輔清等數萬人來決死圍我軍數重七月二十二日大戰日中未決勝負公馳告諸將曰事急矣幸各努力成敗在此舉也諸將皆躍起公橫槊前驅與諸營乘勢決盪呼聲震屋瓦賊大敗奔斬首數千級玉成輔清僅以身免八月朔遂拔安慶超擢兩江參將　賜號剛勇巴圖魯留守安慶同治元年三

月大軍攻巢縣含山和州下之並克西梁山濡須口各要隘四月渡江克太平府及金柱關進拔蕪湖公功皆最於是曾公乘勝進攻江寧公等分取丹陽鎮奪秣陵關嗣是六郎橋江寧鎮三汊河大勝關各賊壘皆下公時已擢副將晉　記名總兵矣五月四日進攻雨花臺未下張公勝祿死之公憤甚誓以殺賊爲已任閏八月僞忠王李秀成率蘇州賊援江寧號稱六十萬會軍中疫大作賊偵知攻益急二十九日賊悉銳薄營會公躬督戰賊礮傷輔頰公與副將倪公桂力衛之仍手大刀督戰會倪公死綏乃收隊而賊攻東路益急參將劉君玉春戰死礮彈入營如雨將士多死傷勢岌岌公毅然請於主帥願代守東路從之賊卒不能破九月十

二日賊用地雷攻我軍壘平明火發壘圮數十丈賊蜂擁入諸軍擊卻之公奉檄防南後營汛地賊圍之是日亦大捷斬馘無算自是軍心益固十月初五日圍解　詔加提督銜十二月同奪取六郎橋賊壘二年四月同副將趙君三元等攻克雨花臺僞城七月同提督蕭公孚泗張公詩日等攻奪金紫山又敗賊於校場斃賊近萬八月克富橋門倘方門方山土山等賊壘九月克七甕橋及孝陵衛堅巢十月剿賊於解溪龍都湖熟純化鎮散岔鎮皆克之再奪秣陵關三年正月同克天堡僞城而江寧之圍始合初官軍之擣雨花臺也夜漏三下各軍束草填濠而進梯僞城將登矣賊驚覺然礮擊我軍軍少卻公搴旗直前大呼而進諸軍繼之爭擲

火彈入石城敵樓火我軍肉薄而登僞城立拔得　旨交軍機處
記名以提督　簡放尋補歸德鎮總兵至是天堡僞城破賊益築
嚴我軍鑿隧道三十餘穴並爲賊所破壞五月三十日始克地堡
城六月朔各軍番休進攻賊死拒所殺傷相當公偵知城賊糧足
又官軍所掘地道皆無成各營苦戰力漸罷乃請於曾公曰師屯
城下二年矣不急克日久且生變請於龍脖子重掘地道功必成
某請獨任之龍脖子者地獨高於城賊列礮最密所也曾公壯而
許之公遂率副將吳宗國等日夜穴城十五日地道成明日曾公
懸重賞嚴軍令誓一鼓破城公與劉公連捷朱公洪章武公明良
伍公維壽熊公登武張公詩日陳公壽武各具狀誓死報　國居

頃之地雷發城圮公與諸公距躍先登賊渠縱火自焚江寧城立
拔擒僞王兄洪仁達僞忠王李秀成餘黨殲焉粵賊平册勳　詔
錫公一等子爵　賞穿黃馬褂　賜戴雙眼孔雀翎公督開隧道
時礮子中腰創甚明日城破殺賊竟日夜過勞十七日病劇以七
月十二日卒於軍年二十有七事　聞
上軫悼　優旨照提督例議卹　贈太子少保　予謚忠壯　敕
吉安安慶江寧各建專祠
贊曰賊踞金陵歲星一終矣王師攻之覆軍者再賊摑然得意謂
莫予毒也卒爲湘軍所殄而公實爲首功烏虖壯哉長沙會城
敕建三忠祠廣之爲五忠又廣之爲十二忠首祀江忠烈而以公

嚴盩與粵賊相爲起訖云

陳武烈郭勇烈王剛毅公別傳

王師之克江寧也，圍攻近四載，用地雷法穴城三十餘處，皆不就，傷亡不可選紀。洎同治三年六月朔，提督李公臣典請從賊礮最密處重闕隧道，統帥曾公國荃韙之，命各軍於城下築礮臺，護地道；別遣軍士刈濕葦蒿草積城下，覆以沙土，陽爲肉薄攻城狀。城賊用全力扞爭，礮彈雨下。是月十五日，賊出死黨犯隧道，燒礮臺，我軍血戰竟夕。於是副將陳公死於戰，總兵郭公、王公中礮亡。十六日地雷發，李公臣典及武公明良、伍公維壽、朱公洪章、劉公連捷等率各軍蟻附登城，賊傾火藥數十箱，燒士卒多死，勢稍卻。彭公毓橘、蕭公孚泗等手刃數人，冒險入拔之，盡殲逆黨，成大功。而

三公不及見矣予悲之爲作三忠合傳

陳公萬勝湘潭人初從把總蔡呈祥援江西克萍鄉分宜旋入吉字營克吉安敘藍翎外委咸豐十年同擊退小池驛援賊進克太湖擢千總嗣是屢戰皆與十一年大軍克安慶進規江寧同治元年克巢縣和州含山渡江克太平府金柱關尋取丹陽鎮奪秣陵關暨六郎橋江甯鎮猛攻雨花臺公皆爲軍鋒閏月江寧援賊大至九月十二日賊鑿隧道轟我營公協力扞禦裹創戰苦守四十六日賊敗退累功洊擢副將　賜孔雀翎三年六月望李公臣典新闢地道成統帥曾公入隧親勘之賊遣死黨出太平門直犯地道別從朝陽門出數百人燒各礟臺及所積蘆蒿公督隊血戰竟

夕殲賊百餘人力竭死之賊裂屍竿其首於城翼日城拔
郭公鵬程湘鄉人咸豐六年隨羅忠節克義甯敘藍翎把總明年
同擊走武昌援賊擢千總武昌復再擢守備加都司銜又明年從
李忠武擊退九江援賊敗賊小池口童司牌尋拔湖口遷都司
賞換花翎加遊擊銜冬江西賊犯湖口從李公續宜往援八年克
九江晉遊擊加參將銜充右營營官十年攻太湖僞英王陳玉成
糾悍賊來援會荊州將軍多隆阿公提督鮑公超敗賊羅山冲公
與諸營夾擊擒斬三千有奇九年從援寶慶圍解除參將十年從
克太湖遷副將英酋糾捻匪上犯繇新安渡撲湘軍我軍分八路
進攻公出第三路大捷　賜號衝勇巴圖魯十一年五月英酋竄

踞德安隨州圖解安慶圍候補道金君國琛率入營會勦公與焉誘賊出城斬馘數百城破追勦至應山斃賊近萬人　賞二品封典同治元年同提督蕭公慶衍攻銅城閘賊堅壘死拒公與趙公太和攻第一壘爇其巢須臾眾壘皆破援賊至公設伏黃龍村與蕭公夾擊敗之明年克東關及和州含山巢縣復江浦浦口皖北肅清　詔交軍機處記名以總兵　簡放江寧久不下奉檄與蕭公等共帥入營往助攻三年六月挖新隧道公遣卒刈蘆蒿積城下城上礮彈若飛蝗公奮前督攻與王公皆中礮歿於陣

王公紹義湘鄉人少入湘軍累功洊保　記名總兵　賜戴孔雀翎隨攻江寧於同治三年六月十五日死綏十六日城克當事上

其功。詔曰。花翎副將陳萬勝、記名總兵郭鵬程。王紹義。功績卓著。力戰捐軀。朕甚閔之。其照提督例議䘏。各賞三等輕車都尉世職。尋 賜祭葬。入祀 京師昭忠祠。內閣以謚請。有 旨。萬勝予謚武烈。鵬程 予謚勇烈。紹義 予謚剛毅。

石剛介滕武烈熊勤勇公別傳

石公玉龍鳳凰廳人充道標練勇道光中從征崇陽亂民鍾人傑及乾州逆苗石觀保新甯匪首李沅發所至有功　賜戴藍翎補外委咸豐元年隨提督向公榮解桂林圍遷把總尋繇長沙追賊至湖北敗諸洪山塔抵江南敗諸七甕橋進攻高淳公皆爲前鋒俘馘不可殫數擢千總四年金陵賊自仙鶴門出竄高資下蜀街公身先陷陣擊走之又同膊賊於黃池擢守備移攻蕪湖五年五月克之晉都司六年十二月從大軍克甯國城敗援賊逐北數十里公手刃數十賊晉游擊當是時領涇防者爲總兵秦如虎以憂歸浙江提督鄧公紹良最重公言於浙撫晏公端書會疏請以公

代　詔許之以游擊充統將異數也公感知遇戰益力明年補建昌營游擊五月克復灣沚及黃池又復南陵破賊於三里店陞參將　賜孔雀翎九年三月敗賊萬級嶺追剿至卓村斬賊目十餘人　詔以副將用十月僞忠王李秀成大舉犯涇防衆十數倍公迎擊藍山嶺敗之手奪大旗而賊至益衆公擲旗怒馬突陣殺數十人賊圍之數重身受十餘創力竭死之事聞　詔贈總兵加提督銜　賜卹　賜祠　予謚剛介無子以弟子某襲世職

滕公家勝字謹亭乾州廳人起家鎮溪營戰兵咸豐二年出師廣西追賊至湖南北轉戰及江寧提督向公榮壁紫金山六戰皆捷公並從又從克高淳太平及上坊橋秣陵關所向有功歷繇哨官

充統將尋渡江進勦鳳陽臨淮等處收復郡縣以十數敢戰出諸將右在軍中十年洊保總兵加提督銜　賞換孔雀翎　賜號濟特固伊巴圖魯九年奉　詔援勦淮徐隸　欽差大臣袁公甲三戲下時淮北河南莠民捻亂曰捻匪公屢戰皆捷袁公特疏薦
詔授川北鎮總兵尋以捻匪披猖留軍未赴任是年十二月有
旨調徐州鎮明年正月抵任二月捻匪犯山東當是時科爾沁親王僧格林沁公帥蒙古兵勦賊都統伊興額公爲翼長夙重公威名檄赴山東堵勦公投袂起與伊公大破賊於東平州汶上縣殪賊盈千追擊二十餘里將旋師忽援賊大至寡眾不敵歸路斷公駐馬謂伊公曰男兒死耳當各努力多殺一賊即爲天下除一害

也伊公曰然併力決盪當者輒死手刃數十人親卒喪且盡力竭
並死之王以狀 聞
文宗震悼 贈提督 賜祭葬 予謚武烈 賞騎都尉兼一雲
騎尉世職未幾當事疏稱公與伊公轉戰徐宿間忠勇有紀律深
得民心請於死事地方合建專祠 制曰可
熊公天喜永綏廳人起軍校咸豐元年出師廣西敗賊於慶遠授
鎮筸把總二年二月賊犯桂林力戰解其圍賊遂竄全州涉黃沙
河衡永戒嚴南撫駱公檄防郴永八月長沙被圍公率隊來援十
月十九日賊遁公追賊至湖北十一月燬洪山賊壘二十有八三
年敗賊於九江擢永順協千總四年敗賊於廬州擢長沙協守備

時賊踞廬久城以外屯壁相望公深入決死戰時有斬馘五年三月攻得勝門燬賊十餘營右額傷大帥嘉其勇奏授都司八月援如皋　賜戴花翎十月廬州復公首登城晉遊擊　賜號拔勇巴圖魯六年八月克三河鎮補岳州參將七年五月克勾容遷副將十月移師鎮江復其城　詔記名以總兵用會壽春鎮闕員得旨命在軍署理未幾卽眞帥師勦東路十年正月敗賊於湖州及下關七里洲時杭州陷公帥師赴援復其城以次徇西安長興皆復三月回常州駐丹陽閏月江寧賊悉黨來犯眾十餘萬公與湖北提督王公俊力禦之相持一晝夜所殺傷相當然我軍止二千人賊至如蟻王公力竭落馬公力救之縱橫血戰賊當者輒靡而

衆寡懸殊左右馳突莫能出遂遇害時二十九日也狀　聞得
旨贈提督　賜祭葬及世職入祀昭忠祠　予諡勤勇
贊曰古稱山西出將湖以南不與焉自嘉慶初苗疆底定奏設三廳鎮筸始成重鎮提刑傅公又舉屯政練屯兵七十年來鎮屯兵稱勁旅將才往往出焉三公之所成就卓卓如是地固益以人重哉予嘗周歷五筸見叢山刺天溪流箭激風氣特剛勁殆不後北方之强云

彭忠壯公別傳

彭公諱毓橘字杏南湘鄉人隸湘軍剿賊以功敘從九品賞藍翎咸豐八年隨今威毅伯曾公國荃及張忠毅運蘭合攻江西景德鎮克之遂復浮梁遷縣丞十年從復黟縣建德等城晉知縣加五品銜僞英王陳玉成率悍黨竄踞小池驛勢張甚威毅思以計取之命公與營將蕭公孚泗張公勝祿等帥師當其衝別遣守備李公臣典走間道潛焚賊館賊正與我軍相持瞥見火起軍遂亂我軍乘之賊大敗及大軍進規安慶大破賊於菱湖遂合圍明年三月掘長濠困賊陳玉成率悍賊與城賊夾犯我軍冀毀濠公等前後抵擊鏖戰數日夜適提督鮑公超帥師襲賊後敗之賊宵遁

鮑公尋殲悍賊於赤岡嶺我軍遂逼城而軍七月玉成復率黨數萬來援以逆眷在圍城中也公與張公勝祿李公臣典分三路迎敵血戰竟日斬級數千玉成遁越八日而安慶復矣同治元年公會諸營攻克巢縣含山和州奪西梁山濡須口諸要隘渡江破太平府奪金柱關遂取蕪湖得

旨以道員記名　簡放　賞毅勇巴圖魯名號換戴孔雀翎夏四月大軍進攻江寧公與諸將分途取丹陽鎮秣陵關六郎橋江寧鎮三汊河大勝關等要隘夷賊壘數十進攻雨花臺賊死拒未即下聞八月僞忠王李秀成率蘇州賊援江寧凡數十萬圍官軍各壘會疫作公等力疾禦卻之賊用地雷法轟壘壘壞者數矣並以

公等力禦得完計苦守四十六晝夜賊智勇俱困十月五日解圍遁十二月公帥師奪取六郎橋隘口二年四月破雨花臺僞城嗣是金紫山富橋門僞方門方山土山七甕橋孝陵衞及解溪龍都湖熟純化鎭散岔鎭諸賊壘以次下公皆在事有功三年正月攻克天堡僞城五月克地堡至六月十六日而江寧拔矣册勳詔交軍機處記名遇有布政使缺出請
旨簡放　賞一等輕車都尉世職久之補汀漳龍兵備道未赴會
曾公國荃奉巡撫湖北之
命疏調公領湘軍赴鄂時河南捻寇猖獗竄掠黃州安陸二郡境
公帥師進剿戰比有功六年二月十八日師進次蘄水值賊黨大

至眾數倍我軍迎剿多死傷公督隊血戰自旦至日晡馬陷泥淖中被擒賊脅之降大罵不屈遂被害年四十有一公行軍謀勇兼懋尤善審地勢每立營必豫籌出入險夷之路使賊不能劫屢遇巨憝挾全力來攻而軍壘屹然公之力也死事　聞

詔卹布政使陣亡例議卹　敕湖南本籍及立功地方各建專祠事蹟　宣付史館　贈内閣學士銜　賜祭葬　予謚忠壯　賞騎都尉世職子秀琔併襲三等男爵

贊曰鄙語云尺有所短寸有所長以公之勇智殄十數年負嵎勍寇無所卹及戰蘄黃卒死捻寇之難豈誠有所短哉天下之變常出於所備外也然公結髮從軍誓以死報　國久矣視裹革沙場

直猶袵席耳豈必死牖下乃爲得所哉

高勇烈公別傳

高公諱連陞字果臣肅鄉人咸豐四年投効湘軍隸曾文正戲下歷保千總　賞藍翎是年湘軍分三營蔣君益灃將左公屬爲六年會攻武昌掃平城外賊壘督守備七年武昌復平蘄黃賊巢破賊小池口乘勝復湖口彭澤望江東流銅陵諸縣公皆在事有功晉都司奉檄充果勇營營官八年廣西寇急請濟師蔣君以知府帥師往援公從克柳州遷游擊又克慶遠遷參將十年守桂林有功　詔以副將用又攻克賀縣加總兵銜　賜號尙勇巴圖魯繼克潯州　詔以總兵記名　簡放同治元年補左江鎭總兵當是時杭州已前陷曾公爲兩江總督疏調蔣君援浙　詔改浙江布

政使公遂帥師入浙從浙撫左公宗棠克壽昌進攻蘭谿湯溪盡奪其要隘八年正月拔湯溪擒首逆李尙陽誅之進擣白龍橋蘭溪賊棄城遁乘勝復龍游金華得　旨以提督用二月攻富陽時賊勢猖獗總兵熊君建益戰死公悉銳攻剿八月克之十二月進攻餘杭斬逆渠鄧光明三年正月蔣君攻杭州公會諸將昇巨礮轟城門城崩賊恟懼夜五鼓棄城遁餘杭賊亦遁浙江平　賞穿黃馬褂　命署浙江提督進攻湖州七月拔之殘賊竄福建時左公遷督浙閩疏調公援剿公遂入閩漳州久不下公至則大捷屢梟逆渠　詔換穆特本巴圖魯號漳州復再　賞玉決拾翎管大小荷囊火鐮諸品四年擢廣東提督適金陵殘孽竄踞嘉應州公

帥師會攻拔其城盡殲逆黨粵賊平　詔賞雲騎尉世職甘肅回匪稱亂左公改督陝甘疏調公援剿　詔改公甘肅提督公至屢告捷破賊壘百數斬馘無算賊望風駭潰居亡何有叛勇之難楚軍之西剿也地殘破糧價翔貴又南人不諳麪食既而餉日絀麪食亦不飽黠者因煽爲亂八年二月二十四日部下副將鄧玉魁楊玉魁屯宜君縣總兵唐畢賢屯楊店三營同時叛出不意夜犯大營公遂遇害事聞斬兩玉魁軍中　優詔褒䘏照提督陣亡例從優　賜䘏　予謚勇烈　敕殉難地方及本籍各建專祠入祀京師昭忠祠　予騎都尉兼一雲騎尉世職同時殉難者曰提督銜總兵黃君毓馥總兵銜副將賀君茂林同知銜浙江補用知縣

謝君生春四川補用副將高君英舉等並　賜卹有差祔祀公祠

贊曰公束髮從戎名在天下顧不死於賊而死於叛將禍固常出於所備之外哉軍興論將才能與公比烈者屈指可數計若其死之獨異亦惟公有餘痛也烏虖莫之致而致者天也天實爲之謂之何哉

李壯烈公别傳

李公諱佑厚，字奉軒，世居平江長壽里，余族人也。少力耕傭力以養親。咸豐五年，余從曾文正入江西，募平江軍，公年甫冠，充中營後哨哨目，集鄉曲驍桀子弟爲數隊，誓同生死，每戰衝鋒，一人前則衆不敢後，以功累保把總。賞藍翎。七年九月，從守貴溪城，戰甚力，擢千總。八年，從營官屈君蟠援衢州，敢戰爲諸軍冠，歸解玉山圍，擢守備。賞换花翎，尋晉都司。會余假歸，以中營屬屈君。屈倚公如左右手。九年除夕，從屈君馳援太湖，大破賊，遷游擊，加參將銜。歸防廣信。十一年正月，力戰受礮創，曾文正嘉其能，命添募副中營，卽充營將，俾分防玉山。六月，賊大至，鑿隧攻城，擊走之。八月賊再圍城公與決死戰大破賊　詔除副將仍從優議敘同治元年從屈君援浙總理營務會克龍游加總兵銜二年賊萃鄱陽章田渡公血戰破之掃平賊壘數十　詔以總兵留江西　記名簡用屈君卒候選道張君岳齡代之未至大吏檄公權領其衆三年防廣豐敗偽康王汪海洋　賜號効勇巴圖魯加提督銜四年移防會昌尋駐贛寧捕土匪五年　詔以提督記名簡用　賞一品封典六年張君除甘肅按察使調剿陝甘逆回公從入關充營務處兼帶兩中營七年進壁鳳翔擊退岐山賊破亢家河賊巢會剿寶雞賊解汧陽圍遂壁汧閏月破賊屈家灣草碧滿五月朔逆回大舉犯汧至縣北馮坊河公兄總兵獻厚領副中營迎擊公自

黃里鎮防所帥中營繇東原橫貫賊陣敗之遙見張公督戰北原乃率精銳赴之突遇伏公手鋼叉立殪數賊策馬行忽被礮彈洞左脅部卒力戰掖以歸自知不起以報 國養親屬其兄語不及私昧旦卒年三十有五時公父母年皆八十矣公性沈練寡言笑尤善覘陣闞賊陣有瑕卽乘隙攻所攻必靡或賊勢盛則堅陣相持先爲不可敗以故經百戰無挫衂既貴舊伍數十人相從不散待之有加禮廉於財死事後家幾不能自存奉 旨照提督例議卹 賜祭葬 贈太子少保 予謚壯烈 敕死事地方建專祠宣付史館立傳入祀京師昭忠及本籍忠義祠 賞騎都尉加一雲騎尉世職

贊曰軍興吾平死戰事者前後八千人惟公與童壯節荷易名之典而將略亦惟公獨優公性有恆在中營凡十四年未易其處而勳勩日隆起彼朝秦暮楚者何爲哉屈觀察立大名於饒郡贈秩建專祠以公爲其部將也而公獨不獲竟其用悲夫

劉忠壯公別傳

劉公諱松山，字壽卿，湘鄉人。生有智略，應募入老湘營，隸王壯武錱麾下。咸豐六年，從克永明、江華，敘外委。七年，從克郴州、桂陽，擢千總。賞藍翎。進勦湖北崇通、蒲圻，以功賞守備銜，充第四旗營將。從援江西。八年，克廣昌、樂安，晉都司。會壯武卒，軍張忠毅運蘭代領其衆，公從戰臨江、吉水，功最，遂復撫州、建昌及南豐，遷游擊。賞換花翎。賊自閩回竄江西，犯新城，分黨陷安仁，公從解新城圍，遂克安仁，遷參將。粵賊何觀保、李榮激等踞連州，公從忠毅往會勦，擒其巢，殄賊數千，擒觀保、榮激暨僞官五十餘人，連州平。九年，自江西轉戰至徽州，屯祁門。會羊棧嶺賊萬餘人自盧村來

犯公首陷賊陣蹀血酣鬬賊大潰奔亡何賊悉悍衆竄踞浮梁及
景德鎮六月諸軍攻景鎮破之窮追三十里將抵浮梁阻於水有
橋三賊擁不得即渡因反鬬城賊出乘之時我軍頗亂次人騎不
相屬公獨帥所部扼東橋力戰卻之遂拔浮梁是役也微公幾失
利　詔以副將補用十年論連州功　賞加總兵銜及志勇巴圖
魯名號十一年從張忠毅進剿徽池克建德黟　詔擢總兵三月
攻徽州分屯民村夜過半賊出刼營呼聲震屋瓦諸軍驚潰公獨
帥所部山立不動月下遮諸軍告之曰我第四旗劉某也列隊在
此請無奔奔則爲禽矣軍賴以全公自是名出諸將上督師曾文
正以國士待公自此始未幾徽州復并復休寧黟　詔加公提督

銜同治元年二月賊圍徽州公從張忠毅赴援圍解得　旨下部優敘四月從克旌德十月忠毅以疾歸曾文正檄公與壽州鎮總兵易公開俊分統湘軍守寧國會大疫病者什七八公加意拊循士皆力疾戰守二年八月賊犯涇公帥師迎擊敗賊於金村又敗諸李村會粵賊號花旗者來襲郡城公馳還擊走之當是時皖南羣盜如毛逆渠楊輔清古隆賢賴文鴻等各擁眾十數萬聞公赴涇謀潛師襲寧國不知公已還也公遣將夜出南門設伏敬亭山下又分所部出西門嚴陣以待遲明賊大至公啟北門鼓譟出賊驚卻墜溝死者亡算悍賊仍死拒適西南諸將追賊至夾擊大敗之南門賊亦敗逋歸路為伏兵所截前沮大江溺死過半九月克

寧國縣 詔賞正一品封典 命署皖南鎮總兵四年補肅州鎮尋調皖南時粵逆已蕩平而河南北捻匪方棘曾文正以使相督師奏調公總理營務六月師次臨淮七月易公開俊以疾歸公遂總領湘軍與捻賊回賊相終始矣湘軍之平粵逆也首尾十二三年步卒積功至專閫以千百計久役思歸休又南人不慣麥食聞勦捻率不樂隨征雖文正亦以軍士積勞久擬資遣或別募生力軍不強挈以從獨公投袂起立帥所部渡江有譁餉不肯北渡者公廉得其魁誅數人而事定五年二月公帥師自蒙亳潁川進勦河南時逆渠張總愚牛洛紅等謀竄山東公急趨濟寧賊回竄徐州四月賊擾湖團公會淮軍擊之大捷賊竄豐沛及睢寧公自徐

州遏之改竄銅山五月敗賊於魏家莊六月追賊至西華賊分道並出公力戰逾時賊敗逋追至上蔡之雙廟擒斬亡算賊伏千騎萬金寨旁圖截輜重公與總兵李祥和等夾擊大破賊進攻雙廟賊悉眾迎敵敗之追奔至洪河淹斃數千餘賊遁追及郾師之召陵又破之七月大破賊於南陽新野得 旨下所司優敘張總愚旣不得志於豫乃西犯秦眾十數萬十二月公奉檄援秦六年三月 詔擢廣東陸路提督時曾文正已解兵柄代之者爲使相李公鴻章張總愚犯同州朝邑陝軍迎擊於灞橋失利公帥步卒數千疾趨入關及賊於晉戍堡姜彥村張兩翼前進賊敗追至許家莊小壕奪其堡賊仍糾黨旅拒勢張甚公督將士血戰四時之久

賊大奔同朝圍解　優詔賞玉柄小刀火鐮大小荷囊諸珍品秦中自同治初元逆回搆亂所屬無甯宇益以捻禍官軍屢被挫會城岌岌公至一戰解同朝之圍大局以定然賊燄尚熾也七月公會諸軍追賊蒲城東北敗諸索家村又敗諸昌甯村追及富平殪賊二千有奇賊奔三原踰高陵沿渭水北岸晝夜東走公追及數敗之九月賊陷綏德州公攻之急棄城遁十一月賊由宜州踐冰渡河遂入山西陷吉州鄉寧公疾馳數百里一戰復吉州鄉寧賊聞公至走河津稷山攻其城垂破矣公掩至賊又敗奔十二月追賊至平陽喬李鎮敗之賊趨洪洞公夜帥所部繞出賊前攻原店賊巢詰旦蹵巢而陣賊慮公軍追躡不意出其前也睡夢中驚潰

追擊至康衢阻小溪賊馬步爭渡陷淖中擒斬亡算賊遂回竄平陽絳縣出橫嶺關東犯直隸清苑境矣時陝甘總督左公宗棠帥師入衛檄公繞越太行出賊前七年正月公冒雪兼程進日行百數十里抵保定直督以 聞 命交部先行優敘賊擾獻縣商家林公擊敗之賊竄深州聞公至復西南竄公破賈城村賊巢十餘處賊走祁州公回軍追勦會援賊至我師馬隊中斷公以步軍力戰敗之追至博野南鄧村賊圍總兵郭寶昌營公揮眾馳突賊大潰窮追至深州擒斬萬計賊繇晉州竄渡滹沱河公追及河干未濟者悉殲之賊既南渡畿輔乃得解嚴捷 聞 賞換達桑阿巴圖魯三月敗賊於滑縣陽武延津等屬又敗賊於彰德四月左

公奏請以公充步軍翼長公追賊至海豐陽信越武定抵鹽山滄州連敗之遂與淮楚各軍塹長壕梏賊七月捻匪平　賞穿黃馬褂及三等輕車都尉世職尋奉勦逆回之　命而公馬首復西矣十一月公帥師入陝先是關隴回亂土民自相團結與回鬬及敗散無所得食因流爲土匪非其志也公至議先平土匪乃可竱力於回十二月匪目董某張某等敂軍門乞降計十七萬餘人公悉資遣之取其壯丁以運米並請振楡綏延鄜各郡難民全活無算八年二月所部駐綏德者爲會匪所誘叛踞州城公馳歸斬倡亂數十人部卒縛首逆降綏德復公坐失察奪職畱任八月帥師度隴東越花馬池進勦靈州逆回破李旺堡黑城子等處堡寨凡數

旨遂復靈州　優詔開復處分十月克里仁渠大小九寨又克吳忠堡三十四寨逆渠馬化隆竄踞金積堡十一月破近堡二十餘寨公遂駐軍吳忠堡以規金積九年正月騎賊數千自胡家堡竄秦渠南踞石家莊空堡及馬五馬七等寨公以地勢在所必爭馳抵石家莊賊於西南面築堅壘三乃麾軍三路奮擊各指一壘破之賊竄入馬五等寨公令逼寨築壘設長圍困之賊出馬步二千餘來援公鏖戰破之斃悍賊千餘奪馬百餘匹敗賊竄胡家堡十五日進攻馬五寨薄外柵一鼓而登守柵賊無脫者公縱火焚寨門策馬督攻益急忽礮彈中左乳墜馬親卒掖之歸猶大呼整隊毋亂行諸將憤甚卒破馬五寨及入視公張目曰我受　國厚恩

未能報卽死毋遽歸我喪當爲厲鬼助君等殺賊也言訖而暝年三十有八狀 聞

上震悼命眡提督陣亡例從優議卹 予謚忠壯 贈太子少保銜 賞騎都尉兼一雲騎尉世職入祀京師昭忠祠並於陝甘等省立功地方建專祠以所部陣亡員弁祔事蹟宣付史館櫬歸著沿途地方官妥爲照料又 詔本籍建專祠十年金積堡平公櫬尙未歸

穆宗追念前功 命賜祭一壇十二年關內肅淸 詔加賞一等輕車都尉世職嗣子鼒兼襲公天性忠勇寬而有制嚴而不殘治事條理秩如自結髮從戎平粵匪捻匪回匪戰續徧十三行省枕

戈十八年僅歸里一次後屢乞假省親及歸娶皆不果同治五年婦家送女至軍中而公轉戰無定所妻父攜女歷湖北江皖皆不遇至七年僑寓中州以待會公援陝道出洛陽始成禮而羽檄日數至相聚旬日遽別去每語及時局艱危輒義形於色不復知有身家性命方捻寇之入秦也曾文正飛檄別將往援不赴改檄公聞命卽行文正密疏薦公忠勇樸實可倚平寇且云臣實感而敬之左公疏稱公保垂危之秦救不支之晉又速衛　神京以步當馬爲天下先其勦逆回也無戰不克西寧回目馬朶三潛以千五百騎助馬化隆疊爲公所敗未帀月折其大半遁歸自此西寧河州及臨洮靖遠諸回酋均不敢援化隆其威震西陲能使賊聞風

瞻落寶奄有古名將風烈云

贊曰詩有之靡室靡家玁狁之故霍去病亦云匈奴未滅何以家爲兼之者其公乎公既誓爲厲殺賊及官軍平金積堡訊俘稱公靖節後夜輒聞戈馬聲如怒潮湧至賊疑官軍來襲莫敢解衣臥左公駐平涼時夜半忽大聲嗚嗚震山谷察之了無所見左公裴褰帳中覺有異未幾捷書至是日馬化隆就擒矣烏虖日星河嶽之氣固當歷刼不磨哉

黃忠壯鄧壯毅公別傳

黃公潤昌字劭坤湘潭人母胡夢虎嚙左臂而生弱冠補縣學生旋食餼咸豐初曾公國荃識公稠人中九年春函召赴皖營至則曾已南還無所依寓太湖藥局久之疾作賃僕竊裝逃困甚侍衛吳德水見之招入營就醫禮部主事李君榕時充　欽差大臣曾公營務處偶見公與語大悅延入幕明年正月從克潛山太湖敘訓導四月曾公貞幹辟充營務處屯集賢關以固餉道截援賊時安慶久不下公偵知桐城人程學啟陷賊中爲僞先鋒素驍悍思招致之每獲奸細必詳訊盡得賊中情僞輒貸其死使往相勾結三反學啟果投誠公大喜與同臥起或疑之公以百口保其無他

其後佐今大學士李公鴻章力攻蘇常各郡肅清吳會官至提督死王事本公招降力也十一年隨諸軍敗賊菱湖赤岡嶺八月克安慶擢知縣時皖南三山賊麕聚會公意主撫而難其人以屬公公伉爽能任事有口辯單騎入賊巢諭以歸命賊皆感動會大冰雪苦凍飢公推食賑之於是降者數萬人明年奉檄遴其精銳立爲坤字前後等營自將之并立恭字平字猛字諸營隨湘恆營攻克繁昌以功晉同知直隸州　賞戴花翎又從克南陵太平蕪湖及魯港金柱關東梁山諸要隘　詔擢知府加道銜五月進規江甯扼駐三汊河護饟道賊不時來犯戰無虛日九月雨花臺援賊悉銳圍攻四十六晝夜公躬冒矢石力禦之圍解　賞四品封典

同治二年從克雨花臺九洑洲遷守巡道留浙補用三年從克天堡地堡兩僞城六月望江甯地道成明日火發城圮公帥所部先登漏四下賊千餘人假官軍號衣自太平門突出公與湘後等營截擊盡殪之有　旨記名以按察使用加布政使銜　賜號勳勇巴圖魯辦善後事宜監修試院四年正月請急省親六年湖南會匪蠢動巡撫劉公崐檄充營務處募定中四營於省城備征調七年十一月疏調入黔與記名布政使席君寶田會剿十二月抵清溪度歲清溪固鄧公子垣壁軍所也方苦飢公分糧饟之遂請設水師扼賊運道並募嚮導二營爲大舉進攻計八年正月分兵擣文德關及焦溪羊毛坪進克兩路口移駐之遂克鎮遠自是湧溪

鴉溪田垻文德關及茶園鎮賢關鼓樓坪檀頭哨翁貢等巢皆下悉赭之先是楚軍援黔已將銅仁遵義石阡思南思州五郡教匪剿平惟南路清江台拱及中路施秉黃平尚爲苗踞隔絕十餘年公擬攻台拱老巢先通驛路會川軍於黃平從東西兩面夾攻而席君壁寨頭從北路逼賊乃可制逆苗之命然所部單未敢輕入也營務處羅君萱乃與鄧公同詣寨頭商諸席君席遣提督榮君維善帥十三營赴之榮君素因糧於敵不攜鍋帳公令所部出次劉家莊空其壘館之明日進攻望城坡諸葛洞甕哨等寨皆下三月十九日復施秉明日破白洗老巢遂進攻大瓮谷巃獲牛二千餘頭公爲招撫示十二則繫牛角驅而散之於是投誠者二千有

奇皆薙髮示不復反遂乘勝長驅龔達黃平行三十里次小瓮谷
籠漏四下榮軍先行鄧公及公軍繼之抵黃飄賊設卡三重密布
礧石渠荅縱榮軍出卡比鄧軍至則木石交下鎗礮子如雨我軍
力戰路險狹不能成列鄧公中礮死之或勸公退公曰星階因我
出師星階死吾何以生爲遂與羅君暨總兵彭永清淩子龍參將
楊洪亮等皆死之時二十二日也年二十有九得 旨照巡撫例
賜卹 賞騎都尉兼一雲騎尉世職本籍及死事地方 敕建
專祠事蹟宣付史館 予謚忠壯公資識高邁志趣異常人人多
目笑之治軍嚴而有恩將弁殉陣必哭奠而歸其喪屍不獲則罪
其隊長所過無纖毫擾黔楚民皆德之工詩及行草書著有黃茅

山集

鄧公子垣新寧人星階其字也由諸生從邑人劉公坤一江公忠義剿賊湖南江西閒累功洊保知縣　賞藍翎咸豐十一年貴州賊竄廣西窺義寧江公檄公及參將江忠朝帥勇自武岡趨扼全州爲東安零陵等屬屏蔽四月賊由靈川渡河竄楊梅坪公與忠朝壁界首旋移防道州約粵軍夾擊賊敗遂乞降江公以病歸公與忠朝代領其眾以功遷同知直隸州　賞換花翎加知府銜同治元年帥師援廣西擣蓮塘賊壘斬逆渠張高友陳士養餘黨負嵎死拒公誡壯士尋僻徑捫蘿附葛出其背大呼斬關入賊驚逃公手刃二賊賊爭墜墮巖死餘黨窮蹙乞降蓮塘平初公援江西克

新城合圍南豐功皆最至是由江西大吏彙保　詔以守巡道遇
江西遇缺補用會貴州苗教二匪稔亂公奉檄自粵赴援累功繇
按察使銜晉布政使銜　賜號巴圖隆阿巴圖魯同治六年春進
攻苗寨公帥參將楊光保等由記名巖直趨茂林坡賊屯礮石雨
下各軍冒死入立破兩屯盡毀其碉卡追擊至傳水寨赭其巢明
年十一月黃公潤昌帥師援黔時公帥精捷營壁清溪黃公約公
同取鎮遠而公所部月饟久不至幾鼓譟黃公分饟哺之驩聲雷
動遂定計偕行八年正月自雞鳴關進攻未旬日抵兩路口破沿
途賊壘遂攻鎮遠府衞二城悍賊悉銳死拒記名提督江公忠珀
戰死公憤甚親援桴鼓督攻士皆殊死戰兩城以次下近城賊壘

皆擣平乃定議從東路攻入公馳謁席君寶田商進止而席軍已深入公投袂繼進深入抵黃飄中賊伏公決盪數十次地險狹不能出重圍遂中礮死　詔眡巡撫陣亡例　賜卹　予世蔭建專祠事蹟宣付史館與黃公埒謚壯毅

贊曰勦黔匪與粵寇異粵寇踞大都名城攻之利用眾黔中跬步皆山路險絕人騎不能方行苗陟險如飛伏叢箐中用火器狙擊人輒命中尤好設伏誘官軍黃公以平江南法施之宜其蹶矣而鄧公亦遂同殉悲夫抑馬新息有言男兒當死沙場以馬革裹屍還葬耳若二公者其諸不愧斯言哉

天岳山館文鈔卷十

常文節公別傳

常公諱大淳字蘭陔衡陽人父英瑚嘉慶十四年進士以學行聞公以道光三年成進士選庶吉士授編修改山東道御史晉工科給事中掌吏科疏言天下州縣倉穀空虛或折價抵交非慎重積貯之道又言畿輔河東奸民歛錢聚眾官不能捕又五嶺南北會匪句結督撫諱盜以無事爲福實爲隱憂又言旗營不習騎射綠旗營糧額多虛伍通衢孔道劫盜縱橫江海疏防盜艇恣出沒又牧令無兵所謂民壯復以皁隸用之甚非所以遏亂萌緝奸宄也會湖南鎮筸兵變戕營官鎮道莫敢窮治公疏劾之兼上善後五

則以救積弊曰兵勇當用土民餉米毋許勒折屯穀買補當有定價巡道出巡當報日期同知升擢毋得徑遷本道疏下所司並議行尋授福建糧道署按察使晉江令報獲洋盜三百八十餘人解行省總督欲駢誅之公謂中多脅從所全活近三百司獄積囚滿公曰囚不皆死罪而獄滿無隙地疫作且死是罪不至死而我悉殺之也乃分別定擬遣釋月餘囹圄一清遷兩浙鹽運使母憂歸起湖北按察使遷陝西布政使調湖北咸豐元年擢浙江巡撫海寇布興等自閩粵登萊擾江浙沿海焚掠公檄黃巖溫州乍浦三鎮出海捕擊而水師積罷數月不報起行公疏劾三總兵令帶罪緝拏尋親赴甯波與提督會勦降其渠凡五旬事定二年調撫湖

北當是時粵賊棘公赴岳州設水陸防未幾調山西仍留湖北任兼署學政以助軍餉　賞戴孔雀翎會賊犯長沙各屬土匪蠭起有議停文武鄉試者公不可終事無譁疏請調兵嚴守岳州時兩湖重兵均調赴長沙分防岳州者僅千餘人公再請調陝甘兵三千未至而岳州土匪王萬里等糾眾千餘踞桃林肆掠公檄防兵剿之萬里逃而粵賊已繇寧鄉益陽出臨資口矣先是公檄巴陵吳士邁防水路士邁以土星港最扼要乃柵其河僅容一船魚貫通出入練漁勇守之時貨船雲集皆阻於柵不得行及賊出臨資口漁勇潰船悉爲賊有水陸並下而公所奏派守岳之提督博勒恭武亦不戰走賊遂陷岳趨武昌武昌兵裁二千餘人提督雙福

公急調防隘各兵入城守合之不盈五千又分兵五百守漢陽亡何漢陽陷賊作浮橋渡江攻城公率官民嬰守提督向公榮自湖南來援距城十餘里爲賊所鬲不能前公前後告急十餘次皆不報十二月四日地雷發城陷公縊而死年六十夫人劉氏長子都司銜集松長子婦馬氏孫女淑英並死之居民瘞公屍爲暗識焉明年正月四日賊遁得屍殮之面如生

詔贈總督　予謚文節　賜祭葬入祀昭忠祠尋　敕湖北建專祠以殉難家屬祔祀　賞騎都尉兼一雲騎尉世職次子豫己酉拔貢官部郎

贊曰武昌之失或尤公部署未周或云羅文僖守長沙日必以賊

狀報公言賊趨絕地必不能下竄公恃之過深耳是皆不盡然天方降割俾虎兕出柙橫噬十數行省彼氣方盛鄂雖欲圖存得乎然既與城存亡則公之力竭矣宋人弔張魏公詩云平生一段不平氣化作祝融峰頂雲烏虖其公之謂歟

羅文僖公別傳

公諱繞典字蘇溪安化人生而有文在手曰典因名焉道光五年拔貢 廷試除戶部小京官八年舉順天鄉試明年成進士選庶吉士授編修十四年分校順天鄉試明年典試四川皆得士尤究心經世學湖南猺變時
成皇帝詢軍事公圖形勢阨塞以進曹文正振鏞言於
上曰有用才也未幾 上書房員闕
上詢於潘文恭世恩舉公及杜文正受田以對
上復以二人詢王文恪鼎鼎對曰羅某良吏才也會 召對
亟詢良久 諭近臣曰此人精神滿腹可外任十六年授平陽知

府都故多盜獄訟繁興猾胥舞文法每私繫訟者恣魚肉公至一繩以法弊盡革經年結積獄千餘起洪洞有巨盜橫行數百里間關入陝豫爲害公計擒其魁敖由王龍等數十人斬之十九年擢陝西糧道三署按察使二十一年遷山西按察使再署布政使二十四年遷貴州布政使黔地貧瘠歲倚他省協濟恆苦不給公變通鹽廠章程清庫款遇事裁節增庫貯三十萬兩購備荒穀五萬石舉胡公林翼守鎮遠徐公興煜牧黃平發餉募民兵令捕誅劇盜下游苗皆斂迹遂署巡撫檄各鎮協增繕礮械無敢弗具軍政大修二十九年擢撫湖北以憂歸咸豐二年服闋入都適粵寇棘遂奉辦理湖南防務之

命公馳抵長沙賊已陷道州議增築土城南關外而以陝兵扼守石馬鋪七月杪賊從間道突至陝兵驚潰陝安鎮總兵福誠公潼關協副將尹公培立等死之公方督築土城賊旂入市始繞繇西門入閉城拒守時承平久人不知兵城中僅川兵千撫協二標兵併練勇不及千公示以鎮定又數日鎮筸兵八百人至公與巡撫駱公布政使潘公拊循激勵不惜重金賞於是川兵屯南城上者守益力而鎮筸將鄧公紹良朱公占鼇尤驍健公令駐城外分遂鏖擊日有斬獲人心漸定賊於天心閣外據高阜築壘將環攻東北門會江公忠源帥所部力爭其地與賊對壘擊柝聲相聞賊僅踞西南隅不能越攻則壹意掘地道直抵城根無慮十數公與新

撫張公預修月城鑿內濠并縋健卒出浚外濠破隧道七八又調鄧公及瞿副將騰龍入城爲游兵備緩急九月二十九日地雷發魁星樓側十月十二日發城外金雞橋十八夜復發於魁星樓城壞各十餘丈均爲瞿鄧諸將所堵禦賊技窮食盡十九日自燒其營繇浮橋渡湘西竄長沙解嚴方賊之驟至也羣不逞之徒競思倡劫掠公馳示各州縣趣辦團練土匪起格殺勿論風頓息是月擢雲貴總督旋以武漢淪陷奉

詔防荆襄當是時粵賊東下所在土寇蠭起三郡勢岌岌襄陽守至仰藥死公帥師駐襄擒土寇郭大安楊連科及其黨千餘人悉斬之荆襄天下衝要據江漢上游可以制賊死命自公督防土寇

不敢發。南北驛道始通。其後官軍復武漢。以二郡爲根本。賴有此先著也。居亡何。署滇督吳文節攻東川逆回馬二花不下。詔公赴任。公察知二花負嵎死拒。乃以重兵臨其前。畨休進擊。別遣驍將率敢死士二百人走間道。擊其後。奪隘入。回衆駭懼。生獻二花及酋長數十人。誅之。東川平。四年春。廣西百色土寇竄滇。擊走之。然滇兵脃弱。回民剽悍。相仇殺不止。公自揀標兵。敎以坐作擊刺法。密遣幹弁四出。擇廠民之壯狡者。募爲牙兵。回知有備。不敢逞。楊隆喜者。貴州桐梓革役也。匈衆劫縣庫作亂。連陷仁懷等縣。圍遵義府城。扼險拒官軍。巡撫提督集兵勇二萬人援之。不能進。十月二十一日。公親帥所練千五百人。攻城南北鳳凰頭螺螄山各賊隘斬馘數千圍立解賊退奔雷臺山老巢公督諸軍進攻方指畫地勢失足而踣遽中風不語舁歸手書屬軍事夜漏三下卒於軍時十一月四日也年六十有二遺疏上

優詔襃閔照總督軍營病故例議卹　贈太子太保　賜祭葬予謚文僖公體豐碩坐立如山飲啗兼人而自奉甚約雖貴顯不異寒素好恢諧而胷有定見膽勇尤過人躬履行閒與士卒同苦樂公卒後遵義士民請建專祠祀公當事以聞　詔曰可著有詩文集數十卷子燾拔貢候選知府勳廣東候補道孫清湜　賞知縣

贊曰遵義古播州柳子厚謂非人所居者也公以督部之尊蒙犯

霜露以死勤事於此其世祀也宜哉公少讀書嶽麓凡十二年歲兩歸省皆徒行曰吾以習勞也烏虖公之自刻勵久矣同治戊辰元度帥師平敎匪道遵義始拜公祠父老言及公往往悲感流涕云

勞文毅公別傳

公諱崇光字辛階先世籍紹興客湖南遂爲善化人道光五年拔貢是年舉於鄉十二年成進士選庶吉士授編修歷充　國史館協修纂修總纂　武英殿纂修本衙門撰文十九年典河南鄉試明年典湖北鄉試又明年授平陽知府尋調太原府擢冀寧兵備道署按察使二十八年遷廣西按察使明年充　册封越南國王使事竣入闕會寇起駐思恩南寧等府會督官軍勦賊遷湖北布政使未行李沅發反新寧奏留會辦楚粵軍務賊平　賞戴孔雀翎三十年調廣西布政使時嶺西羣盜如麻奉
旨馳驛兼程回粵駐南寧勦土匪公廣設方略用間出奇解散匪

徒四十三起　詔賞頭品頂戴尋督辦梧州艇匪平之招撫海冦張家祥收爲部將後易名國樑官至江南提督殉難丹陽謚忠武爲時名將世以此多公知人咸豐元年充　欽差大臣巽長總統各路兵馬二年擢廣西巡撫加節制通省兵馬銜兼署提督當是時全州及潯梧柳慶等屬賊蠭起所在陸梁恣焚掠聚散分合無常民失業或數百里無人煙公廣布耳目具知賊情進止黨與離合及彼此猜忌各情狀毎有調遣輒洞中機宜無虛發人莫測所以賊益畏而神之公嘗言蕩寇之法能防萌蘖之初生則餉不虛費能絕根荄於事後則師不重勞會武宣有上隊會匪將起事公偵實密檄在事文武撲滅之誅其渠餘黨駭散鬱林州土匪黃東

桂句劇盜鍾玉保爲亂蔓延數州縣公擇健吏李孟羣劉體舒等進討一鼓平之餘用以賊攻賊法設反間使互相戕殺勢迫則自拔來投或密約擒渠魁自效公機牙四應兩利而俱存之臨陣或倒戈助順或悉所部降公益結以恩信俾各招撫餘黨一年中勦撫並用計斬逆渠四十五人滅賊二百數十起亡何逆弁黃金亮叛踞平樂與興安靈川賊相犄角官軍屢攻之不下餉無出乃乞師湖南南撫駱文忠遣候補道江君忠濬知府蔣君益澧各帥師赴援始至復興安靈川及平樂其桂柳梧潯諸府以次略定公撫粵八年賊犯桂林十餘次並堅守得全居頃之餉斷兵卒飢譁謀變刃及冠者再公不動聲色卒皆悔罪投戈縛首亂者寘諸法潮

勇隊目謝揚王昌等十餘輩分屯省垣暗通賊積年驕恣多不法公召湖南援軍入密誡蔣君治具宴諸隊目酒半悉擒斬之并治其黨無脫者桂林獲安九年調撫廣東兼署兩廣總督先是泰西人擾粵海番船逼羊城疆吏失職粵東亂西人入居節署及民廛文武僚屬避居佛山鎮會城逃徙一空公聞

命兼程抵廣州從者請緩入城公叱曰非爾所知也屬吏叩馬交諫且曰入即爲所制矣公笑曰吾奉

天子命來爲督撫不入城將焉往遂單騎疾驅入時官吏軍民環觀者數萬人均不意公敢徑入西人亦駭愕遂與營弁均列隊郊迎既入洋酋請見公見之若無事者及論事則折以理不爲少屈

西人莫測公所爲明日商民復業者數千家西人氣奪因退去
詔除兩廣總督兼理鹽政署粵海關監督同治元年坐事詿誤部
議鐫三秩調用　詔仍以頭品頂戴充欽差馳驛赴貴州案事二
年四月授雲貴總督初雲南漢回民互鬬黠者因煽爲亂自署督
潘忠毅鐸殉難後會城爲回所踞守土大吏不能自異或寖與之
合公勘黔事畢馳抵昆明僚屬裹足伺進止或尼其入公曰吾嘗
單騎入五羊城蟲夷萬計視之蔑如也豈懾叛回哉遂入城文武
僚吏皆從之回漢軍民並郊迎如抵廣東任時既至語屬吏曰漢
回仇殺乃械鬬案不必作軍務辦也益開誠心安反仄武員中有
初持兩端者感公忠藎皆革面以功名自奮賊緜此漸平公嘗偑

小印章其文曰忠信篤敬至是人益信其可行蠻貊云六年正月十七日卒於官年六十有六

詔稱其老成練達沈毅有爲宣力滇粵各行省能不避艱險使地方日有起色　贈太子太保照總督例　賜卹　予謚文毅　賜祭一壇本籍請祀鄉賢祠廣西請建專祠且入祀名宦並得

旨報可公所著曰易圖詳說常惺惺齋詩文稿讀書日記居官自省日記奉使越南日記子五文翺按察使銜陝西補用道文翯鹽運使銜廣東補用道輔芝同知銜直隸某縣知縣文栩福建補用通判早卒文翮布政使銜四川補用道孫啟捷廕生　賞舉人

贊曰長沙郡人二十餘年閒謚文毅者兩公兩公居相距三百里

耳。然陶公持節在道光中。時海宇敉謐。獨勞公遭時多故。爲其難
方其單騎涖粤滇。置生死度外。雖叱馭之勇曷加焉。夫豈不以其
時哉。語云不遇盤根錯節。不足別利器。公之爲其難。抑卽其所以
不朽也歟。

胡文忠公別傳

公諱林翼字潤芝益陽人父達源嘉慶己卯一甲三名進士官少詹事公九歲詹事公授以儒先性理書而公少負才氣不甚措思也道光十六年成進士選庶吉士授編修庚子分校會試其年秋副文端公文慶典試江南坐事降一級調用明年父憂歸服闋援例爲內閣中書捐升知府發貴州署安順府事道光之季寇亂漸萌嶺嶠以南駱越滇黔諸山中奸宄亡命狐嗥梟嘯四出刼掠句結營兵胥役爲黨羽無敢捕治安順宋普里部也諸匪聚衆爲姦暴公延訪士紳寄以耳目偵知賊黨以歲除醵飲某所公親率健捕馳往獲著名渠魁佘饒貴等其黨無一脫者在安順年餘擒巨

盜三百有奇一郡肅然日坐堂皇訟牒至立與剖斷清積案至三百餘牘建義學十數區捘輯節孝八百餘人彙報請 旌建總坊稟裁書吏規費安順二百年有司詳報節孝自公始調署鎮遠府府屬台拱清江黃平皆盜藪勢尤橫公治之如安順盜幾盡歲饑開倉平糶清社倉之被侵蝕者奉檄帶兵勦黃平等屬苗匪獲盜首保鷟等三百餘名悉平其寨以功 賞戴花翎會新甯李沅發爲亂奉檄赴黎平防堵事竣得 旨補缺後以道員用
文宗卽位 詔大臣舉才可大任者雲貴總督吳文節文鎔以公名應旋署思南府事咸豐元年補黎平府詳察民情地勢令相連爲堡擇立鄉正團長牌長互相稽覈捕治諸不法者是時廣西賊

大起永甯懷遠融縣環黎平西南界皆賊公募壯勇扼隘防堵連結千五百餘寨建碉卡四百五十餘座上言督撫請環邊要築堡守禦以謂言戰不如言守用兵不如用民用民力以自衛不如先用地利以衛民郡城故無儲積勸富民捐穀置倉備城守自後黎平疊被攻撲城卒不可拔皆公練勇儲粟力也三年秋甕安榔匪滋事公以計散脅從誅首犯劉瞎麽餘匪悉定先是粵逆犯長沙南撫張公亮基調公辦軍務黔撫奏留之至是吳文節由雲貴總督調湖廣仍調公帶勇來楚辦軍務四年春補貴東道公帥黔勇千人行次通城而吳公已戰沒黃州賊遂陷漢陽以舟師上犯陷岳州湘陰甯鄉徑趨湘潭南撫駱文忠秉章調公自平江通城回

援省城會忠武公塔齊布及楊公岳斌彭公玉麟已破賊湘潭而安化土匪黃國旭等乘機爲亂檄公往捕討擒之而賊之敗於湘潭者悉所掠舟趨常德公以所部赴勦還四川按察使仍留辦防勦事是年曾文正大治水陸師東征公從下岳州駱文忠奏請仍駐岳州援勦崇陽通城餘匪調湖北按察使秋曾公復武漢破田家鎭進圍九江檄公會討公與羅忠節澤南勦賊湖口之梅家洲五年春賊自北岸上竄公請於曾公以所部千餘人回援武昌未至漢陽失公先以軍營沌口擢湖北布政使武昌陷公退營金口與彭公玉麟水師相倚扼賊使不得上竄尋奉　命署湖北巡撫時武昌三次淪陷公私掃地赤立無可措手公以謂不攻漢陽則

荆襄梗塞不攻武昌則咸蒲崇通愈形滋蔓乃添募兵勇兼顧南北兩岸賊謀襲金口營公分兵爲三路設三伏親率大隊迎擊之殲賊七百有奇五月賊分六路來撲公用伏兵抄賊尾賊敗退屯紙坊我軍進擣其壘忽南風大起礮齊發賊狂奔入城是役也擒斬千餘官軍於紙坊金口掎角立營賊伏城不出七月由金口渡江以火船毁賊浮橋水陸夾攻遂克漢鎮公親冒矢石奪大別山賊卡未克會別賊由漢川至焚漢口公軍已一月不得食至夌山飢潰不數日整軍復戰移營大軍山分駐新堤嘉魚其時水陸萬人多新募賊至常數萬見者奪氣公從容談笑雖挫而其氣彌厲州縣殘破餉源絕文移指撥多不時應爲書告鄰省求助情詞深

痛人感其誠稍資濟之旋發其私家之穀濟軍食是年秋羅忠節破義甯州上書曾公請援武昌曾公以塔公舊部彭三元普承堯等軍益之連克通城崇陽蒲圻咸甯公親會羅軍於蒲圻併力擊賊夷其壘因偕囘金口與楊公岳斌議水陸進攻策於是公率所部由中路出省城之南駐營堤上羅公由東路駐營洪山南岡留九谿營兵駐金口護水師以當西路敗賊於五里街再敗之賽湖堤復分兵攻漢陽敗賊於龜山尾湖堤等處其鮎魚套賊艘亦被擊沈自是武昌以南無賊蹤而總督官文恭以吉林精騎合衆軍營北岸餉道日通軍勢亦日振六年三月羅公死事時方與賊相持急而軍中新失大帥公與李忠武續賓拊循而整飭之氣益壯

先是悍賊石達開由崇陽入江西連陷瑞臨袁吉撫建江西無完
土屢告急請援羅公一意規武漢不暇應至是公遣劉君騰鴻曾
君承堯出瑞州應援而令曾懋烈國華統其軍軍糧並資給焉五
月九江賊古隆賢領萬衆由葛店油房嶺後路援武昌約城賊舉
火夾攻我營公諜知之陽爲賊火城賊果出撲伏發殲殆盡乘
援賊初至遣兵連夜薄之賊敗走七月石達開自江南來援號十
萬公分派水陸力戰都統舒保公領馬隊自江北來大破之平魯
家巷賊壘四毀東湖賊艘七十有奇燔賊巢八十餘處會襄陽土
匪起陷樊城穀城光化竹山興山遂與川匪合陷宜昌公遣將往
平之時武昌賊窘公先與李忠武於塘角窰灣洪山青山等處掘

長壕固守其魯家巷花園五里墩石嘴亦如之城賊不得出援賊不得入我軍安坐以待賊糧之盡遂以十一月克省城得
旨賞頭品頂戴實授巡撫尋分兵收復武黃各縣屬餘賊遁入九江北岸小池口公計九江實江楚門戶九江一日不復江楚一日不得安枕乃令李忠武率全部圍之分兵駐黃梅廣濟蘄州以遏江北賊當是時官私廬舍焚毀幾盡諸事草創公一意振興裁浮勇以節縻費慎選賢員與民休息設清查局查被賊後州縣倉庫錢糧交代設節義局表章歷年殉難官紳士女設軍需局籌備東征餉械尤以亂民之生繇法度廢弛吏傲民媮因循苟且以有今日不務察吏則亂源不清乃劾鎮道丞守以下數十人與屬吏更

始禁應酬戒奔競崇實黜華於是在官者稍稍推廉尚能知吏事矣其籌餉有三曰錢糧曰鹽課曰貨稅湖北漕政敝官民交困公三次奏減手定章程民以是輸將足額湖南北自淮鹽阻絕率食川鹽公分置課鹽局於宜昌沙市又推行武穴老河口等處視向來額課過之仿劉晏用士人法設局各市鎮榷收釐稅嚴杜中飽弊自是湖北兵與餉强天下七年偽英王陳玉成自皖北犯蘄州諸營敗潰賊徑趨蘄水武昌大震公急渡江駐黃州收潰卒得數千人而賊衆十餘萬環巴河以東百餘壁亙數十里時巴水大漲惟三台河有石橋可通公急派千人斷橋扼河以守而潛師出迴龍山遏其上竄督諸軍合擊於孫家嶲馬家河等處賊大敗狂奔

出境蘄廣肅清會將軍都興阿公及李忠武亦連破黃梅賊公遂視師九江定方略提督楊公克小池口僞城次第復湖口彭澤東流各縣九江勢遂孤塹長壕圍之八年四月破之磔僞侯林啟榮等啟榮竊據四年餘塔忠武羅忠節屢攻不下至是乃獮薙無遺種

上加公太子少保賊旋陷羅田麻城黃安遣兵分道擊之復其城公以九江既復安慶在所必爭奏請數路進攻楊公以水師出江面都公繇宿松望江逼安慶城爲圍師李忠武規復太湖潛山桐城與都公犄角會廬州失陷北路請援急忠武奉

旨催促遂分營留守舒桐自提五千人赴援軍次三河爲援賊所

乘全軍陷焉公時丁母憂歸都公及總督官公請急起公視師公
聞　命痛哭起行徑攻黃州時各軍退保黃梅人心惶惶聞公至
皆以手加額自壯九年二月進營上巴河整飭部伍謀大舉會石
達開由南安犯湖南掠郴桂而西趨寶慶號稱三十萬湖南告急
公命李公續宜率所部往援而以都統舒公馬隊三百佐之又以
水師二營佐湖南水師分扼諸河道寶慶圍速解公之力也已而
曾文正繇江西奉入川之
命總督官公奏請與公併力圖皖乃定四路進兵策曾公循江而
下爲第一路多公與鮑公超攻取潛山太湖爲第二路公出英山
霍山爲第三路李公繇松子關出商城固始爲第四路議者以鄂

撫應駐黃州毋出境公曰吾奪情起復不赴前敵討賊則此出爲無名十月移營英山時太湖圍師方集陳玉成來援衆數十萬多公鮑公等悉力拒戰賊來日衆圍鮑公營數重聲息不通公調金觀察國琛以八千人自松子關躡英山踰潛山之天堂橫出冒大雪憑高築壘衷賊師而陣賊見之大懾而曾公亦自宿松遣師來會十年春合擊賊於小池驛大破之遂復潛太會江南師潰曾公授兩江總督擕鮑公渡江次祁門謀經理徽甯爲規復蘇常之本乃以曾公國荃圍安慶多公圍桐城李公駐靑草塥爲兩軍援地廣軍分而將軍都公又奉　旨援淮陽公悉力經畫問兵事曰惟我任問餉事曰於我取一無所諉於人十月多公李公大破援賊

於挂車河公忿安慶久不下自英山移駐太湖度賊援皖不利必
謀深入腹地以牽動諸軍乃於潛桐舒霍山險建立碉卡守以民
兵命副將余際昌屯霍山防中路總兵成大吉屯羅田防北路戒
以賊至勿浪戰堅守待援十一年二月賊果合捻匪分路西犯成
總兵破之松子關殲其魁龔瞎子霍山守者違節度戰敗軍潰賊
取其旂幟陷黃州德安孝感隨州公策賊西竄意在解皖圍皖圍
解則大勢全去墮賊計非宜乃定策遣李公回援而圍皖益急賊
復分黨回略蘄州蘄水黃梅廣濟以趨安慶約城賊夾擊公檄成
總兵下援曾文正亦從南岸遣將破賊集賢關劉平赤岡嶺賊壘
斬悍賊數千磔逆首劉瑲林而援賊自桐城來者又連爲多公所

殪蓋陳玉成據安慶爲老巢逆眷在焉故救之不遺餘力及見我
懷桐潛太之師屹然不動鄂疆雖暫被擾而悍賊半被殲城中糧
垂盡勢大蹙適南岸賊復竄武甯義甯內犯陷崇通蒲咸省城岌
岌公力疾率師回援而皖圍終不解賊聞風遁八月朔克安慶曾
文正以力主圍皖議推公首功
詔加太子太保予騎都尉世職桐城廬江舒城以次下全楚肅清
而公病嘔血漸不可爲矣
文宗皇帝遺詔至公攀慕悲泣病益劇遂以八月二十六日卒於
軍年五十遺疏入
優詔悼惜追贈總督照總督例賜卹入祀賢良祠湖北及湖南原

籍並建專祠子子勛侯及歲時縣吏部帶領引見未幾復奉　諭
特賞子勛舉人　賜祭葬　予諡文忠同治元年奉
旨賜祭一壇並　命督撫遣官前往家祠　賜祭三年江寧克復
詔賞一等輕車都尉公狀貌英偉目閃閃如巖下電威棱懾人
聽強敏給事至應機立斷無留難苟當理艱煩重大毅然自任不
以例文拘束自言守鎮遠黎平諸劇郡捕治盜賊爲民興利除害
皆默自程課惟恐大吏聞有所牽掣涖鹺湖北漕務議者難之公
以部定漕折爲率因其地之肥磽缺之繁簡加輕重焉歲爲民閒
省錢百四十餘萬緡爲庫項增銀四十餘萬兩提存節省銀三十
餘萬兩民與國兩利而爲州縣裁革陋規仍使有以自給籌辦鹽

課釐稅皆自定章程所派官紳各視才地所宜時加手書訓戒綜覈名實精力絕人每於理財之中暗寓察吏之法謂取民贍軍使商賈同仇敵愾即以教忠使局員潔已奉公即以興廉又時戒飭屬吏俾知稼穡之艱難知小民之情僞其治軍務明紀律尤加意將才曰爲統將必明大體知進退緩急機宜其次知陣法臨敵決勝又其次勇敢此大小之分也又曰兵之闒者無不罷將之貪者無不怯觀其將知其兵觀其兵亦知其將生平以天下爲已任遇事斷行無疑援江西數千人援湖南萬人皆精兵時鄂中賊方逼餉且鈌公一意調遣軍糧皆自任之武昌始復即規取九江九江復即規安慶越境千餘里討賊制其死命督撫之以全力援鄰省

自湖北始也。圍九江。賊由江由皖犯鄂者三。圍安慶。賊由皖由江由豫全力犯鄂。州縣城陷者十餘。公屹不爲動。其於閫屬事務大小。各軍强弱。及鄰省之優劣高下。洞然於心。而尤汲汲以獎拔人才爲事。士有志節才名。潛伏不仕。千里招致。務盡其用。嘗密薦才堪大任者十有六人。多蒙擢用。嘗言國之需才。猶魚之需水。鳥之需林。人之需氣。草木之需土。得之則生。不得則死。才者無求於天下。天下當自求之。故公所特薦。不盡相識也。公自爲巡撫。念國家多難。而身負重任。益務繩檢其身。較其尺寸毫釐。而待人一秉大公。推誠相與。無粉飾周旋。天下益歸之。立寶善堂以延賢俊之至者。察其材。隨宜任使。與所常共事文武諸公。歷六七年之久。披肝瀝膽無幾微間隔遇事苦心調護俾人人有布衣昆弟之歡而自視欿然常若不足喟然曰世有伯樂而後有千里馬顧吾才智不足有爲賢者終不我應耳庚申秋都城戒嚴急謀入衛會款議成

詔止其行

文宗升遐遠在木蘭　哀詔久未下公憂思旁皇中夜扶病起立翹望京師輒流涕病因是加篤然猶終日危坐考求兵事吏事之要汲汲施行顧左右歎曰聞道苦晚今雖稍有所見而不及行者多矣所著讀史兵略若干卷奏疏文集若干卷詹事公曾著弟子箴言公承其志爲箴言書院悉以家所藏書納其中使人知務實學建胡氏家學敎其族之子弟故舊親戚仰給於公者歲常數十

家嗣子子勛襲騎都尉兼輕車都尉併爲三等男

贊曰公入詞館先曾文正二年初至軍以屬禮見其後護持文正尤力文正嘗疏言胡某才勝臣十倍及上公死事狀謂其堅持之力調和諸將之功綜覈之才皆臣所不逮而尤服其進德之猛烏虖兩公戮力同心豈今人中所有哉元度戍守信州時軍餉罄公船粟來哺菜色立變又謬厠名薦牘中每讀公疏汗浹背輒自呼負負云

江西按察使鄧公家傳

公諱仁堃字厚甫武岡人曾祖添昇祖茂相從九職父友煊州學生皆以公貴贈如其階公三歲時嘗戲壘錢爲樓堞狀問之曰象城郭也十六補諸生尋食餼道光乙酉充選貢 廷試高等以知縣發四川權知梁山擒嘓匪渠置諸法將受代有以五百金爲壽求骫法者公叱之去明年權江油旋權洪雅辛卯補綦江大水壞城公捐錢千貫倡賑遂醵金修城周百二十有二堵築城百二十丈 詔加知州銜又重修學宮試院進學子課以文藝又增設賓興義卷以廣厲之調富順士民搴衣泣送有走數百里者綦鄰邑南川民被怨家以謀逆告川東道下公察治公白其誣而別鉤得

貴州仁懷縣民穆繼賢乃眞逆徒也密白當道牒仁懷令令諱護之公嘆曰不及十年綦必有事事必由仁懷乃鑄巨礮三備城守戊戌秋繼賢果據方家溝叛滇督伊里布公征之檄取綦江巨礮夜擊賊營遂破賊後二十五年當同治壬戌粵逆石達開竄蜀圍綦江城綦令急發巨礮遂以全城綦故有公生祠至是人益謳思不置云馬邊夷蠢動官軍進征檄公治饟餫夷地寒夫役多凍死委道路公捐施棉衣五千領事竣有 旨賞藍翎旋舉卓異庚子以憂歸公之在蜀也循聲與江津令郭君彬圖埒而才加敏蜀中循吏首推此兩人總督鄂莊勤按部稱爲兩賢令將薦之幕客楊某遣奴來道意兩人皆拒之不果薦後有欲薦公者而公歸矣服

閎人貲爲知府甲辰補江西南安府大庾民某姓與其鄉四十餘姓互仇殺吏莫敢問公至郡獲犯六十餘人勒繳軍械平其爭崇義有齋匪聚徒歛錢公檄縣捕至方鞫治而參將某要功籍其家得傳教册指爲逆上巡撫吳文節文節大驚謂南安守尙瞶瞶也下教切責公具言首從已全獲餘多惑於禍福非從逆者文節悟擬劾參將公爲解之文節益以賢公丁未貴溪民以漕務鬨文節檄公權守廣信竟其獄漕亦以治戊申夏饒九南廣四郡大水九江守劉某阿藩司意謂可無賑公庭詰之劉語塞巡撫傅公繩勛舊爲川東道知公因問策公言災甚重請帑且無及宜借發數十萬金而勸捐以補又言賑口不如賑戶賑米不如賑錢陳利害甚

悉傳公遂以公權南昌專任賑事於常例外展賑五十日用銀二十餘萬全活數十萬人薦卓異即眞已酉得
旨換花翎權督糧道咸豐壬子將入 覲聞粵寇陷全州亟白院司修豫章城手定規式乃行比旋任寇已犯長沙乃建敵臺鑄銅礮修干櫓偫軍火時承平久人狃苟安百口撓之公堅不爲動癸丑正月賊由武漢蔽江下九江不守時巡撫司道皆帥師出防官紳多挈眷避市晝閉公揭示曰太守料賊犯金陵志不在我不然敢以八旬老母爲孤注乎爾軍民各按堵毋恐示出市立開賊果不至而公設備益嚴上三省水陸合防議請於華陽鎮治水陸軍規復安慶巡撫張文毅以事關三省難之公力言賊必回竄復上

守江議請增兵扼湖口又條上城守事宜請急拆近城民屋徙城內貧者官給以資文毅然之爲紳議所尼五月賊犯江西公擢督糧道矣會江忠烈師師抵九江公亟請文毅疏調且遣使迎之江軍之未至也官紳多爲避地計公獨持守議衆憚之有巨紳前席欵語曰公以守土爲必不可出邪吾且舉公爲將出城禦賊公正色曰某知與城存亡耳巨紳默然去尋商臬使帥二千餘人屯城外各官爭藉差遣出城有議退守撫州待援者公請巡撫出王令於庭捧令抗聲曰　王令在此敢言棄城者軍法從事於是衆失色守議粗定越二日江公至議者猶欲要止之使屯隔江之沙井江公入力任城守與公語合遣壯士縋城焚廬舍夜半火四起城

外營相驚以賊至皆棄壘走輜重喪且盡於是尚書陳公臬使惲公太守耆公先後由敵臺哭門入文毅大悟手二令授江公及公曰戰問江君守問鄧君芾謹率官民以聽十八日賊大至江軍哨目李克寬戰死公撫尸哭取已花翎四品冠以殮衆爲感動六月四日地雷發城裂八丈二十三夜復發者三城裂十六七丈皆以力戰得完方事急公手劍立泥淖中冒極險或勸稍後公曰客兵血戰守土官敢惜死邪初公欲出奇計焚賊舟以鄱陽令沈君衍慶忠果有謀密檄令率所部千人備草船六十艘藏火藥泊距城四十里之烏沙港約期襲賊沈喜從之約十八夜陸軍誘賊近城別遣親卒爲沈嚮導駛赴上游縱火及期有阻之者是夕北風利

沈君伺城上無礮聲太息罷去後卒與樂平令李仁元同死寇難進賢門者陸路咽喉也公慮無兵扼守檄衛弁改糧船數十艘爲礮船募卒守之賊遂不敢窺截餉道八月二十二日焚營遁是役功首江公而公守禦盡力且徵公繕守備幾無從措手也寇退衆喜公獨泫然曰賊未受大創去禍未已也亟請大修城文毅檄公督辦遂建礮城五月城三礮臺中虛者五半虛實而袤長者六方者三十五附女牆平設者四十礮池二十六城上官廳十七官房五十二營棚三百三十五軍器庫十三硝磺庫四十八川門五十八水門三十三瞭臺八望樓三又各礮城礮臺內葺官廳九官房兵棚廚舍爲間一百一十八硝磺庫二十用銀十萬六千四百有

奇又浚環城壕深廣各三丈築臨壕礮臺甃石爲隄閘先後用銀四萬觀者見規模閎固疑所費且十倍不圖後反以城工干議也公生平持正論不迎合上官及模棱兩可用此頗叢忌嫉吳文節張文毅雅知公虛己以聽代者至皆爲蜚語所惑每計事聞公言輒厭拒之公偘偘必欲畢其辭聽者滋不納甯失事機不悔其尤關大局者莫如救義甯與吉安二役乙卯四月賊自湖北犯義甯知州葉君濟英告急公調道勇五百人往援會贛州守者公帶勇二千至公請令駐義甯巡撫陳公令防饒郡然是年三月侍郎曾公已遣羅忠節克弋陽廣信東路固無賊也公力請改援不許十五日州再告急公申前議并請調寶勇志同軍合援又不許二十

日告被圍公請急檄防守武甯之林守懋勛率所部二千人就近
援甯陳公唶曰義武等也何厚義而薄武邪公曰義甯扼三省要
衝官民頻年固守團防爲江省最若棄不救後將不能責官以守
城責民以團練柰大局何武甯殘破地非賊所措意且甯存則武
不難復甯失則武難獨存陳公乃令藍玫帶兵二百五十人往公
少之具牘請濟師不報時義甯集團丁近萬候武甯師至同入援
見玫至大失望玫中道遇賊潰鄉團喪氣二十五日陳公始調吳
錫光往錫光故都司在江南犯軍法逃陳公曲宥之令帶靖勇其
人驍悍而猾陳待以國士至是自都昌調之往公憂其行遲則請
增調陳公曰師行矣惟吳君最速公唶然曰吳平日行速以偵知

賊退疾進圖功也今賊勢方張稍逡巡則事去矣退復央南昌守言之乃允增調寶勇又爲異議者所格五月初二錫光自都昌移軍州城於初九日陷矣死者數萬人葉君闔門殉難道勇殲焉吳軍抵湘竹敗潰錫光亦死月之初五公猶固請催調寶勇志同軍初八抵省會陳公曰吳軍已足辦賊何多爲改調景德鎭敗信至始調赴奉新未幾羅忠節自請攻義甯公允措餉銀十萬七月始克之遂由甯援鄂而陳公亦坐事罷矣是年十月賊自湖北陷瑞臨又自湖南竄永新泰和圍吉安下游賊復萃九江湖口江西大震公添募捍衛保衛軍城備加嚴會公撤九江圍師檄副將周鳳山率三千五百人規臨瑞戰勝於樟鎭時防吉者按察使周公玉

衙也警報至會官紳集議公請署撫陸公速商曾公檄鳳山乘勝援吉以鳳山方駐新淦距吉止二百里也眾議倚周軍蔽省門持不可公爭曰石逆知我城高池深難卒攻必爲翦枝及本之計先擾郡縣使會城孤立然後大舉某請具狀如有賊犯城下願先伏斧鑕以謝江西百姓且當瑞臨初陷江軍新挫楚師遠駐潯湖賊不以此時乘虛襲我顧俟樟鎮敗後乃出攻堅下策耶就令賊來犯但吉安圍解兩周軍必振旆回援周守汝筠之師亦可由泰和下而駐南康之會帥一軍駐饒之耆道一軍駐奉新之遮副將一軍皆朝發夕至以今日之城垣兵力視咸豐三年堅强十倍豈不能守以待援耶若懸賞二萬金剋期十日周軍必賈勇以解吉圍

圍既解則瑞臨皆可復今棄吉不援則吉必失吉贛土匪必蠭起撫建鑑吉郡前轍不復嬰城守周軍孤懸亦終歸於敗是援吉而吉圍即解江省可期肅清不援吉而吉撫建必連陷瑞袁臨皆不易復馴至全省糜爛會垣且坐困矣議者謂此會帥軍也誰尸其咎公痛哭罷尚書陳公曰公策雖不行不可無此議無此哭也且俟新中丞至圖之未幾某公涖任公仍申前議不納會周副將得吉郡血書請進止公夜謁巡撫先揖同官曰今日不得請誓不出諸君其助之自酉至丑公持議益堅巡撫姑諾之詰旦爲紳議所尼丙辰正月二十五日吉城陷周公及守令皆死之二月十五日周軍潰於樟鎮石逆遂陷撫建自贛南外八郡皆陷南昌屬縣亦

遭躪而獨不敢窺撲會垣公會議之言若蓍蔡云當是時庫藏如洗公擢按察使兼權布政使議搭放鈔票米鹽捐餉六千三百金爲寮屬倡當事檄公子輔綸及同知林君源恩會帶平江勇三千餘人益以寶勇志同軍進規撫州三月復進賢會公亦檄同知李元度帥平勇四千自湖口移師會之復東鄉兩軍破賊於河東灣四月壁撫城東南隅吉臨援賊不時至皆擊走之大小數十戰皆捷卒以師少未合圍城久不下九月分軍克宜崇援賊驟至老營陷林君死之而輔綸已爲學使者所劾於七月去軍矣學使劾輔綸臬司子不應與兵事並劾公辦城工時不能潔已遠嫌事下曾公及巡撫察覆巡撫數諷公欲令出門下公不屈故進賢令潘尊

賢盜賣漕米短價萬餘金私回籍公劾之褫職按問尊賢與巡撫有舊數私謁巡撫示意南昌守欲爲脫罪公持不可尊賢摭案外事訐公然事皆無稽卒以誣論戍巡撫旣與公齟齬坐公修城時未先請勘估與曾公會疏請嚴議得 旨鐫五秩調用公遂浩然歸然曾公疏猶稱公所承修爲南數省第一名城自七郡並陷賊終不敢窺省垣兵民亦有恃無恐皆此城力也公歸輸穀三千石助軍庚申冬協守州城得 旨議敘又斥產捐千三百金甲子秋母夫人棄養公哀毀得疾以丙寅正月十八日卒於里第年六十有三先是道光甲申母夫人瘓厥七日乃蘇公與原配鍾籲天各求減算益母壽鍾年四十卒惟公得終事太夫人公內行純篤析

觔時悉推產與兄弟以父命强受田百餘畝嘗捐金千五百刱祖祠又增置祀田學田別置義田百五十畝又以田二百畝畀舅氏前後爲伯兄償負萬金又以田八十九畝爲兄子立後州舊有賓興田爲豪猾所蝕公釐出之自捐百二十畝他善行多類此公卒後江西祀公百花洲位在江忠烈張文毅之次繼室陳氏子輔綸拔貢生辛亥副榜　賞藍翎前浙江候補道輔繹廪生江西知府加道銜輔綿山西候補知府　賞花翎輔鑾光祿寺署正銜

論曰詩有之謀臧不從不臧覆用古今事類若此可勝歎哉公在承平時爲守令皆有聲冦事起力持城守議有功江西甚鉅方公與大吏巨紳斷斷爭辯時元度適在行間目擊其狀又嘗與公子

輔綸同治軍，故知之悉。公所持皆正論，策事勢如指掌。某公不足論，陳公則鄉人，且同年生也，而枘鑿至此，何哉？豈大刼不可回，人謀無自挽救邪？抑曲突徙薪，必不得與焦爛者同稱上客邪？烏虖！非公之不幸，而江民之不幸也。

贈太常寺卿江西候補知府羅君別傳

羅君諱萱字伯宜湘潭人父汝懷道光丁酉拔貢芷江學訓導候選內閣中書以學行聞於時君生有夙慧工詩文書法能傳其父學爲諸生屢列優等賀督部長齡鄧廣文顯鶴沈大令道寬咸器異之咸豐四年曾文正帥水師東下辟君掌機宜文字從克武漢田家鎮抵九江十二月水師失利君與同舟四三人僅以身免明年文正入南昌重整水師進屯南康視陸軍於湖口弔塔忠武於潯陽君皆策騎相從文正每口占書疏君輒操筆寫或冠警騶逼勢危甚君甘心同命又時時調護諸將俾各當其意以去六年僞翼王石達開入江西陷瑞臨袁吉撫建諸郡會城孤懸君從文正

赴南昌達開稍引去文正檄君領江軍三千人攻建昌垂克矣忽援賊大至都司黃虎臣戰死城弗下文正檄君會攻撫州甫至會曾懿烈國華劉武烈騰鴻等自鄂援江攻瑞州文正乃檄君自撫州赴瑞合攻既至賊屢搦戰屢敗之又擊走靖安奉新守隘賊當是時城賊數萬九江賊復率萬眾來援軍心未固君與劉武烈諸公堅築壘嚴陣待之八戰皆捷會文正視師瑞州君以久役乞假歸湘中未幾巡撫駱文忠檄君治湘潭團練劉總戎培元招君至衢州與謀軍事君稍規大計皆不肯久留亦自以文士不欲竟棄科舉屢應行省試卒不遇同治元年省文正於安慶又省其從兄記名提督逢元於當塗亦不欲久居歸益肆力於學二年郭公嵩

壽撫廣東，招君至粵，屬以創立水師，君又謝歸。尋偕劉太守德謙領威信軍防郴，會霆軍叛勇大掠茶攸，聞君及劉君敗賊於興寧渡頭司，叛勇潰入粵，君遂進屯樂昌。當事才君，命增募威震軍居頃之，賊平凱撤歸，自是君亦倦遊，不復措意兵事矣。七年冬，縣人黄忠壯潤昌奉檄援黔，邀君共事，君爲綜文案，兼理營務處，每晝出領隊，夜歸則削牘。黄公性邁往，不避險艱，殘臘入清溪，八年正月焚逆苗數十寨，遂克鎮遠府衞二城。三月十七日進克施秉，連戰數日，再進甕谷隴，將達黄平，以道隘箐深，爲伏賊所截，君與文武將領十八人者皆死之，時二十二日也。初降苗薙髮來歸，遮道言賊已設伏，毋深入，時軍氣鋭甚，不能止，及伏起路斷，君揮鞭大呼齊隊衆潰亂親卒陳祿入中創哭曰柰何君曰死此耳忽鎗彈傷君左腹墜馬舊卒曹某掖之行君揮令逃生遂死之年四十有三君貌温雅文翰流美而性極恬退從軍十數年不趨便營利亦不圖仕進初從水師東征敘訓導入江西遷知縣加知州銜在安徽彙保同知留江西補用樂昌解嚴加知府銜克鎮遠晉知府既死事　優旨眡按察使陣亡例議卹　賜祭葬　贈太常寺卿賞騎都尉世職祔祀黃忠壯祠所箸儀鄭堂文箋注二卷粵遊日記一卷蔘花齋詩詞四卷

贊曰君與余共事戎幄余嘗弟畜之九江之役曾文正誓身殉余與君等共掖文正上小舟達南岸入羅忠節營時火光夜爍數十

里人聲與江潮聲相亂也同治元年余遭吏議君省余江山其後數相見長沙又數年君竟死黔難悲夫曾文正誌君墓以謂君不得一伸其志乃當世有陶鑄人才之責者之咎故引爲內疚而尤惜之烏虖君何以得此於文正哉卽其賢可知已

贈太僕寺卿運同銜河南補用直隸州田君别傳

田君諱玉梅字鼎臣龍山人少跳踉不羈從塾師受章句意弗耐也則去之距所居十餘里有巖洞幽險絕人迹君獨居三年日誦陰符遁甲諸書鬼物蛇虎無所攖及出與人言卒恢奇滉瀁人莫測所以也年二十走京師與人言星象謂天下且苦兵坐妖言陷刑部獄君笑曰我豈妄哉踰年當見信矣既而果得釋咸豐三年走江南大營以策干提督向公榮請潛入江寧城約諸被脅者翻城應官軍有張炳垣者俠士也陷賊中夙與君善君變服夜入城與謀炳垣爲通款數十人皆約內應及期君乘間登城斬賊首擲城外而官兵負約無至者謀且泄賊拘炳垣鞫其黨備五毒炳垣

抵死不言同謀者君伏水竇中五日夜得脫將出城猶襲殺僞官五人門者十餘人凡三出三入無知者軍中以此奇君君旣耻其言不售復脫身北走投効河南時賊踞正陽關官軍屢攻不下君率川楚軍協勦夜領壯士八人緣埤堄上會風雨大作君與八人者大呼擲火毬賊瞀不辨多寡大驚潰官軍蹴之遂克正陽關君擢知縣加五品銜　賞藍翎七年從　欽差大臣勝保勦捻寇當是時固始被圍久內外鬲絕君領偏師援之至則屯大隊於後而自率精騎數十衝入城復選城中驍騎益之突出蹂賊當者盡靡而大隊自後夾攻之賊腹背受敵大敗奔圍解

詔加運同銜　賞換花翎　賜號卓勇巴圖魯尋補太康知縣晉

同知直隸州十年秋泰西人犯天津京師戒嚴上北狩木蘭君上書大府請濟師勤王大府以爲狂三檄止之君投檄抵地罵曰犬馬知衛主烏有食君父之祿不急其難者乃自帥所部行至汝陽沙官橋爲捻匪所阻衆有難色君素輕捻匪又北行急乃忼慨誓師曰吾屬勤王方冀立奇功何遽爲螘賊所閼乃大呼直前搏戰賊敗追奔三十餘里援軍不相屬從者裁十餘騎賊瞰君勢孤乃反鬬圍君數帀君手弓左右持刀且戰且射自昧旦至日昃手殺傷數十人賊卒不退圍益急後軍阻賊不得前君馬中流矢將踣回顧從者僅存一跛卒乃棄刀下馬拔所佩劍徒步決盪卒呼曰賊壘在北公北行圍益厚不可出必南行吾後

軍幸至或得脫乃轉戰而南時已薄暮賊恐失君以火鎗叢擊之洞胷而死死良久賊籌火求其屍得之將斷其首屍欻起撞持刀賊仆地死賊駭奔驚以爲神立卽移屯去時八月六日也年三十二後軍至歛其屍歸葬龍山跛卒佯死伏草中得免具述君死狀

事　聞得

旨優卹如典禮　贈太僕寺卿　賜祭葬　予雲騎尉世職　敕

汝甯建專祠君饒血性急人之難忘其軀誓不相背負在江甯有陸某陷賊中君潛入城遍覓得之攜以出或詢賊中事語及張炳垣輒嗚咽流涕云

贊曰君天下奇男子也其蹤迹奇詭及死事之烈周孝侯曷以加

哉軍興已來吾楚人以義烈著者僂指難畢數而莫奇於君人奇
功亦奇年甫三十卒以奇烈死悲夫孔子曰志士不忘在溝壑勇
士不忘喪其元君儻其流亞歟

印江縣知縣鄧君別傳

君諱玲筠字沼薌原名凌雲甯鄉人父光廷邑諸生早世母吳撫之成立以節孝　旌門君生七歲而孤踰冠舉道光二十三年鄉試五上春官不第咸豐六年以知縣發貴州七年四月權知印江縣時黔中俶擾苗教匪充斥匪酋以邪教蠱亂民有黃號白號等目團練多叛應之列郡無完土君下車壹意以約已便民爲務求先達下情每芒鞵布韈周巡村落間與田更翁叟握手詢利病凡道里阨塞士紳賢否及豪右莠民姓字皆手疏小冊藏夾袋中戴星出入民莫知爲官也而椎埋博塞諸白徒輒不意見執訟者至旣察其情僞復徵諸冊片言摘發民驚以爲神先是思南賊熾地

連印江君亟行保甲法慮以具文視也乃單騎詣各鄉手自敦率戶給門牌如式署紙尾十則曰忤逆曰習邪教曰私結盟黨曰刼掠曰藏匪類曰竊盜曰容留娼妓曰賭博曰鬭毆生事曰唆訟各擇士紳董之犯者同甲勿與齒改悔者許具狀保於各條下加小印曰自新其頑抗及無人敢具保者治之且計月以驗紳董之能否加勸懲焉甫數月訟獄衰息夜不閉戶臥乃加意課士割俸助書院餐錢與講求經世學並及軍政士皆畏愛之勸民修水利築陂塘揭示敎以法纖悉備具有以浚塘聞者親履勘指示至再三不倦終不以勺水擾民慮邪敎之蠱民也爲文告抉摘其所以然雖老嫗能解簡壯丁數百親敎以擊刺法民間所輸餉皆莞以士

紳一錢不以自污是年十二月賊陷思南太守福君投水死賊長驅犯印江印故無城君出營於雲泮以禦之賊耳君名以書來假道請終君任不復犯印君焚書斬其人賊分黨綴君別遣大隊從間道襲城君方巡隘賊大至君袖銅椎出擊曰吾試觀賊能否乃揮椎斃賊三餘賊環攻君掣銅鐧格鬬莫敢近賊怒大呼曰印江已破矣君見四山火起力戰突圍出馳抵銅仁乞師於太守周某命練總王士秀領五百人隨君回擊一日夜行二百里居民見君至皆奮躍得壯士千餘仍從至雲泮是日大霧人馬對立不相見噪而進賊駭曰官兵至矣則皆走自相蹴蹋墮崖死者數百君復縣城追賊百餘里至大寺頂鄉民赴義者約二萬人各誡其子弟

曰爾不能從鄧公力戰無面目歸見父兄也當是時君冒矢石四十餘日戰中壩戰螺生溪戰袁家灣皆告捷八年正月剿撫鏇家壩及潮底河以東大定亡何而越境勦賊之檄至大堡者思南府境也奸民胡黑二倡亂太守周某討之數失利聞賊最畏君乃立鄧字旗懾賊而嚴檄君赴勦曰三至士民以地非印境苦留之君慨然曰郡守檄縣令曷可違且殺賊固無畛域也衆請以二千人偕往君慮餉無所出以千三百人俱師次分水埡居民爭餽糧賊僞爲運糧者昧爽入營門變作圍衆驚潰君親搏戰飛石中其首手格殺一賊足被創遂及於難喪其元年四十有一後軍聞前軍失事憤極殊死鬭殺聲與哭聲併卒奪君屍還乃樹忠憤軍幟誓

復仇賊懼夜退屯八十里時三月八日也喪歸士民大慟婦孺皆失聲無遠邇爭致賻賵有負販傭挈錢四緡將運鹽悉以充賻或曰如爾家何傭哭曰公死吾屬無葬所矣何以家爲其感人若此事聞得 旨賜卹世襲雲騎尉印人醵重金歸其櫬母夫人猶在堂拊君屍哭曰爾能死王事吾家世世有光靈有知勿以我爲念印人聞言心稍安而益悲君之不能兩盡也君少負才名讀書兼習拳技令印時微行遇鬭者咆哮莫敢攖君躍入叢人中手擲其人丈許叱曰去有識君者趨進欲與言而君去遠矣賊嘗遣刺客僞稱銅仁投牒者袖匕首將刺君君拉其脅曰吾不殺爾爾歸告賊酋速降當令復田宅毋死不悟也居嘗與客語袖中時時以手

作擊刺勢故能躬履諸險阨戰必身先士民懷其德立祠春秋祀之並刻君遺集曰鉅業堂稿又八年乃籲請建專祠並入祀名宦皆得　旨允行

贊曰君與余同舉於鄉屢見君恂恂儒者不知其兼資文武所成就及此也君學行皆本母教觀其言謗母曷加焉同治丙寅余治軍援黔印人士語及君皆泣下治團練至今守其法於是君死事八年矣父老口之如新各屯堡皆爲位以祀戊辰四月余帥師破大堡擒胡黑二及其一兄二弟暨僞軍師王茂蘭等乃設位告捷於君縛黑二等剖心致祭印人觀者數千皆大哭已復大快爭拊掌曰我公今可以瞑目矣烏虖君蓋死猶生也哉

天岳山館文鈔卷十一

吳文節公別傳

公諱文鎔字甄甫號雲巢儀徵人少能文爲吳穀人祭酒所賞拔嘉慶二十四年進士選庶吉士授編修道光二年充山西副考官八年典試湖北尋督河南學政十二年分校順天鄉試明年分校會試遷贊善大考遷侍講累遷侍講學士十四年督學順天以選拔屆期疏請通飭嚴禁招搖革卷費册費諸名目所得皆知名士累擢詹事內閣學士除禮部侍郎署經筵講官典武會試十八年充會試副考官調刑部奉
命偕蕭山湯文端案事浙江江甯安徽諸行省覆奏皆稱

旨十九年授福建巡撫偕署總督魏公元烺奏籌海口查禁鴉片章程四則下部議行明年署閩浙總督時英吉利夷船駛入內洋

詔遣祁侍郎寯藻黃侍郎爵滋會同公及鄧督部廷楨籌備海防及揀選水師將領各事宜先是公與鄧公會奏請給海防經費至是得

旨俞行故事琉球國間歲一貢自十九年　詔改每四年遣使朝貢是歲中山國王尚育咨稱琉球地濱海最患多風惟朝貢以時則風雨和順每遇貢年歲必大熟又貢船出入閩疆歲頒時憲書得以因時趨事庶務合宜又琉球不產藥材賴貢船載回應用至航海鍼法全賴隨時學習番休更替若四年一朝則豐歉不齊人

時莫授藥品缺乏鍼盤荒疏請奏復舊制公疏聞
手敕報曰據奏情辭眞摯如所請行並
允令陪臣子弟四人隨同貢使入監讀書公尋調湖北巡撫未赴
二十一年正月以英人反覆肆擾疏請添撥海防經費又密陳廈
門情形略言商民紛傳廣東有許與廈門通市之說查廈門周圍
環海地方五十里北達會垣東爲臺澎脣齒西爲漳泉門戶係通
省咽喉若令外夷闌入必益肆其占據之謀防之則已無險可扼
聽之則將爲所欲爲害有不可勝言者
上韙其言又以上年英夷駛擾廈門經官軍擊退保薦總兵竇振
彪吳建勛等在事出力皆　報聞五月入覲調江西巡撫汲汲以

誠民弊吏爲心遇災祲畢力撫恤凡疏請緩征者七借給籽糧者
再民甚德之又以文信國公學術文章節義足爲萬世法疏請從
祀文廟
詔如其議又遵　旨奏保知府倪長耀麟桂吳式芬知州周玉衡
同知程燦策知縣曹士桂等前後弋獲青蓮教匪戴理劍古魁連
及南贛會匪謝詞封等九十三人皆論如律在江西八年百廢具
舉有
旨調浙江浙中吏治久窳公訪悉衢州游擊薛思齊貪劣狀劾戍
新疆又劾罷縣令五人下教各屬地方大利害許條上施行鹽蠹
不飭者罪無赦又時時巡行閭巷問民疾苦察長吏賢否千里外

織悉周知，土豪猾胥皆斂迹，屬吏莫敢詭隨，風尚一變。又以浙屬牧令多署事者，疏陳調署之弊，謂有遞署他缺二三處久不回本任者，有卸印後不回本缺閒住省垣者，至交代之案愈壓愈多，莫能算結，且官無定所，即政難考成。見飭司分別勒回本任，或不堪回任者即令揭參。其實係虛缺或要地需才，亦止許專員署理，不得紛紛更調，以專責成。得
旨嘉勉。漁山島者，浙東濱海地，盜窟也。公牒總督會師勦捕，獲積盜百餘人，寘諸法，沈燬賊船，並將巢穴門戶堵除，行旅大安。尋偕
欽差侍郎季公芝昌清查兩浙鹽務，奏籌變通章程七則，從之。
道光己酉，杭嘉湖嚴紹五郡大水，漂沒田廬無算。公自以奉職無

狀致召天災上疏自劾并力請行賑卹蠲豁招商平糶勸輸諸政
親赴嘉湖等屬察賑全活甚衆江公忠源時權秀水令公委以賑
災捕盜事並留辦海塘工江以憂歸縣人賻之卻弗受公歎曰賢
如江令可令其貧無以歸歸無以葬邪遂支養廉銀五百兩畀之
且令勿辭明年正月
文宗登極下　詔求賢公奏保藩司汪本銓臬司黃宗漢知府余
士璟同知畢承昭知縣段光清楊裕深等江公忠源亦以賑務出
力特疏薦均得　旨錄用五月西防廳北岸海決公聞報即往勘
時風雨暴至公立泥淖中失足落水幾危以救免隨以先事失防
自請治罪部議奪職留任八月塘工竣　詔予開復復查明各屬

災歉情形分别蠲緩並給口糧許之十一月擢雲貴總督咸豐元
年正月入覲
召對十二次　賜紫禁城騎馬四月抵任甄劾不職知縣四人雲
南有淫祠曰華光寺俗稱某天子廟凡數十處士人奉之唯謹事
涉不經公毀其廬尸其木偶於市淫祀遂革初永昌邊外夷匪乘
虛入邊焚掠經官軍堵勦至是迭殲匪犯七百餘名俘獲五十餘
名餘匪竄雪山以外事平而廣西賊洪秀全等復稔亂地與黔滇
接烽火相聞回匪亦乘閒蠢動公徵兵選將繕守備扼形勢終公
任境內晏然胡公林翼時方守黎平公才之使練兵除土寇得便
宜行事保擢監司待之以國士三年以捐備餉金萬　賞花翎居

無何粵賊自長沙渡洞庭陷武昌蹂江西據江寧爲窟穴中原震動　上知公威望移公總督兩湖至則賊自下游上犯田鎮水陸營皆失利省會戒嚴城晝閉居民一夕數驚巡撫某思移營城外爲自脫計與僚屬密議公知之立策馬至巡撫署約與死守巡撫不可公憤甚拔佩刀置案上曰城存與存城亡與亡自司道以下敢言出城者齒吾刃巡撫默然議乃定會賊已逼城公即登保安門城樓激厲將士誓死守衣不解帶者數旬圍解巡撫慮公不相容謀先發制之疏劾公閉城坐守狀有

詔趣公進復黃州而以城守責巡撫當是時公方調胡文忠帥黔勇七百人來楚會勦而曾文正國藩公典會試所得士也時在衡

陽治水軍公馳書約夾攻黃州文正許之擬俟曾胡二軍至大舉
滅賊而巡撫屢齕之趣戰益急公嘆曰吾年逾六十受　國恩厚
豈猶惜死邪所以遲進者以麾下將卒宜選練且俟黔勇及水軍
夾擊耳今若此不及待矣遂以咸豐三年臘月下旬自帥七千人
進薄黃州壁堵城會大雪公日行泥潦間拊循士卒而巡撫銜公
甚遇事陰掣其肘軍械輜糧不時至巳而賊來犯營公督將弁力
戰都司劉富成手刃數賊兵勇繼之殪賊數十後兩次來犯均擊
退未幾賊大至正決戰閒忽後營火起眾驚潰公下馬於雪泥中
北向叩首痛哭大呼曰無以仰對
聖朝遂自投塘水死之時四年正月十五日也年六十有三事聞

上悼憫下所司議卹　賜祭葬　予諡文節入祀昭忠祠是年
六月武昌復陷巡撫先已受代去九月曾文正復武昌疏陳公死
事情形并追論同官傾陷狀而公之孤忠愈白矣賊之自粵竄楚
也公在滇聞報方食投箸嘆曰虎兕出柙矣竟夕欷歔不能寐及
拜楚督之
命置二子一妾於蜀倍道疾馳誓滅此朝食使得如公議待曾胡
二軍戮力並進不過兩閱月耳爲同官所螫卒齎志以終悲夫公
臨行復遺書曾文正曰天下大局繫于一軍宜加意訓練勿造次
且勿遽以援鄂爲念公之壓懷大局而不以已與若此其視死直
如歸耳彼齕公者果何爲哉公性方嚴遇事能持正鬢眉懔然賓

屬憚其丰采與林文忠並負天下望論者謂公正直林公聰明林公聰明而能正直公正直而復聰明是可以得其槪矣初公撫浙時例得鹽課羨餘銀八千兩卻之及殉難家無餘貲商人感公清德欲以此爲賻公子養原曰若義也先公早受之矣先公卻而某受之是隳先公之德也敢辭强之卒不受養原以己未副貢授主事襲騎都尉

贊曰曾文正克武昌後躬赴堵城設壇祭公哭以文甚哀元度時從行求觀公所自沈處未嘗不悲憤塡膺也烏虖逆燄方揚生民之禍未極重以同舟相齮齕不敎之卒以搗堅城欲亡死得乎同時唐提刑樹義亦以掣肘故後公一月投江死悲夫

呂文節公別傳

呂公賢基字鶴田旌德人贈公某邃於經學拔貢官教諭公生有至性飭倫紀秉正嫉邪惡言不入於耳道光十五年進士選庶吉士授編修十七年分校順天鄉試二十二年授御史疏言南河工料與其購於他處不如取給於葦蕩請飭所司董勸庶險工有恃而經費亦可省又請申禁各直省加派勒捐之弊俱從之遷給事中疏劾知州鄂雲賁緣投入揚威將軍奕經幕誑騙欺朦濫支軍餉又廣東劣幕余廷槐盤踞多年黷貨受賄與訓導黃培芳表裏爲奸藉團練乾沒軍餉且招募匪徒充數藐法滋事請飭嚴察究治如所請行二十三年轉掌印給事中丁父憂二十六年起補禮

科給事中明年掌吏科印以河南旱災方籌辦振恤疏請將江南捐輸米轉撥豫省振災允之二十八年巡視東城時江西安徽湖北水災

詔發帑振恤公疏言辦振之弊在造册稽延定例水旱成災督撫疏報卽先給饑民一月口糧再查被災輕重分别給振誠以飢寒待哺若必待查取戶口完竣則老弱轉徙已多應請敕下所司遵照定例一面查取戶口一面放振無論極貧次貧均令先沾實惠俟册籍已定卽於限內具題加振其加振日期務與初振接續毋許間斷至戶口或有開除續增隨時具報有任意延緩者罪之庶有司不敢貽誤而愷澤得旁流其辦振急務數則一曰多設粥廠

嚴杜尅扣攙和積弊一曰兼籌放錢糶米之法一曰展緩　恩詔宜急宣示一曰招商採買鄰省米穀接濟一曰收恤遺棄幼孩一曰收買耕牛疏入皆議行尋　命稽察西倉三十年正月文宗御極公應　詔陳言一懋　聖學一正人心一育人才一恤民隱並請將江蘇浙江等省捐米例停止未幾遷鴻臚寺卿咸豐元年擢工部左侍郎典浙江鄉試二年兼署刑部左侍郎時刑部主事闕尚書恆春擬照舊章以京察一等筆帖式題陞侍郎書元欲以候補主事題補意見不同有旨詢各堂官所見與恆春書元孰同孰異公偕尚書周祖培右侍郎陸應穀遵

旨奏覆應如恆春議經定郡王載銓會同吏部議奏如所請公尋
以粵匪河工度支漕運事事可危疏請下　詔求直言略言粵匪
滋事已二年命將出師尚無成效甚至圍攻省城大肆猖獗南河
豐工未合龍重運之阻滯災民之屯聚在在堪虞河工費四五百
萬軍需費一千餘萬部臣束手無措必致掊克朘削邦本愈搖臣
愚以爲今日事勢譬之於病元氣血脈枯竭已甚而外邪又熾若
再諱疾忌醫愈難爲救惟有開通喉舌廣覓良方庶可補救於萬
一應請　特旨令大小臣工悉去忌諱一改泄沓之故習於時政
闕失有可補救者各抒所見盡言無隱以期集思廣益疏入得
旨申諭各部院大臣九卿科道有言事之責者於政治得失民生

利病有可補救者各據所見直言無隱八月充順天鄉試副考官九月署工部錢法堂事務充覆試閱卷大臣三年正月以粵匪稔亂

特命赴安徽會辦團練防剿事宜公奏請　飭部撥帑備用並請帶員前往幫辦又奏所過地方如查有堪備教習團練之人請咨各疆吏遣赴安徽軍營以資差委均如所請行二月奏請　飭給事中袁甲三廣東知府趙畇均赴安徽協理防剿允之尋偕署撫周公天爵奏言團練防剿三事當分寄其任併致其力以圖之團練之事各就地方飭屬加意辦理激勸紳民殲除土匪防堵之事於江北沿江一帶擇精幹牧令稍假威權令其練本邑之兵團本

鄉之勇因本地之糧以守本境之土各固藩籬永免徵調察其辦理之善者升銜加俸不遷其職俾得盡心固守剿賊之事專責之統兵大帥如大帥駐營去賊百餘里者立即逮問如此則各有責成無所庸其推諉疏入得

旨嘉納時湖北敗匪由英山犯太湖分黨竄出洪家埠奪船意圖東下旋竄踞安慶經官兵截剿復分黨由清涼庵至十里館犯集賢關各路兵勇接戰失利遊擊賫音太伍登庸死之未幾由集賢關犯桐城邑紳馬三俊等率勇迎敵敗潰桐城陷公方駐舒城誓死守或勸曰公無守土責又未轄一兵今賊鋒銳甚請退守以圖再舉公叱之曰吾奉

天子命治鄉兵殺賊事不濟命也退將安之遂納鞾刀率父老登陴力禦未幾城陷公力竭死之僚屬及幕佐皆殉焉十一月巡撫

江公忠源疏聞

諭稱公品學兼優年力正强乃以逆匪竄擾舒城捐軀盡節悼惜殊深可追贈尚書銜照尚書例賜卹其子編修呂錦文服闋後以

侍讀陞用所有隨員幕友盡節姓名均查明請卹又

諭曰贈尚書銜侍郎呂賢基素懷忠義大節無虧可建專祠於舒城以慰忠魂光卹典並 賞內庫銀三千兩交錦文秪領赴安徽扶柩回籍治喪尋 賜祭葬 予謚文節並入祀京師及本籍昭忠祠八年入祀鄉賢祠公力崇正學行身植志不少苟詭隨者見

之覺然無所容在臺垣伉直敢言感時事至涕泣不食每入　對
痛切瀝陳聲淚俱下
文宗屢爲動容疏出天下傳誦何文貞桂珍著續理學正宗唐確
愼鑑著學案小識公皆以進呈藉爲正學之助有譏其迂者毅然
不爲止其出治團防也自知不返別母行痛哭不能起烏虖公之
志蓋夙定矣錦文官侍讀兼襲騎都尉

贊曰公恂恂儒者不知兵其出治團練也又無兵無食但提空名
殺賊以忠義激勵鄉人欲以遏方張之寇難矣然公所能自主者
一死報　國耳狂寇既逼誓死殉城較然不欺其志豈不偉哉太
史公曰知死必勇公之死所繇重於泰山也夫

何文貞公別傳

公諱桂珍字丹畦雲南師宗人道光十八年進士選庶吉士年甫冠乞假歸娶旋授編修督貴州學政擢侍講直上書房公所學以宋儒者爲宗柘城竇先生克勤著書明理學流派曰正宗公續之於朱陸異同辨最晰又以已意增輯西山眞氏大學衍義手繕進　優詔納之廣西盜起數抗疏言軍事得失論前大學士某前總督某誤　國不宜發軍前疏留中天下想望風采咸豐四年五月出爲徽甯池太廣兵備道時安徽久陷改省會廬州仍被踞巡撫福濟公提督和春公軍廬屬之店埠公所治在江南阻於賊大府遂疏留江北檄公募勇隨征餉無所出久之得

二百餘人率以西至霍山號召鄉兵得三千有奇激以忠義以十月二日破李兆受於霍城東追擊至麻埠又五日至流波疃李兆受者故河南捻匪魁也有眾數萬至是爲公破又檄商城固始諸團丁扼歸路而自率所部進追捻黨大愳兆受與馬超江等相繼降散脅從萬計百姓懽呼餽糗糧不絕先是大府檄公援廬江檄未至廬江陷竟劾公奪職軍民皆不能平會曾侍郎督楚師克武漢大破賊田家鎮遂圍九江公通牒楚軍言戰狀侍郎具疏於
朝副都御史袁公時軍臨淮亦欲資公兵西與楚師會公至蘄水矣爲地方吏所尼不得前居亡何九江軍失利武昌再陷侍郎入江西遂鬲絕不相聞公孤軍轉戰灊霍閒五年正月克蘄水旋克

英山殰悍酋田金爵大府檄公駐英山然公任事八閱月支見銀止三百兩不足供一夕炊民兵相從日多又益以兆受降卒無所得食初人日餉麪一觔遞殺至四之一猶弗給五月十一日師遂潰方兆受之降也公請糜以官秩大府難之至是絕糧意不能無望徒感公忠誠不忍背無何超江爲土人所殺兆受紿公拘其仇弗得益大恚則設位哭弔捻黨麇集於是皖豫諸帥爭以兆受反狀　聞榜於衢購兆受頭千金兆受詣公自陳公推赤心拊慰之稍定矣會當道以密書緐驛達公屬先發制之書爲兆受得兆受謂公賣己也遂以十一月三日伏兵戕公於英山之小南門焚其屍颺之從死者四十七人公正命時有白氣如疋練自屋瓦出遙

時乃滅年三十有九後二年當事復招兆受降累擢江南提督而
公之死無過問者或反用爲詬病會侍郎駐軍宿松爲立石英山
紀其事及克江寧特疏訟公屈　詔贈布政使　予諡文貞　賜
祭葬如令典
贊曰公以書生提空名殺賊無餉無軍資無賞罰權而日與反側
子居失廬江在奉檄前遽入公罪又以一紙速之死烏虖公何負
於人而至此極哉公在翰林劾權貴中外久仄目謁大帥侃侃陳
軍事若將爲之師者然以是積嗛公公且死不知悟也禍所從來
微矣哉雖然古藎臣烈士蓋未有不橫被寃酷而能不敝於千載
者也

羅壯節公別傳

公羅氏諱遵殿字澹村宿松人生八歲而孤篤志力學道光十五年進士以知縣發直隸權肥鄉南樂雄縣事補唐山調清苑擢冀州知州遷湖州知府調杭州擢安襄鄖荊道調湖南鹽法道大府疏留權湖北按察布政二司使遷兩淮鹽運使大府再疏留遂除湖北按察使晉布政使擢福建巡撫調浙江此公歷官階級也公在清苑卓薦引 見

宣宗皇帝有本色書生之諭 賞加同知銜在湖州襄陽各薦治行第一以克復安陸及京山 賞戴孔雀翎明年加按察使銜及撫閩湖北巡撫胡文忠林翼舉公自代雲貴總督張公亮基疏請

調公撫黔·
文宗皇帝皆弗許· 陛見· 召對六次·公具陳民困及軍事得失·
上霽顏納之·歸途調撫浙江·尋死寇難·
文宗溫旨賜卹· 予謚忠愍·江督曾文正國藩及胡文忠會疏上
公妻徐氏孀女陳羅氏族孀姪婦周氏同時殉難狀·請
旨旌表並請於浙江宿松各建公專祠·以其妻女姪婦配食·同殉
之雇婦金梅氏家丁顧斌均祔祀·
詔曰可·亡何·御史高延祜摭浮議劾公·有
旨罷卹典·其殉難妻女應得旌表·仍照例辦理·明年·曾文正訟公
清忠大節·

穆宗皇帝特諭仍遵
文宗初次
諭旨照巡撫例從優賜卹其妻女姪婦及雇婦家丁一併旌卹乃
贈公右都御史銜　予謚壯節　賜祭葬　賞騎都尉世職入祀
京師昭忠祠暨本籍府城昭忠祠旣而浙撫請建專祠於杭州皖
撫請建專祠於宿松湖北督撫疏請祀公名宦並得
旨允行此公歷承　恩眷及死事　卹典也公爲治務約已而厚
於民去南樂任民建生祠祀之守湖州值漕政抏弊民抗納大吏
將威以兵公單騎往諭悉解散輸賦如期爰建書院於南高橋以
正士習烏程馬令以治漕故須假萬金集事公稱貸速其成亡何

馬令物故公節衣縮食代償之初不屑意也涖湖四載擒劇盜百餘郡大治在襄陽行保伍法簡壯丁置左右有劫斂者捕治之增置義學十餘所益鹿門書院餐錢會粵寇起公手定章程檄所屬一律治團練楚北團練自公始咸豐二年賊陷武昌土匪郭大安糾黨行劫謀應賊公獲大安誅之殲其黨三百餘人三年權按察使躬歷蘄黃下游勘水陸形勢擇地駐兵扼賊會捻匪窺襄樊公回襄督治團防建礮臺十餘浚城濠數千丈治戰艦數十艘賊知有備不敢至明年武昌再陷皖賊陷德安安陸荊門諸州郡公帥五千人出屯王家河石灰窯歐家廟等處搤賊衝尋克復安陸京山二城八月曾文正克武昌賊遁明年春武昌復陷賊卒不敢躪

襄境六年大旱饑僞翼王石達開上犯楚大震時方罷遣川豫勇過襄煽亂土匪高二先鹽梟馮二典應之大掠襄樊公帥民兵乘城守援兵至夾擊大破之擒二先賊平方事之殷奸民劉朝義等爭嚮應號八大頭目公密檄鄉團縛斬之是年大兵克武漢全楚肅清公以盜賊多起飢寒勸置社倉七十餘所立法擇人司之瀕行猶以稅餘飭修老龍隄捍水患洎任兩司選良吏覈漕費表節義倂東征糗糧時胡文忠進規皖豫養兵勇六萬月餉四十萬緡公力籌濟無闕乏用人不拘資格嘗曰用例一刀筆吏耳況今有事時乎會文忠銜恤歸公代行巡撫事仍兼署提刑庶政畢舉李忠武續賓師覆三河各軍議退保楚疆公持不可令扼宿松太湖

而檄李勇毅續宜一軍駐蘄水英山相犄角大局以振未幾文忠起復帥師屯黃州用人行政倚公如右臂當是時楚北吏治軍政甲天下葢公力爲多其撫浙也以浙中吏習奔競痛除積習舉劾十餘人又以浙兵向不足恃資皖南兵爲屏蔽驕不受節制乃疏請以張文毅芾總防務其地漕捐輸別遣官督理又乞師胡文忠曾文正請選將徵兵爲自強計部署未定而難作此公歷官治績也公學以不欺爲本好宋五子書及名臣言行錄儒先語錄嘗手寫其要爲一册曰正學指歸在官嚴義利之界屬吏莫敢以苞苴進所至革州縣供張服食如寒素嘗言世治亂視吏貪廉吏貪廉視身奢儉欲反亂爲治非廉儉無以立節以此自勵亦時以此勉

人所識拔人才必先操守氣節若端愍公多山李剛介橛金果毅雲門其最也在吳興識趙忠節景賢後卒以勳烈顯人　覲時有權貴人枋政畫吏不造謁輒中傷之公不往遇諸朝一揖而退尤好扶植善類於君子小人進退消長每有見聞其憂樂必深至在官不爲子弟營仕進第令讀有用書近正人而已此公生平學行也僞忠王李秀成之閒道犯浙也在咸豐十年二月或勸公出營城外疏請以將軍守城公叱之曰是棄城出走計也吾受　國恩重肯苟活爲萬世羞十九日賊薄城公與將軍忠壯公瑞昌調民團及駐防二三千人使分堞守杭城周四十里兵少力不支適陰雨連旬公日夜行泥淖中撫慰疲卒守陴者皆泣數乞援軍不至

公知事不可爲諭家人各爲計徐夫人忼慨言曰君死妾何忍獨生爲君家婦四十年尚不我知耶長女適陳穎秀早寡歸侍父母嘗刲股療母疾至是跽且泣曰未亡人忍死八年以父母在耳今願相從地下公族子忠傑婦周氏嫠而貧公挈之任所亦誓從公夫婦死先是公生時夜忽光明如晝因小字有光是月二十五日夜有大星隕節署前之鳳凰山公指且歎曰事可知矣二十七日賊穴地實火藥轟清波門城裂二十餘丈賊入公被刃傷額墜馬親卒掖囘署中途仰藥至則夫人及女皆先仰藥未即死同趨署之西院聯繯就縊賊至周氏及雇婦金梅氏家僮顧斌皆死焉公年六十有三時將軍瑞忠壯固守駐防城越六日江南兵至賊遁

杭州復將軍入撫署見公貌如生公女猶兩手抱持母僵立六日不仆此公死事及闔門殉節狀也烏虖公之死烈矣而其尤關天下安危者則在備兵襄陽力固上游厥功爲尤偉何者荆襄天下根本而襄尤當南北之衝全楚必爭地賊陷武漢時儻急趨荆襄乘虛擣中原擾畿輔事有不可知者其走吳會直爲子女玉帛計識者知其無能爲也然荆襄非宿重兵爲之備禍仍不知所底惟公首以團練法部勒襄民使不從賊且殺賊同時官文恭以荆州將軍遷總督屬兵上游得建瓴之勢公與同心戮力前後十年雖武昌三陷漢陽四失捻匪復時伺隙而公所轄三郡一州汔不被兵其後胡文忠官文恭再造鄂疆率以荆襄爲根本此尤功在天

下尚論者或未盡知歟公舉會試與會稽陶文節恩培通州孫文介銘恩旌德呂文節賢基同出長白文端公倭仁之門時稱倭門四節公子三忠祜襲騎都尉湖北候補知府加三品銜忠誨忠訓

贊曰元度生未識公辱公疏調先以書有知己之雅聞浙警方臥病山中急募援軍戒塗噩秏至已無及矣悲夫喪歸宿松胡文忠會文正偕今相國合肥李公湘陰左公往弔哭元度從造其廬土室十數間耳爲外吏三十年田止四十畮家屬至無以自存即一端已足不朽況一門以內臣死職婦死夫女死父母僕死主固宜與星月爭光也哉公事在　國史文士例不當爲達官立傳然攷太平御覽引漢唐別傳至百一十家故援茲例以應忠祜之請云

趙忠節公別傳

公諱景賢字竹生歸安人父諱炳言道光六年進士官刑部侍郎公少豪邁負奇氣不拘小節讀書慕古俠烈士喜任人所難有機權臨事輒能斷道光二十四年舉人以父子異籍被議黜入貲得復授宣平教諭改官內閣中書未赴丁父憂閉門讀禮鄉人未之奇也同郡徐撫部有壬獨器之曰君有應變才將爲國柱石愼自愛公亦以時事多故思得一當以自效咸豐三年賊犯江甯江浙震動 詔舉行團練法公獨任其事輸重金爲衆倡得旨加道銜以知府發甘肅用未幾甯國復湖州得解嚴十年二月賊復陷甯郡廣德直趨湖州公時在蘇州聞警馳歸與湖州守瑞

春歸安令廖宗元烏程令李澍等籌守禦當是時士皆虛伍官無見錢計莫知所出公曰事急矣今市肆雖空百貨未盡徙也宜權取充軍實事成有以謝父老否亦免爲盜齎遂下令有不聽取者治以軍法不半日事粗集公曰未也今城外民廛如櫛賊至窟其中城將不能守乃縱火燔之江南援兵至賊已圍攻西北城公部署既定納韡刀乘城誓必死遂約援兵夾擊斬賊數千圍三日而解時二月十七日也有

詔以道員用　賞額爾德木巴圖魯賊繇埭溪攻杭州越十日外城陷巡撫羅公遵殿死之將軍瑞昌公死守滿城未下會提督張公玉良自江寧馳援過湖州公遣將引道復杭州王壯愍公有齡

繼爲巡撫壯愍夙知公才至是深相倚湖防事一以委公乃益繕城隍備器械造戰艦築牛馬牆分勸各屬鄉鎮治團練閏三月遣將復長興德清安吉孝豐武康五縣時蘇常迭警援軍皆調歸惟存新軍三千公悉心校練且添募四月蘇州陷延及嘉興分兵駐南潯鎮以扼其衝未幾僞輔王楊輔清自宜興溧陽太湖來犯衆十萬沿城大掠火光燭天刁斗聲聞數十里公閉城堅守意氣自若會記名道蕭公翰慶自石埭來援轉戰賊境五百里將至湖州馬蹟被害所部敗散入郡城公拊而用之兵力稍厚時賊衆已圍五門公親督隊開北門出血戰數晝夜斬馘多賊遁二次解圍得旨以道員記名簡用聞張公玉良攻嘉興公卽帥師出南潯進攻

吳江之平望鎮蹋賊數壘據守之思卽復蘇州成不世功僞英王陳玉成忽自太湖窺湖郡公急回救賊反乘之師潰賊復踞平望幷犯南潯鎮公再集民兵擊走之六月分兵克廣德州時杭州圍解敗賊仍竄湖屬十月省城再被圍公帥兵往援圍甫解入謁王壯愍忽湖防告急卽馳歸賊已至南門之峴山副將劉仁福者故輿臺也自平湖潰歸通款於賊萃廣勇二千自昌化來僞爲援兵謀入城內應公偵得實陽治具款之而止其兵城外陰簡精卒出令人束竹筋於腰爲識圍而盡殲之磔仁福於市竿其頭示賊賊爲奪氣解圍遁十一月嘉興烏鎮之賊分途來擾雙林鎮等處王壯愍遣副將文瑞來助勦合民兵轉戰十餘日悉破其壘

詔以三次解圍功　賞按察使銜十一年正月遣兵再克長興有賊自宜興陸路來犯敗之會太湖之洞庭東西山失陷全湖皆賊有長興既不能守而北路七十二漊港時被擾遂於大錢口添駐水師聯絡民兵通餉道大小數十戰皆告捷五月大股賊來踞菱湖鎮公親督水師礮船分路夾擊大敗之奪賊船數百艘生擒數百人七月平望賊竄南潯鎮與石門賊兩路來犯皆走之九月賊來益衆乃督水陸出鏖戰五晝夜賊始敗退適太湖賊又來犯夾浦連敗之回郡忽報杭州被圍賊營亙六十里餉道絕遂親督水陸軍往援連破賊隘口二十有奇終不能達城下洞庭東山賊偵公南向乘虛犯大錢口公急回顧且戰且退既至大敗之奪賊二

百餘艘始遁去而從逆之烏鎗船匪肆掠雙林鎭復遣兵聚殲之亡何杭州陷公歎曰湖郡成孤注矣惟當效死勿去以報　國恩耳遂與在城文武紳民誓死守衆皆曰惟公命僞忠王李秀成遣二諜遺書招降公立斬之以書達上海呈江蘇巡撫轉奏始奉簡授福建督糧道之

命時四面皆逼賊烽惟晉大錢口一線路十二月二十七日大雪三晝夜冰厚數尺如平地礮艦膠不能動同治元年正月二日賊乘夜來犯大錢口遂爲賊踞自此內外鬲絕餉道不能通矣賊屢受湖防之挫死傷山積恨次骨掘公父墓相戒勿近攻先是賊陷名城率用地道湖郡地勢低掘地三尺即見水技無所施又四面

環大河雲梯衝車無所用惟築壘樹柵漸進逼爲坐困計二月朔公選死士三千誓解城圍緜南北門出擊各掃十餘壘獲賊糧運入城自是賊糧不復屯近處而城内外水陸兵勇尚八千有奇男婦十一萬餘口糧且盡越二日奉飭赴福建新任及　賞加布政使銜之

恩命軍氣復爲一振蓋是時

上甚惜公才寄　諭垂詢江督曾公密令輕裝赴任移其捍衞桑梓之力以固閭里公感泣誓死益堅密寄帛書至上海報其叔父炳麟有眾志成城守死善道之語且云使我家出一良臣不如出一忠臣公之志蓋素定矣自三月以後軍民羅雀掘鼠食草根樹

皮皆盡公言笑如常時縣丞某欲通賊事露立擒斬之有搜掠者仍按軍法五月三日城陷公大呼曰死無憾死我十數萬軍民爲憾耳賊渠譚某擁至局公冠帶見賊喝曰速殺我毋殺軍民譚曰亦不殺汝公拔刀自刎爲所奪執之去僕陸二自刎死公被執至蘇幽諸獄邏禁甚嚴求死不可得脅降不屈李世賢復爲下士狀百計誘說不爲動遂有遺歸之意譚逆不可世賢赴江北時誡勿殺譚稍稍善視之公見輒詈罵一日擕常熟地圖以詢遽投之火二年三月賊自太倉敗歸揚言公將襲蘇譚逆懼十八日日晡招公飲酒半詰公曰汝通妖兵邪公曰我本官兵何謂通汝欲獻蘇州邪公曰蘇本　大淸土地何謂獻耶又曰汝死期至矣公仰天

大笑曰求之一年而不得今何幸也連舉數巨觥罵益厲譚逆舉洋鎗對擊其胸而隕年四十有二賊目棺瘞之公身材不踰中人貌偉異口可容拳大小百餘戰皆親冒矢石天性好殺嘗曰吾得殺人下酒乃快事耳所俘賊皆浮白斬之後見曾文正解散歌始悟脅從皆獲免湖州既陷　廷旨數詢公下落死事聞

優詔褒閔且曰趙景賢係在籍紳士無守土之責集團禦侮每戰必捷迨至孤城困守糧餉軍火俱盡仍堅持數月力盡被執賊匪誘脅百端矢志不移卒以身殉勁節孤忠可嘉可憫其改照巡撫陣亡例從優議卹且賜謚於湖州建專祠其長子趙深彥一併附祀事蹟宣付史館立傳以彰忠藎次子趙濱彥潤彥滋彥添彥涞

彥均侯及歲時送部引見詩　賜祭葬　予謚忠節公在繫作絕
命詩四章有云亂刃交揮處危冠獨坐時又云厚貌徒爲爾孤忠
矢靡他僞忠王本欲送公歸致書以漢壽亭侯歸漢爲言公斥其
儗不於倫且曰歸我者之爲知已不如殺我者之尤爲知已也初
杭州既陷公知事不可爲盡遣其家屬出而身居守深彥年甫十
二寓湖南聞湖州失大慟服毒死南撫爲奏請　旌䘏
贊曰軍興已來死封疆死職死綏者僂指難畢數然皆有民社責
也若其以鄉紳毀家紓難率民兵登陴效死抗數十萬之賊血戰
三年殄賊萬計迨行省陷列郡盡淪賊猶死守孤城六閱月力竭
被執幽繫經年百折不可回卒罵賊以死如公者豈非古今所[illegible]

見哉雖然烈士徇名搠千古未有之烈玆其所以獨立千古歟

江西委用道前翰林院編修帥君傳

君諱遠嶧字仲謙一字逸齋黃梅人曾祖某邑諸生祖承瀛嘉慶丙辰進士及第第三人累官浙江巡撫父敬時以任子觀政戶部君生負奇才讀書慕古人奇節偉行視時俗尠當意者然內行敦飭無子弟之過充道光丁酉拔貢未　廷試以父憂歸辛丑巡撫公卒
成皇帝篤念藎臣　特賜君舉人丁未成進士選庶吉士假歸值邑水災道殣相望君請大吏發帑賑力肩其事家故貧配石恭人賸嫁田百畮急斥之輸其值為衆倡所全活無算己酉授編修
御試列二等與文綺之　賜明年廣西巨寇起越二年自岳鄂踞

金陵東南列郡魚爛不可支

朝命大帥專征多失律守土吏輒棄職逃一二秉政者號稱鉅人長德又皆持祿養交泄沓不任事君憤甚居嘗拊髀歎曰時事至此吾世受　國恩職侍從不搤掔一言其曷以稱

上明旨卽死何以見祖考地下癸丑正月上封事二約萬言大恉在一兵權申國法求人才籌國用而指斥當軸尤切至謂宜避賢路滌肺腸至論軍事則請先正失律者誅疏入

上畱中時蒙採錄而所謂鉅人者則固世所交推初未有訟言攻之者也是年分校禮部試稱得士以修墓請告歸會家鄉淪賊僑浙中忽忽踰三年君既痛其言不盡行思欲一見諸實用以自考

證援例以道員候選。初君在京師。懷奇負氣。不妄交。所與游皆當代名人。以經世學相切劘。而於湘鄉曾侍郎尤篤。歲丁巳。侍郎督師江西。君走謁戲下。至則侍郎奉諱歸矣。當事欲侍郎墨經再起。趨君勸駕。君徒步抵湘。居帀月返江西。大吏疏畱君。然止任以勸輸軍餉。戰陣非所責也。會僞翼王石達開自皖南至。江軍屢敗。贛水以東無完土。君奮請自領一軍與賊遌。募卒千人。偕副將周鳳山進。時總兵李定太扼賊撫州路。君以十月六日抵東鄉。越日賊大至。迎擊十里外。賊卻。別賊從閒道趨君壁。畱守者僅十之三。驟不能禦。親卒請潰圍出以營進。君怒叱曰。此何時尚顧身耶。手劍直前搏戰。力竭死之。屍被殘。從兄壽九以布政司理問効力軍中

同遇害大吏入告
詔優卹君爲人倜蕩伉俠麾斥千金不屑意赴人之急蹈水火不辭寓嚴州倡建千人塔爲掩骼計友人來京邸暴卒君質貂裘營葬塾師戚某其父客吳門臥病君逆以歸終於家醫藥喪葬皆任之詩古文超邁有奇氣遺集若干卷年四十有一子四長畯殤次畹襲騎都尉次甸畬均幼女子三

論曰自公孫宏匡衡張禹孔光之徒持祿保位被依阿之譏其宗派至今未墜彼皆號稱儒者考其行若無可非刺而陰探人主之隱爲從違不敢一言自異遂足禍天下而有餘善夫宋尹源曰人臣不忠孰大無過爲大嗟乎世之但求無過者何多也君規切政

府有以哉有以哉君以憤世故慨然一出自試遂以亡其軀可哀也已彼容容者且謂君偏詖矯激不概於中庸而宜以賈害也悲夫

逸齋君之以勸起曾公來湖南也僕時寓家長沙適邀郭筠仙飯逸齋卽與偕至前未相識也倜然驚人語兵機平賊無難者僕竊奇而壯之而微訾其福相疑若不多任功名纔數月遽聞逸齋以戰死悲夫兵事之得失固亦有命焉而非其人之所能自主者邪然世之所謂福命人者類如張禹孔光其人此又逸齋之所極憤予之而甯死必不願有者也讀此傳益爲悲感輒附記之咸豐十年九月初三日吳敏樹識

駱文忠公別傳

駱公諱秉章字籲門花縣人道光十二年進士選庶吉士授編修歷御史給事中鴻臚寺少卿奉天府丞坐稽查部庫時失察庫丁侵漁落職

宣廟察公清介旋授左庶子按事山東憂歸二十八年服闋復奉

命按事河南江蘇山東咸稱　旨遷侍講學士授湖北按察使明年擢貴州布政使調雲南又明年擢湖南巡撫時洪秀全等反廣西據永安州官軍數失利

詔遣閣臣出視師以湖南供帳薄劾公吏治廢弛咸豐元年有

旨內召未及行而賊已掠桂林道荼攸直犯長沙公督將吏乘城

守既受代奉
命仍畱佐軍務居圍城中八十餘日圍解公北行有
詔署湖北巡撫明年復
命巡撫湖南時
文宗已諗公才大湖以南一以任公矣當是時安慶江寧並陷賊
粵東西土寇接踵起貴州教匪復結逆苗爲亂環湖南邊境游氛
四逼又自承平久官吏習爲苟且粉飾之計下情否鬲民困無繇
上達公至求人才作士氣察民隱祛壅蔽力挽積習曾文正公時
以侍郎奉　命治團練公與同心戮力雖議論時有不合而公專
力護持之及其治師東征糗糧船礮軍械公悉力資給今使相左

公宗棠時方爲舉人公禮之入幕虛已以聽章牘朝至夕批答許州縣便宜從事寇起隨撲滅乃創立船礮釐捐各局仿劉晏用士人法開誠布公衆爭以才自効又以其間淸釐漕政去蠹蝕裁浮費民輸納恐後終公之任軍興得無乏而湘軍卒平巨憝公提倡之力也五年武昌三陷時胡文忠已爲鄂撫飛書告急公悉力資給之如所以資文正者會粤寇何祿陳金剛等分道犯湖南而武岡邵陽漵浦諸土寇復時時竊發公皆遣將討平之自援鄂外復以餘力援黔援粤援江西徵調無虛歲而江西之績尤偉自五年十月至八年四月首尾幾四年大小百餘戰克復瑞臨袁吉撫建六府數十州縣糜餉三百餘萬無少惜

上嘉公不分畛域　賞戴孔雀翎八年　考績　賞頭品頂戴九年偽翼王石達開擁衆數十萬自郴桂窺衡州官軍扼湘水不得渡則趨上游圍永州公遣將擊走之遂圍寶慶數帀勢危甚公檄諸軍內外合擊而以水師扼資沅會鄂中援軍至圍解賊遁粵西繇全州逼桂林湘軍追益急賊復遁慶遠於是達開繇粵窺黔繇黔窺蜀而蜀事日棘矣十年七月

詔公督師赴川石達開遺黨犯永明冀牽公弗西行湘軍擊走之十月甫戒行賊大至吏民乞公留公檄諸軍分道進擊兩閱月賊敗遁江西十一年正月始督師西上抵宜昌聞皖賊犯黃州復分軍援鄂僅以黃忠壯湻熙所部果毅營五千人從時藍朝柱李永

和周紹湧張第才何國樑諸逆渠匊衆數十萬蹂躪四十餘州縣勢將逼成都五月湘軍敗賊於定遠擒國樑黃公乘勝逐賊中伏死而朝柱圍綿州永和踞青神所在跳梁勢張甚公以一軍擒永和於青神合川楚軍併力攻朝柱自駐潼川爲策應七月連破賊於綿州道始通尋奉總督四川之

命入成都檄湘果諸軍勦朝柱於丹棱而以川軍綴永和斷其後眉州圍解十一月回軍攻丹棱賊遁追及之斬朝柱於陣賊盡殪永和欲上犯阻河不得渡引而下諸軍圍之於鐵山永和走宜賓追獲之同治元年　考績

詔加太子少保其時川軍克新寧張第才走陝西周提督達武克

涪擒周紹湧於大竹餘賊盡殲四川平而石達開忽繇黔犯蜀掠楚邊陷石砫緣江犯涪州湘軍擊敗之賊偵重慶已設備乃分黨入黔走桐梓達開躬率眾數萬攻綦江湘軍復破走之公檄諸軍扼上游賊遂迂道越黔之仁懷陷敘永長寧分擾珙高慶符諸縣境敗走入黔尋入滇復繇滇之鎮雄入筠連陷高縣渡金沙江陷敘州未幾仍敗遁入滇二年正月賊黨賴裕新繇會理犯寧遠府公策賊必乘虛竄寧遠乃檄川軍守屏山而以全軍當賊衝至是果與賊遇賊敗奔越巂爲漢土兵練所破斬首數千裕新伏誅公策石達開必分道再入其黨李復猷果繇黔竄彭水達開則越冕寧間道走土司窺大渡河會大雨河溢諸軍遮擊於半渡賊盡溺

死達開覓水遁官軍擒斬之復猷亦數爲湘軍所敗殲於黔賊平
詔晉太子太保三年江寧克復有
旨以公前撫湖南時識拔將帥多立功　賞一等輕車都尉並
賞戴雙眼孔雀翎五年五月拜協辦大學士六年十一月卒於位
年七十有五
諭稱公忠誠亮直清正勤明　贈太子太傅　賜祭葬　予謚文
忠入祀賢良祠並　敕四川湖南建專祠湖南四川並祀公名宦
子天保　詔賞郎中天詒　賞舉人
贊曰公外樸內明不以才略著而休休有容能使人各盡其才嘗
奏事不稱

旨奉

手敕嚴詰公神色自若務申其說乃巳殆所云寵辱不驚者邪湘軍東征公竭全力餉之遂以一隅爲東南根本蜀居長江上游財賦所自出公兩平巨憝二者皆天下安危所繫也卒之日蜀民皆縞素哀音過車相屬人謂自漢諸葛唐韋皋後至公乃二見云

湖南巡撫後官雲貴總督張公別傳

張公諱亮基字石卿銅山人道光十四年舉人官內閣中書二十一年大學士王文恪鼎奉
命督治河工疏調公從行會林文忠則徐謫襄河務獨契公公嘗卻武弁餽金三千文忠密識諸手冊亦未以語公也工訖文恪疏薦公文忠仍戍西陲公晉侍讀二十六年授臨安知府調永昌時漢回構釁亂甫定公開示恩信與民休息衆翕服郡境無事公之赴永昌也道謁林文忠時方　賜環授雲貴總督文忠懽甚出手籍記卻金月日公茫然不復省記矣文忠尋疏薦公且曰其才勝臣十倍

宣廟以此大用公超擢雲南按察使遷布政使晉撫雲南距其遷
提刑時歲未期也
陛見　召對十五次　溫語如家人父子
手敕有能謀能斷之褒咸豐二年調湖南巡撫當是時粵寇圍長
沙公縋城入視事日夕登陴籌戰守識江忠烈忠源忠武公塔齊
布鄧忠武紹良瞿威壯騰龍羅忠節澤南王壯武鑫於諸將中令
使相左公宗棠方爲舉人公禮之入幕軍事悉諮之初密薦胡文
忠林翼至是疏調來南逾年乃至賊犯長沙時以南城外爲窟穴
北阻堅城援師壁東南面莫能越攻惟河西無重兵賊方擄船筏
造浮梁公慮賊且西竄數移調提督向公榮總兵福興公出營河

西龍回潭土牆頭諸要隘皆不聽公擬自督軍往江忠烈請先帥所部楚勇築壘待公行有日矣會魁星樓側地雷發城壞十數丈公預調瞿威壯鄧忠武等督兵堵禦城復完忠烈請渡河公太息曰今事且迫卽渡江人且謂巡撫出城取自便吾不可以行矣乃令忠烈馳抵湘潭謁　欽差大臣某公具言賊且西竄請速入長沙調遣諸將不從會地雷再發官軍仍卻之賊糧盡果由龍回潭竄走遂寖不可制矣城圍解僚屬稱賀公獨拊膺歎息謂賊趨絕地可盡殲顧空一面縱之若遂渡洞庭而北患且及天下吾屬誤大局罪奚辭忍言賀邪已果如其言時巴陵土匪晏仲武匄黨劫軍餉應賊公檄江忠烈討平之而瀏陽徵義堂匪首周國虞陰與

粵賊通公密檄忠烈移師瀏陽聲言赴江西及至瀏距城十餘里而營國虞知將圖已率數千人來犯大破之遂毀其巢國虞尋就擒伏誅當是時武昌失守前督逮問

詔公署湖廣總督賊已棄武昌東竄陷九江安慶遂據江寗分黨渡黃河北犯半濟浮橋斷後隊自河南竄鄂公部勒諸將一敗諸鶩公頸再蹴諸馬鞍山賊遂不敢犯楚尋調撫山東忤　欽差大臣勝保爲所劾落職吏議戍軍臺

文宗鑑其忠藎未及瓜　召還會河決銅瓦廂廷議修復言人人殊

上命公馳驛往勘疏言黃河南行二千餘年淤墊日高議者方欲

改復北行故道今不煩人力而北徙繇大清河入海宜因勢利導
之不宜強遏使南疏上議遂定亡何雲南回變
命督治雲南軍務授滇撫尋晉總督時漢回仇殺十餘年悍將乘
機叛所在糜沸前總督恆春公自經死吳公振棫移疾歸公至威
惠大著板橋之役逆回圍公數帀所部八百人堅壁不爲動夜大
雨雹擊賊多死傷賊遂潰退而滇撫徐之銘持兩端通賊暗陷公
公憂憤成疾疏乞骸骨許之明年行抵鶴峰州
詔仍督滇中軍務同治元年自蜀入滇之銘涎蜀富慫署提督林
自清率所部八萬人入蜀就食川督駱公大恐疏言自清公舊部
請命公遣散會參將張正洪索攫公立斬以徇眾譁公面叱自清

嶚不敢動立繳印事遂定而副將張昇率所部踵至敘州覘隙至是亦逡巡遁公抵敘州適僞翼王石達開悉黨犯郡公以所部八百人協守城得全田君興恕者前　欽差大臣貴州提督署巡撫者也殺法蘭西傳天主教者數人事　聞

詔興恕赴蜀聽勘偃蹇不就道

密詔署滇督潘公鐸勘辦田不聽勘尋　密敕川督駱公往撫定川督疏言田亦公舊部也請壹以屬公於是　命公督貴州軍務署巡撫兼署提督公待田君故有恩馳書曉以大義遂迎謁公於播州立交印初法蘭西人必欲殺田公以田曾任羣臣繫　國體力持之乃得減戍既涖黔庫藏如洗公不得已疏請分重慶稅銀

什二三以紓黔難得
旨報可川督力梶之乃請劃數郡隸川數郡隸湖南爲遺黎請命
皆不行公智勇俱困竭力搘拄五六年會有齮齕之者得罷職歸
同治十年某月卒年六十有三公短小精悍無城府勇於任事撫
湖南以挽回積習爲任賊退後卽疏請寬文法假州縣便宜幷檄
行所屬條舉地方利病反覆訓誡諱飾者罪之尤汲汲以延訪人
才通上下之情爲務二十年來湖南鄰警四逼而士氣強固內患
不生屹然爲東南數行省根本實公提倡之力也公卒後湖南士
民請建公專祠當事疏請與駱文忠潘忠毅合祀額曰三公祠得
旨如議行

贊曰元度初未識公辱疏調援黔有知己之感比入黔東則公方被議求代不可得擬走會城謁公阻於賊賊平始歸見公於長沙時方手寫十三經爲日課意豁如也讀公自訂年譜爲太息久之又三年遂哭公於寢門悲夫

天岳山館文鈔卷十二

劉豫川李寶秋別傳

咸豐五年十月十日江西候補知縣劉君豫川李君寶秋戰沒於瑞州之南門事聞各贈知府銜優卹如制始余以正月隨督師曾侍郎入江西募鄉人殺賊部勒爲五營曰平江軍其三隸余其二隸兩君同駐南康攻湖口既而兩君奉檄援瑞州至是同日死後四年乃獲摭其遺事爲之傳

劉君諱希洛字豫川祁陽人道光丁酉拔貢舉丙午鄉試以知縣試用江西權德安癸丑夏粵寇陷九江君率鄉兵攖守兩晝夜城破兄諸生希濂死之同殉者七百餘人君勵以身免奪職仍任事

乙卯二月率平江軍隨羅忠節公克弋陽廣信功最得還職六月抵南康七月與余及寶秋渡湖克都昌攻湖口入其郛惟石鐘山堅壘未拔方搤要爲久攻計九月僞翼王石達開從通城義甯入江西當道檄君援瑞州李君繼之湖口當皖衝余軍日減眾方爲余危賊甫至江西莫審眾寡虛實當道易視之雖兩君意亦謂功可立就俟西路靖乃復東耳十月九日賊前隊至瑞敗之旋詗知賊眾且悍或勸君退守乞濟師君曰瑞州距省會百二十里無險隘可扼退則直抵省會矣奈大局何李君然之犂旦賊果大至開壁迎擊殺數十百人賊來益眾遂閉關相持礮彈盡碎釜鐵代之塹以外賊屍纍纍賊反緣伏屍進君馳入李君壁李方痛飲決死

戰君返壁率壯士童隨鵬等數十人陷陣力竭死之君面頳工書善飲氣充然和而遇事有執持卒年四十七母年七十餘後七月遺腹子生

李君字寶秋諱琨陝西山陽人道光乙酉拔貢丁酉舉於鄉權江西宜春縣事甲寅三月楚軍克湘潭敗賊竄陷萍鄉萬載獨宜春得全以君治鄉兵扼之也大吏才君故以平江軍相屬君少髭鬚痘瘢黴著面善談好飲客駐南康盛暑余與吳編修嘉賓郭編修嵩燾皆匿就君時鄱湖以東皆賊藪都昌徐家埠爲賊聚糧所君率三百人約水師襲之大獲港狹舟不能進君登陸徒行二十餘里及克都昌攻湖口城君與豫川暨余露宿山椒兩夕礮彈徹左

右君劇談自若先是君當權知樂平以治軍未赴至是當事欲君兼權星子星子故瘠區亂後廬舍蕩然君方奉簡書馳驅有勞顧移就瘠苦地恚甚聞援瑞之檄遂投袂行會侍郎使人止之湖上已不及矣方劉君之馳入君壁也君曰丈夫死耳夫何言乃舉觴自酌又酌劉君曰吾與若當手刃賊酋不徒死也既而劉軍火起君開壁馳突所乘羸蹶君徒步手長矛鏦一賊斃之一賊以大刀夷君股遂被戕年五十一婦某氏有能聲子蔭雯六歲後三年瑞州克君婦擕孤子覓遺骸遇戰骨輒瀝血驗之終不獲嗟乎兩君所部千三百人耳石逆衆稱十萬此如以跛胖委餓虎豈待智者知其危哉然兩君卒不肯潰退辱　國所部皆從死如歸無倖脫

者瑞州陷獨兩君與所部死耳賊亦卒未敢輕犯省會自兩軍覆後江西列郡皆淪陷湖口功卒不就余移軍撫州復移防信州路又四年萃楚諸軍之力乃就肅清而兩君不及見矣悲夫

卹贈同知銜選教諭耿君別傳

李元度曰自軍興以來海以內死封疆死職死綏者何可勝紀或勳業已就完節而終或倉猝計無復之實恨以歿其有負經世才足爲國家任重寄無賢不肖皆心服其爲人所設施未見涯略遽天閼以死以予目中所見未有如吾友耿君者也嗟乎耿君造物之生才有數如君者蓋千百人中不一獲者也天生是才必有所以見其才者既閼之使不得自見矣而必生是才者何哉君諱光宣四川隆昌人輔臣其字也咸豐壬子副榜就職教諭中表戚郭君毓龍令彭澤招之至則彭澤爲寇陷客貴溪令所丙辰春江西大吏募平江勇三千人以鄧君輔綸林君源恩爲統將湘鄉龍汝

霖言君於鄧曰此命世才也鄧君卽自迈君屬以左軍凡千人始江軍克進賢師或不戢多拾賊遺物且擾民君上書統將凡數千言立擒斬二人全軍股栗攻撫州戰必身先夜用長梯襲城君必抵城下江楚軍相距約四里楚軍受敵君救必先至左軍幟尚藍衆見藍旂軍至則皆喜曰耿公來矣賊亦畏藍旂軍嘗避之居亡何鄧君中蜚語罷撫城久不拔援賊纍至士卒傷病過半餉且竭在事者皆託病去林君勢孤甚客或語君盍早自爲謀君正色曰謀人之軍師去將焉往彼能自爲謀者將遂長不死邪林君聞之以告余爲歎息不置會分兵克宜黃崇仁賊詷知官軍驟減日搦戰我軍力禦之戰皆捷九月八日賊復出犯敗之追奔抵城下蓋

未亡一卒也將歸壁忽城上巨礮發中君少腹洞穿血暴下衆環哭君搖首曰無哭君等好爲之遂瞑君貌嚴冷不苟言笑余一見敬憚之在軍短後衣草屨與最下卒同甘苦俸糈所入纖毫不以寄家死之前夕猶書軍約十四章訓諸弁目諄諄以步伐未齊申誡君所部視他軍爲整矣然猶不自得如此余嘗過君値君須餉以赫蹏紙手書名數散之未移晷盡六百餘紙而目營口答皆不紊余益服其吏才卒年三十有六無子　贈同知　賜卹如例喪歸各弁皆搏膺哭送雖夫役未識君面者皆掩袂泣烏虖此豈可倖致也哉自君歾後軍氣益不振未旬日遂有覆軍之變衆以是益思君不置也

宜黃縣知縣傅君別傳

君諱培峯，字藕村，甘肅鎮番人。道光丁酉拔貢，甲辰舉於鄉，丁未成進士。咸豐癸丑，授宜黃縣知縣。時粵寇踞江寧，烽火徧江南北。君攜兄子建遠單騎行。會賊犯江西，行省圍解，君始抵任。其為縣以至誠格吏民，衣履皆布素，見者不知為長官。丙辰二月，賊犯撫州。主兵者臨川令馬丞熾先期遁，各屬皆陷。宜黃無一兵，紳民強掖君出。自是常邑邑顧影悲嘯，愯然若不可為人。三月，余及鄧君輔綸、林君源恩帥師攻撫州，屢戰不能下。八月，君來乞師，乃分軍克宜黃、崇仁。君謀餽餉，用文告勸邑人，其略曰：某守土無狀，法當大辟，所為乞師復城者，冀解民倒懸自贖也。今復靦顏勸父老輸餉豈得已哉其言至深痛邑人爲感動會撫州軍失利退保崇仁旋奉檄移防廣信遂强君俱行戊午四月賊竄浙中江西郡縣以次復君再涖宜黄則益治鄉兵爲守禦計請蠲六七兩年田賦大吏難之固請卒獲免八月望日官軍克吉安逸賊千餘人竄縣境君率武舉紀鳳翔等守孤嶺別遣鄉兵扼羅方嶺二十日昧爽賊大至鳳翔死之君急入城拒守調鄉兵未集賊自北門登君服緋衣北向再拜自經未絕而賊至脅君降君罵賊甚厲賊怒支解之焚尸小東門外同死者幕客施淦舉人黄秩泫張受勤一稚僕在旁顧獨免翼日賊遁建遠獲殘骸數段殮以歸士民皆哭曰吾民負公事聞　賜卹如例　詔宜黄建專祠祀君而以鳳翔淦及秩

泫受勤祔君卒年五十有五

論曰軍興以來棄城圖存者相踵也始猶愳罪繼且習爲固然寇退則反益視遺黎爲魚肉能引咎自劾者余所見君一人而已然而繇君之道則必死死必慘且酷爲彼者則皆康其身豐其祿秩長吏亦卵翼之自古迄今莫不然豈蒼蒼者好惡固與人異趣邪君常痛作吏者喪心厲民言輒悲憤會歲除上饒令公讌酒半君太息言亂後民重困吏方急催科鬻子女不足供稅課語侵令令亂以他語君辭色益厲坐客皆罷酒目爲狂怪烏虖此足以見君之志其卒以死豈偶然哉

湖南三節令傳

三節令者咸豐十一年並以知縣死職湖南者也東安縣知縣趙君諱榮祺字雲伯大興籍紹興人道光辛卯舉順天鄉試咸豐初揀發湖南權知慈利沅江縣事有惠政君羸面疏髭煦煦如老嫗衆呼趙母先是九年秋賊陷東安知縣李君闔門殉公廨盡燬市爲墟越數月君單騎之任時楚南數被兵州縣正賦悉索以償各軍逋餉縣庫常不名一錢十月十五日賊復至白幟蔽野君急嬰城守時羸卒不滿千餉無出請援不至相持一晝夜賊肉薄登城守卒潰君急返署伏劍未殊遂被執君大罵曰死賊吾恨不生啖爾遂遇害長子燕堂亡匿他所聞君死奔而出枕屍股哭罵與幕

客胡玉林並死之玉林字琅笙亦紹興人
城步縣知縣諱安和字治亭佚其姓滿洲正白旗人也長不滿六尺鬚黃目短視道光辛巳舉人咸豐二年以知縣發湖南署長州府通判治浦市性介潔飦粥常不繼妻窮居京師力不能迎致某大吏過浦市入君署良久君始出大吏恚甚後察知君禮服付質庫故不能遽出轉益賢之君脫略好飲苦不得酒某寺有老僧年八十矣君數就之飲極醉忘歸其眞率類此未幾補城步地瘠苦爲楚南冠又界粵西風鶴時警君抵任卽周覽阨塞爲戰守計會陰雨浹旬郊外多產人面豆司更隸夜見白衣叟長丈餘蒙袂巡牆行若啜泣狀公廨後古樹怪藤並數百年物有異鳥集其顚蒼

身黑首晝夜悲鳴聲嗚嗚君歎曰吾其殉此乎不數月粵賊陷綏甯突犯城步君曰困於城不若禦諸境遂帥鄉兵數百迎擊諸要隘斬數級賊稍卻已復大至眾潰君太息曰死於野不若死於城城吾死所也棘馬馳歸署正衣冠北向拜投繯而絕賊至括其室惟苦醞半甕敝衣數襲而已賊亦歎息去

綏甯縣知縣吳君諱熊初名鳳毛字樸菴烏程人道光庚子舉人由教習揀發湖南初令瀏陽俗獷悍多盜有盜刼客舟金君捕盜追金付客訖立坑盜六人以徇縣人讋伏尋補通道地苦瘠而民樸樕吏耕於野猺戶草生君治以廉靜卓薦調綏甯綏甯故巖邑與粵西接壤君下車卽銳意治團練作爲詩歌期以戶曉庚申九

月廣西白巾賊以突騎數千一晝夜馳二百里直薄城下營弁哈某迎戰敗績君登陴守禦以寡衆不敵陷君及其三子鐶並死之初君爲諸生嘗祈夢于忠肅廟夢入小屋壁上作書云散絲絡女爪黃金冠獼猴莫恃合著口終防白了頭不解所謂既殉難解者曰女上爪散絲絡之綏字也庚爲金申爲猴庚申年也合口哈某也白頭賊皆白巾也烏虖數果有前定者邪

贊曰三令君同時死職事聞並　贈卹如制死固重於泰山哉海甯俞大令鳳翰嘗各爲之傳蓋得諸目擊而吳君又同年生也俞字石年道光庚子領解額嘗權平江篆能詩古文及書畫所作三君傳特工今下世又十年矣貧無子遺書並散佚余悲其漸湮滅

也爰合傳以存其略云

吳伯兪傳

烏虜自粵寇稱亂以來荼毒半天下吏或不能守土主兵者多縮朒不前其有城亡與亡力戰死疆場者事聞則　褒卹之典立至　贈秩　賜祠蔭子孫罔替雖卑官末吏皆得以其事付史館立傳至如韋布之士倡義兵殺賊不幸血戰死吏不及以聞　朝廷之　恩有所不能逮鄉之人久且莫能舉其姓字豈不悲哉至有負才嚮學方駸駸日進而賫恨倉卒以歿者尤足深憫若吳君伯兪之死余覽其事哀之君諱昌籌南豐人伯兪其字大父曰耀祖安徽通判　贈翰林院編修父曰嘉思丁酉舉人雲南知縣擢同知君生有異才讀書能見其大年十九補諸生咸豐六年賊陷建昌七

同居南豐城君所居在邑東鄉距縣治九十里地險僻君與鄉父老子弟築壘守隘有警則鳴鉦匃眾禦之賊不敢逼七年春賊犯二十八都之長崃隘距君宅五里君荷戟疾馳禦賊柵外隘破歸路絕與叔嘉文從弟連貴皆死之正月二十七日也越日得屍喪其元妻韓氏以七月十九葬君之前夕縊以殉君卒年二十有二無兄弟無子女二人

論曰余與君未識面讀君贈劉生序峭折無纖塵問其年甫冠余灑然異之西江古文之學自寧都易堂後新城魯進士仕驥陳侍郎用光皆以桐城姚氏爲師友君世父子序編修尤有聲當世君耳擩目染遺文數十首皆足與編修所論相發明自科舉之業興

非有志者不得與於古有志矣才或不足以赴之君年少氣清承家學所詣殆未可量度而卒以義死烏虖茲豈獨吳氏之不幸也哉

鹽運使銜江西鹽法道余公家傳

公諱正煥字章甫一字星堂長沙人曾祖成奇祖勝華父啟武世有潛德以公貴皆贈資政大夫贈公有子四公其長也幼穎特年十四應童子試甲其儕嘉慶六年進士選庶吉士座師彭文勤公尤器之手所注五代史補注屬爲序尋授編修充 國史館纂修日講 起居注官與修

高廟實錄十二年考績稱最授陝安兵備道旣至明斥堠聯保伍繕城隍頒農桑要說爲民勸時漢中守爲嚴公如熤公鄉人負時望者也公與相佐佑嘗單車按部考其山川阨塞要害繪漢南全境圖嚴公後著三省邊防備覽繇公發其端也十九年豫匪岐眉

襄作亂犯漢中公與嚴公力禦之出奇計遴勁卒易賊衣夜襲賊營賊駭亂自相蹂踐死馘其渠事平得 旨賞戴花翎會滇中有野夷之變圍騰越調雲南迤西道公轉饟厲兵將進剿野夷惴恐解散乃建議改騰越州爲廳治設同知以下官駐兵防守邊圉慄然二十一年母憂歸服闋以贍公春秋高請終養道光元年主講城南書院八年以薦 召詣 闕相度 萬年吉地奏對稱 旨授江西鹽法道歲裁浮費銀萬有奇以豫章書院絀經費取鹺費銀八千兩爲舉本交商權子母益諸生餐錢前後三權按察使讞決必矜慎生平以興起斯文爲任其講學城南也書院爲朱張過化地舊基隘且圯乃移建城外躬相度爽塏規制閎闊手輯書院

志在江西復修豫章書院規制如城南士林至今利賴之十四年冬引疾歸蒔花種竹足不入公府昕夕課孫自娛初贈公嘗諭曰生平有志未逮者三一文廟圮未修一鄉闈號舍未蠲潔一族屬多貧困無以佽之至是公斥重金爲邑士倡大新學宮增輯學宮志自後鄉試領解額者累入科皆公邑人而公次孫肇鏳遂裒然爲癸卯解首云應童試例需卷費寠畯多不辦公與李公象鵾各輸金三千錢千貫買田納租充卷價邑人構祠地藏庵祀公與李公志遺愛也貢院及學使院轅門以外無隙地遇試期士多雨立公捐金各建坐棚又以貢院中鈌溷厠穢氣蒸人乃輸貲築屋塹坑甃石闌以板扉衆稱便先是嘉慶初公捐建宗祠及是手訂族

譜作家訓四篇又仿吳中范氏法購義田千畝立義學於祠左右歲延經師一蒙師一子姓之材者皆入焉其貧且失業者歲資以錢帛會海疆有警首捐萬金助餉　詔加鹽運使銜公之承先志好行其德多類此二十四年秋湘中諸耆舊會於城南妙高峰踵香山洛社故事鍥石題名以齒序凡十八人公時年七十一矣咸豐初諸老先後謝世公巋然稱魯靈光以三年正月二十日考終里第年八十有一子三人崇本官趙州知州犖本麻陽學教諭加知州銜崧本廣東鹽場大使加提舉銜女一人孫十八人曾孫十一人同治九年有　旨入祀鄉賢祠

贊曰唐制入史館者先試撰大臣傳狀又實錄書人臣卒必約序

其生平賢否、昌黎紀張萬福陸贄陽城、皆順宗實錄中語也、今實錄不書人臣事蹟、史館非二品已上及死事者例不當列傳、然則家傳宜獨詳矣、元度與肇鎔同鄉舉、猶及見公、且備見諸耆英、其時海宇承平、士大夫優游林下、流風遺韻、至今令人追慕也、況公之功在斯文、祀在瞽宗者哉、故因公孫肇鈞請而次其傳、

敕祀鄉賢　封奉直大夫龍公家傳

同治八年十二月二十四日　封奉直大夫攸縣龍公考終長沙邸第踰年大吏上其學行於　朝請祀郡邑鄉賢祠　詔下所司議覆其明年部臣以公淸節闇修足矜式後學應祀法乞如畺吏請　制曰可乃以三月望日迎主入祠如典禮維時紳紱章縫之侶來會者數百人僉曰公志潔行完於斯典也稱公子汝霖等遂以狀屬元度詮次家傳按狀公諱友夔字襄堯曾祖璠舉人官蘭溪縣知縣祖思見舉人累官泉州府通判父彬縣學生行誼並詳郡邑志公幼從父學居郡城年十六隸縣庠又四年食廩餼時讀書嶽

麓能文有聲者公與湯侍御鵬勞文毅崇光羅文僖繞典並稱四大家然公爲文謹守先民繩尺不隨時俯仰同學多速化以去公守其法彌堅或勸少貶從時好公曰窮達有命從所好而已其教弟子及其子皆堅守古法從遊者歲常數十人試有司輒遇而公顧以明經終公之學近薛河津以約已省身爲鵠不自翀襮亦不暇有所論著晚歲養益邃燕居無惰容性不言人過失人自憚敬之有不善者惟恐其知咸豐初　詔舉孝廉方正有司以公應堅謝焉會軍興當事檄公督富民出私財佽餉或疑公必不赴公曰往役義也吾特持其平而不因爲利耳亡何同事不能如公悄公拂衣歸御史發同事侵盜狀　詔巡撫遣官察治公慨然曰吾可

獨爲君子邪遂往對簿自引咎大吏夙重公事得不窮治其不惜自汚屈以全人若此家故貧嘗避兵櫝山値歲祲鄰里不能舉火公假貸得百緡散之又嘗於歲除傾貲濟人急家反無卒歲資及二子官中外祿養較豐乃用以營家廟治先塋佽邑中諸義舉累膺 封誥自視與布衣時無異家人購華屋居之亦視與環堵無少異也卒年七十有六子汝霖丙午舉人高平縣知縣升用直隸州知州溥霖丙子舉人湛霖壬戌進士官編修女子子二人

贊曰不於其身必於其子孫豈不諒哉軍興已來鄉人士乘時會立功建旐節視猶拾芥獨公蕭然無所預而其三子並以學行顯於時爲循吏爲侍從臣公皆及見之科名不足異其無墜家學難

也。公長女適茶陵譚孝廉椿祥。譚客死。遂以身殉。有　詔旌其門。

烏虖。公之敎行於家。抑何偉歟。古者大司樂合國之子弟。凡有道有德者使敎焉。歿則以爲樂祖。祭於瞽宗。若公者。眞其人哉。眞其人哉。

右春坊右贊善前翰林院侍講朱蘭坡先生傳

公諱珔字玉存學者稱蘭坡先生先世自姑蘇遷婺源再遷涇爲涇右族曾祖諱武勳 敕祀鄉賢以曾孫理貴 贈通奉大夫祖諱慶需以孫理貴 贈資政大夫理官貴州巡撫公從兄也公考諱安桂早世妣汪氏未婚守志嘉慶十年 旌本生考諱安邦國子生本生前妣胡氏妣趙氏公生時奉遺命爲安桂公後既貴覃恩累贈厥考本生考皆爲奉政大夫妣皆太宜人公生有異稟嘉慶七年進士選翰林院庶吉士授編修充 武英殿纂修 國史館協修 實錄館校勘官十二年典山東鄉試充 國史館文穎館纂修十八年充日講 起居注官擢右春坊贊善十九年遷

中允教習庶吉士晉洗馬尋除侍講充　國史館總纂二十一年教習庶吉士與修明鑑明年坐承纂官累左遷編修充　國史館提調二十五年分校禮部試道光元年直　上書房召對　褒勉有加　賜賚不勝紀二年復校禮部試遷贊善以汪太宜人病乞養歸至則太宜人已考終矣明年主講鍾山書院尋宅趙太宜人憂服闋輦下故人爭走書勸出山公曰祿不逮養即萬鍾何加焉況窀穸未奠乎前後主鍾山暨正誼紫陽書院二十有五年遂不復出公以詞壇耆宿主持風會後進瞻之若山斗在吳中結問梅詩社與石琢堂吳棣華兩廉訪韓桂舲尚書彭葦間郡守董琴涵兵備諸公迭主敦槃當是時巡撫陶文毅承宣使梁

莒鄰皆同年生也寶應朱文定華陽卓文端並鹿吳中公與諸公及顧南雅吳棣華相倡和續滄浪七友圖文采風流照耀一世門下高材生多出取巍科壬辰會狀馬比部學易吳宗伯鍾駿並出公門而族弟榮實復領庚子解額洎丁未公重謁泮宮第三孫維垣適注學籍相攜扶以入公有詩紀事一時傳和爲佳話焉明年以老辭講席三十年考終里第壽八十有二公性孝友內行純笃用文學寘身歷清要儤直三天叠司文枋所至皆得士若許文恪乃普文文端慶季尚書芝昌馬撫部秀儒其最也尤留心文獻爲文原本經術教士以通經學古爲先與桐城姚姬傳陽湖李申耆並負儒林宿望盎鼎足而

三云所著曰小萬卷齋文二十四卷詩三十二卷續藁十二卷經進藁二卷輯　國朝古文彙鈔初集百七十二卷二集百卷　國朝詁經文鈔六十二卷文選集釋二十四卷經文廣異十二卷說文假借義證二十八卷子五夢元國子生鼎元壬辰舉人蔚元增廣生起元甲午優貢葆元從九品孫十二人曾孫七人

贊曰一代之興必有鴻達魁壘之儒爲斯文所繫若姚氏鉉之唐文粹呂氏祖謙之宋文鑑蘇氏天爵之元文類黃氏宗羲之明文海皆一朝文獻所薈也

聖清文治邁前古說經家尤鏗鏗顧未有甄綜爲巨編者夫非操鑑者難其選歟公所輯　國朝文彙鈔暨詁經文鈔煌煌乎經國

之巨業也諸作者且藉公以傳公之傳庸有既邪余夙景慕公公之曾孫憲屏司馬客吾鄉屬爲公傳烏虖異時傳儒林者抑將有取於斯也歟

宋理卿先生傳

三代後所謂異端老莊也楊墨也釋道二教也得孔子孟子韓愈氏曁程朱諸子辭而闢之害浸以息矣乃荒服島夷從古不通人迹之地有所謂天主教者航海七萬里抵隙而來圖樹幟於中國雖山僻下州距海疊絕遠亦爭立教堂奸民竄名籍中遂得抗長令魚肉鄉里爲逋逃藪而不肖有司又曲庇之以陰取其所求勢不至胥天下而爲所蠹蝕不止烏虖此書契以來所僅見抑堯舜周孔之世所未聞者也當是時西川酉陽州民爲義憤所激屢有殺教酋之獄而宋君理卿以持正論爲教黨所讐幾陷不測然亦

以此名聞天下云君諱澤初名文選字理卿先世居辰州遷安化曾祖宜先祖易田並邑諸生父儀廷舉鄉飲賓客酉陽家焉遂爲酉陽人君生有節操健於文甫冠爲州學生食廩餼五試於鄉不遇乃隱居教授以爲養親病逾兩月不交睫喪祭皆盡禮咸豐中東南盜起大吏檄所屬治團練州牧屬君董其役君以兵法部勒鄉人躬教練之及朞皆可用辛酉粵寇犯州境君擊走之川督駱文忠上其功得　旨以訓導用同治癸亥粵逆再竄酉君毀家結死士自爲一軍禦諸隘賊敗遁明年金陵既拔粵逆平川中幸無事矣亡何而教堂之禍作初法蘭西之傳教於川也酉人從之凡數萬數侵暴平民有司不敢問或訟不得直涴教酋關說輒得逞

君故負鄉望爲說十六則勸勿從教自拔者千餘家同治乙丑正月州人積爲教黨所虐憤甚一日夜焚教堂七十有奇忌者因指目君七月州人殺教酋獄益棘刊章名捕君不獲則株累其家人戚屬有徐某者素義君乃與冉某等三人謀曰宋先生前治鄉兵活吾屬今因公抒文網官必欲死之男兒終不免一死吾屬代宋先生死何如皆曰善則詣州堂自承曰燔教堂殲教首我曹也無與宋某事州上諸行省屢鞫之爭自引伏或詠之曰若柰何替人死四人者笑不答也獄具皆論斬時以比顏佩韋等之殉周忠介云事既解奸人仍欲甘心君乃挈家避難辰州會胡某權酉陽牧墨而鷙受教酋恉括民膏以半新教堂半飽其橐洎戊辰冬又激

成何才之變而君不與知也何才者事母以孝聞因事與教黨忤教白諸官遣隸拘才才它出械其母且毆之鄉人大譁奪母返隸走愬州才歸憤甚夜走告所親詭言奉密檄驅教黨居民聞言皆躍喜立集百餘人奔其仇殺數人犂旦衆益集數踰千州官來撫定之官去才麾衆散衆不可趨州城之教堂至則教黨數百人列火器牆上衆不能近日且暮將散矣市人舁巨礮助之礮發牆圮衆擁入殺二三百人爇其酋又搜殺教黨千餘并燔教堂之在各鄉者時州人死者亦數百何才負母逃不知所往明年

朝命大學士肅毅伯李公按其事具得胡牧庇教虐民狀奏褫之擇良吏與民休息於是何才自投請死事上斬才及教黨王學典

遂定君實未與知也然勢尤岌岌矣君尋客長沙以精相墓術爭主之甲戌五月卒於寓舍年五十三子三蘅荃荀蘅有學行具狀屬爲君傳君學無所不窺精許氏學及兵法水利家言所箸曰勞人集湘上吟兹著其系時局之大者

論曰泰西通商凡二十有二國傳教止法蘭西人彼其所謂天主教者鄰國皆屏拒之有厲禁法人並不相强而獨强傳諸中土中土人惡異教之亂常又不知傳教者止一國也於是見西人輒仇視之夫諸國不傳教無損於互市也獨法人必强傳教又以一國故貽累諸國是亦不可以已乎今欲中外相安莫若使法人罷傳教匪獨諸國之利抑法之利也至吾堯舜孔孟之教則窮天地亙

萬古莫能易者。彼烏足爲毫末加損哉。

沅陵縣知縣升武岡州知州洪公別傳

公洪氏諱慶華字樵雲慈谿人父某以國子生襄海運敘州同知公其仲子也爲諸生應行省試不遇尋入都供事太常寺以府經歷發湖南道光十二年江華猺叛從總督盧敏肅公討平之以功擢知縣歷權常德岳州府經歷及辰谿安福知縣十九年補沅陵縣地當黔楚衝多盜而健訟有舒揚荔三溪蠻別種也性獷悍官莫能捕公率健卒闖其巢擒盜十餘人寘之法申嚴反坐律盜訟以戢沅水流逕縣治東有灘曰九旂横石清浪水箭激舟行觸石輒糜碎奸民乘危攫客貨公延訪長年三老能諳水石性者盡得其要領謀於鎮筸總兵楊果勇侯芳醵金鑿石盡夷其齧舟者縣

境凡四驛道險且敗馬瘠僕痡常失事公伐石甃路至今利賴焉二十五年署鳳凰廳同知明年回本任浦市者沅瀘間水次一都會也當苗民出入孔道民廛數千無城堡公集貲築堡環之越三年饑民恣掠市人閉堡以拒市得完縣有金礦停採久郡符下縣許復開公曰金竭故礦閉開之得不償所失且生事會水災郡符令抑粟價公又爭之曰鄰粟貴而此獨賤粟將盡去矣是死吾民也以是積忤郡守上官乃檄公再權鳳凰廳以解之既而礦無金粟價不果抑卒如公指鳳凰廳與總兵巡道同城爲楚巖疆號難治苗兵四千有奇苗守備十一人分領之所屬千把總數十而皆轄於廳丞聽舉劾陋例補一守備索賄三百金以是爲差公至悉

除之第視才當否有弗率卽亦嚴繩以法弁兵畏且懷焉廳城故乏水闢地不及泉乾隆乙卯苗變城閉人苦渴公於北門內鑿巨井挖隧出城外引河水入又閘之以時啟閉築礮臺於隧口防毒塞且護城也或疑闢隧害城根公弗爲止越八月功成咸豐五年黔賊徐廷傑自銅仁來攻閉城兩閱月井養不竭眾稱洪公井云粵賊之初起也巡道出防靖州檄公代行道事公練壯丁五百人曰健勇備緩急咸豐二年賊圍長沙遣弁帥以赴援四年夏代者至公以老乞休道梗避地廳境之砥江亡何廷傑攻鳳凰廳別賊陷麻陽及晃州廳巡道翟公以書約助守公至城已闔梯而入乃集舊部號新健勇壁城外敗賊馬頭坳又敗之廖家橋圍解遂復

麻陽及晃州公駐麻陽理餉務遣健勇會官兵攻銅仁六年正月克之當事檄公權晃州辭不許廳故無城公命健勇苗兵合千一百人出屯龍溪口遏賊衝自領苗兵三百人守廳治七月乙卯賊二萬人掩至圍龍溪口營鏖鬥至夜分不得食火藥罄幾殆公遣苗兵二百間道襲賊後賊驚擾夾擊大破之賊自是不敢窺楚邊矣公請乘勢大舉征黔賊時不能用以積勞成疾再乞休養痾浦市時已擢武岡州知州未及聞　命卒年七十時七年十二月也公所至有名績在鳳凰廳尤久且著其創議未及行者嘗自以為憾廳城北沱水發源黔中行數百里逕廳治又東至老河口凡數十里亘石塞川舟不能行營屯餽餉暨百貨皆自石羊硝肩運以

入官民交病之屢鑿屢廢公度地勢仿粤西斗河式鑿石作塘閘遞而下殺懸溜之勢俾舟楫可通石鑿矣以費絀未蕆事爲春水所潰廳城南觀景山高而逼公擬廣舊壘據形勢亦以受代中止然公所已行如鑿井疏河築堡諸政皆繫民生休慼至今民弗諼也先是乾隆末同知景公椿創築鳳凰廳城民倚爲固而公足繼之謀合祠以祀光緒元年士民請於守土吏達諸巡撫如議行公四子長甫海廣西候補府經歷咸豐十一年遇寇於浦市死之次文瀚湖北試用從九品咸豐二年與婦趙氏同死武昌之難次文源鹽提舉銜候選州同知次文治湖北試用州判女五人其三適王氏亦以咸豐二年殉難於武昌

贊曰余嘗論次古今循吏曰吏治金鑑詳其事蹟爲後世法其目曰儒吏廉吏勞吏能吏勞吏者興建長利有功德於民如李冰鄭國召信臣之流是也若公者殆不媿古之勞吏歟公以勞定國以死勤事又能禦大災捍大患其世祀也宜哉公之子文源有學行以狀屬爲公傳爲書其犖犖大者

彭晉篪孝廉傳

君諱樹炳，字晉篪，長沙彭氏朵園先生仲子也。彭氏自唐季居湻化都之青山，汔今餘九百年，世爲士族。君曾祖諱勝桂，國子生，封奉政大夫，以五世同堂　旌。祖諱禾思，進士，楚雄縣知縣，入爲戶部郎，祀楚雄名宦祠。朵園名申甫，舉順天鄉試，候選通判，以養母不仕。母年九十六乃終。湖以南最名有家法。朵園有子六，躬自督課，試以藝不如指，輒痛笞之。君與諸昆益自礪，遂能文，工詩賦楷法，顧困童子試。年二十九始注學籍，明年癸酉舉鄉試第六。故事書榜自第六人始書，時闈中隸先知之，升屋報名姓，環聽者如堵。是年余客會城，往恰聞君名，大喜，恨不遂飛告朵園。一第不足榮君以君溺苦於學久屈得縣伸爲快耳君性篤孝與異母兄弟自爲師友陰以聖賢豪傑相砥錯不徒志科名兄樹森余女夫也甲子舉人官刑部主事四弟樹鑫方以上舍生肄業辟雍君偕計入都與兄弟聚首深語窮日夜快甚亡何會試報罷感疾爲醫藥所誤歐血不止兄若弟百計療之不起同治十三年七月二十日卒於京邸易簀時自云天地氣數我不解春秋三十有一於是樹鑫航海歸訃樹森護匛歸平生師友聞其訃皆哭失聲君娶於謝湘鄉進士高湄縣知縣邦鑑女君女弟行四者復歸高湄之子以貞烈　旌表　特旨建專祠余別有誌表君一子淸禔女二人樹森復以次子彝淸爲君子蓋君卒目不瞑泣許以慰君者也初余

園翁以食指繫擬析觔居君兄弟涕泣持不可是秋有荊樹重花之異鄉人稱其孝友余讀朵園伏枕吟及所作墓銘藹然不知涕之流落乃爲之傳以塞其悲

贊曰賈生有言天地陰陽爲爐炭萬物爲銅凡合散消息皆氣數爲之也君旣知其不可解又烏足控摶邪君生時朵園夢有隸四人手縲絏引一丈夫至年約四十許比長酷肖其狀特身微短耳烏虖因果之說儒者所不道而易實賅之朵園遂於易者也原始反終之理其必有以知之矣

夏子嘉司馬家傳

公諱獻謨字子嘉江西新建人曾祖諱家瑜官湖南寶慶府知府富民石再書殺人繫獄私獻十萬金求解峻拒之郡人爲建卻金亭語在名宦志卒祀鄉賢祠祖諱修憲官江蘇華亭丞考諱廷松官江蘇元和縣典史三世皆 贈資政大夫元和公有子五公其仲也生而敦敏嗜學弱冠補弟子員尋食餼以輸金佽饟敘訓導應順天試未遇咸豐三年粵賊犯南昌巡撫張文毅才公命協力守禦登陴九十餘日圍解敘府經歷縣丞公自是欲以提戈殺賊自效矣會世父偉然公官天門典史世母殉寇難公赴鄂收骸骨歸葬從父慹亭公時官湖北承宣使以鄂兵不足恃命公募鎮筸

勇百餘人敎鄂人戰公投袂卽行未幾承宣忤大府去官武昌復陷公帥勇抵城下驟與賊遇鎭篁勇猛而好鬬前者死後者愈奮立斬數十級城上賊大驚悉銳出公知勢不敵殿而歸一賊來追手刃之遂脫於險時鄂事巳無可爲公馳抵長沙奉檄治防務劉撫軍長佑以道員帥師攻袁州招公往分將一旅每戰輒摧賊鋒亡何父憂歸服闋選桂林府經歷公方一意從軍未赴也會撫軍遷督直隸檄公治軍餉以功保知縣留湖北時粵豫賊皆平公赴鄂以不作淸官舟覆江漢自矢楚俗尙氣好訟多越控京師半由奸徒嗾之公在讞局燭其弊條上大府凡五則曰逃審曰報復曰貪出曰故入曰便帶皆曲中情狀當事韙之並下其議於湖南尋

署通城縣事下車釐積獄數百起尤加意書院暇輒召諸生品隲文藝誡以勵品讀書毋務外又作勸民歌大旨崇孝弟勸耕作尚儉樸守禮法戒爭訟凡二十條刊佈鄉塾中俾童蒙習誦俗爲之變又以邑乘久未修聘文儒蒐輯旋陳地方積弊十數則上大府求所以振厲之劣生某素貪狡爲患一鄉公因事擬寘諸法會年滿去位未得請越數月疾終邸舍同治十三年正月二十七日也年五十有三公以三弟按察使銜湖南糧儲道獻雲暨五弟布政使銜福建臺灣道獻綸貴兩次　貤贈如其階娶歐陽氏繼娶龔氏並　贈封夫人子敬功安徽候補縣丞敬中縣學生孫二女孫二

論曰余家距通城百四十里行旅負販者相錯也長吏朔出一令暮卽載諸道路之口故余雖未面公而耳公循聲獨悉公志事凡三變初以文學寘身遭值時囏欲筶兵走萬里取封候印晚入仕途以古循吏自繩削享年不永乃皆不究其用悲夫然按所設施已顯顯然見端緒是足概公生平矣余與公弟廉訪公善故具以所知次爲傳用以塞公諸弟之悲焉

李紫笙刺史傳

君諱陔華派名述濂字紫笙世居縣北虹橋里自明迄今注郡縣學籍凡十餘世有由副榜官麻陽教諭諱承篤由明經官安化訓導諱先英者君之太高祖高祖也　贈儒林郎諱世直是爲君曾祖州同銜諱德煌國子生名嗣勳是爲君祖若父兩世並以君貴累封通奉大夫君生而魁偉昆仲四序居長少讀書能文試屢拔前茅咸豐初粵寇陷崇陽通城及義甯州縣東北驀嚴君奉父命從鄉人練兵守界賊不能入六年義甯舉人李炎奉檄治兵討賊耳君名辟參其軍事復蒲圻鄂撫胡文忠上君功由國子生敘府經歷檄代理蒲圻丞兼攝典史尋調赴軍前從克麻城黃安擢州

同十年從克太湖潛山文忠及曾文正會疏請以知州留安徽補
用未幾省親歸會義甯再陷從鄉父老治防軍得
旨補缺後以直隸州知州補用同治五年引　見赴皖提刑使吳
君坤修委司讞局會淮北旱命往釐積獄多所平反亂後驛務廢
吳君躬察勘諮於君君條上事宜悉中肎綮遂以君從所至事輒辦
六年代理無爲州有巨紳子素闟說公事勢張甚其至也前牧遣
人持刺逆於途及是吏以爲請君叱之察所欠　國賦數甚巨命
列單追之將白大府治以法遂全納焉州民無逋賦者七年署舒
城縣事縣有豪紳號五毒爲鄉里患君按治之巨盜余八聚黨恣
刼掠君夜率兵役擒寘諸法時吳君以承宣使權巡撫行部至舒

數稱君能明年補亳州州介[illegible]使車接轍於道屬捻匪甫靖遍地瘡痍君廣招徠督開墾清積牘首葺學宮以端化本祀典各壇廟悉修治之又疏濬州南河道及城濠之淤廢者重立養濟院以惠孤貧四城外各建義山俾窶民得有葬地某氏女爲强暴所逼自盡君廉得其狀以貞烈請
旌在州五年百廢具舉會長子昶丞隨任卒婦鄧氏以烈殉君配魏氏繼卒遂假歸省親擬乞休大吏不之許也光緒元年大吏以志趣端方辦事結實薦循例入
覲督解京餉十三萬得
旨加鹽運司運同銜二年回亳州任初君之歸也州人士上鄧氏節烈狀於官有

旨旌表及君再至百姓懽迎百里外會亢旱米粟騰貴君步禱雨隨至亡何蝗作君率軍民撲治禱於劉指揮承忠廟蝗盡滅民益神之題補六安直隸州未赴以勞卒於官時丙子閏月初十日卒之夕州民見君具儀從入城隍廟意謂禱祀也俄聞君卒則相率哭弔距其生道光十年七月二十五日春秋四十有七君兩涖宿視士民若家人父子宿人安之卒之日猶力疾判訟比易簀處分後事甚悉惟以未獲終養父母爲憾云

贊曰吾李氏爲平右族軍興以來入仕版者自司道府廳牧令迄丞簿尉不下數十人而以州牧眞除者惟君及亡姪積經耳積經初權封川尋補德慶州年三十九卒官所遇視君尤嗇政績亦不

敢望君然兩人均有大志所就蓋未可量豈惟吾宗惜此兩人抑吾郡吾邑將視之爲重輕矣以予之悼亡姪不置宜君父少白翁之悲莫能勝也雖然君學能見諸用仕能宜其民視亡姪尤足不朽君之宿安在不爲朱邑之桐哉

族楷臣先生傳

縣北梧桐山之麓有隱君子曰楷臣先生李氏諱士模字慕春祖諱以熾例貢生考諱文成國子生公其第六子也性篤孝友好讀書以古人自期待嘗從長沙陳鐵農解元邑先正張斗峰黃翊人兩孝廉游尤爲斗峰先生所賞異授以古經說悉能綜貫時斗峰先生講學蘭朋堂邑高材生多出其門先伯遜吾月卿兩公暨先光祿公並與公同門友善以文行相切劘公挾藝試郡邑數列前茅及應提學試輒不遇或請兼習騎射公曰此古丈夫業也逮試有司仍被絀乃歎曰學者所以學爲人也人爲科目重科目豈能重人吾求無忝於爲人耳他何庸心哉乃絕意進取縱游名山水

以詩酒自娛好爲利濟事而課其子若孫尤嚴長子樹滋孫昌廉等均克繼公志事道光癸卯樹滋及先伯遜吾門元度與同研席先伯數舉公之學行爲樹滋勖同堂皆耳熟焉樹滋充光緒乙亥恩貢生候選教諭前四年昌廉已入縣學未幾昌賢入國學餘多自奮於讀公之澤蓋未艾矣夫子孫之才且達豈必智出前人上哉艮谿厥祖考鬱積既久所畱遺乃益遠也語云不於其身必於其子孫蓋無異持左契之交手相付矣公卒於同治二年九月朔壽六十有四娶黃孺人子三長卽樹滋次克澄次克治並業儒女二人並適士族孫七人曾孫四人公之卒也族倬齋進士志其墓茲有事家乘樹滋復屬元度爲之傳

贊曰漢莊青翟貴爲丞相史不書一字而季次原憲以空室蓬戶之行太史公稱說之至於今不衰人之傳不傳豈必以名位哉先生閉修爾室不染一塵獨能以詩書昌後既久而人益慕思之韓子稱鄉先生沒而可祭於社其在斯人歟其在斯人歟

楊价人先生家傳

公諱邦藩字价人先世自江西遷平之鄭源里祖于廷縣學生父文清國子生母余氏公昆仲三人序居季六歲失怙仲兄繼亡伯兄年十六賴母氏搘拄門戶戶以外倚辦伯兄公性渾厚劬於學弱冠母命析爨公委家事於原配喻孺人專力窮經一無所旹省所作四書文思力艱深屢阨於有司擬筮仕以申巳志遘疾中止援例入國學遂絕意進取而自治其身心加密行先儒功過格日書所行事於冊曰治心編嘗言人生十功難補一過十過易減百功製銅水柈一命曰日新盤好談古人嘉言懿行戚族多化服之生平竺孝友事母無違色少嘗飲酒而醉母憂之遂終身斷杯杓

雖令節不以沾脣。母年九十六而終，公猶爲孺子慕。自奉約而好行利濟事。鄉俗青黃不接時，貧者以衣物質穀於素封家，及秋熟加息輦還。公出穀，每石暗加一升備耗蝕，然不使知也。亡何，質庫被竊百餘，起通例止償其半，公卒全償之。有以田畮售公者，既受值，藉端索金，公袖金央人寢事。至再三，費過其值，索如故，公取券還之，不復校。後其人得禍死，公若弗聞之，亦從未見諸口齒也。族屬某母老子幼，不能自活，公以莊宅居之，劃地使種，不取貨值，汔小康始辭去。歲嘗印送勸善書，施寒衣雨笠，衣或不給，輒自取諸笥。家人有難色，公曰：憐人寒，正以保己之暖也，何恡焉。嘉慶庚午大旱，饑，米石六金，公裒所餘，得穀二百餘石，悉碾米賑之。其好行其德多類此公初娶於喻繼以周道光二十三年閏七月十九日無病而卒距其生乾隆四十四年九月二十四日春秋六十有五子五人女二人孫十三人曾孫十四人

論曰人者天地之心好善則人之本也然人必合天下言之猶身必合四體言之吾於身有尺寸之膚被戕斵而木然不知者必死人也則吾於天下見顛連困苦而木然不動者其死一也然則當柰何盡吾力之所能爲而已吾取諸力之所能及人各取諸力之所能及何事言博濟抑何必不博濟哉烏虖若公者其知此義也歟

吳烈婦傳

烈婦姓韓氏宛平人祖保萬進士官河南涉縣令僑家安慶父光綸國子生母宋氏初南豐吳編修嘉賓繼室韓氏於烈婦爲姑就昏之月烈婦生大母張孺人喜甚約重爲婚媾既而編修婦久不育遂以配其弟之子曰昌籌昌籌負異才未冠補諸生咸豐二年就室安慶適廣西賊破武昌倉卒攜婦歸編修君遂迎張孺人并挈烈婦姊及幼弟皆避地南豐於是光綸已前卒矣三年正月安慶陷編修君復遣使迎韓氏子姓或死或被掠轉徙他鄉無存者僅以宋氏歸烈婦事舅姑孝兼得迎事其大母母又以姑爲夫之伯母能盡得其歡心姑與姊並工詩唱和無虛日居亡何張孺人

卒宋亦逝烈婦既感傷其母家之難會粵寇躪江西幾徧六年夏屠南豐城昌籌隨其鄉人長者益治鄉兵結砦自固七年正月二十七日賊犯二十八都之長嵊隘昌籌禦之力戰死烈婦慟絕誓身殉家人慰止之久之若哀漸殺矣七月十九日卜葬昌籌前一夕閤戶自經死留書別其姑嫜及姊弟又爲絕命詩甚哀先期寄其兩歲幼女於乳媼所慮死時嬰孺牽累也烈婦卒年二十有二無子女二人與昌籌合葬祖塋之次

論曰死生亦大矣士大夫處危難引義自裁決卒在頃刻閒稍濡忍輒易其初心能終自決者難矣況從容赴義歷久而不渝者邪烈婦死距其夫死時六閱月矣視瞑目一決如去傳舍何其了然

於生死歟。余與編修君善。得盡讀烈婦遺詩。編修君爲雕板行之。烏虖。斯特哀其志焉耳。夫死生不足動其心。彼烏知有所謂身後之名者哉。

湯烈婦傳

烈婦王氏湖南沅江人廩生成律女同治元年八月適同縣湯才英才英父又新時官桂東教諭以九月挈眷之任王氏與其夫留侍王舅王姑甚孝婉能得其懽心二年冬才英病王氏侍湯藥累月不解帶夜輒炷香籲天乞代夫死十二月五日才英卒時舅姑尚未歸王氏慟絶水漿不入口淚盡繼以血家人以淖糜進强咽之仍喀喀吐出王姑力慰諭之意若稍稍寬者越三日葬夫畢夜闔戶自經死年十有九周身縞素衣上下皆手自縫紉達旦面如生有司狀其事牒行臺省入告得 旨旌其門

論曰世言三代下人才不古若然考三百篇所載節烈女惟衛共

姜一人春秋二百四十二年中書烈婦獨宋伯姬紀叔姬二人耳其他放佚於禮法外乃不可殫數唐天寶初詔忠臣義士孝婦烈女各置祠祀烈女自周及漢凡十有四人葢其難也近世閨閣多以節烈著郡邑志不絕書豈兩間正氣漓於古而篤於今放失於士大夫而獨萃於女子歟由其性貞而情一而　國家之風教又有以鼓動之故稱盛也偉哉湯烈婦忼慨自決精誠通於神明古今人未始不相及矣

吳貞女傳

貞女姓吳氏廬江人徵舉孝廉方正優貢生廷香季女也徵君負氣節爲里黨所矜式咸豐四年粵寇至力戰陣亡　賜卹如典例時女年十歲字同縣盧佳復痡父死寇難幾不欲生事母孝有終身膝下之志母亦篤愛之相倚爲命十一年六月佳復以疾卒或告其母且爲別議婚女之姊有幼女裁八歲聞而述其事女微聞之少選母入女問何爲母知不可隱乃曰爲爾擇姻女變色曰父在時兒已字盧氏矣又焉擇母泣慰之曰從一而終固善但時方寇亂盧氏舅姑並下世我又年老爾兄方從王事爾不得所歸脫有緩急將誰恃女曰恃能死語至是哽咽不能畢其辭遂毁容絕

粒數日母許成其志乃已當是時兄長慶小軒方用戰勳起家洊擢至提督同治四年小軒乞假歸建徵君祠察貞女志不可奪乃以母命送妹歸盧氏女衰絰上冢一慟而絕母審其性烈飛輿往省之號呼曰兒毋然我在此良久乃甦尋爲夫立後居市月隨母歸遂長齋事佛每飯必別炊母偶爲滌器愀然曰若此是增母劬勞也兒罪且益重請自今聽兒自給九年小軒迎養母夫人於揚州官舍女從之冬十月母卒女誓身殉水漿不入口小軒泣勸之食不應固請則曰未亡人不卽死以母在也今母以天年終妹得死所矣小軒大號曰妹與母俱存亡自爲計得矣奈兄嫂何如必不食者兄卽與同死女不得已强起進溢米然竟以毁成疾十一

年二月歸夫家。四月疾篤。醫往不就診。六月朔卒於盧氏。年二十
有九。將屬纊。語其姊曰。十數年臨淵履冰。今乃成初志也。總督巡
撫學政會疏其狀於朝。 天子下部議。部以貞孝克全。應 旌法
請如疊吏議。 詔曰可。乃 旌表建坊。入祀節孝祠如禮
贊曰。往讀漢魏人詩。至孔雀東南行。蓋爲廬江小吏焦仲卿妻作
也。未嘗不廢書三嘆。想見其爲人。迨今二千年。乃有盧氏未婚妻
吳貞女者出而與之爭烈。何廬江之多賢女子哉。殆徵君教成於
家所致也。小軒欲不死。其妹以狀介兩江沈督部令元度爲之傳。
元度不文。曷足爲貞女重。抑秉彝懿好之不能自抑者爾。

旌表節孝劉母彭太宜人傳

宜人彭氏廬陵人　贈奉政大夫諱曰桂女母劉氏宜人年十九歸同縣劉公諱曰震居六年生子錡曰震公少棄儒服賈於袁州病劇宜人昕夕禱神乞以身代卒不起時年二十八宜人同歲生也絕粒誓身殉垂斃矣舅姑泣尼之曰吾夫婦且老二子喪其一幼者甫五歲爾之孤錡裁二歲爾死門祚何所倚有同盡已耳宜人乃强起視息未一年小叔又死舅姑慟甚宜人百計寛其憂姑性卞急稍拂意輒訴詈或加箠楚宜人順受之每長跽謝罪怒始解錡幼多病宜人繈負之圈豚行竟夕不貼席家貧衣敝絮衣或餔糜而膳舅姑必豐絜舅卒斥田以營葬錡長命殖貨湘潭而躬

侍威姑典簪珥以濟養姑有女二次適吉安周氏夫婦並早世遺一子宜人體姑意撫其子如已出爲授室焉姑卒年八十既瞑目不瞑宜人哭告曰姑念周氏外孫邪吾母子必善成之乃瞑至今依宜人爲家宜人性靜毅不苟訾笑非至親莫覿其面錡生計日饒援例晉同知銜 賞戴孔雀翎 封父祖如其階宜人得五花之誥又爲宜人請 旌節孝所獲贏餘宜人輒以周貧窶命錡倡建支祖祠及邑城節孝祠且誡曰族中節孝婦阨窮者爾當力表章之毋俾湮沒我蓋備嘗艱苦也年六十錡將舉觴稱壽宜人不可命以其貲造橋且新其祖宅又明年卒同治十一年九月十四日也壽六十有二孫學會兩淮即補運判宜人卒後從弟彭香

久編修誌其墓。節行入縣志。元度復次其事實爲家傳。

贊曰。公孫杵臼有言。死易立孤難。女子不幸喪所天。親衰子幼。其危如一髮引千鈞。其任重不減士大夫寄百里之命。其濟非倖也。若宜人者。可不謂之閫內程嬰哉。予與錡游。恂恂有儒者行。庶其能無忝所生者邪。吉州爲節義之邦。所從來有自矣。

旌表貞孝女姚氏傳

姚氏善化人先世居浙之烏程祖某考某以遊幕客湖南遂占籍焉母氏胡生女子子二貞孝女居長母卒時裁五歲繼母亦胡氏母之同懷妹也時祖母猶在堂老且病常在床蓐繼母既撫前室所生女又自生女四子二手口拮据無刻暇一切賴女佐佑之女既長語所親曰吾母劬勞若此吾儻出室父終歲遠遊弟妹幼祖母益篤老助母者何人吾願侍祖母及父母終其身藉報鞠育恩也祖母及父母諭止之不從知其意誠且決遂不復相強自是守貞不字依膝下未嘗片刻離凡飲食起居櫛沐及甘脆藥餌之屬皆躬任其勞不假手婢媼親意偶有所欲必竭力致之居祖母及

父喪尤哀敬盡禮撫諸弟妹成立持家以禮法御仵甬臧獲曲有恩意有過失婉辭訓斥之皆帖然服待弟之子女並體恤周摯而於弟恭孝之長女淑蘩尤篤姑姪猶母女也淑蘩歸陳氏未幾卒貞孝已得疾大慟遂絕粒不起相後僅二旬有二日垂死猶以未能終事母夫人爲憾時光緒三年二月十九日也春秋六十邦人士上其行義於官得

旨旌表貞孝事蹟入通志

論曰詩有之女子有行遠父母兄弟悲莫悲於此矣夫舍己之父母以事人之父母甚或一別終身不得見雖曰男女居室人之大倫揆諸孝子之初心能不悲哉古之養親不字者若齊北宮女嬰

至見問鄰后元麗水陳貞女被旨旌門自後史志不絕書非以其至性之不可滅歟論者或以此爲賢智之過未合於中道不知本乎天之謂性動乎人之謂情父子之恩性也與生俱來者也夫婦之愛情也與欲俱長者也世有夫死而以身殉者矣有未婚而爲夫守節或殉之者矣此而謂之過猶或可也然且足以扶人紀而動鬼神以其情之本乎性也姚氏之貞孝蓋純乎性而不參以情者情可言過也性不可言過也世衰俗薄女子之遠父母兄弟者動稱內夫家外父母家馴至相視如陌路天性之漓久矣若貞孝則知有父母而已知全其事父母之性而已彼自行其心之所安遑計人之議其過哉抑聞易有大過大過事之非常者也而其所

以處之者則曰剛過而中巽而說行蓋剛雖過而得正不失爲中巽且說則安而行之矣所以孤行己意能爲非常之行獨立而不懼也其斯爲能處大過之時而不失其中正者歟

方敬齋中丞事略

子桂　孫應清

國朝雍正中西南夷改土歸流鄂文端實肩其任顧文端初撫雲南僅改東川烏蒙鎮雄三土府後擢總制未議及黔苗也主此議者實爲巴陵方公蓋在事六載幾身殉而後底績其造福於黔民功豈在文端下哉公諱顯字周謨敬齋其自號也由歲貢生授湘鄉教諭卓薦除恭城知縣縣境蓮花山礦徒聚衆稔亂公至以兵法部勒鄉勇驅散之雍正四年

詔舉賢良布政使黃公叔琬以公應超擢鎮遠府知府甫入城齋宿城隍神廟犂旦住持僧大呼譽謂神杖責之曰賢太守涖此爾胡偃臥自若衆視僧有杖創咸異之時値郡饑捐俸賚糜全活數

萬人黔本苗疆自鎮遠以南黎平以西都勻以東廣西柳慶以北皆生苗也近黎平者曰古州近都勻者曰八寨近凱里者曰丹江近鎮遠者曰九股曰清水江地廣袤三千里戶口十餘萬不隸職方以剽劫爲業民苦之會文端奏改雲南土府黎平守張公廣泗遂建議闢黔疆文端耳公名檄調赴滇問苗疆應否開闢狀公力陳利害而歸其本於得人問勦撫孰先則曰二者不可偏廢宜先撫後勦勦平後仍歸於撫耳上事宜十六則曰別良頑審先後禁騷擾耐繁難防邀截戒姑息宥脅從除漢奸繳軍器編戶口輕錢糧簡條約設重兵建城垣分塘汛疏河道各爲之說甚備文端韙之乃檄張公招撫古州丹江等處而以九股清江台拱諸生苗屬

公六年二月公躬履清江之梁上宣布
天子威德苗羅拜曰我等苦強暴久矣不圖今日得見漢官威儀
就撫十六寨既而挨磨等八寨歸誠清江北岸略定矣八月公至
九股招撫羊翁世葢等四十一寨先是施秉縣屬被刼盜匿台拱
在農二寨中副將張禹謨捕之不能得恨甚至是欲屠之二寨懼
誅因謀煽亂爲縊死計公力止禹謨而單騎入二寨寨空無人則
止宿詰旦張葢出寨門使周呼曰鎮遠太守來救爾曹命寨苗稍
稍出公曰爾曹既受撫卽屬良民
聖朝無戮良民理速攜家歸寨毋自取禍也苗拜且泣曰公實生
我公下馬坐石上與談家常事且詢疾苦苗大懽又羅拜曰公仁

人也願公世世子孫如公仁乃相率歸寨公宿台拱寨三日命縛獻劫犯乃歸九月招撫反號等七寨十二月撫董敖及九股之陶賴等十三寨而清江南岸略定矣然苗性兇頑南岸甚於北其公鷟雞擺尾諸寨尚耽耽思逞也七年二月公及禹謨帥師駐北岸於是南岸之柳受柳利羊逡岑松等寨亦就撫三月十五日公鷟苗忽糾黨渡江來犯公擊走之復結雞擺尾柳利白索等二十餘寨來攻遂圍營禹謨欲潰圍出公堅不可時張公廣泗巳擢黔撫四月帥師來援圍遂解計被圍二十七日矣公建議先散公鷟之黨遣人詣各寨諭以順逆禍福皆瓦解公鷟勢遂孤從逆者惟雞擺尾一寨耳五月公從撫軍渡江南勦水漲無舟楫夜大霧公遣

壯士潛奪苗舟十餘艘自上游濟馬兵踏淺繼之已而月出苗悉鋭來拒我兵已自上游擊敗其前鋒苗潰歸寨遂火之時猶未旦也明日雞擺尾來犯又大敗之於是董兜等寨來投誠前附逆各寨皆悔罪求生且獲漢奸曾文登來獻斬以徇六月南岸四十餘寨酋皆來歃血公諭以 天威不可犯且開通清水江舟路使財貨流通原為苗民與久遠之利皆稽首角崩去乃僱苗船百餘艘從清水江下駛至湖南黔陽縣境之洪江購米鹽餉軍所過大小苗寨老幼婦女皆聚觀謂估船連檣從來所未見也文端奏設貴東道

詔以公任之仍駐清江十一月雞呼黨諸寨謀劫營雞擺尾寨酋

來告變問何爲來告則頓首曰官軍獲我婦女公必令幃置別室善視之就撫後悉賜還公恩若此我等不忍從逆矣賊果至敗之公察知倡逆者計包辛安千州等數十人也會包辛假就撫來軍詗伺公縱其出入凡三反安千州等亦至乃出不意悉斬以祭旗遂領兵擣賊寨苗不虞官軍至也方奉鬼師鳴鉦跳神鎗擊之鬼師立斃苗大潰遂破雞呼黨寨於是東庫黨宜天腊等寨並呼號乞命繳軍械如山乃築城建公廨造礮臺苗爭來助役九年冬擢貴州按察使仍留駐台拱時文端入閣高文良其倬代之十年秋公同總兵趙文英帥師建台拱廳城羊翁烏羅陶賴等寨恐妨其出掠也乃結南世羊甲墨引等寨謀抗拒丹江之高坡雞溝等寨

附之惟台拱在農二寨不從且上變告公設伏以待賊至大敗之然營兵止二千人苗衆數萬勢不敵或請退屯下秉或請退槁貢寨濟師圖再舉公曰棄師是棄地也必固守然坐困亦非策宜先剿倡亂之羊翁以奪其氣明日力戰破之排略者我軍餉道也公分兵二百駐之敗賊來攻公遣將赴援既卻賊遂撤排略兵回台拱日暮苗踞險斷歸路文英躬往策應漏三下始得歸方文英出援時賊乘虛來犯公嚴守不得逞乃踞排略干翁諸險隘以困我軍元撫軍展成檄游擊馬似龍羅貢衮來援抵排略遇伏潰貢衮死之是日公遣游擊章奇相出兵援應亦中伏把總王朝傑死之糧且盡殺馬以食鎮遠守劉洊等來問策公命名台拱在農二寨

目接濟糧畜倍值與之然不敷軍食乃命人日賦米一合牛馬肉一片公與文英溈皆日不再食也亡何苗欲攻二寨二寨不敢來公出不意攻拔世葢等寨獲米穀牛羊於是二寨復來交易十一月游擊王友文馬騏等先後至干翁止焉副將楊馥獨前進中鎗死師潰似龍退保干翁友文騏中道被圍絕食三日夜半從間道突歸死傷殆半苗益張適高制軍檄至令退屯下秉就糧公曰合拱動則清江八寨丹江古州諸苗皆鼎沸不可收拾矣且奔潰損

國威苟免失臣節今日之事惟有固守不濟則自刃耳乃取檄藏之戒曰敢洩者斬居亡何軍士有所聞竊竊私語擬散走公拔所佩刀與溈等誓死守會文英至以軍情告公曰眾知退兵之利

不知其害也詰旦諭將士曰爾等忍饑寒堅守已五十日艮苦但苗衆我寡于翁一線路紆折於懸巖峭壁閒退則人無鬥志苗乘之自相踐藉無噍類矣且　國家養兵原用以戰守卽幸退出而失地必誅不死於苗而死於法等死耳與其坐法死曷若堅守死況堅守未必死耶衆感悟會元撫軍飛檄至戒勿移屯且曰堅守三日援至矣人心益定時署提督霍昇兼程來援十一月二日台拱在農二寨忽報賊已破下秉其烏盂井底二寨皆從逆矣公急發兵攻烏盂井底以通樵路至則賊壘已成不能拔樵採路絕公命掘草樹根以供炊爨有黑土如煤試以火輒然衆驚爲神助十一日公復選壯士隨守備李啟榮從絕險處攀蘿拊葛肘跖並行

凡十餘里繞出烏孟井底後賊驚潰遂奪其壘援賊急來爭大營出救之公鞭馬直前或挽之曰公主帥也勿衝鋒公曰大丈夫死耳遂突陣諸將恐失公殊死戰與啟榮夾擊遂破二寨取米穀以歸時援兵二萬已自下秉抵干翁尋奪大關十五日五鼓合戰解圍自九月初六至是凡六十九日矣尋掃平陶賴等六十餘寨十一年春提督哈元生勦平桃天箐等寨餘寨悉降九股平六月公回臬司任平反廣順州胡姓獄出死罪四人乾隆元年條奏各直省武鄉試請調本省牧令中科目起家者充同考官無庸向鄰省調取部議從之著爲令亡何內艱歸三年起補四川布政使尋晉巡撫兼署提督事蜀界連吐蕃有大小金川雜谷等土司相仇殺

邊境騷動公遣官馳檄開諭之各酋皆讋伏議者遂請改土歸流
如滇黔故事公疏陳不可
高宗手詔褒納事遂寢調撫廣西以目疾請告
温旨許之並遣太醫院官來視疾年六十有五卒於家　賜祭葬
如例公之學貫穿經史兼通孫吳韜略在軍置死生度外戡定苗
疆世但知爲文端功豈知出公本謀且躬歷艱險實始終其事可
謂能發能收者矣公既以平苗立功金川土司之役宜樂於從事
矣顧獨疏寢其事後八年大軍征金川調張公廣泗爲川督進勦
不利大學士公訥親繼之並坐失機死賴傅文忠岳襄壯藏其事
迨小金川復叛阿文成福文襄討平之前後用兵八年縻帑七千

萬用此見老謀深識若預知後事之艱且鉅也者益信開闢苗疆
公實權衡於天時人事之必然而豈僥倖一試者所可同年語哉
公所著有奏疏及平苗紀略祀府縣鄉賢祠
子桂字友蘭雍正壬子舉人隨公招撫苗疆積功册列一等候得
官日隨帶軍功加三級乾隆六十年公卒奉
恩旨方桂俟服闋送部引見九年入　見有
旨發廣東以知縣用十年補英德縣善聽斷摘伏如神英俗悍好
鬥用禮讓爲教民化服之縣故產奇石官役民採取充餽遺民以
爲苦終任五年無所取人以比包孝肅之不持一硯云調潮陽潮
俗健訟初受牒至二千五十紙乃日坐堂皇鞫治漏四下始休不

數月積牘悉清遷昆陽知州鄉民爭渠水獄懸數十年莫決桂至一訊而服調署安寧州安寧舊俗鄉民議婚以壺酒斤肉爲聘其後貧富殊異輒悔盟成訟桂請通飭各屬壹以庚帖爲憑俗遂革尋署晉寧州篆執法不貸豪右人呼爲方不圓擢臨安知府重建崇文書院士習爲變調東川綜理銅廠事宿弊一清憂歸起補鞏昌府調蘭州時慶陽平涼大饑餓莩載路請賑未即至會部撥城工銀三十萬過境建議截留濟急民賴以甦擢寧紹台道兼理海關禁苛索以惠行旅坐事免歸年八十五卒子應清字澄湖由例貢知榆林縣縣境六驛所需草豆以值購諸民吏與地保因緣爲奸以一派十婪其值過半又不以時給且責令輦送稍緩則以違

抗罪之民大困應清甫下車卽牒大府禁革之民鍥石頌德地界蒙古凡案牘交涉例與旗員會訊應清遇事持正論民夷帖然邊地多沙磧間有水田苦無灌溉具乃募南匠製桔槔數十具分給之田賴以穫擢朔平知府所屬寧遠廳爲察哈爾部王公牧廠屢與內地民爭訟乃履畝丈量升科訟頓息府城舊駐滿兵後移駐綏城僅留城守尉轄兵少乃建議裁倉大使以經歷兼之而請復威遠堡巡檢以重邊要得

旨允行遷雁平道所轄邊牆九百餘里守兵多縱賊出邊盜蒙古馬乃躬巡各口易守弁增防兵奸宄絕迹河東發鹽商州縣所舉多不實乃罷其不任充者又牒大吏請定口外鹽入售內地章程

商民稱便。歷官三十年。所涖皆邊境。以靜鎭爲治。民夷和輯。告養歸。宦橐蕭然。弟應綸。嘉慶已未進士。官至浙江鹽運使。

弇山堂别集 卷十四

沈文肅公事略

沈公葆楨字翰宇一字幼丹高祖自浙遷閩遂爲侯官人道光丁未進士選庶吉士授編修咸豐四年改御史時曾文正公帥師克武昌有　旨命署湖北巡撫公奏曾某躬典水陸軍宜乘勝東征不當羈以吏事疏上　詔別簡巡撫文正亦具疏力辭

文宗手勅報曰朝廷早見及此也公以賊所過無不殘滅疏請令州縣吏主兵而責以戰守部格不行然

文宗持達之知自是始五年出知九江府郡久淪於賊曾文正檄充營務處六年署廣信府當是時江西列郡皆賊踞自會城外惟贛州及廣信僅存　詔督學侍郎廉兆綸典信防侍郎赴郡屬之

河口勸民輸餉以公從別賊楊輔清率黨萬餘自吉安破新城瀘溪金溪連陷貴溪弋陽防軍敗潰廣信岌岌公兼程返郡至則城門洞開官吏軍民走且盡公夫人林文忠公則徐女也讀書明大義盡遣其子女僕婢婦而堅留以俟公或紿之曰太守已避地崇安矣夫人曰吾夫子不出此也語畢而公至士民請公出城暫避圖後舉公笑謝之總兵饒莊勇公廷選領浙軍駐玉山閩人也公未歸時夫人代公作書乞援饒公許之然相距九十里無民夫運軍械勢萬萬無及夫人日坐井眉躬執爨與公相對待盡而已忽大雨水驟漲饒軍登舟半日至先是賊諜至巷無居人歸告其酋謂此囊中物耳賊亦避雨興安留一日詰旦薄城則旌旂遍樹城

上賊氣沮斬諜者悉銳圍攻游擊賴高翔畢定邦等啟城決戰凡七捷斬馘近千賊改圍遁士民慶更生公以此名聞天下曾文正上公夫婦城守狀謂軍興有年郡縣望風逃潰惟沈某能獨伸大義於天下云七年遷廣饒九南兵備道加按察使銜留筦信防賊數犯貴弋又從閩中出犯廣豐玉山公聯絡客兵擊走之賊圍衢州數月卒不敢犯江境安仁馬家村地險惡奸民負固稱亂擅殺人擄人口勒贖抗糧五載公帥練勇三百人討之匪黨抗拒縣令以兵少止公行不許請濟師不許卒奪其隘火數十家村民縛首犯以獻立誅之盡完逋賦眾始知有 國法大吏夙忌公遇事掣其肘公以親老乞養歸士民數千赴行省乞留不得請則擬擊登

聞院鼓醵金爲行者資會有　旨調饒公贛南總兵接治信防饒
公故有德於信者公始獲成行十年　詔公仍治廣信防務尋有
旨補贛南兵備道公以親老辭十一年冬　詔公赴曾文正安
慶大營辦理軍務封翁趣公應　詔同治元年正月抵甌甯奉
旨超擢江西巡撫即赴新任毋庸來京請訓抵鉛山奉　寄諭朕
久聞沈葆楨德望冠時才堪應變是以超擢巡撫又以其家有老
親因擇江西鄰省授以疆寄風土不殊迎養亦近將來懋建殊勳
尤足光榮門戸以承親歡經朕如此體恤如此破格委任諒不至
仍以養親瀆請朕亦必不能允也公奉　詔感泣馳涖章門疏陳
許　國以身義無旁顧俟大憝就戮寰宇廓清再申前請歸養奉

批答。有忠孝性成之褒。當是時。杭州已失守。吳越賊聯爲一氣。曾文正駐軍皖南。軍餉仰給於江西。今爵相左公時方爲浙撫。由江規浙。而僞王李世賢楊輔清等。席方張之勢。畢力犯江西。冀斷皖浙餉道。公躬赴廣信督防。教士民以堅壁清野。捐廉俸千金倡築寨堡。逆黨分途竄擾。公激厲主客軍若江誠恪忠義之精捷營。劉果敏典之克勇道員席寶田之精毅營。督糧道段起之衡營道員王文瑞之老湘營。王德榜之長左營。屈蟠張岳齡之平江營。知府王沐之繼果營。參將韓進忠之韓字營。劉勝祥之祥字營。臬司劉于潯之水師。並循公方略。遵調遣。所嚮克捷。元二兩年。悍酋黃文金李遠繼古隆賢賴裕新等。以皖浙乏食。分踞廣饒邊境。先後爲諸將所敗。論者謂保固後路。俾江浙兩路。並得蕆功。公之力也。當軍務方殷。適有法蘭西教堂被毀之獄。 嚴旨詰問主名。公疏稱事係公憤。萬衆同心。百計推求。終無端緒。總係疆臣疏於防範所致。自請嚴加議處。 詔置不問。外夷亦懾服無辭。而士林則感頌次骨矣。同治三年。江甯賊勢蹙。分竄新城南豐建昌撫州及德興樂平玉山弋陽等屬。公皆遣將擊走之。三年六月。官軍拔江甯。江軍亦克崇仁雩都。肅清廣信府境。會江甯逸賊僞侍王李世賢僞康王汪海洋等。經湖州越廣德分道竄入江西。提督鮑公超率所部來援。疊克金谿南豐新城。而僞佑王李遠繼。僞玕王洪仁玕。僞恤王洪仁政等。擁僞幼主洪福瑱竄至廣豐鉛山。疊爲諸將所敗。福瑱鬚髮潛逃。經席寶田追至石城之荒谷擒之。詔賞公頭品頂戴一等輕車都尉。公推功諸將。並以曾文正左爵相濟師協餉。始得轉危爲安。疏請收回成命。

温諭不允。復以親病求開缺。申大憝就戮。仍求歸養之前請也。得

旨賞人葠六兩。仍不允。四年請假回籍省親一月。行李如始至之數。曾文正歎爲不可及。及抵里。已丁母憂。公撫江三載。肅吏治。繩悍將。民有寃抑來愬者。立爲剖決。每夕漏四下不休。中因籌餉用人。與曾文正意見不合。詔引廉藺寇賈前事。勖以共濟時艱。

公之孤忠。格

天所從來久矣。六年奉旨充總理船政大臣。船政之議發自左

公謂非公莫肩其任公疏辭不獲乃請俟釋服後出而任事設船隖於距會城四十里之馬尾山麓地曰中岐隖內濱江者為船漕若鐵廠輪廠機器廠斲木廠之類皆參列其後以洋將日意格為監督德克碑副之事係刱舉百緒繁興機器來自外洋殊形詭製相顧瞠目旁觀者愳不克終事禍將無底公與日意格等堅明約束限五年告成總督某公數言船政未必成雖成何益公堅不為動署布政使周開錫充船政提調為匿名帖所牽涉總督知其誣不為申理延平守李慶霖向充船政局員總督劾其事事趨承請奪職勒回籍公皆抗疏力爭且云船政雖係總理王大臣所奏請而自強之道斷自　宸衷為臣子者均宜激發天良以紓　宵旰

臣官非言責分屬部民然船政係臣專責死生以之乞 諭周開錫始終其事李慶霖仍留局差遣皆得 旨允行 朝廷至移某公爲川督以避之藩胥某遇事玩抗公以軍法數而斬之衆大驚已而大服八年五月第一號輪船成公親出洋試演遣官駛赴天津請 旨派大臣勘驗皆如法未幾二三號續成乃奏派輪船統領隨時訓鍊以專責成九年丁父憂 詔百日後仍出任事公疏請終制 諭令素服從事公以病辭乃 許終制十一年十二月服闋始復出前後造成兵輪二十艘曰萬年清曰鎮海曰湄雲曰海鏡曰揚武曰飛雲曰安瀾曰靖遠曰振威曰伏波曰福星曰濟安曰永保曰琛航曰大雅分布各海口刱立拉鐵打鐵鑄鐵輪機

水缸諸廠開學堂二所選幼童之敏者居之分習製造駕駛諸藝所學皆成尋議酌改船式挑匠徒試令自造不用洋人監督因疏陳善後事宜非公精心果力船政必不能成也居亡何而有巡視臺灣之役臺地孤懸海外舊設一府三縣二廳隸於臺灣道其臺北生番未入版圖也十三年夏有日本船避風來泊為生番所殺日本調集兵船藉辭生事覬覦臺北番社地有 旨命公巡視兼辦各國通商事務公聞 命即行寢不及旦當是時倭兵已登岸結營伺隙而動公據理詰責之仍招諭生番諸社宣布 皇仁番族願遵約束倭人為之奪氣乃修城垣築礮壘練營勇繕軍械不先開釁端而無日不為戰守之備會提督唐定奎帥銘武軍渡臺

眾心益奮倭人遵約撤兵乃通籌善後事宜請仿照江蘇巡撫駐
蘇州例令福建巡撫移駐臺灣兼理學政疏陳十有二便且云從
前官吏所治祇濱海平原三分之二餘皆番社耳今綜前後山計
之可建府者三建縣者十事之當𠜇始當變革者非十數年不爲
功且化番爲民尤當行之以漸必須巡撫主持大局乃能綱舉目
張爲　國家億萬年之利得　旨允行遂分南北兩路開山南路
以同知袁聞柝副將李光等任之自崐崙坳至大石巖直抵卑南
北路以都司陳光華總兵戴德祥等任之自新城至大淸水溪大
濁水溪直抵岐萊統計二百里有奇地極荒險日光不到古樹慘
碧陰風怒號各有兇番抗拒經我軍搜剿互有傷亡亦有良番叩

營乞撫願爲嚮導因建碉堡十二礮臺六屯兵以鎮之琅璚者故相福文襄郡王征林爽文時駐兵處也其地可爲縣治公親往察勘疏請築城設官添建恆春縣以鎮民番杜窺伺遂順途按視淮軍凡陣亡及染瘴死者皆躬奠其槥衆爲感奮尋爲前明延平郡王鄭成功疏請　予謚建祠以作臺民忠義之氣許之初臺灣郡城經風雨坍塌千餘丈公疏請修築並建礮臺於安平海口又內地人民渡臺及臺民私入番界向有厲禁公以臺地後山急須開墾疏請弛舊禁以廣招徠臺事粗定船政急待報銷公於是年十二月內渡會獅頭社兇番滋事狙殺游擊王開俊因而琅璚各社亦有異心公復於光緒元年二月抵臺檄提督唐定奎等伐木開

道。步步爲營。四月官軍攻破竹坑本武及內外獅頭等社。悉赭其巢。於是脅從各社。悔罪輸誠。次第就撫。唐定奎示約七條。曰遵薙髮。編戶口。交兇犯。禁仇殺。立總目。墾番地。設番塾。皆稽首聽命。而其分路開山者北路已抵吳全城。中路已抵茅埔。各軍鼓勇深入花蓮港南北兩路番社皆震懾就撫。計自蘇澳起開路至新城。凡二百餘里。至秀姑巒又百餘里。乃奏設臺北府。隸縣三。曰淡水。曰新竹。曰宜蘭。其噶瑪蘭通判。則改爲臺北府分防通判。移駐雞籠山。又請將原駐府城之南路理番同知移駐卑南。駐鹿港之北路理番同知移駐水沙連。各加撫民銜。以資控馭。疏陳營伍積弊。請概歸巡撫節制。以一事權。又以臺北產煤。請購外洋開煤機器。以

興長利并請減煤稅又以蘇澳及安平海神顯靈効順請各加
封號　詔皆如議行七月疏報凱撤淮軍而總督兩江之　命下
矣公疏辭不允於是年十月莅任下車卽承審前任留交巨案兩
造皆驕蹇宿將膠葛變幻各執一辭公反覆究詰乃弭首貼服論
如律爲地方興利其大者則有修河堤行海運緩開關籌積穀拔
罌粟減賦則禁民閒厚殮增書院餐錢諸政整頓鹽務則有規引
地淸老堆浚鹽河諸政於江海防務則有請緩裁營之疏合操兵
輪之疏議覆礮臺之疏歸併旂昌洋行買斷鋉路之疏而皖南敎
案尤中外交涉之最棘手者終能力持公道慨服羣情公之心力
爲已瘁矣會連歲旱蝗至於寢食俱廢盛夏步禱烈日中兼旬不

少休息於捕蝗尤三令五申性命以之許州縣動用帑項作正開銷防營則籌款給之入冬輒下搜挖蝻子之令不淨盡不已營縣皆實力奉行蓋蒞任後無歲不蝗而從不為害公之力也屬吏有不稱職者劾去之賢能著績之員則推心置腹不少掣肘人忘其勞治軍嚴而有恩自統將迄士卒咸樂盡死力淮徐等屬莠民夙稱獷悍亂後尤甚公遇案懲治謂去一豺狼則鹿豕之脫其牙者不知凡幾於是盜案為之一清伏莽者相戒不敢發良懦恃以無恐積勞成疾兩次疏籲開鈌迭奉

優旨不許自陳受　恩深重義無所逃但入冬即須避風密室而文武各員司浚河撈蝻之役者皆奔馳冰雪中王事獨勞耿耿內

媿且精力頹憊日甚設辦理未能妥協一身之重譴不足惜如大局何實則力疾從公每事皆苦心焦思無少罅漏三載考績奉任事精勤不辭勞怨交部從優議敘之

旨四月述職入都面奉

皇太后懿旨時事艱難毋得遽萌退志上窺

宵旰憂勤自是絕口不言退字而舊病之劇甚於往年萬不獲已復籲開缺遺疏惓惓於鐵甲船一事病中至形諸囈語蓋公謀之數年以款絀未得藉手者也五年十一月初六日卒於官年六十

公生平學在不欺凡事必求心之所安自少至老如一念自言在廣信時已分萬萬無生理以故當存亡利害之交輒卓然有以自

立而經理庶務。不操切不張皇。絕去世俗瞻徇之見。體不耐舟楫。臺地風浪之險甲天下。兩次東渡。雖甚眩暈呻吟。而志不少餒。自鳳山犒軍歸。黑夜乘舴艋登岸。舟幾覆。未嘗憚勞也。義有不可者。毅然見於詞色。 朝廷數以時政下詢。公侃侃獨持正論。不事模棱。而虛懷善受。處以下人。推賢讓能。惟恐不及。自奉極儉約。廉俸所入。隨手散給族戚。輒盡。遇地方善舉。鄰省賑恤。必解囊為之倡。卒之日不名一錢。僚屬相顧失聲。市井鄉曲之民。所在巷哭。遺疏入。 諭稱其秉性沈毅。練達老成。實心實力。整頓吏治。保惠民生。追贈太子太保。入祀賢良祠。政績 宣付史館。 賜祭葬。 予謚文肅。並准在江西省城及立功各省分建立專祠。未幾徐州府士民請建專祠。允之子七人。長瑋慶。附貢生。欽賞舉人。襲一等輕車都尉世職。次瑩慶。附生。賞主事。次璘慶。次瑜慶。附生。賞主事。出嗣叔父。次璿慶。瑶慶。琬慶。孫八人。曾孫一人。

誥贈光祿大夫先大父星垣公事略

先大父諱家庚，字振颺，號星垣，世居縣西門。康熙初，遷南鄉之沙段。曾王父諱自芳，邑諸生，有子五，大父次三。曾王父課子讀最嚴。伯祖諱聖鐸，次家申，皆治樸學，健於文，郡邑試屢甲其儕，及試學使院，輒絀。大父少從父兄學，長阨於有司，遂援例就從九品職，不復與試，而壹意課其子。先伯傳郊早逝，先君性穎特，大父自課之。中歲自爲文，益豁然超詣，汩汩不能休。道光癸未，先君冠郡學，爲學使者所激賞，大父稍吐氣。明年，先君即世，大父不自得，則廢門卻掃，足不入城市，垂三十年，視一切寵辱升沈得喪泊如也。大父論文以經術爲本，論治生以恆產爲本，家故不豐，而謹身節用，歲有羨餘會先伯三喪其婦二女亦早世又與先君先後卒姑母適黃氏亦繼逝婚嫁醫藥喪葬費不貲錢罄所居積終賴撙節力得免寒餓先伯次子元勳有異稟晚年仍自課之元度未毀齒亦口授經書大父以課孫故所爲文益多少誦前明文及
國初制舉文二千有奇至老不忘每擁爐夜話口哦哦不休隨舉一藝輒應如響學子嘆服焉歲甲午大母考終明年元勳不祿大父益悲甚强自排遣越八年元度與鄉舉大父年八十有四矣元度數與計偕終不能博一第爲老親娛然每歸大父未嘗不加撫慰也大父篤孝友泊於世緣無妄念兄弟白首無間言自奉約而好減食餔丐者耳聰目明平生不曳杖畜馴犬二手飼之晚歲好

與兒童牧豎嬉或角棋爲笑樂卒之日朝饔畢負手步門外同室諸孫婦有殤其幼女者大父往慰之其一將歸甯復躬往勞問坐良久乃歸曾女孫方九歲時依膝下會衣扣脫落命綴之又自引鍼線竟其緒旋啜茗負暄於庭有頃首忽垂家人踵至則已無疾終矣時丁未九月三十日日昳時也壽八十有八先是八十初度時爲詩四章自壽既又自爲墓誌所言皆約己反身語誡子孫以讀書植德爲歸葬大賚里改葬新江廟林坡乙首辛趾咸豐七年

奉

特旨覃恩誥贈奉政大夫又明年　晉贈通奉大夫同治七年

晉贈榮祿大夫光緒四年　覃恩晉贈光祿大夫著有惺園晚年

稿四卷。

先大母徐太夫人事略

先大母徐氏縣北鄉鐘洞人以乾隆己卯六月十四日生父諱某處士年及笄歸先大父時曾王父母皆在堂家法嚴大母事之謹喪祭皆如禮妯娌邕龢無間言歲辛丑生先伯傳郊又七年生姑母又十年乃生先君先伯初娶於喻生女子二繼娶吳生子元功又繼娶丁生元勳先伯卒年三十有七伯母皆前卒元功三歲失恃元勳失母裁二歲賴大母撫之成立每中夜失乳乳媼不時至泣呱呱則繈負達旦圈豚行含糕餌哺之精力爲罷髮盡白嘉慶丁丑吾母喻太夫人來歸又六年先君補博士弟子員明年卽世大母慟絕幾喪明遂得咯血疾先伯二女長適方次適喻皆早

逝大母痛之道光戊子姑母復不祿姑之歸黃氏也失愛於後姑苛虐甚姑以賢孝聞大母憂念之不置至是卒吾母泣請於大父曰姑老矣憂能傷人聞赴殆不可生盍諱諸大父然其說遂諱之終其身大母每速姑歸寧輒詭詞以謝旣彌留猶喃喃念阿女冀握手一訣於是元功泣告曰姑沒已七年矣不敢以聞者慮傷大母心也大母搖首淚如雨哽咽不能聲少選目遂瞑時道光甲午七月四日也烏虖傷哉大母謹禮法終日端坐如植晚年好閉目叉手兩拇指互升降如數息然兒童多戲效之家故不豐亦不憂晨夕米鹽酒漿必手自料檢至老不休賓祭必豐潔膳塾師極恭敬性不與外事惟重讀書戚族有舉鄉會試及遊庠者輒動色稱

道元度幼就塾日撫摩至再令背誦所受書無一字齟齬則大喜嘗獨坐淚忽涔涔下曰吾憂鬱半生爾父游郡庠始一開口笑蹤年遽舍我去賫恨無窮兒他日與科目吾老不及見矣兒當酹吾墓呼而告之元度雖幼頗知其言之悲相對泣大母卒後四年元度始爲學官弟子又五年與鄉舉大父幸猶健在而大母墓木拱矣烏虖傷哉大母憐吾母苦節冬夜必來坐片時語皆關倫紀手撥爐灰煨榾柮火卽隆隆然及出火隨熄吾母屢笑曰老人去火亦相隨去也距今四十年此景如隔世矣悲夫大母壽七十有六咸豐七年 特旨覃恩誥贈宜人又明年 晉贈夫人同治七年 晉贈一品夫人光緒四年 覃恩晉贈一品夫人墓在新江與

大父合葬。

誥贈光祿大夫先府君事略

元度生四歲而孤不復憶先府君音容語笑惟記府君攖疾時出坐中庭面西向手茗盌一元度依膝下攀問何物曰藥耳當是時貌甚臞悴平生可髣髴者惟此一端餘則茫然矣烏虖悲哉元度既長嘗徵府君事實於太夫人太夫人泣而言曰吾事而父凡八年外事吾不及見知其事二親無違色自吾來歸伯氏夫婦皆早世不及見其事兄其於同堂諸昆弟皆邕睦無閒與人溫恭慈厚閒雜以詼諧終其身未嘗爭競以大父積學未遇思自奮於科名爲親慰歲負笈出遊歸仍閉特室手一編夜中旦不寐少穎敏絕流輩其入庠序顧在諸兄後以是益悴於學忘寒暑晝夜以求之

得咯血疾猶諱不言初舉一子性奇慧周晬後而父抱立於庭兒方學語忽指楹聯問曰此何字形乃類筆架告之曰山字也則又別指曰彼兩山字從何音則具告之楹別有聯其一曰古訓是式威儀是力而父指是字詔之兒上指曰彼亦是字也逾月遂識字二千有奇鍾愛特甚比四歲爾生而此子殤而父大慟咯血益甚踰年兒子元功元勳暨爾輩皆染痘疹而父謁醫禱神積勞兩月疾愈以不振矣又曰而父魁郡庠二親喜甚其明年將讀書嶽麓未行而病病劇泣語余曰吾不能終事兩大人反貽大人恫不孝孰甚死必以衰絰殮大父母來視疾雖憊甚必振襟起立以少瘥對及出乃垂首泣既彌留問後事不答惟自引其衣申衰絰之命

也乃衷衰而加常服於其上語至是太夫人哽咽不能舉其辭元度泣識之間以質同堂諸伯叔所言多從同府君從五伯父遜吾公遊最久未冠有文名道光癸未受知學使者壽陽相國祁公拔冠郡學覆試尤激賞之曰業成矣科第可芥拾也明年五伯父舉拔萃科旅進入謁學使問汝弟胡未入試五伯父以病卒告學使太息久之洎甲辰元度隨五伯父應禮部試偕謁相國於京邸言及府君受知狀相國猶憶及之能舉其試目云府君諱某字仲宋號小卿終於道光甲申九月十九日距其生嘉慶丁巳五月二十八日年二十有八長子既爲無服殤一女少元度二歲後府君二年亦殤府君性儉約篤於倫紀其爲學之次第既不可得而聞而

其笑貌聲音亦莫能追摹萬一所存者惟手寫經史古文及自作制藝試律詩十數帙而已天下之無告而可哀者莫無父之孤若也詩曰鮮民之生不如死之久矣烏虖悲哉府君與伯父希宋公合葬祖宅後山卒後三十三年

特旨覃恩贈奉政大夫　晉贈通奉大夫　再晉榮祿大夫　覃

恩晉贈光祿大夫　錫誥命如制

卹贈同知五品銜卽選知縣從兄擴湖事略

君諱原濬字擴湖余三從兄也曾祖天爵祖玉衡皆國子生父傳劍從九職有子四長原溥次國子生原漢君其三也生十二歲始就塾道光辛卯伯父遜吾先生授徒里中時與君同歲生者已稱高足弟子君匿他塾中不肯出伯父奓門入掩取其所私學制舉藝雖未成幅而警穎異常兒伯父大驚喜攜與共席口授經史及詩古文辭未半年遂與所謂高足者埒補郡學生充已酉拔貢咸豐壬子廣西賊犯長沙既解圍下竄而瀏陽匪徒周國虞等煽亂衆萬人距平江界三十里江忠烈公帥師征之湖南巡撫張公檄君治鄉兵守界事平敘教諭補臨武縣學未赴癸丑冬侍郎曾公

督師辦賊辟君從征甲寅二月賊再陷岳州分黨繇崇通犯平江窺省會曾侍郎檄平江令林君馳揜北界而以君及何君忠駿叅軍事三月四日賊大至力戰克之然賊衆十倍於我勢危甚君夜遣鄉兵列燧林莽閒隱見十餘里賊疑有伏不敢逞越日故湖南提督塔忠武今湖北巡撫胡公先後以師至戰屢捷平江界得完以功擢知縣加五品銜六月曾侍郎命君典親兵凡五百人七月從征岳州與塔忠武羅忠節同壁鳳凰山閏月克岳州八月克武昌漢陽初賊築堅壘於濱江地曰花園併力死守羅忠節攻之君率弁目李選衆等首摩其壘壘破城遂拔會與同事者不相中武昌克君即謝病歸旋丁父憂乙卯二月武漢再失賊犯平江益棘

南撫駱公檄君兄原漢候選知縣黃崇策千總方城暨何君忠駿各率五百人守界而以君綜其成大小戰十有一皆報捷賊不敢復犯平江八月羅忠節自江西援鄂道出崇通間南撫檄君等會攻通城九月五日內薄登城城拔而羅軍至忠節通牒大府極陳君等功旣忠節自崇陽蒲圻趨鄂與僞翼王石達開遇失利於濠頭堡賊遂乘勢犯通城君等四營壁城外十月四日賊前隊至敗之斬首數十衆議賊盛當且退守君曰羅軍挫我軍卽退示賊大弱且新克通城何遽棄之持不可越日石逆大隊至各營迎擊數里外賊從間道犯營君短衣桴鼓登轈車督戰亡何前軍潰同事者掖君上馬君不可强之則曰始諸君擬退守吾力持之今士多

死吾退何面目見鄉父老吾必死此母多言遂奪長矛盪陣手刃一賊力竭死之原漢突圍出行里許聞君被害搏膺大慟坐弗起亦死焉原溥死亂軍中後三日始皆獲其屍事聞君
賜卹視同知漢及溥視從九品同殉者從九品黃錫宇諸生黃金鑑吳國安皆　賜卹如例邑人士別建忠義祠祀之君伉爽剛決出天性師次岳州時謁塔忠武閽者誡以翼日來遂不復往忠武聞之自詣君謝軍中凡克城例得甄敘其不在事者率思附名薦牘中武漢之役君躬冒矢石介然引疾歸無幾微顧藉心或勸以少需君笑曰吾豈以是易吾志者耶君生嘉慶丙子十二月年四十著有養雲書屋遺集二卷兄原溥字岐泉原漢字海門子積楨

兄子積榕積棻皆襲雲騎尉楨及榕尋補邑諸生

誥授光祿大夫太子太保武英殿大學士　欽差大臣兵部尚書
兩江總督　賞戴雙眼花翎　賞穿黃馬褂世襲一等毅勇
侯　贈太傅　特諡文正曾公行狀
曾祖竟希　誥贈光祿大夫妣王氏　贈一品夫人
祖玉屏　誥封中憲大夫累　封光祿大夫妣王氏　封恭
人　贈一品夫人
父麟書縣學生　誥封中憲大夫累　封光祿大夫妣江氏
封恭人累　封一品夫人
公曾氏諱國藩字伯涵號滌生祖籍衡陽　國初孟學遷湘鄉之
大界里再傳至元吉遂籍湘鄉是爲公之太高祖公生時曾大父

夢巨蟒盤旋入室驚寤聞曾孫生喜曰此子必大吾門宅後舊有古樹爲藤所糾樹槁而藤日大以蕃蔭亘一畝時以爲瑞藤云公七歲從父學年二十三入縣學明年舉鄉試道光十八年進士選翰林院庶吉士初名子城榜後易今名二十年散館授檢討公自入詞垣毅然有效法前賢澄清天下之志講求經世學兼治詩古文辭善化唐公鑑入爲太常卿公相從論學唐公授以朱子書公遂兼窮宋學與蒙古文端公倭仁六安吳公廷棟昆明何文貞公桂珍竇公垿仁和邵公懿辰茶陵陳公源兗漢陽劉公傳瑩往復討論所作日記力求改過多痛自刻責立課程十二則曰主敬曰靜坐曰早起曰讀書不二曰讀史曰謹言曰養氣曰保身曰日知

所亾日月無忘所能日作字日夜不出門畢生之志趣定於斯矣
二十三年　大考二等第一　詔以侍講升用六月典試四川八
月補侍講明年教習庶吉士時江公忠源客京師因郭公嵩燾見
公語良久去公曰此人必立功名於天下然當以節義死後五年
公疏薦江公卒以皖撫殉節廬州世以此多公知人是年公轉侍
讀作五箴以自儆曰立志曰居敬曰主靜曰謹言曰有恆二十五
年分校會試五月遷右庶子六月轉左九月遷翰林院侍講學士
充　日講起居注官　文淵閣直閣事時大父母父母並在堂公
以盛滿爲懼自名其書室曰求闕齋蓋求闕於他事而求全於堂
上也二十七年　大考二等第四六月遷內閣學士兼禮部侍郎

十月典武會試公於朝章國故會典通禮諸書尤所究心嘗以秦文恭五禮通考能綜括諸大政而於食貨稍闕乃取近時奏議之言鹽課河工海運錢法者別爲六卷以補之二十九年正月遷禮部右侍郎八月兼署兵部右侍郎三十年正月
宣宗升遐　遺敕有無庸
郊配無庸
廟祔之諭
文宗下王大臣九卿集議公別爲一議稱
遺命無庸廟祔考古準今萬難遵從無庸
郊配一條不敢從者有二不敢違者有三奉

手諭·

皇考大行皇帝仍應

升配·將來自朕以後均無庸議·配侍郎曾國藩所奏頗有是處·其

餘殊少折中·翌日　召見·公奏對甚悉·

上益嘉之·當是時·廣西盜起·官軍進剿無功·　詔臣工極言得失·

公奏今日所當講求·尤在用人一端·人才有轉移之道·有培養之

方·有考察之法·三者不可廢一·

皇上春秋鼎盛·與

聖祖仁皇帝講學之年相似·請俟二十七月後·逐日進講·並請廣

開言路·借臣工章奏·爲考核人才之具·疏入·　諭稱其剴切明辨·

深堪嘉納著於百日後舉行日講所有應行事宜所司察例詳議以聞公尋疏陳日講事宜十四則皆詳考
聖祖文集　國史列傳及會典通禮諸書補前奏所未備也會有
詔保舉人才公疏薦李棠階吳廷棟王慶雲嚴正基江忠源五人得　旨報聞六月兼署工部左侍郎十月兼署兵部左侍郎咸豐元年三月粤寇益棘　詔大學士賽尚阿視師公上簡練軍實疏並鈔錄乾隆中增兵嘉慶道光中減兵三案進呈
上召見嘉其切中時弊四月上敬陳
聖德三端預防流弊疏時
文宗孜孜求治臣下鮮以逆耳之言進者公意欲為人臣者尚骨

鯁培風節養威稜猝遇事變乃可倚之以捍患折衝不至畏葸退縮然言過切直見者咋舌得　旨曾國藩條陳一摺意在陳善責難預防流弊雖迂腐欠通意尚可取除廣西兵機已查辦外餘或理涉過激未能持平或僅見偏端拘執太盛念其意在進言朕亦不加斥責至所論人君一念自矜必至喜諛惡直等語頗爲切要自維藐躬德薄夙夜孜孜時存檢身不及之念若因一二過當之言不加節取采納不廣是卽驕矜之萌朕思爲君之難諸臣亦當思爲臣之不易交相咨儆坐言起行庶可收實效也五月　命兼署刑部左侍郎前大學士琦善在新疆恣殺雍沙番七百餘口
詔將軍薩迎阿案其事獄上逮部治罪　詔軍機大臣三法司會

審琦遞清供千餘言言薩公誣陷狀樞臣頗右之時薩公代琦爲伊犁將軍未回京其回京者奏帶之司員四人而已訊時琦爭辯不已軍機章京邵懿辰駁供詞十九事具揭呈長官不省反議傳司員四人至法司與琦對質公抗言琦善雖曾任將相既奉　旨查辦廷鞫其分也司員位雖卑無傳入法司與犯官對質之理若因此羅罰將來大員有罪誰敢過問且　上命會訊琦善不命訊司員也必欲傳訊須請　旨然後可公辭氣伉厲四坐爲之悚息事遂已既而薩公返　命讞亦隨定識者爭想望公丰采矣十月典順天武鄉試十二月疏陳民間疾苦謂目前急務一銀價太昂錢糧難納一盜賊太衆良民難安一寃獄太多民氣難申次日復

上銀錢並用章程謂近來臣工言錢法臣所深服惟吳文鎔劉良
駒朱嶟三疏謹就原奏參以管見擬章程六則並鈔錄原疏進
呈有　旨交部議奏二年正月兼署吏部左侍郎六月　命典江
西鄉試七月行抵太湖聞訃丁母憂改服奔喪八月抵武昌聞粵
逆圍長沙乃間道抵家營葬十月長沙圍解賊下竄十一月　詔
公幫辦本省練團查匪各事宜公繕疏請終制會聞武昌失守郭
公嵩燾力勸公出乃寢前疏出而任事時羅公澤南王公鑫所招
湘勇已至省城公爲酌定營規三年正月土匪嘯聚白沙堡擾及
嘉禾公檄劉公長佑王公鑫剿之未至賊潰適衡山草市匪熾一
戰平之安仁土匪劫獄焚公署皆平之時游勇強掠民船爲商旅

害公捕得封船之川兵三人斬以殉自此斂跡其餘會匪教匪盜匪訊明即正法或立斃杖下綜計二百餘名其後賊屢犯湘莠民從亂者少公之力也二月賊破江寧江忠烈擢湖北按察使幫辦江南軍務忠烈上公書請合江皖楚各省之力造戰船數百艘先清江面而後三城可復公治水師之議發端於此也三月安化藍田市有串子會匪倡亂公派營擒斬百餘名會廣匪竄入桂東會剿平之六月賊犯南昌江忠烈力禦之公檄江忠淑朱孫詒夏廷樾羅澤南等率三千六百人赴援七月抵南昌戰失利陣亡營官四人吉安土匪陷安福泰和忠烈檄羅公帥湘勇進剿大破之立復二城賊竄陷茶陵安仁公檄署參將塔齊布剿平之塔忠武初

以都司發湖南公一見奇之命領辰勇長沙協副將清德營務廢
弛公遂薦塔而劾清且云塔齊布儻或臨陣退縮臣甘與同罪
詔賞塔齊布副將銜清德奪職治罪時湖南提督鮑起豹駐會城
素抑塔而昵清至是益忌公八月營兵與練勇鬨擁至參將署欲
害塔公跳而免公時館撫署東偏之射圃兵擁至殺傷閽人或勸
劾主兵者公曰瑣事瀆 天聽心弗安也乃奏明移駐衡州江忠
烈之守南昌也郭公嵩燾在幕中力主水師之議公乃函商巡撫
駱公秉章疏請 飭調瓊州紅單船出洋繇崇明入江口擊賊於
下游調內江快蠏拖罟船繇梧州府江㴍灘水過斗門浮湘而下
出大江以收上下夾擊之效十月公疏言長江千里任賊橫行無

戰船不能制賊臣在衡州試造俟有端緒親率以行　手敕嘉之
然戰艦係粵舉南中匠卒無知者公研精覃思博採衆議得拖罟
長龍快蟹舢板各船式截留廣西解鄂之礮位水手以資配練彭
公玉麟時爲諸生楊公載福時爲把總並來軍中公弟貞幹亟稱
兩人賢公拔而用之建水陸萬人東征之策會土寇陷常寧派營
討之賊竄陷嘉禾犯藍山又踞道州之四广橋皆擊走之永興土
寇起檄羅軍平之四年正月總督吳文節　公文鎔督兵攻黃州失
利盡節於堵城而江忠烈亦以舊臘盡節廬州公戒行益急遂以
二十八日戊辰發衡州坐拖罟船帥長龍五十艘快蟹四十艘舢
板百五十艘民船改戰船又數十艘計水陸軍萬人各分十營作

討賊檄文布告遠近。二月庚午朔，賊陷岳州，竄湘陰，踞靖港，遂陷寧鄉。公派陸軍剿之，訓導儲玫躬敗賊於寧鄉，中伏陣亾，賊仍潰退，水陸追擊之。胡公林翼前經吳文節奏調帶黔勇六百人援鄂，至是公會奏留湘，且云胡林翼之才勝臣十倍，將來可倚以辦賊，乃檄胡軍繇平江進剿通城，又檄塔忠武往助，於是賊退出岳州。三月辛丑，公率水陸軍抵岳，丙午北風大作，戰船輜重船漂損數十艘。丁未王鑫進剿蒲圻之羊樓司，敗回岳州。初鑫驟增勇至三千，公以餉無出裁之，鑫遂自為一軍，不隸公戲下，至是賊乘勝上犯，公所部陸營鄒壽璋、楊名聲及弟國葆等皆敗，賊圍岳城急。己酉，公調礮船拔出城中潰勇，乘風南返。癸丑抵長沙，賊復自湘陰竄踞靖港擾寗鄉丙寅陷湘潭時陸營在崇通者胡文忠敗賊上達市塔忠武敗賊沙坪公調塔胡回長沙而令知縣林源恩扼平江界丁卯塔軍進剿湘潭大破賊戊辰派水師往會剿四月己巳朔水師大破賊燔其舟陸軍盡平賊壘庚午公自帥水師五營陸勇八百人擊賊於靖港敗潰公憤甚投水者再幕客掖之出逆挽至長沙明日公以事不可爲居城南妙高峰草遺囑二千餘言將自裁而是日水師在潭大捷盡焚賊船塔軍夾擊屢破之癸酉克湘潭公始復出視事賊自稱亂以來至是始受重創大局轉關自湘潭始也有　詔擢塔齊布總兵奪鮑起豹職即以塔齊布代之初公以岳州之退自請治罪　詔交部嚴議至是復以靖港失利

請從重治罪　詔以湘潭全勝水軍甚出力革職免其治罪仍督勇勦賊自效公遂重整各軍增造戰艦奏調塔公出省會勦又調羅忠節及李公續賓軍隨征時賊已自洞庭陷龍陽及常德灃州安鄉悉淪於賊武昌糧盡援絕巡撫率饑軍突圍出就餉武漢皆陷六月船廠畢工廣東總兵陳公輝龍以船礮至廣西知府李孟羣亦募水勇千人抵長沙公遂督師東下賊棄常灃踞岳以拒甲午塔軍破賊於新牆丁酉晦水師破賊南津港七月戊戌朔復岳州庚子逆舟數百來犯水師擊敗之辛亥復敗之於城陵磯癸丑陳壯勇公輝龍擊賊城陵磯南風大作戰舟不能收隊陳公暨游擊沙定邦戰沒褚公汝航夏公鑾馳救亦陣亾失戰艦數十艘乙

卯塔軍破賊擂鼓臺斬僞丞相曾天養癸亥悍賊大至羅軍奮擊敗之乙丑進攻賊壘丙寅水師燬賊船於城陵磯閏月戊辰塔羅二軍破賊十三壘殺賊數千水師焚賊船窮追抵嘉魚　詔賞公三品頂戴公疏稱臣墨絰從戎常負疚於神明奏明不敢仰邀議敘嗣後湖南一軍再立功績無論何項　褒榮概不敢受　手敕報曰殊不必如此固執汝能國爾忘家鞠躬盡瘁正可慰汝亾親之志盡孝之道莫大於是酬庸褒績國家政令所在斷不能因汝一請稍有參差汝之隱衷朕知之天下無不知也壬辰塔羅二軍破賊羊樓司八月庚子克崇陽乙巳敗賊於咸寧丁未公進駐金口塔忠武羅忠節來謁公定進取武昌之策丁巳羅軍破賊壘九

塔軍破洪山堅壘水師焚賊舟五百有奇戊午盡破城外賊壘甕
賊萬餘已未武漢克復疏入奉　手敕覽奏感慰實深獲此大勝
殊非意料所及朕惟兢業自持叩天速赦民劫也另　旨曾國藩
著賞二品頂戴署理湖北巡撫並賞戴花翎公疏辭巡撫且云臣
統水師卽行於鄂垣善後事宜不能兼顧且母喪未除不敢遽就
職先是公疏未上時已有　旨曾國藩著賞給兵部侍郎銜辦理
軍務毋庸署理湖北巡撫從御史沈葆楨之請也疏入奉　手批
朕料汝必辭又念整師東下署撫空有其名故已降旨無庸署理
既無地方之責卽可專力進勦時賊船之在襄河者經楊公載福
等截焚千餘艘黃州賊亦退公奏陳三路進兵策九月乙酉水師

破賊於蘄州戊子塔軍克大冶羅軍克興國公舟次黃州乙未蘄州賊船上犯楊公載福彭公玉麟縱火焚之十月丙申朔羅軍破賊半壁山奪其柵己亥大捷殲賊逾萬庚子賊大至復擊破之癸卯水師自蘄州繞出賊前追擊至田家鎮時南岸鐵鎖已爲陸軍所斷戊申楊彭二軍斷江心鐵鍊駛抵鄔穴焚賊舟適東南風作焚舟四五千伏尸萬計田鎮北岸賊皆焚營遁己酉蘄州賊棄城遁水師追擊至九江是日塔軍破南岸富池口賊壘乙卯塔羅二軍渡江而北辛酉破賊蓮花橋癸亥克廣濟十一月丙寅朔破賊雙城驛戊辰破賊下新橋己巳克黃梅辛未破賊於濯港丁丑破賊孔壠驛戊寅小池口賊遁己卯水師焚九江賊艓略盡公進泊

城下庚辰水師進泊湖口癸未陸軍南渡屯九江南門外賊堅守不下丙戌胡文忠以師來會剿十二月庚子羅軍胡軍擊賊湖口梅家洲敗之甲辰水陸合攻湖口未下丙午水師舢板船駛入內湖燔賊舟數十追擊至大姑塘賊於湖口增立壘柵各船遂不得出賊夜以小艇襲焚外江快蟹長龍數十艘餘皆退回九江公急調羅胡二軍回駐九江己未賊以小舟夜襲水師大營焚舟百餘艘公憤甚欲投江幕客掖之掉小舟駛入羅軍其舢板入鄱湖者營將蕭捷三黃翼升等領之水師自此有外江內湖之隔矣五年正月賊自北岸竄蘄州廣濟總督楊霈走德安賊泝襄河大掠公檄按察使胡公林翼援武昌戊辰東北風大作戰船在潯江者漂

損數十艘。公令同扼金口。以李公孟羣彭公玉麟分領之。庚辰。公抵南昌。重整內湖水師。壬辰。檄戰船六十艘進泊康山。時賊自饒州犯廣信。公檄羅軍進剿。增募平江勇四千人。以同知李元度知縣李焜劉希洛分領之。二月庚戌。賊陷武昌。巡撫陶文節公恩培死之。胡公抵鄂後遷布政使。遂署巡撫。三月。公移駐南康。以平江營護水師。壬午。羅軍敗賊於貴溪。癸未。克弋陽。乙酉。賊陷廣信。己丑。羅軍克廣信。四月乙巳。公檄水師進泊青山。攻湖口。辛亥。賊自姑塘上犯。水師敗之。癸丑。焚賊百餘艘於都昌。五月甲戌。水師破賊於青山。壬午。又破之。奪回拖罟船。九江所失也。六月甲辰。水師敗賊徐家埠。乙卯。羅軍進攻義寧。時被陷兩月矣。七月丙子。克義寧戊寅塔忠武公卒於軍公以副將周鳳山領其衆辛巳平江軍敗賊蘇官渡癸未與水師會攻湖口焚賊船幾盡蕭節愍公捷三陣亾水師同泊青山八月甲午賊撲平江營擊卻之羅忠節調公於南康自請出崇通以援武漢公許之乃抽調寶勇千五百人隨同援鄂當是時胡文忠攻武昌不下乃先攻漢陽自金口渡江壁奓山水師獲勝而陸軍潰乃退駐新堤檄都司鮑超募勇三千援鄂疏調羅軍赴援而公已令羅軍前進矣九月公以師久無功自劾得　旨寬免丙寅羅軍克通城甲戌克崇陽甲申戰濠頭堡失利彭勤勇公三元等死之丙戌羅公敗賊羊樓司丁亥奉　旨授公兵部左侍郎十月癸巳羅軍破賊羊樓司辛亥克蒲圻遂抵武

昌。楊公載福以水師破賊金口。時德安已克。總督官文公之軍亦進規漢陽矣。亾何僞翼王石達開自湖北竄江西。廣東賊復自吉安至。與石逆合。十一月己巳陷瑞州。李焜劉希洛陣亾。庚午陷臨江。公不得已調周鳳山九江一軍回南昌。並酌調水師守省河。九江賊屢出犯。周鳳山擊卻之。湖口賊屢出犯。李元度擊卻之。己丑賊陷袁州。彭公玉麟閒道走七百里抵南康。公檄領水師進剿臨江。十二月癸巳周鳳山克樟樹鎮。己亥復新淦。六年正月癸未賊陷吉安。江西按察使周貞恪公玉衡等死之。二月賊陷撫州建昌。丙午周鳳山敗於樟樹鎮。公自南康回泊省河。調李元度繇饒州繞回進攻撫州。時江楚道梗。文報久不通。駱文忠檄劉公長佑蕭公啟江等援江西劉公自醴陵克萍鄉蕭公自瀏陽規萬載三月己未江西巡撫檄知府鄧輔綸同知林源恩領平江勇二千人會攻撫州己巳克進賢戊申李元度克東鄉庚戌都司黃虎臣克建昌縣甲申平江軍攻撫州賊壘破之四月戊子逼城而軍撫賊堅守不下丙午劉于潯帥水師克豐城乙卯蕭軍克萬載遂與劉公合攻袁州賊之注江西也公疏請羅公回援未幾羅公以三月乙丑卒於軍至是胡文忠檄知縣劉騰鴻劉連捷同知吳坤修參將普承堯帥三千六百人援江而以公弟國華領之然軍報尚不能通也五月賊屢援撫州並爲平江軍所敗公調參將阿達春與贛南道耆齡都司畢金科防饒州六月官軍敗饒州失守丁未畢金

科力戰復其城甲寅公弟國華率諸軍克新昌上高抵瑞州公派陸勇四營迎之七月戊午拔瑞州之南城賊屢出犯皆敗之收復靖安安義八月別賊自吉安竄陷廣昌南豐新城瀘溪敗貴溪防軍直趨廣信署知府沈公葆楨誓死不去總兵饒公廷選以浙兵自玉山來援辛丑賊解圍公疏陳沈公功得　旨遷九江道驛文忠檄公弟國荃自長沙募勇千五百人合以周鳳山之千七百人進攻吉安九月公至瑞州勞軍戊午平江軍分復宜黃壬戌復崇仁援賊自景鎮至辛未老營陷林源恩等死之李元度突圍走崇仁公檄平江軍移守貴溪以保浙東餉路十二月乙卯朔劉蕭二軍克袁州丁卯國荃公克安福進攻吉安丙子湖北官軍克武漢

水陸乘勝東下克蘄黃興冶黃梅廣濟各城合力攻九江十二月辛丑公至九江勞軍七年正月戊午吳坤修克奉新公督挖長圍三十里斷瑞賊接濟二月丙戌公聞訃丁父憂疏請奔喪回籍以癸卯行有　旨賞假三月並賞銀四百兩治喪假滿即赴江西督辦軍務三月公瀝陳下情請終制　溫詔不許六月公疏請開兵部侍郎署缺兼陳歷年辦事艱難竭蹶情形仍請終制得　旨許暫行在籍守制江西如有緩急即行前赴軍營以資督率七月湖北援軍克瑞州劉武烈公騰鴻督攻陣亾八月李續宜平小池口賊壘胡文忠親督各軍攻九江九月丙戌水陸官軍拔湖口於是外江內湖水師復合辛卯楊公載福彭公玉麟破小姑山賊卡已

亥克彭澤遂克望江東流直抵安慶城外進克銅陵遂北千里與定海鎮之紅單船相接紅單船見楚師至大驚以爲神自公創立水師苦戰數載至是肅清江南之勢成矣公弟國荃時奉江撫奏請起復總統各軍攻吉安十一月石達開自饒撫援吉安湘軍破賊三曲灘十二月乙卯劉蕭二軍克臨江劉公假歸以劉公坤一代之遂進攻撫州張公運蘭攻建昌八年四月癸丑官軍克九江屠之乙丑蕭公啟江劉公坤一克撫州己巳張公克建昌賊竄浙五月乙未奉 旨命公馳驛往浙江辦理軍務六月辛亥公自家啟行疏上 手敕批答汝此次奉命即行足徵關心大局忠勇可尚七月賊自閩出犯廣豐玉山圍其城李元度擊敗之八月辛亥

公自武漢九江行抵鉛山之河口奉　旨浙省漸就肅清著以援
浙之師直搗崇安相機進剿乙卯國荃公克吉安時賊自邵武竄
出鐵牛關劉公長佑迎擊失利遂陷瀘溪金溪安仁壬戌張公運
蘭克安仁賊竄景德鎮庚午公拔營赴雲際關聞閩賊回竄新城
吉安餘匪陷崇仁宜黃撫建告急公調張公運蘭剿新城而自駐
建昌九月甲戌劉公長佑大破賊於新城賊遁回閩境崇仁宜黃
賊皆遁會李忠武公續賓請節三河公弟愍烈公國華死之　詔
起復胡文忠署湖北巡撫十一月張軍抵邵武賊已竄汀州出竄
贛南屬於是賊之在景德鎮者勢益張公調蕭公啓江剿贛南賊
調張軍移剿景德鎮十二月戊午賊陷南安府九年二月甲辰蕭

軍克南安復崇義石達開竄湖南連陷郴桂圍永州不下遂以全力圍寶慶矣癸丑公移駐撫州五月己卯公添調湘軍五千八百人交國荃公領之助勦景德鎮記名道李公鴻章佐之六月辛丑奉 旨著統帶得力兵勇前赴四川夔州扼守以據兩湖上游時賊勢將竄蜀從總督官文公之請也壬子官軍克景德鎮復浮梁江西肅清 詔優敘當是時寶慶圍尙棘公疏調張運蘭會勦寶慶擬自率六千人先駐宜昌如賊入川再行酌量前進七月乙亥自撫州啟行抵南昌先是胡文忠派李續宜帥師援寶慶是月戊子大破賊諸軍合擊之石酋竄廣西湖南四川並解嚴八月戊申公行抵黃州奉 旨湖南大局已定川境可保無虞曾國藩著暫

駐湖北。爲分路進剿皖省之計。亦從官文公之請也。十月癸丑。會奏稱逆賊洪秀全據金陵。陳玉成據安慶。竊號之賊也。石達開竄擾楚粵。流賊之象也。皖豫諸捻匪。亦流賊也。目前要策。必先攻安慶以破其老巢。兼搗廬州以攻其所必救。擬四路進兵。第一路繇宿松石牌以規安慶。臣國藩任之。第二路繇太湖潛山以取桐城。多隆阿鮑超任之。第三路繇英山霍山以取舒城。臣林翼任之。第四路繇商城固始以規廬州。調回李續宜一軍任之。十一月己巳。公駐軍黃梅。庚辰。駐宿松。所部前幫駐太湖。兩疏調蕭張二軍。均不能至。陳玉成率黨四十萬。繇安慶上犯小池驛。圍鮑公超營。公與胡公遣兵赴援。血戰經月。十年正月庚寅。副都統多隆阿公暨

總公大破賊於小池驛夷七十餘壘圍解辛卯克太湖潛山得
旨優敘二月壬戌浙江杭州陷羅壯節公遵殿死之將軍瑞昌公
固守內城提督張公玉良以兵至復之閏三月辛卯公弟國荃抵
營公命督攻集賢關賊壘左公宗棠自英山來見公會江南大營
潰張忠武公國樑陣歿　欽差忠壯公和春傷亾賊攻常州總督
何桂清退走尋陷蘇州巡撫徐莊愍公有壬死之四月癸酉奉
上諭曾國藩著先行賞加兵部尚書銜迅速馳往江蘇署理兩江
總督又奉　諭曾國藩素顧大局不避艱險務當兼程前進保衞
蘇常次第收復失陷地方重整軍威肅清醜類朕實有厚望焉又
奉　諭有人奏左宗棠才堪任用應否仍在本籍襄辦團練抑或

調赴軍營俾得盡其所長公覆奏臣軍止萬餘人兵力單薄不能
遠保蘇常左宗棠剛明耐苦予以差使必能感激圖報得　旨左
宗棠著以四品京堂候補襄辦軍務復疏調張公運蘭來江五月
公疏言安慶一軍已薄城下關係江淮全局即爲克復金陵張本
斷不可撤臣奉　命權制兩江必須帶兵過江駐南岸以固吳會
之人心壯徽寧之聲援擬於江之南岸分兵三路一由池州進規
蕪湖與楊載福彭玉麟水師聯絡一由祁門進圖溧陽與張芾周
天受諸軍聯絡一由廣信至衢州與張玉良王有齡諸軍聯絡臣
已遣員回湘募勇餉糈軍械必以江西湖南爲根本臣竭兩月之
力辦江楚三省之防布置漸定然後可以言剿又奏請起用告養

九江道沈葆楨仍辦廣信防務奏委溫處道李元度添募平江勇三千與饒廷選之平江五營合防廣信衢州一路戊辰公自宿松啟行調鮑軍六千人朱品隆唐義訓二千人楊鎮魁千人渡江赴祁門其圖攻安慶者以國荃公領之六月癸酉得　旨徽寧防務併歸督辦公時以疆吏兼督師設立行署刊發營制營規訓飭各將士刊發居官要語訓飭僚吏密札司道舉劾屬官札各統將舉劾營哨官均許密函上達又示諭江南北士民其一禁奢侈謂吳中民俗好善其遭禍咎在繁華其二令紳民保舉人才以兩江之才足平兩江之亂其三安插流徙凡衣冠舊族經生耆儒及殉難死事之家並令地方官加意存卹貧者給予口食之資其四求闕

己過・凡己之過失及軍中各弊端・許據實以告・其五旌表節義・見在委員採訪・隨時彙奏・請建總祠・總坊・死事尤烈者另建專祠專坊・以慰忠魂・維風化・其六禁止・辦團・軍興以來・各省團練・未聞守城殺賊之功・徒有斂費擾民之害・自後非其地・非其人・毋許擅自舉辦・又嚴禁各營騷擾・三令五申・丙子・實授兩江總督・充　欽差大臣・督辦江南軍務・七月乙未・疏陳進兵次第・又請設採訪局・凡江蘇安徽歷年死事之官紳士女・隨時奏請　旌卹・壬申・置木匭軍門外・許吏民投書言事・甲戌・上通籌全局疏・謂淮徐風氣剛勁・不患無勇・但患無將・擬用楚軍之營制・練淮徐之勇丁・必有將才出乎其間・又請將溫處道李元度調補皖南道・從之・時江浙紛紛

請援丙午奉援剿寧國之 旨丁未奉由嚴州援浙之 旨己酉
奉規復蘇常之 旨癸丑再奉援浙及救援上海之 旨公覆奏
見在進兵以援寧國攻廣德爲要力不能兼顧則專救寧國目下
徽寧一片賊氛臣軍且有岌岌不保之勢何能屏蔽浙江更何能
規復蘇常總緣兵力未齊上不能分 宵旰之憂下不能慰雲霓
之望寸心負疚惶悚無地庚申張公運蘭自旌德援寧國八月壬
戌朔張公芾 內召戊辰廣德再陷癸酉寧國陷周忠壯公天受
等死之丙戌徽州陷公調鮑軍回漁亭張軍回黟縣時僧王天津
兵敗
大駕巡木蘭恭親王留守京師公聞警悲憤交集九月丁酉疏請

於臣與胡林翼二人中飭派一人帶兵北上冀收尺寸之效稍雪敷天之憤遂函商胡公作北援議八條尋以款議成　詔止其行丁未疏調廣東布政使蔣益澧率所部三千人入皖與左宗棠併力東征是日左軍抵樂平己未奉救援鎮江之　旨十月甲子疏請興辦淮陽水師己卯賊陷黟縣庚辰鮑張二軍破走之廣東韶州賊竄入贛南犯建昌陷河口擾及廣饒壬午左公破賊於貴溪克德興婺源十一月甲午賊陷建德東流時總兵陳公大富守南陵賊圍之數月糧盡援絕楊公載福帥水師入魯港出奇兵破賊拔出陳公全軍及士民十數萬人會建德賊擾彭澤湖口都昌及浮梁鄱陽景德鎮彭公玉麟以水師協守湖口甲辰復都昌鄱陽

楊公復東流彭澤左公復浮梁戊申公派總兵唐義訓克建德辛亥鮑張二軍大破賊於盧村戊午疏陳自安慶合圍後江北則大戰於桐城江南則屬集於徽州無非欲救援安慶此次南岸賊分三大支作包抄祁門之勢冀斷臣之餉道今各城收復北路賊受大挫當可轉危爲安方事之殷衆勸公移屯江干與水師相依附或退入江西境公曰去此一步非死所也十一年正月乙未賊自石埭分道犯祁門丙申提督江長貴敗之丁酉唐義訓朱品隆敗之賊遁己亥左鮑二軍大破賊於洋塘乙卯剿賊於黃麥鋪又大破之陳公大富復建德公作解散歌流布賊中曲達其苦情自拔來歸者無算二月丁卯張公運蘭復休寧時胡文忠進駐太湖僞

英王陳玉成以全力犯霍山防軍潰遂陷英山及蘄水黃州分陷德安隨州李公續宜時擢皖撫率軍回鄂僞忠王李秀成竄廣信犯建昌撫州公飛調鮑軍赴南昌以固根本戊子晦賊陷景德鎮陳威肅公大富死之三月辛卯公移駐休寧督張運蘭唐義訓二軍攻徽州癸巳唐軍敗庚午再攻徽州不克各軍退休寧辛未賊踵至時左軍破賊范家村賊自景鎮來者左軍迭擊敗之皆潰走丙午公回駐祁門戊申李秀成陷瑞州陳玉成竄鄂竄皖陷黃梅宿松以援安慶公調鮑軍渡江援剿辛亥多隆阿公大破賊於懷寧賊竄入集賢關甲寅公自祁門移駐東流四月庚申疏請將左宗棠改爲幫辦軍務從之賊撲安慶大營楊公派水師助守多隆

阿公連破賊玉成遁其集賢關十二壘國荃公掘長濠困之貞幹公屯菱湖以扼之五月戊子朔鮑軍破赤岡嶺賊壘殲賊數千斬僞酋劉瑲琳時賊之踞瑞州者分竄靖安奉新武寧義寧連陷通城崇陽通山興治等屬胡公調成大吉等剿之徽州賊陷黟縣癸巳朱品隆江長貴克縣城甲午張軍破賊羊棧嶺丁酉合剿盧村破之庚子徽州賊棄城遁六月戊午朔國荃公盡破菱湖賊壘李秀成自鄂竄逼南昌公調鮑軍自九江進剿癸未左軍迎剿竄賊於德興破之七月丁酉湖北官軍克德安陳玉成犯桐城多隆阿公擊卻之甲辰國荃公盡平安慶城外石壘庚戌鮑軍破賊於豐城八月丁巳朔國荃公克安慶逆黨殲焉　詔加公太子少保國

荃加布政使銜以按察使記名遇缺題奏並　賞穿黃馬褂國華
加　恩予謚貞幹免選訓導以同知直隸州用並　賞戴花翎然
公疏則盡歸功於胡公也己未多軍克桐城辛酉楊公克池州癸
亥公抵安慶多軍克舒城宿松黃梅丙申驚聞七月壬寅
文宗皇帝升遐公慟哭失聲自以十餘年來受　上知遇值四方
多艱　聖心無日不在憂勤惕厲之中目下安慶克復軍務方有
轉機不及以捷奏慰　玉几末命之懽尤爲感痛無已丁卯湖北
官軍克廣濟復蘄州戊辰水師克銅陵癸酉浙江嚴州失守甲戌
鮑軍破賊於湖坊戊寅破賊於雙港己卯克鉛山庚辰湖北官軍
克黃州壬午胡文忠公卒於官九月辛丑國荃公平泥汊口賊壘

甲辰平神塘河賊壘乙巳克無爲州戊申克運漕鎭壽州練總苗沛霖捻黨也初與李世忠先後就撫洊保川北道加布政使銜與辦團之員外郎孫家泰等爲仇圍攻壽州至是家泰等自殺沛霖攻陷壽州督師袁公甲三檄李世忠往剿　詔公移得勝之師以剿苗逆甲寅國荃公破東關賊壘未幾回籍增募湘勇十月丙辰朔湖北官軍克隨州癸酉公奉　旨統轄江蘇安徽江西並浙江四省軍務所有四省巡撫提鎭以下各官悉歸節制浙江軍務著杭州將軍瑞昌幫辦並著速飭太常寺卿左宗棠馳赴浙江剿賊浙省提鎭以下各官均歸左宗棠調遣又奉酌保封疆將帥人才之　旨又奉察看蘇撫薛煥浙撫王有齡能否勝任之　旨公疏

稱臣自受任兩江以來祁門被困僅得自全安慶之克悉賴鄂軍之功胡林翼籌畫於前多隆阿苦戰於後非臣所能爲力江蘇乃職分應辦之事尚無一兵一卒達於蘇境自顧菲材實難勝節制四省重任左宗棠之才實可獨當一面卽無庸臣兼統浙省苟思慮所能到才力所能及必與左宗棠合謀不必有節制之名而後盡心於浙事也　温旨不許又奏道員李鴻章可膺封疆重寄見統水師請酌撥陸軍數千人馳赴蘇松以資防剿十一月丙戌多軍克復三河鎭王子杭州陷將軍忠壯公瑞昌巡撫王壯愍公有齡提督饒莊勇公廷選等死之公自請嚴加議處並上力圖補救之策時賊自浙圍徽公調朱品隆回援破之十二月辛未公覆奏

苗沛霖逆蹟昭彰無再撫之理目下楚軍剿辦粵逆難以同時並舉須俟廬州克後與袁甲三臨淮之師聯絡乃可併力剿苗庚辰朱品隆等大破賊於徽州左軍破賊於大鏞嶺徽境肅清同治元年正月甲申朔　特詔公協辦大學士癸巳公奏圖浙必以廣信爲運糧之路嚴州爲進兵之路目下左宗棠不能遽達嚴州俟蔣益澧軍到兩路並進所以規浙者在此保全江西皖南者亦在此臣所以再三瀆陳不敢節制四省者實因權位太重恐開爭權競勢之風兼防他日外重內輕之漸機括甚微關繫甚大又奏稱前疊奉保薦督撫大員之　旨封疆將帥乃　朝廷舉錯之大權疆臣既有征伐之權不當更分黜陟之柄不特臣爲然凡爲督撫者

辨之不可不早庶可杜植私樹黨之端紀綱肅而　朝廷愈尊矣
疏上兩奉　溫旨嘉獎仍不許辭時上海告急鎮江被賊攻又渡
江竄陷江浦江浙望援至切公疏言賊勢浩大占盡富庶之區財
力與人數皆數倍官軍不敢過求速效以致僨事二月戊午奉考
績優敘之　諭壬戌左軍克遂安乙丑疏陳安徽行省仍宜設於
安慶不宜改廬州又言長江水師戰船千餘艘礮位二千有奇事
定後請專設長江水師提督領之戊辰國荃公至安慶適奉　旨
賞頭品頂戴由浙江按察使擢江蘇布政使毋庸來京請訓亦毋
庸迴避丁丑國荃公帥師東下辛巳李公鴻章成軍八千人上海
官紳籌銀十八萬雇輪船七艘來迎遂分三次啟行三月乙未貞

幹公破舊縣荻港三山諸壘。丁酉。國荃公破賊望城岡。戊戌。鮑軍克靑陽。庚子。國荃公破賊於銅城閘。辛丑。破雍家鎭。壬寅。克巢縣含山。癸卯。貞幹公克繁昌。甲辰。國荃公克和州。鮑軍克石埭太平。乙巳。國荃公克裕溪口。丙午。攻克西梁山。北岸沿江賊壘悉平。戊申。貞幹公破賊魯港。己酉。鮑軍克涇縣。壬子。貞幹公克南陵。李公鴻章全軍抵上海。　詔命署江蘇巡撫。當是時。公兩弟夾江而下。彭公帥水師中江而下。是爲直擣金陵之師。李公帥湘淮陸勇。佐以黃公翼升之淮陽水軍。突過賊境。是爲援剿吳會之師。江以北。多隆阿公爲圍攻廬州之師。李公續宜有派援潁州之師。江以南。鮑公超爲進攻寧國之師。張公運蘭等爲防剿徽州之師。左公宗

棠爲規復全浙之師。十道並出。皆受成於公。此外袁公甲三及李世忠淮上之師。都興阿公防江北之師。馮子材守鎮江之師。並奉
旨統籌兼顧。軍書旁午。日不暇給矣。四月甲寅張軍克旌德。丁卯。多軍克廬州。陳玉成走壽州。苗沛霖縛獻 欽差勝保軍前。磔之。壬申國荃公渡江。會水陸各軍克太平府。癸酉克金柱關。東梁山賊寨。甲寅克蕪湖。李公鴻章復青浦奉賢。五月甲申國荃公破大勝關秣陵關三汊河賊壘。又會水師攻克頭關及江心洲蒲包洲賊壘。遂薄江寧。駐師雨花臺。丙戌公核定江西錢漕章程。甲午國荃公破賊六郎橋。丙申鮑軍進攻寧國府。李公鴻章復南滙及川沙廳。賊犯青浦嘉定。洋兵敗退上海。戒嚴。李公大破賊於虹橋。

松江圍解六月辛酉國荃公擊援賊卻之丙寅鮑軍克寧國賊目洪容海以寧國縣城降遂復廣德丁卯江寧賊悉銳出犯國荃公擊卻之七月庚寅疏報安徽巡撫李續宜聞訃丁憂請照胡林翼之例　賞假數月仍署理撫篆丁酉得　旨授李續宜爲　欽差大臣督辦安徽軍務辛丑公代李續宜奏請回籍治喪又請袁甲三暫緩交卸督師之任奉　諭李續宜著在軍營穿孝改爲署理巡撫毋庸賞假回籍閏月辛酉李公鴻章克靑浦李公續宜至安慶苗沛霖退出壽州及正陽關遂疏請終制　詔賞假百日回籍假滿仍出督師以唐公訓方署皖撫公奏設太湖水師防剿蘇松俾黃翼升水軍得專防淮揚己卯疏稱曾國荃鮑超張運蘭朱品

隆左宗棠各軍疾疫大作病者十七八戰守俱無把握是月浙江官軍復處州八月庚子蘇州賊援江寧結壘二百有奇日夜環攻官軍國荃公力禦之面受鎗子創仍裹創巡營以安眾鮑軍失利於新河莊賊犯寧國府鮑公入城拒守蔣公益澧抵浙克壽昌九月乙卯賊陷寧國縣時賊船拖過東壩謀衝出大江楊公載福易名岳斌扼守金柱江寧賊挖地道實火藥轟攻雨花臺各營國荃公挖隧以迎之貞幹公力戰江干以通餉道甲寅擊賊破之辛巳又破之將軍都興阿公自揚州派兵千八百人渡江助守丙寅水陸軍大破賊於金柱關庚午燬賊舟幾盡是月李公克嘉定賊攻鎮江馮子材敗之十月甲申國荃公大破援賊俘斬數萬賊解圍

遁至是苦守四十六日矣　詔賞國荃文綺珍品貞幹以知府用
乙卯賊撲李世忠九洑洲營遂渡江北竄丙辰朱品隆等破賊於
旌德戊午旌德圍解時湘軍在壽州正陽關者與苗練不洽僧王
督師河南疏請撫苗以勦捻苗沛霖數上書僧王詆湘軍之失公
察其有意挑釁壞大局也又因皖北兵單乃疏調蔣凝學毛有銘
蕭慶衍等軍移駐廬州等處以避之賊之竄江北也陷含山及巢
縣公檄新募淮勇之張樹聲吳長慶等暫緩赴滬分守無爲廬江
國荃公亦分兵回守東西梁山而廣德賊忽竄陷績溪十一月己
酉朔賊陷和州庚戌唐義訓王文瑞復績溪壬子賊圍涇縣易開
俊擊卻之乙卯陷祁門戊午唐義訓王文瑞復之賊走石埭庚午

疏調貴州提督江忠義一軍赴皖防勦丙寅貞幹公卒於軍詔
贈按察使是月左軍復嚴州李軍克常熟十二月癸未石埭賊陷
青陽戊子水師破三汊河賊壘蕭慶衍等克運漕鎮己亥國荃公
破賊六郎橋庚子蕭慶衍破賊銅城閘辛丑賊棄青陽走石埭二
年正月己酉賊攻涇縣易開俊等卻之壬子鮑軍赴援癸丑大破
賊甲寅賊解圍追擊破之乙亥公赴江寗視師是月左軍克金華
紹興及湯溪龍游蘭谿永康武義浦江桐廬諸縣二月丁丑朔賊
犯金柱關水陸軍擊破之賊犯寗國劉公松山力禦之戊寅鮑軍
連破賊壘寗國近城百里皆肅清己卯賊陷李世忠九洑洲營遂
渡江陷浦口辛巳水師破灣沚賊壘壬午公抵雨花臺大營慰勞

各將士。辛卯賊犯休寧。別賊自於潛昌化竄徽州。左公派劉典援徽。甲辰公同安慶。三月己酉江浦賊上犯圍毛有銘劉連捷於石澗埠。國荃公派彭毓橘援無爲。江西巡撫沈公葆楨派王沐援徽州。丙戌蕪湖水陸官軍破黃池賊壘。丁亥焚賊舟淨盡。劉典王文瑞王沐大破賊於休寧。癸亥蕭慶衍彭毓橘毛有銘劉連捷大破賊於石澗埠。劉典王文瑞王沐克黟縣。甲子苗沛霖復叛攻壽州。乙丑圍廬江。丁卯圍舒城。蔣凝學擊卻之。戊辰朱品隆敗賊於石埭。粵賊糾捻匪攻桐城。提督周寬世擊走之。庚午賊圍六安。辛未劉公典破賊於徽州。是月李公克太倉。國荃公擢浙江巡撫。左公擢閩浙總督。　特詔予公弟貞幹謚。照二品例議卹。並建專祠。四月丁丑賊解六安圍東竄鮑軍追擊敗之壬午水陸軍破東關賊壘乙酉破銅城閘癸巳易開俊敗賊涇縣朱品隆敗賊青陽丁酉鮑軍克巢縣公派李榕渡江援池州己亥克建德庚子鮑軍克含山進克和州壬寅國荃公攻破雨花臺賊壘及南門外十壘是月李公克峴山駱公秉章擒偽翼王石達開誅之賊自金田村起事始封之五偽王至是盡伏誅矣五月戊申易開俊破賊涇縣庚戌調成大吉周寬世援壽州乙卯江北賊南渡李朝斌帥水師會鮑軍截擊之殲其大半楊公岳斌復江浦戊午國荃公會彭楊水師克下關草鞵夾燕子磯賊壘李朝斌劉連捷大破九洑洲賊壘殺賊二萬官軍傷亾三千人庚申盡焚江面賊艓蓋公自奉　旨捌

造舟師至是十年長江上下一律肅清矣癸亥劉公松山破賊涇縣國荃公破長干橋賊壘戊辰朱品隆破賊青陽辛未江西官軍破賊陶家渡壬申奏江寗合圍須嚴斷賊糧接濟請　敕下總理衙門照會西洋各國不許於江南城外停泊輪船是月公與李公會疏核減蘇松二郡及太倉州浮糧六月丙子江公忠義敗賊於湖口鮑軍破鍾山賊壘戊寅苗沛霖陷壽州知州毛維翼死之庚寅石埭賊陷黟縣壬申劉公典復之癸巳江公忠義及李榕破賊於堅山是月李公克吳江七月丁未江公及各軍敗賊於湖口壬子國荃公克印子山賊壘甲子賊圍青陽朱品隆力禦之甲戌晦國荃公破上方橋賊壘是月李公進攻蘇州八月己酉劉公松山

破賊涇縣丙戌國荃公破江東橋賊壘壬辰賊襲寧郡劉公自涇回援破之戊戌易開俊破賊於涇縣辛丑李榕席寶田援青陽大破賊斬馘萬人賊解圍走石埭於是朱品隆苦守三十八日矣是月李公克江陰左公克富陽進攻杭州公核定淮南西岸票鹽章程九月壬子易開俊破賊涇縣癸丑國荃公破博望鎮賊壘戊辰破上方門高橋門土山方山七甕橋等處二十餘壘己巳破中和橋賊壘辛未破秣陵關偽城壬申賊目古隆賢以石埭太平降易開俊復旌德彭公玉麟破水陽新河莊等處賊壘十月甲戌朔彭公破滄溪長樂鎮賊壘乙亥復高淳丙子易開俊復寧國縣蔣凝學成大吉復穎上己卯國荃公破江寧城東二十餘壘庚辰鮑軍

會水師克東壩乙酉鮑軍克建平復溧水戊子國荃公進駐孝陵衛僞王軍至淮北苗沛霖走死蒙城圍解練黨平是月李公復蘇州公奉　旨從優議敘十一月戊申國荃公治地道轟城未克丙辰城賊出犯擊破之己未賊出城築營又破之賊犯建平溧水官軍擊卻之是月李公克無錫分軍入浙克平湖嘉善海鹽十二月壬午核定皖南開墾荒田章程是月江誠恪公忠義卒於軍三年正月戊申賊攻寧國陷績溪壬子唐義訓復績溪追敗賊於歙縣癸亥國荃公攻破僞天保城遂扼太平神策二門城圍以合是月李公克宜興左軍克桐鄉二月辛亥席寶田克金谿丁巳廣德賊退入湖州鮑軍進攻句容庚申席寶田破賊建昌是月李公克溧

陽又克浙之嘉興府左軍克杭州賊併踞湖州不下三月乙巳鮑軍破三岔賊卡丁未克句容庚戌破寶堰賊壘五壬子浙賊竄徽州唐義訓毛有銘失利癸丑賊撲徽城兩軍擊卻之乙卯奉考績優敘之　旨丁巳唐義訓毛有銘擊賊於廬村敗公調朱品隆援徽州調鮑軍回東壩調周寬世金國琛渡江進駐饒州庚申鮑軍復金壇戊辰核定淮北票鹽章程是月左軍克武康德清石門江西官軍克新城四月乙酉丹陽賊上竄鮑軍截擊大破之常州賊竄徽州唐義訓毛有銘金國琛截擊大破之丁酉逆首洪秀全服毒死僞忠王李秀成立其子福瑱號幼主祕不發喪雖城中賊不知也是月廣信撫建寧都各屬多被陷官軍敗賊於玉山又敗之

於撫州於弋陽貴溪而賊勢未衰以蘇浙賊爭就食江西也　詔楊公岳斌督辦皖南江西軍務劉公典副之是月李公克常州鎮江官軍克丹陽江蘇全境平惟江寧未下李公調劉銘傳等軍守句容東壩公乃調鮑軍援江西五月癸丑奏　寄諭著李鴻章會軍攻江寧辛酉公疏稱蘇常既克臣即咨請李鴻章來江寧會剿接其來文謂將士太勞宜少息俟湖州克復再撥兵會攻不知者謂臣弟國荃貪獨得之美名忌同列之分功非臣兄弟區區報國之意茲奉　寄諭已恭錄咨催懇　恩飭催李鴻章速赴江寧實爲至幸壬戌疏稱楊岳斌鮑超均赴江西兵力已厚改調周寬世赴皖北以防鄂賊東竄調陳國瑞駐壽州爲游擊之師仍嘗嚴

扼江面兗掣動江寧全局己巳國荃公破僞地保城日夜督攻不息是月李公克浙之長興楊公岳斌擢陝甘總督六月乙酉官軍治地道轟陷江寧城二十餘丈國荃公督隊入城是夕克內城摻殺三日夜賊黨死者十餘萬戊子擒僞王李秀成洪仁達公馳奏江寧一軍圍攻二年有奇前後死於疾疫者萬餘人死於戰者八九千人今仗　天威擒渠掃穴旣慟我
文宗不及目覩獻馘告成之日又念生靈塗炭過久惟當始終慎勉掃蕩餘孽以蘇子遺之困而分　宵旰之憂奉　上諭洪逆倡亂粵西於今十有五年竊據江寧亦十二年蹂躪十數省淪陷數百城卒能次第蕩平殄除元惡該領兵大臣等櫛風沐雨艱苦備

嘗允宜特沛殊恩用酬勞勩欽差大臣協辦大學士兩江總督曾國藩自咸豐三年在湖南首倡團練創立舟師與塔齊布羅澤南等屢建殊勳保全湖南郡縣克復武漢等城肅清江西全境東征以來由宿松克潛太進駐祁門疊復徽州郡縣遂拔安慶省城以爲根本分檄水陸將士規復下游州郡茲幸大功告蕆逆首誅鋤實由該大臣籌策無遺謀勇兼備知人善任調度得宜曾國藩著加恩賞加太子太保銜錫封一等侯爵世襲罔替並賞戴雙眼花翎浙江巡撫曾國荃以諸生從戎隨同剿賊功績頗著咸豐十年由湘募勇克復安慶省城同治元二年連克巢縣含和等處率水陸各營進逼金陵駐紮雨花臺攻拔僞城賊衆圍營苦守數月奮

力擊退本年正月克鍾山石壘遂合江寧之圍躬冒矢石半月之久未經撤隊克復全城殄除首逆實屬堅忍耐勞公忠體國曾國荃著賞加太子少保銜錫封一等伯並賞戴雙眼花翎其同日錫封者提督李臣典一等子蕭孚泗一等男均賞戴雙眼花翎提督黃翼升張詩日等總兵朱洪章熊登武等按察使劉連捷等百二十餘人均奉 旨獎擢有差又奉 旨欽差大臣科爾沁王僧格林沁 賞晉親王官文李鴻章並封一等伯楊岳斌彭玉麟駱秉章並賞一等輕車都尉所有出力員弁兵勇候 旨施恩發去銀牌四百面先行頒賞以勵戎行癸巳公抵江寧慰勞諸將領親訊李秀成供丁酉焚洪秀全屍是月左軍克孝豐七月壬寅設善

後局撫難民鮑軍大捷於許灣殺賊四萬賊大潰甲辰誅李秀成洪仁達洪仁發洪福瑱遁廣德賊黨爭迎之已酉鮑軍復東鄉金谿庚戌江忠朝克崇仁宜黃辛酉公檄撤湘勇二萬五千人留萬人守江寧留萬五千人命劉連捷朱洪章朱南桂等領之爲皖南北游擊之師戊午鮑軍克南豐新城降其眾數萬乙丑李左二軍克湖州丙寅公還安慶丁卯左軍克安吉全浙平李公派劉銘傳一軍克廣德賊黨挾洪福瑱走寧國山中八月甲子公至江寧乙丑核定安徽全省錢漕章程奉　旨准國荃開缺回籍並賞人葠六兩以資調理病痊即行來京陛見以備倚任已卯捻匪自湖北犯英山蔣凝學拒卻之戊子江浙官軍破賊於廣信洪福瑱走石

城癸巳席寶田擒福瑱送南昌斬之丙申鮑軍破賊於寧都賊解
圍入閩江西全境平左公　錫封一等伯鮑公　錫封一等子賊
之竄粤者犯南雄竄閩者陷武平張忠毅公運蘭死之遂踞漳州
十月己丑奏建昭忠祠於江寧時賊陷廣東之嘉應大埔與汀漳
賊合蔓延數百里十一月補行江南鄉試疏請蠲免安徽州縣錢
糧是月左公奉　旨入閩督勦四年正月設粥廠以食饑民二月
通飭所屬積穀備荒李公鴻章派提督郭松林等由海道赴閩助
攻漳州三月公通籌黔滇大局疏稱凡進兵必有根本之地籌餉
必有責成之人謀滇當以蜀爲根本即以餉事責之川督謀黔當
以湘爲根本即以餉事責之湘撫從之時有　旨垂詢曾國荃如

病已痊即來京陛見公疏陳病尚未愈會御史朱鎮言湘勇在江南騷擾狀公遂再撤存四營而已四月核定瓜洲鹽棧章程初鮑公超奉 旨出關請假四月歸葬所部霆字軍半以總兵婁雲慶領之入閩半以總兵宋國永領之赴蜀仍將率以出關也入閩者在上杭大譁同向江西索餉得六萬金而粗定赴蜀者行至金口登岸譁潰爲亂竄陷咸寧崇通擾及湖南官軍敗之歸併粵賊於漳州公會疏稱鮑超威嚴有餘恩信不足至是果如所慮是月僧王追擊捻匪至曹州中伏陣亡燕齊大震五月丙申奉 詔曾國藩著即赴山東督兵剿賊兩江總督著李鴻章暫署公覆陳目下情形萬難迅速一楚勇裁撤殆盡僅存三千作爲親兵外調劉松

山一軍及劉銘傳淮勇各軍尚不敷分撥當另募徐州勇以楚軍之規模開徐兗之風氣期以數月訓練成軍一捻匪戰馬極多步兵不足當騎賊擬赴古北口採辦戰馬在徐州添練馬隊一扼賊北竄全恃黃河天險現辦黃河水師亦須數月乃能就緒一直隸宜另籌防兵分守河岸不宜令河南之兵兼顧河北僧格林沁嘗周歷湖北安徽河南江蘇山東五省臣斷不能兼顧五省不特不能至湖北也如以徐州爲老營則山東祇能辦兗沂曹濟四郡河南祇能辦歸陳兩郡江蘇祇能辦徐淮海三郡安徽祇能辦盧鳳潁泗四郡此十三府州者責臣督辦而以其餘責成本省督撫則汛地各有專屬軍務漸有歸宿此賊已成流寇宜各練有定之兵

乃可制撫定之賊臣爲謀迂緩駭人聽聞殆不免物議紛騰交章責備然籌思累日計必出此甲辰公調劉銘傳一軍駐濟寧李公鴻章檄道員潘鼎新領淮勇五千航海赴天津以衛畿輔是日奉
旨所有直隸山東河南三省旗綠各營及地方文武均歸節制調遣公請收回 成命 温詔不許又疏言潘鼎新劉銘傳張樹聲周盛波四軍皆係淮勇臣見調甘涼道李鶴章辦理行營營務處丙辰李公鴻章至江寧公交印出省壬戌與彭公玉麟核定長江水師章程是月唐義訓金國琛徽防軍索餉鼓譟左軍克漳州郭松林克漳浦閩屬皆平賊竄粵閏月辛未公至清江浦捻酋四人曰張總愚曰任柱曰牛洪曰賴文光有眾數十萬馬數萬蹂躪

數千里分合不常公既奏定扼要駐軍不事馳逐軍餉器械繇水次轉運以江南爲根本以清江浦爲樞紐溯淮潁而上者達於臨淮關溯運河而上者達於徐州濟寧時賊圍安徽按察使英翰於雉河集公調劉銘傳周盛波兩軍援之劉公松山亦以老湘軍至公疏言臣初奏十三府州之地安徽以臨淮爲老營河南以周家口爲老營江蘇以徐州爲老營山東以濟寧爲老營各駐重兵多儲軍械一處有急三處往援有首尾相應之象無疲於奔命之虞或可以拙補遲徐圖功效見派郎中李昭慶訓練馬隊爲游擊之師尋請將撥交河南之馬隊五百人調赴皖北助勦辛卯公至臨淮時雉河賊已解圍竄許州矣六月示諭亳州蒙城宿州永城四

屬民圩分別良莠責令擒送捻黨公弟國荃奉　旨授山西巡撫尋以病辭是月賊竄襄陽陽鄧等處七月疏言賊情已成流寇若賊流而官兵與之俱流則節節尾追著著落後臣堅持初議以有定之兵制無定之寇令劉銘傳駐周家口張樹聲駐徐州劉松山駐臨淮潘鼎新駐濟寧賊至則迎頭擊之請　敕楚豫各督撫於豫之肇洛宛鄧楚之隨棗黃麻各駐勁兵專重迎剿不事尾追庶幾漸有歸宿尋奉　寄諭責以不兼顧晉省不令劉銘傳等繞出賊前防賊竄秦晉之路公覆陳周家口八面受敵最爲扼要劉銘傳將略較優人數較多故以此路付之至秦晉邊防五百餘里實非該軍所能徧防若令其西去則無益於晉而有損於豫且湘淮

各軍不慣麪食今之行兵者全不講求轉運糧械缺乏何以圖功是月賊竄湖北八月丁酉公抵徐州大閱馬隊時任柱牛洪賴文光自陳潁竄山東之曹州張總愚向踞南陽九月癸亥朔奏劉銘傳一軍迭獲勝仗賊東竄曹州已調徐州全軍赴山東會剿調臨淮軍接防徐州調周盛波移駐歸德丁丑賊破辛家寨將犯徐州公調郭松林楊鼎勳防剿沂海一路是月張總愚竄鄂尋囘河南閩軍克粤之鎭平賊踞嘉應州左公督三省官軍圍之十月徐州官軍擊賊獲勝賊仍竄山東潘鼎新破賊豐縣張逆自郟縣禹州東竄開封任牛賴自曹州西竄周盛波破賊於寧陵劉銘傳破賊於扶溝賊合犯襄城舞陽勢趨鄂境公調徐州馬步軍駐周家口

以劉軍爲游擊之師隨賊所向追擊之不復泥十三府州之說矣十一月核定長江水師營制營規初銅山沛縣有微山湖涸出地一區咸豐初曹州民因避水占居其地馴至數萬人占田侵廣有司因按畝徵餉號曰湖團與沛縣民屢有鬬訟之案捻匪東竄時與湖團相勾引沛民愬於公公飭拏通捻之團民究治勒限撤回本籍其良民六團留居徐州示諭不分土客止分良莠令各安本業是月張逆竄襄陽任牛竄潁州尋竄鄂十二月成大吉一軍在麻城潰叛捻匪乘之勢大熾公調劉銘傳援楚張逆回竄南陽五年正月庚午奏派徐州馬隊九百餘人馳赴奉天勦辦馬賊又奏調李昭慶之馬隊馳赴周家口丁丑劉銘傳克黃陂賊竄河南是

月左公督諸軍克嘉應州鮑公追剿至大嶂嶺破之降其衆二萬有奇粵逆之局結矣公弟國荃奉　旨授湖北巡撫二月己亥公自徐州啟行己酉抵濟寧時任牛賴竄汝寧擾及陳潁張逆竄曹州調潘鼎新軍堵之三月調李昭慶赴山東調楊鼎勳護衛孔林時劉銘傳周盛波並追賊抵東境檄令嚴扼運河劉松山亦抵濟寧是月國荃公到湖北任賊自山東南竄淮徐四月公奏劉銘傳周盛波追剿獲勝又陳潘鼎新力戰保全東省之功及山東官軍扼防運河之功又奏賊勢南趨劉松山回駐徐州與劉秉璋楊鼎勳軍會合又奏臣軍注重東路不能不藉運河爲阻截之界擬濬河增堤置柵以爲之防時牛張二逆竄曹徐之交任賴二逆擾淮

泗各屬公檄劉軍暫在濟寧休息以潘軍爲游擊之師五月牛張回竄河南任賴竄皖公檄潘鼎新周盛波爲一路劉秉璋楊鼎勳爲一路劉松山張詩日爲一路分途馳擊又奏黃運兩河應分汛地歸直督東撫派兵設防臣擬查閱運河南路興築隄牆六月丙申公回濟寧疏言平原千里此剿彼竄不能大創賊擬自周家口以下扼守沙河周家口以上扼守賈魯河自朱仙鎭以北至黃河南岸則掘濠守之派水陸軍分段扼防咨豫皖兩撫臣調兵分守使羣賊南竄不出南汝光固黃州六安等處則官軍足以制之矣又奏防河之舉地段太長派劉銘傳潘鼎新張樹珊扼守朱仙鎭以下四百里之地力任其難以上則專責河南兵力已咨請李鶴

年先辦防務主守而不主勦是月牛張西竄劉松山張詩日截擊破之任賴東竄潘鼎新迎擊卻之國荃公檄郭松林彭毓橘等軍守德安隨州七月奏任賴二酋回竄東路前奏扼守沙河之策難遽興辦現令劉銘傳周盛波潘鼎新並赴東路馳勦壬申公抵臨淮甲申奏潘鼎新迎勦獲勝任賴二逆竄至賈魯河以西仍擬扼防賈魯河沙河杜其回竄又奏報劉松山張詩日在西華上蔡大捷丙戌牛張西竄劉松山與河南官軍宋慶等追勦至新野鄧州南召魯山大破之八月乙未公抵周家口奏捻逆縱橫從未大受懲創此次經湘軍奮擊凶燄頓衰有回竄東北之勢已調各軍堵勦調鮑超自汝寧北出力扼東竄之路劉銘傳等仍令修築隄牆

分汎防守壬申賊自許州竄近汴梁衝濠走山東己卯奏捻賊東竄河防無成現調劉銘傳潘鼎新等赴山東追勦又奏勦捻年餘愧無成效請　敕李鴻章出駐徐州與東撫會辦東路曾國荃出駐南陽與豫撫會辦西路臣駐周家口可以聯絡一氣是月賊撲運河山東官軍禦卻之九月奏劉銘傳潘鼎新迭獲勝仗賊不得逞志於東必仍西竄已檄劉松山自扶溝迎勦鮑超自南陽進兵遮截西竄之路又奏續假一月在營調理時李公出視師於徐州國荃公出視師於襄陽賊竄滎澤決河隄河南官軍堵塞之捻酋牛洪死於陣張逆竄陝西任賴走濟寧攻撲運河山東官軍扼之十月鮑軍追賊至陝州賊已西竄劉潘二軍在鄆城追勦獲勝公

奏病難速痊請開缺以散員留營效力另簡　欽差大臣接辦軍務又奏剿捻無功請將封爵暫行注銷以明自貶之義奉　旨再賞假一月安心調理俟痊卽來京陛見以慰廑系所請注銷封爵無庸議十一月辛酉奉　旨回兩江總督本任暫緩來京陛見以李鴻章爲　欽差大臣公奏病體不能勝兩江之任若離營回署又不免畏難取巧之譏請仍在軍照料一切維繫湘淮軍心　温旨不許是月國荃公駐軍德安楚督官文公奉　旨開缺入都供職十二月戊子再請開缺不許是月郭松林軍敗於德安淮軍亦失利張壯勇公樹珊陣亾張總愚逼西安陝兵敗潰劉公松山援關中六年正月甲戌公至徐州接篆視事公之剿捻也初立駐兵

四鎮之議次設扼守黄運河之策皆未久而變其在臨淮搜除蒙亳匪黨以絕其根株在徐州辦結湖團巨案以杜其勾引大小數十戰力遏兇鋒捻勢實因此而衰而言路劾公者有御史朱鎮盧士杰朱學篤穆緝香阿最後阿凌阿劾公驕妄皆奉　旨辦斥公念權位所在衆責歸之惕然不安其位矣甲申奉　旨回駐省城一切軍情調度仍著李鴻章隨時咨商以資裨益是月鮑軍擊賊於襄陽之楊家澤大破之殲賊萬餘人任賴二酋竄河南二月竄安徽回竄湖北湘軍敗於黄州彭忠壯公毓橘死之劉公松山連破張逆於陝西三月庚申公還江甯四月鮑公超傷病大作公疏調提督婁雲慶接統霆軍時捻匪自湖北竄南陽五月旱公連日

步禱祈雨·辛酉·詣靈谷寺取水·壬戌·大雨·捻賊越運河而東·犯青州·有　詔曾國藩著補授武英殿大學士·仍留兩江總督之任·六月·奏鮑超傷病深重·請令回籍養病·捻賊竄登萊·七月·奏霆營將領公稟·不願隸婁雲慶部下·請將全軍撤遣·時捻賊越濰河犯沂州·竄及贛榆海州沭陽各屬·八月·海州捻匪竄山東·復竄贛榆·劉公銘傳追剿·大破之·斬其酋任柱·是月·國荃公開缺回籍·十一月·劉公銘傳擊賊壽光·大破之·擒斬數萬人·賴文光遁山東·肅清·十二月·己丑·揚州官軍擒文光斬之·餘黨皆潰·東南蕩平·　詔加賞公雲騎尉世職·時張總愚自陝西越黃河竄山西·七年正月·竄保定·天津·河間·畿輔戒嚴·丁公寶楨督軍入援·駐固安·左公宗棠督

軍追勦駐天津李公鴻章駐軍大名李公鶴年英翰公皆領兵防河南北三月奏定長江水師補缺章程並續陳未盡事宜四月捻逆越運河竄東昌武定時河北水漲官軍扼河以困之公遵 旨派員赴合肥催劉公銘傳銷假赴軍並派提督黃翼升總兵歐陽利見領水師協勦六月劉公赴直隸七月官軍大破捻匪張總愚走死三輔肅清 詔公從優議敘李公鴻章以湖廣總督協辦大學士劉公銘傳 封一等男餘升賞有差壬申 詔調公直隸總督八月疏陳丁憂兩次均未克在家終制從公十年未得一展墳墓又勦捻無功本疚心之事而回任以後不克勤於其職公事多所廢弛皆臣抱歉之端俟到京時剴切具奏時劉公崧山入關勦

罔逆。公任其軍餉。九月。核定外海水師章程。奏請禁止川私入楚。收回淮南引地以復舊制。十一月。奏酌議江蘇外海內洋裏河水師事宜十四則。又奏兩接造辦處來文。俱稱移會兩淮監督查兩淮。祇有鹽政。並無監督。造辦處係內務府司員。與部院司官體制相同。行文督撫。應用堂官之印。請　敕該衙門嗣後遇有傳辦要件。統歸內務府大臣行文。不得由造辦處移會。以符定制。杜弊端。丁丑。公自江寧起行。十二月丙辰。入都門。丁巳　召見養心殿。賜紫禁城騎馬。戊午己未連日　召見。辛酉。至內閣及翰林院赴任。壬戌。造訪塔忠武公宅。登堂見其母。厚餽之。丁卯。至內閣集議通商事宜。凡三日。八年正月癸酉朔。早朝。捧賀表。從

駕詣　長信門行禮畢
上升殿受賀丁丑至內閣與醇郡王議奏機務六條公手稿數千言移時而成己卯趨　朝奏事丁亥侍　賜藩王宴於　保和殿戊子　賜宴廷臣於　乾清宮公領漢大學士班　恩賚珍物己丑具摺請　訓奏直隸最要之政在練兵飭吏次則河工請留劉銘傳一軍以資拱衛再練萬人使成勁旅則畿輔不患空虛民閒疾苦由於積獄太多差徭太重屬僚玩上虐民當嚴法以懲之永定滹沱二河永爲民患宜大加疏濬報　聞壬辰出都二月甲辰接篆視事作清訟事宜十條編爲四柱冊核定限期功過章程十四條四月奏直隸采訪節義案五月奏近日臣工章奏多主練兵

不主練勇然練兵實無化弱爲强之法當參用東南募勇之意仍須部籌的餉然後營務漸有起色六月作客座箴言四則以示僚屬奏裁長蘆總商以杜把持之弊七月奏定直隸山西河南三省州縣會哨章程八月奏請調南方戰將以練北方新兵請於古北口增練千人提督傅振邦領之正定增練千人總兵譚勝達領之保定增練千人以彭楚漢領之九月核定直隸練軍章程奏請挑濬永定河中泓下口十月出勘河工至天津查勘鹽政校閱洋礮隊十一月酌議長蘆鹽政十則十二月奏大順廣等屬旱災請於來春散放錢文以貸爲賑九年正月核定直隸練軍馬隊章程時劉忠壯公松山在甘肅靈州陣亡兄子錦棠代領其軍二月奏清

理積獄計審結並注銷之案四萬一千餘起專案奏結者五十餘疏多年塵牘爲之一清又奏州縣留支銀兩請免提解四成俾地方有辦公之資方能振興吏治又州縣應付兵差款項酌準報銷四月奏酌定練軍營制又以官馬不如私馬令自養營馬以冀練成勁騎尋疏陳病狀請假一月五月續假一月先是天津屢有迷拐幼孩之案並有剖心剜眼之謠署知府張光藻弋獲拐匪張拴郭拐又民團獲送匪犯武蘭珍供出法國教堂之王三授以迷藥由是津民與教堂屢鬨戊子通商大臣崇厚約法國領事官豐大業來署提犯對質時謠言四起人情洶洶豐大業在署中施放洋鎗崇厚急起避之豐大業忿而走出遇天津令劉傑用洋鎗擊傷

其家丁津民大憤毆斃豐大業燒燬教堂洋人及本地從教者死數十人庚寅　詔公馳赴天津查辦　諭曰匪徒迷拐人口挖眼剖心實屬罪無可逭既據供稱牽連教堂之人如查有實據自應與洋人指證明確按律懲辦以除地方之害至百姓聚衆將該領事毆死並焚燬教堂拆毀仁慈堂此風亦不可長著將爲首滋事之人嚴拏究辦俾昭公允壬辰奉　旨崇厚周家勳張光藻劉傑著先行交部議處仍著曾國藩確切查明嚴參具奏至迷拐人口匪徒及爲首滋事人犯均著嚴拏懲辦尋有　旨崇厚著充出使法國大臣六月己亥公啟行赴津書遺囑以示二子略言余自咸豐三年募勇勦賊即自誓効命疆埸今老病危難之際斷不肯吝

一死以負初心因作忮求二箴爲家訓謂凡不善皆自忮求始也庚子奏請先將誤傷俄國之三人及英美兩國之講堂速爲料理不與法國之事併議以免歧混　諭嘉其所見甚是乙巳至天津津郡民團舊有水火會名目人數甚衆怨崇厚之護教也謂公至必力反其所爲公以粵捻初平宜堅保和局不宜與洋人搆衅再啟兵端至是出示曉諭士民仍不奬其義憤且有嚴戒滋事之語津人遂以怨崇厚者怨公矣時投牒訴者數百人查訊挖眼剖心並無事實而迷拐一案拏到教民王三安三等供辭反覆不能定案丙午英國人來見丁未美國人來見戊申內閣學士宋晉奏和局固應保全民心未可稍失請布置海口防兵兼婉諭各國爲解

散約從之策。詔公酌量辦理。甲寅。法人羅亞淑來見。丙辰。崇厚來言洋人將大興波瀾。有以府縣官議抵之說。公峻拒之。丁巳。羅亞淑復來。辭氣凶悍。其公牘有請將府縣官及提督陳國瑞抵命之語。戊午。公備牘駁詰之。己未。與崇厚會奏。王三雖供認授藥武蘭珍。然且時供時翻。仁慈堂查出男女。訊無被拐情事。至挖眼剖心。則係謠傳。初無實據。然津民所以生憤者。則亦有故。教堂終年扃閉。莫能窺測。可疑一。中國人至仁慈堂治病。恆久留不出。可疑二。仁慈堂死人。有洗尸封眼之事。可疑三。仁慈堂所醫病人。雖親屬在內。不許相見。可疑四。堂中掩埋死人。有一棺而兩三尸者。可疑五。積此五疑。眾怒遂不可遏。抑又奏請將張光藻劉傑革職交部治罪公本不欲加罪府縣崇厚堅請會奏疏發後公痛悔之病亦增劇公前疏辨挖目剖心之誣又陳五可疑之說意在持平而內閣鈔發奏稿遺其後半篇都人亦謂公偏護洋人又以詆崇厚者詆公矣責問之書日數至公惟自引咎不欲自明也崇厚仍主府縣議抵之說公力拒之崇厚乃奏法國勢將決裂曾某病勢甚重請另簡重臣來津妥辦　詔丁日昌赴津幫同辦理未到之先派毛昶熙前往會辦惟該國兵船業已到津意在開釁著李鴻章帶兵馳赴畿疆候　旨調派公奏羅亞淑欲將府縣議抵難允所求府縣本無大過送交刑部已屬法重情輕彼若立意決裂雖百請百從仍難保無事也又奏外國論强弱不論是非若中國有備

和議當稍易定。現令銘軍拔赴滄州以資防禦。又言 朝廷昭示大信不宜開兵端。惟當時時設備。以爲立國之本。二者不可偏廢。

諭嘉其曲中事理。七月已巳。毛公至津約洋官會議。所帶章京陳欽。按理抗辯。洋人不能答。羅亞淑仍執前說。徑行回京。公會奏羅亞淑回京緣由。請一 體堅持定見。又奏福建所購京米。請截留二萬石存津。以供李鴻章劉銘傳軍食。得 旨羅亞淑無理要挾。所請府縣抵償一節。斷無允准之理。此時如將下手滋事之犯。按律懲辦。則洋人自不至節外生枝。再歸咎於府縣矣。會丁公到津。懸賞緝犯。將府縣遣戍。下手滋事者議抵。獄遂結。而江督馬新貽被刺出缺。 詔調公兩江。而以李公督直隸。公請開缺調理。 温詔不許十月公壽六十賜御書福壽字勛高柱石額暨諸珍品公請覲入都召見二次樞廷傳旨催赴任陛辭復召對丁未出都閏月壬午抵江寧十一月壬辰朔接篆視事作家訓日課四則曰愼獨則心安主敬則身强求仁則人悅習勞則神欽十年正月奏通籌運道全局爲可久之規二月奏議運河章程三月奏楚省引地被川鹽侵占太甚請飭部核議七月奏派刑部主事陳蘭彬江蘇同知容閎選帶才俊子弟赴泰西各國肄習技藝以各國軍政船政皆視爲身心性命之學中國當仿其意而通其法也八月出省大閱十月回江寧十二月奏續議江蘇水師章程二十一條十一年二月戊午公薨於位年六十有二時天陰雨

忽火光燭城中江寗上元兩縣令驚出救火惟見紅光圓如鏡出
天西南隅亙久漸滅遺疏上
上震悼輟朝三日　諭曰大學士兩江總督曾國藩學問純粹器
識深宏秉性忠誠持躬清正由翰林蒙
宣宗成皇帝特達之知洊升卿貳咸豐年間創立楚軍勦辦粵匪
轉戰數省疊著勳勞
文宗顯皇帝優加擢用補授兩江總督命為欽差大臣督辦軍務
朕御極後簡任綸扉深資倚任東南底定厥功最多江寗之捷特
加恩賞給一等毅勇侯世襲罔替並賞戴雙眼花翎歷任兼圻於
地方利病盡心籌畫老成碩望實為股肱心膂之臣方冀克享遐

齡。長承恩眷。茲聞溘逝。震悼良深。曾國藩著追贈太傅。照大學士例賜卹。賞銀三千兩治喪。賜祭一壇。加恩予諡文正。入祀京師昭忠祠賢良祠。並於湖南原籍江寧省城建立專祠。其一等侯爵。即著伊子曾紀澤承襲。毋庸帶領引見。其餘子孫幾人。著查明具奏。候朕施恩。用示篤念忠良至意。旣而各疆吏疏陳功績。奉 諭何璟英翰李翰章臚陳曾國藩歷年勳績。覽之彌增悼惜。曾國藩器識過人。盡瘁報國。當軍務棘手之際。雖屢經困阨。堅忍卓絕。曾不少渝。功成之後。寅畏小心。始終罔懈。其薦拔賢才。如恐不及。尤得以人事君之義。忠誠克効。功德在民。著於安徽湖北建立專祠。此外立功省分。並准其一體建祠。伊次子附貢生曾紀鴻。孫曾廣鈞。

均賞舉人・曾廣鎔賞員外郎・曾廣銓賞主事・俟及歲時分部學習行走・未幾江西直隸並請建專祠・許之・公之學以關閩爲宗・於許鄭之訓詁・復孳窮綜貫・嘗言聖賢之所以修己治人・禮而已矣・論語求仁・雅言執禮・孟子亦仁禮並稱・異端鄙棄禮教・正以賊仁也・張子正蒙・朱子經傳通解・於禮三致意焉・近儒王船山註正蒙・秦文恭作五禮通考・知其要矣・諸子百家・公無所不窺・尤好莊子史記漢書通鑑文獻通攷五禮通攷・治之三反・古文宗楊馬韓曾・詩自李杜外・篤嗜蘇黃・治經喜高郵王氏書・治軍行政・先求踏實・或籌議稍迂・而成功轉奇・或發端至難・而取效甚遠・或初爲眾所駭怪・而徐服其精・所見既定・百折不回・出入死生・無所怖・處功名之

際則師黃老之退遜持身型家尚禹墨之儉勤生平持之有恆者曰不誑語不晏起自奏疏至公牘私函無一欺飾語卽撫外夷馭降將亦推誠布公恥用權術在軍在官辨色卽起數十年如一日讀書有常課雖存亾呼吸間不改度也公於中外之防持之尤力咸豐十一年米國俄國請以兵助勦公請嘉其效順而緩其師期同治元年英國法國以嘉定之敗欲調印度兵來戰公請申大義以謝之陳利害以勸止之廷議購輪船公力贊之至欲用夷將則議寢其事六年　詔詢款議中事可許不可許公奏凡爭彼我之虛儀者可許奪吾民之生計者勿許也所著文十二卷詩四卷奏議百二十卷批牘二十四卷書札六十卷日記三十四卷尺牘五

十卷家書二十八卷曾氏家訓長編其成者朱子小學一卷冠禮長編一卷歷朝大事記六卷藩部表一卷選錄十八家詩鈔三十卷經史百家雜鈔二十六卷古文簡本二卷鳴原堂論文二卷在軍中有孟子四類編論語言仁類記易象類記左傳分類事目禮記章句校評樸目雜記周官雅訓雜記通鑑大事記各若干卷皆行世古之作行狀者上史館牒太常或請私家傳誌而已公勳績在故府　特賜上諡史宬有傳　賜葬有碑無以狀為也顧念從公軍中凡十年詳公之事實以為法後世知言者庸有取焉乃按年月日書其大者謹狀

清末民初文獻叢刊

天岳山館文鈔

（第三册）

［清］李元度　撰

朝華出版社
BLOSSOM PRESS

平江 李元度 次青

記 書事

姚姬傳曰記亦碑文之屬碑主於稱頌功德記則所紀大小事殊故有作序與銘詩全用碑文體者亦有紀事而不以刻石者曾文正曰記雜事者經如禮記之投壺深衣內則少儀周禮之考工記皆是後世古文家修造宮室有記遊覽山水有記以及記瑣事記器物皆是而方望溪則謂散體文惟記難撰結葢無質幹可立若徒具工作之程期宮室之位置雷同鋪敘甚無謂也故昌黎作記多緣情事爲波瀾永叔介甫則別求義理以寓襟抱子厚惟記山水能雕刻眾形至監祭使四門助教武功縣丞廳壁諸記則皆世

俗蹊徑耳

余案宋人之記或以論體譏之正苦無質榦可立故不得不別出機杼耳記山水至柳州可謂特絕而惲子居猶謂體近六朝未爲至凡狀山水莫善於爾雅而說文次之遂作遊通天巖諸記又謂三百篇多言山水古簡無餘辭至屈左徒肆力寫之而後瑰怪之觀幽淡之境如遇諸心目閒古之善遊山水者以左徒爲始則所見抑又遠矣書事亦記屬也故附之

序記文古人多自書余惲子居集中皆書名今參用之古人二字名多止稱一字如紂名受德泰誓但稱商王受曹叔名振鐸國語但稱叔振晉文公名重耳左傳但稱晉重耳魯仲孫氏名何忌春秋

定公六年經但書忌又如李光顏烏重允韓公武皆二名也退之
平淮西碑兩稱顏允武一稱顏允皆其例也然終以書二字為正

天岳山館文鈔卷十五

聖祖御臨米芾書恭記

古者道統治統出於一後世出於二孟子序堯舜至文王率五百年而統一續此道與治出於一者也孔子生周東遷朱子生宋南渡之世天付以斯道而權不屬此道與治出於二者也我

聖祖仁皇帝應王者之期躬聖賢之學而道與治之統於是復合計自

沖齡踐祚

臨御六十一年享國之永爲殷中宗以後所僅見其

文德武功固合二帝三王而一之矣即以文學論抑有超絕千古

者伏讀

庭訓格言

聖祖自言年十七八時讀書過勞至咯血不肯休

幾餘游藝臨摹名大家手卷多至萬餘手寫寺廟扁榜多至千餘

葢雖專門名家莫能希其萬一矣至其書學之勤也翰林學士沈

荃嘗直南書房

聖祖數召入內殿 賜坐論古今書法凡

御製碑版及殿廷屏障輒 命荃書之荃每侍

聖祖書下筆即指其弊兼析其繇

上愈嘉其忠益其後荃子宗敬以編修入直

上命作大小行楷猶　諭及前事且使內侍傳　諭大學士李光地曰朕初學書宗敬之父荃實侍屢指陳得失至今每作書未嘗不念荃之勤也於戲

聖德淵沖樂取諸人以爲善即一藝已如此宜其亙千古而立隆哉臣所見

聖祖御臨米芾董其昌書刻石者多而眞蹟不獲睹同治初在浙西得此卷爲

御臨米芾書絹本凡百五十一字卷端小璽曰　康熙御筆之寶末空二行未署年月蓋留以備　須賜時補書耳不識何時流落人間而至寶不能掩閟臣　幸得此乃構寶翰樓以珍弆之每一拜

觀。如睹羲畫開天啟太極之苞符也。文畫闡繹具純一不已之全
神也。蓋數千年道統治統之合。卽是可闚其崖略矣。豈勵一藝之
精云爾哉。抑
聖祖幾暇怡神。其偶然流露者尙若此。況
聖德神功之涵濡發育於二百餘年之久者哉。謹拜手稽首爲之
記。

高廟御書恭記

咸豐九年月正元日臣元度從兵部侍郎臣曾國藩駐軍建昌遊郡城書肆見故紙中有擘窠書福壽字各一字高二尺廣稱之龍文朱箋非人間所有謹購歸乞臣國藩審定葢

高宗純皇帝御書也謹案我朝

列聖每歲終

御書福字賜中外大臣尤渥者兼賜壽字其筆曰錫福蒼

生傳自

世祖至今猶中書供

御葢二百餘年矣大臣膺殊眷者值生長亦

賜福壽字皆異數也

高廟天縱多能

奎章照耀海內望而知爲眞蹟第不知所　賜者何人軍興後流轉至建郡未付刦火殆有神物護持而臣　元度以元日得之於戲何其幸也昔歐陽修記宋仁宗御飛白以謂仁宗之德澤涵濡四十餘年雖田夫野老猶能悲歌思慕於壠畝之閒況儒臣學士得望淸光者乎而黃庭堅仁宗御書記稱其天德純粹無聲色畋遊之好平居時御筆墨士大夫家或得隻字片紙相與傳玩比於河圖洛書敬愛所在如臨父母況我

高宗皇帝文德武功超越萬古

臨御六十年。
禪授後爲
太上皇帝又四年。
聖壽八十有九自其七旬卽 親見五代曾元有 五福五代堂
寶璽。
福壽之崇古今一人而已。豈宋仁宗所能比擬哉。夫慶雲景星光
被萬物庭堅所謂譬高厚而贊光華者也。臣 樗櫟散材自度不能
躋九列邀 殊錫而老母在堂幸依
日月之末光。獲瞻
宸翰。莽懸楣北沐

先皇之福蔭。俾臣母眉壽熾昌。傳之子孫。世世永寶。歐陽修所云。望氣者言榮光起而燭天。今其將在敝廬矣。臣國藩既恭跋下方。臣謹爲之記。

高宗御題郭畀畫記

同治元年元度駐軍衢州得元郭畀黃山雲海圖氣韻蒼潤似米芾父子上有

高宗純皇帝御題詩云京口茅堂住幾年烟雲供養領江天淋漓戲寫絪緼狀不許黃山景占全未署辛巳夏五

御題字係小行書鈐　乾隆宸翰　幾暇怡情二小璽幅中另鈐

寶璽五在上方之左曰　乾隆鑑賞正圓白文右曰　乾隆御覽之寶橢圓朱文左下曰　石渠寶笈長方朱文右下曰　三希堂精鑒璽長方朱文曰　宜子孫方白文蓋　石渠寶笈中物也謹案乾隆九年

詔編石渠寶笈四十四卷　內府所藏書畫及其欽識題跋與曾
邀
奎章寶璽者一一臚載五十六年
詔撰續編前後品題甲乙悉本
睿裁故相阮元直　南書房時獲瞻美富作　石渠隨筆謂凡歷
代名人書畫於乾隆九年入　石渠寶笈者皆用前所鈐五璽惟
藏　乾清宮者加用　乾清宮精鑑璽　養心殿　壽甯宮　御
書房皆如之其藏　圓明園者惟五璽而已迨後續編寶笈乃加
石渠定鑑　寶笈重編二璽閒有用　石渠繼鑑者則已入前書
而復加題證者也茲軸凡鈐五璽殆入　寶笈初編而藏諸

圓明園者歟考辛巳爲乾隆二十六年殆　幾餘淸暇取　石渠所藏彝擇其尤者續加以題詠歟不審何時流落人間而元虔得薰沐而寶藏之何其幸也又案郭畀字天錫一字佑之號北山鐵網珊瑚稱其家世京口故作畫全法米南宮

欽定佩文齋書畫譜列畀傳於戲一藝耳

聖祖甄錄於前

高宗題品於後既以見小善不遺而士之精一技以得名於後世者其亦可以興哉

敕建湖口石鐘山楚軍水師昭忠祠記 代

道光三十年粵西姦民洪秀全楊秀清等搆亂陷州縣以十數大軍進勦積歲弗能定咸豐二年踰嶺涉湘間道犯長沙解圍後由益陽湘陰掠民船萬計乘風過洞庭陷岳州屠武昌三年正月破九江殘安慶入金陵據爲僞都六月由湖口泝彭蠡犯江西行省江忠烈公忠源以楚軍堅守得全終以無水師故不能大創賊兵部侍郎曾公以親喪在籍有　詔起復治鄉兵念賊擅長江非舟師莫制其死命遂建三省會勦議治戰艦於衡州時承平久人不知兵水師尤舣舉相顧瞠眙曾公精思詣微尺寸皆有榘度拔今福建提督楊公載福於羣伍中令典水軍某亦承其乏屬武昌再

陷 廷旨趣行遂以四年正月發衡州二月抵長沙則逆舟數千已溯流至銅官渚逼省門曾公遣將復甯鄉賊遁會岳州陸軍敗賊闖道撲湘潭掠商船萬餘將泝湘江通兩粤長沙危在旦夕四月朔某會楊公暨褚運使汝航夏運同鑾以舟師援湘潭鏖戰五晝夜盡焚賊舟提督忠武公塔齊布以陸軍夾擊復湘潭曾公加飭戎政七月誓師水陸東下連戰皆捷塔忠武斬僞丞相曾天養閏月復岳州褚夏二公死綏羅忠節公澤南來會水師追及嘉魚次金口八月攻武昌漢陽下之九月收黃州蘄州十月大破田家鎮鐵鎖之横江者七鼓鞲火液之燔賊舟萬有數千忠武忠節踣賊半壁山浮屍蔽江下十一月舟師次九江陸軍克興國大冶北

渡•剗黃梅•鏺廣濟•撤蘄水•進蹴九江•某遂率前鋒直搗下游之石鐘山•石鐘者•當彭蠡口•爲江西鎖鑰•賊必爭者也•先是江西戰船數百淪於賊•賊用以塞湖口•拒我軍•爲浮梁•鐵鎖•視田家鎮加密•隔岸梅家洲•矗僞城•環巨礮數百•水涸•弗利仰攻•介士多死傷•我軍憤甚•遂以十二月中旬•簡輕舸猛進•燔逆舟之在湖者•自大孤山至南康都昌•當者輒盡•會水益涸•賊悉銳守兩岸•鐵戧斷中流•師弗克歸•各巨艦及輜重之泊九江者•纔爲賊襲焚•於是外江與內湖如限絕域矣•五年正月•湖廣總督兵潰•武昌漢陽復陷•會公暨塔忠武羅忠節圍九江•而命某馳援鄂•至則與巡撫胡公林翼相依倚•搤沌口•蔽湖湘•會公入章門•加治水師•饒廣告陷•檄羅忠

節自九江移剿復弋陽及廣信六月克義甯塔忠武卒於九江軍別遣將規湖口蕭節愍捷三卒內湖水師夾擊石鐘山以外江無援不克七月節愍中礮死羅忠節赴援武昌壁洪山鄂禍差解而僞翼王石達開由通城入義甯躪江西境連陷瑞臨袁吉撫建各郡與粤東賊由茶陵入江者合勢益張十一月曾公調九江軍剿瑞臨檄某繞道來江統水師時道梗易服爲賈人重趼千餘里十二月達大營六年二月陸師潰於樟樹鎮我兵在下游者悉援省會南康亦失其別攻撫州者相持數月不能下當是時烽火逼會城官私掃地赤立戰士懸釜待炊岌岌不終日其卒能撑拄者以水師分搤各要隘賊飽掠終不能舟運故官軍得圖補救而徐以

自全也六月水師復南康七月湖南援軍至瑞州十一月克袁州羅忠節歿於鄂李忠武續賓領其衆亦以是月偕巡撫胡公再克武昌提督楊公帥舟師復漢陽黃州蘄州抵潯陽內外軍相望無繇得合李公尋攻九江掘長壕困賊十二月曾公勞軍九江七年正月命瑞州軍效圍九江法二月曾公奉諱歸疏請以楊公總理內外水師而以某協理

詔曰可兩軍雖洽一然終懸絕江湖閒以石鐘爲之梗閡也七月水陸官軍拔瑞州進擣臨江楚師之圍吉安者亦屢戰勝惟九江死拒如故某與楊公議以九江恃湖口爲援不拔石鐘九江不可得密約李公率陸軍從八里江潛濟出賊不意撼其城內外水師

夾擊血戰兩晝夜以九月九日破梅家洲僞城燔石鐘山賊巢赭其崖獲賊戰艦八十有九亘礮千二百有三殪悍賊萬餘克湖口於是水師之三載阻絕者內外皆合某帥師循彭澤取小姑進逼安慶楊公則乘勝復望江東流建德抵蕪湖之荻港破繁昌泥汊兩僞城賊䑸幾蕩盡我水師陣亡亦不下數千人矣十二月官軍克臨江八年四月克九江殄賊無遺種旋收撫州建昌石達開竄浙閩八月克吉安江西肅清會公奉

命援閩浙軍次湖口以水師戰亡諸將士疏請

敕建昭忠祠

命既下某與楊公集議建祠石鐘山祀蕭節愍周貞愍褚運使夏

運同副將成章鑑參將羅勝發游擊黃國堯都司史久立易景照李洪盛謝新有陳友德郭德山守備黃開進白人虎等而以弁勇三千餘衆祔之爰緬述水師分合之繇鑱諸石以詒後人當洪楊之初煽亂也憑山爲巢雖悍而地僻且遠勢甚渙自掠舟洞庭挂颿指金陵舳艫千里大軍十餘萬芟舍從之弊弊然常出其後故東南辦賊非水師罔濟

國家之制閩粵設水師提督皆以防海疊內地如兩湖三江在事者多不措意戰船久窳脆不可用臨敵治水師如倡絕學於舉世不爲之日微曾公寘心孤往合羣策圖之天下事不可知矣今自湘源以下長江二千餘里官軍分扼其吭無一賊帆上駛不可謂

非水師之力抑死事諸君子之力也烏虖
朝廷養士二百餘年司計所入大半以供軍餉乃大亂幾及十年出死力以扞危疆顧獸在草澤寒微之賤士諸君子趨死不顧利害身殉至三千餘人綜計全楚國殤殆以數萬計竭數萬衆之死力屢蹶屢奮轉戰數千里而大難迄猶未紓死者而有知也月黑風寒之夕江波怒號水石相激毋亦有不平則鳴與所謂窾坎鏜鞳噌吰如樂作者相應和也乎是大可悲已祠在山之椒凡數十楹別置田產歲取所入供香火修葺資牒江西行省存其牘以垂遠久後有作者覽此軍分合之緐及死事諸人併力以奪茲山之艱且險其亦念慎固封守之義而勿以險要資敵也夫咸豐八年

戊午冬謹記

平江縣學新建魁星閣記

太史公天官書謂斗爲帝車運於中央建四時均五行移節度定諸紀皆繫於斗攷北斗七星前四星爲魁後三星爲杓所謂魁枕參首是也魁第一星曰天樞二曰璿三曰璣四曰權杓第一星曰玉衡古帝堯在璿璣玉衡以齊七政葢上法天文以制器握斗柄以候二十八舍之度也後儒釋璿爲珠乃謂以璿爲璣以玉爲衡失其義矣抑聞天樞又爲三公魁下六星兩兩相比者曰三台中宮之星莫尊於紫微垣而三公輔弼天子上應天樞是天神之最貴者莫魁宿若也繁星萬一千五百有二十而北斗四星爲之首故名物之首稱魁書渠魁禮不爲魁漢書黨魁皆首義也後世稱

廷對第一爲大魁遂於科名有專屬矣

聖朝離明化緫煥乎有文直省府廳州縣各學宮例皆建魁星閣及文昌宮誠以天之六府文昌六星在魁前其三曰貴相主理文緒而魁之光氣翕赩足以燭闇昬振幽滯昭回雲漢與

聖天子作人之雅化上下合符故不特續之旂常仿之城郭寓之像設而復徧祀天下之學宮夫非欲合天文人文以化成天下哉平江爲南紀奧區水有汨羅山有天岳稱節義理學之邦學宮前向有魁星閣圮廢且七十年光耀韜黓文運闇而弗彰同治丙寅春邑人士循覽宮牆歎爲闕典議卜地建閣用以揭虔安靈邑侯歐陽君力主斯議乃醵金庀材構傑閣三層高五十尺觚棱嵽嵲

輪奐赫昕經始於六月二十四日落成於十月費緡錢二千有奇屬太倉陸星農常熟翁叔平兩殿撰各題額書榜揭楣閒筮日迎神秩祀有所章縫紳黻之徒走幣奉璋瞻拜趨蹌皆曰茲山雄秀適與學宮對峙凡天作而地施之以俟今日者歟謹案石氏星經魁星一主天二主地三主火四主水夫天與火合爲同人文明以健之應也澤上有地爲臨敎思無窮之應也魁星垂象於天精爽翕聚氣類斯應從此天人協贊龎褫桄被邑人士益勵文行掇巍科上玉堂俾太史氏屢書日下五色雲見謂非文運昌明之券哉至奎爲二十八宿之一其星屈曲相鉤似文字之畫孝經援神契雖有奎主文昌倉頡效象之語而與今所祀之斗魁自各別也謹

稽乾象，參之卦體，記其事以壽貞珉，俾邑人士有所考焉。

平江縣重建三賢祠記

三賢祠舊祀楚左徒屈子宋丞相王文正公參政唐質肅公以屈子靖節汨羅江二公皆起家平江令也祠剏於明嘉靖十四年知縣宋公越　國朝康熙六十一年知縣楊公世芳重建距今百四十有八年矣破屋三椽栗主置北牖上字黕昧不可辨識饗祀闕如行路閔焉考古屈子祠在縣南屈家巷久圮宋縣令楊公寅乃建忠孝雙廟於城西孝廟祀羅氏二子忠則屈子也王文正亦有專祠後皆圮是以有三賢祠之建同治五年署知縣廨君維緒議屈子當建專祠其三賢祠應增祀元翰林學士承旨歐陽文公元益文公嘗同知平江州事與文正質肅以類從也元度聞而韙之

七年夏告養歸麻君巳去位會邑人士重建天岳書院乃諮於介衆別建屈子祠於書院左方又以三賢祠址湫隘擇地城隍廟右捐貲經始不足則益以忠義祠歲租閱明年成崇祀三間門廡稱之斵石為楹闌鴟吻藻井壯觀翼然工竟乃筮日納主籩豆有嚴令長師儒逢掖紳佩之倫咸集既成禮屬元度為文紀歲月元度惟昔朱子初任同安簿即為蘇丞相立祠厥後於建陽學立四賢堂祀陳公洙游公酢陳公師錫蕭公之敏於江山學立三賢堂祀徐公揆周公穎徐公存於邵武學祀李忠定漳州學祀高公登建甯學祀游御史常熟學祀言子游應城學祀謝上蔡若其祀周程三子則於建康於袁州於隆興於婺源於黃州韶州邵州數為之

未已記文具集中豈好爲此不急之務哉宇宙所以不敝者賴聖賢豪傑藎臣鉅子落落然撑拄其間凡名賢過化之地其流風遺澤皆歷久勿能諼秩而祀之則可以廉頑立懦使尚友者奮興百世之下故名宦鄉賢學宮旣有定制而其尤逴著者則特設專祠或並祀一堂以志畏壘之尸祝王唐歐陽三公皆祀邑名宦而三賢祠之建有舉者卒莫能廢非夫秉彝懿好之不能自已者歟史稱縣廨舊有物怪憑戾文正至守吏聞羣鬼嘯呼曰相君至矣當避去自是遂絶又稱縣民李氏貲而吝吏誣爲殺人祭鬼岳守捕其家無少長楚掠不肯承質肅訊無他驗白其冤又稱文公處已儉約爲政廉平其有功德於吾平若此記曰法施於民則祀之三

賢實應祀典後之官斯土者知吾平為偉人發跡地其亦當抗心希古而弗使三賢專美於前哉元度不敏謹記祠之始末鍥石陷壁間既以舉宋楊二令君之墜典亦由行朱子之志也同治八年秋八月記

天岳書院新建屈子祠記

汨水爲平江經流行二百里入湘陰逕玉笥山爲屈潭屈子懷沙自沈處也平江與湘陰古爲羅縣故一稱汨羅其水駛而洌激而壯與屈子芳潔之性哀怨之音千載下如相響答焉唐天寶閒詔立古忠臣義士祠長沙郡立楚三閭大夫屈原廟封清烈公宋封忠潔侯明嘉靖中改稱楚三閭大夫屈原氏之神有司歲以五月五日致祭攷屈與楚同姓自瑕受屈爲卿因以爲氏里門曰閭哀郢所云發郢而去閭者此也屈之閭介於昭景故曰三閭主之者爵爲大夫王逸楚辭注三閭之職掌王族昭景屈三姓觀漢高帝用强幹弱枝議徙昭屈景於長陵則三姓至漢初猶盛也史稱楚

雖三戶亡秦者。必楚。韋昭謂三戶卽昭屈景三姓。非以其爲宗臣歟。方屈子之爲大夫也。序其譜屬。率其賢能。以厲國士。猶未躋世卿之列。及爲左徒。益親信任事。令尹子蘭上官大夫忌而讒之。遂有江潭之放。漁父稱三閭。蓋止知其故官耳。昔考烈王嘗以左徒黃歇爲令尹。封春申君。知左徒乃上卿。非止大夫秩也。史氏稱人之官。不係以最尊。卽係以最後。然則當稱屈左徒。不當稱三閭大夫矣。抑吾謂洙泗鄒嶧而後。道德文章節義。莫盛於左徒。廟祀應稱屈子。蓋其忠愛本性。生百折不回。既足扶樹人倫。廉立頑懦。而離騷一經。上繼風雅頌。尤後世文詞之宗。至其舍生殉義。則逢比夷齊以外所僅見也。太史公云。推斯志也。雖與日月爭光可也。庸詎校卿大夫位號之崇卑哉平江南門屈家巷宋有屈子祠後別建忠孝雙廟一祀屈子一祀秦羅氏姊弟今皆久廢於是平境無屈祠矣夫屈子廟食徧大湖南北汨羅江爲其懷沙盡節地獨闕俎豆之報且數百年謂非數典忘其祖歟同治戊辰邑人士卜建天岳書院元度諗於同志立屈子祠於院之左方崇甍巖翼棵薦肸蠁匪第修闕典也學者幸生先賢過化地讀其書想見其人又以入廟思敬欽挹其流風遺韻益當奮興百世之下夫道德文章節義無古今一也有能志古人之志是卽古人之徒也屈子陟降之靈其必默爲佑啟也夫

平江書院新建君子祠記

記曰：凡釋奠者必有合也，有國故則否。解者曰：國故，國之先獻，如樂有制氏，詩有毛公，禮有高堂生，書有伏生之類。無則合鄰國之故以祀之。蓋古者大司樂合國之子弟，凡有道有德者使教焉，歿則以爲樂祖，祭於瞽宗，所謂故也。三王之祭川也，先河而後海。聖人之道其海乎。國有先儒，學海者也。祭必先河，則由委以達源，此之謂務本。自朱子以乾道三年監南嶽廟，與南軒張子講學長沙，洎紹熙五年來知潭州，重建嶽麓書院，湖湘正學大明。吾平李練溪、吳伯英、鄒行之諸先生皆親及其門，語錄中多其問答。逮朱子還朝，李良仲、李草堂及李先生雄遂相隨往學。後僞學獄起，朱子去國僑西湖靈芝之寺送者寥寥艮仲猶相隨問難不忍去而許仲明方明甫毛竹間魯寶潭方叔行萬子靜諸先生則受學李宏齋黃勉齋饒雙峰諸儒之門以私淑朱子許先生春伯亦從宏齋雙峰游夫以區區百里之邑同時講明正學者如此其衆可謂盛矣平故有九君子祠建自元時祀李吳鄒許二方毛魯萬九先生至今弗替葢朁宗遺意顧未祀三李先生及許春伯而九君子中祀鄉賢者又止五人既皆屬闕典而祠址湫隘近市亦不足揭虔妥靈同治戊辰邑人重建書院元度諗於同志則建君子祠爲後學矜式幷白守土吏通牒上臺請以九君子中之伯英行之明甫竹間並祀郡邑鄉賢又以三李及許先生並祀君子祠大府以 聞

得　報可乃筮日迎主釋菜如典禮計列祀十有三人祔祀一人額仍九君子從其朔也昔朱子記崇安縣學趙清獻胡文定二公祠謂古聖賢遠矣欲諸生自其近者而達之是以象兩公於此堂諸生望其容貌而起肅敬之心考其言行以激貪懦之志庶幾能達於聖賢之域乎烏虖朱子之說先河後海之義也諸君子吾平之國故又朱子之門人弟子也學者所讀孔孟書皆朱子詮釋之書卽皆練溪伯英艮仲諸子講肄敘錄之書今幸登其堂拜其栗主考其師友淵源退而紬繹其書求聖賢之所謂學者幸而有以自得之則亦無殊親炙之矣李宏齋曰洙泗水南流平江汨水亦西南流人多古學以此有志者奮乎百世之下當慨然思俎豆其

間哉。

清江縣賓興會記

古選舉之途三曰徵辟曰貢士曰科目自宋以來科目爲尤重令甲之所垂風會之所趨人才之所由升降胥於是乎在我

朝重熙累洽久道化成士生其時沐浴

聖澤每三年大比歌鹿鳴而來者海以內計千餘人及偕計車試

禮部又選進其十之一二其次貢成均者分四目並得肄業六堂蓋猶周禮鄉三物賓興及司徒司馬以次書升之遺意也自粤寇稔亂蹂躪半天下士轉徙播遷或治鄉兵保境絃誦聲爲少歇賴

聖主威靈敦崇文治凡名都新復及被兵各行省皆

特詔補行鄉試其捐佽軍餉至鉅萬者皆增廣中額及學額於戲

聖天子嘉惠士林何其渥也然軍興十餘年畺圉雖漸廓清而瘡痍未復寒畯之欲試於鄉與試禮部升太學者往往苦無脂秣資坐是中輟有志者每廢然返當此時有能起而佽之俾彈冠于于各遂觀光願此其爲力詎不足推廣

皇仁而泯造物之憾哉清江爲臨郡首邑山川清淑之氣代毓偉人宋三司磨勘劉公式嘗聚書數萬卷爲墨莊教其孫曰敞曰攽爲世大儒其四世孫清之與朱子友朱子爲作墨莊記元吳文正公作後記厥後孔文仲武仲平仲三先生起而應之於是三孔之稱與三劉相輝映明有熊文毅公化楊文正公廷麟勛猷節義高天下我　朝楊勤愨公爲時名臣其他鉅人長德不可畢數可謂

盛矣同治乙丑冦氛既殄民和年豐都人士體
國家菁莪樂育之意醵金爲興賢會擇公正者司之取其息以厚
士士之赴鄉會廷試者皆依焉其規制及善後之法甚備余聞而
義之曰諸君子何其用心公而程力衆也凡人之力其施於私也
易以公則難何也爲其有我也凡人之事成於獨也易以衆則難
何也爲其有人也諸君子獨能公其所私合衆爲獨無我見無人
見則又何公之不可濟何衆之不可一耶邦人士從此蒸蒸日上
必將遠紹三劉三孔之德業文章近追文正勤愨之勳烈以仰副
聖朝大比興賢之盛典而不徒科目之蟬聯已也是舉也其可爲
知本計者歟謹記其崖略如右其出貲者備列諸碑陰以諗後之

君子。

超園記

汨水出義甯州入平江西南流百二十里逕爽口爽水入焉余家爽溪之曲距汨江六里許先高祖卜居百二十年於茲矣宅東嚮溪水環之連雲峙其東福石峙其東南兩山羅列如屏障同治元年余歸自浙中念古人耕且養三年通一經思構特室爲讀書將母所明年闢小池於居室左池中央築循陔草堂蓺蘭百本與池荷相掩映上有樓三楹庋圖籍及書畫鼎彝之屬曰藏書僂僘其軒以望連雲福石蒼翠落几案陰晴變態萬狀池廣三畮翼以迴欄及小橋橋南屋三間曰素心齋植閩蘭號素心者馨逸逾凡卉池北有隄雜蒔梧桐豫章桂蠟梅之屬先大父所手植也池四周

樹木芙蓉、花時爛若雲錦、先是先伯遜吾公築課雲樓於池上、近因子姓蕃、遷居祖宅二里外、而以舊宅屬余、移樓額懸新居、余乃稍拓其制、易名曰詩境樓、以後爲左右穋、稍進爲蔬圃、彌望皆修竹灌木、素心齋之右數十武曰尚友亭、曾大父讀書處也、今益拓其垣四窗洞豁、亭以西爲內室、迤東有屋上下各三楹曰味腴堂、爲燕賓之館、四時花不歇、堂有門直居室、大門之左室右有樓翼然曰愛日、於冬令讀書爲宜、隙地輒蒔花木、統名曰超園、好事者爲作圖焉、東方曼倩曰、居深山積土爲室、編蓬爲戶、彈琴其中以詠歌先王之風、可以樂而忘死矣、語意與仲長統樂志論同、然仲氏所云良田美池廣宅、背山面流、益以舟車使令之適、非寒畯所能辨以故濡迹建安朝不復能自潔其身也曼倩大隱朝市過公理遠矣而亦不克踐其言烏虖難哉余少以飢驅走四方不遑將母及崎嶇戎馬中瀕死者數矣每念伏波憶少游平生時語何可多得今乃得歗歌偃仰於此園春秋佳日奉太夫人行花畦竹徑閒聞兒輩讀書聲顧而樂之客至則網鱻於池擷蔬於圃不假外求而自足而又願小易償拓舊廬出新意見者咤改觀而所費約甚曾不及仲公理所言之半記曰儒有一畝之宮環堵之室其謂此歟人情不閱險阻飽憂患不知俛仰寬然之足樂抑非其所手治而成之甚艱者猶不能若是其親切有味也繼自今吾能一日舍園以他適歟記諸石使後人愼守而日增治之也

超園續記

超園既成之三年余奉詔師師援黔辭不獲以同治丙寅三月行越戊辰四月蕆事六月乞養歸入吾園則樹之蘖者拱卉之茁者叢荄之圻者將果矣乃拓循陔草堂之外垣築樓於東北隅曰問月庋所續購書凡十萬卷下爲曲室導以回廊絫石級以達詩境樓闢樓之後苑盛植花卉苑有亭曰蕊珠循左廊出有亭曰紫薇吾鄉產紫薇特盛樵者薪之莫知貴也貴之自予始亭前有苑廣十許丈回廊界之區爲三與亭對峙者曰寶翰樓樓三楹四壁嵌玻瓈賞雪月尤勝環以池廣袤十五畝周繚以垣池畔植木芙蓉梅柳梧桐薔薇紫荊之

屬南岸則家廟廣仁倉爽溪書院在焉小舟曰盟鷗舫月夕泛之作濠濮閒想樓之西爲碧瀾亭與碧瀾對峙曰觀稼亭地獨高秋穫時稻香撲鼻觀迤東復有池地較窪種荷特茂游魚刺刺出波閒池之隄各翼以欄隨地勢爲曲折東有臺曰衆香小榭迤北曰壽萱閣並斲石爲楹屹池中凡二十有二樓閣矗楹端若複道然凡數折亦達於詩境樓樓右架修廊逕蕊珠亭右遂達於後山有屋曰長春別館環植梅三百樹竹萬个山茶百本西上爲仙弈亭設位祀花神石案在亭下石凳環之可弈可飲可坐玩月又西爲延爽樓爲聽書聲亭則書院游息處也仙弈亭之前循欄而北額曰別有洞天纍石數十級循而下則碧瀾亭畔也園之曲折囘環

略如此。烏虖。余爲此汲汲。豈眞作無益害有益哉。既自寫其胷中之邱壑。抑幸生無事時。讀書種花。養親課子孫。又以其閒招同志飲酒賦詩。客退則斐然有志於述作。回憶枕戈還賊時。能自必其有此樂耶。雖然。園以人重。人不以園重。裴晉公之午橋。司馬溫公之獨樂。遐哉弗可攀矣。若李贊皇記平泉。誡子孫勿以一草木一石與人。殊爲達觀者所笑。惟歐陽子記海陵許氏南園。以謂許氏孝弟著於四世。其子孫世久而愈篤。則不獨化及其人。將見園閒之草木。有駢枝而連理也。禽鳥之來集者。不爭巢而棲。不擇子而哺也。烏虖。是則余之所願望也夫。

平山堂重建歐陽文忠公祠記

三代下兼三不朽而詣其極者，宋歐陽文忠公一人而已。公之學自韓子以達於孟子孔子，著仁義禮樂之實，折之於至理以服人心。自言學道三十年，所得者惟平心無怨惡耳，故雖其怨家讐人嘗出死力擠陷公者，遇之無纖毫芥蒂。至其天資勁直，言人所不敢言，雖機穽在前，觸發之不顧也。尤偉者，在政府與韓魏公協謀定大計，贊立英宗，復開悟皇太后，俾釋嫌衅，則誠社稷勳焉。公於文章直接韓子之傳，蘇文忠稱其論大道似韓愈，論事似陸贄，記事似司馬遷，詩賦似李白，世以爲知言。不但已也，眉山蘇明允父子挾策走京師，時無知者，公上其書於朝，拔其二子軾轍爲舉首，曾文定王荊公皆公所賞識宋之文極盛矣然微公莫能宏獎而鎔冶之是諸家之文皆公文也且以餘事論之公修唐書及五代史即與龍門頡頏著詩本義能折衷毛鄭二家著易童子問能糾王輔嗣之失作集古錄即爲後世金石家之宗作四六文即能一洗崑體偶作小詞亦無愧唐人花間集公蓋得文章之全者宜其名滿天下爲諫官則稱歐余王蔡爲宰相則稱韓范富歐陽詩稱歐梅文稱韓柳歐蘇曾王又獨以公配韓稱韓歐兼立德立功立言而各極九等之最公之外豈復有二哉慶歷八年公自滁州轉起居舍人徙知揚州年四十二矣明年即移知潁州公嘗記眞州東園杭州有美堂而平山堂獨無記僅和劉貢父平山堂詩一首

存集中平山故有公祠不知所自始然公子發撰先公事蹟即云滁揚二州皆有生祠則繇來久矣公在前明已從祀孔子廟
國朝康熙三十四年
聖祖南巡
賜御書祠額曰賢守風清
聖賢相契直如臣主之同時宜其曠百世而相感也咸豐中粵寇陸梁揚最當兵衝祠毀於燹事平當事重葺平山堂而祠未興復也光緒三年二品銜兩淮都轉鹽運使歐陽崇如旣涖任出政誠民壹以公爲法閒登平山堂求拜公祠不可得因喟曰先賢過化地俎豆餘七百年重以

天題祠不可不復況某廬陵之族裔也幸承乏茲土敢數典而忘諸乃議割俸復公祠檄提舉銜候補鹽場大使周鵬董其役時記名提督衡陽歐陽君利見方典水軍按察使銜江蘇候補道平江歐陽君炳方客淮南皆曰某等族望同出渤海願各斥五百金佽役工始於四年秋九月落成於五年冬十月於是都轉走書趣元度爲之記烏虖文忠公之德業文章與日星河嶽並垂無俟贊稱矣後世祀公與都轉之重新斯廟豈勵晉意於山川文物之美哉凡欲使百世下聞風而興起也蘇子謂自公出天下爭自濯磨以通經學古爲高以救時行道爲賢以犯顏納諫爲忠公之不朽在是矣揚爲公舊治固宜爲公之神所憑依哉然則都轉之爲治與

其志之所存卽此舉皆可以推見而其人抑自此遠矣都轉名正

墉崇如其字湘鄉人

續九老題名記

道巖在縣東百有五里，蓋有宋九老題名石云。攷九老會昉自唐白文公，洎宋文潞公留守西都，與富鄭公、司馬溫公作耆英會，踵行者代不乏人，而吾平九老則南宋魯進士仕能、吳進士釿等所會集也。時魯年七十有三，吳七十有八，魯公仕行、鄧公希恕並七十有七，方公釆、李公應春並六十有九，張公萬全六十有七，羅公大昌六十有二，羅公大亨六十，更迭主會閱十二年。詩鍥巖間，有九人六百三十二之句，蓋紀年也。魯公受學饒雙峰，稱寶潭先生；吳公爲陽坪先生雄次子，皆朱子再傳弟子。流風遺韻，今六百餘年矣明黃梅巖方伯昭道嘗與邱大令萬璣余明經大乾同遊茲山並有詩殆擬續前會而未果歟同治辛未展重陽元度山居多暇屈指同縣任京外官歸林下者得九人乃折柬招集爽溪精舍越日遊道巖巖分前後石穴中通後巖有九老祠由石隙蛇行入歷數十武忽開朗逵前巖是爲葆眞觀前後屋數十楹皆以巖爲宇有楹桷無椽瓦其右有龍潭其峰曰香爐席帽華蓋縱遊畢會飲議續題名故事元度年甫五十一諸老多丈人行又親在不敢稱老但治具作主人耳酒半敘甲子合元度數之得六百三十二歲諸老皆驚詫曰異哉何適符宋九老之年也豈眞有前定者耶道巖之會古以九人今十人齒不差絫黍子不與則年數弗合其

勿辭元度固謝不敏則又曰昔香山之會秘監狄兼謨河南尹盧貞年未七十並與會其後温公未七十用狄監盧尹故事亦與耆英會并爲作記然則子徵特不當辭且當記之元度迺舉觴壽諸老曰古之仕者倦而歸教其鄉大夫稱太師士稱少師燕饗之禮無弗與選士咸集於庠將射則主人就而謀介過其閭者率致敬豈漫然哉蓋皆有風教之責焉諸君子生逢　盛世歸老林泉優游光天化日之下雖更冦亂桑梓晏然自此年彌高德彌劭固無愧上下庠之養如元度輩亦垂垂老矣然君子居其鄉則思善其俗敢遂頹然自放不思有裨於民物哉抑又考温公序耆英有曰世所慕於樂天者以其志趣高逸也奚必人與地之相襲焉故其

時與會者十有二人老不以九限也近世歐陽坦齋師訂湘中耆英會亦至十八人然則今日之會第以九人始耳繼自今有同調者固當虛左席待之諸老皆曰善乃具列名銜幷錄所述於左方元度綴其末且爲之記是歲九月二十一日也

余士鏡字月潭道光十二年舉人甘肅渭源綏來阜康等縣知縣雲南昆陽州知州時年七十有四　詩二首

朱光瑞字藹堂　恩貢生候選訓導署湘陰嘉禾縣學教諭永州府學教授時年七十有二　詩二首

李漢章字倬齋道光十五年進士卽用知縣沅州府學教授加五品銜時年七十有一　詩二首

方儒照字鑑垣稟貢生試用訓導署醴陵嘉禾永定縣學教諭加內閣中書銜時年六十有七詩二首

鍾昌勤字崇軒道光三十年進士署四川甯遠府知府候補道加鹽運使銜　賞戴花翎時年六十有四守制未作詩

周圭字錫侯例貢生刑部候補員外郎江蘇司行走時年六十有四詩二首

黃益杰字子山附貢生湖北黃州府知府加鹽運使銜　賞戴花翎時年六十有三詩四首

張岳齡字子衡廩生甘肅按察使加布政使銜策勇巴圖魯

賞戴花翎時年五十有四詩二首

凌文奎字雲樵例貢生湖北德安府同知加知府銜 賞換花翎時年五十有二 詩二首

李元度字次青道光二十三年舉人雲南按察使加布政使銜 賞戴花翎色爾固楞巴圖魯時年五十有一 詩四首

重修賈太傅祠記 代

自秦倂六國去孔孟日遠異學爭鳴道術幾爲天下裂漢興蕭曹張陳輩治尚雜霸習黃老禮樂汔不能興逮文帝武帝時賈董二子出而先王之道乃復明董子知道之大原能尊孔氏斥百家以正誼明道爲鵠賈子上治安策所陳易服色改正朔一制度定官名興禮樂悉更秦法不愧王佐才文中子謂諸葛武侯不死禮樂其興乎然使賈董獲大用則三代之治早復不待季漢時也乃武帝不能用董子令相江都王文帝號稱有道亦以絳灌之短出賈子爲長沙王太傅作賦弔屈原諄卒於梁二子既不遇漢治終未繇坐進於三代此天也非人之所能爲也而蘇子瞻獨謂賈生不

能用漢文而惜其不先交權絳灌俾得爲所欲爲其說近於權術賈子所必不爲曾何足以病賈子哉賈子故宅在長沙會城濯錦坊有古井二晉庾闡唐杜甫劉長卿戴叔倫等並有詩明成化中就宅建祠李文正爲之記

國朝康熙中增祀屈子稱屈賈祠用太史公合傳例也乾隆二十四年重葺嘉慶二十五年再葺距今餘五十年矣中丞仁和王公蠲俸倡葺命某董其役方伯涂公暨各官紳並斥金襄事僉議屈子宜有專祠乃改祀郡校之左而復舊額曰賈太傅祠祠西嚮爲門二重堂二成規制仍其舊甋甓榱桷黝堊之敝且黜者新之祠後隙地十數畮增建懷忠草堂南嚮旁爲忠雅樓東嚮登之可望

麓山循廊東上爲小滄浪館再進度石橋爲佩秋亭繢屈子小像鑱諸石迤北爲信芳書屋雜蒔花卉壘石爲山下爲池經始於光緒元年秋八月糜白金二千有奇旣潰成中丞命紀其始末烏虖公之意豈第標舉名蹟修廢墜云爾哉賈董皆命世才慨乎有聞於聖人之道固百世師也董子旣從祀廟庭矣賈子五十八篇漢書藝文志錄在儒家若治安三策過秦三論又夫人所熟習也讀其書論其世果能尙友其人慨然想見三代以上之氣象出爲世用長治久安之績豈待他求哉然則湖湘正學之明抑可於祠之廢興卜之矣旣以復於公遂書以餉後之君子

賈太傅井記

自漢文帝元年汔今二千五十有五年矣古蹟可考者在長沙莫著於賈太傅宅雖與定王臺並稱然定王景帝子太傅仕文帝朝爲尤古也酈氏水經注湘州郡廨西陶侃廟云舊是賈誼宅地中有一井是誼所鑿小而深上斂下大其狀如壺旁有一腳石牀纔容一人坐云誼宿所坐牀又有大柑樹亦云誼所植也盛氏荊州記湘州南寺之東賈誼宅有井其稱狀與酈注同樂氏寰宇記則云上圓下方杜子美淸明詩長懷賈傅井依然韓退之詩賈誼宅中今始見皆謂此也井之詳於傳記者如此今陶廟久別建南寺無可考石牀古柑並不存惟井在德潤門內濯錦坊故宅旁弇口

廣腹水清洌居民飲食沐浴悉資之綆汲者趾相錯也殆所謂改邑不改井者耶光緒元年秋糧儲道兼權按察使夏公倡同官割俸新太傅宅爲祠爾祠後隙地爲池亭自有記又以挈瓶者衆巷狹不能容乃拓而廣之井則渫之甃之幕之旁舊有石欄有古碑陊剝不可辨擬補植柑於井眉井今溢爲二泉脈故相通又引注祠後之荷池明年夏四月壬午公觴客於亭汲井瀹茗味甘洌與白沙井埒先是寧鄉王處士得古甓於井中製爲硯其友汪君嘯霞聞公此舉乃購硯供祠中公櫝弆之拱璧不啻也公旣屬楊巋部爲井銘又以記屬元度謹案應劭云井者法也節也言法制居人令節其飲食無窮竭也後漢李尤作井銘遂闡其義曰法律取

象不概自平多取不損少汲不盈執憲若斯何有邪傾旨哉言乎於賈太傅之學若冥契焉史稱賈生明申商又所陳一制度定官名更秦法諸策莫不有節制之義然則慕效賈子者觀於井固可得其大凡哉宜乎流澤孔長歷二千餘年不改也是歲四月甲申

平江李元度記

曾文正公祠雅集圖記

同治十三年冬十月前廣東撫部郭公應
召入都諸與撫部雅故者相率祖道時　太傅曾文正公專祠方
考室公弟澄侯都轉招諸君燕飲以落之會者以齒爲序於時楊
紫樓封翁黃仙嶠觀察熊鶴村署正唐蔭雲方伯黃海華觀察羅
研生中翰楊性農駕部楊海琴方伯易海青中翰年自八十二至
六十四已上稱九老其未六十者若澄侯丈若朱雨田觀察李仲
雲都轉任芝田司馬黃子壽張力臣兩方伯暨元度並爲主人王
鼎臣觀察年最少亦預於會酒半各詩以張之迺仿香山洛社故
事寫像祠之東軒命元度爲之記旣三辭不獲乃舉觴屬諸老曰

文正公之功橫被六合雖婦孺走卒罔弗謳而頌之矣獨其倡義之始備歷諸險囏則元度言之有餘恫焉賊之再犯長沙也在咸豐四年春自湘陰寧鄉竄陷湘潭時會城門晝閉餉道斷邦人士扶老攜幼勢岌岌莫能終日公檄塔忠武師師復潭水師繼之又躬率水軍之半及賊於靖港戰失利公投水者三幕客掖以起公知事不可爲乃止妙高峰草遺疏及遺屬凡二千餘言密令季弟靖毅公市櫬將以是夕自裁會湘潭捷書至乃再起視事然且以師不全勝自劾維時謗傷叢集承宣提刑糧儲鹽法諸使者至會牘上巡撫劾公公若弗知也厥後師熸於九江左次南昌困守於祁門瀕死者數矣公百折不回轉戰十二載殲渠擣穴卒蕆大勳

弼成我
國家丕顯休命雖曰天命抑豈非人力哉公薨二年矣飾終之典
禮絕百僚
敕祀賢良昭忠祠又
詔建專祠於江寧安慶南昌武昌天津各行省湖南公故里猶南陽之祀諸葛華州之祀汾陽也自例發帑金外舊部及淮商爭斥重金助役故祠尤壯偉今吾儕得優游文讌於此閒始願蓋不及此也其可忘其所自耶公之神在天壤無所不之諸君子大半與公習元度則門生故吏也公今日者風馬雲車陟降庭止環顧吾儕瞻拜醻酢於茲堂其亦有悲喜無端愾然如聞其太息者耶嗟

乎士束髮受書見古偉人若伊周望散方召吉甫之徒恨不生與同時親炙其丰采或幸過其鄉得拜其祠若墓益裴亶不忍去此雖百世以上猶然況於並世之英疇昔之事而已神化丹青若此乎況又有平生故舊之雅或嘗與共患難生死者乎其悲以感宜何如也抑又思古人稱雅集莫著於晉之蘭亭唐之香山宋之文富之洛社蘇米之西園並以圖畫及詩文傳千古爲韻事然第留流連光景而已今日之集則有九原隨會之思與崇德報功之誼焉元度從公於軍旅將及十年俯仰陳迹茫然如隔世亦復縷縷猶昨日事而公則不可復見矣故宜言之尤悲也旣諗於諸老遂次其言以壽諸石幷列諸君子官閥年齒於左方

湘潭郭氏義莊記

古者宗以族得民族之窶者飢者並衣食於宗子其富貴有餘財者亦必歸於宗子宗子死族人皆齊衰三月無後必爲之繼蓋平日相保相恤故族之人皆率其教宗法實與國勢相維繫也自封建廢而宗法亡秦制子壯出分後世因之同產昆弟能不異居與財者蓋鮮至親服絕益相視若途人矣宋范文正公剏義田千畝以收族猶古人合族以食及大功同財之遺意也顧義田之法善矣抑惟三代以下之士得爲所欲爲耳若生三代上反有不能得者蓋古制二十授田六十歸田田皆國家所有惟公卿有采地者始得力田以奉祭祀楚茨信南山甫田諸篇皆爲公卿有田祿者

賦也其詩曰我黍我稷我倉我庾我疆我理咨嗟咏歎一若深幸
其爲已有者自非公卿欲求數十畝之田以奉其先蓋不可得矣
況推以贍族乎後世井田法廢許民間互相交易人始得各有其
田然則義田之設亦古今時勢之殊而所遭有獨幸歟我
朝義田較著者若華亭張文敏照銅山李敏達衛新建曹文恪秀
先並以義田得
旨嘉奬文敏從孫戶部尚書祥河近復增置千畝拜
宸翰之賜而仁和湯侍郎右曾長白赫方伯若所置義田方望溪
氏並爲之記新城陳進士道置義田二千畝祭田如之乾隆中金
匱秦太守震鈞盡斥已貲爲義田而吳縣員外郎銜陶篠剏義莊

獨蒙
溫詔以員外郎即用他若長洲陸氏崑山顧氏盧江章氏並立義
莊吾鄉長沙李方伯象鵾余觀察正煥亦有義田義學其皆聞文
正之風而起者歟湘潭郭子美軍門由義勇起家從湘鄉合肥兩
爵相削平粵逆及捻匪累功至都督加一等輕車都尉族中死事
者凡十七人兩弟復死於戰其　封翁玉階先生有志贍族母羅
太夫人述其遺命子美感泣遂罄產為義莊其弟婦劉氏唐氏皆
樂成之計鐲田五千六百六十六畝歲租六千三百七十四石又
宅五區歲租千七百緡作規約三十八條自其十一世祖翔伯公
以下咸取給焉老有所終幼有所長鰥寡孤獨廢疾者有所養又

設義學四讀書致科第者資之遊惰不逞者擯之蓋養也而教在其中矣同治辛未畺吏聞於　朝

天子嘉悅　賜太夫人額曰誼篤宗支於是當世名卿大夫爭爲文紀盛而子美復自襄陽走書屬記其端委余惟范文正自少以天下爲已任及經略西夏賊爲之破膽所刱義田條約具集中至忠宣公廣之爲三千畝十七世孫允臨續增千畝傳八百餘年弗壞豈倖致哉文正忠宣兩相國忠勛德業既足覆露其子孫而陰爲之保定而三右丞五侍郎復繩繩趾美故食德服疇至於今未艾也子美戰績視文正幾過之而其義莊歲入之豐尤甲於天下是繇天資忠孝當血戰殺賊時早置身家於度外宜能公十萬金

之產於族人而初無德色也況善則歸親又悉本　封翁及太夫人之素志哉余不敏戊辰冬曾勉立家廟及義塾義倉廟置祀田六百畝歲廩以餼本支義塾聘經師一蒙師二倉粟萬石以便族里顧力薄而施隘僅能及先高祖以下諸子姓視子美廣及十世祖以上相去若莛楹矣然皆以田祿奉祭祀視三代時之無田不祭者所得葢獨多焉子美此舉深得古宗法遺意固當與范氏並垂天壤余復稱楚茨諸詩之義俾知今之連阡累陌皆古人所願望而不能得者也其可食焉而忘其事哉詩云子子孫孫勿替引之敢以爲郭氏子姓勖并告天下後世之能爲郭氏者

求忠書院記

自朱子監南嶽廟過長沙與南軒張子講學城南未幾來爲長沙帥遂重建嶽麓書院湖湘正學大明又特建五忠祠於城北祀晉湘州刺史司馬閔王承宋通判潭州軍事孟公彥卿趙公民彥將官劉公玠兵官趙公聿之皆以死殉職者也洎南宋之亡知潭州兼湖南安撫使李忠節公芾參議楊公霆知衡州府事尹公穀幕屬顏公應焱陳公億孫等或闔門靖難或捐軀殉城其時去朱子建祠之日裁八十年夫非大賢表彰節義有以感厲而興起之歟

國朝道光二十有四年都人士重建朱子五忠祠於城南書院妙高峰增祀李忠節等五人暨明督師何忠誠公騰蛟巡按劉忠

毅公熙祚監軍章文毅公曠推官蔡忠烈公道憲知府周節愍公二南曰前後五忠祠亦由行朱子之志也祠成六年粤西盜起踰嶺涉湘犯長沙不克竄陷武昌安慶踞江甯爲僞都蹂躪徧天下湘中士大夫號召忠義爭治鄉兵殺賊江忠烈忠源帥楚勇羅忠節澤南李忠武續賓王壯武鑫各帥湘勇所向有功時提督忠武公塔齊布膊賊湘潭力撐大局湖北巡撫胡文忠林翼恢復全楚進規上下江先後以死勤事守土吏疏請別建五忠祠於北城荷花池左以祀之

詔曰可又數年增祀張忠毅運蘭蕭壯果啟江李勇毅續宜江誠恪忠義李忠壯臣典黃忠壯潤昌遂廣之爲十二忠祠前後死事

弁勇各祔祀於其主帥位下凡萬有餘人烏虖烈矣

國家養士二百餘年寇起倉卒覆軍殺將相望而出萬死不顧一生起與賊遌者乃獨在湖外章句之儒各率其生徒子弟冒白刃以赴公家之難卒汔

王誅贊成中興盛烈五等之封爛焉誠繇忠義奮發平日讀書談道誼講求有體有用之學故能出扞大艱獲濟然後知朱子肇建五忠祠實大有造於湖湘與城南嶽麓兩書院等後人賡續而增祀之誼有功人心世教而近日諸乘時效忠者皆昔賢風聲之所起也祠旁故有隙地大吏奏建書院於其左以教諸忠裔之來學者凡民之俊秀亦入焉規制視嶽麓城南不少讓額曰求忠謂求

忠臣必於孝子之門也夫學者學爲忠孝而已矣

朝廷於死事之臣旣卹祀　京師昭忠祠復

敕建專祠於省會又於祠之左方置書院以教其子姓覗羽林孤兒撫卹有加可謂摯矣顧嘗考古忠臣子弟之能亢其宗者固不乏而析薪不克荷者亦時有之漢文帝時匈奴寇邊殺都尉孫卬乃封其子單爲缾侯韓延年摎廣德咸因其父擊南越王死事封爲列侯唐南霽雲旣靖節其子承嗣年七歲詔授婺州別駕恩非不渥也乃單旣無聞於時延年廣德至坐酎金城旦而承嗣洊歷涪州刺史又以劉闢反無備謫戍永州是豈惟不忠抑不孝孰甚又諸忠子姓所當引以爲鑑者也鑑之如何求爲忠孝而已必能

爲明體達用之學竭力致身乃足稱其家兒以上副
聖朝褒崇節義教育人才之盛典異日移孝作忠出爲世用有猷
有爲有守無忝前人光而求忠書院亦且如嶽麓城南永與天地
不敝是則朱子主張風教之意也夫

大宗祠增置祀田記

記曰士有田則祭無田則薦又曰惟士無田則亦不祭則不敢以宴古人於祀田如此其重也其故何哉葢古者十六授田六十歸田尺地皆國家所有惟公卿有采地者始得力田以奉祭祀楚茨信南山甫田諸詩皆爲公卿有田祿者賦也其詩曰我黍我稷我倉我庾我疆我理又曰曾孫之稼曾孫之穡咨嗟泳歎一若深幸其爲已有者自非卿以下不克有圭田士生三代上欲求數畝力耕以祀其先豈可得歟後世井田廢阡陌開聽民閒互相貿易而但征其賦乃始有田連阡陌者苟能知本務必先爲祀田計此古今難易之勢異也雖然今日之田易得而亦易失孰非先世撙節

愛養所留遺而敢弁髦視之乎況其在祀田乎吾李氏家廟自乾隆三十一年族先正魯珍秉彝及元等醵金倡置縣西湖仙殿寺宇山場一所田租三十六石以半供祀事半給住持僧嘉慶中寺圯不復召僧今收田租四十石山租十二緡從曾祖穆亭公旣爲之記矣嘉慶十七年族衆將家廟餘貲居積增購松山源田一所嗣經族丈虞臣磬峰諸公悉心經理歲獲贏餘咸豐五年十年兩次增購花園庄田租穀二百九十石於是家廟中歲可得租穀三百五十二石有奇波濟菴者一名花園寺族中世守業也相傳三世祖文鐵公致仕時蒙賜上苑名花歸作花園以榮君賜今其地尙以花園名道光十年可昭公子姓捐香火田租十二石又合族

公購田租十八石今增墾荒租穀十石並供香火及飯僧之資雖非祀田要當世守弗失者也夫祭祀者事親之終事孝經論卿大夫之孝以能保其宗廟爲先卽舜大孝武周達孝皆必極諸宗廟饗之子孫保之然又曰無田則不祭田之繫於祀事也重矣故謹舉楚茨信南山甫田諸詩之義以告後之食舊德服先疇者能慎守而式廓之庶祖澤之貽留在是哉

吴氏宗祠修建屏牆記

國朝會典品官家廟之制有堂有室有夾室有房有東西廡有階有門有庭庭繚以垣即所稱屏牆者是也淮南子稱舜始作室築牆茨屋令人去巖穴而就室家是爲牆垣所自始書云若考作室厥子乃弗肯堂矧肯構又云若作室家既勤垣墉惟其塗塈茨然則牆之時義尤與宗祠家廟相表裏矣昔者舜之慕堯也食則見諸羹坐則見諸牆仁人孝子之於親僾見愾聞陟降庭止其與羹牆之慕奚異哉平江吴氏自唐僖宗時吏部尚書諱璋避亂棄官還平之山田爲長壽土龍恩溪五門下鄉諸族始祖又光州節度判官諱澄長與四年棄官隱岳州之穆家湖既聞連雲山水之勝

遂遷田巖爲五角族始祖乾隆二十三年六族合建宗祠於邑東嘉義嶺廟貌嚴翼堂室房廡門庭之制畢備惟屏牆未建也先是建祠時有客民爭此土致興訟靜仁司馬之大父　贈朝議大夫國華公嘗力持之後土人於祠前左方刱建神廟靑烏家謂於形勢有戾非障以崇墉莫由肅觀瞻而遠湫隘遺命嗣君　贈朝議斗軒公務成其志顧以工鉅難獨支數十年來有志未逮也同治戊辰六族公舉靜仁肩其任靜仁念堂構塈茨之義與伯兄公永仲兄公遠斥巳貲成之經始於庚午九月二日落成於壬申九月高丈有四尺廣袤五十五丈厚如高之數而殺其六七糜白金七百有奇門及廊廡並丹雘一新斯可謂善繼述志事者矣昔端木

子論宮牆以數仞及肩爲等級蓋牆不高不足以庇宗廟百官之美富而使人窺見室家之好家語記孔子觀四門之墉有堯舜桀紂之像以爲善惡廢興之鑑是古人不特高其垣墉蓋又有丹青紫素之飾焉尚書大傳曰天子賁庸諸侯疏杼然則士大夫家廟之制不當準此爲等差哉抑又攷郡邑志宋治平中田巖村五六月閒桂花香累月自是吳氏昆仲後先登甲乙科凡十人靜仁固田巖族裔也今者宮牆巍煥靜仁適觀厥成有後弗棄基卽可於斯牆券之吾見六族科名之盛當趾美於治平閒矣族眾嘉靜仁之肯堂構勤垣墉能仰慰其祖若父也來徵文以紀歲月爰具書其始末云

爽溪書院記

古之教者國有學黨有庠州有序家有塾民生八歲入小學十五入大學無日不在學之中無人不在教之中爲之師者國學有司徒樂正之屬庠序則黨正遂大夫主之若二十五家之閭則父老之不仕者坐於門側之室爲左右師以時督其子弟所謂塾也今制府廳州縣皆立學又有社學義學爲黨庠術序之遺凡學皆建明倫堂則又明揭立教之本以爲鵠矣自朱子講學嶽麓吾平聞風興起者多宋十三君子以族祖練溪先生居首而木川草堂及雄公皆吾族先正也昔賢之流風遺韻所以化成於鄉者何其偉歟余家爽溪九世矣泉甘而土厚距練溪及草堂遺址皆止數十

里同治戊辰告養得請爰仿古家塾法治精舍於家廟西曰爽溪書院延經師一蒙師二以分教子弟先太高祖後裔皆入焉買田饘粟供師生之稍食院設講堂五楹仍以明倫爲額堂後有亭祀先聖先賢栗主以十三君子祔焉左曰養正齋右曰立誠齋齋各十楹門廡五楹院西屋三楹有樓翼然爲藏書所後爲花圃爲聽書聲亭翼以回廊庖湢井廩皆具工始戊辰八月落成於己巳四月旣釋菜鼓篋洒進諸子姓於堂詔之曰若等知古人立學之義乎孟子云庠序學校皆所以明人倫此千古學的也虞書所謂五典五教五品卽中庸所謂五達道學者學此而已堯舜之道不外孝弟聖人特人倫之至耳今以聖賢望學者鮮不蹴踖未遑顧聖

賢亦人也不能爲聖賢要不能不爲人有倫始有人出乎倫卽出乎人矣出乎人卽入於禽獸而不自知矣夫不敢望聖賢獨甘爲禽獸乎人之所以異於禽獸者幾希惟其有倫耳吾之築館擇師以課子弟也匪第治帖括弋科名爲宗族光寵也凡欲使讀書明理各成其爲人爾成人非有異術求各盡其倫爾倫之盡其道無窮極今亦未敢多求各去其自私自利之鄙心以無踰大德之閑爾吾不能廣教術於鄉國天下僅於家塾焉發之力薄而施隘吾滋愳矣登斯堂者能顧名思義盡倫以盡其爲人立愛惟親立敬惟長求無倍於堯舜孔孟程朱之教而賡續練溪木川草堂諸先正之宗風是爲克家令子天爵修而人爵從之異日爲名臣爲通

儒爲循吏立德立功立言胥於是乎出其榮多矣否則倫紀有虧舍本而逐末縱寘身通顯無解於鄉愿妾婦穿窬壟斷之譏其極至於違禽獸不遠是卽掇巍科爵三公吾不願有是子弟也爰揭朱子白鹿洞規暨蔡忠襄公聖門律令於堂並次是語記諸壁以諗後之學於此者

重修文峰書院記

三代後文治莫盛於宋自慶歷中詔天下郡邑皆立學其規制至今日大備而其時魁儒碩彥又往往萃生徒治精舍講學名山中若朱子之嶽麓鵝湖白鹿洞後世輒因之爲書院繼此者不可殫數今自行省及府州縣皆有書院擇高材生居之其師以致仕官及山林高隱有道德之士其大者比諸侯之太學書院與學校蓋相翼而行者也吾平爲理學文物之邦方朱子講學嶽麓時李練溪先生親及其門而吳伯英亦嘗因蔡西山以受業朱子闢陽坪書院若許春伯萬子靜魯寶潭毛伯明鄒行之方明甫方叔行皆嘗與李宏齋黃勉齋饒雙峰康叔臨諸賢相師友今所祀九君子

者也明鄉賢喻先生志儒繼九君子而起由明經司訓蜀之敘州府以學行廸諸生多所成就遷湘陰王府教授致仕歸卜築東鄉之溪頭讀書自樂建文峰書院爲羣從子弟藏息之所有田數十畮供膏脯資迄今垂三百年不廢同治癸亥先生之子姓醵金庀材重修院講堂學舍及門廡闕者治之圮者崇之置粟主祀先生屬余以文紀其事余惟先生行誼在郡邑通志功在後學祀在瞽宗其出處皎然實足與九君子後先輝映抑嘗考先生致仕實在萬歷初年其時張江陵當國惡世儒講學詔盡廢天下書院先生生其時能獨行其志爲舉世所不敢爲則尤以服先生之定力然則百世下猶將聞風興起況爲其子孫者歟自科舉之學興士相

競於祿利幾不知學爲何事鄉先正爲何許人今試舉九君子之姓氏行誼問邑之學者半張目不能對也余嘗有鑑於此擬修葺九君子祠刱練溪書院輯其語錄以存先正之流風餘韻使後之學者慨然力追古人而從之而顧有志焉未之逮今觀先生子姓數典不忘其祖益怦怦有動於中願諸君益拓而大之爲吾邑士倡俾文峰書院之名且與鹿洞鵝湖諸名勝並峙天壤閒而并躋吾邑於濂洛關閩之域是則私衷所深望而亦先生之志也夫

遊連雲山記

連雲古稱純山，在縣東南，余家面山而居，朝暉夕靄，四時蒼翠異狀。每久晴，望山巔出雲則雨。若雲自他方來，山弗爲納，終不雨。衆以謂山能自以其雨福吾民，而不屑因人成事也。山距余舍，準虛空鳥道裁十餘里，欲造其巔，則路紆折遠且三倍，屢擬遊不果。同治庚午展重陽，約毛生萼屛同遊，行十五里，過劉君鏡蓉之草堂。堂在雩峯之麓，單椒秀澤，爲純山之一支。草堂與余居正對，余語劉君曰：吾與子日相望於煙巒杳靄間，非升高望之不覺耳。寒月夜上，飛泉掛壁間，瑽琤如琴筑，夢魂清絕，犂旦偕涂生琢卿等，便道訪吳生樸齋爲先導行十里許徑益狹景益奇回視雪峯僅及山腹就茅舍乞盎漿問山巔尚十餘里鼓勇登磴窄不受趾斗折螺旋而上後者望前行者見其腳跟闘最前行者語笑聲如在天際十數休乃陟一峯號棋枰石巨石闊巖端危若纍棋類仙者所置初以爲造極矣至則尚有三峯插天半從者有難色諸子奮臂前以掌代跖盤躃而上所陟益高所見乃益遠雪峯在履舄間矣又十數休造其巔天風獵獵動衣袂曠然若出醯雞之甕而與造物者遊坐久心融形釋忽不知吾身之爲小天地之爲大也是山來自桂嶺逕茶陵折入萬載瀏陽界爲大圍山自大圍蜿蜒至平東中界山北折爲黃龍幕阜其南來者逕大九嶺崛起爲茲山又

南出爲福石入瀏北爲石柱峯盡於長沙登山椒以望則平右瀏左岳鄂在其北長沙在其西南汨水東來淮川西注眾山纍纍如蟻垤時秋高氣爽目可極二百里外與二三子席地野酌念自有茲山以來至唐田先生游巖隱居山下始見史志今尚稱田公巖宋方先生暹居山麓嘗問業朱子學者稱連雲先生今遠者千年近亦六百餘年矣陳伯玉云前不見古人後不見來者誦此詩爲太息久之日昳自山腋扶攜下勢尤險其登也不信前峯有路其降也不信身自絕壁來凡山皆有古刹或民居雖險絕終有塗徑茲山飛鳥絕音所履皆獸凪又風勁不能樹木蓬蒿沒人故登降倍艱薄暮返草堂宿視雪峯又巋然切霄漢矣翼日取別徑歸循

純水出竈門洞。洞口曰竈頸。形如甖突。下有石潭二。其凹如鑊。飛泉自絕澗墮千尺。潭谿前鑊逆入後鑊輥雷濆。雪飛沫濺人百步外。余遊廬山數矣。所謂青玉峽三峽泉者。奇勝未必過此。而獨名天下。豈所居之地有不同焉者耶。

重遊嶽麓記

同治壬申夏四月，羅君星垣領水師艤舟長沙，招遊嶽麓，沮於雨。月之八日晴，乃要羅丈研生、郭君意城、張君力臣、泉子往飯舟次。時湘流驟漲，雲陰解駁，隔江望麓峯新翠欲滴。飯罷登陸，各御筍輿行。逕自卑亭抵書院，訪山長韓臣閣學，出登赫曦臺及風雩亭。臺爲朱子肇建，嘗與南軒聯句其間。亭則張子所名也。循右徑入觀北海碑，飛泉赴壑，聲鏘鳴。其木多楓，有亭曰愛晚。越亭而上，肩輿行石齒間，夾道峙松竹，綠陰如幔。里許入萬壽寺，寺僧方浴佛。撫六朝松，如摩挲古彝鼎。出寺右脇，擲白鶴泉，斗折循崖上，盡石磴數百級，抵雲麓宮，麓山最高處也。俯睨湘江如帶，橘洲出沒巨浸中長沙十萬戶縷縷可數相與解衣槃礴久之出寺左折峯迴路曲約行三里許造其巔遂觀禹篆攷禹登衡嶽發金簡玉書見吳越春秋然昌黎詩即云千搜萬索何處有時已不可得見宋嘉定間何致遊祝融峯樵子導撫禹碑得七十七字始刻諸嶽麓而祝融碑後卒無見者殆神物隱見無常耶明長沙守潘鎰得宋刻土中於是楊愼郎瑛楊時喬沈鎰各以意釋其文而弇州彭山亭林諸家並疑爲贗鼎存而不論可也循碑亭下山逕二亭曰極高明道中庸並朱子所署遂憩道鄉臺念昔鄒公浩忤時相章惇謫新州過潭爲州守溫益所逐獨寺僧止之宿張子築臺表之朱子題曰道鄉道鄉鄒別字也名且與天地無終極彼倚冰山如益輩

獨何爲哉日過午繇抱黃閣憩吹香亭亭名宋理宗所書在蒼筤谷下望射蟒臺猶想見陶桓公英略遂謁屈子廟遵舊路歸既渡江日甫昳也噫予未冠讀書嶽麓又七年偕桃源令景君再遊甲寅夏曾文正公屯軍妙高峯與予步月往遊歸且達曙時賁舍半毀於兵今改作又數年矣景君既死寇難文正亦不可作俯仰三十年間今昔變遷已若此過此以往其又烏可控摶耶先是吳丈南屏獨遊歸適城閉假宿漁家爲長句紀事及是羅郭二君酬以詩互相夸詑予遂爲之記

遊金焦北固山記

光緒二年二月甲戌客金陵越四日戊寅偕陳太守宗濂沈堉瑩慶作金焦之遊夜宿揚子江詰旦抵焦山時宿霧初斂望碧瓦紅牆與古木蒼巖相掩暎作海上三山想舟泊　御碑亭下讀
高宗御製詩有僧導行初入海雲菴精廬十數椽迴出塵表經文殊閟戶鍵不能入遂周歷各菴曰自然曰香林曰玉峯曰石壁各闢戶牖幽潔如海雲尋入水晶菴啜茗小坐階下古梅方作花銀杏六十數圍閒以奇石出尋松寥閣閣面江與象山對望海門青蒼一氣吐納萬狀過印心石屋陶文毅恭勒
宣廟御書處也有書院門閉遂游定慧寺寺閎壯左右碑亭各一

皆
聖祖
高宗御筆也佛殿聯額多　御題殿旁精舍環列曰枯木堂曰石
肯堂藏經閣碑碣如林古瘞鶴銘移嵌於此臨本凡四家其上方
則
高宗御臨本也觀周鼎古光黝然銅鼓二爲諸葛遺製右爲椒山
祠壁鍥楊忠愍詩有楊子江行入揚子椒山今日游焦山之句字
奇偉遺像尤溫肅過華嚴法界出循右徑登三詔洞亭榭益幽曠
再折爲焦隱祠有焦處士像沿路碑亭三盞
高廟嘗六疊蘇軾韻云最上經羅漢巖登吸江閣望金山空翠欲

接問程曰十五里下山憩碧峯菴菴在山腰有古銀杏雷劈爲二茂如故再下入望江臺山盡景益奇江光盡呼吸中矣源流指金山中途有石壁陡入江心高數十丈臺榭參錯蔽以雉堞是爲北固山急舍舟上入甘露寺寺燬於寇彭侍郎玉麟葺之相傳漢昭烈就昏東吳嘗寓此鐵塔高十餘丈稍欹唐衛公李德裕建有
高宗御製詩碑有樓曰石帆金焦左右峙海潮奔走履舄間景奇絕再上登淩雲亭大府閱操江澨此廊有石鍥曰天下第一江山明吳琚書旁有關神武廟朱文公祠左腋爲海嶽菴後改寶晉書院舊有三賢祠祀衞公暨蘇米二公今皆圮游竟鼓棹達金山入朝陽洞爲觀音示見處有亘石離立江干作膜拜狀曰善財石叩

江天寺再進為佛殿遂登藏經樓入志游堂飲中冷水又數十級登雄跨堂右折經觀音閣上妙高臺左旋為留玉閣塑東坡佛印像遂觀玉帶玉大小十六片半

純廟所補刻　御製詩於玉凡四章匣以沈檀匣內外並刻

御詩憩悟心堂主僧方丈也僧言寇至時攜帶出避故得免其文宗閣上書則兩淮運使司其鑰不敢請遂燔焉先是道光壬寅島夷陷鎮江燬焦山三之一及粵賊焚金山則片瓦俱盡今為合肥李伯相所葺然十裁二三而焦山獨無恙其各有數存耶語竟拾級陟山椒有塔高十餘丈欄檻及梯皆被燬勢危甚再折而上有亭曰江天一覽

高廟御題也天風吹衣不知身在何境日且昳遂尋法海洞歸烏虖

聖祖

高宗南巡時金焦並建　行宮北固亦嘗駐蹕山川秀傑之氣必有獨愜

聖衷者而

高宗復建文宗閣弆四庫全書以嘉惠南國士何其盛也今旣鞠爲茂草矣而金山向在江中近歲右岸漲爲洲可徒步以上陵谷變遷若是其無定耶雖然臺榭有興廢山川眞面固自若至雲漢

天章尤足歷干劫不朽彼焦處士李衞公蘇端明米海岳楊椒山

之徒名且與山並永況

列朝聖藻之游豫品題於不朽者哉游既歸遂記其略

遊天岳山記

南紀之山高者千百計衡山外天岳爲最天岳山高千八百丈丹巖爲最余家距山百二十里屢擬遊不果光緒三年秋九月家睿村貳尹招遊已卯造其居山之麓也距丹巖尚二十里辛巳偕遊値陰雨從者有難色余賈勇前逕丁家洞危峯插天際疑不可越久之陟其巔又見羣峯刺天如始望時如是者數飛泉行山脊成溝坎深及仞水流坎中淙淙然他山所未見也久之白雲起峯巔弇其頂縷縷相銜以出尋下合爲一弇山之腰而頂露如泛洞庭銀盤中見青螺十二又久之山足皆隱矣筍輿行雲氣中衣袂盡溼忽聞雲中雞犬聲疑桃花源尚在人世抵絕巘叩山家扉乞盎

漿出茅栗餉客得小休焉亡何雲散漸消至無一縷凡山之峘者嶧者蜀者冢者墮者隒者厒者厜㕒者鮮且霍者峐且埒者胥盡一覽中始知身倚半空行俯瞰輒股栗日且莫宿太平庵行十五里矣觀纜船石高數丈圍徑二丈中段滑澤傳爲神禹維舟處是夕小雨效昌黎禱嶽故事十月壬午朔雨霽雲盡斂出寺門即陟危巖螺旋蟻引而上忽雲起如兜羅綿四山蓬蓬然望丹巖尙在霄漢別有雲自遠飛來漸飛漸逼如奔馬傍腋馳去可捫可攬望前後人皆在冰綃中矣尋擁上峯頂盡天地爲冰綃色而太平菴以下諸山反無片雲日光穿漏奇偉駭心目自是徑加險山加奇石纍纍布山上類人工鑿寘者爾雅山多小石磝多大石礐其謂

此歟遂入茅菴飯飯畢行三里始達丹巖葛句漏燒丹處也山體適厚上有平壤廣袤數十丈矯首四望呼吸通帝座曠然如與造物者遊忽罡風起慄乎不可畱乃下尋沸沙池漱飛泉還宿茅菴王山人者年七十五巖棲五十餘年矣談山中事甚悉癸未山人導觀石田三畝曁掃壇竹鑿字巖諸勝山有禹篆其文曰大禹治水至此久爲苔蘚所蝕宋孟珙摩崖書洞天幕阜山字尚可辨因議建夏王廟於山椒而以太史慈葛洪孟珙祔祀不卜此願能成否頃之雲忽大起改道普濟菴尋別徑穿雲而歸是山來自桂嶺折入義寧爲黃龍山又十里乃爲天岳盡於岳州及武昌禹跡所經葛稚川所記道家第爲二十五洞天者也遊時宜秋高日晶余

來晚不能如韓子之開雲然是遊也轉以雲勝三日中奇詭百出雲之變態盡矣他日當裹數月糧絕人事住山中摻巖剔蘚一覩禹碑眞面目山靈將許我耶

爽溪村居記

爽溪源出福石山瓦子坪逕寒源洞出桑家段合天井堂鰟魮洞鷹嘴石諸水西南流爲爽源又西北行十里至爽口入于汨余家距爽源五里距爽口五里而強宅東嚮溪水自右橫繞之先高祖石君公以乾隆甲子築室於此迄今百三十餘年矣其村落曰沙段縱十里橫半之土田沃衍宜稻宜藷芋其木多松杉豫章梧桐桃李梅其卉多竹多石菖蒲其花多春蘭杜鵑紫薇山以福石爲望福石與連雲本一山也連雲一曰純山並能出雲氣作雷雨其高切漢在余家東南面若屏障然村中山脈自福石出北山坳逕寶峯逶迤數里拔起十數峯土皆戴石爲余居之後山先世父先

考合墓在焉距居宅二百餘武宅後山分支西出邱壑奇甚有巖屹立曰道巖全石類鼓形左有小石室修廣盈丈由石罅猨引而登始黑上有穴類窗乃大明窗爲飛溜所濺苔蘚班駁巖有神村人春秋祈報水旱疾疫必祭牲用彘其右曰鷹巖奇與道巖埒其左曰樟巖相去里許自樟巖出脈凡數折迄於棗樹灣是爲先八世祖毓美公墓山形如蛇隔岸有山類伏龜夾溪相望今建魁星閣於其閒山又西出岡嶺迴複有東西二砦可避兵其高且奇者曰天頂山曰了得巖曰仙人嶺盡於縣南之黃社渡頭白雨湖諸村山在余居前者亦來自福石逕爽源官田北出凡十里許盡於爽口勢稍平皆與余宅相拱嚮水自爽溪外有數小渠來匯其源

出安坑者、逕黃絲源、合交沖水、逕宋家陂張家段、作九曲形、來入于溪、余居正面之居民堰溪水溉田、沿溪堰凡四、橋八、碕三、溪水入汩、乃通舟、爽溪之鄰村、其左曰北山寶峯石圳、水曰白水、合百房洞水、其右曰新江麥、田水曰新江水、源皆出福石、西北流、入于汩水、

張節母彭安人節孝坊圍牆記

旌門之典表宅里樹風聲蓋自成周始也唐制被旌之家其聽事步闕前列屏樹烏頭二正閥閱丈有二尺柱端冒以瓦桶築雙闕各一丈在烏頭南三丈有七尺夾樹槐柳十五步其制極繁重至五代時旌表李自倫詔高其外門門安綽楔左右建臺高丈有二尺廣稱之坊以白而赤其四角始改從簡易宋旌孝子郭義沿其制皆官爲建造也今　功令應　旌典者官給白金三十兩聽其家自建坊坊制兼用烏頭綽楔蓋參唐宋五代之制而爲之然坊建門閭前出入慮多猥雜非繚以崇垣莫由肅觀瞻而昭嚴重也同治壬申冬南贍方伯於其高祖妣彭安人節孝坊前修葺圍牆

屬元度紀其顚末謹案安人爲縣學生入邑乘儒林傳彭素君先生諱其位之女幼秉父訓嫻詩禮年十九歸備周張公諱禮行生子樂正字音雅女子子一備周蚤世安人矢志字孤事舅姑惟謹終於康熙後壬寅十二月七日葬縣南清水大塔源守節二十二年有孫九人曾孫十八人元孫五十人雍正五年知縣楊公世芳上其節行於大府具疏請　旌

制曰可給銀三十兩建坊南門居宅前今巍然在望者也音雅公奉母讀書入國學自南門遷甲山里子清流公諱光漢再遷西鄉英集里音雅公嘗建育才堂以課子孫實體安人之志安人之孫曰光命光聚曾孫曰質昭賞昭並入庠序廩於官曰瓚昭嘉慶辛

酉優貢東安縣訓導舉道光乙未鄉試魁其經曰榘歲貢生元孫曰職遠轃遠愉遠星遠先後入學食廩餼曰熙泰咸豐辛未恩賜翰林院檢討銜曰岳齡卽南瞻方伯由廩生從軍保敘訓導累官甘肅按察使加布政使銜賞戴花翎策勇巴圖魯計安人孫曾元三世入庠序者凡十有三人宦蹟顯融方興未艾安人苦節食報若持左劵之交手相付豈不偉哉先是方伯克襄王事天子推恩加秩錫封四代自音雅公至斗峯公皆贈榮祿大夫妣皆一品夫人顧於高祖妣例弗逮也乃援推廣例爲備周公追請光祿寺署正銜並請封典贈太高祖皆儒林郎妣皆安人於是安人前荷

旌表崇祀節孝祠身後復膺
敕命益足庇賴其子孫而彰潛德於有永矣方伯以鄉居去祖宅遠且舊第廢爲蔬圃萊蕪弗翦愍焉傷之爰於節孝坊前繚以垣甃以石垣周十丈高五尺有奇厚視高減五之四工始於十一月初十日越半月告成睞唐宋坊制雖稍殺而崇墉巖翼堅鞏赫昄行道之人皆式之書曰若作室家既勤垣墉惟其塗塈茨是舉也銘
國恩揚祖澤羹牆永慕有後弗棄基深有合乎堂構垣墉之義豈直爲美觀云乎哉謹書此志歲月俾國人矜式焉

皆不忍堂記

孟子曰・先王有不忍人之心・斯有不忍人之政・不忍人者・本愛民之心以爲政也・愛民之政非一端・莫大於能不擾民・擾民之事非一端・莫甚於勘驗命案・凡民閒謀故鬬殺及過失殺諸案・守土吏聞報・例卽往驗・所帶傔從胥役・多者四五十人・一切供張及招解費・向均取辦於承案之役・役則轉索諸地方・每案株連數十人・雖相距絕遠・率指爲戶鄰左證・得賄則釋之・又轉及其他・擇肥而噬・不饜其欲不止・往往因一案破中人數十家之產・所過雞犬一空・故擾民之害・莫烈於此・然而牧民者非果忍而出此也・徒以辦公之費無所出・既取給於役・則不能禁其所爲・而民之被其擾者受

禍遂如此其烈烏虖爲民父母其忍蹈常習故而不爲之所也哉江夏歐陽君以同治壬申夏來涖吾縣其爲政壹以愛民爲本盡除壅蔽苛索諸積弊舊有陋規曰到單費傳詞費結費息費保費鋪班費驗生傷費侯皆立革之而尤不忍命案之擾民也遇報驗者至察有株連立以丹毫塗乙之下鄉則輕騎減從夫馬工食及招解諸費皆捐俸發給嚴束胥役不以勺水擾民百年來所僅見也先是侯宰慈利曾設皆不忍堂力除前弊至是復建斯堂於吾縣首籌捐款千緡爲舉本縣故有同善育嬰二堂侯命交紳董歸併經理又據各茶商慕義樂輸酌抽錢文助三堂善舉侯轉牒大府如議行自是堂中經費綽然有餘裕矣闔邑士紳佩侯之恤民

者至又慮事久難爲繼也僉議請頒章程籌款立局遵行以袪民累適侯議建斯堂爰合請於侯將隨帶丁胥夫役名數日給錢數並招解用藪開單交堂勒石作爲定章後遇此等案即由堂照章給錢毋許逾額以稱我侯不忍擾民之至意夫不忍之心非侯所獨有也侯先得人心之所同然能擴充推廣此心爲平計久遠又手定章程以諗後之官斯土者後之君子能以侯不忍人之心爲心必能以侯不忍人之政爲政其造福於吾平殆不可以世計然則斯堂也其即甘棠之茇舍也畏壘之尸祝也桐鄉之俎豆也侯何庸心哉亦第全其不忍人之心而已謹記其顛末如右

重修考棚記

國家之制．三年大比．彙學使歲科所錄士．扃試之於行省曰鄉試．如式者升諸禮部．曰會試．而歲科二試．則礿試於縣．由縣升之府．由府升之學院．其試士之地．禮部及行省曰貢院．學使行署曰試院．亦曰考棚．縣有考棚．猶佛家所稱礿禪地也．吾平向無考棚．試則叢集縣堂．乾隆三十七年．吳邑侯鑛始建於學宮之西．厥制未備．四十一年．范侯元琳建講堂考棚．遂與書院合．嘉慶七年李侯滋楠別建書院．遴紳董醵金新考棚．賴其利者七十年於茲矣．邇年風會日開．奉

特旨加學額十有三名．應童子試者至二千有奇．號舍不能容．又

歲久不無敝圮邑人士謀式廓之未果也淩雲楂太守及其同堂弟金門司馬棠鄉副郎慨然引為己任自舊衡鑑堂以上撤而新之增建川堂移衡鑑堂於最上層堂東西隅各增號舍兩棚棚各五楹以號計可容八百人合新舊通計可容二千五六百人號桌號凳悉堅整無呰窳庖湢廁溷稱是其前門二重及外照壁東西文場舊至公堂左右隅之號舍並加修葺瓴甓之刓缺者補之桌凳之朽敝者易之黝堊丹雘之黯昧者彰之經始於同治十二年八月落成於十一月崇閎赫昐廓其有容費金錢四千緡可謂勤矣先是道光十年邑人士卜地建塔得宋塔基於縣西四里黃甲山以費絀未就越十有七年雲楂世父九思先生獨斥己貲鼎

建之自時厥後邑中文物聲明之盛蒸蒸日上矣今雲楂昆仲嗜善若渴所謂世濟其美者非耶杜文貞云安得廣廈千萬間盡庇天下寒士開歡顏是舉也殆庶幾焉爲之記俾來者知淩氏之重有造於斯文也

重新羅廷揚先生故宅記

古名賢故宅彪炳傳記最著者若晏嬰宅在齊城北門外見水經注百里奚宅在新野郡西之梅溪見盛宏之荊州記言子游宅在常熟縣西見揚州記屈原宅在秭歸見庾仲雍荊州記其他若楊伯起宅在虢州嚴君平揚雄司馬相如宅並在成都治南百步地志家爭引爲重漢以下更不可枚舉矣然而陵谷變遷他人入室宋玉之宅庾信得居之宇文愷之宅魏徵得居之楊憑之宅白居易得居之韋嗣立之宅虢國夫人且得而奪之以故馬燧宅竟作奉誠園矣江總宅旋作段侯家矣陽固所以悲傳舍徐勉所以稱逆旅也然則儒有一畝之宮環堵之室欲求更歷滄桑閲六七百

年而迄不易主豈不難哉吾平人文在宋極盛九君子中故宅僅存者惟李練溪之瓦塔園鄒行之之自樂軒餘皆莫可攷羅廷揚先生舉宣和進士第三人以母老家居不樂膴仕官終吏部郎直秘閣大節皎然所居在縣治北晝錦橋畔有亭曰秀野志稱用武侯八陣圖法結草廬於其上岳州刺史呂思宣有記縣令郭誾有詩詩所云客來莫擬閒居賦後有千年八陣圖蓋紀實也是宅自宋迄今羅氏世守之道光末幾斥諸他族先生裔孫務齋司馬力圖興復之同治中鼎新舊構凡二年乃畢工視前所謂八陣圖法者未知何若其規制則閎且闊矣都人士將考而落之屬予續爲之記惟昔魯文公欲弛孟文子之宅齊景公欲更晏子之宅二子

皆固謝不可。以先人之敝廬不可忘也。晉謝混謂桓元曰。召伯愛及甘棠。文靖之德。乃不保五畝之宅乎。於是謝太傅烏衣巷口之居得不毀。今廷揚先生之德。既無歉於謝傅矣。而務齋能迪前光。有二子皆注學籍。其所以光昭令緒者。正未有艾。繼自今蟄蟄繩繩能志先人之志。自能宅先人之宅。吾見秀野儒宮。不特與李鄴二君子之遺蹟。爲閭里光。且眡古名賢故宅。同不敝於天壤矣。記有之。歌於斯。哭於斯。聚國族於斯。所稱善頌善禱者也。務齋其永念之哉。

重修長壽巡檢司署記

昔昌黎韓子記藍田縣丞廳壁。極言丞以嫌不可否事。位雖尊。勢力反出主簿尉下。詞甚恢詭。而文特奇。嗣是唐李聽作邠州衙廳記。顧況作宛陵公署記。此外不可枚數。國語云。署者位之表也。宜其鄭重書之歟。巡檢位亞於丞。與主簿尉同列。明太祖洪武二年詔以廣西地接猺獞。始於衝要處設巡檢司。以詰奸盜。後推其制於天下。高季迪送潘巡檢之閩中詩云。曉衙雞應鼓。晚邏騎隨車。蓋實錄也。平江長壽巡檢司署。建自明成化八年。逮嘉靖二十年重葺以後。無可考。歲久敝圮。棟且折。非重建不可。光緒二年。今署長壽司提舉銜錢塘周君上其事於縣。會縣大夫方葺公廨。請於

臺使者從鹽值中每斤加制錢一文爲之費至是韙錢三百緡畀
巡署不足則榷茶市稍取其贏以佽之顧工費不斁尚鉅也湖北
候補郡丞吳君鏡鑪時方里居慨然肩其任計蠲貲千緡乃得蕆
事堂室門廡宧窔廂簃下及庖湢吏舍之屬皆革故而鼎新之既
訖工周君走書屬爲之記余惟王者嚮明出治百官有司大者建
牙樹屛周廬環衛小亦有堂皇以涖政燕寢以退思任職者念夙
夜在公之誼必不至以傳舍視其官而吳君家勵中資芥千金無
悋色歲甲戌既斥三千緡建文華塔於長壽里之右方是役也復
嗜義不勌若此此誠足以風世而後之居此署者抑不可不知所
繇來矣余故樂爲之書特無昌黎及顧李之文不足爲增重耳

箴言書院胡宮詹先生祠記

三代下理學莫盛於宋自濂溪周子挺生營道得聖人之學於遺經遂開洛閩之統至今永寶衡郴並有濂溪書院及周子祠而邵州周程三子祠記之者朱子也南渡後朱子與張子講學嶽麓遂爲海內四大書院之一今有祠祀朱張曰崇道凡以效法其人則必俎豆而尸祝之此天理民彝之不容自己者也紹興中胡文定公自崇安來居潭州遊衡嶽讀書紫雲峯下十五年不出箸春秋傳子明仲仁仲繼之學者稱致堂五峯先生而五峯實爲南軒張子之師可謂盛矣文定所築碧泉書堂後人爲建書院今改爲祠像祀文定公而致堂五峯兩先生配自宋閱元明至今餘七百年

不廢元度常拜其祠爲低徊不能去

國朝正學昌明大湖以南士之有志斯道者爭以周程朱張爲法而文定公之子姓蕃衍布濩於衡湘潙鼎閒其流風遺韻感人尤易入吾師益陽胡雲閣先生先世自江西遷湖南眡文定之來自崇安非一族也而其禔躬履道實與文定後先一轍先生胎胚家學早歲掇巍科官至少詹事長成均最久以濂洛關閩之學教士晚主城南書院元度猶幸及其門先生所箸曰弟子箴言薈萃小學近思錄及諸儒語錄之菁華都爲十六卷語皆心得無一字蹈襲前人蓋自躬行實踐而出非空談性命者比也先生既歿喆嗣文忠公起而光大之繇侍從躐封圻出所學以見諸政事會粵逆

跳梁毅然以天下為任撥亂反正蔚為中興名臣然皆先生之教所成也咸豐十年文忠在軍中欲廣先生之教澤以陶成後進乃卜建箴言書院於縣南瑶華山盡出家藏書三萬卷畀之豐其旣稟延名師以教邑子手定書院志所為教條及規制大備工未竟文忠薨逾年始潰於成蓋至是而宮詹先生之所以學與其所以教及文忠經濟之所自來皆粲然彰襮於世後之人苟有志於斯道其必以是為歸矣書院始末詳曾文正及左爵相二記院中祀先聖其左方建宮詹公祠下為享堂額其門曰高山仰止志景行也邑人士春秋釋奠後必祀宮詹而以文忠公侑饗煒哉懿乎宮詹先生之世祀蓋與文定父子比隆然文定生偏安之世為權奸

所謫未竟厥施公父子生値
聖明本理學以發爲經濟遭逢爲獨盛矣祠故未有記文忠子少芝謁元度屬爲之辭烏虖有學術而後有人才人才不古若繇正學之不明也欲弭天下之亂而使之長治久安必自正人心端學術始後之學者觀於宮詹父子之間可以奮然而興矣記曰凡釋奠者必有合也有國故則否國故謂國之先獻如樂有制氏詩有毛公書有伏生禮有高堂生之類宮詹先生本周程朱張之道學以傳其子而迪其邦人固與文定致堂五峯同爲湖湘之國故也拜斯祠者亟思所以則象之其庶有豸哉

書張文和公逸事

桐城張文和公廷玉嗣其父文端公宅百揆　封勤宣伯身後配饗

太廟其嘉謨偉績既詳　國史矣而有一二事世不盡知其造福於士民尤普謹据公所著澄懷園語特書之以爲司法者勸焉康熙五十九年公官刑部侍郎山東鹽梟聚衆劫村落渠魁六七人各率黨數百橫行南北道幾梗又青州諸生鞠士林招集無賴倡邪教巡撫總兵官捕獲百五十餘人事　聞

詔公偕都統陶賴學士登德馳驛赴山東會同巡撫總兵官按治

聖祖面諭曰奸民聚眾妄稱僞將軍名號謀爲不軌訊明後應大辟者即在濟南正法應戍者分別發遣公銜
命往細察獄辭廉得其概昌言曰此盜案非叛案也眾曰如何公曰據供有仁義王義勇王及無敵將軍飛骰將軍之稱觀飛骰二字不過市井綽號耳無足深究也眾皆曰然乃手定爰書作盜案擬結斬七人戍三十五人用肉刑斷腳筋者十八人殘廢疾病免議七十二人無干省釋二十五人初盜魁供某名下有眾四百某名下有眾五百合計二千餘人公念罪在首惡止就按察司械送之百五十餘人訊結外不逮一人即各因所供或充某姓佃戶某姓家人在某鄉紳富家傭工或賃居某姓房屋亦概不問是役也

守土官自巡撫總兵至典史千把總均有失察及疏縱罪公仍錄其捕盜功聲請免議獄具地方吏進曰寬則寬矣第奸民黨羽眾未按治者尚有數千人公等還朝萬一再蠢動咎將誰執公笑曰吾知仰體

聖主罪疑惟輕之意而已若爲有司避譴謫以多殺爲防患計誓不爲也且以用法寬而獲咎亦無此天理既而匪黨悉解散歷數十年山東卒無警迨雍正十年公以大學士綜吏部刑部事山東巡撫奏紳士欠糧者千餘人法並應褫部臣引例奏

世宗以問部臣部臣曰法如此不褫無以警眾復以問公公頓首曰紳士抗糧固當褫第山東頻年荒歉情可原與頑抗者有間可

否乞
恩寬限一年儻來歲不完繩以法未晚
上惻然曰爾言是遂降寬限三年之
旨先是康熙初江蘇巡撫朱國治彙劾欠糧紳士萬餘人並予降
黜修撰徐元文坐族人欠糧亦左遷鑾儀衛經歷至是公一言而
東人免褫奪者進士舉貢生監凡一千四百九十七人彼此相形
仁言之利溥矣
兩朝聖人好生如天地從善如流誠度越千古而公之宅心行政
若是
明良一德其保世而滋大也宜哉世之司法者動以深刻爲能奉

行律例爲牢不可破觀此可爽然失矣

書吳妙應事

連廷山浙之龍泉人雍正癸卯拔貢官象山教諭所居在匡山東地故多仙蹟廷山自幼好讀易乾隆九年甲子春館邑之義塾有地仙吳妙應者自匡山之天鯉峯來與廷山講易凡數日夜所論皆出人意表其人不飲不食狀若八九十老翁冠道士冠衣布袍鬢眉與面一色雙眸炯炯有光自云宋時隱士也所言姓氏與鄉里傳聞合問南渡前事頗得一二以後則不言問修鍊服餌之術師友弟子姓名及往還何地所讀何書卽周易所據何本諸儒中深於易者何人皆不答惟指河圖曰但自近取諸身卽知文周象象之取物矣其來也如石墜有聲去則御風倏忽不見廷山得其

口授蓍易學賁始於上下經十翼悉依古本於註悉依朱子本義惟篇首獨取河圖爲引端自言以河圖解全經皆仙授也噫異哉指大衍爲河圖指九宮爲洛書指參同契坎離匡廓爲太極圖皆自陳希夷始然則廷山所遇殆即希夷耶抑授希夷之麻衣道者耶抑爲圖列九宮八卦以明作丹之旨之魏伯陽耶吾無以測之矣天台齊宗伯召南嘗序其書且言廷山高年篤行固必無妄語也

書程允元暨妻劉貞女事

程允元，江蘇山陽人，監生。父勷，著以懋遷客都門，與故蒲州守劉登庸善。登庸，直隸平谷人，以其子妻允元，卽貞女也。時康熙六十一年，允元二歲，貞女甫周晬。居亡何，允元隨父南歸，父尋卒。登庸及其子亦相繼卒。貞女流寓天津，路遠音耗絕，至乾隆四十二年，相違五十餘年矣。允元以幼聘婦未婚，義不肯別娶，授徒自給。貞女自父兄物故後，煢獨靡依，巨室聞其賢，爭委禽，里媼慫恿之，貞女誓不改字，僑寓尼菴，蟄深室，藉鍼黹度日，雖十歲童未繇覿其面也。是年，允元館大河衞前幫漕弁所，課其子讀。四月，隨漕艘抵津，會津人嘖嘖稱劉貞女爲淮安程生守貞狀，允元咤曰：嘻，是殆吾聘妻劉氏者耶走尼菴訪之信貞女拒弗見漕弁知而異之移牒天津令召劉氏入署勸諭之迺就公堂與允元合巹成禮隨漕幫南下江督高公晉以狀　聞疏略云士敦百行惟節義足振綱常女守三從必貞信斯維風化今山陽縣監生程允元曁聘妻劉氏訂絲蘿於黃口諧花燭於白頭守義懷貞五十年來如一日完名全節二千里外有同心史冊罕傳古今僅覯良繇聖世中和位育教化涵濡是以膠庠成正士不二之志允諧巾幗有完人從一之操終遂夷考其行實應　旌法謹與撫臣某合辭陳請　詔曰可乃　賜帑金三十兩表其閭曰義貞之門

系曰夫婦人倫所造端也觀允元夫婦之事豈不難哉以彼相去

二千里越時五十餘年較然不欺卒各成其志始願盍不及此抑不料彼此各持此心若一契也語云天定勝人人定亦勝天烏虖信哉余覽近人筆記述其事謹詮次書之冀以厚人倫砥薄俗云

書張振之師遺事

吾師南皮張公督學湖南愛才如性命尤以申士氣爲務平江有縣胥某由刀筆致富訟案鱗比忽竊士紳二十七人名冒舉孝義旣得請建坊邑士大駭二十七人中與知者一二人耳乃公揭其劣蹟暨竊名狀訟於臺使者下岳州府察治訟二載竟直胥舉人某某恩貢某廩生某某皆坐誣擬褫進士某以病卒姑免邑人憤甚道光二十一年九月公按試岳州生童千數百人爇香迎十里外各具牒訟寃郡守及學官怵以危言不爲止公停騶收牒翼日講學明倫堂諭諸生曰訟非若等所宜預也然昨所呈牒實非得已事爲名敎所關諸生不力爭誰其爭者我當牒撫軍力任平反

否則據實奏時郡守暨學官侍側聞言皆變色卻步觀者數千人懽聲雷動乃馳書抵巡撫具陳偏抑狀巡撫檄按察使親訊椃胥職銜奪 旌典毀其坊而邑紳皆免議士氣大申咸豐二年秋公以奉天丞兼督學政時
宣宗升祔禮成故事凡恭上
列聖列后冊寶必齎送 盛京
太廟尊藏 實錄 玉牒修竟亦如之其齎送也除道千七百里具警蹕如儀餐宿皆建蘆殿隨扈官校數千人例發帑金十四萬下各州縣治供帳有司陰以應領之帑賄上官而自斂於民數且倍蓰上官爲所餌弗能禁也於是上下交征視大差爲利藪民用

重困會有　詔以明年三月八日恭送　冊寶入陪都公出關適歲饑奉　詔煮粥賑所見饑民僅存皮骨公太息曰是尚能供大差耶且　實錄將告成胡弗展期至秋間併爲一次　國計與民瘼皆有豸也時元度從行公趣草疏冀與當事合詞入告疏略言歲三月關外方化凍道泥潦不可行若草率將事不足昭嚴敬查實錄秋初可成若改卜八九月與冊寶一同恭送彼時秋高氣爽輦路修飭庶無潦草患且發帑辦供帳仍不能不借資民力今關外饑方奉　詔賑繼以大差民力竭矣若併兩差爲一藉恤窮黎實足仰慰列聖在天之靈繼志述事莫善於是或謂併辦可省帑金十四萬

於軍需無不小補此則見小之論君子不以天下儉其親臣愚不敢計及此也疏具公稱善抵陪都遂徧眂當道約會奏當道皆掩耳不樂聞强聒之艴然見詞色侍郎某副都統某與公同詞館公勖以大義强諾之出爲衆所咻復堅謝公憤甚遂自繕劄將驛聞某侍郎方莞府尹事來力阻笑且言曰事係循例君亦無所不利焉胡矯爲公引虞翻語拒之曰孟德乃欲以盜賊餘贓汙我耶侍郎拂衣去公氣結不能言元度進曰某有一策可解紛李侍御鶴年者籍關東師門下士也若告以故且專伻寄示疏草使代陳上必立允公亦無爲與衆爭矣公大喜從之翼日治中某來謁求寢其疏公若爲不得已也者而許之未兩旬　特詔改期秋八月

與實錄一起恭送。當事爽然失。然皆心知公所爲也。未幾有平反復州書院寃獄事。初道光十六年。復州章牧議建書院。醵金數千。簽日興工。以署吏目孫亦堂董其役。州民鄧某典旗產。計值五千金。歲租約千金。捐入書院。旗產例禁斥賣。故曰典。然旗人不任耕。所受田皆以售民。雖典實鬻也。亡何章牧卒。亦堂以憂去。亦堂浙人。性貪狡。見章牧卒。書院事寢。遂以鄧氏所捐產私佃諸人。納租金入已。凡四年。旗人盬其利。嗾舊主與佃爭訟於州。以亦堂故得直。佃越五年。廩生胡丕緒等愬請追鄧產復書院。并訐亦堂貪賴狀。亦堂不得已。倡言旗產歸旗。遂以半價售歸舊主。即前與佃訟者也。丕緒等以鄧既捐產入書院。即係官地。書院無分旗漢。不得以旗產歸旗論。且旗人前得鄧價。法不當重賣。即賣。價應歸公。亦堂盜收租金四載。又婪獲半價。請追繳。庶書院可興復。訟積年不決。州上其事奉天府。府牒盛京刑部。府尹某故暱亦堂。部訊。孫仍得直。讞稱十六年復州捐建書院。孫董其役。十八年州大饑。奏明捐賑。孫雖宅憂。仍理賑務。會領賑者多。貲弗給。不得已向市肆貸銀數千。竟其事。既而無以償。遂將鄧某所捐地撥歸市肆。徵租抵其息。嗣因旗產歸旗。許舊主贖。即以其值還市肆。亦堂無所染。丕緒等挾私誣訐。法當概。以同稟數人畏質逃。應候歸案雜治。於是丕緒被囚十二載。前學政知其屈。莫能援。亦堂至是以府經歷代理遼陽州矣。公之赴任也。李侍御具言其事。臘月丕緒等來訟寃公移奉天尹取原讞覈之幾無可議乃飛檄復州調賑案察核道出遼陽爲亦堂所遏尃差往索始得之察賑案則是年復州饑共賑錢二萬三千緡捐賑若而人領賑若而人司事若而人賑後餘貲六百緡委學正設局資遣饑民還鄉並無亦堂借市銀充賑事乃牒奉天尹使登覆揭批轅門抉摘不遺餘力是日丕緒遽出獄會甄別書院生卽以丕緒冠其偶且以事關學校擬疏　聞當事大懼下承德縣覆訊仍令治中某來言請弗入告追亦堂前後所婪金還書院勒令引疾去丕緒等均免議二事元度親爲草疏削牘故悉其詳前一事爇香籲訴者元度其一也受國士之知自是始感公剛正牽連書之公諱鑅字振之道光乙未進士由編修

官至太常寺少卿

同治六年閱邸鈔禮臣疏請恭送

顯廟實錄入陪都　詔援前案俟下年　玉牒告成一體恭送是

師所建白利益不僅在一時也附記

書萬五獄

萬五巴陵人由司閽致富設錢肆於會城巴陵故瘠苦地新尹涖任輒假數千金治裝遂爲所餌充邑署閽人二十年睚眦必報鄉人畏之甚於官道光己酉歲大饑會城設局賑巴陵令王逢吉奉檄勸捐賑費九千二百緡催納其半時餓殍載道待賑者數萬人已而竟不賑惟湖北饑民過境具舟送長沙就賑所費僦舟錢僅四百三十緡於是饑民益轉溝壑合邑憤甚未納之捐費皆罷繳逢吉用五策通牒大府謂勸捐賑費一萬八千四百緡設粥廠四食饑民月餘費緡錢萬有四千其未繳之數千有奇擬催收積穀爲異日備荒計上官然之逢吉揭示通衢追呼日益急邑人大譁

監生周鼎者家素封二子皆諸生會飲戚黨家萬五與焉主人右五而坿鼎末座鼎不能平酒半有違言五亦互詬鼎直數其捏賑婪捐罪謂且愬諸上臺攘臂喧爭至罷酒越日鼎具狀控岳州府壽赴行省將徧籲臺司逢吉白太守廉昌密檄長沙善化令械鼎解岳州時廉昌甫涖任邑人士意其有公論也比訊力坦五杖鼎六十褫其衿且寘縣獄逢吉復箠鼎三千折其杖死復蘇者再舁入獄萬五復面詬之加梏拲焉鼎二子號於府改發經歷廳得不死於是邑人愈憤舉人李德枋等十數人控於臺使者具列其婪賑虛捏鹽平時貪虐狀撫軍馮公德馨素剛直嫉惡立遣材官數輩持嚴檄逮萬五并解逢吉任時庚戌秋八月也會新甯賊李沅

發倡亂馮公往督勦賊既平復熾公爲臺臣所糾竟罷歸五遂不赴質而德枋等反頌繫經年當事委官雜治司讞者輒右逢吉辛亥春給諫雷公維翰劾湖南不職諸令長首及逢吉且具發前事詔總督程喬采詣長沙勘治五始投案程公親訊得實搒五凡數千痛詈逢吉且命杖時饑民中爲左證者有耆老數人皆龎眉皓首乞姑免逢吉刑程公曰爾甯不媿此好百姓耶逢吉面無人色既而程以軍務赴衡州承讞官擬削逢吉籍劾力軍臺萬五戍極邊弁奪德枋舉人德枋抗言無罪讞者曰若誠無罪然不槭若慮長告訐風其難爲上矣初逢吉之被臺劾也密遣人賄驛卒遇郵遞信函輒私啟眡適雷給諫以書抵程公其族弟鐸以知縣需次

湖南給諫覆以書書皆爲逢吉所得遂叩　閽謂言官交通督撫外吏朋謀誣劾顯有徵得　旨令程覆奏幷　敕都察院傳知給諫呈書稿語不涉私皆免議程公尋疏言獄本擬結第逢吉訐臣臣例當引避有　旨下湖北巡撫龔裕集訊會粵寇棘龔以不任軍旅自劾免歸德枋等羈候年餘代者至始奏結逢吉從重發新疆遇赦不赦萬五坐絞發回巴陵獄壬子九月粵寇陷岳州出五於獄五遂從賊歸家作五十生日賀者尚盈門賊艘東下邑人縛五送大帥軍前斬於市自己酉至壬子閱時四載訟費至七千緡僅乃得直株累已不堪書此見蠹丁之爲禍烈也

書沈兵備守廣信事

咸豐六年粤寇躪江西陷府八州廳各一縣五十有三司土者率先去爲民望而廣信府獨以堅守得全先是賊渠石達開自湖北入瑞臨廣東賊復由湖南茶陵覆吉安贛水以西無完土軍書及饟道惟東路差可通二月撫建陷廣饒岌岌督學廉侍郎方按部廣信上章告急

上特命主廣饒防務而沈君幼丹以九江守權知廣信事官軍攻撫建累月不能下賊亦嬰城自守得不擾旁縣七月別路賊由永豐間道竄宜黃廣昌屠南豐新城八月四日自瀘溪抵貴溪訓導郭守謙以卒千人逆戰死之師潰東路大震君方隨廉侍郎次鉛

山之河口趣商民輸餉聞變侍郞避地窮山中君以初六日回郡至則官吏丁胥商民皆盡去城門洞開君配林淑人先遣僕嫗護其子若女歸閩待君至與同殉官舍故有井淑人坐井眉曰是吾死所矣淑人文忠公女也同城文武吏旣皆出慮事後被議願及公未死時求公牘自解或稱請援師或赴鄉治團練購火藥米鹽公皆笑應之皆與牘去越日探賊數人入城爇民舍火光燭天旣而雨大至歸報其酋具言城空無援師賊來稍緩君馳書乞師省會道遠勢萬萬無及會浙江總兵饒君廷選駐玉山君以書乞援然慮饒或請命浙中仍遲不及事日與淑人相對吟嘯待期而已饒君得書投袂起水漲舟行疾甚初九日抵信城詰旦賊大至見

城中有備氣沮攻甚力我軍乘城用火器擊賊當者糜碎游擊畢定邦賴高翔數開城決鬭殪巨酋數人賊環攻七晝夜不利多死傷十六日解圍遁婺源廣信民相扶攜歸皆額手慶曰微我公吾家室齏粉矣督師曾侍郎上君夫婦城守狀且曰故督臣林則徐女剛正有父風君用此名聞天下然當事卒以此忌君七年夏君擢九江道仍留主廣信防務寇擾弋陽鉛山凡數次八年正月賊十數萬犯浙江道河口終以君故不敢薄郡城又先後圍貴溪及廣豐玉山官軍苦守均賴君策應得完九年三月當事檄君赴九江任廣信老幼男女皇皇然憂失君士罷試商罷市數百人襆被臥城闉阻君轍徧籲大府乞留不允則議擊登聞院鼓醵金爲北

行者資有船戶出諗衆曰是畱沈大人耶某願佽錢二緡立持付
主者問姓名不答去然當事卒不許會饒君改贛南鎮來江西遂
以代君君亦自是乞養歸矣君名葆楨丁未進士由翰林御史出
知九江府擢廣饒九南兵備道加按察使銜候官人

書游擊畢君死賊事

咸豐七年正月四日·升用游擊臨元鎭都司呼爾察巴圖魯畢君金科戰死於江西景德鎭之王家洲·年二十有五·君字應候·雲南臨元人·以征開化苗匪功·敘藍翎外委·粵賊起·隨副將王國才出師湖北·敗賊天門丁司橋·累擢都司· 賞花翎·四年冬·督師曾侍郎克武昌·大破賊田家鎭·檄君及國才隨忠武公塔齊布攻九江·未下·五年正月·別路賊犯武昌·國才回援·塔公才君·留弗遣·君饒健·亞塔公·能四馬陷堅陣·戒從卒弗隨行·人亦莫敢隨·十二月·戰臨江樟樹鎭·克之·六年正月·別將失利·功弗竟·曾侍郎檄君移防饒州·五月·大捷章田渡·與主防者不相中·君所部止千人·爲所牽

擊六月饒州陷君憤甚增募壯士決死戰未十日復饒州獲 賞勇號補臨元鎮都司升用游擊時主者遷秩去君獨筦防務屢破賊殪其魁賊畏憚之會皖南賊大至踞景德鎮歲且暮士不宿飽忌君者復中傷之期以破賊後給餉君憤鬱不自聊思更立奇功自震爆遂以正月元日率千人進攻越二日抵鎮阻水而陳犂旦率壯士十人濟時賊臥未起入市寂然君舉火未及烈搜剿後街伏賊起十人者亡其七傷者三君喋血鬥手格殺十數人賊弗敢逼用火器環攻之及王家洲死焉屍被殘越十有八日前傷卒三人者始以君殮事聞

優卹如典烏虖寇亂未平所禱祀求者戰將耳世無其人或雖有

不見知斯已矣有其人而既知之而用之而卒止此悲夫其命也耶抑有不得專咎諸命者耶同治甲子 王師克金陵君死事八年矣曾侍郎以使相督兩江疏陳君戰績得 旨贈總兵 予謚剛烈 賜祭葬有加禮

書破地雷事

粵寇之陷全州也穴城寘火藥潛爇之聲若迅雷破地出城塌十數丈守陴者雜墫石擲空中賊隨以入號地雷及踰嶺涉湘道郴桂掠業煤礦者數千人益叱嗟立辦隳名城不可選紀發而未破者惟長沙南昌二城耳若武昌廬州吉安杭州及義寧諸城主者明知賊用此技不能禦坐汔於亡死數十萬人烏虖豈劫數不可回歟抑人謀未淑歟咸豐八年七月余以平江軍三千分守玉山廣豐常山三縣賊自建寧出二杜關猝犯廣豐守者裁五百人聞警濟師千人往援賊圍之三帀我軍嬰守不能下賊詗知援豐者率自玉山來玉城虛可襲也十五日賊二萬掩至守卒僅七百城

外民廛櫛比曰七里市三里街百貨所輳余親逆戰十里外斷賊浮梁賊以步隊綴我軍騎賊趨上游跳水渡將薄城余急入拒守賊踞西門外市廛爲窟穴急火之燔三十餘戶賊撲火熄聚殘竇爲壘穴壁施火礮平擊城上人我軍堅守兩晝夜賊忽罷攻鉦鐃聲雜作有老卒驚曰賊今穴地用鉦鐃掩鋤钁聲耳昔破吉安義寧皆此術也乃懸賞令壯士縋城破賊壘余立埤堄間督戰飛礮中左頰仆流血升餘幸斜擊得不死時十八日日昳候也越日軍士來告地道已逼城計安出余裹創巡城知縣袁君翼相顧失色余忽悟拒之之法急下令起小西門迄北門計城百丈最受敵每二丈挖洞一廣二三尺深五尺許橫出城根下勿傷其址土皆內

輦城以外勿透風每隊穴洞一計洞五十限半日成違者斬衆未喻其法也逾時工竟問且何爲余曰每洞選壯士持短兵晝夜蹲伏其中飲食溲溺皆更代賊穿隧至勿驚鏦以短兵可立斃衆如法行袁君猶疑畏余諗於介衆曰賊之爲地雷也必緊貼城根忌偏斜偏則不相直忌旁泄旁泄則力殺計鑿隧必橫長十餘丈我先伏隧以待是賊隧十丈而與吾遇者五其倘能逞乎衆皆譟曰善十九日日晡賊穿隧道將及城親卒來告戒勿聲磨刃以待俄斜穿及洞衆躍起立殪二賊隧陿爲賊屍所壅不能出追乃灌以水隧道燬越日賊渠登南門外塔山隔江望城中新土纍纍如蟻蛭知術敗又三日竄德興玉山圍解余上其法於鄂撫胡文忠公

公飛書報曰子法信善矣然我軍亦用此制賊若武昌若吉安九江皆著成效今方擣安慶法爲賊得則吾術亦敗矣其秘之余遂絕口不復道其後安慶及江寧卒用此法下巨憝殲焉益服公之遠識也嘗遍閱兵家言古法鑿地道止用以撼城基或出奇兵掩敵無潛納火藥轟城者故備禦之法於古未聞嘉慶中王師平滑縣地雷法始大著粵寇竊其緒餘所過多殘滅然卒以是自斃天道誠好還哉是役余情急智生千慮中偶一得以所守至約故立談破賊而不勞今粵賊已盡殄反覆思之無以易此法也筆之以告當事者

滁州李調元筆記曰海澄公黃梧故鄭成功將也投誠後守海

澄鄭攻之梧曰鄭氏善穴地攻城今且爲隧乃下令沿城五步置一水缸滿貯水每缸撥五人守視之明日有報水動者掘之則爲隧者已至其下入火藥然之煙出鄭營隧人皆盡案此亦防禦之一法

書鄒叔勣遺事

鄒君漢勛字叔勣新化人世承樸學不事制舉業治訓故至十年不下樓博極羣書比壯猶困童子試同縣鄧湘臯學博亟稱之道光乙未冀學使維琳按試寶慶城南院長賀侍御熙齡預誡曰郡有人焉其毋忽及試經古學使以三江九江致發題君援据經傳纚纚數千言卷盡而文未竟乃白主者請增卷學使大驚異始注學籍尋從賀撫部長齡修地志於黔中咸豐辛亥歸遊郡城會邵陽有鬬殺獄株連及其族某君謁縣令將直之令故俗吏墨而鷙君語少戇忤令遂下諸獄將牒臺使褫其衿士論大譁顧莫克援也署郡守黃公文琛甫到任聞之大驚思所以出之念鄉試近遲

則錄科且弗與會端午宴僚屬太守故愛才知名士麕集獨虛上坐待君顧問左右鄒先生安在因遣使持名刺速之時邵陽令在坐心知鄒先生卽君而不敢言且不虞其爲太守重客也頗驚懟失措太守爲弗知也者數命使速鄒先生須鄒先生至乃卽席使者數輩直詣邵陽獄求鄒先生典史大驚遣急足密詢令令遽命釋之君始出獄與宴大懽是科遂舉於鄉試藝與時俗蹊徑不相入中引古義主者異之經藝及策尤博雅遂入選君之赴行省試也寓城南蔡忠烈公墓祠蔡公諱道憲明季長沙推官死寇難者也君夜夢忠烈衣冠召見索試藝閱之不以爲工既而曰吾姑薦爾竟得舉咸豐癸丑粵寇圍南昌從同郡江忠烈公帥楚勇赴援

以功敘知縣十月從忠烈守廬州遷同知直隸州知州亡何廬州以援絕陷忠烈死之親卒强負君出君固不可卒牢不釋手則從背上齧卒腕卒創甚置之君躍地取刀大呼赴鬭而死事聞 賜卹眡巡守道 賞雲騎尉世職祔祀江忠烈專祠烏虖君之所成就烈烈如是宜與蔡忠烈公有冥契歟然微黃公君且爲俗吏困死獄中矣君著書十餘種總數十萬言悉燬於燹其刻行者十裁一二耳惜哉黃公字海華漢陽人邵陽令某未幾以墨敗

天岳山館文鈔卷十九

書衢州文廟聖像事

往讀寧都魏禧文孔子裔以南宗爲嫡子蓋其四十八世孫衍聖公端友避靖康之亂隨宋高宗南渡遂家衢州金人立其支子襲爵於曲阜是爲北宗元明至今因之而南宗僅得官五經博士禧擬請於　朝以公爵還大宗元度深韙之後讀長樂陳庚煥衢州楷像攷證檀弓三世出妻之說之誣則尤躍然稱快庚煥曰辨孔氏出妻之誣自横渠後不下十數家然皆據理決其無耳今衢郡南宗博士家有至聖及幵官夫人楷木像供文廟寢閣上相傳端木子手鐫也宋靖康中嫡孫端友始奉以南遷酈道元水經注云

夫子宅大一頃所居之堂後世以爲廟夫子在西間東向顏母在
中間南面夫人隔東一間西向此漢永平中魯相鍾離意修廟時
所見者也夫母出與廟絕孔氏世祀夫人則其未嘗出也不辨自
明矣注又云廟有夫子像弟子二人執卷立侍廟西北二里有顏
母廟廟像猶嚴此魏黃初時所修廟道元曾親見者也顏母別立
廟者虛中室以尊夫子也不言夫人者東間之像設無改其舊也
像鑴自端木雖別無攷然端木多材又場居三年追慕以志永慕
事因宜有也像止於三者鄹大夫遺容無從追寫也端友南奔僅
奉二像者顏母像在別廟倉卒間勢不暇及也像既留衢北宗沮
於聞見闕里志遂遺之今幸巋然尚存又有古書可據則出妻之

誣愈白卽庶氏之母之哭子上之母之不喪皆不足信矣庚煥又嘗著議以謂曲阜孔廟近代數被災顏母像既不可復見而衢州二像以南徙獨存不可謂非天也聞奉像之閣且朽敝宜改作石室以垂久遠又宜摹刻厥像一藏成均一藏曲阜以廣厥傳是三說者元度常往來胸臆間咸豐十一年帥師駐衢州及江山時總兵李定太劉培元防衢皆鄉人也元度擬謁文廟則積年爲兵勇及難民所毀壞木主狼藉地上問聖裔皆避地出問二像則寢閣僅存柱礎像不知所在矣因屬培元等大索民間衢人士聞言始知二像源流初皆習焉不察也明年培元走書江山告得像於賣餳者擔頭有百夫長以錢四百文易之像高三尺有奇衣褶渾古

並完好。乃約鎭道守令。具鼓樂送之入廟。量爲修葺。檄兵勇毋入廟門。未幾元度被議歸。迄未知庚煥石室之議。有舉行者否。具書以諗後之人。

書乳源令冒公死節及其子誅賊復讐事

冒公諱芬字伯蘭如皐人世爲宦族兒時自塾歸拾遺金百餘兩坐待主者還之比長棄科舉業入都供吏事嘉慶二十年敘巡檢發廣東補松柏司調五斗口嘗奉檄捕盜卻餽賄上官賢之連州猺反參軍事以功　賞藍翎會水災公斥千金倡賑且力籲於上官得發帑所全活無算因築金釵圍以捍水患遷廣州府經歷調海豐丞擢開平知縣所至有循聲尤善治盜咸豐二年署乳源時逆渠洪秀全陷湖南江華藍山臨武韶州土寇起應之有衆數千陷仁化樂昌遂攻乳源公募壯士三百人命張延壽等領之與都司車定海出奇兵夾擊賊敗去居無何別賊黃滿等嘯聚曲江公

與千總張鷹揚帥兵往擒之獲十三人道出寺前村猝遇羅坑賊欲奪滿等鷹揚遁公手劍揮親卒百人與賊戰幕客宋培清戰死賊刺公創甚血如注公猶手刃一賊張延壽亦裹創力戰賊篡取十三人去公舁歸越日而卒年六十有三時十二月九日也事

聞　詔視四品官議卹　賜葬祭祀昭忠祠　賞雲騎尉世職如例縣民請建專祠大吏上其議

詔可之公之瀕卒也誡諸子曰刺我者左目下有黑子若等識之其爲我復讐後十有五年當同治丙寅公女子澄宰番禺有乳源人來言邱標者縣役也嘗犯法爲公所笞遂投羅坑賊嗾其黨邱河刺公標已死其徒傅琳邱義邱通傅標並無恙而河方爲縣役

澄與昆弟密圖之·各枕戈以俟·又二年·乳源闕令·公四子沅以通判權縣事·乃相謂曰·大讐可復矣·抵任·河迎謁·且伺官所爲·沅佯爲不知也者·河心大安·乃以方略陰散其黨·一日驟收繫之·察河左目下果有黑子·並捕琳等至·欵問具服·乃牒大府·駢誅之·剖河心祭公·且發標墓·戮其屍·觀者數千人·皆感歎泣下·謂公靈不昧·有孝子能殺賊復讐云·

系曰·甚哉天道之好還也·邱河等躬大逆·戕賊令君·宜覆載所不容也·乃不卽死·而必假手於公之子·以彰復讐之大義·固公靈爽使然·天網曷嘗漏哉·抑考復讐之義·經禮詳矣·郎以五行準之·生我者父母也·克生我者·我必克之·克我者·我之所生·又克之·凡以

其爲讐也。烏虖。此其爲天理民彝之不容已者歟。

案復讐之事。聖門有行之者。太平御覽引師覺授孝子傳曰。仲子崔者。仲由之子也。初子路仕衞。赴蒯聵之亂。衞人于黶時守門。殺子路。子崔旣長。告孔子欲報父讐。夫子曰。行矣。子崔卽行。黶知之。於城西決戰。其日黶持蒲弓木戟。與子崔戰而死。南史孝義傳。師覺授撰孝子傳八卷。其載仲子崔事。御覽兩引之。可見忠臣之後。復有孝子。眞美談也。

書火輪船

道光辛丑壬寅間西夷英吉利犯順擾粵閩江浙始聞有所謂火輪船者莫詳其制也咸豐庚申款議成許泰西諸國通商始用輪船運貨賄同治丁卯

詔設船廠於福州以侯官沈公充船政大臣而合肥伯相李公亦遣官治上海船務不數年中土人能構造矣光緒丙子春二月予訪沈公於兩江節署抵漢皋附輪船東下以初七日丑刻起輪初九日未刻達金陵而過武穴九江安慶大通蕪湖時各停船數刻計行不及兩日夕可謂速矣船長三十二丈廣五丈輪凡二在船之中段各合兩面爲一冶鐵爲之以木板爲葉貫以鐵軸軸長如

船之廣前爲鐵鑪爇石炭日數千斤鐵筩高數丈炭煙自筩出如垂天之雲又以雙筩吸風入使炭熾而人不病暍鑪置鐵釜以銅管汲水入釜滿則出之其出亦以管有氣缸高及尋中空鐵筩引釜上氣橫入於缸缸完密無罅不旁洩中銜鐵杵引之長出於缸數尺煅鐵爲條提其杵使遞升降中爲天平架有轉軸提杵之條屬於架前又以堅木爲樞紐貫軸中央提以機條屬於架之後前後起落如環無端每行船火烈水沸爇氣納缸中杵爲氣所鼓輒踊起五六尺前起則後落落則後紐自轉而軸與俱轉力不下萬鈞雙輪遂激水以行響若雷轟迅若電逝一日夜掉千餘里蓋以輪行船以軸轉輪以機運軸以氣發機以水積氣以火沸水在易

其既濟之象乎亢倉子云蜺地之謂水蜺水之謂氣蜺氣之謂虛此其善用氣與虛者乎凡船必有桅有帆有櫋有橈有槳闕一不可今概不用又不問風之順逆時之晝夜風雨能自以其力飛行江海中停則閉氣釭之竅而別開一管以洩之起訖自由不可謂不巧也夫刳木肇自古皇此則書契以來所未有而予往返得乘之異矣顧船利江行入海遇颶風則顛簸不可耐抑有失事者若以此爲戰艘冀憑陵我中國固不足畏也

書江南黃烈女事

同治三年九月十六日江南烈女黃淑華道出湘鄉之潭市題十絕句於逆旅自序被掠情狀甚苦詩深痛不可卒讀越日關王橋客舍有男子二一中毒死一絕吭死一女子自縊於其旁周身衣服皆縫紉無隙訊之主人曰昨有兩男子偕一女子過此夜半猶飲酒歌笑喧甚既聞格拒聲未幾寂然犂旦視之皆死矣而女懸於梁尋報所司命埋瘞女子卽淑華也案序淑華黃姓字婉梨上元縣人父秉良諸生先卒兄乃珪亦諸生次乃璋外出次乃瑾習舉子業咸豐癸丑賊破江寧家陷賊中時烈女方五歲弟乃璧三歲兩兄治農圃自給家故多藏書烈女從兩兄學遂通大義能詩

既長擬許字某氏烈女曰吾屬猶燕巢幕上耳何以婚嫁爲乃止甲子六月十五日官軍克江寧越日亂兵至殺二兒於庭尋入室有寶慶勇申姓掠烈女出弟牽烈女衣母跽乞免申怒曰從賊者殺無赦主帥令也遂殺其母若弟長嫂至又殺之仲嫂不知所往烈女憤痛哭詈求速死申笑曰吾不殺爾也遂繫烈女於其居尋遷諸舟泝長江而上屢欲犯烈女烈女死拒之徧紉上下衣同舟女伴有金眉壽者烈女舊識也一卒欲污之眉姑弗從會窗開遽躍入江死申繇是不敢逼烈女舟抵長沙申知烈女不從己將以屬媒氏未果初烈女入舟欲投江者數矣念不能爲母與嫂弟復仇死無益也自是日謀殺申及抵湘潭舍舟而陸烈女私喜曰可

矣亡何又遇一扶姓者與申偕行烈女自念以弱女子欲斃二壯夫不濟則且求死不得死志雖早決究未知何術以死爰題詩逆旅以明志不意越一日卽得死所也詳察情形大約以酒醉二卒因而鴆之其死後加刃者必申也烏虖烈女以十七齡弱女子生入虎口越三月之久皭然不污以計斃兩勇夫如孤雛腐鼠又能使姓氏家世及蒙難苦心具見於詩若序以㬥白於天下後世此其智勇貞烈有卓絕古今者不獨詩文之工也可不謂奇女子歟抑又思湘軍克金陵救民水火中斷無殺掠平民之令而當蒼黃擾攘時主兵者耳目有未周如申某等遂乘機淫掠亦勢難盡免顧安知此中有烈女其人在哉而如烈女及金眉姑之矢死全貞

名湮沒而不傳者又可勝道哉謹据湘鄉新志具書其事使海內知有此奇烈擬諗彼都人士為請　旌表且為司兵枋者告焉

附黃烈女詩并序

余姓黃氏名淑華字婉梨江南上元縣人父秉艮諸生先卒長兄乃珪亦諸生仲兄乃璋外出叔兄乃瑾亦習舉子業余家陷賊後兩兄力於農圃家賴以給時余方五歲弟乃璧三歲家故多藏書暇則課余及弟常取古今節烈事詔余且勉之曰余家遍處城中城克必及於難慎勿苟且偷生以玷先德壬戌將以余字某氏余請曰余家居此猶燕巢幕上朝不保夕胡以婚嫁為遂止今歲六月官軍克金陵余方慶出水火而登衽席矣孰

意克城之二日則有亂兵至殺二兒於庭乃入括諸室一壯者
索得余挈以出弟牽其衣母跪而哀之彼怒曰從賊者殺無赦
主帥令也遂殺母及弟長嫂至又殺之掠余行而仲嫂則不知
何往余時悲痛哭詈求速死彼大笑曰余汝愛不汝殺也遂繫
余於其居旋遷於舟溯長江而上夫茫茫大江余非不得死所
惟憾以余累及老母嫂弟今既與之同行不思所以報之徒死
何益昨至湘潭舍舟登陸余喜甚意將以此時殺之孰意天不
余佑適有與之偕行者夫以一孱弱之身逼處於二壯夫之側
殺之實難污我實易儻不速死恐無顏立於人世然死雖已決
究未知何術以死何地以死也因自序顛末而書之紙一帛一

帛懷於身紙糊於壁并作十絕以附於後時甲子九月十六日十七齡女子自序於湘鄉潭市之旅寓

自憐生小遘奇災刼遇紅羊劇可哀若昧眞心從蕩子偷生雖好罵名來

年來小謫住塵樊辜負雙親孕育恩窀穸不能安體魄挑燈轉憶倍銷魂

儂家偏在此城中兩度遭殘怨郎戎底事老蒼偏疾善存亡各半又西東 自注存者余與仲兄夫婦及姪而又天各一方哀哉慟哉

自從被掠到家門日在狂瀾死未能卻喜財奴惟好貨天敎白璧玷無蠅 自注掠余者申姓寶慶人余恐被其污已將衣服縫紉矣

無何月又見初絃迫我同登江上船舟子挂帆無恙視可知儇

不願生全

女伴何人不受污余同張氏及金姑超羣更羨金眉壽一死猶

能護友于自注金姑眉壽余舊識也一人欲污之弗從適船窗開躍入江死金姑死後彼乃不敢逼余余亦心敬其烈故云

記隨女伴到江濱誓作人間不朽身遠涉洪濤誰是伴相依惟

有影形親

征帆又說抵長沙遥望湘靈廟拜嘉乞翦赤繩教寸斷莫令哀

怨訴胡笳自注彼至此又將以余屬媒氏故默乞靈焉

平地風波息又生吾身何處乞安平婉言雖免于飛去欲報奇

寃恐不成自注至此又遇一扶姓者偕行

自古成仁總殺身吾身何必苦逡巡憑將浩氣還天地長共貞靈在九垠

書謝貞烈婦彭氏降神事

鬼神之説儒者慎言之然聖神仙佛大率忠臣孝子義士烈女所爲蘇子曰生有自來逝有所爲其理碻然不易左氏傳稱神降於莘不言降之情狀大約近世扶乩降鸞之類論者謂左氏之失誣然昌黎韓子號大儒以闢二氏自任而其碑柳州羅池廟也記柳侯預知死期後三年降於州堂及廟成大祭有醉慢者扶出廟門即死明震川歸氏既表張貞女之烈復爲張氏女子神異記書反風滅火雷霆暴至羣鬼啾啾來逐及廟旁人聞鼓樂從天上來諸異此非世儒所恠詫者乎然事衆載諸耳目雖儒者不能沒也長沙謝貞烈婦彭氏余既銘其幽表其墓矣庚午十一月醴陵劉生

能書符籙召神彭子麗生慟其女以因果之說叩神神許請於帝以明年四月俾烈女降神自述之及期余適至會城麗叟喜踐前約以四月二十日設壇上林寺會者九人初有神降言他事甚悉弁云澄瀓池海帆仙女將至少選示七言詩一章自稱海帆侍者誡在壇諸人勿行禮云吾師所屬也余心知海帆仙當即烈女以麗叟在壇懇其隨眾迎拜耳尋書七言絕句甫一章余目麗叟曰是矣叟汪然出涕其次子煊亦泣下至二章即有看到無情淚亦潸之句叟問爾生前是何因果即云已到佛天空靜境任他冤孽昔年身問胡不論事而但作詩則云不吟詩句便生愁問向不識字何忽能詩則云開得靈根花數蕊故令來此證詩盟余進曰爾

兄樹森應禮部試榜發矣曾否登第答以詩意似下第者麗叟問歸途安否又答以詩前後十六章計其時曾未逾晷刻也末云吾奉觀世音菩薩敕在南海澄澈池爲海帆女修養眞性救度世災十日後再降當手書一字以志一生名節洎二十九日再降示詩四章云仙凡已隔不可作塵語前次觸動悲情幾至墮落回宮已受薄譴矣先是麗叟私論前奉
恩旨一
旌表建坊一
敕建專祠均未齒及豈出世法初不以此爲榮耶及是乃云吾不過片刻之忍過蒙
皇恩優厚抱忝無地又云吾父吾兄暨李姻翁備費心力無門可報惟銘佩終天而已尋命備長箋縛巨筆於乩研硃爲墨大書一潔字高三尺有奇廣三之二

且云內含冰清玉潔四字有深意焉問署款否云請李姻翁代寫澄澈池女史鸞書字樣余與同人歡喜讚歎皆下拜乩忽推麗叟止余拜余謂王文肅之女曇陽子得道飛昇弇州其季父行事以師禮作曇陽祖師傳萬餘言況外姻乎復兩書不敢字又云我家數世積德多濟人利物之事尚有兩代大顯父宜益加培植戒躁傲以泯無心之失又云父年老宜擺脫俗累時麗叟次孫芝第侍側書云此子資質優宜加督責他日可繼科第也書畢去烏虖此非得諸目擊將在疑信間天人一理呼吸相通特不聞見其形聲耳或言觀世音不見經典考晉書符丕載記及宋書王元謨傳梁書劉霽海南二傳魏書盧景裕傳並載誦觀世音經得脫械折刃

諸神異語在正史炳如也故援羅池廟碑及歸太僕法詳書之世有目論之儒度未敢議昌黎震川且訾及正史乎

書平江三烈婦

江烈婦黃氏長沙諸生賢道女五歲失母鞠於祖母通文史十四適平江江慶璜越六年舉一子殤又二年慶璜卒烈婦絕粒四日誓身殉姑大慟仆地小姑抱持之以食進姑曰必若嫂食乃食不則俱死耳烈婦乃强進溢米姑命小姑坐臥伺之比三年祖母以壽終小姑嫁烈婦既除夫服乃歸寧其父一日持白縑端坐將作書父問之則曰想成一幅好花樣待做成時共看耳父莫喻其意九月十七慶璜生日也烈婦前一夕爇香告天辭祖廟預治祭具及旦挈小婢自隨哭奠慶璜墓奠訖紿婢之旁舍乞盎漿遽出袖刀自揕其喉未殊握石捶之血如注屍僵立不仆婢返猶以杯水

進熟視乃大號舁歸氣微屬以手指篋中乃絶發之得白縑具書三年未卽死之故慰辭其姑語絶痛凡三百六十言末書天淸地白四字時乾隆三十八年也初烈婦自刎血裁濡衣袂及合葬慶璜墓則一縷血痕直下注夫棺無旁瀋發土至四尺色愈鮮事聞得
旨旌表編修余廷燦爲立傳都下以詩文詠者百數十家

單烈婦童氏沂水縣知縣聖輔女諸生光遠妻也幼隨父任讀書曉大義能詩歸光遠及朞生子一會舅姑相繼逝光遠以毀卒彌留時執烈婦手曰吾負汝烈婦泣曰天日在上妾誓不獨生也尋拔簪刺其喉暈絶勺水不入口庶姑泣慰之曰若死孤誰屬乃强

起視息每飯必以雙箸置案上如夫存忌日必墓祭長跪上食哭盡哀輯遺稿片紙皆裝治之俾藐孤得承手澤閱八年孤就外塾一日晨起薰沐作絕命詩四章登樓自縊死詩末章云遷延數載未從夫半爲兒兮半爲姑兒至九齡姑有賴敢忘前誓惜殘軀是足見其志矣乾隆五十六年　旌所著有茹荼詩草

李烈婦魏氏佚其父母名姓歸李鴐川生女子子二年二十七鴐川疾革囓指示烈婦且指二女曰是呱呱者當誰屬烈婦引刀自斷其髮泣且言曰妾必不負君待二女嫁妾知自爲計也鴐川遂瞑烈婦忍死撫其孤女凡十七年足不踰梱閾戚里罕見其面乾隆六十年二女先後嫁烈婦喟然曰事畢矣將見吾夫於地下沐

浴更衣拜夫墓哭失聲及歸遂自刎也知縣陳光詔上其事被
旌建坊如制光詔爲長歌紀之詩刻坊柱

系曰邑故多奇女子秦羅氏女年十六父舟沒洞庭攜弟哭求父屍皆赴水死遇陰雨輒見形湖上宋元豐間封孝烈妃祠曰淑濟事在曹娥前三烈婦同以死殉夫二十二年間後先相望殆聞風興起者歟余攬其事悲焉彙述之以告采風者語云慷慨赴死易從容就義難三烈婦後夫死或三年或八年遲且十有七年烏虖何其始終不渝也士大夫迫於名義不惜辦一死或稍濡忍不能自引決久且負其初心是三烈婦所竊閔者也悲夫

續書平江五烈婦

烈婦王氏李仲賢妻也年十七歸李甫三月仲賢病卒王慟絕誓不獨生以舅年老恐益重喪明戚乃稍稍進飦粥忍淚承歡倚紡軖自給越八年舅卒葬祭皆如禮服闋歸省母住浹旬而返翼夕沐浴嚴妝自經死年二十有五同治三年　旌

吳面槐妻周氏居縣東濯水里咸豐九年面槐從軍屯江西浮梁縣病歿貧不能反葬同伍寄其衣衾歸時周年三十二歲無子得遺衣抱哭數日不絕聲一日沐浴更衣具雞黍召同懷兄弟及夫伯叔至具述夫妻同命義不忍獨生衆勸慰之詰旦衆起見突無煙呼之不應碎門入則已縞素自經死

李烈婦縣北長慶里人六品　封嗣芳之女年及笄歸魏福圖福圖父宗濂官瀏陽訓導已前卒李事姑孝同治三年福圖入貲爲巡檢需次江西時家已落李竭力奉姑典衣以佐養偶歸寧父母憐其貧代購田二十畝留居之李念姑輒邑邑不樂一臠之味必走使寄姑嘗居四年仍歸事姑十年春福圖署南豐龍池司巡檢李以姑老不克從八月福圖卒於官十月四日訃至李大慟絕而復蘇徐曰吾不能事夫生前當事夫地下耳遂衰服括髮束麻投池水中死前數刻猶忍涕面姑蓋陰與之訣也年三十有三一子九歲事　聞旌表如典禮

中書科中書銜李昶永妻鄧氏國學生鄧鵬翥之女宿州知州李

陔華長子婦也。年十五歸昶永。及陔華官宿州。鄧隨夫侍任所。昶永病。鄧每夕焚香籲天。乞身代。同治十二年春二月。昶永卒。鄧絕粒誓身殉。時姑魏氏方回籍迎養王舅王姑。或請俟其至。鄧忍死以待。亡何。姑隨大父母抵州署。鄧泣拜曰。吾事畢矣。仍絕粒。水漿不入於口。凡七日卒。年二十有五。時三月十八日也。明年陔華乞假歸。代者至州。入士狀其貞烈。上於州。州以上行臺。使遂聞於
朝。得　旨旌。

淩烈婦楊氏者。從九品銜楊柳塘之女。年十八歸六品　封淩盛典。事舅姑以孝謹聞。姑垂歿。以季女屬其撫育。泣受命。小姑賴以成立。亡何。盛典得瘵疾。病革。問婦且若何。楊泣曰。君死。妾必不獨

生及卒大慟拔刀將自刎眾持之乃立夫兄子爲後比葬躬臨其穴命治雙壙壙成哭奠畢歸語其子曰愼自愛吾將從而父於地下眾勸止之泣曰吾有可死者五事舅事姑事夫皆畢撫小姑成人嗣子有兄公代鞠之是我生無累死無憾也且吾與夫有成言矣不死何俟是夕自囓其指血如注以指血和鴉片吞之遂卒光緒二年三月十八日也距其夫死十日耳年二十有八面如生有笑容乃與夫合葬且公言於長吏請　旌典焉

論曰予嘗書平江三烈婦及輯縣志得王烈婦事事在道光初而自咸豐己未至光緒丙子十八年中又得烈婦四人烏虖何其偉歟非夫光嶽正氣有所特鍾而

國家之風教又有以激勵而成之者歟昔歐陽子作五代史五十三年中易姓者六勵得全節之士三死事之臣十五而列女止號州司戶參軍王凝之妻一人平雖蕞爾邑過之遠矣自非綜觀往籍抑烏知

聖清之德化超越前古若是哉

書平江唐孝婦

唐孝婦陳氏平江黃社村人夫仁虎早世姑羅氏瞽且病癱瘓日
臥牀蓐自飲食起居疴癢溲溺惟陳是賴陳日左右之三十年如
一日家故貧縮食奉姑已常有飢色唐氏族蕃姑故族中大母行
遇宴會或誡姑食陳氏則負姑往比撤席復負以還或併留陳則
疾走不反顧也姑年六十餘病卒陳大慟搏膺號曰姑舍我不能
行一步今泉路茫茫誰負吾姑行者吾誓與姑同去時姑已小殮
陳氏探胸前微溫嚼生薑灌之弗起遂絕粒二日哭晝夜不絕聲
或告以人鬼異趣可無慮堅不爲止淚枯不省人事已垂斃矣時
舉家洶洶不知所爲計忽靈牀微動守者驚視之姑蹶然起矣衆

驚走。姑曰毋怖。吾遇朱衣神。嘉吾婦誠孝。許增壽一紀。放歸。且復其明。語未竟。咤曰吾何乃復見天日。自是姑目忽明。病如失。越十餘年。以壽終。陳氏喪葬皆盡禮。卒年亦八十。子三。次體信。邑諸生。

書長沙余高氏昇仙事

高立松字慧翹一字瑛哲善化女子父寅亮隱於醫母謝氏能詩慧翹生五歲失恃依外祖母鄧宜人鄧教之讀書有夙慧舉止端莊祖母章絕愛憐之十四許字長沙余芸皋郡丞肇鈞之長子子芹同治壬戌年十七歸余氏事舅姑孝謹明年生一女子芹病瘵高籲天乞身代刲左肘肉啗之甲子十二月子芹卒未幾女亦殤高誓以死殉外祖母苦諭之乃止姨母五其適吳適陳者並能詩則遂教以詩俾藉得排遣前後存詩五百餘首曰棲鵠樓詩草然於修眞之道未聞也壬申冬被盜盡卷其衣物如洗自傷命蹇身外無長物憤不欲生吞鴉片不死服砒霜亦亡恙而所患喀血疾

轉因以愈乃歎曰死生有命信哉自此遂有歸眞之志然苦無門徑聞湘西觀音港有尼曰掃塵有道行往訪之不遇悵而歸光緒丙子正月與長沙黃貞女唱和談及掃塵黃卽招之至語合敎以坐禪之法遂斷葷血二月掃塵來訪言下有所悟益授以坐功上巳次日午坐忽覺丹田震動熱氣蒸蒸上大驚以告掃塵掃塵曰他人修眞數十年不能得此效子殆謫仙人吾且當師子矣遂敎以奉佛及內典高猶未深究也四月鄰婦以火殺蟲高閔之因誦往生經火頓熄三舉三滅心異之遂矢奉佛之願每夜五更焚香跽小苑當空禮佛雖大風雨雪無間香燭當風雨不滅衣服及所跽地並不沾溼家人竊聽所誦皆心經大悲咒金剛經感應篇諸

品無殊異者誦經後必讀正氣歌數過或問生長儒門奈何讀二氏書高曰見爲二者二見爲一則一吾固嘗合中庸讀之其道一也問何所禱曰有三願一報答四恩一超度先靈一救天下苦人其母初以產難亡乃誦金剛經追薦之誦畢詣墓祭告又運神力鍊催生符及以大悲咒水療人病皆有奇驗舅自浙病歸以水進病尋瘳又嘗設案爲舅姑求壽環案行一步一拜七日拜畢曰聊代亡夫盡子職也母弟嵩體素羸弱乃刺左臂血書表禱神凡三上願分己之智慧與弟尤諄諄以功過格課嵩丁丑正月函告其叔祖母聶氏七日之內遇生物幸救之至第五日鄰有羊將就屠而鳴聶憶其言走書召高至羊跽伏不起因勸聶買送椰黎市之

法輪寺今僧每誦經羊輒伏聽之舅母袁宜人卒家貧甚棺衾葬祭費皆高所預籌性慈厚見人有急推解無所慳節婦周吳氏嘗有所餽卻之曰彼心慈而治家無術後慮無以答之也其家杲中落高爲買山種樹數千株曰俟此木成林後以昇其子其曲盡人情多類此自丙子入道後冬不棉夏不扇四時御一藍布衫酷暑能久坐烈日中庚辰六月初十日斷火食辟穀凡兩月陰與諸親眷作別夜常治裝或穴牖窺之足離地約尺許蓋身已輕矣八月十五日寅卯時昇舉而去先鍵其房門大門則自內反鑰之慮人議其開戶走也爲書別娣氏略言自同治甲子居孀至光緒丙子此十二年中憂患怨憤竟得天憐丙子十月得道至今將五載此

五年中更是委曲求全盡心竭力以畢人事細思所經十七年險阻艱難幸得仙授騰雲訣今已騰雲去矣從此逍遥蓬島樂長生五嶽任我遊賞不枉從前受折磨也末有詩曰爲因一念涉紅塵謫貶人間卅五春幸賴遭逢千萬苦翻然仍悟本來眞時爭傳誦之

論曰神仙者非他忠臣孝子貞女烈婦爲之也如高氏者復何疑哉復何疑哉明太倉王文肅之女白日沖舉號曇陽大師王元美爲作傳凡七千餘言今於高仙遇之矣高自謂逍遥蓬島意者棲神嶽瀆閒侯果滿而超仙界耶高化去後其姨表弟陳玉元以十月十六日遇之於衡郡培元市呼之俄失所在十一月初六日其

父友湘潭胡楙仙將、遊方廣。遇諸蓮花峯下之福昌尼寺。自述生平事甚悉。楙仙老而學道非妄語者。余因點次其語以傳之云。

天岳山館文鈔目錄六　　平江　李元度　次青

墓誌銘　墓表　神道碑

凡刻石立墓前者曰碑曰碣曰表納於壙中曰誌銘自有誌銘而例因以起元潘蒼崖輯金石例明王止仲作墓銘舉例　國朝黃梨洲作金石要例梁曜北作誌銘廣例詳哉其言之矣墓石之文有序有誌有銘記作文緣起序也記事及葬年月誌也詠歎之銘也然亦有不必泥者漢聞憙長韓仁銘乃令牒無韻語而謂之銘昌黎法曹張君誌銘敘次其族世名字事實別無銘辭而曰是爲銘而題止稱誌白香山張公仲方墓誌亦然任彥升劉先生墓誌無誌但銘而題獨稱誌蘇文忠李太師墓誌朱亥墓誌亦然是銘

卽誌也然吾甯守常法誌銘必並用
黃梨洲曰墓表表其人之大略可以傳世者不必細詳行事如唐文通先生宋明道先生諸表是也惲子居曰墓表之法止表數大事視神道碑廟碑體不同視墓誌銘體亦不同墓誌銘可言情言小事表則不可神道碑廟碑凡崇宏寬博之言皆可揄揚墓表必發明實事故墓表之善最難柳柳州葬例云五品以上爲碑龜趺螭首降五品爲碣方趺圓首此碑碣之分也今功令三品以上官始立神道碑則必有政績階爵可紀故體製較崇地理家以東南爲神道唐蘇瓌碑建於塋北十五里亦謂之神道碑也
黃梨洲閻百詩汪堯峰並謂古人合葬其題止書某官某公墓誌

銘或墓表未有書暨配某氏者引張說爲蕭灌楊炯爲王義重兩
神道碑爲證謂明李崆峒王遵巖始改古例而杭堇甫則引唐朱
賓撰澤王府主簿梁府君并夫人唐氏墓誌銘秦貫撰滎陽鄭府
君夫人博陵崔氏合祔墓誌銘謂皆在明以前不自崆峒遵巖始
集中誌夫婦合葬者婦止附見於誌中以金石之文貴謹嚴也
漢人金石文三公稱公餘皆稱君唐人則監司以上有稱公者曾
爲其屬也耆獻則稱府君韓集中有董府君獨孤府君張府君衛
府君盧府君諸誌有文名者稱先生如昌黎稱施先生貞曜先生
皇甫持正稱韓先生友人則稱字如昌黎之於李元賓樊紹述張
孝權皆是也集中凡顯官及得謚法者皆稱公先達稱先生餘則

稱君以名位年輩相埒或兼有平生游處之雅也
凡敍人家世皆自曾祖以下無及高祖者間及高祖必其人其事足書非僅及其名諱而已用閻潛邱說也書子女必書名銜及所適孫曾則書孫幾人曾孫幾人以孫曾應各詳於其父之誌非其人其事有特異者不書用惲子居法也葬地書山向用隸釋郎中馬江碑及唐權德輿李雍誌銘張說馬府君碑諸例也
黃梨洲曰昌黎碑誌止書子女無書孫者孫遯爲杜義寬碑書孫以表其墓權德輿爲王端碑書孫以其葬王父白居易爲崔孚碑書孫以其來求文張說爲呂處眞書其孫女爲李仁瞻書其孫皆以立碑故其他皆不書也至宋歐曾蘇諸家則皆書孫且及於曾

孫矣女子重所歸故壻必書子婦則例不書楊烱爲曹通神道碑載子婦一人以其陪窆於塋內也裴抗爲田承嗣神道碑載子婦二人以其爲公主也宋元人乃有書子婦者古法蕩然矣

凡子女皆統於父雖異母而不分書所出唐權德輿誌李巽三夫人四子不言某屬某氏楊綰作郭汾陽夫人神道碑六子八女並書夫人下歐陽公誌蘇子美誌梅聖俞王介甫誌葛源蘇安世李宗辨皆然葢以父爲主不必分屬之母此定例也然婦無別誌即附見夫誌中者前後妻究不妨分屬子女昌黎作楊燕奇碑夫人李氏有男四人女一人後夫人雍氏有男一人女二人誌昭武李公元配韋氏生子紘女貢次配崔氏生綽紹綰今夫人無子白樂

天誌元微之穆員誌鄭叔則皆用此例惟元姚牧庵作姚樞碑書子女某氏出某氏出虞邵庵誌牟應龍亦然此則非古法耳爾雅曰男子謂姊妹之子爲出左傳云康公我之所自出公羊傳云蓋舅出凡言出者因母姓而云也近人書孫某某又於各孫下系以某子所出是以出屬之於父失其義矣且父在則孫俱屬之於父子不得私爲一已之有也

古人書卒葬止書年月日不書時此通例也亦間有書時者梁氏引朱文公劉樞密墓記范直閣墓記凡十一家以證之皆非無據然吾仍守常法不書時

取士分科自漢始如賢良方正孝廉明經則科之名目所謂科目

也進士一科行之最久前明增舉人一科鄉會試皆有定年於是稱舉人進士者並繫以干支如甲子舉人乙丑進士之類久之又直以干支名科如甲子科乙丑科之類習焉不察科之眞義泯矣集中傳志並書某國號幾年舉人進士而不沿甲子科乙丑科之稱

黃梨洲曰誌銘埋壙中宜簡碑表立墓上宜詳然范文正誌种平仲韓持國誌程明道各數千言東坡誌范蜀公五千餘言誌張文定凡七千一百言銘凡百六十言陳句山云事有足書雖長何害兩漢列傳有一人而分兩卷者矣然金石文字究以簡括爲宜

黃梨洲曰婦女之誌以夫爵冠之如某官夫人某氏或某官某人

妻某氏庾信陳子昂張說獨孤及所作皆然若子著名則以子爵冠之如柳子厚爲王叔文母誌書戶部侍郎王公先太夫人河間劉氏墓誌銘是也又張說撰和麗妃息國長公主神道碑李華撰東光縣主神道碑楊綰撰郭汾陽夫人神道碑是婦人妃主亦得稱神道碑矣

徐氏時棟曰古大家碑誌不書生年凡金石慣例先書某年月日卒復書年幾何逆推之而生年可知也堯典紀二帝但書崩年顧命於成王始具月日春秋於天王諸侯卿大夫崩薨卒葬書月日仍不書生年馬班紀帝王生時符瑞亦不具年月日後世乃以生日爲聖節受朝賀史臣故具書之然非古法也溫公書儀載誌石

刻文式但有某年月日終某年月日葬文公家禮始云某年月日生然家禮非朱子手定也蒼崖金石例舉昌黎薛君誌曰詔拜國子助教分教東都生元和四年年卌七二月十四日暴疾卒乃誤以生字屬下句讀不知分教東都生自爲句昌黎周况妻韓氏誌明云愈時爲博士分敎東都生也

銘有用韻者如正考父鼎銘比干銅盤銘滕公石槨銘之類是也有不用韻者孔子銘延陵季子之墓及衞孔悝鼎銘之類是也丹書十七銘多無韻故韓歐墓銘中亦時有之

古有兩人分撰誌銘者若梁陸倕墓從子襄誌蕭繹銘北魏庫狄干碑魏收敘樊孝謙銘北齊朱岱林墓子敬修誌猶子敬範銘隋

楊縉墓許善心敘虞世基銘唐來曜碑張鎬敘蕭昕銘李乂碑蘇頲敘盧藏用銘元希聲碑崔湜敘張說銘陰府君碑外孫某敘張說銘顧少連碑杜黃裳敘韋夏卿銘李季卿墓獨狐及誌賈至銘魏府君墓子知古誌崔融銘宋王公旦墓滕宗諒誌晏詹嗣銘賈黯墓王珪敘范鎮銘皆兩人共作一文也又河南司錄張君墓尹洙誌歐陽修銘則八家中有此例矣曾文正嘗爲劉忠壯作墓誌未就而薨其兄子錦棠屬余續成之亦由行古之道也

贈文林郎王南宮先生墓誌銘　贈奉直大夫曜齋李公墓誌銘　知府銜貴州台拱同知李公墓誌銘　秦州直隸州知州董公墓誌銘　浙江巡撫胡公墓誌銘　劉忠壯公墓誌銘

道碑銘　誥封光祿大夫周公筱風神道碑銘

贈文林郎王南宮先生墓誌銘

同治三年春江西龍南縣知縣王君家傑既展覲京師奉檄將之任以贈公南宮先生厝近郊十載墨食未協虞有後艱乃投牒吏部乞假一月紆官程取道故里用蕆窀穸事部給符驗如例既返里得壤於邑東獅子巖乾首巽趾卜者曰吉乃以九月二十有六日遷贈公柩與羅孺人合葬屬元度銘其幽惟吾邑自宋九君子樂道貞隱被其流澤者代不乏人近則風會稍澆薄矣非力敦古處不足起而振之跡公純修清節實足入獨行傳而賡續九君子之遺風所謂鄉先生没可祭於社者也曷敢以不文辭按狀公諱

振璋字南宮祖仕彥自吳遷平遂爲平江人父應辰有隱德母某氏生子四公其季也幼沈默讀書多穎悟年十四失怙遂棄舉子業隱於市忠諒恬退不過求贏餘事母孝喪葬盡禮晚益嗜學稍暇卽鍵戶讀書深有契於出世之指於道德經參同契性命圭旨盤山語錄諸書丹鉛十數過有得卽疏於簡端終日垂簾坐能徹旦不寐視一切升沈得喪泊如也咸豐乙卯四月公疾十九日危坐命家傑手瓣香歷告於祀典諸神傑以爲禳疾也公曰吾明日當謝世自省生平無大釁命爾告辭於神耳翼日沐浴更衣集家人處分後事飲數觥自道前生因果甚悉且云今當棲神黃龍山山在邑東北義甯州界與天岳本一山也公語竟將瞑長子履祥

泣進曰術家言今日時加午未不利公卽張目曰果爾卽以申刻去日晡端坐逝春秋七十有四烏虖因果之說儒者所罕言然崧生嶽降傅說爲列星蕭何應昴宿並著在經史蘇子曰生有自來沒有所歸其理確不可易況公闇修七十載視曾子之臨淵履冰意豈有異歟公卓行不可縷舉尤篤於故舊與李君榮天交數十年敦管鮑誼李卒嗣子不克家公慮若敖之鬼餒也約與同穴葬躬祭掃二十餘年誡子孫世世展其墓今遷祔公兆之左遵遺命也羅孺人有婦德課子讀嚴公始艱嗣以兄子履祥爲後孺人視猶已出又數年乃生家傑孺人卒道光丁酉四月年四十有四子三履祥國子生次興詩早世次家傑咸豐辛亥舉人由攸縣教諭

遷今官。覃恩貤公文林郎。羅贈孺人。孫二人。女孫二人。銘曰

王氏之先。世德洪延。三槐植焉。我公繼只。貞曜畢齒。門市心水。手注丹經。委蛻其形。生英死靈。有子而才。秉德不回。嶺北棠栽。公之遺澤。有屋其積。孔綿且赫。樂哉斯邱。山峙川流。我銘厥幽

贈奉直大夫曜齋李公墓誌銘

天岳山在平江北道家第爲二十五洞天山之麓曰虹橋環而居者皆吾李氏也其曰羅烈坪者族丈曜齋公所居自山腰迄居宅後林木蔚然蒼秀公手植也其曰金雞段者公與德配吳宜人合葬所也山自天岳來邐迤十數里岡巒回互望虹橋四面煙火若坐城郭中公長孫陔華得異穴於此卜者曰吉公子嗣勳乃恍然悟昔公嘗自言夢有神曰東方老人豫以吉壤告且示以詩按之方位頂趾皆脗合時公下世已二年矣會吳宜人卒葬焉又明年乃遷公柩合葬又十二年乃屬元度銘其隧道之石公諱德煌字宣猷一字曜齋自明迄今凡十餘世世皆爲博士弟子員曾祖承篤

兩中副榜官麻陽教諭祖先英安化訓導父光燦國子生封儒林郎母某氏有子四公其季也生而警敏甫授簡出語驚其塾師以理家枋故棄舉子業就職州同　封父母業日隆隆起仲兄德嘉官嘉魚巡檢公往佐其治遇事犀剖鏡澈兄戲呼小幕客貌修偉鬚眉稜露謦欬如洪鐘以方正自持閭左有忌角訟輒用片言解紛白徒悍卒皆讋伏寡弱者則深德焉道光壬辰癸巳間邑大祲公出粟平糶興工作代賑全活者多課子若孫讀最嚴然遇勝友至必諭意欵畱所居至樂軒凌雲樓花蒔蕃茂往來多名宿吳宜人性靜淑公秉質剛毅宜人以柔道濟之凡所規益公虛已納焉公終於道光已酉正月三日壽六十有三宜人少公一歲後公二

年卒咸豐辛亥三月也子嗣勳國子生嗣杰先卒國子生公所後兄子也孫曰陔華安徽宿州知州　封公父子如其階曰述光布政司經歷銜曰棣華曰召棠曰達前曾孫十有一人不具書銘曰

桂嶺蜿蜒走天岳汨水環之氣磅礴篤生我公吁卓犖劬躬纛後基式廓子及孫曾惇且確　封誥便蕃申景鑠天生吉壤神所覺同室同穴斯邱樂九原隨會如可作我銘其幽字無作

知府銜貴州台拱同知李公墓誌銘

公諱隆蕚，字棣春，一字劭青，寧鄉李氏。曾祖某，祖某，贈奉政大夫。父某，國子監生，贈朝議大夫。子四，公其長也。生時，母晏恭人夢星見於西，論者以爲太白應長庚之瑞。性奇穎，書過目不忘。未冠補諸生，七列等最。讀書嶽麓，以文鳴，與同郡羅文僖、勞文毅、李文恭諸公迭相雄長。充道光乙酉選貢，廷試高第，授甯遠教諭。江華猺叛，邑令楊君禦諸境，以公權縣事。提督海淩阿公陣歿，居民恟懼，公率鄉兵乘城，賊偵其有備，改陷新田。事平，總督盧敏肅最公績，將擢縣尹，以不樂外吏，除國子監典籍。太學多藏書，公恣漁獵，所蓄益閎邃。乙未舉順天試，諸公爭以得人爲主司賀。試禮部兩中選皆以微額擯牒請改官得華容教諭薦卓異　詔以知縣用發貴州權知清鎭縣釐積獄塵牘爲清邑故多盜用鉤距法弋之無脫者上弭盜論於督部吳文節公深韙其說櫛垢噓枯民懌以頌去之日邑紳張中丞日晸率士民立碣東門外志去思旋移施秉其治如清鎭咸豐壬子外艱歸服闋起知南安縣事時苗酋稔亂陷邑城公單騎之任廉得逆黨嘯聚處率弁卒戢之擒渠魁七竿其首釐逆產數百畮歸書院邑界貞豐奉檄兼刺是州賊犯朗岱廳率旅赴援大府擬上功有尼之者首郡何太守爭之弗得乃援例晉同知加知府銜未幾補印江縣旋擢台拱同知公以母夫人春秋高遽稱疾歸作三逸先生傳以見志卜居遠郊闢小

畦蒔花卉命曰可園有池曰濯足室曰我與我周旋日哦其中口
不談時事其學無所不窺工詩古文及律賦書法逼平原兼善倚
聲有所寄託則援琴譜之愛才出天性門下士掇甲乙科除館職
者難畢數元度未冠應郡試公鐸華容得卷賞異之授所著律賦
示以法先世父遜吾與公同舉拔萃科公弟隆蔚復與元度同鄉
薦公清談干雲雜以諧笑所至傾其座人每見公輒不忍別也丙
寅夏元度治師援黔過草堂作竟夕談十二月十三日公方綴文
元度以書抵公夜乃至命燭閱竟既就寢瞿然曰吾將去矣具衣
冠端坐無疾終壽六十有九元度旋得公手簡纚纚數百言易簀
前四日書也烏虖公負曠代逸才有當世之志既不獲登承明著

作廬出所蓄以潤色鴻業晚歲吏黔中又以伉直與世迕不盡展其志事致自比漢陰角里天隨子煙波釣徒之侶其諸有託而逃者歟然名在天下著述足千古嘯傲林邱且十年跌宕風流尸解以去文苑循吏隱逸公殆兼之其亦無慊於中已公所著學愈愚齋律賦試帖各四卷琴言二卷已行世詩賸四卷談苑八卷藏於家配湯恭人先公十四年卒側室黎氏胡氏子三楨霖皆前卒鏞五品銜廣東候補府經歷升用知縣孫進艮卽選從九品女孫六曾女孫一葬邑東關外鳳形山丑首未趾銘曰

青蓮居士公前身謫星墮地耀長庚才如天馬奔絕塵摛藻不獲摛　形廷一官鑾徼俘黃巾鵷雛鼠嚇羣兒瞋投幘大笑歸課耕

人間游戲七十春、騎箕上應巫陽迎、我最其績鑱貞珉、誰操史筆

徵斯銘、

秦州直隸州知州董公墓誌銘

公董氏諱平章字琴虞一字眉軒候官人曾祖某祖某父某兩世皆　贈朝議大夫母某氏　封太恭人有子二公其長也六歲就塾塾師誦蘇氏黠鼠賦公諦聽之師問童子何知對曰熟之矣試之果然踰年封公命賦端溪硯立成五字詩爲文有夙慧　封光祿沈公廷楓偉其才字以兄子弱冠爲諸生舉道光十一年鄉試又明年成進士官戶部浙江司主事故事郎官敏練者治章奏曰主稿公嘗代主者削奏大司農異之命與其選浙江司有兩主稿自公始也調雲南司職掌在覈漕運會修漕政全書有
詔督趣而江督方創行海運無故牘可循載筆者難之公獨任草

創。書成。祁文端歎曰。吾於是書得二董。其一今戸部尚書恂也。二十二年。父憂歸。服除。以養母乞外補。出知環縣。地在隴西。土瘠而民媮。公擒治巨猾陶姓。拒捕抗賦之俗以革。分校丙午鄉試。稱得士。以最調皋蘭。邑首劇。號難治。屬青海番叛。

制詔總督尚書布彥泰爲定邊將軍討之。羽檄日數至。又黃河溢。壞城北鎮遠浮橋。公偫芻茭。戒車徒。軍興無乏。復以其間載餽精躬巡郊野哺餓者。仍勼工治浮梁。凡再圮再復。睫不交者三閱月。同官訝其任事勇。公曰。罄吾心力而已。幸而濟。天也。遷牧秦州。恤疲氓。寬賦稅。五屬皆頌神明。州有異獸。白晝噬人。所斃以百計。獵戶莫敢近。公爲文告山神。冀日。一老婦以長鑱踣獸於蔬圃。患遂

絕亡何粵賊由豫晉擾畿輔秦隴纍歲有
詔治團練公巡視阨塞具得其要領州故有舊堡久廢不治公策
亂且熾惟砦堡可全民乃復舊堡百七十有六大者容二千人次
數百人又於堡中繕小屋營陶窟布藺石渠荅見者或迂之未幾
逆回稔亂所過無完土州人賴以更生德公尤甚咸豐三年引疾
去官道梗避寇仇池仇池在環縣萬山中絕幽險公奉母課孫充
然自得同治五年乃得歸州人扶老弱具供帳十餘里皆雨泣有
送入關留數旬乃去者公歸又四年考終里第疾革誡其子曰善
事祖母無他言時九年二月二十六日也壽六十有八公貌不逾
中人退然若不勝衣及與長官論事爭是非策成敗得失利病目

烱烱聲徹外戶必伸其說乃已坐是幾不爲大吏容林文忠撫陝嘗調護之乃免在官以興文教爲任暇輒與諸生討論增書院餐錢佽賓興道里費州人士屢歲不鄉舉自公至歌鹿鳴者凡十四人公既卒孤敬箴等以狀屬銘其墓石元度未識公而耳公名獨悉先是公歸之次年甘肅按察使張君岳齡帥平江軍討賊駐秦州經歲州父老以砦堡得全皆曰董公活我或曰微董公吾屬無噍類矣將卒歸自秦者皆口之如新且云有遺愛碑在天靖山已請祀名宦平江軍故元度舊部也以是知公深而於狀也信公娶沈氏　封恭人子敬箴候補通判次敬輿女子二人字舉人周圭書適部郎翁道鴻均早卒孫四人女孫四人著有文集及亦舫隨

筆秦州焚餘草葬某山之原銘曰

烈烈董公幼稱奇童蚤陟南宮觀政農曹乞轉外僚以尹臨洮功緒蔚然洊牧秦川遐不萬年有堡崔嵬卒濟寇災頌聲如雷展也循良久愈弗忘報以烝嘗三山薇虧亘海環之公塋在茲伐石鍥銘以世厥聲式是八閩

浙江巡撫胡公墓誌銘

公胡氏諱興仁字恕堂先世居高安明崇禎初肇銓官湖南游擊卒於常德其子應周遂家辰陽驛乾隆中遷保靖公歸田後居會城改籍爲長沙人曾祖諱秉盛祖諱必龍潛德弗耀考諱大魁嘉慶癸酉舉人晃州廳訓導有學行卒祀鄉賢三世並以公貴　贈榮祿大夫曾祖妣劉祖妣劉妣陳繼妣鄒並　贈一品夫人公生而穎特未冠籍諸生充道光乙酉拔貢以州判發陝西會回匪不靖檄領軍需局遷知縣歷署洋涇陽三原縣事補褒城清積牘問民疾苦代貧民償逋賦千七百餘金倉穀九百石權畱壩佛坪二廳同知調長安歲比不登出倉麥三萬六千石貸饑民及秋相率輦

還無角尖耗欠曰不敢負我公也擢商州直隸州晉長安未赴楡
林令龔大維朝邑令傅董帷共虧倉穀千七百餘石庫金二千三
百兩皆代償之兩人得不干吏議卓薦入都
宣宗召對擢漳州知府漳俗嗜械鬥吏請兵彈壓公曰兵貴養威
輕動則褻矣乃飭屬練民壯慴悍民鬥殺之風爲息調福州結宿
獄四百餘起遷戍綿龍茂道行抵浙江適祁文端雋藻以少宰偕
侍郎黃公爵滋閩督鄧公廷楨銜
命察勘海防事宜文端公座師也乃檄公密勘杭金寧紹溫台諸
府明年蕆事入蜀尋署按察使父憂歸起補川北道道出襃城邑
父老迎拜馬首幾不得行奉檄督治全蜀團練大興水利躬巡所

部勸民鑿塘築堰凡二千六百有奇建思豫倉積穀備荒歉在川北十三年歲捐穀二百石入倉初川民與陝商鬨焚其居掠其財帛凡九百餘家事連二十七州縣大吏將以軍務聞公不可乃躬歷各州縣諭以順逆禍福九閱月而事定論戍曹大倫等四十餘人所保全亡算就遷按察使　賜孔雀翎蜀有寇曰嘓匪時出恣掠公飭屬嚴保伍匪氛以戢道光己酉湖南災運米千五百石白金二千兩振保靖饑晉廣西布政使兵燹後公私掃地赤立乃割俸運湖南米五千石餉軍遂得補行鄉試咸豐丙辰入　覲調甘肅

命乘傳赴浙江與侍郎曾公國藩會辦軍務明年巡撫浙江兼權

學政疏請舉行戊午已未兩科鄉試以定人心尋奉　內召疾作
遂乞歸家居十四年闢寄曠園日與故人唱和爲樂以同治十二
年十月九日卒壽七十有五公生有福慧所歷盡亨衢在官三十
餘年未一罣吏議粵西初爲盜藪公至則賊早竄吳會五管粗安
去浙數月杭城遽失守代者殉焉公性樂易無城府機械而應變
裕如尹西安時督師長文襄公凱旋過境冬需火具公命取食案
數百鏇其中置鐵鏤盛火而截其足之半督師牙兵三千索貂纓
公諾而出從官請折色需金六千公購貂裘數襲咄嗟立辦督師
無以難也前後助軍餉五萬金爲原籍保靖請廣文武學額八名
居鄉建宗祠購祀田立義學四所爲兩從父營田宅爲弟人貲得

知縣費不下數萬金配黃氏封一品夫人後公一年卒側室沈氏黃氏房氏子鍾毓候選道鍾湘早世鍾鏞候選同知女長適訓導江紹猷次適副貢徐樹鋒三適江夏曹某孫楚賢矩賢公所著有補拙軒集七卷奏議四卷葬善化西鄉大湖塘元度於公爲年家子辱公奏調有知己之雅公子鍾毓等以誌銘請誼不敢辭銘曰

溪州故壤漢曰遷陵界蜀黔楚酉水奔騰扶輿蜿蟺磅礴未伸孰鍾間氣偉人崛興展也胡公起家令牧康衢誕登于閩于蜀櫛垢噓枯惠此嬛獨載陟雄藩灘水之曲

天子有命出典戎幢允文允武遂撫越邦手操玉尺代擷蘭茝時

止則止善刀其藏公來越蘇公去越失先天弗違履險徐出公豈有心避凶趨吉天祚福人不祥斯祓公歸林下居十四年完名全節厭世而仙子孫逢吉厥澤綿延伐石鍥銘以壽斯阡

劉忠壯公墓誌銘 續曾文正公遺筆

公諱松山字壽卿少而沈雄豁達通曉家人生事親長稱譽以謂足昌吾門咸豐壬子癸丑間粵賊度嶺北犯圍長沙陷武昌吾邑二三賢俊召募丁壯激揚家聲毅然有討賊之志君實隸王壯武公鑫部下號曰老湘營轉戰湖南北江西諸行省歷有名績王公既歿則從張忠毅公運蘭戰於饒信諸郡追餘寇於閩邊別擊逆黨於廣東廣西才望日彰超越輩流矣咸豐十年余檄老湘軍及鮑超之師防勦宣歙攻牢保危蹀血二年始克徽州寧國兩府張忠毅以疾歸里君乃與易紫橋分領老湘營之半自持樞柄堅守寧國涇縣等城屢卻巨敵以底於江浙大定同治四年國藩奉

命攻討捻賊捻賊者始於安徽河南而蔓延於秦楚燕齊者也其叛亂稍後於粵匪而梟悍略同其步隊少於粵匪而驍騎逾萬剽疾過之湘中士卒慣戰江濱未習車騎馱運之勞不樂北征獎之而不勸痛之而不服君獨感奮請前部卒不願北渡者殺數人而事定師至臨淮易紫橋以病歸君遂統全軍進勦河南又以勦捻賊與粵賊異宜乃講求其法曰整隊伍迅行走所至以聯絡民圩爲務會賊渠圖竄山東君急扼濟寧賊回竄徐州君數敗之尋敗賊西華上蔡追及召陵又敗之大膊於南陽新野賊走關中犯同州朝邑余檄鮑超軍往援不赴改檄湘軍君投袂即行時余巳解兵柄聞賊擾秦心疚甚既聞君星馳抵西安一戰解同朝圍衆聲

大和實感且敬之密疏言君忠勇樸實堪倚平寇　朝廷亦絕重
君藉紓西顧憂矣君纍功擢花翎提督銜肅州鎮總兵調皖南鎮
賜號志勇巴圖魯至是擢廣東陸路提督敗賊於蒲城又敗諸
富平躡三原越高陵拔綏德賊自宜州渡河闖山西陷吉州鄉寧
君立復之追殛至洪洞夜繞出賊前大破之賊遂道平陽出橫嶺
闖東犯保定矣君冒雪兼程進日踔百數十里以步當馬首先入
援　天子壯之下所司先行優敘當是時君名動天下尋敗賊于
獻于深州抵祁州會援賊至馬隊卻君督步軍力戰敗之追及博
野賊自深州南渡滹沱河畿輔解嚴　賞換達桑阿勇號君乘機
逐北自彰德抵鹽山滄州會諸軍合圍蹴之捻賊平　賞穹黃馬

卹　錫三等輕車都尉世爵遂奉征甘隴逆回之　命湘軍之平粵捻也苦戰十餘年久役思歸休君年踰三十聘婦未娶婦翁送女至軍前僑皖鄂中州以待兩年不相値至是余擬疏請給假使歸娶并添募生力軍休養數月成行而君於未奉檄前已渡河卷旆而西道經洛陽成婚禮居半月卽行余愈敬異之君入秦竭六晝夜之力降北山土匪十七萬有奇亡何所部留駐綏德者爲會匪所誘叛蓋猶以久勞未息故也君威信入人深馳抵州斬倡亂數十人而事定乃提師度隴東越花馬池進剿靈州破寨堡數百復州城逆渠馬化隆踞金積堡君連鏟五十餘寨賊勢大熸以九年正月望督攻馬五寨中礮傷左脇卒於軍春秋三十有八狀

聞詔從優議卹贈太子少保予謚忠壯賜祭葬祀京師昭忠祠敕陝甘諸行省暨本籍並建專祠明年金積堡平命賜祭一壇及關內肅清加賞一等輕車都尉君初轉戰江皖功勣多歸統將不甚著聞景德鎮之役諸將窮追三十里將抵浮梁阻水賊反鬭城賊出乘之幾殆君獨帥所部扼東橋血戰卒拔浮梁逾年攻徽州各軍分駐民村夜半賊出劫營眾驚潰君堅陣不動遮諸將告之曰毋恐我第四旗劉某也眾徐定君以此名出諸將上余知君克當一面自此始君在軍日討步卒申儆之雖罷戰深宵猶殷殷絮語不休至誠足感人而其忠義奮發絕不以身家爲念尤足激勵士氣守甯國時餉久絀病疫者過半士皆力疾戰

守不以爲困渡江北剿誅不用命者人不以爲酷崎嶇關隴間盛暑運糧肩負千數百里不以爲苦綏德兵變聞君歸卽羅拜涕泣歸命不聞有後言與淮軍豫軍楚軍共事推誠相與不聞有怨讟殆奄有古名將風烈焉曾祖代訓祖秉權父忠腹並　贈建威將軍再　贈榮祿大夫妣皆　贈一品夫人娶成氏　封一品夫人嗣子鼒河南補用道兼襲各世職併爲二等子葬縣境某山之原右曾文正公誌君墓未成遽絕筆平江李元度摭公奏牘語續成之且用尹師魯歐陽永叔合誌張司錄例補爲之銘曰

猗嗟劉公楚材之雄天挺樸忠粵盜跳梁公斧其吭乃底滅亡淮北河南有寇待戡諸將憚安公拔舍行自亳徂征乃獮乃禽賊闖

秦中公來自東橫塞其衝蹂晉及燕公遏其前尺五擎天賊蹎而
連公綢周陸乃汔王誅隴山之西回酋猖披公曰疾馳惟古朔方
寧武舊疆穴彼封狼有堡峩巍公誓夷之礮創不支大星沓沈公
殞于軍軍師以　聞
皇帝曰嗟厥德不瑕靡室靡家乃　詔司勳卹典便蕃澤流子孫
有歸者阡高並祁連銘昭萬年
自篇首至易紫橋以病歸凡三百三十八字曾文正師同治壬
申正月絕筆也余所續悉本公奏牘中語無肊撰者

贈資政大夫涇縣朱公墓誌銘

公諱宗懷字德徵涇縣朱氏於徽國文公爲近支始遷祖緯自婺源徙涇十七傳至明諸生柗卜築北亭都之黃田七傳至國子生諱洗以曾孫宗潘貴　誥贈榮祿大夫配胡　贈一品夫人是爲公曾祖考妣再傳國子生諱倞以孫宗潘貴　贈榮祿大夫配胡　贈一品夫人是爲公祖考妣再傳諱審以孫欽成貴　贈資政大夫配胡　贈夫人是爲公考妣公生八歲而孤母夫人守志家貧甚族故有義倉或勸食其粟公曰兒他日成立尙思捐佽義倉今雖貧未遠斷炊烏用此母嘉異之是時公雖幼識趣過人遠矣既讀書了大義銳欲以科名起家會歲洊饑不得已棄舉子業服

貫江西之吉州族有蔚文者貿遷於南昌名能知人一見公重其器識曰此子必能大門閭吾屬且賴以興遂留與共事居久之公曰南昌非孔道惟鉛山之河口介吳頭楚尾闠百貨所輳可大吾業也蔚文從之乃徙業河口出納悉公主之業日炎炎起時道光元年也公尋入國學爲母夫人請　旌表會七十初度將稱觴母命以其貲供義舉公卽捐金助義倉遵母訓且成夙志也公事母孝嚱噫不敢妄以母年高不復遠遊命子欵成欽成等代之考新宅奉母徙居母年八十有八乃終公猶爲孺子慕亡何嶺西盜起公命急停河口及漢皐列肆未幾兩地皆困賊人以是服公先見云咸豐十一年賊竄涇公挈家避亂河口連喪三子家中落乃命

欽成等僑居楚南北運茶至滬瀆與番舶互市權子母業仍大振然公性介潔好施予遇義舉雖斥千金不惜訓子弟以誠信顏其堂曰篤誠屢出貲爲人解紛亂婚喪不能舉者佽之陳某老而喪子支且絕公助聘錢得延嗣軍興釐吏勸輸餉公首捐千金在河口亦然或謂此非桑梓比也公不爲止夫人胡氏同縣諱米公女事舅姑孝謹待簉室高氏曲有恩誼歲饑常啜淖糜節食哺餓者壽八十時誡弗稱觴節金寄故里恤難民兼籌掩骼猶君姑七十時捐助義倉志也公夫婦旣皆好施其子若孫以業茶故僑平江之長壽里所修橋道費金以萬計論者賢之公終於同治二年四月初三日壽七十有八以欽成貴　誥封奉直大夫　晉贈資政

大夫夫人終同治六年七月十四日壽八十有五　誥封宜人晉封夫人子七欵成欲成並國子生五品　封先公卒　贈階二品欽成道銜加四級二品　封均夫人出歐成坎成歉成歙成並同知銜高宜人出歐成被寇掠不知所終女三人並嫁士族孫八人女孫七人曾孫九人曾孫女三人以某年月日合葬某山之原

銘曰

魯齋論儒治生爲急賢如端木亦云貨殖惟其嗜義以財發身積而能散三黨歸仁視彼庸庸號守錢虜此則超然抗心希古顯允朱公義問仁聲夫人相之陰德耳鳴上壽考終同室同穴我銘厥幽播此馨烈富而好禮聿追前哲

贈通奉大夫候選訓導　卹贈雲騎尉鄧公墓誌銘

國初削平區夏所用皆八旗禁旅及直省綠旗兵嘉慶中平川楚教匪始兼用鄉兵洎咸豐初粵盜起而楚勇湘勇名天下當是時帥楚勇者新寧江忠烈公帥湘勇者湘鄉羅忠節王壯武公而曾文正公主其事兩軍皆勁旅而楚勇尤在湘勇前先是道光戊申新寧猺雷再浩反忠烈練民兵討平之是爲湖南治鄉兵之始己酉會匪李沅發反鄉人用忠烈遺法再討平之越二年忠烈轉戰數行省盡節皖中義聲動天下而所部楚勇即前平雷李二逆者也人第知忠烈倡義殺賊爲首功不知與忠烈戮力同心且躬率楚勇追賊入粵境力戰死綏者鄧公哲卿其最也烏虖是烏可以

不銘謹案公諱樹堃字哲卿先世自江西遷新寧代有潛德曾祖世欽縣學增廣生妣歐陽氏祖明琳國子監生妣李氏考翱翔縣學生妣李氏兩世並以公長子在鏞貴　贈通奉大夫妣皆　贈夫人公生而倜儻有大志事親無違色弱冠補弟子員食廩餼讀書嶽麓前後十二年試屢甲其耦雷再浩之亂當承平久人不知兵守土吏無所措公與江忠烈建議練民兵討賊擒其渠事平以訓導候選明年歲大饑雷逆黨李沅發作亂號稱靶子會從逆者如歸時江忠烈入都公詣縣陳狀不省乃用忠烈法部勒一軍夜帥壯士入賊巢捕沅發未獲賊黨益銜公及据城戕縣官即分黨六十人突入公家公與弟履山手長矛格鬬良久跳而免則走東

鄉號召民兵，得萬餘人，攻縣城，先官軍入其郛。賊抵死拒，公潛闕隧道，實火藥轟城，城圮，公督隊昧死入，賊棄城走，遂復新寧。公帥民兵躡賊後，窮追五六百里，抵廣西懷遠縣境。賊結猺獞，勢復熾。公以三百人及之於古泥，自卯讫申，殊死戰。會大雨，賊益麕至，我軍潰，公負重創，轉鬭至野毛坪，力竭死之。道光三十年正月二十六日也，年三十有二。逾兩月，親卒求得公屍，面如生，及易衣殮，血涔涔出口鼻。卒慮道遠扶櫬歸，費無所出，忽公袖中有物墮，啟其封，得朱提數笏，遂克返葬。初縣城之克也，主兵者巡撫某、總兵某遽以肅清聞。及沅發自廣西回躪楚境，勢張甚，又積恨鄉兵，燔村落且盡，巡撫、總兵皆坐免。公嘗築家塾，課子姓，及是賊蠭擁至，屢舉火不爇驚而走自相跆藉死越數日官軍殄滅之訊俘則稱火家塾時嘗見偉丈夫手長戈踦門立世遂謂公能爲厲殺賊云公死事時知縣戚天保上狀請　優卹會主兵者獲咎事遂寢江忠烈議立公專祠尋亦死綏不果光緒二年在鏞官黔中上其事於雲貴督部劉公貴州撫部黎公轉牒湖南撫部王公疏請議　卹如典例　詔曰可於是公卒二十有六年矣烏虖軍興以來湘軍楚軍國殤以萬計莫不　賜卹　賜祭葬　予世職尤渥者　賜謚　賜專祠而死事最先最烈實惟公則公實吾楚諸忠之冠乃旌卹之典遲之幾三十年豈所遭有幸有不幸歟然公有子卒能光顯公之大節事久而益彰抑可見天理民彝之不能終泯已

公娶陳氏後公四年卒子二人在鏞鹽運使銜貴州升用道候補
知府　覃恩贈公通奉大夫　贈陳爲夫人次在釗從九品早卒
聘陳氏未婚守志女二人候選訓導李道樹國子典籍劉承煥其
壻也女孫三人墓在縣東水頭村店門前某首某趾銘曰
光豐之交嶺西盜起先蕩楚疊賊雷與李維江忠烈暨我鄧公部
勒鄉兵斧彼羣兇公親躡賊灕江之涯獸窮返鬭血人于牙公提
孤軍糜軀盡瘁白虹亘天碧血殷地元歸先軫厥皃如生翩翩大
鳥來集佳城孤忠奇烈鬱未　上聞垂三十年迺達　帝閽天祚
忠孝有子肯穫　贈秩通奉　卹典終渥公之勳節與忠烈侔
靈旗往來駕螭驂虬羣山所宫龜趺岌嶪大海或枯我銘不烕

封奉直大夫吳公鑄爐墓誌銘

咸豐八年七月二十九日
誥封奉直大夫吳公鑄爐考終里第越一日八月朔德配方宜人考終內寢公生於乾隆六十年十月十三日宜人生於是年九月朔相距月餘卒則相距止一日合葬蓮塘月形山光緒元年公子中琳等修治隧道以狀來請誌銘將補掩諸幽謹用韓退之劉統軍碑王介甫虞部郎中晁君誌銘法掇其事實爲銘其辭曰

公諱錫祺字曰介福晚號鑄爐爲縣右族先世遷平卜居東鄉曾祖烈士冑監觀光祖諱瑞彩橋門武繼發粟振饑事在邑志考諱青松厰職州同富而好施代承素封丈夫子二公次居長少好讀

書神鋒雋爽岳陽城南國有名師公往請業負笈從之所學既成試阨有司公曰孝友爲政可施爰綜家枋棄舉子業課讀與耕內外整潔延師家衖必敬且忠義方啟塾童冠春風汨江之滸水曰白沿公考造橋糜金數千公實贊之衆口碑鐫公惠困窮貸困頻指於萬家墩刻期散米月之朔望如取如攜無有遠邇虛往實歸平俗自來青黃不接質穀以衣藉潤之竭春散秋斂加息輦還其息維何或二或三貧富交賚各贍其里公家行此凡數世矣咸豐初年粵寇震鄰父老奔避公惻貧民凡厥衣物多質我所露宿巖棲奇寒孰禦乃期父老悉返所質本息綜計穀數千石期以來茲緩急相償償者卒尠公曰何傷始吾散遣志已全蠲憑驩燔券或

庶幾焉里有雀角爭來質公出金寢事俾免凶終公重本源數培宗祏軍興設防任事尤力公恤寒畯篤念斯文資之膏火俾究邱墳宜人方氏穎才公女相敬如賓潔蠲筐筥能解紛亂尤好施與義聚仁漿徹於遐邇公與宜人同生乙卯白首同歸是眞偕老公始懸弧孟冬之期後方宜人一月有奇及其終也實先一日同生同死同穴同室合葬蓮塘首寅趾申耿耿祉哉有子二人長曰中琳職藩經歷加秩請　封其階奉直公初策名理問藩垣後以琳貴　封誥駢蕃宜人有耀翟茀魚軒次子中業在泮采芹以貲待銓爲府參軍女長適喻壻曰光賓次歸於鄭均崇其名有孫九人其章追琢曾孫已三嶄然頭角有幽斯窆鬱乎松楸我銘其藏以

詔千秋過者下之君子之邱

贈通奉大夫碧山儲公墓誌銘

碧山儲公考終之二十有二年當同治辛未以孫裕立官鹽運使銜貴州補用道加二級　誥贈通奉大夫　錫誥命如制始公之葬未納銘於幽隧越光緒丁丑乃屬平江李元度爲譜其系述其行紀其　恩遇詳其生卒葬所暨子姓補銘以聲諸幽其系曰儲氏望出東海古有儲國周末有齊大夫儲子漢有儲夏後漢有儲大伯唐有儲光羲儲隱並顯聞於時唐末有自某郡遷荊南者則某公也後遂爲靖州人公諱其材字德華別字碧山曾祖某祖某考又蘇　貤贈通奉大夫妣某氏　貤贈夫人世有家法爲州右族其行曰公鮮兄弟又蘇公幕游湖湘間公幼隨之讀亡何又蘇

公卒於郴公以王父在堂茹慟歸益劬於學既補諸生念父骨滯二千里外乃徒步抵郴負骨歸旅邸不容入露宿二十餘夜乃得達時王父篤老病偏廢倚公如右臂王父壽至九十有五及終猶爲孺子慕其授徒里塾也貧者卻其贄尤窶則資給之所造就以百數嘗以一身領兩館相距數十里昕夕來往以爲常學子假歸稍久輒造其家誚責之父兄爲緩頰不貸也少事楊西岡李助朝二先生楊歿迎其室於家事之如母歲必展其墓三十年罔間李先生身後家如洗公斥貲贍之館中設二先生木主朔望拜謁如禮族有不能舉火者繼之粟或挈至家教養使成立貧戶生女多不舉竭金帛佽之全活二三百人里中雀鼠爭得一言立解州人

葺學宮建書院斂助賓興費公必殫力爲衆先將屬纘猶以立義倉積粟振饑勖其子著有家訓十則四書集解行誼詳州志其恩遇曰公弱冠入州學餼二十人中將貢雍以他人累詿誤踰年仍以優等餼時長子玟躬亦廪於庠咸豐初嶺西盜起玟躬以軍績授武陵學訓導例　贈公修職郎尋死事寧鄉公次孫裕立復用戰功陞今職　賞戴花翎　賞穿黃馬褂　誥贈公如其階配某氏　贈夫人並　貤贈公之考妣如公夫婦云其生卒葬所曰公生乾隆三十八年癸巳某月日以道光三十年庚戌九月某日卒於里第壽七十有八葬州境某山之原某首某趾其子姓曰公二子長即玟躬眂同知例　賜䘏世襲雲騎尉寧鄉建專祠次迺

昌。贈通奉大夫孫幾人。裕立其仲也。曾孫幾人。元度嘗與訓導君從事曾文正軍中。見其死綏甚烈。重以裕立之請。爲公銘。銘曰。

楙潛德於躬乎而。迪象賢以忠乎而。有喆孫以亢宗乎而。隮大耋以考終乎而。鍥貞石以奠幽宮乎而。

天岳山館文鈔卷二十一

贈中議大夫先兄煙閣墓誌銘

距祖宅二里許。地曰南竹坡。有邱巋然。迺吾煙閣兄墓也。兄病革。遺言必葬是。越數年。還葬祖宅後山。又六年。乃返葬。視舊穴進尺許。後四年。將立墓碑。察之壤甚吉。乃礲石爲銘。納諸幽。兄諱元勳。字端猷。號煙閣。行二。曾祖錦林公諱自芳。邑諸生。 贈光祿大夫。祖星垣公諱家庚。從九品職。 贈秩如曾祖。父希宋公諱傳郊。贈中議大夫。前母喻。繼吳。又繼丁。皆贈淑人。兄丁淑人出也。二歲失母。三歲而孤。大母徐太夫人撫以成立。時吾母來歸。拊之如子。兄亦母事之。生有奇稟。幼跅弛不羈。於匠作雕繪縫紉笵金鍥石諸事皆不學以能每就塾口誦而手別有營塾師倍所業以困之不能難會村伶有傀儡之戲兄往觀得其法倣製十餘具衣皆綾帛手足旋轉自如見者咤異吾母疑綾帛何自來發笥眡之則大父母賓祭之服衣裏皆被裁剸吾母亦失羅巾二召責之兄笑曰凡吾所裁綴皆裏之上半截非表也服之仍無害大父母笑置之弗責也又嘗造小舟浮甽澮間帆檣畢具木偶望如生年十七始折節讀書爲文下筆立就工詩賦從伯父遜吾先生游謂自先生外無足當北面者伯父好譚山水即亦從之畫兄天才縱逸善詼諧所至傾其座人村農傭僕聞其言皆意滿樂爲之用先伯祖覺臣公八十初度宴賓凡七日故事治筵讌牢醴及迎送事部署非

數人不辦兄一手綜理有餘暇人莫測所以他昏喪事皆然然亦以是積勞得咯血疾高曾以上墓碑多未立兄建議劃公產所入居積之越五年三世墓碣皆修舉未冠出應試文入彀矣忽以微疵擯兄念大父母春秋高懼不及見已之克有立也私爲文禱神願減算益兩老人壽自是益瘁於學購舊書數千卷手治之完整如新昕夕讀弗輟道光甲午大母見背兄毀甚病益劇明年養疴獅巖山寺余相隨讀書兄督余課嚴不少假詞色余雖幼知兄之厚我也三月兄歸自知弗起見大父則絮泣閏六月四日卒年二十有三兄天性最篤精計畫料事多奇中殁時遜吾伯父館易州夢兄至談笑如平生曰吾死矣異而識之日月皆不爽獅巖寺僧

亦夢兄乘輿至拜辭佛座前翼日聞兄訃烏虖死有所歸理固有不可誣者邪兄娶吳氏以苦節著同治元年得　旨旌尋卒子積經兄卒時裁二歲後從戎絫功　賞戴孔雀翎以知州發廣東即用補德慶州加運同銜嗣孫厚英光祿寺署正女孫二銘曰

才大而奇未竟厥施鬱此瑰瑋埋藏地底若神劍之在淵化白虹其亘天斯邱孔樂躬自相度幽宮是作不於其身必於其子孫書以諗後之人

封徵仕郎易公墓誌銘

光緒二年四月丙戌　覃恩敕封徵仕郎易公漢槎考終里第春秋六十有一子道南時官江華學訓導聞訃星奔葬公於杏花園之原長首戌趾屬元度銘其幽案狀公諱光玉字欽明漢槎其別字也曾祖某祖高文國子生父榮華　貤贈徵仕郎母某氏　贈孺人公兄弟四長曰　贈徵仕郎光煥次光燦出嗣世父三候選州吏目光增出嗣季父公以光煥子爲後卽道南也公幼警穎好讀書出語驚其長老踰冠失怙恃昆弟析居以治生爲亟不應有司試援例爲從九品職而舉子業固未棄也亡何長兄夫婦相繼卒遺孤三公復與同爨課耕讀俾皆成立有家其課道南也每發

一題輒先爲程文示以則箸有石韞堂課草百餘篇道南弱冠補諸生同治丁卯舉鄉試及之官江華請迎養公詔之曰吾樂與故鄉父老遊爾母尤體孱憚遠涉爾但能舉其職吾願慰矣吾留家課諸孫足自樂也明年夏公忽感微疾自知不起端坐而逝公竺於內行嘗兩督修家廟兩纂族譜性好施與粥餧者絮凍者櫘殍者終其身弗勌縣人有大工役率解橐爲衆先閭左互角訟得片言立解粵冦踞崇通治團防尤力北界固圉公與有勞焉娶某氏封孺人女子一適從九品李元榮孫五人女孫二人曾孫一人其卒也井里嗟惜之道南尤以未躬視含殮爲憾烏虖因仕違親實從親之令抑親心之所許也其又何慊焉銘以塞其悲銘曰

猗嗟公兮邦之傑也。劬躬纛後。心如結也。世突梯而呢訾。公弗屑也。掖困噓枯。至誠惻怛也。有子而才賢。書列也。送子之官。蕮世之別也。有睪者邱。樹穹碣也。我銘以貞之。字不滅也。

五品銜候選內閣中書熊雨臚先生墓誌銘

道咸中大湖以南以詩名天下者推長沙熊雨臚先生先生負異稟兼工古文辭少受知會稽吳梅梁侍郎中坐吏議得屏人事壹意爲詩歌天殆以詩人位置先生俾竭其才以雄視一世晚躋大耋解組歸優游洞壑十餘年巋然魯靈光殿越南使臣特購其詩集以去先生詩益大昌云先生諱少牧字書年雨臚其自號也先世自江西豐城遷長沙曾祖國猷妣馮氏祖光文　贈奉政大夫妣彭氏以節孝　旌門　贈宜人考華朝　贈階如其祖妣黎氏　贈宜人先生昆弟三次居仲七歲喪父家中落授徒以供養逾冠爲諸生有名吳侍郎方督湖南糧儲發策以詩賦試士得先生

作大驚署超超等待之以國士道光十一年充優貢生試成均屢甲其儕長白文端公文慶爲祭酒尤激賞之諸公貴人及諸名下士多從其游文酒無虛日亦頗以是取忌於時十五年舉順天試故事南人不得膺解首先生名第二裒然爲南數省魁名益振明年試禮部入彀矣已而置乙選又四年文端公典江南試適遘疾私引先生襄校試卷先生重違知已冒禁從之比還朝言者劾文端先生下請室除名放歸論者謂典試與督學一也學政例許辟幕友且以其姓名　上聞典試獨弗許網亦少密焉然先生意豁如也勞文毅公崇光備兵冀寧招先生作晉游冒雪渡黃河歷覽陶唐虞夏故都胷中抑塞磊落不平之氣一發之於詩其詩益奇

以肆居四年歸亡何粵寇起犯長沙不克自鄂而皖而吳湖南治援帑庫如洗巡撫駱文忠公秉章夙器先生檄令走江西乞餉先生忼慨呼庚癸聞者感動得餉金歸適濟乏絕得 旨開復原資會創建求忠書院聘先生主講席士喜得師橫舍至不能容部檄至截取知縣改就藍山學訓導至則江西賊來犯閩縣城先生佐主者嬰守二十餘晝夜圍解 詔加五品銜以內閣中書選用逾年請告歸年七十矣所居洞泉草堂饒花藥之勝先生與其弟聯牀夜話逭逭雞再號始就睡而問字乞詩文者接踵於門所著讀書延年堂集詩三十卷文十卷駢體文二卷賦詞各一卷試律四卷晚編續集文二卷詩十二卷並行於世性篤孝友梁氏姊婺而

窶·先生迎養於家·嘗倡建支祠·立規制·里中諸義舉·竭慮佽成之·有雀鼠訟·力剖其曲直·然未嘗以辭色加人·先生考終於光緒三年十二月十一日·壽八十有四·配黃氏·有婦德·事王姑姑並以孝聞·慈儉好施·一紡車非病不輟·衣非數澣緝弗易·先先生七年卒·當同治十年正月二十五日·壽八十有一·子三·傳芴先卒·次傳筠·次元曜·廩生·同治三年舉人·孫五·女孫三·曾孫五·曾女孫三·先生與黃宜人合葬湣化都九甲霄霞衝之迴龍山·枕巳嚮亥·孤元曜來請銘·元度少喜讀先生之詩·嘗序其續集·又嘗纂先正事略·先生詩有云·笑問昌江編事略·他年得列此翁不·烏虖·命之矣·敢以不文辭·銘曰·

澧蘭沅芷馨且潔屈宋餘芳流未歇洞泉先生湘之傑以詩名家韻高絕有煒厥配歸同穴滔滔千載去如瞥銘以貞之字不滅

敕贈登仕郎例晉武德騎尉外祖喻公墓誌銘

元度少孤年九歲始隨母太夫人謁外祖父母時道光己丑歲又二十八年當咸豐丙辰三月某日外祖考終元度方治軍江西不獲視含殮又二十三年當光緒戊寅舅氏兄弟修墓道命元度撰誌銘補納諸幽外祖諱古雋字秩常平江喻氏曾祖達五祖聘君父清治皆國子生母余氏有子二公其長也少穎特讀書能文絀於試弟婦某氏性乖盭多誶語以已一子而公五子也力求析筯居公曰吾志也吾食指繁豈以累若哉既別籍而譙讓聲不止外祖母楊孺人體公意置勿與校人皆以爲難公亦以婚嫁事日繁家中落會外祖母卒遂爲五子異居公少好飲至是益隱於酒視

世事升沈得喪壹不入其懷客至無賢愚輒問能飲否能必飲以酒醉則酣嬉淋漓雖朝炊不繼晏如也性尤慈厚務損已以益於人人有急輒推解應之而已或無卒歲資戚里誠公食公每不飽歸必備具飯問故則曰貧家偶讌客童稚爭望餕餘吾不忍恣啖也其曲體人情類此祖宅踰二百年五房共居之公愳其轉鬻也建議立爲支祖祠自鐍十餘貫爲倡皆自節衣縮食來也子慶仁從九品銜慶義五品軍職慶禮即選巡檢慶智即選從九品慶信從九品銜公以慶禮職　貤贈登仕郎又以孫翰藩候補守備例晉武德騎尉女一即吾母道光初先大夫魁郡學公喜甚明年不祿公則大慟元度六歲時歲除作書乞公惠爆竹公賞異之侑以

二絕句其後注學籍忝鄉書公皆來視先大父大父聞公至輒倒
屣迎惟恐其去晚年吾母迎公至家課孫及孫女輩時孫尚幼不
任讀特爲奉養計耳居二年公辭去明年卒壽七十有六孫十人
振鶴府學廩生能以學行自奮公皆不及見矣葬某山之原銘曰
人貌而天全爲酒人以全其天世目爲飲中仙公蓋有託而逃焉
仁心爲質有蘊弗宣元氣鬱積而磅礴僨以後澤之綿延我其所
自出循母命以志斯阡昭潛德於萬斯年

贈修職郎國子生毛公墓誌銘

光緒四年夏毛君朝杰以其太公夫婦狀屬元度銘其幽竊元度與朝杰少同學具悉其家世敢以不文辭案公諱順祁字雲翥一字步衢平江人曾祖仲相祖存用父璞齋公諱和璧妣鍾氏本生父莘巖公諱和玉本生妣李氏璞齋無子莘巖以次子後之即公也公事親能先意承志尤篤於昆弟析爨時讓肥而取瘠曰吾所安也少讀書能文試郡邑列前茅屢擯於學使援例爲國子生不事進取而壹意課其子若孫每訓朝杰曰德器本也文藝末也士不當循末而忘本朝杰有學行以貢入雍其子繼澄亦注學籍皆公之教也公性沖挹與世無爭競人服其長者亦莫與爲難嘗出

行阡陌間有偷兒竊其薪蒸公以葵扇揜面急過之既歸復自尤曰今日悔不當往彼知我目擊之何以自安邪咸豐初毛氏纂修族譜公董其成與同事約曰族無大宗祠闕典也吾屬毋受薪貲以擠節所餘爲建祠舉本可乎衆皆曰諾及公易簀猶誡朝杰曰祠事未竟爾其力圖之越二年祠成朝杰至今肩其任遵遺命也烏虖公可爲知本務者歟公終於咸豐八年十二月十一日壽六十有二葬金窩江坤首艮趾厥配張孺人祔焉孺人性貞靜事舅姑惟謹見戚里有急輒畢力佽之不繼則轉謀諸子姓每燕談輒舉某人爲善得美報其惡者報亦如之又言人果存心貧困不足憂也否則目前之榮顯必不足恃聞者多化於善里俗溺女孺人

毋曲止之。或躬造其家綴以歸。所全活四十餘人。其終也。無疾而逝。人以爲善德所致云。孺人終光緒二年六月初十日。壽七十有四。子八人。長卽朝杰。繇歲貢就職訓導。次曰某某等。孫十二人。曾孫四人。銘曰。

有宋君子。竹閒先生。傳紫陽學。厥諱友誠。公其族裔。能楙厥聲。一經世守。自蒼湖亭。惟以澤躬。不希世榮。守雌尚黑。事親從兄。裁以史法。宜紀獨行。與有良匹。禮法垂型。訓子及孫。不隕令名。有歸者邱。鬱鬱佳城。九京可作。眠此鍥銘。

封奉直大夫候選巡檢厚齋楊公墓誌銘

同治十二年癸酉歲厚齋楊公就養於其仲子黃平州吏目志皋任所時志皋已擢五品銜留黔補用知縣明年甲戌恭遇覃恩慶典　封公爲奉直大夫　贈配鍾氏爲宜人是年十月十日公考終官署享年六十有五尋扶匶歸葬姜源之桂花壠庚首甲趾越光緒四年戊寅志皋以知縣入都引　見恭領　制誥二軸請假歸里修墓道焚黃祭告如典禮遂丐銘公墓將補掩諸幽且曰遺命也公嘗從容言他日儻得李君銘吾墓即顯揚之一端矣烏虖其忍不銘謹案公諱履豐字諧弼號厚齋先世自江西遷平曾祖某祖某父某　贈奉直大夫妣梁氏　贈宜人公於昆仲

四人序居季幼聰慧敏於讀弱冠患咯血疾遂廢學先是　贈公以懋遷往來湘漢間至是挈公自隨公力佐佑之所殖貨利輒倍蓰業日起既以　贈公老請毋再出而自與叔兄往紀其事未數月　贈公卒於家人以謂孝思所感云公年踰三十卽喪偶誓不再娶　贈公卒後罷遠遊闢肆於市晨出暮歸便將母且拊畜子女也咸豐初余治兵防勦江西公率兄子子從戎遇事不避艱險以功敘卽選巡檢丁巳司宜黃釐金稅局初在事者多苛暴商民屢鬨未幾淪於賊及是眾欲踵前轍公持不可所擬科則減舊章三之一至今以爲法後從援浙江司軍餉同事以公方正多給數十金僞弗知也者冀以嘗公公立白之眾益稱爲君子志皐之官

黃平也瀕行公誡之曰秩雖卑不可以己之名節徇上官之喜怒尤不可以百姓之肢體恣己之喜怒其就養僅帀一歲臨終誡志皋曰吾一生忠厚自反生平惟某歲在市貿茶晨起訪友遇五人肩茶至彼不知價已驟昂余購以舊值獲利倍至今以爲悔爾曹戒之烏虖觀公所自悔乃今人所自謂無傷且有什伯千萬於此者而公較然不欺是可以概公生平矣公二子長德全先卒次即志皋女一適余從子廣東德慶州知州積經孫三人女孫四人銘曰

其智圓其行方始而士旣而商尋楙勣於戎行有子而才筮仕黔畺就絜白之養遽襄羊乎帝鄉逢　國大慶　綸綍褒揚我銘紀

賓靳不怍乎中郎

候選知府胡君珏軒墓誌銘

君諱棐翼字篤忱一字珏軒益陽人於　贈光祿大夫諱多吉贈一品夫人楊氏爲曾孫　贈光祿大夫縣學生崇祀鄉賢諱顯詔　贈一品夫人湯氏爲孫　贈光祿大夫府學生諱達灝　贈一品夫人彭氏爲子而其本生父母則曰　封光祿大夫道光乙未副榜諱達渭　封一品夫人陳氏副貢公有子四君其季也年十一出爲府學公後世父諱達源　賜進士及第官少詹事少詹之子諱林翼繇編修官湖北巡撫　贈總督予謚文忠爲時名臣君胚胎前光束修厲節事親孝未嘗一昔違左右喪葬皆盡禮逮冠爲縣學生文忠公無子君生長子子勛卽以後之咸豐十一年

文忠薨於位君悉力摒擋諸務時本生父母篤老本生兄保翼以縣學生官仁懷縣知縣卒於黔叔兄杏翼繼卒君先意承志俾忘其憂焉先是少詹公著弟子箴言文忠因建箴言書院買田聚書以教邑子又建紫筠家塾甫就緒而文忠薨君皆力肩其任君少勵文行作日記以自繩削應鄉舉屢膺房考官之薦不遇屬事會盤錯不能竟所學繇附貢生洊保候選知府胡氏既爲甲族君之才復稱其門望凡縣境團防捐輸督銷淮鹽局務及重建縣署考棚魁星閣育嬰堂救生局諸公事皆推君領袖下及閭左爭訟亦質成於君莫不各滿其意以去遇窶艱者輒傾囊以佽益二十餘年於茲矣同治十年丁本生父憂越三年彭太夫人卒君皆哀毀

遜節遂得頭暈之疾光緒元年本生母陳太夫人卒君疾益不支
矣君卒於光緒四年六月初三日年四十有四娶陳氏　誥封恭
人子八長子勛出爲文忠後　欽賞舉人世襲三等男次慶龍附
貢生五品銜候選知縣次慶雲慶霖慶禎慶伊其曰慶麟慶光者
早殤女四婚嫁皆士族葬縣境某山之陽其孤來徵銘烏虖道光
己亥庚子閒少詹公主城南講席元度及其門越咸豐甲寅始識
文忠公於軍中謬蒙推轂有知己之雅其時副貢公以治軍餉故
省曾文正公於舟次獲見顏色焉陳太夫人之卒也君屬元度銘
其藏今幾何時復銘君之隧道豈不悲哉爰爲之銘曰
維潭之益在資江涘名族曰胡世載其美甲第封圻旂常是紀君

亢其宗令聞亹亹孝乎惟孝友于昆弟乃命主鬯出爲兄子以義割恩教誨縠似爲政于家仁及井里青綬銀印彈冠可俟胡天不弔年逾强仕高衢待騁蹶然以止修短曷常有子不死銘以章之敢告惇史

黃君天階墓誌銘

維黃氏世居平江東郭族懋且蕃爲邑之華胄君諱崇道字天階於　誥贈武翼都尉諱修敎　誥贈淑人某氏爲曾孫　誥贈武翼都尉諱德某　誥贈淑人某氏爲孫　誥贈武翼都尉都司銜加一級諱益謙　誥封淑人曾氏爲仲子少讀書了大義不屑屑事章句援例爲州同知家故素封泊然名利塲無子弟之過性坦中任天而動視時俗罕攖其慮或孤行入市肆中命酒獨酌意充然自得也同治十二年閏六月某甲子以疾卒年五十有三娶鄭氏子一曰新志國子生女二長適淩某次適皮某並國子生孫一葬長冲陳家壠古林園乾首巽趾距所居三里許銘曰

魯山之左。汨水環流。儲祥毓粹。樂哉斯邱。君世厥居。倚小天岳。歌斯。哭斯。生死允託。其全其歸。其藏攸宜。銘昭其懿。後世之貽。

敕授修職郎贈奉政大夫東安縣學訓導張公墓誌銘

公諱瓚昭原名寶昭字絢珊號璞園晚號斗峯世居平江縣南門曾祖諱禮行縣學生妣氏彭　旌表節孝祖諱樂正國子生父諱光漢國子生　贈修職郎妣氏江　贈孺人贈公由縣南甲三遷西鄉英集里生子三伯賢昭仲賞昭皆縣學生季即公也幼沈厚有至性篤信好學未冠入縣學甲其儕嘉慶辛酉優貢道光丁亥充鑲紅旗官學教習辛卯官東安縣學訓導舉乙未　恩科鄉試第五三赴禮部試不第辛丑去官公受學於湘潭羅慎齋鴻臚穿穴六經以稽古明道自任客都門久出蒲城王文恪蕭山湯文端兩相國之門與安化陶文毅道州何文安諸公交以道義相切劘

師友淵源相期爲經世之學阨於位窮經詁義排習說標正解羣詑創獲而確不可易似漢以前儒者出也著有經笥質疑易義原則書義原古禹貢天文分野地輿說詩義原思楚陵述畧東安公牘斗岸文集行世嘗友教四方注弟子籍者數百人在東安訓迪多士尙猺皆來學士豪蔣遞之父子列庠序糾羣匪鬻私鹺橫行郡邑公誡不悛牒大府黜之蔣多方搆陷大吏不察坐休官後十年賊圍桂林蔣集黨嚮應攻東安事敗伏誅人服公先覺焉又嘗建議開長沙城外渠巡撫吳公允行之不果逮賊圍長沙當事始思其言公不居好言天下事嘿不得施設官罷以滇督林文忠公夙相知走謁之文忠慨然曰孤掌難鳴子亦病且歸矣公發憤入

都上封事
上省覽放歸公以誠未達志未申再上封事衆懼犯不測
上再宥之放歸乘驛至廣平之七里店遽以病卒公之忠也
皇之仁也而奄然道路命也夫公娶童孺人國子生道明女內助
有賢德以子貴封宜人子六轃遠廩膳生輔遠輯遠出繼伯氏爲
嗣輪遠岳齡廩膳生以禦寇功繇訓導晉知縣加五品銜女一嫁
六品銜署長沙府教授余澤楩孫六人孫女皆適士族曾孫四人
公卒於道光二十九年閏四月二十二日春秋七十有七岳齡星
奔扶柩歸里以咸豐元年十月二十日卜葬公於楊梅山之麓地
濱昌水斗灘下公夙釣游處也岳齡秩五品例得贈公如其階乃

於六年冬十月十九日伐石表墓。先鄆書章門請誌其幽。元度從戎無晷刻暇。以先人從受學。淵源所自。弗敢辭。謹按狀述其梗概如右。公之懿行播鄉里。可弗詳。銘曰。

山叢叢。水溶溶。有邱焉。枕乎中。聚六經之精液。亘千百年而燦爲長虹。望氣者知爲先生之幽宮也。

封資政大夫州同知銜黃公墓誌銘

公諱祖翰，字建屏，別字文溪，連城黃氏。曾祖長祉，國子生，饒於貲，好行其德。祖宗檽，國子生。考集梧，縣學生，以公正爲鄉祭酒。兩世並以孫其華貴，誥贈資政大夫。祖妣李氏，妣童氏，並贈夫人。

公兄弟三，次居仲。年十七，棄儒服賈，客湖南之常德。時伯兄蚤世，遺孤三。嫂氏請析筯，公擬俟居積稍贏，爲兄子立恆產，乃析居。而時會屯蹇，力不赴其心，又方僑常郡。其家已別籍異財，公止之不及，則太息曰：他日稍饒裕，吾視吾兄子，必如未異居也。公生平篤內行，又以信義爲儕輩所倚，修業而息之，日隆隆起。越十餘年，家具埒素封矣。公父母既以壽終，三子尚幼，賴厥配李夫人及季弟祖湊協理家事經畫井井公援例得州同知職亟出重金畀兄子俾事貨殖亡何以折閱耗仍厚給之且爲諸子納貲齒薦紳成初志也公緜勤力起家自奉約甚顧好爲利濟事芥千金無悋色鄉鄰有爭訟得一言立解咸豐丁巳戊午閒粵盜蹂閩歲大歉孑遺困甚公傾囷鏞之貸不取息親舊不責償所全活亡算族故有大宗祠公始鐲田供祀事又以其餘力佽修書院祠廟會館暨義冢義倉諸善舉獨力建橋三皆買田爲善後計未嘗勒石署名人尤以爲難公之祖考並葬青竹山距所居里許晚年日必登壟攀宰木簝息而歸光緒四年三月十六日返自先塋及門而踣遂病痰厥以十八日考終壽七十有八夫人爲同縣文學李公士珖次女

事舅姑孝姑疾籲天乞身代喪祭皆盡禮公遠客沅湘得無憂內
顧夫人力也子其章布政司理問加五品銜次其華知府銜湖南
補用同知加六秩　封公爲資政大夫李爲夫人次其祥候選知
縣女適國子生陳信怡孫十人女孫五人曾孫二人卽以其年五
月朔葬清流縣北陽塘墟十字路之南山坐戌向辰夫人少公三
歲今健在公遺命百歲後必以夫人合祔禮也其孤具狀來請銘
乃銘曰
有煒封公閩之賢兮奮跡朗州隱一廛兮嗜義若渴其天全兮有
子而才建旌旃兮爲龍爲光命自天兮麌壽考終侶偓佺兮有冽
泉兮有嶼阡兮有銘鐫兮將壽諸萬億年兮

旌表節孝　封太恭人章母易太恭人墓誌銘

同治八年五月二十三日

旌表節孝　誥封太恭人章母易太恭人考終於平江學署之內寢越明年子時瑞以狀來徵銘其狀曰吾母姓易氏湘潭人年十八事先君　贈朝議公爲簉室時祖妣馬太恭人在堂吾母與嫡母孫太恭人事之謹能先意承志每侍膳母必手調以進婢媼效之皆弗愜大母晚得喘疾恆竟夕不寐母侍側不解衣帶命之退則偃息伏屏扆間聞轉側聲輒起入在視大母嘗顧嘆曰若苦矣他日當得佳兒佳婦以報若也先君中歲亦善病母侍疾彌謹吾家自浙遷善化習名法家言先君客諸侯年逾四十初舉一子殤

感愴成疾立季父子應筌爲後道光壬午不孝始生生十二日先君卽棄養母矢身殉勺飲不入口家人曉以死節易撫孤難乃勉爲其難不孝幼多病每危篤輒繞室環走泣籲天曰兒父宅心制行宜有後兒不活卽未亡人與同盡耳不孝既就塾母督之嚴孫太恭人憐其孱令少寬假持不可吾母事孫太恭人二十年無纖芥迕惟敎子必行其志每齗齗相持卽彼此相嚮哭不孝亦哭旁觀皆泣下莫能進一辭至今思之絕痛也不孝未冠爲諸生娶周氏甚賢母喜曰馬太恭人謂當得佳婦其在斯乎亡何周卒母感慟累年歲甲辰及丙午不孝兩副鄉舉戊午授平江教諭始以安輿迎養會大吏以節孝聞於

朝得 旨旌表又以 覃恩先後膺 誥命吾母安之客至必問所與游何人半日離寢門卽詢所往延塾師課孫館餐必豐潔待僕婢有恩然性極方嚴終身未嘗跛倚獨居必著裳夏月不單服于若孫雖盛暑不敢以短衣見也疾革不亂早餐畢斂容端坐而逝不孝依膝下四十有八年與吾母更相爲命不虞天之降割今乃長爲無母之人矣狀之言如此烏虖人子之痛其有涯乎太恭人就養吾平十餘年以禮法著稱元度昔爲文壽太恭人嘗以謂孔孟皆孤兒秉母訓卒爲聖賢願與時瑞交相勖近又申以婚媾知時瑞之賢有聞於時蓋得諸母敎者豫也太恭人享壽七十子卽時瑞由敎諭擢知縣晉同知直隸州以知府升用孫五人女孫

六人葬以十年十一月六日墓在長沙沙坪佘家塢於灋宜銘銘曰

烈烈女宗淵且塞忍死字孤完婦職歲寒不變貞松色有子而才恢世澤翟茀烏頭彰厥德生七十年返元宅考終卜藏惟墨食山宮水郭閟靈魄伐石鐫銘永不泐

故雲貴總督賀公繼配　誥封一品夫人陳氏墓誌銘

夫人姓陳氏善化人父諱鍔年逾笄歸同縣賀公諱長齡公繇甲科起家官至兵部尙書都察院右都御史雲貴總督夫人來歸時公官江寧布政使姑嚴太夫人老不能就養亡何病夫人隨公請急歸則考終已半月矣夫人終身以不逮事舅姑爲憾遇忌日祭必泣下既而公起閩藩晉黔撫擢督雲貴夫人綜內政禮法秩然簉室三不命之坐不敢坐而恩誼肫洽畢生無詬誶聲公得壹意治官事無內顧憂繄夫人力也公薨後夫人教嗣子詒令口授諸經動必以禮天性好施與羅某者公撫黔時義學生也以雜職需次湖南尋卒夫人任殯葬且恤其家湖北張某宦湘中父子相繼

歿其妻踵門泣訴夫人立出三十金俾歸其二喪道光己酉歲大祲蠲錢千緡助振咸豐壬子粵寇犯長沙輸金千餘助城工費戚族中待以舉火者凡數輩遇婚喪皆有賻贈從孫某貧不能自存月餽之其妻不爲夫所容又別贍焉公有從弟某因責負脫身走京師未幾卒夫人代償千餘金幾以自累蓋自稱貸中來也其他修學宮祠廟治橋渡施藥餌並輸佽無悋色家廟舊章入庠序躋甲科者獎以金夫人合倍之勵後進也然自奉極清約自言一狐裘垂四十年其諸厚施而嗇於自養者邪烏虖讀詩至鵲巢采蘩諸什見古公侯卿大夫妻能竭誠悃奉祭祀以佐勉其君子王道賴以成焉夫人於相夫逮下外益以慷慨樂施濟其尤可風也已

夫人終於同治十三年某月日壽六十有幾子二長某殤次郎詒令以公弟丹麓公之第四子爲後咸豐七年副貢候選內閣中書先卒女子二長適某官固始吳元禧前夫人徐氏出次適戶部郎中一等侯湘鄉曾紀澤繼室陳宜人出孫二女孫三曾孫二曾女孫三以某年月日卜葬某山之原銘曰

猗嗟夫人柔惠且直爲婦爲母莫不法式其式維何休有令聞曰相夫子爲國藎臣嗣子也才辟咡詔教諸孫詵詵厥聲彌劭河潤九里施及族婣窮其爲德藹其爲仁有嵲者阡納銘幽隧傳千萬禩以彰休懿

江西布政使李君原配　誥封夫人周氏墓誌銘

夫人姓周氏。諱懋儀。字佩芳。長沙人。故杭嘉湖兵備道諱克開之曾孫。蘇州府知府諱有聲之孫。大理寺少卿諱鳴鑾之女。年十七。歸湘陰李氏。爲江西承宣布政使桓之妻。太子太保兩江總督謚文恭之介婦。初文恭督廣東學政。歸道安陸。大理方守郡。見承宣才之。字以女。越四年來歸。時君姑郭太夫人卒數年矣。夫人事王姑陳太夫人孝且謹。凡十四年。無一昔違左右。文恭薨。承宣以任子　特用江西道。夫人侍王姑不克從。勸承宣置妾。明年陳太夫人卒。夫人哀毀欲身殉。聞細辛多服能殺人。密購茹之。暈絕一晝夜。髣髴見陳太夫人擊以杖趣使歸。汗出如雨乃蘇。不食又數日。

人無知者踰年赴江西官舍偶告承宣承宣敬異之居二年感疾卒咸豐八年十月七日也春秋三十有二初　封恭人　贈夫人生子曰輔燿出後兄公編修杭時止一子無難色以編修固大宗也卒後帀月側室畢孺人生子輔焯夫人不及見矣女子子七夫人出者五其二畢出也夫人生長貴富家謹禮法讀書識大義能詩而其篤孝及惠能逮下尤爲人所難葬長沙縣西華山塘之原承宣書生卒歲月鍥瓷甓納諸壙後十有二年屬平江李元度爲之銘銘曰

潭州右族其著維周仍世通華筐韍延庥是生夫人令聞亹亹未笄來嬪曰隴西李太保之婦方伯之妻門閥相當有煒其儀逮事

王姑終順且敬。孺慕攀號。矢以身殉。生子出腹。以嗣大宗。恩逮賸侍。樛木斯螽。文駟雕軒。來居官閣。命服在躬。承祀有恪。胡天不弔。豐德嗇年。芳蘭乍萎。奔月其仙。惠問川流。式是彤史。鍥銘幽隧。我言非侈。

畢孺人墓誌銘

同治八年十二月李承宣桓以書來告曰側室畢孺人以今年三月八日卒年二十有九將以明年三月十二日葬長沙縣西華山塘原配周夫人塋右方病革某許以祔葬稱善者再蓋至死不忘故女君也子爲我銘其幽又曰畢氏江都人生七歲父賈於江西客死母貧甚鬻女於陶氏陶有女少寡嘉其貞靜女畜之咸豐五年某以　特用道發江西先大母陳太夫人年八十有二矣非周夫人侍養輒不樂夫人自請留侍勸某納簉室蓋夫人生長子輔燿卽以後伯兄時故未有子也明年正月納孺人年十有六是年夏陳太夫人棄養十二月周夫人來官舍孺人事之謹曲得其驩

心夫人亦女畜之暇輒敎之識字明年生女又明年生子輔焯其孕也適夫人病劇治藥餌必躬親夫人慮以勞損娠也固止之不可迨輔焯生夫人不及見矣逾年繼室姚夫人來歸事姚如其事周然慟先女君甚雖抱子時有慼容某引疾歸之三年病暴下血幾殆孺人憂恐墮其娠遂以成疾至是竟不起悲哉孺人性靜穆終日無語笑聲遇讌會輒辭以疾尤精女紅事某凡十四年無違色其病中情況與周夫人無少異以輔焯議敘詹事府主簿　例封孺人女子子三長字善化周聲祥次未字次殤承宣之書略如此烏虖孺人可謂能循禮矣法當銘迺爲銘曰

女而士無違禮誦江汜賡葛藟年尙綺蹶然止有令子爲不死揭

徽美光彤史吁嗟煒兮

天岳山館文鈔卷二十二

旌表節孝　封太宜人郭母周氏墓誌銘

清故江蘇金山縣知縣湘潭周公諱世宅之女孫國子生諱系培之女子生有淑德年二十三歸同縣進士郭公諱如翰是年進士君補弟子員明年爲道光初元舉鄉試又明年成進士又三年卒慟絕矢身殉以子新模生甫四閱月忍死撫孤越二十三年大吏上其節行於　朝得　旨旌表又十年新模由縣學生筮仕江西以同知補用得　封太宜人至同治九年六月二十九日考終里第壽七十有三葢守節四十六年矣郭氏湘中右族舅諱汪燦以名進士官鄠縣知縣舅之姑姊妹女子子皆工詩女爲湘陰李文

恭公夫人輯湘潭郭氏閨秀集行世太宜人擩染內外家學詩尤工與進士君唱和著吟竹軒合稿進士君卒後七年鄠縣公亦棄養家中落太宜人捋棻茹蘗親課其孤讀依母族以居凡十年始返舊廬粵寇起仍避地母家又數年乃定居排頭嶺新模客江西時家無壯丁遇風雨夕輒手一編坐達旦遍讀廿三史遇節烈事手書成帙閒繪花鳥草蟲栩栩有生趣好談湘南故家及乾嘉閒遺事晚歲以喪子婦冢孫婦又殤其女孫感傷得疾卒之夕神志灑然烏虖太宜人蓋節與才兼者也三代上論節烈於詩僅得共姜於春秋得宋伯姬紀叔姬何其少也而共姜賦柏舟爲節女所作詩尤少之少者後世惟陶嬰黃鵠歌差足跐美太宜人殆兼

之窆以某年月日葬某山之原子一卽新模女適文恭長子編修杭亦能詩著有紅薇吟稿早卒孫三女孫存者一銘曰

善無不報惟節可劵始枯終菀彼蒼用勸節也而才古尤尠覯衛共姜外曷云多又烈烈宜人有燿其儀克相夫子綺年甲科中道棄捐飲冰自矢乃翼乃字乃迪厥子揚風扢雅餘事爲之於粲翟茀受福則宜栖神元宅伐石銘幽以傳其詩以配柏舟

旌表貞烈　敕建專祠謝貞烈婦彭氏墓誌銘

貞烈婦姓彭氏長沙人祖諱永思進士戶部員外郎父申甫舉人候選通判年十六歸湘鄉謝嗣純嗣純曾祖諱振定進士官御史祖諱興峘安溪縣知縣父諱邦鑑進士高湻縣知縣初高湻君與通判君善以女妻其仲子既高湻卒官僑家省會通判君復以第四女字嗣純嗣純年十二攖疾不通人事及婚不能成夫婦禮疾作目上視輒箠擊人彭安之貞守八年無怨色事姑俞繼祖姑吳皆孝且謹姑病暴下侍湯藥嘗五十餘晝夜不交睫中帽皆手滌之同治八年正月繼祖姑病瘖彭與其姑迭侍閱兩月未瘳功服夫兄嗣遠歔而冠者也三月二十七日來問疾留宿外廂是夕彭

感寒疾歸臥寢室漏四下嗣遠穴門入搴其帳彭驚呼嗣遠遁憒甚自經於床姑救之泣曰吾一婦人男子夜入室不死何以自明姑曰宜告知母家不則冤誰與雪會大水召母氏未卽至彭絕粒數日姑强之稍進溢米又自經以救免四月十六日乃歸甯哭訴諸父母揭布衫以示襟上淚皆血殷徑尺許詰旦拜辭家廟又遍拜家人與訣兄樹森煊送之歸將以是夕死姑欲誘擒罪人戒少待越日未至泣曰吾不能待矣姑曰卽死冤何從雪乃口授愬詞屬樹森書書竟令誦誦竟刺左手指搴血其上曰以是白諸官又明日嗣遠至彭裂眥怒詈手剪刀出刺其頭若臂流血被面又入厨取刀誓手刃之眾力止當是時嗣遠無人色姑命縛送縣彭曰

吾目瞑矣。乃剪髮解佩玉授其夫。哭與訣。夫不省。遂入室沐浴更衣出拜祖姑姑。並拜其舅氏俞君。請善視其病夫。且爲立嗣。尋入仰藥。擲盞於地。引鏡照。又擲之。有頃毒發。蒙被臥。昏瞀中屢切齒曰。我誓殺此畜。至次日。復張目曰。我不能終事兩世孀姑。爲不孝。又呼其兄曰。我寃何得伸。良久乃瞑。三月二十四日昧爽也。年二十有四。未幾祖姑姑相繼卒。嗣遠抵官。即引服。越十數日自絞死。長沙令某慮以疏防干議。緩其獄。居亡何。令暴卒。獄成。巡撫侍郎聞於 朝。得 旨旌表。入祀節孝祠。建坊如制。總督尚書復采士紳公揭。以彭氏艱貞孝烈。非尋常節婦比。援案疏請 敕建專祠。制曰可。都人士爲詩歌挽詞弔之者百數十人。葬長沙馬龍山謝

氏祖塋右銘曰

白虹亘天天欲裂披髮上訴淚凝血骨性棱棱七尺鐵强暴就縛

寃憤雪一瞑不視完吾節

天子有詔褒貞烈崇祠專建森綽楔爲彼濁世留馨潔擣麝成灰

桂成屑十二萬年香不滅

封光祿大夫胡公妻　封一品夫人陳氏墓誌銘

夫人姓陳氏益陽人嘉慶庚申舉人諱瓊及室李之次女年二十歸同縣　封光祿大夫道光乙未副榜舉人胡公諱達湝胡氏在大湖以南最稱有家法君舅　贈光祿大夫鄉賢公諱顯韶以學行甄其子姓有子四曰少詹公達源教授公達澍文學公達灝季則副舉公也夫人來歸時舅及繼姑劉太夫人並在堂劉性嚴急小拂意輒訶斥或令跽階庭不命之起不敢起夫人益承順無後言時大功同財合爨近千指內外各修其業夫人與諸姒氏分任井臼主中饋謞如秩如四十年一日也自少詹公　賜及第起家教授暨副舉公先後預鄉薦寖熾以昌至少詹子文忠公林翼由

甲第歷封圻爲時名臣胡氏益大顯夫人晚歲境日豐　累封極品顧獨甘儉觳卻紈綺金玉弗御惟濟急周貧窶輒罄所藏道光己酉饑自啖豆粥節食餔餓者遇舅姑生辰諱日雖老必手薦蘋蘩拜獻如禮其治家於出入之盈絀工作之勤惰綜理弗遺尤難者在割私愛以全大義初文學公無子副舉公以次子棨翼爲之嗣尋卒亡何文學疾革將屬纊瞠目欲有言夫人察其隱立請於副舉公復以季子棐翼後之文學含笑而瞑其後長子保翼官黔中丁寇亂慮貽親憂將乞退夫人屢勖以報　國忘家尋以積勞卒官　賜恤廕如例棐翼又以長子子勛爲文忠公後　詔賞舉人襲男爵皆秉夫人教也夫人卒後副舉公六年是爲光緒元年

十月十六日壽八十有五子三長卽保翼由諸生保知縣加六品服　賞戴藍翎權貴州仁懷縣事　贈同知次榘翼次棐翼附貢生本班前補用知府並出嗣世父承重孫之嶌廕生候銓縣丞孫女一人曾孫一人以二年正月某日葬縣境泉交河之團山洲兩昌山銘曰

猗嗟夫人秉禮察倫肫肫其仁惟敬斯順惟勤斯愼不隕厥問兩嗣兄公俾亢其宗匪私厥躬家範孔飭有床盈笏魚軒翟茀棄養而仙有嶫者阡銘徵萬年

故總兵麻公繼配　晉封一品夫人宋氏墓誌銘

光緒二年春正月癸巳朔越九日壬寅

誥封一品夫人麻母宋太夫人考終湖南平江縣署之內寢壽八十有六時少子維緒以特用知府補用同知爲平江縣知縣具狀屬部民李元度爲誌銘掩諸幽按狀夫人姓宋氏廣西宣化人上思營守備諱輔朝之女歸　誥授建威將軍臨桂麻公諱國慶爲繼室公之考諱允光由武舉官宣化鎮標守備嘉慶初征教匪陳亡　賜卹典　予雲騎尉世職公由諸生襲職除大城營守備歷竹山協都司永州營游擊宜章營叅將衡州協副將升用總兵兩權永州鎮爲時名將公涖官夫人皆從治事井井能使公無內顧

憂道光末公以母憂歸遂請老嶺西盜起命子維紀學謙維綱治鄉兵捍賊亡何學謙維綱陳歿維紀以勞卒於軍夫人雖慟甚又以諸子死綏報　國能不辱其先爲慰也建威公卒後維緒由鄉舉入官權知宜章平江善化湘潭桃源諸縣事補平江夫人諄諄以仁明勤儉爲訓在宜章有村婦愬其子不孝將案之夫人急召入誡曰而不聞房景伯之母與民婦對榻共食事乎此曹未聞禮敎不足責也乃以倫理誨化之母子皆感泣去其能識大體多類此夫人在室以賢聞及爲麻氏婦事君姑惟孝主祭饋接鄰里能敬以和其爲母也以忠義循良勖其子視前室子如己出兩從孫失怙恃皆撫以成立所得　誥命自宜人恭人淑人累　封一品

夫人食祿四十年享子之祿養又十餘年爲虖可謂完名全德也已子五長學敏前夫人張氏出次維紀右江營守備卽補都司賞戴花翎學謙候補外委　賞戴藍翎　卹贈雲騎尉維綱候補千總　賞戴藍翎　卹贈雲騎尉維緒咸豐六年舉人歷今職賞戴花翎皆夫人出女子二適武舉白玉珂國子生翁炳奎孫六人女孫五人曾孫男女各三人卽以其年某月歸葬臨桂某山之原銘曰

厤於嶺嶠累葉將家桓桓建威專閫樹牙夫人相之厥德柔嘉有五男子三歿王事匪惟效忠抑成先志卹祀有光賞延於世偉與季子起家以文屢最赤緊休聲遠聞惟古羅國再迺神君板輿頗

來。福我黔。首每問平反。餐加雋毋。官舍考終。令名上壽。素車返葬。

桂管之原。鍥石奠幽。我銘弗諼。文通武達。益振清門。

陳少陶之母劉孺人墓誌銘

孺人劉氏，平江處士珍先之長女，太學生陳公某之室，同治癸酉舉人晉熙之母也。敏於德，嫻於禮。自其幼時，治組紃織紝，其保姆皆曰不學以能，其儕輩皆曰巧不可逮。及其歸陳也，以事處士之孝事其君舅君姑，逮其王舅王姑。王舅喜得賢孫婦也，曰：吾門得此婦，內事不憂失時矣。孺人治家有法度，事姑之黨如姑，禮事夫及夫之黨皆敬以和。睎叔姒如同母，睎子之黨如其子。夫兄弟七人，內外男婦近四百指，尊者皆愛，輩者皆附，卑幼者皆慕之。居恆寸縷粒米必珍護，及推以濟貧乏，無所悋。年且老，猶手木棉，或辟纑不輟。勸少休，則舉敬姜之言以謝。既殁，織所遺爲布，累月不能盡太學君嘗怒一佃將更之孺人陰佽以穀事遂解既病或以禱請力拒之其勤惠有定識皆類此子二德照後孺人八年卒次郎晉熙生最晚甫能言敎之識字指楹帖示之案机爲臺使就視捉掌畫波磔及就傅敎之齒讓晉熙遂以學行聞於時孺人卒於咸豐十年三月十六日壽七十有二女子二人孫五人女孫如孫之數曾孫二人葬晉坑馬船洞以同治十三年四月啟攢納銘於幽隧銘曰

猗嗟孺人休有令聞厥初在室孝恪惠溫乃及於行克媲義門肅其爲禮煦其爲仁不歎於約不矜於盈不圓其方不晦其明是生令子以世厥聲母兮懿萬閟久逾新有或不信來徵斯銘

贈通奉大夫方公妻　贈夫人李氏墓誌銘

夫人李氏平江處士萬鳳公女年十九歸同縣　贈通奉大夫方公儒興逮事君舅君姑能先意承志通奉公昆季五其兩尊人以孝弟力田起家夫人和於妯娌視從子猶子躬親汲飪衣非數澣緝弗易室靡棄物家無閒人業以隆隆起通奉公性嚴急夫人佐之以和以是尊者喜輩者附臧獲仵甬胥懷之生子五曰宗光國子生　封四品階宗瀾同知銜宗規游擊銜宗彥國子生　封二品階宗尙同知銜加五級女一適吳炳望孫二十二人半注仕籍髫齡入縣庠曾孫十一人夫人終於同治三年正月十一日壽七十有二葬邵陽杉木橋丙首壬趾兼巳亥越十有一年宗光等欽

石隧道來徵銘予讀詩見古公侯卿大夫開國承家多本於內德見諸雅頌者若有娀方將時維姜嫄爰及姜女思齋太任纘女維莘皆是也國固有之家亦惟然葢所就有大小道則一爾夫人爲婦爲母皆有法式又能以儉勤修業而息之卒亢其宗榮受誥命於　朝雖躋諸風雅之列何多讓哉法宜銘乃爲銘曰

業業崇山其下維谷地道有終夫人之淑其淑維何禮以型家燕山桂五蕚跗其華諸孫繩繩其實其葩詩書澤永茲始萌芽翟茀珈笄自

天有命匪私厥家惟德衍慶勒銘考施以揚懿行

旌表節孝　封太宜人馬母張宜人墓誌銘

太宜人姓張氏新都人處士諱中丞之女年十六歸同縣馬又眉贈公諱某贈公故寒素爲邑諸生藉修脯養親其尊人性好客客至趣設具談讌窮日夕太宜人主中饋叱嗟立辦力不繼則質釵珥治饎糒佐之二十年無倦色姑高宜人病半體枯轉側需扶掖太宜人奉匜進饌能以目聽以神喻暇則繦姑於背以嬉姑幾忘其疾臨終執太宜人手曰若事我良苦願若得賢子孫以償若孝語畢遂瞑太宜人一子雲生數歲贈公遽卒易簀時以未終養爲憾太宜人痛幾絕以親老子幼彊起視息而課子讀尤嚴初雲性跅弛失愛於諸父既孤遂析爨太宜人攜雲異居家貧甚晝使之

樵。夜則課以讀。注膏於盞。膏不罄。讀不輟。書聲與紡織聲相響答也。亡何。粵寇踞吳會。雲甫冠。杖策從軍。奉湖北巡撫胡文忠檄。襄事黃梅。以功署縣丞事。咸豐七年。括祿入所餘。走伻遺母。藉供絜白之養。書至。諸母走相慰太宜人。摽使者曰。汝主出門時。不名一錢。吾聞軍中餉絀。戰士枵腹執戈。此金何自來。吾老矣。願兒爲清白吏。異日可見乃祖乃父於地下。速將去。無以金爲也。諸母稱緩頰。乃以書付使者。命雲歷數所自以聞。雲得書。徧示坐上客。咸驚嘆。以謂有還魚封鮓之風。雲旋歸省。復從戎秦晉間。累功保知縣。留湖南補用。加同知銜。 封父祖如其階。於是太宜人得五花之誥。同治四年。再歸省。邦人士以太宜人節孝應旌法。上其狀。大府

以聞得　旨旌表如例居數月無疾而卒是年某月日也享年五十有七光緒二年秋雲將歸里改葬太宜人於某山屬元度爲之銘銘曰

功利之毒痼人膏肓畔援歆羨云何克臧士夫波靡況彼閨房烈烈宜人高節孔彰少歷艱貞冰蘗飫嘗晚躋蔗境初志弗忘子以俸進揮出門牆誡子一書大義雷硍坤德至柔其動也剛宜膺旌典綽楔垂芳我銘幽竁閟久逾光

房姪女雪梅墓誌銘

房姪女雪梅房兄攜湖長女也兄諱原濬道光巳酉拔貢臨武學教諭卽選知縣加五品銜繼娶余氏生子女各二咸豐乙卯攜湖殉節通城子積楨年十一歲積樾六歲姪女年裁八歲內奉孀母百計解其憂外撫諸弟妹曲有恩誼越八年積楨補弟子員明年以疾卒嫂氏益慟姪女扶掖寬譬之忍淚強言笑嫂氏無此女蓋不能一息安也姪女幼多病長而溫惠無疾言遽色年二十歸同邑 封通奉大夫方公宗彥長子國子生訓杰上事王舅及君舅君姑皆能先事而承其意方氏故以孝弟力田起家其太公有子五孫曾林立食指近千男婦各勤其業自吾姪女入門尊者皆懌

輩者皆愉門以內無間言時太公年八十矣於諸孫婦中獨鍾愛
吾姪女每手治羹湯輒甘之爲加餐飯晚歲病不肯服藥餌姪女
手進之則一飲輒盡病革顧而諭之曰若賢孝必大吾門矣姪女
生子蔭賢踰年再生子殤又踰年生女殤以是鬱鬱成疾卒同治
十二年三月某日也距其生道光二十八年八月二十四日春秋
二十有六其舅姑大慟曰天乃不使吾有此賢婦邪吾老人言竟
不驗邪自後諸娣姒以次入門然每遇事姑輒流涕曰吾雪梅在
吾無容心矣其殁而見思若此光緒二年其舅斥重金購吉壤曰
蠏形在居宅後某山某向將改葬介積樾來徵銘迺銘曰
生淑慎兮無違絜忠養兮奉重闈宜壽昌兮中道而萎餘徽不沫

兮貽親思銘以永之兮用塞其悲

贈通奉大夫故訓導鄧公妻　贈夫人陳氏墓誌銘

鄧夫人陳氏新寧人　贈榮祿大夫縣學生諱定魁之女布政使銜江西候補道明志之姑　贈通奉大夫候選訓導　賜卹典樹堃之妻鹽運使銜貴州升用道候補知府在鏞之母也夫人性穎特讀書止半年經史百家一見輒通其義年十九歸訓導公事舅姑盡禮舅築新居於雙柳井工作繁重命夫人綜出納條理秩然訓導公偶作書餉方搆思未就夫人引管代成之語公曰使妾易笄而冠取青紫猶拾芥耳公以是益奮於學爲名諸生餼二十人中亡何雷再浩反訓導與江忠烈公共治鄉兵討擒之明年李沅發反旣陷城分黨掠訓導家夫人謂公曰事急矣君速奉父母出

走無以妾母子爲念有不測必以死報君哭而別公倉猝扶二親避地盆溪村而躬集鄉兵進規縣城夫人挈二子及叔姒母女賃敝舟冒死出白公渡將趨郡城時兩岸賊如織夜泊石幕同泊百餘艘皆避難男婦也有頃夫人趣解纜舟人有難色固命之維解而賊驟至旁舟皆被掠惟夫人得達郡城當是時訓導帥民兵復縣城追賊至嶺西懷遠縣境戰死於野毛坪夫人回里凶問至屢慟絕以子女幼忍死字孤自是課二子讀益嚴隆冬盛暑不少貸卒以哀毀得咯血疾時或夢中驚起哭失聲越四年病革出訓子篇貽在鏞等述訓導公行誼及死事狀以忠孝勉其子並及讀書持身之要凡七百六十言遂終於雙柳井宅咸豐四年八月晦日

也春秋四十夫人考終後在鏞隷縣庠從戎積功至今官　覃恩
贈母爲夫人又爲訓導公請　卹典得
旨報可衆謂鄧氏有子矣夫人好學卷未嘗釋手工詩不存稿不
出以示人以燬於兵燹僅存寄外一章生平仁恕好施論事有卓
識懿行不勝書亦不必具書葢凡深明大誼者未有或忽於細行
者也夫人墓在某山之陽予既銘訓導公矣故於其家世子女不
重述銘曰
烏虖是爲忠臣婦藎臣母脫虎口正狐首墓在茲邱爲不朽其生
也相夫君奉姑舅訓子有文外孫翽曰有子而才金章紫綬我銘
其幽與金石並壽歫夫人卒時葢二十四年之久時在光緒三年

太歲丁丑夏六月癸酉

贈孺人適黃氏姑母墓誌銘

姑母姓李氏 誥贈光祿大夫縣學生諱自芳 贈一品夫人余氏之女孫 誥贈光祿大夫從九品銜諱家庚 贈一品夫人徐氏之女姑母賢且孝大父母鍾愛之及笄適同縣黃公諱德敦例貢生諱修誠長子也公失愛於後母有閔子騫尹伯奇之遇姑母雖孝謹後姑弗善也遇事苛虐之大父母憂念之不置每歸寧問所苦姑母堅諱不言生子四女一拮据無寧日遂積勞得疾日用所需大母數遣伻賫給之姑母輒報謝曰兒生事差自給毋勞繼粟肉也先世父既早卒先君踰冠入郡學明年遽卒大父母哭之幾喪明當是時姑母攜子女歸咭相嚮而哭元度方四歲亦隨

吾母哭今五十餘年縷縷猶昨日事也亡何姑母亦卒訃至眾慮大母慟不可生遂諱之每逮歸則詭詞以謝大母將屬纊口諵諵念阿女覬一握手訣大父泣告之曰女下世七年矣慮若盡傷故不以告也大母搖首淚如雨乃瞑自姑母卒姑丈益不容於後母出居山莊尋從官路橋新宅少能文坐是絕意進取以從九品注籍　贈姑母爲孺人子益康軍功卽選主簿益慶從九銜議敘國子監典籍益庭卽選巡檢益廣卽補千總女子子適彭氏孫寡以節孝被　旌孫五人次崇榜縣學生姑母子姓並熾昌崇榜尤能繼未竟之志至是人益念姑母賢而惜其享年不永云姑母卒道光八年正月二十八日春秋三十有九葬洪家堖蠏形越五十有

一年。益康等修治墓道。乃屬元度爲之銘。補納諸幽。銘曰。
嗟母生而震愆兮羅百憂以煩煎。操履霜而齎志兮慨生世之弗延。忳欷歔余鬱邑兮幸償以後祚之綿綿。母今不可作兮戚里猶衆載其賢。我銘以彰徽兮壽茲阡於萬億年。

旌表節孝　封太恭人淩母解恭人墓誌銘

光緒六年八月丁酉朔越六日壬寅　旌表節孝　誥封太恭人淩母解恭人考終長沙里第春秋六十有九其子江蘇卽補道蔭廷方從軍山西總理湘淮營務處兼統領湘毅營聞赴慟不欲生星奔抵里門卜以十一月壬辰葬縣南之某山具狀乞爲誌銘且先以書書略曰某不幸生四歲而孤又鮮兄弟母子相依爲命某幼善病母謁醫禱神無虛日及長貧不能從師太恭人親課之尤諄諄以存心爲訓某因於左臂刺存心二字以自勖道光己酉歲大饑太恭人節食哺餓者已而貧益甚咸豐甲寅某投筆從戎爲謀養計受知曾文正及宮保曾公彭公先後檄領水陸軍馳驅江

皖時太恭人尚健竭力撐門戶蒙文正公疏請　賞封典膺　誥
命爲宜人洎辛酉得疾某方從攻安慶城拔始受代歸時已洊保
花翎江蘇卽補道奉　特旨晉封太恭人然以思子故至神情恍
惘某自是不敢遠離矣同治癸亥文正公檄赴吉安治釐稅軍火
某迎養不欲行明年母疾某卽乞歸會縣紳公上其節行於大府
疏請　旌表建坊　制曰可時病亦漸瘳丙寅某奉檄總辦衡州
淮鹽局不數月母復病仍致事歸自是斂門侍養者十一年以食
指日繁貧日甚至戊寅春遂有甘隴之行奉左相侯檄赴新疆治
庫車善後事宜去家萬里明年又聞母疾乞假歸歸而獲愈奉宮
保曾公檄調赴晉充營務處會宮保督師山海關檄某統領留晉

之湘縠兩營某乞歸不許擬秋末乞代至九月三日而赴至矣大府批牘慰留固請乃得歸葬悲哉不孝明知母之不可離而竟不能不離明知奔喪不可緩而已不能無緩天乎人乎殆無地自容矣其言至深痛不可讀然而忠孝大倫也移忠以作孝非無故違其親也王事靡盬不遑將母自古歎之矣太恭人母子其何憾焉太恭人姓解氏贈文林郎某公之女兄澐官江西某縣知縣母某孺人早卒繼母育之父病痺痿動止須扶掖太恭人先意承志十餘年如一日及歸　贈中憲大夫智泉公事舅姑能竭忠養智泉以劬學成疾數籲天乞躬代不起幾以身殉撫藐孤成立歷今官有孫六人女孫幾人墓係某山某向銘曰

女而士，煇彤史，喪所天，字厥子，于嗟煒兮。子也才，德不回，擁豸節，策龍媒，于嗟瓌兮。　詔旌節，森綽楔，荷　褒綸，表馨潔，于嗟傑兮。子從王，風木傷，星奔葬，銘厥藏，于嗟昌兮。

誥封宜人適彭氏次女墓銘附君舅麗叟所撰誌

長男樹森舉同治甲子鄉試官刑部廣西司主事婦李氏偕之官以光緒元年十月行六年正月得家書婦病革舉室惶駭卜禱無晷刻暇余方應平江天岳書院聘惘惘登程不數日又得報則婦以五年十二月二十日死矣發書長號門弟子麕集慰問余益悲旬日爲詩弔之門人有以逾禮來規者告之曰家之盛衰視子婦之賢否婦賢而才一旦溘逝余家曷由振乎曰請問其略曰婦人無遂事蘋蘩盥饋所難者誠敬耳婦歸二十有二年無毫髮可議初來年才十有七時太恭人在堂春秋九十有二隨侍得懽心及見舉子恆期以後福處少姑叔姒姑姊妹

和婉盡禮督家政十年臧媪罔不效命米鹽淩樸綜理悉當自去京師而代者蹩躠矣嘗送阿妹至閩沈文肅夫人亟稱之都中同官命婦胥則之此非余私言也門人唯而退夏四月柩航海歸余拊之慟女孫道臨訣預期時日誠語尤不忍聞嗚呼其習於女範者邪婦生道光壬寅正月初八日年三十有八生子瑞清彝清仲男樹炳歿於京邸出彝清嗣之婦志也女四人孫濂端歿時皆在側以六年九月二十六日葬邑清泰都石鼓流之石板潭頂子趾午樹森乞余誌余以其父古於文更請爲之銘乃銘曰

來兮其何所自兮去兮其何所逝兮生三十八年身如寄兮其靈

根至性固當閟千劫而不昧兮爲女爲婦爲母家事罔不治兮成夫子之志兮出愛子爲弟嗣兮晚爲大母抱孫以自慰兮隨夫宦轍倏蹶焉而委蛻兮卜葬斯邱君自誌其隧兮我銘以寫哀不知爲墨爲淚兮岸谷海桑誌若銘其終不磨兮

誥封太夫人陳母李太夫人墓碑銘

光緒二年秋九月戊午朔越七日甲子陳母李太夫人壽終湖南行省之寓邸享年七十有八越明年某月某甲子葬義寧接壤平江縣屬之金坪癸首丁趾又二年十月某甲子立碑隧道長子樹年季子寶箴具狀屬元度爲之銘按狀太夫人姓李氏義寧州人處士諱大嶸之女年未笄歸 贈資政大夫諱某事舅姑能勰其意姑先卒事舅最久贈公遇有故當外出恆依依不忍去太公則慰諭之曰第去無慮家有孝婦不至憂晨夕也太夫人訓子嚴非聖之書不使寓目待婢媼曲有恩誼贈公嘗從容語其子女曰先儒謂凡事肯設身處其地是第一種學問汝母殆近之矣咸豐元

年寶箴舉於鄉會寇亂未即與計偕而贈公以團結義勇衛鄉里積勞成疾卒太夫人命二子出繼志事治軍旅勗以忠義累書止其歸卒以是顯聞當世家勵中人產居恆儉而有制歲常得羨餘推以周貧乏潤及三黨而治先壟修祀事必恪必豐性不喜被紈綺聽音樂七十初度諸子擬稱觴爲壽不許命節所費爲里中剏社倉積粟平糶迄今利賴之寶箴以守巡道需次湖南迎養來湘每歲生辰輒命謝客以百金市楮衣施會城丐者歲以爲常光緒初元寶箴備兵辰沅治在鳳凰廳爲楚邊重鎭地險瘠而民貧沱江水遶城下爲灘石所齧弗利舟行百物翔貴太夫人命竭廉俸疏鑿之七閱月工竣瀨行猶命鐲金數百爲善後資烏虖古稱婦

德之懋孝於親慈於子姓誠敬於祭祀巳爾太夫人獨能勖其子興巖壘百世之利古女士所未聞也先是曾文正公薨於位太夫人聞之垂涕絫欷不懌者數日及居長沙聞
穆宗皇帝哀詔哭至失聲率家人縞素如禮此尤能見其大抑可徵其性情之獨摯巳子三人樹年藍翎候選同知次觀瑞早世次寶箴繇舉人歷今官加二品銜　賜戴孔雀翎女幾人適某某孫四人曾孫一人銘曰

昔宋歐陽母夫人鄭氣節文章甄于荻訓瀧岡一表餘八百年今陳母李殆庶幾焉母生右族曰嬪于陳巽以翊夫恪以愉親有偉者識能見其鉅粵盜陸梁家興義旅夫也執殳勤事以死有子而

才世稱國士國有相侯長城是依母軫其亡咨齎涕洟鼎湖 龍去薄海攀號母也哭臨憂心忉忉凡茲大誼匪期巾幗天質特優是爲粹德季子持節隸楚苗疆城河噎石莫駛舠航母括私錢命加釃鑿干艘銜尾頌聲丕作歌衆母母嚾嘑祝延遐不黃耇棄養而仙嵲彼道巖分寧接壤樂哉斯邱寫碑十丈我銘維實傳萬億年以章慈懿以繼瀧阡

隨州知州前翰林院庶吉士徐公墓表

同治五年余治軍援黔晤徐茂才樹棠端介竺謹意洒然異之越明年駐師思南茂才再拜請曰先府君下世二十有三年矣某無似侍先君宦楚時年幼莫能紀其政績所設施第見所涖民樂去則䄄香雪涕爭走送之他懿行亦未繇稱述不敢以虛善誣吾親惟隧道之石無文以紀厓略大懼遏佚前人光敢請余作而曰表章前喆素志也曷敢以不文辭按狀公諱步雲字漢卿貴州安化人曾祖某祖某父某母王氏繼母傅氏祖若父皆贈奉直大夫妣皆贈宜人公生有奇慧書過目不忘家故貧父殖貨於市公隨侍

服勞手一編。讀弗輟。未冠入縣學。旋廩於官。越九年舉鄉試。居京師十有四年。登嘉慶十三年進士。選庶吉士。散館改知縣。歷知湖北建始安陸光化等縣。涖胥役嚴。諸弊皆釐剔。精聽斷。務在得情。不輕用箠楚。犁旦卽起視事。無留牘。不爲赫赫名。久而民益思之。課最擢知隨州。年垂七十矣。遂告歸。歸而宦橐枵然。藉授徒自給。初名樹棠。曰寶善。訓之曰。余在楚不名一錢。惟善以爲寶。故命爾名。人惟自力於善耳。貧何傷。主思郡鳳岡書院凡八年。以無疾終。時道光二十五年某月日也。壽七十有八。子卽樹棠。公生平孝友。繼母撫公如已出。公事之彌謹。異母弟二。公親督課。並齊於學。以廩生貢太學。白首無間言。樹棠所及見知者止於此。其不及知者蓋莫得而逃也。烏虖。功利之習。其陷溺人心也甚痼。自科舉業興。士所以學。父師所以敎。率以弋科名躋膴仕爲榮。有地治者先問肥瘠爲忻戚。及宦成而歸。則宮室妻妾之欲。皆饜所求。雖取非其道。不暇顧。人亦罔或非之。未轉瞬而悖入之貲且立盡。葢身歿而子孫不能有也。公任牧令三十年。歸而輪奐阡陌。不少增於舊。卽此足風勵薄俗有餘矣。溢官時之政績。豈待臚陳哉。爰表而出之。且勖樹棠。俾益礪文行。以光昭令緒云。

贈榮祿大夫福建臺灣府北路理番同知張公墓表

嘉道間大湖以南用文章經學稱大師海內無異辭者推湘陰張公公之學無所不窺少隸宛平籍爲諸生有盛名成邸定邸各遣王孫來學詩晚年歷主宛南濂溪石鼓諸書院出門下者競以學行科第戰績顯所箸師白山房講易八卷禮記輯義八十卷周官輯義十二卷春秋經義百二十卷其毛詩講義說文淺釋劄記則官臺灣時渡海失之別撰詩義鈔八卷公於制舉文獨闢風氣治經尤專篤顧猶謂生平窮經惟春秋爲專門之學可自信餘非其至也然公吏治卓絕世更不盡知則繇未究厥施抑爲經術文名所掩耳公諱學尹字子任學者稱少衡先生舉嘉慶十五年順天

鄉試明年成進士以知縣發福建權歸化莆田縣事補閩清侯官終臺灣府北路理番同知在歸化教民種竹竹成各就山造紙民賴以饒至今歸化紙遂甲閩產縣俗好訟兼逋賦有張楊羅三族宋儒横渠龜山仲素三先生裔也會楊羅互訟公曰此先賢裔當以禮教之遂謁横渠祠講西銘尋謁楊羅二祠召父老與講豫章從學龜山淵源皆感動請罷訟遂燔其牒公見羅祠有巨碣勒家訓首曰國課先完因曉以大義於是宿逋盡納莆田積獄數千有奇有三十年未決者公榜列案由示訊期聽民自赴鞫逾三月卽注銷續控以新獄論立決遣又以催科抗弊久乃揭欠戶姓名榜通衢注所逋於名下輸納者劃至積欠以清縣海口二十一所平

海澳其一也都司廖起貴巡海妄報漁戶行劫總督汪志伊檄副將慶善勒兵來捕起貴從公曰事無左證奈何遽動兵吾當獨往按之副將不可乃陽治具犒兵期以翼日亭午發而於薄暮微服出夜行百里厥明抵澳澳口故有千總署漁船出入皆報千總登印冊取核之報刼前六日平海無一艘出口者乃命曉事十人從入城備質塗迴起貴告以故起貴堅欲往公叱之副將爲解遂偕歸事白十八者皆得免閩清民惑於鬼蔭之說多奄匱不葬公下車葬無主百八十棺下令凡免喪逾三月不葬者官爲收瘞俗遂革其在候官也未抵任前數月以鬭殺報者凡三獄死三十一人公專以教化清其源聞警卽馳往諭禁之事立寢張鄭二氏交惡

眾集矣召之至片言而解又詹劉二氏鬭已成公直衷其隊撝止之終公任四年無鬭殺者尤善治盜清保伍厚捕賞設哨船往往日晡猶坐堂皇讞事夜半已會哨海濱矣又以其間剏設救火具濬省城河渠閭俗尚博戲曰花會總督禁之巨猾鍾秀總督輿夫長也開博局吏莫敢誰何公縛送督轅汪公大嘉許尋禁標弁之藉貢蕩支苛索者訪獲訟師寘諸法二十四年擢臺灣同知猶督修省城工竣始就道道光元年代理興化府尋赴本任同知治鹿仔港漢番雜處盜賊相仇殺胥役因緣爲奸船胥陳敬年七十矣道府胥役皆其黨被控至五十餘次莫敢問公首案治之嚴諭漢番毋相陵暴建義塾二以教番民之秀者所轄七十二屯番兵二

千七百人，躬自訓練，汰其老弱。以盜熾，募健捕凡十餘輩，皆不用。最後得二人充捕長，厚餼之，遂擒逃犯王丁酉，斬以徇。臺地沃衍，歲三熟，屯田歲租甚豐，公建議除餉屯兵外，存其三以備緩急，餘轉糶外國，運貨入內地，官取其贏以給修城建學諸費，議未行而公去位矣。初，候官某公子頗事干謁，公屢裁抑之。會公子淫於市人婦，與史黎大鳳將掩執之，踰牆遁，墮鄰園中，嘔噦累日，遂讒諸大府，將解大鳳任，公爭之得免。公子銜公次骨，日夕騰蜚語。時汪公久去任，代者不察，遂爲所中傷，輿論大譁，公夷然不屑也。去官後，縱游江淮燕豫荊襄及嶺南北，以經學教授生徒，饔飧益窘。嘗仿香山洛社故事，與歐陽坦齋先生諸公爲湘中耆英會，凡十八人公次第七屬海氛不靖靖夷將軍奕山揚威將軍奕經先後出視師三十年前弟子也走書幣招公皆謝弗往公嘗言使我得盡心力治鹿港三五年當使臺北一隅屹然爲海外雄鎭烏虖天殆欲公專力遺經以大昌其學故不使儒者之效得竟所設施而公之所就固已兼循吏儒林文苑而一之矣吾鄉經學自船山王氏恆齋李氏九溪王氏陶山唐氏後得公乃益張其幟則凡幸不幸曷足爲公道哉公之世次詳墓誌其卒以咸豐元年九月十九日春秋七十有七　誥贈榮祿大夫配殷氏前卒繼室蔡氏並　贈一品夫人側室楊氏　封一品太夫人子二虬貢生河南候補州同知先公九年卒自牧諸生布政使銜遇鈌　題奏道女子一適

衡山陳源以節孝被　旌孫九人女孫九人曾孫二人烏虖公之政與學不待表而傳元度抑不足以傳公顧自束髮讀公文以未見公爲憾是用伐石系辭舉公之以經術飾吏事者揭諸阡以諗奕禩庶聞風者得興起焉其亦公之志也歟

贈奉政大夫縣學生黃高岡先生墓表

吾郡自宋朱子帥長沙李練溪吳伯英鄒行之李亘仲諸先生親受業其門有十三君子之祀其時康先生叔臨爲上蔡高弟避地岳陽講伊洛之學而李文定燔又以朱子弟子分教岳陽吾平毛竹閒先生至徙家往從之遊郡中正學大明可謂盛矣元明以來達人輩出若劉忠宣鄧襄敏方簡肅艾熙亭諸公並以勳業名天下其原皆自學出而理學或爲勳名所掩章布中獨未聞有樹幟而嚌其胾者爲虖蓋其難也且所貴乎理學者豈必據講席標宗旨高談性命以爲名哉必能不自欺其幽獨又碻然見諸躬行使並世之人飲其和而自化斯理學之眞已洞庭天岳間先儒之遺

韻未沫意必有闇修爾室不自暡襮而默肩斯道之傳者若黃高岡先生殆庶幾矣先生諱魁九易名思誠字汝思高岡其別字也先世元初自江西遷巴陵之西鄉遂族焉曾祖克修祖德聖以漁田起家考諱元吉例貢生授經不責修脯先生其長子也自入縣庠卽有志正學不敦敦事舉業從金先生雲五遊金嘗著道統錄爲時所推先生實傳其學嘗集同志爲主敬社其箴於坐右者曰喚起曰截斷皆直透本源日必三復先儒語曰以父母之心爲心則無不愛之兄弟以祖宗之心爲心則無不愛之族人以天地之心爲心則無不愛之民物聞者多化服之其引迪後進也但就人情物理中導歸實地於性命天人之奧未嘗輕出諸口遇父母忌

曰必祭必哀號終身如一日晚歲與弟析居凡便於弟者胥畀之時其寒暑飲食拊之如嬰兒人以比溫公之於伯康云初先生有祖塋稱吉壤旁猶可祔一棺先生父病革其世父慮其卜葬此也趣令別購先生知其意及世父歿竟以祔之從舅氏某卒貧不能殮先生年未冠適抵其家遽解衣襚之忍凍歸仍賵其喪汔先生卒舅之子走哭盡哀距其父歿四十餘年矣其至性感人類此先生終於同治三年七月初四日享年五十有八病劇時歎曰安得有善談性理者乎或可已吾疾也時天旱衆禱雨先生曰我死之日必雨及屬纊雨果如注所著曰易經錄要春秋錄要皆手寫無一筆苟詩經未卒業配龍氏　封宜人子二長海儀咸豐八年舉

人江西進賢縣知縣加同知銜　贈先生如其階次本頤女適李氏以節孝旌　孫三曾孫二葬龍潜西岸閔子巷之原先生卒後十三年海儀遺書丐元度表其墓烏虖先生長予僅十四歲又幸生同郡宜可親炙其言論予不敏少讀先儒書頗欲問塗無同志以佐佑之又崎嶇戎馬閒邅其素志比老一無所就顧安知並世有先生其人乃失之交臂邪抑可見先生闇然爲己不屑求見知於人矣然使予得見先生先生或不予拒相與月煅季煉發明十三君子之緒言郡人多有志士將感發興起不更大有人邪而先生不可作矣表先生墓益使我前望古人後顧來者而盡然不能自克也

中議大夫道銜加一級楊公壽山墓表

昔歐陽子表應山連處士墓以謂處士歿且二十年應山人至今思之其矜孤寡獨凶荒饑饉之民皆曰連公亡使吾無所依而生以爲恨余嘗誦其言而偉之謂雖王彥方陳太邱管幼安之徒不是過也並吾之世不獲覯其人矣若壽山楊公殆所謂行之以躬不言而信者歟公諱崇康字遐齡壽山其別字也世居瀏陽關山里曾祖世杞有隱德祖豪士考超廷並以公貴 贈中議大夫妣吳氏繼妣蘇氏並 贈淑人公生而倜儻讀書了大義以治生故棄舉子業謹身節用以養親初受田二百畝晚增拓至十數倍然未嘗以財自封也性嗜善若渴凡造橋繕渡治道塗葺祠廟及掩

骼埋胔施藥放生諸務輒斥重金爲衆倡尤篤於宗族楊氏自唐末遷瀏迄未立宗祠先有祀產以子姓不睦析而分祀焉公出重貲倡建大宗祠置產合祀又修宗譜以聯之遇家忌必齋必祭終身如一日延師課子若孫必忠且敬戚里有爭訟片言評曲直輒如的破或具樽酒通殷勤一笑散去甚則潛出貲寢事不使其人知也其卹貧窶也近者米遠者飯賦米有常期老羸婦稚聞風至或信宿不去無厭心病者藥之死則瘞以棺每遇歲祲穀翔貴必減價以糶年六十時減佃租什一並蠲其積欠用此人尤德之咸豐初粵寇稔亂大吏勸輸民財助軍餉公慨然毀家以圖報前後捐餉幾及二萬緡初由州同銜加二級　封奉直大夫　誥贈父

若祖繼　封朝議大夫旋　晉道銜加一級誥授中議大夫晉贈父祖如其階又援推廣　恩例爲曾祖追請都司銜且爲高祖永彩太高祖代武追　贈昭武都尉妣皆　贈恭人長子隆蔚敘布政司理問銜次隆昺累加同知銜　貤贈隆蔚四品階次隆銀次隆熙各加游擊銜又次隆周敘都司銜並急公所得而家益隆隆起固未嘗毀也公敎家內外有別整肅若朝儀訓子尤嚴廣坐中輒峻詞訶斥甚則鞭撻隨之持躬莊正竟日危坐無惰容婦女足不踰梱當會食傭者自外至皆空席避之足見其家法矣公終於同治五年八月二十八日年六十有五原配毛淑人先公卒生子四女一繼娶李氏生隆周孫十一人女孫八人曾孫三人女

曾孫一人葬羅家坊虎形山卯首酉趾公卒後十一年隆昺以姻誼故具狀屬元度表其隧道余謂公今之連舜賓也舜賓以處士終公階至三品所遇微有間而其鞭心植行與其爲惠於鄉里則先後同揆宜既歿而人思之與處士一轍也惜余無歐陽子之文不足爲公重抑歐陽子謂後生子弟聞處士之風者時尙未遠使更三四世傳聞有時而失則懼不復能知處士之詳爲序余之表公猶斯志也後有式斯墓者其弗謂古今人不相及哉

贈建威將軍　卹贈都司　賜祭葬楊公墓表

咸豐八年十月壬子。藍翎守備銜補用千總楊公桂芳。從巡撫銜浙江布政使李忠武公戰死於廬州府屬三河鎮。事　聞。詔贈都司。眡都司陣亡例議卹。　賜祭葬。　賞雲騎尉世職。祔祀湖南北江西安徽各昭忠祠。其孤玉書等。招魂葬衣冠於湘潭十三都六甲之流霞衝。禮也。越十有一年。當同治七年。玉書已纍功擢提督銜記名總兵壯勇巴圖魯。　賜孔雀翎與平河北捻匪。詔錫正一品封。於是公得　贈建威將軍。配何夫人。得　封一品太夫人。又六年。爲同治十三年十二月癸酉。太夫人考終里第。乃以光緒元年四月庚午。合葬流霞衝。距公卜葬時十有八年矣。玉書等屬元度爲文表其墓按狀公字禮堂湘潭人曾祖諱某祖諱某父諱河青本生父水青祖若父並　贈建威將軍妣皆一品夫人公少讀書通大義尋厭薄章句事騎射補縣學武生咸豐二年粵寇犯長沙時湘鄉羅忠節澤南率其弟子李公續賓練鄉兵遏賊即忠武公也公冒風雨走湘鄉講求團練法歸而部勒其鄉人忠節起兵討賊公從之遂隸忠武麾下由潭而岳克武昌收蘄黃大勝田家鎮徇興國大冶剋黃梅鏺廣濟進蹴九江分兵攻湖口五年從曾文正入江西克弋陽廣信復義甯時武昌再陷自江西回援六年十月武漢復公以先登功敘外委七年春從攻九江公請分兵翦除旁近州縣及瀕江賊壘使潯賊成孤注忠武韙之乃

隨勦蘄黃拔小池口僞城得 旨賞藍翎擢把總尋繇間道攻拔
湖口復彭澤八年四月遂克九江 詔晉公千總加守備銜會忠
武乞假省親公從至鄂矣忠武適奉 命進規廬州公不忍離忠
武遂從入皖八月克潛太舒桐四縣賊於三河鎭築僞城一堅壘
九我軍夷其九壘城垂破忽僞英王陳玉成糾捻酋張落刑分道
來援衆十萬連營百里我軍止五千人深入絕地又血戰久精銳
多傷夷忠武諭部衆曰我義當死 國若屬可自圖生也公忼慨
言曰公不負 國某等安忍負公遂皆力戰死之公之自鄂赴皖
也馳書屬何夫人曰吾志在報 國本不望生還昔人以馬革裹
尸爲幸今觀之亦尋常事耳吾儻死 國難宜善撫兒輩以成吾

志吾家世植德子孫宜有興者夫人爲同縣某公之女七歲即育於楊氏能得舅姑懽先世遺產薄夫人拮据將筦規畫井井能使公無內顧憂及訃至夫人制淚字孤委諸子於學脩脯必從豐玉書及其弟必仁並繼父志從戎不數年玉書擢至今職必仁擢湖北游擊加副將銜是用有晉封之　命及假歸太夫人訓之曰爾父沒於　王事爾等幸能自立致通顯　卹典外復膺　褒贈之榮始願不及此也吾戚族中多食貧守節孀此中艱苦吾已備嘗之其斥巳財以助保節堂勝日陳㽞養多矣保節堂者縣人所建以恤嫠者也太夫人彌留時猶以此爲訓　命節喪葬費以厚佽之其志事可想見矣公靖節時年三十有八夫人卒年五十有二子

四長玉書次必仁次希震時敏女二長早卒次適同縣郭君松林初公一見郭君奇其才即以子妻之歷官福建湖北提督爲時名將世以此服公知人烏虖公之忠與夫人之德皆不待表而傳顧嘗聞曾子論君子其云臨大節不可奪公既克踐斯言矣而其可以託孤而寄命者夫人亦無慊焉宜其能成公志於身後也抑又攷古忠臣烈士暴骨沙場有葬衣冠之禮太史公封禪書曾及之漢前將軍關侯墓在當陽而華陽萬里橋左別有衣冠墓蓋昭烈帝招魂而葬之故地近惠陵也公棲神於此夫人復合祔之以堅同穴之義皆禮之變而不失其正者故具揭於阡俾千百禩後式斯墓者有徵焉

贈建威將軍吳公墓表

光緒元年

今天子旣嗣服推恩中外臣工各加秩子廕又

覃恩封贈厥父祖文武階一品者得　封四世如其官於是　記名提督長江水師瓜洲鎭總兵　賞戴花翎訥恩登額巴圖魯吳君家榜得　贈其顯考長遠公爲建威將軍時公卒二十有八年矣公諱映廣字長遠先世自江陰遷益陽之沾溪曾祖忠敬隱德弗曜祖艮溥父輝智並以家榜貴　贈建威將軍祖妣鄧氏妣彭氏並　贈一品夫人公昆弟三序居長家世淸貧不自封殖公生有至性及長膽識過人嘗以奇才自命顧世方承平潛幽處隩無

階以自進遂隱於耕謹身節用以孝弟力田聞視世事泊如也降年弗永中道云殂道光十八年五月二十一日以疾終春秋二十有五配倪氏後公十七年卒　贈一品夫人子一郎家榜初公之卒也父老皆慟惜之謂懷奇不遇如公又賚志早逝未繇自見於世天道其不可問邪迨咸豐中粵寇起家榜杖策從軍隸淮陽水師轉戰數行省用首功洊歷今　職爲時名將至是奉　制書贈官四世各焚黃於隧父老則相顧歎嗟曰吳公有子足申其志於身後矣明年家榜自淮揚寓書屬元度表其墓元度竊歎朝廷推恩錫類褒顯臣子之親用以教忠而作孝者何其厚也夫古之人子祿不逮親有茹悢終天已耳今　則子孫能自立列官於朝逢　國

大廈輒有　褒綸之錫葢古上祀追王之禮所推如公及公之祖若父並當含笑九京矣抑可見士果敦厲名行雖夭閼於生前而潛德幽光必有時而發而其發之大小遲速則又眂子孫之所就爲程然則爲人子孫者尤當知自奮哉公墓在沾溪與弟映覽合葬謹揭表於阡既塋家榜之孝思抑使凡爲子者知所勸也

封奉直大夫唐公善亭墓表

烏虖道俗之敝久矣人各封其財自私自利視昆仲宗族鄉黨如秦越人之相視肥瘠求其拾苗髮以濟人澤物不爲也而陳仲弓王彥方茅季偉輩獨能以匹夫爲善一鄉史氏書之而方州之志亦各書其郡縣中嗜善諸先民爲廣厲風敎之助歐陽公表連處士墓流連感喟亦謂表一人以風天下也以余所見聞若唐丈善亭其殆庶幾乎公諱邦慶字友道湘潭人善亭其別字也曾祖諱某祖諱某　贈奉直大夫配王宜人壽百有二歲以一堂五世旌考諱某贈階如其祖壽八十配陳宜人壽八十有四娣姒中年躋九十者又二人時稱唐氏壽種不虛也公少好讀書以綜家枋

故未竟其業遂壹意教其子有子二人並克成公志公以子貴
封奉直大夫而尤以好善聞於鄉初宗祠地湫隘公捐田七畝卜
爽塏更焉族子弟赴試乏資斧捐田十畝助之金甲崙耆公父所
捐地殣道殍者也公復捐山下田六畝造櫝予葬者縣俗多溺女
公捐田三十畝貧不能舉者歲餽穀三石兩朞而止俾自育其窮
獨無告者七十以上歲餽穀三石捐田如育嬰之數慮其久而無
紀也置一廛於青山市額曰二之堂取安懷義也其他救困濟急
完人夫婦治津梁道路輒視事鉅細定斥金之多少公家本中貲
故人尤以爲難配陳宜人某公之女事舅姑克謹尤和於築里公
所爲諸善事宜人多贊成之烏虖公可謂不以財力自私而能行

道於妻子者矣公卒同治七年四月十一日壽七十有七宜人少公二歲以咸豐十一年十一月十一日先公七年卒合葬金甲崙之原子傳惺增貢生光祿寺署正銜候選訓導傳惇咸豐戊午舉人五品銜候選內閣中書女長適方先英以節孝　旌次適國子生方先封孫五女孫九曾孫男女九公既卒之八年傳惇屬元度表其墓其請至四三不懈元度與傳惇同讀書城南耳公善行最悉謂可入史家卓行傳也屬纂修通志遂綴於編又表其犖犖大者揭諸阡以示唐氏子姓且俾縣人勸焉

封武德騎尉國子生喻公琢圃墓表

惟喻氏之先以五代梁太保爨爲近祖居豫章七世孫曰九曰武遷縣東義口市遂爲平江人明正統間有諱元英者出粟千二百石助振英宗敕獎爲義民賜羊酒復其家語在通志府縣志傳九世至鼎先家中落鼎先生錦萬精雷岐術遇大疫衆畏傳染不相聞獨躬往診治且施以藥所活亡算將卒夢神示葬所子百川往跡之訊其主則故所全活者也立獻地堅不受值百川兄弟尋以孝弟力田起家衆謂地靈所致云公諱傳金字琢圃百川公仲子也生而偉岸讀書通大義百川晚嬰目疾不欲離子舍遂棄舉子業入國學纘理家枋業益隆隆起卜築七里山又考室大江墕費

皆以萬計自奉儉嗇獨施予不少慳嘗助修壽世利濟諸橋各斥百餘金不勒石自表而尤以積穀爲本務鄉人利賴焉平江故山國人浮於田每歲青黃不接貧者以衣物向富民質穀秋熟還之加息什二三不等歲如其額俗稱頭穀雖取息而散時值貴斂時值多賤幾與無息等而緩急有可恃艱食者便之當是時公兄弟及羣從並饒於貲各以所積穀潤鄉里歲凡數萬石合一縣計之不下百萬石雖歲洊饑不害也道光辛卯大祲穀翔貴公減息二成以貸自本邑外瀏陽長沙義甯諸州縣踵求者日千計洎咸豐初粵寇警人思避亂慮質物遭剽掠前法遂盡廢民失所倚識者用爲隱憂余近纂通志及縣志論積貯於此法三致意焉每溯公

昆仲盛時重粟勸分情勢未三十年而其風已不可復矣公終於咸豐二年四月九日壽七十有二配方氏繼吳氏再繼方氏子六長盛綱次六品封盛敬並先卒次守禦所千總銜盛藻後公一年卒次監生盛平出嗣公弟傳曾次千總銜盛蕚先卒次六品封例貢光奎女子三適方氏蕭氏方氏孫八曾孫十元孫一公卒後二十四年光奎具狀屬元度表其隧道昔歐陽公表廬山連處士墓稱其遇歲饑出穀萬斛以糶而市穀之價卒不能增旁近縣民皆賴之公之務本計減息平糶其爲德於鄉視連處士無多讓且足嗣乃祖原英公之美而相爲輝映故特表公行誼揭諸阡既又推論積穀之盛衰本末著其關繫吾鄉大利害者以致那頌先民之

思而爲鄉人之知本務者風焉。

林樸菴先生墓表

烏虖以余所見節母之子孫未有不顯融光大者也其困阨加甚者食報加速若遇無艮之族屬從而魚肉之彼其人不旋踵必澌滅以盡而爲所魚肉者轉藉以動心忍性增益其所不能天道至不爽也故凡爲節母子者必能立身行道乃無忝於所生若樸菴林公其一也公諱介揆字樸菴父子聞繇粵還平遂爲平江人海內林氏皆閩種公爲孝子欑之後欑由進士官縣令事詳史志後人自閩遷粵之平遠居糶米岡薹歲祲嘗減糶活饑民故以名所居云祖文穆兩從子皆諸生從父儲奇康熙丁酉舉人儲瑞亦諸生至子聞公而家落子聞幼孤鞠於世父與俱還平娶邱氏生女

二旋生公公生二年而父歿母年二十二矢志字孤僅遺薄田二畝所居室如斗大藉紡績易薪米屑豆為糜哺兒女而母常忍飢族某欲奪其志母拒不可百計摧鬩之不時發難至捽擊於庭既而謀賊公以鍼潛刺其腦不死擊以耡傷首又幸不死母嘗焚香籲天曰未亡人不即死以夫子數千里來乎冀延一綫耳又摩公頂而泣曰夫創猶在爾其發憤圖自立公幼入蒙塾貧不能卒業乃改事懋遷閱十數年得小康然好為利濟事不專已自封也再從弟介清幼失怙恃不能自存公撫之成立為授室焉友人王若道蠱於後妻棄其子啟先公衣食之十餘年不勌某友繫獄需金數百營救金扃寘臥室獨以牡鑰授公屬取金雖其至親不與謀

也里有爭訟輒造門徵曲直得一言解去閒或出己財陰寢其事公信義爲時所重衆皆曰節母有子矣配嶋孺人處士某之女有賢聲撫介清不遺餘力其哺啟先也與幼子治安共乳若孿生者然公夫婦卒啟先義服三年如喪其親論者以爲宜公卒於乾隆某年月日壽幾十有幾 貤贈登仕佐郎嶋孺人卒某年月日壽幾十有幾子五曰佐國學生 贈五品階曰某曰某曰某曰治安孫幾人曾孫十幾人元孫幾十人入國學登仕版者以十數辛酉拔貢鹽課司提舉銜即選教諭湘瀚其曾孫也貴州補用知縣福謙花翎候補游擊定熙花翎候補都司福祥其元孫也烏虖公之後禩庶其顯融光大者歟湘瀚既爲公母邱孺人請 旌節孝列

傳於通志邑志復乞元度表其墓墓在縣南沙段劉家隴梨樹坡
峗孺人合祔枕壬嚮丙謹表之以彰潛德且勸凡爲節母子孫者

封奉直大夫林協廷先生墓表

余與林君湘瀚爲道誼交所居相距六里許其家世盍耳熟焉尊人協廷先生鄉里推長者既沒而人慕思之湘瀚既免喪將立碑隧道具狀屬爲表墓之文其言無虛美是能信其親於人者也案狀先生諱明命協廷其字也先世自閩遷粵自粵遷平江余嘗表其祖墓詳之矣考諱佐國子生　贈奉直大夫有子五先生最幼初業儒工楷書父以食指繁命析爨諸兄多出治生或館於外先生以父老尙瑣瑣憂家累乃棄學躬任其勞父性嚴諸兄多受譴斥惟先生遇事慊其意其委曲調護有人所難言者性淡靜寡嗜好胷無城府平生未嘗耳語有私屬者若弗聞也亦未嘗與人有

違言人或欺謾之不爲意或告之亦不信曰彼豈有是哉林氏之遷平也在康熙中葉歲久譜系闕如服屬親疏無所紀先生倡修族譜積歲乃潰于成家故貧老屋數椽氏不足補葺以草居之怡然年逾四十即棄世事以典籍自娛課湘瀚讀甚勤尤勵以實行數手書格言畀之不甚望其進取湘瀚甫冠爲諸生冠其儕充咸豐辛酉拔貢嘗讀書嶽麓城南先生罄所居積貲之屢輯勸善書剞劂費不貲先生稱貸以集事及湘瀚從軍皖南購書數千卷歸先生則大喜手寫其目錄恣觀之好行利濟事食穀稍有羨餘必減值以糶貸者不責劵歲大歉則并蠲其毋金尤喜談因果聞者多化服之烏虖道俗之敝久矣即以吾里論兒時所見諸父老卒

眞樸有古風。近則曰趨浮薄。力敦古處者無幾人矣。先生存。曰鄉之人往往有歎而言者。曰庸言庸德。惟先生最有恆。終其身如一日。可師也。及其歿。則又有歎者。曰先生之存。鄉之長者常有所聽聞善言以戒其子弟。少年之弗率者莫敢肆。今不復有斯人矣。然則古稱鄉先生歿可祭於社者。先生眞其人哉。先生援例從九品銜。終於同治十三年六月十二日。壽六十有八。娶某氏。 贈宜人。子三。長湘瀚。縣拔貢候選敎諭。加鹽課司提舉銜。 封先生奉直大夫。次淮瀚。從九品銜。次澤瀚。監生。孫八人。曾孫四人。女孫九人。女曾孫五人。葬縣東燕岩鸕鷀潭。辛首乙趾。謹表其行誼。揭於阡。以告來者。以塞湘瀚之孝思。且志那頌先民之慼云。

旌表貞烈　敕建專祠謝貞烈婦彭氏墓表

烏虖此大清旌表貞烈　敕建專祠謝貞烈婦墓也貞烈婦彭姓四貞其名長沙其所居地也年十六歸湘鄉謝嗣純同治元年春也逮事者繼祖姑吳孀姑俞也其貞烈奈何八年正月祖姑病婦與姑更迭侍兩閱月弗瘳功服夫兄謝嗣遠適來問疾留宿外廂遂有意外之變也其變奈何嗣遠人貌而獸行三月二十七夜漏四下彭感寒疾歸臥寢室嗣遠潛啟戶入揭其帳彭驚呼嗣遠遁憤甚自經者再卒以死成其烈也然則曷爲不卽死姑兩救之命白諸母族冀雪冤也母族距會城九十里適大水召之未卽至不虞有是

變也嘗絕粒數日以待仍不至乃强進溢米遂歸甯哭訴諸父母
也曰我一婦人男子夜入室不死何以自明也遂拜辭祖廟且徧
拜家人與訣也兄樹森烜送之歸復求死姑再諭以少待俟誘罪
人至寃乃可雪也既而罪人不至將不能待則口授訴詞屬樹森
書書竟令讀讀竟刺指血摹其上以鳴官也越日罪人得則嚙齒
裂眥手剪刀出刺其頭面及臂誓剚刃仇人胸也時罪人股弁無
人色不能出一詞也姑縛罪人鳴諸縣彭乃剪髮出佩玉哭與夫
訣尋入室沐浴更衣出拜祖姑姑並拜其舅氏乞善視病夫且爲
夫立後也入而仰藥毒發猶諵諵切齒誓撲殺此獠也既又自傷
不能終侍兩世孀姑爲不孝也其卒以四月二十四日昧旦蓋自

遭變後無日不求死淚漬襟袂皆血色般尺許至是乃獲死所得年二十有四也烏虖婦可謂烈矣其稱貞奈何則嗣純生十二年而病不通人事彭歸謝八年未成夫婦禮婦而女者也夫疾作瞠目上視恣箠楚僕婢莫敢近彭順受之無幾微見色辭也累世清宦家故貧事祖姑姑能謹以順其孝尤足風也彭卒後祖姑尋卒姑亦卒並銜憤入地行路為盡傷也嗣遠就繫畏罪自絞死長沙令某懼以疏防干議將更獄詞亡何令暴卒事乃得
上聞也有　詔旌表建坊入祀節孝祠從巡撫劉公崐請也繼奉
特旨建專祠總督李公瀚章援淮安陳烈婦故事以請者也初廣東巡撫某官知縣時妻死寇難已被　旌復請自建專祠　詔弗

許而貞烈婦獨得請部議援之謂情事較慘烈也烏虖貞烈婦可以瞑矣貞烈之世舉人候選通判名申甫其父也進士戶部員外郎諱永思其祖也進士高湻縣知縣諱邦鑑其舅也安溪縣知縣諱興峘其王舅也進士江南道監察御史諱振定世所稱焚車御史者曾王舅也葬馬龍山謝氏祖塋右乾首巽趾表其墓者平江李元度也

重修族遠祖母許太夫人墓表

自古開國承家發祥流慶匪獨其世澤遠也蓋亦繇內德懋焉其在詩曰有娀方將曰時維姜嫄曰爰及姜女曰思齊大任曰太姒嗣徽音其尤著者也國固有之家亦維然蓋雖有大小廣狹之不同而其德則一耳宋族祖妣李母許太夫人爲淮潭公諱志祥之配公年十四通三經眞宗朝由科目官知峽州擢知襄陽原配巴陵劉氏無出繼配劉氏生子二曰克勤克儉夫人其三繼也生子曰大鵬以子綱純貴封銀青光祿大夫食邑三百戶綱與弟純同登皇祐中進士綱官至輕車都尉純官知安慶軍事綱之子曰伯與通漢書仕至郎官純子賓王元符三年進士官司農少卿祀鄉

賢祠。若練溪先生儒用。登嘉泰二年進士。官制幹。受業朱子之門。祀十三君子及鄉賢祠。則夫人七世孫也。季簡先生用庚。登咸淳七年進士。官知潭州。祀鄉賢祠。則夫人八世孫也。吾邑文物科名之盛。莫著於宋。而夫人之二孫同科擢第。曾孫及雲仍並以甲第顯。勳業文章理學。萃於一門。何其盛也。而皆夫人所自出。然則夫人之賢可知矣。夫人生卒並佚其年月。以孫貴。當錄鄉君縣君晉郡太君之封。今亦無可考。以天聖辛未年葬東山獅子口乾柴潭純水之右。酉首卯趾。葬後一載。其孫綱純即孿生。遂同榜成進士。世以謂斯塋之應云。自天聖辛未迄今七百餘年矣。裔孫貢生原炳等重修夫人隧道。屬元度表其墓門。烏虖。事實之佚者不可得

而詳矣要其子孫累世貴顯爲名宦爲名儒流光史乘固赫赫若前日事微夫人之懿德莫能致也後之式斯墓者尚其敦護之而弗使騫崩也哉

贈儒林郎楊公墓表

烏虖自書傳所紀參以耳目所見聞凡潛德弗耀有蘊無施甚或享年不永齎志以逝者其子孫必顯融光大以竟其志事而又得守志代終之賢婦維持於絕續之交則其鬱積也愈久其發皇也亦愈遠若楊贈公晝堂其尤著者哉公諱光第晝堂其別字也先世自江西萬載遷平遂世爲平江人曾祖某祖某父某　贈儒林郎母某氏　贈安人公生而靜重不苟訾笑五歲喪母哀毀若成人旦必走哭墓次稍長嗜學然不好爲科舉文亦不就試嘗曰讀書所以學爲人耳聞達非吾事也以父年漸老兄素文弱遂獨任家枋督耕課讀外內井井生平自奉約不妄使一錢而遇利濟事

必罄其力尤好讀史鑑見古忠臣孝子節烈奇偉非常之士輒錄其言行可法者爲一編又錄高曾以來嘉言懿訓曰莫遺錄所夕寘座右陰以自繩削亡何疾作誡厥配吳安人勿令父知旣彌留以女及二子屬吳曰吾卽死爾勿過悲與其哭死夫孰若爲吾事生父九原當拜賜也又曰吾家文人多不遇宜修德守分以俟之言訖而瞑時道光二十年某月日春秋三十有三吳安人能成公志事舅孝課子讀綦嚴子二長舒英布政司理問銜　贈公爲儒林郎次舒萼優廩生光緒二年舉人女一嫁國子生胡興邦孫七人五年冬重修隧道舒萼具狀求表公墓烏虖歐陽子有言善無不報而遲速有時公有婦能守節有子能發名成業以亢其宗公

雖未獲出所蓄以有爲於世抑可謂道行於妻子者矣謹舉大略揭諸阡既表公潛德且勖舒萼益懋於學行以光公之令緒而無忝所生云

贈通奉大夫截取知縣伯父遜吾府君神道碑銘

府君諱傳敏。字慧超。一字遜吾。平江李氏。於光祿寺典簿諱萬才

贈孺人曾氏爲曾孫。於　誥贈光祿大夫縣學生諱自芳　贈

一品夫人余氏爲孫。於　誥贈通奉大夫國子生諱聖鐸　贈夫

人黃氏鍾氏喻氏爲子。府君序居長。喻夫人出也。初光祿公課子

嚴。通奉公及其仲弟家中。有文譽。郡邑試數列前茅。試學使院輒

黜。鬱鬱不得志。府君生而穎特。逾冠補府學生。報至。通奉夜告光

祿公。公披衣起。曰。此子差强人意。非汝曹比也。通奉憮然退。府君

尋廩於官。有阜子貪緣入武庠。廩生某爭之。忤學政。轉黜其籍。詰

旦。府君約同人廷爭。論正而婉。學政悟。立黜其人。道光癸未大旱

災大吏檄某郡丞來勘丞蠱於丁胥以不成災報衆大譁碎丞輿
於道丞以叛聞臺檄岳州參將領兵剿府君以試事在郡謁太守
力言平民無叛狀請急往撫輯守難之府君以百口保無事比入
境父老爇香跽馬首凡十數里守大悅爲請緩征事遂定當是時
微府君既且不測府君讀書嶽麓以文鳴充道光乙酉拔貢生逾
年就職州判將筮仕以疾歸舉壬辰鄉試經文策尤工主司以呈
乙覽乙未應禮部試閣學張公鱗賞其文置甲選亡何張卒於
闈遂被擯甲辰大挑借補新田學訓導居二年粵賊稔亂鄰寇不
時至縣尹施君濟出禦諸界而以城守屬府君賊兩從閒道撲城
並擊走之又帥鄉兵赴援江藍廳禽逆渠何賤苟敍功爲忌者所

抑曾文正公廉其實乃檄新田練勇赴軍前勦賊以施令子恩賓
及府君長子元嘉會領之甲寅十二月具疏薦府君及施令疏繕
矣是夕水師大營被賊襲焚不果上明年截取部檄至乃入都引
見　詔以知縣用又三年元嘉以直隸州謁選至府君已逾七
十乃曰吾老矣兒輩好爲之遂歸歸數月卒時九年八月十九日
也壽七十有一府君事親孝待弟和且厚畢身無閒言性健談雖
瑣事栩栩動聽工詩古文辭及書畫累主易州瀏陽昌江諸書院
經指授者輒手舞足蹈不自已於文章能自闢風氣弟子箸錄數
百人先贈公暨元度兩世及其門元度幼即邀獎詡經咫文筌得
麤識梗概賴府君發其端也府君行誼詳縣志及通志箸有課雲

樓詩文集以子貴　誥贈通奉大夫初娶徐氏繼孔氏　誥贈夫人子二長卽元嘉廩生甘肅揀發知府署肅州直隸州知州遇缺題奏道　賞戴花翎次元善廩生遇缺卽選訓導加國子監學正銜先卒女一適從九品銜鍾仰琛孫八人女孫四人曾孫十一人曾女孫七人葬上沙段楊家壠琵琶形某首某趾今制階三品以上得立神道碑乃碑之而系以銘曰

李氏遷平逾九百年世守一經四十四傳詩書發名達人匪一學術門庭至公始闢曰經曰史曰古文辭各有義法先民是師雖制舉藝號干祿學厥有高矩末容苟作惟公兼之魯國一儒以昌其業以淑其徒公竺內行孝乎惟孝以先覺後循循其教公試南宮

俺得俺失。及戰窮邊。剡章弗及。彼皮相者。謂公數奇。公學有傳。百世之貽。孫曾繩繩。以似以續。必有興者。楹書可讀。瞻彼福石。羣山所宗。我鍥貞珉。康此幽宮。

直隸布政使前安徽巡撫唐公神道碑銘

公諱訓方字義渠常甯唐氏曾祖侃縣學生祖恂父棣林並從九品銜三世並以公貴　贈榮祿大夫曾祖妣賀祖妣崔妣胡並贈一品夫人公生而敦敏年十七隸縣庠又五年餼二十人中又十年舉道光庚子鄉試咸豐癸丑大挑以教諭待銓時粵賊洪秀全等已陷湖北安徽江南三行省踞江甯爲僞都各屬土寇蠢動曾文正公奉　命督治團防剏水師躬治戰艦於衡州檄公督團丁平土寇三年春文正東征以公典水師副右營二月抵長沙三月賊再上犯自湘陰甯鄉陷湘潭文正檄水陸軍勦湘潭而自帥水師四營及陸軍攻靖港時各軍新募賊驟至水戰尤非所習四

月朔師潰曾湘潭大捷賊卒敗奔公辭水軍權領軍饟所七月湘軍東下公從羅忠節澤南克蒲圻復武昌又從攻興國之金牛堡初新田令施濟練民兵捍寇頗有聲文正檄其子恩寶募新田人五百隨征至是恩寶病歸文正檄公代公曰將與兵不習非計也乃資遣新田勇而募常甯勇訓練之命曰訓字營隸羅公部下九月公帥訓營規蘄州壁爛泥灘督隊出偵賊登龍磯以瞰蘄城賊出千餘人繞襲公後公鞭馬潰圍出右鐙系絕賊騎來追公跲右足以一足躡鐙手短刀反鬭馳三十里哨目扼山口揮旗賊疑有伏始退比還營三日不能步十月羅軍克田家鎮復蘄州公會羅軍及塔忠武軍於廣濟一戰復其城遂拔黃梅賊退保孔壠驛我

軍進次濯港敗悍酋羅大剛是夕賊謀襲大營漏五下公起巡閱刁斗聲不續抶守者大剛已潛薄壘驚而走明日戰孔壠賊悉力拒街口公帥壯士踏肩陟高墉賊仰見旗大駭傷一人後者繼上賊大亂諸軍乘之遂破孔壠十一月會攻九江城不下分兵略湖口屯灰山灰山者當鄱湖出江之口與石鐘山對峙明史所稱罌子口也公壁山上賊夜來襲壘將踰濠他軍營以夜不敢救但張火爲聲援公更滅火戒守者屏息以待賊近壘輒被創賊用火箭燒公幄從容撲滅之竟夕無敢譁賊技窮不復至然堅壘卒不能下各軍囘屯九江會水師大營被賊襲焚公與羅軍遂從文正入江西矣五年春別賊出婺源陷廣信府公從羅忠節暨李忠武續

賓蔣果敏益澧劉大令希洛進剿。三月。克弋陽興安。遂克廣信。四月。復德興浮梁。會賊陷義甯。文正檄湘軍進攻。六月。抵州城。賊壁城外雞鳴鳳凰二山。與城賊犄角。公營當雞鳴山下。賊先來犯。公力疾戰。督隊先登。賊驚潰。羅軍乘勝趨城。賊大亂。遂拔義甯。是役也。州人獨於雞鳴山下立石書唐公戰勝處。居頃之。忠節檄武漢。以公從。九月。克通城崇陽。羅軍失利濠頭堡。再戰。公營先進。大破賊。遂克蒲圻。公時已晉知府　賞換孔雀翎矣。湖北巡撫胡文忠來會師。進復咸甯。公隨文忠壁省城外五里墩。當中路。羅軍屯洪山。爲東路。別將當西路。環城皆賊壘。官軍進擣。率阻於長濠。六年正月元夕。公令營卒爲魚龍燈火之戲。輕騎循鮎魚套至藕塘。祭濠守嚴密惟藕塘恃水不設備越日選壯士宵濟入其牆斬邏者大隊乘之遂奪二大壘是夕公以三百人繞二城門走賊衆數千衆服其善謀五月援賊至豹子海公與蔣軍迎擊走之會襄陽亂民高二先結捻匪襲鄧州遂圍府城河南上變 詔湖北選將往援文忠以屬公令參領舒保領馬隊二百與俱公馳至斬犯令者二人居民始知有軍令賊自峪山來公急據山南之璩灣市賊遣黨五人詐稱廩生來乞救授以筆不能書斬之明日攻峪山賊敗援賊至又敗之賊回竄樊城公夜渡漢逼城下賊解圍退屯檀溪又追敗之遂復樊城追至呂堰驛賊伏市廛誘我公火其市盡殲之斬僞女將軍宋氏公料賊必繞襲樊城亟請舒軍旋師而已殿

明日果與賊遇大敗之賊退屯新野之楊集結捻寇誓來決死公議以馬軍直進當賊步步軍橫衝當賊馬又敗之賊走光化入房山先是鹽道常恩戰屢敗欲乘勢刷其恥乃止公弗進留屯老河口公斬詐充武弁恣掠者二十五人及通賊團長吏役姦民六百餘人遠近肅然衆遂傳唐公先微服至老河口嘗假宿陝西會館云公修髯偉貌治事得法外意士民畏愛之及去為立戎政碑常恩追賊至房山不能進賊陷宜昌襄陽戒嚴文忠檄公赴援及賊於南漳一戰敗之以公代理襄陽守七年二月川寇劉尚義破遠安犯宜城文忠慮賊入荊門檄公回援公曰賊陽言趨荊門欲誘我師出使南漳賊襲府城也今當聲言救宜城而急據武安堰遂

東行夜半折而南抵九仙觀遇賊賊駭退奔據武安城公進薄之賊迎戰敗明日再戰賊馬甚眾公領隊循山坡橫進繞出賊馬後方戰公馬中礮踣乃易馬再戰賊敗歸閉城不敢出胡文忠調都統巴揚阿來濟師巴陰助常恩主招撫下令趣公解圍公不可文忠方銜總督意主聯絡旗兵乃檄公撥禽高二先圍遂解邀二先於璩灣殲其眾二先遁是夜大雪公與舒君約乘雪夜禽之舒亦以書至語合會師進攻二先不戰走遇伏禽之餘黨悉平而巴都統所降賊復叛於穀城掠鄖房保山竹山竹谿保康興山文忠始思公言檄進勦四月賊踞武當山設三屯謀死守公繞出山後會陰雨禱於神雲開乃得進兵要害合陝西總兵龍澤厚軍分扼三

路五月三日破兩屯銜枚疾進又破其一屯餘賊保金頂金頂為貞武廟有石城賊憑城轟礮子雨下公曰仰攻傷士卒宜陽退賊無水必汲於九龍池乃可擊也夜賊果出汲擊之大潰餘賊乞降斬魁黨二百人襄郡悉定公先以克武漢功擢守巡道至是加按察使銜踰月　詔除湖北督糧道當是時李忠武攻九江急悍酋陳玉成合捻寇犯蘄黃以掣我兵公自襄陽赴之甫抵蘄前將敗績賊大至戰於望天畈大雨軍潰退屯黃州賊十萬分道至公與舒君當蘄水之劉公河兩月凡五十餘戰賊退宿松太湖文忠檄公進駐張家塝治碉卡以扼賊衝公審度形勢自蘄州達襄陽界皖豫者千里蘄有山曰四流其下為大關乃建卡八碉四壘五礮

壘七越兩月戚賊二萬來攻公帥二千人守之賊困而去先後平
賊壘三十有九　詔賞奇齊葉勒特依巴圖魯賊之犯麻城也官
軍併力防之以蘄州委公不復能相救公堅守拒戰凡三挫太湖
英山賊并攻克太湖袁端敏甲三時以太僕卿督師臨淮　詔公
帥三千人赴援九月奉　詔趣行十月李忠武軍覆三河官文恭
疏請公回保楚疆駐軍陳德園十一月禦賊南陽河大捷禽斬千
人九年二月公移屯荆橋　詔曾文正會師宿松而陳玉成亦糾
黨十餘萬屯潛太十年正月多隆阿鮑超蔣凝學三軍合二萬人
攻潛山之小池驛以公一軍遏太湖城賊鮑軍當前敵賊日夕環
攻死傷山積多公移巳軍入鮑壘俾鮑軍少休而令公移屯於中

往來策應甫築壘賊大上公恐其乘多軍也力禦之閱四時之久退輒爲賊躡軍飢壘未就乃退屯新倉是日公以一敗全四軍文忠急檄金君國琛將八千人出山後大捷於潛山之天堂二十五日公會諸軍擊賊羅山衝斬首三千禽渠帥二十有七明日分三道合攻平壘館數百俘斬八千太湖潛山賊並棄城走公以久勞引疾求歸文忠疏請赴糧道任　詔可之視事甫旬日擢按察使未半年擢布政使乃築長垣六里於魯巷要衝開通東南二湖與百堵闕相掎角時軍餉欠至二百萬公擇人勸輸選牧令釐漕糧嚴報解餉以不匱同治元年文忠駐英山病甚賊上犯黃州抵灄口會城兵勇悉出征而英夷輪船適至訛言夷寇相結居民恟懼

總督以下家屬盡遷居舟中公步巡城至臬司獄獄囚匈匈謀破械出聞公至乃止明日亂民直入公署公手刃二人衆懾服莫敢動有頃灄口賊敗去事遂定公威望自是益震皖鄂帥臣爭引重公矣皖寇曰捻匪與練總苗沛霖相結前後督師者爲勝保爲袁端敏爲蒙古忠親王僧格林沁勝主撫苗練袁主討而力不足李君續賓移撫安徽力言沛霖反側然不敢直攻苗苗亦不能戰畏湘軍虛名乃陽輸誠於僧王王許之李旣爲大言遣五軍分屯潁壽日久情見勢絀因母喪歸則亟謀退代者難其人以公長者特舉公自代得　旨命公署安徽巡撫而袁公亦遂連章乞病去公甫受事僧王疏請責成皖撫攻捻寇防西南兩路又以苗練方獻

城自贖民寇雜居皆令巡撫安輯公募新軍未至乃帥千五百人以九月抵臨淮臨淮防軍萬六千皆袁部穎壽戍兵萬餘則李舊部也僧王既撫苗練意頗抑湘軍曾文正愳啟釁檄蔣凝學一軍棄壽防廬疏言苗練感僧格林沁撫馭之恩不宜以湘軍逼處又檄蕭慶衍毛有銘等軍退屯廬江於是李部盡去僧王亦不肯駐壽州盡以屬公公駐臨淮號大營實止二千人號令不出三百里壹以靜鎮處之十月援廬州拒粵寇十一月敗捻酋李成於靈壁又敗之於棗溝二年僧王大破捻賊於渦南　詔公移駐蒙城攻賈圩克之僧軍北行苗沛霖謁公於蒙城公命撤練丁罷私局不從且恣掠公自宿州回臨淮初公疏趣李續宜出統舊部駐廬壽

李聞苗練已叛稱疾篤　詔補公巡撫公趣僧軍援壽州亦不至或說公曰事勢至此公當誓死而已不宜亟請援援至未必勝不至徒受畏葸名公嘆曰吾初將五百人出入鋒鏑今擁萬眾反怯邪兵不從北來愈勝愈蔓延徒淸淮渦何益吾極知請援示怯懦然得重兵扼齊豫有裨大局雖重得罪不計也會捻寇粵寇苗練合七八萬人來犯公迎擊連敗之　詔嘉其調度有方下所司議敘亡何壽州陷公與諸將力保臨淮　詔趣僧王及將軍都興阿援淮僧王遣陳國瑞趨蒙城都將軍遣富明阿趨臨淮國瑞號敢戰至則戰而敗富明阿與公論事不合十月僧王親援蒙城公始無前敵憂乃廣設間諜招諸練總反正渠魁張士端降遂取蚌埠

復懷遠懷遠復而苗逆老巢傾矣苗逆在蒙城聞失懷遠大驚夜突圍走爲官軍所殺於是下蔡潁上壽州正陽關旬日盡復公平圩勸農斬從賊者七十六人淮甸大安方懷遠之未復也蒙城賊勢盛富明阿密疏言唐某撤英翰軍故賊得合圍事下僧王案問英軍實屯故壘事盡誣而苗逆又已平王乃以公屯臨淮不援蒙城爲緩急失宜又言報克懷遠未明晰請下吏議　詔以布政使降補三年　命署湖北按察使尋署巡撫六月曾公拔江甯粤賊平官文恭上公功績　詔以畿輔用兵授直隸布政使至則理積欠清交代釐十餘年積案八百有奇四年捻匪北犯總督劉公長佑出征僧王戰死河南北大震五年春寇事尤棘公條上便宜六

事告總督總督令公自奏　廷議疑督藩有事不相謀或言清交
代過於束濕劉公覆奏徵言公精神有不周以謝言者遂奉　旨
來京另候簡用劉公尋亦罷官文恭代之疏請以公總理營務兼
統練軍守定州七年畿輔肅清文恭疏稱公秉性忠直老成勇往
得　旨優敘公乞假省墓歸遂不復出乃立經緯公所以敎邑子
取文武兼資義也劃腴產供其費修家廟置義田建寶塔哺棄兒
在官時族人年八十以上者歲有常餼至是仍主雙蹲書院以從
軍時曾受聘主講席而未就也蒲圻但公知常甯識公童子軍中
公官湖北迎至署嚴事之座主周君項流寓安徽王君桂就養直
隸皆擁彗郊迎躬上食人以爲美談清泉舉人唐如春與公同下

弟歸道卒公以藥餌耗其資斧又以所坐薄笨車載柩徒步歸其喪安仁舉人段遇隆居京邸病公已就館辭而出與段同居爲治疾越兩月不起又致其喪歸其篤於師友類此道光庚子元度與公讀書嶽麓後客京師相與賣文自給咸豐甲寅春元度入文正軍幕公來餞文正余嘗見公握手問近狀公曰將主講雙蹲余曰盍從戎王侯將相甯有種邪公曰善余因爲介紹遂偕行然自乙卯夏別公南昌不獲再見公矣公卒預知時日更衣端坐滿酌而逝光緒三年二月丁丑日也年六十有八湖北士紳最公治績請祀名宦祠　詔曰可配劉氏封一品夫人以孝行被　旌子鏡心道銜廣東候補知府敏貢兵部郎中準經鹽運使銜湖北候補知

府敏正以任子官光祿寺署正孫幾人曾孫幾人葬蘭江里楓樹
坪公之子具狀屬文其神道碑乃銘曰
衡鎮火維蜿蟺螃礴喆人挺生降神喬嶽顯允唐公起家以儒投
筆奮梃手砥豺貙饒信襄黃琱戈蠱指斧彼兇吭所當輒靡惟
帝念功　詔隸監司爾臬爾藩繫鄂安危頷頷淝渦其氛黲黷
天子有命往綏淮服狼獲四逼矛淅劍炊公鎮以靜在險如夷甚
語上騰浮雲蒼狗　天鑑孤忠鄂畺畱守狂猘鋋走三輔纂嚴有
詔趣公于蕃于宣　慈甯召對　天語嗟咨曰二百戰惟予爾
知公拜稽首感繼以泣治法兵謀誓罄臣力有　詔內召畱莞軍
符幾甸既清載騁高衢公曰歸與時止則止卻掃明農釣遊舊里

旂常節鉞勳在生民揆公志事有蘊未申散手騎箕山邱華屋淮漢遺黎同聲巷哭藍江宰樹嶽翠遥涵有碑墮淚一字何慙

頭品頂戴　記名提督借補長沙協副將韓公神道碑銘

光緒三年六月四日建威將軍頭品頂戴　記名提督借補長沙協副將固勇巴圖魯韓公卒於官春秋五十有一事　聞
特旨照提督病故例議卹異數也喪歸孤欽堯具狀乞為墓碑余與公昆仲交甚篤每歎公涖官制事有古名將風又嘗與公倡修附郭義冢三萬七千有奇及他利濟事其於公也習不敢以不敏辭公諱殿甲字賡颺先世自介休遷壽州遂為州人曾祖諱立本妣鮑氏祖諱學芝妣陳氏本生祖諱學文妣王氏並以公貴　贈
建威將軍妣皆　贈一品夫人考諱耀輝武學生合肥營千總咸豐二年殉難武昌得　旨賜卹建專祠　賞雲騎尉世職　贈建

威將軍妣高氏　贈一品夫人繼母王氏　封一品夫人公高夫
人出也兄弟五序居長貌魁偉腰大十圍有膽略少入伍補下蔡
汛外委遷安福右營把總咸豐元年聞母病乞假歸坐逾限奪職
二年粵賊犯湖南建威公奉調赴援以公從平巴陵土匪黃萬里
尋援武昌被圍公以偵探出十二月城陷建威自縊以殉公聞變
入城掩父屍賊麕至爲所獲置空室中環守之夜半公夢建威趣
之起起則拔賊所佩刀連刎數賊踰垣走莫知所適忽叢篝中有
光類前導者不數十武達江干得漁舠潛渡始脫歸明年武昌復
沿江皆賊壘公間關二千里卒扶父櫬歸四年安徽巡撫福濟公
檄公典護衛營以功補撫標左營把總遷潛山營千總調安慶五

年援柘皋大捷擢守備從福公攻廬州城垂拔公請毋戮脅從福公許之所全活亡算　賞藍翎六年除六安營守備七年進壽春鎮標都司兼領壽勇壁東關僞英王陳玉成來犯相持七晝夜出奇兵勝之玉成遁　詔加游擊銜八年調安慶營都司坐藕塘失利免未幾克天長復官十年補壽州營都司兼督六安合肥等屬團練劇寇龔瞎子擾壽州公以寡衆弗敵伏兵夜襲之賊敗走尋克廬橋　詔以參將用當是時苗沛霖就撫公知其反側請急除之免後患大吏不省明年沛霖果叛公又言淮南多忠義士未必甘從逆請招降以散其黨當事卽以屬公苗衆果瓦解同治元年今大學士合肥李公權撫江蘇檄公赴上海軍前始設製造局所

庀器皆利用合肥深倚之二年擢副將 賞換花翎三年拔常州以功 賞勇號加總兵銜補提標中軍參將尋移製造局於蘇州詔以總兵記名簡放四年晉 記名提督署督標中軍副將移製造局於江寧公建議凡歸標將弁月課以射分殿最而勸懲之遂下其法於各行省六年隨李伯相北征兼治行營軍械七年戡輔肅清 賞頭品頂戴八年借補湖南長沙協副將引 見得旨免騎射宋侍郎晉一見公佩其議論具疏薦之公之涖長沙也飭營伍遴將弁繕城濠兼領巡防營及開花礮洋鎗定鯨等營時土匪數發公言於撫部王公使各營更番巡戍匪黨爲斂迹又請創設機器局王公郇命公典其事城西韓家湖隄潰於水田數百

頃成巨浸，公請籌貲修築，鄉民賴之。城外叢冢，爲人畜所踩踐，公倡議築牆護之，且培以土。三營向有義學，教營兵子弟，日久且廢，公釐而振之，資寒畯以膏火。其他利濟事，罔弗舉。王公疏薦公識量閎遠，心地光明，曉暢戎機，一塵不染，行大用矣。忽遘末疾，卒官。時官吏紳民，異音同嘅，爭謂楚以南失一長城云。公竺於內行，事繼母孝，撫異母弟，無間言。自言武昌之難，誓以身殉，父所爲不死者，以繼母在堂，諸弟幼故耳。今弟各成立，庶可見吾父於地下。先是泰西人鬨於天津，公條上方略十二則於合肥相國，後又陳時務於王公，事雖不盡行，而公之識略可想見矣。公娶張氏，繼汪氏，並早世，贈一品夫人；再繼徐氏，封一品夫人。子欽堯，五品銜

候補主事欽舜出嗣仲弟殿爵女一適兩江候補副將楊榮恩葬某山之原銘曰

矯矯韓公用孝作忠父殉鄂難誓以死從遺命勿死茹痛卽戎卒殄兇豎剸刃仇胸奮槊大呼轉鬬千里在淮之陽在淝之涘兼庀戎械不窳不呰翼我元輔廓清封豕頷頷湘垣公來乘障選士厲兵維猶克壯作隄河西以捍江漲大星宵沈嗟失名將疊吏以聞優卹從

天維

帝念功下慰重泉壽春之里嵲嵲新阡勒銘隧道高並祁連

二品頂戴署湖南巡撫翟公神道碑銘

公諱誥·字錫三·涇縣翟氏·世居縣境桃花潭·曾祖諱錦華·妣陳氏王氏許氏丁氏·祖諱槐·翰林院編修·楚雄府知府·妣吳氏查氏·考諱愼行·縣學生·平鄉武強等縣知縣·妣趙氏·三世皆　誥贈光祿大夫·妣皆　贈一品夫人·公兄弟三·序居長·少隨任畿輔·耳擩目染·嫻習政典·道光元年·援例以府經歷發湖南·補寶慶府經歷·調乾州廳經歷·遷保靖縣知縣·歷署龍山瀘溪永順醴陵武陵諸縣事·所涖皆有名績·擢署鳳凰廳同知·廳治與鎭道同城·接壤黔粵·自嘉慶初平定教匪·練兵屯田·嵲然爲楚重鎭·公爲政洞悉民情土俗·每出必詳勘山川阨塞形勢·筆諸書或繢爲圖說·後二十年

粤盜起搖蕩我邊陲卒賴公戡定其得力基諸此矣父憂歸起補永綏廳同知會乾州款苗石觀保倡衆抗屯租莠苗孫文明應之勢張甚公密遣外委石含玉佯投文明誘至大鴨保寨擒斬之苗震讋就撫事聞　賞戴孔雀翎時道光二十八年也逾年新甯李沅發反總督莊恪公裕泰討平之公以治糧臺功擢永順府知府咸豐元年權辰沅道先是公察粤西伏莽將竊發嚴檄所屬治團練釐保伍蒐軍實繕碉堡陰爲之備至是逆渠洪秀全等踰嶺蹂楚窟穴於江東公蠲俸錢二萬緡助軍興　詔除辰沅兵備道加鹽運使銜而賊已竄踞湘潭陷常德駸駸逼辰龍關矣公親帥所部禦諸關賊偵其有備逡巡退而漵浦黔陽諸土寇忽揭竿起各

有衆數千公不動聲色以次殄馘之亡何桑植亂民李暉復叛永順彭盖南與相犄角匀黨攻永順熱附郭民廛公督師擊走之賊退踞釣磯巖路險絕壘石爲死守計公夜遣壯士從山後躡其椒乘風縱火賊驚潰自相踣藉墮巖死大軍繼至賊黨縛渠魁自贖未匝月十八堡悉平居頃之黔苗復稔亂始銅仁蔓松桃悉銳來犯鎮筸時防兵多調出餉且盡公登陴誓衆斥私財犒軍士感奮願效死屢出奇兵搏賊賊不支解圍遁公尾追鏖擊以次復麻陽克晃州賊自松桃來援又敗之遂銜枚疾抵松桃城下襲破之議乘勝規銅仁諸將以越境有難色公曰略黔正以衞楚也裨將某首請行公立解狐裘衣之衆躍起乃分數道爲奇兵轉戰至架梁

坡逼銅仁而壘城賊出犯我軍殊死戰賊敗棄城走三角莊地險
爲五洞最公誓眾曰巢不犁終爲後患非計也必掃此砦乃朝食
鼓而進立赭其巢逐北至石阡府境遂擒其魁而黔楚之邊以靖
七年遷廣西按察使調江西南撫駱文忠以邊防緊要疏留公自
是專以西路軍務屬公矣八年調湖南按察使　詔公仍留鎮筸
居三年始履湖南任尋署布政使當是時駱文忠銜　命督師入
川　廷議難其代者曾文正亦疏稱公曉兵事足勝疆寄
特旨賞二品服　命署湖南巡撫公感
上恩益自奮僞翼王石達開率黨十數萬犯湘中陷綏寗城步東
安道州岌岌公簡將才得江君忠義席君寶田周君達武王君永

章等各帥所部援剿往輒有功逹開竄黔蜀楚境以安而公亦以
積勞得疾矣明年乞假調理　詔來京另候簡用同治元年入
覲蒙　召對公以老疾乞休許之尋以鐲墊軍需　賞一品封典
並加涇縣文武學額二名永爲例公宦楚四十年精力萃於苗疆
苗民倚公如父母公視之亦猶家人父子致仕後僑居武陵歲時
膢臘苗民爭走謁公或獻食品時黔氛未靖公誡曰愼毋反則拜
且泣曰公在此忍言反耶其得民心類此苗疆自傳提刑練兵與
屯且耕且守且戰垂六十年號稱勁旅道光末軍政稍稍弛矣得
公起而振之又與粵黔賊終始以一障橫塞其衝如水有坊截然
不溢駱文忠倚公無憂西顧乃得專力援鄂援江援嶺嶠公功在

一隅利賴實在天下與傅公足相先後也公竺內行弟某官懷來縣知縣卒於任季弟某以江油縣知縣帥師勦賊死事公撫其子如所生居恆述先訓以迪子孫縷縷弗勌居武陵十四年以光緒三年六月二十八日考終邸第享年八十有三民苗聞訃爲位聚而哭有重趼千里來哭弔者尋請祀公名宦祠新例故官越三十年始得請然公自克銅仁士民已建生祠將世世奉嘗弗替三十年直一瞬耳其與傅公同享世祀也固可必哉公元配繆氏　贈一品夫人繼葉氏　封一品夫人子宗發知府銜湖南補用同知宗達同知銜平樂府通判　賞戴花翎女長適湖南升用知府曾德麟次適三品銜湖南補用知府潘淸三適同知銜候選知縣黃

逢時四適道州吏目劉德受孫三人女孫四人所箸有奏牘及籌
邊紀事四種葬武陵某鄉之原楊鶚部彝珍誌其幽宗發等立碑
神道屬元度爲之銘其辭曰
楚有巖疆介黔粵閒犬牙交錯古五溪蠻嘉慶平苗洗兵戢刃屯
政大興屹爲重鎮六十年來將才輩出無不平不陂鄰氛四逼顯允
翟公文武憲邦畢生宦轍不出苗疆粵震黔訌如蜩如沸公搤其
衝民爭敵愾內綏外攘七邑弗驚以攻以守以活邊氓
皇帝曰咨惟朕嘉汝假汝節鉞用綏南楚公拜稽首對揚　休命
治法軍謀坐而決勝積勩攖疾　詔許遂初頭江之曲寓公結廬
年躋大耋厭世而仙民苗走哭有涕洏漣功在生民報以廟食高

冢窅碑·永峙無極·

誥封光祿大夫周公筱風神道碑銘

軍興已來楚之南獨以忠義敵愾名天下立功建摩節領疆圻者肩項相望五等之封爛焉可謂盛矣然非無所本也父兄敎子弟自束髮授書卽迪以忠孝爲有用之學故雖遺大投艱試以執銳披堅之任爲生平所未習迄能有成功無他積之久故其流也光蓄之厚故其施也溥譬諸雲膚寸而合不崇朝雨遍天下而其氣觸自泰山之石譬諸水朝宗入海深博無涯涘而其源發自星宿海緜來葢有自矣故必有爲之前者後之人乃得日起而有功功就矣前之人或不及見則亦猶有憾焉有能及身親見之斯誠絕無而勵有者也晉謝太傅高臥東山圍棋賭墅蕭然物外及聞兄

子元石等破秦兵喜曰兒輩遂已破賊屐齒爲之折人知元與石同立不世功庸詎知謝傅之教督而裁成者非一日哉今甯鄉周府君殆庶幾矣公諱世耀字筱風先世自江西遷湖南遂爲甯鄉人曾祖某妣氏某祖某　贈光祿大夫妣氏某　贈一品夫人考友鴻妣氏某贈階如其祖若妣累世豪俠好施與至厥考家中落嗜善仍不輟有子五公其季也少好學潛擘洛閩之恉履其實不尸其名壯歲聚徒授經藉脩脯供甘膬年三十五始爲縣學生屢試行省不遇遂絕意進取而專課其子凡四子三爲郡邑諸生其教以忠孝爲本尤以立功報　國爲兢兢咸豐中粵寇跳梁公兄子今甘肅提督達武帥湘軍援川公詔諸子曰窮經以致用也今

天下多故正男兒報　國之秋其各杖策從軍以蕆吾未竟之志事諸子拜受命於是長子馭麟次子振瓊先後從戎入蜀所嚮並有功同治元年振瓊領偏師繇蜀而陝而黔公復遣振璋振瑝更迭以從惇惇以　國爾忘家爲勖薪俸所入半周戚族之窶者遇歉歲尤殫力籌賑貸其他葺家廟倚社倉除道治梁助興賢育嬰各堂經費並斥重金無悋色山西河南大旱災

詔亟行荒政公手書諭諸子各蠲俸助之振瓊需次川中時公嘗就養飲食服御如其素居年餘歸嘗言境遇何常惟心貴有主但事循天理卽富貴貧賤可度外置之也其平居教子孫多用此語馭麟以戰功擢參將　賞戴花翎振瓊繇府學廩生洊保花翎布

政使銜四川遇缺題奏道　賞穿黃馬褂　賜號巴圖隆阿巴圖
魯全黔肅清　賞二品封典尋晉從一品勳平馬邊夷　特賞正
一品封遂封公爲光祿大夫配譚氏爲一品夫人振璋出爲兄後
繇府學生洊擢貴州候補知縣加同知銜振瑝繇縣學生保候選
同知公皆及身親見之烏虖茲可謂積之久蓄之厚者矣今夫溝
澮水盈涸可立待惟混混原泉爲有本至金羽本不敵也然積羽
可以折軸硾金至一葉則噓之可使飛空然則積然後流厚斯能
久其理本至常而天人感應之說猶後也公以義方教其子而卒
親見其成功拜　累朝之　誥命其眂東山屐齒之折何多讓哉
公可以含笑九京矣公以光緒四年八月二十八日考終里第壽

六十有五女三人適陳適許適王孫五人女孫四人葬四都九區
之肇嘉衡乙首辛趾兼卯酉振瓊具狀屬文其神道碑乃銘曰
喆人勵學惟忠惟孝移孝作忠義方之教於爍周公不顯其光有
賢子四百夫之防彼嗥者豺横噬嶺表越川陜黔厥鋒兇狡
皇赫斯怒振旅濯征公命四子投筆請纓以戰則克以攻則取以
獮以禽以夷其阻維
帝念功功懋懋賞武達文通淩煙寫像　褒綸　三錫有　命自
天封公極品慰公遐年教云備矣志云繼矣生英死靈成功退矣
潙山崪崪資水環之祁連高峙鐫此銘辭

清末民初文獻叢刊

天岳山館文鈔

（第四册）

［清］李元度　撰

朝華出版社
BLOSSOM PRESS

天岳山館文鈔目錄七

平江 李元度 次青

序跋 書後

孔安國曰序所以序作者之意文章辨體曰序緒也序之體始於詩大序姚姬傳曰前聖作易孔子爲作繫辭說卦文言序卦雜卦之傳以推論其義又詩書皆有序而儀禮篇後有記皆儒者所爲也其餘諸子或自序其意或弟子作之莊子天下篇荀子末篇皆是也曾文正曰序述他人著作者繫辭外如禮記之冠義昏義皆是後世曰序曰跋曰引曰題曰贖曰說曰解曰書後皆是也古序皆列本書之後觀於經則易序卦書序詩序皆在後今詩書序移於前則僞孔傳及毛公爲之也觀於史則史記自序漢書敘

傳皆在後觀於諸子百家則自莊荀外若法言越絕書論衡潛夫論文心雕龍之類不勝數序皆在後也然而法言序曰詩書小序並冠諸篇之前所以見作者之意也然則移序於前繇來久矣竊謂序列前則觀者一展卷可得其義例相承既久似不必仍泥古法惟顧亭林謂古者書不兩序則誠篤論也今人動至三四序贅矣跋與書後皆序類也今附焉

天岳山館文鈔卷二十四

歐陽坦齋師文集序

嶽麓在湘江西衡山七十二峯之一宋朱張講學處　國朝耆舊主講席最久者爲羅愼齋先生而坦齋夫子繼之各二十有七年湘人士無不宗兩先生者道光己亥庚子歲元度及坦齋師之門所以啟掖之者甚摯嘗侍坐風雩亭從容請益問詩古文法師詔之曰若知立言之要乎今夫立言之道莫著乎易家人之象曰君子以言有物夫有所爲而爲之謂物必讀書深見理明博究乎天道人事物理之蕃變乃能指事類情持之有故所謂物也孔子釋乾之九三曰修辭立其誠惟立誠故有物否則雖強自彌縫亦記

所謂不誠無物者而已惟詩亦然詩之爲教微矣古之人未嘗欲名其詩也而固已有詩雖野人女子農夫皆能自言其情情之所至而詩自至蓋性情得其正斯能合乎溫柔敦厚之教而無伉厲怨誹纖靡之病不惟作者之性情見讀者之性情忽不知其何以易焉今人以詩爲博聲華爭壇坫之具自汨其性情舍己之詩以摹擬古人之詩詩之所以衰也尹吉甫之自頌曰穆如清風而孔子贊爲知道道豈易言知哉肆而爲伉厲激而爲怨誹流而爲纖靡皆無與於性情之事者也蓋吾師教人其大恉不外此越數年師歸道山學者既祀諸講舍復得　旨祀鄉賢又二十年當同治乙丑元度客長沙喆孫信甫太守將鍥其遺集屬爲之序既讀而

卒業乃喟然曰師之所以作卽其所以教者歟師性孝友在臺垣建白皆關大計年逾强仕卽告養歸少從愼齋先生游繼主嶽麓益以培養人才爲務其積於中者充實不可已故其發爲文章者俯仰揖讓有廬陵文忠公風求一言之不出於誠無有也發爲詩者皆自眞性情流出蘊藉風雅求一言之近於伉厲怨誹纖靡無有也斯其爲古之立言者歟元度恂愗無似謹次吾師垂教之語諗天下後世之讀師文集者回憶執經請益時忽忽又二十七年西望麓峯煙雲繚繞謦欬如新薆不勝泰山梁木之感云

學愈愚齋賦草序

賦爲古詩之流與騷雅相出入漢魏閒作者林立唐以詩賦取士始變爲律賦猶古文之爲時文也近代因之而詞館中尤視此爲殿最然古今文人不盡出於詞館居館職者亦未盡足饜天下人之心考翰林設官自唐始本內廷供奉之名不必皆用文學也宋尙沿唐制明始重其選非進士不得入館非起家詞館不得長內閣然明人館閣詩賦傳者寥寥其時雄長詞壇及號稱古文家若北地信陽于鱗元美昌穀庭實華玉中郎伯敬及遵巖荊川鹿門思泉震川諸君雖舉進士皆未與館選若枝山伯虎友夏千子諸君則僅登鄉薦若衡山石田茂秦次楩伯穀眉公松圓諸君則皆

以布衣列文苑傳計傳中人膺館職者裁三之一耳豈詞館不足以盡人才歟抑才之超逸者固不藉詞館增重歟　本朝重館職略與明同近百年來律賦中鉅手推吳穀人顧耕石鮑覺生三君皆曾與館選而所爲律賦獨能探源於漢魏六朝以自成其體格匪第賓賓焉以館閣重也年丈劭青先生少負奇才工詩古文及詞曲而賦尤工弱冠登拔萃科　廷試高等尋舉京兆顧不獲掞其所業與館閣諸君競一日之長中歲出宰黔中擢丞守以養告歸褰羊林下意怡然適也元度束髮即受知先生讀所著律賦輒私淑焉其賦神韻似穀人洗鍊似耕石遒逸似覺生奄有作者之長而世顧以未與詞館爲先生憾然觀近時館課詩若賦高華者

有之其拘忌諱研聲病者率多磨礲去圭角眞味索然使先生早歲束縛其中必不能探源漢魏六朝以自成其體格可必傳於後世無疑然則先生正以不受館閣之繩尺乃得與穀人耕石覺生諸君相雄長也抑凡欲於館閣中傑然自立者庸將取的於此而早自異焉知此乃可與讀先生之賦及詩古文矣

移芝室文集序

叔孫穆子論三不朽首立德次立功又其次立言而歐陽公則曰修之身矣不施於事可也況於言乎然使世無六經四子書人將不知有堯舜孔孟是德且恃言以傳功無論已顧六經四子不可以文言而古文實立言者之一體歐陽公所云特爲勤一世以盡心於文字而於世毫無損益者悲耳豈以概天下古今之立言者哉竊嘗論古文家因言以見道其體至正其途至狹其義法至嚴自周秦以來若左氏賈董晁劉馬班以逮唐之韓柳孫李宋之歐陽蘇曾王能成一家言者不過十數人可謂艱矣元明作者厤列求能闖八家之堂奧或尚歉焉方侍郎云此雖小道失其傳者七

百年直綜北宋後言之也孟子之序道統也由堯舜至孔子皆五百年而一興最後乃得宋五子合前後計之蓋十數人耳而古文家之難其人乃適與之埒彼漢唐下屠沽刀筆之徒乘時會以立功名秉麾節胙茅土者乃反不可畢數其難易抑又殊矣然則當吾世有志於古文必毫傑之士能自立而獨爲其難者也年丈性農先生胎胚家學負異稟志趣拔於流俗年逾强仕始通籍遽請急歸杜門著書自樂其胸中常有不能忘天下之心而尤以人才爲急會中原多故劇盜數駭所見吏疵民瘼及時務所當設施壹於詩古文發之文本經術而因事設辭能曲盡萬物之理海內知言之士推服無異辭元度二十年前獲讀其家傳心嚮往之近歲

過從益密讀其文觀其所以云之意視古之立言者抑何脗合也豈非得於天者既異復以古人爲祈嚮故能卓然自立而不朽歟世不乏魁傑駿雄之士笞兵走萬里外徒手取將相用功烈震爆於當世先生視之要不樂以彼易此也讀先生文者固當於古今數十人中求之哉

綠依草堂詩序

道光己亥庚子間元度讀書嶽麓其時鄧湘皋年丈輯沅湘耆舊詩而研生先生助之蒐討元度方少未獲操杖屨聆緒論然心嚮往之臮咸豐甲寅元度從湘鄉相國東征壁城南妙高峯先生欵軍門計事始及見先生時城晝閉縋而出入夜輒宿戎帳中蚊蝱噆膚不爲止有黃金臺畔露筋祠之謔是年秋相國克武漢手書招詰嗣伯宜入幕府元度與爲莫逆交明年從相國入江西元度自領一軍屯湖口先生省相國於南康嘗小住湖口有詩存集中踰年歸當事聘撰褒忠錄錄軍興以來死事者各爲之傳書成又裒湖外先正遺文爲一集曰湖南文徵皆不朽盛業也同治乙丑

元度訪先生於荷池精舍別十年矣又二年元度自黔滇告養歸嘗事輯通志屬先生綜其事元度亦備寫官之役得共數晨夕會以詩集命序受而卒讀之竊歎先生人品高宜詩品絕出流輩也晉宋間論士大夫之品率以標格爲先讀南史至傅昭徐勉沈麟士諸傳所撰箸雖不盡傳而其清修令節愛素好古千載下如或見之蓋其超然埃壒之表不勢位而尊不功閥而貴譬則花之蘭草之芝禽之鸞鶴可親不可玩其得於天者清且遠矣先生邃於經術實事求是嗜金石通六書之指尤以文獻爲任好談楚南掌故莊諧雜出風趣盎然聞故家有叢殘秘帙輒禱祀求之數十年如一日在軍中力謝薦剡晚授芷江學博不就視天下事無足易

所好者前歲伯宜太守剿賊齿畺死事移孝作忠尤不負義方訓先生之性情學術蓋有非南朝諸名流所可企者惟沈麟士年垂耋手鈔八千餘紙庶髣髴先生近狀歟先生爲文獻所託大湖以南自宋元汔昭代所有藎臣故老才人節士諸箸述方賴先生以傳而先生之詩之傳更不可以世計矣至其詩清遠閒放品如其人讀者當自得之不待扣槃捫籥之說爲引喤也

鄒侍御遺稿序

瀏平雖異郡壤相接也雲階先生所居距余家百餘里道光戊戌仁和趙笛人師繇瀏陽尹量移平江元度以文字受知始注學籍先生故嘗及師門師以所鍥先生行卷見示元度讀而心慕之逾年先生成進士選館職又三年元度計偕入都先生適分校禮部試洎丙午典試嶺西又得讀其程文既聞先生入臺垣搤擊言天下事尋出守潯州母老不能迎養遂不赴官同治己巳晤先生於白蘭嵓觀察所先生歸且十年矣未幾歸道山大吏最其行誼以祀鄉賢請　制曰可先生所箸曰讀易辨疑遯谷集里居燬於火家嗣聞生學博掇拾灰燼之餘得奏疏樸文及四書藝試律若干

篇。益勵存十一於千百矣。先生在臺有直聲。而論黃縣賈相國奪情一疏。尤爲時所傳誦。元度一再讀之。竊以謂先生侃侃持正論。誠不愧古人。而其遭遇

聖明。朝奏而夕　報可。則萬非古人所敢望也。禮曰金革之事無避。孔子謂魯公伯禽有爲爲之。是必實任其事而後可。若漢之趙憙桓焉翟方進。晉之張華山濤陳準傅成。唐之于志甯房元齡呂諲崔貽範。宋之朱藏一史嵩之。明之李賢張居正等。皆非有金革之事者也。然而羅公倫劾鄧州。則終身廢黜矣。吳公中行趙公用艾公穆沈公思孝鄒公元標劾江陵。則幾死杖下矣。艾公吾邑人也。先生論黃縣。持議與羅艾諸公埒。顧非處不諱之朝。則讜目立

至迺
文宗手詔褒答云持論甚正已令其開缺卽日扶柩回籍矣烏虖以今準古非遇
堯舜之主烏能捷若轉圜若是哉然則先生雖未竟厥用而傳之史策卽一端已足不朽抑凡居言路者旣幸際
聖明舉可以盡言而不諱矣先生奏議多爲民請命得大體他文亦淵茂可觀茲第論其犖犖大者旣以申夙昔景行之願且爲後之有言責者諗焉

讀書延年堂文續集序

古詩人多不能兼工文，而文家之詩亦或不能並美。劉淵材嘗恨曾子固不能詩，同時老泉、半山、潁濱之徒，皆文過其詩；而歷代詩人若曹、劉、鮑、謝、李、杜、高、岑、白、陸諸公，則又專以詩鳴，而文不預焉。兼詩文而嚌其巘者，在唐惟昌黎、河東，在宋惟廬陵、東坡，在元惟伯生，在明惟茶陵、崆峒、弇州，在　國朝惟漁洋、竹垞、愚山、歸愚、隨園、蘭泉、竹汀、姬傳諸君子。荀卿子曰：藝之至者不兩能。自非絕人之才，兼人之力，未繇並造其極也。吾鄉承屈宋遺風，離騷、九辨諸篇，謂之詩可也，謂之文亦可也。流芬未歇，作者代興，而文與詩兼擅，則自茶陵後，滄洲、陶山、度西數公殆庶幾焉。甚哉，兼才之難也。

長沙熊雨臚先生。少負異稟。以文名。中歲客諸侯。縱游燕趙秦晉。間益肆力詩古文辭。其集已行世。海內推服無異詞。近裒其詩文爲續集。知言者爭先覩之爲快。彭麗叟既序其詩矣。又因麗叟屬元度序其文。會塵事倥偬。未遑也。先生貽詩二章速之。烏虖。元度豈足以知先生哉。古今詩文之傳。不專求諸詩若文也。必其人有餘於詩若文之外。而詩文乃與俱傳。先生襟懷夷曠。有芥千金屣萬乘之風。繇其胸次高妙。故詩古文吐棄凡近。其精神能不敝於天壤。不特近追滄洲陶山度西。抑且上希韓柳歐蘇暨元明昭代諸作者。殆天下之神勇。古之所謂大雅者歟。抑考前所稱古今詩文家。惟陸渭南壽逾八十。餘皆耆艾古稀而止。

聖清右文耆儒踵接漁洋竹垞隨園蘭泉姬傳皆踰及杖朝以外姬傳重燕鹿鳴而歸耆壽至九十有七則尤曠古文人所希遘也今先生年八十有三矣文境益高識益老精力不減少壯巋然爲湘中魯靈光非夫得天獨厚又能篤古以盡其才者耶余與友人談次及先生嘗戲舉古人語曰其文可及其年不可及也先生聞之將掀髯捧腹爲浮一大匏也夫

雅雪堂詩序

昌黎韓子論孟東野詩以謂物不得其平則鳴自天地古今人物皆以爲有弗平者其辭瑰瑋俶詭莫可控摶而於詩教則未盡也夫詭激之詞噍殺和平之音要眇邵子云感其物謂之情發其志謂之言言成章謂之詩聲成文謂之音詎必有所爲不平哉且其言風蕩水鳴似矣顧獨不曰風水相遭自然成文乎而必激之梗之炙之乎雷鳴夏風鳴冬似矣若蟲鳥則自鳴其天耳四時相推敚何不平之與有莊周之寓言屈原之離騷似矣禹咎陶伊周孔孟之徒天假之鳴者也烏覩所謂不平哉記曰溫柔敦厚詩敎也詩曰神之聽之終和且平然則以不平論詩不若以和且平論詩

爲不失依永和聲之恉也吾鄉以詩鳴者莫盛於邵州之新化湘臯年丈輯資江耆舊集廣之爲沅湘耆舊集於時彥獨推磵東爲詩老此外作者麻列皆其善鳴者也同年資山學博於磵東湘臯爲邑後進負經世才性情尤篤厚雅不欲但以詩鳴而其詩則沖和夷懌穆如清風得雅音之正韓子所譏淸以浮數以急淫以哀弛以肆亂雜而無章者皆不入其毫端庶幾不懈而及於古矣顧不獲登承明著作廬和其聲以鳴

國家之盛年且老猶屈儒官窮年矻矻不自休宜若有所謂不平者讀其詩充然自得無幾微感慨悲歌不自聊之意卽其所養可知矣予與資山交垂三十年每見其詩輒進非善鳴者能之乎始

知韓子不平之論，蓋專爲窮愁之東野發，豈以概夫下古今之鳴詩者耶。資山重次其集來徵序，爰書所見質之邵州多詩人，計不河漢予言也。

金粟山房駢體文序

自昌黎有八代起衰之目，凡號稱古文家，率右韓柳而左徐庾，非笁論也。天地之道，有陰陽則有奇偶，相須而行。人受天地之中，資五氣之和，故發言引聲，和言中宮，危言中商，疾言中角，微言中徵羽，莫非自然之體勢。孔子云：物相雜，故曰文。又曰：分陰分陽，迭用柔剛。相雜而迭用，文章之能事盡矣。歧奇偶而二之者，皆毗於陰陽者也。毗陰則支，毗陽則鶩，如是豈足言文哉。駢體文造端於六經，引伸於百氏，秦漢六朝暨唐初四傑，類皆理大物博，文質相宣，至用之廟堂，勒諸金石，尤於此體爲宜。韓柳文皆自東京六朝沈浸而出，韓之才力大，能盡變其面目，柳則天不假年，規橅之迹未盡化要其所從出不可誣也宋歐蘇氏出以東京六朝爲文儆不肯爲亦不能爲卽其所爲古文者視昌黎河東亦復有閒此惟邃於古者辨之望溪力詆柳文固緣性不相近抑其所從入者殊歟蔡文勤選古文雅正兼錄駢體文正其深明正變之故李申耆先生駢體文鈔則自秦漢及隋賈董馬班匡劉之文具在與姚氏古文詞類纂葢相輔而行焉　國朝駢體舊推迦陵厥後吳山尊論次八家穀人稚存淵如顨軒諸君各闢生面其於東京六朝皆寢饋而漁獵焉者也鑄菴先生以名進士歷宰閩楚學道愛人有循績所爲詩旣大昌於時近攝篆吾邑復梓其駢體文問世余讀之遒逸似穀人遒峭似稚存源本經術似淵如顨軒高而不柧華而

不縟知其探源於東京六朝者富矣會以弁言見屬爰舉古今文質升降之故與其源流合一者書所見以質先生未知其果有當否也

金粟山房詩集序

詩者人之性情人無古今各自有面目志趣與其出處遭際悲懽離合之情情之所感不能已於言則咨嗟詠歎以出之而其時之治亂通塞論世者亦藉以考見故曰詩性之持也誦詩三百歌詩三百舞詩三百各持其性情所得而莫或同焉陋儒界唐宋矜格調斤斤然操葭黍圭臬以繩其出入語漢魏者不讀唐以後書入主出奴畸出爲勝而汔莫能定不知詩無他各言其性情而已漢魏六朝詩不同於三百篇唐宋詩不同於漢魏六朝而蘇李贈答曹劉倡和李杜韓蘇之述事言懷千載下如親承謦欬則其人固未嘗亡其交亦未嘗散也淵明之飲酒景純之游仙康樂之登山

太沖之詠史各有所以傷心之故特借題發之未可契舟而求劍也後之人既各有性情寄託矣其發爲長言不必盡求與古肖但各抒其情情之至者自不可磨滅否則洞壑奧窔古人已盡闢之矣何取乎塗附貌襲哉張侯鑄菴粤西名進士也歷官閩嶠移湘南所涖皆有名績而詩則胚胎家學尊先公伯治先生以京江耆宿宦桂林遂家於粤與德配錢恭人相唱和名動公卿閒梁茝林中丞尤推服焉鑄菴能承其學益大昌於詩其辭和以舒其志廉以達其言情綺麗而不佻殆得性情之正而動以天倪者歟會以集屬序予謂侯之詩義近乎國風音合乎天籟覽者當自得之無俟稱說惟古今詩人各有自得之致不自規仿而出不因風會而

移蓆古日月光景常新落落然直攄胸肊則當與侯縱論焉而莫
予逆也遂書以質海內之稱詩者

養雲書屋遺詩序

古忠臣烈士致命遂志其精神長留天地閒固不藉語言文字傳也然其人旣不朽矣又能以文章震爍於世世世益相與嗟惜而傳布之若屈子之騷顏魯公之文張睢陽之詩文信國之歌及贊皆皎然與日月爭光自時厥後凡忠烈耿著者其遺集行世皆獨遠雖作者不必藉是傳而不忍聽其湮沒不傳抑後死者之責也從兄擴湖負氣好立名義摯從中與余尤莫逆束髮時私論行身祈嚮兄顧爲言官抗疏劾權貴用直聲震動天下不則取一障乘之爲生民興除大利害廟食一方視時俗所趨意夷然不屑也時方

同治制舉業間學爲詩古文兄語余曰文字者人之精神也精神能壽千百世即傳之千百世能壽十世即傳之十世自六經外諸子百家所傳之久近壹視人之精神爲量自非讀書多義理充實於中不能襲而取也夫理譬諸米穀文炊而爲飯詩則釀而爲酒也故詩必醞釀深厚而後眞性情見焉兄論詩甚嚴不多作偶涉筆則剛勁之氣流溢楮墨間余戲規其有北鄙殺伐聲葢其精神與性質之不能自揜者如此遭時多故卒以忠義著同懷兄弟三同日授命平生志事未竟其萬一即其擘摩於文字間者亦未極其才力之所至葢不意其以是止也然吾聞人之於天也以道受命忠孝節義乃天地所寄以爲心而紀綱乎人道者兄見危致命

較然不欺其志無慊於爲人矣即不傳一字精神猶足不做況所作又足以傳哉兄詩多散佚存者裁十三四耳然其磊落光明已偶然能自拔於衆然後知兄之舍生取義非第激於一時意氣之爲益觀其精神之所寄者知之也傳曰譬諸草木枝葉必類本豈偶然哉兄殉節後十有二年余始獲梓其遺集烏虖兄往矣是戔戔者雖未敢遽與左徒平原睢陽文山諸公並論然忠義在人心無古今一也所成就有大小廣狹醇駁之不齊於性分盩無二焉天下有人不足傳而詩或傳者矣抑豈有人足不朽而詩顧獨朽者哉願以質世之知言者

聽泉山莊遺詩序

從兄擴湖靖節通城之歲孤積楨年裁十有一已能屬文且學詩擴湖性剛厲督課嚴每歸自軍中見楨業日進意未嘗不適也憶余與擴湖同受業遜吾先伯時擴湖已成童余方舞勺兩人者質同而志相得共研席四年每斷斷辨論或雜以誚讓面發赤而胸中無纖芥嫌所居相去四里許偶讀書有得輒思面盡之平生多益友而尤以兄及何龍臣太僕爲本交自二君先後死王事余倘然失所依莊生云已矣臣之質死久矣所幸兄有子而才天機清妙世俗所紛營一不以綴意余嘗欲迪之學行期竟先兄之志事因其體羸善病則又開譬之使怡情山水閒以養其天趣每見楨

輒念吾擴湖淚承睫不能止也同治甲子楨籍於庠稍慰其節母明年九月遽以瘵疾卒年二十一有遺腹子眾曰必男也而竟生女烏虖天道誠有不可知者耶昔程伯子誌其子邵公之墓謂賦生之類雜糅者多精一者間值焉而數或不能久長豈理固如是耶盖各有所乘之氣而不可强也然吾獨疑天既夭閼之使不獲永其生矣而必賦是質也抑何心哉余倦游老將至擬闔家衕進子姓之才者相砥以學行又以其餘力擘求詩古文楨志識甚遠大可爲翹楚而今弱一个矣會刻擴湖遺集乃取其詩號聽泉山莊者得四十餘首附焉以見楨之才足大有立於世其齎志以死匪僅吾家之不幸已也

綠雲仙館詩序 代

史稱黃瓊幼隨父香在臺閣習見故事後居職達練官曹爭議朝堂莫能抗奪與子琬並爲名臣而韓退之稱房太尉之孫啟以謂生長食息不離典訓之內目擩耳染不學以能用此見喬木世臣漸漬於家學者素故能傑然自異於衆文章其一端也太谷溫雲心先生爲給諫之孫宮保尚書之子學士之介弟視黃房二氏尤稱其家兒九歲能文十五貢成均十七與兄同舉鄉試幼侍宮保公宦轍半天下通知當世之務及政教所宜設施所過名山大川輒賦詩見志中歲官比部郎勤其職長貳皆倚重之性遠榮利被服如寒素獨好爲詩與吳蘭雪程春海葉筠潭諸先生唱和無虛

日年五十有二歸道山學未竟其用獨其詩傳耳同治九年喆嗣味秋學使鍥先生詩集於湖南試院將還　朝來徵余序受而讀之高者逼漢魏餘出入大歷十子閒其情韻芬芳悱惻尤於君家飛卿爲近殆不墜宗法者歟宜乎名動海外朝鮮使臣洪顯周見而慴服乞手寫百篇以去也初先生夢中得句云小亭未到詩先到濃霧如雲撥不開越七年入秋曹登白雲亭始悟爲詩讖然其四十初度詩云錦瑟韶光賸十年壹似預知其年止五十者尤異事也烏虖詩特先生緒餘耳而其性情之溫厚襟度之夷曠已可得其大凡至其胎胚前光學有經法欲碻然見諸行事者固未盡其什一也學使能承家學掇巍科持使節有聲循茲以往畢先生

未竟志事一一發攄之以上紹給諫宮保之名德固當與黃司空房太尉爭烈矣獨大昌先生之詩云爾哉

倚雲亭詩序

建康爲古都會。吳東晉宋齊梁陳號稱六朝。顧六朝品自唐人其後爲南唐略與吳等。明之南都。視晉宋已下皆過之。然則在今日宜稱八代矣。建康既爲八代舊都。山水尤佳麗。歷代騷人韻士各得其秀傑之氣。蔚爲詞宗。遠者無論已。國朝詩家壇坫以隨園爲巨擘。同時蔣心餘太史並僑白下。迭主齊盟。後此若嚴冬友侍讀梅伯言戶部湯雨生都督並獨步江東。此外不可畢數。烏虖何其盛也。上元馬棣園先生。少負異才。受知康茂園莫寶齋萬和圃辛筠谷諸學使。爲博士弟子。有聲。應行省試輒不遇。橐筆遊楚越。歷齊魯抵京師。爲諸侯上客。所過名山川輒以詩寫之。一發其胷中奇偉之氣。間作小令。亦獨步一時。君所居紅雪樓。心餘故宅也。又與隨園長君藺郵大令相唱和。師友淵源。遠有端緒。故其詩若詞。清麗芊眠。芬芳悱惻。絕無巖壑枯槁態。蓋與其山川相稱也。初先生在康方伯幕中校課卷。得方伯雄太史文。激賞之。遂與訂交。延主家塾。課子弟。太史酷嗜先生詩。手寫數十首。藏諸篋衍。咸豐初。粵逆踞金陵。先生箸作悉燬於燹矣。同治甲子。賊平。先生之弟子陶晤太史。得所鈔存詩。幷道光丁酉所作序。乃授先生長君某斐太守。俾鍥以行世。並附所作詞。時太守方令咸陽也。余與太守爲患難交。會太守來徵序。受而讀之。慨然想見承平時風雅之盛。而今不可復得矣。烏虖。八代之興廢。如煙雲之變滅於太虛。曾不能一晌。獨其可以傳世行遠者惟文章耳。余以丙子春仲遊建康。登鍾山。泛莫愁湖。問津桃葉渡。求歷朝名蹟。率在荒煙蔓草中。及陟小倉山。訪隨園廢址。幾不可辨識。問紅雪樓無知者。蓋洪楊之亂。寶臺城後未經之變也。而先生之詩若詞。獨能掇拾灰燼中。歷劫而不壞。雖斷存什一。要可得其大凡。非夫山川秀傑之氣所鍾。有不可磨滅者在耶。然則欲復承平雅頌而起八代之衰。將必以先生是編爲嚆矢也夫。

東齋詩草序

咸豐乙卯余駐軍湖口蘇官渡上元馬棻斐太守避寇來歸爲邏者所扼余一見而偉之時君年裁逾冠同行五人江都陳伯義其一也留軍中帀月會張石朋大令至攜君等謁曾文正公爲請路引回籍文正亦以國士待君嘗解衣衣之石朋奉檄箸賊情彙纂以賊中事詢君又留月餘乃歸當是時君伯氏宰汜水君遂繇越而吳而中州尋籤仕爲縣令發秦中歷權鎮安臨潼定邊鳳翔諸廳縣補紫陽以軍功　賞戴孔雀翎晉秩二千石而余未之知也同治壬申石朋以哭文正公詩郵示且言君涖秦有善政於余尤每飯不忘余提刑浙中時君曾以書抵余問書得達否余茫然不

復省記葢與君別十有八年矣前書固未達也明年君調咸陽鄠書至與石朋所言合余數以夸於座人嗣是書問不絕執弟子禮甚恭而吾鄉人適秦隴者道咸陽爭傳君循蹟不去口以君之篤於故舊若此卽其爲政可知矣光緒丙子君以所箸東齋詩草來徵序開卷第一篇卽湖口見贈之作也君詩淸遒轉變壹以眞性情屈注其中能傳其尊人棣園先生之學爲之不已可必傳無疑抑吾觀古詩人衆矣而元次山獨以循吏爲仁人之言集中舂陵行及賊退示官吏諸詩令人且歌且泣夫詩至少陵古今所稱詩聖也而少陵推服次山至形諸歌詠且云得結輩數十人落落然參錯天下民其庶有豸乎其服膺至此君久持符節與次山比秦

中兵燹之餘視舂陵不相遠君能以次山之詩爲詩必能以次山之政爲政則卽以詩爲治譜可也世有少陵且將斂手推服矣況黔劣如余者哉君屢薦卓異治蹟冠三輔有子二並爲名諸生所就殆不可量詩其一端耳爰序而歸之並志相識之緣以著一時佳話惜文正蕘石朋亦久物故而陳生伯義者不知尚在人間否也俯仰身世感慨係之矣

敬業齋四世遺文序

自世官世祿之法亡凡稱號世家者率皆以才自拔起故有以功業世其家者矣以科第世其家者矣其以文章著者若談有遷彪有固向有歆察有思廉褱有頲洵有軾轍則曠世而一遇至若父祖孫曾累世相嬗而各以文名則尤未易一二數也時文雖小道然古之能自立者必有家法不獨漢之經師然也陰陽名法縱橫之屬以至農雜小說未有不能舉其家者況經義代聖賢立言者乎有明諸大家文各有師承其淵源可考而知也從高祖繡林先生爲文力追先正以明經累主昌江書院教子孫以通經學古爲先嗣爲菁莪負異才舉拔萃科與其堂兄穆亭孝廉齊名惜早世

未竟其用而稽山及其兄子欣園繼之是爲先生之孫若曾稽山少警穎試輒冠其軍欣園束身圭璧余猶及見焉顧皆久困諸生中未遇然四世一堂以遺經相授受孤燈風雨可泣可歌視人世一切寵辱升沈泊如也余嘗慨古今文人多不遇有明大家首推震川及大士皆垂老始博一第　本朝方百川王耘渠陳師洛周白民程風衣王鶴書諸公並以明經諸生老而其文皆横被六合卓然成一家言以不朽於世視彼巍科顯秩轉或羸焉然則先生四世其皆可以無嗛於中已從兄北垣能輯其先世遺文以存于澤雖未敢與遷固諸家並論要其漱芳傾液自成一家言未必不可與百川耘渠諸君子並存天壤孔子曰昔吾有先正其言明且

濤讀其文既可想見其爲人而尤願爲之後者胚胎前光以益拓其緒則卽以文學世其家可也

鄴園詩草序

天下事僞者不足觀眞者可久惟詩亦然莊生曰强哭者雖悲不哀强怒者雖嚴不威强親者雖笑不和惡其不眞也詩三百篇半出於野人遊女思婦勞臣率胸肌而語皆天眞所流露後世稱詩者但知研聲病較格律爭壇坫或豔風雅之名塗附而貌襲之淮南子所謂芻狗土龍之已陳則壤土芻草而已矣此無他其人胸中之天本無詩雖强作詩人語皆僞也眞者精誠之至吾所受於天者也必無有人之見者存斯眞矣宋元君將畫圖衆史皆舐毫和墨獨一史後至儃儃然不趨受命不讓解衣磅礴元君喜曰此眞畫圖者也烏虖動以天者固不可爲僞歟房伯鄴園先生高士

不也。躬耕自養似陸通。披裘拾穗似林類。帶經而鋤似倪寬。讀書不應科目。視世事曾不芥蔕。顧獨好爲詩。詩不蹈襲前人。皆自眞性情中出。蘇文忠云天眞爛漫卽吾師。先生近之矣。年八十有四乃終。殆所謂得全於天者耶。初先生病革時。先伯遜吾造訪。許刻其詩。先生神氣已惛眊。猶强起拜手謝。詩故不多。余爲板行之。以存其眞。且以完先伯之夙諾。於是距先生卒十有二年矣。每當空山月上。一再諷誦。如見其解衣盤礴時也。世有知者。其不以土龍芻狗視之也夫。

白雨湖莊詩鈔序

劉子元謂作史須兼才學識三長余謂詩亦然詩不可無才夫人知之矣然非胸有積軸擷六籍之華以爲根荄而又所處者高所見者大如黃鵠一舉知山川紆曲再舉知天地員方亦未繇吐棄凡近追古人而從之劉子政曰思然後積積然後流流然後發莊生曰水之積也不厚則其負大舟也無力而嚴滄浪獨謂詩有別趣非關理也詩有別才非關學也豈篤論哉吾平爲屈左徒行吟懷沙之地餘韻流風至今未沫元有胡敝軒明有艾和甫皆不愧作者余鳳笙太守余從兄海門子壻也少負清才以詩受知於張學使金鏞近益肆力於古所爲詩漻然以淸盎然以和毾毾然一

軌於正有國風之不淫而去其好色有小雅之不亂而去其怨誹三長殆庶幾焉余束髮時有志古文輟詩不作非酬和牽率終歲未嘗拈韻今倦遊老且至於文無所得詩益甘爲門外人來者之秀首屈指鳳笙傲軒和甫之墜緒徵鳳笙其誰屬矣抑吾聞杜陵號詩史入蜀後詩益奇偉陸務觀瓣香浣花劍南諸集乃尤勝王文簡爲　國朝大宗其菁華亦推蜀道集豈繇地足以廣其識識足以振其才才足以運其學故能鑴鑱眞宰斧藻羣言若琢筍饌深其爪出其目作其鱗之而也若縶怒驥踶齧介倪而羈馽不得施也若大塊噫氣嗃者叱者喑者嗚者鼓萬竅而怒呺並作也鳳笙凡三入蜀上三峽聽蝯聲泝白帝城入夔府弔草堂遺址擊汰

嘉陵江望峩眉翠色如在天半登高能賦其諸得山川之助者歟余嘗集杜陸句爲楹帖以贈其行曰短衣匹馬從李廣細雨騎驢入劍門蓋壯其遊也今鳳笙將入都謁選鍥其所作以質同好循茲以往學益老識益鉅才益恢且奇固將躋襄陽渭南之堂而嚌其胾不第接武胡艾也余安能測其所至哉

醉月樓詩序

吾平詩人自元胡儆軒處士明艾熙亭中丞後嗣音者寥寥蓋自朱十三君子以理學鳴後之治樸學者爭事闇修不以吟咏爲尚其好吟者才或不足以舉之故作者不數覯也族兄子瑛負著述才好爲詩其詩瀏然以淸盎然以和而又徧覽天下名山大川交當世賢士大夫以廣其聞見傳曰登高能賦山川能說可以爲大夫矣顧獨不獲芥拾青紫入承明著作廬和其聲以鳴 國家之盛年將五十猶挾一卷哦哦不自休殆所謂窮而後工者歟海以內虛懷好士者不乏人討必有知吾子瑛而薦尉之者虞仲翔得一知已斯可以不恨已曩余治兵章水子瑛來軍中談詩甚悉已

而別去游閩粵則詩益大進爲之不已其接迹胡艾無疑今將爲關隴之行過予草堂乞書其簡首昌黎云惜乎吾力不足以振之而其言不見信於世也子瑛行矣過周秦漢故都弔阿房華淸諸舊蹟出甘涼經酒泉張掖武威間攬其山川可慨然而賦矣而終南太華者又艾中丞謫戍時所棲止也今其集尚以終太山人名然則挹先正之流風遺韻亦將於是行得之哉

小瑯環園詩序

嘉定張東壁觀察既歸道山，哲嗣暨門下士，蒐鍥其詩爲八卷，詞坿焉，半君病中所排次者也。余卒讀而悲之，乃序其簡端曰：烏虖，盛衰得喪悲愉榮悴之感，豈不以其時哉。觀君詩益知之矣。君本畷城華冑，家世豪於貲，質庫相望，所居小瑯環園，擅水石亭榭之勝。君甫冠入詞林，讀中秘書，爲
天子侍從臣。當是時，年少氣豪，公輔可戾契致，故其詩多雍容而揄揚，此一時也。亡何粵嶠盜熾，竄金陵，蘇江介，君家毀於燹，先業蕩然，瑯環園廢爲瓦礫。乃出佐座師張文毅公治宣歙防務，以書生衣短後衣，挽强躍馬，日與鬥士健兒相馳逐，意氣不少衰。又以

其暇登黃山白嶽攬雲海擊節放歌其詩多激越豪宕此又一時也既而一麾出守涖楚南之永順地本溪州蠻服入
國朝榛狉始闢君不鄙夷其民用文學飾吏治歲再朞百廢具舉所識拔多知名士會粵寇犯屬邑君提兵擊走之比擢權首郡去父老童稚爭爇香攀送有泣者所箸溪州官牘識者推爲治譜其詩多采風閔俗之辭與元道州相出入此一時也居頃之爲忌者所齕未竟所設施自是投閑置散凡數年君夷然不以屑意嘗權稅衡州縱遊南嶽九疑之勝詩益以昌近權永州守七年其治如永順公暇輒搜剔八愚舊蹟與賓僚觴詠其閒詩多幽奇蟠鬱此又一時也蓋自時會推遷君且垂垂老比受代歸君意興亦漸減

未一年遂怛然化矣君性豪邁不問家人生產在官不名一錢食客常數十輩公廨不能容則旁拓幸舍居之揭債以資其用遇奇書及古彝器輒典衣購之朝炊不繼弗恤也愛才如性命士有一長譽之不容口其詩原本騷雅浸淫漢魏六朝而歸宿於唐宋諸大家不名一格蓋其澤於古者旣深所處時地不同壹以眞性情出之故余每展讀未終卷卽知爲君之詩也烏虖以恆情測之君蚤歲掇科第出爲二千石晉監司文章政事足以潤身而澤物抑亦可無憾矣庸詎知君之所蓄尙深博無涯涘每酒酣耳熱縱談天下事抑塞磊落之氣時露於眉宇間豈其中固有不自得者耶雖然人世之盛衰得喪悲愉榮悴皆有天焉以主之雖百年直須

臾也所恃以長存者眞性情耳而卽詩可得其大凡詩雖與時變易性情則始終一致也然則君之所以不敝於天壤者固有在矣其他幸不幸曷足道哉讀者能知君之性情別有餘於詩之外而不至與時俱盡是則君之所以爲詩者已

李蓉村詩序

李子蓉村世居天岳山之麓。光緒丁丑冬。余遊天岳。主其家。相與縱探丹崖石畝之勝。越三日歸。既而蓉村手詩稿二帙屬爲序。且曰某非能爲古人之詩也。以性之所好不忍弁髦棄之耳。余作而曰。吾與子遊山甫返。請以山喻可乎。今夫泰華衡恆嵩之分峙於五方也。若天之有五緯。地之有四海。遍垓埏無與並也。論山至五嶽宜若觀海難爲水矣。然五嶽外有四鎭。又有黃山白岳匡廬武夷天台雁宕羅浮之屬。各負其奇以角勝。卽如天岳爲南服主山。來自桂嶺。迤岳鄂諸屬而始盡。其峯岫之厜㕒洞壑之奇嶮。崇岡複嶺之岝崿嶔崎。視五嶽不必不同。抑不必同。必執五嶽以例天岳天岳不許也必强天岳如五嶽天岳且不屑也夫詩則亦若是已矣詩本性情自三百篇離騷漢魏六朝以迄唐宋諸大家作者衆矣法亦莫備焉然而萬古日月光景常新不能執古以廢今也古人有古人之性情面目今人亦各有其性情面目與其悲愉榮悴死生離合之遭有是事則有是情有是情則有是言詩又言之精者也是故離騷漢魏之詩不同於三百篇唐宋諸大家不同於離騷漢魏惡在今不必異於古所云哉必謂詩已盡於古人今人不復有詩是猶登五嶽者謂嶽之外無山則吾平之天岳禹跡蓋嘗經之古篆摩崖且與金書玉簡相輝映又何以稱焉蓉村負儁才作吏江西不獲行其志歸以事親課子爲職以朋友山水吟詠

爲樂事而於天岳諸峯則攀躋晤對凡席襟帶間皆嵐光所濡染也故其詩瀏而清盎而和樸茂而不纖仄爲之不已直造古人何疑焉抑吾平先達之稱詩者莫著於元之胡傲軒明之艾熙亭中丞兩公所居皆在天岳之麓距君家十許里耳兩公仕隱不同詩則同詩之意境不同而其追蹤古作者則無不同皆天岳之靈氣所盤結也君家面山而居朝暉夕靄沈酣而醞釀者久矣然則胡艾二公之後勁微君其誰與歸語竟遂書之以爲序

湖南文徵序代

大湖以南地廣袤二千五百餘里爲郡九廳三直隸州四轄州縣六十有六其星翼軫其山衡嶽九嶷其嶺都龐騎田越城萌渚其水沅湘資澧納眾流以入洞庭其物產白金丹砂水銀石英鍾乳橘柚之包竹箭之美楩柟杞梓之名材其文章則自鬻熊爲文王師著書言忠敬和嚴之旨爲子家所自始倚相能讀三墳五典八索九邱史學肇焉屈左徒作離騷後世尊之爲經而濂溪周子作通書太極圖說上闡苞符下開洛閩之學凡皆我作祖垂光後來斯文之統葢莫先於楚矣自唐廣德中置湖南觀察使湖南得名始此 國朝康熙三年置湖南布政使司而楚南北遂分兩行省

近歲軍興楚之南尤以忠義戰績名天下非夫山川雄厚淸淑之氣所鍾毓哉先是道光中新化鄧湘皋學博輯沅湘耆舊集以存文獻前總督長白裕公序之推爲鬻熊以後不可少之書顧其書存詩而不及文猶爲得半之道攷文章家總集有合一朝爲一集者若唐文粹宋文鑑元文類明文海之屬是也有合一州一邑爲一集者若宋有成都文類吳都文粹及會稽嚴陵赤城諸集元有宛陵羣彥集明有中州名賢文表新安文獻志全蜀藝文志三台文獻錄吳興藝文補諸集　國朝有粵西文載金華文略柘浦文鈔諸集是也其書並錄在　四庫藏之名山而湖以南作者林立獨未有專書非闕典歟同治四年某膺　簡命巡撫是邦時方設

褒忠局表章死事者湘潭羅研生中翰實綜其事又以其暇輯湖南文徵二百卷自元明迄今六百餘年名臣魁儒才人節士之文采摭略備計文四千有奇作者八百人仿中州集例人爲之傳誠楚南文獻一巨觀也余時見而善之爲告邦人官中外者各醵金助及余再任楚督書成邦人士徵序其簡首余惟專集之外有總集所以網羅散失晉萃菁華爲文家之淵藪蓋作者不必人皆有集有集矣不必能盡傳合爲一編斯其傳爲可久若綜郡國爲一書籍以考見山川風俗掌故暨學術政理之源流得失尤爲經國之大業湖外諸君子尚闇修不自弸㯲遺文逸藻往往散蝕於蛛絲蠹窟中及今表而章之而河岳英靈之氣悉萃是矣得此與沅

湘詩集並垂天壤閒、以無墜鬻熊倚相屈子濂溪之流風餘韻、俾讀者想見衡嶽之高、洞庭之深、其光燄所發、如金如玉如珠、如珊瑚木難火齊、雖霾蝕土壤、望氣者能得之、豈俾成都文類諸書專美於前哉、爲序其緣起、所以志斯文之幸也、

沅湘耆舊集續編序

詩有以朝代爲斷者商頌周頌是也有以地爲斷者十五國風是也古者太史陳詩以觀民風詩教達於天下而其時楚獨無風葢會盟征伐未通上國之故說者謂召南中江沱汝漢皆楚地其詩卽楚風也然自三百篇後楚辭出而騷且稱經詩之得統莫先於楚人矣顧春秋之楚與秦晉迭主齊盟至戰國則兼有荆揚豫三州之地南及黔粤漢以荆州分部唐以淮南江南黔中諸道分領之宋置荆湖南北路元置湖廣行省明設湖廣布政使司 國朝康熙三年分設湖南行省則兩湖又各自爲疆域焉大湖以南九郡四州三廳並以沅湘二水爲經流舉沅湘則湖外州邑盡之矣

道光癸卯新化鄧湘皐學博選沅湘耆舊詩集因地以爲斷葢古國風之遺也同治初湘潭羅研生中翰選湖南文徵與詩並行如驂之靳顧自癸卯迄今餘三十年矣作者代興聯鑣接軫又自軍興已來湘人士以忠義號召鄉人子弟起義旅平賊卒蕆大勳當是時將相封圻茅土節鉞之寄藎臣誼士之勳烈炳著於天下而文章之盛亦若乘機赴會以益襮其奇於是武陵楊性農駕部有耆舊續編之選既訖事命元度綴言簡端謹案楚南自屈左徒行吟汨水其徒宋玉景差唐勒及漢賈太傅後先賡和之澧蘭沅芷流芬至今未歇魏晉迄三唐代遠無徵全唐詩所錄湖以南止數家宋周子傳絕學爲洛閩先其時士宗理學不甚措意風雅鄧氏

耆舊集所繇託始於前明歟蓋嘗論湖外作者在明以李文正爲
大宗在　國朝以曾文正爲大宗何者李文正當成宏盛時雍容
臺閣振朱絃疏越之音雖北地信陽陵轢一世繼以太倉歷下卒
不能上掩茶陵同時若楊文襄何文簡石淙燕泉諸集皆與懷麓
並驅者也
聖清楚才彬蔚若王船山之經學陳恪勤楊文敏陳文肅劉文恪
陶文毅何文安諸公之勳業文章此外名卿魁儒才人節士所造
述並足千古而自曾文正公出則前者有所承後者得所宗蓋其
立言實自立德立功出其於詩古文能洞闢奧窔神鋒森然而又
手贊　中興大業用此見詩文之盛實與世運相表裏勝朝昭代

諸作者莫能出兩文正之範圍也湘臯研生牲農三先生俱與曾文正雅故湘臯卒文正表其墓於耆舊集三致意焉湖南文徵成文正特爲之序惜不及見續編耳綜耆舊前編正續編及文徵讀之白珩之寶雜次之典渚宮之舊聞悉萃是矣後有千古益從而賡續之以上嗣風騷振三百篇之墜緒洞庭衡嶽之靈秀固當日發其奇而未有艾哉

宋平江十三君子事略序

吾楚自濂溪周子得聖人之道於遺經接千五百年不傳之緒嗣是關洛繼起二程子張子紹明絕學再傳得朱子遂集諸儒之大成宋南渡有朱子猶周東遷有孔子也乾道二年朱子監南嶽廟與南軒張子講學長沙凡兩月紹熙五年來知潭州湖湘人士夙嚮學至是爭執贄門下坐席不能容乃重建嶽麓書院窮日之力治郡事夜與諸生講授無倦色當是時吾平李練溪吳伯英鄒行之諸先生實親承其指授未半載朱子還朝邦人士私淑之者益衆於是許仲明方明甫毛竹間魯寶潭方叔行萬子靜諸先生遂

從李宏齋黃勉齋饒雙峰康叔臨諸儒游以闡紫陽緒論實朱子再傳三傳弟子也烏虖大賢過化之地所居不過數閱月能使衡湘閒比跡鄒魯何其盛歟邑儒學舊有九君子祠肇自元代祀練溪伯英諸先生距今餘六百年矣祠湫隘既不足揭虔妥靈而九君子事蹟志乘中寥寥數語愈遠將愈失其傳學者多不能舉其姓字幾於數典而忘祖蓋諸君子當日闇修爲己不暇以文章著作自襮而自科舉興士相競於祿利志趣日卑近幾不知所學何事鄉先正爲何人是大可愳也同治戊辰吾邑重建書院元度諗於同志別建君子祠爲後學矜式既遐稽故籍摭其遺文佚事編宋君子事略爲鄉先生一存梗概惜世遠文獻無足徵勵存什一

於千百此則時爲之耳烏虖諸君子流風餘韻百世之下千里之外猶當聞風興起況生其鄉者乎是編也豈第網羅散失盡後死之責云爾哉誠望有志者論世尚友聆其嘉言懿行不啻躬侍几杖讀其往還問答書卽不啻親承朱子提命堅然自定其祈嚮是則孟子所謂豪傑之士無文王猶興者也尚何區區祿利之足云哉考朱子文集吾平之及門者尚有李艮仲先生杞及李先生雄當僞學獄起朱子去國僑西湖靈芝寺送者寥寥艮仲獨相從請業語類中甲寅問答其所錄也兩先生名蹟僅見宋元學案此外方志皆軼之尤爲可慨又許先生春伯亦嘗受學宏齋雙峯實九君子之同志而李草堂璠則志稱從朱子遊歸講性命之學而傳

僅列文苑中類次亦失當今並綴其遺事坿九君子後以志一時理學之盛至諸君子之學皆以朱子爲宗而宏齋勉齋雙峯蔡西山父子則紫陽高第弟子也淵源所漸遠有端緒因別集宋君子師友事略俾學者讀其書益想見其爲人抑更有說焉直省府州縣學各設鄉賢祠所以扶世翼教意甚深遠也今吾郡邑鄉賢入祀者九君子中僅濂溪仲明寶潭伯明子靜耳必並祀焉且益以三李先生而九君子祠亦當倂祀許春伯及三李先生乃無闕典有識者計不河漢予言也不揆檮昧擬昌言當道增定而釐正之於風教庶不無小補云

同治巳巳邑人士公言諸縣尹張公培仁請以宋君子吳公雄

鄒公輗方公[illegible]方公輗入祀府縣鄉賢祠又請以李公杞李公璠李公雄許公應寅增祀九君子祠縣上其議於司院巡撫劉公以　聞於是九君子祠改稱十三君子云

國朝先正事略序

李習之嘗歎魏晉以後文字黜昧雖有殊功偉德非常之蹟亦闇鬱而不彰而昌黎韓子則嘗欲作唐一經垂之無窮誅姦諛於既死發潛德之幽光論者謂其書若成當不在龍門扶風下惜乎其未就也宋朱子撰言行錄取並世名臣事蹟件系而條綴之爲後世法文雖不逮昌黎而其扶世翼教厥功懋矣嗣是杜大珪有名臣碑傳錄蘇天爵有元名臣事略徐鉉有明名臣琬琰錄項篤壽有今獻備遺皆祖述朱子之意以成書者也我 國家

列聖相承重熙纍洽炳焉與三代同風二百餘年名卿鉅儒鴻達魁壘之士應運而起者不可殫數其訏謨政績具在

國史類非草野之士所能窺而其遺文佚事嘉言懿行往往散見
於諸家文集中特未有薈萃成書以備掌故而爲徵文考獻之助
者元度山居多暇閲　本朝人文集遇偉人事蹟輒手錄之積久
成先正事略六十卷分名臣名儒經學文苑遺逸循良孝義七門
人爲一傳計五百人坿見者六百一十人亦當世得失之林也每
空山月上一鐙熒然披吟斗室中如與諸鉅公才人節士聯襟掎
裳親承其謦欬而上下其議論也如臨泰華嵩衡黃河瀚海之高
深莫測其顛委也如羅列商彝周鼎天球宏璧古光出几案莫敢
逼視也昔歸震川自恨足跡不出里閈所見無奇節偉行以發攄
其文章之氣今元度放廢歸田得網羅散失以成此編可謂極倘

友之樂矣稿甫脫適奉于役黔疆之
命以兩年心力所萃不忍敝帚棄之也爰付諸剞劂氏客有議其去取失當且悤促成書慮挂一而漏萬者應之曰是固然然以朱子之賢手訂言行錄如進王荆公黜劉忠定之類呂東萊汪玉山皆不謂然卽朱子亦自謂尙多謬誤況下此乎太史公作列傳二千年中僅七十篇循吏儒林則皆止數人耳未有議其疏漏者也惟是
國朝治跡磊磊軒天地遠邁唐宋元明世苟有昌黎習之考亭其人者出其文章以潤色鴻業斯不負千載一時之盛若蒙者所述雖皆奇節偉行文不足以張之終爲震川所竊笑耳抑又聞蘇文

定公曰古之君子不用於世必寄於物以自遣然則是編亦寄焉耳烏庸深較其得失哉客既退遂筆之簡端用以就正海內君子焉

國朝先正文略序

文運與國運相表裏也豈文章能移氣運哉氣運隆斯文章因以盛耳 國朝郅治邁前古不可以管蠡測而其最逴著者凡十數端三代下得天下者以漢明爲正然亭長也僧也於前代究有君臣之誼我 朝龍興東土與前明爲敵國明運告終中原無主吳三桂迎請入關定鼎葬莊烈帝以禮令臣民服喪三日於揖讓征誅外別開一局得統之正此其一

聖祖御宇六十一年

高祖御宇六十年爲

太上皇又四年各以一朝絜梁唐晉漢周五代而復過之白殷中

宗後無能企者享國之永此其一中國既大一統又合以東三省
內外蒙古前後藏及雍正中滇黔川楚粵改土歸流諸郡縣乾隆
中復蕩平準部回部拓土二萬里爲開闢以來所創見疆圉之廣
此其一國初平張李餘逆暨前後三藩所嚮罔敵後此平準噶
爾平青海平大小金川平臺灣平西藏平新疆其在內地則平甘
回平湖貴苗平川楚教匪平粵寇捻寇及黔之苗匪教匪滇及陝
甘之回匪皆若爇炎火以燎枯蓬武功之盛此其一自康熙三十
年至乾隆六十年詔普免天下錢糧凡八次蠲免七省漕糧凡
二次其餘因恩詔因軍務因水旱偏災蠲豁民欠者不可以億
兆京垓計蠲卹之優此其一康熙中減江蘇地丁銀四十萬雍

正初減蘇松一道地丁銀四十五萬南昌一道地丁銀十七萬乾隆二年減江浙地丁銀二十萬同治四年減江南地丁銀三十萬舉南宋前明之苛政以次除之減賦之仁此其一自古有丁卽有役康熙五十二年

特詔滋生人丁永不加賦雍正四年　詔攤丁於地別無力役之征官中有大工役發帑雇工給傭値如平人乾隆十一年停婦女編審二十七年幷停編審民間益相安於無事力役之寬此其一

功令死刑分二等曰情實曰緩決又有雖情實而不勾決者勾

因之日

皇帝賜大學士坐一一商推之講官科道侍先時繇部核定爰書

加以九卿會議法司簽商蓋自有司定讞至　予勾中更心目以數十計凡肉刑及夷三族廷杖下鎮撫司獄妻女發樂籍諸刑一概革除刑獄之平此其一自古宦官女禍至漢唐而極漢之十常侍唐之門生天子明之九千歲及呂武韋諸后覆轍不可枚數我
朝
宮闈肅穆內官不過六品斜封墨敕諸敝政一掃而空之　家法之善此其一前代人主率耽安逸明神宗至二十八年不見大臣
我　朝　列聖宵衣旰食無日不召見臣工文自知縣武自守備以上一一寓目雖在萬里外纖悉必　聞政治之勤此其一凡興朝於勝國諸忠義多讐視之　國初甫入關即　褒卹崇禎殉

難諸臣・欽定通鑑輯覽・命附紀唐桂二王事蹟・欽定勝朝殉節諸臣錄・凡明季抗王師殉節及建文朝殉難諸忠・並予專諡通諡・所以維萬世綱常也・忠義之崇此其一・凡降將宣力興朝・殷士祼將周京・皆締造時所不廢・然臣節當爲之坊・乾隆中・特命史館編立明季貳臣傳・得諡者追奪之・雖有功不貸・又・命貳臣傳分甲乙二編・俾人品仍有區別・以示萬世之公袞鉞之嚴・此其一・至若

聖學淵深・

天章美富・

聖祖御製詩文集百七十六卷・

世宗御製詩文集三十卷。硃批諭旨三百六十卷。
高宗御製詩文集五百餘卷。合詩文四萬二千餘篇古今儒生窮
年著述。無有希其萬一者。
仁宗
宣宗
文宗聖製奎章。後先輝映。並能超軼三五。
御集之富此其一。經史子集各門皆有
列聖欽定之書。發凡起例。悉衷
聖訓。至四庫館啟存書三千四百六十種。計七萬五千八百五十
四卷。建七閣儲之。以嘉惠藝林。爲中經新簿所未有。右文之化此

其一凡此十數端 國運所繫隆抑卽文運所繫盛也上有觀文
成化之
聖主斯下有立言不朽之儒故 本朝理學經學並稱極盛而論
文章則在順康朝有若顧亭林黃梨洲汪堯峯魏叔子侯朝宗王
于一貫子翼湯文正施愚山陳文貞計甫草張文貞李文貞陸清
獻朱竹垞潘次耕儲同人王崑繩姜西溟邵子湘諸家雍乾朝有
若方望溪李穆堂蔡文勤李恕谷劉海峯全謝山沈椒園馮山公
藍鹿洲袁簡齋朱梅崖胡稚威錢竹汀王蘭泉彭尺木姚姬傳張
陶園謝薌泉諸家嘉道朝有若惲子居張皋文許周生呂月滄李
申耆陸祁生吳仲旋管異之包愼伯陶文毅梅伯言龔定盦周星

叔魏默深姚石甫潘少白朱伯韓曾文正吳子序蔣子瀟諸家約舉其尤可謂盛矣顧　昭代之文莫著於文穎特其例專錄進呈及凡應　制之作故諸體未能悉備又　中秘之藏外間流傳頗尠其勢然也元度不揆狂簡謹用唐文粹宋文鑑元文類明文衡諸例輯　國朝先正文略二百卷文以體分計五十餘類爲篇幾千百有奇作者若干人蓋一代之文章在是一代之學術治術胥在是而氣運之隆可睹矣輯既成謹述我
聖朝二百餘年之文治超越前古萬萬者發其義以冠諸簡端

國朝彤史略序

古者婦人女子之行不出於閨門二南所載關雎葛覃卷耳鵲巢采蘩諸詩大氐安常處順之所作也而內德之懋王化之成即於此見焉其變者行露柏舟什伯中之一二而已劉子政傳列女但取行事足爲法戒不拘一格范蔚宗因之採才行高秀者著於篇不第傳貞烈節孝也魏隋以降史家乃多取殺身殉義之烈女人情重奇節而忽庸行故凡婦孺所歌泣里巷所震駭大率以堅苦卓絕爲難能而國制所褒志乘所採文章家所序述又爭欲借艱貞絕特之行以發其感喟激越磊砢不平之氣故其事尤著而其傳尤遠然貞孝節烈乃人所秉於天地之正氣彼婦人女子獨能

全其所受於天而之死靡忒是乃三綱繫命而乾坤所賴以不毀
者載筆者宜莫之敢忽也
國家敦崇禮教明章婦順凡節婦孝女既著　旌閭之典而烈婦
以死殉夫貞女未婚守志雖不著於　功令及胥吏疏闡輒奉
特旨予旌典蓋禮本中制不强人以所難能而又未嘗不深褒其
堅苦卓絕之操以礪世而磨鈍何其仁至而義盡歟新令凡貞烈
節孝應　旌法者許各州縣及學官徑達所司每歲終彙題朝上
而夕　報可以杜吏胥之苛索俾苦節不壅於
上聞而或力不能自建坊則各州縣又有總坊之制其作新而閔
恤之也至矣元度嘗輯先正事略於

國朝名臣碩儒循吏孝子義士既各紀其尤矣又念王化起於閨門爰採諸家文集參以志乘取婦女之貞烈節孝者各以類從共得三百餘人名曰 國朝彤史略蘄以發潛德之幽光而彰
聖清風化之盛昔桐城方苞嘗謂
本朝勃興眾皆以武功無敵於天下自君子觀之則
王業之本受命之符蓋於是乎在是言也其可爲知本者歟或曰
清興二百三十餘年矣所錄列女止此能免挂漏乎曰無慮也後漢書始傳列女繼此者代不過數十人明史時之最近者也列女亦止二百六十五人蓋其眾著者若此則凡未見諸紀載者可推矣遭變而不失其常若此則凡安常處順其篤於人紀而不必以

貞烈節孝傳者又可推矣。然則姓氏雖未盡傳，而其貞烈節孝既無歉於諸列女，則其順性命之理，而完所秉之正氣於天則一也。名雖湮滅而未彰，其人固已不朽矣。抑何憾哉。抑何憾哉。吾故具論之而發其義於此。

名賢遺事錄序

自有宇宙已來人道所以不敝恃有聖賢豪傑忠孝節義諸偉人磊磊然撐拄其閒所謂爲天地立心爲生民立命者此也其人之言行本末三代以上具於經三代以下具於史顧六經簡質歷世遠莫能詳史例至嚴止傳其犖犖大者其他遺文佚事皆在所略卽徵諸志銘碑表而金石文字率峻潔無膹語蓋其體例然也然吾嘗歷驗諸人情慕其人則必詳問其人之性情狀貌與其先世家風及微時所託業往往毛舉一二瑣屑不經意之事以想見其爲人而益動其羹牆之慕如舜周公孔孟大聖人也論者必豔稱其井廩風雷之異及嬉戲陳俎豆斷機擇鄰買肉啖兒諸瑣事他

若文王十尺湯九尺重其人兼狀其形體文王且傳其嗜昌歜曾晳則傳其嗜羊棗此類不可更僕數非贅也卽一端想見其全神如貌裴晉公者添頰上三毫而全神乃出夫豪何與於象哉非此則形存而已矣太史公傳李將軍轉於就縛躍起奪胡兒馬推墮兒下時愈寫其驍桀昌黎志王適書賂媒嫗謾婦翁事凡二百餘言極形其奇詭不測爲天下奇男子寫照葢從陳丞相世家得來史公敘平娶張負女事亦與上文好奇計及後文六出奇計相映射非閒文也自昌黎後文章家寖失此義而左史之妙幾不傳然亦勢有不得不然者爲體例所束也元度山居多暇創爲名賢遺事錄遇偉人鉅子其勳績之已見史志者轉略之獨詳著其逸事

用朱子言行錄例條舉而件系之文不相屬則無慮傷體義在拾遺更不病於瑣屑繁碎大致不出史志而網羅散失耳目爲之一新千載下奕奕有生氣似亦尚友古人之助且可爲正史羽翼惟見聞寡陋舉一廢百是所慊焉亦曰姑記所知以資觀感備遺忘云爾海内博雅君子匡我不逮傾囷倒廩以餉之續成亘觀諸偉人之言行本末庶益炳著於天壤哉

四書廣義序

聖人之道六經備矣六經之精蘊四子書備矣四書者六經之筦鑰也自秦氏燔書儒術擯焉漢興諸儒掇拾於灰燼中各以所聞相授受爲專經師至鄭康成氏始合諸經箋注之爲漢學家之總匯顧其學專主訓詁於義理或未深求宋程朱諸子出始專窮義理自是聖人之道益明其爲功於天下萬世甚鉅大學中庸本戴記中之二篇漢書藝文志有中庸說晉戴氏有中庸傳梁武帝有中庸講疏唐李翺有中庸說宋仁宗以大學賜王拱宸高宗書中庸賜汪應辰等二篇久已單行二程子特表章之朱子作章句並作論孟集註合之爲四書其以四書發策試士則自元延祐中復

科舉始也當時令甲四書五經並用宋儒傳註漢唐注疏置弗問明永樂中頒四書大全於天下尊爲取士式而漢唐宋之經術緜是大變矣章句集註以發明義理爲主於事跡典故多沿舊文益求訓詁易求義理難諸儒爲其易朱子爲其難也顧義理無窮盡朱子雖賢去孔孟二千年敢遂謂無幾微之弗合乎朱子生平箸述最多行世亦最蚤往往有後來考定未及造改者故或沿漢唐諸儒之譌或漢唐諸儒疏解不誤朱子改之而轉誤不獨文集語錄不無矛盾卽章句集註或問亦時有牴牾原書具在可覆按也且夫註曰集註傳曰集傳曷嘗以一家之說盡經哉有能拾遺糾謬以匡所不逮朱子必樂聞之或更補正焉以求無憾於聖賢不

如是不足爲朱子也觀易簣前數日猶手自更定誠意章註其不自信若此乃自科舉學興讀朱子書者一字一句奉爲經典雖其甚不安於心者亦爲說以附會之知有註不知有經甯叛經不敢叛註甚且信註以疑經恐朱子有知必不引爲知己也烏虖世之自命尊朱者未必皆能身體而心悅也尊功令耳否則震其名耳人之所尊至君父極矣然君貴有法家弼士父亦有諍子與爲諂臣媚子孰若直臣諍子之爲有裨耶況自宋至今七百有餘歲矣萃天下聰明才力幼卽專習是書其必別有心得發前人所未發理勢然也我

朝經學邁前古

列聖以作君兼作師之任既表章朱子而欽定諸經傳說兼用古注疏合漢宋而折其衷一時通儒崛起若顧氏炎武王氏夫之閻氏若璩毛氏奇齡李氏光地全氏祖望惠氏棟江氏永錢氏大昕王氏念孫戴氏震段氏玉裁翟氏灝等並綜貫古籍於章句集註之說時有糾正寔能爲功於洛閩其精且當者朱子復生不能不心折也元度束髮受四書讀子游問孝章集註至與養犬馬者何異惄焉不安於心取注疏核之乃知舊本有兩說朱子特過取其一說其後山居多暇乃取古注疏及集解義疏正義釋文諸書曁昭代經師家言博觀而約取之成四書廣義六十四卷其精者可百世俟聖人而不惑其各明一義者亦多

並存之猶說春秋之三傳並行說詩之四家互異豈必規規於一先生之言耶善夫歐陽公曰六經非一世之書也其傳之繆非一日之失也刊正補緝非一人之能也使學者各極其所見而明者擇焉以俟聖人之復生爾司馬溫公曰經猶的也一人射之不若衆人射之其中者多也而姚姬傳則曰六經之深廣猶江海也自漢以來疏解其義者爲年千餘爲人數十百其卓然獨著爲百世所宗者則有之矣然而後死者猶能補其闕而糾其失非好與前賢異也經之說有不得悉窮古人不能無待於今今人亦不能無待於後世此萬世公理也吾何私於一人哉大丈夫甯犯天下之不韙而不爲吾心之所不安烏虖此皆通儒之論也其斯爲善讀

四子書抑即其善學朱子哉

小學絃歌序

詩以理性情。而尤以人倫爲本。孔子曰。詩可以興。可以觀。可以羣。可以怨。邇之事父。遠之事君。統凡學詩者言之也。而在小學時。天性未漓。凡事以先入之言爲主。尤當使之漸摩於詩教。養其良知良能。庶能鼓舞奮興而不自已。程子嘗曰。教人未見意趣。必不樂從。欲且教之歌舞。如詩三百篇。皆古人所作。若關雎諸什。爲正家之始。故用之鄉人。用之邦國。使人習聞之。然此等詩。其辭簡奧。今人未易曉。欲別作詩。略言教弟子灑掃應對進退事親事長之節。令朝夕歌之。似當有助。又曰。古之學者。自八歲入小學。十五入大學。有聲音以養其耳。義理以養其心。歌舞以養其氣血。今俱亡矣。

而朱子亦嘗疑曲禮衣毋撥足毋蹶將上堂聲必揚將入戶視必下等語語皆用韻必古人所以教初學如管子所錄弟子職之類故所作小學錄韓文公董生行范魯公戒從子詩以開其義例凡以詩之爲教溫柔敦厚其善者足以感發人之善心而其辭氣音節抑揚抗墜使人涵泳優游而自得之故其感人尤易入程朱二子發明孔子立教之意至深切矣顧小學中錄詩止數篇而程子所欲作者汔未就也三代以降凡號稱詩人率役志於風雲月露之辭而於詩教之本或去而益遠世教之不興人才之不古若所繫豈淺尠歟元度山居多暇竊體程朱之意摭古今詩之可以厚人倫勵風俗者博觀而約取之彙爲一編以教小學凡爲教者十

有六爲戒者十而以廣勸戒終焉計得詩九百三十餘篇名曰小學絃歌冀附小學以行而因以合孔子教人學詩之旨學者童而而習之絃而歌之雍容而饜飫之於以動其天性之良養其血氣心知之用將有不知手之舞之足之蹈之者不特性情可理倫紀可敦卽三百篇之旨要亦求諸此而有餘師其於小學之教或未必無小補焉第苦見聞不廣挂漏者多然其大要則略具於此矣

古文話序

自梁鍾嶸唐司空圖作詩品繇宋汔今撰詩話者幾於汗牛充棟矣宋王銍有四六話近世毛西河有詞話梁茝鄰有楹聯話制藝話試律話而文話獨無聞焉文莫盛於漢漢之文渾渾灝灝初無格律可言逮建安黃初體裁漸備於是論文之說出典論其首也嗣是晉摯虞有文章流別梁劉勰有文心雕龍任昉有文章緣起宋陳騤有文則王正德有餘師錄李塗有文章精義然自雕龍外卷帙無多其說亦未備明史藝文志有閔文振蘭莊文話緯雲樓書目有李雲文話則皆軼不傳而日本國人所撰拙堂文話漁村文話反流傳於中國

聖清文治昌明登三咸五求諸箸述家轉無文話之目非藝林中一闕典歟元度侍養山居取古今論文語博觀而類錄之凡十門曰宗經曰考史曰徵子曰衡集曰辨體曰問塗曰輯評曰操選曰糾謬曰摭談綜爲古文話六十有四卷葢古人編集詩與四六統謂之文今詩話四六話既有專書則凡論詩論四六者皆當溝而出之專以論古文爲主是古文對時文言古文話則又對詩話四六話而言要在各明一義而已夫六經非可以文言然孔子曰文王既沒文不在茲乎是六經皆括於文矣孔子聖集大成乃不曰天之未喪斯道而曰未喪斯文可知道外無文文所在卽道所在矣文之升降盛衰實與世運相表裏故一代之風氣其源流正變

往往迭出爲勝。然而萬古日月，光景常新，至變中要自有不變者存焉。自六經外，左史其祖也，唐宋八家其大宗也，諸子百家其支分派別也。祧唐宋而高語秦漢，其弊必流爲贗古；株守唐宋而不能上窺秦漢，又難辭平近之譏。太史公曰：非好學深思，心知其意，固難爲淺見寡聞者道也。得古訓爲階梯，庶幾不迷於所往乎。雖然，迹者履之所出，而迹非履也。世有能自得師者，又不當以迹求之矣。詩話、四六話皆作如是觀，況其在文也乎哉。

重修南嶽志序

粤稽上古循蜚疏仡之代封泰山禪梁甫凡七十二家勒石千八百餘處維南有衡並峙爲五計必有車轍馬跡焉炎維荒遠遐哉弗可攷矣軒昊氏作乃命赫胥居南重黎司火正祝融氏爲司徒越在伊祁姚姒五載一巡狩著在典謨有虞氏有寶露之賜夏后氏得金簡玉字之書夐乎尚已周初泰伯虞仲采藥茲山穆王周行天下亦有西臺之蹟降及秦皇猶西南渡淮水之衡山浮江至湘山祠大風不得渡於是怒伐湘山樹赭其山暴君之轍靈嶽蓋堅拒焉漢武以灊霍本衡山之副衡山道遠徙祭於廬江之潛山繆矣魏晉六朝禋祀復古惟北周土宇分裂望祀於天門山至隋

復其故唐宋元明典禮加敕
聖清膺期懷柔震疊逢　國大慶必遣使祭告
歷朝宸題光倬雲漢烏虖可謂盛矣攷地志家紀南嶽自舜典禹
貢周禮職方氏爾雅山海經外南齊宗測唐徐靈期並有衡山記
唐道士李沖昭有南嶽小錄宋李茆有南嶽記錢景衎有南嶽勝
概張隱有南嶽要錄僧文政有南嶽勝遊錄道家有南嶽證勝錄
於是陳田夫合之爲總勝集皆宋人也書多不傳其軼時見於他
說今列入四庫者惟李沖昭之小錄暨明彭簪之衡嶽志耳　國
初王船山先生蒐徵洗遡作蓮峰志五卷表章朱張二子方廣之
遊爲茲峰獨闢生面其自序謂海南鄧雲霄修全志所屬非人文

不馴雅而安城劉陽宛陵周怡別編翰墨志亦殉時蹊厥論偉矣惜王氏勵志一峰使作全志豈讓五丁巨手哉光緒五年冬余約同志重葺廟殿求山志閱之則乾隆癸酉曠岣嶁太史重修本也版既漫漶又距今百二十有七年應蒐補者匪一端不揆狂簡乃竊取王氏之義法斟古切今撰志二十六卷綜五十餘萬言藏之名山以存文獻烏虖古今旦暮耳自有宇宙便有茲山嶽之壽與天地無終極其有志也亦與嶽無終極前有千古後有萬年然則蒐討舊聞兼詳時制以俟後之君子抑生其時與其地者之責也敢條舉其目如左

星氣之書多禨祥嶽承朱鳥實應壽昌觀日有臺合符區宇有

晷有度不差絫黍志星度第一
五嶽眞形傳自抱樸白阜有圖索邱可讀峰七十二橫絕朱方柚
中咫尺萬象在旁志圖說第二
文明閶氣天南獨鍾蜿蟺磅礴最遠爲宗禹檥疊經探奇莫竟見
智見仁各領其勝志形勝第三
紫府仙都朱陵寶殿赫赫明明永綏炎甸帝者之制端居九重別
有崇祠惟德是宗志祠廟第四
嶽峙南荒不辱封禪柴望庪懸巡方有典三公視秩特溯權輿尊
王晉帝其禮絕殊志祀典第五
神嶽開天赫胥祝融虞巡覲后夏陟警洪李韓張朱光於唐宋壽

雪開雲前獻是綜志前獻第六
靈源奧區仙佛所宅羣眞往來羽人古德緇黃萬衆繼者其誰淸
修克厲乃與世遺志仙釋第七
文定隱衡講學有院麓山石鼓廸邦之彥高山仰止顏以集賢誰
其嗣之白沙甘泉志書院第八
蓬萊赤城羣仙所都柢園鷲嶺尊者攸居維玆嶽靈煙雲供養紺
宇琳宮其高百丈志寺觀第九
我生之初萬億斯年鴻荒幻惑傳聞邈焉不見古人乃思古蹟登
高望遠盼睞無極志古蹟第十
嶽雲五色賓孕仙芝壽藤錦石紛綸葳蕤萬歲之松千齡之竹靈

藥扶衰我尋黃獨志物產第十一

岣嶁峰巔字青石赤金簡玉書莫尋禹蹟摩崖紀游礱石競刊惜哉漁仲未遑遍觀志金石第十二

地志山經臚於乙部矧茲靈嶽跡存神禹唐徐靈期曁李沖昭後有作者嗣響雲璈志藝文第十三

夷堅諾皋紀自虞初述異搜神瑰奇譎觚維此洞天窟宅幽阻爰摭緒餘以資談助志雜識第十四

六經諸史因果錄序

帝王之權賞罰而已矣鬼神之權吉凶而已矣天地之權禍福而已矣而其所以致此則善惡兩端也鬼神何事吉凶其善惡以爲事天地何心禍福其善惡以爲心帝王何術賞罰其善惡以爲術賞之罰之吉之凶之禍之福之者果也所以賞所以罰所以吉所以凶所以禍所以福則因也聖賢言義理不言因果然不能不言善惡言善惡而賞罰在其中矣言賞罰而吉凶禍福在其中矣言賞罰吉凶禍福而因果在其中矣朝廷之賞罰有時失其平而鬼神之吉凶天地之禍福則有毫髮不爽者聖賢知善者之必吉必福惡者之必凶必禍其賞罰不爽如夏之必暑冬之必寒火之必

就燥水之必流溼而世人不能知不能信也則且就鬼神之吉凶天地之禍福明著其所以然之故而因果之說出焉孟子曰莫之爲而爲者天也莫之致而至者命也夫既爲矣未有無因而爲既至矣未有無因而至者不言因果正其深言因果也不獨孟子也凡諸經所著莫非因果之理諸史所書莫非因果之事也何也人不外善惡理不外勸懲故聖賢所明之義理與帝王所持之賞罰天地所主之禍福鬼神所告之吉凶其致一也皆非無因而得果者也烏虖人知天地之能爲禍福不知天地不能違因果知鬼神之能爲吉凶不知鬼神不能違因果知帝王之能爲賞罰不知帝王不能違因果則以果皆其所自爲天地鬼神帝王不過各如其

因以應之也夫豈意爲輕重哉或曰然則因果一成而不可變歟曰非也凡世人所受一飲一啄莫非前定皆果也命之不可易者也世人所作一善一惡各以類應皆因也命之自我造者也是故今日之果本前日之因今日之因又爲異日之果惟卽因爲果故卽人爲天此聖賢所以有盡人合天之學有人定勝天之權也否則有天命無人事而修道之敎爲贅矣或曰聖賢何以不言因果待佛氏始言之曰非也易言餘慶餘殃書言惠吉逆凶詩言自求多福皆因果也聖賢以義理如是使人各盡其所當然而不必深求其所以然佛氏以因果如是使人各明其所以然而益盡其所當然其勸善懲惡之心一也其賞善罰惡之心一也不知因果則

必至於怨天憾天違天褻天流爲無忌憚之小人而不自知矣且夫三代及漢初其時佛未入中國也而經史所載若元鳥生商姜嫄履拇申呂自嶽降傅說爲列星黃熊入羽淵龍漦産褒姒以及石言神降蛇鬭鷁飛豕人立而啼厲搏膺而踊狐突遇世子鄭人驚伯有老人抗杜回與夫鄗池之遺璧趙王之爲祟魏其嬰夫之守武安此類不可枚舉非皆因果之信而有徵者耶然則言因果不自佛氏始矣乾隆中長洲彭氏輯二十三史感應錄深有裨於人心世教余以其錄史而遺經且史事亦多未備不揆檮昧爰依類而廣之命曰六經諸史因果錄使讀者曉然於吉凶禍福賞罰之所以然而非天地鬼神帝王聖賢之意爲輕重於其閒且雖天

地鬼神帝王聖賢，皆莫能出乎因果之外。人即不信因果，未有不信六經諸史者。六經諸史不可信，則無可信者矣。明乎此而後可以學聖賢，可以佐帝王，可以質鬼神，可以格天地，且可與讀六經諸史。

重刻周易來注序

易之爲書，推天道以明人事者也。精微廣大，無所不賅。漢儒若費孟荀鄭諸家，皆言象數，去古未遠。一變而爲京房焦子贛，入於禨祥。再變而爲陳希夷邵康節，務窮造化。王輔嗣盡黜象數，說以老莊。一變而爲胡翼之程伊川，闡明性理。再變而爲李莊簡楊文節，又參證史事。此兩派六宗者，一主天道，一主人事，各得易之一端，交相勝亦交相足。其他易外別傳者無論已。宋以後言數者宗邵子，言理者宗程子，而朱子本義則發明程傳者也。明代精易學者，前有蔡虛齋胡敬齋韓恭簡，後有高忠憲黃忠端倪文貞，多主言理。惟忠端言數，而梁山來瞿塘先生兼理數而精之，覃究二十九年遂成專家之學先生鄉舉後移居萬縣穹山中覃思易理自隆慶庚子至萬歷戊戌始成集註一書其立說專取繫辭中錯綜其數以論易象而以雜卦證之其論錯有四正錯有四隅錯論綜有四正綜有四隅綜有以正綜隅有以隅綜正其論象有卦情之象有卦畫之象有大象之象有中爻之象有錯卦綜卦之象有占中之象有爻變之象而於卦變之說則闢之其注先釋象義字義及錯綜義然後釋本卦本爻正意凡皆冥心力索得其端倪因而參互旁通以自暢其說蓋兼通程邵之理數以上徹四聖人之奧義微言而於象之爲像其所以彌綸天地之故獨能會諸意言之表其自序謂孔子歿而易亡二千餘年如長夜言大而實非夸也顧

其書雖流布藝林，後學不能盡得而讀之。吾鄉同志之士，乃能匄貲重刻，以表彰先儒絕業，甚盛舉也。善學者觀辭玩占，用以深究夫天道之盈虛消長，與人事之吉凶悔吝進退存亡，其必以先生此書爲秘鑰也夫。

重輯劉忠宣公文集序

吾郡介南北楚之中山曰天岳水則洞庭江自岷山邐迤走數千里來會扶輿磅礴雄厚之氣代毓偉人而莫盛於明華容劉忠宣公公由甲科起家洊歷大司馬初坐忤中官阿九兒詔獄廷杖晚歲忤劉瑾再逮繫論戍瑾誅復官致仕其訏謨偉烈具詳本傳余獨味公軼事歎其堅苦卓絕有寒畯所萬不逮者其起兩廣總制也敕使及門立攜一僮行其被逮也方鉏菜園中入室攜數百錢跨小驢就道其戍肅州也徒步荷戈攜一僕詣大明門下叩首去抵戍所絕糧儒學生徒傳食之遇團操輒荷戟就伍曰軍固當役也其赦歸東山草堂也門下生爲巡撫枉百里謁之遇扶犂叟問

孰爲劉尚書家引之登堂卽公也留之飯食品惟糟鰕一器此其并千金屣萬乘實有淸聖伯夷之風能無使百世下頑廉而懦立哉吾鄉與公齊名者爲湘陰夏忠靖忠靖文集已入明史藝文志且著錄 四庫而公集闕焉葢初刻本未盛行於世而所收亦稍略公十一世從孫小山學博命其仲子梨生太守蒐輯遺文增多十數首併其詩及宣召錄年譜都爲九卷附錄二卷將鋟板以行而屬元度序其始末烏虖公孔子之所謂剛者孟子所謂天民大人也 國朝定歷代帝王廟祀典
特詔以公配饗明孝宗是誠閒氣所特鍾豈吾郡所得而私抑豈藉文集以不朽哉而學者不及見公猶幸得見公之文則其蒐討

而傳布之抑亦爲公子孫與生公鄉者之責也雖然讀其文與效法其人二者孰重有志者可以慨然而興矣

天岳山館文鈔卷二十七

重刻平苗紀略序

國朝雍正中西南夷改土歸流舉自有天地以來聲教未通之域悉隷職方㠯餘

世祖

聖祖深仁厚澤嘘煦八十年如天之無不覆幬

世宗皇帝旣嗣服淸問下民鰥寡有辭於苗乃因勢利導之爲一勞永逸計順天時因人事行乎其所不得不行維時總督鄂文端公宣布　朝廷威德知人善任使用成我丕顯績比諸莊蹻開滇唐蒙通蜀班超定西域五十餘國朱輔定白狼槃木唐菆等百餘

國有過之無不及已顧文端初撫雲南僅改東川烏蒙鎮雄三土府雖擢總制未議及黔苗也巴陵方公敬齋時以特薦守鎮遠會黎平守張君廣泗建議闢苗疆文端未即許以公有卓議檄調赴滇問苗疆應否開闢狀公條上事宜十六則謂宜剿撫並施而以得人爲本文端韙之遂決計改流檄張君招撫古州丹江而以九股清江台拱諸苗寨屬公公犯瘴癘深入巢穴先後招撫淸江南岸九十餘寨語詳所著平苗紀略中當是時文端奏設貴東道以公任之尋命總統清江軍務雍正七年三月公在清江北岸公鵝等寨生苗逆命副將張禹謨失利公被圍二十七日乃解十年九月公建台拱廳城悍苗數萬來犯公以二千人且守且戰被圍六

十九日乃解方事之殷游擊羅資袞副將楊馥來援皆敗沒糧盡至殺馬以食文端時已入相高文良代之有檄退師諸將請潰圍出公拔劒誓死不爲動又二旬援師乃達蓋早置死生於度外矣尤異者當被圍時樵路絕公命掘草根供炊爨劚地數尺有黑土如煤試以火輒然此與兆文襄征回部被圍黑水營時掘井得泉掘窟得粟同一神助而公實開其先蓋皆精誠所格也烏虖戡定苗疆世但知爲文端之烈讀是編始知出公本謀且備歷險艱幾身殉而後底績也公有其實而不尸其名其陰造福於生民功豈在文端下哉且夫功名之士習兵走萬里取封侯印若班超朱輔傳介子之徒志則偉矣顧皆不免於好大喜功以有事爲樂公於

乾隆四年移撫西蜀大小金川土司相仇殺公馳檄撫定之議者欲遂改土歸流如滇黔故事公疏陳不可高宗手詔褒納議遂寢其後八年公薨矣大軍征金川調張君廣泗爲川督進勦不利大學士公訥親繼之並以失機坐法死賴傅文忠岳襄壯蕆其事至三十六年小金川復叛阿文成福文襄討平之兩金川用兵前後八年糜帑至七千萬用此見公之老謀深識若豫知後事之艱且鉅也者益信苗疆開闢實權衡於天時人事理勢之必然而非儌倖於一試也公功在 國史祀在黌宗遺愛在黔蜀子孫曾元世掇科第相繼爲監司天之報公抑厚矣公五世孫菊人觀察官楚北柢躬出政一惟公是師重刻平苗紀略

命序其顛末元度於公爲同郡年家後進與觀察申以婚婣同治丙寅丁卯間奉

詔帥師援黔道出思南鎮遠清江台拱間慨然想見公之遺烈烏虖天生我公實與鄂文端同鍾間氣佐成　國家一統無外之勳而銷苗疆百世之劫運非莊蹻唐蒙班超輩所可同年而語也傳曰活千人者必封又曰公侯之子孫必復其始觀察念之哉

重刻北游紀略序

本朝特科得人最盛康熙戊午舉博學宏辭得彭少宰孫遹等五十人乾隆丙辰再試鴻博得劉文定綸等十九人乾隆己巳詔舉經學得吳司業鼎等四人又康熙朝兩次　南巡江浙召試諸生得吳文恪士玉等七十三人乾隆　六巡江浙得王司寇昶等八十五人　三巡山東得初尚書彭齡等十七人　四巡天津得姚文僖文田等十六人　巡幸五臺得龍殿撰汝言等九人他若藍太守鼎元雍正初以特薦　召試嚴方伯如熤嘉慶初以孝廉方正　召試並稱

旨授知縣後皆爲名臣若夫以上舍生肄業期滿奏留

特旨親試立授縣尹者則自乾隆十七年桐城黃晉仙先生始也
先生諱艮棟少孤貧挾策游太學受知觀補亭司成坐監三年會
疏請留時雷翠庭副憲督學浙江疏言保留大典非御試不足昭
愼重前此蓋未有也及試
高廟臨軒發策問歐陽修謂刪詩非止全詩或篇刪其章章刪其
句句刪其字其說然否監試爲于文襄敏中介侍郎福均莫得其
解先生振筆直書未移晷納卷蒙
睿賞遂授赤城令文襄諸公詢其博先生曰試前五日偶繙閱及
此耳諸公乃益賢其不欺及涖赤城有異政屢平反疑獄稱神明
調武淸爲近畿巖邑値水災先生竭力任振事全活數萬人語詳

所著北遊紀略中蓋先生以微罪去官諸公爭欲疏留念母夫人
年逾八十遂浩然歸歸途自敘畢生艱苦遇合及作令時明慎折
獄之苦心故有是紀也其後先生終母喪復以薦起官至宣化太
守壽八十餘乃終竊嘗論先生經術宜列儒林政績宜書循吏要
皆沐浴
聖化應運而生與前後諸特科所得魁儒鉅公後先相輝映匪第
一鄉一國之善士也會先生四世孫瀚堂郡丞將重刻紀略爰述
我　朝得人之賢且衆以彰千載一時之盛而綴言簡末云

重鍥抱沖齋詩集序

國家久道化成
文治與武功並楙
列朝
御製詩文集星輝雲爛震鑠古今一時喬木世臣名卿鉅子莫不
制詩緝頌炳焉與三代同風嘉慶初鐵冶亭尚書選長白山詩
賜名熙朝雅頌奉　詔刊行彬彬乎箸作之淵海也迄今餘七十
年作者代興後先相望今星階承宣重鍥其尊甫少司寇笠耕先
生之抱沖齋集七十一卷計分三十六集爲詩五千五百九十有
奇末附眠琴仙館詞一卷既迄工命元度序其巔末謹案先生姓

瓜爾佳氏爲開國元勳信勇公諱費英東之族裔從　龍豐鎬世毓偉人先生之叔祖吳勤毅公尊考達齋尙書並歇歷兼圻爲畺臣之圭臯先生與介弟燕山相國崧亭中丞遠亭觀察同時競爽有拊蕚連珠之盛蓋自農曹郎觀察齊魯吳會提刑秦豫入爲開卿陟大銀臺擢副憲遷少司寇授駐藏大臣卒於官未嘗一日不爲詩效王筠故事以一官爲一集故篇什之富且精若此可謂盛矣昔昌黎韓子嘗以謂懽愉之辭難工愁苦之言易好歐陽公宗其說因謂詩人少達多窮且必窮者而後工竊疑其說之偏非竺論也古詩人若臯陶賡虞奚斯頌魯以及矢卷阿之音陳七月之戒若周文公召康公召穆公暨尹吉甫家父凡伯衞武公之徒身

爲公侯卿大夫富貴壽考其詩列諸典謨風雅後世尊之爲經豈與郊寒島瘦者流窮老盡氣爭一韻之工者同年語哉先生以金張之門望工爲鮑謝王孟之辭弸中彪外扢雅揚風和其聲以鳴

國家之盛固當與會昌一品集並傳王筠不足道矣先生詩初鍥於袁浦官署爲喆弟遠亭所編次阮文達潘文恭葉筠潭陳荔峯鄭夢白諸公旣評隲而序之故不敢更贅一辭而第紀重鍥之歲月異日有續　熙朝雅頌集者論次嘉道兩朝諸詩人計必以先生爲大宗哉

增補羅洋文集序

吾鄉郭昆甫先生以詩古文及制藝名天下所著羅洋草家有其書百餘年來原雕版漫漶失次元孫漁笙茂才增補復舊觀屬序其本末余惟先生詩文之高豈待贅言惟少聞長老述先生軼事其氣節有足風世者乾隆初全州謝公濟世繇戍籍除湖南督糧道巡撫許容忌其剛直衡陽令李澎善化令樊德貽巡撫私人也其征糧浮費皆倍蓰謝公易服爲鄉民往納得實乃具牒劾之巡撫格不行公面陳狀辭過激巡撫恚甚反糾公解任聽勘　詔總督孫公嘉淦來會鞫孫故名臣爲巡撫及承宣張璨提刑王玠等等所蠱科罪謝公槪其職於是湖南士民大譁揭帖訟公寃先生

故不識謝公至是入謁拜且言曰
聖人在上公必無挫理愼自愛遂走京師以公揭遍籲朝列御史
胡公定釆民謠以聞
詔侍郎阿里袞公及胡公來勘至則士民數萬爇香跽馬首稱寃
盡得朋謀傾陷狀獄具督撫兩司臬守令皆坐免謝公改驛鹽道
天下快之而其端自先生發之也當是時先生方爲選貢生明年
始領解額烏虖太學爲淸議所自出東漢劉陶之後若唐之何蕃
宋之陳東徐揆張觀汪安仁楊宏中黃愷伯蔡德潤等或舉旛拒
逆或伏闕言時事爭賢奸黜陟雖其所行未盡合於中道而淸議
實賴以申先生眞其人歟攷傳志不著此事殆以文章掩其氣節

也使先生獲大行其志其所就豈出古人後哉

張制軍自訂年譜序

吾師尚書銅山張公以清望幹局敭歷中外三十餘年初以中翰從王文恪治河工勤其職適林文忠謫襄河務獨契公公嘗卻武弁餽金三千文忠密識諸牘亦未以語公也工竣文恪疏薦公文忠仍戍西陲公以道光丙午出守臨安調永昌逾年超擢按察使遷布政使晉撫雲南距其擢臬使時歲未及朞也

陛見　召對十五次　溫語如家人父子

手敕有能謀能斷之褒先是文忠　賜環授滇督公適赴永昌道謁文忠懽甚出手籍記卻金日月公愯然異之蓋不復省記矣文忠尋疏薦且云其才勝臣十倍

上以是知公可大用粵西寇起公移撫湖南受篆圍城中虞設方略識江忠烈塔忠武鄧忠武瞿威壯羅忠節李忠武於諸將中辟今陝督左伯帥於幕府初密薦胡忠公至是疏調之後皆以功名顯楚勇湘勇以公提倡故相率出境殺賊卒訖王誅夷大亂論者謂保一城以安天下又知人善任使不愧以人事君之誼云當是時文宗皇帝倚公若長城擢權楚督尋調山東公親督戰屢瀕危卒大破賊悍帥誣劾公吏議戍軍臺天子鑒其忠藎未及瓜召還會河決銅瓦廂議修復言人人殊上命馳驛往勘疏陳因勢利導狀謂不宜強遏使南議遂定公之

能定大計多類此·遹作

命督雲南軍務·授滇撫·尋晉總督·時滇中漢回仇殺十餘年·悍將乘機叛·前督恆春公自經死·吳公振棫引疾乞休·公至·威惠大著·板橋之役·逆回圍公數帀·所部八百人堅壁不爲動·夜大雨雹擊賊·多死傷·賊遂潰·而滇撫徐之銘持兩端·通賊暗陷公·公憂憤成疾·乞骸骨·許之·明年·行抵鶴峯·　詔仍督滇中軍務·時

文宗升遐·

毅皇卽胙·公感泣不能辭·同治壬戌·自蜀入滇·徐之銘涎蜀富·嗾署提督林自清率所部八萬人入蜀就食·川督大恩疏稱自清公舊部·請命公遣散·公懾以威信·參將張正洪索攖·立斬以徇·衆譁

公面叱自清噤不敢動立繳印事遂定而副將張昇率所部踵至敘州觀隙至是亦逡巡遁去公抵敘州適粵逆石達開悉銳犯郡郎以所部八百人協守大敗賊城以得全田君興恕者前　欽差大臣貴州提督署巡撫者也殺外國傳天主教者數人語聞
詔興恕赴蜀聽勘偃蹇不就道　密詔滇督潘忠毅勘辦田君圖以兵　密敕川督往撫定川督疏言興恕亦公舊部也請壹以屬屬公於是　命公督貴州軍務署巡撫兼署提督公待田君故有
恩馳書曉以大義遂迎謁播州立交印初西洋人必欲殺田君總督不能違公以田曾任疆臣繫　國體力持得減戍既涖黔庫藏如洗而川督負重名與公夙共楫者復膜視不一引手援公疏請

分重慶稅銀什二三以濟黔難得
旨報可鄰疆力泥之公不得已請割數郡隸川數郡隸楚南爲遺
黎請命皆不行然且措注五六年則繇忠義所感動而心力益交
瘁矣會有齮齕之者得去位釋重負僑寓湘垣手寫十三經爲日
課暇乃自編年譜元度謹案諸家年譜類後人追述故傳聞多異
辭　國朝若魏敏果宋牧仲田山薑張清恪楊勤勇諸公皆自譜
行實著於篇公據事直書語多謙退不自伐然皆大局所繫非斸
紀一人之出處本末也昔老泉記張益州謂天下有大事公可屬
公其不媿宗風歟元度辱推薦附門牆之末蹇劣不足副驅策謹
揭公忠勤孤苦之忱爲後序以諗天下後世他日東山再起晚節

花香元度雖不文猶能執簡而賡續其盛也

海粟樓藏書目錄序

書目始自劉歆而王儉七志阮孝緒七略鄭默荀勖之中經新簿繼之歷代史家則以漢書藝文志隋書經籍志爲權輿其詮釋之詳者若晁公武讀書志陳振孫書錄解題皆可藉以稽存佚別眞贋而自錄其所藏則自尤文簡公遂初堂書目後若黃虞稷千頃堂錢曾述古堂諸目其尤著者也 國家文治軼前古既集四庫書復作簡明目錄示天下論斷謹嚴條理賅貫實集古今之大成然石渠天祿之藏外閒末繇徧覩而盡識也於是海內士大夫好古而有力者遂各以藏書爲務近世若越中世學樓鈕氏澹生堂祁氏虞山絳雲樓錢氏禾中倦圃曹氏新城池北書庫王氏吳中

傳是樓徐氏長水曝書亭朱氏皆號稱藏書家而所藏兼以人重然今皆散佚不復存其存之最久遠者惟鄞范氏天一閣自明嘉靖至今閱三百餘年乾隆中修　四庫書嘗取以助中秘之藏可謂盛矣而當時耆循若黃太沖全謝山皆先後登其閣盡讀其書且編爲書目近者粵逆之亂明越二州並苦兵而天一閣卒亡恙歸震川曰書之所聚當有如金寶之氣卿雲輪囷覆護其上烏虖豈不信哉湖以南藏書家頗少黼堂方伯具著述才生世冑無聲色狗馬之好官江西公餘手一編雖羽書遝午不稍輟俸錢所入悉以購書凡得十餘萬卷編爲海粟樓書目其部分用四庫書例其止記書名及撰人名氏則用鄭夾漈通志例也余山居猶有紀

述嘗假觀焉黼堂不余惗且屬綴言簡端余惟書不難於藏而難於守不難於守而難於讀讀書之法先儒論之詳矣難在能得其要領而心知其意昔謝上蔡事明道先生述史事不一字遺明道曰賢可謂玩物喪志他日觀明道讀書又極詳審上蔡大疑後悟其意乃大服黼堂固治樸學者繹明道之言其故可深長思矣李氏子孫其世世守而讀之益增致目中所未備吾知海粟樓當與天一閣並峙而震川卿雲覆護之說其必在斯樓也夫

重鍥輶軒語書目答問序

國家愼簡侍從臣分督直省學政歲乘軺車按所屬州郡取士如公式加勸懲焉所以埏埴人才俾咸知通經學古爲有用之學也顧學術非一途精考訂曰漢學窮義理曰宋學通古今曰史學又有詞章之學經濟之學各因其資性之所近能深造自得則皆可以有成世之學者入主出奴是丹非素漢宋家往往鑿枘不相入此外專門名家亦若分茅設蕝者然豈知繇小學乃可通經學繇經學乃可通史學繇經史學乃稱眞理學抑始可爲詞章經濟之學其理一也蓋嘗論讀書難其在今日轉易何者經學至 國朝諸儒實能洞闢奧窔盡發前人之覆今既有

皇清經解一書以匯眾說又得
欽定四庫全書提要類聚條分以辨讀書之門徑學者即二書求之思過半矣然諸書浩如煙海究莫繇徧觀而盡識也所賴名師友口講而耳提之毋誤歧趨毋廢中道毋狃於小成乃能升堂而嚌其胾否則冥行擿埴甚或之楚而北其轅有去而益遠耳烏虖經術不明人才之不古若詎非司敎者之責歟南皮張香濤侍讀實事求是爲時通儒督學楚北時輯江漢炳靈集經經緯史獨開生面風會爲之丕變及蒞西川作輶軒語訓士先行而後文又因請業者眾爲書目答問其部分眡　四庫書稍變通之兼及校鍥善本而當代箸述家之源流派別亦條舉其尤語皆心得無一字

襲前人尤不存門戶之見不爲偏激過高之論洵乎其擇之精語之詳矣豈與乎暖暖姝姝守一先生之言以專己自足者埒哉李佑臣孝廉侍讀高第弟子也將司諭華容取是編重鍥之以公諸天下後世夫士生經術明備之後但能讀其書心知其意卽事半而功倍又遇學使之能舉其職如侍讀者上下千古傾囷倒篋而示之如目有眉如瞽有相用以導先路而佐成　國家作人之盛治其收效殆不可以世計也余嘉孝廉能傳其師說故序其崖略且爲有志斯道者勖焉

國朝古文正的序

古人操選政者，若唐文粹、宋文鑑、元文類、明文海之屬，皆斷代爲書；若文選、文苑英華之屬，則綜歷代而擷其尤；若朱氏右選八先生文集，茅氏坤因之，儲氏欣廣之爲十家，則合數家爲一集；至呂東萊之古文關鍵，樓迂齋之古文標註，眞西山之文章正宗，謝疊山之文章軌範，又各取古人名作，標舉其命意布局之所在，示學者以徑塗，其爲來學計益深切矣。國朝文治軼前古，作者林立，而望溪方氏、姬傳姚氏，論者尤推爲正宗。世所行選本，若三家、七家、十家、十二家之類，不可畢數，而姚氏椿、朱氏琦所選，採摭爲尤備，要皆各明一義，沿古例而加變通者也。年丈性農先生以古文嗚天下晚年境益高氣益斂刊落鉛華獨追正始其於諸家文能遍觀盡識若身坐堂上而辨堂下人之長短妍媸莫或遁也爰取高古深厚之文彙為一編以示宗旨而凡談性理言考据近公牘者則置之以涉三者文卽不能入古也就所錄中或閒有近俚而傷繁者略為芟薙之然有節省無竄易抑其慎也元度受而讀之見其別裁精審獨出手眼往往衆人傳誦之集一經掺採璧壘煥然一新如讀異書出耳目之表而膾炙人口之作或反憖置焉去取皆有精義非好學深思未繇心知其意也葢其合一代為一編用文粹文鑑文類文海例不專取一家用文選英華例篇各有評點用樓氏標註例而其批卻導窾截斷衆流則東萊西山迂齋疊

山以後所勵見信可爲承學治古文者之要刪也學者因是以求作者之義法無晉於歧趨無羼於僞體蘄以闚唐宋八家之堂奧而坐進於兩漢三代不難矣其斯爲不朽之大業哉

史書綱領序

古者史與經合尚書春秋及左氏公穀傳皆史也而列於經蓋經以明道史以紀事天下無道外之事抑無事外之道故其源合也三古以降作者代興箸述日益繁富其勢不能不分是用有甲乙丙丁四部之目然班氏藝文志尚無史名所錄戰國策史記並附春秋後劉歆七略王儉七志亦以史漢附春秋阮孝緒七錄始經史分類至隋志乃分正史古史霸史雜史諸目自時厥後乙部書益浩如煙海矣我　朝四庫全書史部分十五類自正史編年雜史別史以迄地理職官政書目錄史評罔弗折衷至當然學者不能遍觀而盡識也自非有提其綱而挈其領望洋之歎疇則免焉

夫經學莫盛於我　朝而秀水朱氏經義考尤能綜羣經之綱領仁和沈氏續之大興翁氏補正之南康謝氏復作小學考以益所未備治經者得此可知所從入矣顧史部至繁獨未有因其例以相爲津逮者非藝林之闕典歟長沙余華皋司馬博通羣籍所箸皆有用書而於讀史也尤篤近輯史書綱領三十二卷用四庫提要例而稍變通焉以朝代爲經以通史正史雜史地志雜地志五者爲緯凡小說有裨正史亦擇其序跋之佳者按代錄之奏議則惟錄各朝總集及專集之尤著者目錄則錄其涉史書者卽在子部但有關於史學亦並錄其序例若書亡而序存者尤加意甄錄蓋以謂書雖不可得見猶可按序以求其義例及今不採錄更歷

千百年恐遂同歸於盡也其用意尤深遠矣嘗考隋書經籍志謂劉向別錄劉歆七略剖析源流各有序以推尋事蹟宋之崇文總目及陳氏解題晁氏讀書志並得此意使後儒得略見古書之崖略端賴乎此今華舉本此意以薈萃史書之流別若網在綱若裘振領使數千年作者之精神指趣燦若繩貫珠聯此非好學深思心知其意者不能作也承學之士既有經義小學諸考以導經術之源而於史部復得是編爲圭臬繇是悉求其本書次第讀之不啻駕輕車就熟路而王良造父爲之先後也即或不能徧讀抑固已得其大意而觀其會通矣謂非史家必不可少之書哉

論語衍義序

宋趙中令自言以半部論語佐藝祖定天下而李文靖則謂某爲參政於論語中敬信節愛二語終身未能副其言是二說者不相謀然中令相業多可訾非眞能讀論語者固不若文靖所言之篤實也吾鄉胡文忠公以天下爲己任粵寇起公削平全楚出境督師拔九江及安慶卒能制賊死命海內識與不識莫不震其勳名而曾文正則嘗疏稱其堅持之力綜核之才調和諸將之功皆己所不逮而尤服其進德之猛此爲眞知公者歟公在軍治經史有常課倣顧亭林讀書法使人雒誦而已聽之日講通鑑二十葉四子書十葉事繁則半之而於論語尤十反不厭敦請耆儒姚桂軒

先生專講此書公與之上下其議論旁徵列史兼及時務雖病至廢食猶於風雪中張幄聽講不少休每問吾今日接某人治某事頗不悖於斯義否其痛自繩削如此烏虖公往矣公之勳烈人知之其學問則幾揜於經濟世有不盡知者矣桂軒裒輯在戎幕時與公所講說者爲論語衍義十卷鍾雲卿都轉爲鏤板行世昔眞文忠撰大學衍義邱文莊補之而夏公艮勝復作中庸衍義皆合學問事功而一之是編體例與眞夏不同要其切己體認實見諸躬行則一也程子有言今人讀論語未讀時如此既讀亦如此是謂不曾讀若公者庶可一雪斯言歟然公嘗自謂聞道苦晚日惟救過不暇其慊慊不自足略與文靖同非若中令所言之夸且易

也是書出不獨公進德之猛可悉其由來而桂軒之以古誼相切劘抑玆世所勵有也宜都轉之亟爲表章也夫

塞上吟序

集古句爲詩始晉傅咸今見於藝文類聚者寥寥數語耳劉勰明詩不列此體以繼之者無人也唐人詩無格不備集句獨闕如宋石延年王安石閒以相角而未入於集孔武仲始以入集然別錄成卷未單行也南宋李龏之梅花衲翦綃集文信公之集杜詩始別著錄然卷帙亦無多也　國朝華亭黃中允之雋著香屑集爲古今體九百三十有奇可謂富矣然全集並作香奩體雖變化渾成不脫綺羅脂粉氣於風騷正軌固未協而於山川風土古今治亂得失之數更無所關也吾郡方木橋先生酷嗜唐人詩以名諸生登仕版爲郡丞不謁選侍其尊甫觀察公宦秦晉垂二十年所

湓榆林朔平雁門諸郡皆古邊塞地乃集唐人句爲塞上吟都三百首詰孫菊人觀察刻而傳之昔高適岑參號稱工邊塞體然唐自開元天寶閒肇開邊釁繼以安史之亂終其世河朔不爲唐有其時海內騷然多爲詩人所慨歎又正值詩家所推盛唐之目若李若杜無不工爲邊聲不特高岑然也先生生乾隆盛時西陲拓地二萬里視唐時亂離征戍之苦判若霄壤先生宦轍追隨從容吟嘯得以其餘力著爲巨編歐陽子所謂幸生無事之時也然其剴古切今安不忘危於治亂得失之數三致意焉夫非詩人憂深思遠之遺歟烏虖軍興以來秦晉甘隴之閒不可問矣自洪楊肇逆於嶺西蹂躪幾遍天下皖豫之捻匪秦隴滇南之回匪並起應

之生靈適丁其厄積骸如莽千里蕭條使先生生今日其感慨悲歌又豈有既歟幸賴
天子威靈師武臣力以次摧陷而廓清之加之休養生聚數十年後當可漸還其舊而是編所詠歎若預有以見其徵驗然後知此爲治亂之龜鑑而非徒風雲月露之虛辭也是集也固當與文信公之集杜並傳而爲傳咸以後所僅見若香屑殆不足方已菊人觀察能守遺書亟公諸天下後世葢亦能見其大也夫

易學一得序

古聖人覺世牖民大氐因事以寓教易則寓於卜筮推天道以明人事者也左傳所記諸占蓋猶太卜之遺法漢儒言象數去古未遠鄭康成從馬融受費氏易實爲傳易之正脈一變而入禨祥爲京焦之學再變而窮造化爲陳邵之學此一派也王輔嗣盡絀象數以老莊說易一變而爲胡翼之程伊川闡明儒理再變而爲李莊簡楊文節參證史事此又一派也漢以後說易諸家無出兩派六宗外者又易道廣大無所不包旁及天文地理樂律兵法醫宗韻學算術以逮方外之鑪鼎皆可援易以爲說而好奇者又往往援之以入易於是易說愈繁夫六十四卦之爻象多戒占者聖人

之情見乎詞矣。其餘皆易之一端。非其本也。然易理統貫天人成於四聖。京孟鄭虞諸經師。各述其所得。仁者見仁。智者見智。自非聖人復出。未有能得其定論確解者。雖程傳朱義。所詣最深。不敢謂盡得聖人之意也。故說易當以因象立教爲宗。而其他易外別傳者。亦必兼收以盡其變焉。益陽胡少珊先生潛心易理。所著一得錄。以河洛爲根。以先天圖爲作易之原。以圓圖方圖爲觀象之要。於序卦則釋其義例。以求合文王之本恉。語皆心得。多能發前人所未發。而於皇極經世變卦圖及京房錢卜法。皆能言其所以然。乃至奇門地理家言。亦兼及焉。其殆循陳邵之宗派而塙有心得者歟。歐陽文忠曰。六經非一世之書也。司馬文正曰。經猶的也。

一人射之不若衆人射之其中者多也蓋古人著書獨抒所見不妨各明一義然則此書在兩派六宗中固埼有所見當百世以俟聖人之論定也豈僅千慮一得云爾哉余於易學茫乎未涉其涯姑舉所見以質先生並以諗海內窮理之君子

天岳山館文鈔卷二十八

性理探原序

吾平自宋李練溪吳伯英鄧行之三先生從朱子於嶽麓逮朱子還朝李艮仲李草廬暨李先生雄復相從往學而許仲明方明甫毛竹間魯寶潭方叔行萬子靜許春伯諸先生則從黃勉齋饒雙峰李宏齋遊爲朱子再傳弟子今所祀十三君子者也自後正學相承遠有端緒

國朝鍾仙吟彭素君向魯齋諸公於宋儒義理之學並深造自得繼之者其童敬軒先生乎先生少勵文行受知錢南園學使廩於庠弟子著錄數十人皆迪以根本之學長沙鄭尚書敦謹其最也

尚書從先生於家塾十七年云先生早失恃父鰥居數十年以養親故絕意進取無一旹離左右所學以宋五子爲宗旁及參同契靈樞素問諸家並能嚌其胾所爲文多散佚僅存二十餘篇皆發明性理之作鄭尚書顏之曰性理探源先生孫必翔將鍥以行世屬元度爲之序烏虖先生卒距今三十有九年矣卒之歲爲道光己亥元度年將冠幸生同郡邑顧未獲見先生讀先生遺文實與通書太極圖說西銘定性書相表裏其言理如寫天心出月脅獨能以家常語發明之非慨乎有聞於聖賢之道者不能了了若此也先生雖以諸生終未得出所學以康濟民物然人受天地之中以生能探性命之原乃不虛生此世故曰不愧屋漏爲無忝存心

養性爲匪懈知先生者固當於宋十三君子中想見之哉先生壽七十有五其卒能預知時日屬纊後體若兜羅綿有白氣自頂門出逾四時乃滅見者異之抑可覘先生之所養云

讀易齋課藝序

萃天下聰明才辯之士畢力治一藝若今所用制舉業父兄以詔子弟師以授其徒得之則名顯不得則身晦而名沒宜其精且能矣而顧不盡然者六經精蘊盡於四子書自非抉經之心沈潛理訓且會萃子史百家之菁華末繇深造而自得其間能自樹立者又必苦心强力月鍛季鍊遲之又久而境始豁然以開而其神味氣息仍眎所養之淺深爲厚薄非可一蹴幾也烏虖經義肇自北宋自元明至今仍而莫之廢其不以此也歟太倉王氏門望甲海內自明文肅公曁緱山殿撰煙客奉常與元美敬美諸公同時輝映入 國朝代有傳人最著者顓菴相國麓臺侍郎而減菴中翰

尤敦尚氣節歿祀鄉賢祠竹友先生中翰孫也以名孝廉官靖江敎諭遷江甯敎授少負異才能承其家學所著赤霞吟草哲孫逸侯郡丞既版行於世至是又裒集先生所作經義刻以傳之其文涵泳聖涯能自樹立望而知爲德人之言逸侯復以尊甫敬夫先生仲父子襄先生遺稿附集後亡何季父績軒先生下世又錄其遺文二十首殿焉於是王氏一家言可觀其略矣烏虖經義特文中之一體耳王氏青箱世守歷四五百年勿替勳業文章照耀江左閒出其餘技爲書畫亦冠絕古今上自　秘府下及海內莫不什襲珍之往時蓬心太守官丞郡墨蹟流傳湘人士至今寶貴讀其書如見其人今觀讀易齋課藝高華典貴自成一家機杼洵足

以信今傳後矣。吾聞婁東山水奇秀。右太湖。左巨海。環列數百里內。生是邦者。胎胚前光。枕葄經史。出其緒餘。且爲天下聰明才辯之士所莫及。讀先生文。蓋可想見之哉。

讀左隨筆序

左邱明受經於孔子·爲春秋作傳·自劉向桓譚班固·迄魏晉諸儒·並無異說·至其作傳之繇·則劉知幾躬爲國史之言最確·葢經與傳同因國史而修也·唐趙匡始謂左氏非邱明·宋孫復和之·葢欲攻傳之不合於經·必先攻作傳者未嘗受經聖人而後可自四庫全書提要斷爲邱明所作·斯足定千古之論矣·春秋三傳互有異同·而蘇氏轍春秋集解·獨以左傳爲主·謂左氏有國史可據·而公穀多意測也·其專明左氏傳者·自杜注外·宋呂氏祖謙有左傳類編·左傳博議·左氏傳說·與魏氏了翁之左傳要義·相發明·明傅氏遜有左傳屬事·則袁樞紀事本末之例也·馮氏時可有左氏釋·

則趙汸補注之例也　國朝朱氏鶴齡有讀左日鈔馬氏驌有左傳事緯朱氏元英有左傳拾遺姜氏炳璋有讀左補義至李氏文淵左傳評則專主論文蓋傳本以釋經自真西山選入文章正宗遂開論文之法魏氏禧方氏苞於文法推闡尤詳然魏氏作左傳經世謝氏文洊作左傳濟變錄要皆以實事求是爲歸也吾宗賓門明經胚胎家學尤有征南之癖於二百四十二年事蹟融液而貫通之所箸讀左隨筆十卷語皆心得多發前人所未發以此開拓學者之心胷俾一隅三反繇傳以通乎經自能經事綜物而盡人情之變第賓賓焉求諸文字閒抑末也然則是書也固當與潁濱東萊鶴山諸家同爲有功於素臣求諸昭代亦勺庭秋水諸先

生之亞也世有劉知幾得不以才學識三長許之哉

地理小補序

書畫家及禪家皆有南北宗二者殊塗同歸特致力有不同耳地理家亦然王褘青巖叢錄曰葬書始於郭璞後世傳其術者分二宗一主星卦陽山陽向陰山陰向不相乖錯純取八卦五星以定生尅之理其法始於閩中浙人傳之至宋王伋乃大行一主形勢專求龍穴砂水之相配原其所起卽其所止以定位向其法肇於贛人楊筠松曾文辿及賴大有輩大江以南悉用之二宗皆本於郭氏也今按前法卽所謂理氣家後法卽所謂巒頭家據王氏之論似楊曾專主形勢矣考　四庫全書所錄之疑龍經撼龍經及葬法倒杖皆署筠松撰亦似偏重巒頭然青囊奧語天玉經亦署

筠松撰青囊序署文辿撰又皆以爲理氣之宗然則楊曾葢兼巒頭理氣而精之王氏謂皆本於郭氏是景純爲地理鼻祖筠松其大宗也景純著葬書謂葬以乘生氣又曰葬者原其起乘其止乘風則散界水則止其義皆約而精談形勢者宗之然考晉書本傳璞從河東郭公受青囊中經九卷遂洞天文五行諸術其門人趙載嘗竊青囊書爲火所焚是青囊不始於楊曾郭氏尤精理氣也葢嘗論之形勢外也理氣內也形勢用也理氣體也內外體用本屬一源第外顯而內微體先而用後則理氣其尤要者歟

國朝蔣氏大鴻著地理辨正以青囊奧語青囊序天玉經爲宗得理氣之傳者也奈後之依託附會者多假蔣氏之名以售其僞則

別擇匪易矣醴陵劉子淥巖究心此道凡青烏家言無不畢覽後得異人口傳始知眞諦卽在辨正一書中特引而不發耳淥巖深嘅乎羣言淆亂誤人匪淺爰著地理小補四卷以發明蔣氏辨正之義重理氣而形勢在焉語皆獨有心得書成徵序於余余惟郭氏葬書止一卷後之附會者增竄至二十篇宋蔡文節公始刪其蕪雜存八篇元吳文正公又擇其至純者爲內篇地書以僞亂眞自古然矣淥巖好學砥礪廉隅事母夫人孝慮孝子慈孫之葬其親者或爲術家所誤也故皆辭而闢之以別擇之識廣錫類之仁其有益於人倫日用甚鉅蓋繇蔣氏以津逮楊曾而足爲景純之羽翼者也小補云乎哉

敦艮堂稿序

經義代聖賢立言其上者理解獨闢足爲五經四子書義疏經義即有時廢而其文且當附經以傳其次以古文爲時文沈酣於史漢及唐宋八家之氣息神韻以自澤其體又其次謹守先民萬矱不隨時俛仰前明諸老之所謂元燈蕕確有可憑而論者或概詆爲小道抑其所自得者淺歟北坪先生爲吾鄉耆宿蚤歲能文與向魯齋進士齊名羅愼齋錢南園兩先生激賞之後繇名孝廉作令江左有政聲於經義治之最深嘗論次有明及　國朝制藝三百篇爲後學導師所自箸曰敦艮堂稿文境縝密以栗溫潤以澤望而知爲德人之言子若孫皆能世其學舊雕版存長沙經兵燹

殘燬大半喆孫雲濤文學獨力修補之可爲數典不忘者矣夫表章先喆遺文後進之責也況爲其子孫者哉予偉雲濤能知本務書此以志歲月至先生文行世已久固不藉鄙言爲引喤也

覺非堂遺稿序

道光己亥庚子間余讀書嶽麓數從湘陰吳檼臺甯鄉胡仙舲所晤新化喻君檀江三君皆負才名工辭賦試輒甲其儕時亦賣文爲活禮法之士或訾之三人者意氣相許偉如也檼臺雄於詩談鋒甚厲常屈其座人仙舲跌宕自喜不敎敦守繩尺檀江意度略與仙舲同其後仙舲繇副榜舉辛亥鄉試最後從余於江西軍中敘功得縣尹時弱足不良於行非復曩時意氣矣而檼臺丙午膺鄉薦偕計北行與余邂逅邯鄲道上相唱和甚懽逾年遽歸道山檀江久不相聞既乃知其偃蹇不遇卒以死則又歎天之生才人率天閼之使不獲自申而檀江視吳胡二子所遇尤嗇其尤可悲

也。然櫺臺詩多散佚。同好刻其遺詩。實非完帙。仙舲則晚窮且瞽。子幼。身後遺稿不知落何所。而檀江有子曰貽楷。獨能掇拾遺文。壽之棃棗。俾不泯於後世。則所以慰檀江於地下者。視二君轉或過之。烏虖。制舉業詩賦駢體文。世所稱干祿之學。取靑紫如拾地芥者也。檀江於此道。既精且能矣。曾不能以此自襮於世。至賫志以沒。豈才與命不相謀。造物既生之。卽漫不嘗省。聽其自爲枯菀邪。抑冥冥中之所重。更有在彼不在此者邪。不然世之一經未上口。遽昂激靑雲以去者。視此何如也。余是以序君遺文。輒不禁廢書而欲涕也。

習靜齋詩鈔序

道光癸卯斗槎與余同遊先世父遯吾先生之門從兄擴湖迪人舜欽佑人西墀暨朱月湖鍾亦皋諸君並同研席鼓篋之暇相與上下其議論酣嬉淋漓顛倒而不厭當是時同縣李東坪張子衡以詩鳴何龍臣丁亦階蘇星陔王吉士等與相應和而斗槎則皆與之遊每歲科試及大比輒聚首岳陽暨省會又讀書嶽麓城南諸君子年少氣盛謂天下事無不可爲遇劇飲大醉則奮褎起舞旁若無人一時意氣之盛豈不偉哉而斗槎年最少獨恂恂居末坐無急言竭論每有會意輒相悅以解則又性情靜躁之各殊也自余鄉舉後擴湖亦階星陔並充選貢生龍臣以優行貢尋舉京

兆余嘗與偕計北上相依如在省郡時未幾吉士舉於鄉月湖繼之斗槎得亞榜方幸扶翅布華每進益上而嶺西盜起海內騷然無復曩時友朋文酒之樂矣咸豐初擴湖龍臣死寇難余與子衡亦偕及迪人西墀崎嶇戎馬間凡十餘年斗槎與亦皋客皖撫李希菴戎幕亦皋早世吉士繇龍南令調豐城遂卒於官今其存者惟斗槎子衡亦偕迪人西墀與余耳每念平生知舊落落如晨星求如曩日之握手言笑不可得也斗槎工詩賦受知張海門學使試藝出爲時傳誦自石門司諭遷閩之上杭尹在官有惠政暇則排纂其古今體詩都四百餘首屬余論次之烏虖余習君久矣君平居粥粥若無能不輕以所作眎人及是乃獲覩其全君詩芬芳

悱惻、清麗芊眠、直入玉溪飛卿遺山青邱梅邨之室、而又兼綜衆妙、不名一家、蓋緜邈於性情所致、其必傳於後無疑、豈待余言爲輕重、余獨惓惓於三十年來盛衰合散之迹、長言永嘆而不自克者、蓋不勝俯仰身世之感云、

鐵瓶雜存序

南瞻張公尊甫斗峰先生以經學名天下先世父遜吾月卿泉先光祿公並及其門道光巳亥元度始識公於長沙公長元度三歲折輩行與交稱莫逆時公方侍尊公於東安學廨未冠卽以詩鳴高者近大歷十子辛丑朋試於岳陽縱論及古文公購歸安徐氏

國朝廿四家選本見貽元度得觕識涂徑繇公發其端也嗣是無歲不相見見則互出詩古文相質庚戌同客京師時曾文正公以詩文倡導來學元度手公詩因袁太史以達文正文正加品隲焉亡何粤盜起公客瀏陽從江忠烈公平土寇歸則以兵法部勒鄉人平防倚以爲固元度從文正東征文正數詢公近狀擬辟參軍務

以界防事棘不果行咸豐巳未公始募千人隸文正戲下從克景德鎮拔浮梁明年以疾歸雖敍勛戎馬閒未嘗一日廢文事也初元度在江西募平江軍任防勦逮假歸數易統將同治癸亥巡撫沈文肅公謀於元度辟公往涖其師所嚮輒有功逾年從左爵相征秦隴　詔除甘肅提刑使疾作解綬歸光緒乙亥起閩臬居頃之仍以疾自免公善病似留侯而其抗懷塵外思從赤松子遊亦時有芥千金屣萬乘之槩嚴君平曰州有九遊其八嶽有五登其四公常舉以自況焉所爲詩經並世諸君子論次鍥行之既大昌於時矣復鍥其序記誌傳扆書牘奏劄之屬凡數十首曰雜存以示元度曰吾少耽吟詠精力萃於詩於古文不多作抑繇過自菲

薄故所就止此脫恣才力爲之庸詎止是邪烏虖公第不欲以作者自居耳所貴乎文者貴其經事綜物能實見諸施行也公實事求是所設施已顯顯然足自見而其發爲文也則如菽粟之可以救餒布帛之可以拒寒藥石之可以起衰而伐病惟無意於爲文斯文之至者也揚子雲樊宗師輩聱牾其辭詰屈其字句曾何濟實用於萬一哉比者公以當事之請出筦江西鹺局略如宋時之奉祠監稅所處在仕隱之閒繼自今江湖浩蕩歲月方長公之文且日出而未有艾也其與詩並傳如驂之靳也決矣元度與公仍世通家交逾三紀偶論事不合輒斷斷爭辯頷下筋暴起如筯座中客至爲罷酒僮僕皆驚起竊覘然兩人胸中絕無纖毫迕至論

詩古文則鍼芥不啻也。今論公詩兼推其文。豈阿好哉。蓋其人有餘於詩若文之外。茲詩文之所以傳也。願以質天下後世之知言者。

絜花吟館遺詩序

吾鄉詩人以胡傲軒處士爲大宗艾和甫中丞繼之兩先生並居黄龍幕阜之麓殆山川靈氣所特鍾歟傲軒七歲遊法興寺成詩卒以詩名天下其後有湄川大令三畝推官並能傳其家學近時傑出者其文琴乎惜乎見其秀而不見其實也文琴負異稟十歲能詩讀傲軒集卽心知其意時復效之性尤好學夜讀不就枕每篝燈成一藝喔喔雞三號不爲止好畫梅花生氣拂拂出十指工篆隸能以鐵筆鍥石爲私印皆不學以能求者珍弆之所作古今體詩瀏然以清偶然以遠傲軒之衣鉢有傳人矣然君不以文人自囿也生平讀書以古豪傑自期又自以生傲軒和甫之鄉文章

氣節取法當自近者始嘗有句云事視志難易身由名短長一篇中三致意焉不幸以劬學得咯血疾卒年僅十七平生師友皆行哭失聲惜其才更悲其志也君疾中自知不起語其兄筠嵓副貢曰人生不朽者名耳吾未與科目不以爲憾獨性好爲詩詩多未定稿不自意其止於是兄爲我摭而存之冀有可傳則吾目瞑矣先是君嘗屬余書紈扇余書曾文正律句應之君愛玩不釋手至是屬筠嵓丐余序其詩且命以箑殉烏虖余家距君居百二十里君生時未識面近稍稍耳君名求一握手而君不可作矣顧不虞君之私好余若是也余倦游老矣每詢二三同志後進中有天姿卓絕心虛且好學者乎僉謂不數數見乃交臂失之君抑更不知

君早拳拳於余余是以諷其遺詩長哦而繼之以泣也君根器不凡措語不食人閒煙火其來其去直曇花之一見耳昔李長吉晝見緋衣人持簡下招字皆古篆曰帝成白玉樓召君作記天上差樂不苦也君儻其流亞歟顧長吉卒年二十四君少其七視長吉遇尤嗇所冀君詩得與長吉並傳爲傲軒和甫之後勁讀者庶幾於黃龍幕阜閒髣髴遇之是卽君之所以不死而君之父若兄所以不死君者抑將在是歟

學海帆序

天地以好生爲德乾曰大生坤曰廣生隨在皆生機所寓也人稟天地之心則凡並生天地間者必使各遂其生而後快聖學重言仁仁者天地所以生物之心而人得之以爲心者人不好生則大拂天地之心乾坤或幾乎息矣自古帝王有網罟佃漁燔炰割烹之制不能不取物以養人而飲食之徒遂恣口腹以流爲暴殄有勸以戒殺放生者或反詆爲二氏之教不知古聖人於取物之中即寓生物之意禮曰諸侯無故不殺牛大夫無故不殺羊士無故不殺犬豕又曰魚不滿尺市不得鬻又曰魚禁鯤鮞獸長麑麌鳥翼鷇卵蟲舍蚳蝝皆此意也今必詆爲二氏則成湯解三面之網

何爲仁及鳥獸孔子何以釣而不綱弋不射宿高子羔何以啟蟄不殺孟子何以云數罟不入汚池又何以云君子遠庖廚乎不但已也齊王不忍一牛孟子以爲是心足王哲宗浣嗽避蟲蟻程子請推此心以及四海又若單父之魚中牟之雉皆古聖賢愛物之仁所流露也此豈得議其近於二氏乎今人不勝其嗜慾之橫決而反託儒者之論以自蓋其饕餮多見其爲不仁之甚而已善夫蘇文忠之詩曰秋來霜露滿東園蘆菔生兒芥有孫我與何曾同一飽不知何苦食雞豚斯眞見道之言與其岐亭詩所云武子雖豪華未死神已泣者可互相發明矣吾友林亦泉明經有見於此作孽海帆博徵古訓資勸戒又以暴殄繇於侈靡於奢儉之際三

致意焉以是公諸同好力挽頽波共全不忍之心以上體好生之德吾見和風甘雨景星卿雲盈天地閒皆生意也尙何刀兵水旱疫癘之足患哉余懼目論者妄詆爲援儒入釋卽舉儒者之道以折之夫天地萬物本吾一體此聖門論仁之微旨也暴殄者盍反而求之

膾炙錄序

昔人稱太史公以文言道俗情質而不俚故能獨步千古然使吏能以俗情達文言豈不入人尤深而感人尤切哉孔子筮卦得賁愀然有不平之色曰賁非君子之所樂也丹漆不文白玉不雕質有餘者不受飾用此見文貴切於實用愈質愈奇文飾不足多矣宋儒語錄多雜俚語方言葢心之精微非是無繇而達王文成之文告雖婦孺蠻貊讀之莫不通曉斯爲天下之至文呂近溪先生著書曰小兒語以訓世新吾先生續之今皆膾炙人口夫非牖民覺世之苦心歟老友湯君虎臣承其尊人之訓以謂聖經賢傳曁先正格言勸善之說備矣然辭過於文非讀書明理者莫能喻不

若以淺語達之、如白香山詩老嫗能解、乃足深入人心、而警其聾聵、虎臣本遺訓作膾炙錄、凡正心修身持家涉世之法、以類相次、無一非名言至理、而又不越街談巷議之常、殆佛家所謂以慈悲心運廣長舌爲衆生說法者歟、予別虎臣垂四十年、書來徵序、予謂此新吾陽明之流派、可作宋儒語錄觀、夫豈有貢飾過情之弊哉、亟付剞劂、公諸同好、以當遒人木鐸之徇、知言者必不視爲老生常談也、

繡佛樓詩序

詩三百五篇，作於公卿大夫者，周召而下，若衛武公、召穆公、尹吉甫、凡伯、芮伯、蘇公、家父、寺人孟子、魯奚斯之屬，落落可指數。而二南則半出后妃夫人之作。十五國風若蔡人妻之賦芣苢，申人女之賦行露，以迄衛宣夫人之柏舟，定姜之燕燕，黎莊夫人之式微，莊姜傅母之碩人，伋傅母之二子乘舟，息夫人之大車，韓魯詩傳皆能實指其人。其他思婦游女之詠歌，舉得與雅頌並列。葢古者教於公宮，教於宗室，與小學就傳之禮無以異，故三代以上女婦率能詩。後之儒者，以易言死攸遂，詩言無非無儀，遂謂女子無才即爲德，曷弗還證諸三百篇哉。抑嘗考古才女，若蔡文姬、曹大家

謝道蘊朱淑眞輩或遭亂離或早寡或遇人不淑慧與福常莫能
兼論者謂詩能窮人雖閨閣亦爾是又不然葛覃卷耳太姒所自
作也彼其作配君子子孫千億福孰多焉我　朝文化翔洽海以
內士女之稱詩者若蔡季玉爲高文良夫人徐湘蘋爲陳素庵相
國夫人皆封極品有集行世若田山薑司寇之母張湯西厓少宰
之母陸查初白編修之母鍾畢秋帆尚書之母張其所謂茹荼集
閒窗小草梅花園培遠堂諸集則並因其子傳若錢文端母南樓
老人詩及畫並荷
高廟御題尤古今未覯之榮遇也略舉其尤而詩之不足窮人也
審矣虞山錢太恭人伯治先生之德配鑄庵明府之母也少負異

才女詩法於族父梅溪先生兼精六法及古文辭隨宦桂林衙齋唱和有趙承旨管仲姬風槩喆林中丞采其句入叢話洎鑄庵成進士就養來湘年餘七十矣授簡課孫吟興不少減元度與鑄庵善嘗登堂拜母欽其神鋒四映有林下風近始讀其集瀏然而清盎然而和鏘然而韶鈞鳴蔚然而虎鳳躍稽叔夜所稱觸攙如志惟意所擬者似之蓋其志潔其才雄故能振采負聲而不失溫柔敦厚之教以絜昭代蔡徐張陸之倫有過之無不及也屬鑄庵來命序乃類舉先正中女士能詩而兼福慧者以復於太恭人俾世知窮而後工實衰世之論而并探源於三百篇諸作者以見古女士揚風扢雅實足與公卿士大夫並傳云

學佛閣詩序

自詩有無非無儀之語，儒者遂謂吟詠非閨閣所宜，甚有曰女子無才即爲德者，余竊非之。詩三百篇大半婦人女子之所作也，而二南爲尤多。太姒之所志，莊姜之所傷，共姜之所自誓，許穆夫人之所閔，衛女、宋襄公母之所思，於父母，於兄弟，於子，發乎情，止乎禮義，采於太史氏，見錄於聖人，學者以冠六經之首。獨後世有爲之者，則曰非宜，豈通論哉。周母羅宜人秉質端亮，相夫子有賢聲，子若孫皆策名仕版，性好施與，賙貸及六姻。自稱未亡人後，日鍵戶焚香，長齋繡佛前，顧獨好爲詩，自少至老不輟。有才女適李氏，早寡，亦工詩，至是日相賡和，意充然各自得也。近以所著學佛閣詩來徵序余惟詩以言志言者心之聲言而成節合夫天地自然之節則因言可以見其志然其言也任天而不任人何者六經之文聖賢所述作也獨至於詩則半成於閭巷閨闥之所爲而語言超妙後世能文之士有弗及者此豈非任天而動非人力所能與者乎記曰溫柔敦厚詩敎也宜人之德之才之節旣能不紕於詩敎而其運天而動又適合夫三百篇之旨此其詩之所繇自然而合節也歟至各體清超拔俗覽者當自得之玆第論其合乎詩敎之大者

養貞閣詩序

女子宜詩與詩三百篇之半皆閨媛作也余序羅宜人詩言之矣然獨怪三百篇如后妃諸侯夫人大夫妻以及民閒女士作者不可殫數而十五國所錄節婦之詩則止衞共姜一人而其他佼人游女秉蕑贈芍之詞其放佚於禮法外者顧反疊見不已則豈非節難節而以詩傳者尤難歟閒嘗考春秋二百四十二年中如魯文姜衞宣姜輩史不勝書其書節婦惟宋伯姬紀季姬以春秋證詩而節婦之難益著且二姬所作無聞又未必果能詩也世嘗言三代上風俗厚而人才多古今人宜不相及矣然以二經考之所著節婦裁三人節而能詩者一人耳然則當世苟有其人不尤難

能而可貴哉羅宜人之女周氏幼秉母訓能詩適同邑李氏未二年稱未亡人鬋髮誓志以猶子爲嗣事君舅以孝聞歲時歸寧與母氏相唱和得詩若干首將鋟板與學佛閣詩並傳余謂此才節兼者之辭在三百篇固共姜之徒也異日上之輶軒書之彤管國史列女傳必將據以爲徵讀者作柏舟詩觀豈尚可以工拙論哉抑吾讀柏舟有母也天只不諒人只之語是其母初尚欲奪而嫁之非賢母也以視作者因母教以砥其節昌其詩又烏在今人不轉出古人上哉謹書之以俟采風者蓋將有以取斯焉

橋楅山館詩集序

世稱昌黎闢佛賓則樂與浮屠遊見諸文者有若送文暢師序送高閑上人序送令縱西游序見諸詩者有若送無本師歸范陽聽穎師彈琴題秀師禪房送惠師送靈師諸作不特在潮州與太顛往還造其廬留衣服爲別也顧吾獨怪無本即賈閬仙自觸昌黎前騶勸返初服仕至長江簿汔無所表見曷若以詩僧終之爲高且潔哉古詩僧之詩惟宏秀集最古自皎然齊已貫休已下凡五十有三人若古今禪藻集則網羅尤富非若宋九僧詩但備數家而已使昌黎一一及見之其唱酬不益彩歟吾平詩僧不多覯臥雲上人幼負異才祝髮靜嚴寺清修梵行好儒書其詩瀏以清廉

以達直者不伉綺者不靡文亦偘偘自抒所見不蹈襲古人吾鄉緇流稱詩者無能出其右矣論者或惜上人負用世才顧遁跡空門末繇炳見諸事實不知人顧所樹立何如耳果其志趣拔俗在家則主張世道寘身三不朽出家則悟澈最上乘明心見性證菩提三昧卽偶出餘技亦必希風古作者不肯與草木同腐也上人之詩駸駸乎爭支遁皎然之席矣卽遇昌黎欲以待閬仙者待之豈屑以彼易此哉抑吾聞達摩東來直指本性不立語言文字與儒門之象山橫浦白沙姚江同一超詣然則入世出世所得皆有在文辭外者僕老矣尚當與上人屏謝世緣勇猛精進蘄各造其極豈僅以詩僧目上人歟上人以集徵序余諾之六年矣及是乃

書其簡首・秋高氣爽・行將振衣天岳峰頭・與上人把袂一證其淺深離合也・

天岳山館文鈔卷二十九

輿國方氏族譜序

周禮太宰以九兩繫邦國五曰宗以族得民葢古者睦族之道以譜系聯之是以有小史以奠繫世有族師以書其孝友睦婣惟宗法行故能使相保相愛以適於德行道藝之歸此百世之計也秦漢以降帝王將相之屬多崛起屠沽莫能紀其先世譜牒蔑有徵焉晉宋因魏制以九品官人重門閥辨族地而後譜學復興以迄於唐然其中依託誣繆者往往而有厥後世變相尋故家殘毀中原無百年不敝之文獻而世譜之存亡莫可必矣於是士大夫始自爲譜以篤一本之親如廬陵歐陽氏眉山蘇氏及近世崑山歸

氏、山陰劉氏、寧波萬氏、長洲汪氏、其最著也。數家之譜、體例各不同、然諸君子皆深於經術、能文章、所爲譜具載其集中、好古之士得考覽焉。興國方氏、系出周元老方叔、其後自桐廬遷江西之浮梁、至元季有以孝廉官興國教授者曰迪、迪生文煜、卜居興國之荆山園、實爲始遷祖。文煜生子三、曰鈐、曰鉉、曰鉡。鈐後分居長慶里、鉉居豐樂里、鉡雖遷居江西、其支屬仍居州之豐義里、興國之方蓋有三族云。乾隆甲戌間、鈐鉉二族蓋嘗合譜、迨嘉慶壬申仍各分編。今三支子姓不下三千人、掇科名、登仕版者相望、念大宗之同出一本而不忍分異也、於是有合修之舉。余惟近世士大夫能斥千金爲豪舉、而宗族或視爲塗人、箸書汗牛馬、高曾以上或不能舉其名爵今方氏先世孝友之遺獨有以興起其後人遠至十數世猶能敦敘昭穆合其所既分能不紕乎先王以族敎安之義而比年粵寇陸梁東南無完土輿國屢更兵燹一二故家舊族轉徙無定所避地者必以先世圖籍爲兢兢則譜牒者其尤今日之本務歟方氏子孫其愼世守之後有繼者雖與歐蘇及歸劉萬汪氏諸譜並垂焉其可也

劉氏族譜序

劉君金門以新修族譜成，述其族衆意，徵序於余。余惟有姓氏斯有譜系。古者天子建德，因生以賜姓，胙之土而命之氏。黃帝之子二十有五人，得姓者十有四。他若夏賜姓姒，殷賜姓子，功大者始得命之。三代以上，姓氏分爲二，男子稱氏，婦人稱姓。氏以別貴賤，姓以別婚姻，故姓可呼爲氏，氏不可呼爲姓也。於文，女生爲姓，故姓之字多從女，觀姬姜嬴姒嬀姞妘婤姶妊嫪之類可見。鄭氏樵論男子得姓受氏者有三十二類，具詳《通志》。其婦人稱姓，若伯姬、叔姬、季姬、孟姜、叔姜之屬皆是也。司馬遷、劉知幾稱周公爲姬旦，文王爲姬伯昌，蓋三代下姓氏合而爲一，雖良史猶昧昧焉。宜爲鄭氏所譏矣至以譜牒奠姓氏昉自周官之小史漢劉向撰世本宋均爲之註魏晉以降官有簿狀以覈選舉家有譜系以覈婚姻凡百官族姓有家狀者官爲考定何其愼且重也自九品中正之之法廢官中無譜錄而私家始各自爲譜以敬宗而收族明允氏謂五世親盡將視爲途人此譜之所由作歟劉氏出自帝堯者受封於劉在夏爲御龍氏在商爲豕韋氏在周爲唐杜氏在晉爲士氏處於秦者爲劉氏此祁姓之劉也以國爲氏漢高帝光武帝皆其後又成王封王季之子於劉因以爲氏世爲周卿士此姬姓之劉也以邑爲氏康公獻公皆其後又有東郡河南雕陰三族則由漢高帝以宗女嫁匈奴冒頓其後遂從母姓又嘗賜項婁二姓爲

劉氏其見於鄭志者如此平江之劉自唐天寶中侍郎光謙避祿山之亂來隱於平傳世千年支分派衍食舊德服先疇者仍世滋大平人稱右族焉譜屢續修今益燦然大備夫導江自岷山導河自積石所貴乎譜者豈第如裴守貞之家牒劉復禮之大宗徒夸甲第之盛已哉固將列族數之近遠敘昭穆之源流俾昆弟子姓共知得姓所繇相親相保以求合周官孝友睦婣任卹之六行庶無失小史奠繫世之遺今劉氏世澤延洪久而益懋則是譜也不特排纂世傳者所當式且將與紳略家範並傳矣故述古者賜姓受氏之源及唐以上宋以下官私譜牒存亡升降之大略悉次是譜以冠於篇

族譜序

李之望十有二而隴西趙郡尤顯唐書宰相世系表隴西李氏四房曰武陽曰姑臧曰燉煌曰丹陽宰相凡十八人趙郡李氏六房曰南祖曰東祖曰西祖曰遼祖曰江夏曰漢中宰相凡十七人又宗室宰相十一人別有三公七人三師二人今考表所遺者尚有景諶讓夷訓三人何其盛也太白詩云我李百萬葉柯條盛中州富哉言乎然族之盛也必以孝友睦婣任恤六行爲根本而又六藝以文之六德以充之夫而後人文迭起相期立德立功立言而族以保世而滋大吾李氏系出唐太宗第三子吳王諱恪本隴西成紀人也吳王之曾孫嶧官蜀州刺史又七世銜徙南康之建昌石

晉天福二年碧山公自建昌遷平是爲始遷祖迄今八百三十六年矣明季族譜亡於兵燹乾隆庚申始修之越癸卯及嘉慶辛未道光辛丑凡四修同治辛未族衆議續修筆削嚴謹視舊有加既成乃屬元度爲之序惟古者有大宗之法以繫屬族人有小史以奠繫世有族師以書其孝友睦婣平時饑寒相恤疾病死亡相救故有事則聚族而謀去國者多以族行先儒謂宗法之興廢與國勢相表裏者此也自秦人子壯出分後世沿其俗朞之兄弟能不異居與財者尠矣況族人乎有心者懼其渙而不屬也於是立大宗祠以聯之作族譜以維繫之皆宗法遺意也蘇氏洵曰今之塗人其初兄弟也兄弟其初一人之身也一人之身分而至於塗人

此吾譜之所以作也。烏虖。蘇氏之論。既足使人油然生孝弟之心。而其記族譜亭也。則又深矉太息於鄉鄰風俗之衰。而其以鄉之望人敗常亂俗。薄於六行者爲大戒。何其懇惻而深至歟。今吾李氏聚國族於斯。食德服疇。繩繩勿替。近日文武大僚。聯鑣繼起。祖澤正未有艾。既鼎建大宗祠。又續修斯譜。以敬宗收族。使知相視若塗人者。其初本一體。而又幸無有敗常亂俗如蘇氏所譏者。傳曰。公侯之子孫。必復其始。安在隴西趙郡之閥閱。不再見今日哉。是在吾族人深惟宗法遺意。而無失大司徒鄉三物之訓而已矣。抑吾攷古今譜。以蘇氏爲式。而蘇譜止及其高祖。自云高祖以上不可得而詳。蓋其慎也。外此若廬陵歐陽氏。近世崑山歸氏。山陰劉氏寧波萬氏長洲汪氏桐城姚氏其所爲譜具在文集中並以簡要爲主姚譜則倣古世表體謂近人作譜繁而非法譜貴文冊輕簡易挾而藏有時轉徙亦易攜以行是爲傳久之道觀近歲軍興東南故家舊族轉徙無定所先世圖籍多不能存然後知姚氏之論卓也吾族男丁萬有七千族譜至四十餘帙勢已無從得簡然自今以始有加無已益不可不爲之慮故前未合譜者此次概未敢收以卷帙過繁非傳久之道也謹附著其義以諗後之人

天岳李氏譜序

吾李氏嬴姓也高陽氏生大業大業生女華女華生皋陶爲堯大理始因官命族爲理氏也商之李世理徵以直道不容於紂攜子利貞逃於伊侯之墟食木子而得全爰改理爲李也利貞十一世孫曰耳爲周守藏史其曾孫曇生崇及璣崇居隴西璣居趙郡是隴西趙郡族望所繇始也隴西李氏凡四房曰武陽曰姑臧曰燉煌曰丹陽唐高祖則隴西成紀人也吾族系出太宗第三子吳王恪傳十世至衎公徙南康之建昌石晉天福二年承永公自建昌遷平是爲始遷祖也傳八世爲岳昭仁昭德昭可昭勝昭元彥爲仁昭公裔天岳族則德昭公裔也德昭公傳十世爲遠山公元時

始居田坪後分居長慶洪橋是爲天岳族之別祖記所稱別子爲祖繼別爲宗者也族譜作於明萬歷中浦江教諭茂端人　國朝凡五修今則六修也雖然譜系難言之矣唐有天下考世系自成紀令尚以後則信以傳信尚以前則疑以傳疑不自今日始也後世譜學推歐陽氏蘇氏然歐陽之譜曰自琮以下凡七世其譜亡蘇氏自高祖以上亦莫得而詳蓋其愼也同治辛未元度等修大宗譜有以明季　國初殘本至者覈其源流微有舛迕然不敢舍此從彼以譜經五修夫有所受之也天岳族亦有因疑而改隸他支者說非無據而父老不敢輒從各尊所聞也於是族衆以譜來徵序元度受而讀之犂然有當於心焉其曰天岳李氏譜者據隋

志有京兆韋氏等譜唐志有東萊呂氏家譜也曰某房者據唐書藝文志有韋氏李氏諸房譜也曰某支者據鄭樵通志略有楊氏支分譜也首世系者用唐書宰相世系表及歐蘇二譜例也兼作圖者歐陽譜世系用表式而仍署曰圖桓譚所謂旁行斜上並效周譜也詳字與官及婦族者據世說註所引諸譜也名佚書字字佚書行次者歐陽譜例也蘇譜於祖父之名加諱字歐陽不然劉勰云譜者普也一族之公非一人之私故不從蘇也列家傳者用李繁鄴侯家傳韓忠彥魏公家傳例也李韓家傳止一人今彙列之者用明粲明氏世錄崔鴻崔氏世傳例也傳文於己所自出曰公據白氏家狀文也族之尊者亦曰公據柳子厚叔父墓版文也

無官者亦稱公據漢吳仲山碑也漢魏婦人皆稱名今稱氏者據孔叢子引子思之言婦人於夫氏以姓稱禮也曰元配據晉書禮志文也曰繼配據王介甫葛源墓志介甫又據儀禮喪服傳也不曰繼室古之繼室非繼妻也詳生卒者據揚子雲家牒載雄以甘露二年生周氏譜載翼以六十四卒也詳塋墓者用隋書經籍志所載楊氏譜例也又用潘昂霄古金石例爲作圖也古法不記遷徙今記之從歐陽氏例也有科名官職或沒於王事及婦以節孝被　旌者必書錄賢也能興舉族中公事者必書錄功也出嗣之子仍系本生父重所生也於所後則書子某重爲人後也干犯名義者不書逃入二氏者不書抱異姓子者不書防亂宗也此皆義

法之善者也雖然抑又有本焉周禮大司徒以鄉三物教萬民一曰六行孝友睦婣任卹反是者有刑此保世滋大之原譜之所繇作也古者鄰里鄉黨相賙相捄聚於人也宗以族得民聚於天也聚於人者有時而散聚於天者終不可散也人人親其親長其長而天下平此聖賢所厚期抑亦祖宗之所降監而佑啟之者也

善化文津譚氏家譜序

漢劉向因周官小史之法撰世本以奠姓氏魏晉以降官有帙以覈選舉家有譜系以覈婚姻且立圖譜局置郎令史掌之凡百官族姓有家狀者官爲攷定藏之秘閣副在左戶若漢鄧氏有官譜應劭有氏族篇聊氏有萬姓譜晉賈弼王宏齊王儉梁王僧孺之徒並有百家譜徐勉有百官譜唐有氏族志世系錄衣冠譜諸書並領於官何其詳且愼歟自九品中正之法廢官中無譜錄始家自爲譜以敬宗而收族而廬陵歐陽氏眉山蘇氏爲最著二公皆邃於經術纂次有法故能傳也譚氏系出高辛本嬴姓歷唐虞夏商迄周封國於譚爵子春秋齊師滅譚譚子犇莒後遂以國爲氏

漢以降世居河南唐幽州大將軍忠自絳縣遷當塗咸通中宣義郎可奕自泰和遷茶陵宋紹興中仕黎自茶陵遷安仁傳十二世至平英入　國朝自安仁遷善化是爲文津始遷祖子姓蕃衍科名文物甲湘西舊譜與茶安合同治壬申特修文津家譜斷自平英公始其茶仁安系別爲卷列前詳近而略遠以傳信也燮甫文學與余共事通志局稱道誼交譜成屬序其簡首余讀其序例引經据史斟古切今無一字不典核其世表全用歐陽例書法嚴謹一洗蕪陋之習夫家之有譜猶國之有史郡邑之有志體皆本自六經其制古則文宜近古譚氏之譜可謂瑩然出其類矣抑又聞之尊祖敬宗敬宗故收族周官之制既有小史又有族師以書

其孝友睦婣任恤，蓋必以六行爲之本，然後本支百世不至相視如途人。今觀斯譜，於生卒遷葬，敘述既不苟，又益之以家廟祀田家規家傳，深有合乎先王以族敎安之義。蓋草創於嘉慶中，集數人之益，閱數十年，始潰於成，故能本末賅備若此也。並世諸君子講求譜學者夥矣，未有能出其右者，固當與歐陽蘇氏諸譜同列而並觀之矣。

廬陵歐陽氏白沂支譜序

古者譜牒皆領於官魏晉置圖譜局以郎令史掌之藏諸秘閣至唐末猶然歷五季之亂而官譜亡宋歐陽氏蘇氏始各以其家譜傳後世並以爲法歐陽氏之譜文忠公自序詳矣其先爲夏后氏苗裔封於越及楚併越封其子於歐餘山之陽曰歐陽亭侯子孫以爲氏其後或居千乘或居渤海世有達人晉時有諱建者殉國難兄子質自渤海遷長沙越九世生頠仕陳爲征南將軍封山陽郡公子紇襲紇弟約之子允封南海郡公紇子詢仕唐爲率更令封渤海男詢子通封渤海子孫琟襲自通三世至吉州刺史琮始遷廬陵是爲文忠公十五世祖其後湻祐間琮八世孫安福令萬

之裔孫安時自廬陵遷瀏陽爲元翰林承旨文公元之高祖而其大宗仍世居廬陵也攷歐陽氏自頠之祖景達以下凡九世元之曾祖新以下凡六世名字官履散見於陳唐宋元四史列傳及唐書世系表顏魯公之碑文忠公之譜序圭齋之文集皆塙然可徵又有監丞譜永和支譜續譜宋胡忠簡銓周文忠必大楊文節萬里皆爲之序其監丞公祠則明羅文恭洪先鄒文莊守益鄒忠介元標爲之記若詩烏虖可謂盛矣顧歐陽氏通譜自　本朝乾隆初合修後以族繁久未續纂於是各修支譜以俟通譜之合焉白沂其一支也白沂支祖爲季雍公明季由泰嶺徙白沂生子七長雅信居白沂次雅韻遷湖塘江餘仍居泰嶺今白沂子姓皆雅信

公後也白沂自合修逍譜後顧未修支譜魯亭司馬之大父諱酙倡議建祠置祀產立義學考諱鼎復倡建監丞公祠於白沂餘山書院之右凡敬宗收族之事靡不舉屢欲纂白沂支譜未就也於是司馬與其族叔熙各遵遺訓以纂輯爲己任譜既成徵序於余余惟文忠公譜式天下所宗也言譜學至廬陵之歐陽可謂海內之杓斗矣顧嘗從公集中取其譜讀之自詢至琮凡五世幾閱三百年自琮至文忠十八世裁百四十餘年是亦不無闕漏蓋歷世久遠雖賢子孫有莫能詳者然則支譜之輯可或緩哉至傳家之訓文忠固言之矣以忠事君以孝事親以廉爲吏以學立身烏虖何其言之明且盡也傳曰公侯之子孫必復其始誠守文忠之訓

保世以滋大。吾烏知千乘渤海之盛。不於白沂再見之哉。

瀏陽楊氏譜序

先王以大宗小宗之法治天下。而又有小史以奠世系。定昭穆。小宗伯掌三族之别。以辨親疏。此成周之盛軌也。降及暴秦。富民有子則分居。貧民有子則出贅。而宗法始壞。隋唐以上。官有簿狀。家有譜系。止據以定選舉。別婚姻。視門第爲甲乙。寖失古敬宗收族之意。至五代。豆盧革韋說談門望以貽笑當世。則宗法陵夷盡矣。宋歐陽氏蘇氏始作族譜。以存小宗之遺法。後世宗焉。然歐陽文忠幼長於漢東。終老於潁。廬陵故里。蹤跡僅一二至。蘇文忠文定宦遊四方。流離嶺表。卒葬於郟。子孫迄未歸蜀。則於收族嚴宗廟之義。二家亦未能實踐也。楊氏系出晉武公之子伯僑。封爲楊侯。

子孫遂以爲氏傳二十五世至漢太尉震又二十六世至唐戶部尚書朝簡於同光三年遷荊湖之南爲今瀏陽縣北關山里傳十五世至金儒入元爲顯宦金儒生盛爵盛爵生毓英毓英生北極北極生至岱至岱生天申並仕元爲京外官明洪武中有官仁和知縣者天申之孫源亨也入　國朝簪纓相續其族譜修自乾隆朝道光八年再修壽山觀察者族中領袖也富而好義斥重貲建宗祠置祀產百廢具興今觀察下世十年矣會衆修族譜喆嗣晴村司馬屬序其簡端余詳閱其譜言不崇華事必據實昔歐陽之譜亡其名者存其世今則釐然具在也明允記族譜亭俾不肖者面熱而內慙今則同心一德無非種之鋤也夫古者私家之牒並

上。諸官。唐韋述蕭穎士等撰宰相甲族表。歐宋卽本之以修唐書。楊氏子孫。誠能反本復始。力敦孝友睦婣。以求合古宗法遺意。行見振振繩繩。保世滋大。關西之令緒益振矣。他日上之館閣。安在不可備　國史之採摭哉。

羅氏族譜序

春秋時羅國在今宜都縣西山楚文王遷之枝江縣境後又遷諸平江湘陰境故平湘並稱古羅秦併天下廢羅國爲羅縣羅之子姓遂以國氏其時有諱君用者官武陵令督鐵運過洞庭舟覆溺死其女年十六偕其十二歲幼弟哭求父尸不獲相率赴水死每陰雨居民見其姊弟抱尸湖上有雲氣覆之遂立廟以祀漢陸賈使南粵還納銅鼓於廟宋元豐中封女孝烈妃弟孝感侯語詳岳陽風土記明顧璘重修廟記則稱女殉孝時僅存四歲弟珠延羅氏後漢惠帝封珠於豫章溝豫章羅氏自珠始凡天下之羅皆珠公苗裔也余嘗論漢有曹娥以死殉父邯鄲淳爲之碑蔡邕題之

遂衆載諸人口又有叔先雄及唐之饒娥事與曹娥埒並見正史然羅氏姊弟年輩遠在曹叔前而劉向列女傳及遷史皆失載殊不可解且曹娥父爲巫以迎神醉而溺死君用則以縣令督鐵船合以死勤事之義又曹娥叔先雄饒娥皆隻身殉父羅則姊弟同之尤難能而可貴也而世顧知有曹叔饒娥幾不知有羅氏子殆因曹娥得絕妙好辭以張之叔饒並入史傳而羅獨見遺故耶然而父死忠子死孝在秦有廟在漢著靈在宋錫封號祠祀至今不絕抑豈以是爲加損邪余纂修通志以羅孝子冠全省人物補前志之漏列女傳復首羅孝女其輯縣志亦然又倡建孝子祠於天岳書院院長李倬齋進士徵詩表之凡爲維持風教計也光緒丙

子羅氏合修族譜徵序於余蓋平爲羅國本羅氏之故都也其後散處各郡縣人　國朝先後徙歸或來自粵東或來自江右亦有分處長之瀏陽岳之巴陵者其譜牒各以始遷祖爲始皆房譜支譜非大同譜也自咸豐己未平江巴瀏各族合建宗祠於平東義口之鍾家段至是乃合八族爲通譜焉夫羅氏以忠孝著先秦楚中文獻莫古於是其源遠其流長宜珠公後裔之熾昌而蕃衍也後之人允迪前光亦惟守忠孝之傳而已矣傳曰尊祖故敬宗敬宗故收族譜之作以教孝也而忠卽寓焉羅氏先世諸理學若宋之仲素明之整庵一峯念庵多從祀兩廡然悉以忠孝爲本根能各知有忠孝則可不辱其先而譜不虛作矣

喻氏族譜序

自九品中正之法廢，官中無譜錄，而私家始自爲譜以各收其族。於是宋廬陵歐陽氏、眉山蘇氏並以其譜傳至今，奉爲式。歐陽子曰：元孫既別自爲世，則各詳其親，各繫其所出。凡諸房子孫各紀其當紀者，宜視此爲例。蘇氏之譜雖祖眉州長史味道，以親盡不書，惟其父至高祖官婚卒葬備書，而他不書。其說曰：譜，吾作也，詳吾之所自出也。二家譜法洵約而可宗矣。顧吾謂仁人孝子追遠之思靡窮，惟不得其傳斯已耳。苟得其傳，何忍闕略。所貴乎譜者，上追祖，下收族，族之渙者賴譜以聯之。如曰吾作也，所自出者宜獨詳，其他非吾事也，是豈祖宗所望於賢子孫者乎？且歐陽之譜自詢至琮凡五世幾閱三百年自琮至修十八世裁百四十餘年顯有闕漏蘇譜不書味道愼矣顧遠溯陸終昆吾茫渺之緒果可爲傳信乎二家且然餘更不足論矣喻氏系出鄭之公族遠有代序東漢有諱猛者官蒼梧太守旋移江夏故郡望稱江夏自後人文輩出而世系莫能詳今譜斷自藥公始藥生唐昭宗時仕梁爲太保居豫章之桐廬四世孫喬遷萬載之虎符七世孫曰九曰武遷平之義口市其裔曰景自平遷長沙所稱新宅一支者也喬之後有諱富者自虎符遷阜山七世孫曰受可自阜山遷義口越三世伯林自平遷瀏陽伯昇自義口遷西鄉伯虎自義口遷南鄉伯銘獨世居義口此平瀏四支之源委也前代譜多闕佚惟乾隆丁

已譜尚存其時第合平瀏四族而新宅一支以地遠弗與自後百三十餘年分修凡四次均未合一至同治甲戌五族乃合修焉可謂能收族者矣譜成其宗老以元度母族係喻氏又喻之門壻也乃命弁言簡端元度讀其譜覈其義例蓋本歐蘇氏之式而加變通焉其尤韙者合五族子姓爲大同譜深得古人尊祖敬宗以收族之義可謂瑩然而出其類矣抑吾聞孔子有言厚於仁者薄於義親而不尊厚於義者薄於仁尊而不親是故義非仁不立也仁非義不行也喻氏子姓誠知仁義尊親之說能使長幼有序有無相賙吉凶患難相佽歲時膢臘祭饗飲食相周旋本周官之六德六行以求當於族師小史之所職則譜法也而宗法寓焉矣豈惟

追擬於歐蘇二家之譜云爾哉

巴陵曹氏合修族譜序

曹氏出自周武王子振鐸封於曹。傳二十餘世。子孫以國爲氏。自漢魏至南北朝。其間王侯將相節士文人。相望於史策。至唐有端禮者。居曹州。官洪都教授。遂家焉。十數傳至宋。分五房。曰龍鳳鸞麒麟。麟之元孫曰高曰顯。高生範鑑。遷湖南之長沙。範鐸遷湖北之蒲圻。顯生範鑌範銘範欽。遷寧州之西莊楊林。範欽官涇陽知縣。生子二。長受祿。遷臨湘之土門界。其後裔散處平江蒲圻。次受楨。遷巴陵之張果坳。其後裔散處監利及中州。今鍾山觀察所倡議合修者。實受祿受楨兩公子姓之譜也。先是明季兵燹。舊譜燼焉。後遂家自爲譜。觀察世居巴陵。道光癸卯。其封翁壽崧先生與其族兄鬻齋始修受楨公支譜擬與受祿子孫合纂以郡邑各殊未就也同治癸酉觀察奉諱里居乃與其兄藴齋卓夫等陟黃龍山拜範欽公墓於西莊復周歷平江蒲圻監利等縣大會其宗人遂定合譜之議成先志也譜成賜余屬爲序余謂姓氏之法三代下至漢猶有存者夏侯嬰封滕公子孫遂爲滕氏又有與公孫主爲婚者遂爲孫氏田千秋好乘小車子孫遂爲車氏史記列傳稱滕公萬石君太倉公魏其武安皆不著姓此卽古人以官爲氏之意葢用此以自別於同姓之諸侯然自是遂亡其本姓則史職不修之過也古者太史氏掌辨昭穆凡立氏者必告於太史氏春秋之末智果別族於太史爲輔氏此其徵也後世封建世祿井田之

法廢諸侯卿大夫之後降爲皁隸士庶人之族散而之四方故宗法不可得而立即史職不可得而紀即有自譜所出者亦止各詳其親能爲分不能爲合矣今觀察之譜獨能合其所旣分使源流有考親疏有別其於古大宗之法即未知其盡合與否然於尊祖敬宗收族之義無遺憾矣推斯志也親親長長以治平天下不難也豈第合於古誼足以上之太史氏而已哉

廬陵養塘王氏譜序

梁沈約曰。自開闢以來未有爵位蟬聯。文才相繼。如王氏之盛者也。致王氏之系不一。有姬姓之王。有嬀姓之王。有子姓之王。有虞姓之王。若瑯琊王氏。則周靈王太子晉。以直諫廢爲庶人。其子宗敬爲司徒。時人號曰王家。因氏焉。秦將軍翦。翦子武陵侯賁。賁子武城侯離。漢諫大夫吉。大司空扶平侯崇。崇子義鄉侯尊。晉太保祥。宗正卿覽。覽子始興文獻公導。導子散騎侍郎洽。洽子尚書令謐獻穆珣。宋侍中豫寧文侯曇首。曇首子中書侍郎豫寧愍侯僧綽。僧綽子齊侍中尚書令南昌文憲公儉。儉中子梁給事中南昌安侯騫。騫子尚書南昌章侯規。規子後周光祿大夫石泉康侯褒。

褒子隋安都通守石泉明威侯蕭同時尚書右僕射肅侯彬尚書令簡侯彪之左衛將軍建寧公進之皆其後也又太原王氏出自離次子漢揚州刺史威其九世孫霸始居晉陽魏司空京陵穆侯昶昶子晉錄尚書事京陵元侯渾渾子汝南內史湛湛子藍田縣侯承承子尚書令藍田簡侯述述子左衛將軍藍田獻侯坦之三傳爲後魏寧南將軍長社穆侯慧龍慧龍子龍驤將軍寶興寶興子鎭東將軍瓊瓊子遵業廣業延業季和號四房唐吏部員外郎履仁長房後也武城尉昱二房後也又烏丸王氏霸長子後漢中山太守殷食邑祁縣五世孫後漢侍中幽州刺史懋六世孫後魏并州刺史光光生度支尚書冏護烏丸校尉封廣陽侯因號烏丸

王氏唐太常博士仲翔其後也又中山王氏亦出晉陽永嘉之亂涼州參軍軌晳居武威姑臧五世孫侍御史贈武威定王橋橋生中山王叡因號中山王氏後徙樂陵又河東王氏唐太常少卿紘其後也華陰王氏武后相孝傑其後也又京兆王氏爲周文王第十五子畢公高之後畢萬封魏後分晉爲諸侯至昭王彤生公子無忌封信陵君無忌生間憂間憂生卑子秦滅魏卑子逃之泰山漢高祖召爲中涓封蘭陵侯時人以其故王族也謂之王家後漢河南尹上樂莊侯遵其九世孫也此皆姬姓之王也其出於北海陳留者則爲舜之後其先齊諸田爲秦所滅齊人號爲王家此媯姓之王也出於汲郡者則爲王子比干之後此子姓之王也出於

河南者則爲可類氏出於鴻翊者則爲鉗耳族出於營州者本高麗出於東安者本阿布思此皆虜姓之王也王氏族類之可考者略如此廬陵賽塘王氏本姬姓之苗裔自元至正初太學生諱輔定居賽塘遂爲始遷祖自明及今世有令聞譜之修閱三百年矣申之司馬慨然以爲已任與其族雲圃郡丞協力修復之其始末已見於李小湖廷尉之序申之復徵序於余爰舉王氏支分派別之可攷者以復之至其門閥之盛若漢之五侯宋之三公東晉時王馬共天下之謠則更僕不能悉數也夫族之所以盛豈第簪纓茅土科目之謂哉詩書禮讓以植其基孝友睦婣任卹以培其本乃可以保世而滋大晉南渡後王氏人才最盛然莫非祥覽之裔

用此見孝弟之至通於神明也詩曰無念爾祖聿修厥德王氏子姓念之哉

常寧張氏譜序

孔子曰君子於其所不知蓋闕如也又曰吾猶及史之闕文也今亡矣夫然則闕疑者史學之要也雖然豈獨史然哉譜爲尤甚何者人本乎祖譜所以譜吾祖也祖果無疑焉用闕顧自天地生人吾祖卽與俱生今姓氏斷自黃帝則黃帝以前孰爲吾祖皆不可得而知矣司馬氏據世本周譜作帝王世次圖歐陽公糾之曰唐虞三代同出於黃帝據圖則是堯崩下傳其四世孫舜舜崩復上傳其四世祖禹稷契皆高辛氏子湯與王季同時湯下傳十六世爲紂王季下傳二世爲武王據圖則是武以十世祖伐十四世孫而代之也豈不繆哉史遷不能闕疑歐公譏之韙矣乃公作唐宰

相世系表於瑯琊王氏既稱出周靈王子晉之後又敘王吉王駿之系蘭陵蕭氏既稱出帝嚳之後又敘蕭何望之之系皆若不差絫黍能必其壹無舛牾耶是其不能闕疑也殆甚於遷夫史體浩博雖良史不能無疏繆譜則一人一家之事宜不難去疑以彰信然而代遠年湮加以兵燹之淪胥播遷之亡失雖孝子慈孫葢有莫可如何者唐太宗命儒臣纂氏族志多至百卷而於國系自成紀令尚以後則信以傳信尚以前則疑以傳疑歐陽氏蘇氏並以譜學式天下而歐譜自琮以下凡七世其譜亡蘇譜自高祖以上卽莫得而紀皆孔子闕疑之義也常寧張氏初自江西遷湖南明宏治中有諱公衞者復自酃遷常寧子姓蕃盛服疇食德稱右族焉

國初遭吳逆之亂衡屬被兵最久竟失其譜自公儁以上遂莫能詳乾隆中諸生成璧剏修譜斷自公儁爲始蓋其愼也譜屢續修循前章弗改光緒己卯再修超堂主政請序於余余謂此史闕文之義固孔子所取而不蹈史遷世表之譏者也人能闕疑以之爲學則詳而愼以之修史則謹而嚴以之治譜牒則信今而傳後人莫不各欲尊其祖顧無其善而稱之是誣親也誣善且不可況不幸并其名諱事蹟胥失之而復牽合附會以塗飾一時之耳目是自絕其祖而已然則張氏之譜闕其所不知而其祖固自在也彼歐蘇二氏之譜誰則以其有所闕而訾之哉若夫保世滋大之本雅詩備矣其詩曰侯誰在矣張仲孝友孝友者譜之所繇作也

張氏子姓慎守孝友之傳其浡興也將未有涯哉

毛氏族譜序

知西銘之義則知譜之所繇作矣乾父坤母民胞物與萬物且爲一體況一脈相承之祖若宗乎人本乎祖凡宗祠所合祀者始祖也其始一人耳既而十之而百之且千萬之而原其所自出則形氣一也知十百千萬之爲一而西銘之義具矣顧自始祖等而上之更有不可知之祖則氣化所生也繇氣化所生而上之則天地也是西銘所謂乾稱父坤稱母不可得而姓不可得而名者也雖然無其名不可謂無其傳所傳安在在吾今日一呼一吸之息耳此一呼吸之息從天地始交以來歷億萬世無異故曰言乎遠則不禦言乎邇則順而正苟不明乾坤胞與之義抑烏知譜所繇作

耶。毛氏系出文王之子毛伯明。世爲周卿士。食采於毛。春秋傳所稱毛伯是也。子孫因以爲氏。趙有毛遂。漢有亨萇。今並祀孔廟。又若遐也。義也。軫也。欽也。玠也。世有達人也。其始遷平江者。爲唐長沙右護衞令鍸。居縣境毛家巷。宋竹間先生友誠。傳朱子之學。祀鄉賢。及君子祠。最著者也。後徙居巴陵潭州。元季性吾公復居毛源。是令鍸爲始遷祖。而性吾則復遷之宗也。居平各支。曰金窩。曰厚壁洞。曰石漿。曰松陽橋。曰爽口。曰洞下。曰肥田。曰水南。曰大水段。亦有分居長沙之羅載段。湘陰之栗田源。及湖北之監利。松滋恩施。竹谿。房縣。江西之永新者。溯源循流。瞭如指掌。光緒四年。毛氏續修族譜成。子彥明經曉峰寄樵文學來徵序。余惟平江毛氏。

承竹間先生之流風餘韻理學之宗也爰舉西銘之義復之蓋吾人之一呼吸而在卽吾之親在也吾親之一呼吸而在卽吾之祖在吾不可知之祖亦在也不可知之祖一呼吸而在卽天地始交之呼吸仍在也無他一氣之所禪也然則吾之身卽親也卽祖也卽天也吾之兄弟吾之宗吾之族皆親也皆祖也皆天也詩有之胡不相畏不畏于天西銘者合天下萬世而譜其祖者也毛氏子姓欲繼竹間之令緒其必有取於斯文

湖南黃氏世譜序

黃爲嬴姓十四氏之一也鄭氏通志稱其出自陸終氏受封於黃今光州定城西有黃國故城子孫因以國氏而宋景濂序諸暨黃氏譜則曰譜學難言即以黃氏論有謂出於高陽氏自伯翳賜姓嬴而其後有江黃諸國爲楚所滅有謂出於金天氏自臺駘封於汾川而其後有沈姒蓐黃諸國爲晉所滅後皆以黃爲氏今去三代遠孰知所自始耶又曰黃氏之望非止江夏而已若櫟陽若安定房陵若漢東上谷譙郡多至四十餘房其遷徙未易詳也黃山谷自謂七世以上失其譜而金華諸譜乃推至十二世何耶蓋自圖譜局廢無官以涖之民間傳信傳疑固其所也景濂爲金華黃

文獻公弟子宜其言之詳愼若此今湖南黃氏則皆係出江夏凡分居九郡四州者並以江夏爲宗蓋潁川爲霸之後江夏爲香之後史所稱天下無雙江夏黃童者也同治十一年湖南黃氏合建家廟於會城飛虎寨之右寨爲季漢後將軍關內侯忠公故宅過者每深念昔之思廟既成迺合九郡四州之族系而譜之又患卷帙過繁也凡各房止敘始遷祖以下五世而止五世後專敘科名仕宦及忠義孝弟貞烈節孝之奉　旌暨祠祀者餘各詳於其支譜焉董其役者石珊孝廉曉坡廣文曉池伯文兩茂才也書成來徵序余觀其體例辨郡望定譜式詳書法別人物闕疑義愼抉擇率謹嚴有法視河間紀氏譜例殆將過之蓋自氏族之官廢而家

譜與宋歐陽氏蘇氏各以其譜式天下同時黃文節公有世譜計必與歐蘇伯仲惜佚不傳今仍其目曰世譜殆所謂數典不忘者耶夫所貴乎譜者尊祖故敬宗敬宗故收族也既收族則必合一族爲大同乃蘇譜止及其高祖且曰譜吾作也詳吾所自出而已是惡在其收族哉今合九郡四州而一之可謂大同矣然而源遠末分理大物博抑豈無歧迕不相入者惟各敘始遷祖以下五世餘俟支譜詳之則合之爲大同分之復釐然不紊江夏一宗自漢迄今遠有代序硯文節公世譜卽未知何如要其規模之閎條理之精筆削之矜且愼實犂然出乎其類雖使景濂復生不且怏然無所復用其疑哉余偉黃氏能收其族而諸君子復嫻於義法也

於是乎言

賴氏族譜序

賴氏爲吾平右族，來自江西之贛州，分居平境四鄉。光緒己卯，族衆重修譜牒，徵序於余，幷鈔其原序及仕宦源流說見示。余惟譜學莫盛於唐，唐太宗命儒臣撰氏譜志，柳沖撰大唐姓系錄，又路敵有衣冠譜，韋述有開元譜，柳芳有永泰譜，張九齡有韻譜，林寶有姓纂，邵思有姓解，其書皆不傳。所恃以資考證者，惟宋鄭樵通志中之氏族略而已。鄭氏猶及見隨唐以上諸譜，然則考正譜學必以鄭氏書爲斷矣。案鄭志論得姓受氏者凡三十二類，其一曰以國爲氏，又分古帝王氏及周同姓國、周異姓國、周不得姓之國、夏商以前國、夷狄之國凡六種。賴氏列在周不得姓諸國中，其志

曰賴國子爵今蔡州褒信有賴亭即其地也魯昭公四年爲楚所
滅子孫以國爲氏漢有交趾太守賴先蜀有零陵太守賴文唐有
光祿大夫賴文雅宋有賴克紹登進士第望出南康潁川河南通
志所書如此今賴譜舊序乃謂賴氏源出文王之子潁武王封之
於賴考富辰有言管蔡郕霍魯衛毛聃郜雍曹滕畢原酆郇文之
昭也邗晉應韓武之穆也史記文武本紀及諸世家並無賴國使
其有之鄭氏必不列諸不得姓之國矣豈有鄭氏不知後人反知
之者乎至賴氏人文自通志外莫詳於蕭智漢之萬姓通譜所錄
有蜀漢西曹令史零陵賴厷唐崇文館校書郎雩都賴棐宋知南
劍州清流賴紱元孝子寧化賴祿孫明貢生湖廣參政上猶賴子

英進士官按察使廣昌賴巽進士官參政廣昌賴瑛進士官沅江知縣南康賴禮殉難益陽教諭贛州賴大雅殉難醴陵縣丞賴葛耀安仁知縣永寶賴霖通譜所錄止此今賴譜舊序僅賴先爲交趾太守與通志合又加擢陞大司馬五字此外無一合者至云仙芝仕漢爲金紫銀青光祿大夫上柱國不知後魏始有金紫銀青之目漢止稱光祿大夫隋唐始有上柱國漢時亦無有也又稱賴珠仕東漢封開國公不知漢封爵止有王侯二等開國公始自陳漢無有也又稱妙通官崇政殿大學士忠郎官廣東道監察御史深官陝西道監察御史不知學士始於唐大學士始於宋魏晉時無有也監察御史始於隋其分十道始於唐魏晉時亦無有也又

稱賴光仕東晉。官浙江觀察使。又爲兩廣提刑觀察使。不知觀察使置自唐。提刑使置自宋。晉時無有也。又稱賴匡仕晉。官武英殿大學士。不知武英殿大學士置自明。晉無有也。又稱賴虞觀爲宋徽宗時桐廬知縣。朝美爲宋高宗紹興二年壬子舉人。不知宋縣官稱令。不稱知縣。惟京朝幕官出爲令。則稱知某縣事。元稱縣尹。明始稱知縣。又舉人爲科目之一。亦始於明。宋皆無有也。至稱九官爲翰林院大學士。則歷朝無此官名。更不足辨矣。又一序稱右丞相江萬里撰。考江文忠德祐元年乙亥二月盡節於饒州。是年十月。留夢炎始爲左相。景炎元年丙子五月。元兵克衢州。夢炎始降。是夢炎降元。距萬里死已年餘矣。烏得書伯顏欲殺賴。曰臣夢炎救之之事耶此尤附會之絕無理者其餘重悖䑛謬不可枚舉要當芟薙之而專以通志及萬姓通譜爲準也竊嘗謂書以傳信史貴闕疑古稱欒郤狐先降在皁隸是前人之閥閱不足侈也王侯將相崛起磨沾是又在後人之能自立不必引前人之宦達以爲重也況本無而妄爲附會乎譜牒之通弊往往任意增飾或假名人之序記訛以傳訛不知祖宗所無而增飾之是誣其祖誣其後人也作僞者目不見正史任意摭拾而自明眼人觀之則舛誤百出日拙心勞何若信以傳信之爲得耶昔狄青爲樞密使時有以梁公畫像及告身獻者謂梁公其遠祖也青曰吾安敢冒認梁公識者韙之然則人貴自立所當去僞存眞庶不至厚誣其先世

今賴氏諸子姓食德服疇蒸蒸日上安在不能大顯於時是在有志者之能自樹立耳余故詳舉通志及通譜之言而其附會假託者則條辨之使急芟僞以存眞庶足以信今傳後也夫

益陽胡氏族譜序

胡氏爲益陽甲族。元時漢清公自江西遷甯鄉之麥田。六傳至思敬公徙益之泉交河。是爲始遷祖。入

國朝至嘉道咸同閒。凡十數傳而族益大。蓋自宮詹師雲閣先生承其尊人鄉賢公律臣先生之訓。以嘉慶己卯一甲第三人　賜及第。官至少詹事。詰嗣文忠公道光丙申入詞林。官至湖北巡撫。加太子太保。卒　贈總督。　予謚建專祠。蔚爲中興名臣。其子襲各世職。併爲三等男。而其子姓族屬之騰達蜚黄者不可畢數。古稱明德之後有達人。豈不諒哉。其譜牒重修於道光癸未。鄉賢公暨其伯叔昆季董厥事。爲之序者安化陶文毅、歙曹文正、山陽汪

文端高郵王文恪四公也越光緒庚辰族衆再修既成而文忠公子少芝孝廉徵序於余余惟前之序者有四公其說備矣下走何足以賡續之顧念弱冠讀書城南幸及宮詹公之門嗣受文忠特達之知於戎馬倥傯中獲親其集誨又嘗與子卿大令珏軒太守游稔其世德甚飫曷敢以不文辭爰取其譜讀之斷自始遷之思敬公爲始何其慎也夫今之譜卽古之宗三代以下宗法廢於是仁人孝子不得不盡心於譜然自魏晉重門望而譜學興抑自魏晉重門望而譜學以亂何者避寒素攀華冑則宗匪其宗濫膴仕招屠沽則族匪其族甚或僞立世次名字以聯綴彌縫其闕佚以是爲譜不如其無也湖湘胡氏多本於宋之文定公[illegible][illegible][illegible]侯[illegible]

居衡嶽傳春秋其子明仲仁仲和仲從子原仲廣仲輩繼述之後裔散居衡潭瀉鼎間彬彬稱盛今益陽之胡斷斷自思徵公則至近如文定之裔舉不敢援而附之矣是譜也上以質祖宗下以示子孫俾子孫知追遠之有所限斷則及身之自盡者不敢疏知族屬之不可妄攀則本宗之當親厚者益不敢薄覈實以彰信也闕疑以昭敬也彰信而後臨上質旁無愧色焉昭敬而後僾見愾聞無玩志焉凡此義法之謹嚴皆由行鄉賢公及宮詹先生之教也胡氏子姓但篤此十九世之宗盟而保世滋大用以光昭文忠公之令緒有餘矣傳曰公侯之子孫必復其始況典型正不遠哉

天岳山館文鈔卷三十

跋葆芝岑亨方伯刻王文成客坐私祝眞蹟

元度束髮時讀王文成書。心嚮往之。錄所箸客坐私祝於屏間。攷公以正德十四年七月平宸濠。越嘉靖六年五月起左都御史。總制兩廣江西湖廣軍務。八月將發山陰。書此以戒子弟。時年五十有六。距其書廬山摩崖碑時。又七年矣。同治庚午夏。芝岑方伯同年以貴州提刑使者銜　命籌軍饟。作嶺南遊。瀕行獲客坐私祝眞蹟於長沙。視廬山碑及東林寺詩刻。氣體不殊。而用筆尤渾古。洵希世珍也。方伯將粵遊。適得此。殆非偶然。行且繼公之勳名德業而起。豈第矜翰墨緣哉。亟壽諸石。貽同志。俾各揭諸坐右。如日與偉人晤對也。

跋陳筠心起詩吏部書北湖倡和詩

年丈筠心先生天才縱逸雅不欲為文人中歲歸道山箸述皆未就海內惜之先是道光丁亥程春海學使按試郴陽修復韓昌黎叉魚亭舊蹟賦北湖懷古詩和者數十人先生自書所和詩貽予貞太史汔今餘四十年矣太史出示先生猶子丹階學博爰勒石以永其傳會先生次子壽珊郎中重葺北湖亭館得是詩嵌諸亭壁與學使詩如驂之靳矣歲戊申元度覩東山講席與先生喆弟松心廣文柏心司馬葵心太守觴詠湖亭而丹階壽珊昆仲又皆遊門下其時海宇敉謐不數年粵氛蹂嶺北州邑為墟韓公舊蹟重入刦灰中矣今其子姓能葺而新之又能傳先生遺墨皆韻事

也謹書此以志歲月

晴窗鑑古圖跋

歐陽子序集古錄以謂物各聚於所好舉象犀金玉爲比謂不能以此而易彼其論偉矣然世所稱好古者類多憔悴專壹之士力或不能致象犀金玉姑以此自適其適焉耳若力能致象犀金玉顧夷然不屑而惟古法書名畫是好不尤篤古而遠於時哉雖然蘇子之論則有進矣君子寓意於物不留意於物寓意則雖微物足以爲樂尤物不足以爲病尤物者象犀金玉之屬也微物者法書名畫之屬也極留意之病至與鍾繇王僧虔桓元王涯之徒等必視若煙雲之過眼百鳥之感耳而後爲吾樂不爲吾病然則歐陽子所謂力莫如好好莫如一者不猶未爲達觀歟然其言曰足

吾所好玩而老焉可也仍與煙雲百鳥等耳二家之恉又豈有異趣邪朱君養儒産自世胄力能聚象犀金玉之好者也顧皆屏不好獨好古金石及法書名畫奄有張彥遠米元章董廣川陶南村之風會寇亂既平博收而精鑑之嘗作晴窗鑑古圖王子壽比部爲之記予復舉歐蘇二家之論互相發明之烏虖人果胷次高妙無入不自得則視古彝鼎圖書壹如空屋蓬戶可也視象犀金玉壹如彝鼎圖書亦可也何至不爲吾樂而爲吾病哉又況尋孔顏之樂而樂其所樂者哉惜比部已歸道山不獲走書相印證也

書項羽本紀後

羽至東城謂其從騎曰吾起兵至今八歲矣身七十餘戰未嘗敗北卒困於此此天亡我非戰之罪烏虖此正羽覺悟而自責之言也天何以必亡羽哉以羽獲罪於天耳其獲罪柰何孟子曰不嗜殺人者能一之又曰不仁而得天下未之有也羽初屠襄城又屠城陽又阬新安卒二十餘萬最後屠咸陽羽之罪於是不可追矣而太史遷乃謂其尚不覺悟且以天亡我非用兵之罪爲謬則豈非羽不謬而遷謬哉夫天亡秦人盡知之天亡楚則張良陳平諫漢王西歸時言之羽身死東城始悟而自責晚矣而史遷顧謬其言還之智其遠出良平下歟

書王介甫讀孟嘗君傳後

王介甫曰孟嘗君烏足言得士雞鳴狗盜出其門士之所以不至也雖然抑何其明於責人而闇於責己邪介甫得君專位至宰相過孟嘗君遠甚然其所得者何士乎呂惠卿章惇曾布之徒其腹心也李定鄧綰之徒其爪牙也惠卿尤用事其後介甫失勢惠卿首叛之彼雞鳴狗盜毋亦恥與爲徒邪善夫蘇子瞻之言曰吾生平多難嘗以身試之凡免我於厄者皆平日可畏人也擠我於險者皆異時可喜人也惠卿叛介甫即於其迎合介甫者知之小人不足道吾獨悲介甫日在惠卿術中而不悟而徒以訾古人爲也惜哉介甫有高世自命之志遇大有爲之君而擇術不慎爲惠卿

等所賣卒亂宋之天下彼其所得士曾雞鳴狗盜之不若而又安
問孟嘗君哉

書帝王世次圖序後

歐陽公序帝王世次圖曰史遷作本紀出於大戴禮世本諸書今依其說圖而考之堯舜夏商周同出於黃帝堯崩下傳其四世孫舜舜崩復上傳其四世祖禹稷契於高辛爲子乃同父異母兄弟也今以其世次而下之湯與王季同世湯下傳十六世爲紂王季下傳一世爲文王二世爲武王是文以十五世祖臣事十五世孫紂武以十四世祖伐十四世孫而代之何其繆哉至於舜娶堯二女據圖爲曾祖姑不應乖錯至此而一言蔽之曰不足信其論韙矣余少讀而疑之終莫能解也及觀錢氏大昕引王符潛夫論五德篇謂帝嚳爲伏羲之後其後爲后稷堯爲神農之後舜爲黃帝

之後禹爲少昊之後契爲顓頊之後少昊顓頊不出於黃帝堯不出於嚳則舜無娶同姓之嫌其說甚確又攷春秋命歷序稱黃帝傳十世二千五百二十年少昊傳八世五百年顓頊傳二十世三百五十年帝嚳傳十世四百年然則顓頊非黃帝孫堯亦非帝嚳子可正史記之謬且與潛夫論合讀至此疑乃豁然也用此見秦火以後羣言雖淆亂然必有其眞者存其眞者乃聖賢命脈之所寄古書所以可貴也特無善讀者決擇之亦在若滅若沒閒耳夫堯舜禹稷契湯文皆學者所常誦法也豈可任其仍訛而踵謬乎故特表而出之爲析疑之助

書斜川集志隱篇後

曩讀宋史東坡傳公謫儋耳幼子過侍凡生理晝夜寒暑所需者一身百爲不知其難初至海上爲文曰志隱公覽之曰吾可以安於島夷矣其叔轍每稱過孝且言吾兄遠居海上惟成就此子能文也余每讀而慕之求觀志隱篇而斜川集不可得今乃於鮑氏叢書中獲讀之蘊達旨解嘲客難賓戲之屬也其文辭之美視崔揚東方班氏無多讓焉觀叔黨自記謂混得喪忘羈旅非特自解且以爲老人之娛先君子覽之欣然嘉焉則又歎叔黨微特文似古人抑古人之行也世之取富貴利達以娛其親者衆矣處患難夷狄瘴癘阽危之地獨能以文章承歡養志微公父子其孰與於

斯晁以道誌叔黨墓謂初至海上時翁版則兒築之翁樵則兒薪之翁賦詩著書則兒更端起拜之翁旣賞志隱之文旦欲自作廣志隱以極窮通得喪之理當是時聞叔黨之風者雖蠻貊夷獠皆若可以語禮義而起其父子之性其推挹至矣東坡嘗觀叔黨所畫木石竹爲題三絶句有老可能爲竹寫眞小坡解與竹傳神之句士大夫遂以小坡目之所著斜川集本傳稱二十卷宋史藝文志及陳氏書錄馬氏通考皆作十卷稱斜川者以東坡好和陶詩故以淵明自況也顧自南宋後集佚不傳坊賈以其同名也爰取劉改之龍洲集僞稱斜川集以鉤取厚値屢有懸重金購眞本冀與三蘇集並授梓者久不可得　國朝康熙中有　詔索之亦不

得於是四朝詩中祇錄叔黨詩一首然攷弇州題跋則以改之集充斜川自元季已然也乾隆癸巳四庫館纂修周君永年從永樂大典中蒐得叔黨詩文若干首重輯爲斜川集先是疆吏採進斜川集贋本館臣駁之至是乃畱笥不辨吳君長元得槀本增補闕遺釐爲六卷寄鮑君廷博刻行之是集沈晦伏匿凡六百餘年而卒顯於右文之世何其幸歟今攷集中若思子臺賦颶風賦見於本傳者皆存而志隱一篇則生平所願見而幸得卒讀者也又攷王明清揮麈錄靖康中叔黨以眞定倅赴官次河北遇賊脅之降叔黨曰若知有蘇內翰乎我卽其子也肯從若輩偸活草閒邪通夕痛飲翼日視之卒矣然則非獨其文章其節尤可尚也斯不愧

東坡之子歟·

書羅氏識遺後

縣志載羅璧字子蒼一字嘿耕舉鄉貢宋亡隱居不仕著書十卷曰識遺行於世本宏治舊志文也其書著錄四庫全書子部雜家類提要云識遺十卷宋羅璧撰璧字子蒼自號嘿耕新安人宋史無傳不知其時代據書中前定一條引陳摶寒在五更頭之讖稱第五庚申後又十五年而祚移則成書在宋亡以後矣觀其謂宋代文章多粹自伊洛發明孔孟便覺歐蘇氣象不長又謂孔子之道至晦翁而集大成諸家經解自晦翁斷定然後一出於正蓋傳朱子之學者也其論公羊穀梁自高赤作傳外更不見有此姓萬見春謂皆姜字切韻脚疑爲姜姓假託未免好異然其他爬梳鉤

索徵據舊文尚多可採不獨錢曾讀書敏求記所舉孔子生卒年月一條爲足資考證也在講學家可稱言有根柢者矣提要之言如此蓋深重之其誤書新安人則緣古人多署祖籍如朱子居建陽而自署新安東坡居眉州而自署趙郡類皆數典不忘其祖子蒼殆祖籍新安自書新安羅某提要遂因之耳今案提要既云不知其時代則里貫自難確知然謂書成在宋亡以後則與志稱宋亡隱居不仕者合又謂傳朱子之學則子蒼正與平江十三君子同時也書中所稱見春卽邑人萬鎮之字十三君子之一也惟其生同里學同術故稱引其說不必著其爲何許人若子蒼果遠在新安彼惡知吾平有萬見春其人乎且使子蒼非平人則古名人

多矣舊志何以不假他人而獨假新安之羅某其爲平人無疑也惟識遺一書世不多見向於說郛中見之又係選鈔非足本近始於學海類編中得其全本擬刻行之而先著其鄉貫之誤抑攷四庫所錄書里貫閒多舛誤卽如　國朝彭其位撰學宮備考十卷彭本平江諸生四庫列此書於存目中誤作吳縣人葢吳郡古爲平江路採書者誤以平江爲吳縣亦猶胡天游本平人而蘇州府志文苑傳收之皆以地名相混而誤也錢竹汀十駕齋養新錄嘗辨之矣此尤可爲羅氏誤作新安人之切證也

書黃石齋先生手札後

右黃忠端公手札十二則年丈李文蓀公所珍弆手題以授仲雲都轉者也忠端通籍後即請急徒步歸葬父石養山結廬其下尋居母憂服闋還朝以申救故相錢龍錫削籍歸仍居石養山日展拜墓側如新喪時此第一札殆宅憂時作後起少詹事抗疏劾權貴人召對平臺廷辨下詔獄杖戍南渡後以少宰召晉尚書爲馬阮所齕出祭告禹陵夜泊龍江夢明太祖至厲聲曰卿竟舍我去邪對曰朝廷舍臣非臣舍朝廷也比反命而南都陷唐王立福州晉公首揆時政在鄭氏將帥不用命公自請督師救徽州以乙酉七月出師抵婺源徽已破師潰遂被執札中所云七月二十二日

已奉朝餞者正其時也距丙戌三月七日公正命之辰八閱月耳公學貫天人家人得其小册自推年止六十三當終於丙戌某月日益至誠可前知也文恭公題此册時爲道光己酉三月方引疾奉太夫人家居闢芋園日哦其中與忠端札所稱假數年坐臥松間鋤雲讀書者正相類越明年十一月遂奉督師之　命觀所題謂讀至如此重擔何時到家輒不禁掩卷太息殆幾之先動者歟烏虖公與忠端公所遭時勢不同其以死勤事則一也忠端督師時有寤寐刻刻在東郭北山之語公溯湘踰嶺意豈須臾忘故山耶初忠端未第時渡釣龍江舟覆溺焉髣髴見一人前導至一殿額曰倪黃及與館選倪文正公名第一公第二一死北都一死南

都其出處若前定然聞文恭少時外舅郭進士汪燦夢入大殿見金冊列公名遂物色之字以女後公家姑姊妹有召紫姑神者戲問公畢生官秩皆奇驗末乃書曰蒼梧懍節公竟薨於武宣其前定又若此元度敬觀此冊摭兩公軼事牽連書之以見兩公皆生有自來而其賫志入地之苦心未嘗不一轍也仲雲昆仲念手澤所繫其益盡然與明發之懷哉

書陳文恭公宦蹟圖後

本朝閣部大臣宜祀孔廟東西廡者自湯文正外有若江陰楊文定儀封張清恪高安朱文端其在乾隆朝則桂林陳文恭公也公爲諸生卽以天下爲已任由詞垣洊歷正卿乾隆二十九年

上特設協辦大學士以　命公漢大學士有協辦自公始也旋正揆席引年歸薨於兗州之韓莊公之學以不欺爲本與屬吏論政輒引之於學謂仕卽學也其要在盡心以故外任三十餘年歷行省十有二任督撫二十有一於人心風俗之得失及大利害所當興革皆設誠而致行之在西安以農桑爲本務鑿井二萬八千八百有奇教民植桑興蠶政在河南種隄柳無萬數其治河工釐鹽

政振災民皆不遺餘力尤加意書院所至與諸生講學以反躬實踐爲歸在雲南建義學七百有奇慕古人以人事君之義數舉賢自代而首揆張文和亦嘗舉公自代云所著五種遺規深有裨於風教培遠堂文集則畺臣之治譜也公之德業與文定凊恪文端埒以之侑饗廟庭均應祀法昔梨洲黃氏論祀典以謂諸葛忠武陸宣公韓魏公范文正李忠定文信公方正學皆能行孔子之道者法當從祀汔今未二百年而七公先後並入祀用此見人心所同然百世俟聖人而不惑也烏知日久論定不有舉四公以光祀典者哉此册爲公撫浙時所續在乾隆二十一年明年三撫陝西尋調江蘇擢廣督又左遷江蘇調湖南始以兵部尚書　召入閣

惜未有續圖然公之勳德已具見一斑矣蘭生太守爲公五世孫女壻得此册於羊城重裝治之而屬元度書其後元度舊藏宋錢選聖蹟圖續先聖事蹟非薰沐不敢展觀顧古衣冠較易寫此册章服儀衛皆時制而渾樸莊雅之氣視古法無多讓抑可見公本聖人之徒畫益以人重也太守歷官有循蹟典型所在近取諸斯圖足矣元度讀文恭遺書鑽仰頗久故具論之以坿梨洲私議之後焉

光緒四年　廷議以張清恪公從祀兩廡是四公已祀其一矣

坿記

書大雲山房集後

予君治古文從周秦諸子入尤得力於韓非李斯鼂錯近法家言敘事近班孟堅陳承祚深於史記能得其法外之意　本朝文家於太史公書得其深者推魏叔子方望溪及先生先生謂自子長而下無北面者其篤自信如此集中無詩文集及贈送序雖以韓歐所嘗爲者皆堅謝弗爲自謂義例固於金湯其論文曰典曰自已出曰審勢曰不過乎物皆不愧古之立言者惜其好牽引釋氏書援儒入墨推波助瀾如金剛經楞伽經楞伽經續維摩經壇經書後五宗語錄刪存序光孝寺碑銘等篇皆不應入正集張南山嘗欲盡芟之爲别刋一本眞知言也古今文章家惟韓歐二公及

望溪集不闢入二氏一語此所以爲正宗歟子居斷斷辨晰其蔽乃若此殆賢智之過而結習未能忘也

書歐陽大夫家廟記後

嘉慶丁丑先伯遜吾從坦齋夫子遊前後凡八年越道光己亥元度猶幸及其門時師年七十有四矣嘗侍坐稱師曰太夫子師以孔門顏曾氏皆兩世及門無異稱命仍如弟子例所以牖迪之者一如其厚先伯焉師所撰家廟記時已鋟石元度讀而心慕之越六年師歸道山又二十年當同治甲子喆孫信甫太守以重鋟本見示得讀師所撰增建寢室記知廟基舊析爲四左隅早斥諸他族作廟時僅完其三後他族不能守仍隸吾師於是三百年故宅復完足慰七世以上之先靈而芘賴其子孫矣疑者曰人事遷變靡常必斤斤舊廬尺寸地所見似拘於墟不知此正仁人孝子精

意所在也凡人生而樂寄於是者歿則魂魄依焉朱子云有是氣者有是理有其誠者有其神山川之氣鍾而爲人人之樂山川而不忍去者氣相感也氣聚則理乘之以顯矣子孫於祖考一氣之所生也子孫能盡誠敬以翕聚其祖考將散之氣而祖考之神必依之氣與理交相貫也人之歷存歿猶旦暮耳生而安其居猶旦晝之飲食言笑於其中也歿而神依之猶夜之偃息於其中也吾師祀先世於故宅今其子孫復以師之祀先世者祀之猶旦暮之相代而無終極也莊子曰舊都舊國望之暢然漢高帝富有四海猶曰萬歲後魂魄猶樂思沛柳子厚在永州慨念善和里先人舊宅已三易主引爲大戚人情豈遽相遠哉太守於兵燹後能重橅

舊欽廣徵序跋不懈益虔其所以繼吾師之志事正未艾惜先伯
墓草已宿不獲綴言其間書竟不覺薾然涕下也

書陳岱雲太守所書羅太公壽序後

吾鄉陳岱雲先生官編修時，分校禮闈。首輔某公有子與試，分校十八人皆其門下士也。十七人者爭覓公子卷，冀得一當。獨憚先生方正，卷適在先生房，以藝劣未呈薦。同事物色之，且以情告，先生加批抹焉。時相無如何也。先生嫉惡甚厲。初守吉安，憂歸。道光庚戌入都，補池州守。予嘗與會飲友人所，酒半，座客言某閣學有同年生爲巡撫，前臘寄金三百，浼閣學分餽輦下諸友爲卒歲資，俗所稱炭金者也。閣學有積逋，輒自秏之。有過問者，則支其詞以對。閣學固詞館先達也。先生聞客言，變色駭詫，若蓄穢之被其體，若奇窮饕餮之觸其目，甕然無地以容。察其意，悲閔惻怛，若不意人間有是事也者。余心敬焉。咸豐三年。遂聞其死寇難。烏虖。豈偶然哉。先生治古文辭書法。銳欲自成一家。此壽羅太公文。乃其未補池州時所作。文境密栗。書高秀。出自忠臣節士之手。可寶也。研生丈命書其後。偶憶軼事。紀之。雖一節。可想見其全云。

書食筍齋遺集後

李文公有言，李觀之文如此，官止於校書郎，年止於二十九，雖有名於時俗，其卒深知其至者果誰哉？信乎天地鬼神之無情於善人也。烏虖！豈不悲哉！然吾觀程伯子誌其子邵公之墓，則以謂五氣交運，參差不齊，賦生之類，宜其雜糅者衆，精一者間或值焉。以其間值之難，則數或不能長，理固然也。然則文公之深慟乎觀，而以天道爲無知，抑不足云矣。郭筠仙中丞有才子曰剛基，字依永，生有異稟，工詩文書法，精篆隸，而於詩爲之尤勤。未冠入學，以貲爲郎。生華胄而有山澤閒意，好騎馬獨游古寺，與老衲唱和。自云每作詩百感叢集，不自知其所以也。同治己巳十二月疾終於家。

春秋二十有一雖齒逾邵公視李觀抑又歉矣依永之婦翁相國曾公既誌其墓而吳君南屏劉君霞仙又爲之傳若表中丞且盡刻其詩文各體書以行於世余覽其遺集悲之夫以觀之才高乎當世行出乎古人爲之誌者昌黎也又得李習之咨齎太息手寫其苦雨賦以示陸傪且云觀若永年將不遠於揚子雲而觀遂因以不腐今依永之得此於諸君子也猶之乎觀也然邵公年止五歲程子稱其溫粹端重不見其有喜怒好欲爲老於學者所難能其可慟惜有倍蓰於觀者乃其深究乎天人性命之原而以得氣之精一而局於數者一歸之於理是豈達觀齊物者所及知哉依永得氣清詩多見道之言然則依永其知之已余與中丞習書此

以廣中丞之意而塞其悲世有愛才如習之者亦可無疑於天人
之際矣

書馬萊斐太守來書後

咸豐乙卯，予駐軍湖口蘇官渡。時粵逆堅踞石鐘山，不時出犯。六月，僞翼王石達開親來決戰，我軍敗之，斬首百餘級，生擒五人。中有馬生毓華，上元人；陳生伯驥，江都人，年皆弱冠。部將來上功，予見其文雅，問胡從賊。馬曰：家世居江寧，城破遭陷，非從逆也。問能書否，皆曰能。予立解其縛，五人者皆釋之。部將有難色，予曰：生擒已錄功錫賞矣，殺不殺於汝無加損也。遂留居帳下。居久之，或慮其行刺，勸以危言。予笑曰：刺我甘受之，無與君事。會張石朋大令來軍，與陳生同縣，予各資以金，令挈赴曾侍郎大營，爲請路引，送之歸。事閱十八年，不復省記矣。同治壬申夏，石朋書來，謂馬生筮仕闕中令紫陽巳五六年感公恩供長生位每晨起盥漱畢焚香拜手始視事予姑妄聽之十月從郵遞中接此函始知馬生自乙卯脫歸戊午即入貲爲令歷權鎮安臨潼定邊咸陽鳳翔諸廳縣補紫陽調咸陽洊擢同知直隸州以知府用　賞藍翎觀其拳拳念舊若此其作吏可知矣予在軍前後俘獲多縱遣或笑爲婦人之仁予不爲動也觀馬生事孰謂纍俘中無人才哉故具書顛末以告司兵枋者惜陳生還江都後莫審其蹤跡行當再詢諸石朋也

書吳學博所藏徐星伯友人來往諸手簡後

我朝經術之盛。邁前古。自國初至乾嘉閒。魁儒輩出。迄道光朝猶盛。軍興已來。流風乃少歇矣。星伯先生負異稟。中更憂患。戍絕域。所撰西域水道諸記。能獨闢蠶叢。所往還多魁達宏通之彥。此冊中若李申耆包愼伯錢衎石陸祁生魏默深羅茗香宋于廷吳巢松汪孟慈沈子敦諸君。皆嘉道閒耆宿。於經學史學輿地律算音韻六書之學。各負絕業。雖寒暄小札。率有眞意流露其閒。可寶也。稱三學博其什襲珍之

書方望溪與李剛主書後

望溪方氏之文，世推正宗，議論亦醕正，獨其與李剛主書，則陋甚。剛主喪子，望溪戒以恐懼修省，謂其著書多訾謷朱子，爲戕天地之心，宜爲天所不祐，自陽明以來，凡詆朱子者多絕世不祀，習齋西河其尤也。噫何其鄙歟，夫學者尊朱子，以其發明孔孟之道，有功萬世耳，朱子雖賢，視孔孟固有閒，其言未必無得失，正望後儒講明而補正之，其言是，朱子必舍己以從，其言非，亦於朱子無損，不如是，不足爲朱子也，謂訾謷朱子者必絕世不祀，是朱子黨同伐異，擅天之威福，如里巫社鬼之禍福生死人，以震動流俗，朱子肯出此乎，即謂不出自朱子，而天不祐之，亦無此理，孔子至聖也，晚年伯魚卒顏路喪顏子子夏哭子喪明豈亦天所不祐乎周易繫辭孔子作也歐陽公獨訾之司馬溫公作疑孟其訾孟子尤甚獲罪孔孟宜獲罪於天矣然二公祀兩廡不替望溪之尊朱子至矣然其子道章亦蚤世又何說耶西河嗣子遠宗官至侍講學士世未絕也若謂嗣子不足爲子則立後之禮爲虛文矣近儒最尊朱者推陸桴亭張考夫然兩先生皆無後又何咎焉夫朱子非不宜尊然尊之者太過寧疑經不敢疑註寧違經不敢違註雖其甚不槩於心者亦必曲說以護之於是習齋西河之徒遂奮起而與之辨是尊之太過反以召訾謷也然如望溪說則尊朱者非果心悅誠服也特畏天不祐而罹不祀之罰耳朱子豈卽引爲知己哉

不但已也今之尊望溪者亦已太過即如所作方正學論訾其震於卒然而失其常度爲殺身不足以成仁此苛論也望溪既自汰之矣編集者仍錄其篇必使一字不遺不反以彰其言之失歟

天岳山館文鈔目錄八

平江　李元度　次青

贈序　壽序

老子送孔子曰吾聞富貴者送人以財仁人送人以言吾竊仁人之號故送子以言是爲千古贈言之始其後顏淵子路相違亦以言相贈處梁王觴諸侯於范臺魯君擇言而進皆古忠告之誼也姚姬傳曰唐初贈人始以序名作者亦衆至昌黎乃得古人之意其文獨絶近人歸元恭重編震川集戴存莊重編望溪集並分序與贈送序爲二竊謂昌黎震川因文見道其贈言也猶有意於爲文望溪則壹以誠意將之葢皆其持身之恪與人之忠所迸注也是眞不媿古人之交矣余素寡結締所作無多姑備體而已

曾文正曰自周詩有崧高烝民諸篇漢有河梁之詠沿及六朝餞別之詩動盈卷帙於是有爲之序者昌黎爲此體特繁至或無詩而徒有序則駢拇枝指而已歸熙甫則不必餞別而贈人以序有所謂賀序謝序壽序者苟裁之以義或皆可以不陳又曰贈言之義粗者論事精者明道證其所已能而蘄其所未至是故稱人之善而識小以遺鉅不明也溢而飾之不信也爲人友而不勗以君子不忠也余按果有論事明道之實而又能不過乎物則亦爲不可少之文文無定體顧視其所言何如耳

古之頌禱者率在平時或在元日遇燕則行之以文爲壽自明始至歸震川而爲之特工然不自震川始也宋學士濂陶學士安集

中皆有之葢古人因事致敬則爲辭以篤不忘施之少者尚有冠禮三加之辭況其在耄耋期頤者乎魏叔子曰贈序莫工於昌黎文序莫工於南豐而序壽獨難工而易俗然如歸太僕宕逸多奇卽何減古人之序詩文記山水哉

方望溪曰惟知體要者能擇人而不妄爲卽壽其親者亦必擇人而後往求之葢古人之事其親凡可以致隆者無弗致也而其身所絕無之善則不敢虛加焉古人之於友求無不應也而稱其善以著於後則不敢過乎物焉此又作者所宜知也余所爲多牽率應酬之作其或隨手散佚則亦不盡存云

曾文正曰壽序非古也爲此體者率稱功頌德累牘不休無書而

名曰序無故而敘述人之生平是皆文體之詭不可不辨也必欲因事而致敬則其爲辭也貴約而韻質而不蔓君子尙焉凡文正集中序壽皆云同人作詩以致祈禱而已特序之蓋避無書而名序之譏也然既云因事致敬以篤不忘卽專序壽抑何不可仍視其文何若耳

送李制軍入覲序

昔者宣王中興有車攻釆芑崧高烝民江漢常武諸篇其推大臣下之功實歸美朝廷以彰任賢之效而韓奕一詩則尹吉甫送韓侯入覲作也其首章曰纘戎祖考無廢朕命夙夜匪懈虔共爾位述天子錫命之辭也其次章曰王錫韓侯淑旂綏章簟茀錯衡元衮赤舄鉤膺鏤鍚言天子錫賚之優渥也柳宗元以謂鏗鍧炳燿盪人耳目故宣王之形容與其輔佐繇今望之若神人然豈不偉哉顧韓侯之名氏不傳於後世而其所以佐天子中興者亦未詳其賦政於外爲奚若第歌詠其錫命之隆讀者猶有憾焉然其人

既爲吉甫所美則必能如申甫之爲周翰仲山甫之式百辟方叔之稱元老召虎之來旬來宣張仲之孝友太師皇父程伯休父之整我六師可知也而又得肆好之風穆如之頌以張之宜其焜燿千古歟今

天子英明神武削平區夏遠軼周宣矣一時宣力重臣皆不愧崧高江漢之彥湖廣制軍尚書李公其一也公初筮仕吾楚從毅勇侯湘鄉師相整旅東征二事就緒累功擢江西監司調粵東所謂于疆于理至于南海者公實親涖之擢撫湖湘文武惟憲會公弟相國肅毅伯師師平江南以湖廣制府權督兩江遂

詔公權楚督兄弟迭相代海內榮之尋移撫浙江楚人思公不置

越二年相國移節畿輔
特詔公再權楚督未幾卽眞楚人喜相告如赤子重依慈父母時
太夫人方迎養在官兄弟更迭侍以節府爲子舍以大湖南北爲
湯沐邑父老嘖嘖謂官易矣而入座起居屢歲晏然如故此異事
也卽太夫人亦忘其在他鄉焉同治九年冬公疏請
陛見遂以明年正月述職 覲京師
文母
沖聖倚公昆仲若干城腹心公之所以爲民請命爲 國家籌內
修外攘善建不拔之基計必有訏謨遠猷造膝陳奏非淺人所能
凡測者而所云鞹鞃淺幭鞗革金厄之錫抑不足爲公侈矣元度

辱公昆仲知以告養山居於其行也無淸酒百壺爲公餞無炰鱉鮮魚筍及蒲爲公侑無乘馬路車籩豆爲公贈惟祝公嘉謨嘉猷入告我后矢其文德對揚王休既敬既戒惠此南國與申甫方召吉甫仲山甫之徒後先爭烈是則布衣之交請贈與處之義而亦我公之素志也然則韓侯雖賢殆不足爲公擬無已其召伯乎黍苗之詩曰芃芃黍苗陰雨膏之悠悠南行召伯勞之公之涖楚有焉進之其周公乎九罭之詩曰是以有袞衣兮無以我公歸兮無使我心悲兮楚人之思公有焉惟元度不文無吉甫作頌才卽求爲柳雅亦未繇希風萬一竊愳無以導揚盛美云爾

送黃奎垣訓導常德序

盈天下橫目蚩蚩者皆民也民之秀則爲士或百而得一焉或千而得一焉或萬而得一焉然則士貴乎民貴乎必曰士貴治士者重乎抑治民者重乎必曰治士者重矣自宰相已下至有司百執事治民者也自國子師各直省學政至郡縣文學博士治士者也治民以政治士以教政禁於已然之後教肅於未然之先是二者本末精粗不待智者而知也博士之秩卑矣然既以教士爲職則所任有貴且重者自宋熙寧後學校始有專官除授出於三省且爲館閣進用之漸士大夫樂爲之今功令重親民之官州縣有人民有社稷祿入優裕而師儒或僅有其名秩滿考績高第者裁擢

縣令此古今之勢異也而士之職此者亦遂自居於投閑置散而轉羨乎刑名錢穀刀筆筐篚之紛紛烏虖豈官之不足重人歟人自不能爲官重耳且夫士也者異時膺三事九列四岳羣牧之任而爲兆民所託命者也教得其道則士皆爲忠爲賢而於世爲治教失其道則士皆爲佞爲邪而於世爲亂治亂之樞機視乎士抑視乎教教士之責重矣哉吾友奎垣孝廉將訓導常德常郡吾楚大都會人文之所藪也學術之途四義理也經濟也考證也辭章也是卽三不朽之所從入也奎垣於此四者既皆悉其涂徑而蘄歷乎奧窔常之士抑豈無傑然有志於斯道者以是爲教卽以是爲學可矣昔胡安定教授蘇州時在熙寧前州郡未盡設學官安

定以學行爲郡守范文正所重起布衣爲諸生師而其教術遂爲天下後世法夫豈不以其人哉善乎朱子有言教士之職至難惟自任重而不苟者知之其以爲易而無難者即苟道也於其行遂書以贈之

送從子積經宰封川序

從子積經令粤之封川，以書來請益，則正告之曰：爲官苦事也，牧令爲尤甚。無識者乃以爲樂，官以爲樂，則民之苦將不知所底矣。蓋既任治民之責，飢者環而求食，寒者環而求衣，含寃者環而待愬，其位愈高，環而待命者愈衆，則稱其職也愈難。況牧令號稱父母，躬教養之責，兵農禮樂之政，無所不當問，而又有上官之督責，丁役之欺蒙，水旱寇盜之不時竊發，而欲以一人之心力周之，豈不難哉？苟不知其苦，或反以爲樂，其官尚可問哉？然則當如何？法當世之循吏而已矣。循吏不一人，而莫著於南豐劉公衡。公之令蜀也，不設閽人，日坐堂皇，決獄至數十起。慮蠹胥之壅蔽也，懸鉦於堂以待愬者聞鉦聲立出剖斷民呼劉青天嘗曰牧令親民官也官狃於安肆不自親其民致丁役痞隔以售奸官與民乃日遠欲矯其弊一言蔽之曰官須自做耳乃設長案於堂皇之東西案各分數格大書吏戶禮兵刑工字樣又設粉版如其數各書曰某曹送進其在西案者曰發某曹有公牘命吏自送於案格壓以版旁設小磬擊之立收入核治其發出者亦各置案格中吏至捧而出不經閽人手積弊為一清其出勘命獄也傔從吏役止六人賓飯行橐中瀹以水自啖之絲粟不擾民訟者至給以牒命交某里正轉攝所訟之人限日至至則鳴鉦一訊即決非重獄不遣役勾攝懼擾也每決事必親書判語命兩造各讀一過不識字者使吏

朗誦之皆翕服以去所判或誤立卽更正不護前官牧令十餘年無一獄上愬亦無翻異者獄時旣得左證雖未具輒予決遣省株累始至巴縣前令未決者千餘獄及君去任惟一舉人請咨試禮部咨未卽至以告受代者此外無一事也在官食指數百日用六百錢苟逾額必節縮數日之食以補之嘗言圖治在恤民貧恤貧在保富保富在除弊除弊在禁棍役誣擾受愬時先訊始訟者窮其辭則誣罔杜矣語具所著庸吏庸言讀律心得諸書取而法之有餘師矣抑劉公所言皆中材所可勉而企者非有高遠難行之事也所貴有恆耳爾勉哉毋黷貨毋信讒毋任性毋恃才毋憚煩毋習奢侈毋執成見毋始勤而終怠毋營求遷擢毋以巳之名節

徇人而尤在知其苦而不敢自恣以爲樂以是法劉公其寡過矣乎吾所告止此矣聞吾言而漫不肯省則可爲負厥初心矣

送朱肯甫學使還朝序

國家所重賴者人才也世運之升降生民之休慼壹於人才決之而人才所繇盛衰則視乎敎者敎士之官內則國子師外則郡邑博士而學使實綜其成前代提學以按察副使或僉事爲之 國初猶沿其制雍正中始詔各直省立學院體制眡督撫所以端化本育人才也學使歲乘軺車按部取士如額又黜陟其優劣者示勸懲焉比三年乃報政還 朝其職掌專以敎育人才爲本蓋自糊名易書之法起鄉會試主者率決得失於冥昧中人有一日之短長未遽爲定論也學使行部日與多士接口講而指畫其才者既視猶子弟其才而

未就範者則又鍼其病而藥之故學使之教其感人尤易入且夫德行本也文藝末也三代以上司徒樂正所以升選進造之法不可得而聞矣顧以文藝爲去取實敷奏以言之遺法也言爲心之聲子曰不知言無以知人也古有一言而知鬷茂者況連篇累牘日陳於前積三年之久月煅季煉抑何難因言以得其人因末以得其本邪雖然世有伯樂然後有千里馬故曰非才之難而知之實難教育之爲尤難教之術有三義理也經濟也辭章也皆文之所從出而人才所見端也三者得其一皆可爲眞才然教者儻未能優入閫奧而洞徹三者之源流抑烏能辨人才之眞僞而得其所以然之故哉肯甫宮庶胎胚家學爲時通儒光緒丙子奉

簡命來督學政今三年矣公之爲政重經學拔寒畯愛才如性命惟恐有潛幽伏隩之士不爲所知尤講求根本學教諸生嚴義利之辨而自不欺其幽獨始此鄉先正證人講社之學的也近世漢學家依傍故訓輒詆毀程朱公尤引爲大戒烏虖文行之分久矣繇公之教庶幾其能合之歟公以湘中前喆經學莫邃於船山王氏爰剏船山書院於衡州詁經書院於會城將以永教思於千百世何其偉也所選湘英文挹瑩然出其類殆因文以見道者邪昔伯樂一過冀北之野而馬羣遂空自今觀之謂天下無馬者果非也大湖以南昭代賢學使推昆明錢公繼之者宜黃謝公壽陽祁文端公得公而四矣會秩滿歸　輖湘人士佡然如赤子之違慈

父母。余爲諗於衆曰。公雖歸。公之教術固在也。諸生服習其教。卽不啻曰侍公側矣。天將使公溥教澤於天下。以甄埴一世之人才。豈湘人士所得專者哉。將別。遂書以祖其行。

送陳觀察右銘之任河北序

任事之謂才。斷事之謂識。合才與識以定所歸之謂志。志於道德者功名不足累其心。志於功名者富貴不足累其心。蓋志定而才與識胥赴之矣。志道德。卽孔門之德行科。孟子所謂天民大人也。志功名。卽孔門政事科。孟子所謂社稷臣也。顧道學有眞僞。眞者爲聖爲賢。僞者空談心性。試以事功而輒詘。甚或隨聲附和。爭朱陸之異同。辨河津姚江之得失。其實了無心得。誠不若建功立名之不可以僞爲也。且夫功名未有不根於道德者。從古偉人傑士負經世之才。過人之識。自命千秋之志。其出而任事也。雖遇盤根錯節。要必本諸學問之意。故能安內攘外。以尊主而庇民。夫主固處常尊之勢也。而復求所以尊之。豈過慮哉。歷觀前史。當主少國疑。敵國外患環起。伺其隙。始之臣服者。或轉而相抗。甚且起而相憑陵。則臣子必引以爲大恥。故必先有以尊吾主。而後可以庇吾民。未有主不尊而民能受庇者。春秋義在尊王。此物此志也。尊之云何。出其任事之才。斷事之識。以大展其澄清天下之志。而貽其主以泰山磐石之安。斯功名出於道德。可無嫌於社稷臣矣。豈與空言無實者等哉。分寧陳君少負異才。爲人表裏純白。以古豪傑自命。論事有同甫之識。而志趣超卓。眡眾所爭趨。弗屑也。寧遠有亂民。聚族居負嵎。恣殺掠。吏弗敢問。大府檄君按治。誅二十一人。餘以禮教迪之。亂源以塞。權辰沅兵備使。竭俸錢。疏鑿河灘百餘

里商艘得直泊城下而百世之利以興會
特詔舉賢才論薦者如爭得
旨除河北道大吏及士民並惜其去而君亦惓惓於湘人若有不
能釋然者鳥虖今天下稍多故矣儒生俗吏不識時務識時務者
在乎俊傑非得才識志趣如君者起而肩其任則主曷繇而尊民
曷繇而庇然則
朝廷所以大用君與天下蒼生之所爲待命於君其必在此矣君
此出得行其志道德功名之合爲一途也有日矣富貴顯足累其
心哉余與君居接壤相距止百數十里曩從曾文正沈文肅二公
所耳君名洎久與君游陰詧其才其識其志必將宏濟時艱而大

有造於兹世也。將别。遂書以祖其行。

彭寸園七十壽序

余與寸園先生絫世爲紀羣交尊甫石村贈公緜梅仙里遷寓會垣所與游皆當世賢傑有鄭莊置驛之風先叔祖暨家伯叔輩皆主其家余未冠讀書嶽麓嗣以飢驅客省會蹤跡尤親先生昔輩尊於余顧獨暱好余稱莫逆交性倜儻少讀書通大義入上舍後絕意進取篤孝友壯年喪偶終身不續娶爲人排難解紛亂不自見德或以此貽累不爲止蓋其天懷夷曠視一切寵辱升沈窮通得喪死生聚散舉泊然無足攖其心也道光戊申夏先生六十初度余爲文壽之今忽忽又十年矣烏虖方余壽先生時其時海宇承平邊徼無警吾屬優游文酒閒方謂老死不見兵革豈謂兩年

後粵西盜起，蔓延吳楚閩，甚且軼黃河，蹂燕豫，糜爛幾天下半。余以菲材佐侍郎曾公督師江漢，適令弟鼎三守戎率其子楚亭都尉奉檄來軍中，崎嶇戎馬閒凡數載，而令嗣焌亭千戎于役襄陽，竟歿於王事。嗣余入江西，典義旅，鼎三丈父子則皆履險相從，繇南康而饒而撫而信，轉戰數千里，屢瀕於危，雖首功以萬計，而羣盜如毛，未卜息肩當在何日。古稱天道三十年而一變，今十年中治亂乘除倚伏，雖就耄耋期頤之老咨之，必咤爲耳目所未聞覩。然則天時人事之變遷，莫此爲甚，先生當亦欷歔感喟，不能喻之之於懷也。先生貞曜絕俗，善全其天，有得壽之理，而所居梅仙里又踞山水奧區，梅子眞之所隱居也，梅源井及葛稚川之石壇石白在焉泉甘土肥視李愿之盤谷殆將遠過先生日與諸昆仲白頭扶侍薰薰熙熙從此洊登上壽神明不衰非吾邑之魯靈光也哉今年六月爲攬揆之辰都人士復徵余文以侑爵余困於軍事久矣安得以次削平諸郡散卒歸農與先生昆仲散髮山椒訪仙尉之遺蹤細述數年來軍中况味浮大白相勞苦博先生之一粲繼自今繇耄耋而期頤下走雖不敏其尚能操觚牘以壽先生也夫

鍾品蓮七十壽序

吾平爲山水奥區，山自天岳外，尤峻特者曰連雲。連雲之麓，巖壑益奇，有巨湫二，其形如曲突，水若雷轟，飛沫濺百步外，與匡廬、雁岩、天台諸瀑布爭奇，時有雲氣往來，望之如層城閬苑。唐田游巖嘗隱此，風土記及通志所云連雲山下有石室，號田公巖者也。五代後唐時，婺源吳澄以博學明經，仕至節度判官，後棄官隱岳州，愛連雲絕勝，亦卜居田巖。自後鉅人長德，史志不絕書。宋方明甫暹游黄勉齋、饒雙峰之門，私淑朱子，學者稱連雲先生，爲十三君子之一。治平中，田巖村五六月閒桂花香累月。吳氏昆仲後先登甲乙科者凡十八人。扶輿清淑磅礴蜿蟺之氣，於茲山殆獨鍾焉。品蓮先生居其麓三世矣先生少孤事母孝弱冠能文以鮮兄弟故棄舉子業綜家枋援例入太學晉秩州同知食德服疇業以隆隆起仲長統所稱良田廣池華屋背山臨流者先生既奄有之尤好施與歲饑減糶振貧乏雖桀黠者口之無異詞子若孫皆勵學行無謫戾氣習蓋其世澤厚所居又最勝泉甘而土沃山川靈傑之氣蟠固閟深故能保世滋大於無窮也今年十月屆七十攬揆之辰戚里製錦屏稱壽而以侑爵之言屬余余聞百年旦暮也二至晝夜之晷皆不過七十故生七十者古人以爲稀然鐵勒之書有最高晷焉晝幾百分夜幾百分陰陽之純也先生秉淸剛之質貌溫以肅神凝以和陰陽之純氣備矣其得壽豈在尋常意量中哉

余距先生不十里開閣望連雲蒼翠襲衣袂每企先生居如在天際唐之田五代之吳其流風遺韻先生如或見之孫曾繼起尤將以邑先正十三君子爲歸而不第科名之踵美吳氏也余久擬遊連雲巽曰幅巾杖屨約一二素心人從先生之後相羊蒼崖翠壁間慨然懷古且效鄉先輩九老題名故事而先以此言爲息壤先生其許我乎

李香泉廣文六十壽序

昔人論官其尤關天下治亂之源者。曰宰相。曰諫官。其論甚偉。然吾謂世道升降視人才。人才廢興視學校。內自國子師。外而府廳州縣諸學博。皆有扶世育才之責。其位之重。稱職之難。實與宰相諫官等。且學校尤宰相百執事所從出之途。學廢則國無與立。然則師儒之重。雖謂過於宰相諫官也亦宜。自三代下。士相趨於祿利。浸失先王命官之意。太學大小司成。卒以文藝相斆學各直省文學博士。尤多不舉其職。甚且爲世訾謷。烏虖。世教之日衰。人才之不古。若其不以此歟。雖然。人自不能爲官重耳。非官之不足重人也。若香泉先生。殆所謂能守其官者非耶。先生少績學。工詩古文究心經世學客李雙甫方伯周小湖觀察幕最久以義爲去留六世祖塋爲浮屠所侵没訟於官得直顧歲遠碑碣莫可稽會山水暴發出舊碣瀧莽中人以謂孝思所感粵寇起先生籍宜章地當五嶺衝佐守土吏治鄉兵屢與賊遌論保境功由明經銓司訓涖吾平者六年矣平介江鄂之交盜數駭吏民固守得完先生馳驅將事如在籍治軍時又以功最得遷秩先生坦中樂易與人言眞氣溢眉宇勤於訓士先品學後文藝士翕然宗之今歲上巳後三日爲六秩初度邦人士來徵言余惟先王之世州鄙屬民讀法而養國老庶老於上下庠天子且執醬而饋執爵而酳漢三老五更之秩必擇齒德兼茂者爲之今先生固庠序之師而兼三老之

望者也士儆於俗學久矣誠得如先生者落落然參錯天下以佐
聖天子作人之雅化而長育士類成人小子疇弗觀感而勃興焉
然則先生守官以守道固已無愧於爲宰相爲諫官況
聖朝破格用賢軍興以來緣庶僚驟躋樞要者僂指不能畢數又
烏知楊伯起三鱣之兆不卽在今日哉抑詩有之菁菁者莪樂育
材也又曰樂只君子邦家之基樂只君子萬壽無期先生樂育吾
邑之人才而邑人士稱願先生以興起在位爲邦家之期而引無
疆之壽其亦風人之義也歟余與先生一見如舊識謹揚搉先生
之志行以爲壽且以見人之足爲官重而凡自小其官與相輕以
其官者皆不足與觀於升降廢興之大也先生當不河漢余言哉

趙蓉生邑侯五十壽序

古名臣多起家牧令宋王文正公旦相眞宗配享廟庭唐質肅公介以直諫事仁宗英宗仕至參政二公皆嘗知平江縣事志稱縣治爲文正所移建而質肅公平反富民李氏之獄郡守不能撓風節獨高天下二公並祀名宦自宋汔今餘八百年邑人俎豆之勿替用此知親民之官古大臣多繇此發跡而吾平爲偉人過化之地尤與有榮施也蓉生邑侯自少捧檄來湘歷權湘陰芷江新化武岡邵陽諸州縣巡尉皆有聲而遇事機盤錯時才力乃尤著其尉新化也粵賊方煽亂土寇謀以道光庚戌正月起應之侯於除夕出不意往擒其渠寘諸法邑以無事咸豐乙卯賊犯新甯侯領

鄉兵自武岡赴援圍解賊尋陷東安侯會各軍追擊俘逆渠胡友祿等以功擢縣尹晉郡丞銜歲壬戌權知平江縣事於是侯宦楚二十有八年矣平介江鄂之衝爲會城門戶軍興十餘年劇賊屢犯界賴官紳力禦得全然十年中父老子弟冒鋒鏑偫糗糧民力亦既竭矣今得賢侯拊循之何吾平之多幸歟侯涖平適歲饑諄勸富民轉粟平糶禁居奇尤精聽斷遇事犀剖鏡澈機牙四應黠者不能欺侯在他州邑者吾得之耳聞在平者得諸目擊彼文正質肅二公之政蹟其詳不可得而知矣而以侯之敏練繼之今豈異於古所云邪歲十月爲侯五十生辰余惟今之牧令視古公侯昔者豳民之事上也爲裳獻豜穆然矢忠愛又申之以躋堂酌兕

其情如家人婦子之相浹。今吾邑安侯之教令，而於攬揆時一申頌禱，其猶古風人之義也歟。余山居奉母，不獲隨都人士手晉康爵，又不敢以諛詞進，爰舉文正、質肅二公之名位勳德爲侯期。它日數吾平名宦者，子明子方外，將屈指而得我侯也，豈不偉哉。

朱靄堂師七十壽序

朱李自昔世爲通家考亭朱子受學李愿中先生嘗兩詣延平請業厥後李文定燔爲紫陽高弟而吾鄉李練溪木川草堂三先生又皆親炙朱子語在宋元學案及宋史道學傳康熙間邑人彭君其位嘗謁建安朱子祠見宏齋練溪木川諸先生木主並配食祠廡爲低徊久之此非朱李世爲師弟子之前躅歟吾師靄堂先生植品種學能文章少及先伯遜吾公之門先光祿公實同研席師友之盛一時稱最道光庚寅先生授經吾里從兄元嘉元愷元善從其遊丙申至己亥元度與從兄原溥原濬元鉞等均幸及門先生門下士膺孝秀明經選登拔萃科者僂指難畢數每談藝必舉

先伯之緒言以示瓣香所在烏虖古稱薪盡火傳沆瀣一氣其不以此歟先生性和易伉爽健談軒渠聲達戶外膺分校之薦四卒阨於遇晚歲用　恩例貢成均待次文學博士嘗從軍江黔間以最得遷秩同治丁卯權永州教授用經術造士自太守以下皆矜式焉近復權湘陰學篆眞除在指顧矣丈夫子四登仕版入膠序有聲諸孫皆敏於讀先生顧而樂之今五月爲七豑攬揆之辰昔太史公傳儒林曰伏生年九十餘爲尚書師弟子爲博士者十餘人申公年八十餘爲魯詩師弟子自遠方至者千餘人轅固生年九十餘爲齊詩師齊人以詩顯者皆其弟子也漢人重師法而史紀經師必兼及其年齒豈師必以年重哉蓋惟精神麗固斯經術

益湛深以是爲齒德兼尊自然之符應也今先生度稀齡精力不後少壯他日　朝廷修祖割饋酳憲老乞言之禮蒲輪下徵行且奪申轅之席豈若濟南被召老不能行哉抑又聞漢儒師授屋以訓故立門戶未若宋儒義理之精先生立敎固以漢儒箋疏兼宋儒之義理者也雖業在科舉未敢與延平建安濂溪之授受並論而自明初頒五經四子書性理大全於學校五尺童子所讀皆朱子之書也而豈有異趣歟夫朱陳一村比屋相爲嫁娶好事者且繪爲圖傳爲歌詠況先生與吾家葘畬經訓仍世通家豈非儒林佳話哉元度告養山居幸得從同門之後親奉康爵敬述此以壽先生而又以申公伏生之耄耋期頤爲先生劵也

宮太保一等毅勇侯湘鄉師相六十壽序

不朽之目三兼之者古今不數十人三代已上若稷益咎陶伊傅周召暨召穆公方叔尹吉甫仲山甫申甫之徒德爲帝臣王佐功在生民其言垂萬世者若夏書三謨伊訓說命召誥君奭周官禮邠風之述德卷阿之矢音與夫烝民江漢常武崧高諸詩後世尊之爲經可謂盛矣自時厥後重臣名將魁儒史册相望求兼三不朽蓋其難哉就三代下言之德若周張二程于朱子尚已而位不通顯惟立言以覺後世末繇顯其功功之偉者若蕭曹吳鄧郭李徐常之屬或推佐命贊中興莫不震今鑠古而未盡聞聖人之道德與言或並嗛焉至文章家若司馬班揚鮑謝徐庾李杜輩僅以

言傳抑更無論已烏虖難哉蓋嘗論之德非空談性命之謂謂見諸實用者必能安國家定社稷乃足爲羣生託命功匪第擁麾節胙茅土而已必其戡亂致治壹本學問之意以出之至功崇德楙自道生平所得力斯言傳焉若此者在漢惟諸葛忠武侯在唐惟韓文公陸宣公在宋惟韓忠獻范文正歐陽文忠司馬文正李忠定在明惟王文成公今皆從祀孔子廟庭以其兼三者而無憾也雖然抑各視其時焉韓范歐陽司馬遇稍隆矣而未獲盡行其志視唐虞三代之佐已不可同年語若武侯宣公忠定尤獨爲其難遇之尤嗇者若文信公及前明 之孫文正賀文忠范文忠倪文貞史忠正諸公位非不閣部也而無一 或竟其功然則立德立功立

言又豈不以其時歟吾師　宮太保湘鄉爵相生濂溪之鄉鍾南嶽閎氣逾冠入詞館與鏡海先生講明程朱之學杲躋卿貳議大禮爭大獄言人所不敢言天下仰其風節粵寇事起墨絰涖將壇號召忠義轉戰數千里挾長江水師卒破金陵僞都殄十數年負嵎勍寇昆仲同日分茅門下多公侯將相再平畿輔劇賊雖婦人孺子下及卉服島夷莫不震其勳德生平學究天人經術宗鄦鄭文章與韓曾伯仲詩篇翰札出入坡谷閒而其臨深履薄嗛嗛不自足之心舉念與古聖賢相質尤以扶植人才爲任不使一夫或屈實能兼三不朽而有之此非阿好之言天下古今之公言也夫昔者烝民江漢常武諸詩與謨訓相表裏其張大藎臣之勳烈所

以見知人任賢之功雖爲方叔召虎吉甫山甫而作實則詠歎宣
王之德吾師受
三朝殊眷
文母
沖聖倚畀有加用能雝容展布贊中興之大業卓然比績方召上
擬咎益伊周非韓范以下所能企夫非遭時獨盛故歟抑又思崧
高一詩美申及甫而必歸本於維嶽降神則以非常之人遇不世
出之主成非常之功由天篤而地成之非偶然也師所居在衡山
之麓與嵩嶽並峙以十月下澣爲降生之辰壽晉六秩元度受知
最深謹就鑽仰所及舉叔孫穆子之說爲壽用以質天下後世之

知師者且祝吾師天壽平格爲召康公衛武公郭令公文潞公富鄭公緜耄耋而期頤永永爲生民造福而我　國家無疆維休卽可於師壽徵之矣

劉貞庵先生七十壽序

楚南北相距止一湖吏治民風之休慼大府之政教朝見諸施行暮載諸道路之口其速若置郵而傳命邇者楚南人士筮仕於北自道府至丞簿尉不下百餘人輿頌廷評其聞而知之也宜尤悉同治庚午劉公甲三權楚北提刑使者察吏安萌平反岸獄頌聲自北而南洋溢乎衢巷余耳熟而心儀焉辛未七月爲封翁貞庵先生七豑生辰於時寮屬士民鞠脀希韝于于然效躋堂之祝而楚南之宦於北者來徵文以侑觴余與廉訪雖未面嘗聞其賢於前後制府合肥李公伯仲重以鄉人之請其敢以不文辭蓋南條之水江爲大北條之水河爲大江與河澤潤生民稽天注海其流

萬古不廢賴其利者莫名其所以然也然江源發自岷山歷千里至大別九江而益大河源出星宿海凡千里一曲至龍門積石而益大源遠故積厚積厚故流長莊生不云乎水之積也不厚則其負大舟也無力故知廉訪之歿歷著聲皆封翁之積厚而未竟其施者所佑啟也封翁少舉拔萃科　廷試冠其偶　詔以知縣發江西歷權大庾玉山新淦都昌贛縣事補萬載所涖皆著殊績而擒治大庾萍民劇盜尤有聲擢南昌府丞晉二千石膺卓薦達官可戾契致矣顧以親老乞養歸超然有抗靑雲攀白日之志躬課其弟若子洎兄弟之子遊庠序者踵接喆弟悅齋廣文桐封明府同時儕仕籍三君舊臣舉於鄉而廉訪遂繇

制科歷部曹改外任加承宣使銜　詔封其三代階二品以合肥
伯相疏調歷今官封翁就養來楚服御如寒素若不知有世味之
膴者良繇得天獨厚本無所謂不足而急流勇退獨能善留其有
餘故天之加厚之者如川之方至而惟恐不足所繇視履考祥而
神明不少衰歟抑嘗稽諸易數占用九是爲老陽筮用七是爲少
陽大衍之四十九七七之數也老與少相承而後兩儀三才四時
之象著焉繇是三百六十以當朞萬有一千五百二十以當萬物
引伸觸類雖疇人不能測巧秝不能稽也封翁行年七十揆諸易
猶爲上壽之履端則諸君子之引年祝嘏者將屢書不一書而非
一時之頌禱所能竟矣謹舉江河爲說證以潨園之論衷諸易數

以諗鄉人士因廉訪以達封翁計必逌然滿引一觴也

何達夫年丈八十雙壽序

生日稱壽於古無徵古所謂頌禱者卒在平時故天保報鹿鳴之燕也曰如南山之壽行葦養老乞言也曰壽考維祺楚茨信南山力田奉宗廟也曰萬壽攸酢義皆不繫乎生辰若夫婦齊年稱雙壽尤不見於前載然吾觀攬揆初度屈子鄭重言之明學士陶安集中始列壽序歸震川氏爲之尤工遂爲古文家之一體況衷諸經義旣醉之詩言萬年有僕矣申之以女士閟宮之詩言三壽作朋矣申之以令妻然則室家之壼象服之偕老尤人生所願望不可得者並舉而稱祝焉殆所謂禮緣義起者歟年丈達夫先生幼承庭訓踰冠爲茂才試累甲 其偶應行省試十有八佹得復失洒

然不以繫其心事贈公四十有四年備極志養母夫人年登百歲
事之七十年及終猶爲孺子慕有芝茁廬中白桃重開之異性介
而和無一字入公府著述等身而課子尤篤冢嗣龍臣太僕十四
爲諸生由優貢舉京兆試咸豐初粵逆稱亂先生居縣北鄙率子
姓治鄉兵固圉　詔除翰林待詔而龍臣用戰績累擢丞守振軒
簡六叔季並晉秩牧令學坰最少文譽冠郡國皆先生穀似之誨
所成也戊午秋太僕殉節三河鎭得　旨贈冏卿　錫世爵而邑
城　敕建忠義祠裒然居首可爲不負教忠之志已先生晚歲益
樂易怡情書畫時以歧黃術活人德配方淑人有懿德助之施濟
白首相莊初受五品　誥命尋晉三品　封以今年秋爲八秩雙

壽之辰吾邑自宋十三君子問業紫陽儒術稱盛而其時有作九老會題名道巖者爲魯寶潭先生十三君子中之一也先生家天岳之麓距道巖才數十里其學以宋儒爲的文苑儒林隱逸三者兼之太僕旣以忠義傳振軒昆仲學業治行聲益隆隆起一門之內各有千秋非夫山川雄厚秀傑之氣所孕毓哉先生邃於經術元度辱在世交謹依經訓以立義擧旣醉之篇箋所云備五福暨閟宮之頌壽母而及令妻者揚搉之以侑一觴祝先生夫婦壽與母太夫人趾美先生聞言計必听然解頤曰此固天保行葦詩人之義也

天岳山館文鈔卷三十二

夏芝岑廉訪五十壽序

國家弼敎之任，內則刑部，外則按察使司。刑曹明允精鍊者，方總辦秋審。凡各按察使歲所上獄，皆由部覆覈。部之長貳多取歷總辦，並踐中外習故事者擢任之。與河務、邊才並號專家學，而軍機處尤爲承

旨出政之總滙焉。葢國初因明舊制，機務出納由內閣，軍事下議政王大臣。雍正七年，西北陲用兵，始設軍機處，簡重臣任之，選通達政體者爲之屬，曰章京。軍機職掌在恭擬

諭旨，凡內外臣工所奏，皆面取進止，明發

上諭其奉
敕議覆者審可否以聞凡明發
諭旨皆下內閣以次及於部科若指授方略誥誡羣臣及查覈政
刑之失當者曰寄信
上諭密封下兵部馳遞自立軍機處內閣之任遂輕內而部院寺
監暨九門提督內務府外而各直省督撫學政提督總兵官鹽政
榷使各將軍都統參贊辦事大臣及四裔諸屬國有事無不總彙
又無日不　召對
上所巡幸無不從而四方章奏亦皆以摺代本逕達軍機處其內
閣本章率依例題達而已甚或內閣翰林院撰擬有弗當亦下軍

機處審定其繁重與魏晉六朝唐初之中書令五代之樞密院等
然大臣面取進止後仍口授章京票擬取辦俄頃間故章京之任
尤劇非學有經法通知時務者莫克副其選若以刑曹兼章京則
所履並樞要由刑曹章京出任按察使則尤民命所寄與總辦秋
審同一重任也廉訪夏公生吳西世族少舉拔萃科官刑部尋直
軍機兼總辦秋審處均能舉其職粵西淮北盜起羽書旁午公直
樞廷前後十有三年機牙四應所贊畫不可以言罄官軍平靜海
克金陵削平捻逆露布告捷公皆在直有功三次得 旨優擢
賞孔雀翎由郎中晉觀察來楚南未一年遂權按察使司事司職
刑名公在秋曹久嫻律令洞中肯綮民自以不冤事無鉅細必躬

親而督治保甲尤力先是公之曾大父潤堂公守寶慶從祖森圃從父憩亭並仕湖南台司公恰繩其武昆仲五人任監司守令並有聲公獨以專家之學來福湘民異時敭歷中外掌秋官總樞府勳相我 國家爲時良弼又豈僅吾鄉之厚被其澤已哉月之二十五日爲公五秩攬揆度屬吏躋堂晉爵而屬予侑以文予與公一見稱莫逆謹詳舉我 朝立綱陳紀內外相維之永制以見公之才稱其官爲不負千載一時之盛也是爲序

方丕齋姻丈七十壽序

天下有名人有福人名人者立功立德立言志在三不朽非備歷諸艱莫繇動心忍性增益所不能雖其名在天下而身嘗汲汲未有一息之暇福人則不然席累世之蔭賞天倫之樂前有作也後有述也仰無愧也俯無怍也不必身都卿相而名在薦紳不必貲埒王侯而充然無幾微之不足不必巖居川觀洗耳沈淵而林泉之福煙雲之供養饜飫於畢生是樂也天之靳之殆過於王侯卿相即三不朽之名人有時轉相羨也昔馬伏波勞官屬曰吾弟少游嘗哀吾忼慨有大志謂人生取衣食裁足乘下澤車騎款段馬使鄉里稱善人足矣吾在浪泊里西閒下潦上霧毒氣薰蒸臥念

少游平生時語何可得邪而仲長統作樂志論則以謂居有良田
廣宅背山臨流場圃築前果園樹後舟車足以代步涉之難使令
足以息四體之役不受當時之責永保性命之期如是則可以凌
霄漢出宇宙之外矣烏虖以伏波笞兵走萬里取封侯印而當其
積苦行閒求如仲公理所論卒莫能得其一二名人固不易爲哉
丕齋姻丈生右族家埒素封視仲公理所云良田廣宅固生而有
之若馬少游所期抑不足言矣翁性恬淡讀古人書能見其大不
屑屑治章句早歲通仕籍卽翛然謝世網以蒔花種竹自娛於醫
卜星歷之恉皆能通其奧然非其人不與談也丈夫子四人或注
學籍登仕版孫曾並見頭角可謂俯仰無憂極人倫之福者矣近

歲軍興，吾鄉用戰績起家，位封圻，擁麾節者，肩背相望，五等之封爛焉，然皆崎嶇戎馬間，如伏波所太息，求如翁一日之寬閑，何可得也。宜翁之不屑以彼易此歟。今年秋，爲翁七十生辰，元度忝在懿戚，辱翁知三十年，每歲時臘腊，謁翁於里第，烹羔豚，陳酒肴，往往相視而笑。邇幸告養山居，得脫潦霧薰蒸之苦，況爰舉馬少游仲公理所言，以申耄耋期頤之祝。魏鄭公云：願爲良臣，不願爲忠臣。繇我公觀之，爲福人，誠遠勝於爲名人也。翁得天獨厚，固當如上古之大椿，以八千歲爲春秋，福與壽且不知所紀極矣。謹書之以侑一觴。

宮保一等威毅伯曾沅浦中丞五十壽序

聖清受命二百餘年當道光之季粵西盜起踰嶺涉湘圍長沙不克竄陷武昌殘安慶踞江甯爲僞都分黨北犯蹂躪十數行省疊吏鬬帥環視莫敢誰何吾師　太傅曾文正公治鄉兵討賊轉戰荊揚二州之域喆弟今宮保一等威毅伯沅浦中丞起相應和決策東下卒克金陵殄賊無遺種捷　聞同日　册封侯伯　錫宮銜　賞雙眼孔雀翎海内外識與不識下及婦孺走卒罔弗知文正及公名於鑠哉近古所希覯也然公佐文正成大勳偉矣而其忠謀卓識上繫
宗社安危則以克安慶後疾擣江甯爲尤偉譬諸弈國手之先著

也利鈍所爭間不容髮脫稍遲迴猶豫事有不可知者矣何言之公起義旅後文正四年咸豐丙辰文正在江西逆氛大熾江楚道閉公叔兄愍烈公自鄂赴援軍報始達是年十月公帥偏師攻吉安逾年克之尋克景德鎮進攻安慶以辛酉八月朔拔其城是日也太史奏日月五星合璧連珠　中興之運基此矣當是時江南大營早覆逆燄熊熊天動地岌吳越並爲賊踞今大學士合肥李公方自上海規蘇州總督湘陰左公自衢嚴規杭州而長江千里若三山若蕪湖若大勝關中關下關金柱關東西梁山秣陵關諸險隘賊皆築堅壘成以重兵我軍稍迴翔其間節節牽綴賊守且益固又分餘力固蘇杭而吳越之復無期矣公乘破竹之勢舍枝

葉拔木根毅然直薄金陵所謂迅雷不及掩耳也方諸古名將若項籍之湛船破釜韓淮陰之背水陣王龍驤之風利不得泊王文成之直擣南昌有過之無不及已然而公之爲此實犯天下之至難蓋自句容師潰宿將勁兵澌滅以盡彼六七僞王者各挾數十萬之衆方行江介撊然自得非具兼人之智勇疇敢以孤軍入虎穴再試不測之險况金陵爲賊老巢攻其所必救蘇浙賊必回援是使攻蘇浙者轉易爲功而已獨趨危地也文正公素持重屢誡諸將毋輕進自公外誰敢執其咎者萬一孤行已意或寡衆不敵餫道不能通火藥礮彈不繼勢且奈何凡皆智巧之士所望而卻步者公一切不顧既數克沿江要隘遂進壁雨花臺盡夷賊壘縻

血肉之軀爭尺寸之土。鎗傷輔頰不爲止。亡何疫大作。染者輒殆。士或朝笑而暮僵。馴至爨汲皆虛。刁斗息響。物化者五千餘。衆公季弟靖毅公亦卒於軍。而僞忠王李逆方帥援賊三十萬圍我軍數重。公激勵將士。苦守四十五日。賊乃解圍渡江。公復分軍北援江浦和含南援蕪湖太平。凡七閱月乃少定。其穿隧道也。計三十有四穴。皆壞於賊。神策門之役。城圮矣。而功弗就。最後龍膊之役始成大功。儻所云精誠之至。金石爲開者歟。方事之殷。公暴露堅城下。一夕數起。一餐數輟。嘗入世未有之苦。而目論者或反詆爲貪功爲輕敵。爲暴虎馮河。更有議且退師者。公堅不爲動。誓滅此賊乃止。然後知公之堅苦卓絕。天實篤生之以殄此虜也。元度嘗叩公方略公曰吾之出此蓋欲爲蘇浙二軍抽釜底之薪又以趙忠節死守湖州莫能救冀分賊勢寓吉凶同患之誼耳斯言也九廟之神靈其鑒之矣厥後忠節雖靖難而吳越功反先成然則吳越之功皆公功也烏虖亂之生也始於人心之機變巧僞各圖其安而予人以至危上與下功利相先縱亡等之欲及患氣既成乃有兵戈水旱疾疫之變使斯民日轉側於水深火熱中而莫知所底有忠誠毅勇之君子出而矯之克已而愛人決幾而定變躬履險艱拯生靈之阸運一時氣機所鼓動皆知敵王所愾而以茍活退避爲羞此文正與公所繇合羣力訖　王誅制百萬悍賊之死命解東南十數州之倒懸而綿我　國家萬億年無疆之祚也

豈不偉哉公歷封圻以勞疾乞假角巾私第口不言功深得古
勳臣持盈之道今
天子躬攬萬幾眷懷勳舊海內喁喁望東山復出元度獨以謂不
然蓋使我公得優游林下遂緣野平泉之樂則必疆圉敉謐海波
不揚可知也故轉以公之出處覘時會焉公勳在册府像在　紫
光閣事在史宬方略碑頌在億兆生民之口功已成矣志已達矣
卽再出何所加不出抑何所嫌哉歲八月爲公五豑初度邦人士
躋堂稱祝元度竊謂公壽　國壽民壽其身以壽世固當永與天
壤不敝而其忠謀卓識上繫
宗社安危尤在疾擣江甯之役世或未盡知故昌言之以侑萬年

之爵焉

康靜齋年丈七十壽序

先儒有言以父母之心爲心則無不愛之兄弟以祖宗之心爲心則無不愛之族姓以天地之心爲心則無不愛之民物大哉言乎六經四子書之義藴賅於此矣而人顧不盡能然者有我之私間之也人止知有我則自私自利一切濟人澤物之舉皆謝不爲卒不至自喪其利不止抑何不思之甚耶今夫天地之心祖宗父母之心也祖宗父母無不愛之子孫天亦無不愛之人愛之則欲其皆智而不愚皆富貴而不貧賤而其勢不能故常於什伯千萬庸衆中擇一二人焉獨智之使迪衆愚獨富之使恤衆貧而此一二人者苟坐視衆子之顛連無告而不爲之所是大拂天地所以獨

厚我之心卒且同歸於盡而莫能久其理然也西銘曰富貴福澤將厚吾之生也蒙竊不以爲然蓋福彌大者責彌重憂亦彌深寒者待之衣飢者待之哺無告者胥於我乎託命如第曰厚吾生已也造物豈獨私於其人哉年丈靜齋先生生有至性七歲失怙事母夫人孝伯兄以食指日繁與先生析筯先生乃棄舉子業治家政修業而息之獨力養母不以累伯兄者三十餘年洎伯氏捐館舍諸從子相繼不祿家中落先生代爲綜理既匡既飭不數年絫貲巨萬所謂以父母之心爲心者非耶先生自奉約而推解弗恡從子弟輩或不能自給輒計口廩之性敏者必資之使習於學其或窮老無依則佽卹尤周至嘗誦老泉氏之言謂自祖宗視之皆

一人之身所分故不敢相視若塗人也道光丙午邑考舍將圮先生與同志醵金新之庀材勼工身獨肩其任縣南白竹水灃屬要津也先生募白金數千有奇纍石成橋圮於水仍復之堅壯視前有加同治壬戌邑大水壞民舍無算先生買舟拯溺更以小舠載糗糒徧餔餓者死則棺瘞之明年遂領衆新學宮又獨修甬道露臺買田爲講後計劉吉星明經館公家十餘年禮敬不少怠暇卽與注善書雕板行世讀而化於善者相踵也烏虖人者天地之心先生親親仁民若此曷怪天之獨厚先生耶先生仍世通華長君蘭溪孝廉蚤歲冠童子軍登鄉薦雖降年不永未竟厥施而亦蘭學博小蘭茂才均能繼其學行天之所以祚先生者富貴福澤方

興未艾而先生以今秋壽躋八豒神明不少衰語曰仁者壽仁之德爲元元者善之長也夏侯勝曰有陰德者必享其榮以及其子孫然則先生之美意延年豈復可以數計哉世之自私自利者聞先生之風其亦可以愧而興矣

李子白先生七十壽序

尉繚子曰人之不足天之有餘謚顯名峻擢人所爭也子孫壽考天之所與非人力所可求也人惟善則其有餘厚積而不尸其報斯天之加厚之也乃終畀以至足之境而轉溢乎其量傳所謂人定勝天其此義也歟李子白先生臨川華族先世以業鹺徙桂林舉甲乙科職侍從躋九列者相踵也洎先生之世家中落援例以從九品發粵東親老憚遠涉遂不赴官咸豐三年賊犯桂林先生捍禦有勞大吏疏留粵西司榷稅九年權興安少尉石達開率黨十萬由楚竄粵道興安邑令赴鄉治團練先生偕汛弁嬰城固守時有領兵官鬪賊至先遁棄火藥礮彈數千觔先生護解至會城

桂林太守褒其才事平邑令論城守功優擢先生弗須也十一年賊復犯興安川餉四萬金過境先生星夜督解回全州州始知設備先生歸縣城已陷立號召鄉兵復其城遂奉檄代理縣事積勞廢寢食凡兩月以護餉功僅免失城罪先生意怡然也歷權灌陽宣化屬巡檢疏調粵東權順德屬巡檢事所至皆有聲尋改官鹽課大使加五品服歸計先生宦遊十餘載疊治軍務未一登薦牘殆所稱李廣數奇者歟烏虖軍興以來士爭以功名自奮其尤者立功建麾節胙茅土次則守土吏以乘城功膺殊擢循資平進亦不失美除最下則攀鱗附翼身未履戎行輒綴名剡牘中恬不爲怪卒之暴長之花无實之木其根已傷逮時移勢易向之隆然升

者往往一蹶不復振而其進暮偃蹇爲人所觝排者或拔起轉出其上蓋升沈寵辱得喪之途其無定局如此而自達人觀之直浮雲之起滅於太虛已耳先生不言祿祿亦弗及而其天懷澹定無幾微見於色辭而冢嗣蘭生太守卒以從軍躋膴仕政聲鬱起餘並策名仕版所以光昭先生之志事者正未有艾然則天之報施善人又何如哉先生篤孝友數參戎幄未嘗妄戮一人在官未嘗輕笞辱一人歲九月蘭生以長沙貳守權武陵縣事先生就養來楚值七豒生辰邦人士躋堂介壽徵文以張之昌黎不云乎人之進未始不爲退吾之退未始不爲進也然則先生之康疆逢吉非其善留有餘所致耶雖然先生於人世之升沈得喪早視若浮雲

矣。聆斯言，未必不轉嘗其淺也。

譚曉村先生七十壽序

孔子曰國家敬老則民作孝古王者之老老也庠序膠學異其地燕饗食禮異其文縞衣燕衣元衣異其服其敬之各以其制也如此而其所爲老者則又能束躬圭璧樂善不倦俾鄉人有所矜式以潛消其犯醜悖德之心所謂爲善一鄉而人薰其德者此也湘西譚曉村先生眞其選哉先生少失怙事母至孝以貧廢學從業岐黃造請者雖丙夜必往遇窶人子反助以藥資鄉里皆稱善人母病禱於神願減算益母壽竟得請中歲失偶獨居二十餘年泊如也先生於星卜壬遁堪輿及姑布子卿術無弗精兼好寫梅竹顧獨嗜勸善書嘗著閱世俚言詩及輯古格言感而遷善者甚衆

烏虖，善人國之紀也。昔張魏公問學於尹和靖，和靖告以好善優於天下，朱子深歎爲知言。葢善之量徹上下、貫古今，固靡有涯涘也。范文正公不爲良相，願爲良醫；裴晉公在忠州，集古方以濟物；而蘇文忠、沈夢溪亦各有方書行世，夫非善端所發露歟？抑歐陽子有言：爲善無不報，而遲速有時。蘇文忠則又以天可必與不可必並論。獨至先生，則爲善獲報有捷於枹鼓者。嘗過比鄰失火，延燒及所居，先生望空默禱，竟反風以滅。寢室梁傾，夢中若有人趣之起。廳事舊懸巨額，以朽墮，先生適過其下，皆無恙。天豈獨厚先生哉？好善之誠所感耳。先生仲子藹吾用戰功洊擢郡司馬，封先生如其秩。先生今且七十矣，語曰：仁者壽。仁爲元德，元者善之長也先生晚年究出世法篤信因果誦內典行導引術數十年罔間其以善致壽也烏能測其所至哉他日繇耄耋而期頤天子修養老乞言之典執醑執爵舉蒲輪束帛以徵耆耆徵先生其誰與歸

黃海華觀察七十壽序 代

古道之不行於今也久矣。古之人質厚，今則浮囂。古之人剛毅，今則柔靡。是人不古若也。古之立言者，道弸於中而襮之以藝，今則聲悅而已，虛車而已。是文不古若也。古之學者爲已，今則爲人。古之仕者爲人，今則爲已。是學與政不古若也。然則當吾世而有力敦古處者，不必嘐嘐自異，獨能心追古人而從之，得非難能可貴者乎。有其人矣，而篤古者必戾乎俗，甚或不見容於時，而其人卒能獲上信友以得民，非尤難之難者乎。海華先生承黎洲徵君家學，弱冠登賢書，爲國子師，最後以郡丞筮仕湖南，權常德同知，補寶慶。道光之季，新寧民李沅發作亂，總督裕莊恪公討平之，先生預帷幄多所贊畫擢知寶慶府時粵寇漸棘先生築城浚隍積粟繕守備後數年僞翼王石達開率黨十數萬來攻迄不得逞以去先生經始力也郡人葺生祠祀之其守永州也地當楚粵衝賊往來如織先生內修外攘吏民倚以爲安在官五年賊卒不敢犯永會武岡新寧兩牧令妄以東安民變聞大府將勒兵勦先生察其誣牘數上保以百口卒無事永人祠祀先生如在寶慶時同治戊辰先生再守永州寧遠有械鬭獄斃十六人先生按律治之無枉縱上官欲改從重比訟至數年未已乃知先生所定爲不可易也軍興以來豪儁之士乘時會立功膺節鉞茅土者相望先生從事其間屢典劇郡御勍寇晉秩監司而古道自將顧猶浮沈簿領閒

眞儒之效幾不白於當世或疑古之道無所用於今某竊以謂不然所貴以古人自期者求無愧於神明而已詎以所施之廣狹爲加損哉先生質厚剛毅子若孫並能傳其學伯兄寶田孝廉早世撫兄子成立爲循吏有聲爾從孫同歲舉拔萃優行科可謂道行於家矣所著思貽堂詩古文卓然成一家言而其施於政事者又上下交孚若是然則先生道未嘗貶志未嘗不行也凡謂古道不行於今日者豈惟薄視今之人抑其自待者薄歟月之某日爲先生七十生辰敬舉先生立身立言及其政與學之抗心希古者昌言之以侑康爵世有知言者其必曰我思古人實獲我心哉

周瓊圃先生七十雙壽序

洪範言五福曰富曰壽曰康甯申之曰攸好德惟康甯則壽益臧惟富則能好行其德義固相需也顧其言不及子孫或者疑焉不知古人之書鉤貫旁通稽疑之疇有身其康彊子孫其逢之語詳略可互見也抑豈獨書爲然哉詩亦有之既醉之篇漢儒所稱備五福者也其云介昭明僕景命天祿亦既備矣而必進之曰釐爾女士從以孫子兼及允嗣之賢焉然後知九五福之文卽具見於七稽疑之內證以既醉一詩而愈信也然而備五福者難其人非眞好德烏足以語此而既醉詩所稱女士非實有士行又烏能佐君子膺多福永錫爾類而致子孫之從也哉同郡周瓊圃先生德

人也、性竺孝友、好施濟、遇歲祲、蠲租減糶、無慍色、有因貧鬻婦者
完贖之、艱窶不能嫁娶者佽之、待族中嫠婦尤加意、任卹其他造
橋治道、建亭、設義舟、施藥餌、善舉不能畢數、德配易宜人、咸脫簪
珥贊成之、殆所謂富好行其德者耶、咸豐丙辰、寇亂作、鄉人扶老
攜幼爭奔避、適山水漲、無舟可渡、先生急買棹濟之、所全活亡算
軍興數載、戰骨纍纍暴原隰、乃築叢塚瘞之、先生以經術垂訓子
若孫、並以學行發聞、喆嗣荷渠學博、猶子芝房刺史、小溪太守、皆
鬱負時望、先生以芝房貴、膺　封誥、當六十初度時、王子壽比部
既爲文壽之矣、今年秋、夫婦並晉八齡、都人士來徵言以侑觴、余
謂士無論隱顯、但心存澤物、能有益於時、乃不虛生此世、先生好

行其德至老不倦是則天地之心之所寄造物者必因材而篤焉
宜其壽且康也宜人躬儉同心以作德日休爲盡道則既醉詩所
云女有士行者微宜人又誰歸余與先生未識面然聞先生邃於
經術爰舉箕疇五福之義以祝期頤且爲之歌既醉先生聞斯言
其以爲然乎否耶

古今山海經卷三十二

彭麗崧親家七十壽序

麗崧先生六十初度元度嘗爲文壽之矣其時奉　命師師援黔門客爲屬稿加點竄焉耳未罄所欲言也今先生壽躋七襲尤不可以無言昔宋儒靳裁之謂士品有三志道德者功名不足累其心志功名者富貴不足累其心厥論偉矣顧靳氏之論本於晁氏客語而晁又本諸孟子孟子言事是君則爲容悅志富貴者也以安社稷爲悦志功名者也若天民大人志道德者也夫富貴非吾輩所期固灼然可共信矣至功名則有運會以主之得其時則乘機赴會笞兵走萬里取金印斗大甚或徒步起家積首功躐位將相雖下中如李蔡亦列侯封世或震其名以謂管葛之亞實則平

平耳其致此蓋有時命焉不可得而强也惟夫潛心道德不爵而尊不祿而富不必聚徒講學標宗旨以爲名但能刊落浮華日以義理養其心斯所得在性命之表先生少席厚蔭遹冠舉京兆試登仕版未必無志功名以母夫人年近百歲依膝下終其身遂不謁選壹意課其子若孫子孫並能率其教以學行發聞於時嘗建家廟立義塾倡葺大宗祠身爲宗老數十年族鄰信服之有不善恥爲所聞知也晚益潛擘經學註周易取漢唐已來說易諸家博覯而眘取之都數十卷殆所謂擇之精語之詳者耶烏虖易爲寡過之書吾夫子加年學易之歎時年幾七十矣其曰五十以學易者大衍之數五十河圖中之所虛也惟五與十叁天兩地而成數

合參與兩成五衍之則成十五者十其五十者五其十參伍錯綜
以盡之理與數悉在是矣不必如宋儒者之改經以就已說也先
生以七十之年學聖人之學則所爲窮理盡性以至命者不即於
學易得之哉先生世承壽種大父月中老人以七葉衍祥被　旌
尊人戶部公吏滇有異政今請祀名宦第四女以貞烈荷　旌表
得　旨建專祠皆世德之尤偉者至其子若孫趾美科第則又近
於富貴之說不足爲先生侈矣元度居恆以先生爲師法初亦嘗
妄意功名而才劣遇蹇迄無所就今老矣日讀四子書差覺意味
深長顧於道德之蘊茫乎未有聞也願得屏人事從先生受易偕
隱天華幕阜間深衣撰杖觀辭玩占如日侍申公伏生轅固生之

側以義理相餉遺先生其許我乎

楊履中先生八十壽序

箕疇陳五福一曰壽所謂壽者匪第安常履順多歷年所已也必其身嘗備歷諸艱而終不失其所受於天之生理夫而後疾厄不能災水火不能斃大兵大刼不能傷而天之眷之也抑若獨加厚焉史稱劉通母失明通孝養三十年不懈母目忽復明王思聰父病瞽思聰事之至孝父目亦明知人定可以勝天也史又稱毛寶得白龜贖放之後戰敗投江如躡巨石抵岸乃知其爲龜李進勍嘗放生魚及渡江舟覆足若有所履乃魚數百頭也乘之遂達岸繇此觀之天人感應之理捷於桴鼓人必能自壽其身而天乃壽之壽顧可倖致哉履中先生生金陵世族尊甫　贈榮祿大夫景

邁公爲邑名諸生先生幼承庭誥不屑屑治章句年逾冠效白圭計然術薄遊湘中抵鄂渚遘疾而瞽乃返白門靜攝三年目復明自是益泊然於世味不以外物攖其心命仲子鏞堂觀察繼其業而逌然自放於山水閒咸豐初賊陷江甯官軍圍攻之居民倚爲固居數年師潰丹陽賊如虎出柙先生鄉居賊驟至避之弗及身被四創奮身投水自靖長君夫婦及其子並以救父遇難先生漂而不沒獨亡恙乃避地姑蘇凡二年當是時鏞堂貿遷楚南業已隆隆起及道稍通乃得迎養來長沙咸豐八年秋也先生來南日以種花飲酒課孫爲樂敕斷家事不相關白殆莊生所稱人貌而天全者歟今年秋九月值八十攬揆之辰余惟先生少攖目疾卒

復明眡劉通王思聰或得之於親或得之於己其道一也至投江不死則必有神者陰相之其獲善報與毛寶李進勍無少異古人謂陰德如耳鳴己獨知之人無知者先生所以得此之故先生不自言人亦無從得知然非彼蒼陰相之不及此不然軍興以來螺鶴蟲沙不下數十百萬矣先生獨如魯殿靈光巋然天際夫豈偶然哉先生有孫四人長次筮仕郡丞三爲光祿署正其敏於讀者行且以科甲自奮先生安富尊榮晚福正未有艾回思二十年前始願當不及此然及此非倖致也其得天獨厚者抑皆其所自爲所謂自作元命者也譬如論大德之舜曰必得其壽不於徵庸陟方時必之早於風雷并廩時必之也先生當有取於予言

劉韞齋撫部七十壽序代

一代之隆、必有鴻達魁壘之臣、入則毗贊綸扉、文武維憲、出則秉麾建節、丕有顯功在畺圉、而又聰强純固、坐享大年、爲朝野所宗而繫中外蒼生之望、符子稱齊太公壽百六十歲、路史稱召康公壽百八十歲、而召穆公衛武公壽皆不下百歲、降自春秋、其時名公卿若季文子蘧伯玉延陵季子之徒、考其年皆百歲上下、書稱天壽平格、豈不偉哉、韞齋先生繇詞館起家、

文宗御極之初、濟寧孫文端疏薦公可大用、以編修督學湖南、比還、朝已洊陟閣學矣、先是公分校順天鄉試、三典粵西鄉試、一至是同典丙辰會試、遂擢少司空、遷少宰、衡文之任、靡弗與、又數

銜命出按事所奏當輒稱
旨尋充　經筵講官　國史副總裁枚卜可戾契致矣亡何爲忌者所齕
穆宗皇帝燭其誣起充　實錄總纂官授鴻臚少卿調太常尋以太僕卿典江南鄉試未幾除閣學權京尹同治六年巡撫湖南距公督學之歲一星終矣始公之來視學也用經術造士論者謂自昆明錢通副後惟公足踵其美尤精人倫鑑拔今山西撫部威毅伯曾公於諸生中迨公典試江南則曾公已建旄節拔金陵矣公旣撫湘重葺嶽麓城南諸書院士風爲不變會黔苗稔亂搖蕩我

邊陲公易將整軍案入其阻遂若鼓洪鑪以熇枯蓬迄今畺圉晏然公之力也解組後僑寓湘垣闕門讀經自樂微特湘人士不能忘公公抑有不能忘吾湘人者歟歲三月爲公七豑降嶽之辰湘之寮屬士紳爭擬酌兕觥介麋壽不遠數千里預徵侑爵之文余維公以文學賔身沐

四朝之雨露敭歷中外所隸有名績自道光辛丑入詞林今二十科矣後進仰之如魯靈光巋然天表誠緜遭際

聖時明良一德䀹太公召公所遇未遑多讓若文子伯玉輩且嘗過之矣夫凡伯家父爲大雅舊人春秋貴之

今天子闡繹斟元圖任舊人共政異日安車蒲輪徵入政府調泰

鴻幹元化徯福貞貞安在中書二十四考之盛業不再見今日哉

某在部民之列方提師絕大漠未獲躬進一觴屈指季春和煦之

長引領南望見榮光慶雲蓬蓬然起於南衡壽嶽之巔與五華點

蒼相輝映是即我公攬揆添籌之瑞應也夫

清末民初文獻叢刊

天岳山館文鈔

（第五册）

［清］李元度 撰

朝華出版社
BLOSSOM PRESS

劉蔭渠督部六十壽序

南戒之山莫峻於衡嶽。衡之脈來自岷山。繇蜀而黔而粤西。至騎田嶺入楚。逕邵州所屬新寧城步諸縣。乃盤折爲衡山。韓子曰。衡山最遠而獨爲宗。其神最靈。其水土所生。白金水銀丹砂石英鍾乳。橘柚之包。竹箭之美。千尋之名材。不能獨當也。計必有魁傑偉人出其閒。顧自三代迄漢唐。楚之南迄未大顯也。近歲軍興。江忠烈公始顯於新寧。曾文正公始顯於湘鄉。自是瓌才猋起。茅土節鉞。旂常俎豆之盛甲海內。論者謂衡嶽洞庭之氣。旁礴鬱積數千年。大發其奇於今日。然皆自兩公倡其始。忠烈江公之勛勛遐哉禕矣而當其時勠力以爲之佐者則今雲貴督部劉公也公生有異稟年十四補弟子員餼於庠讀書嶽麓十二年舉道光己酉拔萃科咸豐壬子粵逆稔亂　朝命重臣出督師忠烈帥民兵往助剿世所稱楚勇者也忠烈聘公入戎幕事無小大必咨之旣自領一軍以討賊忠烈守南昌城公與羅忠節赴援遂解吉安圍平泰和土賊亡何忠烈殉節廬州公援之弗及益奮然以滅賊自任矣乙卯夏賊陷東安公與王壯武攻克之賊走新寧爲公所破又與壯武同克郴州明年　詔公帥蕭壯果諸軍援江西遂復萍鄉萬載分宜尋拔袁州克新喻進規臨江丁巳秋僞翼王石達開自撫州來援公破之太平墟遂克臨郡明年大破石逆於新城己未春

石逆自南安入楚陷郴桂圍永州公帥楚勇大破之圍解賊以全力犯寶慶公與李勇毅分統東西兩路援師破賊數十萬石逆解圍西竄公追敗之於九犨橋於白楊埔於大臨橋蘆洪司賊竄粵陷興安靈川直犯桂林公倍道赴援賊不虞公驟至也解圍竄陷慶遠公仍追擊之所嚮皆捷　詔授廣西提刑使仍督師討賊晉
承宣使柳州平擢撫廣西壬戌
命總制兩廣未幾捻寇擾畿甸　詔移督直隸兼節制山東山西
軍務在畿輔數年
兩宮皇太后
穆宗皇帝深倚畀之每　召對漏數下乃出　賞賚不可勝紀會

軍事盤錯鐫秩歸中途
特詔賞二品服辛未起廣東巡撫調廣西公舊治也吏民喜公至
若赤子再依慈母焉居數年百廢具舉
今皇帝嘉其績擢督滇黔烏虖　明良一德之盛可謂至矣昔者
周室中興於雅有江漢常武車攻吉日諸篇其時宣力諸臣若方
叔召虎申伯皇父程伯休父仲山甫尹吉甫之徒莫不鏗鍧震聾
盪人耳目而吉甫之頌申伯則又推本其發祥之自故其詩曰崧
高維嶽峻極于天維嶽降神生甫及申夫非以扶輿蜿蟺之氣實
應運而產偉人歟公所居距衡嶽甚邇軍興已來就公一邑計之
建牙節膺閫寄與荷易名之典者不可選紀盛矣哉光嶽之秀靈

幾若盡萃於茲邑矣。公忠誠篤棐。尤上勰
聖心。異日援湘陰左伯相故事。　召躋黃閣。弼我丕丕基。中書二
十四考之盛。殆將再見於公哉。抑又攷南嶽舊隸長沙。長沙一星
在軫中。主壽長子孫。昌故衡山一稱壽嶽。公仰承世德。丈夫子四
人。或秩二千石。或爲名諸生。爲任子。爲孝廉。喆孫未冠注學籍。然
則南嶽洞庭之間氣。卽其鍾毓於公家者。抑猶未艾也。歲十月爲
公六䄵降崧之辰。陳展堂觀察奉檄治饟於長沙。將率寮屬稱壽
而屬元度爲之辭。元度未冠與何龍臣太僕唐義渠中丞共研嶽
麓。卽識公。從兄原濬與公爲同年生。往歲起官滇臬。又公屬吏也。
謹稱詩崧高之義。見公之生。有自來。宜與甫申爭烈。因展堂以達

於公。且致臺萊之祝焉。雖然。公所謂邦家之光。非閭里之榮也。抑豈吾鄉人所得而私者耶。

黃昌岐軍門六十壽序

賈子曰，天下安注意相，天下危注意將。將才之生，天爲斯民計耳。天下有大變則大才生。是故唐有安史之亂則生李郭，有朱泚李懷光之亂則生李晟馬燧渾瑊；宋有儂智高之亂則生狄武襄，有曹成楊太之亂則生韓岳；明有土木之變則生于忠肅，有宸濠大藤峽之亂則生王文成。而其所生之才之小大，壹視其時變之小大以爲程，無古今一也。

聖清受命二百餘年，安且治矣。越咸豐初，乃有洪秀全楊秀清之亂，而淮北奸民應之，曰捻匪，其變殆甚於唐宋明中葉。天既篤生曾文正昆仲洎伯相李公左公，削平羣醜，弼我丕丕基，而同時戡力濟巨囏者自侍郎彭公督部楊公外提督長江水師黃公其最也初公以材官隸文正戲下余襄事戎幄一見如平生歡甲寅靖港之役水師潰文正自投於江以救免時所部皆潰公問事尚可爲否余奮褎曰賊無不滅之理在吾輩努力耳公韙之尋隸水軍方監造戰船有龍降其舟色正靑長五六寸隱見儵忽余曰此黃河廟中常示見者也隨文正往觀之信嗣是公每戰龍見則必捷公之厚得天助有繇來矣公初領一營辛酉秋 詔公總統淮揚水師遂於彭楊所部外別樹一幟同治壬戌從克安慶又攻克江蘇瀕江各府縣進屯滬瀆得

旨授淮揚鎮總兵 賞穿黃馬褂守江南提督明年克蘇州遂帥

師援浙所過府州縣皆下又明年官軍克江寧粵逆平文正奏立長江水師　詔授公提督節制水師五鎭亡何捻寇棘公帥舟師進剿淮北抵山東所嚮皆捷戊辰秋官軍蹙捻寇於燕齊接壤之運河時河水淺躍馬可渡公禱於龍神廟禱畢舟中龍復見水不雨而漲驟增五六尺賊窦圍不能遁遂爲官軍所殄捻匪平　詔繇騎都尉加賞一等輕車都尉尋併爲三等男公督水師十年長江二千餘里枹鼓不驚中外想望風采念止足之義上章乞致政角巾私第口不言功見者不知爲元勳宿將也先是夔門鮑公超夫婦來長沙以貧故謀生計不就久之貲罄存錢止數百鮑故烈士以錢市酒肴置酖將與其夫人飽飫以死鄰嫗知之以告公公

繳門則戶鍵矣毀門入鮑夫婦方舉箸公問何爲以實對公唶曰壯士奈何效匹夫匹婦死溝瀆鮑曰奈絕食何公曰予主我隸名軍籍中豈惟不死且可圖進取王侯將相庸有種耶鮑泣拜公亦拜遂從以歸不數年鮑繇步卒起家官浙江提督 封一等子爲時名將微公不及此也光緒丙子余遊金陵訪公於府第公置酒話舊懽甚今年九月爲公六十生辰邦人士屬余爲壽言爲序公名在天下海內識與不識爭以郭李韓岳比公豈藉余言爲重然竊自謂知公者莫余若也凡公軼事皆得諸面談龍則所目擊者余不表而箸之久且無復有能言其事者矣然則公之雄才偉略所以佐文正諸公削平大亂而與唐宋明諸將才爭烈者非得天

獨厚誕生有自來哉詩曰維嶽降神生甫及申又曰樂只君子邦家之基禕哉言乎謹誦之以爲公壽公將必听然而舉一觴也

張南瞻方伯六旬晉一壽序

古豪傑之士。莫不有超世之志。張留侯掉三寸舌爲帝師。及天下定。乃從赤松子遊。李鄴侯建補天浴日之功。卒以白衣棲衡嶽而謝。太傅心在一邱。史稱其寢處有山澤間意。豈矯情哉。功名者時至則事起。常若不得已而就之。要必有芥千金屣萬乘。不屑屑酣豢於富貴之意。斯視已重而視物愈輕。其心雖不敢忘天下。而常超然遊於昭曠之域。程子謂堯舜事業。猶浮雲之過太虛。其意量固如是也。求諸並世之英。其惟南瞻世丈乎。公生負異才。秉庭訓。未冠注學籍。魁其曹。應行省試不遇。家貧甚。壹不以屑意。獨好爲詩。有天授。高者入王孟之室。粵賊起。從江忠烈殄寇於瀏陽。歸益號召鄉曲子弟。以兵法部勒之。搏賊扞圍。邑倚以爲安。而曾城東北門戶以固。駱文忠深器之。既而曾文正辟入江皖。領偏師屢樹戰勣。逾年。侯官沈公疏調江西。接領平江軍。屯信州路。未幾。移虔州。所嚮並有功。新寧劉公檄權贛南兵備使。吏讋民歙。政聲流聞矣。會湘陰左公移督秦隴。疏調公偕行。

詔擢甘肅提刑使。初入關。壁鳳翔。所部不及二千人。當逆回數萬衆。扼吭拊背。賊死踔不能入尺寸。亡何以疾歸。歸途陟華嵩。躋泰岱。所過留詩紀歲月。尋出游匡廬衡嶽武夷。其詩益奇。以肆疾瘉。詣闕。蒙　召對。

文母

沖聖溫諭有加遂除福建提刑使逮任數月百城爲之肅會有所不自得再引疾歸公之難進易退有未易窺測者葢至是年亦六十矣邦人士擬躋堂稱祝公復出游以避之自江漢達廣陵尋入虎林泛西子湖走山陰道上探禹穴蘭亭又取道太湖出胥臺訪生公石飲惠山泉掠金焦以入秣陵數千里奇勝盡入奚囊中矣烏虖公之爲此豈好勞哉人世勳名富貴既不足以入其心而庸庸者又多不可與處則惟以山川爲性命以煙雲爲供養差足與吾精神相映發而一吐胷中之奇昔人稱州有九歷其八嶽有五登其四兼之者惟公耳或謂公年未篤老精悍之色猶見於眉宇天老其才葢必有以用之然公之獨有千古正不在此就令東山

再起勳業塞兩儀與留侯鄴侯及謝太傅比迹公視之若無有也詎以是爲加損哉元度辱公知最深其知公亦自謂不淺敢約舉公之志事爲文以補壽之吾聞君山爲第十一福地神仙所窟宅而天岳者又所稱二十五洞天者也所產芝朮足以供服餌龜鶴足以資控馭然則靈區棲息故都大可懷矣何必遠遊哉抑又聞古之仙者若安期生廣成子泉梅子眞徐元直葛稚川之徒皆身肩當世之任最後乃證仙籍吾輩豈多讓焉繼自今逝將從公於二山中辟穀導引曠然與造物者遊壽且莫知其紀也其以斯文爲小山之息壤可乎

湯德齋七十雙壽序

余讀唐人說部有李叟者夫婦均嗜善誠達上蒼有神見於夢傳帝命問所欲叟再拜曰某無他欲但得衣食裁足居山水清絕處身無疴子孫賢且孝畢生無求於人願足矣神搖首曰此上界神仙福非若尋常富與貴可戾契致也此雖寓言然其理碻不可易蓋嘗縱觀今古凡身都將相筦樞密及擁麾節膺疆寄下及有司百執事卒皆貿明涖政汲汲顧影鐘鳴漏盡夜行而不休以視隱居自樂賦考槃栖衡泌超然萬物之表相去爲何如耶然而知其樂者卒鮮莊生所謂嗜慾深而天機淺也求之並世若東陵湯德齋先生其殆庶幾乎先生爲　旌表百歲漆山翁之孫世有潛德

少孤讀書不屑屑章句爲文法大家試有司不遇卽絕意進取嘗從軍儴援例貢辟雍非其好也晚益耽詩酒課子若孫讀亦不期以科名卜築湄水之上蒔花種竹彈琴以詠歌先王之風時以古高士目之性尤豪邁不問家人生產德配姚孺人內修蠶織外課耕穫修業而息之時用以濟急周貧乏戚族有窶者畀以金俾營生計遇時疫則捨藥餌以活人道光己酉歲大祲傾囷食餓者計口授粟自夏徂秋乃已然後知先生又非忘世者流置民物於不問也光緒丁丑秋爲先生夫婦七秩生辰其女夫周生靜虛以祝嘏之文請余攷東陵逸士在宋有陳雲岫先生隱青林洞屢薦不起顏所居曰眞隱明季有楊千仭先生隱大雲山構暇耕亭以居

先生儻其流亞歟・然則唐李叟所稱・先生葢皆佗有之矣・抑又聞洞庭之山・帝之二女居之・山浮水上・其下有金堂數百間・四時聞金石絲竹之音・又有石穴・潛通吳之包山・爲仙靈所窟宅・先生居湄水上・密邇洞庭・正山水清絕處・道家所稱第十一福地也・先生呼吸湖光・養眞葆素・從此壽過期頤・踵漆山翁之芳躅・如劉綱與樊氏・且當於神仙中求之・吾惡能測其所終極哉・

淩雲槎太守六十壽序

同治辛未展重陽余柬同邑致仕諸君遊葆眞觀續宋九老會時雲槎太守年五十有二次居九各爲詩鐫石嵌壁間今忽忽九年矣君以今年十月躋六齡衆徵文以侑康爵先是道光甲辰乙巳間君筮仕鄂中余計偕北上往返必過君劇談竟日夕後除監利丞職司水利逾年江水暴漲齧護城隄潰在呼吸間時風雨雷電交作居民恟恟懇不保君躬帥丁役冒雨搶築或危之請少退君叱曰此何時敢惜身耶隄竟得亡恙亡何奉諱歸服闋晉郡丞會監利下游隄圯數百丈大吏發帑修復仍檄君典其事從民望也君櫛風沐雨杜胥役侵牟工竟無纖毫耗蝕民立石頌德焉壽攝

嘉魚縣事結宿獄百數十起有案十餘年不決者君壹斷以情法犴狴一清咸豐辛酉余治兵援浙甫成行僞忠王李秀成自江西竄陷通城崇陽諸州縣武昌戒嚴督撫官文恭胡文忠二公檄我軍出北界攻通崇克之時公私掃地赤立庫如洗君奉檄來軍持空名部劄勸富民輸餉帀月得數千金軍賴以濟君尋以功 賞孔雀翎晉階二千石同治己巳除德安府丞郡產石膏司稅者多中飽君鉤稽釐剔課入視前倍蓰兼治榷鹽局除苛解嬈商民便之明年以憂歸自是不復出山矣君少能文郡邑試數列前茅不遇至是壹意課其子延名師主家塾修膳必豐長次三君聯翩注學籍又援 恩例加四秩請 封典 贈父祖如其階闢園種花

卉甃石爲山手一編日哦其中而於建義倉修考舍繕橋渡及平糶振貧諸事輒斥重金爲之葢其性然也烏虖古稱三十年爲一世余與君交逾一世矣君生世胄無子弟之過需次楚北三十餘年塵氛一無所染性敏達通曉時務出足以宜其民處足以行其德子孫之賢且達又皆起而應之非夫得天獨厚又能本仁祖誼以養天和抑烏能俯仰寬然身名俱泰及是哉余少君一歲九老中二人居末座願與君同堅晚節日邁月征斲無嗛於在昔先民俾後之論者不至謂古今人不相及是則區區所願望而亦君之志也歟

余道齋封君七十雙壽序

光緒己卯冬道齋先生暨厥配王夫人同時壽七豑邦人士先期來徵侑爵之文余耳先生名甚久顧自歸田後始識先生爰以先生行誼博諮於介衆僉曰先生有道君子也幼承庭訓劬於學從江經田先生游最久郡邑試數列前茅試學使院獨絀乃援例入胄監而壹意課其子叔子愼卿及季君劭甫先後注學籍爲名諸生先生傳經之心慰矣中歲隱於白圭計然之術王夫人黽俛同心修業而息之家以隆隆起卜築西城極侖奐之孅叔子繇郡丞加六秩　封先生如其階先生受寵若驚蝸蝸如畏王夫人躬操作無改乎其初今皆七十矣而精力不後少壯此無量壽徵也余

曰懿哉淵乎壽富康甯先生殆兼之矣僉曰未也請詳其行誼先生遇事有執持尤仗義趨公不以險夷易節咸豐初粵寇稔亂軍饟絀縣城初設榷稅局百務草創梗議者多先生與王吉士孝廉力肩其任商旅翕然歲榷十餘萬至今守其章不變事平敘按察司知事非其好也自軍興已來鄰封苦寇擾獨吾邑截然中立如水之有坊邇年百廢具舉若育嬰興賢同善皆不忍諸堂先生皆斥重金佽之又以其間建書院新學舍葺公署立義倉繕橋渡修祠廟蠲助公車費先生皆能爲衆倡而歷年運米救荒尤罄心力殆所謂慕義無窮者邪抑其心厚於仁邪余曰先生之福端繇此矣箕子陳五福壽富康甯繼以攸好德德者所以致此三者之繇

也。五福雖未及子孫。然已互見於七稽疑之疇。其曰身其康彊。子孫其逢。正以子孫與康甯連類而及焉。於何徵之。於旣醉之備五福者徵之也。其詩有曰。釐爾女士。從以孫子。則并魯頌所稱令妻燕喜者。亦賅之矣。蓋能備是德始備是福也。今先生黻珮偕老。有令子以亢宗。膝下孫曾復崭然見頭角。凡天倫樂事無弗備焉。固當歸然爲吾邑魯靈光哉。繼自今繇耄耋而期頤。吾儕壽先生。夫婦方且屢書不一書也。於是衆皆額手稱善。遂次其言以爲先生及夫人壽。

封通奉大夫肖巖族丈八十晉一壽序

天子人以富壽康甯之福豈漫然哉必先予以沖淡之性敦樸不搖之識不斤斤於衆人所忻戚而逌然有以全其天斯其植體也固而其受祉也自心逸而日休昔蘇子瞻銘王氏三槐堂以謂德修於身責報於數十年後如持左契之交手相付夫非人定足以勝天邪族丈肖巖先生廉靜寡欲讀書治樸學年三十始隸縣庠應行省試屢膺分校之薦不遇遂絕意進取壹意以敎子孫爲本務曾大父松林公有隱德常客伍市拾遺金廉得其人返之事詳邑乘先生訓子孫常引以爲法性孝謹侍母疾累月不解帶尊甫東里公剛方寡色笑閭左憚之先生劑以和柔衆用翕服邑有大

興作必命其子出爲領袖歲祲則減値以糶或轉粟濟鄉人折閱不計也先生襟度夷曠視人世寵利無足關其念者而子若孫曾則皆騰達蜚黃能光昭先生之令緒冢嗣森嶢負幹濟才遇公事必罄其心力以籌軍餉固圉功洊擢郡丞加運同銜　賜孔雀翎加五秩　封先生爲通奉大夫次道卿以高才生與弟作孚並晉郡司馬銜次振卿候銓都閫次艮才治舉子業有聲孫敎凡養清甘霖相次入膠序餘皆玉珥蘭茁也人第羨先生晚福未艾豈知皆其厚積而流所自致哉今夫草木之承天澤也雨潤之而中然興矣日暄之風散之而蕡然華且實矣迨至嚴霜隕堅冰至積雪封條向之姹紫嫣紅者悉澌滅以盡而其中有松柏焉其得於所

潤所暄所散者與衆同也。而其神落落然。其氣鬱鬱葱葱然。考未始有潤之暄之散之者。及鍊以冰霜而根柢乃愈固。貫四時而不改柯易葉。莊生所云受命於地惟松柏獨也。是則先生所以厲歲寒後凋之節者歟。先生晚歲好靜攝。縣大夫擬舉孝廉方正科。不赴。八十初度。都人士約舉奉觴上壽。亦堅謝。至是八旬晉一。元度乃始爲文壽之。夫世之以富壽康甯及子孫逢吉爲頌禱者。爲其未嘗有是而稱願之云爾。先生則既奄有之。將何以壽先生哉。無已。則謹舉先生之自作元命有是德而宜致是福者。見食報之非偶然。而並及九如之詩所稱如松柏之茂無不爾或承者。莊誦之以致臺萊之祝焉。

張蓀潭七十壽序

古人言孝必兼友。其在書曰：孝乎惟孝句友于兄弟。在詩曰：侯誰在矣，張仲孝友。蓋未有孝而不友者。先儒所謂以父母之心爲心，則無不愛之兄弟也。然而三代下孝子不絶書，以友著者差少，豈友果難於孝哉。彼我之見明，馴至自私自利，斯不念鞠子哀也。烏虖，人特未之思耳。今夫木之生也，一本而已。緜幹而枝分，緜枝而葉分，而華實又分。其榮也悴也，固極參差不齊之數也。然而漑之者，則不問其爲枝幹、爲華葉、爲榮悴之不齊，而惟以力培本根爲務。斯榮者益榮，悴者不終悴。若枝枝而別之，幹幹而區之，曰吾漑其榮者而已，悴者不復顧也，豈復有全木哉。甚有爲之說者曰：木不能全榮也，必其枝幹有悴者，斯榮者得專雨露之養，是直自撥其本根而已矣。兄弟同出於一人之身，是以一物析而爲二爲三爲四，猶木之以一本析而爲幹爲枝爲莖葉也。兄弗友於弟，生我者有餘恫矣。然則匪友烏云孝哉。常甯張棻潭先生，生七歲而孤，事節母盡孝。有弟竹潭，生而瘠，先生時其寒燠飢飽，拊之如嬰赤。弟既長，嘗揮斥數千金，先生夷然不訾省，人皆以爲難。家故不豐，先生修業而息之，漸與素封埒。比析箸，與弟均之，纖毫不自私利。弟卒，撫弟之子如己子，一待次州同知，一與哲嗣超堂同注學籍。譬諸木，跗萼相銜，聯枝競秀，夫豈有榮悴之不齊者耶。先生善行難枚舉，若葺宗祠，編家乘，設義倉，建培元塔，捐修炎帝暨城隍廟，以及練團丁保境勸鐗以振晉饑得其一皆足以傳而予獨敬先生之孝友爲其可以風天下也昔周之中興尹吉甫薄伐玁狁詩人爲之賦六月既極陳其文武憲邦矣而於來歸飲御時必引孝友之張仲爲重夫孝友庸行耳豈遂足以匡王國奏膚公哉而詩人必以是爲受祉之繇亦猶稱君陳之推本孝友也張氏本仲之裔先生其不墜宗風者歟先生初以軍績待銓知縣加六品銜頃超堂繇諸生晉部郎援例加六秩　封先生爲通奉大夫歲七月爲七旬晉一初度超堂來乞言其請至再三不已特舉先生之篤於友以成孝者質言之以風勵薄俗焉

杜鶴田中丞五十壽序

冀州爲唐虞夏后氏故都河環其三面山有龍門呂梁恆嶽水有衡衛漳澤有大陸扶輿磅礴蜿蟺之氣代毓偉人遠者無論已即在

熙朝若蔚州魏敏果澤州陳文貞沁州田文端陽城吳文端太原孫文定暨壽陽祁文端諸公並得山川雄傑之氣垂光竹帛蔚爲名臣此外不可畢數繼之者其在太谷杜公乎公胎肧前光擩染家學逾冠入詞林咸豐戊午典楚南鄉試尋奉督學陝甘之

命旣入臺建白悉關大計出守寶慶調長沙備兵辰永沅靖所涖皆有殊勣

天子審其才可大受繇四川提刑遷雲南承宣使明年遂晉巡撫滇中寇亂甫定百緒繁興民力頗凋瘵矣自公整

軍察吏誠民如嚴冬霜雪後煦以陽春拯困噓枯浡然以起又得制府新甯劉公方舟共濟殫力壹心聲應而氣求滇疆遂以大治夫人臣最優之遇不出數端詞館也臺垣也文衡也連帥也節鉞封圻也數者得一巳嶢然出其類而公早奄有之歐陽子所謂將相而富貴皆公所宜素有然則高牙大纛不足爲公榮桓圭袞裳不足爲公貴惟德被生民功施社稷斯公之志而士亦以此望於公斯言也足以移頌公矣且夫天下之生久矣開國之始得賢輔臣翼贊之而天下以治迨物熾而豐蘖芽跧伏劇盜起而轢之則天下之治又將視乎其人有人焉鍾間氣膺殊遇文武憲邦無施而不可繇是挺不世出之功徯洊至之福用以綏靖巖疆天下因

之大治而其人亦遂可壽諸千百世然則二百餘年閒三晉之名卿碩輔若蔚州若澤州若沁州陽城開 國名世之英也若太原若壽陽中葉賢宰輔也公生際 中興景運宣力疆圻從此調泰鴻幹元化勷相我 國家尤足綿無疆之緒而彌我丕丕基也公敭歷中外垂三十年問其齒甫登五豑它日召躋黃閣歷中書二十四考庸詎使鄉先正專孅於前邪公去楚已六年楚南士民謳頌公不置值公攬揆之辰相距數千里欲躋堂酌兕而莫繇也乃屬元度爲文以攄其忠敬詩有之樂只君子萬壽無期又曰樂只君子保艾爾後其序曰南山有臺樂得賢也得賢則爲天下基太平今 聖天子得大賢以永太平而公復能肩艱鉅以爲民造福

則其必爲天之所福而壽以酬之固猶種之無不生炊之無不熟也。繼自今公且與裴晉公富鄭公文潞公諸賢並推天壽平格又豈勵繼陳田諸公之名位云爾哉

熊鶴村署正八十壽序

嚴君平云州有九遊其八嶽有五登其四斯言也踐之者古今實難其人蓋山林隱遯之士足跡多不出里閈其達者宦轍所經勢亦不能周歷惟諸侯幕府客所處在仕隱之閒而其神獨暇遊蹤所涖或庶幾焉然非有超曠之識登高能賦之才而又益以康强龐固之壽仍不免倦廢於中道也求諸並世其鶴村先生乎先生負異稟有弧矢四方之志少以京兆籍爲名諸生工詩古文辭當道禮爲上客羔雁溢於庭所主自聶吏學使至監司守令不一其人皆以義爲去就晚官光祿寺署正乞假歸自言足跡所未經者惟黔滇閩三行省耳攷禹貢九州黔滇閩不在列然則先生之屐

齒固已遍九州矣不惟如君平所謂遊其八也昔人謂五嶽歸來不看山宜先生之充然自得歟先生聰强健飯髮未全白飲酒數十觥不亂七旬外始舉丈夫子今長與案齊矣元度少耳先生名自先生歸長沙始修士相見禮同治甲戌湘人士暨官於湘與客於湘者會集曾文正公祠各以詩紀遊并寫像刻石嵌祠壁凡十有七人先生以齒次居三其後修禊於定王臺會者十餘人先生居第一葢先生今年躋八十矣攷古耆英會昉自白香山預會者年皆耄耋惟秘監狄兼謨河南尹盧貞年未七十附末座元度等得從先生遊葢援斯例也然其時有李元爽者年至百三十有六則尤古今奇瑞焉道光末歐陽坦齋師訂湘中耆英會十有八人

作記圖像。一時稱盛事。顧自軍興後。不遑及此矣。近始稍稍賡續之。復見承平風景。而先生適巋然爲魯靈光。非所謂吉祥善事耶。昔太史公傳儒林。稱伏生申公轅固生爲尚書齊魯詩師。年皆九十餘。先生皓首窮經。精力不減少壯。尤好行利濟事。常不使人知。史公所謂美意延年。爲尤近之。他日壽屆期頤。

朝廷修袒割饋酳之禮。蒲輪下徵。行且奪申轅之席。夫豈若濟南被召老不能行哉。元度少先生二十歲。足跡雖半天下。五嶽止登其二。茲同人壽先生。屬爲之辭。竊願踵元爽之武。以無墜宗風。俾得歲歲從先生於敦槃壺矢間。先生聆斯言。計必軒渠撫掌。先浮一大匏也。

郭意城京卿六十壽序

古君子進退出處之宜皆內斷諸心而不與世推移其心雖未嘗一日忘天下而常若超然高舉不以功利職守梏其身故其進退常綽綽然有餘裕昔人贊東方生曰退不終否進亦避榮竊嘗三復之歎其於潛見飛躍間別成一格非淺近所能度量也嗣見意城京卿有小印寶鐫此語因躍然曰君殆深得其時義者歟君生有異稟十歲能文十二舉茂才甫冠登賢書與其兄筠仙侍郎齊名有機雲坡潁之目道光丁未侍郎入詞館君下第歸尋丁內外艱遂慨然有隱居之志咸豐壬子粵盜犯長沙君兄弟避地東山與今相侯左公暨益陽周承宣壽珊卜鄰團結鄉父老子弟爲守

禦討巡撫銅山張公辟君與左公同入幕贊畫軍務用君策平瀏陽徵義堂匪剿粵逆之分竄宋埠者湖外獲安張公權督兩湖復强君與左公偕行所措注動中機括會計臣仿古算緡及經總制錢法檄各行省立釐金局當事以君通達時務敦請肩其任君乃愼選官紳規久遠杜侵牟前後權餉金累千萬而民無謗讟商旅通行至今守其法不變天下治釐捐無有善於湖南者繇始基之美也曾文正公帥水陸東征君嘗從文正入江西文正習任以職事君辭歸念無以答文正乃籌立東征局於額稅外別佽東征餉卒成文正江南之績歷佐花縣駱文忠公歷城毛公陽湖惲公前後凡十年通民情庀防務厲軍政聯官紳之氣警將領之勇怯勤

情固圉援鄰當事倚如左右手先是直隸督部劉公疏調君入畿輔毛公擢粵督亦疏請同行而惲公以湖南需才特疏留之當是時君才望遑著論薦者如爭而君退然不輕出迨惲公去位君不欲復與聞時事未幾景東劉公來撫湘黔苗事棘軍書蠭午乃强起君入幕府及事粗定復浩然歸矣蓋君進退出處之大節略如此烏虖君以名孝廉待次鳳池才足任天下之重儻亶意進取節鉞封圻可立致循資平進亦不失爲達官乃其沖夷貞約如此謂君仕耶未嘗一日掛朝籍謂君隱耶而其才力精神所運量久已宏濟時艱而天下陰受其福蓋自軍興已來選將治軍率以湖南爲樞紐凡援鄂援江援皖援兩廣閩浙川黔及平定金陵皆得楚

材之力而非餽餉不爲功。然則不言功而功固莫大也。不仕不隱之間，君別有自足千秋處。東方曼倩避世金馬門，君殆其流亞矣。詎非不數見之奇局哉。今年春，君壽躋六齡。喆嗣子瀞都轉、于寬郡丞洗腆稱觴，邦人士徵文以侑之。夫人知有用之用，不知以不用爲用者其用尤神也。龍行天，馬行地，用之顯然共見者也。獨至鳳與麟，則壹若無所事事者然。然惟不出，出則世以爲大瑞，而天下因以致太平，此豈可執尋常之潛見飛躍求之耶。抑又聞東方生本歲星之精，其壽與南極老人並。然則君之壽尤不可以朼計矣。君可傳非一端，余獨敬其知進退而不失其正，故陳此義以爲君壽。質之筠仙侍郎，許不河漢余言也。

張力臣方伯五十壽序

成天下之務者才而已矣才之至者經天緯地其次則肩任鉅艱通知當世之務以之治經史則洞澈本原卽出其餘技爲詩古文辭其文采風流猶足照耀一世皆才爲之也論者謂清才多奇才少此第就辭章家言世有通才則必合政事文章而一之斯無施而不可也然而通才實難非負兼人之稟過人之識曷足語於斯故常數十年或數百年而始一見今乃於力臣方伯遇之君幼承庭誥目擩耳染於經學能世其家弗角時出語驚其父執爲諸生究心經世之學人謂科第可芥拾矣會軍事起當道譎其才檄司餽餉遇盤根錯節益顯其能張石卿督部左遷黔撫時苗教匪並

饟餉源絕。師餒而譁。張公疏請分渝郡榷稅之什一以拯黔畺。

詔可之。而負重名爲川督者持不可。乃請以全黔州郡割隸川湖。

爲子遺乞命。又不可。張公坐困待斃。賴君勸輸以濟歲餉十餘萬

金。閉關以逹。凡四三年。築垣得亡恙。代者得起而有功。君之力也。

抑其才所爲也。君以功絫擢監司。

賜戴孔雀翎。蓋與蕭鄴侯王茂宏劉士安爭烈矣。未幾提師入黔。

會同楚軍平苗砦。加承宣使銜。

賞勇號。君始終大有造於黔如此。然性澹榮利。不汲汲於進取也。

益讀書講求時務。於輿地之學尤精。凡泰西諸國及地名人名之

佶屈聱牙者。皆悉舉其辭。無一字迕。所箸瀛海論二種。不脛而走。

數遊滬瀆與番酋上下議論能發明古義以折其角天下大政若河漕鹽皆能究極其利弊言之鑿鑿非才而能之乎性尤好客暇則集名流觴詠又以其暇續輯沅湘耆舊詩此才之緒餘也昔人謂分其才技足了十人君殆近之矣歲八月君壽躋五秩五十古所稱服官政之年也君負通才既超軼流輩而時局艱難更值需才之會乃者

明詔屢敕命閣部疆臣各舉所知以待不次之擢君之名已澈

天聽矣韓子云學有經法通知時事徵君莫副斯言也轉瞬徵車

應

召出其宏濟之才以安內而攘外俾天下一覩通才之效雖與管

子並稱天下才可也。鄴侯始興公輩豈能專嫩於前哉。會同人稱祝來徵侑爵之辭。敢舉君之才足匡時者身勸爲之篇。卽以是爲君壽。

陳舫仙方伯五十壽序

昔昌黎韓子稱鄂州柳中丞出入行間與士卒均辛苦取先天下武夫關其口而奪之氣誠係天姿忠孝鬱於中而大作於外故動皆中於機會夫公綽一書生耳昌黎心折如此此豈無本之學哉蓋必有兼人之才過人之識乃能宏濟時艱撥亂而反之正也並吾之世若舫仙方伯眞其選矣君擩染家學讀書有卓識早歲能文會軍興遂以投筆立功自見從今威毅伯曾公帥湘軍克吉安又從蔣果敏公援廣西復平樂僞翼王石達開率黨數十萬圍寶慶君扼賊於祁陽力戰敗之時威毅伯圍安慶曾文正公檄君赴皖綜營務君塞樅陽水口斷悍酋陳玉成之援又敗玉成於東

流。尋拔安慶。乘勝規江甯。軍分四路進。君領西路。夜出奇兵襲奪江東橋。盡夷其堅壘。西路軍始得薄城。前後攻克七甕橋紫金山各要隘。遂以同治甲子六月克江甯。君擢陝西提刑使。調山西。朝廷知君可大用。因以晉防專屬君矣。捻酋張總愚繇豫竄秦。三晉戒嚴。而秦豫紛紛乞援。君以陸軍護陝州。水師入渭河。得旨嘉獎。然三晉河防夏秋易而冬難。以冰堅可渡也。先是賊踞同州。君屯蒲郡扼之。賊尋竄北山。愈趨愈北。皆與晉接壤。儻繇河曲保德履冰渡河。則宣大皆可危。且闌入畿輔矣。不得已舍南而北。取道會城以達河保。賊忽自吉州渡河而南。君馳抵孝義。鎮賊已先渡矣。君扼韓侯嶺。邀趙城。賊敗竄平陽。爲劉忠壯所蹴。遂繇垣

曲回竄河南君請與劉軍合剿有
詔仍督晉防乃止賊之渡河也君以疏防自劾吏議奪職
特旨改留任巽數也當是時陝回稔亂　詔君嚴守西河乃督所
部築邊牆七百餘里不別費公家一錢前後涖晉五年整肅綱紀
如劾治墨吏某及濫刑斃命之臨汾令匿喪之吉州牧皆衆載口
碑者也同治九年奉
命赴甘肅隨今恪靖侯左節相剿逆回時馬化龍投誠檄君赴金
積堡察其眞僞君議誅化龍而撫其黨進攻河州抵靜甯戰於太
子寺別將陣沒賊張甚繞截官軍後路君擊走之尋招降回酋馬
占鼇等十八人衆數萬馬桂元本元者兄弟也一守西甯一爲西

甯鎮總兵以謀反爲官軍所敗竄入巴燕戎格部君奉
詔深入積石關用計擒之解行省伏誅降回有叛者分別勦撫事
遂定於是循化廳屬千餘堡皆降歸抵河州降回復蠢動君平之
時甘隴惟肅州未下然賊勢已窮城旦夕可拔君乞假回里修墓
詔許之蓋慮全隴肅清必再有　恩命不可以請故預乞歸也君
歸爲善於鄉甚力他人得其一皆足自名君特餘事耳烏虖君前
後所立功勣若此其視柳中丞古今人同異爲何如耶抑嘗論唐
平淮西內地一隅之叛將耳昌黎與柳中丞書所稱靡弊困頓三
州之地蚑蚋蟻蟲之聚感兒豎煦濡之惠提童子坐之堂上奉以
爲帥出死力抗逆明詔者也視近時之粵寇捻寇回寇眇乎小矣

唐人竭四年之力勵乃克之·然且以爲奇功·韓碑柳雅寖耀鏘鎗·至與江漢常武諸詩爭勝·儻見君之從克吉安援粵西拔安慶復金陵平定甘隴·微特昌黎稱鄂州所云行事適機宜風采可畏愛者·不免變色卻步·卽愬武古通·不且畏後賢哉·君勛業逴逴·問其年裁登五十·五十古服官政之時也·君精力方盛·强未宜以東山老·乃者鯨海波騰·鄰疆狡逞·時事頗多故矣·聖天子圖任舊人·共政節鉞·封圻茅土·其屬於君者固未艾也·余辱與君交·謹書此爲君壽·且勸駕焉·

方鑑垣姻丈七十壽序

吾平方氏世有達人南宋時明甫先生暹師事李宏齋黃勉齋與饒雙峰共學叔行先生覞初事宏齋後及雙峰之門皆朱子再傳弟子今所祀十三君子者也而亮甫先生采又嘗與魯君子寶潭諸公作九老會鍥石道巖至今稱韻事云同治辛未秋余山居多暇屈指邑人服官中外歸林下者得九人乃相約遊道巖續九老會各爲詩刻巖石閒而余爲之記時姻丈鑑垣先生六十有七以齒序居四其詩有曰年年佳會羣賢集太古方同總率眞蓋自道也識者謂率眞二字實足以概先生生平焉先生累葉素封少能自奮於學郡試冠軍補弟子員餼米廩晚官醴陵訓導歷嘉禾永

定教諭涖官課士壹以眞意行之解組後蒔花種竹含飴弄孫陶然有眞樂會粵寇陸梁風鶴時警先生治團練有功
詔加內閣中書舍人銜眞儒之效葢略見一斑矣今年長至後十日屆七秩攬揆之辰邦人士製錦屏稱祝而以侑爵之言屬余余維先生固明甫叔行亮甫三先生之族裔也三先生距今六百有餘歲而其流風遺韻至今未沬皆其眞氣之不容泯者耳人生上壽不過百年惟其立身行道之實上有以承先喆而下有以迪方來則其精神心術常以一身而流貫於數十百年間詩曰樂只君子德音不已又曰樂只君子萬壽無期匪君子之能無期也其眞性情之所流貫於先後者德音固不已也此仁者之所爲壽十三

君子之所以爲學九老之所以怡性而引年舉不外乎一眞也先生屏除塵累以自葆其眞又有賢子孫策名仕版晉秩膺　封誥晚福益未有艾今郎誦先生之詩以壽先生可矣繼自今長生久視緜耄耋而期頤疊續敦盤之會先生健步登陟神明不衰而余輩亦得撰杖屨以從其後十三君子暨九老之眞樂當去人不遠也烏在今必異於古所云哉

王亦陶先生六十壽序

士大夫遭遇各殊仕隱兩途而已仕者敭歷中外於禮樂兵農刑名錢穀無所不當問而或未暇爲專家之學隱則理亂不知黜陟不聞雖獨善其身而澤不究於天下於成物之義嗛焉兼之者其幕府乎顧古之幕僚自漢迄唐佐節度諸使者有行軍司馬掌書記及參謀等官宋之節度觀察防禦團練安撫置制轉運提刑諸使有參謀參議掌書記及主管機宜文字幹辦公事等官皆係方鎭岳牧自辟而請列於朝者也近世大吏幕府則不隸朝籍係主者審擇而禮聘之不稱僚佐稱幕客蓋在師友之閒其尤賢者則相得益彰而所施乃益溥　國朝雍正中僉事陳潢佐靳文襄治

河至蒙
憲皇帝垂詢召對賜五品階方恪敏觀承爲平郡王記室洊擢至
督部可謂盛矣今會稽王亦陶先生殆足踵美而無忝者歟先生少負異才讀書讀律能心知其意以養親故棄舉子業治名法家言郡邑大夫審其賢爭爲東道主先生一以義爲去就嘗欲徧歷名山水以廣其識而益發其奇乃入秦旋入蜀當道皆擁篲迎之客承宣提刑兩司使最久稽出內慎讞比數引經義決疑獄民自以不冤尤好誘接後進及門者衆或賦閒居則推轂恐後有自遠來依者必令得所乃已亡何蜀中寇警挈眷東歸過鄂中贄羔雁者相踵也居久之粵氛近偪乃改而浮湘初未欲久居也然景星

慶雲莫不以先覩爲快。叠爲諸侯上客。入提刑司署中。當事倚之如右臂。前後修脡所入。歲逾千金。積數歲則篋以歸。歸見昆弟戚族之窶者。解橐中裝畀之。輒應手盡。其後數歸數散。其金且用以葺家廟。購祀田。修塋墓。喆嗣耦耕司馬。繇郡丞晉五秩。 誥封先生二品階。可謂顯融而光大者已。今首夏先生晉古稀。諸與先生雅故者。爭擬酌兕躋堂。來徵文以侑康爵。余維古幕僚之遑著者。若權德輿之佐杜佑。許孟容韓愈之佐張建封。賈直言之佐劉悟。韋澳之佐周墀。溫造石洪之佐烏重允。並彪炳史牒。然屬僚非今幕友也。至阮瑀陳琳輩以飛書草檄見稱。尤不得與名法之專家比肩。斯任者一字之出入。一念之疏密。民命之生死存亡繫焉。而壹意縱釋有罪又近於姑息容奸其不平也滋甚如先生之矜慎平恕固當於古人中求之歟昔于公自言治獄多陰德子孫必有興者令高大其門閭以容駟馬然則先生之慶壽熾昌正未艾矣余嘗一見先生盎乎其容也藹乎其度也竊謂非仕非隱中先生自有獨立千古之處視昭代陳方諸公其迹不必同其賢一也故質言之以志膺服且祝岡陵焉詩曰樂只君子萬壽無期敢以是爲異日期頤之劵

饒新泉通守六十壽序

古有大隱在朝市之目漢東方曼倩遂以避世金馬門稱蓋所謂吏隱者也然吾謂吏隱之高者莫如漢南昌尉梅子眞觀其不辭卑官似柳下惠直言極諫似箕微比干及上書不報棄官變姓名入山修道世傳爲仙去遂有神仙尉之目今南昌郡屬分寧奉新豎吾平之梅仙山皆子眞棲息處也然則其爲尉也殆有託而隱焉耳自功利之害深痼人心吏途益塵濁不可問能得吏隱之遺意戛戛乎難其人若能希風仙尉之萬一尤當絶出流輩甚矣古今人不相及也今乃於新泉通守髣髴遇之君本東鄉士族三歲失怙母太夫人矢志撫以成立少劬學讀古人書能知其意及試

厄於遇乃走京師供事閣部敘年勞以少尉發湖南非其志也然君轉以不舉其職爲慮常慨然曰人重官非官重人也以孔子之聖尚爲委吏爲乘田程子則謂一命之士苟存心愛物於人必有所濟吾敢自菲薄哉初權桂東尉屬粵盜跳梁君以治團練功擢主簿時鄉兵獲賊諜二君釋之乃被掠而逃歸者力排衆論出其死尋授長沙少尉待獄囚恩威交濟時以善言勸化囚多感泣歲蠲清俸寒施絮暑施藥餌今二十年矣初杜中丞瑞聯守長沙偉君才檄權郡司獄而長邑囚即肆無忌憚相搏噬上官以君善撫馭也檄回本任遂以帖然時君已晉階别駕加鹽課司提舉銜而王司徒文韶時方撫湘疏薦君以通判留湖南補用崇方伯福主

計典復以卓異薦稱其宅心行事老成練達爲不可多得之員君遂由提舉銜加秩請二品　封贈父祖如其階德配王夫人稱賢内助長嗣綏芝官粤西所涖有名績葆芝培芝並爲名諸生藹芝官皖南印芝敏於讀駟馬之門且日大矣今年三月爲君六十攬揆之辰僚友製錦稱祝來徵侑爵之辭余惟君之仁心爲質衆載口碑有熊興林者禁錮十年矣君數白其寃上官詧其非私遽釋之君復助以行貲余族子某本村農以從軍洊保千總歸撫標爲人所牽累愚訥不能舉其辭陷囹圄三年首禍者遠颺某終無出理亦賴君獲昭雪君之造福羣生類此者匪一端也然而人之知君猶其外著之績耳君天懷夷曠隨遇而安在官讀書課子常

若置身簪笏外者既重刻　欽定全唐詩　皇朝經世文編
縮爲袖珍本以餉藝林復集同志採輯道咸已來名臣魁儒有關
學術政術之作勒爲經世文續編不脛而走海內烏虖茲豈俗吏
所能爲者耶然則仙尉之流風遺韻君殆近之而吏隱之目亦惟
君之愛素好古爲足當之無愧色擬以東方生猶覺非其倫也讜
質言之爲君壽且致無疆之祝計必不以爲諛也

王亦陶先生七旬晉一壽序

亦陶先生之七豒也余旣爲文壽之矣而二三執友多以事牽未獲躋堂以爲歉迺於七旬晉一之辰謀再稱觥以補南山之頌先生辭不獲則仍欲得余文以侑觴夫余文詎足重先生哉而先生顧昵好余則不敢以不文辭抑吾鄉風俗多以浹旬開一之年爲長者壽魏叔子謂合於貞下起元之義者也蓋無疆之祝又於是始焉今夫松柏之得天獨厚也其始芃芃耳九九耳無甚異於羣卉也卽天所以潤之暄之培之覆之者亦無加於待羣卉也而獨能貫四時而不改柯易葉牛羊莫能踐斧斤莫能戕迨至閉塞成冬栗烈矣觱發矣而松與柏之傲雪霜而淩霄漢者自若也蔭足

以慰暍人，任足以勝梁棟，枝葉足以棲鸞鶴，然且蒸爲芝苓，以爲世瑞，且供壽耇之服餌。此記所謂有心，傳所謂有本性，而孔子所稱爲歲寒後凋者也。然則貞下起元之義，不覩松柏而益信哉。先生初以治法家言，客提刑使署，爲上客。古稀既度，卽謝不應聘，曰：古所稱老而傳者，懸車在此日也，胡尚僕僕作嫁衣哉。會喆嗣耦耕通守已簽仕湘中，例當退避，遂敞門種花自樂，暇則炰羔擊鱻，召素心人爲文字飲。治饌尤精腴，入其座者如遊護世城也。先生天懷夷懌，善氣撲眉宇，今春獲抱孫之喜，晚福詎有涯耶。昔者詩人之歌壽豈也，曰臺萊，曰桑楊，曰杞李，曰栲杻，曰楀楰，取諸木者備矣，然皆凡卉也。獨天保之詩，既稱岡陵山阜，申之曰如松柏之茂無不爾或承承承者繼也舊葉未零新黃已繼此即後凋之說也先生家山陰有禹穴蘭亭之勝古所稱千巖競秀萬壑爭流者也今僑湘已久嘗約余為南嶽之遊余新自嶽歸買山於紫蓋峰下之水簾洞道家推為朱陵洞天及眞源福地余擬築精舍以作菟裘先生噬肯來遊當撰杖履以充地主同登九千七百餘丈之祝融搨禹碑觀日出然後詣精舍而休焉亦可以樂而忘老矣抑聞嶽產有舜樟禹柏姚姒二后所手植也又有千年松生絕壑上而念菴松尤著羅文恭之遺澤去人未遠衡本壽嶽先生以壽人登覽其勝不尤與後凋之身相映發耶然則先生與余相視莫逆羊求耶禽向耶抑濠梁之莊惠耶吾不得而知矣請還質之先生

郭母葉太恭人七十壽序

古循吏名臣多原於母教史稱雋不疑爲京兆尹每錄囚其母聞其平反則喜而食否則不御匕箸故不疑卒以賢稱崔實爲五原太守母劉博通載籍實有政聲皆母助也歐陽子云見其子之賢而有立則知其母之義方今觀郭玉笙邑侯之太恭人而益信侯以名孝廉來尹吾邑其籍黃陂與吾鄉接壤既熟習其風土人情與生民休戚利病之所以然始下車即洞開重門士紳之賢者賓禮之詢民疾苦及時務其譎觚而桀驁者彈以柱後惠文不少貸士之赴鄉舉者割廉俸助卷資折獄小大必以情而忠厚誥誡之意時溢於言表至編查保甲督治團練躬歷窮閻絲粟不以累民

尤近所罕覯吾平介江鄂之交爲會垣東北屏蔽自粵逆稱亂以來環平七州縣皆破逆黨耽耽環伺賴官民力戰倖固吾圉民力久已竭矣今乃得愛民如崔雋者休養而生息之烏虖何其幸也元度與侯一見如舊識旣溯其世德知太恭人所以涵濡而勖勵之者其來有自范逵云非此母不生此子豈不諒哉太恭人少嫻詩禮歸贈公爲繼配撫前子如已出實生我侯及其弟覲臣大令幼則督之課長則資之宦游仕則以古循良相訓勉有斷機封鮓風明年二月値七豑帨辰邑人士愛戴我侯僉擬製錦屏張諸琴堂而以其文屬元度度惟今之邑侯治方百里其地望視古邦君豳風所稱躋彼公堂稱彼兕觥雖不必爲生辰慶然其曰爲此春

酒以介眉壽肫肫然以黃耇爲祈豈非以壽居五福之首爲人所尤難歟魯人之頌僖公也既極諸耇艾熾昌矣又必曰燕喜曰壽母蓋稱人之善必推本於所生厚之至也我侯以愷悌爲民父母所謂子產衆人之母也然則太恭人又衆母之母也飲醴泉者必溯其源憩甘棠者必溉其本曷惟吾邑人之萬口祝延也哉元度荷戈六載子職多虧近雖歸慰倚閭仍將捧檄吳越視侯之板輿迎養合一邑之歡心以承色笑者既遠媿弗及又以官程迫雨雪首塗不獲展升堂之拜惟祝侯政秩日隆繇循吏而名臣異日開府吾鄉太恭人則耄耋期頤 褒綸疊晉如金日磾之母圖畫甘泉張齊賢之母親承手詔存問將不第與雋不疑崔實母子並傳

也。元度雖不敏，其尚能重操彤管，揄揚徽媺也夫。

李母何太恭人七十壽序

軍興以來，楚之南獨以忠義敵愾聞天下。其治鄉兵捍賊者曰團練。團練之效，以吾平爲全楚冠；平界又以南江爲最衝。咸豐四年三月，粤賊剽武漢，窟崇通，以平爲楚南門戶，悉銳來攻，官民力禦之。族兄湘舫及其兄東皋、弟春林輩奉母何太恭人命，糾鄉兵力戰，平界得完。越明年，賊復窺平，東皋奉巡撫侍郎駱公檄練兵協守。會官軍失利，通城勢危甚，乃共約鄉父老誓死守，賊尋敗去。其後屢犯屢卻之，賊遂不敢正視平矣。當是時，胡文忠撫湖北，禮湘舫入幕府，掌機宜文字，凡四年，積功繇訓導累擢郡丞，以知府升用；春林擢訓導，加國子學正銜；惟東皋辭賞，以魯仲連自況焉。賊之犯平也南江爲邑北鄙有間道出叢山中距太恭人居一里許時承平久人不知兵警耗至男婦洶洶鳥獸散太恭人聚族戚謀曰賊遠來主客勞逸飢飽之勢殊又山險可扼能併力禦之無患也先去則禍無底矣且室廬墳墓皆在此去將焉往語未竟閭左有挈婦孺踉蹌出走者太恭人大聲厲之曰何物男子不從衆殺賊乃走爲且室廬墳墓皆在此去將焉往於是走者慙而止衆皆曰惟太恭人命乃以意授諸子聯絡里社諸壯士築碉堡繕器械與山勢相犄角越日賊果從間道出鄉軍禦之初少卻湘舫等殊死戰礮彈傷春林臂血殷袖竟不自知事急太恭人親率婢媼及子婦治炊爨土銼下揉束薪指血涔涔下炊竟授負擔者徧餉各

堡砦時相持過午衆苦飢至是皆飽士氣百倍戰大捷追奔數十里自後平人聞賊至三尺童子羞言徙避矣蓋是役倡之也同治二年八月太恭人七十生辰邑人士來徵侑爵之文余所見並世豪傑立義聲樹奇勳者夥矣吾楚尤錚錚然皆士大夫及强將勁旅之徒也至以一女子能定策捍大患功在桑梓則當世所罕聞往讀秦風至小戎傳者謂以義興師則雖婦人亦知勇於赴敵慨然想見三代之風彼猶强悍之國俗所漸漬然也太恭人獨以義理之勇至其鄉邑孰謂古今人不相及哉昔甯都魏禧之傳秦節母也述其言曰年荒衆人之荒學荒吾兒之荒也兵亂一鄉之亂心亂一家之亂也禧太息以爲名言使遇太夫人其敬服當彌甚

矣太恭人事親孝相遊軒贈公有賢聲課子嚴他懿行不可僂數然皆女德之常余概略而不書特舉其敵愾知大義者見吾鄉巾幗中正大有人以是爲彤史光而并勵湘舫昆仲益砥礪名行備國家干城腹心之寄俾國人稱願亦若頌陶士行者曰非此母不生此子也是則太恭人之志也夫

旌表節孝章母易太恭人七十壽序

昔歐陽文忠謂善無不報而遲速有時蓋綜凡爲父母者之衆語言之也以余觀史傳所紀耳目所見聞凡節母之子孫類多賢且達其植節愈艱者食報亦加速蓋其事至苦其時日至長終其身隱閔嘿塞無復生人之趣非具士君子愼獨之學臨深履薄之精誠莫能矢諸畢世故其艱貞孤苦足以動天地泣鬼神而所以報之速者悉繇自然之理若文忠公其一也雖然豈獨文忠哉等而上之孔孟皆孤兒也彼至聖大賢猶藉母教以成立天蓋篤生是母是子以立萬世人倫之極然則凡爲節母子者尤宜知所自勵矣且夫三代以上女婦之傳者多以德後世多以節與才其以才

節見者所遭必有大不幸而最幸者莫若以其子之賢然德莫先於守身節正德之大者也不幸遺孤在襁宗祧與門祚如一髮之引千鈞則尤賴才以濟之昔人謂死易立孤難此其任實與寄百里之命等惟大節不奪而才復可任託孤斯其德乃益著而子若孫之賢則益可操劵而必得是不幸中又將有其最幸者存焉幸不幸立節者不以爲加損理固不可誣也章母易太恭人定臣贈公之簉室重吾太守之生母也贈公精名法家言自浙遷楚生太守十有二日卽捐館舍賴太恭人以長以敎以底於成人太守逾冠舉鄉貢司諭吾平學行爲多士式積功閥需次縣令晉丞牧加秩二千石太恭人既以節孝被　旌又疊膺　封誥以今年二月

爲七十壽辰邑人士徵文以侑康爵余惟太守躬爲庠序師固以孔孟之道訓士者也記有之大孝尊親使國人稱願曰幸哉有子如此此非孔孟之所謂孝者乎太恭人以母道兼父師其淸德足以覆露其子姓爲之子者旣託母蔭以自立矣尤必月征日邁堅然自砥於孔孟之道乃更足以其母傳然則太守所以悅親養志者固大有在而人世之顯榮光大抑不足言矣太恭人事嫡謹撫族人之女如已出慈惠好施予懿行不可殫陳而旣能以節與才厚植其德則他皆可從略矣元度少孤母氏亦以苦節著而志事汔無所成深用自疚故發此義以勖太守願益交勉焉以期無忝所生卽以是爲太恭人壽

張母黃太恭人七十壽序

古賢母傳指難畢數，而莫著於東漢范滂之母。其語滂曰：汝今與李杜齊名，吾復何憾。千載下猶懍懍有生氣。宋蘇文忠十歲時，母程授以書，至滂傳，慨然太息。文忠請曰：軾若爲滂，母許之否乎？程笑曰：汝能爲滂，吾顧不能爲滂母耶？繇今觀之，忠義挺持之操，軾誠不媿滂，程亦不媿滂母也。東晉卞忠貞公力戰殉國難，二子盱昣繼之。其夫人曰：父忠子孝，夫復何悲。偉哉言乎！抑何與滂母相脗合歟！然則謂滂、軾、盱、昣之賢，皆成於母教可也。張母黃太恭人，爲故內閣協辦侍讀麓門先生之配。先生以名進士儤直鳳池，推嘉道間耆碩。太恭人相夫子，有賢聲。喆嗣子擢別駕，負奇才，少爲名諸生食廩餼足跡半天下所至必交其賢杰有陳同甫辛稼軒風而其攬轡澄清之志與孟博如出一轍也咸豐十年二月粵寇陷杭州別駕方官布政司照磨正衣冠題詩壁抱印就義事聞得 旨優卹如典禮先是八年冬君長子溥葛以諸生從李忠武續賓剿賊三河鎮力戰死綏距君之殉職裁二年耳論者謂卞望之父子完貞復見今日而太恭人之遇乃適符滂母至一門兩世抒忠以衛社稷尤足與卞母相伯仲焉吾聞人之生也以道受命忠孝節義乃天地所以爲心而紀綱乎人道者太恭人勗子貽孫大節炳著祀在太常功在册府事跡在史宬延世之賞與 國咸休非懿訓所成就不及此然則人世之寵榮所以顯揚而褒大

者舉不足言矣況季孫純生太守鬱負時望不忝門風而其篤志古文詞尤壹以韓歐蘇爲標準所到皆莫可量則所爲榮顯光大固又時有兼得者哉今年八月爲太恭人開八帨辰都人士躋堂拜母徵言以侑觴竊惟太恭人節萃一門名在千古實兼有范母卞母之名德謹揚摧陳之備它日彤史之采而並以蘇文忠之志節文章爲太守勗太守試莊誦斯言以侑康爵太恭人其必以爲然哉

歐陽母毛太淑人八十壽序

貧富貴賤之遭，有定數也。造物者既予以秩然之分矣，又常示以不測之機，時或驟富且貴，以鼓動奔走一世之人心，而人之絲約而豐縟、枯而菀者，亦遂逐境而移，不能不少易其素，士君子蓋難言焉，閨閣爲尤甚。然既醉之詩曰：釐爾女士，從以孫子。而周南之樛木則又曰：樂只君子，福履綏之。夫后妃雖賢，一婦人焉耳，何以尊之曰君子，而相與期其上者，且以女子而有士行爲祝，此非阿好而夸美也。士君子於得喪窮通之際，見理明而志自定；常人爲境所動，則約必濫，樂必淫，尠有能自克者，況在婦人女子，尤不勝其歆羨畔援之私，有能如魯敬姜之深識定守，則謂之士君子也固宜歐陽母毛太淑人敬軒贈公之配靜山郎中之賢母也贈公性恬淡不問家人生產太淑人事舅姑孝家故貧佐餕必具甘膬姑六十後弱足病垂危太淑人扶侍抑搔嘗七晝夜不交睫更闌卽籲天泣禱願減算益姑壽姑夢神告曰爾媳孝婦也天其有以報之病尋瘳登上壽贈公厭世後太淑人課其五子事耕讀家以內無惰容季君靜山得白圭計然之術業鹽筴累致千金以部郎注選人籍增三秩請　封其祖若父母太淑人洊登大耋膺翟茀之榮戚里皆華之而太淑人視昔食貧茹蓼時無幾微或改其操顧獨好施與歲癸亥邑大祲勸諸子轉粟平糶所全活甚衆臺使考書額表其門今年爲八十悅辰戒子孫罷筵讌以其貲爲家廟

爲惜字社·爲橋渡義舉·此非士君子所難能而可貴者歟·夫善無不報而遲速有時·此君家文忠公紀其母行之言也·太淑人之惇懇·旣不後敬姜·其致福祚也·自不難與鄭太夫人相輝映·而余所尤韙者·則其繇困而亨·處豐約初不改乎其度也·靜山昆仲矢明發之懷·夙興夜寐·毋忝所生·當亦無忘斯志歟·太史公曰·君子不爲約則修德·滿則棄禮·佚能思初·安能惟始·沐浴膏澤·而歌咏勤苦·斯言也·蓋太淑人之所以稱君子·稱女士·而靜山昆仲之所以養志者·諸不踰乎此矣·試稱斯義以諗太淑人·其必曰實獲我心哉·

天岳山館文鈔卷三十四

一品伯太夫人李母七十壽序

同治七年夏，今相國李公以欽差大臣督師平燕豫青徐劇賊，畿輔解嚴。天子預虛揆席以竢捷，聞，策拜協辦大學士，晉太子太保，總督尚書如故。當是時，伯子中丞公以一品服巡撫浙中，哲弟方伯都轉諸公，皆用戰勳膺懋賞，懿鑠哉！書契已來所𠩄見也。先是中丞相國及諸季從湘鄉爵相平粵賊，以功致節鉞，相國權蘇撫。時帥偏師擣滬瀆，卒汔王誅，犁其穴，册勳封一等肅毅伯，總督湖廣軍務，中丞繇湘撫代相國撫江蘇，會相國方持節兩江，遂

詔中丞權湖督兄弟更代爲督撫又開府鄉邦皆曠代異數海內
榮之及是再夷大亂告成於
天子
文母
沖聖溫慰有加禮龍光湛露之既冠絕百寮於是太夫人年屆七
秩矣相國　陛辭當還鎮乃造膝陳奏臣母明年七十臣經略中
原違子舍久請紆官程歸省便迎養
溫詔俞之明年奉安輿涖武昌二月二日爲太夫人設帨之辰元
度以部下年家子辱中丞相國之知敢附諸君子後述古義以侑
萬年之爵謹案壽母之頌昉自魯奚斯之美僖公備紀公之膺戎

狄懲荆舒荒大東徐宅至海邦淮夷蠻貊莫不率從其揚厲無前商周二頌所未有也以今攷之成風當日度不過耆年耳信公依託齊桓勤招攜遠略史氏遽張之其實淮夷最爲魯患十四年會諸侯城緣陵已無復敹甲敿干鍛戈矛之志十六年爲淮之會東略不終其它伐厲次匡皆不足摧蠻夷之角距然則奚斯所頌直願望之虛辭耳我相國旋乾轉坤恭行

天討兩平十數年稔亂勍寇再造江山又威讋華夷能使異族執戈效順中丞及羣季皆宣力嚴疆蔚爲

中興名佐與方叔召虎爭烈其視魯僖何如也然則太夫人之純嘏壽臧不且軼成風而

上哉抑又思六月之詩美吉甫之燕喜猶其頌魯侯也其詩曰萬

邦惟憲。又曰張仲孝友。夫孝友之臣。於車攻薄伐之勳勞。似不相
及。詩人顧連比及之。何哉。文武憲邦。其源必本諸孝友。蓋古者孝
道隆而後陰陽理。萬物遂。南陔白華所以居魚麗由庚由儀之首
也。中丞相國昆仲秉太公家法。壹以孝友爲政本。故能襄江漢常
武吉日車攻之盛業。要莫非太夫人之教也。太夫人儉德仁聲。不
可殫述。然有子如此。爲國人所稱願。其功德既不後吉甫。其膺受
多福。固當遠出魯僖公母子之右哉。方今海隅粗定。中丞相國繫
天下安危。中外想望風采。祝太夫人康壽聰强。享陔華潔白之養。
庶令子幹　國之日長。而海內蒼生之蒙庥也。益無既。我
國家無疆惟休。其卽於太夫人壽考徵之歟。今者來歸自鎬。飲御

諸友。元度不獲酌兕躋堂。謹稱述詩人之義。明受祉之繇於孝友。並舉魯頌所稱昌而大耇而艾萬有千歲眉壽無有害者。莊誦之以晉一觴所媿無奚斯之文。不足以導揚盛烈云爾。

姚母胡太宜人七十壽序

坤之德柔順利貞而文言則曰坤至柔而動也剛至靜而德方夫剛方與柔順不相謀也然古名媛女宗堅守禮法無論處常處變皆有懍然不可移之節然則寓剛方於柔靜中乃所以爲柔順也抑坤爲吝嗇宜矣有時濟人澤物斥重金不少惜此豈盭其常哉嗇於自奉而不吝於濟人義各有當故能以厚德載物也若姚母胡太宜人其殆能備坤德者歟太宜人在室以孝聞年逾笄歸贈公時君姑在堂雖善病臥牀蓐十餘年藥餌飲食櫛沐倚太宜人如右臂澣濯皆躬親之自昧爽達丙夜不片刻離姑既彌留執太宜人手勞之曰若事我艮苦願若畢生豫順得賢婦賢子孫如若

事我也其得親心如此所謂柔順居貞者非邪贈公習名法家言客諸侯遠者千里歲僅一歸省太宜人代潔陔華之養自奉極撙節贈公歸必綜計歲所出入而請覈焉地道也臣道也妻道也無成而代有終者也道光癸卯贈公客湘陰捐館舍太宜人欲身殉以君姑在堂曲止之訓二子特嚴待塾師忠且敬飲膳必豐以潔數十年如一日御下以禮法而體恤周摯臧獲傭力有至四十餘年不言去者嫁婢必擇人務令得所其厚德載物多此類性儉觳庭除整潔巨細必躬親非承祭見賓未嘗服紈綺而以佽戚族之貧窶死喪則傾橐無難色其諸嗇於自養而不吝於澤物者歟先是贈公前室郎太宜人女兄所遺二女太宜人撫之如己出次女

歸賀孝廉修齡三女歸李承宣桓四女歸張文學恩澧並有賢聲而長女獨矢志不字奉母終其身今五十矣猶依依孺子慕其含章可貞葢獨秉太宜人剛方之德者故能壹意孤行協安貞之吉也歲十月太宜人七秩帨辰戚里奉觴上壽來徵文以侑爵昔孔子論仁者之壽歸本於靜靜坤德也朱子申之曰靜而有常故壽有常亦坤德也惟靜故厚惟有常故貞一則曰行地無疆再則曰應地無疆皆無疆惟庥之符劵也太宜人含宏光大得主有常剛方而出以柔靜誠有德合無疆者其膺眉壽無疆之錫也宜哉抑又思文言之贊坤也其於承貞順承之德既備矣又曰積善之家必有餘慶餘慶者自積厚中來也太宜人躬備坤德令子裔雲司

馬能體母教尤以學行重於時所謂黃中通理文在中也異日美在中而發於事業不益彰太宜人厚載之德哉元度與喬雲爲道誼交知太宜人性能強記明經術不愧宣文君故舉坤德之全爲壽而用以卜餘慶之方新太宜人含飴之暇一諦聽之將必有不疑其所行者邪

郭母葉太恭人八旬晉一序

郭母葉太恭人壽七袠時玉生太守方權篆平江元度嘗爲文壽之既而太守治行益炳著晉秩二千石所涖皆赤緊由湘潭甯鄉調知衡山於是太恭人八旬晉一矣太守敷政臨民惟母訓是秉所居民樂所去民思凡衡之人安太守撫字者皆其蒙太夫人庥廕者也彼都人士相約躋堂介壽有爵有觚有羔有魚或醻或腒塡溢庭除重以侑爵之文屬予竊惟太恭人之懿蒿暨太守之訏謨十年前已具述矣可無贅書無已則請徵衡山之故實以當祝延可乎攷甘德星經玉衡主荊州而長沙一星在軫中主壽長子孫昌故曰壽昌之次衡嶽舊屬長沙故衡山亦稱壽嶽衡之主壽

以南斗司注生也今太守適主是縣修陔華潔白之養於神皋奧區中靈貺畀臻非自然之符契歟抑又聞南嶽魏夫人者任城人也晉司徒文康公舒女幼好道年二十四歸南陽劉文生子二長樸官至安成太守次遐官從事中郎當文宰修武時夫人齋於別寢遇眞仙授黃庭內景經後入衡山棲紫虛閣以成帝咸和九年白日沖舉位證南嶽夫人唐顏魯公嘗書石紀其事隋書經籍志有南嶽夫人內傳唐書藝文志有范邈撰紫虛元君內傳語在正史非謬悠之談也其後有緱仙姑者修道南嶽居魏夫人壇年八十餘容色如少年尋入九疑山仙去夫神仙之說儒者愼言之然崧嶽降神其來已久況朱陵洞天火維重鎭上應壽星爲羣眞所

窟宅其靈異有出儒生思議之表者太恭人安輿就養適當其地飲菊潭茹芝草囘視前七十時精力加彊健雖不必侈陳蟠桃火棗之奇與西母瑤池抗跡而魏夫人夫及二子皆爲宰官身又同登壽嶽於太恭人之福緣爲相近矣記曰天降時雨山川出雲太守有焉詩曰如山如阜如岡如陵太恭人有焉古者閨各有史壺德則女史書之所謂彤管有煒也周南十一篇言女德者十召南十四篇言女德者九至於小雅之材七十四大雅之材三十一於女德三致意焉太恭人以懿德躋上壽壽星壽嶽天人協應慈雲所布濩遍覆七十二峰閭瞯屆期頤益當晉封極品膺無疆之祚而太守霖雨之澤益大普厥施元度雖不材猶願重操赤管紀上

瑞大書特書屢書不一書也

朱年伯母彭太夫人八十壽序

河之自龍門底柱而東也曲則千里潤則九里流澤訖於無垠而其源發自星宿海雨之生百穀膏黍苗也油然沛然膚寸而合不崇朝徧天下而其起則觸自泰山之石人之厚積而流亦若是焉已矣聖如文王大賢如孟子勳業如王陵陶侃治績如崔寔儁不疑柳仲郢文章學術如歐陽文忠極九等人表之最而皆由母教成之范逵云非此母不生此子豈不諒哉年伯母彭太夫人少嫻禮法相北臺公尹嘉興通守婺州皆有殊績迨公捐館舍喆嗣惠人觀察昆仲皆幼太夫人晝荻訓之不數年觀察及其仲兄同注學籍觀察尋舉於鄉由國子分教歷秋曹入御史臺巡視輦轂有

直聲在部尤罄心治獄著祥刑古鑑明愼錄及秋審比較條例以諗同官及守長沙壹以至誠惻怛爲治凡馭吏誡民及恤嫠掩骼惜字放生施藥餌諸善政並實力行之又著

聖諭六言解勸戒十二條暨鄉塾要義濟人編諸書以砭訂薄俗歲再期德化大成僉謂百年來所勵見也然非太夫人慈訓所成不及此中秋前二日屬太夫人八十生辰寮屬奉觴上壽而以侑爵之文屬元度夫古者爲壽不必於生日也遇燕則行之然古人因事致敬則相與爲辭以篤不忘施之少者尚有冠禮三加之詞況寮寀於長官安其敎令幸其有耄耋之親歲祝以眉壽萬年抑豈盩風人之義歟且詩所稱黃髮台背以下皆祝詞也旣酌以祈

又從爲之辭以是全其爲壽之禮焉古人以升諸樂後人以書諸屏其意又豈有異歟今太夫人能詔觀察爲循吏爲名臣其識則陵母之知興崔母之訓政也其清節則侃母之截髮郢母之丸熊也其仁心爲質則雋母之問平反以益匕箸歐母之述治獄遺言以訓子孫也人見觀察所設施懋矣媺矣民之戴之猶涸鮒之轉清波百穀之仰膏雨也抑知探源溯本固出自昆侖之邱與岱宗之石哉他日太夫人繇大耋而期頤觀察得益攄所蘊以惠此南國萬頃之波三日之霖其被潤澤而大豐美也將益無涯涘矣

劉詠如太守管夫人五十壽序

古循吏藎臣政聲翊㩧，匪特其才勣忞也，蓋繇內德之助焉。其在詩二南，若鵲巢、采蘩、采蘋諸篇，美諸侯大夫妻能奉祭祀、相夫子、宜其家國，而爲王化之成。其在國風，則有齊鄭兩雞鳴篇，並申戒旦之義。其在雅，則曰釐爾女士，從以孫子。在頌則曰魯侯燕喜，令妻壽母。解者曰：女士，女而有士行者也。惟其有士行，故無忝令妻之頌焉。顧所謂女士令妻者，豈勵笄珈偕老、膺遐福云爾哉？蓋必躬貞懿之德，歷險夷約樂而無改其初，乃可無訾於雅頌。今於詠如都轉之配管夫人見之矣。都轉毘陵世胄，爲故相文恪公六世孫，芙初太史之孫。夫人爲侍御蘊山先生之曾孫，仍世通華，且爲中表戚夫人年未笄歸都轉時家中落都轉七試省闈不遇以縣丞筮仕楚南隸曾文正公戲下襄軍務夫人家居貧不能舉火嘗歷三日啖胡餅一枚手口拮据泊如也咸豐庚申粵盜犯毘陵夫人攜子女六七輩自危城出抵東鄉晝伏宵遁斥簪珥作行資渡江緜靑兗而豫而荊揚至皖中乃與都轉遇瀕危者數矣既而都轉從今晉撫威毅伯克安慶繼克江寗以餽餉功　簡授辰州太守加觀察銜夫人從之官食麤衣敝不以豐約易其素至周卹親串則必使各過其所望膳塾師必潔以豐有子六人長觀政農部次官郡丞需次蜀中餘並以學行著所謂僕景命從孫子者蓋兼有之矣歲十月爲夫人五十悅辰屬吏謀躋堂稱壽余與都轉故

人也。憶在曾文正戎幄。轉戰數行省。冒危履險。實爲患難交。越同

治丙寅。余奉

詔帥師援黔。設轉運局於辰郡。浼都轉董其成。事平。得

旨以守巡道用。尋加運使銜。繼自今。繇循吏而名臣。其所以迪前

人光者正未艾。而夫人之懿德。實有以佐佑之。宜其履福貞貞。與

風雅頌所稱之公侯大夫妻後先輝映也歟。抑又攷管氏世有名

媛。元趙魏公夫人管仲姬書畫與公齊名。毘陵山水清遠。不後吳

興。夫人又管氏苗裔。雖不以文藻名。然德性本也。文藝末也。夫人

處約不濫。處樂不淫。信乎女有士行者。本既立矣。惡在古今人不

相及哉。都轉年未艾。巳服大僚。異日敭歷中外。繩文恪之武。趙魏

公尤不能專美矣。謹援据風詩以效岡陵之祝。且爲他日券。質之

都轉。當不河漢余言。

陶母莫太恭人八十壽序

從古頌母儀者孟母而後柳母歐母以前莫著於陶桓公之母湛氏所賢乎陶母者非徒以侃之建摩節苴茅土爲時名臣也難在處約不濫處樂不淫耳史稱侃爲尋陽縣吏嘗監魚梁以鮓遺母母封鮓責之曰爾爲吏以官物遺我乃增吾憂矣又稱鄱陽孝廉范逵至母剉所臥薦秣其馬又密截髮爲雙髲以易酒饌逵遂有非此母不生此子之嘆遙遙華胄求克嗣徽者其惟莫太恭人乎太恭人歸輝益贈公時逮事君舅君姑稱孝謹贈公昆仲四同宮未異財內外子姓幾五百指凡烹飪澣汲諸役太恭人輒與娣姒分任之育男女十人劬勞備至晝職中饋夜則篝燈手木棉課諸

子讀漏數下始休侃傳稱少孤貧母紡績資給之使交結勝已太
恭人近之矣尤難者贈公長兄裴山先生無子公與太恭人以次
子後之及裴山大漸嗣子殤又以第三子爲兄後贈公長姊適屈
氏早寡太恭人白舅姑迎養於家四十年如一日且爲孤甥授室
旣生子太恭人念甥年六十尚憂貧命攜其子來衣食之又憫甥
之不自慊也豫誡家人不得稍膜視此非深明大誼如侃母能及
此邪同治初　王師克金陵改鹺法喆嗣輩用鹽筴起家於是春
海太守晉秩二千石贈父祖兩世如其階太恭人得五花之　誥
諸子悉登仕版列成均眡桓公之節鉞旂常雖未敢同年語而箕
紱滿庭階可謂盛矣然太恭人不少易其素也躬儉轂衣非數澣

緝不易待戚鄙不以枯菀殊觀遇貧乏之畢力周之不少懈殆所稱險夷一節者歟昔桓公鎮武昌飲酒有定限殷浩勸少進公曰吾母之敎也今太恭人諸子恪循懿訓蓋無忝宗風焉歲十一月爲太恭人八秩帨辰凡締交太守昆仲者僉議躋堂酌兕而屬某爲之辭昔皇甫湜之頌陶母也謂得古正之道發人倫之本可以示敎於天下尚天下皆如陶母之志則天下皆陶之子也偉哉言乎是可移頌太恭人而當臺萊之祝矣謹書之以爲壽蓋數典不忘祖之義云

勞母鍾太夫人八十壽序

周禮九嬪掌婦學其屬有女史以典婦功皆女師也葛覃之詩后夫人言歸必告師氏誦女師德象之篇厥職重矣春秋時諸侯夫人大夫妻若楚鄧曼齊衛姬宋伯姬許穆宋桓二夫人暨公父文伯之母魯穆伯晉范獻子曹僖負羈之妻齊司徒之內主其才識節操並無忝女師降及後世若班昭詣東觀續漢書帝重其節行法度命皇后諸貴人師事之號曰大家韋逞母宋氏家傳周官音義詔即其家置講堂生徒隔絳幃受業號曰宣文君皆古婦學之遺也顧所貴乎稱女師傳婦學者豈必摛華掞藻與文姬道韞蘇若蘭輩爭名哉必其以郝鍾之禮法兼桓孟之賢明而又能教成

賢子孫立身行道顯名於後世卓然與陶母歐母並傳斯足稱當
代女宗焉勞母鍾太夫人殆其選矣太夫人爲孝廉鳳石先生季
女生有夙慧讀父書過目成誦孝廉主文瀾書院講席坡亭贈公
鼓篋門下孝廉奇其文以子娶之太夫人年十六歸贈公事舅姑
無違禮逾年生薌林觀察會兄公喜亭先生歸道山舅命以觀察
出嗣大宗太夫人立從之無難色贈公績學能文厄於試年逾三
十以疾終遺子六女一家斸中資賴太夫人養親字孤俾諸孤並
得成立雖歐陶二母之畫荻封鮓不能過也道光辛丑島夷犯順
粵海戒嚴太夫人挈子女避亂鄉居凡十載戚族女婦相從者飢
則餔之寒則絮之疾則藥之婚若嫁則佽之尤好爲妯娌閨秀講

古列女傳問字聽講者踵於門女教大明論者謂曹大家宋宣文今見於嶺表矣咸豐初土寇揭竿起眾爭轉徙太夫人鄉居守故廬不動每誡諸兒婦曰以天之道吾家世仁厚兼睦鄉鄰必不至罹兵禍萬一天道難諶惟當守節義耳寇果不犯其居未幾官軍至寇平人益服其定力云鄰林觀察筮仕湘中有循聲繇桃源尹遷靖州直牧洊擢二千石以巡守道用太夫人每緘書誡之如雋母之問平反建堂大令需次嶺西子俊縣尉官楚北宣恩巡檢司太夫人所以錞于申之者一 如其訓觀察焉光緒丙子家孫已舉於鄉後福蓋未有艾今年夏爲八秩帨辰謹案太夫人幼承庭訓長賦柏舟晚節含飴弄孫其才其節其識均無歉古之女師今

天子嗣服。
兩宮皇太后垂簾聽政。
慈福覃敷。海內頌女中 堯舜。宮中之婦學。固已媲媺周官。儀皐
曹大家宋宣文故事。徵有節行法度者備師氏之選。計必推轂太
夫人。而觀察昆仲從此勳秩日崇。
天子推恩錫類。方且如漢金日磾宋蘇易簡之母。或圖象甘泉宮。
或召入禁中承顧問。豈非彤史盛事哉。

一品伯太夫人李太夫人八十壽序

清有天下二百三十有二載

今天子嗣服

兩宮皇太后垂簾聽政明年丙子恭值

慈甯萬壽推恩貴近命婦　攽賞賚有差維時頭品頂戴兩湖督

部李公　太子太保　文華殿大學士直隸督部一等肅毅伯李

公之壽母太夫人蒙

賜御書額曰松筠益壽侑以玉如意綵緞文綺諸珍品

恩禮肫渥朝列榮之越三年己卯二月朔二日太夫人榮躋八豑

時際春陽百昌咸遂上自政府閣部王大臣曁各行省節度安撫

河漕提鎭文武百執事下逮燕楚吳越官吏士民遠至海外奇肱鑿齒之國風車火儆之甿罔弗縱萃摯希祝眉黎而祈緯縮禮也太夫人時方就養兩湖節𢊍珠履瑤觥金箱玉笈璀璨連抃不可以麗計伯相在畿輔舉觴遙祝紳紱簪裾之盛亦如之既大合樂酒三巡有執爵而稱者曰昔周盛時一母生八士為王國楨其時文母在十亂之列雎麟化洽用致殊祥然八士功績莫可考未若太夫人竺生尚書伯相文武忠孝為　國宗臣而都轉觀察諸公並龍驤鳳矯前輝後光眡八士數少其二勳烈則遠過之亘緜女中堯舜慈福覃專俾太夫人含元精應昌運誕毓名世用弼我丕丕基對揚

天子之休命敢以是爲太夫人壽又有酌而祝者曰宋多賢輔推韓范富歐陽司馬而諸公又皆逮事宣仁膺殊眷然韓范經略西陲僅能固圉富使契丹第不辱君命與歐陽司馬並未獲久於其位惟我尚書伯相再造江山平吳越清畿甸又以其威德讋伏島人俾帖帖就繩尺宜

兩宮慈聖倚之如右臂而眷我太夫人益隆蓋三光五嶽之精實萃一門宋賢莫敢望也謹爲尚書昆仲侑一觴又有酌而祝者曰周文武之世陝以東周公主之陝以西召公主之我尚書昆仲今周召也尚書三督楚伯相兩督燕並久道化成眂謝太傅十五州都督郭汾陽廿四考中書殆將過之然皆太夫人之教也太夫人

就養楚中覩兩湖若湯沐邑繼自今慶壽萬年俾二公益楙分陝之政實我　國家萬億年無疆之休敢以是爲太夫人及二公祝言未竟有稱歌者曰

皇之仁普無垠天人協應祚我太夫人實生元輔秉　國之鈞以康其身以翼其子孫俾河如帶山如礪以垂裕後昆迺賡載歌曰

皇之澤普無極祥鍾壽毋用賚我艮弼爲將爲相各共厥職以誠其民以匡我　王國如日之升月之恆以永章懿德于斯時也鋪洪藻申景鑠騰茂實蜚英聲勒景襄之鐘銘昆吾之治徯福貞貞虹洞無涯懿矣哉自翠嬀元扈已來所勵見也謹拜手稽首而獻頌曰

天祚
聖清畀將相兮媞媞母儀森令望兮昔相君子敬且嚴兮誕生碩
輔柱擎天兮手奠中原勳再造兮黃閣白茅晉師保兮八州都督
錫彤弓兮如古分陝周召公兮
帝褒壽母天露溥兮仙醞九霞賚宩㦔兮東閣觴賓賡華黍兮有
芴盈牀綵衣舞兮我祝緜齡萬斯年兮眷承
慈聖賞世延兮康兮吉兮昌且熾兮山崇川增壽無極兮

一品伯太夫人李太夫人八十壽序

國家之制以兵部尚書總督直省軍務視古節度使之任加隆其以大學士保傅公侯伯兼總督者又加隆焉湖廣督府治武昌湖以北提督一總兵二湖以南提督一總兵四皆隸于督部湖南四鎮鎭筸最後設號巖疆大府尤加意故其佩大府之敎令而遙戴其德威眂他鎭爲尤篤同治三年今　太子太保　欽差大臣文華殿大學士一等肅毅伯合肥李公來督湖廣明年公兄頭品頂戴今兵部尚書筱泉公來撫湖南既而伯相調直隸尚書權督兩湖時　誥封一品伯太夫人方就養節府二子更迭爲總制官易矣而八座之起居未易也既尚書繇浙撫遷湖督調西川再調

兩湖蓋至是三涖全楚矣各鎮將服其威信誼若家人父子而大
湖南北亦遂成太夫人之湯沐邑焉先是光緒丙子
慈禧皇太后萬壽加恩貴近命婦
天子賜太夫人　御書額曰松鶴益壽侑以玉如意暨綵緞文綺
海內榮之洎己卯仲春乙亥朔越一日丙子恭值太夫人九秩開
慶維時燕楚吳越川廣諸行省官吏軍民軒轂趨蹌萬口祝延而
鎮筸鎮總兵唐瑞廷迺率所部將弁恭晉萬年之爵不遠千餘里
屬元度爲侑爵之辭謹案古者上之臨下與下之事上率相感以
至誠邠風曰躋彼公堂稱彼兕觥蓋猶介壽之常不必陳之於生
日也若所事之君公尚有耄耋期頤之親如奚斯頌魯僖公歌燕

喜稱壽母而又適於攬揆之辰以申其頌祝則尤曠百世而僅遇焉且夫既醉之篇詩所謂備五福者也洪範陳五福不及子孫之賢貴讀者疑之既醉則云釐爾女士從以孫子足補其所未逮矣而太夫人之子若孫更有超軼古今萬萬者尚書伯相再造江山手扶鼇極崧高烝民韓奕江漢常武之所稱美也元珪繡裳分鎮湖南周公召公分陜之殊勳也師干涖止文武憲邦又魯頌公車千乘貝冑朱綅之盛各鎮將所奉爲法守者也至羣季及諸孫焜燿旂常巍科趾美則假樂所稱干祿百福子孫千億又奄有之凡此豈倖致哉貞元會合千載一時上有

垂簾負扆之

文母本思齊之德，行關雎麟趾之懿化，斯下有翔禨集嘏之太夫人，誕生名世，享陔華之養於名邦節府中，歷百年如一日，水流溼，火就燥，風從虎，雲從龍，懿鑠哉，書契已來未有若斯之盛者也。抑又聞之，天保下報上也，上能成其政，故歸美以報其上焉。然則南服諸鎭，戴二公之德，摛辭以祝太夫人，其亦天保之義歟。其詩曰：如月之恆，如日之升，如山如阜，如岡如陵，如南山之壽，不騫不崩，如松柏之茂，無不爾或承。謹莊誦之以爲壽。

李母王太淑人八十壽序

人之歷久常存者眞而已矣楊倞曰眞者誠也書太甲始言誠莊荀淮南子始言眞秋水篇云謹守而弗失是謂反其眞漁父篇云眞者精誠之至也勸學篇云眞積力久而本經訓亦云精神反於至眞眞之時義大矣哉古聖賢豪傑可法可傳及女之有士行者未有不出諸眞性情者也今篁仙觀察述其母太淑人之懿爲乞言憲老之辭一言以蔽之曰眞而已矣太淑人爲瀛甯進士鄉賢王九溪之曾女孫　贈奉政大夫彥農公之季女在室以賢孝聞及歸　封通議大夫亦艮先生其時君舅靜軒贈公君姑劉淑人年並近六豑舅病手顫扶侍惟謹姑多疾寢室相距數十武夜

聞呻吟聲立起在視俟睡熟乃去以是得親心奉政公至舅喜語之曰公女直吾女耳時本生舅普田公亦在坐歎曰獨此也歟哉其眡余夫婦猶是也於是三老人皆拊掌笑聞者謂眞氣驚戶牖云家故有田二百畝每曝稻於場手自箕斂之又常躬澣於池篁仙及其仲兄方幼輒牽衣泣或擎蓋於其旁時靜軒公扶杖觀秋穫見而歎曰孺子閔母苦邪而母固常若是也每遇歲時見諸孫御新製衣履輒指示之曰是皆而母心血所迸注者其惜之太淑人課子嚴夜篝鐙侍姑坐手木棉引紡車以轉俟諸子盡出塾乃睡諸子偶晏起亦艮公呵曰而母炊久熟尚高臥邪撻之劉淑人則慰以好言謂而母苦若此宜努力讀書報母恩也言已皆相對

泣篁仙昆仲以是益襛於學道光壬寅試省門報罷傭丁肩旅橐至啟之得青銅二十緡既歸劉淑人曰若曹知錢所自來乎乃而母飼豕所獲也手腕幾脫矣篁仙昆仲以學行聞於時客或過訪山中談道藝太淑人必親治具款之或勸令子婦代則曰古尚有截髮款賓者此不爲勞也咸豐丙辰篁仙成進士官農曹　封公就養京邸太淑人以道遠不樂行其治家益勤以勵嘗率子婦曝蘽於庭客至咤曰太夫人尚爲此邪先是道光己酉大饑　封公節食哺餓者太淑人至哺糜以飲之飢民匈匈謀掠食聚飲野寺其酋曰但毋擾南衡新屋眾曰諾南衡新屋者贈公所築草堂也其後歲大水飢民沿村丐食村人羣止之曰愼毋往李宅驚太夫

人飢民果折而他去塾師周某屢主其家語人曰課南衡新屋子弟儻不罄心非人也問何故則曰飲膳必精䞇弟子舊衣履澣緝如新皆其母所手治也他族能有是乎同治丁卯遷寓會城村姑鄰嫗攜雞酒走送者錯於道或後至不及事則憩坐村林中泣而去烏虖此非眞誠之所感歟篁仙以巡守道需次鄂中迎養抵鄂初筦總查局太淑人每聞笞杖呼謈聲輒閉閤臥召篁仙入誡之曰此亦人子也而父終其身未嘗惡聲詈僮僕而忘之邪尋指一小婢曰如此頑劣我不曾彈一指甲也時季子荇仙亦在側則又誡之曰爾且以知縣發甘肅爲百姓父母官其識之生平懿行不勝述中表某以貧老就食其家太淑人待之有加禮爲掩覆其過

失。嘗有村婦攜數歲兒拜其前。怪問之。曰我某氏婦也。某年乞食至此。餒甚。腹中兒幾墮。太夫人輟飯飯我母子。始得全。言已而泣。其感人若此。今年八十矣。髮半白。輔猶有丹色。鍼紉補綴不去手。視聽神明不衰。鄉人官鄂者僉議躋堂介壽。來徵侑爵之文。謹舉莊荀淮南子之說。以見精誠之至。必能久存天壤間。即以致無疆之祝焉。異日壽晉期頤。篁仙昆仲勳業益光顯。當更有以傳太淑人之真於勿替矣。

沈母王太夫人七十壽序

余與芸閣太守未謀面而久諳其賢蓋得諸族子蓉村蓉村之言曰某無似承乏上清巡檢司公時以名進士爲貴溪尹某獲事公爲屬僚爲門下士公之治貴也折獄如神無留牘鄰邑事不決者爭越境求公判歐羅巴人傳異教奸民爭藪之有不法有司莫敢問公遇事痛懲敎酋爲奪氣調鄱陽士民籲大府乞留不獲命逾年還上饒又還新建所涖皆有殊績尤加意養士象山信江靈山諸書院皆割俸助餐錢躬自督課他善政不可畢數然皆本賢母太夫人之教也公每讞獄太夫人從屏後坐聽聞笞杖呼謈聲輒召問得無有屈抑否以是戴公者爭頌太夫人不衰又曰某爲忌

者所中被劾免公大爲不平別公五年矣感公德未能一日諼也今公擢守姑孰值太夫人七豒帨辰某將走二千里躋堂爲壽願得一言以侑觴余聞而喟曰偉哉太守之賢乎夫以一去位之微僚而謳歌盛德歷久不能忘若此則其不使一夫之失所可知也然微太夫人之教不及此然則太守之賢卽太夫人之所以爲賢賈逵曰非此母不生此子豈不諒哉且夫女婦之賢古以德見後世多以節烈傳節與烈所遭必有大不幸者非人情所樂居也最幸則莫如得賢子而名彰故賢母稱焉顧古之賢母如敬姜孟母之倫惟教子以義方而已後世授經課讀丸熊畫荻之事始見於傳記至雋不疑房景伯之母則且因平反以損益匕箸因母子之

獄而躬教以人倫然則期子以顯榮者恆情耳期子以循吏以名臣則古人中亦不多得也若太夫人者眞其人歟太夫人相貢政公起家孝廉膺師儒之任長君以明經銓司訓仲郎太守巳晉三品階　賞孔雀翎三君以高才生筮仕吳中秩二千石諸孫嶄然見頭角其食報也雖同乎衆人之所期而所期者究未嘗同乎衆人葢通塞本乎天者也賢否成於人者也善教子者主人而不主天以天之不可必也然如太夫人則天之福且壽之直如持左契之交手相付又惡在天之不可必邪繼自今太夫人之壽與太守昆仲之治行且如日之升山之崇川之方至而莫不增矣故因蓉村之請爲代申其忠敬且以志鄉往而效臺萊之祝焉

旌表節孝黃母王太夫人七十序

曾子曰可以託六尺之孤可以寄百里之命臨大節而不可奪君子人也斯言也豈特士大夫難能哉爲人婦而失所天又値親衰子穉宗祧所繫如一髮引千鈞其寄託之重在家與在國等自非矢志勵節才復足以濟之鮮有克勝其任者臣道也妻道也其揆一也然吾觀古今女士能此者天必使其顯融光大蕃祉老壽用以立人倫之極是故其植節愈艱者其食報亦加速葢其茹苦愼獨足以動天地泣鬼神故其繇苦而甘亦如操左契之交手相付焉黃母王太夫人年及笄歸　贈榮祿大夫蓉江先生贈公少能文以勖學貞疾未數年卒時舅姑篤老長君定濤司馬裁五歲次

子贊觀察三歲太夫人矢身殉者屢矣舅姑誡以死易立孤難乃強起視息越十年子皆成立差可釋重負矣會兄公荷汀先生年五十無子君舅念之常悒悒欲以定濤出爲其後太夫人忻然許之無難色舅乃大愉性慈儉好施捨贍貸遍六姻林氏婦娠而嫠以貧將改醮太夫人察其志出金全婦節未幾產一男林氏因以有後汔今數十年頌德弗衰其後定濤以飲餉敘郡丞子贊敘守巡道加三品服大吏綜其節行爲請　旌建綽楔於汀龍橋之右既成太夫人往眂喟然曰　國恩誠厚顧建坊費不貲盍移以拯貧窶所全滋益多蓋其素志若此烏虖方太夫人之稱未亡人也如篤一舟之舟夜涉溟海中流颶風作鯨呿鼉擲覆檣摧楫者相

望無近渚迴濆可依消勢又萬不能中止八口之命實託此舟濟不濟全視操舟者之一心惟其壹志凝神置成敗死生於度外乃克攸濟及誕登于岸舟中人慶更生而操舟者始顧幾不及此雖及此而心膽已幾碎矣太夫人宏濟鉅艱何以異此其與士大夫之託孤寄命難易詎相遠邪抑太夫人能以愛子後兄公曲成親志則於不負寄託中更敦繼絕之誼而其於林氏婦則又推己之節以全人之節是皆難之難者宜其纍壽熾昌膺極品之 誥命歟秋九月爲太夫人七秩帨辰邦人士將稱祝而屬爲之辭夫經之述母德者在易曰受茲介福于其王母詩之雅曰釐爾女士從以孫子頌曰魯侯燕喜令妻壽母其說備矣然皆就處常者言也

故獨舉曾子之言以章太夫人之才若節而以是爲耄耋期頤之券焉

誥封恭人張母毛太恭人八十壽序

范史稱崔寔母劉氏。博覽書傳。寔爲五原太守。有能政。母之助也。元度嘗讀而疑之。夫寔特甯成義縱之流耳。於何知之。於其所作政論知之也。其論謂孝宣帝嚴刑峻法。破奸宄之膽。其時天下謐如。計效優於孝文。仁帝多行寬政。遂爲漢室基禍之主。文帝除肉刑。非輕之也。以嚴制平。非以寬致太平也。論之偏駁如此。其政可知。卽其母訓抑可知矣。然則賢母之能訓政者。其必如雋不疑之母。問平反之有無以損益匕箸。房景伯之母。躬行禮法以感格鄉民之母子乎。今觀松坪太守之壽母毛太恭人。其仁心爲質。殆足繼雋母房母之芳型而無慊者矣。太恭人本三衢華胄。年及笄歸誥贈中憲大夫徵垣年丈·逮事君姑·慤敬無違色·贈公捐館舍太恭人養親字孤·劬於督課·蓋以母道兼父道焉·松坪太守繇拔萃科聯舉鄉會試·入詞館·儤直樞廷·君姑皆及見之·而太恭人之心慰矣·亡何粵寇踞武林·蹂太末·太恭人奉姑避地·日轉徙兵燹中·能以智免·事定·始就養入　都·咸豐庚申八月·
大駕幸木蘭·太守職當隨扈·頗深內顧憂·時京僚挈孥去者轂相擊於衢·太恭人屹不爲動·馳書誡太守·努力趨公·愼勿以家爲念·其膽識有加人數等者·既而太守出領荆州·尋奉
簡命守岳陽·太恭人皆御安輿就養·訟庭按鞫·不能不施箠楚·太恭人則深閔之·聞呼謈聲·輒愀然不樂·事畢·必召太守入問所以

然誠以毋濫刑毋宿成見其視雋母問平反房母務以德化民古今人同不同爲何如耶且夫爲政之道無他仁而已矣仁者天地生物之心也漢文帝除肉刑正其仁之著者崔寔反謂其以嚴制平何其繆歟宣帝號稱明主繇其選用良吏非嚴刑峻法之效也帝嘗言百姓所以安田里而無歎息愁恨之聲者政平訟理也與我共此者其良二千石乎斯言也可謂知本者矣寔惡足以知之蓋自申韓之禍中於人心學術誤而政術因之後世火烈水懦之說所從出也寔之論特其變而加厲者耳今太守之爲政易直子諒既足與西漢之召杜龔黃比烈而太恭人之所以訓太守者復如此彼崔寔之母惡足以望其肩項哉抑又聞仁者必壽壽者酬

也。荀卿所稱美意延年者也。人惟善承天地生物之心，斯宅心行事，無一非生機所盎溢，而天之厚其生也，亦遂如枹鼓之相應焉。今太恭人就養岳陽，餘十年矣。岳之士民安太守之政教，而樂承太恭人之麻廕於無疆。蓋將比隆於魯奚斯所頌之壽母，不獨崔母不足論，即雋母、房母舉不足以盡太恭人矣。會歲仲春，太恭人壽臻八斛，邦人士酌兕躋堂，元度以年家子且在部民之列，謹拜手稽首，昌言之以侑一觴。

蔣母朱太淑人七十壽序

余與幼懷大令家纍世爲紀羣交其尊人遜懷贈公世父維揚先生竝與先伯贈通奉遜吾公同研麓山通蘭譜道光中余復與喆兄小懷明府共學城南訂道誼交而小懷弟少懷負異才從余游桃源兩載學成而早世其時維丈之嗣東觀廣文亦過從最密迨咸豐中軍事起小懷爲江忠烈曾文正兩公所知浸至大用未竟所設施文正甚深惜之君家世居羅湘奎樓會大父以名法家言佐湖南撫部姜公平苗亂遂徙居省垣贈公昆仲世其業相繼爲諸侯上客負重名贈公少入仕版以奉母終其身不出幼懷爲贈公第七子能嗣其家聲年雖少以學行重於時館會垣兩首邑最

久故事三年大比　朝使來司文枋巡撫職監臨百執事咸集兩首邑具供億必擇能者綜其出納幼懷葢八膺是任矣而出嗣季父之兄稱懷上舍曾客平江近又襄辦保甲季弟季懷縣尉近司永郡榷務各當事皆倚之如右臂今年春幼懷晉銜鹽課司提舉加四秩得　旨封其三代時壽母朱太淑人適晉七褺都人士謀製錦屏稱祝來徵侑爵之文語云三十年爲世吾與君家論交幾及兩世矣敢以不文辭謹案壽居五福之首五福者其一在人曰德而其四則在天必先有其一而後能致其四而有諸己者或厚或薄則其所致亦有備有不備焉洪範之言福備矣顧其言不及子孫論者疑焉不知古人之書鉤貫旁通稽疑中有身其康彊子

孫其逢吉之語詳略可互見也抑豈獨書爲然哉旣醉之詩先儒所稱備五福者也其云介昭明僕景命天祿亦云備矣而必曰釐爾女士從以孫子兼及允祚之賢焉然後知九五福之文卽具見於七稽疑之內證以旣醉一詩而愈信也太淑人逮事姑嫜有賢譽爲母皆有法式而幼懷復能顯融而光大之喆孫哲生典簿蓉生舍人並以京秩待銓晚福正未有艾然皆太淑人厚積所自致也蓋必有無忝於女士者斯能錫祚允而備福疇焉他日由耄耋而期頤徯福貞貞　天庥滋至下走雖不敏尙能賡續椵辭籍容卿以彰盛媺也夫

天岳山館文鈔目錄九

平江　李元度　次青

策問　議

文章辨體云策者謀也凡政化得失顯而諮之曰策問其條對者曰對策亦曰射策此用之試士者也後世古文家昌黎集中有策問十四道此外不可畢數近人魏叔子策問尤多皆與及門相質難者余偶有所見亦條舉之以質同志議則策之餘也其議不盡關於天下之事故以附焉

天岳山館文鈔卷三十五

策問八道

問大學本禮記之一篇漢唐注疏不分經傳亦未有指爲錯簡而易置其先後者有之自二程始然二程子所定各不同朱子析經傳而二之自云竊取程子之意以補傳則宜用程子本矣乃又判然各别何歟程朱三子皆賢者也而其論大學不同若此然則宜何從今天下皆從朱子矣然質之孔子果可信其無幾微之不合歟自程朱後宋王氏柏明蔡氏清季氏本崔氏銑高氏攀龍葛氏寅亮各有改本言人人殊而王氏守仁及李氏光地則並從古本夫李氏篤信朱子非王氏比也而其不能强同若此何邪學者於

入德之門未有不深考者也其各抒所見以對

問論語子游問孝章注云犬能守禦馬能服乘皆所以養人也故曰皆能有養集註獨取後說以犬馬比父母夫人知其不安矣即父母惟其疾之憂論語中其字無不即指其人者今獨指人子言謂父母惟子疾之憂則必添人子體此而以父母之心爲心五句凡三十四字而其義始足解經最忌添設況武伯問孝非問慈也經意果如是乎色難謂承順父母之色爲難非視無形聽無聲者不能也集註謂事親之際惟色爲難則將作而致之乎又以先生爲父兄豈酒食之饌獨遺母乎且子夏問孝未嘗問弟固不必兼言兄也先儒有以服勞奉養屬弟子之事先生者其說何如

問孟子自齊葬於魯反於齊止於嬴如舊說是將葬而始歸裁葬而卽出也禮曰有父母之喪三年不呼其門孟子客卿更非金革無辟者比豈有一葬卽可出者孟子方教滕文行古制居廬不言豈身甫三虞卽可離門內外乎郝氏曲爲之解謂齊王以卿禮來賵襚孟子以棺中之物禮不卽拜至三月既葬後乃反齊而拜賜又以衰絰不入公門故踰境爲壇位望鄉而哭不知君命無不拜不拜棺中之賜者謂不拜賜物而拜君命耳若謂棺中之賜至三月葬後始拜實出肊造況衰絰不入公門非不入國門也爲壇位而哭此出亡之禮也豈喪禮哉必如王氏夫之之說於事理乃合也能詳其說歟

問孟子道性善千古定論也然巳翻孔子近遠不移之案而韓氏三品之說轉與孔子合至荀子言性惡殆因其時詐力相尚殘毒無人理故憤激爲此言實欲人化性而勉於善也其曰善者僞也僞與爲古通用堯典平秩南訛史記作南爲漢書王莽傳作南僞可證也且宋儒分義理氣質而二之教學者以變化氣質爲先則已兼取孟荀二義而其所謂變化氣質者不又近於荀子化性之說歟抑韓氏言性有三品又云所以爲性者五曰仁禮信義智則已分氣質義理爲二矣宋儒用其說而又不以韓氏爲知道何也

問國風中淫詩序以爲皆刺惡之辭朱子謂淫者自爲之其難詩序之說甚辨然揆之情理殆未必然卽如孟姜孟弋孟庸子都子

夫子嗟子國皆人名也世世有身爲淫佚而必實指所私之人形之歌詠以告人者乎況採之輶軒上之天子不慮播其惡於衆乎後世樂府諸豔辭不必皆有所指卽有所指亦斷無自實其人之理然則謂淫者自爲之於情理果爲合邪

問二南諸詩小序多以爲后妃之化朱子歸本文王躔矣然集傳說行露謂女子以禮自守不爲强暴所汚作詩以絕其人夫曰絕其人轉似先汚而後絕之矣說摽梅謂女子貞信自守懼嫁不及時而有强暴之辱夫嫁不時卽懼辱於强暴則其時之女子可危矣說野有死麕謂女子貞潔自守不爲强暴所汚詩人因所見以興其事而美之夫曰因所見則必實見有强暴之誘可知也文王

時强暴如此其多無乃女被后妃之化男不被文王之化歟內無怨女外無曠夫太王時已然何至文王時反不能化强暴然則行露摽梅野麕三詩其何說而可

問子貢曰夫子之言性與天道不可得而聞蓋聖教有序雖以顏淵之賢亦但使之博文約禮下學而上達明敏如子貢非其時不輕語上也宋以後講學家動輒談性命小學首篇卽及道體雖有說以處此毋乃非下學上達之指歟抑說者謂詩書禮樂夫子之文章也易春秋夫子言性與天道之書也弟子不能贊一辭故曰不可得聞其說然歟

問管仲不能死又相之夫子不責其不仁亦已矣乃反以死事者

爲溝瀆之諒何邪程子以桓兄糾弟爲解謂仲可以不死且可事桓若使桓弟而糾兄則聖人此言毋乃害義之甚而啟萬世反覆不忠之亂乎其說似已然歷考諸書糾實是兄桓實是弟其稱桓兄糾弟者惟漢薄昭上淮南王書有桓公殺弟以返國一語彼葢有所忌諱而然韋注甚明不足爲據然則如程子說聖言正是害義且啟萬世反覆不忠之亂矣其何說以解之

平江書院無庸特建文廟議

同治戊辰邑人卜建書院於東郊議者遂欲特建 文廟意在肅觀瞻生景仰埒四大書院之列意良是也然事體重大有不敢行者二不必行者三請條舉其說古者立學不皆立廟故有釋菜釋奠之禮無先聖先師之廟記曰凡始立學者釋奠於先聖先師釋奠即於學不於廟也葢廟以孝享學以祭乎有道德而能教人之仁聖賢人廟之祭必有尸釋奠有樂無尸釋菜幷無樂鄭氏曰釋奠者設薦饌酌奠而已歐陽子曰古者士之見師以菜爲贄故始入學者釋菜以禮先師其學官四時之祭乃有釋奠釋奠釋菜祭之略者也故翁守蜀郡始立學宮旋立禮殿以祀周公孔子葢古

以周公爲先聖孔子爲先師然廟自爲廟學自爲學漢立孔子廟於太學廟猶統於學也明帝始以周孔並祀郡學魏文帝修魯郡學廣爲室屋居學者學與廟始合爲一唐貞觀四年詔州縣皆立孔子廟自是天下有學之處皆有廟蓋遂以廟爲學焉然此皆學宮非書院也書院之名始自唐若集賢殿書院麗正殿書院皆秘閣藏書之所元和中李寬建石鼓書院宋初賜以額爲書院得名之始自後凡名儒講學地後人輒因之爲書院與學校相翼而行然不必從學制也宋四大書院曰白鹿洞曰嶽麓曰嵩陽曰石鼓舊雖皆有孔子廟然在宋初卽稱國學賜額賜九經在州縣未盡立學之先　國朝康熙中復蒙

御賜題額並頒藏　御纂諸經此豈縣之書院可援爲例乎
文廟尊崇之典至　本朝而極乾隆九年
詔大成殿易黃瓦禮樂皆　帝制故事凡修葺學宫均須　題報
今議特建其能具黃屋戟門殿陛六佾十二豆籩動帑供祀事備
太牢一一如典制無隕越乎若猶未也匪尊之適褻之矣斯其未
敢一也天下學宫皆南嚮官署亦然所謂南面立北面朝也朱子
鉛山縣學記云鉛山學故在縣東南百餘步因地形爲屋東嚮既
諸生以夫子不南面於禮爲不稱爲徙寘縣東山下江西通志云
象山書院在貴溪宋陸子講學處淳熙中建精舍紹定四年奏建
書院然書院北嚮傳季曾謂講古習禮之地而先師北面學者南

面而拜之非禮也宜擇南面之地乃改爲焉知廟祀非可造次矣今之書院西北嚮若建廟非故蹈鉛山象山之舊轍而犯朱子及季魯之所譏乎或謂城南不在四書院之列亦有孔子廟亦非南嚮不知古書院在南門內道光初移建司事者未諳定制耳何足爲典要且南軒講學城南與朱子嶽麓相應和故　國朝並
賜御額亦非一邑之書院可比也宋時祀孔子用像設今嶽麓像猶存明世宗始改用木主今必援城南爲辭故紊方向豈亦將援嶽麓爲辭仍用塑像乎禮有隆殺明夏寅曰十二籩豆惟太學丁祭可行若十三布政司各府行之則僭矣然則禮制仍視主者外縣書院主之者縣官耳必上擬國學之制不已僭乎今天下縣一

千三百有五州二百一十有二莫不有書院且有一州縣三兩所者若各增一廟不更褻乎乾隆中戴太常請增　至聖誕辰祭祀
高宗諭曰國家尊師重道備極優崇自有常制援据禮經實不同於尋常廟祀戴第元乃欲於彝典之外輕增一祭轉爲褻越不足以昭隆禮士不通經所奏宜擯摺發還益見常制外未可輕增矣况另建廟乎斯其未敢二也平江與湘陰古爲羅縣湘陰文廟鉅麗甲南省瀏陽與平江接壤學宮禮樂獨明備不第廟貌巍峩也惟平學尚沿民房體制未易黃瓦於典禮不相應至禮器樂器樂章舞譜學中人幾不知爲何物值丁祭草草成禮陋孰甚焉果有志修舉胡弗增崇學宮興復古禮樂無論其他近不媿湘陰瀏陽

亦云善矣若第於書院後添建一廟恐視今廟制猶加殺也其不
必者一以地之相去言之書院距縣學二里之遙耳果欲使諸生
登廟堂觀其車服禮器以時習禮則高山仰止即在咫尺闕二丁
祀典肄業生正可駿奔襄事所謂景行行止也同一文廟豈建在
書院則親切建在學宮則泛常邪其不必者二軍興以來平人斥
貲助餉治團練積困久矣書院已費萬餘緡勸輸時不免怨咨計
尚未蕆事若議建廟費益不貲果有大力者獨出私財則宜以修
縣學或仍告助於衆竊恐無應者且事體重大力即克舉亦應稽
諸定制洽諸公論乾隆中奉　旨凡天下寺觀舊有者不廢無者
不許輒增寺觀且然文廟何等嚴重可不待　題請而任肌私建

邪其不必者三或曰如此則釋菜將於何所曰無慮也立神龕如民間香火亭式將舊存木主供而祀之一說也入學鼓篋時設主行禮禮成則尊藏而扃鐍之又一說也曰供主設主獨非廟也歟曰此正與古釋菜之禮合所謂禮之略焉者書院也非廟之謂也故享不必太牢祀不必支帑事不必

上聞也若特建廟則必遵

時制備物備禮缺一焉於典爲不稱於義爲不安

高廟所謂實不同於尋常廟祀者也然則不敢輕建廟正其嚴事

聖人也某前在黔軍聞此議駭焉卽走書頁其隅見今重申前說爭是非匪爭意氣

聖人在天之靈當鑒只也謹議

開濬長沙城北碧浪湖議

長沙郡城西瀕湘江，地勢少灣曲，水急，不便泊舟，每遇風濤暴作，舟多漂溺撞碎，商旅苦之。多泊隔江水陸洲，其往商船起貨載貨，率用小舟剝運，既多不便。其在州縣漕船、餉船、淮綱鹽船、滇省銅船、外國貢船、大府及羣有司來往官船，皆須與城中交際，亦藉小舟接渡，其不便於官者尤多。且水陸洲亦係直流，遭風往往失事，甚有一年失事數次者，言之寒心。以舍此洲更無可泊處，故仍勉強停泊，實則無可如何耳。此雖地勢使然，固此邦之大缺陷也。明推官翟台、守道金學曾、知府劉昶、知縣彭堣、唐源均有開河通商之議，而唐源請開南湖港四利之說，通志具錄之，可見留心利濟者有同心也。顧長沙在前明一府城耳。國朝康熙三年分置湖南布政使司移偏沅撫治於此。則西南一大都會也。官商往來百倍繁庶。而仍無地泊舟。以省會之大。反不逮湘潭一縣。坐視城外數千艘棲泊險地。如處堂之燕雀。於心安乎。昔人有憂之。是以有新開河南湖港之役。志稱康熙初。巡撫王公艮於城北相度新開引河。泊舟甚便。後因河身偪窄。歲久淤廢。巡撫趙公申喬重濬。今復淤。又稱乾隆十一年。巡撫楊公錫紱奏請開濬南湖港。旋淤。二十一年。巡撫陳公宏謀築夯水壩以刷沙泥。開月形渠以暢水勢。商民便之。通志所書如此。今南湖港如故。惜泊船無多。新開河則咸豐中巡撫駱公秉章因寇警委員重修。

以石多中止可見從前大府莫不拳拳於此惜未得要領故無成功耳議者欲從北門轉小吳門遵陸路而東鑿通回西渡無論地勢不便廬墓尤難措置亦緣未得要領也要領惟何孟子曰爲下必因川澤語曰善創不如善因今明明有基可因而顧熟視之若無覩乎請得備舉其說長沙城北四里許有碧浪湖五代時楚王馬希範避暑處也俗稱黑羅塘一稱黑潦塘蓋方音轉注耳志載碧浪湖在城北開福寺後卽黑羅塘有流杯池池上有亭馬希範鑿爲上巳祓禊之所又有會春園卽開福寺地五代史楚世家天福四年馬希範作會春園嘉宴堂其費鉅萬張南軒文集長沙開福蘭若故爲馬氏避暑之地所謂會春園者下臨湖光舉目平遠

爲此邦登覽勝處此湖之見諸載記者也湖廣袤約二三十頃周四五里春夏成巨浸至冬漸涸上有九尾沖小溪來注之並可鑿通瀏河水以殺撈塘河水之險湖與江止隔一堤堤卽大路也長約二十餘丈廣二丈有奇水漲時船多泊湖內水乍退則閡於堤不易出故多未便今擬掘其堤改其路則湖與江通泊舟當以萬計此可因之基亦自然之利也惟江底較湖約低五六丈須乘冬涸時雇工挑挖使與江平庶湖水不慮外洩再於掘堤處砌石岸照運河式於水口立閘以時啟閉則湖雖略高水亦不至傾洩矣至挑挖之法土以方計每方縱横各一丈厚一尺估需工食錢四百七八十文以十萬方計之約需五萬緡若令駐防勇丁協力挑

濬更可省其半透底積算每五十方可得五丈深縱橫各一丈嘗若十萬方即可得二千丈寬一律五丈深而泊舟不可勝計矣就中仍可略分界段挖極深數十處藉以瀦水界段略高使江水縮而所瀦之水不隨以縮舟行則循洪路以進狹其口而廣其腹所容必多是又在督工者之因地制宜而大略則具此矣興工須在十月至次年正月止春水一生即可泊船遲則罔濟所貴預爲之備也是有四便有八利請更詳陳之凡開鑿河道多礙墳墓田廬墳須改葬田廬須價買所費不貲人仍有願有不願茲湖自五代至今九百年汪洋巨浸無寸椽片甓孤塚尺田之礙工便一新開河之難鑿以土堅而石确也今湖底悉淤泥鬆土鉏钁易施便二

南湖港之易淤以水面窄而乏來源也今湖之上游有九尾沖小溪來注若將瀏河水開通分一支入湖計鑿港不過二百丈即有源頭活水可以流惡而刷沙便三凡開河慮無堆積新土處若購民田堆土亦殊費事今湖之下岸爲撫標三營牧地堆土成邱草必愈茂彼此有益便四若夫工成之後湖與江通千艘萬船賓至如歸無漂泊耗折之患而百貨日益流通行商坐賈取多用宏可以運掉如意其利於商一也客艘雲集凡無業之戶挑運之夫可以小舟貿易負販營生養活貧民不少至日需之煤米轉運者多則居奇者少日用亦覺裕如而湖內魚鰕并可爲資生之助其利於民二也赴任調任之員挈家來去因事羈泊江干動淹旬日一

遇風濤猝起心旌搖搖若解糧解餉解銅解運軍火諸委員責任匪輕尤虞失事今泊舟得所如在堂室風雨無驚其利於官三也湖工告成北門外百貨所屯行棧櫛比會館與肆皆將次第興修覩昔日之南門必且遠過郎城中隙地亦將化爲列肆高墉人煙繁盛地比寸金其利於地主四也咸豐二年粵逆圍長沙踞南門外其時儻有戰船環擊賊必難支迨四年春曾侍郎以舟師至又苦無地泊船分紮南湖勢終渙散今湖中可容戰船數百不特鎖鑰北門四面皆可援剿老營旣固出入均得自由其利於防守五也省脈自平瀏而來至湘岸循江而下凡數十里堪輿家謂之順水走竄陽宅陰基皆未盡善今開濬此湖停蓄隨龍諸水可以貯

旺氣而挽迴瀾加以市廛鱗次水口益有關攔氣象迴異至新土
堆積下岸種樹成林重關疊障皆以培護省城其利於風水六也
瀏水在城北十里西流入湘謂之瀏口亦名撈塘河其地有駱駝
觜磯流迅急舟行常易失事今鑿通瀏河分一支由湖以入江則
遇風狂水漲時可繇內湖出進以避瀏口之險其利於舟行七也
湖水溉田數萬畝居民賴之相仍不廢者近千年今加挑深廣則
瀦水益多雖旱不竭其利於民田八也至若工作之費則請於鹽
局釐局借支分三年歸款籌欵之法有四湖成後設局另抽船釐
貨釐歲可得萬緡此一說也南省淮鹽咨明每斤加價一文由督
銷局代收歲可得六七萬緡如謂普加未便則派入省岸輪銷者

每票抽捐四十兩，歲可得千四五百金，此一說也。城内十八省皆有會館，公積均多，此舉爲客商所深願，若傳集勸捐，善導之，可得萬金，此又一說也。各州縣船帮各分馬頭，各有公積，令船行傳諭各帮分别捐助，可得巨款，此亦一說也。四說並行，一年可以彌補，即用其一二，亦不過三年。若當軸主裁，徑提公欵，不事補苴，則尤快事也。同治四年冬，同人有建此議者，言於中丞李公瀚章，公甚韙之，命往勘者三次，議且定，有尼之者，遂不果行。尼之之說曰：湖水溉田數萬畝，居民慮絶其蔭，不知天下有塡湖而蔭絶者矣，豈有濬湖而蔭反絶者乎？水且十倍於前，何慮之有？又曰：省運方隆，是年同鄉任外官者凡五督五撫五藩五臬，可稱一時之盛，若輕易動土處有傷夷其說尤陋查省䑛自南門天心閣入城壬子八月賊挖地道官軍掘濠以禦之寬深各數丈宜其傷矣乃自時厥後湘人士立功平賊膺　封爵任疆圻及建牙專閫者不可數計而以一甲第二人　賜及第者亦迭見焉豈非地靈以開鑿而愈顯乎咽喉之地尚爾城外可知此皆過慮之說也昔者史鄭開渠利在萬世白蘇二公先後濬西湖至今俎豆尸祝古名臣興利除害往往注意一二事即可千秋繇其識精力定所見者大故所被者遠也前撫軍趙恭毅楊勤慤陳文恭駱文忠皆當代名臣於此舉皆有志而未逮豈非常之功百世之利天固留以俟後之君子乎方今

景運休明大府勵精圖治百廢具興有能舉而措之一舉手之勞耳而其利賴生民則雖百世不祧可也謹議

書

平江　李元度　次青

劉彥和曰書舒也舒布其言陳之簡牘也昔繞朝贈士會以策子家與趙宣以書巫臣之遺子反子產之諫范宣詳觀四書辭若對面漢人筆札若史遷之報任安東方之難公孫楊惲之酬會宗子雲之答劉歆志氣盤桓各含殊采逮後漢書記則崔瑗尤善魏之元瑜號稱翩翩抑其次也至如陳遵占辭百封各意禰衡代書親疏得宜斯皆尺牘之偏才耳若夫尊貴差序則自戰國以前君臣同書秦漢立儀始有表奏公府用奏記而郡將則用奏牋其說備矣余在軍幕中曾掌機宜文字概未存稿即自奏記於當軸亦多

隨手散佚茲錄其僅存者而施之尊長則曰上書以別於尺牘云爾

惲子居曰韓退之上盧邁趙璟賈躭書皆誚責諷刺之言蘇明允上韓樞密富丞相書皆劫持誇誕之言及答李習之歐陽內翰書則大伸其性情學問之所得蓋人非知巳卽以韓富之瓌傑與之抽毫命牘未能遽盡其精微也余案誚諷劫持皆策士餘習當時或有爲言之不必效也每讀望溪與人書字字從眞性情流出攄情言事者要當以此種爲歸

與何龍臣書

龍臣足下日來讀書偶有心得輒思面盡之道遠莫能致始信柴桑翁賞奇析疑必與素心人共晨夕有以也辱書所以勖勵之者甚摯詩亦芬芳悱惻獨出冠時承約與攢湖共立詩社畢力於詩則某別有微尚焉詩之爲敎可以厚人倫美風俗感鬼神夫豈易言第近世稱詩者往往雅鄭雜奏僞體日滋自隨園專主性靈凡小有聰慧者輒自附風雅之林攢湖嘗深病之非無見也惟古文一道　國朝自魏叔子汪堯峰姜西溟方望溪姚姬傳諸家外能吉亢古人者甚少蓋其法至嚴其逐至狹非若詩之猶可以僞爲

故託業者差少某竊欲問津於此耳初讀沈選八家文繼見儲在陸汪遴喜選本又見茅鹿門本始知八家之目定自寧海朱右鹿門因之在陸廣之爲十家則唐宋文醇所因也近得姚姬傳古文辭類纂歎爲古今第一善本擬屏人事忘寢饋以求之特苦爲制舉業所溷又以飢驅謀菽水力不赴其志耳選本最劣者莫甚於林西仲之古文析義其人本不知文強作解事以吳宗岡金人瑞評小說伎倆出之如評周子愛蓮說雜以野狐禪語錄李贄雜說錄長恨歌連昌宮詞等類皆紕繆之至而世且奉爲導師俞甯世百二十家文序亦有析義熟其[illegible]多種流傳非一日矣然則古文所以不振繇不知而作者多也荀子曰藝之至者不兩能師

曠矐目受聰離朱窒耳就明某竊願輟詩不作以從事於此焉其能如所志及能成與否則非所敢知也何日握手盡吐所欲言漸熱惟節宣自愛不悉

與邢星槎孝廉書

辱書所以啟牖之者甚厚見惠學案小識勵探討以求有益身心甚感甚感窮日夜讀之嘆作者信道篤持論堅峻可爲正宗然有不概於心者亦不敢附和也是書闢陽明是其宗旨其於夏峰先生既擯之不錄矣復深致鄙夷與孫北海輩一例攘斥亦太甚已且闢陽明於今日實與病源不相應何者明季王學末流放失愈傳愈失其眞幾於猖狂自恣其敝至　國初未已熊澴川張楊園陸稼書陸桴亭張武承張孝先諸先生倡言排之洞見其癥結而姚江末派始息是誠對病之藥也今則王學久不談矣學者不知有性命之學并不甚講詞章之學其沈痼於膏肓者惟功利耳士

自束髮受制舉業父兄所以教子弟所以學皆以弋科名爲念於聖賢成已成物之學不暇及也科名得矣則蘄立致通顯甚則爲患得失之鄙夫宦途相問答率以地治之肥瘠爲忻慼無及國計民瘼者在官不大刻於民民且頌之已亦陰以自恕及其宦成宮室妻妾之奉務饜所欲能計及所識窮乏者猶其賢焉者也當吾世未必無氣節文章經術自命之士然察其幽隱能超然功利外者或不多覯是卽日導以致良知之學亦不爲過何者良知不昧乃能較然不欺其志不至陷溺於祿利之途也然則闢王學於今日幾於無病而呻矣况所闢未必能持千古之平乎且夫羣言淆亂衷諸聖孔子之語一貫也曾子自行入子貢自知入未嘗是此

非彼也使遇講學家則曾子當著論以非子貢矣不得中行思狂狷狂與狷志趣適相反陸王正所謂狂者也若遇孔子進道當尤猛如講學家言狷者將著論以非狂矣孟子之論夷惠也既曰隘不恭君子不由又曰聖之清聖之和曰百世之師蓋道之至者統謂之聖後儒過求其全則生民以來豈復有一孔子乎且清之與和道正相反若如講學家夷又將著論以非惠矣陽明立德立功立言實兼三不朽末流之失咎在門弟子今之沈溺於功利嗜欲者皆讀程朱之四書說以弋科名躐膴仕者也亦將歸咎程朱乎莊周吳起或謂淵源皆出自聖門曷嘗以此爲聖人病　本朝諸儒從陽明入者若孫夏峰李二曲湯潛庵耿逸庵彭南畇諸先生

其學業固不後稼書楊園桴亭也士患不學陽明耳學陽明而得其粗猶勝於功利之鄙俗故曰闢王學於明季及　國初誠不得已於今日則可已也　國初之闢王學者若澴川所著學統以孔顏曾思孟周程朱九人爲正統以閔子以下至羅整庵二十三人爲翼統以冉伯牛以下至高梁溪百七十八人爲附統以荀卿以下至陽明七人爲雜統此卽學案中傳道守道翼道心宗諸目所本也然閔冉與顏子同列德行科又親炙聖人何反不獲與周程朱並列且冉與閔有何軒輊而復降一等邪其下學堂劄記既引蕭企昭之言詈陽明爲賊又云當今日而有衞道其人者乎孟朱之徒也是明以程朱自負附程朱卽將超閔冉矣凡立宗旨成一

家言必盡闢餘子別黑白而定一尊故不能免門戶之見且不覺其偏勝至此也善夫彭中叔之言曰學者患行之不篤不患辨之不明是則通人之論耳偶觸所見伸紙不覺累幅退之曰微足下無以發吾之狂言有弗當望再明示不宣

復彭麗生親家書

使至讀手簡具諗台候多綏忻企無已承詢　國朝先正文略體例某於此道無能爲役顧自束髮授書已來於　本朝文篤好魏叔子方望溪姚姬傳三家侯朝宗汪堯峰朱竹垞姜西溟李恕谷惲子居彭尺木次之其合諸家爲一集者某所見僅宋牧仲之三家文鈔徐鳳輝之二十四家文鈔王惕甫之十家文鈔陸祁生之七家文鈔石琢堂之十家文鈔李欽之朱蘭坡姚春木之　國朝文錄文鈔等類約十數種核以諸家全集去取頗多未當竊謂專錄數家爲宗主而律以唐之韓柳孫李宋之歐陽蘇曾王元之伯生曼碩明之伯安震川荊川遵巖則　本朝屈指不過數人之數

人者祇元明諸子無媿色視唐宋大家則未敢知其至猶未也若不名一家但錄其文之雅正完潔者以類相次盡除門戶之見則諸家獨到之作未必不可與唐宋相頡頏而凡名氏不甚炳著者苟有一篇之幾於道則皆可以傳惟僞體俗體必嚴汰之以峻文律昔人謂學者如牛毛成者如麟角一代之文尤著者不過數家其餘多久而漸佚唐宋歷朝自韓柳歐蘇諸公外餘子非有唐文粹宋文鑑元文類明文海諸編後之人幾莫能舉其姓字葢專集不盡傳選輯之所爲不得已也來書謂全唐文不若文粹諸書之耐觀正與隅見不謀而合且夫聖人之門中行狂狷不專一科聖道之所以爲大也文章家自左史莊騷已下淸奇濃淡不拘一律

刱意造言各不相師文章之所以爲大也世世不乏偭規改錯之徒恃其逸足往往奔放自望溪先生斷斷於義法而後文章之體尊劉海峰姚姬傳繼之世遂有桐城派之目於文家爲正宗姚氏古文辭類纂其識解實出鹿門在陸武曹之上顧八家後繼以歸方氣類猶爲相近至獨表海峰則不免門戶之見海峰諸作豈能軼商邱甯都秀水而上之而遂薄餘子爲瑣瑣邪夫選一朝之文猶作一朝之史也自本紀列傳表志以迄日者龜筴方伎之屬皆不可遺然後稱一代完書若賓賓焉守一先生之言而盡屏其餘是未足與觀於文章之大也茲選略用姚氏類纂法首論辨議說次書跋序記傳狀碑誌書事策議奏疏箴銘贊頌詞賦哀辭祭文雜

著爲類二十有奇。覩文粹文鑑文類文海之體例略相等。覩賀氏經世文編姚氏文錄朱氏彙鈔則差異。蓋經世文以政術爲主。文錄以明道爲主。彙鈔以存人爲主。是集專論文之工拙。指趣各有在也。日來編纂粗有端緒。論一門已有四百餘篇之多。合之當成巨觀。使閱者一新耳目。惟山居苦乏鈔胥。又見書不多。終不免挂漏。以此呼將伯耳。前示羅研生中翰將輯湖南文徵。謹將敝邑艾中丞文集坿上。乞轉寄。中丞詩文皆宗七子。生當王李主壇坫之時。不覺氣求聲應。然忠鯁之氣自不可掩。此外惟李伯艱之布帆集。向魯齋之愛古堂集。文均不多。容另索寄也。各屬饑荒可念。舍間日糶米以資補救。俟秋熟當倡立義倉。漸熱惟珍攝自衛。不宣。

上曾爵相書

宮太保徹侯中堂夫子閣下元度僻處山中躬耕養親時事未嘗過問七月初始聞金陵大功告蕆舉十數年負嵎逋寇草薙而禽獮之無遺種不禁喜躍不自已逾月聞

恩命酬庸我夫子晉秩宮太保爵通侯世襲罔替沅甫丈晉宮保

錫封一等伯各　賜雙眼孔雀翎所部將吏晉爵晉秩各有差尤額手稱慶咤爲千載一時之盛事富貴不足異所異者夫子自倡義討賊以來備閱險艱精誠貫金石如水之萬折必東如火之自星星以迄燎原而上燭霄漢如涉大海者茫無津涯而忽誕登於岸上紓　宵旰憂勤綿

宗社靈長之祚下洩神人之憤拯數百萬生靈於水深火熱中而使之蘇息此誠中興間氣所鍾　君國安危所繫而不徒以副見慕之徒之心允宜胙土分茅塤篪帶礪與國咸休永永無極惟念文宗皇帝簡賢倚畀未及　御門受俘而同時戮力中原如江忠烈胡文忠塔忠武羅忠節李忠武何文貞曾愍烈靖毅諸公皆未獲假年以竢功成轉覺盡然悲涕然而

九廟神靈在

帝左右

文母

沖聖策勳告成

烈祖實嘉賴焉卽諸宗臣毅魄皆可以祔髀九京矣謹案王功曰勳國功曰功民功曰庸事功曰勞治功曰力戰功曰多我聖朝武功之盛震鑠萬古國初戡定三藩平定朔漠綏服蒙古西藏攻取臺灣雍正中兩征厄魯特西南夷改土歸流乾隆中兩定準噶爾一定回疆兩定金川兩定廓爾喀一定臺灣及安南緬甸緫爲十全武功文恭鐫

寶冊自時厥後平楚黔苗平川陝湖敎匪平回畺平楚粵猺偉烈豐功載在盟府然皆用兵於異域邊陲與內地亂民之誅不待時者有聞至用兵內地則惟三藩及川陝湖之役閱時皆六七年非臨淸滑縣諸役可比顧敎匪未踞名城三藩騷動雖半天下尙不

及粵逆之亂蹂躪十數行省攻陷數百城僭偽號至十有三年之久從前　國家全盛物力豐盈餽餉有專司將帥得壹意辦賊從未有以書生攖巨寇號召子弟生徒忍飢轉戰內絀無可支漕粟無可截呼庚乞癸卒克要大功之成者是今日之事較當代元勳如圖文襄傅文忠兆文襄阿文成福文襄諸公皆有過之無不及而其艱貞堅忍難易久暫之殊尤不可以同年語矣敬稽我　朝五等之封惟滿洲蒙古及漢軍爲多漢臣中若海澄之黃靖海之施皆　國初待降將及勳臣曠典以外如岳襄勤之威信公雨楊公之昭勇果勇侯李忠毅之壯烈伯王忠勇趙襄忠及王軍門得祿之一等二等子梁敏壯及邱軍門良功之二等三等男又皆以

武臣膺上賞而文臣罔逮焉其起家詞館者則惟孫文靖之謀勇公張文和之勤宣伯近時粵中督撫之子若男然多不獲以恩禮始終則固未足稱引也至吾楚南自漢以來二千餘年其曾膺封爵者在後漢惟湘鄉蔣公琬以大將軍錄尚書事封安陽亭侯泉陵劉公敏以將軍封雲亭侯在魏惟長沙桓公階以尚書令封安樂鄉侯弟纂以散騎侍郎封關內侯在吳惟泉陵黃公蓋封關內侯在梁惟長沙歐陽公頠以都督封陽山郡公其孫詢在唐以太子率更令封渤海男次孫允在唐以刺史封南海郡公詢子通以殿中監封渤海子在晉惟澧州車公胤以中書侍郎封臨湘侯在南宋惟衡山趙公方以制置使封長沙縣男其子葵以參政封長

沙郡公甯鄉易公祓以尚書封甯陽開國男醴陵皮公龍榮以參政封壽沙郡公楊公大異以秘閣修撰封醴陵縣男平江鄧公雅以御史中丞封安定郡侯而元承旨歐陽公元之追封楚國公者不與焉至明則有衡山茹公瑺以尚書封忠誠伯湘潭顧公成以將軍封鎮遠侯瀏陽張公武以靖難功封成陽侯之十數公者考其勳業皆不足與夫子並論然則我夫子不特爲　昭代及楚南弁冕直舉古蕭曹魏丙房杜姚宋韓范富歐陽之局而一掃空之求其功績相伯仲惟汾陽西平足語此若理學經濟文章則新建伯一人而已此非阿好之諛詞葢嘗上下千古而見爲確然也竊維運會輻輳有天時有地氣有人謀請得進而畢其說自古撥亂

反正天必預生戡亂之人爲生民立命是故有安史之亂卽有李郭有朱泚李懷光之叛卽有李晟馬燧渾瑊有金人之禍卽有宗劉韓岳二吳有土木之難卽有于忠肅有宸濠之變卽有王文成其器識勳名之大小則視其時變之大小爲衡而其徵又往往先見諸天象如四星聚柳張而光武興洛四星聚牛女而晉元王吳熒惑出東井而姚氏有秦景星見尾箕而慕容復燕分野之驗鑿鑿可據道光巳酉庚戌閒京師嘖嘖謂天下將苦兵將星在翼軫分野將才出湖以南時粵逆尚未起也追辛酉八月朔

今皇帝嗣服適有日月合璧五星聯珠之瑞宣付史館識者已卜

天心厭亂未幾我公大拜遂克竟此大勳夫十日十二子相配數

窮六十以元會運世之說考之今爲上元景運宜奏蕩平此天時之說也天下山河之象存乎兩戒南戒自岷山嶓冢負地絡之陽東及太華連商山熊耳外方自上洛南逾江漢攜武當荆山至於衡陽乃東循嶺徼達東甌閩中是爲南紀自三代及漢唐人才多出西北東達齊魯其後漸及於吳宋興西江始盛南宋迄今閩越稱尤盛焉然楚南未大顯也邵子云天下有道地氣自北而南衡嶽洞庭之氣蜿蟺磅礴鬱積數千年始大發其奇於今日而湘鄉適當衡山之麓自蔣公琬以社稷之器見重武侯越二千年而夫子應運生其地以同懷兄弟同日膺茅社以一邑而備有侯伯子男之封其他建旄仗鉞寄專閫及方伯連帥之屬至以千百計而

蒙　賜御服　賜孔雀翎　賜勇號　賜世秩　賜謚　賜祠者僂指不能畢數實古今未有之奇韓子云五嶽於中州衡山最遠而獨爲宗其神獨靈其水土所生白金水銀丹砂石英鍾乳橘柚之包竹箭之美千尋之名材不能獨當之此地氣之說也自來成大功者多席全盛之勢合羣策羣力以圖之惟夫子張空拳援桴鼓誓衆奮不顧身以殉　國家之急受事時卽以天下自任創水師制賊死命拔將帥於廝養走卒中親出入行閒與士卒均辛苦屢更挫衄百折而不回兩次罣經從戎累疏懇辭不許先帝手敕有忠誠耿耿朝野皆知之諭考　本朝名臣如朱文端梁文莊陳文恭皆兩次奪情起復然卒在無事時未若夫子急公

家之難不得已而出此也在軍不避艱險不規小利不惑游談不以一字遺朝貴堅忍肫摯壹意以愛民戢士爲本遂能得人死力士雖飢罷不忍背介弟二人先後死王事不懈益堅其後望益崇任益重受寵若驚嗛嗛不自足見人一善譽之不容口其識力之高深遠密者不可隱度論也其行事適機宜風采可畏愛殆韓子所謂天資忠孝鬱於中而大作於外者歟此人謀之說也人事盡而天時地氣舉不期而與之會矣雖然公之功於是成而生民之待命方於是始焉兩江督府兼綜河漕鹽及操江諸務殷劇號難治承平時選帥嘗重於他鎮非有文武威風知大體可畏信者莫能任況手闢榛狉奪殘黎於貙貗封狼之口其事與開創同加以

握兵符參大政節制四行省安萌弊吏整軍轉漕裕課日不暇給而又有島夷之逼伺狡獪不可測則所爲安內以攘外者宜必有邃謀深識消患於未形焉曾文定曰明必足以周萬事之理道必足以濟天下之用智必足以通難知之情竊意圖治以教養爲先在今日則養先於教養之事非一端莫急於農田水利招流亡墾荒地禁侵牟遇水旱則蠲振並行尤在飭有司任之革耗羨罷無藝之榷以與民休息如吾楚之東征稅局亦其宜最先罷者也他若鹺政之用票鹽漕政之用海運陶文毅蓋嘗究心論者以謂百世之利似宜賡續行之夫世亂則才勝法世治則法勝才若繇亂而治則當以才用法而不爲法所縛持至夷務則內治修外侮自

戢道在蓄威養銳遇事有以大服其心而落其身距久之必駾喙不遑勿遽因喜事之言輕發以相嘗試也元度昔侍几席荷以古義相督聞大功之成聽於下風竊自增氣謹臚述歷朝武功及元勳世臣與吾鄉先正之垂名竹帛者以見夫子之蔚爲功宗實足超前軼後而推本於天地人之交相爲應以著其非偶然而望益洪遠謨不辭流壤設誠而致行之以興建長利廣厲風教爲　國家厚根本以副

兩宮及

聖主恩眷之隆而塞天下之望功名流千萬歲則汾陽西平新建之屬且將畏後賢矣山居荒僻苦乏寄書郵遲遲始達伏維爲

國爲民自玉無任欣慶之至七月十四日元度謹上

復李伯相書

宮太保伯中堂年大公祖節下。元度無似。辱執事特達之知。推愛如骨肉。拯其危難。抗章請免戍絕域。俾得家居奉親。視晏子於越石父。祁大夫於叔向。有其過之。元度雖至愚陋。亦當結草圖報。月前女壻彭樹森來自鄂中。傳述盛意。以持節督師援黔。趣令出山相助爲理。恩誼肫拳。不懈益摯。泰山孤生之竹。嶧陽半死之桐。得附賞音。垂麻千禩。豈非至願。惟烏烏私情。有萬萬不能憖置者。請垂詧焉。元度生四歲而孤。又鮮兄弟。賴母氏撫鞠教誨。得至於成人。自咸豐癸丑臘月從軍。前後十餘年矣。崎嶇戎馬中。瀕死者七次。傳者皆云已死。母氏驚悸悲哭。輒廢寢饋。枕袖間無夕不有淚

痕每語戚族云吾無他求但求還我兒子耳雖長貧賤無嫌也庚
申秋元度除名歸里或且爲搤掔母怡然曰吾乃今得有吾子也
拊其臂泣元度至失聲不能仰視既又作越游不幸又干罪戾掛
彈章吏議遣戍郡符至諱之不敢以聞幸執事援手連章乞免既
得請乃明告端委則又膜手泣謝焉居亡何黔帥疏調會小泉制
軍湓楚責以義當報　國遂帥援黔之師犯瘴癘感毒霪病痁四
閱月又有傳其已死者時母年七十有二矣益懸系不能自已既
而幸平敎匪肅清思石遵銅五郡急投牒乞養歸仰荷
聖慈俯俞開缺得釋重負始知古人不以三公易一日之養誠非
過言而溫嶠絕裾必在親年尚健時又或有兄弟可倚否則未必

敢出此矣。方侍郎云：以顯揚督其子，爲人父者或有之，母則但願其子常在側耳。痛哉斯言！非備歷艱險，不能知其言之悲也。竊嘗謂民有四，終身不去父母側者，惟農則然。阜財用而爲工，肇牽車牛以服賈，皆不能於晨昏無違，然行止猶得自主也。至於士，生而弧矢射四方，十齡則就外傅，或偕計吏上公車，或遠宦不能迎養，遂不能不久去其親，然冒險履危貽親憂慮，未有如從軍之甚者。元度以孑然孤露之身，又才疏運蹇，功業一無所就，徒飽憂患，以爲老母憂，不孝之罪，擢髮難數矣。今母年益篤老，家無次丁，若再奉檄遠子舍，方寸已亂，其何能爲？且元度請告在未授滇臬之先，非有所規避也，而局外人已有訾之者，儻復舍彼就此，則進退皆

失所據抑更無以自明矣元度受
聖明逾格殊恩加以大府垂青分應捐軀圖報非敢矯激鳴高實因母年益衰有不能刻離之勢區區苦衷小泉制府所洞悉也入閩之說因通志局事多棘手驟難就緒故託辭謝之實則不能遠出已令兒子輩於二月杪啟行矣前承垂問黔中情狀曾附寸箋交陳令賚呈昨聞　朝命改援秦隴則情形又判然矣女壻樹森從弟正言均蒙推愛錄用感何可言專肅布謝語無倫次惟爲
國自玉以慰蒼生仰望毋任依結之至

與吳南屏年丈書

南屏先生年丈執事辱賜示文集窮兩晝夜讀之其味黯然以長其光油然以幽每於拙處樸處迂迴處轉益其姿態殆繇崑山廬陵以希風韓李而自成一種意度必傳於後何疑論學之文如性論諸篇皆犒有心得不隨人俛仰故精而不腐元度所不概於心者則書西銘講義後二作及孝經章句序也日昨面獻所疑執事曰民果吾同胞邪物果吾與邪時坐客滿未竟所欲云然辱執事知非泛泛不敢不終竭其戇幸垂察焉夫所謂民胞物與云者猶所謂乾父坤母也天果即吾父邪地果即吾母邪然乾道成男坤道成女凡男皆得乾之氣女皆得坤之氣其理固不可易也古之

王者父事天母事地執事既引其言矣然天子果卽天所生之子邪天子固自有父也而其言究不可廢猶之天下一家中國一人四海之內皆兄弟皆止言其理必以辭害意則其說不可通矣辭有必不可泥者若經所云萬壽無疆君子萬年子孫千億等語皆必不可得之數而卒無譏焉其意固無盭也且夫執事之詆西銘也果於龜山楊氏所疑程朱二子所論定外能實抉其義理所未安而合乎人心之所同然抑豈必不可自暢其說乃因外夷天主教有所謂天父天兄云者遂盜襲其唾餘以毒天下執事遂歸獄西銘適羅羅山作西銘講義乃并惡西銘而以孝經正之不知仁人事天猶孝子之事親西銘與孝經正相發明也彼教荒遠無稽

謂自天主降生今已一千八百七十有七年西人用此紀年奉之如正朔是天主實起自東漢之世在橫渠張子未生以前千餘年又相去七萬里近始通於中國彼惡知有所謂西銘者耶粵逆兒鄙一丁不識假外夷之名以新耳目更惡知有所謂西銘耶自古征伐始自黃帝不聞以後世多殺戮歸咎黃帝也五刑制自唐堯不聞以後世多酷吏歸咎唐堯也天主教與張子風馬牛不相及以是咎張子可耶不可耶抑更有大不可者儒生厭故喜新往往好爲異說以撼先賢如戴東原作孟子字義疏證力辨程朱以理爲性之非執事闢之曰孔子繫易明言窮理盡性以至於命豈始自宋儒乎東原此說於程朱無纖毫損祗見其自取戾也執事辭

而闢之蹸矣。不圖於西銘獨反蹈東原之轍也。謂宜刊去此三篇。無使爲大集之累。庶不致貽人口實。柳子厚云。以淮濟之淸。有玷焉。若秋毫。固不爲病。然萬一離婁子睨之。不若無者之快也。今則犯天下之不韙。有目者皆見之。豈直秋毫云爾哉。干瀆淸嚴。伏增惶悚。惟葆衞。不宣。

答友人論異教書

來書以泰西人行異教於中國愚甿多爲所惑慮奪吾堯舜孔孟之席謂此開闢已來未有之變其言深痛若此有心哉有心哉然某之隅見竊謂不足慮抑且深足爲喜不惟不慮彼教奪吾孔孟之席且喜吾孔孟之教將盛行於彼都而大變其陋俗請畢吾說以廣足下之志焉蓋堯舜孔孟之教爲天地立心爲生民立命乃乾坤所繇以不敝者也天地之生人爲貴人之道以倫常爲本彼際天並海之夷以千百國計皆人也有血氣卽有心知皆可以人道治之者也特自古不通中國又相去七萬里禮聞來學不聞往教故未繇近聖人之居而聞其教耳天誘其衷以互市故朋遊於

中土。而漸近吾禮義之俗。彼自知前者之蔑棄倫紀不復可以為人。有不幡然大變其故俗者耶。傳教於中華。僅法蘭西一國耳。然且諸國皆擯之。不使闌入其境。蓋亦共知其陋矣。惡能加毫末於堯舜孔孟之教哉。且子未讀中庸乎。惟天下至誠能盡其性。則能盡人之性。能盡物之性。物之性且當盡。況彼固人也。同在並生並育中。聽其自外倫紀而終失其性。其何以贊天地之化育而與天地參乎。天心仁愛。聖人有教無類。必不忍出此也。聖人之道。譬如天地之無不覆幬。無不持載。是以聲名洋溢乎中國。施及蠻貊。舟車所至。人力所通。天之所覆。地之所載。日月所照。霜露所墜。凡有血氣者。莫不尊親。故曰配天。此正堯舜孔孟之實錄也。其曰舟車所至人力所通則以大地九萬餘里尚有舟車人力所不及者今此通商諸國天假其智慧捌火輪舟車以速其至此聖教將行於泰西之大機括也繼諸國而來者後將不知其紀堯舜孔孟之教當遍行於天地所覆載之區特自今日爲始造物豈無意哉且夫堯舜孔孟之教在中國亦以漸而及也堯舜都冀州其時惟今山西山東直隸河南陝西數行省爲中原餘皆要荒服也孔孟時吳越荆楚尚以蠻夷擯之宋以來三江兩湖閩浙黔滇川粤始大盛聲明文物覗鄒魯不少讓謂非聖教之自近而遠自狹而廣歟至若唐虞之苗三代之玁狁獯鬻犬戎漢之匈奴晉之氐羌唐之吐番回紇宋之契丹其故俗類皆斁彝倫娶同姓兄收弟婦弟室兄

妻習焉不爲怪自元魏遼金分主中國其俗即已大變元大一統稱尤盛今之西北蒙古部皆元裔也世世爲　國家臣僕賢哲代生非復當年之舊矣向使其閉關絕迹不與中國通不至今猶睢盱狉榛之故俗邪不但此也我　朝雍正中滇黔川楚兩粤諸蠻夷改土歸流亦自開闢已來始沐　王化至乾隆中新疆拓土二萬里則眞天下一家中國一人矣堯舜孔孟之教蓋漸推漸遠初無一息之停也今泰西諸國適以互市來其必將用夏變夷而不至變於夷也決矣抑攷元會運世之說堯時在午距今不過四千年正中天之運也天地之氣日趨於文明故西人之繁富靡麗乘時以達中土殆有氣機以感召之其舟車器械天文算學亦未嘗無

補於中國天殆使之竭智慧以助中國之文明而卽以親炙中邦者使漸染於堯舜孔孟之敎豈偶然哉王者無外聖人無外天地之心更無外當此中天景運聖敎遠被絕域必自今日始矣孟子曰逃揚必歸於儒歸斯受之而已抑何必視之若讐去之若浼乎吾故曰不慮彼教奪吾孔孟之席而喜吾孔孟之教將盛行於彼都也若夫自強之術有國者所當務豈必因遠人之狎至而始爲之所哉偶書所見伸紙不覺累幅惟垂詧不宣

與郭鶴仙中丞論通志體例書

某積歲從戎學殖荒落去秋當事招入志館其時告養尚未得請慮有阻格須俛當道再陳故未敢謝卻又聞總其事者爲閣下某不過備寫官之列側聆緒論亦藉以牖茅塞故姑蹔其闕實則無能爲役也邇者議論多而成功少同事半已謝去方慇事無成局又惡敢更立異同顧愚者千慮或有一得私心見爲未安亦未敢嘿爾而息前見同人所擬體例實有不槪於心者不敢附和謹條舉而商搉之夫志爲官書自有通行體例書成當繕正本表呈御覽非私家箸述比亦非郡邑志之猶可別出機杼者比也康熙中嘗頒河南通志於天下爲修書之式雍正七年

詔各直省纂輯通志亦經部頒條例今雖不可得見然各志具在
河南志具在是卽通行之格式也至
盛京通志熱河志則皆經
欽定 大淸一統志則奉
勅編撰四庫書提要稱 盛京志發凡起例一一皆稟
睿裁然所分三十六門統名爲志未聞別立名目也熱河志分二
十四門一統志每行省立統部外諸府及直隸州又各分二十一
門均未聞變易名目也自嘉慶中謝蘊山修廣西通志仿景定建
康志圖表志傳例爲典一表四略十錄二傳八實二百年來十八
布政司中官書之創體道光初阮文達重修廣東志仍而效之遂

爲者奇好古者之濫觴昨見子壽同年志例瑣談擬全效其體執事髗之蒙竊惑焉謹案

列祖

列宗實錄告成後例修

聖訓卽以　實錄館爲訓典館典之義本自尚書堯典舜典皆以稽古稱其爲史臣追記明矣是訓典祗宜用之於

列聖而

今上之　詔旨又不能不恭錄統稱訓典於義未安轉不若各志之稱

詔諭者爲合也查廣西志訓典中不載

世祖定鼎建元詔。凡

列聖遺詔　登極詔皆闕焉。廣東志效之。而獨於

仁宗遺詔

宣宗登極詔恭錄於篇。竟似有所擇者。然開宗第一義。即詳略不倫若此。其不可從一也。學校爲政教之源。人才所自出。世道之升降繫焉。康海武功志併學校於建置中。此特爲簡括計。且係邑乘。姑從略耳。然已有議之者。通志效之。則可謂不知本矣。考州郡志之存者。以宋朱長文之吳郡圖經續記。周淙之乾道臨安志爲最古。吳郡志爲目二十有八。中立學校門。在州宅亭館祠廟之前。臨安志亦立學校門。繼城社廨舍之後。自宋仁宗慶歷四年。始詔郡

縣皆立學朱氏書成於元豐七年相去三十餘年而其知重學校已若此自後若常棠澉水志袁桷延祐四明志均詳學校未聞併入廨舍亭堂寺廟及城邑祠祀中也明包節陝西行都司志置學校祀典於建置中謂二者爲建置大端提要駁之曰自郡縣山川人物外無一不從建置起者能全附之建置乎其論正矣

聖朝重道崇儒典章大備高出宋明萬萬兩廣志乃列學校於建置略凡典制禮儀樂舞概付闕如是可略也孰不可略如謂事係

公典通禮會典有專書無俟贅引然則彼所謂經政略前事略者何一不具有成書而乃詳於彼而略於此乎且既併學校於建置矣而學制學田若於無可附麗則又分見於經政略中相距三四

十卷之遙不惟輕重失宜亦且首尾懸隔其不可從二也古之地志載方域山川物產而已元和郡縣志頗涉古蹟蓋用山海經例太平寰宇記始及人物藝文皆繇輿地推廣及之者也夫有土地然後有人民政事法當以地理爲本今以表繼典表之目四惟沿革屬地理而職官選舉封建遽以類從共爲卷八十有奇始及地圖今又增道里表則卷益繁重提要有云未大於本輿圖反若附錄其閒誠如所譏矣且使閱者繙書二三十冊尚未見地圖於地志名義實不相應其不可從三也周官六卿分職後世六部因之凡官署皆設六曹賀氏經世文編亦以此分類鄧氏寶慶志創爲六書雖變舊例而眉目實秩然不混今其所謂經政略者爲類二

十有一合吏戶禮兵工之政統出一門端緒迷茫不便檢閱至戶口應與田賦連類乃入輿地略中附以希姓尤覺不倫明黃仲昭八閩通志以戶口水利隸食貨門提要譏其牽强不倫創例未協惜乎未及見兩廣志也夫通志備官民之考宜雅俗共賞凡通行體例人所習也今忽變更名目使閱者茫然及核所紀載仍係公家言不過分併易置以表異徒見爲作聰明亂舊章耳其不可從四也方志古稱圖經圖與表河南通志皆有之自不可少若夫錄也略也傳也則皆與志同一義也既曰志矣而志中復有略有錄有傳非疊床架屋乎古志書以錄名者惟宋高似孫剡錄其目有官治志山水志兵志學志反以錄爲經而以志爲緯陳振孫書錄

解題稱似孫爲館職時上韓侂胄生日詩九首皆用錫字寓九錫之意清議擯之知處州尤貪酷其人不足道其書更不足據也以略名者惟明謝肇淛之滇略計分十門曰版略勝略產略俗略績略獻略事略文略夷略雜略一義相承未聞又闌入別體也此外若明任慶雲撰商略自謂本諸華嶠提要駁之云華嶠曰略語出史通亦史志之別名非地志之名也略之義例如此則易志爲傳尤可不必矣又考明雷禮眞定志爲紀四志九傳十五提要譏其與地志體例不合隆慶永州志爲記一志七傳五提要譏其雖宗漢書卻非志體胡松滁州志提要亦譏其以志名冒史體文雖搠而義則乖是地志之不宜襲史體也彰彰矣提要爲

欽定之書羣言淆亂衷諸
聖兩廣志炫博矜奇故與相背其不可從五也或謂謝阮號稱碩
學鉅公創例當有義法然舍
欽頒之成式
欽定之成書而獨從一家之肊說此豈遵道遵路之義抑豈爲下
不倍之義乎且十八布政司皆有志兩廣僅居其二廣西志在謝
氏前者有郝浴李紱金鉷廣東志在阮氏前者有黃佐劉秉權郝
玉麟皆循通例是謝阮特兩志中偶一爲之者耳三人占則從二
人之言何必違衆用獨舍坦途而履羊腸若徒震其名則各直省
纂修通志之見於四庫目錄者若黃宮允之雋沈光祿起元查編

修愼行傳編修玉露陸檢討奎勳孫編修灝顧司業棟高杜檢討詔儲庶常大文皆鴻達魁壘之彥未必遂後謝阮二君也昔王文恪作姑蘇志以楊儀部循吉好謠詠不欲與之同局書成循吉摘姑蘇二字未展卷卽詆爲不通文恪大服毛西河撰蕭山志刋誤又作杭志三詰三誤辨今之爲儀部爲西河者正不乏人若循舊章而偶誤猶可說也變通例而召謗誰其尸之其不可從六也凡此六端卽質之作者亦不能强爲辭至山川關隘反居輿地之外宦績著錄另立遷謫一門及阮氏謂國初收粵及削平尙藩諸鉅事已載國史此志不得書之與廣西志同例則子壽已糾其謬矣顧猶欲用其例殆僅見其目錄未細察其書乎竊謂作志以

典核謹嚴備掌故扶植倫常有益民風吏治爲貴不在體制之異也前者南屏年丈於大箸湘陰志屢欲獻疑某謂邑乘例不進呈不妨自爲一則惟通志不可執事見告亦如此云迄今並未裁示體例度未必竟以兩廣志爲圭臬某不勝私憂過計慮或至一成不變故不能已於言竊見江南通志用班史例分爲十志以綱統目以簡御煩視河南志小有出入而例實完善附錄別紙略加變通移職官選舉封建世爵諸表於後以還地志面目未知有當否如必以爲贅說而慭置之卽亦不敢作伴食之懷慎矣慮口述不能盡其辭故以筆談干瀆淸嚴伏增惶悚

答馬太守毓華書

別來十有八年矣咸豐乙卯蘇官渡之役足下與陳生伯驥等共五人拔自賊中留敝營帀月適張石朋大令至與陳生爲梓誼僕託石朋帶赴帥轅請給路票資送自後不相聞問今夏石朋以哭曾文正師詩二十章見示述及足下作令關中猶垂念鄙人不置始知足下無恙且騰達蜚黃爲之距躍然石朋尚語焉不詳也長至日忽展惠書具悉政祉翔輝榮問休暢繇百里而三州五馬如日之升富貴不足異惟循聲卓著造福蒼生且數千里外猶戀戀山中故人如此卽其治行可知矣守令爲親民之官寬一分則民受一分之賜時賢治譜若徐氏棟之牧令全書袁氏守定之圖民

錄汪氏輝祖之學治肊說劉氏衡之庸吏庸言皆樸實精當可以坐言起行計必飫觀而力行之如尚有未寓目者望即加意購求可也僕生平以未爲牧令爲憾得足下一申儒者之效鄙人與有榮矣僕自別後於丙辰春進攻撫州自三月至八月五十六戰皆捷九月分兵克崇仁宜黃爲援賊所乘老營失利移防貴溪廣信三年以孤軍當三面之衝保全浙西一綫餉路屢守危城鎗傷左頰幾死迨戊午秋文正復出視師僕充營務處將舊部交沈幼丹觀察始獲歸里省親葢辭家已五年矣庚申夏文正晉江督復强僕治軍奉　命備兵溫處文正奏改皖南僕帥新勇三千抵徽州而甯國已陷悍賊十萬來攻嬰守兩日而陷瀕死得免辛酉奉

命援浙賊已竄江犯楚飢軍轉戰而前連克通崇義武瑞州等郡縣節節梗阻比入浙而杭州已不可救壬戌春力戰保江衢蒙
恩授兩浙運司晉臬使兼署藩篆尋被文正劾免遂杜門不復與
聞天下事丙寅正月　特詔起用督師援黔專辦教匪是年四月
啟行至戊辰四月始平定計剿撫九百一十寨思石遵銅五郡一
律肅清六月班師陳情終養得　旨許開滇臬缺回里又五年矣
老母今年七十有六尚幸強飯家闢小園擁書十萬卷種花自樂
著　國朝先正事略六十卷幸爲海內名流所許可長子積琳由
軍功起家今年六月十五引　見以知府發江西歸候補班前先
用次子積璠倖取拔貢三子積璿則側生之荔甫周晬也黃子耕

丙辰七月在撫州中礮殉難得　卹典家兄廸人癸亥秋以知府揀發甘肅代理肅州七年擢記名道屬回逆披猖家書阻絕者三載近始通訊足下共事一方當可覓寄書郵乎如有鴻便請錄部函轉寄爲荷相去數千里無繇時見惟勉爲循吏使百姓受實惠稱神君是卽所以慰故人者爾

與孫琴西方伯書

琴西先生方伯執事曩者庚戌辛亥壬子閒元度旅食京師閒從曾文正邵位西孫芝房吳南屏楊性農諸公游時埶事與性丈同選館職諸君子相唱和元度獲竊聞緒論心嚮往之以未修士相見禮爲憾亡何粵盜起倉卒南歸佐文正師治軍事崎嶇戎馬閒凡二十年屢瀕死又飽更憂患盡奪其讀書之日力遂終爲門外人側聞執事儤直三天數上封事迨一麾出守則轉徙兵閒不獲行其志時元度已放廢歸田不復與天下士相聞矣去年從性丈所得遜學齋集窮兩晝夜之力讀之卒業始見覼茂之面與心乃嘆並世有古人雖未獲遽接其言論丰采苟得附相知之雅千

里猶一室也況近在楚中哉執事之文亦史漢亦韓歐曾亦閒近震川然皆自具性情流出尤偉者在持正論擯斥外夷之邪教明目張膽大聲疾呼垂涕泣而道之非夫衛道之勇計是非不計利害抑烏能獨挺流俗若是邪夷禍之烈久矣木蘭　陂方薄海同深悲憤近更以輦轂爲城社投鼠之忌莫敢誰何因而日肆要挾其言至不忍聞實則虛聲恫喝計島夷互市凡二十餘國莫適爲主亦莫敢首禍一國敗盟使諸國失市易之利彼必不敢出此也謀國者不察惟恐攖其怒至遣謝罪之使又不思選將練兵急衛
神京以固根本儆儆然日以造船製械爲急夫天下惟拙可以勝巧惟堅可以勝脆惟剛斷可以勝陰謀未有學其人可以制其

人耆況所學尚未得其糟粕顧相率效尤訖不一悟此何異海畔逐臭之夫東施效顰之婦哉今不早爲之所更數十年殆恐與之俱化此切膚之痛也讀大箸則已先得我心元度所繇不知首之稽至地也顧此意第藏諸私臆不必與執事相聞忽接吳大令錫震書謂晉謁時數蒙詢及下走近狀孔北海亦知人間有劉某快孰甚焉元度自戊辰夏告養山居學益荒退所爲文多牽率酬應之作明秋擬莊寫二三百首郵呈誨削儻有萬一可采即乞賜序而存之其不可者付之一炬可也又大集中言洋務二疏有題無文欲求賜讀可得聞否狂言無緒悤率冒肌惟爲道自重不宣

復孫方伯書

琴西先生方伯執事。夏間鍾崇軒同年至自鄂中。承惠示大集暨永嘉全書。既又承手諭寄示禮記集解。累月讀之始卒業。如置身天台雁宕括蒼諸名山中。東甌奇勝。森然在目。忭慰不可言。以迫賤事。久未奉書稱謝。此心軼然。比惟移節金陵。天庥滋至。將益大所施。以澤天下而禦外侮。使海內一覩儒者之效。茲爲快耳。竊嘗讀宋元學案。浙中學術。凡五派。屹然與閩洛並峙。然如金華永康之學。今並無人賡續之。學者幾不能舉其凡目。將在若滅若沒間。而永嘉經制之學。獨幸得大君子昆仲。旁搜遺紹。重刻遺書。以餉同好。俾鄉先正薛右史劉左史許忠簡劉給諫葉忠定劉忠肅林竹軒諸公不朽盛業粲然復顯於世承學士得所津逮誠斯文之厚幸也王忠敏城守錄尤舉世不傳之本向止見湯璹所錄心嚮往之得此始知忠敏實陳公之後勁而被圍之久且將倍之宋史既不爲立傳又移其功以屬他人其殆有幸有不幸邪然而孤忠偉勳歷劫不磨得大君子表章之忠敏可無憾於九京矣曲臺傳注自漢儒後惟衞正叔集說爲優陳雲莊之書雖列在學官不足饜學者之心也敬軒先生此書以程朱之義理補孔鄭所不逮與李耜卿之三禮述注並可謂專家絕學然非執事表微之力抑安能褫著於天下命續纂入先正事略中已據行狀增緝之尚未付手民也元度近繕所作散體文約四百篇明歲擬災梨棗鍥成

當呈誨削專肅布覆心所欲言不盡千一惟垂詧不宣

覆劉毅齋書

毅齋尊兄大帥麾下。衞霍英名。横被六合。而山中退叟獨以未識荆州爲悵。側聞提師絶大漠。立馬功成。刻下大將旗鼓直抵天山南北路。班定遠侯封萬里。在轉眴間矣。引領西望。無任頂祝。二月朔。春宇孝廉抵舍。奉賜書。所以奬許。而注存之甚厚。兼惠文錦輕裘山珍海錯。萬非鄙薄所敢任。然領自萬里外。又無返璧之理。登受歉謝。僕山居多暇。嘗取軍興已來名卿宿將藎臣烈士於前鍥先正事略外。仍各爲别傳。以存其眞。而於忠壯公勁節豐功。靡室靡家。尤推爲 中興名將之冠。嘗私作傳以志景行。而事實究未詳備。兹承命譔傳誌。幷祠碑。且寄示事蹟。是鄙文所賴以增重者。

安敢不竭其愚曾文正師曾爲忠壯公作誌銘未成而絕筆殘稿存集中僕不揆檮昧擬取誌文所闕者足成之並綴以銘蓋古有兩人共作誌銘之例見於金石三例誌銘廣例者不一而足近日霞仙筠仙兩公分譔文正師誌銘正用其例也祠碑擬用湘陰爵相銜名僕近作曾文正祠碑及駱潘張三公祠碑皆王中丞屬爲之卽用其銜名次第勒石矣惟別傳當入拙集且擬增入續先正事略中鍥成當卽郵政所慮文筆譾劣不足副雅期耳重修貢院爲邦人盛舉麾下獨斥三千金巨款功在斯文義聲徧三湘七澤聞矣手肅布謝惟爲　國珍護不宣

與劉毅齋書

毅齋京堂爵帥尊兄大人麾下中春肅復寸箋係張春宇大令鄴呈計邀英鑑尋將忠壯公祠碑墓誌銘別傳撰就適聞執事大功告蕆天山南北路縱橫二萬餘里一律蕩平

兩宮慈聖嘉豫

皇帝告

廟册勳晉湘陰伯相爵通侯執事躋九列封五等諸將士遷擢有差此我 國家萬億年無疆之庥抑從古武功所不數覯也 史宬方略執事當爲功宗尤偉者在克成忠壯公未竟之志事使英魂毅魄得含笑於九京烏虖盛矣益嘗論唐平淮西內地一隅之

叛將耳其幅員曾不足當南汝光之一道吳元濟抗朝命阻兵四年竭天下全力勵乃克之當是時昌黎柳州之徒撰爲碑若雅震鑠千古柳州獻平淮夷雅表至謂周宣王中興徵於詩之大小雅若六月采芑車攻吉日暨崧高韓奕烝民江漢常武諸篇鏗鍧炳燿邉人耳目望之若神人其揚厲之也至矣顧以逸周書考之宣王中興諸詩多夸而失實無論韓碑柳雅之過侈也蓋自穆王遷犬戎於太原歷懿孝之世戎車屢征至夷王七年虢公伐太原之戎至於俞泉昔之内徙者今爲寇矣宣王三十三年伐太原之戎不克三十八年伐條戎奔戎王師敗逋三十九年伐姜戎戰於千畝王師敗逋四十年遂料民於太原蓋與後漢西羌之叛略相似

然則宣王之功不過如唐之宣宗而尹吉甫之頌周宣亦猶奚斯之頌魯僖事劣而文侈此六月采芑諸詩所錄僅列諸變雅歟洪惟我
大淸盧牟六合胡越一家在昔
聖祖親征準噶爾時則有若費揚古馬思哈孫思克
世宗兩征厄魯特時則有若年羹堯岳鍾琪有若策棱查郎阿
高宗蕩平準部回部時則有若傅恆兆惠成袞札布有若舒赫德
阿桂阿里袞富德爰逮
宣宗重定回疆亦惟有若長齡有若楊遇春有若武隆阿有若楊芳罔不桓桓仡仡焜燿旂常用能肅將

天威修和我有夏顧其時峙粻輓粟士飽馬騰諸將帥得一意辦賊其底績尚易從未有提孤軍絕大漠借饟異邦冞入其阻不踰歲即奏蕩平如今日者也抑忠壯公所部老湘軍肇自王壯武張忠毅二公迨忠壯帥之以平粵逆平捻寇平關隴逆回直與賊相終始忠壯死事後逋寇出關俶擾我西陲執事復領公舊部會諸帥躡勦草薙而禽獮之偉勣奇勳實遠出　國初先正上即周之方叔召虎申伯韓侯仲山甫尹吉甫輩方斯蔑如若唐裴度李愬烏重允顏嗣武之徒抑更不足並論矣使昌黎柳州生今日能無變色卻步自哂其言之過侈也哉是宜鍥石昆侖之椒洗甲蒲昌之海倚劍崆峒之嵒包嬴越劉比隆軒昊以彰

聖清神武不殺之殊猷惜下走才非韓柳不足導揚徽孅也謹上所作忠壯公祠碑及墓誌銘別傳碑用左相銜名誌續曾文正遺稿并援歐陽公尹師魯合誌張司錄例而補綴以銘別傳眂 國史較詳未知有當萬一否肅抒賀悃虔請勳安惟爲 國爲時自玉不宣

上曾宮保書

宮保爵帥姻世丈節下客秋奉鈞畣敬悉種種其時政務勤勞盡籌況瘁未敢以循例寒暄時溷聰聽嗣聞三晉有秋瘡痍漸復然後喜我公之釋重負也竊嘗論世有非常之人然後有非常之功抑惟有非常之變然後生非常之人非常者非常人所能勝任也粵盜起田間荼毒四海所過無不殘滅天生我公擣穴而殪其渠此　社稷功也可以獨立千古矣不圖又有三晉拯饑之役晉豫旱災實二百餘年所勵見而晉尤甚前政有胥無心坐視饑民之轉溝壑漠然不爲之所當是時數百萬遺黎涸可立待天復起我公以拯救之公之精誠既足動　天聽慰民望　聖主視民如傷

復不惜蠲數百萬金錢以蘇菜色而其出私財佽振者又皆破格以獎勵之繇是黍谷春回所謂起死人而肉白骨也微公則三晉遺民靡孑遺矣公之功視昔年攻拔金陵足與並峙一則奪回數百萬生靈於豺貘之吻一則活數百萬生靈於溝瀆餓殍之餘前古偉人得其一已足千古從未有斡回元化膺兩大任而並告成功如今日之盛者也不但已也粵寇起舉天下莫敢攖其鋒自文正公及我公倡勇敢從而和者數萬人楚南之忠義遂爲海內冠至晉豫旱災司牧者噤不敢以　聞得我公飛章請命朝發夕報可而蠲貲助振者遂爭先恐後若救焚拯溺之不敢少緩須臾下至販夫紅女各願斥傭貲以分灼艾之痛甚或蠲千金不署名

氏此皆忠誠所鼓動有莫知其所以然者故君子莫大乎與人為善也世常說輓近人心不古不可與為善繇今觀之豈物之不可動歟抑其誠之不足以動物也昔富鄭公救青州災趙清獻公救越州災並全活數十萬人而趙公之方略傳後世特詳以曾南豐為作救菑記也其言曰菑沴流行治世不能使之無而能為之備故趙公之施雖在越其仁足以示天下其事雖行於一時而其法足以傳後世元度閱前龍山典史朱克敬筆記述我公前此牽屬禱雨未即應下令誡所部官吏畢至壇紳士自廩生以上皆至積薪塞廟門誓次日不雨即自燔雨果應時至烏虖是舉也足以動天地泣鬼神矣宜晉父老之感涕謳歌家尸而戶祝也元度不揆

檮昧欲得公救災方略及奏劄公牘戶冊總目凡被災幾何屬受振者幾何人庫金倉粟所發暨鄰省義捐所入幾何數事例所收捐款銀若干萬發粟及賫粥之所若干處爲病坊以居疾疫無歸之人若干區瘞道殣及收養棄男女若干名口綜其成分其任暨鄰省勸輸之最出力者若干人乞屬記室飭掾吏寫示崖略以憑載筆而紀其大凡元度不敢妄擬南豐公之功則過於淸獻也願爲三晉救荒記以法趙曾以垂型後禩且彰我

聖朝明良一德救民水火之至意區區私忱未卜有當否手肅布肊惟爲　國爲民珍攝自衞不宣元度謹上

天岳山館文鈔目錄十一　　　　平江　李元度　次青

箴銘頌贊

劉彥和曰箴所以攻疾除患喻鍼石也其體始於三代夏商二箴餘句頗存及周之辛甲命百官官箴王闕惟虞箴一篇體美備焉及至春秋魏絳諷君於后羿楚子訓人於在勤漢之揚雄始範虞箴作卿尹州牧二十篇崔胡補綴總稱百官可謂追清風於前古者矣夫箴誦於官銘題於器名目雖異而警戒實同箴全禦過故文資确切銘兼褒讚故理貴宏潤取其要也

禮祭統曰銘者論譔其先祖之有德善功烈勳庸慶賞聲名列於天下而酌之祭器自成其名也蔡伯喈曰黃帝有巾几之銘孔甲

有桀盂之誡殷湯有甘誓之勒鼒鼎有丕顯之文武王咨於太師作器械之銘十有七章周廟金人緘口書背銘之以慎言所謂天子令德也周禮司勳凡有大功銘之太常所謂諸侯言時紀功也宋正考父三命滋益恭衞孔悝之祖莊叔隨難漢陽皆銘之於鼎所謂大夫稱伐也頌贊亦銘之屬特不施之於金石耳

劉彥和曰頌者容也所以美盛德而述形容也昔帝嚳之世咸墨爲頌以歌九招自商頌已下文理允備時邁一篇周公所製哲人之頌規式存焉若三閭橘頌情采芬芳此類屬與又覃及細物矣至於秦政刻文爰頌其德漢之惠景亦有述容又若子雲之表充國孟堅之頌戴侯武仲之美顯宗史岑之述僖后雖詳略不同典

章一也

劉氏熙曰贊纂也纂集其美而敘之也彥和曰昔虞舜之祀樂正重贊蓋唱發之詞也及益贊於禹伊陟贊於巫咸並嗟歎以颺言故漢置鴻臚以唱拜爲贊卽古之遺語也至相如屬詞始贊荊卿馬班史傳以贊褒貶及景純注雅動植必贊贊兼美惡亦猶頌之有正變耳古來篇體促而不廣必結言於四字之句槃桓於數韻之詞約舉以盡情昭灼以策文此其體也

自私箴　自利箴

星泉井銘　昭顯眞人廟鐘銘　嘉禾銘

陽明全書頌

自私箴

哀莫大於心死，而身死次之。心曷繇死，病在自私。人生伊始，懿德秉彝。萬物一體，相繫相維。積私生蔽，性以習移。克伐怨欲，遂縱詭隨。所以古賢，克己自治。車裘共敝，不憾而怡。善勞在己，先泯伐施。烏虖小子，念茲在茲。事惟私己，識趣斯卑。務去私以克己，先民是師。

自利箴

哀今之人，氣拘物蔽。見利則趨，滿腔私意。骨肉天倫，以茲爲累。借鋤德色，取帚訢誶。君臣父子兄弟，終去仁義，懷利相接，撊然不知

愧其形則人實與禽獸何異吁嗟鄙夫儻獲有位剝民自養民且
無類讀聖賢書所學何事絕利一源曰惟立志仲子克臧不求不
忮孟子匡時以義爲利董子垂訓明道正誼卓哉三賢其理一致
小子念之哉毋自暴棄

星泉井銘

維北有斗。爛然七星。山澤通氣。川瀆效靈。上應乾象。嶽峙淵渟。翼軫之野。麓山張屏。賜閒湖曲。有泉泠泠。鑿井而飲。甘醴清涇。卦應先後。七竅瓏玲。乃審厥象。上證星經。飲茲水者。蠲痾延齡。主人師竹。覆井以亭。以配白沙。如尹與邢。後有千古。來眎斯銘。

昭顯眞人廟鐘銘

皇帝卽阼之十年太歲重光協洽夏六月大旱百川且竭羣籲於昭顯眞人上下奠瘞以明潔越四日大雨萬民斯悅迺謀答神庥百其辭弗愜卜建廟曰吉民用和協未五月廟成翼翼業業迺召鳧氏作大鏞考休烈不窕不摦弇侈應法銘之曰其萬億年永珤用若金甌之罔缺

嘉禾銘

皇帝嗣服之二祀太歲柔兆困敦越七月癸酉其節中元湖南督漕使兼權廉訪夏公獻雲以放衙之暇遊於宜園有蘭九畹猗猗在盆旁有嘉禾五穗同根匪芝而茁如醴無源公曰此周書之所紀唐叔之所珍也天降嘉種俾蕃育于湘沅乃命作圖繢徵韻文表聖瑞銘曰昊恩維時邦人士及厥庶民咸額手進曰惟棠有召惟黍有郇咄哉斯禾爲我公而蕃允宜鑴樂石鍥彝鐏用昭示于春永爲珤於世萬子孫

陽明全書頌

洙泗既逝。徵言孰傳。鄒嶧嗣興。如日中天。獨明性善。溯厥生前。四端擴充。泉達火然。反求放心。沈痼立蠲。神徂聖伏。劉蹶嬴顛。斯道之晦。千五百年。濂洛崛起。闡道以言。建安集成。待後守先。下學上達。孔脈是肩。同時象山。命世之賢。先立其大。德性是砭。並行不悖。高明沈潛。章句滋興。紛拏注箋。遂涉支離。溺彼蹄筌。陽明闡氣。抉經執權。直指良知。力破拘牽。彼目論者。訾其近禪。子於道妙。刊落言詮。同歸殊塗。如水赴川。如冬夏令。如上下弦。相反相成。六氣迺宣。相禮相映。際天入淵。姚江末派。沿波失源。敝在學者。子何尤焉。我讀遺書。鑽仰高堅。知行合一。服膺拳拳。敬餉同志。道在斯編。

烟閣兄夫婦遺像贊

烏虖吾忍見吾兄吾嫂之遺像乎以兄之天姿卓越好學有大志而年止二十有餘以嫂之青春矢志完節二十有八載甫至五十無疾而遽徂兄之才嫂之節蓋皆秉天地之正氣而舍命不渝而得年皆止於此曷怪問天者之搔首而踟躕雖然人之所貴者神耳形固無不敝之軀惟全歸以全受歷萬古猶須臾而况清風亮節尤足庇賴其子孫而食報於詩書兄之子差能成立效請纓而許馳驅行膺　誥命贈兄秩爲大夫而吾嫂幽光潛德復蒙綽楔以旌閭歐陽子曰爲善無不報而遲速或殊吾雖不敢必斯言之驗而兄與嫂半生之鬱積或庶幾操券而合符惟是撫今追昔念

兄嫂之不可復作不覺掩淚而欷歔蓋兄與嫂皆可無憾而難爲
情者惟吾吾是以展遺照而聲與淚俱也悲夫

彭鴻軒衣冠像贊

嗚呼余忍見君之遺像也乎君與余同仇偕作王事馳驅由湘而鄂而越而吳其血戰最苦者尤在鄭溪之曲廣玉之區斯時也以三千之義旅當十萬之兇徒每戰則身先士卒手挽强弧卒能摧巨寇而固名都迨後余趨宣歙君赴金衢既東西之異轍遂生死以分途君之援守武林也威名雖著魁柄則無謀臧不用事勢益孤使用君甬道之策則餉路可以無虞夫何至城摧東浙氛黔西湖遭時不幸卒以身殉問彼蒼而嘆何辜雖然忠臣之義有死無二卒不媿堂堂七尺之軀薦馨有廟延世有賞君亦可以釋憤於靈胥題君之像鬚眉懍烈狀貌魁梧而伏波之馬革則并無可裹

矣嗚呼

余東坑姑丈衣冠像贊

烏虖惟公於度誼則姑尊而於文字尤有淵源維先曾祖有九女孫公獨爲僚壻之長而卓然不羣先伯先子及先兄輩又皆常受業於公門公生而穎特弱冠能文掇幽芳於芹藻寄高節於荃蓀有棋在局有酒盈樽計往來吾家者前後六十載而情誼彌敦公之來也一揖就座已覺言笑之嘩喧角手談於象戲傾田家之瓦盆每當酒酣耳熱奮袖起舞幾於忘寒暑而昧晨昏惟時遜厚二老與公莫逆相與掌撫而鬚掀度也年方舞勺亦荷呼爲小友角勝負而侍盤飧第見公性之靜逸公貌之和溫譬如巖松澗菊其出塵處全在於無言迨後先伯遠宦公猶歲時來顧則不禁念遠

別而聲吞蓋公之興趣已不可與前日同論又越數載度出從軍及還轅而息轍則公已昇仙謝世而逍遥於帝闕烏虖公不可得而復見矣見公遺像幸音容笑貌之猶存人生如夢耳俯仰數世前後六十年之久直如駒隙之飛奔陳辭奠衽藉以當宋玉之招魂

天岳山館文鈔目錄十二　平江　李元度　次靑

哀辭　祭文　祝文

摯虞文章流別論曰哀辭者誄之流也崔瑗蘇順馬融等爲之率以施於童殤夭折不以壽終者建安中文帝臨淄侯各失稚子命徐幹劉楨爲之哀辭其體以哀歎爲主

曲禮知生者弔知死者傷孔疏云弔辭面致傷辭當書之於版使人讀之而奠殯前此祭文之始也劉彥和曰自賈誼浮湘發憤弔屈體同而事覈辭淸而理長蓋首出之作也及相如弔二世全爲賦體桓譚稱其愴惻動人揚雄弔屈原意深文略故辭韻沈膇班彪蔡邕並敏於致語然影附賈氏難爲並驅矣

曾文正曰人告於鬼神者經如詩之黃鳥二子乘舟書武成金縢之祝辭左傳荀偃趙簡之告辭皆是後世曰祭文曰弔文曰誄曰告祭曰祝文皆是也魏叔子曰哀死之文不求文而文至文之至者也不言哀而哀至哀之至者也姚姬傳曰楚人之辭至工後世惟退之介甫而已

楊莘耕哀辭

余從軍七年所見死事諸將領暨士大夫僂指不能畢數其與余共事一軍若劉君豫川李君寶秋林君秀三耿君黼臣皆有平生游處之雅至於同邑諸君子少同學長同事若何君龍臣李君岐泉擴湖吳君國安與雖未同學而同事若黃君錫宇李君滋癸黃君金鑑童君梅華李君仁軒等音容語笑歷歷皆在吾目中烏虖可哀也已今不幸又得吾楊君莘耕莘耕諱志伊少余九歲弟畜之居相距二十里父曰寅弼縣學生君生有至性穎悟尤工書咸豐四年入縣學時余從會侍郎東征君來九江佐段縣丞瑩器領水師五年春余入江西募平江勇君領百人用唐人句鐫小印曰

卒爲百夫長勤其職吳編修嘉賓治彭澤鄉兵請君爲佐君弟卒於軍護櫬歸時君止一子遽以後弟慰親心也六年賊躪江西幾徧余攻撫州君取道瑞州來軍梗於賊會君國華攻瑞見君書異之留於軍越明年論克瑞功擢訓導有

旨賞藍翎又二年張君岳齡奉侍郎檄治軍建昌招君共事會攻景德鎭下之得

旨以知縣卽選又從克太湖張君以病去君歸十年四月侍郎擢督兩江命余復募平江勇六月與君共簡閱七月二日成行余初奉備兵溫處之

命師次貴溪奉檄調皖南遂與君改赴徽州先是防皖南者爲張副憲芾駐徽六載有卒萬四千闕餉五月師譁屬曾公駐師祁門

副憲內　召余以八月十六日抵徽前四日甯國陷賊犯績溪之叢山關急遣將援之弗克童同知梅華死焉副憲行君趣余繕城守城周十三里女牆盡圮蓬蒿沒人葺治三晝夜埤垷完三之二忽僞侍王李世賢率賊十數萬至余出戰東門外君任守陴既交鋒決盪數次原防兵千有六百忽不戰奔援師之至自祁門者亦奔潰我軍不能支入城拒守賊抵隙攻力禦之詰旦君曰出險矣余搖首曰死者已二百人賊來益眾且奈何君笑且言曰得正而斃焉斯已矣余曰死吾職也子有老親在前歲猶覲子太湖其忘之乎君泣余亦泣是日賊攻愈力君分守北門余西門三登三卻之殺賊過當賊忽冒死自小北門登酉刻城陷君手長矛鬭城上

親卒掖之不肯下遂被戕咸豐十年八月二十有五日也事　聞
賑同知例議　卹崇祀本邑忠義祠烏虖君死烈矣然余職當死
者也君或可以無死且君爲余出是死君者余也余苟活不卽死
而君死余愧負君矣失地喪師余且當死法卽倖及寬政生猶死
耳君固死猶生也哉君父年垂七十省君太湖時執手泣聞君死
其慟殆不可生吾知君必死猶視也余將何以瞑君哉君年三十
有三子存澍襲雲騎尉辭以哀之辭曰
江之南兮宣歙路山叢叢兮道隘且阻豺虎虓号兮來爭子所子
死得所兮余媿以負披髮叫天兮一瞑不視與終古飽烏鳶與螻
蟻兮骨肉陰爲野土幸故鄉有廟兮薦荔蕉與罇俎魂歸來兮彼

都不可與處。

直齋弟哀辭

從弟正初名鯁字直齋父國子生諱傳簾余從父也弟少入蒙塾裁一年以貧廢學從業爲縫人邑邑不自得咸豐五年余在江西募平江軍擊賊弟來典軍械尋隸水師營從營弁朱德樹守貴溪有功其明年隨德樹援浙江昇戰舟過常玉山戰比有功洊保守禦所千總尋囘江西擢守備　賞戴藍翎十一年余奉　詔援浙弟領五百人從克通城崇陽義甯復奉新新昌上高瑞州等城遂入浙西轉戰龍游江山間晉都司同治元年浙撫左公宗棠帥楚軍自遂安抵江山悍賊數萬旅拒花園港楚軍十營屯左我軍八營屯右每戰弟必怒馬摧鋒歸則躬斷後會楚軍卻弟帥所部橫

貫賊陳力援之左公觀戰審其狀暮歸扶其部將亟稱弟以愧厲之亡何余被劾歸或勸弟投楚軍且大用弟笑謝弗往也歸則益折節讀書未一年遂大通文義試令削牘辭皆能達意余嘉異之乃棄武職易今名援例改刑部司獄五年四月余奉 詔帥師援黔弟將中右二營六月自銅仁進兵從克大小圭高家田馬鞍山諸寨將攻荊竹園老巢先是楚軍援黔將領多養寇營便利賊至慫令飽掠時其歸乃尾之稍遮殺其老弱以上功至是思州苗突出數萬人焚掠銅仁距郡城二十里防兵不敢問時我軍已深入四百里饟道斷乃議舍荊竹園以援銅仁弟請帥千人回勦兼程抵壩盤賊狃於官軍之易與也驅所掠婦穉牛羊豕纍纍交錯於

道弟分軍爲三以其二截賊去路自帥其一捫蘿陟絕巘鳴鼓角猛擊而下賊大驚潰逃者被截殺自相踏藉墜巖死計斬千餘級奪牛千餘頭它物稱是並給還原主抵銅仁官紳出郭迎謂以寡覆眾十年來無此捷也賊自是不敢復犯銅事　聞超擢知縣留貴州卽補十二月進攻荊竹園壁三道水賊數來犯擊卻之初九日弟領隊攻巢地險絕羣峰刺天自麓至巔羊腸紆折十餘里賊伏巢不動過午始出撲弟督隊斷後被賊圍截力戰死之年三十有三　詔眂同知例　賜卹　予世職入祀昭忠祠子二長積藻襲雲騎尉弟生有遠略尤明大義所言類聞道者殉節後余若失右臂越明年乃始平賊赭其巢有程郡丞者能以符籙召神余問

弟死事狀神大書云凡忠臣烈士死即歸神道爾弟見爲山西平陽府屬九龍山神烏虖其信然邪其姑以塞予之悲邪爲辭以哀之辭曰

嗟予季之殉陳兮甘九死其如飴糜肝腦於貙穴兮裹馬革已無屍肇嘉名曰正直兮蹇獨恥乎脂韋壯折節以劬學兮負遠志而長齎與我偕作兮不我偕歸魂營營兮何所之巫咸告予以位業兮涖九龍而駕雙螭去鬼方而高戾兮國罔墮乎羅施余旋盡殄乎蛇豕兮神有知其無知表志行以睎來葉兮耿千萬世以爲期

朱儒臣哀辭

君諱德樹字儒臣余從姑之季子也父畹良 贈武顯將軍君生有至性心口如一咸豐四年余參曾爵相戎幕君爲護軍余患失血症君視疾衣不解帶每恐疾不可爲背余輒泣下呼之至涕猶被面也明年春余在江西募平江軍君充百夫長躬校練技甲其儕每戰則當先累功保千總 賞戴藍翎七年余屯貴溪以君領水師營九月僞國宗楊輔清率賊數萬來攻陸軍嬰城守君帥戰舟猛擊之城獲全擢守備晉都司九年君從彭君斯舉援浙江昇戰舟過常玉山從克淳安又克嚴州遷遊擊換戴孔雀翎明年余屯徽州失利被嚴議或傳余死君大慟恨不與同命既而假歸省

余十一年余帥師援浙江君典五百人從克通城義寧各州縣遷
參將加副將銜部選處州鎮標中軍遊擊同治四年赴任在官勤
其職六年閩浙總督左公宗棠調陝甘帥師征逆回夙器君奏調
從軍領馬隊論功擢副將尋有
旨以總兵留浙補用加提督銜同郡吳士邁者以貲爲中書喜談
兵然性好奇泥古多疑忌咸豐初賊圍長沙湖北巡撫常文節檄
募水勇五百人防洞庭賊至勇潰武昌陷士邁憤愧益治兵家言
思立奇功自贖數以策干大帥皆不合會余援浙士邁帥宗岳營
五百人從余被劾歸士邁亦散遣所部將終隱君山至是出從左
公西征仍領宗岳營凡二千餘人夙知君樸忠請於左公調君司

營務每戰必出力左公命增馬隊翼長周君開錫尤賢之士邁以君名出已上頗忌之君不知也會川督奏派李提督輝武帥二千五百人援秦隴號武字營與宗岳營同出一路士邁素蔑視同人於武員尤甚君則傾心結納焉八年三月十七日賊圍武字營於草柏勢張甚君帥馬隊馳救之力戰解圍軍民大懽譟先一夕士邁令君勦別路會其地已無賊賊悉萃武字營君念川軍衆寡不敵不救且同盡遂改道赴援圍既解衆口交美士邁益忌惡之君仍不知也二十二日昧爽士邁召君數其違令出不意斬之牒總督誣以違令吞餉罪總督大駭顧已無可如何而各軍則皆爲憤痛輝武壘訟其寃王京兆家璧時主關中書院遺書總督凡數千

言請按士邁專殺罪而士邁自是晝夜輒見君如竇嬰灌夫守田蚡狀五月二日亦以死左公徵發士邁擅殺大員罪仍援軍營病故例爲請卹得

旨吳士邁既有擅殺罪著無庸議卹未幾君兄遊擊積善叩　閽訟寃兼請　卹典　詔下總督議覆總督頗護前事仍寢君忠廉識大義妻死不再娶歿時年三十八遺孤才數歲銜寃入地聞者莫不流涕秦州士民立碑孔道曰朱鎮軍被害處余爲辭以哀之曰

嗟子震悊死靡慝兮擊楫章江氣吞賊兮分閫浙東能厥職兮改轍征西修矛戟兮遇人不淑遭忮克兮白虹亘天寃血碧兮維彼

驕人羅鬼責兮武安呼謈褫厥魄兮排雲叫閽吐肝膈兮虎豹九關末繇直兮公論在山淚墮石兮天高聽卑事終白兮

祭宮太保胡中丞文

烏虖中興閒氣楚材特雄以天下任尤偉者公嶽嶽宮詹巍科鼎峙公也繼之家傳國史時年甫冠跌宕蓬壺典試南畿網乏遺珠雒雒黎陽一麾出守

帝曰欽哉往活黔首公之治郡如張乖崖害馬必去吏讋民懷粵有猰貐橫噬千里公提偏師來衞桑梓新發者硎賁始昌江而湘而鄂以屏一方

上嘉曰才乃瞻楚北爾臬爾藩爾平此賊乙卯春孟賊乃再張泝江而上逋萃武昌公於其時敂歐戎馬選將於伍後多達者袍澤伊何惟忠節公越李忠武與公則同再造湖天有功不伐

天子曰都授之節鉞公揚休命厲兵誡民以其餘威走敵完鄰公勇爲善說士甘肉聞人一長筆之於牘大臣之誼以人事君其尤難者舍已從人漕政抗弊剝民及髓我公汰之密告天子歲所豁者三百萬緡譬霜雪後煦以陽春風俗之媮怡邪馘正公舉逸民以興民行吏治斯下公挽其瀾破格用才成法盡刊始公之來瘡痏載道噓之呴之乃汔完好漢水方城織婦耕夫庶幾休焉願少須臾不弔昊天公以憂去有　詔墨縗握符借箸公辭不獲義則難安請帥軍次而不之官越境專征未遑寢處英霍枕戈載離寒暑猘犬狂瘈公則屠之皖城繼拔功實公尸繄維先皇憂勤十載塞北

升遐哀纏薄海捷書遲至未達甘泉公實慟之尋卽攀髯
騎龍騎箕相後一月在
帝左右精爽對越
冲聖卽阼
文母萬年賫嘉公績賞以世延太保之崇都尉之職有命自
天而公已殁豈民無祜抑天未仁不遺一老爲黃髮臣然古賢豪
其誰無死立德與功公况有此惟哲人萎實國之憂矧予小子辱
公知尤我始見公閼逢之歲懽若平生戶牖眞氣尋戍信州饟匱
軍孤輦金來哺萬口讙呼其時醜虜闖江躪越公特疏薦命提援
卒糗粻組練舟挽以來行雖不果懽聲若雷鶴渚獅江書月數至

遺墨淋漓如碑墮淚去年初夏謁公英山後車辱載松滋往還時
有所聞秣陵師潰公乃抗章舉賢數輩顧惟朽木亦恩棱苓讀公
封事汗浹涕零嗟我鞠凶迴谿垂翅披髮入山無心攬轡荒江歲
暮辱公走書示我周行曰意何如金石雖堅有時破壞惟公論人
不以成敗今年春仲瘈狗披猖蘄黃阻絕公在灊陽我牽援軍鄂
江南岸雖拔數城炊煙欲斷公檄守士餽餉維殷嗟哉易簀猶軫
飢軍公嘗笑謂傳誌之作後死少年杯酒是託我驚且讓何遽云
云及茲踐諾又恧不文皖江拜辭無幾日月孰云自今萬世之別
聞公之薨匍匐義宜顧以事牽噤不得施哭不憑棺奠不親斝遣
使馳樽有淚如瀉酹公以文公庶有知上慟天下下哭其私

祭浙江撫部王壯愍公文

烏虖古稱知已重於感恩惟公於我誼不可諼我欲從公形格勢沮莫能奮飛茹痛終古我實公負夫復何言質公之靈其或鑑原嗟我與公未嘗識面辱以書來開誠相見庚申夏五分符東甌幸隸公麾借箸可籌時方奉檄謬膺戎寄曰戍信衢浙西之地亡何中道師次鄞溪有疏改調宣歙量移引領望公遠莫能致匪惟負公鞠凶洊至惟宣與歙輔車相依宣州旣覆歙亦隨之我涖彼都閱時八日如塞潰隄頹波四溢東隅旣失偸活草間蒙垢萬古披髮入山公命胡君要之於道請用孟明以攄鬱抱我汗浹背矢心以辭適聞

天語詢及俘纍我驚且感號哭失聲胡君以告曰機可乘公聞則
喜具疏於　朝遂令馮婦攘臂騰嘲辛酉暮春成師以出豺貘劘
与鄰疆競失首塗之日人賦一緡道修且阻赤手逡巡南中當事
檄防湘界尋赴鄂援轉戰不懈累公望眼夫豈不知其如氛梗行
闕斧資自鄂而江堅城倖克而鎢而信當者輒北沿途乞食庚癸
疲呼九月既望乃達三衢瞻望武林纓冠恐後豈虞是日睦州不
守維時列郡烽火徹天孤軍餉絕勢不得前爰擣龍游爲就食計
死傷山積仰攻匪易杭垣餉道明越二州二州告陷我心則憂㒳
返衢城行糧暫假袖手相看飲泣而罷帛書再至如惔如焚籲陳
大府飛騎以聞仲冬之望闔餉斯至投袂戒行天雨不霽月之下

浣拔舍馳援逆魁來拒有徒實繁初戰雲溪既而峽口葉村交綏獲止其謉乃始改道湑遂之間驟聞凶耗血淚斑斑嗟我援杭明知罔濟不忍不爲得正斯幾與公同死雖死亦生今乎若此何以自明白簡之登罪固其所略迹論心公或我許予所背公畏死不前公則殛之后土皇天公勇從善制行必果凡我所陳朝報夕可羽書沓至但趣師行語不及他相感惟誠念公生平公可無憾文足經邦武能龕亂庚申春月公撫越中杭城再造實惟公功增陴繕守信賞必罰如彼鄰侯餽餉不絕是歲逆酋自夏徂冬來犯者三咸挫厥鋒詎天不弔逾年三月狂猘披猖自江闖越越有豪紳抗不設防專制一路以速其亡九月下旬逆蹤麕集公獨登陴勢

已無及孤城嬰守兩月有奇視張睢陽其殆庶幾易子析骸哭聲震瓦感公忠誠無一叛者仲冬壬子援絕城崩公以身殉浩氣軒騰平原之爪常山之舌公也兼之嚼齦噴血生爲名世死爲列星不然勁氣爲風爲霆

天子震悼　晉銜　賜謚　賜祀昭忠賞延於世公乎得此含笑九京顧予小子不可爲人知已之恩此生已矣誓欲從公蹈東海死搏膺掩泣不知所云死者復生信我斯文烏虖哀哉尚饗

祭太傅曾文正公文

烏虖生我者父知我者公公之於我地拓海容我實公負羊鶴饛獞匪我異趣賦命則窮時艱勢格力不心從公猶亮我曲宥微悰騰章昭雪引疚在躬不惜自貶以拯予倜休休者量曠古誰逢而今巳矣孰聽焦桐私恩公誼云何弗恫緊公之生閒氣特鍾南嶽千尋七二其峰洞庭八百雲濤淙淙漢有蔣侯厥謚曰恭後千餘載公乃降崧巍科早掇東觀珥彤 御試異等受知

宣宗洊陟宗伯如雲從龍

顯皇嗣服公竭靖共疏請 日講上沃 堯聰

升配大禮議豁羣蒙載陳時弊昌言覺聾封畺有獄樞省比同公

獨持之理直氣充
帝曰俞哉予鑑爾衷想望丰采中外喁喁粵西五管曰容桂邕孽
苞豺貘其魁則洪蹠嶺跳湘狀若潰癰剸楚覆吳列服交訌躪及
燕晉天下匈匈豈無猛士猿鶴沙蟲公方銜恤墨衰從戎不圖頗
牧乃出章縫爰擢將才並世之雄爰剏水軍鬬艦艨艟初克昭潭
梟巢一空繼復岳陽突騎橫縱遂清江漢力搤兕鋒大膊田鎮戰
血殷紅逆䑸萬舸若燎枯蓬意謂斯時江天豁霽何物小醜毒甚
蠆蜂刦火飛來舟熸石鐘迺入章門扼賊之衝孤軍困籑簞壺闕
供邦人倚公屹若崇墉尋以憂去徒跣悤悤
天子有命載起孤蹤取道饒信屯兵徜松　詔總師干握節馳驄

移壁祁門規取江東宣歙告陷憂心有忡鼎湖攀慕莫挽 軒弓
今皇御阼 聖齡尚沖
文母負扆眷公特隆命宅百揆時亮天工公有二仲死事完忠毀
家殉國廢寢輟飧堅貞不撓力撼華嵩軍分四道若闢蠶叢皖垣
旣拔金陵𤸫攻石城礌砢鐘山巃嵸東征三年零雨其濛百艱備
歷卒殄元兇捷書馳奏上慰 兩宮
沖聖曰都元輔之功告于
九廟帶礪酬庸五侯九伯同日 册封凌煙寫像劍佩瓏璁公拜
稽首 湛露醽醁別有亘寇淮北憧憧
帝咨元輔往靖狠烽公出視師自夏徂冬門下將相公所甄鎔秉

公方略代公有終卒清畿甸以輦鎬酆津門之閧羣喙洶洶公策時勢內審於中惟安斯攘履尾則凶覿釁徐圖有竹在胸譬逐狡兔終麗學罿局外苛議匪激則憯公惟引咎難喻懵懵

帝命還鎭永福吳儂曰公歸來白叟黃童政除苛虎澤奠嗸鴻秋獮肆武春耕劭農將任褒鄂吏擇黃龔式是百辟鼎鉉穹窿胡天不弔箕馭霄翀大星夜隕雨泣

九重龍衮蟬冠　賵賻是崇專祠壘敕俎豆維豐公之立德道味腴濃惟唐惟何切瑑磨礱洛閩鄒鄭漢宋交融公之立功赫赫熊熊節制七省劍倚崆峒薦賢活國雨膏苗芃公之立言玉佩金鏞文昌黎伯詩雙井翁聲滿天地錚錚鏦鏦公況有後玉樹葱蘢桓

圭世握瑜珥璜琮胡不萬年畱佐熙雍豈歸兜睟抑主芙蓉不然
正氣爲霆爲虹嗟台小子捫腹悾悾辱公知我采逮菲葑中更投
杼實類折葼雷霆雨露莫匪春風別公踰紀擬泛吳淞揠衣絳帳
冀牖昏瞢事出非意天降鞠訩山頹木壞蔭失高榕甘棠懷召大
樹思馮烏虖已矣視天夢夢
聖皇親政孰贊高穹生靈多厄孰任帡幪吾道日孤孰開聾矇蒼
茫百感熱淚溶溶憑棺一慟精爽時通魂兮來歆月墮青楓烏虖
哀哉尚饗

辛酉除夕祭陣亡弁勇及因公被害在軍物故諸君文

烏虖諸君子之從吾而東也豈不欲殲醜逆奏膚功安危與共袍澤與同自湘而鄂而江而浙轉戰二千里幸所向之有功豈意龍游葉村之役君等捐軀報　國遽至裹馬革以完忠而其因公遠出爲土人所賊者尤冤憤之無窮披髮呌天兮天則夢夢吞舟漏網兮恨不卽挺刃以揕仇人之胸至若在軍物故雖修短有數而其盡瘁王事實足與死節之士比隆烏虖今除夕矣吾輩崎嶇戎馬尚得相聚於此斟椒酒而話萍蹤念君等羈魂毅魄嘯雨栖風能不感異鄉之歲序悲小刻於沙蟲望枌榆兮地隔瞻庭幃兮夢通或妻單兮鵠寡或親老兮龍鍾或嗟予季或泣孤童紛萬感其

交集。縱令天荒地老。海枯石爛。而此恨猶不能終。雖然。忠孝大節。古今所崇。生爲烈士。死爲鬼雄。扶綱常於兩大。被　旌卹於九重。況故鄉兮有廟。薦蕉荔以常豐。其英風浩氣。固將爲星爲日。爲華爲嵩。卽不然。亦當逐飛電而貫長虹。乃者薄陳蔵酒。用表微悰。冀忠靈之不昧。時往來於太空。爲睢陽之厲鬼。誅潢池之逆寇。有仇必殄。無役不從。其橫被寃酷者。則冀罪人斯得。用鄫子於次睢之社。而剸刃腹中。若異鄉之羇鬼。隨大化之鴻濛。妥烝嘗於故里。羌無怨以無恫。尚饗。

祭　敕建專祠邊軍門暨西征陣亡病故諸將士文

烏虖豹死留皮人死留名死而不朽萬世之生維此鬼方曰羅施國莠民惑敎弱肉強食阻險怙亂閱十餘年　王師致討屢卻弗前　皇帝曰咨爾楚大吏選將援鄰惟可乃試予末小子被命有怍誓與諸公同仇偕作初入黔疊轢大小屯越席家山逋寇踆踆乃蹴荆巢厥險萬狀蠢爾援苗彌山張網解圍血戰羣醜創夷披卻導竄爰擣河西桓桓邊公實建斯議下數十巢所嚮輒靡蒙犯霧露卒勤以死中道云徂雖殄猶視況諸君子蹈刃攖鋒先後死綏裹革完忠瞻彼虜巢目眥咸裂披髮叫天嚙齦噴血惟天祐順卒汔　王誅老團擣穴遂拔根株爰自環巖以披荆竹克僞

秦州偏巢繼覆僭僞號者曰朱明月洎何田王罪難擢髮彼兇胡二昆弟四人同日竿首懸示城闉剸穴犂庭方五百里忠靈在天目可瞑矣　天子有命肇建崇祠有飶者豆籩公實尸祔以衆靈同堂接席德水湯湯千秋血食瘴鄉于役更有勞臣風雨櫛沐委骨窮塵以死勤事法應祀典合祀一龕幽光丕顯茲陳凱奏筮曰迎神以妥以侑以福黔民於惟諸公英風卓犖上炳日星下蔽河岳排雲駕霆翩然大荒弓刀自動來歆我觴尚饗

祭從子芸坡文

維同治十一年八月十二日小功叔元度命男積琳積璠積瑨謹以羊一豕一暨庶羞之奠告祭於

誥授朝議大夫運同銜廣東德慶州知州從子芸坡之靈曰烏虖天乎慟哉爾何竟止於斯爾年裁三十有九耳得乘一障正可以大厥施胡天之亢之也竟若餘力之不遺爾二歲失怙賴母氏字孤守節以長以教得至於今茲曾大父存曰見爾母子異居析箸每顧之而悲予曰無患也有某在必不使其母子之失所依爾幼頗跅弛不屑屑章句之學而俯首下帷年逾志學始折節攻苦遂能大放厥詞庚戌冬月予歸自京師見爾所作文藝乃躍然曰吾

兄有子矣他日繼兄之志事其或庶幾咸豐癸丑予挈爾與積謙讀書郴江之湄會時方多故予既奉檄從軍爾亦慨然投筆從我於吳西中更危難千磨百折而爾必予隨迨予奉
命援浙爾自提一旅義甯之役首拔幟而登陴遂繇鹽課大使保晉州牧錫翠羽以爲儀未幾予登白簡爾亦雞斯徒跣聞母訃而遄歸爾嘗事胡文忠於楚北李伯相於吳會分任權稅之司尚皆不見薄於長者而異目視之同治乙丑予資爾以北上越明年需次東粵宦轍因以分馳爾之權封川也士民愛戴時已越乎再期及補德慶將去尙相率籲留大府既不得請乃攀轅臥轍於臨歧爾應之本任以盜刼解欵未補觀察之歲饋遂陰爲所持雖以中

丞劉公都轉鍾公力持正論而事終罔濟亦足見仕途之嶮巇然而窮達命也雖賚之懃行亦命也爾今且無祿以死則豈章惇之所爲烏虖爾父年二十有三爾祖三十有七爾世父四十有八爾母半生苦節幸邀　旌表年甫五十而亦萎今爾又中道夭閼胡天心叵測理不可恃而數不可違爾今已矣遺孀妻穉妾而無子幾於無淚之可揮吾兒積播許以子嗣爾遂月當分娩矣但祝其爲熊而爲羆烏虖世將絕而後乃蕃昌者古常有矣爾有嗣子宜光大其門楣吾初以騰達望之爾輩乃積謙旣舍我而去爾復中道而乖離積謙雖未涖任其卒也尚有五歲之孤兒吾世父之子姓僅餘此子幾若千鈞一髮之危吾早攖世網飽經憂患早退亦

復早衰撫爾等煢煢之孤寡中年哀樂悽然不復自怡吾爲爾揭債相助以緡計至八千有奇然人且喪矣是區區者早視猶墮甑之微爾之靈櫬間關二千餘里今葬爾於爽江之口卜者僉以爲宜吾之哭爾較昌黎之哭十二郎尤慘慟而咨齎昌黎不云乎吾兒之盛德而夭其嗣爾之純明而不蒙其禧爾歿吾不知日爾病吾不知時一在地之角一在天之涯魂不與吾夢相接影不與吾形相依吾行負神明而使爾夭自謂不孝而不慈烏虖是皆爲吾言也吾之言盡此矣爾其有知乎無知

文本傷慟中走筆所成或疑前稱予後稱吾爲未歸畫一余按宋項氏安世有云換字之法雖聖經亦然蓋語勢當然非必有

意也以吾我二字言之先言我而以吾繼之者我以吾仁及我善養吾浩然之氣是也先言吾而以我繼之者使吾二婢子夾我及吾喪我是也以我繼吾與予者吾有知乎哉有鄙夫問於我予不得視猶子也非我也是也以吾繼我者二三子以我爲隱乎吾無隱乎爾是也語詳所著家說中又楊升菴經說云吾我一也古人互用之於文惟其便耳論語我不欲人之加諸我也吾亦欲無加諸人左傳云我張吾三軍彼則懼而協以謀我又曰我爲吾家又曰我食吾言皆是也然則古人固有先辨之者矣又案如有復我者則吾必在汶上矣如有用我者吾其爲東周乎此類更難枚舉

祭吳明溪文

烏虖人之生也隨大化爲推移其閒修短壽夭皆有定數而自爲盈虧以子之聰明溫雅讀書有大志而竟止於斯眞令我搔首欲問而嘅天道之無知子生承厚蔭絶無紈袴之習惟俛焉日有孜孜癸酉六月余來校課卷子之藝獨出儕輩固已洒然異之時初與子相見而子之於我追陪杖屨蓋不徒以肺腑之戚而別有道義之因依是年冬子方授室平原張燕九十其儀而察子之志趣初不以此爲輕重而惟在敬業而親師其明年假館吾園樂水木之明瑟爰閉戶而下幃閱時未久二豎爲虐余勸以保軀體而緩居稽今年正月復扶病來學余且喜而且疑旣察其病猶未瘉則

爲之禱神而謁醫二月中浣余在邑城子以書見抵謂病已瘳矣
可漸服乎蓡蓍及余歸而病如故且加熾焉余不言而心竊自危
萬不得已乃勸子暫歸子之歸也約帀月後仍再至余亦曲加寬
慰雙淚爲之暗揮孰意甫逾月而子已至此也上有二老下有寡
妻肝腸痛絕殆如沸而如糜雖然修短數也壽夭時也自古帝王
聖賢豪傑皆順受而莫能違子生二十年矣二十年前何嘗有子
子卽老壽再閱數十寒暑亦終墓草之離離然則人生世上直如
駒隙之飛馳既同歸於盡矣又何論乎迅速與淹遲況程子有言
秉氣太清而無糅雜者尤不免中道而早萎吾老矣觸中年之哀
樂失厚望於門楣非不欲學忘情之太上而老淚一掬忽忽不能

自持子之靈固未昧也聞吾言當同聲一哭而轉益其悲烏虖哀哉尚饗

祭兩江總督沈文肅公文

烏虖我始識公西江之浦公守信州我戍昭武咸豐丙辰別賊蹂江旣屠新城遂闖信疊公時勸輸于役河口聞警遄歸吏民狂走賊來覘詗城門洞開公與夫人矢死不回偕坐井眉待盡而已天上將軍突馬戾止浙有虎臣時壁玉山乞援立至甲冑躬擐賊謂信城唾手可得師來意外屢戰皆北環攻七日鼠竄而奔重圍驟解瀕亡獲存公當是時名聞天下大任天降基諸此也豫章列郡半罹豺虎贛水波腥汔無完土餫道一綫專仰浙西公乞我師移屯貴溪惟彼貴溪其衝四達荷戟三年兇鋒力遏戊午春暮進壁玉城道出信州始識韓荆賊數犯城且守且戰督剿登陴礮創頭

面。是年秋九。我乞假歸。舊部三千。惟公是依。公之尊甫。與先世父。道光壬辰。同歲鄉舉。公有介弟。舉以卯科。復與賤子。苹鹿同歌。把臂論交。積素累舊。遂締金蘭。申以婚媾。我既歸省。暫息林邱。公亦告養。夕膳晨羞。同治改元。我屯西浙。公受　殊眷。驟膺節鉞。涖江伊始。單騎出關。躬巡邊隘。省我江山。時遭白簡。軍飢而譁。公餉萬金。乃靖紛拏。倦鳥知還。尋遣所部。歸謁鈴轅。喜釋重負。命宮磨蝎。臺劾重遭。吏議戍邊。天山路遙。公與彭楊。暨相國李。抗章請免。立邀　俞旨。公撫江右。有澤如春。嚴以弊吏。寬以煦民。歐羅巴人。傳教中夏。江民鬨呼。夷巢悉赭。　嚴旨詰問。務得主名。公代引咎。士氣以申。公善御將。推心置腹。悍寇來嘗。以禽以踣。金陵既拔。賊散

如煙公停遺孽 賞以世延萬戶謳歌倏以憂去臥轍攀號哀此
黔庶閩濱巨海鯨濤接天 帝謂公才作楫濟川慓彼倭夷扶桑
東海涎我臺澎重瀛溟駭 皇赫斯怒命公總師島夷讋伏駾喙
弗違臺有生番鴻荒坱圠公作五丁縣廳創設 皇帝曰都予嘉
爾勛爾督兩江爲朕藎臣南洋通商厥口惟五爾莞其樞扃我藩
戶公之風采中外具瞻夷怵先聲奉約惟嚴 國有大疑咨公揚
搉公持正論侃侃鑿鑿丙子春仲我客秣陵訪公節署東閣裁登
屈指離悰逾十五載話舊銜杯得小自在公年未耆時已示疾我
勸加餐節勞就逸公曰否否渥被 恩知苟不罄心曷以臣爲又
越三年公始述職 鳳城攬轡 召對宣室 文母負扆 沖聖

當陽公有嘉謨拜手言颺還鎮金陵吳儂躍喜白叟黃童曰公歸矣巫陽遽召神化丹青歸未及朞遂隕大星遺疏馳　聞　九重天泣太保　贈階上謚載錫　帝軫諸孤湛露宥溥一躋鄉薦兩擢郎官生榮死哀各無遺憾一代賢良希公者罕公之文章玉佩瓊琚未冠掇科珥筆石渠公之氣節干將鏌鋣昔官臺諫獬豸觸邪公之政事除莠詰奸壁立千仞懍不可干公之韜略運籌決勝手拄危疆歸於底定公今已矣散手騎箕別公四年展覿無期素旐遄歸載以海舶三山蔽空掀天浪黑　朝失正人時局隱憂況台小子辱公知尤患難之交肺腑之戚永訣萬古有啜其泣殮不憑棺弔不披幃緘辭寫哀莫知我悲烏虖哀哉尚饗

祭適彭氏次女文

嗚呼痛哉吾不料爾遽有今日也爾生止三十八年吾夫婦年皆六十爾他日哭吾夫婦乃其職也而何意倒行逆施轉使我呼天而啜泣爾之生也以壬寅正月之吉迨乙巳仲春吾與而翁同偕計吏邂逅中途而始相識而翁欲以愛女字吾長子而匏瓜已先有匹吾遂以爾許配翁之冢君得永偕乎琴瑟爾之結縭也年裁十七是年春爾隨爾母省吾於軍中迨深秋而遂出室爾雖未深究乎詩書亦嘗從事於佔畢性特達而聰明乃天然之生質相夫子以無違戒雞鳴而㫷弋逮事百歲之祖姑絜膳饈而贄榛栗得君舅君姑之懽心羌敬愼而無失曰新婦其宜男毓雙丁而徵麟

紱逌娣姒之咸歸推冢婦以爲式當其一堂聚順誠所謂淑人君子其儀不忒也猶憶甲子秋試爾適歸甯而稷初已裒然脫穎而出也當捷音之乍至全家爲之喜溢也爾尋以女許字吾孫允舊姻而新特也甲戌之冬爾隨夫北上而供京秩挈眷屬以同行歌子佩而我黴吾與而翁送爾於湘江之湄爾猶忍淚而佇立俟余舟之旣返始失聲長慟而不能自克吾旋聞之謂不過暫別耳胡遽至此極也嗚呼痛哉此時雖觭夢幻想亦不料今生父女遂成永訣欲再見而無及也爾在京師音問時通彼此之情互悉兼獲抱孫之喜而蘭芽已茁然而思親之淚實無間於昕夕前歲而翁七袠吾母八旬爾皆未獲奉觴而繞膝吾知爾之孝思不知如何

其抑鬱徒以天各一方爲兒女所牽行止不能自必然吾聞爾當此時葢早已得疾矣爾之篤於孝友也閔夫弟之早亡推愛子以後之而初無難色既哭姒氏之喪遂致膏肓之漸棘吾與而翁自聞病耗恆惴惴而慄慄爾夫及爾子之家書有時不敢縷述今年二月得晤而翁仍莫敢窮詰然猶作生還之想者或庶幾僥倖於萬一嗚呼痛哉夫豈知前臘之廿日而爾已舍我而先卒哉爾生而倜儻有治才有懿德使爾而男也必能克家而華　國今爾雖不祿而翁新得吉壤推以賜之卜者僉曰惟墨食而翁親作葬誌且屬我續銘其墓石自非爾之賢孝抑烏能得如此之旌恤況在生前業已膺　封誥而榮翟茀嗚呼爾昔曾航海歸妹於八閩躬

歷稽天之滇渤今爾之医又航海而南歸也眞令我痛裂肝腸莫
名其慘惻雖然二十八年以前何嘗有爾再歷數十年爾亦終化
爲異物况爾之得親順親相夫翼子事事皆能盡其實今也還浩
氣於太虛未必不生天而成佛獨吾與而翁愧太上之忘情覺萬
感之交集特緘辭以寫哀命兒曹以執紼嗚呼痛哉爾儻有知尚
冀入夢而降神俾接音容於髣髴

祈雨文

如惔如焚兮。苦旱魃之爲虐也。日杲杲其麗空兮。陽烏赫其熤爚也。雲乍起而風尼之。若秋林之掃𧁾也。苗之秀者日以萎。其將實者日以落也。哀我下民兮。行將坐轉於壑也。羣公先正莫我聞兮。萬姓之命將誰託也。固知災繇人召兮。俗靡靡其媮薄也。降喪饑饉兮。孽實繇於自作也。然而天心仁愛兮。許遷善而改惡也。譬父母之怒其子兮。終不忍聽其戕斲也。況諸神代天宣化兮。享禋祀而彰赫濯也。既靡神之不舉兮。上下奠瘞以明恪也。爲民請命於上蒼兮。將代籲於冥漠也。圭璧既卒而莫我聽兮。夫豈其賔之高閣也。蘄卽日而降霖兮。猶牛菽之望穫也。過此則嗟無及兮。行枯魚之我索也胡甯瘨我以旱兮長江條其將涸也龥風伯與雨師兮司大造之籥櫜也遺民將靡孑遺兮神胡忍視其剝斮也投五體而哀龥兮九頓首而崩角也痛剝膚以乞命兮疢憂心之如灼也某等忝衣冠之列兮不能善俗使咸若也積罪罟而膺天罰兮民拊衷而自怍也冀雞竿之肆赦兮神之格其不可度也誓側身以修行兮歌雲漢之惟倬也沛甘霖如律令兮哀殘黎之呼謈也排閶闔而回天聽兮扞大災而蘇民瘼也

癸酉四月十二日禱雨文

烏虖·自設壇哀禱·今又一日矣·密雲欲雨·西北風起而尼之·所降僅涓滴矣·秧日以枯·其分者亦將立槁·而田且成石矣·及今不雨·哀我下民將坐轉於溝洫矣·湖南自兵燹以後·元氣已傷·人心浮動·又因之以饑饉·後患不知所極矣·固知災由人生·孽由自作·雖滅死不足惜矣·然而天心仁愛·以雨露濟雷霆·必不忍概從誅殛矣·諸神慈悲·澤物代天宣化·更不忍坐視斯民之危且急矣·目下人心惶惶·變故或乘之而起·勢將不可收拾矣·哀我下民·死生在呼吸矣·伏乞大力回天·俾東風立轉·甘雨滂沱·庶苗之興也勃矣·某等濁世凡軀·至愚極陋·罪過且叢積矣·捫心自問·何能上格天

神其所以冒昧出此者挽回氣數實仰賴乎神力矣烏虖時已迫矣勢已棘矣淚已枯矣血已瀝矣甘露之降早一刻有一刻之益矣再遲焉雖降且無及矣望哀憐而援手焉億萬生靈皆不勝其懇激矣

天岳山館文鈔目錄十三

平江 李元度 次青

雜著

雜著者以其無類可歸而名之也昌黎集以雜著居首諸家均有此目編次或前或後無關宏恉也

韓歐集中無一字及釋老文品特高蘇曾則不免矣而蘇尤甚近代惟勺庭望溪不蹈此病即爲緇流作傳誌亦不用彼教中語潘次耕則以禪悅文入外集惲子居集中動及宗乘蓋結習未忘耳是集論輪迴論因果論魂魄有與二氏之言相入者然理實如此不能顧時俗之駭也抑考范文正有水陸齋薦祖先文文文山有誕節保安等疏眞文忠集中靑詞朱表凡十數篇三公皆祀兩廡

者也況此等文尤非齋薦青詞比耶

地志家近人多以三志爲善本三志者康氏海武功志三卷用紙六十餘繙韓氏邦靖朝邑志二卷用紙十六七繙世爭推其高簡陸氏隴其靈壽志十卷世尤以其人重之余皆不以爲然嗣見章氏學誠書三志後嘆爲先得我心章氏謂三家皆不知史法因條舉其失而糾之洪稚存亦議其失趙味辛書武功志後抉摘爲尤當可見學有專家言不可以一端盡也余嘗襄事通志館兼輯縣志南嶽志與同人論體例及所擬例目因倣羅鄂州集中存新安志文例並過存之以備覽焉

原性　讀論語　讀論語二　讀論語三　讀論語四　讀大

原性

孔孟言性，未有離氣質而言者也。天命之理，日流行於大化之中，人得之以爲性。既爲人，則必有所稟之氣與所具之質。無氣質則無是人，無人則性將焉附。可見不落氣質不可謂性，言性便不能離氣質矣。然謂性不能離氣質，則可；謂本性外別有氣質之性，則不可。蓋天地之氣，陰陽剛柔而已矣。而質即因之，故凡稟氣之陽者，其質必剛健，而其毗於陽而偏勝者，則爲躁暴爲乖戾；稟氣之陰者，其質必柔順，而其毗於陰而偏勝者，則爲便佞爲詭隨。二者氣質之偏也。因其偏而遂各趨於所習，習於善則善，習於惡則惡。

故曰性相近也習相遠也若夫稟氣中和稟質純粹初無偏倚駁雜自能完其本然之善是謂上智氣稟昏濁加以物欲痼蔽其本然之善已漓雖强之習善而不可是謂下愚故又曰惟上智與下愚不移此孔子言性之定論也雖然人卽下愚卽甚相遠而其本善之眞性固在也觀乍見孺子入井則皆有怵惕惻隱之心嘑蹴而與之則行道與乞人皆不屑故能充無欲害人之心則皆可爲仁充無穿窬之心則皆可爲義此孟子所以有性善之說而以惻隱羞惡辭讓是非明四端以平旦之氣明好惡之相近與孔子之言不相倍而相足也孔子別其等孟子探其原其理本一卽韓子性有三品之說亦本諸孔子也宋儒因孟子之言以疑孔子意性

分三品則不得爲性善遂謂相近遠與不移者爲氣質之性而非性之本且謂若言其本性卽是理理無不善孟子言性善矣何相近之有信斯言也則人旣有義理之性又有氣質之性是二性也一心而二性有是理乎夫性一而已人自形生神發而後天命之理旣墮於氣質之中則自上智外必須變化克治乃可明善而復其初其下愚與相遠者正氣質累之也性善云者就氣質中指出義理耳氣質自氣質不得以性言孟子言耳目口鼻四肢之欲有命焉君子不謂性也是其明證然則氣質烏可言性哉且夫性在氣質之中與水在器中一也盂圓則水圓盂方則水方若盂有偏曲窊凸則水亦不能周且圓矣然周且圓之本性固在也且不周

不圓者亦卽此水也。烏可刱白之曰是爲器之水哉。聖人之言萬理具足。豈有但言氣質之性不言義理之性者。不言本性而專言氣質之性。則性之本體昧矣。聖人不若是疏也。故知言性則已包氣質。不特遠近不移爲然。卽孟子道性善。亦未嘗離氣質而專言義理也。若所云氣質之性。乃後儒所添設。夫豈孔孟之本恉哉。

朱子註孟子有云氣質所稟雖有不善而不害性之本善。此論最明。程子張子均因相近相遠與不移有礙於孟子性善之說故添出氣質之性一層。如朱子此註則孔孟之說皆不倍矣。不解註論語何以獨不用此說也

讀論語

論語二十篇一言以蔽之曰仁而已矣聖學以求仁爲宗故時習而說朋來而樂不知而不慍皆以全吾仁也然仁莫先於孝弟而巧令賊之故次章即並舉焉凡夫子論孝皆求仁之先務而其論忠信篤敬論剛毅木訥論巧令足恭爲可恥皆去不仁之實功也蓋夫子十五而志學志此仁也七十而從心不踰矩熟此仁也其與回言終日言仁道也與曾子言一貫明仁體也何者道體物而不可遺仁體事而無不在仁者以天地萬物爲一體故曰己欲立而立人己欲達而達人不仁者私間之耳去私莫若行恕夫子告子貢以一言終身曾子告門人以忠恕而已皆一貫之眞傳也天

之實理曰誠聖人之實心曰仁誠者天之一貫仁者聖人之一貫仁之外無所謂道仁之外亦無所謂聖也昔周子每令二程子尋孔顏樂處所樂何事夫樂豈有他哉樂吾仁而已矣仁者不憂宜其樂也是故子路言志車裘共敝而無憾求仁也顏子無伐無施不違仁也夫子安之信之懷之安仁也學至安仁不違仁是謂反身而誠樂莫大焉無怪疏水曲肱而樂簞瓢陋巷而亦樂也且夫夫子曰天何言哉四時行焉百物生焉又曰知我者其天可謂窮神而達化矣然而時之行非自行也物之生非自生也一元氣之鼓動而已故曰大哉乾元萬物資始乃統天元者仁也資始而統天者一貫也下學上達達此而已是故學不厭學仁也誨不倦誨

仁也。不特誨顏子以克復。誨仲弓以敬恕。誨司馬牛以訒言。誨子貢以能近取譬。以事賢友仁。誨樊遲以愛人。以先難後獲。以居處恭執事敬與人忠。誨子張以恭寬信敏惠。言仁至精且詳。即其與諸弟子言。若寡尤悔。若崇德修慝辨惑。若修己以敬以及三畏九思三戒三益三損諸訓。無一非言仁也。至若論政論禮樂論道國論爲邦。總之不離乎仁者近是。明德與新民。其道一也。所謂一以貫之也。惟其以求仁爲主。故不輕許人以仁。由之果。求之藝。赤之志禮樂。憲之狷介。及子文之忠。文子之清。皆不許以仁。獨以仁許夷齊。許微箕比干。而於竊位之文仲。拒父之衛輒。則深斥其不仁。聖人之情。不大可見哉。故知聖學專在求仁。斯論語二十篇。一以

貫之矣張子作西銘言乾父坤母民胞物與而推本於存心養性斯爲得論語求仁之㫖者夫

讀論語二

學有頓漸二宗二者同歸而殊塗皆可入聖人之道各視其資性所近而已朱子繇漸入者也其學似曾子曾子隨事精察力行一旦豁然貫通遂悟一貫之恉朱子宗之若薛敬軒羅整庵胡敬齋陸桴亭諸儒皆宗朱者也陸子繇頓入者也其學似孟子孟子謂先立乎其大者則小者不能奪陸子宗之若陳白沙王陽明羅念庵孫夏峯諸儒皆宗陸者也是二宗者孔子實兼之其教則因人而施耳博文約禮下學上達之訓固以循序漸進爲正宗然謂聖門立教必主漸不主頓則又不然於何徵之卽於論語徵之子曰一日克己復禮天下歸仁焉以天下之歸仁決其幾於一日可謂

頓矣然猶曰爲顏子言之也乃又曰有能一日用其力於仁矣乎我未見力不足者又曰苟志於仁矣無惡也夫心之所至力卽從焉志之所之惡卽絕焉此非合凡學者言之乎至其曰仁遠乎哉我欲仁斯仁至矣則尤直截了當蓋欲卽是仁非欲外更有仁欲卽是至非欲外更有至反觀自得不待外求此聖門之頓法也其用之不同則視其人之性質與其功候何如耳緜漸之說其流弊較尠然非積數十年之功力不能透悟又其言心言性言命言理言氣者至微且密非士君子莫能喻也惟聞孟子之言則雖婦人小夫一旦反求諸身皆可以自得而不失其本心陸子之求心得陽明之致良知皆此義也蓋世變愈下則求道愈苦其難聖賢之

思拯其陷溺也亦愈迫非得簡捷易行之宗指難保不望道而生畏也後人以頓悟為禪學因而入主出奴是丹非素豈知證以聖人之論固同出一源初非若水火冰炭之不相入哉然則欲泯朱陸之異同即論語求之可也

讀論語三

論語所言之義理精且粹矣即以文論非諸經所能及也易詩書禮春秋之文各造其極亦各不相謀而簡括處終不及論語論語之文能以數語抵人千百言如太和元氣如化工之肖物各無遁形觀其論學則曰志於道據於德依於仁游於藝曰興於詩立於禮成於樂曰智不惑仁不憂勇不懼曰修己以敬曰先難後獲曰一以貫之曰君子不器曰性相近習相遠曰上知下愚不移曰欲立立人欲達達人論政則曰富之教之曰先之勞之無倦曰足食足兵民信曰君君臣臣父父子子曰近悅遠來曰無倦以忠論孝則曰無違論志則曰安之信之懷之論事則曰以約鮮失曰有教

無類曰德不孤必有鄰曰道不同不爲相謀·曰辭達而已矣·曰勿欺也而犯之·曰不踐迹亦不入於室·凡此類人累千百言所不能達者·獨以一二語括之·不漏不溢不待注釋而解·此諸經所不及也至其鍊字之精確·能以一字概其人之生平·盡其事之曲折而又若不經意而出之·如果也達也藝也·愚也魯也辟也喭也譎也正也·則舉一字如見其人矣·又如罔也殆也·適也莫也·勞也葸也亂也絞也愚也蕩也賊也狂也·肆也廉也忿戾也直也詐也憤也悱也·野也史也·則舉一字如目擊其狀矣·若其善爲形似·則有若翕如純如皦如繹如·勃如躩如襜如翼如·申申如夭夭如·誾誾如行行如侃侃如·恂恂如與與如怡怡如愉愉如踧踖如·切切偲偲

如體物之妙不可思議其善於形容則如子溫而厲威而不猛恭而安如子路有聞未之能行唯恐有聞如仰之彌高鑽之彌堅瞻之在前忽焉在後皆使人閉目自思而得之其善於折辨則曰何以報德曰未能事人焉能事鬼未知生焉知死曰獲罪於天無所禱也曰再斯可矣曰今女畫曰過猶不及曰爾所不知人其舍諸皆不煩言而自解卽如何以報德四字耳若在孟子必大放厥辭而義始盡也能如是之簡要乎更有無起無訖奇肆不可方物者如不曰如之何如之何者吾末如之何也已矣觚不觚觚哉觚哉禮云禮云玉帛云乎哉樂云樂云鐘鼓云乎哉一二語中有無限波折無限感慨奇文也又如太師摯適齊柳下惠爲士師周公謂

魯公周有八士邦君之妻等章皆前無所承後無所注使人自得其意於言外非古今至文爲六經所未嘗有者耶夫曾子少孔子四十六歲論語記曾子之卒則去孔子將百年矣而記者之文若此齊魯之文學眞迴絕千古哉昔人謂讀論語始覺孟子之繁且較費力讀孟子又覺諸子之尤費力此時會爲之也天下有道則辭無枝葉然則學文者壹以論語爲宗可也

論語季氏將伐顓臾章凡二百七十四言文氣博辨已開孟子之先又子言皆稱孔子曰洪氏與祖謂此篇爲齊論語非無見也此外若宰我問三年之喪章凡百三十九言長沮桀溺章百四十一言子路遇丈人章百三十四言堯曰章百五十二言子

張問政章百九十一言皆不似諸篇之簡括且與孟子爲近意者其皆齊論歟

讀論語四

後世史家列隱逸傳嵇康皇甫謐皆作高士傳凡不爲世用而隱者皆錄之甚有裨於風教而其義例實自論語開之也論語記聖賢之言論出處備矣而逸民章獨彙舉伯夷叔齊虞仲夷逸朱張柳下惠少連各爲論次與合傳贊無異其記儀封人晨門荷蕢楚狂接輿長沮桀溺丈人則各詳其問答夫封人一見卽知子爲萬世師晨門以子爲知其不可而爲之不可謂非知己也荷蕢聞磬聲而知子心接輿以鳳比孔子而憂從政之殆蓋預知子西用臼公之必致亂也沮溺丈人辭雖倨而意則殷七人者皆非常人也乃其姓氏皆軼不傳其高風逸韻猶幸於論語中彷彿遇之向使

七人不與夫子接則皆不傳矣然則夫子轍跡未到之處似此者豈更無人而其湮滅而不稱者可勝道哉不但已也太師摯等適齊適楚適蔡適秦入河入漢入海皆因桓子受女樂孔子行遂相顧而起也自非見諸論語誰復知其潔身去位之高耶烏虖唐虞有巢父許由夏之時有卞隨務光由光義至高而文辭不少槩見無傳之者也三代下若諸葛隱南陽所師者龐德公司馬德操所友者徐元直崔州平孟公威石廣元皆天下奇士也六人者幸以諸葛故其名猶在後世然事績無考仍在若滅若沒閒使諸葛亦不顯則六人皆泯滅無稱矣世豈知有如此人哉以南陽咫尺地其人才若此況孔子周流十二國其所遇非常之士不宜其多乎

哉。世常說天下無人。非無人也。有其人而世無知者也。繇是觀之。凡浮沈里閈。混混與世相逐者。皆不可以淺近量也。惜後世史家傳隱逸者無此識耳。吾蓋讀論語而深有味乎史遷之言也。閭巷之人。欲砥行立名。非附青雲之士。惡能聲施於後世哉。

讀大學

人知子思作中庸不知大學亦子思作也漢賈逵曰孔伋窮於宋懼先聖之學不明而帝王之道墜故作大學以經之中庸以緯之鄭康成禮注及孔叢子並云大學中庸皆子思作惜後儒無申其說者程子以大學爲孔氏遺書朱子則謂首章爲孔子之言曾子述之其下十章乃曾子之意而門人記之夫曾子之門人孰有賢於子思者曾子得一貫之傳使門人作大學以明聖道豈有舍子思而他屬者是賈氏說正與程朱合也第朱子分爲經傳不能無疑蓋易之彖象經也繫辭傳也春秋經也左氏公穀傳也皆各自爲篇者也從未有一篇之中兩人分撰經傳而以首章爲經後數

章爲傳者惟知爲子思一人所作則可以無疑蓋其書首末相應實非兩人之辭而其中復引曾子之言則非曾子所自作明矣微子思誰其作之哉抑又思曾子聞一貫之道門人問曰何謂也曾子以忠恕示之門人中縱不止一子思然子思必在其中是一貫之傳傳曾子卽傳子思矣惟子思深得忠恕之傳故其作大學言治平必本於藏身之恕而又以所惡於上下前後左右者明絜矩之道絜矩卽忠恕也及其作中庸則曰忠恕違道不遠又特歸重於恕曰施諸己而不願亦勿施於人又以所求乎子臣弟友而未能者明恕字之義蓋忠恕本一理惟其爲一理故曰一以貫之然則大學與中庸皆發明一貫之道其出子思一手無疑也不甯惟

是子貢問終身行之夫子既告以恕及其問仁又以能近取譬勗之子貢久而有得乃曰吾亦欲無加諸人故卒聞一貫之學論者謂曾子從行入子貢從知入夫聖學知行合一未有知不本於行者況明曰終身行之乎夫一言可以終身行是卽一貫之道也孟子子思之門人也其言曰反身而誠忠恕也又曰強恕而行求仁莫近焉其歸重恕字與大學中庸之訓若合符節則仍發明一貫之道也聖門之學莫切於求仁而求仁必自恕始孔子傳之曾子曾子傳之子思子思傳之孟子無二道也然則賈逵所謂作大學以經之中庸以緯之殆塙不可易也

又案程子曰論語之書成於有子曾子之門人故二子獨以子

稱柳子厚則曰曾參少孔子四十六歲是書記曾子之死則去孔子也遠矣曾子死孔子弟子略無存者矣吾意曾子弟子之爲之也或曰孔子弟子雜記其言卒成其書者曾氏之徒也據此則論語亦子思所作縱不必盡出子思之手亦必其所裁定也然則論語大學中庸皆成於子思述聖之爲功於萬世大矣哉

孟子錯簡

孟子萬章問交際章康誥曰殺越人于貨閔不畏死凡民罔不譈是不待教而誅者也殷受夏周受殷所不辭也於今爲烈如之何其受之朱子云殷受至爲烈十四字語意不倫李氏謂此必有斷簡或闕文愚意其直爲衍字耳然不可考姑闕之可也余少讀而疑之後讀彭更問曰章至孟子曰非其道則一簞食不可受於人如其道則舜受堯之天下不以爲泰因恍然大悟殷受夏周受殷所不辭也於今爲烈十四字當接於此下繼之曰子以爲泰乎語意圓足四受字一氣相承而歷舉唐虞夏殷周二帝三王事理正自一貫其交際章則刪此十四字於是不待教而誅者也下直接

如之何其愛之語氣始覺明淨其爲錯簡無疑恨不起朱子而質之也顧或以移置經文爲非則有程子移誠不以富亦祇以異二句於齊景公章及朱子考定大學經文之例在

集註謂此章文義多不可曉不必强爲之說亦止因殷受夏十四字爲梗耳移置彭更章則無不可曉矣

四書次第

論語。孔子之行述語錄也。其學術性情動靜語默。盡在二十篇中。凡聖言之見於諸子百家者。皆不若論語之粹。無論語則無孔子矣。大學中庸。本戴記中之二篇。朱子作章句。合論孟爲四書。其說大學以經爲孔子之言而曾子述之。傳則曾子之意而門人記之。是曾子之書也。中庸則孔子孫子思所作。漢賈逵謂大學亦子思作。則又曾子之門人矣。乃朱子訂四書。先之以大學。次中庸。次論孟。凡選錄四書文者。並依其序。則先後頗爲失倫。大學雖初學入德之門。然其精粹不能過論語。孔子之道。曾子得其傳。子思又受學於曾子。今各以其所述。先論語可乎。夫道有主者。有傳者。孔子傳之曾子。曾子傳之子思。子思傳之孟子。其源流可考也。謂宜以論語爲首。大學次之。中庸次之。孟子又次之。於義乃安。余說四書必兢兢於此。不敢以是爲細故而忽之也。

是非

是非有定者也。此是則彼非。無兩可也。抑有不盡然者。往往兩是焉而並行不悖。甚則相反而適以相成。若水之與火。冬之與夏。相懸若天淵矣。然水火缺其一。不能成既濟。無秋冬則不能爲春夏。惡能執此以廢彼哉。莊生云。此亦一是非。彼亦一是非。然則欲是非之不謬。非折衷聖人不可也。雖然。聖人亦有不能不兩存者。湯武革命。順天而應人。聖人之言也。然武王伐紂。夷齊獨耻食周粟。至餓於首陽以死。夫夷齊者。窮天地。亙萬世。非之而不顧者也。夷齊是則武周非。武周是則夷齊非矣。然武周不失爲聖。夷齊不失爲賢。孟子且推之爲聖。豈非世固有兩可之理耶。嘗夷齊叩馬時。

左右欲兵之太公曰此義人也扶而去之夫太公既以夷齊爲義則伐紂爲不義矣而卒不聞止其伐者豈甘爲不義哉亦謂世固有兩可之義也至若伯夷之清伊尹之任伯夷之隘柳下惠之不恭皆正相反而皆不失爲聖賢又惡能執此以廢彼哉不甯惟是卽以六經論同一易也而施孟梁邱諸家所解各別一詩也而齊魯韓毛諸家所解各別一春秋也而左公穀嚴何諸家所解各別世皆並存其說而皆有益於經自非仲尼復生惡能定一是而辨衆非乎烏虖此大智之舜所繇執其兩端而後能用其中於民也兩端者彼此不齊之極致正水火冬夏之謂也惟平心察之而權度以取中斯眞是出矣自古明君哲相聽言用人皆得此意而獨

至於論學術。則世之號稱儒者。率是己非人。未得程朱之所以是。亦未深悉陸王之所以非。但排擊異己。以蘄自附於正學之林。烏虖。彼其所謂是者。果是而無一非耶。所謂非者。果非而無一是耶。抑程朱之是非。果即孔孟之所謂是非者耶。抑猶有幾微未盡協者耶。然則其斷斷交爭也。不過各是其所是。各非其所非而已。而猥曰吾以衛道。直謂之專己自足可也。

氣機

氣機者動於不自知者也大而世運之升降國家之興亡小而事功之成敗忠質文之循環君子小人之消長恆必繇之繇細而鉅繇微而彰繇陂而平繇晦而顯皆可於氣機決之其將行也雖聖人不能使之不行將廢也雖聖人不能使之不廢明者能見於事前必待事至而後知之晚矣昔者夏后氏之世有窮竄位少康止一成一旅至微弱也而得氣正大已伏中興之機商王小乙時周太王已肇王迹越二百餘年始代商而當時早有寖昌寖熾之勢秦之先最微襄公始列於諸侯然甫得西陲即僭郊祀祀上帝代周之機見於此矣其後望氣者知東南有天子氣始皇遊會稽以

猒之項籍曰彼可取而代也漢高祖遊咸陽縱觀秦皇帝歎曰大丈夫當如此矣光武帝素謹厚亦曰何繇知非僕三人皆匹夫而其言若此此非氣機之先見者乎田氏竄齊三卿竄晉春秋將爲戰國之機也而田當卜娶時已有與之莫京之兆晏嬰告叔向更決其必將代齊魏畢萬始爲大夫卜偃決其必大季札使晉則知晉政必萃於三家後世若丕之竄漢炎之竄魏裕之竄晉道成之竄宋衍之竄齊霸先之竄梁以及溫竄唐知遠竄晉威竄漢皆各有不能中止之勢則氣機所爲而勢卽因之也東漢之節義盛矣而自嚴光拜諫議不屈已啟其機後激而成黨錮陳寔蓋早知之故弔張讓以紓其禍季漢羣雄僭擾天下幾無主矣而武侯在隆

中已預定三分之局。晉以清談貽禍。山濤見王衍。卽知其必誤蒼生。宋以新法致亂。王安石自命不凡。蘇洵已有辨姦之論。此非識機者之能早辨耶。唐亡於女禍及藩鎭。武韋之禍烈矣。而機已啟於太宗納巢刺王妃之日。泚希烈懷光之禍烈矣。而機已啟於肅宗許侯希逸副後之日。宋之興也。陳摶聞而喜曰。天下自此定矣。及其衰也。邵雍聞天津橋杜鵑。卽預憂之。終宋世武功不競。受制於遼金。然自杯酒釋兵權。不能乘勢滅西夏。復燕雲。其機已決於此。凡此皆氣機所發露也。若夫井田學校封建諸大政。其行也以漸。其廢也亦以漸。人知商鞅開阡陌。不知齊之軌里連鄉。晉之爰田。魯之稅畝。鄭子駟之爲田洫。已有壞井田之機。至孟子告滕文時貢助徹法已不可考人知始皇焚書不知諸侯惡其害已已皆去其籍人知秦廢封建不知黃帝時萬國湯時三千餘國武王時千七百七十二國久已互相吞併特至始皇時其氣機萬不可遏勢不至一掃而空之不止耳晉之平吳隋之平陳宋平南唐諸國勢如破竹皆迎機而進者也然此猶其大者也韓信以匹夫葬母令冢旁可容萬家陳平分社肉卽以宰天下自負于公一獄吏令高大門閭使可容駟馬王祜植三槐知子孫必爲三公凡此類亦機之先見者耳又凡一代風氣當其極盛必有主之者而機兆初萌早有人預導其先路卽如四子書定自程朱然晉戴氏有中庸傳梁武有中庸講疏唐李翺有中庸說宋仁宗書大學賜王拱宸

是二書早已單行文至八代之衰敝極當起而韓柳未出以前北周已有蘇綽能返詔誥於尚書至元結獨孤及遂先變六朝之體宋歐蘇未出以前已有柳開穆修以韓柳之文倡天下非所謂有開必先者歟他若漢學宋學家之互爲勝負義理考据詞章家之迭爲興廢以及質文奢儉盛衰苦樂之循環莫不各有氣機以主之譬諸寒暑迭乘不能一日驟寒驟暑也各有其積漸以馴至於寒暑之極坤言履霜堅冰至復言碩果不食皆此義也至兵事尤視氣機凡料勝敗如神者皆於氣機決之也是故聖人知幾達人審幾君子見幾非靜者莫能見微而知著

輪迴

輪迴之說儒者所不言然理實不可易天地萬物皆在輪迴中何獨疑於人哉今夫日生於東沒於西且復從東出此日之輪迴也今夫月繇朔望而弦而晦而復生魄生明此月之輪迴也今夫雨下爲水雲上於天復爲雨龍汲水亦爲雨此雨之輪迴也繇是推之自春夏而秋冬冬復爲春爲天時之輪迴自元亨而利貞貞下復起元爲天命之輪迴繇暑而寒而大寒寒復爲暑爲氣候之輪迴繇治而亂而大亂亂復反爲治爲世運之輪迴他若薪盡火傳薪有窮時火傳無盡是火之輪迴也水發於西而注於東入海以後仍復西還蓋諸水泉脈皆與海通故海受衆流終古不溢非果

有尾閭沃焦之洩是水之輪迴也春生夏長秋萎冬枯及春而復生是草木之輪迴也春耕夏耘秋收冬藏及春夏復耕且耘是百穀之輪迴也人周身營衛自踵至頂復自頂至踵日行三百六十度是血氣之輪迴也田鼠化鴽雀化蛤雉化蜃鳩化爲鷹鷹復化爲鳩是物類之輪迴也高岸爲谷深谷爲陵滄海變桑田桑田復變滄海以元會運世之說推之是天地之輪迴也人生天地閒萬物之一耳然則緜生而長而壯而老而死死而又生固其常也何足訝哉且夫言輪迴不自二氏始也易象陰陽九六老變爲少正輪迴之實禹曰生寄也死歸也歸必有其所則寄必有自來矣詩曰惟嶽降神生甫及申明言神降而爲人也推之蕭何應昴宿傅

說爲列星來去益彰彰矣蘇子曰其生也有自來其逝也有所爲幽則爲鬼神而明則復爲人此理之常無足怪者烏虖此皆儒者之言也世之陋儒自附闢佛老必從而非之信斯言也則人死必泯然無知且溘然同盡而後可古聖人曷爲有廟饗之禮乎若謂不泯滅亦不輪迴則自開闢以來死者不止恆河沙數將何地以容之昔者孔子之繫易也曰仰以觀於天文俯以察於地理是故知幽明之故然則觀日月雨水及滄桑陵谷之有輪迴而幽明之故可知也曰原始反終故知死生之說夫終而曰反則死必有所歸始而曰原則生必有所自可知也曰精氣爲物游魂爲變是故知鬼神之情狀夫既能爲物變則出入往來自不出陰陽之外既

有情狀則非一死即澌滅以盡可知也然則人之死爲鬼鬼之生復爲人正猶寒暑晝夜之遞禪於前無二理也人益日在輪迴中而不悟耳或曰聖人何以不言曰觀繫辭則聖人未嘗不言也人自不察耳且聖人重人事但使人各盡其道於五倫五事中固不必索諸生前生後也蓋知死即在知生中事鬼神即在事人中民可使由之不可使知之也不寧惟是即造物者亦但使人各盡所當爲而已曷嘗使之悉悟所從來哉然其理固塙不可易也

因果

因果之說本於聖經賢傳不自道釋始也易言餘慶餘殃書言惠吉逆凶惟影響又言作善降百祥不善降百殃又言皇天無親惟德是輔詩言永言配命自求多福左氏言禍福無門惟人自召論語言羿奡不得其死禹稷有天下孟子言仁則榮不仁則辱禍福無不自己求之凡此皆因果之炳著者也人生一飲一啄莫非前定所謂果也命之不易者也而其所以致此則因也命之所從來也聖賢言義理鬼神言吉凶然言義理而吉凶在其中矣言吉凶而因果在其中矣言吉凶之因果而義理在其中矣聖人知善者必吉惡者必凶猶夏之必暑冬之必寒而世人不知也於是諄諄

然教以爲善去惡教以趨吉避凶所以救其焚而拯其溺故曰吉凶與民同患而世人不信也則且以神道設教而因果之說著焉若夫道家以清靜無爲爲宗釋家以了生死爲宗彼方遺棄一切若吉凶禍福殃祥何足關其慮哉故因果實儒家之言釋氏至末流始暢言因果然其說晚出後六經且二千年不察其緣來猥以因果爲二氏之言而擯之可乎且夫天之愛人甚矣人之求富貴壽考安樂者情也均是人也何以此富而彼貧此貴而彼賤此壽而彼夭此安樂而彼困苦然且富貴壽考安樂者少貧賤夭折困苦者多造物之不公不平甚矣不公不平是不仁也且以天之權力何難生善人而不生惡人爲治世而不爲亂世而卒也善惡並

生治亂相倚豈天心果不仁哉彼各有所以致此之故造物無如因果何也孟子曰莫之爲而爲者天也莫之致而至者命也言天命似不言因果矣然莫之爲而固已爲之莫之致而固已至之豈漫然哉爲之至之者果也所以爲所以致者因也因果正天與命之所以然也人惟不明因果之理於是怨天之說起詩曰何辜于天視天夢夢又曰昊天不平昊天不惠而屈原至作天問以抒其怨懟莊周曰人之小人天之君子又曰竊鉤者誅竊國者侯司馬遷曰儻所謂天道是邪非邪柳宗元曰天道有功禍而無賞罰是皆以天爲不仁而無知也天之有禍福猶國家之有賞罰賞罰無定準則不能爲國曾是臨下有赫之天獨漫無綱維主宰悉聽人

之自爲而自致邪·世之號稱儒者·明知其理不可違·其事亦衆著不可掩·但以其言近二氏而擯之·抑思語神怪之失·視怨天之失·果孰輕而孰重邪·况因果之說·悉本聖賢之義理·并不自二氏始邪·雖然因果有定而無定者也·今日之果·本乎前日之因·有定者也·自天爲之也·今日之因·又爲後日之果·無定者也·自我爲之也·人定可以勝天·聖賢所以有立命之學·有造命之權·然則學者正宜盡人事以合天命·是故知因果而後可以知天·知天而後能畏天事天奉天·而不敢有一念之怨天·

魂魄

傳曰人生始化曰魄既生魄陽曰魂魄猶月之體魂則其光也魄者形也魂者神也形神合則生形神離則死故人死則魂升於天魄降於地也人秉陰陽之氣以生得氣之陽者魂得氣之陰者魄是故魂淸而魄濁魂靈而魄蠢魂善而魄惡魂屬氣而魄屬血魂屬性而魄屬質也凡秉氣之淸而智慧慈祥者魂勝魄也爲鬼爲神爲仙爲佛皆魂爲之秉氣之濁而愚頑暴戾者魄勝魂也爲惡爲逆爲孽爲殃皆魄爲之仁義禮智信道心也後儒所謂義理之性也魂之毗乎陽者也口之於味目之於色耳之於聲鼻之於臭四肢之於安佚人心也後儒所謂氣質之性也魄之毗乎陰者也

天不能有陽而無陰人不能有氣而無血有性而無質故魂與魄合乃爲人而其爲上智爲下愚爲性近習遠之中人卽於是乎判焉然而天之道扶陽而抑陰聖人之學亦扶陽而抑陰曰三戒曰九思曰三畏曰克己復禮曰懲忿窒慾皆所以扶陽抑陰而制此魄也天下不能有君子而無小人聖人能使小人聽命於君子而天下治矣人不能有道心而無人心聖人能使人心聽命於道心而吾心治矣然不可謂心本無欲也亦不可謂欲盡可去也何者血肉之軀有魂又有魄故聖人之飲食男女與人同也而同之中有大不同者則以其存理以節欲盡性而踐形也中人以下理欲交戰於中則魂與魄迭相爲勝若夫大奸大惡人欲橫決而無所

不爲則純爲魄所用違禽獸不遠矣埒繇天褫其魄天奪其能故遂以速其死亡焉佛氏淨六塵去六賊皆所以制魄也仙家修煉使純陽之氣上昇則必盡化其魄而後可故有一毫之陰氣未盡不能仙有一毫之陽氣未散亦不能死則皆魂魄爲之也知魂魄之說則知踐形所以盡性而氣質必宜變化矣

魂魄二

魂爲陽爲淸爲明魄爲陰爲濁爲闇至人養魂衆人養魄養魂則陽息而陰消如朔後之月明日長而闇日微養魄則陰息而陽消如望後之月闇日甚而明日蝕是故澹嗜慾省思慮所以養魂也恣情欲逞意氣所以養魄也養魂者錬魄以歸魂死則魂挾魄而上升養魄者汨魂以就魄死則魄挾魂而下墜孟子曰養其大者爲大人養其小者爲小人卽養魂養魄之義也蓋人之生也魄先成而魂附焉其死也魂先去而魄從焉魂魄之合而成人猶夫婦之合而成家夫婦相得爲嘉偶不相得爲怨偶嘉則合怨則睽自然之理也是故魄能安魂則魂依於魄而長存魄不能安魂則魂

去其魄而速盡凡瘥札夭傷者皆魄不和魂厭而離之者也所謂魂升而魄降者魂非能乘雲升天也其靈能揚能浮可以歆享祀可以入輪迴變化無方故曰遊魂爲變魄非卽沈冥水土也其靈常依冢藏骨朽則反於無歸根而不復命故曰精氣爲物物卽魄也息者魂魄之交也息屬而魂魄合息絕而魂魄解老子所謂谷神是也眾人任息眞人定息任息者聽其絕續爲生死定息者綿綿若存能養其出入而操絕續之權使魂强而魄弱心勝而氣微也然而舊魂得新魄可以復生道家所以有奪舍之術也死魄得生氣亦可以復生元女所以有鍊尸之法也或問魂魄於何覘之曰覘之以形貌凡魂魄靈者其貌秀魂魄强者其貌勁魂魄正者

其貌端而其眸子必瞭魂魄衰者其貌濁魂魄弱者其貌萎魂魄邪者其貌偷而其眸子必眊是故因有形可以徵無形

志疑

宋史周子倅南安程大中公珦命其二子受學於周子程子亦云自再見周茂叔吟風弄月而歸有吾與點也之意又云昔受學於周茂叔每令尋孔顏樂處所樂何事其得力於周子深矣乃伊川作明道行狀則曰聞汝南周茂叔論道慨然有求道之志未知其要汎濫於諸家出入於老佛者幾十年反求諸六經而後得之其經筵奏劄亦云竊以聖人之道不傳久矣臣兄弟幸得之於遺經然則二程之學於周子無與也朱子解太極圖說謂周子手是圖以授程子可謂要矣乃伊川又曰未知其要其所謂要者果何在耶然且汎濫諸家出入老佛直待反求六經而後得之豈二程不

以通書太極爲然耶夫仲尼師項橐學禮老聃問官郯子師不必賢於弟子也然周子不假師授默契道原則正得不傳之秘於遺經者二程經其指授其於道也事半而功倍矣何復汎濫諸家出入於老佛耶傳稱明道少好獵及學於周子自謂無此好周子曰未也特潛伏而未動耳後十年果見獵而心喜然則周子之鞭辟程子可謂洞見表裏矣胡竟亡其所自耶南軒與朱子書謂程先生與門人講論未嘗一言及太極圖朱子謂此書詳於性命之原略於進修之目未可驟語人此可爲程子解矣顧太極圖說及通書與易相表裏者也程子作易傳正宜表師說以教萬世何竟無一語及之明道與伊川同入成都聞箍桶者說易各渙然有所省

後伊川著易傳則曰斯義聞之成都隱者其引胡安定之說亦必
明著之不沒人善若此此所以爲程子也乃安定有言則引之籠
桶者有言則引之獨不及其師說不可解矣抑考朱子表章通書
太極圖說可謂至矣朱子學程子者也朱子所見是則程子非矣
程子所見是則朱子非矣且朱子與陸子論無極太極之旨往復
爭辯其書有曰周子灼見道體又曰此老眞得千聖以來不傳之
秘厥論韙矣至其序大學則獨以二程接孟子之傳而周子不與
焉序中庸則謂程夫子兄弟者出得有所考以續夫千載不傳之
緒又謂微程夫子則亦莫能因其語而得其心夫宇宙間止有此
道在易曰太極在論語曰仁在大學曰明德在中庸曰中其義一

也。論太極旣推周子得千聖不傳之秘。序大學中庸又止推二程續千載不傳之緒。不又深可疑乎。如謂程子之學或邃於周子。然周創而程因。周爲其難。程爲其易。胡安定問顏子所好何學。程子著論。悉本太極圖說。其得力不可誣也。三代下味遺經而承絕學者。其能遺周子哉。願以質天下後世之知程朱者。

杜工部墓攷

杜文貞公生唐睿宗先天元年壬子至大歷三年正月去夔州三月至江陵冬杪之岳州四年正月自岳之潭州未幾入衡州夏回潭州五年春在潭州四月避臧玠亂入衡州欲如郴州依舅氏崔偉因至耒陽泊方田驛秋扁舟下荊楚竟以寓卒年五十九旅殯岳陽此平江縣南三十里小田所繇有杜墓也公在耒陽時阻水旬餘聶令嘗致酒肉公酬以詩新舊唐書遂云遊嶽祠阻水縣令具舟迎之啗牛肉白酒一夕卒此史之誣也宋黃伯思辨之矣黃氏鶴則謂公酬聶令詩其題云詩以代懷興盡本韻又云陸路去方田驛四十里舟行一日時屬江漲泊於方田若果以飫死豈能

爲此長篇且留宿驛亭乎況元稹誌公墓在唐史前無此說也今按唐書本傳之誤如公以開元末應進士不第誤書天寶初公獻賦在天寶十載誤書十三載公謁肅宗於鳳翔誤書彭原公以廣德二年依嚴武誤書上元嚴武鎭蜀時梓州刺史章彝已入覲誤書武欲殺公及彝其母奔救乃獨殺彝此類不可枚舉至公卒於大歷五年誤書永泰二年則年次尙訛地之訛更不足怪矣雖然史誤亦有因其說出明皇雜錄而劉斧摭遺又謂子美客耒陽過江上洲中醉宿酒家是夕江水暴漲子美爲驚湍飄泛其尸不知落何處元宗還南內思子美詔求之縣令乃積空土於江上曰子美爲白酒牛炙脹飫而死葬此矣由是耒陽縣北二里韡洲有公

墓記公祠者遂謂公尸漂没僅得遺韈瘞之而韓昌黎杜墳詩亦有寒骨一夜沈秋水及一堆空土煙蕪裏之句皆傳訛也今按公酬聶令詩後又有迴棹詩過洞庭詩蓋自耒陽歸潭岳也有登舟將適漢陽詩有暮秋將歸秦留別湖南幕府親友詩所云北歸衡雨雪蓋秋末冬初時也有長沙送李十一詩所云與子避地西康州洞庭相逢十二秋西康即同谷公以乾元二年寓同谷至大歷五年爲十二秋此又自衡歸潭之證也有風疾舟中伏枕書懷呈湖南親友詩此絕筆也所云歲陰冬炎公蓋卒於是年冬矣至云十暑岷山葛三霜楚戶砧則公以大歷三年來湖南至五年適三霜也安得誣爲是年夏已卒耒陽葬韈洲乎宋呂氏大防作杜詩

譜謂夏遷襄漢卒於岳陽唐詩紀事亦謂公卒於岳陽魯氏嘗作年譜王氏得臣麈史並謂公卒當在潭岳之交秋冬之際吾平正潭岳之交也平爲岳陽屬縣唐曰昌江治在中縣坪谿洞庭泝流一舟可達小田距昌江治十里公殆卒於舟而潟葬於此歟元誌稱扁舟下荆楚閒竟以寓卒旅殯岳陽岳屬則無杜墓遺蹟在小田無疑誌又稱子宗武病不克葬歿命其子嗣業子美歿後餘四十年嗣業乃啟柩襄祔事於偃師首陽山途次於荆拜余爲誌然則公柩權厝小田已四十餘年矣即歸祔偃師而詩王遺蛻攢瘗汨江魂魄安此已久較韡洲之附會已大不侔況大歷元和閒干戈梗道或誌具而殯不果歸亦意中事也且公之子孫因流寓家

於平今小田有杜家洞公裔猶存其家藏至德三載授公爲左拾遺敕及宋紹興二十三年授杜邦傑爲承節郎敕明參政陳塏僉事張景賢並爲之跋錢氏謙益亦謂今岳州平江縣民杜富家猶藏拾遺敕不尤信而有徵哉苕溪漁隱曰襄陽岳陽俱無杜墓惟耒陽有大抵名賢所在人各引以爲重其實耒陽自葬子美之遺韡而嗣業所歸元稹所誌自在鞏縣也是說也繇不知岳屬固自有杜墓耳夫韡洲僞墓尙向見寰宇記自昌黎外若宋之韓持國五代羅昭諫明之陳白沙諸公並有題詠而一統志且曰觀韓愈諸詩似柩雖遷而冢未嘗毀也今小田之杜墓幾無有知之者豈一人之遺蹟顯晦各不同歟同治癸酉九月余與㡃邑侯維緒陳學

博之紀張提刑岳齡同訪公墓於小田馬鬣固無恙也因爲之攷以質能讀杜詩者

案塵史又云陽翟徐秀才出其父屯田君詩示予有古人風其過杜工部墳云水與汨羅接天心深有存遠移工部死來伴大夫魂流落同千古風騷共一源江山不受弔寒日下西原據此則工部墳宋時猶在平江也

平江重修　文廟上梁文

伏以

教垂萬世繼堯舜禹湯文武作之師祀遍九垓與天地日月鬼神合其德浥文瀾於洙泗共瞻數仞之宮牆新禮殿於昌羅重樹千尋之梁棟欽惟

聖廟宜極尊崇屬在是邦未閎體制今際

國家景運正重道以崇儒謹攄士庶微忱爰鼎新而革故廟成翼翼頌奏巍巍騰二十八宿之祥輝舉二百餘年之闕典暈飛鳥革日吉辰良敬上虹梁敢申鮀祝效美奐美侖之頌禱作希賢希聖之階梯

抛梁東日升滄海曉霞紅天岳峯前雲五色祥光飛繞
聖人宮
抛梁西鳳山百尺接丹梯試看雝喈鳴
盛世梧桐朝日菶萋萋
抛梁南道南奧旨昔儒探洛閩緒衍宋君子理學遺編好共參
抛梁北
聖敎猶如星共極宮牆數仞得其門便許升堂兼入室
抛梁上彩筆干霄動星象白虹化玉自天來一道文光騰萬丈
抛梁下玉振金聲宣敎化泮池水長墨龍飛萬古江河流日夜
伏願

聖學昌明。人文蔚起。博厚高明悠久。配幬載以無疆。道德經濟文章。產英賢而未艾。璧宮泮水。諸生習禮其間。聖域賢關。君子能由是路。天上應三台之宿。名世挺生。日邊書五色之雲。巍科疊掇。龍躚啟運。欣逢黃道之開。虎拜揚休。定副丹忱之祝。

平江縣志例言

志者史之一體。周官小史掌邦國之志。今　國史一統志是也。外史掌四方之志。今直省通志及府州縣志是也。三代上如周志鄭書之屬。其亡久矣。班氏固因史記八書爲十志。地理居其一。范蔚宗改名郡國。實與地理無殊。而郡國書稱志。則自晉常璩華陽國志始也。古方志之存者。若唐元和郡縣志。宋元豐九域志。皆專志地理。樂史太平寰宇記。乃及人物藝文。蓋至是而紀錄始詳。體例亦大變焉。自後踵事日增。凡天文五行食貨職官選舉之屬。莫不具備。是志也而兼全史矣。史專紀一代。志則上下數千年。別部分門貫串該括是志也且兼通史矣顧用其實不必襲其名近世作者矯蹈常襲故之弊多易名目以矜古雅曰紀曰典曰書曰錄曰略曰攷曰傳曰記於正史之外并別史雜史之體莫不兼之名與實殊不相應陸氏隴其志靈壽改府志之表紀志傳統謂之志儒者之審於義法也抑考古之志郡邑者若宋之澉水志元之齊乘明之朝邑武功志皆以簡要取貴於世視俗本蕪濫者自爲傑出然其於古今事變政典興革民生吏治利病得失之所關不免疏略經世者其奚賴焉近世通儒若李氏紱臨川志錢氏大昕鄞志李氏兆洛鳳臺志並主詳贍蓋以郡邑所施行必徵方志故必擇精語詳不容有所偏廢也平江縣志宋寶祐元延祐明永樂舊本

俱無存宏治辛亥隆慶庚午尚有殘本崇禎庚辰刻本亦佚
國朝康熙己未稱志略乾隆丙辰知縣景士鳳續修而以知縣謝
仲玩乙亥本爲較善嘉慶丙子重修本則因舛謬滋訟經大吏批
示作爲廢書自乾隆乙亥迄今百二十年矣故纂修亟焉今蒐討
舊聞裁酌義例恭錄
詔諭於卷首綴雜識於卷末別爲總目十有三曰地理曰建置曰
賦役曰食貨曰學校曰祀典曰禮儀曰職官曰武備曰選舉曰人
物曰五行曰藝文其沿革晷度皆列表以明之并仿康氏海武功
志例以山川城池之屬併入地理官署市集之屬併入建置祠廟
寺觀之屬併入祀典以綱統目以簡御煩計爲類九十有五爲卷

五十有六總四十餘萬言別爲序次如左
郡國有志猶列國之有史例皆恭錄
聖諭於簡首凡所敘述皆上對
朝廷下對天下萬世而言故大吏一律書名宋潛説友臨安志首
載詔令此春秋書春王正月之義也平江乙亥志首列
皇言續志分繫各門不足以示尊敬　國家
列聖相承絲綸炳煥凡命官訓士恤民及表章節義普免天下錢
漕諸
諭旨雖非一邑所專承而大經大法實足與典誥並壽至增加學
額及　敕建忠義祠諸諭尤專爲平江而發故皆恭錄弁首俾讀

者生忠愛之心焉

郡縣志於目錄家屬地理地理志之本也治地理者首重輿圖其次則沿革周官土訓掌道地圖職方氏掌邦國都鄙之圖而大司徒以地圖周知九州地域廣輪之數圖之用視書尤切故地志多稱圖經一稱圖志第古法失傳晉裴秀作禹貢圖創分率準望諸法得其遺意今亦無存　國初胡渭禹貢錐指顧祖禹方輿紀要其爲圖並計里開方深契古法而胡氏於虛空鳥道之說尤獨得心解今師其意畫方計里繪總圖一四鄉圖各一其歷代沿革離析合倂之由則爲表以明之至星土職於保章氏凡有分土皆有分星鄭康成謂古數書久亡漢晉以來郡國入度皆後世堪輿說

耳且經星盡乎天度而中國不盡地球以地球一隅之中國配周天之經星理不可曉僧一行謂精氣相屬不繫方隅殆亦强爲調解武功志不紀星野以邑統於郡更無容贅也茲以相沿既久約著崖略附入地理中仍照熱河志例創立晷度之目晷以測景度以測極景有長短極有高低凡縣境日出日入早晚及節氣時刻分杪皆按度里表而出之葢自唐宋迄今而法加密矣若夫畫井分疆王者所以域民也周禮職方所掌卽地志之權輿又有山師川師及司險之官大約山國重險隘水國重津梁古今一致今志疆域並考山川方向隨其脈絡遠近而條貫之志山用山海經體志水用水經體所謂修古不忘其初也又自近歲軍興吾平設防

守界力固行省東北門戶厥績懋焉故於關隘寨堡所述尤詳昔杜注左傳酈注水經多引故城故亭以證地望即殘壘廢冢均詳見焉蓋藉古蹟資考鏡也今亦備列所在以諗好古之士末附風俗則周官小行人適四方集禮俗爲一書所藉以驗政治之得失者也凡此各目皆併隸地理門作地理志第一

郡縣有建置其體制視古諸侯若城池社稷學校宮室庫廪之屬雖小邑儼然大侯矣春秋之例興作必書懼役民非時也自三代迄明凡有工作必以力役相徵發我　朝攤丁賦於地畝官中有事召工給傭値如平人費鉅則請帑費小則官吏捐俸或紳民醵貲成之故雖興大役而工樂趨事三農晏然不知古未有也古籍

中若三輔黃圖宮殿疏禁扁諸書實地理家紀建置所自始武功志併學校於建置謂學校特建置中大端但記興修歲月而於一切典章不暇及也今學校自爲志壇廟列入祀典門特著其切於官民日用者凡五端曰城池曰公署曰公所曰橋渡曰坊表合爲建置志第二

禹貢紀封域山川兼及九州方物五服輸納周禮九職任萬民自三農生九穀以及虞衡藪牧皆有征後世官書專紀財賦者若元康戶口簿記元和會計錄之類皆是也　國朝順治十四年頒賦役全書量賦之多寡以定役之繁簡康熙五十二年　詔滋生人丁永不加賦雍正初　詔丁隨地徵有賦始有役乾隆二十七年

乃升停編審民尤稱便而自
聖祖迄
高宗朝普免天下錢漕十次蠲豁者不可以億計尤曠古未有之
殊典也茲本平邑舊章條其子目曰田畝曰科糧曰丁餉曰漕米
曰解支而殿以蠲卹總爲賦役志第三
洪範八政先食貨周禮職方氏辨九州山澤之利並及男女生數
鳥獸穀種則財賦物產著錄之祖也隋有諸郡土俗物產書其遺
意歟史家志食貨肇自班氏晉魏隋唐以下皆因之地志家亦沿
其例至積貯爲生民大命則有常平義社倉諸法凡皆本周官倉
人遺人春頒秋斂之法而增損之耳楚人例食淮鹽道光中改綱

法爲票法官民稱便自粵賊踞江南借運川粵鹽賊平乃復其故而加變通焉平江食碱鹽蓋自爲一則又自軍興以來司計者仿漢唐算緡率貸宋經總制錢遺法榷稅助軍需號曰釐金賴此餉軍卒夷大亂平以茶產故所榷歲不下十萬緡亦當世得失之林也故條舉物產倉儲之數益以鹽法釐稅作食貨志第四

宋仁宗始詔天下郡縣皆立學至我　朝而典章大備平雖蕞爾邑然學校爲風教所從出正宜詳稽儀制俾學者入廟思敬以時習禮於以陶化樸僿臻明備之休自武功志隸學校於建置謝啟昆廣西通志因之且謂樂品禮節皆會典舊章率土通行非粵西獨舉之典而以舊志備載爲非體夫會典通禮豈能家有其書賴

志乘可稽，藉資法守耳。若略所不當略，將事者於何取則焉？況通志所紀，何一非　朝廷大經大法，豈皆粤西所獨有、會典所無者乎？歐陽公曰：自漢以來，史官所紀事物名數、降登揖讓、拜俯伏興之節，用之郊廟朝廷，自搢紳大夫從事其間者，皆莫能曉習，而天下之人至於老死未嘗見也。況欲識禮樂之盛，曉然喻其意，而被其教化以成俗乎？誠至論也。是用詳稽會典，凡典禮、位次、牲幣、器數、樂章、舞譜之屬，悉綴於篇，而以學額、書籍、教條、學田及書院、義學、考棚附焉。作學校志第五。

古者封內之祭，禮詳八蜡，傳著四鄘。其自大夫以下，得祀族厲、門行、里社之屬。　國家郅治馨香，百神受職，牧令為天子守土吏春秋歲時秩祀之禮與京師同崇德報功典至鉅也今考論祀典自孔子廟別見學校外凡社稷壇壝及諸祠祀以次備及若夫鄉聚叢祠浮屠老子之宮律以陸氏靈壽志之例法當屛汰顧以民誠所寄難概從芟凡祠廟寺觀之已登舊志者仍之續有所增亦過而存之之義也作祀典志第六

太史公作禮書班氏弁爲禮樂志范蔚宗易爲禮儀志隋書因之記曰安上治民莫善於禮孔子曰吾從周盍時王之制尤當率履弗越也近世朝邑武功諸志專尚簡括凡政教典禮所繫概從闕如過於略矣伏讀 大淸會典通禮通典諸書萃周官儀禮之精損益百王之法凡以廣教化而美風俗也惜山陬下邑不能家置

一編甚有終身未獲見者不能知之烏問行之茲檢官民所通行公典及祭禮昏禮喪禮之類具著於篇俾官有司與邦之士民習乎其事而喻乎其志庶無失遵道遵路之義作禮儀志第七

周官御史掌在位名數先後之次卽漢書百官公卿表所自昉也後漢書以下皆有百官志而任是官者之名次無聞唐人廳壁記凡職官姓名占籍任年雖丞尉必謹書之以掌故所繫不容略耳至正史而外州部專書紀吏績者若梁元帝丹陽尹傳唐賀氏會稽太守贊唐人成都幕府記是卽名宦志之權輿也考靈壽志例名宦卽於職官中臚列事實不立專門今於已祀名宦者特爲敘述其未入祀而政績卓卓可紀者亦附著焉又舊志未紀封建平

爲羅國豈宜數典而忘祖今徧考列史凡封爵系平者皆彙列之
以冠職官之首作職官志第八

平當江鄂之衝爲行省東北門戶歷代營制設兵無多率視平爲散地自咸豐閒粤寇久踞湖北之通城崇陽江西之義甯奉新而巴陵湘陰臨湘長沙皆被賊竄擾惟平屹立其中獨能固圉殺賊
欽奉
恩旨襃爲南省之冠加永遠學額三名其後湘鄉等縣請
旨加額皆援平江故事以請則團練之功也今條列營汛驛遞而於團練始末敘述尤詳宋施宿會稽志有討賊平亂二篇自後地志家多立兵事武事通紀載記諸目其例最善今別記兵事於篇

末以繼周官外史之遺作武備志第九

選舉志肇自唐書宋金元史皆因之凡天子自詔曰制科大臣薦士於朝曰薦舉隋唐以來重進士科明代增舉人一科凡正史志選舉不錄人名唐崔氏宋洪氏作登科記今皆亡佚明太學始立進士題名碑後遂輯爲題名記求其備載不遺獨賴方志而已宋馬端臨作選舉考謂後世以科目爲取士之途銓選爲舉官之途一屬禮部一屬吏部於是科目與銓選不相爲謀進身之途轍不一故立舉士舉官兩門以該之今撮記選舉制度於前而表其名次曰進士曰舉人曰貢士舉士也曰薦辟曰仕宦曰武職而附以職銜封蔭舉官也凡附著者律以史例多應從芟然考韓邦靖朝

邑志於人物門列其父紹宗兄邦奇弟邦彥科目事實并及己之仕履武功志載以例入監者二十五人掾史入官者十二人并及武功封贈彼號稱簡貴者尚爾詎不可援為例乎作選舉志第十

地志為史氏之流別史有列傳方志亦師其意而人物具紀焉唐書藝文有江敞陳留人物志陽休之幽州人物志若楚南文獻之見於隋書經籍志者有吳陽勝桂陽先賢畫贊晉張方楚國先賢傳贊劉彧長沙耆舊傳其見於水經注者有武陵先賢傳見於遂初堂書目者有岳陽名賢傳惜皆已無徵吾平若宋十三君子受業朱子之門昌明正學乃天下之善士當於古人中尚友之者也自時厥後名人輩出流風未墜茲慎考前載嚴覈見聞以類相次

曰儒林曰宦蹟曰文學曰忠節曰孝義曰武略曰善行曰耆壽曰流寓而方外附焉至貞烈節孝壽婦概以列女賅之繼軌中壘用光煒管作人物志第十一

自董氏仲舒以五行災異言春秋其後京房翼奉谷永之徒並善言天至劉歆而益詳班氏因作五行志歷史仍之馬氏通考乃總災祥二事而名之曰物異鄭氏通志紀災祥不紀徵應葢其愼也平江舊志均列災祥去之則事實無徵歸併則無門可隸考靈壽志亦紀災祥且謂感應之理不可誣也故謹書之而用班史之目作五行志第十二

劉略班志爲藝文著錄之始關中風俗記始以地志而兼及藝文

若專錄篇章則自楊慎全蜀藝文志始也後之作者以其非班氏法遂從目錄例止列書名撮其旨要其詩古文則用范石湖吳郡志例分附各條下不另立一門以滌冗濫法誠善矣然詩文有無類可附而實關掌故及風土利弊時事因革者必盡懲置之不可惜乎近世沅湘耆舊諸集多取資於郡縣志其明效也平之汨羅江爲左徒懷沙盡節之地流風餘韻於茲未墜惜遺文多闕軼僅存什一於千百彌覺可珍故稍變其例上卷志書目凡先正著述皆列焉仍用崇文總目及晁氏讀書志陳氏書錄解題例條紀卷數撮舉序例並仿　皇清經解例以作者先後爲序不以經史子集爲次下卷則采錄詩古文取其有關民風政理者閒或以人存

詩。靈壽志載陸氏所撰退思堂等記。是作者所撰述。並許登載。其例未嘗不寬也。至金石之學。鄭氏列諸通志。元徐碩嘉禾志具詳碑碣。茲擇其著者附焉。作藝文志第十三

自班史志藝文。而小說九百本自虞初。亦皆著錄。後之爲目錄學者。率祖班氏錄雜家。蓋雖稗官叢談。有足以廣異聞昭勸戒資考證者。通儒所不廢也。茲攟摭百家。參以故老傳述。凡無類可歸者悉綴於篇。傳曰所見異辭。所聞異辭。所傳聞異辭。疑以存疑。古之志也。故以雜志終焉。

弇州山人續稿卷三十九

南嶽志小序

星度

星土職自保章氏，有分土即有分星，然經星盡乎天度，而中國不盡地球，以十二國配周天之經星，理不可曉，地志家多疑之，惟南嶽徧當軫翼度，應璣衡，爲衡山所自名，而星經亦有玉衡主荆州之說，又衡嶽舊隸長沙郡，軫旁一星曰長沙，主壽長子孫昌，故衡山稱壽嶽，然則就衡紀星，實不與他地志等也，抑凡晷以測景，度以測極，二者合符，近世法益加密，衡嶽爲大江以南十數行省之主山，上與南極相維繫，元代嘗遣官測日影於此，祝融峰頂有觀日臺焉，志衡者安得遺之，兹故約舉其要，合之爲星度志云

圖說

地志古稱圖經。炎帝白阜圖地形。其來古矣。周官土訓掌道地圖。職方氏掌天下之圖。大司徒以地圖周知地域廣輪之數。而晉裴秀作禹貢十八圖。創分率準望之法。至爲精核。嶽志祖述禹貢者也。故圖尤要焉。今作七十二峰圖一。嶽廟圖一。各有說以繫之。五嶽眞形圖。道家所重也。今坿焉

形勝

凡志山。志形勝也。嶽之勝在七十二峰。非絕人事。裹糧作數月遊。惡克窮其勝哉。登臨紀勝之詩文。凡因地而作者。悉附本條之下。俾覽者當臥遊焉。宋范成大吳郡志實開此例。其後張鳳鳴作桂

勝董斯張作吳興備志朱彝尊作日下舊聞考皆因之提要稱其典雅不虛也今全仿其例云

祠廟

唐虞五載一巡狩柴望秩于山川爲壇邪爲廟邪不可得而詳矣後世禮嚴廟饗而嶽廟迄未知建自何年宋開寶初始詔嶽瀆各以縣令兼廟令然廟不始於宋蓋自秦漢以來有之矣明御史陳祚獨疏請築壇壝立厨庫而去廟去塑像廷議不從夫非謂有其舉之莫敢廢邪

祀典

五帝三王禮樂不相沿襲若嶽瀆祀典則上古迄今如一日也王

制五嶽視三公謂視其牲器之數耳其時天子稱王三公降於王一等後世天子稱皇帝則不得仍以三公視嶽矣唐宋之晉帝號有以哉明太祖改稱南嶽衡山之神謙退不敢加號耳祝文具在可覆按也陋儒乃謂稱帝必非所安殆膠柱而鼓瑟者歟

前獻

地志例紀人物嶽志則前獻之繫於嶽者並當列之不必土著也舊志列勝遊王氏蓮峰志作名流皆未賅括今自上古迄昭代彙稱前獻而其人之事蹟於嶽無關者槩不多及以所志在嶽也或疑刪書斷自唐虞皇古荒遠難稽未宜博引不知此用山海經例史志非經比也且易繫辭稱包犧神農黃帝氏作尚書不及上世

聖人邪·

仙釋

隋唐以前衡嶽羽流白日沖舉者不可勝數·自思大師振錫南來·懷讓石頭繼之·宗風盛而道流稍替矣·然洞天福地間異人蓋不少也·舊志存攘斥佛老之見·於二氏僅存崖略·事蹟頗芟薙之·不知志山非講學也·班史列神仙書十家·稱其能葆性命之眞·范蔚宗西域傳論·亦闡明佛法感驗·今緇黃之棲嶽者以數千計·不舉其尤·彼將何所效法邪·彙而列之·亦各明一義而已

書院

嶽爲神皋奧區·琳宮紺宇相望·而石鼓與嶽麓·又爲四大書院之

二吾道正自不孤也書院之目始於唐然麗正崇正皆秘閣藏書所非講肄之地自李寬居石鼓爲書院得名之始五代蔣維東隱居衡嶽受業者稱曰山長則又爲山長之權輿焉胡文定趙清獻並有書院在嶽朱張講學嶽麓尤稱極盛明之白沙念菴甘泉東廓暨祝黄門蔡白石各以書院傳是所望於能嗣音者

寺觀

天下名山多浮屠老子之宮蓋眞靈窟宅天特假方外以居守之嶽爲炎方巨鎭宮觀梵宇分布七十二峰間尤著者則爲朝廷所敕建而其盛衰興廢各有數以主之陵谷滄桑之變出世與住世其揆一也楊氏伽藍記段氏塔寺記詳哉其言之矣豈第志勝因

哉蓋亦望來者之興復云爾。

古蹟

莫古於天地，而闔闢莫知所自始，則必於人徵之。人往而蹟存，則因蹟益以懷古也。自有天地，卽有斯嶽，人之登嶽者不知紀極也，而炎黃姚姒以來，傑出者粲然可數，今不及於古矣。後之人不又且以今爲古耶？要之蹟存卽人存，仍問其人之自足千古否耳。

物產

韓子曰：五嶽於中州，衡山最遠，其水土之所生，神氣之所感，白金、水銀、丹砂、石英、鍾乳、橘柚之包、竹箭之美、千尋之名材，不能獨當也。蓋重在魁奇傑特之人耳。然物與人同稟地氣，卽論物產，抑豈

非精英所發露邸特韞玉懷珠非庸耳俗目所能及耳不然商嶺之芝青城之杞勾漏之丹砂孰非喬嶽所包孕哉

金石

昔田概撰京兆金石錄劉涇撰成都刻石總目各以其方繫焉朱長文吳郡續志別立碑碣門徐碩嘉禾志因之則金石入地志之始也古莫古於禹碑舉禹碑則商彝周鼎秦碣漢篆皆不足云矣或以贗鼎疑之不知諸家釋文誠不免穿鑿附會碑則未容輕議也自茲以降吉金貞石代有鴻文固當與靈嶽並壽哉

藝文

地志錄詩文多似選本非法也其按代而復分體者尤繁碎今用

范石湖志吳郡例凡詩若文之紀名勝者各附本條下而藝文志則專紀書目且必其實有關於嶽者始列之其或書軼不傳而序例尚可考見亦在所不遺蓋自上古迄今故籍之可考者略盡於此文獻不足徵可勝歎哉

雜識

曲臺五十有九篇內有雜記地志家宗之雜記者網羅軼事以廣異聞備掌故非僅齊諧諾皋比也靈嶽深廣自邃古以來傳聞異辭者何可億計茲之摭異蒐奇特存什一於千百耳譬諸五雜俎藉侑侯鯖亦知味者所不廢也

天岳山館文鈔卷四十

平江縣志論

輿圖

楚南圖志。見於唐書經籍志者。有湘州圖經。見於隋書經籍志者。有湘州副圖記。見於陸羽茶經者。有茶陵圖經。見於遂初堂書目者。有道州圖經。見於鄭樵通志略者。有朗州圖經。朗陵地圖。及宋荆湖南路圖經。見於直齋書錄解題者。有宋孫德輿衡州圖經。章穎茂春陵圖志。見於宋史藝文志者。有劉清之衡州圖經。孫懋春陵圖志。李韋之邵陽圖志。劉子登武陵圖經。吳芸沅州圖經。霍箎澧陽圖志。孫顯祖靖州圖志。鄭紳桂陽圖志。此郡邑志本稱圖經圖志之舊例也。顧書皆亡佚不傳。即書存而圖亦十亡八九。蓋必明於勾股深悉形勢。更能測星測影。又有指南記里準表諸儀器。斯其成圖也特精。秦漢以降古法尠有知者。晉裴秀作禹貢圖。條陳六法始得古人之意。其論圖體有六。一曰分率。所以辨廣輪之度。二曰準望。所以正彼此之體。三曰道里。所以定所由之數。四曰高下。五曰方衺。六曰迂直。三者因地制宜。所以較平險之異。可謂精矣。然所作禹貢圖世亦無傳之者。今所存惟僞齊阜昌二年石刻地圖爲最古。明人朱斯本圖爲唐順之等所不及。而世亦不多見。

國朝康熙中。

聖祖遣官乘傳諳各部。周歷詳詢。精繪二圖。鐫以銅板。上系天度。

毫髮合符乾隆乙亥平定準噶爾迤西諸部遣疇人分道測量晷度占候節氣詳勘山川險易道里遠近繪成輿圖己卯平定回疆拓土二萬里復遣官察視備繪成圖逮嘉慶中續修會典又益以內外喀爾喀蒙古百餘旗游牧及科布多諸部圖於是宙合之內了如指掌一時儒碩若胡渭顧祖禹顧棟高之徒各以所得見諸著述而胡氏申明六法於虛空鳥道尤獨得心解近日李兆洛作

皇朝輿地圖胡林翼作中外一統輿圖皆精益求精而圖之能事盡矣惟志乘諸圖往往尙仍舊體疆界則截然方正滿幅取盈山川則八景標題千編一律識者嗤焉今作總圖四鄉圖其畫方以寸爲度十里或五里爲一方裴氏所謂分率以辨廣輪者也又

皆以虛空鳥道圖之使東西南北四正四隅辨方正位較然不易裴氏所謂準望以正彼此者也其人所經行之路迂直高下險夷各異別爲標識而里數亦可因方以定裴氏所謂道路以定所由之數也而其所謂高下方衺迂直之體亦並於是寓焉覽者一展卷而釐然在目矣

沿革

周之羅子國漢之羅縣皆合平江湘陰言之也自漢末析羅縣東境置漢昌縣吳改吳昌於是平江有專屬而湘陰仍自爲羅縣至唐乃省羅縣自南朝劉宋置湘陰至唐時與羅並列者百餘年矣梁以湘陰爲岳陽郡吳昌屬焉隋廢吳昌併入羅縣唐又廢羅併

入湘陰縣神龍中始析湘陰地置昌江縣後唐改爲平江遂相傳至今是平江與湘陰互爲出入分合必須詳攷湘陰之源流而平江之源流始晰也舊志因晉書地理志長沙郡領縣十有吳昌又有羅宋書長沙內史領縣七有羅又有吳昌南齊書州郡志長沙郡領縣七有羅有吳昌又有湘陰遂謂前人未經分別無可考據不知兩漢以前之羅係合平湘言之至析置漢昌改爲吳昌而兩縣並列析置湘陰而三縣並列矣漢昌吳昌既析羅遂專屬湘陰其後吳昌併入羅縣又併入湘陰則時分時合矣平江在湘陰東故云析羅縣東境置漢昌縣羅縣故城在湘陰境內無疑舊志稱在縣南三十里之故縣鄉誤也在故縣鄉者乃漢昌後改吳昌之

故城耳。酈道元水經注云，縣是吳王孫權立。足見其爲吳昌，非羅縣也。若以故縣鄉爲故羅城，則距瀏陽長沙界均止二十里，何能再析東境爲漢昌乎。此謝志所以云揆之地理不相符合也。使知羅城在湘陰，漢昌吳昌在故縣城，則相去百餘里，正可析置兩縣，疑可渙然釋矣。然此不獨平江舊志未能分晰也，即湘陰舊志亦未了然。彼謂三國中析羅爲吳昌，自是縣有兩名，及割置湘陰，而羅與吳昌尚並存其名。豈知判然兩地，何止兩名，迨後則三縣並列，又豈止並存其名。總由地志家各主一縣而專屬之，故不能觀其通耳。又案漢末有漢昌縣，又有漢昌郡，郡城所在無確據，而魯肅爲漢昌太守，則確見吳書。以今考之，殆因縣置郡，即以縣爲負郭邑耳岳陽風土記云平江本漢羅縣後分爲漢昌縣孫權於縣立漢昌郡以魯肅爲太守後改爲吳昌縣此其確徵也然則漢昌郡縣皆在今故縣城明矣至隋開皇中廢吳昌縣併入羅縣據湘陰新志謂卽以吳昌縣治爲羅縣治今考平境舊稱有古羅城正隋時之羅縣城也唐廢羅縣併入湘陰時則平境無縣治後又析置昌江縣平境始復立縣治耳又案一統志漢昌故城在平江縣東漢末置縣屬長沙郡三國吳改曰吳昌隋省入羅縣唐改置昌江縣五代後唐改平江通志舊縣址在今縣南故縣鄉後遷縣東太平鄉唐元和中遷今治可見在故縣鄉者實漢昌吳昌非羅縣也括地志元和郡縣志均謂羅縣故城在湘陰縣東北六十里是

其明徵方輿紀要玉山縣故址在湘陰縣北玉笥山汨羅之間案之方位皆合又方輿紀要云羅縣城與岳州府平江縣接界春秋羅國地秦置縣漢晉皆屬長沙郡宋齊因之梁置羅州陳罷爲羅縣隋初屬玉州尋屬岳州大業中屬巴陵郡唐武德中廢入湘陰縣亦謂之羅川隋末蕭銑爲羅川令郡人董景珍奉銑起兵處也據此則古羅城與平江接界其不在平境益明而故縣鄉之爲漢昌吳昌故縣無疑義矣惟方輿紀要又云羅城在平江縣南三十里本羅子國則尚沿舊誤殆因隋開皇中改吳昌縣治爲羅縣治遂疑羅國古城向本在平而未之分晰也今合湘陰新志參考源流而本末較然矣

分野

分野之說昉自周禮保章氏。詳於甘德石申。而班固張衡蔡邕陳卓之徒。各有發明。然理難共曉。夫周天三百六十度。大地全體九萬里。應之中國。南自瓊州極高十八度。北至開平極高四十二度。直徑僅六千里。在大地不過十五分之一耳。穹窿圜象。豈專爲此六千里設哉。且就所配方域論。亦不相符。吳越實東南。反麗星紀。魯衛實東北。反位戌亥。齊表東海。而星北。秦處西陲。而次南。推之宋衛之遼隔。燕吳之毘連。周楚之接壤。皆與輿圖背謬。說者知其不可通。於是賈公彥以受封之日歲星所在爲言。鄭樵以諸國分星。命以主祭爲言。然陳蔡絕而復續。周鄭遷而之東。豈封域既改。

封日又異而前星且未變邪懸象在天非胙土分茅之比豈分以此星遂可據爲已有邪況周時千八百國何獨此十二國當之古國邑不過百里又何自而得專次乎至僧一行謂河山之首尾與雲漢之終始相應其說近是然自西人利瑪竇雲漢帶天一周之圖出如方以智等遂譏一行爲疏謬矣然則保章氏分土分星之論必別有指要而古數書久亡鄭氏謂漢晉以來郡國入度皆後世堪輿家言所以費直蔡邕分星入度二說不同卽班固漢書所稱引者亦非古數明矣熱河志恭錄

高宗純皇帝御製題毛晃禹貢指南詩注云史記天官書二十八舍主十二州引星經如云角亢鄭之分野之類乃以二十八宿主

十二州分配無餘此外更當何屬夫天無不覆星麗乎天亦當無不照今十二州皆中國之地豈中國之外不在此昭昭之內乎且其間有地少而星多亦有地多而星少者以天度地輿準之亦不均如井鬼爲雍州陝西甘肅皆是其道理之廣已非兩舍所能該而今拓地遠至伊犂葉爾羌喀什噶爾較禹貢方隅幾倍蓰其地皆在甘肅以外將以雍州兩星概之乎抑別有所分屬乎此又理之難通者也洋洋

聖謨足破拘墟之見此

欽定熱河志所以删星野而別立晷度一門也今即以舊書論之十二次之名見於左傳國語爾雅分別列宿爲十二次如尾屬大

辰星與次已相遠漢代不知歲差用赤道變黃道之術以節氣交宮分十二次之界故宮有一定之宿宿有常居之宮其交宮又非當時實測後漢賈逵諸人始以史官所注冬夏至日躔所在正之於是十二次紛紛改定晉虞喜始知歲差宋何承天祖沖之隋劉焯等言之益詳唐傅仁均始用歲差朝論不以爲然李淳風復去歲差不用及僧一行乃博考廣證分天自爲天歲自爲歲更以七宿之中分四象中位而著其分野然觀其區別各次與堯典春秋傳復時有出入緣自唐以前推算未密又不知歲差及宿無定宮之說是以占驗多不應也明季西法入中國以中氣過宮如日躔冬至即爲星紀之類而恆星有歲進之差於是宮無定宿宿可以遞居各宮古

法因之遞變矣再以恆星東移歲差五十秒積算之六千餘年之後南易而東西易而南萬二千年之後南易而北西易而東方位更而分野亦易是則分野以屬星分星以屬次即中土十二州之地前後已多參錯況大地之全乎茲以觀象玩占繇來已久故略采舊說折衷

聖裁其占驗諸說則槩刪之而獨詳測晷測極之法爲較得實徵云

晷度

測晷之法土圭置槷著在周官其在詩曰既景迺岡謂考日影以正四方也揆之以日謂樹八尺之臬度日出入之影以定東西又

參日中之影以正南北也後世史家言測日不言實測之數唐開元十二年始詔太史躬詣方州測影僧一行又爲覆矩圖法仍未密至元立圭表影符闚几晷影堂諸儀器而太史郭守敬測影之術亦精於前矣惟以銅爲影符鑽孔如芥子前仰後低以向太陽而日之高低每日不同銅片欹測亦不能盡合不合則光不透臨時遷就日已西移又不知地半徑差及近地清蒙氣是以所測仍不能如今法之密我

聖祖仁皇帝天亶聖聰探象緯之原通中西之術靈臺測驗無絫黍差又遣疇人攜儀器分途測驗上下合符

高宗純皇帝識冠古今

欽定熱河志、刪星野之談、天測斗極之出地、創立晷度一門、洵不刊之定論矣、考古人分封、先測景而後制域、故宜冠疆域之首、近世兼測北極、則法之漸詳者也、蓋晷以測影、度以測極、影有長短、極有高低、日漸南、故南境影略短、漸北則漸長矣、極在北、故北境望若高、漸南則漸低矣、數百里差一寸、數十里當差一分、此其略也、言天文實用者、必在度分、故測極之法、必以北極高度爲準、六十秒爲一分、六十分爲一度、周天三百六十度、地處天中、其體渾圓、亦與天度相應、中國當赤道之北、北極常見、南極常隱、北行二百五十里、則北極高一度、南極低一度、南行二百五十里、則南極高一度、北極低一度、北極高度、卽南北里差也、東西偏度、卽東西里差也。南北經度易測，東西緯度難知。經度測二極之低昂，緯度測月食之早晚。唐會要云：開元十二年，太史監南宮說測朗州日影，武陵北極高二十九度五分。此與郭守敬歷衡嶽，皆湖南測晷度之見諸前史者。我　朝參用西法測量，以定各府縣坐落地方高度，備載輿圖，較前史天文各志尤爲精密。其法以子午弦線爲準，謂之中線，凡偏東偏西里數皆繇中線推之。乾隆四年，旌德劉茂吉著測極表，通志據以爲準。咸豐十一年，長沙丁取忠得見乾隆輿圖，參以邵陽魏源海國圖志定本，作輿地經緯度里表，盡大地所訖，上系周天度數，纖悉合符。今取平江度里數具列之，以繼晷影之後。至每節氣日出日入時刻，平江視　京師先後分數各

不同則悉推而表之以昭實測云

山

兩山之間必有川分山支必尋水脈其勢然也禹貢導山以河渭江漢南北爲四支山海經條理尤精密山經數十支皆緣水而分而各山相距里數又皆櫛比鱗次此非地理家志山之圭臬耶平江本山國北條以幕阜爲祖南條以連雲爲祖舊志錯舉山川無脈絡可尋且止載每山距縣治里數而各山相距之遠近不著今依禹貢山海經例條分支析各以川溪界別而各山相距里數皆約舉之然亦止著崖略若其支分節腠則足跡未遍至固不能具詳也歐陽公曰六經非一世之書今啟其端後有作者可益加詳

密矣。地志亦猶是也。有疑其近形家說者，則正不然。古書皆以水脈分山，禹貢以河西荊岐合河東湖口爲一支，中有河隔，以大勢在河渭北也。山經以洞庭柴桑爲一支，中亦有小水，以大勢在江南也。今以水脈分山，亦猶行古之道歟。明歸有光嘗論區宇混一修書，宜仿禹貢周官，序山川必先具原委，葢原委明，然後相度疏瀹可得而言也。豈不諒哉。

水

黃龍幕阜爲南服主山。其水之發源二山者，東曰修水，由義甯武甯行六百里入彭蠡。北曰雋水，由通城崇蒲行二百餘里入大江。南曰汨水，由平江行三百里入湘。汨水自入縣境，匯支流六十有入西流至將軍山昌水合焉昌水自發源西南行匯支流四十有一與汨水合二水合流又匯支流十有六乃入湘陰界歸洞庭計汨昌二水共匯支流一百二十有五支中之支約三百有奇舊志所載不及四分之一近在百里內疏漏若此何怪圖志諸書展卷則脈絡分明履地則譌誤百出乎總之地理天文均須實測但憑几揣雖聖人有所不知是以章亥善步禹貢斯成鄧艾行邊魏屯用建今逐一履勘具得其源流曲折乃倣山海經水經及水道提綱例以大水爲綱旁支爲從旁支較大者別立一條爲從中之綱各詳其方位里數具著於篇宋李文定公燔云洙泗水皆南流蓋丙丁離文明方也平江水亦西南流人多古學以此生其地者可

弗勉哉・

又案縣境汨水昌水純水盧水・均見諸古籍・說文及水經・稱㵐不稱汨・酈氏注㵐水直稱汨水・蓋㵐汨音義並同・㵐即汨也・自義甯流入平境者無二水也・但酈尉生於北方・未親履楚境・不能無少譌・故以汨爲主・而㵐水仍兩存之・自後地志家不便抹去㵐字・一統志遂疑湘陰縣北之丁家湖傅家湖爲㵐水故道・疑之云者・亦因水經㵐汨並稱・故強爲之說也・不知平江水之發源義甯流入湘陰者止有一汨水・何至湘陰而忽有㵐水故道哉・又舊志止以塔水橋入汨之一支爲純水・與水經注地勢方位均不合・謝志疑其有誤・邑人鍾氏聖芳作純水辨・遂以盧水當純水・且謂連雲稱

純山古無可考置一統志及通志於不顧未免武斷且盧山盧水舊志有專名一統志言盧水源出盧山九域志亦言平江有盧水據風土記盧水且一名羅水安得移用純水之號乎又一統志明言連雲山在縣南五十里水經注謂之純山通志引之讀史方輿紀要亦云連雲山卽純山純水出其下又安得謂古無可考乎顧氏天下郡國利病書於平江水利止載盧水謂與純水汨水同入洞庭泛溢爲害觀此則盧水與純水不益判然乎丙子廢志以白水當純水近之矣而又以白水山當純山則與連雲古稱純山之語相背彼謂舊志遺載白水一似不知有白水也者無怪以連雲山水當之然則連雲山水將不得稱純水更爲喧客奪主矣今按

連雲本巨山綿亘數十里與白水山相連屬實一山也其水之出山右者一由竈門洞出田巖逕獻鐘方石巖入汨一由徐家洞出高段東山逕塔水橋入汨均應稱純水其水之出山左者由白水出獅蹲與百房水合又南逕羊家坊與盧水合又北逕故縣城至雙江口入汨亦應稱純水皆純山所出也知此則純山之稱不必移而於水經注之地勢方位亦脗合矣蓋山之大有袤亘數百里者古人統以一名後人始加分晰故連雲與福石本屬一山卽謂新江水爽溪水概屬純水亦無不可也此義明而前疑可釋矣然則何以不主盧水而主白水曰白水距連雲近盧水較遠且盧山盧水舊志有專名而白水無聞純白義相近又安知前人不本以

白水爲純水平特塔水橋與方石巖二支均不得謂非純水耳

關隘

平無城山卽其城傳曰諸侯守在四境近歲軍興平人深得守境法然亦有天幸焉平之地勢東北高西南下故水皆西南流山勢亦東北險峻西南稍平衍粵逆疊踞崇通義甯專攻東北界故爲官營團勇所扼脫自西南來則有不可知者矣雖然患人心不固耳以一邑計之丁口不下五六十萬十取其二可得壯丁十餘萬賊來犯者多不過一二萬少則數千又有主客勞逸之殊我以十倍丁壯截擊之縱令闌入可使片甲不還賊亦人耳吾何畏彼哉地利不如人和正此謂也烏虖吾觀江浙皖鄂間有以一州邑之

大受制於一二千賊任其淫掠焚殺而莫敢枝梧者矣雖曰天數獨非人事哉

寨堡

嘉慶初龔景瀚作堅壁清野議大略謂今日之計必先安民然後能殺賊民志固則賊氣衰民居奠則賊糧絕野無可掠賊計自窮故宜急諭居民團練壯丁建立寨堡使百姓自相保聚倂小村入大村移平處就險處深溝高壘積穀練兵移居民所有積聚實於其中賊未至則各安生業既至則閉柵登陴相與爲守民有所恃而不恐自不至於逃亡別選精兵二三千人牽制賊勢不與爭鋒但尾其後賊攻則救賊退則追使之進不得戰退不得食不過旬

餘不潰則死此不戰而屈人之上策也其要在先擇良吏其次則相度形勢其次則選擇頭人其次則清查保甲其次則訓練壯丁其次則積貯米穀其次則籌度經費而以十利之說終焉其法有寨長有寨副一鄉之中各寨互相聯結傍寨居民將穀石先行運寨多備滾木擂石賊至勿與接戰但堅守不動蓋攻難於守守者逸而攻者勞使我四境中路路可通寨寨相望有互相策應之勢賊不得志必走預伏壯士於沿途山澗中俟大隊既過必有落後數十人委頓道途者突出截擊可以盡擒前寨既用此計後寨依法行之則賊過寨堡必多損折又夜間賊所踞宿地方附近各寨宜揀壯士於夜深潛用鎗礮轟擊之使徹夜不能休息必驚惶拔

走明日至他處亦如之則賊益疲憊我不勞而彼已不支此鄉兵困賊之至計也失此不圖而爭思逃避則壯者逃矣老弱能之乎男丁逃矣婦女能之乎金銀文券可挈以逃矣穀米牲畜能之乎與其盡棄以資賊曷若併力以守險況賊仰攻不能掠食無所其勢必自潰退此川楚匪所以盪平而近日淮北河南所以制捻匪皆不外此策也吾平守在四界粵寇幸未闌入無事乎寨堡然而安不忘危脫有意外警則舊寨多可因其無險可結寨者用築堡法擇地建土城亦可守也又聞諸故老避兵時諸物皆易得惟鹽不易得須預行購藏此亦非身歷者不知也具述以諗後之人

風俗

岳陽風土記稱平風俗未變可施善治誠以瘠土好義又兼宋君子得理學之傳故流風至今未沫也記曰君子行禮不求變俗然吾聞風俗與化移易有不當變亦有必當變者奢侈淫靡盡人知其當革者也而此外宜變者厥有數端一曰抱異姓子爲後夫神不歆非類民不祀非族以氣之不相屬也春秋書莒人滅鄫傳者謂立異姓以涖祀雖未滅猶滅也自俗之偷人多不明於天性而骨肉之恩薄立有父母者爲後慮將各親其父母即無父母而自知所出者猶慮有外心焉於是舍其兄弟之子與其族子而求不知誰何之子取諸襁褓之中以自欺而欺人烏虖是不有其祖也無論律禁森嚴族譜必鋤非種就令所後者得至成立而彼宗自

昌吾嗣自絕雖有祭祀莫之能饗氣不相屬故也爲此者抑何愚哉此陋俗之宜革者一也一曰對柩嫁娶 大淸通禮居喪不昏嫁不飲酒不食肉不處內不與吉事會典云不娶妻納妾門庭不換舊符又律載居父母及夫喪而身自嫁娶者杖一百若居祖父母伯叔父母姑兄姊喪而嫁娶者杖八十 功令可謂嚴矣乃陋俗處服喪爲日過久遂及未成服時苟且集事以爲從權烏虖當飲水食粥寢苫枕塊之時而忍於爲此吾不知其何以自安也以理斷之其受殃禍也必矣送終爲人子之大事昏禮亦人道之大原而苟且若是是不可爲子卽不可爲人此陋俗之宜變者二也一曰惑鬼蔭之說而謀吉壤周官墓大夫掌族葬之禁令家人以

昭穆定位次並無擇吉之說也自孝經有卜其宅兆之文程子亦謂五患當避五患者謂他日不爲道路城郭溝池及貴勢所奪耕犂所及也卜者卜此而已所謂無有後艱也後世堪輿家倡爲鬼蔭之說無識者熏心富貴遂有逆天道絶人理而專乞靈於地者或啖人重金發舊冢以營新兆或陰謀橫據利己損人甚或糜親之骨以盜葬他人之山坐此興訟結仇求福先已得禍皆鬼蔭之說誤之也求蔭不已又以例得共蔭之人而妄分畛域或以私墳遷葬祖墓或謂某山利某房不利某房以至久淹親柩旣葬者亦復屢遷毒流心術釁起參商烏虖何其愚也夫地理雖可憑亦終不外乎天理與人事循天理盡人事地且不求自至若但乞靈於

地天與人皆無權而地獨有權必無之理也況謀吉盜葬則良心已昧徒自絕於天結怨於人耳尙冀地可發祥乎至入土之屍棺朽骨散拾而置之小櫝或瓦缾中時俗呼爲檢洗恬不爲怪抑思檢驗惟命案間用之乃最慘之事豈可以施諸吾親乎此陋俗之宜變者三也一曰嫁娶生妻婦人之義從一而終古聖制禮使中人皆可企及故夫亡改嫁律所不禁然有志節者且誓死不爲況生妻乎原其求去之故有因貧者有因反目者夫貧家之雞犬縱或數日無食未聞走入鄰家彼朱買臣之妻雞犬不若也至因貧鬻妻則人且相食矣其飽能幾何乎若夫輿占脫輻曲在夫則婦道以順爲正曲在婦則勃谿詬誶縱易一夫其悍態猶昔也能卽

安於室乎貧民不能及時昏娶不得已而娶無夫之婦猶可也若娶生妻彼既不能食貧不能盡婦道則視後夫猶前夫耳何獨甘此禍水乎此陋俗之宜變者四也一曰好訟其始不過一念之不平未必不可化大爲小化有爲無乃因一朝之忿一懟之不忍遂啟訟端而又有訟棍爲之主唆痞徒爲之播弄兩造雖欲歇手而不能繇是丁差之譌詐歇保干證之花銷種種剝削因而耗財產費日力荒正業結冤仇生事變壞心田甚者喪身亡家而後止乎居濟人利物之事求一文之佽助猶有難色今乃以有用之財塡無底之壑事後追思悔已無及則何如忍之須臾之爲得乎至如骨肉相殘尤爲奇變其家亦必立敗若夫踞城之保戶鄉曲之地

𤺌利人之訟以營己之生未有不遭天譴者乃覆轍相尋至死不悟此陋俗之宜變者五也一曰治病以巫不以醫風土記云沅湘間疾病不醫灼龜打瓦或以雞卜求祟使巫治之葢楚人尚鬼不推其致病之由輒以爲孼魔所祟聽病者偃臥在牀日就沈痼一家男婦盡營營於飲巫化楮收魂祛魄之爲而巫師遂得憑其符篆造作誣詞謂某日某方鬼神所祟舉家益滋惶惑舍室中之湯藥爲門外之驅除及病已綿惙卽使和緩復生亦將望而卻走是病原可治一經引邪入室乃眞爲鬼所祟矣豈不哀哉此陋俗之宜變者六也略舉六端皆風俗性命所關有心者爲之深嚬歎息安得良有司移風易俗賢士大夫砭頑訂愚使之一變至道哉至

於婦女採茶出頭露面蕩檢踰閑則起自近二三十年間貧民狃於小利不知其爲人心風俗之害自非大興蠶桑之利不能以此易彼也

城池

建置莫大於城池邑城自 國初一毀於兵再毀於水基址蕩然近歲軍興雖得衆志成城之效倖獲守界然民保於城有備無患修復必不容緩況地當江西湖北之衝爲省垣東北門戶未可與偏隅腹地一例視也查乾隆三年十二月欽奉

上諭一省之中工程之大者莫如城郭而地方以何處爲最要要地又以何處爲當先應令各省督撫一一確查分別緩急預爲估

計造冊報部如有水旱不齊之時卽著以工代賑等諭當經知縣
景士鳳奉文勘估本邑城垣週圍一千五百一十五丈五尺城身
高一丈五尺厚一丈二尺上砌女牆垛口牆腳內外磚砌中用土
方填築高八尺一寸厚七尺九寸城樓五座甕城如制外濬濠溝
除臨河二百丈不濬外計濠一千三百一十丈溝面八尺底寬一
尺深六尺通估需銀二萬一千四十四兩零詳府申司由撫都院
咨部奉部覆俟將來如有水旱不齊之時另行報部動項以工代
賑嗣於乾隆九年奉文查估知縣楊富崙仍照原冊估報乾隆十
三年委瀏陽縣知縣歐陽曨勘丈乾隆十八年奉文查估知縣陸
文明亦照原估冊申報各在案其時物力豐裕卽水旱偏災亦復

不少不解何以訖未舉行茲將乾隆八年知縣謝仲坃請修通稟附錄以諗後人凡事興廢有時殆所謂待其人而後行者耶

橋渡

平之富人多好行其德故橋渡罔弗修舉此善俗也然惟財力裕者乃能獨力承修修矣而數十年後時異勢殊橋渡或圮廢其子孫力能興復之甚善即其不能亦事勢之常無足異更無足慮也何也人之欲善誰不如我我不能任人必有任之者若皆不能則募衆修復之可也所謂善與人同取諸人以爲善也乃無識者流往往因某橋某渡爲其先世所修及既圮力弗克任又壟斷其舊埠而阻人之修此何理乎夫析薪弗克荷已忝其先人矣乃不自

怍而反阻人之善揆諸先人好善之初意能無拂乎且其先人所修造者當其最先亦必有始修之人也其先人既可續修獨禁人之再續乎天下善舉無窮其子孫將來力果有餘不患別無可修之橋渡豈必仍舊貫乃可稱善乎況併不許人之仍其舊貫不且流爲大不善乎凡此者適形其私且陋而已誠知善爲天下之公理則公事以公心應之烏用是斷斷者哉否則與其獨力承修不若募衆公修之爲可繼也

田賦

三代時貢助徹法皆什取其一尙已漢興天下既定民無葢藏乃約法省禁輕田租什五而取一世祖建武中詔田租三十而稅一

又何其輕也晉成帝咸和中始度百姓田取什之一畝稅米三升哀帝即位乃減田租畝收二升唐初定租庸調法租者男一丁授田百畝歲租粟二石調者每丁歲輸絹綾共二丈綿三兩輸布者麻三斤庸者每丁定役二十日不役則日納絹三尺德宗時作兩稅法夏輸無過六月秋輸無過十一月宋制荆湖等路夏稅以五月一日起納七月十五日畢秋租以九月一日起納十二月十五日畢元初定制取於內郡者曰丁稅曰地稅取於江南者曰秋稅曰夏稅貞元間罷湖廣夏稅改科門攤增鈔五萬餘錠大德三年又改門攤爲夏稅而併徵之視江浙江西爲差重矣明太祖洪武十四年詔天下編賦役黃冊以戶爲主詳具舊管新收開除實在

之數爲四柱式共編爲冊冊首總爲一圖每十年有司更定其冊曰編審二十年令隨糧定區區設糧長四人度量田畝方圓次以字號悉書主名及田之丈尺編類爲冊狀如魚鱗號曰魚鱗冊大約以魚鱗爲經土田之訟質焉黃冊爲緯賦役之法定焉凡賦役之法有丁有田丁有役田有租租曰夏稅曰秋糧凡二等夏稅無過八月秋糧無過明年二月丁曰成丁曰未成丁凡二等始生籍其名曰未成丁十六曰成丁成丁而役六十而免又有職役優免者役曰里甲曰均徭曰雜泛凡三等以戶計曰甲役以丁計曰徭役上命非時曰雜役皆有力役有僱役視丁口多寡田產厚薄而均之萬歷九年頒一條鞭法總括一州縣之賦役量地計丁丁糧

畢輸於官。一歲之役。官爲簽募。凡額辦派辦。京庫歲需與存留諸費。以及土貢方物。悉併爲一條。皆計畝徵銀。折辦於官。立法較爲簡便。又正統間。戶部援征倭播例。畝加三釐五毫。天下之賦增二百萬有奇。萬歷十年。復加三釐五毫。十一年。以兵工二部請。復加二釐。通前後九釐。增賦五百二十萬。遂爲歲額。崇禎三年。軍興。於九釐外畝復徵三釐。共增賦百六十五萬四千有奇。此歷代賦役之崖略也。然至明季而繁重極矣。不詳考明末弊政。又烏知我朝仁政之超出前古哉。葢民有三征。明之桑絲南布袢襖布縷之征也。秋糧粟米之征也。里甲均徭驛傳民兵力役之征也。桑絲者。民有田十畝。令植桑麻木棉桑四十株。科絲一兩五錢。此夏稅也。

秋糧者準田均額輸米爲本色輸銀爲折色本色中存給本處者一二起運南京者八九其起運以民兌軍軍爲代輸然耗費繁重正額外復有雜額其後遼練加餉米加三之一民反糴米納糧此秋糧之弊也里甲者百一十戶爲一圖圖以十戶爲里長餘百戶爲甲長一里長統十甲長不能甲者爲半圖城居者爲坊長坊亦計里凡十年一輪值本以督辦賦稅後遂責以供應其供應之額派有四曰祭祀銀鄉飲銀養濟孤貧銀弓張銀歲派之目亦四曰淺船銀皮張銀杉木等銀預備派科銀其計丁糧而均派者五曰茶芽攢解銀兩京藥材銀弓張銀神器銀袢衣銀坐派者亦五曰各部物料銀黃白蠟銀歷日銀淺船銀舉人水手銀其公費之目

有十。曰上司公用銀。進素箋銀。春秋各祭銀。春冬鄉飲銀。養濟孤貧銀。新春雜用銀。歲考科貢應試銀。造冊雜解銀。府縣修衙銀。支用使客銀。皆論糧不論丁。而責諸里中坊長。故民以田爲累。一畝數金猶不敷用。里長有力。苛派十甲。里長無力。追收不前。則至傾家以應矣。均徭者。明初派額論丁不論糧。亦十年一值。役品官及年六十者免。七十以上一子免。舉貢生監雜職免。謂之優免。其餘皆十六成丁而役。六十而免。以丁應役。無所謂丁銀也。自後乃有銀力二差。力差者差役也。銀差者僱役也。又其後雖有二差之名。亦皆一例徵銀。銀差支爲祭祀之用者。曰文廟崇聖名宦鄉賢山川社稷厲壇也。爲公典之用者。曰朝覲賫表鄉飲迎賓歲貢賓興部運也。爲有司之用者。曰公宴衙廨什物鋪陳柴薪油燭也。爲廪餼之用者。曰書冊齋夫膳夫馬夫廚役。而齋郎樂舞生屠夫則藩役也。爲賑卹之用者。布花也。力差銀歲給實役者。倉老斗級庫子禁子皂隸巡欄渡夫鋪兵京解也。就均徭中別出爲目。則有驛傳蓋民兵兼水陸。故額派有馬夫。有差船。其役亦係派銀。十年一值。論糧不論丁。然他役第供本境。驛傳兼役境外。境內則派銀應役。境外則輸銀協濟。民兵者。明初立民兵萬戶府。景泰間令郡縣招募民壯。宏治間僉民爲養馬機兵。按丁給僉。點多者爲頭戶。少者爲貼戶。後遞減兵額。以銀輸部。號革兵銀。後又以派費盡徵於官。皆取盈於頭戶。凡此四差。流弊種種。自立一條鞭法。統計四差之銀按丁糧而分攤之身一丁徵銀一錢四分稅一石徵銀一錢八分謂之四差銀銀輸於官官爲僱役而苦樂始稍均矣總之明以丁糧之增損爲有司之考成故丁口有增無減丁額既定父子祖孫世承其賦雖田盡人稀不得減免若土著戶絕承其業者即承其丁不許開除故時稱釘莊丁甚有官吏妄增丁糧以禍人戶者然無丁則羣指爲客籍派當紙戶蠟戶不得應考於是又有買當丁糧以圖占籍者初猶止徵丁正厥後賦斂日重民爭棄田避賦因增丁壯以益催科一遇派丁田三丁七赤貧無計相率逃亡或投搢紳豪族爲奴士習因而大壞奸民得冒優免以逃差役則良善之應役者愈苦時諺云家有一頃田頭枕縣門眠當日窮黎苦

况殊可憫也張李二賊乘機煽亂從者如雲夫非以民窮之故歟
國朝順治初除明季煩苛與天下更始革雜派以四差銀改充兵
餉十四年頒賦役全書凡地丁先開原額繼開荒亡次開實徵又
次開起存起運則分別部寺倉口存留則詳載款項細數官員經
費定有新規會議裁允改歸正項本色絹布顔料銀硃銅錫茶蠟
等項已改折者查照題定價值開列仍解本色者照刊書價值辦
解於是宿弊一清康熙五十三年奉
恩詔有增丁無增賦實貽萬世無疆之休雍正四年定攤丁於地
之法使富民爲貧民出身賦貧民爲富民供耕作以輸賦稅兩利
相資益昭簡便八年設立各官養廉而耗羨亦有定則無許加增

乾隆十一年停止婦女編審三十七年乃併停編審百姓得優游耕鑿之中休養生息官中有事召工給值如平人遇有大工大役三農晏然不驚從古所未有也民亦何幸生此堯天舜日中哉而教匪會匪猶輒思犯上作亂且藉賦歛爲辭宜爲覆載所不容已

蠲卹

漢文帝賜天下田租之半史冊侈爲美談自後蠲貸之令專爲湖南發者自唐憲宗元和四年免湖南今歲租稅始宋仁宗皇祐四年詔免湖南民供軍需者今年秋租十之三五年詔減夏稅之半高宗紹興三年以岳州數被兵免今年稅役五年蠲湖南路上供

米三年並蠲秋租之半孝宗乾道元年蠲湖南賊蹂郡縣夏稅淳熙二年蠲湖南被寇州縣租稅理宗景定元年詔岳永衡潭諸州經兵農民失業應徵二稅盡除之明太祖洪武九年十年兩免湖南田租成祖永樂三年十三年二十二年均免湖廣水旱田租宣宗宣德九年蠲湖廣秋糧十之四英宗正統元年免湖廣被災稅糧三年蠲湖廣逋賦十年十一年十三年天順三年四年均免湖廣被災秋糧憲宗成化四年六年九年十年十一年十四年十五年十六年十九年二十二年二十三年均免湖廣被災稅糧孝宗宏治三年七年八年九年十二年十四年十五年十六年十七年均免湖廣被災秋糧稅糧武宗正德十一年免湖廣被災稅糧世

宗嘉靖元年十一年十八年二十九年三十九年四十一年均免湖廣被災稅糧穆宗隆慶三年四年均免湖廣被災稅糧神宗萬歷六年蠲免湖廣被災稅糧二十九年蠲湖廣加派田租逋賦此皆見於實錄者然特以災沴軍興蜚輓繁重或無藝不急之征閒從蠲減而已從未有普免天下全租盡蠲積欠大書特書屢書不一書如我 朝

列聖之深仁厚澤浹髓淪肌者也至於

恩詔所須優賚老民撫卹孤苦無微弗至皆書契以來所僅見乎雖蕞爾邑鑿井耕田幾忘

帝力然士民自高曾以上食毛踐土涵濡於 光天化日之中者

二百餘年矣舊志不紀蠲卹所謂終身戴天而不知天之高殊爲
闕典故謹書焉使閱者油然生忠愛之忱也

物產

平邑山多於田無殊異之產邇來生齒日繁雖豐年不敷民食乾
隆初陽春謝邑侯勸種番藷至今猶賴其利誕降之功幾侔粒我
宜平人俎豆尸祝之也第近歲紅茶盛行泉流地上凡山谷間向
種紅藷之處悉以種茶獲利雖豐然飢不可以爲食一遇歉收即
有鮮飽之虞有識者深切隱憂伏讀雍正五年
上諭各省地土其不可以種植五穀之處則不妨種他物以取利
其可以種植五穀之處則當視之如寶勤加墾治樹藝菽粟安可

舍本而逐末、棄膏腴之沃壤、而變爲果木之場、廢饔飧之恆產、而倖圖贏餘之利乎、至於煙葉一種、於生民毫無裨益、而種植必擇肥饒善地、尤爲妨農之甚者也、小民較量錙銖、但顧目前、而不爲久遠之計、惟在良有司勤勤懇懇、諄切勸諭、俾小民豁然醒悟、知稼穡爲身命之所關、非此不能生活、而其他皆不足恃、則羣情踊躍、不待督課、而皆盡力於南畝矣、

聖諭洋洋、所以爲吾民計饔飧者、何其周且至也、今吾平獨以興販外洋之茶、致妨本境之民食、豈可不思變計乎、況茶市方殷、貧家婦女相率入市揀茶、上自長壽、下至西鄉之晉坑浯口、茶莊數十所、揀茶者不下二萬人、塞巷塡衢、寅集酉散、喧囂擁擠、良賤莫

分大爲風敎之累夫種茶可也因種茶而使婦女囂然不靖不可也婦道以蠶織爲本儻使桑麻被野繅絲績布恆業可資亦何肯露面出頭以覓蠅頭之利柰時之人知農而不知桑能布而不能帛東北鄉尚有養蠶者餘皆休其蠶織矣問其故則曰桑少葉稀也豈知種桑得法最易蕃滋每歲小滿前後三日取新桑子用水浸淘去肉留核依種茶子法爲畦種之頻頻澆水十日內卽茁桑秧每子一升約得秧三萬有奇明春移植兩年後卽可飼蠶計新茶上市正蠶月忙時必不暇舍己芸人出與雞鶩爭食此潛移默化之法於生計大有益於風俗尤大有益也顧安得張忠定崇陽之治拔茶植桑以興百世之利哉

倉儲

常平之法劉般謂弊在豪右因緣爲姦義倉法胡寅謂弊在官吏侵漁社倉法馬端臨謂弊在所司非其人蓋徒知法爲朱子之法不自量其人非朱子之人也我　朝康熙初山東巡撫佛倫請積穀備荒畝征四合別貯於倉

詔下其法於直省立預備倉御史李發甲旋請開倉貸民春放秋收二分行息如朱子社倉法至雍正二年　廷議社倉穀聽從民便州縣官止許稽查毋干預出納乾隆五年御史朱續晫復請舉行社倉凡俊秀捐監生均納本色以本地之穀實本地之倉備本地之用法至善也然而利弊常相伏有治人無治法自古然矣道

光三年安徽巡撫陶澍奏行豐備倉法令州縣中每鄉村各設一倉秋收後聽民間量力捐輸入倉存貯但呈其總數於官遇歲歉即以本境所積之穀散給本境之人由紳民自理不經官吏之手不減糶不出陳易新不借貸取息專備救荒之用所以斷轇轕而杜弊端也每遇災荒計穀多少先儘本村中鰥寡孤獨無告之人次及極貧又次及中貧或五日一散或十日一散事竣公同確覈凡家計稍可支持者不給即小歉之年亦不必動用至捐穀之家既捐即係公物遇有災歉不得以從前甲多乙少致啟爭端或先在此村捐穀之家後遷他處遇散放時不得回向轉索其新來之戶前雖未捐散時亦應酌給不得獨任向隅蓋各保各境除各族

各房積穀外以鄉村爲限斷意在以一鄉濟一鄉之衆故不患不均以數歲救一歲之荒故不虞不給取錙銖於狼戾之時求水火於至足之地凶年不妨盡用樂歲仍可再輸捐穀者不以爲難司事者不以爲累行所無事不求其利而弊自除預防其弊而利乃久其奏牘如此此與廣仁倉法皆出新意於古人之外者也平江城鄉新舊各倉既詳於右近歲值歉收均官勸採買各書承買之數自赴外河採穀米歸糶於鄉由本人自理而官稽其數亦不過補苴之術而已欲求長利除見辦積穀外惟復從前質穀舊俗其庶幾乎蓋官爲民計不若民自爲計古昔富民更變久皆知重積穀故能佐有司之急以紓水旱之變所謂富者衆人之母也平俗

青黃不接時有將衣物質穀者春借秋還其息加二加三不等謂之源頭穀亦稱頭穀本息無欠者次年仍質如其數雖時價倍蓰富戶必留以俟之乾嘉時比戶皆然合邑不下百萬石故雖饑不爲害近歲軍興富民有戒心行者十無一二矣貧民所以重困也夫質穀與典商不同典用銀錢隨時取贖子母相權利復生利穀則春散秋收每年止能出借一次又穀價有新陳之異借時價貴還時價賤名爲加二加三其實仍在本數之中且穀賤則贖者多貴則贖者少甲年不贖乙年無本所質衣物類多麤敝變價常慮不敷是頭穀利賴於貧民者多爲富戶計不及典肆之利遠矣然仍樂爲之者月計不足歲計有餘歲計不足累歲計之有餘如一

夫管本穀三百石卽可準躬耕百畝之穫此貧富交利舊俗之最善者也昔管子過市有新成京囷者二家請桓公賞之民爭爲京囷以積穀齊用富强武王立重錢之戍令民有百鼓之粟者不行而國穀二十倍所賴良有司賢士大夫深爲根本之計興復源頭穀舊章庶有以佐常平義社倉之不逮哉

學校

儒學之立始自劉宋至元代遂以命官仍之至今夫古者道學出於一而儒爲定名儒之外無學也學廢而非儒者起焉而儒以名太史公遂有六家要旨之論然未嘗以名學以命官也儒學云者殆以別乎陰陽學醫學諸雜科猶言此學之一官之一云爾非所

以尊聖道也。今制有醫學訓科、陰陽學訓術，故仍沿儒學之名。恭讀
欽定臥碑曰：建立學校。又曰：設學院、學道、學官以教之。專稱學以定一尊，不必系以儒，而諸雜科自無敢與例焉。而學與官之名乃大而正矣。

寺觀

昌黎韓愈有人其人、火其書、廬其居之議。蓋其時自天子以至庶人，莫不佞佛，故昌黎發憤而爲此言。自時厥後，凡號稱儒者，爭以闢二氏爲任。陸氏靈壽志，遂刪寺觀不錄。會稽章學誠嘗議其迂，以謂寺觀中金石可考，逸文流傳，可求古事，不當削者一。僧道之

官亦係國家制度所居必有其地所領必有其徒不當削者二水旱之有祈禱災荒之有賑濟棄嬰之有收養先賢祠墓之有香火守土吏多擇寺觀以爲公所往往見於章奏文移未嘗有害治體正使周孔復生因勢利導亦必有以區處之不當削者三且春秋重興作凡不當作而作者莫不詳書以示鑑戒如陸氏說則但削去其文以爲闢邪崇正千百世後誰復知其邪而闢之耶其論甚辨夫佛者九流之一家耳凡今之入彼法者大半煢獨貧民藉以資生路未必不可濟王政之窮也伏讀

高宗御製詩云頹波日下豈能迴釋氏於今亦可哀何必闢邪兼泥古留資畫景與詩材大哉

皇言斯可以持千古之平而擴兼容之量矣

典禮

舊志典禮門自慶賀迄宣講皆止就有司見行儀注書之而會典通禮所載昏禮祭禮喪禮不與焉不知州縣之志本具一國之史裁我　朝會典通禮諸書萃周官儀禮之精垂萬世之大法實民生日用所不能一日違者邑乘不著士民幾無從稽考矣歐陽公曰古之所謂吉凶鄉射賓燕之禮民得而見焉者今皆廢失而州縣幸有社稷釋奠風雨雷師之祭民猶得以識先王之禮器焉其牲酒器幣之數升降俯仰之節吏人多不能習至其臨事舉多不中而色不莊使民無所瞻仰見者怠焉因以爲古禮不足復用可

勝歎哉近世會稽章學誠亦謂學校祭祀凡載在會典者茍州縣所常舉行皆不可略會典簡帙浩繁購閱非易使散在州縣各志則人人可觀覽哉言乎古今有同揆矣故謹遵會典通禮備列吉禮凶禮嘉禮之切於日用者以著遵道遵路之義而使學禮者有所率循焉

團練

韓愈與柳公綽論淮西軍事書請募土兵罷客軍以為徵兵滿萬不如召募數千其自上淮西事宜狀則曰客兵羈旅異鄉與賊不相諳習望風懾懼難便前進士卒有征行之艱閭里懷離別之思心孤意怯難以有功土兵習於戰鬬識賊淺深既是土人護惜鄉

里若令召募立可成軍加之敎練三四月後諸道客軍一切可罷比之徵發遠人利害懸隔賊平之後易使歸農此誠深識軍務之言也平江界連長沙瀏陽湘陰巴陵暨江西之義甯湖北之通城居三省要衝實爲南省門戶賊入平江卽可直犯長沙無復有梗閡之者故自咸豐初粵逆踞江甯爲僞都卽遣黨上犯江西湖北疊踞崇通義甯環平而攻者數年凡欲爲直搗長沙計也軍興以來江浙川楚黔滇閩粵陜甘多藉湖南之兵餉以平寇亂非吾平團練力保湖南門戶則長沙岌岌何暇以餘力靖鄰封哉是南省關天下安危平江又關南省安危平之團練勞在一邑而功實在天下前撫駱文忠批牘所謂以平江之勇固平江之防並以平江

之財供平江之用者也計自咸豐壬子至同治乙丑先後十數年間練兵捐餉戮力齊心忠義之士瀕九死而不悔卒能維持大局疊荷　褒綸天下州縣地居衝要者多矣求其力保始終未有如吾平之艱且鉅者也語云安不忘危又云前事者後事之師也觀於此者當油然生敵愾之忱哉

科目

科者品類之稱鄭康成以聖門德行言語政事文學爲四科是也取士分科自漢始如賢良方正孝廉明經則科之名目世所稱科目者也惟進士一科行之最久前明增舉人一科鄉會試皆有定年於是稱舉人進士者每繫以干支如甲子舉人乙丑進士之類

後人又從省文直以干支名科如甲子科乙丑科之類相習既久止知科是干支而科之眞義泯矣此亦恆言中習而不察之一端也今志科目但書某年某甲子而不沿甲子科之稱并發其義於此云

儒林

周禮太宰以九兩繫邦國三曰師四曰儒師以道德教民儒以六藝教民其中分合異同在周初已然矣兩漢經師傳六藝者也宋之濂洛關閩言德行者也宋史分道學儒林爲兩傳議者多議之不知此正師儒之異後人所創分而闇合周道者也夫漢儒之訓詁宋儒之義理二者相須闕一不可其激而互相勝負者皆末流

之失也。吾平自李仲秉吳伯英鄒行之李木川草堂。暨李先生雄親受業朱子之門。而毛竹間方明甫許仲明魯寶潭蔦子靜諸先生。則受學於黃勉齋李宏齋饒雙峰以私淑朱子。皆研精理學。元所以有九君子之祀也。顧君子祠未祀三李先生。而許春伯應寅實從宏齋雙峰游。祀亦未及。均屬闕典。至木川之名。訛杞爲祀雄則并其字佚之。其人幾在若滅若沒間。康熙中。邑人彭其位謁建安朱子祠。見從祀門人中有仲秉木川伯英行之草堂及李雄諸木主。詳所著學宮備考中。而沅湘耆舊集前編亦辨木川之名之誤。於是諸君子之梗概復明於世。至同治中。縣尹申請將三李及許先生並祀君子祠。然後紫陽之道脈。其流衍吾平者。燦然可溯也。有明中葉，姚江之學盛行，而邱先生萬璣獨著道術二論與之辨，殆所謂獨力不懼者歟。其宗漢儒者，亦能精研傳注，實事求是。因訓詁以求通古聖賢之意，又異於暖暖姝姝守一先生之言，而專己自足者也。乎之師儒，可謂盛矣。夫儒林，史目也。地志家未宜襲用之。然聞康熙中福建修通志，擬立道學傳，或疑之。安溪李文貞曰：道學傳他省不必立，閩則必不可無，以朱子爲道南正宗也。然則乎志列儒林，又豈不以朱子故哉。有志者聞風興起，奮乎百世之下，庶師儒之澤，愈久而愈新矣。

宦蹟

先儒蘄裁之有言：士品大概有三，志於道德者，功名不足以累其心。志於功名者。富貴不足以累其心。烏虖盡之矣。吾平人文在宋最盛。羣公先正大率本道德爲功名。惜世遠文獻難徵。莫詳其經世之蹟。而氣節則莫著於吳及之、羅廷揚二公。蓋二公登朝值秦檜當國。屢欲羅致之。二公皆不爲屈。數請外補。竟終身不獲大用以老。殆不以功名累其心者歟。明之黃梅巖以御史劾劉瑾。艾熙亭以主事劾張居正。並被廷杖。瀕於九死。及瑾、居正敗。均起用。此又氣節之尤。置禍福死生於不計。功名更不足道矣。然而艾之節人盡知之。黃則有知有不知。同一直諫。顯晦各殊。得毋因艾有本傳。黃僅附傳耶。然各有千秋。不以是爲加損也。抑考艾之曾祖漁隱公以掾吏之微。與臬使爭寃獄。卒脫二十八人於死罪。及官兩淮聞梅巖被禍亟走使千里護以南歸明德若此宜其後有達人哉自時厥後平之宣力於時者或爲保障爲繭絲循迹皆有可紀以視苟富貴者固絕殊焉有志之士前望古人反躬而求所自處立德立功立言其必有慨然以興者矣

文學

文學權輿萌芽於楚自鬻雄爲文王師著書言忠敬和嚴之旨爲子家所自始倚相能讀三墳五典八索九邱史學肇焉屈左徒作離騷後世尊之爲經而濂溪周子作通書太極圖說上闡苞符下啟洛閩之學凡皆自我作祖垂光後來斯文之統葢莫先於楚矣吾平居汨羅上游實左徒懷沙盡節之地美人香草二千年未歇

也有宋諸儒潛心理學尚闇修不事⿰衤朋襮十三君子之著述概佚無徵其僅存者後人掇拾於蛛絲蠹窟中直千百中之一二耳至元胡傲軒氏始以詩鳴天下同時唱和爲余牧山余雲孫有明中葉艾和甫出與邱純峯次峯昆仲于喁相應和甫詩古文實以崆峒大復爲宗而孤忠直節絕出流輩則又左徒之流風餘韻也國初李伯覲高士徧游天下名山詩文皆若不經意而高妙絕塵自後作者輩出經學文章卒有以自見要之其人可傳必有餘於詩若文之外者其詩若文乃足傳世而不儆承學之士但求諸風雲月露之間抑末矣昔者柳子厚居永州其記石邱謂楚之南少人而多石蓋文人相輕之習氣至方行之先生則訟言其妄謂後

有濂溪周子不由師傳默契道統其品遠在子厚之上使子厚復生必自悔失言矣烏虖人能自奮地因而靈行之所論盡之矣子厚此言固在濂溪未出以前不知置左徒倚相鬻子諸賢於何等也生斯地者其各圖所以自立哉

忠節

傳所列員弁勇夫八千四百有奇皆軍興以來勦粵寇死事者也其中防界死者什之一出境搏賊死者什之九可謂烈矣烏虖國家養士二百餘年寇起倉卒覆軍殺將相望而出萬死不顧一生起與賊遻者乃獨在湖外士民冒白刃以赴公家之難瀕九死而不悔誠繇

列祖列宗深仁厚澤淪浹人心至深且久士人讀書談道誼於忠孝節義講求有素齊民皆飫聞之而同時將帥若曾文正江忠烈胡文忠羅忠節李忠武王壯武諸公並以忠義號召鄉人官其地者又有駱文忠之知人善任塔忠武之敢戰無前一時風聲所樹氣機所鼓動雖田夫牧豎皆知敵王所愾而以苟活退避爲羞故平以蕞爾邑捐軀報國至八九千人之多匪特力固吾圉又荷戟遠征於吳於楚於越於齊於晉於粵於閩於滇黔秦隴莫不有車轍馬跡焉卒能合羣力汔王誅制百萬悍賊之死命解百數十州之倒懸贊成中興盛業緜景祚於無疆諸忠皆預有力焉此

蓋古今之奇局抑非獨吾乎前此所未有也惜乎之任將領者連蹇不遇致乎勇樹功莫繇與湘勇楚勇並然人受天地之中以生忠孝節義乃天地所以生人之心而人得之以盡其道者也諸忠勞在天下又皆盡道而死　聖天子表彰節義　贈官　錫謚　賜祠　賜祭葬　賞世職朝　上聞而夕報可三品以上文武官既許從祀　京師昭忠祠又　敕建忠義祠於本邑守土官春秋致祭自千把以上至提鎭凡死事者皆得以事狀上史館立傳文職眎此然則諸君子致命遂志爲萬古立綱常功固在無形中也其皆可以無憾哉

孝義

孝義傳始於南史宋齊二書列史因之互有詳略孝者天之經地之義民之行也史所紀諸孝子事各不同其義則一而已矣平自秦羅氏子年十二歲從其姊殉父於洞庭至今俎豆弗替三代下論孝子葢莫先於此自時厥後芳型接踵代不乏人是皆無忝所生者也至義之所係非一端史家所錄義士大約杜伯左儒及申徒狄徐衍朱震桓典之徒而平舊志則以妻死不再娶者爲義夫凡好行其義者別錄諸善行是葢有說焉婦人以身事人旣責以從一之義雖所遭至不幸亦不容有二心故或未婚守志或以死殉夫或茹苦字孤以存宗祀若改節則人盡嗤之以爲不足齒而爲丈夫者則蕩然不復有所檢制甚或棄糟糠昵嬖倖妻死則再

繼三繼漠然無復遺簪故劍之情已旣視爲固然人亦以爲不足深責夫妻者齊也妻以夫爲天夫顧視之如是其薄乎當此時而有妻死守義因有子而遂不再娶者良足厚人倫而勵薄俗也國家之制義夫與節婦並旌其以此歟雖然非所論於無子者也若朱桃椎陽城元紫芝輩終身不娶則又過中失正而無解不孝無後之罪故亦無取焉

武略

吾平自宋鄧侯外鮮以武略著者蓋士大夫率繇科舉起家又遭世承平末繇管兵走萬里立功自見亦其時使然也當明末　國初寇盜蠭起於是李君世第發憤治鄉兵保境鄉人倚以爲固者

凡數年洎咸豐初粤逆稔亂踞崇通及義甯將由平江窺長沙屢以全力來犯邑人士練團固圉厲兵措餉相持五六年又復出境殺賊轉戰數行省其力竭死綏者既備詳忠節傳矣而其宣力行間或功在本境得以天年考終牖下者則又擇尤而彙列之不忍沒其勞也語云不遇盤根錯節不足以別利器若而人者脫非生有事之秋度亦泯泯焉無所表見於世耳雖然豈獨平人然哉諸葛武侯布衣躬耕時所師事者龐德公司馬德操所友者崔州平徐元直孟公威石廣元皆天下奇士也幸以武侯故六人者之名氏得傳於後世然其抱負之所以奇固未嘗一試也使武侯亦不遇則其磨滅而不彰者又可勝道哉繇此觀之世之浮沈閭里混

混與世相逐者皆不可以淺近量也軍興以來楚人乘時會立功名建麾胙土者大半屠枯草澤之雄耳太史公曰非附青雲之士烏能聲施於後世哉

善行

周禮大司徒以鄉三物教萬民其二曰六行孝友睦婣外卽繼以任恤反是者有刑用此見分財恤災莫非切己事也蓋嘗論之人者天地之心人性本善也而或失其本心大率以財爲命不能割捨遂膜然置民物於度外彼惟恐分人以財則己之身及子孫將失其利而莫能自殖耳不知天地者萬物之父母天下之疲癃殘疾者皆吾兄弟之顛連而無告者也天地以此子爲賢故智之使

迪衆子之愚故豐之使恤衆子之貧父母以衆子故獨厚此子而此子乃棄衆子而不恤逞其智私其財視衆子若鳥獸之與我不同類則爲父母者將終厚之乎抑怒而奪其所有乎有立致敗亡已耳故曰能以天地之心爲心則無不愛之民物以祖宗之心爲心則無不愛之宗族以父母之心爲心則無不愛之兄弟擴而充之可以保四海人性之所以善也吾平風氣獨厚鄉先生好行其德或助賑救災施棺焚券全婚育嬰養老造橋渡梁陂堰捐修學宮書院考棚凡其所斥之財遠至數百年猶炳諸記載是可以勸爲善者矣烏虖使此數十人者於當日所行之善舉一切懲置效揚子之拔毛以利天下而不爲而其所封殖以遺子孫者未必能

長據爲己有也甚或一二傳後子孫不肖用之如泥沙有不旋踵而澌滅以盡者矣而若而人者獨能分其財以濟人利物以流光志乘爲後人法匪特其仁抑其智實甚焉馬伏波曰凡殖產貴其能施也否則守錢虜耳而或且以樂善好施爲近名夫好名而爲善猶愈不好名而不爲善更愈於敗名而爲不善况眞能爲善者不好名而名自隨之哉夫亦可以自決矣

耆壽

禮曰天子巡狩問百歲者就見之九十者天子欲有問則就其室以珍從古帝王優老如此所繇上老老而民興孝也

聖朝重熙累洽久道化成

聖祖
高宗御宇各六十餘載景運之永爲殷中宗以後所僅見疊 頒
恩詔賜耆民民爵及米肉布帛有差一時龐褫梲襏壤叟謳歌舉
熙熙然含哺鼓腹於 光天化日之下平雖一邑而自九十以迄
百餘歲者至千有餘人之多皆
上之恩德所休養而生息之者也抑攷南陽有菊水居民三十餘
家飲其水多壽至百餘歲蜀靑城山老人村道險遠民生不食鹽
醯而溪中多枸杞飲其水者皆上壽又臨沅廖氏家世老壽所居
宅有井水色赤掘之得丹砂數十斛然則躋壽者地力蓋有助
焉平爲山國雲氣多壽幕阜連雲之間泉甘而土厚視南陽靑城

固無多讓而臨沅又近州也自宋時即有長壽里之瑞其所從來遠矣哉

列女

縣孝女首秦羅氏即古今孝女亦無在羅氏前者惜劉向列女傳軼而不載蓋潛德之未彰久矣列史所書惟漢之曹娥叔先雄唐之饒娥事與羅孝女類而曹娥獨盛傳於世則以有邯鄲淳之碑爲蔡邕所品隲也然羅孝女年輩遠在曹娥前且曹娥父盱爲巫祝婆娑樂神以迎伍君逆濤而上爲水所淹羅孝女父君用爲武陵令以督運鐵舟溺洞庭實死於王事曹娥隻身投江求父屍羅女則攜其十二歲弱弟同殉視曹皆有其過之至叔先雄之死年

二十有五有子二人而羅女年十六死孝似尤難焉以劉向博極羣書乃獨遺羅女之孝烈豈眞有幸有不幸耶然而巴陵湘陰平江長沙武陵並有祠祀廟食二千餘年漢陸賈有銅鼓之施宋神宗有封號之錫見於范氏岳陽風土記者尤詳宋平江令楊寅明都御史顧璘先後並撰祠記孝女之靈固日在洞庭汨水間也至宋李孝女年甫十四當火熾時泣抱病母誓俱燼卒無恙天也其餘近代諸孝婦孝女殆皆聞羅李之風而興起者歟亟書之所以扶人紀於不墜也

貞女以養親故終身不字或疑爲賢智之過而不合於中庸不知本乎天者爲性動乎人者爲情父母之恩性也與生俱來者也伉

儷之愛情也與欲俱長者也世固有夫死而以身殉者矣有未婚而爲夫守節或死之者矣如是而謂之過猶可也爲其發乎情也然且足以扶人紀而動鬼神以其情之本乎天性也若賀貞女力全父母之祀李貞女以愛慕其親而皆不嫁則純乎性而不參以情情可言過也性不可言過也世降俗澆男孝衰於妻子女孝衰於夫壻爭奩笥而兄弟有違言假升斗而父母有德色比比皆是於此時有能遺塵脫累蟬蛻埃壒之外者良足砥狂瀾而礪末俗此齊北宮女嬰所以見問鄰后元麗水陳貞女所以特表門閭者也二貞女何多讓哉至若未嫁守貞歸氏有光嘗以爲過謂女子無以身許人之道而趙氏執信則曰女既納采問名是已定於所

天也昔晉狐突不召二子其時重耳未爲君則狐偃有不純臣之誼而狐突以爲不可者重委贄爲男子委贄而君臣之分定女子委贄而夫婦之定又何疑乎汪氏琬則曰君臣夫婦一也士庶之未委贄者猶女子之旣字而未嫁者也然而夷齊餓死首陽之下則孔子稱之童汪錡死於郞之戰則許其勿殤夫夷齊未嘗事紂也汪錡不在成人之列又非有祿位於魯也是皆可以無死及其旣死而孔子曾不以爲過得非世敎旣衰人倫道息凡忠孝貞烈之行聖人急欲借之以砥厲末俗歟又何疑女子之殉夫也禮曰男女非有行媒不相知名非受幣不交不親然則媒氏行而可以知名矣聘幣具而交親可以定矣曾子問曰取女有吉日而女死

如之何子曰壻齊衰而弔既葬而除之夫死亦如之此言女子於夫之死必服衰以弔夫生則有交親之分死則服斬衰之服如是而遂以身殉之其何過之有毛氏際可則曰未嫁守貞固聖人所敬羨而不敢以概天下之中人故爲已嫁者律曰一與之醮終身不改而未嫁者則不著爲令聽人之自行其意爾竊嘗尙論往事使泰伯而嗣父封伯夷而食周粟皆不背於聖人之道乃二人者必創古今未有之奇以求心之無憾而後止孔子亟稱述焉儻律以歸氏之論將併議其爲賢智之過歟朱氏軾則曰婚禮之最可疑莫如三月廟見及女子未廟見而死則不遷於祖不祔於皇姑歸葬於女氏之黨攷左傳鄭公子忽如陳逆婦陳鍼子曰先配後

祖是不爲夫婦也然則先祖而後配是未婚卽廟見矣或云鍼子所云祖乃告而親迎非廟見也信斯說也旣以親迎告矣婦入而遲之三月而後廟見事死如事生之義固如是乎解者曰三月之內恐有可去之事故不廟見然則廟見矣雖有可去之事將不去乎竊意春秋於親迎書至至者以婦之至告諸廟而見之也是至日廟見之明證也婚三月矣擇日而祭於禰亦云廟見者前以新婦見至是乃以主婦見也卽就曾子問言之取女有吉日而女死壻齊衰而弔夫死亦如之夫婦人不出疆而弔今以室中處子於素不覿面之人斬衰而弔不謂之夫婦可乎或疑詩書史傳所紀未聞有此殆古人所不爲歟非也非常之事聽有志者之自爲若

樹之風聲將有作而致其情者矣有志者之自為則皆無所效法無所冀幸發乎至情而不容自己者也陳氏祖范則曰男女居室人之大欲而天理精微之極也易上篇首乾坤下篇首咸恆咸感也少男少女未成夫婦志相感也恆久也長男長女夫唱婦隨道可久也感者人欲久者天理始乎感成乎久夫婦之義也將由乎淫僻之民歟始也感乎其所不當感卒也不恆乎其所當恆此夫婦之道所以哲也將由乎貞淑之民歟其感也不妄感於其所恆也其恆也無貳恆於其所感也故有未成婚而女死其壻者死於義非死於情此夫婦之道之變而正者也彼據禮而疑者曾子問有齊衰而弔既葬而除之文又已嫁而未廟見死則歸葬於女之

黨若未嫁而死同穴乎男者周官媒氏謂之嫁殤歸氏遂著論以爲女子許嫁父爲主而已不與知若爲夫死是自以身許人有廉恥之防焉其說似矣不知禮許嫁笄而纓明有繫也納采而被采擇問名而知名字申之以卜筮固之以皮幣丁甯鄭重若此猶得云已弗與知溘死而遂偕之乎且夫善感者少男少女之性也以善感之性感於其所當恆則一感而此念無復轉移矣何死生足以貳其心哉執已嫁未嫁論之者特相索於形骸之外非至論也詩云穀則異室死則同穴男女私相悅而不得遂之辭所謂免而無恥者也媒氏所禁殆是此類若夫以正感以義終固當哀其志而遂之也顧氏鎮則曰曾子問所云特告吉而遭喪者之變禮所

謂免喪弗娶者即不忍即吉之義所謂弗娶而後嫁之者蓋免喪時弗娶遲久而後嫁之也歸氏承孔疏之謬以免喪弗娶爲別娶以弗娶嫁之爲改嫁遂使夫婦大倫幾成市道謬矣夫婚禮自問名納采以至請期告吉皆父母之命也父母沒而盡廢其成禮有是理乎焦氏循則曰或謂古無貞女之名非也後漢書百官志三老掌教化凡有孝子順孫貞女義婦皆扁志其門以興善行然則今之旌表貞女自漢已然諸家之論如此今按歸氏旣據禮經作貞女論及其爲未婚守節之張貞女作記則又比以殷之三仁蓋亦自悔其前說矣律載已報書及有私約而悔者笞別聘者改正又載有子婚而故其婦能孀守及已聘未娶婦能以女身守志俱

應爲立後。是　朝廷立法。明明以未婚守志。與已婚孀守者同論
矣。又況　旌門之典。舉在所不遺哉。抑又考衞宣夫人者。齊侯之
女也。嫁於衞。至城門而衞君死。保母曰可以還矣。女不聽。遂入持
三年之喪。畢。弟立。請願同庖。終不聽。乃作詩曰。我心匪石。不可轉
也。我心匪席。不可卷也。君子美其貞壹。列諸衞風之首。然則古之
人固嘗有行之者。聖人且著爲之經以立教矣。其又何疑焉。
朝廷著令。烈與節並旌。然所謂烈者。或不幸遭亂離。猝被劫掠。抑
或單門庶姓。強暴以非禮相干。不得已。攖刃投繯。以一死潔身而
明志。若僅喪所天。則惟奉舅姑。撫子嗣。承宗祀。以求告無憾於其
夫。非謂生不獨生。死不獨死。始成婦道之終也。劉向范蔚宗兩列

女傳從未有以死從夫者其殆以此歟然大道造端乎夫婦三代以降至性漸漓死生之際丈夫不能不喪其操而巾幗芳年獨能視死如飴有心者又烏敢掞中庸之論以議其後哉孟子曰可以死可以無死死傷勇孔子曰志士仁人有殺身以成仁無求生以害仁仁者生之理也烈婦守不二之節懷從死之志假令勉強就活雖食息與人無異而其心塊然漠然生理早盡是謂形存而心死奮然一決追所天於地下毅魄所感召郎其夫之精氣亦從而復聚是身死而心生也然則諸烈婦之死其勇也乃所以爲仁也歟且夫道者中而已矣過與不及皆失之也獨小過之象辭曰喪過乎哀誠以性情倫紀所繫與其不及也甯過先王制禮準乎義

與情而爲之制情所難强固不欲强中材以必從而賢智之過卽有時過乎情亦未始不合乎義故旌典有必及焉蓋婦之於夫猶臣之於君也臣不幸而以死殉君婦不幸而以死殉夫其義一也易代之際布衣韋帶以迄蕘夫販豎且有慷慨死義者而士大夫砥礪名節當變故不能自引決卒至濡忍苟活者有之然則如烈婦者曷可少哉烏虖使諸烈婦爲士夫不幸生宋明之季其能與江萬里陸秀夫賀逢聖劉宗周諸公爭烈也必矣

古之稱婦德者曰德容言工而節義不與焉不得已而以節義見必其所遭有不幸者也三代以上之節婦見於詩及春秋者惟衛共姜宋伯姬紀季姬三人耳豈古人節義之多反不逮今人哉禮

教脩明風俗純美所謂從一而終皆習爲故常不必見諸紀錄也東遷以降君父之大義不明夫婦之倫亦瀆魯文姜衞宣姜輩史不絕書他若齊桓未絕少姬而蔡人嫁之懷嬴已事晉懷而重耳納之以及魯人奪施氏婦而嫁郤讐既寡而而復來歸皆文武成康時絕無之事以秦始皇之無道猶知有子而嫁倍死不貞設爲禁令可見天理民彝之不容盡泯也自漢至唐罕明先王之禮教論者謂自伊川程子餓死事小失節事大之言出女子咸知以改適爲羞以是爲先儒立言之效然亦有不盡然者窮簷淑媛目不睹書史彼但知獨行其志耳豈必先有程子之言在其胸臆哉蓋人性皆善夫婦尤五倫之始婦人足不踰梱閾天性未漓故能恆

其德而不承之羞而　國家旌門之典又有以鼓動而章顯之故盛且多若此也夫烏頭綽楔之制所以旌乎此者將以勸乎彼也乃或被旌者半出於有力之家而蓽門蓬戶雖有苦節高行往往沈薶湮沒垂老而不獲與於旌則亦無以光潛德矣伏讀雍正元

年

恩詔著督撫學臣及有司徧加採訪務使苦寒守節之家同沾恩澤至節婦年逾四十身故計守節已歷十五年已上者並予旌獎又慮給銀建坊或視爲具文未曾建立恐日久仍至泯沒不能使民間有所觀感著於地方公所設立祠宇將前後忠孝節義之人俱標姓氏於其中已故者設牌位於祠中祭祀用以闡幽光而垂

久永其後。
列朝聖諭。於表彰節義。尤諄諄焉。道光八年。又奉各州縣許建節孝總坊之 諭。至同治二年 敕部定新章。凡貞烈節孝。許造具簡明事實冊。繇學移州縣。徑詳督撫題 旌。毋許留難苛索。於是吾平之苦節能貞者。三百餘人。同時皆得 上聞。眞千載一時之會也。昔休甯戴震作戴節婦傳。稱其郡依山爲居。得其峻潔之氣。質重矜名節。而貞婦尤多。相與目爲庸德之行。以爲山國之人仁則然。烏虖。抑何其大似吾平也歟。

孔子論仁者之壽。而歸本於靜。靜者坤德也。易所謂至靜而德方也。朱子申之曰。靜而有常。故壽。有常亦坤德也。易所謂後得主而有常也惟靜故厚厚能載物惟有常故貞含章所以利貞然則地道也臣道也妻道也論壽於女子尤於得壽之理爲近也此坤厚載物所以德合无疆歟雖然資生順成之德文言既備贊之矣而又曰積善之家必有餘慶然則得壽之由必原於積善壽又烏可倖致哉　國家於壽民既有錫爵賜帛之典矣而壽婦登百歲者則　旌以貞壽之門其或五世同堂又與壽民一律　旌表生其時者抑何幸歟吾平宋羅吏部之母夫人壽百有四歲而縣東長壽里同時有兩壽母縣大夫至爲詩以美之然皆非倖致也惟坤德有常故可以致仁者之壽蓋以理而不以數云

祥異

豐凶水旱皆天所爲惟蛟水爲災則固可以人力制也月令季夏之月命漁師伐蛟桂林陳文恭公曾述伐蛟說其略云蛟似蛇而四足細頸頸有白癭本龍屬也其孕而成形卒在陵谷間乃雉與蛇當春而交精淪於地聞雷聲則入地成卵漸次下達於泉積數十年氣候已足卵大於輪其地冬雪不存夏苗不長鳥雀不集土色赤有氣朝黃而暮黑星夜視之黑氣上沖於霄卵既成形聞雷聲自泉間漸起而上其地之色與氣亦漸顯而明未起三月前遠聞似秋蟬鳴悶在手中或如醉人聲此時蛟能動不能飛可以掘得及漸上距地面三尺許聲漸大不過數日候雷雨即出出多在夏末秋初善識者先於冬雪時視其地圍圓不存雪又素無草木

復於未起二三月春夏之交觀地之色與氣掘至三五尺其卵即得大於二斛甕預以不潔之物或鐵與犬血鎮之多備利刃剖之其害遂絕又蛟畏金鼓及火山中久雨夜立高竿掛一燈可以辟蛟夏月田間作金鼓聲以督農則蛟不起即起而作波但疊鳴鼓鉦多發火光以拒之水勢必退又一法用鐵與犬血及婦人不潔之衣埋其地以鎮之蓋蛟非龍引不起龍非雷震不得鐵與穢物所以制之也陳公之說見經世文編謝志亦錄周臬使人驅除蛟害示與陳說相符吾平自晉至今書大水二十有六半繇出蛟爲厲昨戊辰己巳兩年東南鄉受害尤酷夫蛟之情狀既有土色之可辨有雩跡之可尋有光氣之可矚有聲音之可聽而其鎮之也

有具其驅之也又有方循是則蛟雖暴不難除矣而受害顧若此畜田夫野老知而不能言文人學士又無暇及此司牧者更無論矣一旦橫流猝發災及人畜田廬貽害可勝道哉所望有心者轉相傳布人人屬耳目注精神先時而偵候臨事而周防尤在山居者於冬雪時加意勘查庶幾大害可除民生攸賴耳

著述

吾平先正著述多佚不傳求如胡傲軒集之入元史類編艾熙亭集之入明史藝文志既屬寥寥而　國朝彭其位撰學宮備考入
欽定四庫全書存目中又誤書吳縣人蓋蘇州舊爲平江路也抑更有不止此者宋羅璧字子蒼舉鄉貢宋亡隱居不仕著書十

卷曰識遺行於世此宏治志舊文也考此書著錄　四庫全書子
部雜家類特誤書新安人耳提要云識遺十卷宋羅璧撰璧字子
蒼自號默耕新安人宋史無傳不知其時代據書中前定一條引
陳摶寒在五更頭之讖稱第五庚申後又十五年而祚移則其成
書在宋亡以後矣觀其謂宋代文章多粹自伊洛發明孔孟便覺
歐蘇氣象不長又謂夫子之道至晦翁而集大成諸家經解自晦
翁斷定然後一出於正蓋傳朱子之學者也其論養老之制謂禮
記袒而割牲執醬而饋執爵而酳數語爲委巷之談排詆經文殊
無忌憚謂公羊高穀梁赤皆姓姜亦屬杜譔然其他爬梳鉤索徵
據舊文尚多可採不獨錢曾敏求記所舉孔子生卒年月一條爲

足資考證也在講學之家猶可稱言有根柢矣今案提要既云不知其時代則里貫亦未必確古人多自署其祖籍如朱子居建陽而自署新安東坡居眉州而自署趙郡皆數典不忘祖之意子若殆祖籍新安書中或署其郡望而提要因之與彭素君之誤書吳縣皆有因也不然古名人多矣舊志何以不假他人而獨假新安之羅某乎況提要謂書成在宋亡以後則與志稱宋亡隱居不仕者合又謂葢傳朱子之學者則子蒼正與十三君子同時也所謂萬見春即邑人萬鎮十三君子之一也惟其生同里學同術故稱引其說不必著其爲何許人若果遠在新安又烏知吾平有萬見春其人乎查識遺十卷學海類編曾刻之特未知作者爲平江人

耳。總之前人述作。其亡佚不傳。與雖傳而輾轉失其實者。蓋不可勝道也。雖然。人亦求爲可傳而已。所作果可傳。抑何患不聲施後世哉。

金石

金石文字。自梁元帝始輯碑英百二十卷。至宋歐陽修趙明誠黃伯思洪适諸家出。而其學益盛。鄭樵遂列諸通志爲專門。宋人紀錄。若王象之之輿地碑目。陳思之寶刻叢編。此金石入地志之始也。田概之京兆金石錄。劉涇之成都刻石總目。此一方紀載之始也。魏張晏注史記儒林傳。據伏生碑知其名勝。唐司馬貞注史記高祖本紀。據班固泗上亭長碑。知母媪當爲母溫。是遺文可以正史傳之訛缺也。魏太和中魯郡挖地得齊大夫子尾送女器有犧尊，全作牛形，王肅取以證鄭說其羽婆娑然之非。晉永嘉賊曹嶷於青州發齊景公冢，得犧象二尊，形爲牛象，傳至梁劉杳取以證象骨飾尊之說之非。漢章帝時零陵文學奚景於泠道舜祠下得白玉琯，傳至魏孟康取以證律歴志竹曰管之說不盡然。知金石遺器尤足考證舊聞而正其誤也。不甯惟是，其見於經者，若左傳昭三年叔向所引讒鼎銘，昭七年孟僖子所引正考父鼎銘，禮祭統所引孔悝鼎銘，考工記㮚氏所引嘉量銘；見於史者，若史記封禪書所稱李少君能識齊桓公柏寢銅器，漢書郊祀志稱張敞案美陽鼎款識爲周鼎。然則金石之學自周漢以來重之矣。湖南通

志輯金石至二十餘卷·平志舊無此目·然天岳禹篆·與岣嶁並峙炎維·豈容數典而忘其祖·故續加搜訪·彙列之而著其所繫之重如此·